⁊ = ων	τ = τω
γρ = γραμμων	γρ = θεωρη
σημ = σημεῖον	δ = οῖς
κ = κατὰ	δ = οῖς
σημ α = σημεῖα	∽ = σι
η = ὸν	∽ = ~
⁊ = ων	τω = τω
~ = ῶν	ω = ως
ʼ = ον	ς = ς
η ὸν	ης = ῆς
ς = ως	ς = καὶ
τ = τὸ	μ = μὲν
ς = ῆς	παλ = πάλιν
τ = τω	ς = ως
γρ = γραμμη	τ = τοὺς
τ = τὴν	γ = γίνεται
= ὴν	
πν = περιφερείας	
χ = ον	
κου = κέντρον	
κου = κέντρου	
ἀλλ = ἀλλήλων	
∴ = ἐστὶν	
πα = περιφέρεια	

à Monsieur

Monsieur Peyrard

rue de Provence numéro 25,

à Paris

ΕΥΚΛΕΙΔΟΥ ΤΑ ΣΩΖΟΜΕΝΑ.

EUCLIDIS QUÆ SUPERSUNT.

LES ŒUVRES D'EUCLIDE.

Cet Ouvrage se trouve aussi à Paris, aux indications suivantes :

CHEZ
- L'AUTEUR, rue de Provence, nº 25;
- TREUTTEL et WURTZ, libraires à Paris, rue de Lille, nº 17;
- FIRMIN DIDOT, rue Jacob, nº 24;
- RAY et GRAVIER, quai des Augustins.
- Madame veuve COURCIER, rue du Jardinet, nº 12.

LES ŒUVRES D'EUCLIDE,

EN GREC, EN LATIN ET EN FRANÇAIS,

D'après un manuscrit très-ancien qui était resté inconnu jusqu'à nos jours;

PAR F. PEYRARD,

TRADUCTEUR DES ŒUVRES D'ARCHIMÈDE.

OUVRAGE APPROUVÉ PAR L'ACADÉMIE DES SCIENCES.

DÉDIÉ AU ROI.

TOME TROISIÈME.

A PARIS,

Chez C. F. PATRIS, imprimeur-libraire, rue de la Colombe, en la Cité, n° 4.

1818.

PRÉFACE.

PRÆFATIO.

Hoc tertium ultimumque volumen continet libros XI, XII, XIII Elementorum Dataque Euclidis, necnon duos libros de quinque Corporibus qui Hypsicli adscripti sunt.

Euclidis operibus duos Hypsiclis libros ideo adjeci, ut a veteri consuetudine non recederem. Neque tamen negaverim eo commendari priorem quod sit quoddam antiquæ geometriæ monumentum; quod ad alterum attinet, longe aliter sentire me fateor. Etenim demonstrationes hujus libri incompletæ sunt, et in illis severitas ac elegantia desiderantur; itaque censeo non solum hos libros eidem non esse adscribendos, verum etiam alterum altero esse multo antiquiorem.

Hoc volumen comprehendit permultas lectiones varias majoris minorisve pretii, quas cuique, attento animo, perpendere licebit.

Lectio varia propositionis I undecimi libri simpliciter eleganterque ostendit, si duæ rectæ partem communem habeant, illas inter se congruere. Hæc propositio quæ corollarium esse posset propositionis XIV primi libri, collocata est a Proclo in axiomatibus cum demonstratione consimili demonstrationi hujus lectionis variæ quam non admisi.

Propositio XVII duodecimi libri, una ex iis quæ sunt maximi momenti, incompleta huc usque habebatur ex alinea paginæ 196 usque ad corollarium paginæ 205. In notâ quæ est in infimâ paginâ 200 ostendi hanc demonstrationem esse completam in omnibus suis partibus, figuram autem omnino esse inconditam.

Si quis dicat Archimedem pervenisse directius ad scopum, qui erat inventio rationis duarum sphærarum magnitudine inæqualium, fateor equidem. Etenim ex eo quod Archimedes demonstravit sphæras æquales esse duabus tertiis partibus cylindrorum circumscriptorum, manifestum est sphæras inter se esse ut cubi suarum diametrorum.

PRÉFACE.

Ce troisième et dernier volume renferme les livres XI, XII, XIII des Éléments, et les Données d'Euclide, ainsi que les deux livres des cinq Corps attribués à Hypsicle.

Si j'ai joint aux Œuvres d'Euclide les deux livres attribués à Hypsicle, c'était pour me conformer à l'usage établi. Je ne veux pas dire pour cela que le premier livre ne soit un monument précieux de la géométrie ancienne. Quant au second, il en est tout autrement : les démonstrations de ce livre sont incomplètes, sans rigueur et sans élégance ; ce qui me porte à croire que non-seulement ces deux livres ne sont pas du même auteur, mais encore que l'un est beaucoup plus ancien que l'autre.

Ce volume renferme un très-grand nombre de variantes plus ou moins précieuses. Je laisse au lecteur le soin de les apprécier à loisir.

La variante 4 de la proposition I du onzième livre, démontre d'une manière simple et élégante que deux droites ne peuvent pas avoir une partie commune sans se confondre. Cette proposition, qui pourrait être un corollaire de la proposition XIV du premier livre, est placée par Proclus au nombre des axiomes, avec une démonstration semblable à celle de cette variante que je n'ai pas adoptée.

La proposition XVII du douzième livre, qui est une des plus importantes d'Euclide, avait été regardée comme incomplète jusqu'à présent, à partir de l'alinéa de la page 196, jusqu'au corollaire de la page 205. J'ai fait voir dans une note placée au bas de la page 200, que cette démonstration était complète dans toutes ses parties, et que tout l'embarras ne provenait que d'une figure mal construite.

On pourrait peut-être dire qu'Archimède est arrivé plus directement au but, qui est de démontrer le rapport de deux sphères d'inégale grandeur ; cela est très-vrai. En effet, Archimède ayant démontré que les sphères sont égales aux deux tiers des cylindres circonscrits, il suit évidemment de là que les sphères sont entre elles comme les cubes de leurs diamètres.

Sed mihi liceat adnotare Euclidem non potuisse ad propositum suum pervenire eâdem viâ quâ Archimedes, ni usus fuisset quatuor principiis vel postulatis quæ adsunt in principio libri primi de sphærâ et cylindro; atqui Euclides non admiserat hæc quatuor postulata. Quapropter Euclides, qui demonstravit circulos inter se esse ut quadrata suarum diametrorum, non demonstravit circumferentias circulorum inter se esse ut suæ diametri, et circulum æqualem esse triangulo cujus basis æqualis est circumferentiæ, et altitudo æqualis radio; oportuisset enim ob eam rem ut Euclides admisisset, sicut et Archimedes, summam duarum tangentium ab eodem puncto ductarum majorem esse arcu ab iis comprehenso, etc.

Propositio LXXXVI datorum, quæ est LXXXVII editionis meæ, doctissimum virum Gregory non leviter intricaverat. Ille in suâ dicit præfatione hoc theorema esse pervalde vitiatum, et se non potuisse illud restituere ope manuscriptorum. Existimo ejus errorem ortum fuisse ex eo quod non noscebat lemma illud quod subsequitur propositionem LXXXVI meæ editionis, et quod hîc modo non planè simili exponam.

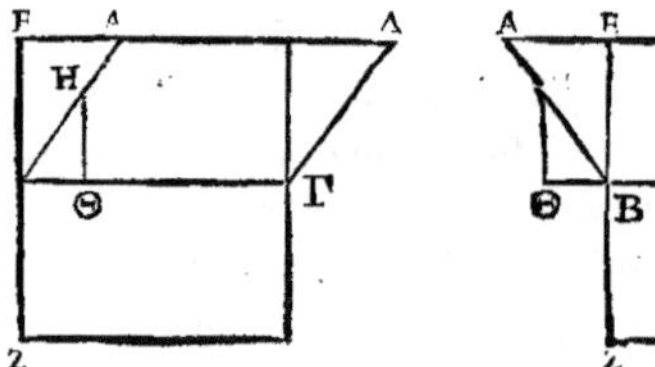

Sit parallelogrammum AΓ; per punctum B ducatur recta EZ perpendicularis ad BΓ; producatur ipsa ΔA; ponatur BZ æqualis ipsi BA; compleantur rectangula ΓE, ΓZ, et a quovis puncto H ipsius AB ducatur HΘ perpendicularis ad BΓ. Ergo ut parallelogrammum ΓA, hoc est rectangulum ΓE ad rectangulum ΓZ ita erit BE ad BZ. Ut autem BE ad EZ, hoc est BE est ad BA, ita sinus HΘ anguli ABΓ ad radium BH; ut igitur parallelogrammum ΓA ad rectangulum ΓZ :: *sin.* ABΓ : *R.* Ex hoc manifestum est quæcumque sint longitudines laterum AB, BΓ parallelogrammi AΓ, rectangulum ZΓ datum fore magnitudine, quamdiu angulus ABΓ idem manebit, et quamdiu parallelogrammum AΓ non desinet esse æquale superficiei datæ.

Mais qu'il me soit permis de faire observer qu'Euclide ne pouvait arriver à son but par la même voie qu'Archimède, sans faire usage des quatre principes ou demandes qui se trouvent à la tête du premier livre de la sphère et du cylindre; or Euclide n'admettait pas ces quatre demandes. Voilà pourquoi Euclide, qui a démontré que les cercles sont entre eux comme les quarrés de leurs diamètres, n'a pas démontré que les circonférences de cercles sont entre elles comme leurs diamètres, et que le cercle est égal à un triangle ayant pour base une droite égale à la circonférence, et pour hauteur une droite égale au rayon; car il aurait fallu pour cela qu'Euclide eût admis, comme Archimède, que la somme de deux tangentes qui partent du même point, est plus grande que l'arc qu'elles embrassent, etc.

La proposition LXXXVI des données, qui est la LXXXVII de mon édition, avait singulièrement embarrassé Grégory. Il dit dans sa préface que ce théorème est grandement vicié, et qu'il n'a pu le rétablir à l'aide des manuscrits. Je pense que son erreur provenait de ce qu'il ne connaissait pas un lemme qui se trouve après la proposition LXXXVI de mon édition, et que je vais exposer d'une manière un peu différente.

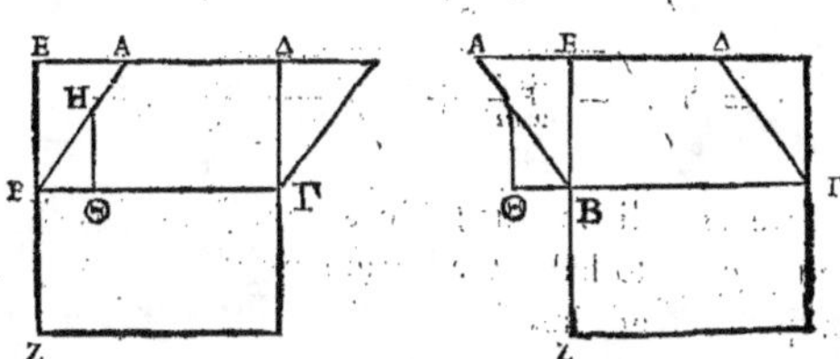

Soit le parallélogramme ΑΓ; par le point Β menons la droite ΕΖ perpendiculaire a ΒΓ, prolongeons ΔΑ; faisons ΒΖ égal à ΒΑ; achevons les rectangles ΓΕ, ΓΖ, et d'un point Η quelconque de ΑΒ menons ΗΘ perpendiculaire à ΒΓ. Le parallélogramme ΓΑ, c'est-à-dire le rectangle ΓΕ sera au rectangle ΓΖ comme ΒΕ est à ΒΖ. Mais ΒΕ est à ΒΖ, c'est-à-dire ΒΕ est à ΒΑ comme le sinus ΗΘ de l'angle ΑΒΓ est au rayon ΒΗ; le parallélogramme ΓΑ est donc au rectangle ΓΖ :: *sin.* ΑΒΓ : *R.* D'où il suit que, quelles que soient les longueurs des côtés ΑΒ, ΒΓ du parallélogramme ΑΓ, le rectangle ΖΓ sera donné de grandeur, tant que l'angle ΑΒΓ restera le même, et que le parallélogramme ΑΓ ne cessera pas d'être égal à une surface donnée.

Hæc est solutio algebrica theorematis LXXXVII, quod quidem in nullâ suarum partium vitiatum erat.

Duæ rectæ x, y contineant superficiem datam c^2, in angulo dato B, et sit ut quadratum x^2 præter superficiem datam a^2 ad y^2 ita recta data m ad rectam datam n; dico rectas x, y datas fore.

Inveniemus superficiem æqualem rectangulo sub rectis x, y contento, ope hujus proportionis, $sin.\ B : R :: c^2 : \frac{R \times c^2}{sin.\ B}$;

Ponatur quadratum b^2 æquale rectangulo $\frac{R \times c^2}{sin.\ B}$;

Fiet $xy = b^2$.

Sed $x^2 - a^2 : y :: m : u$;

Ergo $nx^2 - na^2 = my^2$.

His duabus æquationibus resolutis, invenietur,

$$x = \sqrt{\frac{a^2}{2} + \sqrt{\frac{4\,mb^4 + na^4}{4\,n}}}$$

$$y = \sqrt{-\frac{na^2}{2m} + \sqrt{\frac{4\,mnb^4 + n^2a^4}{4\,m^2}}}.$$

Talis est algebræ agendi modus; hic autem Euclidis. Utar signis abreviatoribus nostris, ut pro certo habeatur eorum utilitas in comprehendendis arduis quæstionibus antiquæ geometriæ.

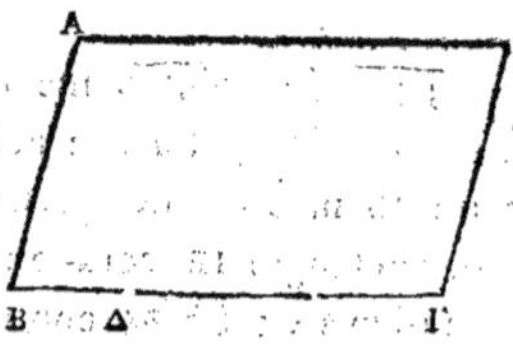

Ponatur rectangulum ΒΓ × ΒΔ æquale superficiei datæ a^2. Quoniam ΒΓ² = ΒΓ × ΒΔ + ΒΓ × ΔΓ; ergo ΒΓ² — a^2 = ΒΓ² — ΒΓ × ΒΔ = ΒΓ × ΔΓ.

Sed ΒΓ² — a^2 : ΑΒ² :: m : n;

Ergo (A) ΒΓ × ΔΓ : ΑΒ² :: m : n.

Voici à présent la solution algébrique du théorème LXXXVII, qui certes n'était vicié dans aucune de ses parties.

Que deux droites x, y comprènent une surface donnée c^2, dans un angle donné B, et que x^2 moins une surface donnée a^2 soit à y^2 comme une droite donnée m est à une droite donnée n; je dis que les droites x, y seront données.

Pour avoir la surface égale au rectangle sous les droites x, y, je fais cette proportion, $sin.\ B : R :: c^2 : \frac{R \times c^2}{sin.\ B}$.

Que $b^2 = \frac{R \times c^2}{sin.\ B}$;

On aura $xy = b^2$.

Mais $x^2 - a^2 : y^2 :: m : n$;

Donc $nx^2 - na^2 = my^2$.

Résolvant ces deux équations, on trouvera

$$x = \sqrt{\frac{a^2}{2} + \sqrt{\frac{4\,mb^4 + na^4}{4\,n}}}$$

$$y = \sqrt{-\frac{na^2}{2m} + \sqrt{\frac{4\,mnb^4 + n^2a^4}{4\,m^2}}}$$

Tel est le procédé de l'algèbre; voici celui d'Euclide. J'employerai nos signes abréviatifs, pour faire sentir combien ils sont propres à faciliter l'intelligence des questions difficiles de la géométrie ancienne.

Supposons que le rectangle ΒΓ × ΒΔ soit égal à la surface donnée a^2. Puisque ΒΓ² = ΒΓ × ΒΔ + ΒΓ × ΔΓ, on aura ΒΓ² — a^2 = ΒΓ² — ΒΓ × ΒΔ = ΒΓ × ΔΓ.

Mais ΒΓ² — a^2 : ΑΒ² :: m : n;

Donc (A) ΒΓ × ΔΓ : ΑΒ² :: m : n.

Sed rectangulum $AB \times B\Gamma$ datum est (lemma), nec non rectangulum $B\Gamma \times B\Delta$; ratio igitur ipsius $AB \times B\Gamma$ ad ipsum $B\Gamma \times B\Delta$ data est. Sit autem ratio ipsius $AB \times B\Gamma$ ad $B\Gamma \times B\Delta$ eadem quæ ratio ipsius m ad o;

Ergo $AB \times B\Gamma : B\Gamma \times B\Delta :: m : o$.

Sed $AB \times B\Gamma : B\Gamma \times B\Delta :: AB : B\Delta$;

Ergo $AB : B\Delta :: m : o$;

Ergo $AB^2 : B\Delta^2 :: m^2 : o^2 : m : p$.

Sed $B\Gamma \times \Delta\Gamma : AB^2 :: m : n$ (A);

Ergo $B\Gamma \times \Delta\Gamma : B\Delta^2 :: m^2 : n \times p :: m : q$;

Ergo $4\, B\Gamma \times \Delta\Gamma : B\Delta^2 :: 4\, m : q$;

Ergo $4\, B\Gamma \times \Delta\Gamma + B\Delta^2 : B\Delta^2 :: 4\, m + q : q :: m^2 : s^2$.

Sed $4\, B\Gamma \times \Delta\Gamma + B\Delta^2 = (B\Gamma + E\Gamma)^2$ (lib. II, prop. VIII);

Ergo $(B\Gamma + \Delta\Gamma)^2 : B\Delta^2 :: m^2 : s^2$;

Ergo $B\Gamma + \Delta\Gamma : B\Delta :: m : s$;

Ergo $B\Gamma + \Delta\Gamma + B\Delta$, c'est-à-dire $2\, B\Gamma : B\Delta :: m + s : s$;

Ergo (B) $B\Gamma : B\Delta :: \frac{m + s}{2} : s :: m^2 : t^2$.

Sed $B\Gamma : B\Delta :: B\Gamma \times B\Delta : B\Delta^2$;

Ergo (C) $B\Gamma \times B\Delta : B\Delta^2 :: m^2 : t^2$.

Sed ipsum $B\Gamma \times B\Delta$ datum est; ipsum igitur $B\Delta^2$ datum est; recta igitur $B\Delta$ est data; quare et ipsa $B\Gamma$ data est. Sed ipsum $AB \times B\Gamma$ est datum, nec non angulus B; quare et ipsa AB est data; rectæ igitur AB, $B\Gamma$ datæ sunt.

Ex hoc manifestum est nos habituros esse valores rectarum incognitarum AB, $B\Gamma$ ope duarum proportionum *B* et *C*. Etenim si, in proportione *C*, substituamus superficiem datam a^2 pro rectangulo $B\Gamma \times B\Delta$, habebimus $B\Delta = \frac{at}{m}$, et si substituamus hunc valorem ipsius $B\Delta$, in proportione *B*, habebimus $B\Gamma = \frac{am}{t}$.

Ex libris Hypsiclis, complures mendas crassissimas et solo ictu oculorum evidentissimas ejeci, quæ tamen in tribus codicibus ergo 2342, 2345 *, et in editionibus Basiliæ Oxoniæque reperiuntur. (*Vide* Lectiones varias.)

* Hi tres codices, codice 2342 excepto, defectuosi sunt et lacunis scatentes.

Mais le rectangle $AB \times B\Gamma$ est donné (lemme), ainsi que le rectangle $B\Gamma \times B\Delta$; la raison de $AB \times B\Gamma$ à $B\Gamma \times B\Delta$ est donc donnée. Que la raison de $AB \times B\Gamma$ à $B\Gamma \times B\Delta$ soit la même que celle de m à o,

On aura $AB \times B\Gamma : B\Gamma \times B\Delta :: m : o$.

Mais $AB \times B\Gamma : B\Gamma \times B\Delta :: AB : B\Delta$;

Donc $AB : B\Delta :: m : o$;

Donc $AB^2 : B\Delta^2 :: m^2 : o^2 : m : p$.

Mais $B\Gamma \times \Delta\Gamma : AB^2 :: m : n$ (A);

Donc $B\Gamma \times \Delta\Gamma : B\Delta^2 :: m^2 : n \times p :: m : q$;

Donc $4\, B\Gamma \times \Delta\Gamma : B\Delta^2 :: 4\, m : q$;

Donc $4\, B\Gamma \times \Delta\Gamma + B\Delta^2 : B\Delta^2 :: 4\, m + q : q :: m^2 : s^2$.

Mais $4\, B\Gamma \times \Delta\Gamma + B\Delta^2 = (B\Gamma + \Delta\Gamma)^2$ (liv. II, prop. VIII);

Donc $(B\Gamma + \Delta\Gamma)^2 : B\Delta^2 :: m^2 : s^2$;

Donc $B\Gamma + \Delta\Gamma : B\Delta :: m : s$;

Donc $B\Gamma + \Delta\Gamma + B\Delta$, c'est-à-dire $2\, B\Gamma : B\Delta :: m + s : s$;

Donc (B) $B\Gamma : B\Delta :: \frac{m+s}{2} : s :: m^2 : t^2$.

Mais $B\Gamma : B\Delta :: B\Gamma \times B\Delta : B\Delta^2$;

Donc (C) $B\Gamma \times B\Delta : B\Delta^2 :: m^2 : t^2$.

Mais $B\Gamma \times B\Delta$ est donné; $B\Delta^2$ est donc donné aussi; la droite $B\Delta$ est donc donnée; la droite $B\Gamma$ est donc donnée aussi. Mais $AB \times B\Gamma$ est donné, ainsi que l'angle B; la droite AB est donc donnée aussi; les droites AB, $B\Gamma$ sont donc données.

Il est évident, d'après cela, que l'on aura les valeurs des inconnues AB, $B\Gamma$ par le moyen des deux proportions *B* et *C*. En effet, substituant, dans la proportion *C*, la surface donnée a^2 au rectangle $B\Gamma \times B\Delta$, on aura $B\Delta = \frac{at}{m}$, et substituant cette valeur de $B\Delta$ dans la proportion *B*, on aura $B\Gamma = \frac{am}{t}$.

Dans les livres d'Hypsicle, j'ai fait disparaître une foule de fautes grossières qui sautaient aux yeux, et qui cependant se trouvaient dans les trois manuscrits 190, 2342, 2343 *, et dans les éditions de Bâle et d'Oxford. (*Voyez* les Variantes.)

* Ces trois manuscrits, si l'on en excepte 2342, sont défectueux et remplis de lacunes.

Propositio II libri II corruptissima erat in tribus codicibus, in editionibus Basiliæ, Oxoniæque, necnon in versionibus Zamberti et Commandini. Ex integro hanc demonstrationem restitui.

Lectio paginæ 516 mea est. Codices et editio Basiliæ versionesque Zamberti et Commandini omnino erant inintelligibiles, et emendatio Gregory non fausta mihi videbatur.

Lectio varia primæ lineæ paginæ 531 imprimis notanda est. Hæc erat τῆς ΑΒ pro τῆς; hâc mendâ manente, quod Hypsicles dicit illud est impossibile; et hæc menda adest tamen in tribus codicibus, in editionibus Basiliæ, Oxoniæque, necnon in versionibus Zamberti atque Commandini.

Cum Euclides meus terminatus sit, sine ullâ morâ prelo sum subjecturus Apollonii opera conjunctim cum Pappi Lemmatibus Eutochiique Commentariis, nec non cum Sereni duobus libris de Cylindro et Cono. (*Vide* præfationem secundi voluminis).

Hoc tertium ultimumque Euclidis volumen editum fuisset mense octobri novissime præterito, ni moram attulisset miserandum filiæ meæ primo genitæ fatum, quæ postquam fuerat per viginti et octo annos, dulce vitæ meæ solamen, in complexu meo immaturè vitâ decessit decimâ nonâ die septembris. Heu! non potuit, pene dixi, noluit superesse natæ suæ in ipso matris gremio præreptæ, duodecimâ ejusdem mensis die, exacto nondum tertio ætatis anno.

Omnibus ærumnis confectus, nec putans me posse tam diris repentinisque cladibus esse superstitem, obsecraveram clarissimum virum Delambre, perpetuum Academiæ scientiarum secretarium, ut si quis ingrueret casus, impressioni operis mei absolvendæ attendere vellet. Itaque D. Delambre adjuvante, ne mors quidem ipsa mea ullam integræ Euclidis operum promulgationi moram attulisset; et ea jam pridem fuissent edita, ni extitissent calumniæ, vexationes semper renascentes, quibus sexdecim ab hinc annis et amplius sum objectus.

La proposition II du livre II était entièrement altérée dans les trois manuscrits, dans les éditions de Bâle, d'Oxford et dans les traductions de Zamberti et de Commandin. J'ai rétabli cette démonstration dans tout son entier.

La leçon de la page 516 est de moi. Les manuscrits, l'édition de Bâle, et les traductions de Zamberti et de Commandin, ne présentaient aucun sens raisonnable, et la correction de Grégory ne me paraissait pas heureuse.

La variante de la première ligne de la page 531 est très-remarquable. Il y avait τῆς ΑΒ pour τῆς; ce qui faisait dire à Hypsicle une chose impossible, et cette faute se trouve dans tous les trois manuscrits, dans les éditions de Bâle, d'Oxford, et dans les traductions de Zamberti et de Commandin.

Mon Euclide étant terminé, je vais faire mettre incessamment sous presse les Œuvres d'Apollonius, qui seront accompagnées des Lemmes de Pappus, des Commentaires d'Eutochius, et des deux livres du Cylindre et du Cône de Sérénus. (*Voyez* la Préface du second volume.)

Ce troisième et dernier volume des Œuvres d'Euclide aurait paru au mois d'octobre dernier, sans la fin déplorable de ma fille aînée, qui, après avoir fait le charme de ma vie pendant vingt-huit ans, expira dans mes bras le vendredi 19 septembre, n'ayant pu, ou plutôt n'ayant pas voulu survivre à sa fille unique, qui était morte presque subitement sur le sein de sa mère le vendredi de la semaine précédente, dans la troisième année de son âge.

L'âme brisée par la douleur, et ne comptant pas pouvoir survivre à des pertes aussi cruelles, arrivées coup sur coup, j'avais prié M. Delambre, secrétaire perpétuel de l'Académie des sciences, de vouloir bien, en cas d'événement, surveiller l'impression de la fin de mon ouvrage. Ainsi, grâces à ce savant illustre, ma mort même n'aurait apporté aucun retard à l'entière publication des Œuvres d'Euclide, dont le public jouirait depuis long-temps, sans les calomnies, et sans les persécutions sans cesse renaissantes, auxquelles j'ai été en butte depuis seize années révolues.

In præfatione voluminis primi dixeram Oxoniæ editionem nihil aliud esse quam meram fere transcriptionem editionis Basiliæ. Hæc quidem addere potuissem, scilicet mendas crassissimas quibus scatet Basiliæ editio adesse plerasque editione Oxoniæ, et in hâc editione mendas hujusmodi permultas reperiri quibus caret in Basiliæ editio. Quod omni procul dubio ostendetur ope tabulæ subsequentis.

Vocabulum *idem* quod videre est in columnâ editionis Basiliæ, significat hanc editionem concordare cum Oxoniæ editione; ubi hoc vocabulum abest, ibi abest et menda.

Littera *b* indicat lineas ab infimâ paginâ esse computandas.

J'avais dit, dans la préface du premier volume, que l'édition d'Oxford n'était guères que la copie de celle de Bâle. J'aurais pu ajouter que la plûpart des fautes les plus grossières de l'édition de Bâle, se retrouvent dans celle d'Oxford, et que celle-ci en renferme un très-grand nombre dont l'autre est exempte. Le tableau suivant prouvera d'une manière incontestable, ce que je viens d'avancer.

Le mot *idem* de la colonne de l'édition de Bâle, veut dire que cette édition est conforme à celle d'Oxford; l'absence de ce mot veut dire que la faute n'existe pas dans l'édition de Bâle.

La lettre *b* indique qu'il faut compter les lignes à partir du bas de la page.

TABULA
MENDARUM CRASSISSIMARUM
QUIBUS PRÆCIPUE VITIANTUR
OXONIÆ BASILIÆQUE EDITIONES.

MENDÆ EDIT. OXONIÆ.			MENDÆ EDIT. BASILIÆ.			Lege.
Pag.	lin.		Pag.	lin.		
2,	16, *b.*	ἀνίσας	2,	11,	*Idem*	ἀνίσους
4,	16, *b.*	ΓΗΘ	. . .	. . .	. . . .	ὁ ΓΗΘ
7,	17, *b.*	τῷ ἐλάσσονι τὸ μεῖζον	5,	21,	*Idem*	τὸ ἔλασσον τῷ μείζονι
35,	17,	τῶν	. . .	. . .	. . . .	τῆς
40,	21, *b.*	τοῦ	. . .	. . .	. . . .	τοῦ ἀπὸ τοῦ
46,	8,	τῆς	. . .	. . .	. . . .	τοῦ
58,	13, *b.*	ἡ	. . .	. . .	. . . .	τοῦ
66,	28,	τὸ	40,	3,	*Idem*	τῷ
98,	17,	ὅτε τὸ	68,	25,	τὸ	εἰ
99,	13, *b.*	ΖΗ	69,	17,	*Idem*	τὸ ΖΗ
103,	4,	τὸ	61,	9,	*Idem*	τὰ
114,	2, *b.*	παράλληλος . . .	69,	26,	*Idem*	deleatur.
115,	3,	παράλληλος . . .	—	29,	*Idem*	deleatur.
123,	22,	αὐτῷ	. . .	. . .	. . . .	αὐτῇ
136,	23, *b.*	αὐτῷ	. . .	. . .	. . . .	αὐτοῦ
140,	6,	τὴν	. . .	. . .	. . . .	τῆς
142,	21,	τὸ	. . .	. . .	. . . .	τῷ
149,	9, *b.*	μέτρῃ	88,	1, *b.*	*Idem*	μετρεῖ
151,	21,	μετρήσας	89,	3, *b.*	*Idem*	μετρήσει
153,	5,	τῷ	91,	2,	*Idem*	τοῦ
—	10,	μέρη	. . .	. . .	. . . .	μέρη ἢ
154,	1,	τοῦ	—	31,	*Idem*	τῷ
155,	12, *b.*	τῷ	92,	8, *b.*	*Idem*	τοῦ
—	8, *b.*	τῷ	—	5, *b.*	*Idem*	τοῦ
159,	13,	δευτέρου	95,	12,	*Idem*	τετάρτου
—	13, *b.*	τὸν	—	28,	*Idem*	τῶν
160,	3,	ἀπὸ	. . .	. . .	. . . .	ὑπὸ
—	18,	ἀπὸ	—	3, *b.*	*Idem*	ὑπὸ
164,	8,	τινα	98,	24,	*Idem*	τίνας
171,	4, *b.*	ἴσους	103,	4, *b.*	*Idem*	ἴσους ἂν
174,	15,	τῶν	105,	13, *b.*	*Idem*	ὁ
178,	9,	πρὸς	108,	12, *b.*	*Idem*	deleatur.
182,	5, *b.*	οὐδὲ ὁ δὲ	113,	9,	ὁ δ'	οὐδὲ
187,	4,	αὐτῶν	. . .	. . .	. . . .	αὐτοῦ
191,	14,	τέταρτες	118,	9,	*Idem*	δεύτερος
192,	17,	τὸν	. . .	. . .	. . . .	τῶν

EDITIO OXONIÆ.			EDITIO BASILIÆ.			
Pag.	lin.		Pag.	lin.		Lege.
192,	14, b.	ἐπεὶ	118,	6, b.	*Idem*	ἐπεὶ οἱ
193,	17, b.	διαλείποντες	119,	22, b.	*Idem*	διαλείποντες πάντες
198,	18,	ἄλλου	122,	9, b.	*Idem*	ἄλλου πρώτου
—	13, b.	μετρούμενον				μετρούμενος
207,	25,	τὸν	128,	6, b.	*Idem*	τοὺς
209,	1, b.	τετράγωνος	130,	16,	*Idem.*	τετράγωνα
210,	1,	ἴσαι	—	17,	*Idem.*	ἴσα
211,	15, b.	ὁ	131,	20,	*Idem.*	τὸ
215,	20, b.	τὸν	133,	10, b.	*Idem.*	τὸ
226,	16,	μήκη	139,	25,	*Idem.*	μήκει
—	24,	μήκη	—	17, b.	*Idem.*	μήκει
—	17, b.	τῷ	139,	11, b.	*Idem.*	τῇ
237,	20,	τὴν	145,	2, b.	*Idem.*	τὸν
244,	17,	τῇ				τῆς
245,	15,	τῆς	150,	26,	*Idem.*	τοῦ
—	19,	ἀπὸ	—	14, b.	*Idem.*	ὑπὸ
245,	1, b.	τῇ				τῆς
246,	7,	ἐκ				ἐκ τῶν ἀπὸ
—	17,	μέσον, μέσον				μέσον
—	26,	ὑπὸ τῶν ΑΔ, ΔΒ, τῷ ἀπὸ				ἀπὸ τῶν ΑΔ, τῷ ἀπὸ
250	17,	ἀσύμμετρόν ἐστι τὸ	153,	19,	*Idem.*	ἀσύμμετά ἐστι τὰ
251,	2, b.	τῶν	154,	2,	*Idem.*	τοῦ
262,	22,	τῶν	159,	1, b.	*Idem.*	τοῦ
—	23,	τῶν	—	1, b.	*Idem.*	τοῦ
264,	3,	τῷ	160,	6, b.	*Idem.*	τῶν
—	25,	ἀσύμμετρον				ἀσύμμετρα
—	—	ὑπὸ τῶν				ἀπὸ τῶν
269,	11, b.	τὰ μέσα	164,	16,	*Idem.*	τὰς μέσας
277,	13,	τὸ	169,	3,	*Idem.*	τῷ
—	20,	τὸ	—	5,	*Idem.*	τῷ
282,	12, b.	μέσης	171,	14, b.	*Idem.*	μέσης
284,	2, b.	τὸ	172,	6, b.	*Idem.*	τὰ
289,	8,	τὸ	175,	7,	*Idem.*	τῷ
297,	12, b.	τὸ				τῷ
300,	26,	τῷ τῷ				τῷ
—	34,	τῆς				τῶν
303	6, b.	ὅ				ἡ
305,	17, b.	τῷ				τὸ
309,	13, b.	ἢ				τὸ
310	1,	ὑπὸ				ἀπὸ

Editio Oxoniæ. Pag.	lin.		Editio Basiliæ. Pag.	lin.		Lege.
314,	15, b.	ἐστὶ	188,	5, b.	Idem.	ἐστὶ τετάρτη
315,	18,	ἡ	189,	9,	Idem.	αἱ
319,	1,	τῇ				τῆς
—	8,	τό τε				deleatur.
323,	18,	ἀπὸ				τῆς
326,	23,	τοὺς				ἑκατ΄ραν
332,	27,	ἑκατέρον				κάθετον
336,	10,	κάθητον				deleatur.
338,	21, b.	παράλληλοι				αὐτὰς
343,	9, b.	αὐτὰ				εἰ δὲ οὐ
345,	2,	οὐ δὲ οὐ				deleatur.
350,	9,	παράλληλοι				ἴση στερεᾷ γωνίᾳ
352,	14, b.	ἴσην στερεὰν γωνίαι	210,	9, b.	στερεᾷ γωνίᾳ ἴσην	διαγωνίους
353,	18, b.	διαγωνίας	211,	16,	Idem.	εὐθείας
358,	9,	εὐθείαις				ἴσων
360,	32,	ἴσον	215,	15, b.	Idem.	ἐπίπεδα
361,	4,	ἐπιπεδοι	—	3, b.	ἐπίπεδος	γωνίαις
367,	2,	γωνίας				περὶ
369,	9, b.	ὑπὸ				παραλληλόγραμμα
370,	3,	παραλλήλων	221	4*l*1,	Idem.	βάσις
373,	27,	βάσεις				βάσεις
—	29,	βάσις				τῆς ΓΞ, ἡ δὲ τῆς ΖΦ
374,	28,	τῇ ΓΞ, ἡ δὲ τῇ ΖΦ	223,	3, b.	Idem.	τετραγώνου
382,	8, b.	κύκλου	228,	2, b.	Idem.	κύκλον
383,	5, b.	κύλινδρον	229,	18, b.	Idem.	μείζων
385,	16, b.	μεῖζον	220,	14, b.	Idem.	τέμνοντες
—	15, b.	τέμνοντας	230,	13, b.	Idem.	τῆς
400,	20, b.	τῇ				τετραγώνα
—	17, b.	τετραγώνων	239,	14,	τετραγώνου	τῆς
—	5, b.	τῇ	—	20,	Idem.	τῆς
401,	30,	τοῦ	240,	2,	Idem.	διπλασίων
403,	11,	διπλασίον	—	2, b.	Idem.	τῷ δὶς
403,	27,	τῷ				τὸ
404,	1, b.	τοῦ				ῥητὴ
408,	4,	ῥητὸν	243,	10, b.	Idem.	τῆς
411,	5, b.	τῇ	246,	3,	Idem.	τῇ ΒΚ περιφείᾳ
412,	6,	τῆς ΒΚ περιφερείας	245,	3, b.	Idem.	τῆς
—	6,	τῇ				deleatur.
—	4, b.	ἡ ΑΒΓΖΕ	146,	21, b.	Idem.	τῆς
—	1, b.	τῇ	—	18, b.	Idem.	τῆς
413,	7,	τῇ	—	13, b.	Idem.	τῇ
—	20, b.	τῷ	247,	4,	Idem.	

EDITIO OXONIÆ. Pag.	lin.		EDITIO BASILIÆ. Pag.	lin.		Lege.
414,	3, b.	ΒΕΓ	247,	10, b.	Idem.	ἡ ΒΕΒ
415,	13, b.	τῷ	. . . . .		. . . . .	τοῦ
419,	21,	περιεχόμενον . . .	250,	21,	Idem.	περιεχόμενος
—	16, b.	ἥξαι	. . . . .		. . . . .	ἥξει
421,	14,	πεντάγωνος . . .	. . . . .		. . . . .	πενταγώνον
—	3, b.	αὐτὸν	152,	11,	Idem.	αὐτὸ
424,	1, b.	τῆς	. . . . .		. . . . .	τῶν
425,	30,	πλευρὰ	254,	5,	Idem.	τῆς πλευρᾶς
426,	14, b.	ἁ	. . . . .		. . . . .	αἱ
428,	9,	τριπλασίων . . .	. . . . .		. . . . .	διπλασίων
—	2, b.	τῆς	. . . . .		. . . . .	τῇ
429,	21,	ἀπὸ	. . . . .		. . . . .	ὑπὸ
—	29,	διπλασίον . . .	. . . . .		. . . . .	διπλασίου
435,	11,	τὸ	259,	23,	Idem.	τῷ
—	28,	ἀπὸ	—	14, b.	Idem.	ὑπὸ
437,	25,	τὰ	260,	8. b.	Idem.	τὸ
—	20, b.	ἔσται	—	2, b.	Idem.	ἔστω
438,	14,	τῆς	161,	18,	Idem.	τοῦ
—	17,	ἰσοπλεύρου . . .	. . . . .		. . . . .	ἰσοπλεύρου τριγώνου
—	7, b.	τὸ	. . . . .		. . . . .	τὰ
439,	13, b.	πενταγώνων . . .	262,	14,	Idem.	πενταγώνους
440,	15,	τῆς	—	29,	Idem.	τὴν
—	16,	τῆς	—	30,	Idem.	τὴν
—	18,	δὲ	—	28,	Idem.	deleatur.
—	22,	ΑΒ, ΒΓ	—	19,	Idem.	ὑπὸ ΑΒ, ΒΓ
—	27,	ΔΖ	—	15,	Idem.	ἀπὸ ΔΖ
—	12, b.	λόγον	. . . . .		. . . . .	λόγον ἔχει
—	8, b.	τοῦ	. . . . .		. . . . .	τὸ ἀπὸ
443,	20,	τῆς	. . . . .		. . . . .	τῶν
445,	18,	ἔχει	. . . . .		. . . . .	ἔχῃ
448,	17,	ἰσοπλεύρου . . .	266,	1,	Idem.	ἰσόπλευρόν τε καὶ ἰσογώνιον
—	29,	δύο	267,	8,	Idem.	δύο ὀρθὰς
449,	3, b.	τῆς ΑΒ	268,	2,	Idem.	τῆς

EUCLIDIS DATA.

EX EDITIONE CLAUDII HARDII.

EDITIO OXONIÆ.			EDITIO CLAUDII HARDY.			Lege.
Pag.	lin.		Pag.	lin.		
462,	6, *b.*	Γ	22,	11,	*Idem.*	τὸ Γ
465,	2,	αὐτὸ	27,	13,	*Idem.*	τὸ αὐτὸ
467,	2,	γωνίας				γωνίαις
472,	16, *b.*	τοῦ	46,	19,	*Idem.*	τῷ
473,	26,	αὐτὸ	48,	19,	*Idem.*	τὸ αὐτὸ
476,	5,	αὐτοὺς	59,	15,	*Idem.*	αὐτὰς
477,	11, *b.*	ἡ				ἡ ὑπὸ
479,	4,	ΑΒ	63,	9,	*Idem.*	ἡ ΑΒ
—	21,	ΓΔ	64,	11,	*Idem.*	ἡ ΓΔ
482,	8,	ἀπὸ				ἐπὶ
—	21, *b.*	ἐν				deleatur.
—	5, *b.*	ἀπὸ τοῦ				ὑπὸ τῶν
483,	1,	τὸ				τὴν
—	2,	τὸ				τὴν
—	16,	ΑΒΓ	78,	15,	*Idem.*	τὸ ΑΒΓ
—	5, *b.*	ἐχέθωσαν				ἴχωσι
487,	3,	τῷ				τῇ
490,	12, *b.*	ἤχθω	91,	2,	*Idem.*	ἤχθωσαν
491,	19,	τῆς	92,	11,	*Idem.*	τοῦ
493,	9,	ΑΓΔΕΒ, ΑΖ	96,	11,	*Idem.*	τὰ ΑΓΔΕΒ, ΑΖ
—	19,	δύο				δύο εἴδη τῷ
494,	22,	τὰ	97,	21,	*Idem.*	τὰς
298,	21,	τὸ				τὴν
—	77, *b.*	ΑΒ	108,	21,	*Idem.*	τὸ ΑΒ
499,	16,	ἄρα	111,	12,	*Idem.*	ἄρα ἡ ὑπὸ
501,	14,	τοῦ	115,	5,	*Idem.*	τῶν
—	4, *b.*	ΑΔ				ἡ ΑΔ
502,	3,	παρὰ				ὑπὸ
503,	14,	ὑπὸ	120,	1,	*Idem.*	ἀπὸ
—	19,	τῆς				τῶν
505,	17,	ἀπὸ				ὑπὸ
—	14, *b.*	ἀρὰ				ἀρὰ ἀπὸ
—	7, *b.*	τὸ	127,	7,	*Idem.*	τῷ
—	1, *b.*	ἀπὸ	—	14,	*Idem.*	ὑπὸ
506,	23,	τοῦ				τῶν

EDITIO OXONIÆ.			EDITIO CLAUDII HARDY.			Lege.
Pag.	lin.		Pag.	lig.		
510,	17, *b.*	τὴν				τὸ
513,	20,	ὁ				ἡ
—	16, *b.*	ὁ				ἡ
517,	2,	ΛΘΗ	152,	8,	*Idem*	ὑπὸ ΛΘΗ
—	11,	ὑπὸ	152,	6, *b.*	*Idem.*	ὑπὸ τῶν
518,	23,	τοῦ				τῆς
—	24,	τὸ	155,	17,	*Idem.*	τῷ
520,	10,	ὡς ἔτυχεν				ἀνάλογον
—	19,	ὡς ἔτυχε				deleatur.
423,	2,	τό				τῶ
522,	1,	τῷ				τοῦ
525,	19,	ὁ				τὸ

ERRATUM.

Ante ultimum *alinea* paginæ IX præfationis hæc adjiciantur :

Et si in proportione AB : BΔ :: $m : o$, substituamus valorem ipsius BΔ, habebimus $AB = \frac{at}{o}$

Et si dans la proportion AB : BΔ :: $m : o$, nous substituons la valeur de BΔ, nous aurons $AB = \frac{at}{o}$

EUCLIDIS ELEMENTORUM LIBER UNDECIMUS.

ΟΡΟΙ.

α΄. ΣΤΕΡΕΟΝ ἐστι, τὸ μῆκος καὶ πλάτος καὶ βάθος ἔχον.

β΄. Στερεοῦ δὲ πέρας, ἐπιφάνεια.

γ΄. Εὐθεῖα πρὸς ἐπίπεδον ὀρθή ἐστιν, ὅταν πρὸς πάσας τὰς ἁπτομένας αὐτῆς εὐθείας, καὶ οὔσας ἐν τῷ ὑποκειμένῳ[1] ἐπιπέδῳ, ὀρθὰς ποιῇ γωνίας.

δ΄. Ἐπίπεδον πρὸς ἐπίπεδον ὀρθόν ἐστιν, ὅταν αἱ τῇ κοινῇ τομῇ τῶν ἐπιπέδων πρὸς ὀρθὰς ἀγόμεναι εὐθεῖαι ἐν ἑνὶ τῶν ἐπιπέδων τῷ λοιπῷ ἐπιπέδῳ πρὸς ὀρθὰς ὦσιν.

DEFINITIONES.

1. Solidum est, quod longitudinem et latitudinem et altitudinem habet.

2. Solidi autem terminus, superficies.

3. Recta ad planum perpendicularis est, quando ad omnes rectas contingentes ipsam, et existentes in subjecto plano, rectos facit angulos.

4. Planum ad planum rectum est, quando rectæ, quæ communi sectioni planorum ad rectos et in uno planorum ducuntur, reliquo plano ad rectos sunt.

LE ONZIÈME LIVRE DES ÉLÉMENTS D'EUCLIDE.

DÉFINITIONS.

1. Un solide est ce qui a longueur, largeur et profondeur.

2. Un solide est terminé par une surface.

3. Une droite est perpendiculaire à un plan, lorsqu'elle fait des angles droits avec toutes les droites qui la rencontrent, et qui sont dans ce plan.

4. Un plan est perpendiculaire à un plan, lorsque les perpendiculaires menées dans un des plans à leur commune section, sont perpendiculaires à l'autre plan.

έ. Εὐθείας πρὸς ἐπίπεδον κλίσις ἐστὶν, ὅταν ἀπὸ τοῦ μετεώρου πέρατος τῆς εὐθείας ἐπὶ τὸ ἐπίπεδον κάθετος ἀχθῇ, καὶ ἀπὸ τοῦ γενομένου σημείου ἐπὶ τὸ ἐν τῷ ἐπιπέδῳ πέρας[2] τῆς εὐθείας εὐθεῖα ἐπιζευχθῇ[3], ἡ περιεχομένη ὀξεῖα[4] γωνία ὑπὸ τῆς ἀχθείσης καὶ τῆς ἐφεστώσης.

ς'. Επιπέδου πρὸς ἐπίπεδον κλίσις ἐστὶν, ἡ περιεχομένη ὀξεῖα γωνία ὑπὸ τῶν πρὸς ὀρθὰς τῇ κοινῇ τομῇ ἀγομένων πρὸς τῷ αὐτῷ σημείῳ ἐν ἑκατέρῳ τῶν ἐπιπέδων.

ζ. Επίπεδον πρὸς ἐπίπεδον ὁμοίως κεκλίσθαι λέγεται, καὶ ἕτερον πρὸς ἕτερον, ὅταν αἱ εἰρημέναι τῶν κλίσεων γωνίαι ἴσαι ἀλλήλαις ὦσι.

ή. Παράλληλα ἐπίπεδά ἐστι τὰ ἀσύμπτωτα.

θ'. Ομοια στερεὰ σχήματά ἐστι τὰ ὑπὸ ὁμοίων ἐπιπέδων περιεχόμενα ἴσων τὸ πλῆθος.

ί. Ισα δὲ καὶ ὅμοια στερεὰ σχήματά ἐστι τὰ ὑπὸ[5] ὁμοίων ἐπιπέδων περιεχόμενα ἴσων τῷ πλήθει καὶ τῷ μεγέθει.

5. Rectæ ad planum inclinatio est, quando a sublimi termino rectæ ad planum perpendicularis ducitur, et a facto puncto ad terminum rectæ in plano recta jungitur, contentus acutus angulus junctâ rectâ et insistente.

6. Plani ad planum inclinatio est contentus acutus angulus rectis, quæ ducuntur ad rectos communi sectioni ad idem punctum in utroque planorum.

7. Planum ad planum similiter inclinari dicitur, atque alterum ad alterum, quando dicti inclinationum anguli æquales inter se sunt.

8. Parallela plana sunt quæ inter se non conveniunt.

9. Similes solidæ figuræ sunt quæ continentur similibus planis, æqualibus multitudine.

10. Æquales vero et similes solidæ figuræ sunt quæ continentur similibus planis, æqualibus multitudine et magnitudine.

5. L'inclinaison d'une droite sur un plan est l'angle aigu compris par cette droite et par la droite qui joint le point du plan que la première droite rencontre, et le point de ce plan que rencontre la perpendiculaire menée à ce plan de l'extrémité supérieure de la première droite.

6. L'inclinaison d'un plan sur un autre plan est l'angle aigu compris par les perpendiculaires menées d'un même point de la commune section dans l'un et l'autre plan.

7. On dit que des plans sont semblablement inclinés sur d'autres plans quand les angles des inclinaisons dont nous venons de parler sont égaux.

8. Les plans parallèles sont ceux qui ne se rencontrent point.

9. Les figures solides semblables sont celles qui sont comprises par des plans semblables, égaux en nombre.

10. Les figures solides égales sont celles qui sont comprises par des plans semblables, égaux en nombre et en grandeur.

ιά. Στερεὰ γωνία ἐστὶν ἡ ὑπὸ πλειόνων ἢ δύο γραμμῶν ἁπτομένων ἀλλήλων καὶ μὴ ἐν τῇ αὐτῇ ἐπιφανείᾳ οὐσῶν ἡ[6] πρὸς πάσαις ταῖς γραμμαῖς κλίσις. ΑΛΛΩΣ. Στερεὰ γωνία ἐστὶν ἡ ὑπὸ πλειόνων ἢ δύο γωνιῶν ἐπιπέδων[7] περιεχομένη, μὴ οὐσῶν ἐν τῷ αὐτῷ ἐπιπέδῳ, πρὸς ἑνὶ σημείῳ συνισταμένων.

ιβ'. Πυραμίς ἐστι σχῆμα στερεὸν ἐπιπέδοις περιεχόμενον, ἀπὸ ἑνὸς ἐπιπέδου πρὸς ἑνὶ σημείῳ συνεστώς.

ιγ'. Πρίσμα ἐστὶ σχῆμα στερεὸν ἐπιπέδοις περιεχόμενον, ὧν δύο τὰ ἀπεναντίον ἴσα τε καὶ ὅμοιά ἐστι καὶ[8] παράλληλα, τὰ δὲ λοιπὰ παραλληλόγραμμα.

ιδ'. Σφαῖρά ἐστιν, ὅταν ἡμικυκλίου μενούσης τῆς διαμέτρου, περιενεχθὲν τὸ ἡμικύκλιον εἰς τὸ αὐτὸ πάλιν ἀποκατασταθῇ, ὅθεν ἤρξατο φέρεσθαι, τὸ περιληφθὲν σχῆμα.

ιέ. Ἄξων δὲ τῆς σφαίρας ἐστὶν ἡ μένουσα εὐθεῖα περὶ ἣν τὸ ἡμικύκλιον στρέφεται.

ις. Κέντρον δὲ τῆς σφαίρας ἐστὶ τὸ αὐτὸ ὃ καὶ τοῦ ἡμικυκλίου.

11. Solidus angulus est plurium quam duarum linearum, quæ sese contingant et non in eâdem superficie sint, ad omnes lineas inclinatio. Aliter. Solidus angulus est qui pluribus quam duobus angulis planis comprehenditur, non existentibus in eodem plano, ad unum punctum constitutis.

12. Pyramis est figura solida planis comprehensa, ab uno plano ad unum punctum constituta.

13. Prisma est figura solida planis comprehensa, quorum duo adversa et æqualia et similia sunt et parallela, reliqua autem parallelogramma.

14. Sphæra est figura comprehensa, quando circuli manente diametro, conversum semicirculum, in eumdem locum rursus restituitur a quo cœperat moveri.

15. Axis autem sphæræ est manens illa recta circa quam semicirculus convertitur.

16. Centrum vero sphæræ est idem quod et semicirculi.

11. Un angle solide est l'inclinaison mutuelle de plus de deux lignes qui se rencontrent, et qui ne sont pas dans une même surface. Autrement. Un angle solide est celui qui est compris par plus de deux angles plans qui ne sont pas dans une même surface, et qui sont construits en un seul point.

12. Une pyramide est une figure solide comprise par des plans construits en un seul point au-dessus d'un plan.

13. Un prisme est une figure solide comprise par des plans dont deux de ces plans sont égaux, semblables et parallèles, et dont les autres plans sont des parallélogrammes.

14. Une sphère est la figure comprise sous la surface décrite par un demi-cercle, lorsque son diamètre restant immobile, le demi-cercle tourne jusqu'à ce qu'il soit revenu au même endroit d'où il avait commencé à se mouvoir.

15. L'axe de la sphère est la droite immobile autour de laquelle tourne le demi-cercle.

16. Le centre de la sphère est le même que celui du demi-cercle.

ιζ'. Διάμετρος δὲ τῆς σφαίρας ἐστὶν εὐθεῖά τις διὰ τοῦ κέντρου ἠγμένη, καὶ περατουμένη ἐφ' ἑκάτερα τὰ μέρη ὑπὸ τῆς ἐπιφανείας τῆς σφαίρας.

17. Diameter autem sphæræ est recta quædam per centrum ducta, et terminata ex utrâque parte a superficie sphæræ.

ιη'. Κῶνός ἐστιν, ὅταν ὀρθογώνιου τριγώνου μενούσης μιᾶς πλευρᾶς τῶν περὶ τὴν ὀρθὴν γωνίαν, περιενεχθὲν τὸ τρίγωνον εἰς τὸ αὐτὸ πάλιν ἀποκατασταθῇ, ὅθεν ἤρξατο φέρεσθαι, τὸ περιληφθὲν σχῆμα. Κἂν μὲν ἡ μένουσα εὐθεῖα ἴση ᾖ τῇ λοιπῇ τῇ περὶ τὴν ὀρθὴν περιφερομένῃ, ὀρθογώνιος ἔσται ὁ[9] κῶνος· ἐὰν δὲ ἐλάττων, ἀμβλυγώνιος· ἐὰν δὲ μείζων, ὀξυγώνιος.

18. Conus est comprehensa figura, quando rectanguli trianguli manente uno latere eorum quæ circa rectum angulum, conversum triangulum, in eumdem locum rursus restituitur a quo cœperat moveri. Et si quidem manens recta æqualis sit reliquæ rectæ quæ circa rectum angulum convertitur, orthogonius erit conus; si vero minor, amblygonius; si autem major, oxygonius.

ιθ'. Αξων δὲ τοῦ κώνου ἐστὶν ἡ μένουσα εὐθεῖα[10] περὶ ἣν τὸ τρίγωνον στρέφεται.

19. Axis autem coni est manens recta circa quam triangulum convertitur.

κ'. Βάσις δὲ, ὁ κύκλος ὁ ὑπὸ τῆς περιφερομένης εὐθείας γραφόμενος.

20. Basis vero, circulus a conversâ rectâ descriptus.

κα'. Κύλινδρός ἐστιν[11], ὅταν ὀρθογωνίου παραλληλογράμμου μενούσης μιᾶς πλευρᾶς τῶν περὶ τὴν ὀρθὴν γωνίαν[12], περιενεχθὲν τὸ παραλληλόγραμμον εἰς τὸ αὐτὸ πάλιν ἀποκατασταθῇ, ὅθεν ἤρξατο φέρεσθαι, τὸ περιληφθὲν σχῆμα.

21. Cylindrus est figura comprehensa, quando rectanguli parallelogrammi manente uno latere eorum quæ circa rectum angulum, parallelogrammum conversum, in eumdem locum rursus restituitur a quo cœperat moveri.

17. Le diamètre de la sphère est une droite menée par le centre et terminée de part et d'autre à la surface de la sphère.

18. Un cône est une figure comprise sous les surfaces décrites par deux côtés d'un triangle rectangle, lorsque l'un des côtés de l'angle droit restant immobile, le triangle tourne jusqu'à ce qu'il soit revenu au même endroit d'où il avait commencé à se mouvoir. Si la droite qui reste immobile est égale à l'autre côté qui tourne autour de l'angle droit, le cône s'appèle rectangle; si elle est plus petite, le cône s'appèle obtusangle; et si elle est plus grande, le cône s'appèle acutangle.

19. L'axe du cône est la droite immobile autour de laquelle tourne le triangle.

20. La base du cône est le cercle décrit par la droite qui tourne.

21. Un cylindre est un solide compris sous les surfaces décrites par trois côtés d'un parallélogramme rectangle, lorsque le quatrième côté restant immobile, ce parallélogramme tourne jusqu'à ce qu'il soit revenu au même endroit d'où il avait commencé à se mouvoir.

κϐʹ. Αξων δὲ τοῦ κυλίνδρου ἐστὶν ἡ μένουσα εὐθεῖα περὶ ἣν τὸ παραλληλόγραμμον στρέφεται.

κγʹ. Βάσεις δὲ, οἱ κύκλοι οἱ ὑπὸ τῶν ἀπεναντίον περιαγομένων δύο πλευρῶν γραφόμενοι.

κδʹ. Ομοιοι κῶνοι καὶ κύλινδροί εἰσιν, ὧν οἵ τε ἄξονες καὶ αἱ διάμετροι τῶν βάσεων ἀνάλογόν εἰσι.

κέ. Κύϐος ἐστὶ σχῆμα στερεὸν ὑπὸ ἓξ τετραγώνων ἴσων περιεχόμενον.

κϛ. Τετράεδρόν ἐστι σχῆμα στερεὸν τεττάρων τριγώνων ἴσων καὶ ἰσοπλεύρων περιεχόμενον[13].

κζ. Οκτάεδρόν ἐστι σχῆμα στερεὸν ὑπὸ ὀκτὼ τριγώνων ἴσων καὶ ἰσοπλεύρων περιεχόμενον.

κή. Δωδεκάεδρόν ἐστι σχῆμα στερεὸν ὑπὸ δώδεκα πενταγώνων ἴσων καὶ ἰσοπλεύρων καὶ ἰσογωνίων περιεχόμενον[14].

κθʹ. Εἰκοσάεδρόν ἐστι σχῆμα στερεὸν ὑπὸ εἴκοσι τριγώνων ἴσων καὶ ἰσοπλεύρων περιεχόμενον.

22. Axis autem cylindri est manens recta circa quam parallelogrammum convertitur.

23. Bases vero, circuli a duobus ex adverso circumactis lateribus descripti.

24. Similes coni et cylindri sunt, quorum et axes et diametri basium proportionales sunt.

25. Cubus est figura solida sex quadratis æqualibus comprehensa.

26. Tetraëdrum est figura solida quatuor triangulis æqualibus et æquilateris comprehensa.

27. Octaëdrum est figura solida octo triangulis æqualibus et æquilateris comprehensa.

28. Dodecaëdrum est figura solida duodecim pentagonis æqualibus et æquilateris et æquiangulis comprehensa.

29. Icosaëdrum est figura solida viginti triangulis æqualibus et æquilateris comprehensa.

22. L'axe du cylindre est la droite immobile autour de laquelle tourne le parallélogramme.

23. Les bases du cylindre sont les cercles décrits par les deux côtés opposés du parallélogramme qui se meuvent.

24. Les cônes et les cylindres semblables sont ceux dont les axes et dont les diamètres des bases sont proportionnels.

25. Un cube est un solide compris sous six quarrés égaux.

26. Un tétraèdre est une figure solide comprise sous quatre triangles égaux et équilatéraux.

27. Un octaèdre est une figure solide comprise sous huit triangles égaux et équilatéraux.

28. Un dodécaèdre est une figure solide comprise sous douze pentagones égaux, équilatéraux et équiangles.

29. Un icosaèdre est une figure solide comprise sous vingt triangles égaux et équilatéraux.

ΠΡΟΤΑΣΙΣ α΄.

Εὐθείας γραμμῆς μέρος μέν τι οὐκ ἔστιν ἐν τῷ ὑποκειμένῳ ἐπιπέδῳ, μέρος δέ τι ἐν μετεωροτέρῳ[1].

Εἰ γὰρ δυνατὸν, εὐθείας γραμμῆς τῆς ΑΒΓ μέρος μέν τι τὸ ΑΒ ἔστω ἐν τῷ ὑποκειμένῳ ἐπιπέδῳ, μέρος δέ τι τὸ ΒΓ ἐν μετεωροτέρῳ[2].

PROPOSITIO I.

Rectæ lineæ pars quædam non est in subjecto plano, pars autem quædam in sublimiori.

Si enim possibile, rectæ lineæ ΑΒΓ pars quædam ΑΒ sit in subjecto plano, pars vero quædam ΒΓ in sublimiori.

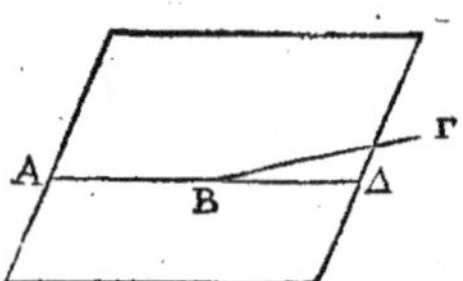

Εσται δή τις τῇ ΑΒ συνεχὴς εὐθεῖα ἐπ' εὐθείας ἐν τῷ ὑποκειμένῳ ἐπιπέδῳ. Εστω ἡ ΒΔ· δύο δὴ δοθεισῶν[3] εὐθειῶν τῶν ΑΒΓ, ΑΒΔ κοινὸν τμῆμά ἐστιν ἡ ΑΒ, ὅπερ ἀδύνατον· εὐθεῖα γὰρ εὐθείᾳ οὐ συμβάλλει κατὰ πλείονα σημεῖα ἢ καθ' ἕν· εἰ δὲ μὴ, ἐφαρμόσουσιν ἀλλήλαις αἱ εὐθεῖαι[4].

Εὐθείας ἄρα, καὶ τὰ ἑξῆς.

Erit igitur quædam ipsi ΑΒ continuata recta in directum in subjecto plano. Sit ipsa ΒΔ; duabus igitur datis rectis ΑΒΓ, ΑΒΔ commune segmentum est ipsa ΑΒ, quod impossibile; recta enim cum rectâ non convenit in pluribus punctis quam in uno; si autem non, congruent inter se rectæ.

Rectæ igitur, etc.

PROPOSITION PREMIÈRE.

Une partie d'une ligne droite ne peut être dans un plan et une autre partie au-dessus de ce plan.

Car, si cela est possible, qu'une partie ΑΒ de la ligne droite ΑΒΓ soit dans un plan et l'autre partie ΒΓ au-dessus de ce plan.

Il y aura, dans le plan inférieur, un prolongement de ΑΒ; soit ΒΔ ce prolongement; les deux droites ΑΒΓ, ΑΒΔ auront une partie commune ΑΒ, ce qui est impossible, car deux droites ne peuvent se rencontrer qu'en un seul point, sinon elles se confondraient. Donc, etc.

ΠΡΟΤΑΣΙΣ β'.

Εὰν δύο εὐθεῖαι τέμνωσιν ἀλλήλας, ἐν ἑνί εἰσιν ἐπιπέδῳ, καὶ πᾶν τρίγωνον ἐν ἑνί ἐστιν ἐπιπέδῳ.

Δύο γὰρ εὐθεῖαι αἱ ΑΒ, ΓΔ τεμνέτωσαν ἀλλήλας κατὰ τὸ Ε σημεῖον· λέγω ὅτι αἱ ΑΒ, ΓΔ ἐν ἑνί εἰσιν ἐπιπέδῳ, καὶ πᾶν τρίγωνον ἐν ἑνί ἐστιν ἐπιπέδῳ.

PROPOSITIO II.

Si duæ rectæ se mutuo secent, in uno sunt plano, et omne triangulum in uno est plano.

Duæ enim rectæ ΑΒ, ΓΔ se mutuo secent in puncto Ε; dico ipsas ΑΒ, ΓΔ in uno esse plano, et omne triangulum in uno esse plano.

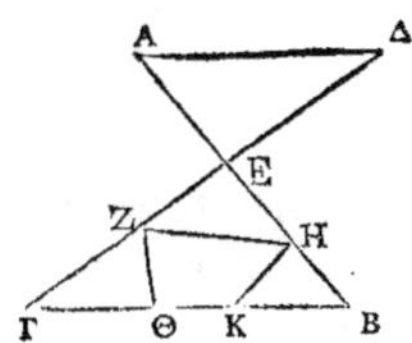

Εἰλήφθω γὰρ ἐπὶ τῶν ΕΓ, ΕΒ τυχόντα σημεῖα, τὰ Ζ, Η, καὶ ἐπεζεύχθωσαν αἱ ΓΒ, ΖΗ, καὶ διήχθωσαν αἱ ΖΘ, ΗΚ· λέγω πρῶτον ὅτι τὸ ΕΓΒ τρίγωνον ἐν ἑνί ἐστιν ἐπιπέδῳ. Εἰ γάρ ἐστι τοῦ ΕΓΒ τριγώνου μέρος ἤτοι τὸ ΖΓΘ, ἢ τὸ ΗΒΚ ἐν τῷ ὑποκειμένῳ ἐπιπέδῳ, τὸ δὲ λοιπὸν ἐν ἄλλῳ, ἔσται καὶ μιᾶς τῶν ΕΓ, ΕΒ εὐθειῶν μέρος μέν τι ἐν τῷ ὑποκειμένῳ ἐπι-

Sumantur enim in ipsis ΕΓ, ΕΒ quælibet puncta Ζ, Η, et jungantur ipsæ ΓΒ, ΖΗ, et ducantur ipsæ ΖΘ, ΗΚ; dico primum ΕΓΒ triangulum in uno esse plano. Si enim est ΕΓΒ trianguli vel pars ΖΓΘ, vel ΗΒΚ in subjecto plano, reliqua autem in alio, erit et unius ΕΓ, ΕΒ rectarum pars quædam in subjecto plano, altera

PROPOSITION II.

Si deux droites se coupent, elles sont dans un seul plan; tout triangle est aussi placé dans un seul plan.

Que les deux droites ΑΒ, ΓΔ se coupent mutuellement au point Ε; je dis que les droites ΑΒ, ΓΔ sont dans un seul plan; et que tout triangle est aussi dans un seul plan.

Car prenons dans les droites ΕΓ, ΕΒ deux points quelconques Ζ, Η; joignons ΓΒ, ΖΗ, et menons les droites ΖΘ, ΗΚ; je dis d'abord que le triangle ΕΓΒ est dans un seul plan; car si la partie ΖΓΘ ou la partie ΗΒΚ du triangle ΕΓΒ est dans un plan, et l'autre partie dans un autre plan, une partie de l'une des droites ΕΓ, ΕΒ sera dans un plan

πέδῳ, τὸ δὲ ἐν ἄλλῳ. Εἰ δὲ τοῦ ΕΓΒ τριγώνου τὸ ΖΓΒΗ μέρος ᾖ[2] ἐν τῷ ὑποκειμένῳ ἐπιπέδῳ, τὸ δὲ λοιπὸν ἐν ἄλλῳ, ἔσται καὶ ἀμφοτέρων τῶν ΕΓ, ΕΒ εὐθειῶν μέρος μέν τι ἐν τῷ ὑποκειμένῳ ἐπιπέδῳ, τὸ δὲ ἐν ἄλλῳ, ὅπερ ἄτοπον

vero in alio. Si autem ΕΓΒ trianguli pars ΖΓΒΗ sit in subjecto plano, reliqua vero in alio, erit et ambarum rectarum ΕΓ, ΕΒ pars quædam in subjecto plano, una vero in alio, quod absurdum demonstratum est; triangulum

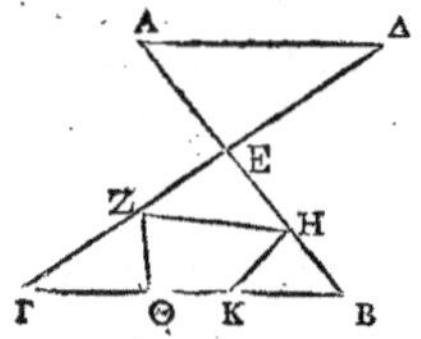

ἐδείχθη· τὸ ἄρα ΕΓΒ τρίγωνον ἐν ἑνί ἐστιν ἐπιπέδῳ. Εν ᾧ δέ ἐστι τὸ ΕΓΒ τρίγωνον, ἐν τούτῳ καὶ ἑκατέρα τῶν ΕΓ, ΕΒ· ἐν ᾧ δὲ ἑκατέρα τῶν ΕΓ, ΕΒ, ἐν τούτῳ καὶ αἱ ΑΒ, ΓΔ· αἱ ΑΒ, ΓΔ ἄρα εὐθεῖαι ἐν ἑνί εἰσιν ἐπιπέδῳ, καὶ πᾶν τρίγωνον ἐν ἑνί ἐστιν ἐπιπέδῳ. Ὅπερ ἔδει δεῖξαι.

igitur ΕΓΒ in uno est plano. In quo autem est triangulum ΕΓΒ, in hoc et utraque ipsarum ΕΓ, ΕΒ; in quo autem utraque ipsarum ΕΓ, ΕΒ, in hoc et ipsæ ΑΒ, ΓΔ; ipsæ igitur ΑΒ, ΓΔ rectæ in uno sunt plano, et omne triangulum in uno est plano. Quod oportebat ostendere.

et l'autre partie dans un autre plan. Mais si une partie ΖΓΒΗ du triangle ΕΓΒ est dans un plan et l'autre partie dans un autre plan, une certaine partie des deux droites ΕΓ, ΕΒ sera dans un plan et l'autre partie dans un autre plan; ce qui a été démontré absurde; le triangle ΕΓΒ est donc dans un seul plan. Mais l'une et l'autre des droites ΕΓ, ΕΒ sont dans le même plan que le triangle ΕΓΒ, et les droites ΑΒ, ΓΔ sont dans le même plan que les droites ΕΓ, ΕΒ (prop. 1. 11); les droites ΑΒ, ΓΔ sont donc dans un seul plan, et tout triangle est donc aussi placé dans un seul plan. Ce qu'il fallait démontrer.

ΠΡΟΤΑΣΙΣ γʹ.

Εὰν δύο ἐπίπεδα τέμνῃ ἄλληλα, ἡ κοινὴ αὐτῶν τομὴ εὐθεῖά ἐστι.

Δύο γὰρ ἐπίπεδα τὰ AB, BΓ τεμνέτω[1] ἄλληλα, κοινὴ δὲ αὐτῶν τομὴ ἔστω ἡ ΔB γραμμή· λέγω ὅτι ἡ ΔB γραμμὴ εὐθεῖά ἐστιν.

PROPOSITIO III.

Si duo plana se mutuo secent, communis ipsorum sectio recta est.

Duo enim plana AB, BΓ se mutuo secent, communis autem ipsorum sectio sit ΔB linea; dico ΔB lineam rectam esse.

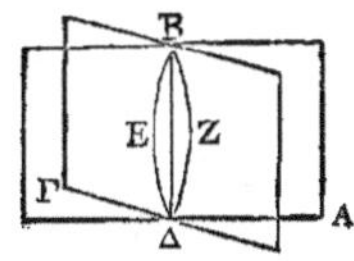

Εἰ γὰρ μὴ, ἐπεζεύχθω ἀπὸ τοῦ Δ ἐπὶ τὸ B, ἐν μὲν τῷ AB ἐπιπέδῳ εὐθεῖα ἡ ΔEB, ἐν δὲ τῷ BΓ ἐπιπέδῳ εὐθεῖα ἡ ΔZB· ἔσται δὴ δύο εὐθειῶν τῶν ΔEB, ΔZB τὰ αὐτὰ πέρατα, καὶ περιέξουσι δηλαδὴ χωρίον, ὅπερ ἄτοπον· οὐκ ἄρα αἱ ΔEB, ΔZB εὐθεῖαί εἰσιν. Ομοίως δὴ[2] δείξομεν, ὅτι οὐδὲ ἄλλη τὶς, ἀπὸ τοῦ Δ ἐπὶ τὸ B ἐπιζευγνυμένη, εὐθεῖα ἔσται, πλὴν τῆς ΔB κοινῆς τομῆς τῶν AB, BΓ ἐπιπέδων.

Εὰν ἄρα, καὶ τὰ ἑξῆς.

Si enim non, jungatur a puncto Δ ad B, in plano quidem AB recta ΔEB, in plano autem BΓ recta ΔZB; erunt igitur duarum rectarum ΔEB, ΔZB iidem termini, proptereaque continebunt spatium, quod absurdum; non igitur ΔEB, ΔZB rectæ sunt. Similiter utique demonstrabimus, neque aliam quamdam, a puncto Δ ad B ductam, rectam esse, præter ipsam ΔB communem sectionem ipsorum AB, BΓ planorum.

PROPOSITION III.

Si deux plans se coupent mutuellement, leur commune section est une ligne droite.

Que les deux plans AB, BΓ se coupent mutuellement, et que leur commune section soit la ligne ΔB; je dis que la ligne ΔB est une ligne droite.

Car si cela n'est point, dans le plan AB menons du point Δ au point B la droite ΔEB, et dans le plan BΓ menons la droite ΔZB; les extrémités des deux droites ΔEB, ΔZB seront les mêmes, et ces droites renfermeront un espace, ce qui est absurde (dém. 6); les lignes ΔEB, ΔZB ne sont donc pas des lignes droites. Nous démontrerons semblablement que toute autre ligne menée du point Δ au point B n'est point une ligne droite, excepté la commune section ΔB des plans AB, BΓ. Si donc, etc.

ΠΡΟΤΑΣΙΣ δ'.

Ἐὰν εὐθεῖα δύο εὐθείαις τεμνούσαις ἀλλήλας πρὸς ὀρθὰς ἐπὶ τῆς κοινῆς τομῆς ἐπισταθῇ, καὶ τῷ δι' αὐτῶν ἐπιπέδῳ πρὸς ὀρθὰς ἔσται.

Εὐθεῖα γάρ τις ἡ ΕΖ δύο εὐθείαις ταῖς ΑΒ, ΓΔ τεμνούσαις ἀλλήλας κατὰ τὸ Ε σημεῖον ἀπὸ τοῦ Ε πρὸς ὀρθὰς ἐφεστάτω· λέγω ὅτι ἡ ΕΖ καὶ τῷ διὰ τῶν ΑΒ, ΓΔ ἐπιπέδῳ πρὸς ὀρθάς ἐστιν.

Ἀπειλήφθωσαν γὰρ αἱ ΑΕ, ΕΒ, ΓΕ, ΕΔ ἴσαι ἀλλήλαις, καὶ διήχθω τις διὰ τοῦ Ε, ὡς ἔτυχεν, ἡ ΗΕΘ, καὶ ἐπεζεύχθωσαν αἱ ΑΔ, ΓΒ, καὶ ἔτι ἀπὸ τυχόντος τοῦ Ζ ἐπεζεύχθωσαν αἱ ΖΑ, ΖΗ, ΖΔ, ΖΓ, ΖΘ, ΖΒ. Καὶ ἐπεὶ δύο αἱ ΑΕ, ΕΔ δυσὶ ταῖς ΓΕ, ΕΒ ἴσαι εἰσὶ, καὶ γωνίας ἴσας περιέχουσι, βάσις ἄρα ἡ ΑΔ βάσει τῇ ΓΒ ἴση ἐστὶ, καὶ τὸ ΑΕΔ τρίγωνον τῷ ΓΕΒ τριγώνῳ[1] ἴσον ἔσται· ὥστε καὶ γωνία ἡ ὑπὸ ΔΑΕ γωνίᾳ τῇ ὑπὸ ΕΒΓ ἴση ἐστίν[2]. Ἐστι δὲ καὶ ἡ ὑπὸ ΑΕΗ γωνία τῇ ὑπὸ ΒΕΘ ἴση· δύο δὴ

PROPOSITIO IV.

Si recta duabus rectis se mutuo secantibus ad rectos in communi sectione insistat, et per ipsas plano ad rectos erit.

Recta enim quædam EZ duabus rectis AB, ΓΔ se mutuo secantibus in E puncto ab ipso E ad rectos insistat; dico EZ et per AB, ΓΔ plano ad rectos esse.

Sumantur enim ipsæ AE, EB, ΓE, EΔ æquales inter se, et ducatur per E utcunque recta HEΘ, et jungantur ipsæ AΔ, ΓB, et adhuc a quolibet puncto Z ducantur ipsæ ZA, ZH, ZΔ, ZΓ, ZΘ, ZB. Et quoniam duæ AE, EΔ duabus ΓE, EB æquales sunt, et angulos æquales continent, basis igitur AΔ basi ΓB æqualis est, et triangulum AEΔ triangulo ΓEB æquale erit; quare et angulus ΔAE angulo EBΓ æqualis est. Est autem et AEH angulus ipsi BEΘ æqualis;

PROPOSITION IV.

Si deux droites se coupent mutuellement, la droite perpendiculaire à ces deux droites, à leur section commune, sera aussi perpendiculaire au plan de ces deux droites.

Que les deux droites AB, ΓΔ se coupent mutuellement au point E; du point E élevons une droite EZ perpendiculaire à ces deux droites; je dis que la droite EZ est aussi perpendiculaire au plan des droites AB, ΓΔ.

Faisons les droites AE, EB, ΓE, EΔ égales entr'elles; par le point E menons d'une manière quelconque une droite HEΘ; joignons AΔ, ΓB, et d'un point quelconque Z menons les droites ZA, ZH, ZΔ, ZΓ, ZΘ, ZB. Puisque les deux droites AE, EΔ sont égales aux deux droites ΓE, EB, et que ces droites comprènent des angles égaux (prop. 15. 1), la base AΔ sera égale à la base ΓB (prop. 4. 1), le triangle AEΔ égal au triangle ΓEB, et l'angle ΔAE égal à l'angle EBΓ. Mais l'angle AEH est égal à l'angle BEΘ (prop. 15. 1); les deux triangles AHE, BEΘ ont donc

τρίγωνά ἐστι τὰ ΑΗΕ, ΒΕΘ τὰς δύο γωνίας ταῖς[3] δυσὶ γωνίαις ἴσας ἔχοντα ἑκατέραν ἑκατέρᾳ, καὶ μίαν πλευρὰν μιᾷ πλευρᾷ ἴσην τὴν πρὸς ταῖς ἴσαις γωνίαις τὴν ΑΕ τῇ ΕΒ· καὶ τὰς λοιπὰς ἄρα πλευρὰς ταῖς λοιπαῖς πλευραῖς ἴσας ἕξουσιν· ἴση ἄρα ἡ μὲν ΗΕ τῇ ΕΘ, ἡ δὲ ΑΗ τῇ ΒΘ. Καὶ ἐπεὶ ἴση ἐστὶν ἡ ΑΕ τῇ ΕΒ, κοινὴ δὲ καὶ πρὸς ὀρθὰς ἡ ΖΕ, βάσις ἄρα ἡ ΖΑ βάσει τῇ ΖΒ ἐστὶν ἴση[4]· διὰ

duo igitur triangula sunt AHE, BEΘ duos angulos duobus angulis æquales habentia, utrumque utrique, et unum latus AE uni lateri EB æquale ad æquales angulos; et reliqua igitur latera reliquis lateribus æqualia habebunt; æqualis igitur quidem HE ipsi EΘ, ipsa vero AH ipsi BΘ. Et quoniam æqualis est AE ipsi EB, communis autem et ad rectos ipsa ZE, basis igitur ZA basi ZB est æqualis; propter

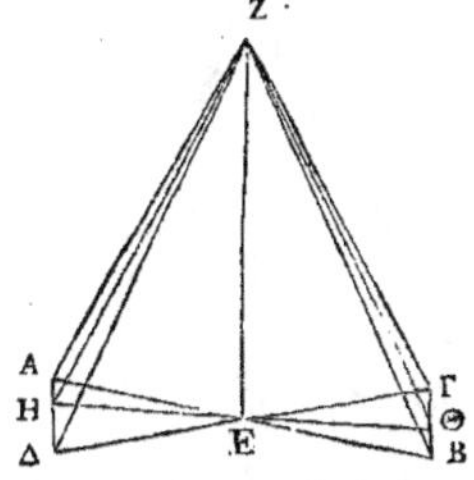

τὰ αὐτὰ δὴ καὶ ἡ ΖΓ τῇ ΖΔ ἐστὶν ἴση. Καὶ ἐπεὶ ἴση ἐστὶν ἡ ΑΔ τῇ ΓΒ, ἔστι δὲ καὶ ἡ ΖΑ τῇ ΖΒ ἴση· δύο δὴ αἱ ΖΑ, ΑΔ δυσὶ ταῖς ΖΒ, ΒΓ ἴσαι εἰσὶν, ἑκατέρα ἑκατέρᾳ. Καὶ βάσις ἡ ΖΔ βάσει τῇ ΖΓ ἐδείχθη ἴση· καὶ γωνία ἄρα ἡ ὑπὸ ΖΑΔ γωνίᾳ τῇ ὑπὸ ΖΒΓ ἴση ἐστί. Καὶ ἐπεὶ[5] πάλιν ἐδείχθη ἡ ΑΗ τῇ ΒΘ ἴση, ἀλλὰ μὴν καὶ ἡ ΖΑ τῇ ΖΒ ἴση· δύο δὴ αἱ ΖΑ, ΑΗ δυσὶ ταῖς ΖΒ, ΒΘ ἴσαι εἰσί. Καὶ γωνία ἡ

eadem utique et ZΓ ipsi ZΔ est æqualis. Et quoniam æqualis est AΔ ipsi ΓB, est autem et ZA ipsi ZB æqualis; duæ igitur ZA, AΔ duabus ZB, BΓ æquales sunt, utraque utrique. Et basis ZΔ basi ZΓ ostensa est æqualis; et angulus igitur ZAΔ angulo ZBΓ æqualis est. Et quoniam rursus ostensa est AH ipsi BΘ æqualis, at vero et ZA ipsi ZB æqualis; duæ igitur ZA, AH duabus ZB, BΘ æquales sunt. Et angulus

deux angles égaux à deux angles, chacun à chacun; et les côtés AE, EB adjacents à des angles égaux seront égaux entr'eux; les autres côtés de ces triangles seront donc aussi égaux entr'eux (prop. 26. 1); HE est donc égal à EΘ, et AH égal à BΘ. Et puisque AE est égal à EB, et que la perpendiculaire ZE est commune, la base ZA sera égale à la base ZB (prop. 4. 1); par la même raison, ZΓ sera égal à ZΔ. Et puisque AΔ est égal à ΓB, et ZA à ZB, les deux droites ZA, AΔ seront égales aux deux droites ZB, BΓ, chacune à chacune. Mais on a démontré que la base ZΔ est égale à la base ZΓ; l'angle ZAΔ est donc égal à l'angle ZBΓ (prop. 8. 1). Et de plus, puisqu'on a démontré que AH est égal à BΘ, et ZA égal à ZB; les deux droites ZA, AH seront égales aux deux droites ZB, BΘ. Mais on a démontré que l'angle

ὑπὸ ΖΑΗ ἐδείχθη ἴση τῇ ὑπὸ ΖΒΘ· βάσις ἄρα ἡ ΖΗ βάσει τῇ ΖΘ ἐστὶν ἴση. Καὶ ἐπεὶ πάλιν ἴση ἐδείχθη[6] ἡ ΗΕ τῇ ΕΘ, κοινὴ δὲ ἡ ΕΖ, δύο δὴ αἱ ΗΕ, ΕΖ δυσὶ ταῖς ΘΕ, ΕΖ ἴσαι εἰσί. Καὶ βάσις ἡ ΖΗ βάσει τῇ ΖΘ ἴση· γωνία ἄρα ἡ ὑπὸ ΗΕΖ γωνίᾳ τῇ ὑπὸ ΘΕΖ ἴση ἐστίν· ὀρθὴ ἄρα ἑκατέρα τῶν ὑπὸ ΗΕΖ, ΘΕΖ γωνιῶν· ἡ ΖΕ ἄρα πρὸς τὴν ΗΘ τυχόντως διὰ τοῦ Ε

ZAH ostensus est æqualis ipsi ZBΘ; basis igitur ZH basi ZΘ est æqualis. Et quoniam rursus æqualis ostensa est HE ipsi EΘ, communis âutem EZ, duæ igitur HE, EZ duabus ΘE, EZ æquales sunt. Et basis ZH basi ZΘ æqualis; angulus igitur HEZ angulo ΘEZ æqualis est; rectus igitur uterque angulorum HEZ, ΘEZ; ergo ZE ad ipsam HΘ utcunque per E ductam

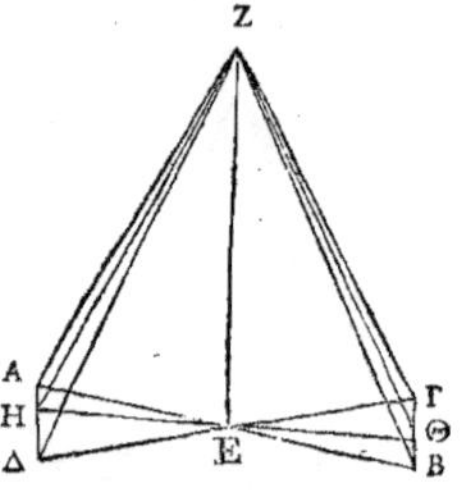

ἀχθεῖσαν ὀρθή ἐστιν. Ομοίως δὴ δείξομεν ὅτι ἡ ΖΕ καὶ πρὸς πάσας τὰς ἁπτομένας αὐτῆς εὐθείας καὶ οὔσας ἐν τῷ ὑποκειμένῳ ἐπιπέδῳ ὀρθὰς ποιήσει γωνίας. Εὐθεῖα δὲ πρὸς ἐπίπεδον ὀρθή ἐστιν, ὅταν πρὸς πάσας τὰς ἁπτομένας αὐτῆς εὐθείας καὶ οὔσας ἐν τῷ αὐτῷ ἐπιπέδῳ ὀρθὰς ποιεῖ γωνίας· ἡ ΖΕ ἄρα τῷ ὑποκειμένῳ ἐπιπέδῳ πρὸς ὀρθάς ἐστι. Τὸ δὲ ὑποκείμενον

recta est. Similiter utique demonstrabimus ZE etiam ad omnes rectas contingentes ipsam et existentes in subjecto plano rectos facere angulos. Recta autem ad planum perpendicularis est, quando ad omnes rectas contingentes ipsam et existentes in eodem plano rectos facit angulos; ipsa igitur ZE subjecto plano ad rectos est. Sed subjectum planum est quod per ipsas

ZAH est égal à l'angle ZBΘ; la base ZH est donc égale à la base ZΘ (4. 1). Mais on a démontré encore que HE est égal à EΘ, et la droite EZ est commune; les deux droites HE, EZ sont donc égales aux deux droites ΘE, EZ. Mais la base ZH est égale à la base ZΘ; l'angle HEZ est donc égal à l'angle ΘEZ (8. 1); les angles HEZ, ΘEZ sont donc droits l'un et l'autre; la droite ZE fait donc des angles droits avec la droite HΘ, de quelque manière que la droite HΘ soit menée par le point E. Nous démontrerons semblablement que la droite ZE fait aussi des angles droits avec toutes les droites qui la rencontrent et qui sont dans le plan inférieur. Mais une droite est perpendiculaire à un plan, lorsqu'elle fait des angles droits avec toutes les droites qui la rencontrent et qui sont placées dans ce plan (déf. 3. 11); la droite EZ est donc perpendiculaire au plan inférieur. Mais le plan inférieur passe par

ἐπίπεδόν ἐστι τὸ διὰ τῶν AB, BΓ εὐθειῶν· ἡ ZE ἄρα πρὸς ὀρθάς ἐστι τῷ διὰ τῶν AB, ΓΔ ἐπιπέδῳ.

Ἐὰν ἄρα εὐθεῖα, καὶ τὰ ἑξῆς.

rectas AB, ΓΔ; ipsa igitur EZ ad rectos est per plano ipsas AB, ΓΔ.

Si igitur recta, etc.

ΠΡΟΤΑΣΙΣ έ.

Ἐὰν εὐθεῖα τρισὶν εὐθείαις ἁπτομέναις ἀλλήλων πρὸς ὀρθὰς ἐπὶ τῆς κοινῆς τομῆς ἐπισταθῇ, αἱ τρεῖς εὐθεῖαι ἐν ἑνί εἰσιν ἐπιπέδῳ.

Εὐθεῖα γάρ τις ἡ AB τρισὶν εὐθείαις ταῖς BΓ, BΔ, BE πρὸς ὀρθὰς ἐπὶ τῆς κατὰ τὸ B ἁφῆς ἐφεστάτω· λέγω ὅτι αἱ BΓ, BΔ, BE ἐν ἑνί εἰσιν ἐπιπέδῳ.

PROPOSITIO V.

Si recta tribus rectis sese tangentibus ad rectos angulos in communi sectione insistat, tres illæ rectæ in uno sunt plano.

Recta enim quædam AB tribus rectis BΓ, BΔ, BE ad rectos in contactu B insistat; dico ipsas BΓ, BΔ, BE in uno esse plano.

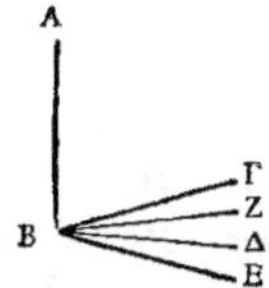

Μὴ γάρ, ἀλλ' εἰ δυνατὸν, ἔστωσαν αἱ μὲν BΔ, BE ἐν τῷ ὑποκειμένῳ ἐπιπέδῳ, ἡ δὲ BΓ ἐν μετεωροτέρῳ[1], καὶ ἐκβεβλήσθω τὸ διὰ τῶν

Non enim, sed si possibile, sint quidem ipsæ BΔ, BE in subjecto plano, ipsa vero BΓ in sublimiori, et producatur per ipsas AB, BΓ pla-

les droites AB, BΓ; la droite ZE est donc perpendiculaire au plan des droites AB, ΓΔ. Si donc, etc.

PROPOSITION V.

Si trois droites se rencontrent, et si une droite leur est perpendiculaire à leur commune section, ces trois droites sont dans un seul plan.

Qu'une droite AB soit perpendiculaire aux trois droites BΓ, BΔ, BE au point de contact; je dis que les trois droites BΓ, BΔ, BE sont dans un seul plan.

Car que cela ne soit pas; mais, si cela est possible, que les droites BΔ, BE soient dans un plan, et BΓ dans un autre plan élevé au-dessus du premier; faisons passer un

AB, BΓ ἐπίπεδον· κοινὴν δὴ τομὴν[2] ποιήσει ἐν τῷ ὑποκειμένῳ ἐπιπέδῳ εὐθεῖαν. Ποιείτω τὴν BZ. Ἐν ἑνὶ ἄρα εἰσὶν ἐπιπέδῳ τῷ διηγμένῳ διὰ τῶν AB, BΓ αἱ τρεῖς εὐθεῖαι αἱ AB, BΓ, BZ. Καὶ ἐπεὶ ἡ AB ὀρθή ἐστι πρὸς ἑκατέραν[3] τῶν BΔ, BE· καὶ τῷ διὰ τῶν BΔ, BE ἄρα ἐπιπέδῳ ὀρθή ἐστιν ἡ AB. Τὸ δὲ διὰ τῶν BΔ, BE ἐπίπεδον τὸ ὑποκείμενόν ἐστιν· ἡ AB ἄρα ὀρθή

num; communem igitur sectionem faciet in subjecto plano rectam. Faciat ipsam BZ. In uno igitur sunt plano ducto per ipsas AB, BΓ tres rectæ AB, BΓ, BZ. Et quoniam AB perpendicularis est ad utramque ipsarum BΔ, BE; et per ipsas BΔ, BE igitur plano perpendicularis est AB. Planum autem per ipsas BΔ, BE subjectum est; ergo AB perpendicularis

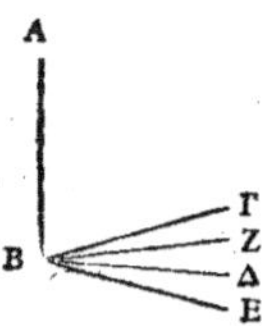

ἐστι πρὸς τὸ ὑποκείμενον ἐπίπεδον· ὥστε καὶ πρὸς πάσας τὰς ἁπτομένας αὐτῆς εὐθείας καὶ οὔσας ἐν τῷ ὑποκειμένῳ ἐπιπέδῳ ὀρθὰς ποιήσει γωνίας ἡ AB. Ἅπτεται δὲ αὐτῆς ἡ BZ[4] οὖσα ἐν τῷ ὑποκειμένῳ ἐπιπέδῳ· ἡ ἄρα ὑπὸ ABZ γωνία ὀρθή ἐστιν. Ὑπόκειται δὲ καὶ ἡ ὑπὸ ABΓ ὀρθή· ἴση ἄρα ἡ ὑπὸ ABZ γωνία τῇ ὑπὸ ABΓ. Καί εἰσιν ἐν ἑνὶ ἐπιπέδῳ, ὅπερ ἐστὶν[5] ἀδύνατον· οὐκ

est ad subjectum planum; quare et ad omnes rectas contingentes ipsam et existentes in subjecto plano rectos faciet angulos ipsa AB. Tangit autem ipsam ipsa BZ existens in subjecto plano; ergo angulus ABZ rectus est. Supponitur autem et angulus ABΓ rectus; æqualis igitur angulus ABZ ipsi ABΓ. Et sunt in uno plano, quod est impossibile; non igitur recta BΓ in subli-

plan par les droites AB, BΓ; la commune section de ce plan avec le plan inférieur sera une ligne droite (prop. 3. 11). Que cette droite soit BZ. Il est évident que les trois droites AB, BΓ, BZ sont dans le plan qui passe par les droites AB, BΓ. Puisque la droite AB est perpendiculaire à chacune des droites BΔ, BE, la droite AB sera perpendiculaire au plan qui passe par BΔ, BE (prop. 4. 11). Mais le plan qui passe par BΔ, BE est le plan inférieur; la droite AB est donc perpendiculaire au plan inférieur; cette droite sera donc perpendiculaire à toutes les droites qui la rencontrent et qui sont dans ce plan (déf. 3. 11). Mais la droite BZ est rencontrée dans le plan inférieur par la droite BZ; l'angle ABZ est donc droit. Mais on a supposé que l'angle ABΓ est droit; l'angle ABZ est donc égal à l'angle ABΓ. Mais ces angles sont dans un seul plan, ce qui est impossible (ax. 9); la droite BΓ n'est

ἄρα ἡ ΒΓ εὐθεῖα ἐν μετεωροτέρῳ[6] ἐστὶν ἐπιπέδῳ· αἱ τρεῖς ἄρα εὐθεῖαι αἱ ΒΓ, ΒΔ, ΒΕ ἐν ἑνί εἰσιν ἐπιπέδῳ.

Ἐὰν ἄρα εὐθεῖα, καὶ τὰ ἑξῆς.

miori est plano; tres igitur rectæ ΒΓ, ΒΔ, ΒΕ in uno sunt plano.

Si igitur recta, etc.

ΠΡΟΤΑΣΙΣ ϛ'.

Ἐὰν δύο εὐθεῖαι τῷ αὐτῷ ἐπιπέδῳ πρὸς ὀρθὰς ὦσι, παράλληλοι ἔσονται αἱ εὐθεῖαι.

Δύο γὰρ εὐθεῖαι αἱ ΑΒ, ΓΔ τῷ ὑποκειμένῳ ἐπιπέδῳ πρὸς ὀρθὰς ἔστωσαν· λέγω ὅτι παράλληλός ἐστιν ἡ ΑΒ τῇ ΓΔ.

PROPOSITIO VI.

Si duæ rectæ eidem plano ad rectos sunt, parallelæ erunt rectæ.

Duæ enim rectæ ΑΒ, ΓΔ subjecto plano ad rectos sint; dico parallelam esse ΑΒ ipsi ΓΔ.

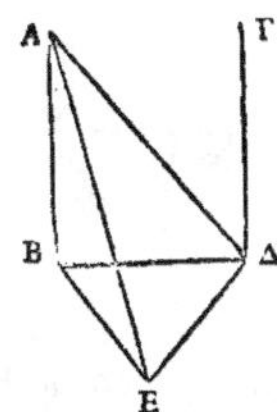

Συμβαλλέτωσαν γὰρ τῷ ὑποκειμένῳ ἐπιπέδῳ κατὰ τὰ Β, Δ σημεῖα, καὶ ἐπεζεύχθω ἡ ΒΔ εὐθεῖα, καὶ ἤχθω τῇ ΒΔ πρὸς ὀρθὰς ἐν τῷ αὐτῷ[1] ὑποκειμένῳ ἐπιπέδῳ ἡ ΔΕ, καὶ κείσθω τῇ ΑΒ ἴση ἡ ΔΕ, καὶ ἐπεζεύχθωσαν αἱ ΒΕ, ΑΕ, ΑΔ.

Occurrant enim subjecto plano in Β, Δ punctis, et jungatur recta ΒΔ, et ducatur ipsi ΒΔ ad rectos in eodem subjecto plano ipsa ΔΕ, et ponatur ipsi ΑΒ æqualis ΔΕ, et junguntur ipsæ ΒΕ, ΑΕ, ΑΔ.

donc pas dans un plan élevé au-dessus des droites ΒΔ, ΒΕ; les trois droites ΒΓ, ΒΔ, ΒΕ sont donc dans un seul plan. Si donc, etc.

PROPOSITION VI.

Si deux droites sont perpendiculaires à un même plan, ces deux droites seront parallèles.

Que les deux droites ΑΒ, ΓΔ soient perpendiculaires à un même plan; je dis que ΑΒ est parallèle à ΓΔ.

Que ces perpendiculaires rencontrent un plan inférieur aux points Β, Δ; joignons la droite ΒΔ; menons dans le plan inférieur la droite ΔΕ perpendiculaire à ΒΔ; faisons ΔΕ égal à ΑΒ, et joignons ΒΕ, ΑΕ, ΑΔ.

Καὶ ἐπεὶ ἡ AB ὀρθή ἐστι πρὸς τὸ ὑποκείμενον ἐπίπεδον· καὶ πρὸς πάσας ἄρα[2] τὰς ἁπτομένας αὐτῆς εὐθείας, καὶ οὔσας ἐν τῷ ὑποκειμένῳ ἐπιπέδῳ, ὀρθὰς ποιήσει γωνίας. Απτεται δὲ τῆς AB ἑκατέρα τῶν BΔ, BE, οὖσα ἐν τῷ ὑποκειμένῳ ἐπιπέδῳ· ὀρθὴ ἄρα ἐστὶν[3] ἑκατέρα τῶν ὑπὸ ABΔ, ABE γωνιῶν. Διὰ τὰ αὐτὰ δὴ καὶ ἑκατέρα τῶν ὑπὸ ΓΔB, ΓΔE ὀρθή ἐστι. Καὶ ἐπεὶ ἴση ἐστὶν ἡ AB τῇ ΔE, κοινὴ δὲ ἡ BΔ, δύο δὴ αἱ

Et quoniam AB perpendicularis est ad subjectum planum; et ad omnes igitur rectas contingentes ipsam, et existentes in subjecto plano, rectos faciet angulos. Contingit autem ipsam AB utraque ipsarum BΔ, EB existens in subjecto plano; rectus igitur est uterque angulorum ABΔ, ABE. Propter eadem utique et uterque ipsorum ΓΔB, ΓΔE rectus est. Et quoniam æqualis est AB ipsi ΔE, communis autem BΔ, duæ igitur AB,

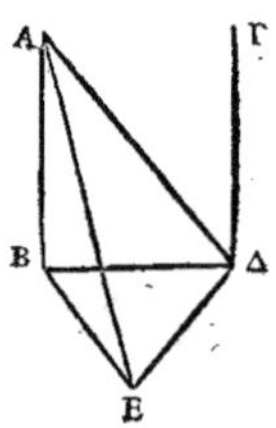

AB, BΔ δυσὶ ταῖς EΔ, ΔB ἴσαι εἰσὶ, καὶ γωνίας ὀρθὰς περιέχουσι· βάσις ἄρα ἡ AΔ βάσει τῇ BE ἐστὶν ἴση. Καὶ ἐπεὶ ἴση ἐστὶν ἡ AB τῇ ΔE, ἀλλὰ καὶ ἡ AΔ τῇ BE, δύο δὴ αἱ AB, BE δυσὶ ταῖς EΔ, ΔA ἴσαι εἰσὶ, καὶ βάσις αὐτῶν κοινὴ ἡ AE· γωνία ἄρα ἡ ὑπὸ ABE γωνίᾳ τῇ ὑπὸ EΔA ἐστὶν ἴση[4]. Ορθὴ δὲ ἡ ὑπὸ ABE· ὀρθὴ ἄρα καὶ

BΔ duabus EΔ, ΔB æquales sunt, et angulos rectos continent; basis igitur AΔ basi BE est æqualis. Et quoniam æqualis est AB ipsi ΔE, sed et AΔ ipsi BE, duæ igitur AB, BE duabus EΔ, ΔA æquales sunt, et basis ipsarum communis AE; angulus igitur ABE angulo EΔA est æqualis. Rectus autem ABE; rectus igitur

Puisque la droite AB est perpendiculaire au plan inférieur, elle est perpendiculaire à toutes les droites qui la rencontrent et qui sont dans ce plan (déf. 3. 11). Mais cette droite AB est rencontrée par chacune des droites BΔ, BE qui sont dans le plan inférieur; les angles ABΔ, ABE sont donc droits l'un et l'autre. Par la même raison, les angles ΓΔB, ΓΔE sont aussi droits l'un et l'autre. Mais la droite AB est égale à la droite ΔE et la droite BΔ est commune; les deux droites AB, BΔ sont donc égales aux deux droites EΔ, ΔB; mais ces droites comprènent des angles droits; la base AΔ est donc égale à la base BE (4. 1). Puisque AB est égal à ΔE, et AΔ égal à BE, les deux droites AB, BE sont donc égales aux deux droites EΔ, ΔA; mais la base AE est commune; l'angle ABE est donc égal à l'angle EΔA

ἡ ὑπὸ[5] ΕΔΑ· ἡ ΕΔ ἄρα πρὸς τὴν ΔΑ ὀρθή ἐστιν. Εστι δὲ καὶ πρὸς ἑκατέραν τῶν ΒΔ, ΔΓ ὀρθή· ἡ ΕΔ ἄρα τρισὶν εὐθείαις ταῖς ΒΔ, ΔΑ, ΔΓ πρὸς ὀρθὰς ἐπὶ τῆς ἁφῆς ἐφέστηκεν· αἱ τρεῖς ἄρα εὐθεῖαι αἱ ΒΔ, ΔΑ, ΔΓ ἐν ἑνί εἰσιν ἐπιπέδῳ. Εν ᾧ δὲ αἱ ΔΒ, ΔΑ, ἐν τούτῳ καὶ ἡ ΑΒ, πᾶν γὰρ τρίγωνον ἐν ἑνί ἐστιν ἐπιπέδῳ· αἱ ἄρα ΑΒ, ΒΔ, ΔΓ εὐθεῖαι[6] ἐν ἑνί εἰσιν ἐπιπέδῳ. Καὶ ἔστιν ὀρθὴ ἑκατέρα τῶν ὑπὸ ΑΒΔ, ΓΔΒ γωνιῶν· παράλληλος ἄρα ἐστὶν ἡ ΑΒ τῇ ΓΔ.

Εὰν ἄρα δύο, καὶ τὰ ἑξῆς.

et ΕΔΑ; ergo ΕΔ ad ΔΑ perpendicularis est. Est autem et ad utramque ipsarum ΒΔ, ΔΓ perpendicularis; ergo ΕΔ tribus rectis ΒΔ, ΔΑ, ΔΓ ad rectos in contactu insistit; tres igitur rectæ ΒΔ, ΔΑ, ΔΓ in uno sunt plano. In quo autem ipsæ ΔΒ, ΔΑ, in hoc et ipsa ΑΒ, omne enim triangulum in uno est plano; ergo ΑΒ, ΒΔ, ΔΓ rectæ in uno sunt plano. Atque est rectus uterque ΑΒΔ, ΓΔΒ angulorum; parallela igitur est ΑΒ ipsi ΓΔ.

Si igitur duo, etc.

ΠΡΟΤΑΣΙΣ ζ.

Εὰν ὦσι δύο εὐθεῖαι παράλληλοι, ληφθῇ δὲ ἐφ' ἑκατέρας αὐτῶν τυχόντα σημεῖα· ἡ ἐπὶ τὰ σημεῖα ἐπιζευγνυμένη εὐθεῖα ἐν τῷ αὐτῷ ἐπιπέδῳ ἐστὶ ταῖς παραλλήλοις.

Εστωσαν δύο εὐθεῖαι παράλληλοι αἱ ΑΒ, ΓΔ, καὶ εἰλήφθω ἐφ' ἑκατέρας αὐτῶν τυχόντα σημεῖα

PROPOSITIO VII.

Si sint duæ rectæ parallelæ, sumantur autem in utrâque ipsarum quælibet puncta; puncta conjungens recta in eodem plano est cum parallelis.

Sint duæ rectæ parallelæ ΑΒ, ΓΔ, et sumantur in utrâque ipsarum quælibet puncta

(8. 1). Mais l'angle ABE est droit; l'angle EΔA est donc droit aussi; la droite EΔ est donc perpendiculaire à la droite ΔA. Mais la droite EΔ est aussi perpendiculaire à chacune des droites BΔ, ΔΓ; la droite EΔ est donc perpendiculaire aux trois droites BΔ, ΔA, ΔΓ à leur point de contact; les trois droites BΔ, ΔA, ΔΓ sont donc dans un seul plan (5. 11). Mais la droite AB est dans le même plan que les droites ΔB, ΔA, car tout triangle est dans un seul plan (2. 11); les trois droites AB, BΔ, ΔΓ sont donc dans un seul plan. Mais les angles ABΔ, ΓΔB sont droits l'un et l'autre; la droite AB est donc parallèle à la droite ΓΔ (28. 1). Si donc, etc.

PROPOSITION VII.

Si deux droites sont parallèles, et si l'on prend dans chacune de ces droites des points quelconques, la droite qui joindra ces points sera dans le même plan que les parallèles.

Soient AB, ΓΔ deux droites parallèles, et prenons dans ces droites des points

τὰ Ε, Ζ· λέγω ὅτι ἡ ἐπὶ τὰ Ε, Ζ σημεῖα ἐπιζευγνυμένη εὐθεῖα ἐν τῷ αὐτῷ ἐπιπέδῳ ἐστὶ ταῖς παραλλήλοις.

Μὴ γάρ, ἀλλ' εἰ δυνατὸν ἔστω ἐν μετεωροτέρῳ[1] ὡς ἡ ΕΗΖ, καὶ διήχθω διὰ τῆς ΕΗΖ ἐπίπεδον· τομὴν δὴ ποιήσει ἐν ὑποκειμένῳ ἐπιπέδῳ εὐθεῖαν.

E, Z; dico rectam puncta E, Z conjungentem in eodem plano esse cum parallelis.

Non enim, sed si possibile, sit in sublimiori ut ipsa EHZ, et ducatur per ipsam EHZ planum; sectionem igitur faciet in subjecto plano rectam.

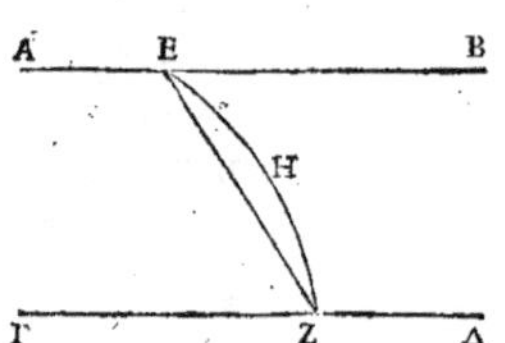

Ποιείτω ὡς τὴν ΕΖ· δύο ἄρα εὐθεῖαι αἱ ΕΗΖ, ΕΖ χωρίον περιέξουσιν, ὅπερ ἐστὶν ἀδύνατον· οὐκ ἄρα ἡ ἀπὸ τοῦ Ε ἐπὶ τὸ Ζ ἐπιζευγνυμένη εὐθεῖα ἐν μετεωροτέρῳ[2] ἐστὶν ἐπιπέδῳ· ἐν τῷ διὰ τῶν ΑΒ, ΓΔ ἄρα παραλλήλων ἐστὶν ἐπιπέδῳ ἡ ἀπὸ τοῦ Ε ἐπὶ τὸ Ζ[3] ἐπιζευγνυμένη εὐθεῖα.

Ἐὰν ἄρα, καὶ τὰ ἑξῆς.

Faciat ut ipsam EZ; duæ igitur rectæ EHZ, EZ spatium continebunt, quod est impossibile; non igitur a puncto E ad Z juncta recta in sublimiori est plano; ergo in plano per parallelas ΑΒ, ΓΔ est a puncto E ad Z juncta recta.

Si igitur, etc.

quelconques E, Z; je dis que la droite qui joint les points E, Z est dans le même plan que les parallèles.

Que cela ne soit point, et si cela est possible, que cette droite soit dans un plan supérieur, et qu'elle ait la position EHZ; par la droite EHZ menons un plan; ce plan fera avec le plan inférieur une section qui sera une ligne droite (3. 11). Que cette section soit EZ; les deux droites EHZ, EZ renfermeront un espace; ce qui est impossible (dém. 6); la droite menée du point E au point Z n'est donc point dans un plan supérieur; la droite menée du point E au point Z est donc dans le plan des parallèles ΑΒ, ΓΔ. Si donc, etc.

ΠΡΟΤΑΣΙΣ ή.

Εάν ὦσι δύο εὐθεῖαι παράλληλοι, ἡ δὲ ἑτέρα αὐτῶν ἐπιπέδῳ τινὶ πρὸς ὀρθὰς ᾖ· καὶ ἡ λοιπὴ τῷ αὐτῷ ἐπιπέδῳ πρὸς ὀρθὰς ἔσται.

Εστωσαν δύο εὐθεῖαι παράλληλοι αἱ ΑΒ, ΓΔ, ἡ δὲ ἑτέρα αὐτῶν ἡ ΑΒ τῷ ὑποκειμένῳ ἐπιπέδῳ πρὸς ὀρθὰς ἔστω· λέγω ὅτι καὶ ἡ λοιπὴ ἡ ΓΔ τῷ αὐτῷ ἐπιπέδῳ πρὸς ὀρθὰς ἔσται.

PROPOSITIO VIII.

Si sint duæ rectæ parallelæ, altera autem ipsarum plano alicui ad rectos sit; et reliqua eidem plano ad rectos erit.

Sint duæ rectæ parallelæ AB, ΓΔ, altera autem ipsarum AB subjecto plano ad rectos sit; dico et reliquam ΓΔ eidem plano ad rectos fore.

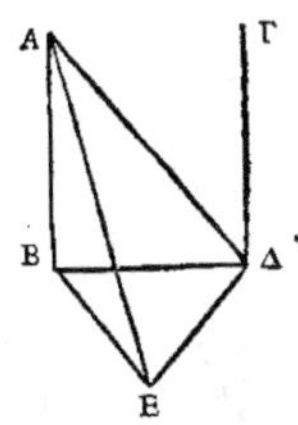

Συμβαλλέτωσαν γὰρ αἱ ΑΒ, ΓΔ τῷ ὑποκειμένῳ ἐπιπέδῳ κατὰ τὰ Β, Δ σημεῖα, καὶ ἐπεζεύχθω ἡ ΒΔ· αἱ ΑΒ, ΓΔ, ΒΔ ἄρα[1] ἐν ἑνί εἰσιν ἐπιπέδῳ. Ηχθω τῇ ΒΔ πρὸς ὀρθὰς ἐν τῷ ὑποκειμένῳ ἐπιπέδῳ ἡ ΔΕ, καὶ κείσθω τῇ ΑΒ ἴση ἡ ΔΕ, καὶ ἐπεζεύχθωσαν αἱ ΒΕ, ΑΕ, ΑΔ.

Occurrant enim ipsæ AB, ΓΔ subjecto plano in B, Δ punctis, et jungatur ipsa BΔ; ipsæ AB, ΓΔ, BΔ igitur in uno sunt plano. Ducatur ipsi BΔ ad rectos in subjecto plano ipsa ΔE, et ponatur ipsi AB æqualis ΔE, et jungantur ipsæ BE, AE, AΔ. Et quoniam AB

PROPOSITION VIII.

Si deux droites sont parallèles, et si l'une d'elles est perpendiculaire à un plan, l'autre sera aussi perpendiculaire à ce même plan.

Soient AB, ΓΔ deux droites parallèles, et que AB l'une de ces droites soit perpendiculaire à un plan inférieur; je dis que l'autre droite ΓΔ sera aussi perpendiculaire à ce même plan.

Car, que les droites AB, ΓΔ rencontrent le plan inférieur aux points B, Δ. Joignons BΔ; les droites AB, ΓΔ, BΔ seront dans un seul plan (7. 11). Menons dans le plan inférieur la droite ΔE perpendiculaire à BΔ; faisons ΔE égal à AB, et joignons BE, AE, AΔ. Puisque AB est perpendiculaire au plan inférieur, elle

Καὶ ἐπεὶ ἡ ΑΒ ὀρθή ἐστι πρὸς τὸ ὑποκείμενον ἐπίπεδον, καὶ πρὸς πάσας ἄρα τὰς ἁπτομένας αὐτῆς εὐθείας, καὶ οὔσας ἐν τῷ ὑποκειμένῳ ἐπιπέδῳ, πρὸς ὀρθάς[2] ἐστιν. ἡ ΑΒ· ὀρθὴ ἄρα ἐστὶν[3] ἑκατέρα τῶν ὑπὸ ΑΒΔ, ΑΒΕ γωνιῶν. Καὶ ἐπεὶ εἰς παραλλήλους τὰς ΑΒ, ΓΔ εὐθεῖα[4] ἐμπέπτωκεν ἡ ΒΔ, αἱ ἄρα ὑπὸ ΑΒΔ, ΓΔΒ γωνίαι δυσὶν ὀρθαῖς ἴσαι εἰσίν. Ορθὴ δὲ ἡ ὑπὸ ΑΒΔ· ὀρθὴ ἄρα καὶ ἡ ὑπὸ ΓΔΒ· ἡ ΓΔ ἄρα πρὸς τὴν ΒΔ ὀρθή ἐστι. Καὶ ἐπεὶ ἴση ἐστὶν ἡ ΑΒ τῇ ΔΕ, κοινὴ δὲ ἡ ΒΔ· δύο δὴ αἱ ΑΒ, ΒΔ δυσὶ ταῖς ΕΔ, ΔΒ ἴσαι εἰσί, καὶ γωνία ἡ ὑπὸ ΑΒΔ γωνίᾳ τῇ ὑπὸ ΕΔΒ ἴση, ὀρθὴ γὰρ ἑκατέρα· βάσις ἄρα ἡ ΑΔ βάσει τῇ ΒΕ ἐστὶν[5] ἴση. Καὶ ἐπεὶ ἴση ἐστὶν ἡ μὲν ΑΒ τῇ ΔΕ, ἡ δὲ ΒΕ τῇ ΑΔ· δύο δὴ αἱ ΑΒ, ΒΕ δυσὶ ταῖς ΕΔ, ΔΑ ἴσαι εἰσὶν ἑκατέρα ἑκατέρᾳ, καὶ βάσις αὐτῶν κοινὴ ἡ ΑΕ· γωνία ἄρα ἡ ὑπὸ ΑΒΕ γωνίᾳ τῇ ὑπὸ ΕΔΑ ἐστὶν ἴση. Ορθὴ δὲ ἡ ὑπὸ ΑΒΕ· ὀρθὴ ἄρα καὶ ἡ ὑπὸ ΕΔΑ· ἡ ΕΔ ἄρα πρὸς τὴν ΑΔ ὀρθή ἐστιν. Εστι δὲ καὶ πρὸς τὴν ΔΒ ὀρθή· ἡ ΕΔ ἄρα καὶ τῷ διὰ τῶν ΒΔ, ΔΑ ἐπιπέδῳ ὀρθή ἐστι· καὶ πρὸς πάσας ἄρα τὰς ἁπτομένας αὐτῆς

perpendicularis est ad subjectum planum, et ad omnes igitur rectas contingentes ipsam, et existentes in subjecto plano, ad rectos est ipsa AB; rectus igitur est uterque angulorum ΑΒΔ, ΑΒΕ. Et quoniam in parallelas ΑΒ, ΓΔ recta incidit ΒΔ, ergo ΑΒΔ, ΓΔΒ anguli duobus rectis æquales sunt. Rectus autem ΑΒΔ; rectus igitur et ΓΔΒ; ergo ΓΔ ad ΒΔ perpendicularis est. Et quoniam æqualis est ΑΒ ipsi ΔΕ, communis autem ΒΔ; duæ igitur ΑΒ, ΒΔ duabus ΕΔ, ΔΒ æquales sunt, et angulus ΑΒΔ angulo ΕΔΒ æqualis, rectus enim uterque; basis igitur ΑΔ basi ΒΕ est æqualis. Et quoniam æqualis est quidem ΑΒ ipsi ΔΕ, ipsa vero ΒΕ ipsi ΑΔ; duæ igitur ΑΒ, ΒΕ duabus ΕΔ, ΔΑ æquales sunt utraque utrique, et basis ipsorum communis ΑΕ; angulus igitur ΑΒΕ angulo ΕΔΑ est æqualis. Rectus autem ΑΒΕ; rectus igitur et ΕΔΑ; ergo ΕΔ ad ΑΔ perpendicularis est. Est autem et ad ΔΒ perpendicularis; ergo ΕΔ et plano per ipsas ΒΔ, ΔΑ perpendicularis est; et ad omnes igitur rectas contingentes ip-

sera perpendiculaire à toutes les droites qui la rencontrent, et qui sont dans ce plan (déf. 3. 11); les angles ΑΒΔ, ΑΒΕ sont donc droits l'un et l'autre. Et puisque la droite ΒΔ tombe sur les parallèles ΑΒ, ΓΔ, la somme des angles ΑΒΔ, ΓΔΒ sera égale à deux angles droits (29. 1). Mais l'angle ΑΒΔ est droit; l'angle ΓΔΒ est donc droit aussi; ΓΔ est donc perpendiculaire à ΒΔ. Et puisque la droite ΑΒ est égale à la droite ΔΕ, et que la droite ΒΔ est commune, les deux droites ΑΒ, ΒΔ seront égales aux deux droites ΕΔ, ΔΒ; mais l'angle ΑΒΔ est égal à l'angle ΕΔΒ, car ils sont droits l'un et l'autre; la base ΑΔ est donc égale à la base ΒΕ (4. 1). Mais ΑΒ est égal à ΔΕ, et ΒΕ égal à ΑΔ; les deux droites ΑΒ, ΒΕ sont donc égales aux deux droites ΕΔ, ΔΑ, chacune à chacune; mais la base ΑΕ est commune; l'angle ΑΒΕ est donc égal à l'angle ΕΔΑ (8. 1). Mais l'angle ΑΒΕ est droit; l'angle ΕΔΑ est donc droit aussi; ΕΔ est donc perpendiculaire à ΑΔ. Mais ΕΔ est aussi perpendiculaire à ΔΒ; la droite ΕΔ est donc perpendiculaire au plan des droites ΒΔ, ΔΑ (4. 11); la droite ΕΔ est donc perpendiculaire à toutes les droites qui la

εὐθείας, καὶ οὔσας ἐν τῷ διὰ τῶν ΑΔ, ΔΒ ἐπιπέδῳ, ὀρθὰς ποιήσει γωνίας ἡ ΕΔ. Εν δὲ τῷ διὰ τῶν ΒΑ, ΑΔ ἐπιπέδῳ ἐστὶν ἡ ΔΓ, ἐπειδήπερ ἐν τῷ διὰ τῶν ΒΔ, ΔΑ ἐπιπέδῳ εἰσὶν αἱ ΑΒ, ΒΔ. Εν ᾧ δὲ αἱ ΑΒ, ΒΔ ἐν τούτῳ ἐστὶ καὶ ἡ ΔΓ· ἡ ΕΔ ἄρα τῇ ΔΓ πρὸς ὀρθάς ἐστιν· ὥστε καὶ ἡ

sam, et existentes in plano per ΑΔ, ΔΒ; rectos faciet angulos ipsa ΕΔ. In plano autem per ΒΑ, ΑΔ est ipsa ΔΓ, quoniam in plano per ipsas ΒΔ, ΔΑ sunt ipsæ ΑΒ, ΒΔ. In quo autem ipsæ ΑΒ, ΒΔ in hoc est et ipsa ΔΓ; ergo ΕΔ ipsi ΔΓ ad rectos est; quare

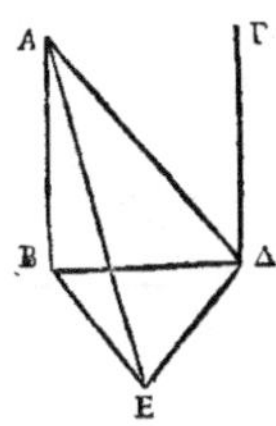

ΓΔ τῇ ΔΕ πρὸς ὀρθάς ἐστιν. Εστι δὲ καὶ ἡ ΓΔ τῇ ΒΔ· ἡ ΓΔ ἄρα δύο εὐθείαις τεμνούσαις ἀλλήλας ταῖς ΔΕ, ΔΒ ἀπὸ τῆς κατὰ τὸ Δ τομῆς πρὸς ὀρθὰς ἐφέστηκεν· ὥστε καὶ ἡ ΓΔ καὶ τῷ διὰ τῶν ΔΕ, ΔΒ ἐπιπέδῳ πρὸς ὀρθάς ἐστι· τὸ δὲ διὰ τῶν ΔΕ, ΔΒ ἐπίπεδον τὸ ὑποκείμενόν ἐστιν· ἡ ΓΔ ἄρα τῷ ὑποκειμένῳ ἐπιπέδῳ πρὸς ὀρθάς ἐστιν. Οπερ ἔδει δεῖξαι.

et ΓΔ ipsi ΔΕ ad rectos est. Est autem et ΓΔ ipsi ΒΔ; ergo ΓΔ duabus rectis ΔΕ, ΔΒ se mutuo secantibus in communi sectione Δ ad rectos insistit; quare et ΓΔ et plano per ΔΕ, ΔΒ ad rectos est; sed per ΔΕ, ΔΒ planum subjectum est; ergo ΓΔ subjecto plano ad est. Quod oportebat ostendere.

rencontrent, et qui sont dans le plan des droites ΑΔ, ΔΒ. Mais ΔΓ est dans le plan des droites ΒΑ, ΑΔ, parce que les droites ΑΒ, ΒΔ sont dans le plan des droites ΒΔ, ΔΑ (2. 11); et ΔΓ est dans le même plan que les droites ΑΒ, ΒΔ (7. 11); ΕΔ est donc perpendiculaire à ΔΓ; la droite ΓΔ est donc aussi perpendiculaire à ΔΕ. Mais ΓΔ est perpendiculaire à ΒΔ; la droite ΓΔ est perpendiculaire aux deux droites ΔΕ, ΔΒ au point Δ où elles se rencontrent; la droite ΓΔ est donc perpendiculaire au plan des droites ΔΕ, ΔΒ (4. 11); mais le plan des droites ΔΕ, ΔΒ est le plan inférieur; la droite ΓΔ est donc perpendiculaire au plan inférieur. Ce qu'il fallait démontrer.

ΠΡΟΤΑΣΙΣ θ'.

Αἱ τῇ αὐτῇ εὐθείᾳ παράλληλοι, καὶ μὴ οὖσαι αὐτῇ ἐν τῷ αὐτῷ ἐπιπέδῳ, καὶ ἀλλήλαις εἰσὶ παράλληλοι.

Ἔστω γὰρ ἑκατέρα τῶν ΑΒ, ΓΔ τῇ ΕΖ παράλληλος[1], μὴ οὖσαι αὐτῇ ἐν τῷ αὐτῷ ἐπιπέδῳ· λέγω ὅτι παράλληλος ἐστιν ἡ ΑΒ τῇ ΓΔ.

PROPOSITIO IX.

Rectæ eidem rectæ parallelæ, et non existentes cum illâ in eodem plano, et inter se sunt parallelæ.

Sit enim utraque ipsarum AB, ΓΔ ipsi EZ parallela, non existentes cum illâ in eodem plano; dico parallelam esse AB ipsi ΓΔ.

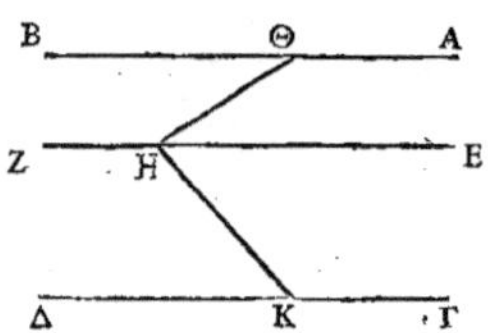

Εἰλήφθω γὰρ ἐπὶ τῆς ΕΖ τυχὸν σημεῖον τὸ Η, καὶ ἀπ' αὐτοῦ τῇ ΕΖ ἐν μὲν τῷ διὰ τῶν ΕΖ, ΑΒ ἐπιπέδῳ πρὸς ὀρθὰς ἤχθω ἡ ΗΘ, ἐν δὲ τῷ διὰ τῶν ΖΕ, ΓΔ τῇ ΕΖ πάλιν πρὸς ὀρθὰς ἤχθω ἡ ΗΚ. Καὶ ἐπεὶ ἡ ΕΖ πρὸς ἑκατέραν τῶν ΗΘ, ΗΚ ὀρθή ἐστιν, ἡ ΕΖ ἄρα καὶ τῷ διὰ τῶν ΗΘ, ΗΚ ἐπιπέδῳ πρὸς ὀρθάς ἐστι. Καί ἐστιν ἡ ΕΖ τῇ ΑΒ παράλληλος· καὶ ἡ ΑΒ ἄρα[2]

Sumatur enim in EZ quodvis punctum H, et a quo ipsi EZ in plano quidem per EZ, AB ad rectos ducatur HΘ, in plano autem per ipsas ZE, ΓΔ ipsi EZ rursus ad rectos ducatur HK. Et quoniam EZ ad utramque ipsarum HΘ, HK perpendicularis est, ergo EZ et plano per HΘ, HK ad rectos est. Atque

PROPOSITION IX.

Les droites qui sont parallèles à une même droite, sans être dans le même plan que cette droite, sont aussi parallèles entr'elles.

Que les droites AB, ΓΔ soient parallèles l'une et l'autre à EZ, sans être dans le même plan; je dis que AB est parallèle à ΓΔ.

Car prenons dans EZ un point quelconque H, et de ce point menons dans le plan des droites EZ, AB la droite HΘ perpendiculaire à EZ, et dans le plan des droites ZE, ΓΔ, menons aussi HK perpendiculaire à ZE. Puisque la droite EZ est perpendiculaire à l'une et à l'autre des droites HΘ, HK, la droite EZ sera aussi perpendiculaire au plan des droites HΘ, HK (4. 11). Mais est EZ parallèle à AB; la

τῷ διὰ τῶν Θ, Η, Κ ἐπιπέδῳ πρὸς ὀρθάς ἐστι. Διὰ τὰ αὐτὰ δὴ καὶ ἡ ΓΔ τῷ διὰ τῶν Θ, Η, Κ ἐπιπέδῳ πρὸς ὀρθάς ἐστιν· ἑκατέρα ἄρα τῶν ΑΒ, ΓΔ τῷ διὰ τῶν Θ, Η, Κ ἐπιπέδῳ πρὸς ὀρθάς ἐστιν. Εαν δὲ δύο εὐθεῖαι τῷ αὐτῷ ἐπιπέδῳ πρὸς ὀρθὰς ὦσι, παράλληλοί εἰσιν αἱ εὐθεῖαι· παράλληλος ἄρα ἐστὶν ἡ ΑΒ τῇ ΓΔ. Οπερ ἔδει δεῖξαι.

est EZ ipsi AB parallela ; et igitur AB plano per Θ, H, K ad rectos est. Propter eadem utique et ipsa ΓΔ plano per Θ, H, K ad rectos est; utraque igitur ipsarum AB, ΓΔ plano per ipsas Θ, H, K ad rectos est. Si autem duæ rectæ eidem plano ad rectos sint, parallelæ sunt rectæ; parallela igitur est AB ipsi ΓΔ. Quod oportebat ostendere.

ΠΡΟΤΑΣΙΣ ι.

Εαν δύο εὐθεῖαι ἁπτόμεναι ἀλλήλων παρὰ δύο εὐθείας ἁπτομένας ἀλλήλων ὦσι, μὴ ἐν τῷ αὐτῷ ἐπιπέδῳ· ἴσας γωνίας περιέξουσι.

Δύο γὰρ εὐθεῖαι αἱ ΑΒ, ΒΓ ἁπτόμεναι ἀλλήλων παρὰ δύο εὐθείας τὰς ΔΕ, ΕΖ ἁπτομένας ἀλλήλων ἔστωσαν, μὴ ἐν τῷ αὐτῷ ἐπιπέδῳ· λέγω ὅτι ἴση ἐστὶν ἡ ὑπὸ ΑΒΓ γωνία τῇ ὑπὸ ΔΕΖ.

PROPOSITIO X.

Si duæ rectæ sese contingentes duabus rectis sese contingentibus sint parallelæ, non in eodem plano; æquales angulos continebunt.

Duæ enim rectæ AB, BΓ sese contingentes duabus rectis ΔE, EZ sese contingentibus sint parallelæ, non in eodem plano; dico æqualem esse angulum ABΓ ipsi ΔEZ.

droite AB est donc perpendiculaire au plan qui passe par les points Θ, H, K (8. 11). Par la même raison, la droite ΓΔ est perpendiculaire au plan qui passe par les points Θ, H, K; les droites AB, ΓΔ sont donc perpendiculaires l'une et l'autre au plan qui passe par les points Θ, H, K. Mais si deux droites sont perpendiculaires à un même plan, ces deux droites sont parallèles entr'elles (6. 11); la droite AB est donc parallèle à la droite ΓΔ. Ce qu'il fallait démontrer.

PROPOSITION X.

Si deux droites qui se touchent sont parallèles à deux droites qui se touchent, sans être dans le même plan, ces droites comprendront des angles égaux.

Que les deux droites AB, BΓ qui se touchent soient parallèles aux deux droites ΔE, EZ qui se touchent, sans être dans le même plan; je dis que l'angle ABΓ est égal à l'angle ΔEZ.

Ἀπειλήφθωσαν γὰρ αἱ ΒΑ, ΒΓ, ΕΔ, ΕΖ ἴσαι ἀλλήλαις, καὶ ἐπεζεύχθωσαν αἱ ΑΔ, ΓΖ, ΒΕ, ΑΓ, ΔΖ. Καὶ ἐπεὶ ἡ ΒΑ τῇ ΕΔ ἴση ἐστὶ καὶ παράλληλος, καὶ ἡ ΑΔ ἄρα τῇ ΒΕ ἴση ἐστὶ καὶ παράλληλος[2]. Διὰ τὰ αὐτὰ δὴ καὶ ἡ ΓΖ τῇ ΒΕ ἴση ἐστὶ καὶ παράλληλος· ἑκατέρα ἄρα τῶν ΑΔ, ΓΖ τῇ ΒΕ ἴση ἐστὶ καὶ παράλληλος.

Assumantur enim ipsæ BA, BΓ, EΔ, EZ æquales inter se, et jungantur ipsæ AΔ, ΓZ, BE, AΓ, ΔZ. Et quoniam BA ipsi EΔ æqualis est et parallela, et igitur AΔ ipsi BE æqualis est et parallela. Propter eadem utique et ΓZ ipsi BE æqualis est et parallela; utraque igitur ipsarum AΔ, ΓZ ipsi BE æqualis est et parallela. Sed rectæ

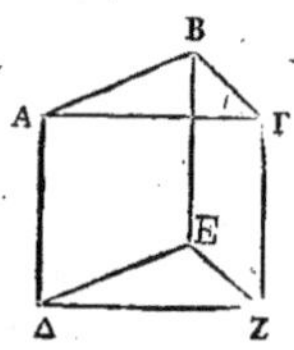

Αἱ δὲ τῇ αὐτῇ εὐθείᾳ παράλληλοι καὶ μὴ οὖσαι αὐτῇ ἐν τῷ αὐτῷ ἐπιπέδῳ[3] καὶ ἀλλήλαις εἰσὶ παράλληλοι· παράλληλος ἄρα ἐστὶν ἡ ΑΔ τῇ ΓΖ καὶ ἴση. Καὶ ἐπιζευγνύουσιν αὐτὰς αἱ ΑΓ, ΔΖ· καὶ ἡ ΑΓ ἄρα τῇ ΔΖ ἴση ἐστὶ καὶ παράλληλος. Καὶ ἐπεὶ δύο αἱ ΑΒ, ΒΓ δυσὶ ταῖς ΔΕ, ΕΖ ἴσαι εἰσὶ, καὶ βάσις ἡ ΑΓ βάσει τῇ ΔΖ ἴση· γωνία ἄρα ἡ ὑπὸ ΑΒΓ[4] γωνίᾳ τῇ ὑπὸ ΔΕΖ ἐστὶν ἴση.

Ἐὰν ἄρα δύο, καὶ τὰ ἑξῆς.

eidem rectæ parallelæ, et non existentes eidem in eodem plano, et inter se sunt parallelæ; parallela igitur est AΔ ipsi ΓZ et æqualis. Et conjungunt ipsas ipsæ AΓ, ΔZ; et igitur AΓ ipsi ΔZ æqualis est et parallela. Et quoniam duæ AB, BΓ duabus ΔE, EZ æquales sunt, et basis AΓ basi ΔZ æqualis; angulus igitur ABΓ angulo ΔEZ est æqualis.

Si igitur duæ, etc.

Car faisons les droites BA, BΓ, EΔ, EZ égales entr'elles; et joignons AΔ, ΓZ, BE, AΓ, ΔZ. Puisque BA est égal et parallèle à EΔ, AΔ sera égal et parallèle à BE (33. 1). Par la même raison, la droite ΓZ est égale et parallèle à BE; donc les deux droites AΔ, ΓZ sont égales et parallèles chacune à la droite BE. Mais les parallèles à une même droite sont parallèles entr'elles, sans être dans le même plan (9. 11); la droite AΔ est donc parallèle et égale à ΓZ. Mais ces parallèles sont jointes par les droites AΓ, ΔZ; la droite AΓ est donc parallèle et égale à ΔZ. Mais les droites AB, BΓ sont égales aux deux droites ΔE, EZ, et la base AΓ est égale à la base ΔZ; l'angle ABΓ est donc égal à l'angle ΔEZ (8. 1). Si donc, etc.

ΠΡΟΤΑΣΙΣ ιά

Ἀπὸ τοῦ δοθέντος σημείου μετεώρου ἐπὶ τὸ δοθὲν[1] ὑποκείμενον ἐπίπεδον κάθετον[2] εὐθεῖαν γραμμὴν ἀγαγεῖν.

Ἔστω τὸ μὲν δοθὲν σημεῖον μετέωρον τὸ Α, τὸ δὲ δοθὲν ἐπίπεδον τὸ ὑποκείμενον· δεῖ δὴ ἀπὸ τοῦ Α σημείου ἐπὶ τὸ ὑποκείμενον[3] ἐπίπεδον κάθετον εὐθεῖαν γραμμὴν ἀγαγεῖν.

PROPOSITIO XI.

A dato puncto sublimi ad datum subjectum planum perpendicularem rectam lineam ducere.

Sit datum quidem punctum sublime A, datum verò planum subjectum; oportet igitur a puncto A ad subjectum planum perpendicularem rectam lineam ducere.

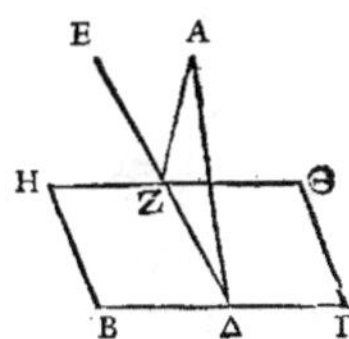

Διήχθω γάρ τις ἐν τῷ ὑποκειμένῳ ἐπιπέδῳ εὐθεῖα ὡς ἔτυχεν ἡ ΒΓ, καὶ ἤχθω ἀπὸ τοῦ Α σημείου ἐπὶ τὴν ΒΓ κάθετος ἡ ΑΔ. Εἰ μὲν οὖν ἡ ΑΔ κάθετός ἐστι, καὶ ἐπὶ τὸ ὑποκείμενον[4] ἐπίπεδον, γεγονὸς ἂν εἴη τὸ ἐπιταχθέν· εἰ δὲ οὐ, ἤχθω ἀπὸ τοῦ Δ σημείου τῇ ΒΓ ἐν τῷ ὑποκειμένῳ ἐπιπέδῳ πρὸς ὀρθὰς ἡ ΔΕ, καὶ

Ducatur enim quædam in subjecto plano recta ut libet ΒΓ, et agatur a puncto Α ad ΒΓ perpendicularis ΑΔ. Si quidem igitur ΑΔ perpendicularis est, et ad subjectum planum, factum erit quod proponebatur; si autem non, ducatur a puncto Δ ipsi ΒΓ in subjecto plano ad rectos ipsa ΔΕ, et ducatur a

PROPOSITION XI.

D'un point donné au-dessus d'un plan donné mener une ligne droite perpendiculaire à ce plan.

Soit donné un point A, soit donné aussi un plan inférieur; il faut du point A mener une ligne droite perpendiculaire au plan inférieur.

Car dans le plan inférieur, menons une droite ΒΓ d'une manière quelconque, et du point A menons ΑΔ perpendiculaire à ΒΓ (12. 1.) Si la droite ΑΔ est encore perpendiculaire au plan inférieur, on aura fait ce qui était proposé; si cela n'est pas, du point Δ et dans le plan inférieur menons la droite ΔΕ perpendiculaire à ΒΓ

ἤχθω ἀπὸ τοῦ Α ἐπὶ τὴν ΔΕ κάθετος ἡ ΑΖ, καὶ διὰ τοῦ Ζ σημείου τῇ ΒΓ παράλληλος ἤχθω ἡ ΗΘ.

Καὶ ἐπεὶ ἡ ΒΓ ἑκατέρα τῶν ΔΑ, ΔΕ πρὸς ὀρθάς ἐστιν, ἡ ΒΓ ἄρα καὶ τῷ διὰ τῶν ΕΔ, ΔΑ ἐπιπέδῳ πρὸς ὀρθάς ἐστι, καὶ ἔστιν αὐτῇ παράλληλος ἡ ΗΘ. Ἐὰν δὲ ὦσι δύο εὐθεῖαι παράλληλοι, ἡ δὲ μία αὐτῶν ἐπιπέδῳ τινὶ πρὸς ὀρθὰς ᾖ, καὶ ἡ λοιπὴ τῷ αὐτῷ ἐπιπέδῳ πρὸς ὀρθὰς ἔσται· καὶ ἡ ΗΘ ἄρα τῷ διὰ τῶν ΕΔ, ΔΑ ἐπιπέδῳ πρὸς ὀρθάς ἐστι· καὶ πρὸς πάσας ἄρα[5] τὰς ἁπτομένας αὐτῆς εὐθείας, καὶ οὔσας ἐν τῷ διὰ τῶν ΕΔ, ΔΑ ἐπιπέδῳ, ὀρθή ἐστιν ἡ ΗΘ. Ἅπτεται δὲ αὐτῆς ἡ ΑΖ οὖσα ἐν τῷ διὰ τῶν ΕΔ, ΔΑ ἐπιπέδῳ· ἡ ΗΘ ἄρα ὀρθή ἐστι πρὸς τὴν ΖΑ· ὥστε καὶ ἡ ΖΑ ὀρθή ἐστι πρὸς

puncto Α ad ΔΕ perpendicularis ΑΖ, et per punctum Ζ ipsi ΒΓ parallela ducatur ΗΘ.

Et quoniam ΒΓ utrique ipsarum ΔΑ, ΔΕ ad rectos est; ipsa ΒΓ igitur et plano per ΕΔ, ΔΑ ad rectos est, atque est ipsi parallela ΗΘ. Si autem sint duæ rectæ parallelæ, una vero ipsarum plano alicui ad rectos sit, et reliqua eidem plano ad rectos erit; et ΗΘ igitur plano per ipsas ΕΔ, ΔΑ ad rectos est; et ad omnes igitur rectas contingentes ipsam, et existentes in plano per ipsas ΕΔ, ΔΑ, perpendicularis est ΗΘ. Contingit autem ipsam ipsa ΑΖ existens in plano per ipsas ΕΔ, ΔΑ; ergo ΗΘ perpendicularis est ad ΖΑ; quare et ΖΑ perpendicularis est

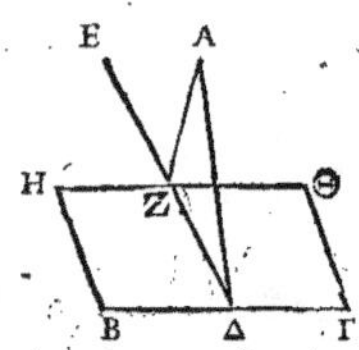

(11. 1), et du point Α la droite ΕΖ perpendiculaire à ΔΑ (12. 1), et enfin par le point Ζ menons ΗΘ parallèle à ΒΓ.

Puisque ΒΓ est perpendiculaire à chacune des droites ΔΑ, ΔΕ, la droite ΒΓ sera perpendiculaire au plan des droites ΕΔ, ΔΑ. Mais ΗΘ est parallèle à ΒΓ (4. 11), et si deux droites sont parallèles, et si l'une d'elles est perpendiculaire à un plan, l'autre droite est aussi perpendiculaire à ce même plan (8. 11); la droite ΗΘ est donc perpendiculaire au plan des droites ΕΔ, ΔΑ, et par conséquent à toutes les droites qui la rencontrent et qui sont dans le plan des droites ΕΔ, ΔΑ (déf. 3. 11). Mais la droite ΑΖ, qui est dans le plan des droites ΕΔ, ΔΑ, rencontre la droite ΗΘ; la droite ΗΘ est donc perpendiculaire à ΖΑ; la droite

τὴν ΗΘ. Εστι δὲ ἡ ΑΖ καὶ πρὸς τὴν ΔΕ ὀρθή· ἡ ΑΖ ἄρα πρὸς ἑκατέραν τῶν ΗΘ, ΔΕ ὀρθή ἐστιν. Εὰν δὲ εὐθεῖα δυσὶν εὐθείαις τεμνούσαις ἀλλήλας ἐπὶ τῆς[6] τομῆς πρὸς ὀρθὰς ἐπισταθῇ, καὶ τῷ δι' αὐτῶν ἐπιπέδῳ πρὸς ὀρθὰς ἔσται· ἡ ΖΑ ἄρα τῷ διὰ τῶν ΕΔ, ΗΘ ἐπιπέδῳ πρὸς ὀρθάς ἐστι. Τὸ δὲ διὰ τῶν ΕΔ, ΗΘ ἐπίπεδόν ἐστι τὸ ὑποκείμενον· ἡ ΑΖ ἄρα τῷ ὑποκειμένῳ ἐπιπέδῳ πρὸς ὀρθάς ἐστιν.

Απὸ τοῦ ἄρα δοθέντος[7] σημείου μετεώρου τοῦ Α ἐπὶ τὸ ὑποκείμενον ἐπίπεδον κάθετος εὐθεῖα γραμμὴ ἦκται ἡ ΑΖ. Οπερ ἔδει ποιῆσαι.

ad HΘ. Est autem AZ et ad ΔE perpendicularis; ergo AZ ad utramque ipsarum HΘ, ΔE perpendicularis est. Si autem recta duabus rectis sese secantibus in sectione ad rectos insistat, et plano per ipsas ad rectos erit; ergo ZA plano per ipsas EΔ, HΘ ad rectos est. Ipsum autem per ipsas EΔ, HΘ est planum subjectum; ergo AZ subjecto plano ad rectos est.

A dato igitur puncto sublimi A ad subjectum planum perpendicularis recta linea ducta est AZ. Quod oportebat facere.

ΠΡΟΤΑΣΙΣ ιϐʹ.

Τῷ δοθέντι ἐπιπέδῳ, ἀπὸ τοῦ πρὸς αὐτῷ δοθέντος σημείου, πρὸς ὀρθὰς εὐθεῖαν γραμμὴν ἀναστῆσαι.

Εστω τὸ μὲν δοθὲν ἐπίπεδον τὸ ὑποκείμενον, τὸ δὲ πρὸς αὐτῷ σημεῖον τὸ Α· δεῖ δὴ ἀπὸ τοῦ Α σημείου τῷ ὑποκειμένῳ ἐπιπέδῳ πρὸς ὀρθὰς εὐθεῖαν γραμμὴν ἀναστῆσαι.

PROPOSITIO XII.

Dato plano, a puncto in ipso dato, ad rectos rectam lineam constituere.

Sit datum quidem planum subjectum, punctum vero A in ipso; oportet igitur a puncto A subjecto plano ad rectos rectam lineam constituere.

ZA est donc perpendiculaire à HΘ. Mais AZ est perpendiculaire à ΔE; la droite AZ est donc perpendiculaire à chacune des droites HΘ, ΔE. Mais si une droite est perpendiculaire au point de section à deux droites qui se coupent, elle est aussi perpendiculaire au plan de ces deux droites (4. 11); la droite ZA est donc perpendiculaire au plan des droites EΔ, HΘ. Mais le plan des droites EΔ, HΘ est le plan inférieur; la droite AZ est donc perpendiculaire au plan inférieur.

On a donc mené du point donné A, pris au-dessus d'un plan, une ligne droite AZ perpendiculaire à ce plan. Ce qu'il fallait faire.

PROPOSITION XII.

D'un point donné dans un plan donné, élever une ligne droite perpendiculaire à ce plan.

Soit donné un plan inférieur, et soit A le point donné dans ce plan; il faut du point A élever une ligne droite perpendiculaire au plan inférieur.

Νενοήσθω μετέωρόν τι σημεῖον τὸ Β[2], καὶ ἀπὸ τοῦ Β ἐπὶ τὸ ὑποκείμενον ἐπίπεδον κάθετος ἤχθω ἡ ΒΓ, καὶ διὰ τοῦ Α σημείου τῇ ΒΓ παράλληλος ἤχθω ἡ ΑΔ.

Intelligatur sublime aliquod punctum B, et a puncto B ad subjectum planum perpendicularis ducatur BΓ, et per punctum A ipsi BΓ parallela ducatur AΔ.

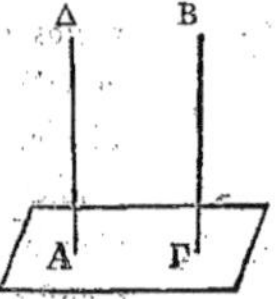

Ἐπεὶ οὖν δύο εὐθεῖαι παράλληλοί εἰσιν αἱ ΑΔ, ΓΒ, ἡ δὲ μία αὐτῶν ἡ ΒΓ τῷ ὑποκειμένῳ ἐπιπέδῳ πρὸς ὀρθάς ἐστι· καὶ ἡ λοιπὴ ἄρα ἡ ΑΔ τῷ ὑποκειμένῳ ἐπιπέδῳ πρὸς ὀρθάς ἐστι.

Τῷ ἄρα δοθέντι ἐπιπέδῳ, ἀπὸ τοῦ πρὸς αὐτῷ σημείου τοῦ Α πρὸς ὀρθὰς ἀνέσταται ἡ ΑΔ[3]. Ὅπερ ἔδει ποιῆσαι.

Quoniam igitur duæ rectæ parallelæ sunt AΔ, ΓB, una autem ipsarum BΓ subjecto plano ad rectos est; et reliqua igitur AΔ subjecto plano ad rectos est.

Dato igitur plano, a puncto A in ipso ad rectos constituta est ipsa AΔ. Quod oportebat facere.

Imaginons un point quelconque B; du point B menons BΓ perpendiculaire au plan inférieur (11. 11), et par le point A menons AΔ parallèle à BΓ (31. 1).

Puisque les deux droites AΔ, ΓB sont parallèles, et que BΓ, l'une de ces droites, est perpendiculaire au plan inférieur, l'autre droite AΔ est aussi perpendiculaire au plan inférieur (8. 11).

D'un point donné A dans le plan donné, on a donc élevé une perpendiculaire AΔ à ce plan. Ce qu'il fallait faire.

ΠΡΟΤΑΣΙΣ ιγ΄.

Ἀπὸ τοῦ αὐτοῦ σημείου τῷ αὐτῷ ἐπιπέδῳ[1], δύο εὐθεῖαι πρὸς ὀρθὰς οὐκ ἀναστήσονται ἐπὶ τὰ αὐτὰ μέρη.

Εἰ γὰρ δυνατὸν, ἀπὸ τοῦ αὐτοῦ σημείου τοῦ Α τῷ ὑποκειμένῳ ἐπιπέδῳ δύο εὐθεῖαι αἱ ΑΒ, ΑΓ πρὸς ὀρθὰς ἀνεστάτωσαν[3] ἐπὶ τὰ αὐτὰ μέρη, καὶ διήχθω τὸ διὰ τῶν ΒΑ, ΑΓ ἐπίπεδον, τομὴν δὴ ποιήσει διὰ τοῦ Α ἐν τῷ ὑποκειμένῳ ἐπιπέδῳ εὐθεῖαν. Ποιείτω τὴν ΔΑΕ· αἱ ἄρα ΑΒ, ΑΓ, ΔΑΕ εὐθεῖαι ἐν ἑνί εἰσιν ἐπιπέδῳ. Καὶ ἐπεὶ ἡ ΓΑ τῷ ὑποκειμένῳ ἐπιπέδῳ πρὸς ὀρθάς ἐστι, καὶ πρὸς πάσας ἄρα τὰς ἁπτομένας αὐτῆς εὐθείας καὶ οὔσας ἐν τῷ ὑποκειμένῳ ἐπιπέδῳ ὀρθὰς ποιήσει γωνίας. Ἅπτεται δὲ αὐτῆς ἡ ΔΑΕ οὖσα ἐν τῷ ὑποκειμένῳ ἐπιπέδῳ·

PROPOSITIO XIII.

Ab eodem puncto eidem subjecto plano, duæ rectæ ad rectos non constituentur ad easdem partes.

Si enim possibile, ab eodem puncto A subjecto plano duæ rectæ AB, AΓ ad rectos constituantur ad easdem partes, et ducatur planum per BA, AΓ, sectionem utique faciet per A in subjecto plano rectam. Faciat ipsam ΔAE; ipsæ igitur AB, AΓ, ΔAE rectæ in uno sunt plano. Et quoniam ΓA subjecto plano ad rectos est, et ad omnes igitur rectas contingentes ipsam, et existentes in subjecto plano rectos faciet angulos. Contingit autem ipsam ipsa ΔAE existens in subjecto plano;

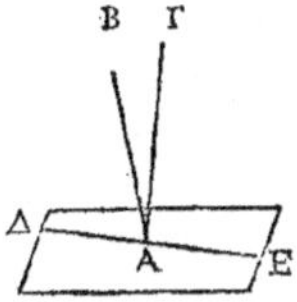

PROPOSITION XIII.

Du même point on ne peut élever du même côté deux perpendiculaires à un même plan inférieur.

Car si cela est possible ; du même point A soient élevées du même côté deux droites AB, AΓ perpendiculaires au plan inférieur ; conduisons un plan par les deux droites BA, AΓ ; ce plan, passant par le point A, fera dans le plan inférieur une section qui sera une ligne droite (3. 11); que cette section soit ΔAE; les droites AB, AΓ, ΔAE seront dans un seul plan. Et puisque ΓA est perpendiculaire au plan inférieur, elle est perpendiculaire à toutes les droites qui la rencontrent et qui sont dans le plan inférieur (déf. 3. 11). Mais la droite ΔAE, qui est dans le

ἡ ἄρα ὑπὸ ΓΑΕ γωνία ὀρθή ἐστι. Διὰ τὰ αὐτὰ δὴ καὶ ἡ ὑπὸ ΒΑΕ ὀρθή ἐστιν· ἴση ἄρα ἡ ὑπὸ ΓΑΕ τῇ ὑπὸ ΒΑΕ, καί εἰσιν ἐν τῷ[4] ἑνὶ ἐπιπέδῳ, ὅπερ ἐστὶν ἀδύνατον.

ergo ΓΑΕ angulus rectus est. Propter eadem utique et ipse ΒΑΕ rectus est; æqualis igitur ΓΑΕ ipsi ΒΑΕ, et sunt in uno plano, quod est impossibile.

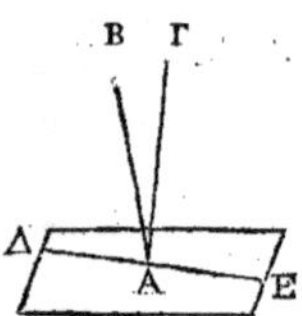

Οὐκ ἄρα ἀπὸ τοῦ αὐτοῦ σημείου τῷ αὐτῷ ἐπιπέδῳ[5] δύο εὐθεῖαι πρὸς ὀρθὰς ἀναστήσονται ἐπὶ τὰ αὐτὰ μέρη. Ὅπερ ἔδει δεῖξαι.

Non igitur ab eodem puncto eidem plano duæ rectæ ad rectos constituentur ad easdem partes. Quod oportebat ostendere.

ΠΡΟΤΑΣΙΣ ιδ'.

Πρὸς ἃ ἐπίπεδα ἡ αὐτὴ εὐθεῖα ὀρθή ἐστι, παράλληλα ἔσται[1] τὰ ἐπίπεδα.

Εὐθεῖα γάρ τις ἡ ΑΒ πρὸς ἑκάτερον τῶν ΓΔ, ΕΖ ἐπιπέδων πρὸς ὀρθὰς ἔστω· λέγω ὅτι παράλληλά ἐστι τὰ ἐπίπεδα.

PROPOSITIO XIV.

Ad quæ plana eadem recta perpendicularis est, parallela erunt plana.

Recta enim quædam ΑΒ ad utrumque ipsorum ΓΔ, ΕΖ planorum ad rectos sit; dico parallela esse plana.

plan inférieur, rencontre cette droite; l'angle ΓΑΕ est donc droit. L'angle ΒΑΕ est droit par la même raison; l'angle ΓΑΕ est donc égal à l'angle ΒΑΕ; mais ces angles sont dans un seul plan, ce qui est impossible (ax. 9).

Du même point on ne peut donc pas élever du même côté deux perpendiculaires à un même plan. Ce qu'il fallait démontrer.

PROPOSITION XIV.

Les plans auxquels une même droite est perpendiculaire sont parallèles entr'eux.

Que la droite ΑΒ soit perpendiculaire à chacun des plans ΓΔ, ΕΖ; je dis que ces plans sont parallèles.

Εἰ γὰρ μὴ, ἐκβαλλόμενα συμπεσοῦνται. Συμπιπτέτωσαν· ποιήσουσι δὴ κοινὴν τομὴν εὐθεῖαν.

Si enim non, producta convenient inter se. Conveniant; facient utique communem sectio-

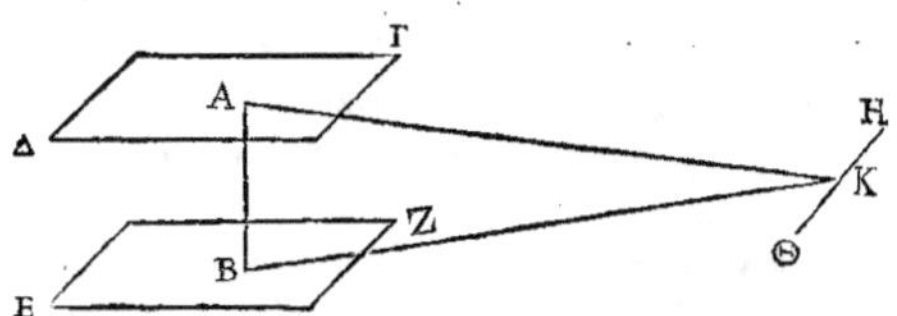

Ποιείτωσαν τὴν ΗΘ, καὶ εἰλήφθω ἐπὶ τῆς ΗΘ τυχὸν σημεῖον τὸ Κ, καὶ ἐπεζεύχθωσαν αἱ ΑΚ, ΒΚ. Καὶ ἐπεὶ ἡ ΑΒ ὀρθή ἐστι πρὸς τὸ ΕΖ ἐπίπεδον, καὶ πρὸς τὴν ΒΚ ἄρα εὐθεῖαν οὖσαν ἐν τῷ ΕΖ ἐκβληθέντι[2] ἐπιπέδῳ ὀρθή ἐστιν ἡ ΑΒ· ἡ ἄρα ὑπὸ ΑΒΚ γωνία ὀρθή ἐστι. Διὰ τὰ αὐτὰ δὴ καὶ ἡ ὑπὸ ΒΑΚ ὀρθή ἐστι, τριγώνου δὴ[3] τοῦ ΑΒΚ αἱ δύο γωνίαι αἱ ὑπὸ ΑΒΚ, ΒΑΚ δυσὶν ὀρθαῖς εἰσὶν ἴσαι[4], ὅπερ ἐστὶν ἀδύνατον· οὐκ ἄρα τὰ ΓΔ, ΕΖ ἐπίπεδα ἐκβαλλόμενα συμπεσοῦνται· παράλληλα ἄρα ἐστὶ τὰ ΓΔ, ΕΖ ἐπίπεδα.

Πρὸς ἃ ἐπίπεδα ἄρα, καὶ τὰ ἑξῆς.

nem rectam. Faciant ipsam ΗΘ, et sumatur in ipsâ ΗΘ quodlibet punctum Κ, et jungantur ipsæ ΑΚ, ΒΚ. Et quoniam ΑΒ perpendicularis est ad planum ΕΖ, et ad ΒΚ igitur rectam existentem in ΕΖ producto plano perpendicularis est ΑΒ; ergo angulus ΑΒΚ rectus est. Propter eadem utique et angulus ΒΑΚ rectus est, trianguli igitur ΑΒΚ duo anguli ΑΒΚ, ΒΑΚ duobus rectis sunt æquales, quod est impossibile; non igitur plana ΓΔ, ΕΖ producta convenient; parallela igitur sunt ΓΔ, ΕΖ plana.

Ad quæ igitur, etc.

Car si cela n'est point, ces plans étant prolongés se rencontreront. Qu'ils se rencontrent; leur section sera une ligne droite (3. 11). Que cette section soit ΗΘ; prenons dans ΗΘ un point quelconque Κ, et joignons ΑΚ, ΒΚ. Puisque la droite ΑΒ est perpendiculaire au plan ΕΖ, la droite ΑΒ est perpendiculaire à la droite ΒΚ qui est dans le prolongement du plan ΕΖ (déf. 3. 11); l'angle ΑΒΚ est donc droit. L'angle ΒΑΚ est droit par la même raison; les deux angles ΑΒΚ, ΒΑΚ du triangle ΑΒΚ sont donc égaux à deux angles droits, ce qui est impossible (17. 1); les plans ΓΔ, ΕΖ étant prolongés, ne se rencontreront donc point; les plans ΓΔ, ΕΖ sont donc parallèles. Donc, etc.

ΠΡΟΤΑΣΙΣ ιέ.

Εὰν δύο εὐθεῖαι ἁπτόμεναι ἀλλήλων παρὰ δύο εὐθείας ἁπτομένας ἀλλήλων[1] ὦσι, μὴ ἐν τῷ αὐτῷ ἐπιπέδῳ οὖσαι· παραλληλά ἐστι τὰ δι᾽ αὐτῶν ἐπίπεδα.

Δύο γὰρ εὐθεῖαι ἁπτόμεναι ἀλλήλων αἱ ΑΒ, ΒΓ παρὰ δύο εὐθείας ἁπτομένας ἀλλήλων τὰς ΔΕ, ΕΖ ἔστωσαν, μὴ ἐν τῷ αὐτῷ ἐπιπέδῳ οὖσαι· λέγω ὅτι ἐκβαλλόμενα τὰ διὰ τῶν ΑΒ, ΒΓ, ΔΕ, ΕΖ ἐπίπεδα οὐ συμπεσεῖται ἀλλήλοις.

PROPOSITIO XV.

Si duæ rectæ sese tangentes duabus rectis sese tangentibus parallelæ sint, non in eodem plano existentes; parallela sunt per ipsas plana.

Duæ enim rectæ sese tangentes AB, BΓ duabus rectis sese tangentibus ΔE, EZ sint parallelæ, non in eodem plano existentes; dico producta plana per AB, BΓ, ΔE, EZ non convenire inter se.

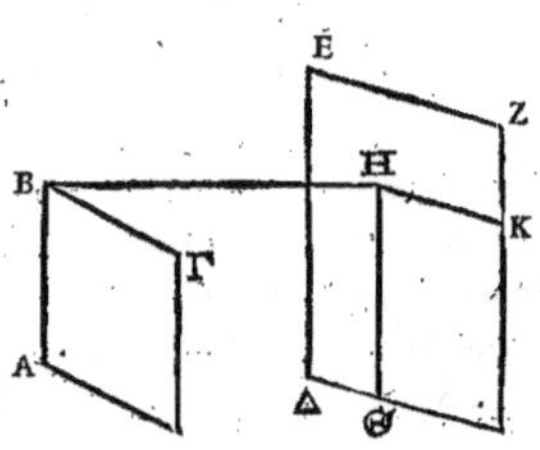

Ηχθω γὰρ ἀπὸ τοῦ Β σημείου ἐπὶ τὸ διὰ τῶν ΔΕ, ΕΖ ἐπίπεδον κάθετος ἡ ΒΗ, καὶ συμβαλλέτω τῷ ἐπιπέδῳ κατὰ τὸ Η σημεῖον, καὶ διὰ τοῦ Η τῇ μὲν ΕΔ παράλληλος ἤχθω ἡ ΗΘ,

Ducatur enim a puncto B ad planum per ΔE, EZ perpendicularis BH, et occurrat plano in H puncto, et per H ipsi quidem EΔ parallela ducatur HΘ, ipsi vero EZ ipsa HK.

PROPOSITION XV.

Si deux droites qui se touchent sont parallèles à deux droites qui se touchent, et qui ne sont pas dans le même plan, les plans qui passent par ces droites sont parallèles.

Que les droites AB, BΓ qui se touchent soient parallèles aux deux droites ΔE, EZ qui se touchent et qui ne sont pas dans le même plan; je dis que les plans qui passent par les droites AB, BΓ, ΔE, EZ ne se rencontreront point, s'ils sont prolongés.

Car du point B menons au plan qui passe par les droites ΔE, EZ la perpendiculaire BH, et que cette droite rencontre ce plan au point H (31. 1); par le point H

τῇ δὲ ΕΖ ἡ ΗΚ. Καὶ ἐπεὶ ἡ ΒΗ ὀρθή ἐστι πρὸς τὸ διὰ τῶν ΔΕ, ΕΖ ἐπίπεδον, καὶ πρὸς πάσας ἄρα τὰς ἁπτομένας αὐτῆς εὐθείας καὶ οὔσας ἐν τῷ διὰ[2] τῶν ΔΕ, ΕΖ ἐπιπέδῳ ὀρθὰς ποιήσει γωνίας. Απτεται δὲ αὐτῆς ἑκατέρα τῶν ΗΘ, ΗΚ οὖσα ἐν τῷ διὰ τῶν ΔΕ, ΕΖ ἐπιπέδῳ· ὀρθὴ ἄρα ἐστὶν ἑκατέρα τῶν ὑπὸ ΒΗΘ, ΒΗΚ γωνιῶν. Καὶ ἐπεὶ παράλληλός ἐστιν ἡ ΒΑ τῇ ΗΘ· αἱ ἄρα ὑπὸ ΗΒΑ, ΒΗΘ γωνίαι δυσὶν ὀρθαῖς ἴσαι εἰσίν. Ορθὴ δὲ ἡ ὑπὸ ΒΗΘ· ὀρθὴ ἄρα καὶ ἡ ὑπὸ ΗΒΑ· ἡ ΗΒ ἄρα τῇ ΒΑ πρὸς ὀρθάς ἐστι. Διὰ τὰ αὐτὰ δὴ ἡ ΒΗ καὶ τῇ ΒΓ ἐστὶ πρὸς ὀρθάς. Επεὶ οὖν εὐθεῖα ἡ ΒΗ δυσὶν εὐθείαις ταῖς ΒΑ, ΒΓ τεμνούσαις ἀλλήλας πρὸς ὀρθὰς ἐφέστηκεν· ἡ ΒΗ ἄρα καὶ τῷ διὰ τῶν ΒΑ, ΒΓ ἐπιπέδῳ πρὸς ὀρθάς ἐστι. Διὰ τὰ αὐτὰ δὴ ἡ ΒΗ καὶ τῷ διὰ τῶν ΗΘ, ΗΚ ἐπιπέδῳ πρὸς ὀρθάς ἐστι. Τὸ δὲ διὰ τῶν ΗΘ, ΗΚ ἐπίπεδόν ἐστι τὸ διὰ τῶν ΔΕ, ΕΖ· ἡ ΒΗ ἄρα τῷ διὰ τῶν ΔΕ, ΕΖ ἐπιπέδῳ ἐστὶ πρὸς ὀρθάς. Εδείχθη δὲ ἡ ΗΒ καὶ τῷ διὰ τῶν ΑΒ, ΒΓ ἐπιπέδῳ πρὸς ὀρθάς· ἔστι δὲ καὶ τῷ διὰ

Et quoniam BH perpendicularis est ad planum per ΔE, EZ, et ad omnes igitur rectas contingentes ipsam et existentes in plano per ΔE, EZ rectos faciet angulos. Contingit autem ipsam utraque ipsarum HΘ, HK existens in plano per ΔE, EZ; rectus igitur uterque angulorum BHΘ, BHK. Et quoniam parallela est BA ipsi HΘ; ipsi igitur HBA, BHΘ anguli duobus rectis æquales sunt. Rectus autem BHΘ; rectus igitur et HBA; ipsa igitur HB ipsi BA ad rectos est. Propter eadem utique BH et ipsi BΓ est ad rectos. Quoniam igitur recta BH duabus rectis BA, BΓ se mutuo secantibus ad rectos insistit; ipsa igitur BH et plano per BA, BΓ ad rectos est. Propter eadem utique BH et plano per HΘ, HK ad rectos est. Sed planum per HΘ, HK est ipsum per ΔE, EZ; ipsa igitur BH plano per ΔE, EZ est ad rectos. Ostensa autem est HB et plano per AB, BΓ ad rectos; est

menons HΘ parallèle à EΔ et HK parallèle à EZ (31. 1). Puisque la droite BH est perpendiculaire au plan des droites ΔE, EZ, elle fera des angles droits avec toutes les droites qui la rencontrent et qui sont dans le plan des droites ΔE, EZ (déf. 3. 11). Mais cette droite est rencontrée par chacune des droites HΘ, HK qui sont dans le plan des droites ΔE, EZ; les angles BHΘ, BHK sont donc droits l'un et l'autre. Et puisque BA est parallèle à HΘ, les angles HBA, BHΘ seront égaux à deux angles droits (29. 1). Mais l'angle BHΘ est droit; l'angle HBA est donc droit; donc HB est perpendiculaire à BA. Par la même raison, BH est perpendiculaire à BΓ. Et puisque la droite BH est perpendiculaire aux deux droites BA, BΓ qui se coupent mutuellement, la droite HB sera perpendiculaire au plan des deux droites BA, BΓ (4. 11). Par la même raison, la droite BH est perpendiculaire au plan des droites HΘ, HK. Mais le plan les droites HΘ, HK est le même que celui des droites ΔE, EZ; la droite BH est donc perpendiculaire au plan des droites ΔE, EZ. Mais on a démontré que la droite HB est aussi perpendiculaire au plan des droites AB, BΓ; et cette droite est aussi perpendiculaire au plan des

III. 5

τῶν ΔΕ, ΕΖ ἐπιπέδῳ ὀρθή· ἡ ΒΗ ἄρα πρὸς ἑκάτερον τῶν διὰ τῶν ΑΒ, ΒΓ, ΔΕ, ΕΖ ἐπιπέδων ὀρθή ἐστι[3]. Πρὸς ἃ δὲ ἐπίπεδα ἡ αὐτὴ εὐθεῖα ὀρθή ἐστι, παράλληλά ἐστι τὰ ἐπίπεδα· παράλληλον ἄρα ἐστὶ τὸ διὰ τῶν ΑΒ, ΒΓ ἐπίπεδον τῷ διὰ τῶν ΔΕ, ΕΖ.

Ἐὰν ἄρα δύο, καὶ τὰ ἑξῆς.

ΠΡΟΤΑΣΙΣ ιϛʹ.

Ἐὰν δύο ἐπίπεδα παράλληλα ὑπὸ ἐπιπέδου τινὸς τέμνηται, αἱ κοιναὶ αὐτῶν τομαὶ παράλληλοί εἰσι.

Δύο γὰρ ἐπίπεδα παράλληλα τὰ ΑΒ, ΓΔ ὑπὸ ἐπιπέδου τοῦ ΕΖΗΘ τεμνέσθω, κοιναὶ δὲ αὐτῶν τομαὶ ἔστωσαν αἱ ΕΖ, ΗΘ· λέγω ὅτι παράλληλός ἐστιν ἡ ΕΖ τῇ ΗΘ.

Εἰ γὰρ μὴ, ἐκβαλλόμεναι[1] αἱ ΕΖ, ΗΘ, ἤτοι ἐπὶ τὰ Ζ, Θ μέρη, ἢ ἐπὶ τὰ Ε, Η συμπεσοῦνται. Ἐκβεβλήσθωσαν ὡς ἐπὶ τὰ Ζ, Θ μέρη, καὶ συμπιπ-

autem et plano per ΔΕ, ΕΖ perpendicularis; ipsa igitur ΒΗ ad utrumque planorum per ΑΒ, ΒΓ, ΔΕ, ΕΖ perpendicularis est. Ad quæ vero plana eadem recta perpendicularis est, parallela sunt ea plana; parallelum igitur est planum per ΑΒ, ΒΓ ipsi per ΔΕ, ΕΖ.

Si igitur duæ, etc.

PROPOSITIO XVI.

Si duo plana parallela a plano aliquo secentur, communes ipsorum sectiones parallelæ sunt.

Duo enim plana parallela ΑΒ, ΓΔ a plano ΕΖΘΗ secentur, communes autem ipsorum sectiones sint ipsæ ΕΖ, ΗΘ; dico parallelam esse ΕΖ ipsi ΗΘ.

Si enim non, productæ ΕΖ, ΗΘ, vel ad partes Ζ, Θ, vel ad Ε, Η convenient. Producantur ut ad partes Ζ, Θ, et conveniant primum in Κ.

droites ΔΕ, ΕΖ; la droite ΒΗ est donc perpendiculaire à chacun des plans des droites ΑΒ, ΒΓ, ΔΕ, ΕΖ. Mais les plans auxquels une même droite est perpendiculaire sont parallèles entre eux (14. 11); le plan des droites ΑΒ, ΒΓ est donc parallèle à celui des droites ΔΕ, ΕΖ. Donc, etc.

PROPOSITION XVI.

Si deux plans parallèles sont coupés par un plan quelconque, leurs communes sections sont parallèles.

Car que les plans parallèles ΑΒ, ΓΔ soient coupés par un plan ΕΖΗΘ, et que leurs communes sections soient ΕΖ, ΗΘ; je dis que ΕΖ est parallèle à ΗΘ.

Car que cela ne soit point; prolongeons les droites ΕΖ, ΗΘ; ces droites se rencontreront ou du côté des points Ζ, Θ, ou du côté des points Ε, Η. Prolongeons

τίτωσαν πρότερον[2] κατὰ τὸ K. Καὶ ἐπεὶ ἡ EZK ἐν τῷ AB ἐστὶν ἐπιπέδῳ, καὶ πάντα ἄρα τὰ ἐπὶ τῆς EZK σημεῖα ἐν τῷ AB ἐστίν ἐπιπέδῳ[3]. Εν δὲ τῶν ἐπὶ τῆς EZK εὐθείας σημεῖόν ἐστι τὸ K· τὸ K ἄρα ἐν

Et quoniam ipsa EZK in AB est plano, et omnia igitur in ipsâ EZK puncta in AB sunt plano. Unum autem ipsorum in rectâ EZK punctum est K; ipsum igitur K in AB est plano. Propter eadem

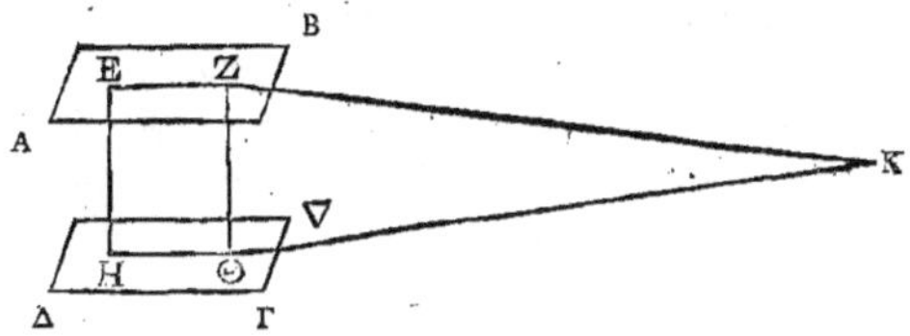

τῷ AB ἐστὶν ἐπιπέδῳ. Διὰ τὰ αὐτὰ δὴ τὸ K καὶ ἐν τῷ ΓΔ ἐστὶν ἐπιπέδῳ· τὰ AB, ΓΔ ἄρα ἐπίπεδα ἐκβαλλόμενα συμπεσοῦνται. Οὐ συμπίπτουσι δὲ, διὰ τὸ παράλληλα ὑποκεῖσθαι· οὐκ ἄρα αἱ EZ, HΘ εὐθεῖαι ἐκβαλλόμεναι ἐπὶ τὰ Z, Θ μέρη συμπεσοῦνται[4]. Ομοίως δὴ δείξομεν ὅτι αἱ EZ, HΘ εὐθεῖαι οὐδὲ ἐπὶ τὰ E, H μέρη ἐκβαλλόμεναι συμπεσοῦνται. Αἱ δὲ ἐπὶ μηδέτερα τὰ[5] μέρη συμπίπτουσαι παράλληλοί εἰσι· παράλληλος ἄρα ἐστὶν ἡ EZ τῇ HΘ.

Εὰν ἄρα δύο, καὶ τὰ ἑξῆς.

utique ipsum K et in ΓΔ est plano; ipsa igitur AB, ΓΔ plana producta convenient. Non conveniunt autem, cum parallela supponantur; non igitur EZ, HΘ rectæ productæ ad partes Z, Θ convenient. Similiter utique demonstrabimus rectas EZ, HΘ neque ad partes E, H productas convenire. Ipsæ autem neutrâ ex parte convenientes parallelæ sunt; parallela igitur est EZ ipsi HΘ.

Si igitur duo, etc.

ces droites vers les points Z, Θ, et qu'elles se rencontrent d'abord au point K. Puisque la droite EZK est dans le plan AB, tous les points pris dans EZK seront dans le plan AB. Mais le point K est un point de la droite EZK; le point K est donc dans le plan AB. Par la même raison, le point K est dans le plan ΓΔ; les plans AB, ΓΔ prolongés se rencontreront donc entr'eux. Mais ces plans ne se rencontrent point, puisqu'ils sont parallèles par supposition; les droites EZ, HΘ prolongées ne se rencontreront donc pas du côté des points Z, Θ. Nous démontrerons semblablement que les droites EZ, HΘ prolongées ne se rencontreront point du côté des points E, H. Mais les droites qui ne se rencontrent d'aucun côté sont parallèles (déf. 35. 1); la droite EZ est donc parallèle à la droite HΘ. Donc si, etc.

ΠΡΟΤΑΣΙΣ ιζ.

Ἐὰν δύο εὐθεῖαι ὑπὸ παραλλήλων ἐπιπέδων τέμνωνται, εἰς τοὺς αὐτοὺς λόγους τμηθήσονται.

Δύο γὰρ εὐθεῖαι αἱ ΑΒ, ΓΔ ὑπὸ παραλλήλων ἐπιπέδων τῶν ΗΘ, ΚΛ, ΜΝ τεμνέσθωσαν κατὰ τὰ Α, Ε, Β, Γ, Ζ, Δ σημεῖα· λέγω ὅτι ἐστὶν ὡς ἡ ΑΕ εὐθεῖα πρὸς τὴν ΕΒ οὕτως ἡ ΓΖ πρὸς τὴν ΖΔ.

PROPOSITIO XVII.

Si duæ rectæ a parallelis planis secentur, in eâdem ratione secabuntur.

Duæ enim rectæ AB, ΓΔ a parallelis planis ΗΘ, ΚΛ, MN secentur in punctis A, E, B, Γ, Z, Δ; dico esse ut recta AE ad EB ita ipsam ΓZ ad ZΔ.

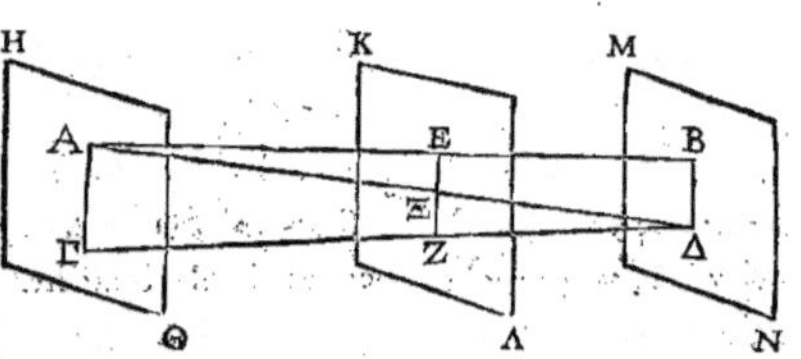

Ἐπεζεύχθωσαν γὰρ αἱ ΑΓ, ΒΔ, ΑΔ, καὶ συμβαλλέτω ἡ ΑΔ τῷ ΚΛ ἐπιπέδῳ κατὰ τὸ Ξ σημεῖον, καὶ ἐπεζεύχθωσαν αἱ ΕΞ, ΞΖ. Καὶ ἐπεὶ δύο ἐπίπεδα παράλληλα τὰ ΚΛ, ΜΝ ὑπὸ ἐπιπέδου τοῦ ΕΒΔΞ τέμνεται, αἱ κοιναὶ αὐτῶν τομαὶ αἱ ΕΞ, ΒΔ παράλληλοί εἰσι. Διὰ τὰ αὐτὰ

Jungantur enim ipsæ AΓ, BΔ, AΔ, et occurrat AΔ plano KΛ in puncto Ξ, et jungantur ipsæ EΞ, ΞZ. Et quoniam duo plana parallela KΛ, MN a plano EBΔΞ secantur, communes ipsorum sectiones EΞ, BΔ parallelæ sunt. Propter eadem

PROPOSITION XVII.

Si deux droites sont coupées par des plans parallèles, elles seront coupées en même raison.

Que les deux droites AB, ΓΔ soient coupées par les plans parallèles ΗΘ, KΛ, MN aux points A, E, B, Γ, Z, Δ; je dis que AE est à EB comme ΓZ est à ZΔ.

Car joignons AΓ, BΔ, AΔ, et que la droite AΔ rencontre le plan KΛ au point Ξ, et joignons EΞ, ΞZ. Puisque les deux plans parallèles KΛ, MN sont coupés par le plan EBΔΞ, leurs sections communes EΞ, BΔ sont parallèles (16. 11). Par

δὴ, ἐπεὶ δύο ἐπίπεδα παράλληλα τὰ ΗΘ, ΚΛ ὑπὸ ἐπιπέδου τοῦ[1] ΑΞΖΓ τέμνεται, αἱ κοιναὶ αὐτῶν τομαὶ αἱ ΑΓ, ΞΖ παράλληλοί εἰσι. Καὶ ἐπεὶ τριγώνου τοῦ ΑΒΔ παρὰ μίαν τῶν πλευρῶν τὴν ΒΑ εὐθεῖα ἦκται ἡ ΕΞ, ἀνάλογον ἄρα ἐστὶν[2] ὡς ΑΕ πρὸς τὴν[3] ΕΒ οὕτως ἡ ΑΞ πρὸς τὴν[4] ΞΔ. Πάλιν ἐπεὶ τριγώνου τοῦ ΑΔΓ παρὰ μίαν τῶν πλευρῶν τὴν ΑΓ εὐθεῖα ἦκται ἡ ΞΖ, ἀνάλογον ἐστὶν[5] ὡς ἡ ΑΞ πρὸς τὴν[6] ΞΔ οὕτως ἡ ΓΖ πρὸς τὴν[7] ΖΔ. Εδείχθη δὲ καὶ ὡς ἡ ΑΞ πρὸς τὴν[8] ΞΔ οὕτως ἡ ΑΕ πρὸς τὴν[9] ΕΒ· καὶ ὡς ἄρα ἡ ΑΕ πρὸς τὴν[10] ΕΒ οὕτως ἡ ΓΖ πρὸς τὴν[11] ΖΔ.

Εὰν ἄρα δύο, καὶ τὰ ἑξῆς.

ΠΡΟΤΑΣΙΣ ιή.

Εὰν εὐθεῖα ἐπιπέδῳ τινὶ πρὸς ὀρθὰς ᾖ, καὶ πάντα τὰ δι' αὐτῆς ἐπίπεδα τῷ αὐτῷ ἐπιπέδῳ πρὸς ὀρθὰς ἔσται.

Εὐθεῖα γάρ τις ἡ ΑΒ τῷ ὑποκειμένῳ ἐπιπέδῳ πρὸς ὀρθὰς ἔστω· λέγω ὅτι καὶ πάντα τὰ διὰ τῆς ΑΒ ἐπίπεδα τῷ ὑποκειμένῳ ἐπιπέδῳ πρὸς ὀρθάς ἐστιν[1].

utique, quoniam duo plana parallela ΗΘ, ΚΛ a plano ΑΞΖΓ secantur, communes ipsorum sectiones ΑΓ, ΞΖ parallelæ sunt. Et quoniam trianguli ΑΒΔ ad unum laterum ipsum ΒΑ recta ducta est ΕΞ, proportionaliter igitur est ut ΑΕ ad ΕΒ ita ΑΞ ad ΞΔ. Rursus quoniam trianguli ΑΔΓ ad unum laterum ipsum ΑΓ recta ducta est ΞΖ, proportionaliter est ut ΑΞ ad ΞΔ ita ΓΖ ad ΖΔ. Ostensum est autem et ut ΑΞ ad ΞΔ ita ΑΕ ad ΕΒ; et ut igitur ΑΕ ad ΕΒ ita ΓΖ ad ΖΔ.

Si igitur duæ, etc.

PROPOSITIO XVIII.

Si recta plano alicui ad rectos sit, et omnia per ipsam plana eidem plano ad rectos erunt.

Recta enim quædam ΑΒ subjecto plano ad rectos sit; dico et omnia per ipsam ΑΒ plana eidem subjecto plano ad rectos esse.

la même raison, puisque les deux plans parallèles ΗΘ, ΚΛ sont coupés par le plan ΑΞΖΓ, leurs sections communes ΑΓ, ΞΖ seront parallèles. Et puisque la droite ΕΞ est menée parallèlement à un des côtés ΒΑ du triangle ΑΒΔ, la droite ΑΕ sera à la droite ΕΒ comme la droite ΑΞ est à la droite ΞΔ (2. 6). De plus, puisque la droite ΞΖ est menée parallèlement à un des côtés ΑΓ du triangle ΑΔΓ, la droite ΑΞ est à la droite ΞΔ comme la droite ΓΖ est à la droite ΖΔ. Mais on a démontré que la droite ΑΞ est à la droite ΞΔ comme la droite ΑΕ est à la droite ΕΒ; la droite ΑΕ est donc à la droite ΕΒ comme la droite ΓΖ est à la droite ΖΔ (11. 5). Donc si, etc.

PROPOSITION XVIII.

Si une droite est perpendiculaire à un plan, tous les plans qui passeront par cette droite seront perpendiculaires à ce même plan.

Qu'une droite quelconque ΑΒ soit perpendiculaire à un plan inférieur; je dis que tous les plans qui passent par la droite ΑΒ sont perpendiculaires à ce même plan inférieur.

Ἐκϐεϐλήσθω γὰρ διὰ τῆς ΑΒ ἐπίπεδον τὸ ΔΕ, καὶ ἔστω κοινὴ τομὴ τοῦ ΔΕ ἐπιπέδου καὶ τοῦ ὑποκειμένου ἡ ΓΕ, καὶ εἰλήφθω ἐπὶ τῆς ΓΕ τυχὸν σημεῖον τὸ Ζ, καὶ ἀπὸ τοῦ Ζ τῇ ΓΕ πρὸς ὀρθὰς ἤχθω ἐν τῷ ΔΕ ἐπιπέδῳ ἡ ΖΗ. Καὶ ἐπεὶ ἡ ΑΒ πρὸς τὸ ὑποκείμενον ἐπίπεδον ὀρθή ἐστι, καὶ πρὸς πάσας ἄρα τὰς ἁπτομένας αὐτῆς εὐθείας καὶ οὔσας ἐν τῷ ὑποκειμένῳ ἐπιπέδῳ ὀρθή ἐστιν ἡ ΑΒ· ὥστε καὶ πρὸς τὴν ΓΕ ὀρθή ἐστιν· ἡ ἄρα ὑπὸ ΑΒΖ γωνία ὀρθή ἐστιν. Ἔστι δὲ καὶ ἡ ὑπὸ ΗΖΒ ὀρθή· παράλληλος ἄρα ἐστὶν[2] ἡ ΑΒ τῇ ΖΗ. Ἡ δὲ ΑΒ τῷ ὑποκειμένῳ ἐπιπέδῳ πρὸς ὀρθάς ἐστι· καὶ ἡ ΗΖ ἄρα τῷ ὑποκειμένῳ ἐπιπέδῳ πρὸς ὀρθάς ἐστι. Καὶ ἐπίπεδον πρὸς ἐπίπεδον ὀρθόν ἐστιν, ὅταν αἱ τῇ κοινῇ τομῇ τῶν ἐπιπέδων πρὸς ὀρθὰς ἀγόμεναι εὐθεῖαι ἐν ἑνὶ τῶν ἐπιπέδων

Producatur enim per ipsam AB planum ΔE, et sit communis sectio plani ΔE et plani subjecti ipsa ΓE, et sumatur in ΓE quodlibet punctum Z, et ab ipso Z ipsi ΓE ad rectos ducatur in plano ΔE ipsa ZH. Et quoniam AB ad subjectum planum perpendicularis est, et ad omnes igitur rectas contingentes ipsam, et existentes in subjecto plano perpendicularis est AB; quare et ipsa ad ΓE perpendicularis est; angulus igitur ABZ rectus est. Est autem et ipse HZB rectus; parallela igitur est AB ipsi ZH. Ipsa autem AB subjecto plano ad rectos est; et ipsa HZ igitur subjecto plano ad rectos est. Et planum ad planum rectum est, quando communi sectioni planorum ad rectos ductæ rectæ in uno planorum reliquo plano ad rectos sunt,

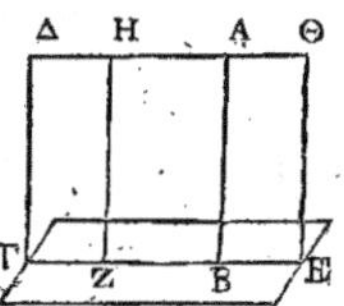

Car menons le plan ΔE par la droite AB, et que la droite ΓE soit la commune section du plan ΔE et du plan inférieur; dans la droite ΓE prenons un point quelconque Z; de ce point Z et dans le plan ΔE menons la droite ZH perpendiculaire à la droite ΓE. Puisque la droite AB est perpendiculaire au plan inférieur, cette droite AB sera perpendiculaire à toutes les droites qui la rencontrent et qui sont dans ce plan (déf. 3. 11); la droite AB est donc perpendiculaire à la droite ΓE; l'angle ABZ est donc droit. Mais l'angle HZB est droit aussi; AB est donc parallèle à ZH (28. 1). Mais AB est perpendiculaire au plan inférieur; HZ est donc perpendiculaire au plan inférieur (8. 11). Mais un plan est perpendiculaire à un plan, lorsque les droites menées dans l'un de ces plans sont perpendicu-

τῷ λοιπῷ ἐπιπέδῳ πρὸς ὀρθὰς ὦσι, καὶ τῇ κοινῇ τομῇ τῶν ἐπιπέδων τῇ ΓΕ ἐν ἑνὶ τῶν ἐπιπέδων τῷ ΔΕ[3] πρὸς ὀρθὰς ἀχθεῖσα ἡ ΖΗ ἐδείχθη τῷ ὑποκειμένῳ ἐπιπέδῳ πρὸς ὀρθάς· τὸ ἄρα ΔΕ ἐπίπεδον ὀρθόν ἐστι πρὸς τὸ ὑποκείμενον ἐπίπεδον[4]. Ομοίως δὴ δειχθήσεται καὶ πάντα τὰ διὰ τῆς ΑΒ ἐπίπεδα ὀρθὰ τυγχάνοντα πρὸς τὸ ὑποκείμενον ἐπίπεδον.

Εαν ἄρα εὐθεῖα, καὶ τὰ ἑξῆς.

ΠΡΟΤΑΣΙΣ ιθ'.

Εὰν δύο ἐπίπεδα τέμνοντα ἄλληλα ἐπιπέδῳ τινὶ πρὸς ὀρθὰς ῇ, καὶ ἡ κοινὴ αὐτῶν τομὴ τῷ αὐτῷ ἐπιπέδῳ πρὸς ὀρθὰς ἔσται.

Δύο γὰρ ἐπίπεδα τὰ ΑΒ, ΒΓ τῷ ὑποκειμένῳ ἐπιπέδῳ πρὸς ὀρθὰς ἔστω, κοινὴ δὲ αὐτῶν τομὴ ἔστω ἡ ΒΔ· λέγω ὅτι ἡ ΒΔ τῷ ὑποκειμένῳ ἐπιπέδῳ πρὸς ὀρθάς ἐστιν.

Μὴ γὰρ, καὶ ἤχθωσαν ὑπὸ τοῦ Δ σημείου ἐν μὲν τῷ ΑΒ ἐπιπέδῳ τῇ ΑΔ εὐθείᾳ πρὸς ὀρθὰς

et communi sectioni ΓΕ planorum in uno planorum plano ΔΕ ad rectos ducta ΖΗ ostensa est subjecto plano ad rectos; ergo ΔΕ planum rectum est ad subjectum planum. Similiter utique demonstrabuntur et omnia per ipsam AB plana recta quælibet ad subjectum planum.

Si igitur recta, etc.

PROPOSITIO XIX.

Si duo plana se mutuo secantia plano alicui ad rectos sint, et communis ipsorum sectio eidem plano ad rectos erit.

Duo enim plana AB, ΒΓ subjecto plano ad rectos sint, communis autem ipsorum sectio sit ΒΔ; dico ΒΔ subjecto plano ad rectos esse.

Non enim, et ducatur a puncto Δ in plano quidem AB rectæ ΑΔ ad rectos ipsa ΔΕ, in

laires à leur commune section et à l'autre plan (déf. 4. 11), et l'on a démontré que la droite ΖΗ menée dans le plan ΔΕ perpendiculairement à la droite ΓΕ, commune section des plans, est aussi perpendiculaire au plan inférieur; le plan ΔΕ est donc perpendiculaire au plan inférieur. Nous démontrerons semblablement que tous les autres plans qui passent par la droite AB sont aussi perpendiculaires au plan inférieur. Donc si, etc.

PROPOSITION XIX.

Si deux plans qui se coupent mutuellement sont perpendiculaires à un plan, leur commune section sera aussi perpendiculaire à ce plan.

Que deux plans AB, ΒΓ soient perpendiculaires à un plan inférieur, et que leur commune section soit ΒΔ; je dis que la droite ΒΔ est perpendiculaire au plan inférieur.

Car que cela ne soit pas; du point Δ menons dans le plan AB la droite ΔΕ perpendiculaire à la droite ΑΔ (11. 1), et du même point et dans le plan ΒΓ

ἡ ΔΕ, ἐν δὲ[1] τῷ ΒΓ ἐπιπέδῳ τῇ ΓΔ πρὸς ὀρθὰς ἡ ΔΖ. Καὶ ἐπεὶ τὸ ΑΒ ἐπίπεδον ὀρθόν ἐστι πρὸς τὸ ὑποκείμενον, καὶ τῇ κοινῇ αὐτῶν τομῇ τῇ ΑΔ πρὸς ὀρθὰς ἐν τῷ ΑΒ ἐπιπέδῳ ἦκται ἡ ΔΕ· ἡ ΔΕ ἄρα ὀρθή ἐστι πρὸς τὸ ὑποκείμενον ἐπίπεδον. Ὁμοίως δὴ δείξομεν ὅτι καὶ ἡ ΔΖ ὀρθή ἐστι πρὸς τὸ ὑποκείμενον ἐπίπεδον· ἀπὸ τοῦ αὐτοῦ ἄρα

plano autem ΒΓ ipsi ΓΔ ad rectos ipsa ΔΖ. Et quoniam planum ΑΒ rectum est ad subjectum, et communi ipsorum sectioni ΑΔ ad rectos in plano ΑΒ ducta est ΔΕ; ergo ΔΕ perpendicularis est ad subjectum planum. Similiter utique demonstrabimus et ΔΖ perpendicularem esse ad subjectum planum; ergo ab

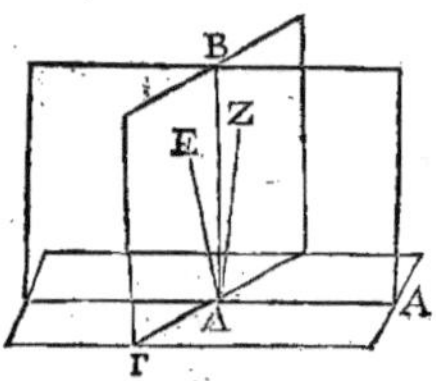

σημείου τοῦ Δ τῷ ὑποκειμένῳ ἐπιπέδῳ δύο εὐθεῖαι πρὸς ὀρθὰς ἀνεσταμέναι εἰσὶν ἐπὶ τὰ αὐτὰ μέρη, ὅπερ ἐστὶν ἀδύνατον· οὐκ ἄρα τῷ ὑποκειμένῳ ἐπιπέδῳ ἀπὸ τοῦ Δ σημείου ἀνασταθήσεται πρὸς ὀρθὰς[2], πλὴν τῆς ΔΒ κοινῆς τομῆς τῶν ΑΒ, ΒΓ ἐπιπέδων.

Ἐὰν ἄρα δύο, καὶ τὰ ἑξῆς.

eodem puncto Δ subjecto plano duæ rectæ ad rectos constitutæ sunt ex eâdem parte, quod est impossibile; non igitur subjecto plano a puncto Δ constituentur ad rectos, præter ipsam ΔΒ communem sectionem planorum ΑΒ, ΒΓ.

Si igitur duo, etc.

menons la droite ΔΖ perpendiculaire à la droite ΓΔ. Puisque le plan ΑΒ est perpendiculaire au plan inférieur, et que la droite ΔΕ a été menée dans le plan ΑΒ perpendiculairement à la commune section ΑΔ de ces plans, la droite ΔΕ sera perpendiculaire au plan inférieur. Nous démontrerons semblablement que ΔΖ est perpendiculaire au plan inférieur; du même point Δ on a donc mené du même côté deux perpendiculaires au plan inférieur, ce qui est impossible (13. 11); du point Δ on ne peut donc pas mener d'autres droites qui soient perpendiculaires au plan inférieur, si ce n'est la commune section ΔΒ des plans ΑΒ, ΒΓ. Donc, etc.

ΠΡΟΤΑΣΙΣ κʹ.

Εὰν στερεὰ γωνία ὑπὸ τριῶν γωνιῶν ἐπιπέδων περιέχηται, δύο ὁποιαιοῦν τῆς λοιπῆς μείζονές εἰσι πάντῃ μεταλαμβανόμεναι.

Στερεὰ γὰρ γωνία ἡ πρὸς τῷ Α ὑπὸ τριῶν γωνιῶν ἐπιπέδων τῶν ὑπὸ ΒΑΓ, ΓΑΔ, ΔΑΒ περιεχέσθω· λέγω ὅτι τῶν ὑπὸ ΒΑΓ, ΓΑΔ, ΔΑΒ γωνιῶν δύο ὁποιαιοῦν τῶν λοιπῆς μείζονές εἰσι πάντῃ μεταλαμβανόμεναι.

PROPOSITIO XX.

Si solidus angulus sub tribus angulis planis contineatur, duo quilibet reliquo majores sunt quomodocunque sumpti.

Solidus enim angulus ad A sub tribus angulis planis ΒΑΓ, ΓΑΔ, ΔΑΒ contineatur; dico angulorum ΒΑΓ, ΓΑΔ, ΔΑΒ duos quoslibet reliquo majores esse quomodocunque sumptos.

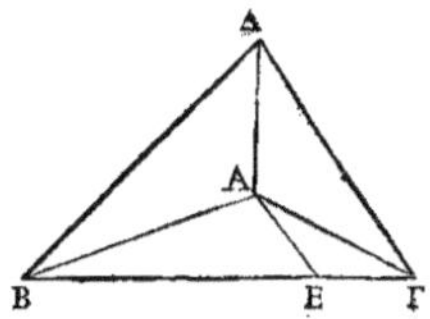

Εἰ μὲν οὖν αἱ ὑπὸ ΒΑΓ, ΓΑΔ, ΔΑΒ γωνίαι ἴσαι ἀλλήλαις εἰσὶ, φανερὸν ὅτι δύο ὁποιαιοῦν τῆς λοιπῆς μείζονές εἰσιν[1]. Εἰ δὲ οὔ, ἔστω μείζων ἡ ὑπὸ ΒΑΓ, καὶ συνεστάτω πρὸς τῇ ΑΒ εὐθείᾳ, καὶ τῷ πρὸς αὐτῇ σημείῳ τῷ Α τῇ ὑπὸ ΔΑΒ γωνίᾳ ἐν τῷ διὰ τῶν ΒΑΓ ἐπιπέδῳ ἴση ἡ ὑπὸ ΒΑΕ, καὶ κείσθω τῇ ΑΔ ἴση ἡ ΑΕ,

Si quidem igitur ΒΑΓ, ΓΑΔ, ΔΑΒ anguli æquales inter se sint, evidens est duos quoslibet reliquo majores esse. Si autem non, sit major angulus ΒΑΓ, et constituatur ad rectam AB, et ad punctum in ipsâ A angulo ΔAB in plano per ΒΑΓ æqualis angulus BAE, et ponatur ipsi AΔ æqualis AE, et per punctum E

PROPOSITION XX.

Si un angle solide est compris sous trois angles plans, deux de ces angles, de quelque manière qu'on les prène, sont plus grands que l'angle restant.

Que l'angle solide A soit compris sous les trois angles plans ΒΑΓ, ΓΑΔ, ΔΑΒ; je dis que deux quelconques des trois angles plans ΒΑΓ, ΓΑΔ, ΔΑΒ, de quelque manière qu'on les prène, sont plus grands que l'angle restant.

Car si les angles ΒΑΓ, ΓΑΔ, ΔΑΒ sont égaux entr'eux, il est évident que deux quelconques de ces angles sont plus grands que l'angle restant. Si cela n'est point, que l'angle ΒΑΓ soit le plus grand. Sur la droite AB et au point A de cette droite, construisons dans le plan ΒΑΓ l'angle BAE égal à l'angle ΔAB (23. 11); faisons AE égal à AΔ (3. 1); que la droite ΒΕΓ, menée par le point E, coupe

καὶ διὰ τοῦ Ε σημείου διαχθεῖσα ἡ ΒΕΓ τεμνέτω τὰς ΑΒ, ΑΓ εὐθείας κατὰ τὰ Β, Γ σημεῖα, καὶ ἐπεζεύχθωσαν αἱ ΔΒ, ΔΓ. Καὶ ἐπεὶ ἴση ἐστὶν ἡ ΔΑ τῇ ΑΕ, κοινὴ δὲ ἡ ΑΒ, δύο δὴ ΔΑ, ΑΒ δυσὶν ΑΕ, ΑΒ ἴσαι[3], καὶ γωνία ἡ ὑπὸ ΔΑΒ γωνίᾳ τῇ ὑπὸ ΒΑΕ ἴση· βάσις ἄρα ἡ ΔΒ βάσει τῇ ΒΕ ἐστὶν ἴση. Καὶ ἐπεὶ δύο αἱ ΔΒ, ΔΓ τῇ ΒΓ μείζονές εἰσιν, ὧν ἡ ΔΒ τῇ ΒΕ ἐδείχθη ἴση· λοιπὴ ἄρα ἡ ΔΓ λοιπῆς τῆς ΕΓ μείζων ἐστί. Καὶ ἐπεὶ ἴση ἐστὶν ἡ ΔΑ τῇ ΑΕ, κοινὴ δὲ ἡ ΑΓ, καὶ βάσις ἡ ΔΓ βάσεως τῆς ΕΓ μείζων ἐστίν· γωνία ἄρα ἡ ὑπὸ ΔΑΓ γωνίας τῆς ὑπὸ ΕΑΓ μείζων ἐστίν. Εδείχθη δὲ καὶ ἡ ὑπὸ ΔΑΒ τῇ ὑπὸ ΒΑΕ ἴση· αἱ ἄρα ὑπὸ ΔΑΒ, ΔΑΓ τῆς ὑπὸ ΒΑΓ μείζονές εἰσιν. Ομοίως δὴ δείξομεν ὅτι καὶ αἱ λοιπαὶ σύνδυο λαμβανόμεναι τῆς λοιπῆς μείζονές εἰσιν.

Εὰν ἄρα στερεὰ, καὶ τὰ ἑξῆς.

ducta ΒΕΓ secet rectas ΑΒ, ΑΓ in Β, Γ punctis, et jungantur ipsæ ΔΒ, ΔΓ. Et quoniam æqualis est ΔΑ ipsi ΔΕ, communis autem ΑΒ, duæ igitur ΔΑ, ΑΒ duabus ΑΕ, ΑΒ æquales, et angulus ΔΑΒ angulo ΒΑΕ æqualis; basis igitur ΔΒ basi ΒΕ est æqualis. Et quoniam duæ ΔΒ, ΔΓ ipsâ ΒΓ majores sunt, ex quibus ΔΒ ipsi ΒΕ ostensa est æqualis; reliqua igitur ΔΓ reliquâ ΕΓ major est. Et quoniam æqualis est ΔΑ ipsi ΑΕ, communis autem ΑΓ, et basis ΔΓ basi ΕΓ major est; angulus igitur ΔΑΓ angulo ΕΑΓ major est. Ostensus est autem et angulus ΔΑΒ ipsi ΒΑΕ æqualis; anguli igitur ΔΑΒ, ΔΑΓ angulo ΒΑΓ majores sunt. Similiter utique demonstrabimus et reliquos duos quoslibet sumptos reliquo majores esse.

Si igitur, etc.

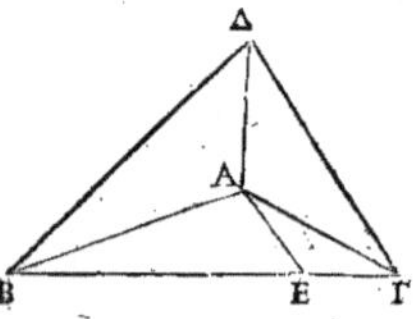

les droites ΑΒ, ΑΓ aux points Β, Γ, et joignons ΔΒ, ΔΓ. Puisque ΔΑ est égal à ΔΕ, et que la droite ΑΒ est commune, les deux droites ΔΑ, ΑΒ sont égales aux deux droites ΑΕ, ΑΒ; mais l'angle ΔΑΒ est égal à l'angle ΒΑΕ; la base ΔΒ est donc égale à la base ΒΕ (4. 1). Et puisque les deux droites ΔΒ, ΔΓ sont plus grandes que la droite ΒΓ, et qu'on a démontré que la droite ΔΒ est égale à la droite ΒΕ, la droite restante ΔΓ sera plus grande que la droite restante ΕΓ. Et puisque la droite ΔΑ est égale à la droite ΑΕ, que la droite ΑΓ est commune, et que la base ΔΓ est plus grande que la base ΕΓ, l'angle ΔΑΓ sera plus grand que l'angle ΕΑΓ (25. 1). Mais on a démontré que l'angle ΔΑΒ est égal à l'angle ΒΑΕ; les angles ΔΑΒ, ΔΑΓ sont donc plus grands que l'angle ΒΑΓ. Si l'on prend deux autres angles quelconques, nous démontrerons semblablement qu'ils sont plus grands que l'angle restant. Donc, etc.

ΠΡΟΤΑΣΙΣ κά.

Απασα στερεὰ γωνία ὑπὸ ἐλασσόνων ἢ[1] τεσσάρων ὀρθῶν γωνιῶν ἐπιπέδων περιέχεται.

Εστω στερεὰ γωνία ἡ πρὸς τῷ Α περιεχομένη ὑπὸ ἐπιπέδων γωνιῶν, τῶν ὑπὸ ΒΑΓ, ΓΑΔ, ΔΑΒ· λέγω ὅτι αἱ ὑπὸ ΒΑΓ, ΓΑΔ, ΔΑΒ τεσσάρων ὀρθῶν ἐλάσσονές εἰσιν.

PROPOSITIO XXI.

Omnis solidus angulus sub minoribus quam quatuor rectis angulis planis continetur.

Sit solidus angulus ad A contentus planis angulis ΒΑΓ, ΓΑΔ, ΔΑΒ; dico angulos ΒΑΓ, ΓΑΔ, ΔΑΒ quatuor rectis minores esse.

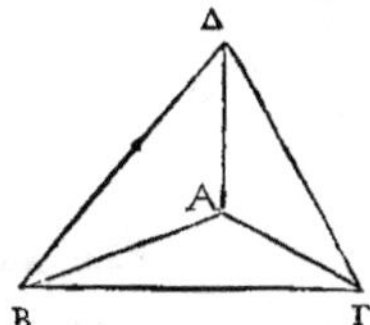

Εἰλήφθω γὰρ ἐφ' ἑκάστης τῶν ΑΒ, ΑΓ, ΑΔ τυχόντα σημεῖα τὰ Β, Γ, Δ, καὶ ἐπεζεύχθωσαν αἱ ΒΓ, ΓΔ, ΔΒ. Καὶ ἐπεὶ στερεὰ γωνία ἡ πρὸς τῷ Β ὑπὸ τριῶν γωνιῶν ἐπιπέδων περιέχεται τῶν ὑπὸ ΓΒΑ, ΑΒΔ, ΓΒΔ, δύο ὁποιαιοῦν τῆς λοιπῆς μείζονές εἰσιν· αἱ ἄρα ὑπὸ ΓΒΑ, ΑΒΔ τῆς ὑπὸ ΓΒΔ μείζονές εἰσι. Διὰ τὰ αὐτὰ δὴ καὶ αἱ μὴν ὑπὸ ΒΓΑ, ΑΓΔ τῆς ὑπὸ ΒΓΔ μείζονές εἰσιν. Αἱ δὲ[2] ὑπὸ ΓΔΑ, ΑΔΒ τῆς ὑπὸ ΓΔΒ μείζονές

Sumantur enim in unâquâque ipsarum ΑΒ, ΑΓ, ΑΔ quælibet puncta Β, Γ, Δ, et jungantur ipsæ ΒΓ, ΓΔ, ΔΒ. Et quoniam solidus angulus ad Β sub tribus angulis planis continetur ΓΒΑ, ΑΒΔ, ΓΒΔ, duo quilibet reliquo majores sunt; anguli igitur ΓΒΑ, ΑΒΔ angulo ΓΒΔ majores sunt. Propter eadem utique et anguli quidem ΒΓΑ, ΑΓΔ angulo ΒΓΔ majores sunt. Anguli autem ΓΔΑ, ΑΔΒ angulo ΓΔΒ majores sunt;

PROPOSITION XXI.

Tout angle solide est compris sous des angles plans qui sont plus petits que quatre angles droits.

Soit l'angle solide A compris sous les angles plans ΒΑΓ, ΓΑΔ, ΔΑΒ; je dis que les angles ΒΑΓ, ΓΑΔ, ΔΑΒ sont plus petits que quatre angles droits.

Car dans chacune des droites ΑΒ, ΑΓ, ΑΔ, prenons des points quelconques Β, Γ, Δ, et joignons ΒΓ, ΓΔ, ΔΒ. Puisque l'angle solide Β est compris sous les trois angles plans ΓΒΑ, ΑΒΔ, ΓΒΔ, deux quelconques de ces angles seront plus grands que l'angle restant (20. 11); les angles ΓΒΑ, ΑΒΔ sont donc plus grands que l'angle ΓΒΔ. Par la même raison, les angles ΒΓΑ, ΑΓΔ sont plus grands que l'angle ΒΓΔ, et les angles ΓΔΑ, ΑΔΒ plus grands que l'angle ΓΔΒ; les six angles ΓΒΑ, ΑΒΔ,

εἰσιν· αἱ ἓξ ἄρα γωνίαι αἱ ὑπὸ ΓΒΑ, ΑΒΔ, ΒΓΑ, ΑΓΔ, ΓΔΑ, ΑΔΒ τριῶν τῶν ὑπὸ ΓΒΔ, ΒΓΔ, ΓΔΒ μείζονές εἰσιν. Αλλὰ αἱ τρεῖς αἱ ὑπὸ ΓΒΔ, ΒΓΔ, ΓΔΒ δυσὶν ὀρθαῖς ἴσαι εἰσίν· αἱ ἄρα ἓξ[3]

sex igitur anguli ΓΒΑ, ΑΒΔ, ΒΓΑ, ΑΓΔ, ΓΔΑ, ΑΔΒ tribus ΓΒΔ, ΒΓΔ, ΓΔΒ majores sunt. Sed tres anguli ΓΒΔ, ΒΓΔ, ΓΔΒ duobus rectis æquales sunt; sex igitur anguli ΓΒΑ, ΑΒΔ, ΒΓΑ,

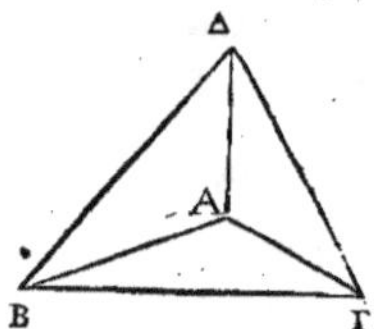

αἱ ὑπὸ ΓΒΑ, ΑΒΔ, ΒΓΑ, ΑΓΔ, ΓΔΑ, ΑΔΒ δύο ὀρθῶν μείζονές εἰσι. Καὶ ἐπεὶ ἑκάστου τῶν ΑΒΓ, ΑΓΔ, ΑΔΒ τριγώνων αἱ τρεῖς γωνίαι δυσὶν ὀρθαῖς ἴσαι εἰσὶν, αἱ ἄρα τῶν τριῶν τριγώνων ἐννέα γωνίαι αἱ ὑπὸ ΓΒΑ, ΑΓΒ, ΒΑΓ, ΑΓΔ, ΔΑΓ, ΓΔΑ, ΑΔΒ, ΔΒΑ, ΒΑΔ ἓξ ὀρθαῖς ἴσαι εἰσὶν, ὧν αἱ ὑπὸ ΑΒΓ, ΒΓΑ, ΑΓΔ, ΓΔΑ, ΑΔΒ, ΔΒΑ ἓξ γωνίαι δύο ὀρθῶν εἰσὶ μείζονες[4]· λοιπαὶ ἄρα αἱ ὑπὸ ΒΑΓ, ΓΑΔ, ΔΑΒ τρεῖς γωνίαι[5] περιέχουσαι τὴν στερεὰν γωνίαν τεσσάρων ὀρθῶν ἐλάσσονές εἰσιν.

Απασα ἄρα, καὶ τὰ ἑξῆς.

ΑΓΔ, ΓΔΑ, ΑΔΒ duobus rectis majores sunt. Et quoniam uniuscujusque triangulorum ΑΒΓ, ΑΓΔ, ΑΔΒ tres anguli duobus rectis æquales sunt, ergo trium triangulorum novem anguli ΓΒΑ, ΑΓΒ, ΒΑΓ, ΑΓΔ, ΔΑΓ, ΓΔΑ, ΑΔΒ, ΔΒΑ, ΒΑΔ sex rectis æquales sunt, ex quibus anguli ΑΒΓ, ΒΓΑ, ΑΓΔ, ΓΔΑ, ΑΔΒ, ΔΒΑ sex anguli duobus rectis sunt majores; reliqui igitur ΒΑΓ, ΓΑΔ, ΔΑΒ tres anguli continentes solidum angulum quatuor rectis minores sunt.

Omnis igitur, etc.

ΒΓΑ, ΑΓΔ, ΓΔΑ, ΑΔΒ sont donc plus grands que les trois angles ΓΒΔ, ΒΓΔ, ΓΔΒ. Mais les trois angles ΓΒΔ, ΒΓΔ, ΓΔΒ sont égaux à deux droits (32. 1); les six angles ΓΒΑ, ΑΒΔ, ΒΓΑ, ΑΓΔ, ΓΔΑ, ΑΔΒ sont donc plus grands que deux droits. Et puisque les trois angles de chacun des triangles ΑΒΓ, ΑΓΔ, ΑΔΒ sont égaux à deux droits, les neuf angles ΓΒΑ, ΑΓΒ, ΒΑΓ, ΑΓΔ, ΔΑΓ, ΓΔΑ, ΑΔΒ, ΔΒΑ, ΒΑΔ de ces trois triangles sont égaux à six angles droits; mais les six angles ΑΒΓ, ΒΓΑ, ΑΓΔ, ΓΔΑ, ΑΔΒ, ΔΒΑ sont plus grands que deux droits; les angles restants ΒΑΓ, ΓΑΔ, ΔΑΒ qui comprènent l'angle solide sont donc plus petits que quatre angles droits. Donc, etc.

ΠΡΟΤΑΣΙΣ κβ'.

Εὰν ὦσι τρεῖς γωνίαι ἐπίπεδοι, ὧν αἱ δύο τῆς λοιπῆς μείζονές εἰσι πάντῃ μεταλαμβανόμεναι, περιέχωσι δὲ αὐτὰς[1] ἴσαι εὐθεῖαι· δυνατόν ἐστιν ἐκ τῶν ἐπιζευγνυουσῶν τὰς ἴσας εὐθείας τρίγωνον συστήσασθαι.

PROPOSITIO XXII.

Si sint tres anguli plani, quorum duo reliquo majores sunt quomodocunque sumpti, contineant autem ipsos æquales rectæ; possibile est ex iis conjungentibus æquales rectas triangulum constituere.

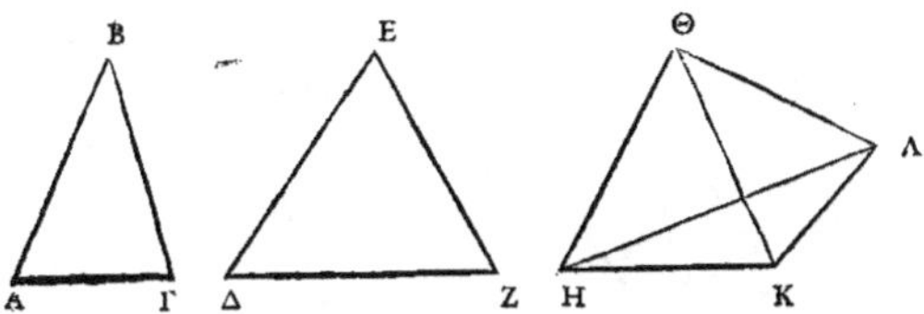

Εστωσαν τρεῖς γωνίαι ἐπίπεδοι αἱ ὑπὸ ΑΒΓ, ΔΕΖ, ΗΘΚ, ὧν αἱ δύο τῆς λοιπῆς μείζονές εἰσι[2] πάντῃ μεταλαμβανόμεναι, αἱ μὴν ὑπὸ ΑΒΓ, ΔΕΖ τῆς ὑπὸ ΗΘΚ, αἱ δ' ὑπὸ ΔΕΖ, ΗΘΚ τῆς ὑπὸ ΑΒΓ, καὶ ἔτι αἱ ὑπὸ ΗΘΚ, ΑΒΓ τῆς ὑπὸ ΔΕΖ, καὶ ἔστωσαν ἴσαι αἱ ΑΒ, ΒΓ, ΔΕ, ΕΖ, ΗΘ, ΘΚ εὐθεῖαι, καὶ ἐπεζεύχθωσαν αἱ ΑΓ, ΔΖ, ΗΚ· λέγω ὅτι δυνατόν ἐστιν ἐκ τῶν ἴσων ταῖς ΑΓ,

Sint tres anguli plani ΑΒΓ, ΔΕΖ, ΗΘΚ, quorum duo reliquo majores sint quomodocunque sumpti, anguli quidem ΑΒΓ, ΔΕΖ angulo ΗΘΚ, anguli vero ΔΕΖ, ΗΘΚ angulo ΑΒΓ, et adhuc anguli ΗΘΚ, ΑΒΓ angulo ΔΕΖ, et sint æquales ΑΒ, ΒΓ, ΔΕ, ΕΖ, ΗΘ, ΘΚ rectæ, et jungantur ipsæ ΑΓ, ΔΖ, ΗΚ; dico possibile esse ex æqualibus ipsis ΑΓ, ΔΖ, ΗΚ trian-

PROPOSITION XXII.

Si l'on a trois angles plans, si deux de ces angles, de quelque manière qu'on les prène, sont plus grands que l'angle restant, et si ces angles sont compris par des droites égales, on pourra construire un triangle avec les droites qui joignent ces droites égales.

Soient les trois angles plans ΑΒΓ, ΔΕΖ, ΗΘΚ; que deux de ces angles, de quelque manière qu'on les prène, soient plus grands que l'angle restant, c'est-à-dire que les deux angles ΑΒΓ, ΔΕΖ soient plus grands que l'angle ΗΘΚ, que les deux angles ΔΕΖ, ΗΘΚ soient plus grands que l'angle ΑΒΓ, et que les deux angles ΗΘΚ, ΑΒΓ soient plus grands que l'angle ΔΕΖ; que les droites ΑΒ, ΒΓ, ΔΕ, ΕΖ, ΗΘ, ΘΚ soient égales; joignons ΑΓ, ΔΖ, ΗΚ; je dis qu'on peut construire un triangle

ΔΖ, ΗΚ τρίγωνον συστήσασθαι, τουτέστιν ὅτι τῶν ΑΓ, ΔΖ, ΗΚ δύο ὁποιαιοῦν τῆς λοιπῆς μείζονές εἰσιν[3].

Εἰ μὲν οὖν αἱ ὑπὸ ΑΒΓ, ΔΕΖ, ΗΘΚ γωνίαι ἴσαι ἀλλήλαις εἰσὶ, φανερὸν ὅτι καὶ τῶν ΑΓ, ΔΖ, ΗΚ ἴσων γενομένων δυνατόν ἐστιν ἐκ τῶν ἴσων ταῖς[4] ΑΓ, ΔΖ, ΗΚ τρίγωνον συστήσασθαι. Εἰ δὲ οὐ, ἔστωσαν ἄνισοι, καὶ συνεστάτω πρὸς τῇ ΘΚ εὐθείᾳ, καὶ τῷ πρὸς αὐτῇ σημείῳ τῷ Θ, τῇ ὑπὸ ΑΒΓ γωνίᾳ ἴση ἡ ὑπὸ ΚΘΛ· καὶ κείσθω μιᾷ τῶν ΑΒ, ΒΓ, ΔΕ, ΕΖ, ΗΘ, ΘΚ ἴση ἡ ΘΛ, καὶ ἐπεζεύχθωσαν αἱ ΚΛ, ΗΛ. Καὶ ἐπεὶ δύο αἱ ΑΒ, ΒΓ δυσὶ ταῖς ΚΘ, ΘΛ ἴσαι εἰσὶ, καὶ γωνία ἡ πρὸς τῷ Β γωνίᾳ τῇ ὑπὸ ΚΘΛ ἴση· βάσις ἄρα ἡ ΑΓ βάσει τῇ ΚΛ ἐστὶν[5] ἴση. Καὶ ἐπεὶ αἱ ὑπὸ ΑΒΓ, ΗΘΚ τῆς ὑπὸ ΔΕΖ μείζονές εἰσιν, ἴση δὲ ἡ ὑπὸ

gulum constituere, hoc est ipsarum ΑΓ, ΔΖ, ΗΚ duas quaslibet reliquâ majores esse.

Si quidem igitur anguli ΑΒΓ, ΔΕΖ, ΗΘΚ æquales inter se sunt, evidens est et ipsis ΑΓ, ΔΖ, ΗΚ æqualibus factis possibile esse ex æqualibus ipsis ΑΓ, ΔΖ, ΗΚ triangulum constitui. Si autem non, sint inæquales, et constituatur ad rectam ΘΚ, et ad punctum Θ, angulo ΑΒΓ æqualis ΚΘΛ; et ponatur uni ipsarum ΑΒ, ΒΓ, ΔΕ, ΕΖ, ΗΘ, ΘΚ æqualis ΘΛ, et jungantur

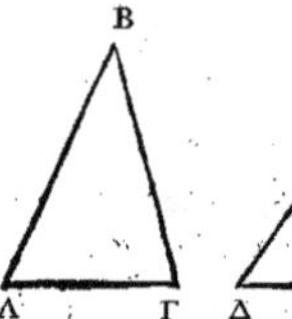

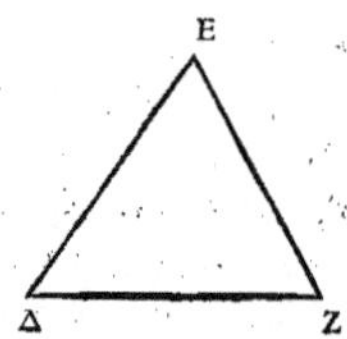

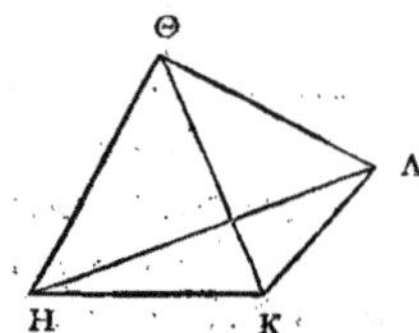

ipsæ ΚΛ, ΗΛ. Et quoniam duæ ΑΒ, ΒΓ duabus ΚΘ, ΘΛ æquales sunt, et angulus ad Β angulo ΚΘΛ æqualis; basis igitur ΑΓ basi ΚΛ est æqualis. Et quoniam anguli ΑΒΓ, ΗΘΚ angulo ΔΕΖ majores sunt, æqualis autem an-

avec des droites égales aux droites ΑΓ, ΔΖ, ΗΚ; c'est-à-dire que deux quelconques des droites ΑΓ, ΔΖ, ΗΚ, sont plus grandes que la droite restante.

Si les angles ΑΒΓ, ΔΕΖ, ΗΘΚ sont égaux entr'eux, il est évident que les droites ΑΓ, ΔΖ, ΗΚ étant égales, on pourra construire un triangle avec des droites égales aux droites ΑΓ, ΔΖ, ΗΚ. Si cela n'est point, que ces angles soient inégaux. Sur la droite ΘΚ et au point Θ de cette droite, construisons l'angle ΚΘΛ égal à l'angle ΑΒΓ (23. 1); faisons la droite ΘΛ égale à une des droites ΑΒ, ΒΓ, ΔΕ, ΕΖ, ΗΘ, ΘΚ, et joignons ΚΛ, ΗΛ. Puisque les deux droites ΑΒ, ΒΓ sont égales aux deux droites ΚΘ, ΘΛ, et que l'angle Β est égal à l'angle ΚΘΛ, la base ΑΓ est égale à la base ΚΛ (4. 1). Et puisque les angles ΑΒΓ, ΗΘΚ sont plus grands que l'angle ΔΕΖ, et que

ΑΒΓ τῇ ὑπὸ ΚΘΛ· ἡ ἄρα ὑπὸ ΗΘΛ τῆς ὑπὸ ΔΕΖ μείζων ἐστί. Καὶ ἐπεὶ δύο αἱ ΗΘ, ΘΛ δυσὶ[6] ταῖς ΔΕ, ΕΖ ἴσαι εἰσὶ, καὶ γωνία ἡ ὑπὸ ΗΘΛ γωνίας τῆς ὑπὸ ΔΕΖ[7] μείζων· βάσις ἄρα ἡ ΗΛ βάσεως τῆς ΔΖ μείζων ἐστίν. Αλλὰ αἱ ΗΚ, ΚΛ τῆς ΚΛ μείζονές εἰσι· πολλῷ ἄρα αἱ ΗΚ, ΚΛ τῆς ΔΖ μείζονές εἰσιν. Ιση δὲ ἡ ΚΛ τῇ ΑΓ· αἱ ΑΓ, ΗΚ ἄρα τῆς λοιπῆς τῆς ΔΖ μείζονές εἰσιν. Ομοίως δὴ[8] δείξομεν ὅτι καὶ αἱ μὲν ΑΓ, ΔΖ τῆς ΗΚ μείζονές εἰσι, καὶ ἔτι αἱ ΔΖ, ΗΚ τῆς ΑΓ μείζονές εἰσι· δυνατὸν ἄρα ἐστὶν ἐκ τῶν ἴσων ταῖς ΑΓ, ΔΖ, ΗΚ τρίγωνον συστήσασθαι. Οπερ ἔδει δεῖξαι.

gulus ΑΒΓ angulo ΚΘΛ; angulus igitur ΗΘΛ angulo ΔΕΖ major est. Et quoniam duæ ΗΘ, ΘΛ duabus ΔΕ, ΕΖ æquales sunt, et angulus ΗΘΛ angulo ΔΕΖ major; basis igitur ΗΛ basi ΔΖ major est. Sed ipsæ ΗΚ, ΚΛ ipsâ ΚΛ majores sunt; multo igitur ipsæ ΗΚ, ΚΛ ipsâ ΔΞ majores sunt. Æqualis autem ΚΛ ipsi ΑΓ; ipsæ igitur ΑΓ, ΗΚ reliquâ ΔΖ majores sunt. Similiter utique demonstrabimus et quidem ΑΓ, ΔΖ ipsâ ΗΚ majores esse, et adhuc ipsas ΔΖ, ΗΚ ipsâ ΑΓ majores esse; possibile igitur est ex æqualibus ipsis ΑΓ, ΔΖ, ΗΚ triangulum constituere. Quod oportebat ostendere.

l'angle ΑΒΓ est égal à l'angle ΚΘΛ, l'angle ΗΘΛ est plus grand que l'angle ΔΕΖ. Et puisque les deux droites ΗΘ, ΘΛ sont égales aux deux droites ΔΕ, ΕΖ, et que l'angle ΗΘΛ est plus grand que l'angle ΔΕΖ, la base ΗΛ est plus grande que la base ΔΖ (24. 1). Mais les droites ΗΚ, ΚΛ sont plus grandes que la droite ΚΛ (20. 1); donc, à plus forte raison, les droites ΗΚ, ΚΛ sont plus grandes que la droite ΔΖ. Mais ΚΛ est égal à ΑΓ; les droites ΑΓ, ΗΚ sont donc plus grandes que la droite restante ΔΖ. Nous démontrerons semblablement que les droites ΑΓ, ΔΖ sont plus grandes que la droite ΗΚ, et que les droites ΔΖ, ΗΚ sont aussi plus grandes que la droite ΑΓ; on peut donc construire un triangle avec des droites égales aux droites ΑΓ, ΔΖ, ΗΚ (22. 1). Ce qu'il fallait démontrer.

ΑΛΛΩΣ.

Ἔστωσαν αἱ δοθεῖσαι τρεῖς γωνίαι ἐπίπεδοι αἱ ὑπὸ ΑΒΓ, ΔΕΖ, ΗΘΚ, ὧν αἱ δύο τῆς λοιπῆς μείζονες ἔστωσαν πάντῃ μεταλαμβανόμεναι, περιεχέτωσαν δὲ αὐτὰς ἴσαι εὐθεῖαι αἱ ΑΒ, ΒΓ, ΔΕ, ΕΖ, ΗΘ, ΘΚ, καὶ ἐπεζεύχθωσαν αἱ ΑΓ, ΔΖ, ΗΚ· λέγω ὅτι δυνατόν ἐστιν ἐκ τῶν ἴσων ταῖς ΑΓ, ΔΖ, ΗΚ τρίγωνον συστήσασθαι, τουτέστι πάλιν ὅτι αἱ δύο τῆς λοιπῆς μείζονές εἰσι πάντῃ μεταλαμβανόμεναι. Εἰ μὲν οὖν πάλιν αἱ πρὸς τοῖς Β, Ε, Θ σημείοις γωνίαι ἴσαι εἰσὶν, ἴσαι ἔσονται καὶ αἱ ΑΓ, ΔΖ ΗΚ[1], καὶ ἔσονται αἱ δύο τῆς λοιπῆς μείζονες. Εἰ δὲ οὒ, ἔστωσαν ἄνισοι αἱ πρὸς τοῖς Β, Ε, Θ σημείοις γωνίαι, καὶ μείζων ἡ πρὸς τῷ Β ἑκατέρας τῶν πρὸς τοῖς Ε, Θ· μείζων ἄρα ἔσται[2] καὶ ἡ ΑΓ εὐθεῖα ἑκατέρας τῶν ΔΖ, ΗΚ. Καὶ φανερὸν ὅτι ἡ ΑΓ μεθ' ἑκατέρας τῶν ΔΖ, ΗΚ τῆς λοιπῆς μείζων ἐστί[3]. Λέγω ὅτι καὶ αἱ ΔΖ,

ALITER.

Sint dati tres anguli plani ΑΒΓ, ΔΕΖ, ΗΘΚ, quorum duo reliquo majores sint quomodocunque sumpti; contineant autem ipsos æquales rectæ ΑΒ, ΒΓ, ΔΕ, ΕΖ, ΗΘ, ΘΚ, et jungantur ipsæ ΑΓ, ΔΖ, ΗΚ; dico possibile esse ex æqualibus ipsis ΑΓ, ΔΖ, ΗΚ triangulum constituere, hoc est rursus duas reliquâ majores esse quomodocunque sumptas. Si quidem igitur rursus anguli ad puncta Β, Ε, Θ æquales sint, æquales erunt et ipsæ ΑΓ, ΔΖ, ΗΚ, et erunt duæ reliquâ majores. Si autem non, sint inæquales anguli ad puncta Β, Ε, Θ, et major ipse ad Β utrolibet ipsorum ad Ε, Θ; major igitur erit et recta ΑΓ utrâlibet ipsarum ΔΖ, ΗΚ. Et manifestum est ipsam ΑΓ cum alterutrâ ipsarum ΔΖ, ΗΚ reliquâ majorem esse. Dico et ipsas ΔΖ, ΗΚ ipsâ ΑΓ majores

AUTREMENT.

Soient donnés les trois angles plans ΑΒΓ, ΔΕΖ, ΗΘΚ; que deux de ces angles, de quelque manière qu'on les prène, soient plus grands que l'angle restant; que ces angles soient compris par les droites égales ΑΒ, ΒΓ, ΔΕ, ΕΖ, ΗΘ, ΘΚ, et joignons ΑΓ, ΔΖ, ΗΚ; je dis qu'on peut construire un triangle avec des droites égales aux droites ΑΓ, ΔΖ, ΗΚ; c'est-à-dire que deux de ces droites, de quelque manière qu'on les prène, sont plus grandes que la droite restante. Si les angles Β, Ε, Θ sont égaux, les droites ΑΓ, ΔΖ, ΗΚ seront égales (4. 1), et deux de ces droites seront plus grandes que la droite restante. Si cela n'est point, que ces angles soient inégaux, et que l'angle ΑΒΓ soit plus grand que chacun des angles Ε, Θ, la droite ΑΓ sera plus grande que chacune des droites ΔΖ, ΗΚ (24. 1); et il est évident que la droite ΑΓ avec l'une ou l'autre des droites ΔΖ, ΗΚ sera plus grande que la droite restante. Je dis que les droites ΔΖ, ΗΚ sont plus grandes que la droite ΑΓ.

ΗΚ τῆς ΑΓ μείζονές εἰσι. Συνεστάτω πρὸς τῇ ΑΒ εὐθείᾳ καὶ τῷ πρὸς αὐτῇ σημείῳ τῷ Β τῇ ὑπὸ ΗΘΚ γωνίᾳ ἴση ἡ ὑπὸ ΑΒΛ, καὶ κείσθω μιᾷ τῶν ΑΒ, ΒΓ, ΔΕ, ΕΖ, ΗΘ, ΘΚ ἴση ἡ ΒΛ, καὶ ἐπεζεύχθωσαν αἱ ΑΛ, ΛΓ. Καὶ ἐπεὶ δύο αἱ

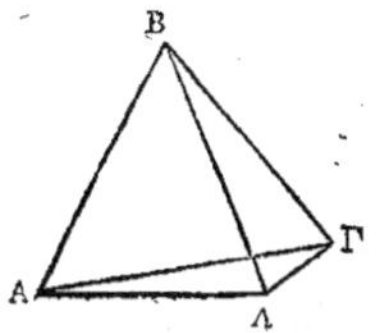

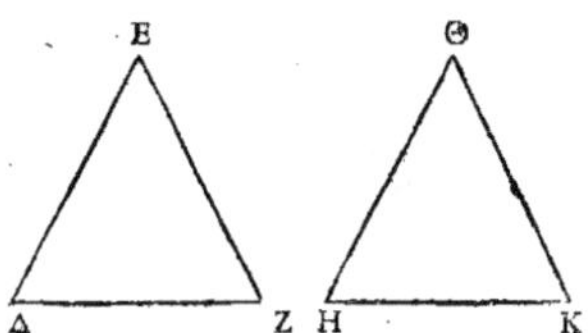

ΑΒ, ΒΛ δυσὶ ταῖς ΗΘ, ΘΚ ἴσαι εἰσὶν ἑκατέρα ἑκατέρᾳ, καὶ γωνίας ἴσας περιέχουσι· βάσις ἄρα ἡ ΑΛ βάσει τῇ ΗΚ ἴση ἐστί[4]. Καὶ ἐπεὶ αἱ πρὸς τοῖς Ε, Θ σημείοις γωνίαι τῆς ὑπὸ ΑΒΓ μείζονές εἰσιν, ὧν ἡ ὑπὸ ΗΘΚ τῇ ὑπὸ ΑΒΛ ἐστὶν ἴση· λοιπὴ ἄρα ἡ πρὸς τῷ Ε γωνία τῆς ὑπὸ ΑΒΓ μείζων ἐστί. Καὶ ἐπεὶ δύο αἱ ΑΒ, ΒΓ δυσὶ ταῖς ΔΕ, ΕΖ ἴσαι εἰσὶν ἑκατέρα ἑκατέρᾳ, καὶ γωνία ἡ ὑπὸ ΔΕΖ γωνίας τῆς ὑπὸ ΑΒΓ μείζων ἐστί[5]· βάσις ἄρα ἡ ΔΖ βάσεως τῆς ΑΓ μείζων

esse. Constituatur ad rectam AB et ad punctum in eâ B angulo HΘK æqualis ABΛ, et ponatur uni ipsarum AB, BΓ, ΔE, EZ, HΘ, ΘK æqualis BΛ, et jungantur ipsæ AΛ, ΛΓ. Et quoniam duæ AB, BΛ duabus HΘ, ΘΛ æquales sunt utraque utrique, et angulos æquales continent; basis igitur AΛ basi HK æqualis est. Et quoniam anguli ad puncta E, Θ angulo ABΓ majores sunt, quorum angulus HΘK angulo ABΛ est æqualis; reliquus igitur angulus ad E angulo ABΓ major est. Et quoniam duæ AB, BΓ duabus ΔE, EZ æquales sunt utraque utrique, et angulus ΔEZ angulo ABΓ major est; basis igitur ΔZ basi AΓ major est. Æqualis autem

Sur la droite AB et au point B de cette droite construisons l'angle ABΛ égal à l'angle HΘK (23. 1); faisons la droite BΛ égale à une des droites AB, BΓ, ΔE, EZ, HΘ, ΘK, et joignons les droites AΛ, ΛΓ. Puisque les deux droites AB, BΛ sont égales aux deux droites HΘ, ΘK, chacune à chacune, et qu'elles comprènent des angles égaux, la base AΛ est égale à la base HK (4. 1). Et puisque les angles E, Θ sont plus grands que l'angle ABΓ, et que l'angle HΘK est égal à l'angle ABΛ, l'angle restant E sera plus grand que l'angle ABΓ. Et puisque les deux droites AB, BΓ sont égales aux deux droites ΔE, EZ, chacune à chacune, et que l'angle ΔEZ est plus grand que l'angle ABΓ, la base ΔZ sera plus grande que la base AΓ

ἐστίν[6]. Ἴση δὲ ἐδείχθη ἡ ΗΚ τῇ ΑΛ· αἱ ἄρα ΔΖ, ΗΚ τῶν ΑΛ, ΛΓ μείζονές εἰσιν. Ἀλλὰ αἱ ΑΛ, ΛΓ τῆς ΑΓ μείζονές εἰσι· πολλῷ ἄρα αἱ ΔΖ, ΗΚ

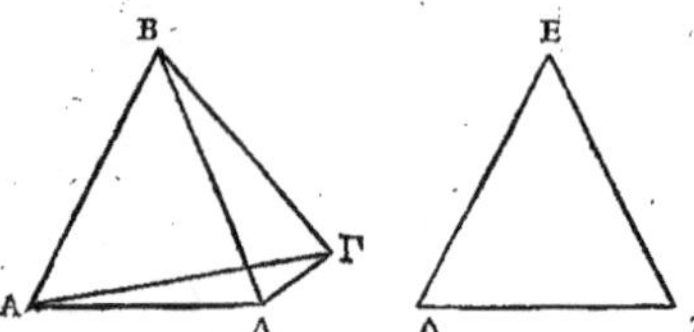

τῆς ΑΓ μείζονές εἰσι[7], τῶν ΑΓ, ΔΖ, ΗΚ ἄρα εὐθειῶν αἱ δύο τῆς λοιπῆς μείζονές εἰσι πάντῃ μεταλαμβανόμεναι· δυνατὸν ἄρα ἐστὶν[8] ἐκ τῶν ἴσων ταῖς ΑΓ, ΔΖ, ΗΚ τρίγωνον συστήσασθαι. Ὅπερ ἔδει δεῖξαι.

ostensa est HK ipsi AΛ; ipsæ igitur ΔZ, HK ipsis AΛ, ΛΓ majores sunt. Sed ipsæ AΛ, ΛΓ ipsâ AΓ majores sunt; multo igitur ipsæ ΔZ, HK ipsâ AΓ majores sunt; ipsarum AΓ, ΔZ, HK igitur rectarum duæ reliquâ majores sunt quomodocunque sumptæ; possibile igitur est ex æqualibus ipsis AΓ, ΔZ, HK triangulum constitui. Quod oportebat ostendere.

(24. 1). Mais on a démontré que la droite HK est égale à la droite AΛ; les droites ΔZ, HK sont donc plus grandes que les droites AΛ, ΛΓ. Mais les droites AΛ, ΛΓ sont plus grandes que la droite AΓ (20. 1); donc à plus forte raison les droites ΔZ, HK sont plus grandes que la droite AΓ; deux des droites AΓ, ΔZ, HK, de quelque manière qu'on les prène, sont donc plus grandes que la droite restante. On peut donc construire un triangle avec trois droites égales aux droites AΓ, ΔZ, HK (22. 1). Ce qu'il fallait démontrer.

ΠΡΟΤΑΣΙΣ κγ'.

Εκ τριῶν γωνιῶν ἐπιπέδων, ὧν αἱ δύο τῆς λοιπῆς μείζονές εἰσι πάντῃ μεταλαμϐανόμεναι, στερεὰν γωνίαν συστήσασθαι· δεῖ δὴ τὰς τρεῖς τεσσάρων ὀρθῶν ἐλάσσονας εἶναι.

Εστωσαν αἱ δοθεῖσαι τρεῖς γωνίαι ἐπίπεδοι αἱ ὑπὸ ΑΒΓ, ΔΕΖ, ΗΘΚ, ὧν αἱ δύο τῆς λοιπῆς μείζονες ἔστωσαν πάντῃ μεταλαμϐανόμεναι, ἔτι δὲ αἱ τρεῖς τεσσάρων ὀρθῶν ἐλάσσονες· δεῖ δὴ ἐκ τῶν ἴσων ταῖς ὑπὸ ΑΒΓ, ΔΕΖ, ΗΘΚ στερεὰν γωνίαν συστήσασθαι.

PROPOSITIO XXIII.

Ex tribus angulis planis, quorum duo reliquo reliquo majores sunt quomodocunque sumpti, solidum angulum constituere; oportet utique tres angulos quatuor rectis minores esse.

Sint dati tres anguli plani ΑΒΓ, ΔΕΖ, ΗΘΚ, quorum duo reliquo majores sint quomodocunque sumpti, adhuc autem tres anguli quatuor rectis minores; oportet utique ex æqualibus ipsis ΑΒΓ, ΔΕΖ, ΗΘΚ solidum angulum constituere.

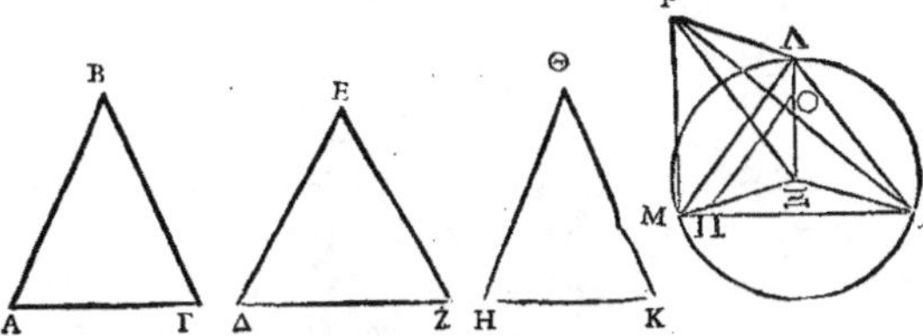

Απειλήφθωσαν ἴσαι αἱ ΑΒ, ΒΓ, ΔΕ, ΕΖ, ΗΘ, ΘΚ, καὶ ἐπεζεύχθωσαν αἱ ΑΓ, ΔΖ, ΗΚ· δυνατὸν ἄρα ἐστὶν ἐκ τῶν ἴσων ταῖς ΑΓ, ΔΖ, ΗΚ

Abscindantur æquales ΑΒ, ΒΓ, ΔΕ, ΕΖ, ΗΘ, ΘΚ, et jungantur ipsæ ΑΓ, ΔΖ, ΗΚ; possibile igitur est ex iis æqualibus ipsis ΑΓ, ΔΖ, ΗΚ

PROPOSITION XXIII.

Construire un angle solide avec trois angles plans, deux de ces angles, de quelque manière qu'on les prène, étant plus grands que l'angle restant; il faut que ces trois angles soient plus petits que quatre angles droits.

Soient donnés les trois angles plans ΑΒΓ, ΔΕΖ, ΗΘΚ; que deux de ces angles, de quelque manière qu'on les prène, soient plus grands que l'angle restant, et que ces trois angles soient plus petits que quatre droits; il faut avec des angles égaux aux angles ΑΒΓ, ΔΕΖ, ΗΘΚ construire un angle solide.

Faisons les droites ΑΒ, ΒΓ, ΔΕ, ΕΖ, ΗΘ, ΘΚ égales entr'elles, et joignons ΑΓ, ΔΖ, ΗΚ. On pourra, avec des droites égales aux droites ΑΓ, ΔΖ, ΗΚ construire un triangle (22. 1).

τρίγωνον συστήσασθαι. Συνεστάτω τὸ ΛΜΝ, ὥστε ἴσην εἶναι τὴν μὲν ΑΓ τῇ ΛΜ, τὴν δὲ ΔΖ τῇ ΜΝ, καὶ ἔτι τὴν ΗΚ τῇ ΛΝ, καὶ περιγεγράφθω περὶ τὸ ΛΜΝ τρίγωνον κύκλος ὁ ΛΜΝ, καὶ εἰλήφθω αὐτοῦ τὸ κέντρον· ἔσται δὴ ἤτοι ἐντὸς τοῦ ΛΜΝ τριγώνου, ἢ ἐπὶ μιᾶς τῶν πλευρῶν αὐτοῦ, ἢ ἐκτός.

triangulum constituere. Constituatur ipsum ΛΜΝ, ita ut æqualis sit quidem ΑΓ ipsi ΛΜ, ipsa vero ΔΖ ipsi ΜΝ, et adhuc ipsa ΗΚ ipsi ΛΝ, et describatur circa ΛΜΝ triangulum circulus ΛΜΝ, et sumatur ipsius centrum; erit utique vel intra ΛΜΝ triangulum, vel in uno laterum ipsius, vel extra.

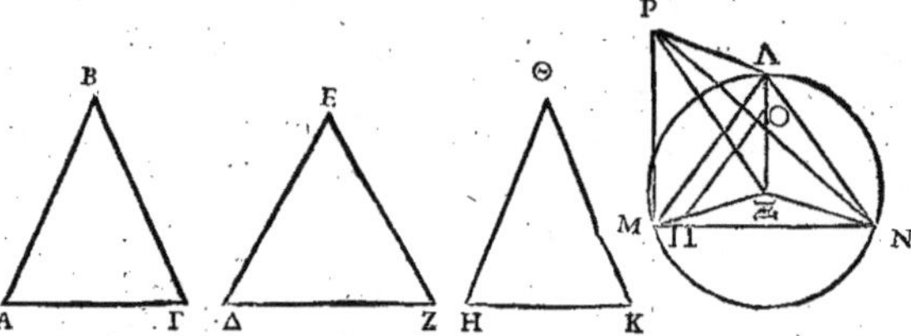

Ἔστω πρότερον ἐντὸς[1], καὶ ἔστω τὸ Ξ, καὶ ἐπεζεύχθωσαν αἱ ΛΞ, ΜΞ, ΝΞ· λέγω ὅτι ἡ ΑΒ μείζων ἐστὶ τῆς ΛΞ. Εἰ γὰρ μὴ, ἤτοι ἴση ἐστὶν ἡ ΑΒ τῇ ΛΞ, ἢ ἐλάττων. Ἔστω πρότερον ἴση. Καὶ ἐπεὶ ἴση ἐστὶν ἡ ΑΒ τῇ ΛΞ, ἀλλ' ἡ μὲν ΑΒ τῇ ΒΓ ἐστὶν ἴση· ἡ ΛΞ ἄρα τῇ ΒΓ ἐστὶν ἴση[2]. Ἡ δὲ ΛΞ τῇ ΞΜ, δύο δὴ αἱ ΑΒ, ΒΓ δυσὶ[3]

Sit primum intra, et sit ipsum Ξ, et jungantur ipsæ ΛΞ, ΜΞ, ΝΞ; dico ΑΒ majorem esse ipsâ ΛΞ. Si enim non, vel æqualis est ΑΒ ipsi ΛΞ, vel minor. Sit primum æqualis. Et quoniam æqualis est ΑΒ ipsi ΛΞ, sed quidem ΑΒ ipsi ΒΓ est æqualis; ergo ΛΞ ipsi ΒΓ est æqualis. Ipsa autem ΛΞ ipsi ΞΜ, duæ igitur

Construisons le triangle ΛΜΝ, de manière que ΑΓ soit égal à ΛΜ, ΔΖ égal à ΜΝ, et ΗΚ égal à ΛΝ (22. 1). Décrivons ensuite une circonférence de cercle ΛΜΝ autour du triangle ΛΜΝ (5. 4); prenons le centre de ce cercle, le centre de ce cercle sera ou en dedans du triangle ΛΜΝ ou sur un de ses côtés, ou hors de ce triangle.

Que le centre du cercle soit d'abord en dedans du triangle; et que son centre soit le point Ξ; joignons ΛΞ, ΜΞ, ΝΞ; je dis que ΑΒ est plus grand que ΛΞ. Car si cela n'est point, la droite ΑΒ sera égale à la droite ΛΞ ou plus petite que cette droite. Que la droite ΑΒ soit d'abord égale à ΛΞ. Puisque ΑΒ est égal à ΛΞ, et que ΑΒ est égal à ΒΓ, la droite ΛΞ est égale à ΒΓ. Mais ΛΞ est égal à ΞΜ; les deux droites ΑΒ,

ταῖς ΛΞ, ΞΜ ἴσαι εἰσὶν ἑκατέρα ἑκατέρᾳ, καὶ βάσις ἡ ΑΓ βάσει τῇ ΛΜ ὑπόκειται ἴση· γωνία ἄρα ἡ ὑπὸ ΑΒΓ[4] τῇ ὑπὸ ΛΞΜ ἐστὶν ἴση. Διὰ τὰ αὐτὰ δὴ καὶ ἡ μὲν ὑπὸ ΔΕΖ τῇ ὑπὸ ΜΞΝ ἐστὶν ἴση, καὶ ἔτι ἡ ὑπὸ ΗΘΚ τῇ ὑπὸ ΝΞΛ· αἱ ἄρα τρεῖς αἱ ὑπὸ ΑΒΓ, ΔΕΖ, ΗΘΚ γωνίαι τρισὶ ταῖς ὑπὸ ΛΞΜ, ΜΞΝ, ΝΞΛ εἰσὶν ἴσαι[5]. Ἀλλὰ αἱ τρεῖς αἱ ὑπὸ ΛΞΜ, ΜΞΝ, ΝΞΛ τέτρασιν ὀρθαῖς εἰσὶν ἴσαι[6]· καὶ αἱ τρεῖς ἄρα αἱ[7] ὑπὸ ΑΒΓ, ΔΕΖ, ΗΘΚ τέτρασιν ὀρθαῖς ἴσαι εἰσίν. Ὑπόκεινται δὲ καὶ τεσσάρων ὀρθῶν ἐλάσσονες, ὅπερ ἄτοπον· οὐκ ἄρα ἡ ΑΒ τῇ ΛΞ ἴση ἐστί[8]. Λέγω δὴ[9] ὅτι οὐδὲ ἐλάττων ἐστὶν ἡ ΑΒ τῇ ΛΞ. Εἰ γὰρ δυνατὸν ἔστω· καὶ κείσθω τῇ μὲν ΑΒ ἴση ἡ ΞΟ, τῇ δὲ ΒΓ ἴση ἡ ΞΠ, καὶ ἐπεζεύχθω ἡ ΟΠ. Καὶ ἐπεὶ ἴση ἐστὶν ἡ ΑΒ τῇ ΒΓ, ἴση ἐστὶ καὶ ἡ ΞΟ τῇ ΞΠ· ὥστε καὶ λοιπὴ ἡ ΛΟ λοιπῇ[10] τῇ ΠΜ ἐστὶν ἴση· παράλληλος ἄρα ἡ ΛΜ τῇ ΟΠ, καὶ ἰσογώνιον τὸ ΛΜΞ τῷ ΟΠΞ· ἔστιν ἄρα ὡς ἡ ΞΛ πρὸς τὴν ΛΜ οὕτως ἡ ΞΟ πρὸς τὴν[11] ΟΠ· ἐναλλὰξ ἄρα[12] ὡς ἡ ΛΞ πρὸς

ΑΒ, ΒΓ duabus ΛΞ, ΞΜ æquales sunt utraque utrique, et basis ΑΓ basi ΛΜ supponitur æqualis; angulus igitur ΑΒΓ angulo ΛΞΜ est æqualis. Propter eadem utique et quidem angulus ΔΕΖ angulo ΜΞΝ est æqualis, et adhuc angulus ΗΘΚ angulo ΝΞΛ; tres igitur anguli ΑΒΓ, ΔΕΖ, ΗΘΚ tribus ΛΞΜ, ΜΞΝ, ΝΞΛ sunt æquales. Sed tres anguli ΛΞΜ, ΜΞΝ, ΝΞΛ quatuor rectis sunt æquales; et tres igitur anguli ΑΒΓ, ΔΕΖ, ΗΘΚ quatuor rectis æquales sunt. Supponuntur autem et quatuor rectis minores, quod absurdum; non igitur ΑΒ ipsi ΛΞ æqualis est. Dico igitur neque minorem esse ΑΒ ipsâ ΛΞ. Si enim possibile, sit; et ponatur ipsi quidem ΑΒ æqualis ΞΟ, ipsi vero ΒΓ æqualis ΞΠ, et jungatur ipsa ΟΠ. Et quoniam æqualis est ΑΒ ipsi ΒΓ, æqualis est et ΞΟ ipsi ΞΠ; quare et reliqua ΛΟ reliquæ ΠΜ est æqualis; parallela igitur ΛΜ ipsi ΟΠ, et æquiangulum ΛΜΞ ipsi ΟΠΞ; est igitur ut ΞΛ ad ΛΜ ita ΞΟ ad ΟΠ; permutando igitur ut ΛΞ ad ΞΟ ita ΛΜ

ΒΓ sont donc égales aux deux droites ΛΞ, ΞΜ, chacune à chacune; mais la base ΑΓ est supposée égale à la base ΛΜ; l'angle ΑΒΓ est donc égal à l'angle ΛΞΜ (8. 1). Par la même raison, l'angle ΔΕΖ est égal à l'angle ΜΞΝ, et l'angle ΗΘΚ égal à l'angle ΝΞΛ; les trois angles ΑΒΓ, ΔΕΖ, ΗΘΚ sont donc égaux aux trois angles ΛΞΜ, ΜΞΝ, ΝΞΛ. Mais les trois angles ΛΞΜ, ΜΞΝ, ΝΞΛ sont égaux à quatre droits; les trois angles ΑΒΓ, ΔΕΖ, ΗΘΚ sont donc égaux à quatre droits. Mais on les a supposés plus petits que quatre droits, ce qui est absurde; la droite ΑΒ n'est donc pas égale à la droite ΛΞ. Je dis de plus que la droite ΑΒ n'est pas plus petite que ΛΞ. Qu'elle le soit, si cela est possible; faisons la droite ΞΟ égale à ΑΒ, la droite ΞΠ égale à ΒΓ, et joignons ΟΠ. Puisque ΑΒ est égal à ΒΓ, et la droite ΞΟ égale à la droite ΞΠ; la droite restante ΛΟ est égale à la droite restante ΠΜ; la droite ΛΜ est donc parallèle à la droite ΟΠ (2. 6); les triangles ΛΜΞ, ΟΠΞ sont donc équiangles; la droite ΞΛ est donc à ΛΜ comme ΞΟ est à ΟΠ (4. 6); donc, par permutation, la droite ΛΞ est

τὴν ΞΟ οὕτως ἡ ΑΜ πρὸς τὴν[14] ΟΠ. Μείζων δὲ ἡ ΑΞ τῆς ΞΟ· μείζων ἄρα καὶ ἡ ΑΜ τῆς ΟΠ. Αλλ' ἡ ΑΜ κεῖται τῇ ΑΓ ἴση· καὶ ἡ ΑΓ ἄρα τῆς ΟΠ μείζων ἐστίν. Επεὶ οὖν δύο εὐθεῖαι[15] αἱ ΑΒ, ΒΓ δυσὶ ταῖς ΟΞ, ΞΠ ἴσαι εἰσὶ, καὶ βάσις ἡ ΑΓ βάσεως τῆς ΟΠ μείζων ἐστί· γωνία ἄρα ἡ ὑπὸ ΑΒΓ γωνίας τῆς ὑπὸ ΟΞΠ μείζων ἐστίν. Ομοίως δὴ δείξομεν ὅτι καὶ ἡ μὲν ὑπὸ ΔΕΖ τῆς ὑπὸ ΜΞΝ μείζων ἐστὶν, ἡ δὲ ὑπὸ ΗΘΚ τῆς ὑπὸ ΝΞΛ· αἱ ἄρα τρεῖς γωνίαι αἱ ὑπὸ ΑΒΓ, ΔΕΖ, ΗΘΚ τριῶν τῶν ὑπὸ ΛΞΜ, ΜΞΝ, ΝΞΛ μείζονές εἰσιν. Αλλ' αἱ ὑπὸ ΑΒΓ, ΔΕΖ, ΗΘΚ τεσσάρων ὀρθῶν ἐλάσσονες ὑπόκεινται· πολλῷ ἄρα αἱ ὑπὸ ΛΞΜ, ΜΞΝ, ΝΞΛ τεσσάρων ὀρθῶν εἰσιν ἐλάσσονες[16]. Αλλὰ καὶ ἴσαι, ὅπερ ἐστὶν[17] ἄτοπον· οὐκ ἄρα ἡ ΑΒ ἐλάσσων ἐστὶ τῆς ΛΞ. Εδείχθη δὲ ὅτι οὐδὲ ἴση· μείζων ἄρα ἡ ΑΒ τῆς ΛΞ. Ανεστάτω δὴ ἀπὸ τοῦ Ξ σημείου τῷ τοῦ ΛΜΝ κύκλου ἐπιπέδῳ πρὸς ὀρθὰς ἡ ΞΡ· καὶ ᾧ μεῖζόν ἐστι τὸ ἀπὸ τῆς ΑΒ τετράγωνον τοῦ ἀπὸ τῆς ΛΞ, ἐκείνῳ ἴσον

ad ΟΠ. Major autem ΛΞ ipsâ ΞΟ; major igitur et ΛΜ ipsâ ΟΠ. Sed ΛΜ posita est ipsi ΑΓ æqualis; et igitur ΑΓ ipsâ ΟΠ major est. Quoniam igitur duæ rectæ ΑΒ, ΒΓ duabus ΟΞ, ΞΠ æquales sunt, et basis ΑΓ basi ΟΠ major est; angulus igitur ΑΒΓ angulo ΟΞΠ major est. Similiter utique demonstrabimus et quidem angulum ΔΕΖ angulo ΜΞΝ majorem esse, angulum autem ΗΘΚ angulo ΝΞΛ; ergo tres anguli ΑΒΓ, ΔΕΖ, ΗΘΚ tribus ΛΞΜ, ΜΞΝ, ΝΞΛ majores sunt. Sed anguli ΑΒΓ, ΔΕΖ, ΗΘΚ quatuor rectis minores supponuntur; multo igitur anguli ΛΞΜ, ΜΞΝ, ΝΞΛ quatuor rectis minores sunt. Sed et æquales, quod est absurdum; non igitur ΑΒ minor est ipsâ ΛΞ. Ostensum est autem neque æqualem; major igitur ΑΒ ipsâ ΛΞ. Constituatur utique a puncto Ξ circuli ΛΜΝ plano ad rectos ipsa ΞΡ; et quo majus est quadratum ex ΑΒ quadrato ex ΛΞ, huic æquale sit quadratum ex ΞΡ, et jun-

à ΞΟ comme ΛΜ est à ΟΠ (16. 5). Mais ΛΞ est plus grand que ΞΟ; ΛΜ est donc plus grand que ΟΠ. Mais nous avons fait ΛΜ égal à ΑΓ; la droite ΑΓ est donc plus grande que ΟΠ. Et puisque les deux droites ΑΒ, ΒΓ sont égales aux deux droites ΟΞ, ΞΠ, et que la base ΑΓ est plus grande que la base ΟΠ, l'angle ΑΒΓ est plus grand que l'angle ΟΞΠ (24. 1). Nous démontrerons semblablement que l'angle ΔΕΖ est plus grand que l'angle ΜΞΝ, et l'angle ΗΘΚ plus grand que l'angle ΝΞΛ; les trois angles ΑΒΓ, ΔΕΖ, ΗΘΚ sont donc plus grands que les trois angles ΛΞΜ, ΜΞΝ, ΝΞΛ. Mais les angles ΑΒΓ, ΔΕΖ, ΗΘΚ sont supposés plus petits que quatre droits; donc à plus forte raison les trois angles ΛΞΜ, ΜΞΝ, ΝΞΛ sont plus petits que quatre droits. Mais ils sont égaux à quatre droits, ce qui est absurde; la droite ΑΒ n'est donc pas plus petite que la droite ΛΞ. Mais on a démontré qu'elle ne lui est point égale; la droite ΑΒ est donc plus grande que la droite ΛΞ. Du point Ξ élevons la droite ΞΡ perpendiculaire au plan du cercle ΛΜΝ (12. 11); faisons en sorte que le quarré de ΞΡ soit égal à l'excès du quarré de ΑΒ sur le quarré de ΛΞ (lem. suiv.), et joignons ΡΛ, ΡΜ, ΡΝ.

ἔστω[18] τὸ ἀπὸ τῆς ΞΡ, καὶ ἐπεζεύχθωσαν αἱ ΡΛ, ΡΜ, ΡΝ. Καὶ ἐπεὶ ἡ ΞΡ ὀρθή ἐστι πρὸς τὸ τοῦ ΛΜΝ κύκλου ἐπιπέδον· καὶ πρὸς ἑκάστην ἄρα τῶν ΛΞ, ΜΞ, ΝΞ ὀρθή ἐστιν ἡ ΡΞ. Καὶ ἐπεὶ ἴση ἐστὶν ἡ ΛΞ τῇ ΞΜ, κοινὴ δὲ καὶ πρὸς ὀρθὰς ἡ ΞΡ· βάσις ἄρα ἡ ΡΛ βάσει τῇ ΡΜ ἴση ἐστί. Διὰ τὰ αὐτὰ δὴ καὶ ἡ ΡΝ ἑκατέρα

gantur ipsæ ΡΛ, ΡΜ, ΡΝ. Et quoniam ΡΞ perpendicularis est ad planum ΛΜΝ circuli; et ad unamquamque igitur ipsarum ΛΞ, ΜΞ, ΝΞ perpendicularis est ΡΞ. Et quoniam æqualis est ΛΞ ipsi ΞΜ, communis autem et ad rectos ipsa ΞΡ; basis igitur ΡΛ basi ΡΜ æqualis est. Propter eadem utique ΡΝ utrique ipsarum ΡΛ,

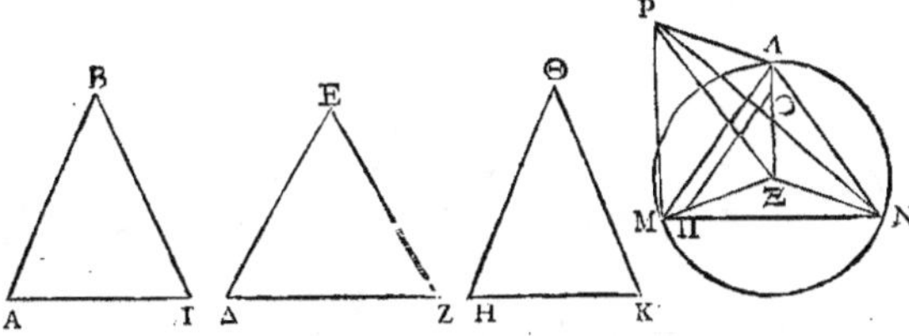

τῶν ΡΛ, ΡΜ ἐστὶν ἴση[19]· αἱ τρεῖς ἄρα αἱ ΡΛ, ΡΜ, ΡΝ ἴσαι ἀλλήλαις εἰσί. Καὶ ἐπεὶ ᾧ μεῖζόν ἐστι τὸ ἀπὸ τῆς ΑΒ τοῦ ἀπὸ τῆς ΛΞ, ἐκείνῳ ἴσον ὑπόκειται τὸ ἀπὸ τῆς ΞΡ· τὸ ἄρα ἀπὸ τῆς ΑΒ ἴσον ἐστὶ τοῖς ἀπὸ τῶν ΛΞ, ΞΡ. Τοῖς δὲ ἀπὸ τῶν ΛΞ, ΞΡ ἴσον ἐστὶ τὸ ἀπὸ τῆς ΛΡ, ὀρθὴ γὰρ ἡ ὑπὸ ΛΞΡ· τὸ ἄρα ἀπὸ τῆς ΑΒ ἴσον ἐστὶ τῷ ἀπὸ τῆς ΡΛ· ἴση ἄρα ἡ ΑΒ τῇ ΡΛ. Ἀλλὰ τῇ

ΡΜ est æqualis; tres igitur rectæ ΡΛ, ΡΜ, ΡΝ æquales inter se sunt. Et quoniam quo majus est quadratum ex ΑΒ quadrato ex ΛΞ, huic æquale supponitur quadratum ex ΞΡ; quadratum igitur ex ΑΒ æquale est quadratis ex ΛΞ, ΞΡ. Quadratis autem ex ΛΞ, ΞΡ æquale est quadratum ex ΛΡ, rectus enim ipse ΛΞΡ; quadratum igitur ex ΑΒ æquale est quadrato ex ΡΛ; æqualis

Puisque la droite ΡΞ est perpendiculaire au plan du cercle ΛΜΝ, la droite ΡΞ sera perpendiculaire à chacune des droites ΛΞ, ΜΞ, ΝΞ (déf. 3. 11). Et puisque ΛΞ est égal à ΞΜ, que la droite ΞΡ est commune, et qu'elle est perpendiculaire à ces deux droites, la base ΡΛ est égale à la base ΡΜ (4. 1). Par la même raison, la droite ΡΝ est égale à chacune des droites ΡΛ, ΡΜ; les trois droites ΡΛ, ΡΜ, ΡΝ sont donc égales entr'elles. Et puisque le quarré de ΞΡ est supposé égal à l'excès du quarré de ΑΒ sur le quarré de ΛΞ, le quarré de ΑΒ est donc égal aux quarrés des droites ΛΞ, ΞΡ. Mais le quarré de ΛΡ est égal aux quarrés des droites ΛΞ, ΞΡ (47. 1), car l'angle ΛΞΡ est droit; le quarré de ΑΒ est donc égal au quarré de ΡΛ; la droite ΑΒ est donc égale à la droite ΡΛ. Mais chacune des

μὲν ΑΒ ἴση ἐστὶν ἑκάστη τῶν ΒΓ, ΔΕ, ΕΖ, ΗΘ, ΘΚ, τῇ δὲ ΡΛ ἴση ἑκατέρα τῶν ΡΜ, ΡΝ· ἑκάστη ἄρα τῶν ΑΒ, ΒΓ, ΔΕ, ΕΖ, ΗΘ, ΘΚ ἑκαστῇ τῶν ΡΛ, ΡΜ, ΡΝ ἴση ἐστί. Καὶ ἐπεὶ δύο αἱ ΛΡ, ΡΜ δυσὶ ταῖς ΑΒ, ΒΓ ἴσαι εἰσὶ, καὶ βάσις ἡ ΛΜ βάσει τῇ ΑΓ ὑπόκειται ἴση·

igitur ΑΒ ipsi ΡΛ. Sed ipsi quidem ΑΒ æqualis est unaquæque ipsarum ΒΓ, ΔΕ, ΕΖ, ΗΘ, ΘΚ, ipsi autem ΡΛ æqualis utraque ipsarum ΡΜ, ΡΝ; unaquæque igitur ipsarum ΑΒ, ΒΓ, ΔΕ, ΕΖ, ΗΘ, ΘΚ unicuique ipsarum ΡΛ, ΡΜ, ΡΝ æqualis est. Et quoniam duæ ΛΡ, ΡΜ duabus ΑΒ, ΒΓ æquales sunt, et basis ΛΜ basi ΑΓ

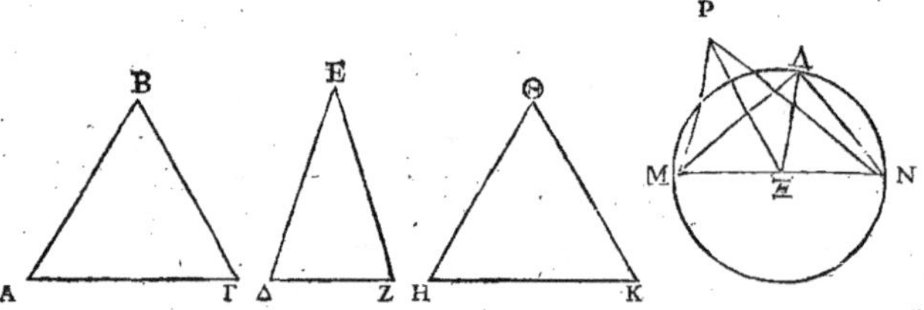

γωνία ἄρα ἡ ὑπὸ ΛΡΜ γωνίᾳ τῇ ὑπὸ ΑΒΓ ἐστὶν ἴση. Διὰ τὰ αὐτὰ δὴ καὶ ἡ μὲν ὑπὸ ΜΡΝ γωνία[20] τῇ ὑπὸ ΔΕΖ ἐστὶν ἴση, ἡ δὲ ὑπὸ ΛΡΝ τῇ ὑπὸ ΗΘΚ· ἐκ τριῶν ἄρα γωνιῶν ἐπιπέδων τῶν ὑπὸ ΛΡΜ, ΜΡΝ, ΛΡΝ, αἵ εἰσιν ἴσαι τρισὶ ταῖς δοθείσαις ὑπὸ ΑΒΓ, ΔΕΖ, ΗΘΚ στερεὰ γωνία συνίσταται ἡ πρὸς τῷ Ρ περιεχομένη ὑπὸ τῶν ΛΡΜ, ΜΡΝ, ΛΡΝ γωνιῶν. Ὅπερ ἔδει δεῖξαι[21].

supponitur æqualis; angulus igitur ΛΡΜ angulo ΑΒΓ est æqualis. Propter eadem utique et quidem angulus ΜΡΝ angulo ΔΕΖ est æqualis, angulus autem ΛΡΝ angulo ΗΘΚ; ex tribus igitur angulis planis ΛΡΜ, ΜΡΝ, ΛΡΝ, qui sunt æquales tribus datis ΑΒΓ, ΔΕΖ, ΗΘΚ, solidus angulus constitutus est ad Ρ contentus sub ΛΡΜ, ΜΡΝ, ΛΡΝ angulis. Quod oportebat ostendere.

droites ΒΓ, ΔΕ, ΕΖ, ΗΘ, ΘΚ est égale à la droite ΑΒ, et chacune des droites ΡΜ, ΡΝ est égale à la droite ΡΛ; chacune des droites ΑΒ, ΒΓ, ΔΕ, ΕΖ, ΗΘ, ΘΚ est donc égale à chacune des droites ΡΛ, ΡΜ, ΡΝ. Et puisque les deux droites ΛΡ, ΡΜ sont égales aux deux droites ΑΒ, ΒΓ, et que la base ΛΜ est supposée égale à la base ΑΓ, l'angle ΛΡΜ est égal à l'angle ΑΒΓ (8. 1.). Par la même raison, l'angle ΜΡΝ est égal à l'angle ΔΕΖ, et l'angle ΛΡΝ égal à l'angle ΗΘΚ; avec les trois angles plans ΛΡΜ, ΜΡΝ, ΛΡΝ, qui sont égaux aux trois angles donnés ΑΒΓ, ΔΕΖ, ΗΘΚ, on a donc construit un angle solide Ρ qui est compris sous les angles ΛΡΜ, ΜΡΝ, ΛΡΝ. Ce qu'il fallait démontrer.

Αλλὰ δὴ ἔστω τὸ[22] κέντρον τοῦ κύκλου ἐπὶ μιᾶς τῶν πλευρῶν τοῦ τριγώνου τῆς ΜΝ, καὶ ἔστω τὸ Ξ, καὶ ἐπεζεύχθω ἡ ΞΛ· λέγω πάλιν ὅτι μείζων ἐστὶν ἡ ΑΒ τῆς ΛΞ. Εἰ γὰρ μὴ, ἤτοι ἴση ἐστὶν ἡ ΑΒ τῇ ΛΞ, ἢ ἐλάττων. Εστω πρότερον ἴση· δύο δὴ αἱ ΑΒ, ΒΓ, τουτέστιν αἱ ΔΕ, ΕΖ, δυσὶ ταῖς ΜΞ, ΞΛ, τουτέστι τῇ ΜΝ, ἴσαι εἰσίν. Αλλὰ ἡ ΜΝ τῇ ΔΖ ἐστὶν[23] ἴση· καὶ αἱ ΔΕ, ΕΖ ἄρα τῇ ΔΖ ἴσαι εἰσὶν, ὅπερ ἐστὶν[24] ἀδυνάτον· οὐκ ἄρα ἡ ΑΒ ἴση ἐστὶ[25] τῇ ΛΞ. Ομοίως δὴ[26] οὐδὲ ἐλάττων, πολλῷ γὰρ τὸ ἀδυνάτον μεῖζον· ἡ ἄρα ΑΒ μείζων ἐστὶ τῆς ΛΞ. Καὶ ἐὰν ὁμοίως ᾧ μεῖζόν ἐστι τὸ ἀπὸ τῆς ΑΒ τοῦ ἀπὸ τῆς ΛΞ, ἐκείνῳ ἴσον πρὸς ὀρθὰς τῷ τοῦ κύκλου ἐπιπέδῳ ἀναστήσωμεν, ὡς τὸ ἀπὸ τῆς ΞΡ, συσταθήσεται τὸ πρόβλημα.

Αλλὰ δὴ ἔστω τὸ κέντρον τοῦ κύκλου ἐκτὸς τοῦ ΛΜΝ τριγώνου, καὶ ἔστω τὸ Ξ, καὶ ἐπεζεύχθωσαν αἱ ΛΞ, ΜΞ, ΝΞ[27]· λέγω δὴ καὶ οὕτως ὅτι μείζων ἐστὶν ἡ ΑΒ τῆς ΛΞ. Εἰ γὰρ μὴ, ἤτοι ἴση ἐστὶν, ἢ ἐλάττων. Εστω πρότερον

At vero sit centrum circuli in uno laterum MN trianguli, et sit ipsum Ξ, et jungatur ipsa ΞΛ; dico rursus majorem esse AB ipsâ ΛΞ. Si enim non, vel æqualis est AB ipsi ΛΞ, vel minor. Sit primum æqualis; duæ igitur AB, BΓ, hoc est ipsæ ΔE, EZ, duabus MΞ, ΞΛ, hoc est ipsi MN, æquales sunt. Sed MN ipsi ΔZ est æqualis; et igitur ipsæ ΔE, EZ æquales sunt, quod est impossibile; non igitur AB æqualis est ipsi ΛΞ. Similiter utique neque minor, multo enim impossibile majus; ergo AB major ipsâ ΛΞ. Et si similiter quo majus est quadratum ex AB quadrato ex ΛΞ, huic æquale ad rectos plano circuli constituamus, ut quadratum ex ΞP, constituetur problema.

At vero sit centrum circuli extra ΛMN triangulum, et sit ipsum Ξ, et jungantur ipsæ ΛΞ, MΞ, NΞ; dico utique et ita majorem esse AB ipsâ ΛΞ. Si enim non, vel æqualis est, vel minor. Sit primum æqualis; duæ igitur AB,

Que le centre du cercle soit dans un des côtés MN du triangle; que ce soit le point Ξ, et joignons ΞΛ; je dis encore que AB est plus grand que ΛΞ. Car si cela n'est point, la droite AB sera égale à ΛΞ, ou elle sera plus petite. Qu'elle lui soit d'abord égale; les deux droites AB, BΓ, c'est-à-dire ΔE, EZ, seront égales aux deux droites MΞ, ΞΛ, c'est-à-dire à la droite MN. Mais MN est égal à ΔZ; les droites ΔE, EZ sont donc égales à ΔZ, ce qui ne peut être (20. 1); la droite AB n'est donc point égale à ΛΞ. On démontrerait semblablement qu'elle n'est pas plus petite, car il s'ensuivrait une plus grande absurdité; la droite AB est donc plus grande que ΛΞ. Si l'on mène la droite ΞP perpendiculaire au plan du cercle, et si l'on fait en sorte que le quarré de ΞP soit égal à l'excès du quarré de AB sur le quarré ΛΞ (lem. suiv.), le problême sera résolu.

Que le centre du cercle soit enfin hors du triangle AMN, et que ce soit le point Ξ; joignons ΛΞ, MΞ, NΞ; je dis que AB est plus grand que ΛΞ; car si cela n'est point, AB sera égal à ΛΞ, ou plus petit. Premièrement que AB soit

ἴση· δύο οὖν αἱ ΑΒ, ΒΓ δυσὶ[28] ταῖς ΜΞ, ΞΛ ἴσαι εἰσὶν ἑκατέρα ἑκατέρᾳ, καὶ βάσις ἡ ΑΓ βάσει τῇ ΜΛ ἐστὶν[29] ἴση· γωνία ἄρα ἡ ὑπὸ ΑΒΓ γωνίᾳ τῇ ὑπὸ ΜΞΛ ἴση ἐστί. Διὰ τὰ αὐτὰ δὴ καὶ ἡ ὑπὸ ΗΘΚ τῇ ὑπὸ ΛΞΝ ἐστὶν ἴση· ὅλη ἄρα ἡ ὑπὸ ΜΞΝ δυσὶ ταῖς ὑπὸ[30] ΑΒΓ, ΗΘΚ ἐστὶν ἴση· Ἀλλ' αἱ[31] ὑπὸ ΑΒΓ, ΗΘΚ τῆς ὑπὸ ΔΕΖ μείζο-

ΒΓ duabus ΜΞ, ΞΛ æquales sunt utraque utrique, et basis ΑΓ basi ΜΛ est æqualis; angulus igitur ΑΒΓ angulo ΜΞΛ est æqualis. Propter eadem utique et angulus ΗΘΚ angulo ΛΞΝ est æqualis; totus igitur ΜΞΝ duobus ΑΒΓ, ΗΘΚ est æqualis. Sed anguli ΑΒΓ, ΗΘΚ angulo ΔΕΖ majores sunt;

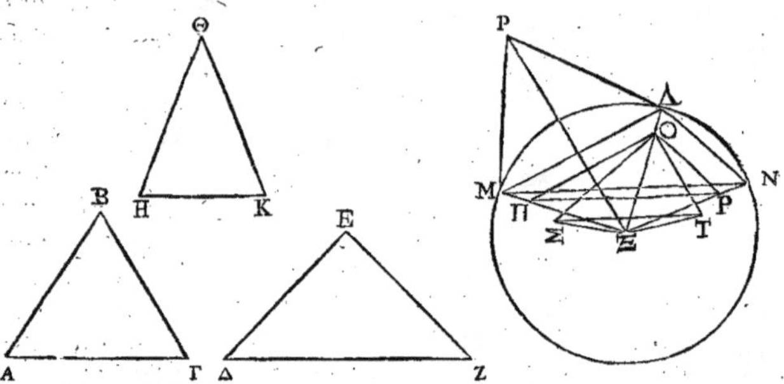

νές εἰσι· καὶ ἡ ὑπὸ ΜΞΝ ἄρα τῆς ὑπὸ ΔΕΖ μείζων ἐστί. Καὶ ἐπεὶ δύο αἱ ΔΕ, ΕΖ δυσὶ[32] ταῖς ΜΞ, ΞΝ ἴσαι εἰσὶ, καὶ βάσις ἡ ΔΖ βάσει τῇ ΜΝ ἴση· γωνία ἄρα ἡ ὑπὸ ΜΞΝ γωνίᾳ τῇ ὑπὸ ΔΕΖ ἐστὶν ἴση. Ἐδείχθη δὲ καὶ μείζων, ὅπερ ἄτοπον· οὐκ ἄρα ἴση ἐστὶν[33] ἡ ΑΒ τῇ ΛΞ. Ἑξῆς δὲ δείξομεν, ὅτι οὐδὲ ἐλάττων· μείζων ἄρα. Καὶ ἐὰν πρὸς

et igitur angulus ΜΞΝ angulo ΔΕΖ major est. Et quoniam duæ ΔΕ, ΕΖ duabus ΜΞ, ΞΝ æquales sunt, et basis ΔΖ basi ΜΝ æqualis; angulus igitur ΜΞΝ angulo ΔΕΖ est æqualis. Ostensus est autem et major, quod absurdum; non igitur æqualis est ΑΒ ipsi ΛΞ. Deinceps vero ostendemus, neque minorem esse; major igitur. Et

égal à ΛΞ; les deux droites ΑΒ, ΒΓ seront égales aux deux droites ΜΞ, ΞΛ, chacune à chacune; mais la base ΑΓ est égale à la base ΜΛ; l'angle ΑΒΓ est donc égal à l'angle ΜΞΛ (8. 1). Par la même raison, l'angle ΗΘΚ est égal à l'angle ΛΞΝ; l'angle entier ΜΞΝ est donc égal aux deux angles ΑΒΓ, ΗΘΚ. Mais les angles ΑΒΓ, ΗΘΚ sont plus grands que l'angle ΔΕΖ; l'angle ΜΞΝ est donc plus grand que l'angle ΔΕΖ. Et puisque les deux droites ΔΕ, ΕΖ sont égales aux deux droites ΜΞ, ΞΝ, et que la base ΔΖ est égale à la base ΜΝ, l'angle ΜΞΝ est égal à l'angle ΔΕΖ (8. 1). Mais on a démontré qu'il est plus grand, ce qui est absurde; la droite ΑΒ n'est donc pas égale à la droite ΛΞ. Nous démontrerons ensuite qu'elle n'est pas plus petite; elle est donc plus grande. Si nous menons encore la droite ΞΡ perpendi-

ὀρθὰς τῷ τοῦ κύκλου ἐπιπέδῳ πάλιν ἀναστήσωμεν τὴν[34] ΞΡ, καὶ ἴσην αὐτὴν ὑποθώμεθα, ᾧ μεῖζον δύναται τὸ ἀπὸ τῆς ΑΒ τοῦ ἀπὸ τῆς ΛΞ, συσταθήσεται τὸ πρόβλημα[35]. Λέγω δὴ ὅτι οὐδὲ ἐλάττων ἐστὶν ἡ ΑΒ τῆς ΛΞ. Εἰ γὰρ δυνατὸν, ἔστω· καὶ κείσθω τῇ μὲν ΑΒ ἴση ἡ ΞΟ, τῇ δὲ ΒΓ ἴση ἡ ΞΠ, καὶ ἐπεζεύχθω ἡ ΟΠ. Καὶ ἐπεὶ ἴση ἐστὶν ἡ ΑΒ τῇ ΒΓ, ἴση ἐστὶ καὶ ἡ ΞΟ τῇ ΞΠ· ὥστε καὶ λοιπὴ ἡ ΟΛ λοιπῇ τῇ ΠΜ ἐστὶν ἴση· παράλληλος ἄρα ἐστὶν ἡ ΛΜ τῇ ΠΟ, καὶ ἰσογώνιον τὸ ΛΜΞ τρίγωνον τῷ ΠΞΟ τριγώνῳ· ἔστιν ἄρα ὡς ἡ ΞΛ πρὸς τὴν ΛΜ οὕτως[36] ἡ ΞΟ πρὸς τὴν ΟΠ, καὶ ἐναλλὰξ ὡς ἡ ΛΞ πρὸς τὴν ΞΟ οὕτως ἡ ΛΜ πρὸς τὴν ΟΠ. Μείζων δὲ ἡ ΛΞ τῆς ΞΟ· μείζων ἄρα καὶ ἡ ΛΜ τῆς ΟΠ. Αλλὰ ἡ ΛΜ τῇ ΑΓ ἐστὶν ἴση· καὶ ἡ ΓΑ ἄρα τῆς ΟΠ ἐστὶ μείζων. Επεὶ οὖν δύο αἱ ΑΒ, ΒΓ δυσὶ[37] ταῖς ΟΞ, ΞΠ ἴσαι εἰσὶν ἑκατέρα ἑκατέρᾳ, καὶ βάσις ἡ ΑΓ βάσεως τῆς ΟΠ μείζων ἐστί· γωνία ἄρα ἡ ὑπὸ ΑΒΓ γωνίας τῆς ὑπὸ ΟΞΠ μείζων ἐστίν. Ομοίως δὴ κἂν τὴν ΞΡ ἴσην ἑκατέρᾳ τῶν ΞΟ, ΞΠ ἀπολά-

si ad rectos circuli plano constituamus rursus ΞΡ, et æqualem ipsam ponamus lateri quadrati quo superat ipsum ex ΑΒ ipsum ex ΛΞ, constituetur problema. Dico et neque minorem esse ΑΒ ipsâ ΛΞ. Si enim possibile, sit; et ponatur ipsi quidem ΑΒ æqualis ΞΟ, ipsi verò ΒΓ æqualis ΞΠ, et jungatur ipsa ΟΠ. Et quoniam æqualis est ΑΒ ipsi ΒΓ, æqualis est et ΞΟ ipsi ΞΠ; quare et reliqua ΟΛ reliquæ ΠΜ est æqualis; parallela igitur est ΛΜ ipsi ΠΟ, et æquiangulum ΛΞΜ triangulum ipsi ΠΞΟ triangulo; est igitur ut ΞΛ ad ΛΜ ita ΞΟ ad ΟΠ, et alterne ut ΛΞ ad ΞΟ ita ΛΜ ad ΟΠ. Major autem ΛΞ ipsâ ΞΟ; major igitur et ΛΜ ipsâ ΟΠ. Sed ΛΜ ipsi ΑΓ est æqualis; et igitur ΑΓ ipsâ ΟΠ est major. Quoniam igitur duæ ΑΒ, ΒΓ duabus ΟΞ, ΞΠ æquales sunt utraque utrique, et basis ΑΓ basi ΟΠ major est; angulus igitur ΑΒΓ angulo ΟΞΠ major est. Similiter utique et si ΞΡ æqualem utrique ipsarum ΞΟ, ΞΠ sumamus, et jungamus

culaire au plan du cercle, et si nous faisons cette perpendiculaire égale à une droite dont le quarré soit égal à l'excès du quarré de ΑΒ sur le quarré de ΛΞ (lem. suiv.), le problême sera résolu. Je dis que la droite ΑΒ n'est pas plus petite que ΛΞ. Qu'elle le soit, si cela est possible; faisons ΞΟ égal à ΑΒ, et ΞΠ égal à ΒΓ et joignons ΟΠ. Puisque ΑΒ est égal à ΒΓ, la droite ΞΟ sera égale à la droite ΞΠ; la droite restante ΟΛ sera donc égale à la droite restante ΠΜ; la droite ΛΜ est donc parallèle à la droite ΠΟ (2. 6); les deux triangles ΛΜΞ, ΠΞΟ sont donc équiangles; ΞΛ est donc à ΛΜ comme ΞΟ est à ΟΠ (4. 6); donc, par permutation, ΛΞ est à ΞΟ comme ΛΜ est à ΟΠ. Mais ΛΞ est plus grand que ΞΟ; donc ΛΜ est plus grand que ΟΠ. Mais ΛΜ est égal à ΑΓ; donc ΓΑ est plus grand que ΟΠ. Et puisque les deux droites ΑΒ, ΒΓ sont égales aux deux droites ΟΞ, ΞΠ, chacune à chacune, et que la base ΑΓ est plus grande que la base ΟΠ, l'angle ΑΒΓ est plus grand que l'angle ΞΟΠ (25. 1). Si l'on prend la droite ΞΡ égale à chacune des droites ΞΟ, ΞΠ, et si l'on joint ΟΡ, nous démontrerons semblablement que l'angle

ζωμεν, καὶ ἐπιζεύξωμεν τὴν ΟΡ, δείξομεν ὅτι καὶ[38] ἡ ὑπὸ ΗΘΚ γωνία τῆς ὑπὸ ΟΞΡ μείζων ἐστί. Συνεστάτω δὴ πρὸς τὴν ΛΞ εὐθείαν[39] καὶ τῷ πρὸς αὐτῇ σημείῳ τῷ Ξ τῇ μὲν ὑπὸ ΑΒΓ γωνίᾳ ἴση ἡ ὑπὸ ΛΞΣ, τῇ δὲ ὑπὸ ΗΘΚ ἴση ἡ ὑπὸ ΛΞΤ, καὶ κείσθω ἑκατέρα τῶν ΞΣ, ΞΤ τῇ ΟΞ ἴση, καὶ ἐπεζεύχθωσαν αἱ ΟΣ, ΟΤ,

ipsam ΟΡ, demonstrabimus et angulum ΗΘΚ angulo ΟΞΡ majorem esse. Constituatur ad rectam ΛΞ et ad punctum in ipsâ Ξ angulo quidem ΑΒΓ æqualis ΛΞΣ, angulo autem ΘΗΚ æqualis ΛΞΤ, et ponatur utraque ipsarum ΞΣ, ΞΤ ipsi ΟΞ æqualis, et jungantur ipsæ ΟΣ, ΟΤ, ΣΤ,

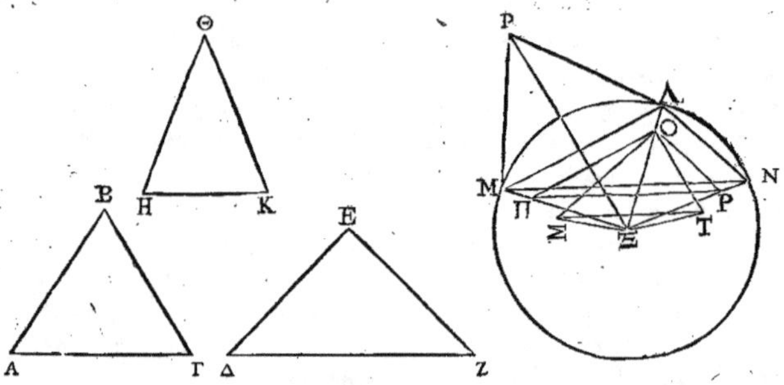

ΣΤ. Καὶ ἐπεὶ δύο αἱ ΑΒ, ΒΓ δυσὶ[40] ταῖς ΟΞ, ΞΣ ἴσαι εἰσὶ, καὶ γωνία ἡ ὑπὸ ΑΒΓ γωνίᾳ τῇ ὑπὸ ΟΞΣ ἴση· βάσις ἄρα ἡ ΑΓ, τουτέστιν ἡ ΛΜ, βάσει τῇ ΟΣ ἐστὶν ἴση. Διὰ τὰ αὐτὰ δὴ καὶ ἡ ΛΝ τῇ ΟΤ ἴση ἐστίν[41]. Καὶ ἐπεὶ δύο αἱ ΜΛ, ΛΝ δυσὶ[42] ταῖς ΣΟ, ΟΤ ἴσαι εἰσὶ, καὶ γωνία ἡ ὑπὸ ΜΛΝ γωνίας τῆς ὑπὸ ΣΟΤ μείζων ἐστί· βάσις

Et quoniam duæ ΑΒ, ΒΓ duabus ΟΞ, ΞΣ æquales sunt, et angulus ΑΒΓ angulo ΟΞΣ æqualis; basis igitur ΑΓ, hoc est ΛΜ, basi ΟΣ est æqualis. Propter eadem utique et ΛΝ ipsi ΟΤ æqualis est. Et quoniam duæ ΜΛ, ΛΝ duabus ΣΟ, ΟΤ æquales sunt, et angulus ΜΛΝ angulo ΣΟΤ major est; basis igitur ΜΝ basi ΣΤ major

ΗΘΚ est plus grand que l'angle ΟΞΡ. Sur la droite ΛΞ et au point Ξ de cette droite, construisons l'angle ΛΞΣ égal à l'angle ΑΒΓ, et l'angle ΛΞΤ égal à l'angle ΘΗΚ; faisons chacune des droites ΞΣ, ΞΤ égale à la droite ΟΞ, et joignons ΟΣ, ΟΤ, ΣΤ. Puisque les deux droites ΑΒ, ΒΓ sont égales aux deux droites ΟΞ, ΞΣ, et que l'angle ΑΒΓ est égal à l'angle ΟΞΣ, la base ΑΓ, c'est-à-dire la droite ΛΜ, est égale à la base ΟΣ (4. 1). Par la même raison, la droite ΛΝ sera égale à la droite ΟΤ. Et puisque les deux droites ΜΛ, ΛΝ sont égales aux deux droites ΣΟ, ΟΤ et que l'angle ΜΛΝ est plus grand que l'angle ΣΟΤ, la base ΜΝ est plus grande que la base ΣΤ

ἄρα ἡ ΜΝ βάσεως τῆς ΣΤ μείζων ἐστίν. Ἀλλὰ ἡ ΜΝ τῇ ΔΖ ἐστὶν ἴση· καὶ ἡ ΔΖ ἄρα τῇ ΣΤ μείζων ἐστίν. Ἐπεὶ οὖν δύο αἱ ΔΕ, ΕΖ δυσὶ[43] ταῖς ΣΞ, ΞΤ ἴσαι εἰσὶ, καὶ βάσις ἡ ΔΖ βάσεως τῆς ΣΤ μείζων· γωνία ἄρα ἡ ὑπὸ ΔΕΖ γωνίας τῆς ὑπὸ ΣΞΤ μείζων ἐστίν. Ἴση δὲ ἡ ὑπὸ ΣΞΤ τοῖς ὑπὸ ΑΒΓ, ΗΘΚ· ἡ ἄρα ὑπὸ ΔΕΖ τῶν ὑπὸ ΑΒΓ, ΗΘΚ μείζων ἐστίν. Ἀλλὰ καὶ ἐλάττων, ὅπερ ἀδύνατον.

est. Sed MN ipsi ΔZ est æqualis; et ΔZ igitur ipso ΣT major est. Quoniam igitur duæ ΔE, EZ duabus ΣΞ, ΞT æquales sunt, et basis ΔZ basi ΣT major; angulus igitur ΔEZ angulo ΣΞT major est. Æqualis autem angulus ΣΞT angulis ABΓ, HΘK; angulus igitur ΔEZ angulis ABΓ, HΘK major est. Sed et minor, quod impossibile.

ΛΗΜΜΑ.

Ὃν δὲ τρόπον ᾧ μεῖζόν ἐστι τὸ ἀπὸ τῆς ΑΒ τοῦ ἀπὸ τῆς ΑΞ ἐκείνῳ ἴσον λαβεῖν ἐστι τὸ ἀπὸ τῆς ΞΡ, δείξομεν οὕτως.

Ἐκκείσθωσαν αἱ ΑΒ, ΑΞ εὐθεῖαι, καὶ ἔστω μείζων ἡ ΑΒ, καὶ γεγράφθω ἐπ' αὐτῆς ἡμικύκλιον τὸ ΑΒΓ, καὶ εἰς τὸ ΑΒΓ ἡμικύκλιον ἐνηρμόσθω τῇ ΑΞ μὴ μείζονι οὔσῃ τῆς ΑΒ διαμέτρου ἴση εὐθεῖα ἡ ΑΓ[1], καὶ ἐπεζεύχθω ἡ ΒΓ.

LEMMA.

Quo autem modo quo majus est quadratum ex AB quam quadratum ex AΞ, huic æquale sumere sit quadratum ex ΞΡ, ita ostendemus.

Exponantur rectæ AB, AΞ, et sit major AB, et describatur ab ipsâ semicirculus ABΓ, et in semicirculo ABΓ aptetur ipsi AΞ non minori existenti diametri AB æqualis recta AΓ, et jungatur ipsa BΓ.

(24. 1). Mais MN est égal à ΔZ; ΔZ est donc plus grand que ΣT. Et puisque les deux droites ΔE, EZ sont égales aux deux droites ΣΞ, ΞT, et que la base ΔZ est plus grande que la base ΣT, l'angle ΔEZ sera plus grand que l'angle ΣΞT (25. 1). Mais l'angle ΣΞT est égal aux angles ABΓ, HΘK; l'angle ΔEZ est donc plus grand que les angles ABΓ, HΘK; mais il est plus petit; ce qui est impossible.

LEMME.

Nous démontrerons ainsi comment l'on trouve un quarré d'une droite ΞP égal à l'excès du quarré de AB sur le quarré de AΞ.

Soient les droites AB, AΞ; que AB soit la plus grande, et sur cette droite décrivons le demi-cercle ABΓ, et appliquons dans le demi-cercle ABΓ une droite AΓ qui, n'étant pas plus grande que le diamètre AB, soit égale à la droite AΞ, et joignons BΓ.

Επεὶ οὖν ἐν ἡμικυκλίῳ τῷ ΑΒΓ γωνία ἐστὶν ἡ ὑπὸ ΑΓΒ, ὀρθὴ ἄρα ἐστὶν ἡ ὑπὸ ΑΓΒ· τὸ ἄρα ἀπὸ τῆς ΑΒ ἴσον ἐστὶ τοῖς ἀπὸ τῶν ΑΓ, ΓΒ[2]· ὥστε τὸ ἀπὸ τῆς ΑΒ τοῦ ἀπὸ τῆς ΑΓ μεῖζόν

Quoniam igitur in semicirculo ΑΒΓ angulus est ΑΓΒ, rectus igitur est ΑΓΒ; quadratum igitur ex ΑΒ æquale est quadratis ex ΑΓ, ΓΒ; quare quadratum ex ΑΒ quam ipsum ex ΑΓ majus

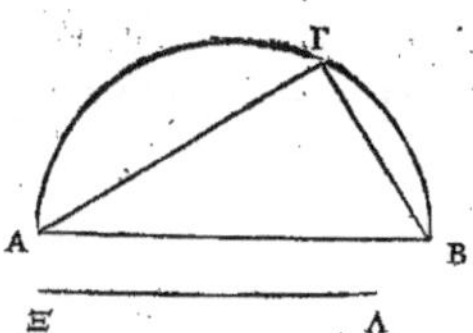

ἐστι[3] τῷ ἀπὸ τῆς ΓΒ. Ισὴ δὲ ἡ ΑΓ τῇ ΛΞ· ὥστε τὸ ἀπὸ τῆς ΑΒ τοῦ ἀπὸ τῆς ΛΞ μεῖζόν ἐστι[4] τῷ ἀπὸ τῆς ΓΒ. Εὰν οὖν τῇ ΒΓ ἴσην τῇ ΞΡ ἀπολάβωμεν, ἔσται τὸ ἀπὸ τῆς ΑΒ τοῦ ἀπὸ τῆς ΞΛ μεῖζον[5] τῷ ἀπὸ τῆς ΞΡ. Οπερ προέκειτο[6] ποιῆσαι.

est ipso ex ΓΒ. Æqualis autem ΑΓ ipsi ΛΞ quare quadratum ex ΑΒ quam ipsum ex ΛΞ majus est ipso ex ΓΒ. Si igitur ipsi ΓΒ æqualem sumamus ΞΡ, erit quadratum ex ΑΒ quam ipsum ex ΛΞ majus ipso ex ΞΡ. Quod susceptum erat facere.

Puisque l'angle ΑΓΒ est compris dans le demi-cercle ΑΓΒ, l'angle ΑΓΒ est droit (31. 3); le quarré de la droite ΑΒ est donc égal aux quarrés des droites ΑΓ, ΓΒ (47. 1); le quarré de ΑΒ surpasse donc le quarré de ΑΓ du quarré de ΓΒ. Mais ΑΓ est égal à ΛΞ; le quarré de ΑΒ surpasse donc le quarré de ΛΞ du quarré de ΓΒ; si donc nous faisons la droite ΞΡ égale à la droite ΓΒ, le quarré de la droite ΑΒ surpassera le quarré de la droite ΛΞ du quarré de la droite ΞΡ; ce que nous voulions faire.

ΠΡΟΤΑΣΙΣ κδ΄.

Ἐὰν στερεὸν ὑπὸ παραλλήλων ἐπιπέδων περιέχηται, τὰ ἀπεναντίον αὐτοῦ ἐπίπεδα ἴσα τε καὶ παραλληλόγραμμα ἐστί.

Στερεὸν γὰρ τὸ ΓΔΘΗ ὑπὸ παραλλήλων ἐπιπέδων περιεχέσθω τῶν ΑΓ, ΗΖ, ΑΘ, ΔΖ, ΒΖ, ΑΕ· λέγω ὅτι τὰ ἀπεναντίον αὐτοῦ ἐπίπεδα ἴσα τε καὶ παραλληλόγραμμά ἐστιν.

PROPOSITIO XXIV.

Si solidum sub parallelis planis contineatur, opposita ipsius plana et æqualia et parallelogramma sunt.

Solidum enim ΓΔΘΗ sub parallelis planis contineatur ipsis ΑΓ, ΗΖ, ΑΘ, ΔΖ, ΒΖ, ΑΕ; dico opposita ipsius plana et æqualia et parallelogramma esse.

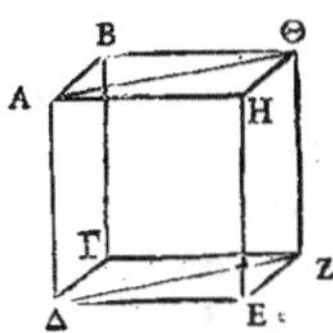

Ἐπεὶ γὰρ δύο ἐπίπεδα παράλληλα τὰ ΒΗ, ΓΕ ὑπὸ ἐπιπέδου τοῦ ΑΓ τέμνεται, αἱ κοιναὶ αὐτῶν τομαὶ παράλληλοί εἰσι· παράλληλος ἄρα ἐστὶν[1] ἡ ΑΒ τῇ ΔΓ. Πάλιν, ἐπεὶ δύο ἐπίπεδα παράλληλα τὰ ΒΖ, ΑΕ ὑπὸ ἐπιπέδου τοῦ ΑΓ τέμνεται, αἱ κοιναὶ αὐτῶν τομαὶ παράλληλοί εἰσι· παράλληλος ἄρα ἐστὶν ἡ ΒΓ τῇ ΑΔ.

Quoniam enim duo plana parallela ΒΗ, ΓΕ a plano ΑΓ secantur, communes ipsorum sectiones parallelæ sunt; parallela igitur est ΑΒ ipsi ΔΓ. Rursus, quoniam duo plana parallela ΒΖ, ΑΕ a plano ΑΓ secantur, communes ipsorum sectiones parallelæ sunt; parallela igitur est ΒΓ ipsi ΑΔ. Ostensa est autem et ΑΒ ipsi ΔΓ pa-

PROPOSITION XXIV.

Si un solide est compris sous des plans parallèles, les plans opposés sont des parallélogrammes égaux.

Que le solide ΓΔΘΗ soit compris sous les plans parallèles ΑΓ, ΗΖ, ΑΘ, ΔΖ, ΒΖ, ΑΕ; je dis que les plans opposés sont des parallélogrammes égaux.

Car puisque les deux plans parallèles ΒΗ, ΓΕ sont coupés par le plan ΑΓ, leurs communes sections sont parallèles (16. 11); la droite ΑΒ est donc parallèle à la droite ΔΓ. De plus, puisque les deux plans parallèles ΒΖ, ΑΕ sont coupés par le plan ΑΓ, leurs communes sections sont parallèles; la droite ΒΓ est donc parallèle

Εδείχθη δὲ καὶ ἡ ΑΒ τῇ ΔΓ παράλληλος· παραλληλόγραμμον ἄρα τὸ ΑΓ. Ομοίως δὴ δείξομεν ὅτι καὶ ἕκαστον τῶν ΔΖ, ΖΗ, ΗΒ, ΒΖ, ΑΕ παραλληλόγραμμόν ἐστιν.

rallela ; parallelogrammum igitur ΑΓ. Similiter utique demonstrabimus et unumquodque ipsorum ΔΖ, ΖΗ, ΗΒ, ΒΖ, ΑΕ parallelogrammum esse.

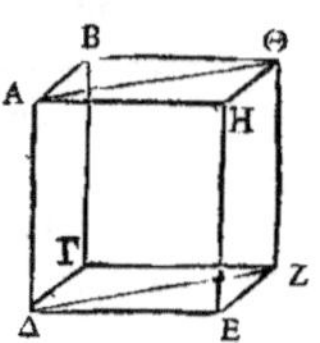

Επεζεύχθωσαν αἱ ΑΘ, ΔΖ. Καὶ ἐπεὶ παράλληλός ἐστιν ἡ μὲν ΑΒ τῇ ΔΓ, ἡ δὲ ΒΘ τῇ ΓΖ· δύο δὴ αἱ ΑΒ, ΒΘ ἁπτόμεναι ἀλλήλων παρὰ[2] δύο εὐθείας τὰς ΔΓ, ΓΖ ἁπτομένας ἀλλήλων εἰσὶν[3], οὐκ ἐν τῷ αὐτῷ ἐπιπέδῳ· ἴσας ἄρα γωνίας περιέξουσιν[4]· ἴση ἄρα ἡ ὑπὸ ΑΒΘ γωνία τῇ ὑπὸ ΔΓΖ. Καὶ ἐπεὶ δύο αἱ ΑΒ, ΒΘ δυσὶ ταῖς ΔΓ, ΓΖ ἴσαι εἰσὶ, καὶ γωνία ἡ ὑπὸ ΑΒΘ γωνίᾳ τῇ ὑπὸ ΔΓΖ ἐστὶν[5] ἴση· βάσις ἄρα ἡ ΑΘ βάσει τῇ ΔΖ ἐστὶν ἴση[6], καὶ τὸ ΑΒΘ τρίγωνον τῷ ΔΓΖ τριγώνῳ ἴσον ἐστί. Καὶ ἔστι τοῦ μὲν ΑΒΘ διπλάσιον τὸ ΒΗ παραλληλόγραμμον, τοῦ δὲ ΔΓΖ διπλάσιον τὸ ΓΕ παραλληλόγραμμον· ἴσον

Jungantur ipsæ ΑΘ, ΔΖ. Et quoniam parallela est ΑΒ quidem ipsi ΔΓ, ipsa vero ΒΘ ipsi ΓΖ; duæ utique ΑΒ, ΒΘ sese tangentes duabus rectis ΔΓ, ΓΖ sese tangentibus parallelæ sunt, non in eodem plano; æquales igitur angulos continebunt; æqualis igitur angulus ΑΒΘ ipsi ΔΓΖ. Et quoniam duæ ΑΒ, ΒΘ duabus ΔΓ, ΓΖ æquales sunt, et angulus ΑΒΘ angulo ΔΓΖ est æqualis; basis igitur ΑΘ basi ΔΖ est æqualis, et ΑΒΘ triangulum triangulo ΔΓΖ æquale est. Atque est ipsius quidem ΑΒΘ duplum ΒΗ parallelogrammum, ipsius vero ΔΓΖ duplum ΓΕ parallelogrammum ; æquale igitur ΒΗ parallelogram-

à la droite ΑΔ. Mais l'on a démontré que la droite ΑΒ est parallèle à la droite ΔΓ; le plan ΑΓ est donc un parallélogramme. Nous démontrerons semblablement que chacun des plans ΔΖ, ΖΗ, ΗΒ, ΒΖ, ΑΕ est un parallélogramme.

Joignons ΑΘ, ΔΖ. Puisque ΑΒ est parallèle à ΔΓ, et ΒΘ parallèle à ΓΖ, les deux droites ΑΒ, ΒΘ qui se rencontrent seront parallèles aux deux droites ΔΓ, ΓΖ qui se rencontrent, et qui ne sont pas dans le même plan; ces droites comprendront donc des angles égaux (10. 11); l'angle ΑΒΘ est donc égal à l'angle ΔΓΖ. Et puisque les deux droites ΑΒ, ΒΘ sont égales aux deux droites ΔΓ, ΓΖ (34. 1), et que l'angle ΑΒΘ est égal à l'angle ΔΓΖ, la base ΑΘ sera égale à la base ΔΖ (4. 1), et le triangle ΑΒΘ égal au triangle ΔΓΖ. Mais le parallélogramme ΒΗ est double du

ἄρα τὸ BH παραλληλόγραμμον τῷ ΓΕ παραλληλογράμμῳ. Ὁμοίως δὴ δείξομεν ὅτι καὶ τὸ μὲν ΑΓ τῷ HZ ἐστὶν ἴσον, τὸ δὲ AE τῷ BZ.

Ἐὰν ἄρα στερεὸν, καὶ τὰ ἑξῆς.

mum parallelogrammo ΓΕ. Similiter utique demonstrabimus et ipsum ΑΓ quidem ipsi HZ esse æquale, ipsum vero AE ipsi BZ.

Si igitur solidum, etc.

ΠΡΟΤΑΣΙΣ κέ.

Ἐὰν στερεὸν παραλληλεπίπεδον ἐπιπέδῳ τμηθῇ παραλλήλῳ ὄντι τοῖς ἀπεναντίον ἐπιπέδοις, ἔσται ὡς ἡ βάσις πρὸς τὴν βάσιν οὕτως τὸ στερεὸν πρὸς τὸ στερεόν.

Στερεὸν γὰρ παραλληλεπίπεδον τὸ ΑΒΓΔ ἐπιπέδῳ τῷ ZH τετμήσθω παραλλήλῳ ὄντι τοῖς ἀπεναντίον ἐπιπέδοις τοῖς ΡΑ, ΔΘ· λέγω ὅτι ἐστὶν ὡς ἡ ΑΕΖΦ βάσις πρὸς τὴν ΕΘΓΖ βάσιν οὕτως τὸ ΑΒΖΥ στερεὸν πρὸς τὸ ΕΗΓΔ στερεόν.

PROPOSITIO XXV.

Si solidum parallelepipedum a plano secetur parallelo existente oppositis planis, erit ut basis ad basim ita solidum ad solidum.

Solidum enim parallelepipedum ΑΒΓΔ a plano ZH secetur parallelo existente oppositis planis ΡΑ, ΔΘ; dico esse ut basis ΑΕΖΦ ad basim ΕΘΓΖ ita ΑΒΖΥ solidum ad ΕΗΓΔ solidum.

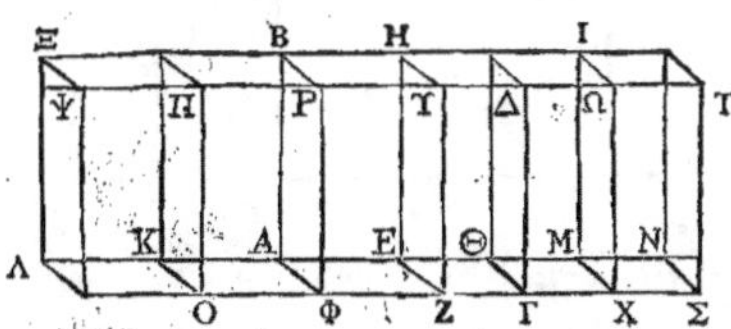

Ἐκϐεϐλήσθω γὰρ ἡ ΑΘ ἐφ' ἑκάτερα τὰ μέρη, καὶ κείσθωσαν τῇ μὲν ΑΕ ἴσαι ὁσαιδηποτοῦν αἱ

Producatur enim ΑΘ ex utrâque parte, et ponantur ipsi quidem AE æquales quot-

triangle ΑΒΘ, et le parallélogramme ΓΕ double aussi du triangle ΑΓΖ (34. 1); le parallélogramme BH est donc égal au parallélogramme ΓΕ. Nous démontrerons semblablement que le parallélogramme ΑΓ est égal au parallélogramme HZ, et le parallélogramme AE égal au parallélogramme BZ. Donc si, etc.

PROPOSITION XXV.

Si un parallélépipède est coupé par un plan parallèle à des plans opposés, la base sera à la base comme un solide est à un solide.

Que le parallélépipède ΑΒΓΔ soit coupé par un plan ZH parallèle aux plans opposés ΡΑ, ΔΘ; je dis que la base ΑΕΖΦ est à la base ΕΘΓΖ comme le solide ΑΒΖΥ est au solide ΕΗΓΔ.

Car prolongeons de part et d'autre la droite ΑΘ, prenons autant de droites

ΑΚ, ΚΛ, τῇ δὲ ΕΘ ἴσαι ὁσαιδηποτοῦν αἱ ΘΜ, ΜΝ[1], καὶ συμπεπληρώσθω[2] τὰ ΛΟ, ΚΦ, ΘΧ, ΜΣ παραλληλόγραμμα, καὶ τὰ ΛΠ, ΚΡ, ΔΜ, ΜΤ στερεά. Καὶ ἐπεὶ ἴσαι εἰσὶν αἱ ΛΚ, ΚΛ, ΑΕ εὐθεῖαι ἀλλήλαις, ἴσα ἐστὶ καὶ τὰ μὲν ΛΟ, ΚΦ, ΑΖ παραλληλόγραμμα ἀλλήλοις, τὰ δὲ ΚΞ, ΚΒ, ΑΗ ἀλλήλοις, καὶ ἔτι τὰ ΛΨ, ΚΠ, ΑΡ ἀλλήλοις· ἀπεναντίον γάρ. Διὰ τὰ αὐτὰ δὴ καὶ τὰ ΕΓ, ΘΧ, ΜΣ παραλληλόγραμμα ἴσα εἰσιν[3] ἀλλήλοις, τὰ δὲ ΘΗ, ΘΙ, ΙΝ ἴσα εἰσὶν ἀλλήλοις, καὶ ἔτι τὰ ΔΘ, ΜΩ, ΝΤ· τρία ἄρα ἐπίπεδα τῶν ΛΠ, ΚΡ, ΑΥ στερεῶν τρισὶν ἐπιπέδοις ἐστὶν[4] ἴσα. Ἀλλὰ τὰ τρία τρισὶ τοῖς

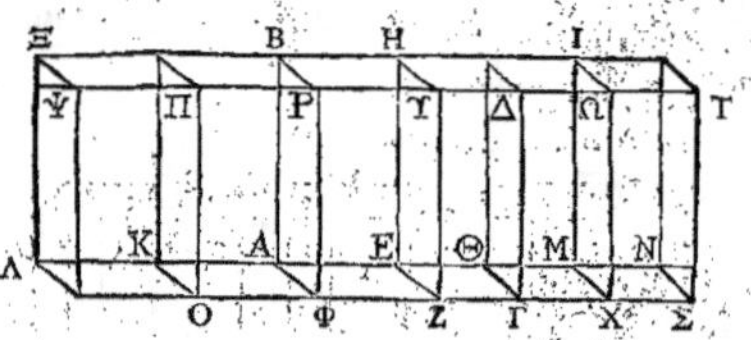

ἀπεναντίον ἐστὶν ἴσα· τὰ ἄρα τρία στερεὰ τὰ ΛΠ, ΚΡ, ΑΥ ἴσα ἀλλήλοις ἐστί. Διὰ τὰ αὐτὰ δὴ καὶ τὰ τρία στερεὰ τὰ ΕΔ, ΔΜ, ΜΤ ἴσα ἀλλήλοις ἐστίν[5]· ὁσαπλασίων ἄρα ἐστὶν[6] ἡ ΛΖ

cunque ΑΚ, ΚΛ, ipsi vero ΕΘ æquales quotcunque ΘΜ, ΜΝ, et compleantur ΛΟ, ΚΦ, ΘΧ, ΜΣ parallelogramma, et ΛΠ, ΚΡ, ΔΜ, ΜΤ solida. Et quoniam æquales sunt ΛΚ, ΚΑ, ΑΕ rectæ inter se, æqualia sunt et quidem ΛΟ, ΚΦ, ΑΖ parallelogramma inter se, ipsa vero ΚΞ, ΚΒ, ΑΗ inter se, et adhuc ipsa ΛΨ, ΚΠ, ΑΡ inter se; opposita enim. Propter eadem utique et ΕΓ, ΘΧ, ΜΣ parallelogramma æqualia sunt quidem inter se, ipsa vero ΘΗ, ΘΙ, ΙΝ æqualia sunt inter se, et adhuc ipsa ΔΘ, ΜΩ, ΝΤ; tria igitur plana solidorum ΛΠ, ΚΡ, ΑΥ tribus planis sunt æqualia. Sed tria tribus oppositis sunt æqualia; tria igitur solida ΛΠ, ΚΡ, ΑΥ æqualia inter se sunt. Propter eadem utique et tria solida ΕΔ, ΔΜ, ΜΤ æqualia inter se sunt; quotuplex igitur est basis ΛΖ ipsius ΑΖ basis

qu'on voudra ΑΚ, ΚΛ égales chacune à la droite ΑΕ; prenons aussi autant de droites qu'on voudra ΘΜ, ΜΝ égales chacune à la droite ΕΘ, et achevons les parallélogrammes ΛΟ, ΚΦ, ΘΧ, ΜΣ, et les parallélépipèdes ΛΠ, ΚΡ, ΔΜ, ΜΤ. Puisque les droites ΛΚ, ΚΑ, ΑΕ sont égales entr'elles, les parallélogrammes ΛΟ, ΚΦ, ΑΖ seront égaux entr'eux ainsi que les parallélogrammes ΚΞ, ΚΒ, ΑΗ (38. 1); les parallélogrammes ΛΨ, ΚΠ, ΑΡ seront aussi égaux entr'eux (24. 11), parce que ces parallélogrammes sont opposés. Les parallélogrammes ΕΓ, ΘΧ, ΜΣ sont égaux entr'eux par la même raison, ainsi que les parallélogrammes ΘΗ, ΘΙ, ΙΝ, et les parallélogrammes ΔΘ, ΜΩ, ΝΤ; trois plans des solides ΛΠ, ΚΡ, ΑΥ sont donc égaux à trois plans. Mais ces trois plans sont égaux aux trois plans opposés; les trois parallélépipèdes ΛΠ, ΚΡ, ΑΥ sont donc égaux entr'eux (déf. 10. 11). Les trois parallélépipèdes ΕΔ, ΔΜ, ΜΤ sont égaux entr'eux, par la même raison; la base ΛΖ est

βάσις τῆς ΑΖ βάσεως τοσαυταπλάσιον ἐστι καὶ τὸ ΛΥ στερεὸν τοῦ ΑΥ στερεοῦ. Διὰ τὰ αὐτὰ δὴ ὁσαπλασίων ἐστὶν ἡ ΝΖ βάσις τῆς ΖΘ βάσεως τοσαυταπλάσιόν ἐστι καὶ τὸ ΝΥ στερεὸν τοῦ ΘΥ στερεοῦ. Καὶ εἰ ἴση ἐστὶν ἡ ΛΖ βάσις τῇ ΝΖ βάσει ἴσον ἐστὶ[7] καὶ τὸ ΛΥ στερεὸν τῷ ΝΥ στερεῷ, καὶ εἰ ὑπερέχει ἡ ΛΖ βάσις τῆς ΝΖ βάσεως ὑπερέχει καὶ τὸ ΛΥ στερεὸν τοῦ ΝΥ στερεοῦ, καὶ εἰ ἐλλείπει, ἐλλείπει· τεσσάρων δὴ ὄντων μεγεθῶν, δύο μὲν βάσεων τῶν ΑΖ, ΖΘ, δύο δὲ στερεῶν τῶν ΑΥ, ΥΘ, εἴληπται ἰσάκις πολλαπλάσια τῆς μὲν ΑΖ βάσεως καὶ τοῦ ΑΥ στερεοῦ, ἥτε ΛΖ βάσις καὶ τὸ ΛΥ στερεὸν, τῆς δὲ ΘΖ βάσεως καὶ τοῦ ϵΥ στερεοῦ, ἥτε ΝΖ βάσις καὶ τὸ ΝΥ στερεόν· καὶ δέδεικται ὅτι εἰ ὑπερέχει ἡ ΛΖ βάσις τῆς ΝΖ βάσεως, ὑπερέχει καὶ τὸ ΛΥ στερεὸν τοῦ ΝΥ στερεοῦ[8]· καὶ εἰ ἴση[9], ἴσον· καὶ εἰ ἐλλείπει, ἐλλείπει· ἔστιν ἄρα ὡς ἡ ΑΖ βάσις πρὸς τὴν ΖΘ βάσιν· οὕτως τὸ ΑΥ στερεὸν πρὸς τὸ ΥΘ στερεόν. Ὅπερ ἔδει δεῖξαι.

totuplex est et ΛΥ solidum solidi ΑΥ. Propter eadem utique quotuplex est basis ΝΖ ipsius ΖΘ basis totuplex est et solidum ΝΥ solidi ΘΥ. Et si æqualis est basis ΛΖ basi ΝΖ æquale est et solidum ΛΥ solido ΝΥ, et si superat basis ΛΖ basim ΝΖ superat et solidum ΛΥ solidum ΝΥ, et si minor, minus; quatuor igitur existentibus magnitudinibus, duabus quidem basibus ΑΖ, ΖΘ, duobus vero solidis ΑΥ, ΥΘ, sumpta sunt æqualiter multiplicia basis quidem ΑΖ et solidi ΑΥ, et basis ΛΖ et solidum ΛΥ, basis vero ΘΖ et solidi ΘΥ, et basis ΝΖ et solidum ΝΥ; et demonstratum est si superat basis ΛΖ basim ΝΖ, superare et solidum ΛΥ solidum ΝΥ; et si æqualis, æquale, et si deficit, deficere; est igitur ut ΑΖ basis ad basim ΖΘ ita ΑΥ solidum ad solidum ΥΘ. Quod oportebat ostendere.

donc le même multiple de la base ΑΖ, que le parallélépipède ΛΥ l'est du parallélépipède ΑΥ. Par la même raison la base ΝΖ est le même multiple de la base ΖΘ que le parallélépipède ΝΥ l'est du parallélépipède ΘΥ. Si donc la base ΛΖ est égale à la base ΝΖ, le parallélipipède ΛΥ sera égal au parallélipipède ΝΥ; si la base ΛΖ surpasse la base ΝΖ, le parallélépipède ΛΥ surpassera le parallélépipède ΝΥ, et si la base ΛΖ est plus petite que la base ΝΖ, le parallélépipède ΛΥ sera plus petit que le parallélépipède ΙΥ. Ayant donc quatre grandeurs, les deux bases ΑΖ, ΖΘ et les deux parallélépipèdes ΑΥ, ΥΘ, et l'on a pris des équimultiples de la base ΑΖ et du parallélépipède ΑΥ, savoir, la base ΛΖ et le parallélépipède ΛΥ; on a pris aussi des équimultiples de la base ΘΖ et du parallélépipède ΘΥ, savoir, la base ΝΖ et le parallélépipède ΝΥ; et l'on a démontré que si la base ΛΖ surpasse la base ΝΖ, le parallélépipède ΛΥ surpasse le parallélépipède ΝΥ; que si la base ΛΖ est égale à la base ΝΖ, le parallélépipède ΛΥ est égal au parrallélépipède ΝΥ, et que si la base ΛΖ est plus petite que la base ΝΖ, le parallélépipède ΛΥ est plus petit que le parallélépipède ΝΥ; la base ΑΖ est donc à la base ΖΘ comme le parallélépipède ΑΥ est au parallélépipède ΥΘ (déf. 6. 5). Ce qu'il fallait démontrer.

ΠΡΟΤΑΣΙΣ κϛ΄.

Πρὸς τῇ δοθείσῃ εὐθείᾳ καὶ τῷ πρὸς αὐτῇ σημείῳ τῇ δοθείσῃ στερεᾷ γωνίᾳ ἴσην στερεὰν γωνίαν συστήσασθαι.

Ἔστω ἡ μὲν δοθεῖσα[1] ἡ ΑΒ, τὸ δὲ πρὸς αὐτῇ[2] σημεῖον τὸ Α, ἡ δὲ δοθεῖσα στερεὰ γωνία ἡ πρὸς τὸ Δ περιεχομένη ὑπὸ τῶν[3] ΕΔΓ, ΕΔΖ, ΖΔΓ γωνιῶν ἐπιπέδων· δεῖ δὴ πρὸς τῇ ΑΒ εὐθείᾳ καὶ τῷ πρὸς αὐτῇ σημείῳ τῷ Α τῇ πρὸς τῷ[4] Δ στερεᾷ γωνίᾳ ἴσην στερεὰν γωνίαν συστήσασθαι.

Εἰλήφθω γὰρ ἐπὶ τῆς ΔΖ τυχὸν σημεῖον τὸ Ζ, καὶ ἤχθω ἀπὸ τοῦ Ζ ἐπὶ τὸ διὰ τῶν ΕΔ, ΔΓ ἐπίπεδον κάθετος ἡ ΖΗ, καὶ συμβαλλέτω τῷ[5] ἐπιπέδῳ κατὰ τὸ Η, καὶ ἐπεζεύχθω ἡ ΔΗ, καὶ συνεστάτω πρὸς τῇ ΑΒ εὐθείᾳ καὶ τῷ πρὸς αὐτῇ σημείῳ τῷ Α τῇ μὲν ὑπὸ ΕΔΓ γωνίᾳ ἴση ἡ ὑπὸ ΒΑΛ, τῇ δὲ ὑπὸ ΕΔΗ ἴση ἡ ὑπὸ ΒΑΚ, καὶ κείσθω τῇ ΔΗ ἴση ἡ ΑΚ, καὶ ἀνεστάτω ἀπὸ τοῦ Κ σημείου τῷ διὰ τῶν ΒΑ, ΑΛ ἐπιπέδῳ πρὸς ὀρθὰς ἡ ΚΘ, καὶ κείσθω ἴση τῇ ΗΖ ἡ ΚΘ, καὶ

PROPOSITIO XXVI.

Ad datam rectam lineam et ad datum in ipsâ punctum dato solido angulo æqualem solidum angulum constituere.

Sit data quidem ΑΒ, datum vero in ipsâ punctum Α, datus autem solidus angulus ad Δ contentus sub ΕΔΓ, ΕΔΖ, ΖΔΓ angulis planis; oportet utique ad rectam ΑΒ et ad punctum in ipsâ Α solido angulo ad Δ æqualem solidum angulum constituere.

Sumatur enim in ipsâ ΔΖ quodlibet punctum Ζ, et ducatur a puncto Ζ ad planum per ΕΔ, ΔΓ perpendicularis ΖΗ; et occurrat plano in Η puncto, et jungatur ipsa ΔΗ, et constituatur ad rectam ΑΒ et ad punctum Α in ipsâ angulo quidem ΕΔΓ æqualis ΒΑΛ, angulo autem ΕΔΗ æqualis ΒΑΚ, et ponatur ipsi ΔΗ æqualis ΑΚ, et erigatur a puncto Κ plano per ΒΑ, ΑΛ ad rectos ipsa ΚΘ, et ponatur æqualis ipsi ΗΖ ipsa

PROPOSITION XXVI.

Sur une droite donnée et à un point donné de cette droite, construire un angle solide égal à un angle solide donné.

Soit ΑΒ la droite donnée, Α le point donné de cette droite, et que l'angle solide Δ compris sous les angles plans ΕΔΓ, ΕΔΖ, ΖΔΓ soit l'angle solide donné; il faut sur la droite donnée ΑΒ, et au point Α donné dans cette droite construire un angle solide égal à l'angle solide donné Δ.

Car prenons dans la droite ΔΖ un point quelconque Ζ; du point Ζ menons une perpendiculaire ΖΗ au plan des droites ΕΔ, ΔΓ (11. 11); que cette perpendiculaire rencontre ce plan au point Η; joignons ΔΗ. Sur la droite ΑΒ et au point Α de cette droite construisons l'angle ΒΑΛ égal à l'angle ΕΔΓ (23. 1), et l'angle ΒΑΚ égal à l'angle ΕΔΗ; faisons ΑΚ égal à ΔΗ (3. 1); du point Κ menons ΚΘ perpendiculaire au plan des droites ΒΑ, ΑΛ (12. 11); faisons ΚΘ égal à ΗΖ, et joignons ΘΑ; je dis que

ἐπεζεύχθω ἡ ΘΑ· λέγω ὅτι ἡ πρὸς τῷ Α στερεὰ γωνία περιεχομένη[6] ὑπὸ τῶν ΒΑΛ, ΒΑΘ, ΘΑΛ γωνιῶν ἴση ἐστὶ τῇ πρὸς τῷ Δ στερεᾷ γωνίᾳ τῇ περιεχομένῃ ὑπὸ τῶν ΕΔΓ, ΕΔΖ, ΖΔΓ γωνιῶν.

Ἀπειλήφθωσαν γὰρ ἴσαι αἱ ΑΒ, ΔΕ, καὶ ἐπεζεύχθωσαν αἱ ΘΒ, ΚΒ, ΖΕ, ΗΕ. Καὶ ἐπεὶ ἡ ΖΗ ὀρθή ἐστι πρὸς τὸ ὑποκείμενον ἐπίπεδον,

KΘ, et jungatur ipsa ΘΑ; dico ad A angulum solidum comprehensum sub ΒΑΛ, ΒΑΘ, ΘΑΛ angulis æqualem esse ad Δ solido angulo comprehenso sub angulis ΕΔΓ, ΕΔΖ, ΖΔΓ.

Sumantur enim æquales ΑΒ, ΔΕ, et jungantur ipsæ ΘΒ, ΚΒ, ΖΕ, ΗΕ. Et quoniam ΖΗ perpendicularis est ad subjectum planum, et

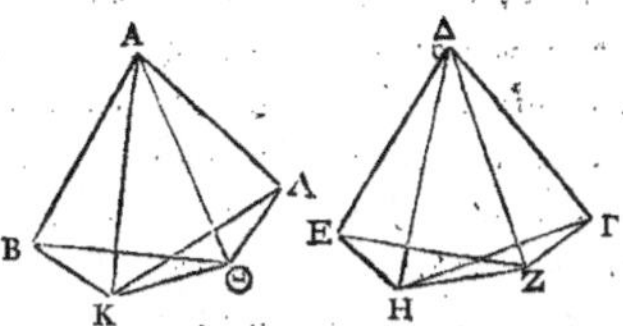

καὶ πρὸς πάσας ἄρα τὰς ἁπτομένας αὐτῆς εὐθείας καὶ οὔσας ἐν τῷ ὑποκειμένῳ ἐπιπέδῳ ὀρθὰς ποιήσει γωνίας· ὀρθὴ ἄρα ἐστὶν[7] ἑκατέρα τῶν ὑπὸ ΖΗΔ, ΖΗΕ γωνιῶν. Διὰ τὰ αὐτὰ δὴ καὶ ἑκατέρα τῶν ὑπὸ ΘΚΑ, ΘΚΒ γωνιῶν ὀρθή ἐστι. Καὶ ἐπεὶ δύο αἱ ΚΑ, ΑΒ δυσὶ[8] ταῖς ΗΔ, ΔΕ ἴσαι εἰσὶν ἑκατέρα ἑκατέρᾳ, καὶ γωνίας ἴσας περιέχουσι· βάσις ἄρα ἡ ΚΒ βάσει τῇ ΕΗ ἴση ἐστίν. Ἔστι δὲ καὶ ἡ ΚΘ τῇ ΗΖ ἴση, καὶ γωνίας ὀρθὰς

ad omnes igitur contingentes ipsam et existentes in subjecto plano rectos faciet angulos; rectus igitur uterque angulorum ΖΗΔ, ΖΗΕ. Propter eadem utique et uterque angulorum ΘΚΑ, ΘΚΒ rectus est. Et quoniam duæ ΚΑ, ΑΒ duabus ΗΔ, ΔΕ æquales sunt utraque utrique, et angulos æquales continent; basis igitur ΒΚ basi ΕΗ æqualis est. Est autem et ΚΘ ipsi ΗΖ æqualis, et angulos rectos con-

l'angle solide A, compris sous les angles ΒΑΛ, ΒΑΘ, ΘΑΛ, est égal à l'angle solide Δ, compris sous les angles ΕΔΓ, ΕΔΖ, ΖΔΓ.

Car prenons les droites égales ΑΒ, ΔΕ, et joignons ΘΒ, ΚΒ, ΖΕ, ΗΕ. Puisque la droite ΖΗ est perpendiculaire au plan inférieur, cette droite fera des angles droits avec toutes les droites qui la rencontrent et qui sont dans le plan inférieur (déf. 3. 11); chacun des angles ΖΗΔ, ΖΗΕ est donc droit. Par la même raison, chacun des angles ΘΚΑ, ΘΚΒ est droit. Et puisque les deux droites ΚΑ, ΑΒ sont égales aux deux droites ΗΔ, ΔΕ, chacune à chacune, et que ces droites comprènent des angles égaux, la base ΒΚ sera égale à la base ΕΗ (4. 1). Mais la droite ΚΘ est égale à la

περιέχουσιν· ἴση ἄρα καὶ ἡ ΘΒ τῇ ΖΕ. Πάλιν ἐπεὶ δύο αἱ ΑΚ, ΚΘ δυσὶ ταῖς ΔΗ, ΗΖ ἴσαι εἰσὶ, καὶ γωνίας ὀρθὰς περιέχουσι· βάσις ἄρα ἡ ΑΘ βάσει τῇ ΔΖ ἴση ἐστίν. Ἔστι δὲ καὶ ἡ ΑΒ τῇ ΔΕ ἴση· δύο δὴ αἱ ΘΑ, ΑΒ δυσὶ[9] ταῖς ΔΖ, ΔΕ ἴσαι εἰσὶ, καὶ βάσις ἡ ΘΒ βάσει τῇ ΖΕ ἴση· γωνία ἄρα ἡ ὑπὸ ΒΑΘ γωνίᾳ τῇ ὑπὸ ΕΔΖ ἐστὶν ἴση. Διὰ τὰ αὐτὰ δὴ καὶ ἡ ὑπὸ ΘΑΛ τῇ ὑπὸ ΖΔΓ ἐστὶν ἴση[10]· ἐπειδήπερ ἐὰν ἀπολάβωμεν ἴσας τὰς ΑΛ, ΔΓ, καὶ ἐπιζεύξωμεν τὰς ΚΛ, ΘΛ, ΗΓ, ΖΓ, ἐπεὶ ὅλη ἡ ὑπὸ ΒΑΛ ὅλῃ τῇ ὑπὸ ΕΔΓ ἐστὶν ἴση, ὧν ἡ ὑπὸ ΒΑΚ τῇ ὑπὸ ΕΔΗ ὑπόκειται ἴση· λοιπὴ ἄρα ἡ ὑπὸ ΚΑΛ λοιπῇ τῇ ὑπὸ ΗΔΓ ἐστὶν ἴση. Καὶ ἐπεὶ δύο αἱ ΚΑ, ΑΛ δυσὶ[11] ταῖς ΗΔ, ΔΓ ἴσαι εἰσὶ, καὶ γωνίας ἴσας περιέχουσι· βάσις ἄρα ἡ ΚΛ βάσει τῇ ΗΓ ἐστὶν ἴση. Ἔστι δὲ καὶ ἡ ΚΘ τῇ ΗΖ ἴση· δύο δὴ αἱ ΛΚ, ΚΘ δυσὶ ταῖς ΓΗ, ΗΖ εἰσὶν ἴσαι, καὶ γωνίας ὀρθὰς περιέχουσι· βάσις ἄρα ἡ ΘΛ βάσει τῇ ΖΓ ἐστὶν ἴση. Καὶ ἐπεὶ δύο αἱ ΘΑ, ΑΛ δυσὶ ταῖς ΖΔ, ΔΓ, εἰσὶ ἴσαι[12], καὶ βάσις ἡ ΘΛ βάσει

tinent; æqualis igitur et ΘΒ ipsi ΖΕ. Rursus quoniam duæ ΑΚ, ΚΘ duabus ΔΗ, ΗΖ æquales sunt, et angulos rectos continent; basis igitur ΑΘ basi ΔΖ æqualis est. Est autem et ΑΒ ipsi ΔΕ æqualis; duæ igitur ΘΑ, ΑΒ duabus ΔΖ, ΔΕ æquales sunt, et basis ΘΒ basi ΖΕ æqualis; angulus igitur ΒΑΘ angulo ΕΔΖ est æqualis. Propter eadem utique et ΘΑΛ angulo ΖΔΓ est æqualis; quoniam si assumamus æquales ΑΛ, ΔΓ, et jungamus ipsas ΚΛ, ΘΛ, ΗΓ, ΖΓ, quoniam totus ΒΑΛ toti ΕΔΓ æqualis est, quorum angulus ΒΑΚ angulo ΕΔΗ supponitur æqualis; reliquus igitur ΚΑΛ reliquo ΗΔΓ est æqualis. Et quoniam duæ ΚΑ, ΑΛ duabus ΗΔ, ΔΓ æquales sunt, et angulos æquales continent; basis igitur ΚΛ basi ΗΓ est æqualis. Est autem et ΚΘ ipsi ΗΖ æqualis; duæ igitur ΛΚ, ΚΘ duabus ΓΗ, ΗΖ sunt æquales, et angulos rectos continent; basis igitur ΘΛ basi ΖΓ est æqualis. Et quoniam duæ ΘΑ, ΑΛ duabus ΖΔ, ΔΓ sunt æquales, et basis ΘΛ basi ΖΓ est

droite ΗΖ, et ces droites comprènent des angles droits; la droite ΘΒ est donc égale à la droite ΖΕ. De plus, puisque les deux droites ΑΚ, ΚΘ sont égales aux deux droites ΔΗ, ΗΖ, et que ces droites comprènent des angles droits, la base ΑΘ est égale à la base ΔΖ. Mais ΑΒ est égal à ΔΕ; les deux droites ΘΑ, ΑΒ sont donc égales aux deux droites ΔΖ, ΔΕ; mais la base ΘΒ est égale à la base ΖΕ; l'angle ΒΑΘ est donc égal à l'angle ΕΔΖ. Par la même raison, l'angle ΘΑΛ est égal à l'angle ΖΔΓ; car si nous prenons les droites égales ΑΛ, ΔΓ, et si nous joignons ΚΛ, ΘΛ, ΗΓ, ΖΓ, à cause que l'angle entier ΒΑΛ est égal à l'angle entier ΕΔΓ, et que l'angle ΒΑΚ est égal à l'angle ΕΔΗ, l'angle restant ΚΑΛ sera égal à l'angle restant ΗΔΓ. Et puisque les deux droites ΚΑ, ΑΛ sont égales aux deux droites ΗΔ, ΔΓ, et qu'elles comprènent des angles égaux, la base ΚΛ sera égale à la base ΗΓ (4. 1). Mais ΚΘ est égal à ΗΖ; les deux droites ΛΚ, ΚΘ sont donc égales aux deux droites ΓΗ, ΗΖ; mais ces deux droites renferment des angles droits; la base ΘΛ est donc égale à la base ΖΓ. Et puisque les deux droites ΘΑ, ΑΛ sont égales aux deux droites

τῇ ΖΓ ἐστὶν ἴση· γωνία ἄρα ἡ ὑπὸ ΘΑΛ γωνίᾳ τῇ ὑπὸ ΖΔΓ ἐστὶν ἴση. Ἔστι δὲ καὶ ἡ ὑπὸ ΒΑΛ τῇ ὑπὸ ΕΔΓ ἴση.

Πρὸς ἄρα τῇ δοθείσῃ εὐθείᾳ τῇ ΑΒ[13] καὶ τῷ πρὸς αὐτῇ σημείῳ τῷ Α[14] δοθείσῃ στερεᾷ γωνίᾳ τῇ πρὸς τῷ Δ ἴση[15] συνίσταται. Ὅπερ ἔδει ποιῆσαι.

æqualis; angulus igitur ΘΑΛ angulo ΖΔΓ est æqualis. Est autem et angulus ΒΑΛ angulo ΕΔΓ æqualis.

Ad datam igitur rectam ΑΒ et ad datum punctum Α in ipsâ dato solido angulo ad Δ æqualis constitutus est. Quod oportebat facere.

ΠΡΟΤΑΣΙΣ κζ.

Ἀπὸ τῆς δοθείσης εὐθείας τῷ δοθέντι στερεῷ παραλληλεπιπέδῳ ὅμοιόν τε καὶ ὁμοίως κείμενον στερεὸν παραλληλεπίπεδον ἀναγράψαι.

Ἔστω ἡ μὲν δοθεῖσα εὐθεῖα ἡ ΑΒ, τὸ δὲ δοθὲν στερεὸν παραλληλεπίπεδον τὸ ΔΓ· δεῖ δὴ ἀπὸ τῆς δοθείσης εὐθείας τῆς ΑΒ τῷ δοθέντι στερεῷ παραλληλεπιπέδῳ τῷ ΓΔ ὅμοιόν τε καὶ ὁμοίως κείμενον στερεὸν παραλληλεπίπεδον ἀναγράψαι.

PROPOSITIO XXVII.

A datâ rectâ dato solido parallelepipedo et simile et similiter positum solidum parallelepipedum describere.

Sit data quidem recta ΑΒ, datum vero solidum parallelepipedum ΔΓ; oportet utique a datâ rectâ ΑΒ dato solido parallelepipedo ΓΔ et simile et similiter positum solidum parallelepipedum describere.

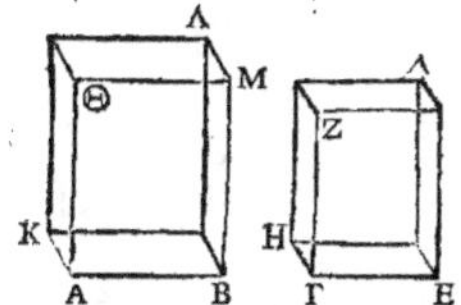

ΖΔ, ΔΓ, et que la base ΘΑ est égale à la base ΖΓ, l'angle ΘΑΛ sera égal à l'angle ΖΔΓ (8. 1). Mais l'angle ΒΑΛ est égal à l'angle ΕΔΓ.

Sur une droite donnée et au point Α de cette droite, on a donc construit un angle solide égal à un angle solide donné. Ce qu'il fallait faire.

PROPOSITION XXVII.

Sur une droite donnée décrire un parallélépipède semblable à un parallélépipède donné, et semblablement placé.

Soit ΑΒ la droite donnée, et ΔΓ le parallélépipède donné; il faut décrire sur la droite ΑΒ un parallélépipède semblable au parallélépipède donné ΔΓ, et semblablement placé.

Συνεστάτω γὰρ πρὸς τῇ ΑΒ εὐθείᾳ καὶ τῷ πρὸς αὐτῇ σημείῳ τῷ Α τῇ πρὸς τῷ Γ στερεᾷ γωνίᾳ ἴση, ἡ περιεχομένη ὑπὸ τῶν ΒΑΘ, ΘΑΚ, ΚΑΒ, ὥστε ἴσην εἶναι τὴν μὲν ὑπὸ ΒΑΘ γωνίαν τῇ ὑπὸ ΕΓΖ, τὴν δὲ ὑπὸ ΒΑΚ τῇ ὑπὸ ΕΓΗ, τὴν δὲ[1] ὑπὸ ΚΑΘ τῇ ὑπὸ ΗΓΖ, καὶ γεγονέτω ὡς μὲν ἡ ΕΓ πρὸς τὴν ΓΗ οὕτως ἡ ΒΑ πρὸς τὴν ΑΚ, ὡς δὲ ἡ ΗΓ πρὸς τὴν ΓΖ οὕτως ἡ ΚΑ πρὸς τὴν ΑΘ· καὶ[2] δι' ἴσου ἄρα ἐστὶν ὡς ἡ ΓΕ πρὸς τὴν ΖΓ οὕτως ἡ ΒΑ πρὸς τὴν ΑΘ. Καὶ συμπεπληρώσθω τὸ ΒΘ παραλληλόγραμμον καὶ τὸ ΑΛ στερεόν.

Constituatur enim ad AB rectam et ad punctum A in ipsâ ad Γ angulo solido angulus æqualis, contentus sub BAΘ, ΘAK, KAB, ita ut æqualis sit quidem BAΘ angulus ipsi EΓZ, angulus vero BAK angulo EΓH, angulus autem KAΘ ipsi HΓZ, et fiat ut quidem EΓ ad ΓH ita BA ad AK, ut vero HΓ ad ΓZ ita KA ad AΘ; et ex æquo igitur est ut ΓE ad ΓZ ita BA ad AΘ. Et compleantur parallelogrammum BΘ et AΛ solidum.

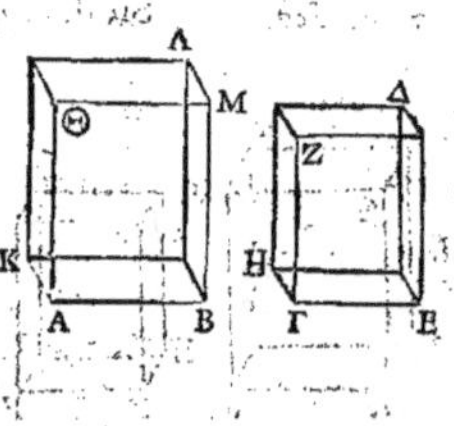

Καὶ ἐπεὶ ἐστὶν ὡς ἡ ΕΓ πρὸς τὴν ΓΗ οὕτως ἡ ΒΑ πρὸς τὴν ΑΚ, καὶ περὶ ἴσας γωνίας τὰς ὑπὸ ΕΓΗ, ΒΑΚ αἱ πλευραὶ ἀνάλογόν εἰσιν· ὅμοιον ἄρα ἐστὶ[3] τὸ ΗΕ παραλληλόγραμμον τῷ ΚΒ παραλληλογράμμῳ. Διὰ τὰ αὐτὰ δὴ καὶ

Et quoniam est ut EΓ ad ΓH ita BA ad AK, et circa æquales angulos EΓH, BAK latera proportionalia sunt; simile igitur est parallelogrammum HE parallelogrammo KB. Propter

Car sur la droite AB, et au point A de cette droite construisons un angle solide qui, étant compris sous les angles BAΘ, ΘAK, KAB, soit égal à l'angle solide Γ, de manière que l'angle BAΘ soit égal à l'angle EΓZ, l'angle BAK égal à l'angle EΓH, et l'angle KAΘ égal à l'angle HΓZ, et faisons en sorte que EΓ soit à ΓH comme BA est à AK, et que HΓ soit à ΓZ comme KA est à AΘ (12. 6); par égalité ΓE sera à ΓZ comme BA est à AΘ (25. 5); achevons le parallélogrammme BΘ et le parallélépipède AΛ.

Puisque EΓ est à ΓH comme BA est à AK, les côtés qui sont autour des angles égaux EΓH, BAK seront proportionnels; le parallélogramme HE est donc semblable au parallélogramme KB (4. 6). Par la même raison, le parallélogramme KΘ est

τὸ μὲν ΚΘ παραλληλόγραμμον τῷ ΗΖ παραλληλογράμμῳ ὅμοιόν ἐστι, καὶ ἔτι τὸ ΖΕ τῷ ΘΒ· τρία ἄρα παραλληλόγραμμα τοῦ ΓΔ στερεοῦ τρισὶ παραλληλογράμμοις τοῦ ΑΛ στερεοῦ ὅμοιά ἐστιν. Αλλὰ τὰ μὲν τρία τρισὶ τοῖς ἀπεναντίον ἴσα ἐστὶ καὶ ὅμοια, τὰ δὲ τρία τρισὶ τοῖς ἀπεναντίον ἴσα[4] τέ ἐστι καὶ ὅμοια· ὅλον ἄρα τὸ ΓΔ στερεὸν ὅλῳ τῷ ΑΛ στερεῷ ὅμοιόν ἐστιν.

Απὸ τῆς δοθείσης ἄρα[5] εὐθείας τῆς ΑΒ τῷ δοθέντι στερεῷ παραλληλεπιπέδῳ τῷ ΓΔ ὅμοιόν τε καὶ ὁμοίως κείμενον ἀναγέγραπται τὸ ΑΛ. Οπερ ἔδει ποιῆσαι.

eadem utique et quidem parallelogrammum ΚΘ parallelogrammo ΗΖ simile est, et adhuc ipsum ΖΕ ipsi ΘΒ; tria igitur parallelogramma solidi ΓΔ tribus parallelogrammis solidi ΑΛ similia sunt. Sed tria quidem tribus oppositis æqualia et sunt et similia, tria vero tribus oppositis et æqualia sunt et similia; totum igitur ΓΔ solidum toti solido ΑΛ simile est.

A datâ igitur rectâ ΑΒ dato solido parallelepipedo ΓΔ et simile et similiter positum descriptum est ipsum ΑΛ. Quod oportebat facere.

semblable au parallélogramme ΗΖ, et le parallélogramme ΖΕ semblable au parallélogramme ΘΒ; trois parallélogrammes du parallélépipède ΓΔ sont donc semsemblables à trois parallélogrammes du parallélépipède ΑΛ. Mais les trois premiers parallélogrammes sont égaux et semblables aux trois parallélogrammes opposés, et les trois derniers parallélogrammes sont aussi égaux et semblables aux trois parallélogrammes opposés (24. 1). Le parallélépipède entier ΓΔ est donc semblable au parallélépipède entier ΑΛ.

Sur la droite donnée ΑΒ, on a donc construit un parallélépipède ΑΛ semblable à un parallélépipède donné ΓΔ et semblablement placé. Ce qu'il fallait faire.

ΠΡΟΤΑΣΙΣ κή.

Εὰν στερεὸν παραλληλεπίπεδον ἐπιπέδῳ τμηθῇ κατὰ τὰς διαγωνίους τῶν ἀπεναντίον ἐπιπέδων, δίχα τμηθήσεται τὸ στερεὸν ὑπὸ τοῦ ἐπιπέδου.

Στερεὸν γὰρ παραλληλεπίπεδον τὸ AB ἐπιπέδῳ τῷ ΓΔΕΖ τετμήσθω κατὰ τὰς διαγωνίους[1] τῶν ἀπεναντίον ἐπιπέδων τὰς ΓΖ, ΔΕ· λέγω ὅτι δίχα τμηθήσεται τὸ AB στερεὸν ὑπὸ τοῦ ΓΔΕΖ ἐπιπέδου.

PROPOSITIO XXVIII.

Si solidum parallelepipedum a plano secetur per diagonales oppositorum planorum, bifariam secabitur solidum ab ipso plano.

Solidum enim parallelepipedum AB a plano ΓΔEZ secetur per diagonales ΓZ, ΔE oppositorum planorum; dico bifariam secari solidum AB a plano ΓΔEZ.

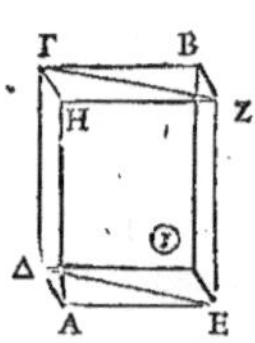

Ἐπεὶ γὰρ ἴσον ἐστὶ τὸ μὲν ΓΗΖ τρίγωνον τῷ ΓΖΒ τριγώνῳ, τὸ δὲ ΑΔΕ τῷ ΔΕΘ, ἔστι δὲ καὶ[2] τὸ μὲν ΓΑ παραλληλόγραμμον τῷ ΕΒ ἴσον, ἀπεναντίον γὰρ, τὸ δὲ ΗΕ τῷ ΓΘ· καὶ τὸ πρίσμα ἄρα τὸ περιεχόμενον ὑπὸ δύο μὲν τριγώνων τῶν ΓΗΖ, ΑΔΕ, τριῶν δὲ παραλληλο-

Quoniam enim æquale est quidem ΓHZ triangulum triangulo ΓZB, ipsum vero AΔE ipsi ΔEΘ, sed est et quidem ΓA parallelogrammum ipsi EB æquale, oppositum enim, ipsum vero HE ipsi ΓΘ; et prisma igitur contentum quidem sub duobus triangulis ΓHZ, AΔE,

PROPOSITION XXVIII.

Si un parallélépipède est coupé par un plan selon les diagonales de deux plans opposés, le parallélépipède sera coupé en deux parties égales par ce plan.

Que le parallélépipède AB soit coupé par le plan ΓΔEZ selon les diagonales des deux plans opposés ΓZ, ΔE; je dis que le parallélépipède AB sera coupé en deux parties égales par le plan ΓΔEZ.

Car puisque le triangle ΓHZ est égal au triangle ΓZB (34. 1), et le triangle AΔE égal au triangle ΔEΘ, et que de plus le parallélogramme ΓA est égal au parallélogramme EB (24. 11), car ces deux parallélogrammes sont opposés, et que le parallélogramme HE est aussi égal au parallélogramme ΓΘ, le prisme compris sous les deux triangles ΓHZ, AΔE, et sous les trois parallélogrammes HE, AΓ, ΓE, sera

γράμμων τῶν ΗΕ, ΑΓ, ΓΕ ἴσον ἐστὶ τῷ πρίσματι τῷ περιεχομένῳ ὑπὸ δύο μὲν τριγώνων τῶν ΓΖΒ, ΔΕΘ, τριῶν δὲ παραλληλογράμμων τῶν ΓΘ, ΒΕ, ΓΕ, ὑπὸ γὰρ ἴσων ἐπιπέδων περιέχονται τῷ τε[3] πλήθει καὶ τῷ μεγέθει· ὥστε ὅλον τὸ ΑΒ στερεὸν δίχα τέτμηται ὑπὸ τοῦ ΓΔΕΖ ἐπιπέδου. Οπερ ἔδει δεῖξαι.

tribus vero parallelogrammis ΗΕ, ΑΓ, ΓΕ æquale est prismati contento sub duobus triangulis ΓΖΒ, ΔΕΘ, tribus vero parallelogrammis ΓΘ, ΒΕ, ΓΕ, namque sub æqualibus planis continentur et multitudine et magnitudine; ergo totum ΑΒ solidum bifariam secatur a plano ΓΔΕΖ. Quod oportebat ostendere.

ΠΡΟΤΑΣΙΣ κθ'.

Τὰ ἐπὶ τῆς αὐτῆς βάσεως ὄντα στερεὰ παραλληλεπίπεδα καὶ ὑπὸ τὸ αὐτὸ ὕψος, ὧν αἱ ἐφεστῶσαι ἐπὶ τῶν αὐτῶν εἰσιν εὐθειῶν, ἴσα ἀλλήλοις ἐστίν.

Εστω ἐπὶ τῆς αὐτῆς βάσεως τῆς ΑΒ στερεὰ παραλληλεπίπεδα τὰ ΓΜ, ΓΝ ὑπὸ τὸ αὐτὸ ὕψος ὄντα[1], ὧν αἱ ἐφεστῶσαι αἱ ΑΗ, ΑΖ, ΛΜ, ΛΝ, ΓΔ, ΓΕ, ΒΘ, ΒΚ ἐπὶ τῶν αὐτῶν εὐθειῶν ἔστωσαν τῶν ΖΝ, ΔΚ· λέγω ὅτι ἴσον ἐστὶ τὸ ΓΜ στερεὸν τῷ ΓΝ στερεῷ.

PROPOSITIO XXIX.

In eâdem basi existentia solida parallelepipeda et eâdem altitudine, quorum insistentes ipsæ in eisdem sunt rectis, æqualia inter se sunt.

Sint in eâdem basi ΑΒ solida parallelepipeda ΓΜ, ΓΝ eâdem altitudine existentia, quorum insistentes ipsæ ΑΗ, ΑΖ, ΛΜ, ΛΝ, ΓΔ, ΓΕ, ΒΘ, ΒΚ in eisdem sint rectis ΖΝ, ΔΚ; dico æquale esse ΓΜ solidum solido ΓΝ.

égal au prisme compris sous les deux triangles ΓΖΒ, ΔΕΘ, et sous les trois parallélogrammes ΓΘ, ΒΕ, ΓΕ, car ils sont compris sous des plans égaux en nombre et en grandeur (déf. 10. 11); le parallélépipède entier ΑΒ est donc coupé en deux parties égales par le plan ΓΔΕΖ. Ce qu'il fallait démontrer.

PROPOSITION XXIX.

Les parallélépipèdes qui ont la même base et la même hauteur, et dont les côtés sont placés dans les mêmes droites, sont égaux entr'eux.

Que les parallélépipèdes ΓΜ, ΓΝ aient la même base ΑΒ et la même hauteur, et que les côtés ΑΗ, ΑΖ, ΛΜ, ΛΝ, ΓΔ, ΓΕ, ΒΘ, ΒΚ soient dans les mêmes droites ΖΝ, ΔΚ; je dis que le parallélépipède ΓΜ est égal au parallélépipède ΓΝ.

Ἐπεὶ γὰρ παραλληλόγραμμόν ἐστιν ἑκάτερον τῶν ΓΘ, ΓΚ, ἴση ἐστὶν ἡ ΓΒ ἑκατέρᾳ τῶν ΔΘ, ΕΚ· ὥστε καὶ ἡ ΔΘ τῇ ΕΚ ἐστὶν ἴση. Κοινὴ ἀφῃρήσθω ἡ ΕΘ· λοιπὴ ἄρα ἡ ΔΕ λοιπῇ τῇ ΘΚ ἐστιν ἴση· ὥστε καὶ τὸ μὲν ΔΕΓ τρίγωνον τῷ ΘΚΒ τριγώνῳ ἴσον ἐστὶ, τὸ δὲ ΔΗ παραλληλόγραμμον τῷ ΘΝ παραλληλογράμμῳ. Διὰ τὰ αὐτὰ δὴ καὶ τὸ ΖΑΗ τρίγωνον τῷ ΜΛΝ τριγώνῳ ἴσον ἐστίν. Ἔστι δὲ καὶ τὸ μὲν ΓΖ παραλληλόγραμμον τῷ ΒΜ παραλληλογράμμῳ ἴσον, τὸ δὲ ΓΗ τῷ ΒΝ, ἀπεναντίον γάρ· καὶ τὸ πρίσμα ἄρα τὸ περιεχόμενον ὑπὸ δύο μὲν τριγώνων τῶν ΑΖΗ, ΓΔΕ, τριῶν δὲ παραλληλογράμμων τῶν ΑΔ, ΔΗ, ΗΓ ἴσον ἐστὶ τῷ πρίσματι τῷ περιεχομένῳ ὑπὸ δύο μὲν τριγώνων τῶν ΜΛΝ, ΘΒΚ, τριῶν δὲ παραλληλογράμμων τῶν ΒΜ, ΘΝ, ΝΒ. Κοινὸν προσκείσθω

Quoniam enim parallelogrammum est utrumque ipsorum ΓΘ, ΓΚ, æqualis est ΓΒ utrique ipsarum ΔΘ, ΕΚ; quare et ΔΘ ipsi ΕΚ est æqualis. Communis auferatur ΕΘ; reliqua igitur ΔΕ reliquæ ΘΚ est æqualis; quare et quidem ΔΕΓ triangulum triangulo ΘΚΒ æquale est, sed parallelogrammum ΔΗ parallelogrammo ΘΝ. Propter eadem utique et ΖΑΗ triangulum triangulo ΜΛΝ æquale est. Sed est et quidem ΓΖ parallelogrammum parallelogrammo ΒΜ æquale, ipsum vero ΓΗ ipsi ΒΝ, oppositum enim; et prisma igitur contentum quidem sub duobus triangulis ΑΖΗ, ΓΔΕ, tribus vero parallelogrammis ΑΔ, ΔΗ, ΗΓ, æquale est prismati contento quidem sub duobus angulis ΜΛΝ, ΘΒΚ, tribus vero parallelogrammis ΒΜ, ΘΝ, ΒΝ. Commune apponatur solidum, cujus basis quidem ΑΒ paral-

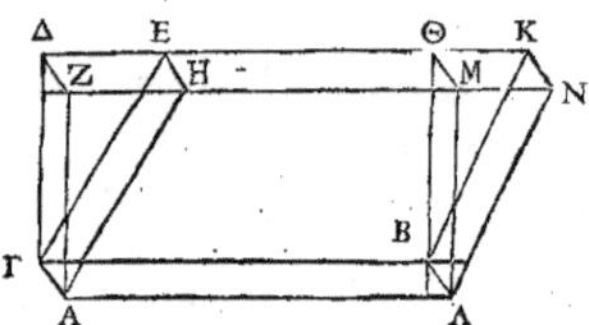

Car puisque chacune des figures ΓΘ, ΓΚ est un parallélogramme, la droite ΓΒ est égale à chacune des droites ΔΘ, ΕΚ (34. 1); la droite ΔΘ est donc égale à la droite ΕΚ. Retranchons la partie commune ΕΘ, la droite restante ΔΕ sera égale à la droite restante ΘΚ; le triangle ΔΕΓ est donc égal au triangle ΘΚΒ (8. 1), et le parallélogramme ΔΗ égal au parallélogramme ΘΝ (36. 1). Par la même raison le triangle ΖΑΗ est égal au triangle ΜΛΝ. Mais le parallélogramme ΓΖ est égal au parallélogramme ΒΜ, et le parallélogramme ΓΗ égal au parallélogramme ΒΝ (24. 11), car ces parallélogrammes sont opposés; le prisme contenu sous les deux triangles ΑΖΗ, ΓΔΕ, et sous les trois parallélogrammes ΑΔ, ΔΗ, ΗΓ est donc égal au prisme contenu sous les deux triangles ΛΜΝ, ΘΒΚ, et sous les trois parallélogrammes ΒΜ, ΘΝ, ΒΝ (déf. 10. 11). Ajoutons le solide commun, dont une des bases est le parallé-

τὸ στερεὸν, οὗ βάσις μὲν τὸ ΑΒ παραλληλόγραμμον, ἀπεναντίον δὲ τὸ ΗΕΘΜ· ὅλον ἄρα τὸ ΓΜ στερεὸν παραλληλεπίπεδον ὅλῳ τῷ ΓΝ στερεῷ παραλληλεπιπέδῳ ἴσον ἐστί.

Τὰ ἄρα ἐπὶ, καὶ τὰ ἑξῆς.

lelogrammum, oppositum vero ΗΕΘΜ; totum igitur ΓΜ solidum parallelepipedum toti ΓΝ solido parallelepipedo æquale est.

In eâdem igitur, etc.

ΠΡΟΤΑΣΙΣ λ'.

Τὰ ἐπὶ τῆς αὐτῆς βάσεως ὄντα στερεὰ παραλληλεπίπεδα καὶ ὑπὸ τὸ αὐτὸ ὕψος, ὧν αἱ ὑφεστῶσαι οὐκ εἰσὶν ἐπὶ τῶν αὐτῶν εὐθειῶν, ἴσα ἀλλήλοις ἐστίν.

PROPOSITIO XXX.

In eâdem basi existentia solida parallelepipeda et eâdem altitudine, quorum ipsæ insistentes non sunt in eisdem rectis, æqualia inte se sunt.

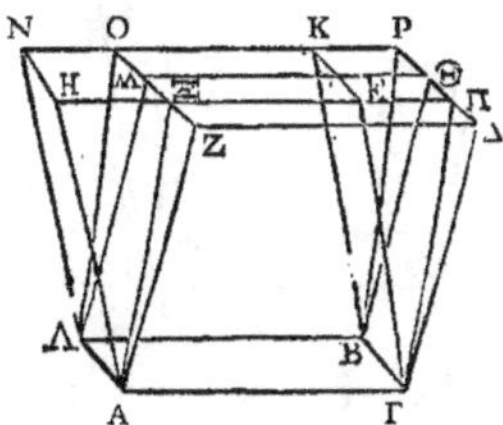

Ἔστω γὰρ[1] ἐπὶ αὐτῆς βάσεως τῆς ΑΒ στερεὰ παραλληλεπίπεδα τὰ ΓΜ, ΓΝ, καὶ[2] ὑπὸ τὸ αὐτὸ ὕψος, ὧν ἐφεστῶσαι[3] αἱ ΑΖ, ΑΗ, ΛΜ, ΛΝ, ΓΔ, ΓΕ, ΒΘ, ΒΚ μὴ ἔστωσαν ἐπὶ τῶν αὐτῶν εὐθειῶν· λέγω ὅτι ἴσον ἐστὶ τὸ ΓΜ στερεὸν τῷ ΓΝ στερεῷ.

Sint enim in eâdem basi ΑΒ solida parallelepipeda ΓΜ, ΓΝ, et eâdem altitudine, quorum ipsæ insistentes ΑΖ, ΑΗ, ΛΜ, ΛΝ, ΓΔ, ΓΕ, ΒΘ, ΒΚ non sint in eisdem rectis; dico æquale esse ΓΜ solidum solido ΓΝ.

logramme ΑΒ, et dont la base opposée est le parallélogramme ΗΕΘΜ, le parallélépipède entier ΓΜ sera égal au parallélépipède entier ΓΝ. Donc, etc.

PROPOSITION XXX.

Les parallélépipèdes qui ont la même base et la même hauteur, et dont les côtés ne sont point placés dans les mêmes droites, sont égaux entr'eux.

Soient ΓΜ, ΓΝ des parallélépipèdes qui ont la même base ΑΒ et la même hauteur, et dont les côtés ΑΖ, ΑΗ, ΛΜ, ΛΝ, ΓΔ, ΓΕ, ΒΘ, ΒΚ ne sont point placés dans les mêmes droites; je dis que le parallélépipède ΓΜ est égal au parallélépipède ΓΝ.

Ἐκϐεϐλήσθωσαν γὰρ αἱ ΝΚ, ΔΘ[4], καὶ συμπιπτέτωσαν ἀλλήλαις κατὰ τὸ Ρ[5], καὶ ἔτι ἐκϐεϐλήσθωσαν αἱ ΖΜ, ΗΕ ἐπὶ τὰ Ο, Π, καὶ[6] ἐπεζεύχθωσαν αἱ[7] ΑΞ, ΛΟ, ΓΠ, ΒΡ. Ἴσον δή ἐστι ΓΜ στερεὸν, οὗ βάσις μὲν τὸ ΑΓΒΛ παραλληλόγραμμον, ἀπεναντίον δὲ τὸ ΖΔΘΜ τῷ ΓΟ στερεῷ, οὗ βάσις μὲν τὸ ΑΓΒΛ παραλληλόγραμμον, ἀπεναντίον δὲ τὸ ΞΠΡΟ, ἐπί τε γὰρ τῆς αὐτῆς βάσεώς εἰσι τῆς ΑΓΒΛ, ὧν αἱ ἐφεστῶσαι[8] αἱ ΑΖ, ΑΞ, ΛΜ, ΛΟ, ΓΔ, ΓΕ, ΒΘ, ΒΡ ἐπὶ τῶν

Producantur enim ipsæ NK, ΔΘ, et conveniant inter se in puncto P, et adhuc producantur ipsæ ZM, HE in ipsis O, Π, et jungantur AΞ, ΛO, ΓΠ, BP. Æquale utique est ΓM solidum, cujus basis quidem AΓBΛ parallelogrammum, oppositum vero ZΔΘM solido ΓO, cujus basis quidem AΓBΛ parallelogrammum, oppositum vero ΞΠPO, etenim in eâdem sunt basi AΓBΛ, et quorum insistentes ipsæ AZ, AΞ, ΛM, ΛO, ΓΔ, ΓE, BΘ, BP in eisdem

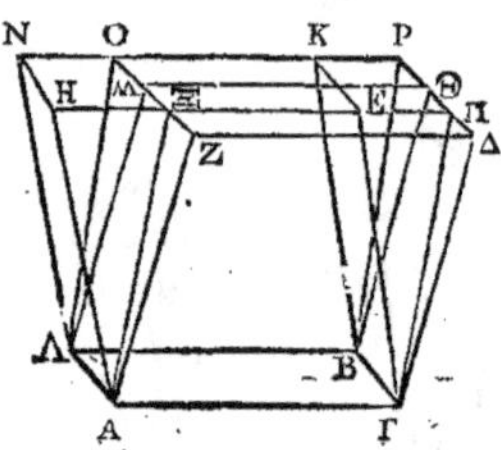

αὐτῶν εἰσιν εὐθειῶν τῶν ΖΟ, ΔΡ. Ἀλλὰ τὸ ΓΟ στερεὸν, οὗ βάσις μέν ἐστι[9] τὸ ΑΓΒΛ παραλληλόγραμμον, ἀπεναντίον δὲ τὸ ΞΠΡΟ, ἴσον ἐστὶ τῷ ΓΝ στερεῷ, οὗ βάσις μὲν[10] τὸ ΑΓΒΛ παραλληλόγραμμον, ἀπεναντίον δὲ τὸ ΗΕΚΝ, ἐπί τε γὰρ πάλιν[11] τῆς αὐτῆς βάσεώς εἰσι τῆς ΑΒΓΔ,

sunt rectis ZO, ΔP. Sed solidum ΓO, cujus basis quidem est AΓBΛ parallelogrammum, oppositum vero ΞΠPO, æquale est solido ΓN, cujus basis quidem AΓBΛ parallelogrammum, oppositum vero HEKN, etenim in eâdem sunt basi ABΓΛ, quorum insistentes ipsæ AH, AΞ,

Car prolongeons NK, ΔΘ, et que ces droites se rencontrent au point P; prolongeons aussi les droites ZM, HE vers les points O, Π, et joignons AΞ, ΛO, ΓΠ, BP. Le parallélépipède ΓM, dont la base est le parallélogramme AΓBΛ opposé au parallélogramme ZΔΘM, sera égal au parallélépipède ΓO, dont la base est le parallélogramme AΓBΛ opposé au parallèlogramme ΞΠPO (29. 11), car ces deux parallélogrammes ont la même base ABΓΛ, et leurs côtés AZ, AΞ, ΛM, ΛO, ΓΔ, ΓΠ, BΘ, BP sont dans les mêmes droites ZO, ΔP. Mais le parallélépipède ΓO dont la base est le parallélogramme AΓBΛ opposé au parallélogramme ΞΠPO est égal au parallélépipède ΓN dont la base est le parallélogramme AΓBΛ opposé au parallélogramme HEKN (29. 11); car ces deux parallélépipèdes ont la même base ABΓΛ, et leurs côtés AH, AΞ, ΓE, ΓΠ, ΛN, ΛO, BK, BP sont dans les

ὧν αἱ ἐφεστῶσαι αἱ[12] ΑΗ, ΑΞ, ΓΕ, ΓΠ, ΑΝ, ΛΟ, ΒΚ, ΒΡ ἐπὶ τῶν αὐτῶν εἰσιν εὐθειῶν τῶν[13] ΗΠ, ΝΡ· ὥστε καὶ τὸ ΓΜ στερεὸν ἴσον ἐστὶ τῷ ΓΝ στερεῷ.

Τὰ ἄρα ἐπὶ, καὶ τὰ ἑξῆς.

ΓΕ, ΓΠ, ΑΝ, ΛΟ, ΒΚ, ΒΡ in eisdem sunt rectis ΗΠ, ΝΡ; quare et solidum ΓΜ æquale est solido ΓΝ.

In eâdem igitur, etc.

ΠΡΟΤΑΣΙΣ λα'.

Τὰ ἐπὶ ἴσων βάσεων ὄντα στερεὰ παραλληλεπίπεδα καὶ ὑπὸ τὸ αὐτὸ ὕψος ἴσα ἀλλήλοις ἐστίν.

Εστω ἐπὶ ἴσων βάσεων τῶν ΑΒ, ΓΔ στερεὰ παραλληλεπίπεδα τὰ ΑΕ, ΓΖ, καὶ[1] ὑπὸ τὸ αὐτὸ ὕψος· λέγω ὅτι ἴσον ἐστὶ τὸ ΑΕ στερεὸν τῷ ΓΖ στερεῷ.

PROPOSITIO XXXI.

Solida in æqualibus basibus existentia parallelepipeda et eâdem altitudine æqualia inter se sunt.

Sint in æqualibus basibus ΑΒ, ΓΔ solida parallelepipeda ΑΕ, ΓΖ, et in eâdem altitudine; dico æquale esse solidum ΑΕ solido ΓΖ.

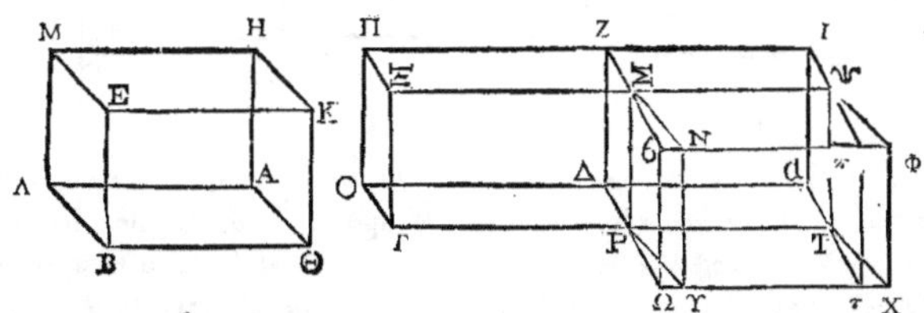

Εστωσαν δὴ πρότερον αἱ ἐφεστηκυῖαι αἱ ΘΚ, ΒΕ, ΑΗ, ΛΜ, ΟΠ, ΔΖ, ΓΞ, ΡΣ πρὸς ὀρθὰς

Sint utique primum insistentes ΘΚ, ΒΕ, ΑΗ, ΛΜ, ΟΠ, ΔΖ, ΓΞ, ΡΣ ad rectos basibus ΑΒ,

mêmes droites ΗΠ, ΝΡ; le parallélépidède ΓΜ est donc égal au parallélépipède ΓΝ. Donc, etc.

PROPOSITION XXXI.

Les parallélépipèdes qui ont des bases égales et la même hauteur, sont égaux entr'eux.

Que les parallélépipèdes ΑΕ, ΓΖ ayent des bases égales ΑΒ, ΓΔ, et la même hauteur; je dis que le parallélépipède ΑΕ est égal au parallélépipède ΓΖ.

Que les côtés ΘΚ, ΒΕ, ΑΗ, ΛΜ, ΟΠ, ΔΖ, ΓΞ, ΡΣ soient d'abord perpendicu-

ταῖς ΑΒ, ΓΔ βάσεσιν[2], καὶ ἐκβεβλήσθω ἐπ' εὐθείας τῇ ΓΡ εὐθεία ἡ ΡΤ, καὶ συνεστάτω πρὸς τῇ ΡΤ εὐθείᾳ καὶ τῷ πρὸς αὐτῇ σημείῳ τῷ Ρ τῇ ὑπὸ ΑΛΒ γωνίᾳ ἴση ἡ ὑπὸ ΤΡΥ, καὶ κείσθω τῇ μὲν ΑΛ ἴση ἡ ΡΤ, τῇ δὲ ΑΒ ἴση ἡ ΡΥ[3], καὶ συμπεπληρώσθω ἥτε ΡΧ βάσις καὶ τὸ ΨΥ στερεόν. Καὶ ἐπεὶ δύο αἱ ΤΡ, ΡΥ δυσὶ ταῖς ΑΛ, ΑΒ ἴσαι εἰσὶ, καὶ γωνίας ἴσας περιέχουσιν· ἴσον ἄρα καὶ ὅμοιον τὸ ΡΧ παραλληλόγραμμον τῷ ΘΛ παραλληλογράμμῳ. Καὶ ἐπεὶ πάλιν ἴση ἐστὶν

ΓΔ, et producatur in directum rectæ ΓΡ ipsa ΡΤ, et constituatur ad rectam ΡΤ et ad punctum in ipsâ Ρ angulo ΑΛΒ æqualis ipse ΤΡΥ, et ponatur ipsi quidem ΑΛ æqualis ΡΤ, ipsi vero ΑΒ æqualis ΡΥ, et compleantur basis ΡΧ et solidum ΨΥ. Et quoniam duæ ΤΡ, ΡΥ duabus ΑΛ, ΑΒ æquales sunt, et angulos æquales continent; æquale igitur et simile ΡΧ parallelogrammum parallelogrammo ΘΛ. Et quoniam

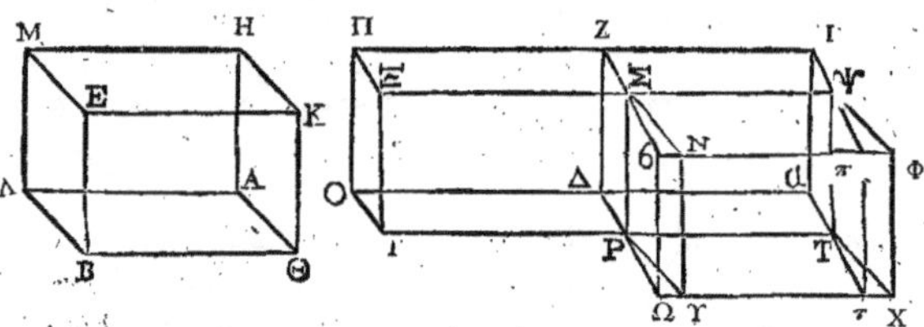

ἡ μὲν[4] ΑΛ τῇ ΡΤ, ἡ δὲ ΑΜ τῇ ΡΣ, καὶ γωνίας ὀρθὰς περιέχουσιν· ἴσον ἄρα καὶ ὅμοιόν ἐστι τὸ ΡΨ παραλληλόγραμμον τῷ ΑΜ παραλληλογράμμῳ. Διὰ τὰ αὐτὰ δὴ καὶ τὸ ΛΕ τῷ ΣΥ ἴσον τέ ἐστι καὶ ὅμοιον· τρία ἄρα παραλληλόγραμμα τοῦ ΑΕ στερεοῦ τρισὶ παραλληλογράμμοις τοῦ ΨΥ στερεοῦ ἴσα τέ[5] ἐστι καὶ ὅμοια. Ἀλλὰ τὰ μὲν τρία τρισὶ τοῖς ἀπεναντίον ἴσα τέ ἐστι καὶ ὅμοια,

rursus æqualis est quidem ΑΛ ipsi ΡΤ, ipsa vero ΑΜ ipsi ΡΣ, et angulos rectos continent; æquale igitur et simile est ΡΨ parallelogrammum parallelogrammo ΑΜ. Propter eadem utique et ΛΕ ipsi ΣΥ et æquale est et simile; tria igitur parallelogramma solidi ΑΕ tribus parallelogrammis solidi ΨΥ et æqualia sunt et similia. Sed quidem tria tribus oppositis et æqualia sunt et

laires aux bases ΑΒ, ΓΔ; menons la droite ΡΤ dans la direction de la droite ΓΡ; sur la droite ΡΤ et au point Ρ de cette droite, construisons l'angle ΤΡΥ égal à l'angle ΑΛΒ (23. 1); faisons ΡΤ égal à ΑΛ, et ΡΥ égal à ΑΒ; et achevons la base ΡΧ et le parallélépipède ΨΥ. Puisque les deux droites ΤΡ, ΡΥ sont égales aux deux droites ΑΛ, ΑΒ, et qu'elles comprènent des angles égaux, le parallélogramme ΡΧ sera égal et semblable au parallélogramme ΘΛ. De plus, puisque ΑΛ est égal à ΡΤ et ΑΜ égal à ΡΣ, et que ces droites comprènent des angles droits, le parallélogramme ΡΨ sera égal et semblable au parallélogramme ΑΜ. Le parallélogramme ΛΕ est égal et semblable au parallélogramme ΣΥ, par la même raison; trois parallélogrammes du parallélépipède ΑΕ sont donc égaux et semblables à trois parallélogrammes du parallélépipède ΨΥ. Mais les trois premiers parallélogrammes sont

τὰ δὲ τρία τρισὶ τοῖς ἀπεναντίον[6]· ὅλον ἄρα τῷ ΑΕ στερεὸν παραλληλεπίπεδον ὅλῳ τῷ ΨΥ στερεῷ παραλληλεπιπέδῳ ἴσον ἐστί. Διήχθωσαν αἱ ΔΡ, ΧΥ καὶ συμπιπτέτωσαν ἀλλήλαις κατὰ τὸ Ω, καὶ διὰ τοῦ Τ τῇ ΔΩ παράλληλος ἤχθω ἡ Ττ, καὶ ἐκϐεϐλήσθωσαν ἡ Ττ καὶ ἡ ΟΔ καὶ συνεζεύχθωσαν[7] κατὰ τὸ α, καὶ συμπεπληρώσθωσαν τὰ ΩΨ, ΡΙ στερεά· ἴσον δή ἐστι τὸ ΨΩ στερεὸν, οὗ βάσις μέν ἐστι τὸ ΡΨ παραλληλόγραμμον, ἀπεναντίον δὲ τὸ Ωπ τῷ ΨΥ στερεῷ, οὗ βάσις μέν[8] ἐστι τὸ ΡΨ παραλληλόγραμμον, ἀπεναντίον δὲ τὸ ΥΦ, ἐπί τε γὰρ τῆς αὐτῆς βάσεώς εἰσι τῆς ΡΨ, καὶ ὑπὸ τὸ αὐτὸ ὕψος, ὧν αἱ ἐφεστῶσαι[9], αἱ ΡΩ, ΡΥ, Ττ, ΤΧ, Σσ, ΣΝ, Ψπ, ΨΦ ἐπὶ τῶν αὐτῶν εἰσιν εὐθειῶν τῶν ΩΧ, σΦ. Αλλὰ τὸ ΨΥ στερεὸν τῷ ΑΕ ἐστὶν ἴσον[10]· καὶ τὸ ΨΩ ἄρα στερεὸν τῷ ΑΕ στερεῷ ἐστὶν ἴσον[11]. Καὶ ἐπεὶ ἴσον ἐστὶ τὸ ΡΥΧΤ παραλληλόγραμμον τῷ ΩΤ παραλληλολάγρμμῳ, ἐπί τε γὰρ τῆς αὐτῆς βάσεώς εἰσι τῆς ΡΤ, καὶ ἐν ταῖς αὐταῖς παραλλήλοις ταῖς ΡΤ, ΩΧ, ἀλλὰ τὸ

similia, tria vero tribus oppositis; totum igitur ΑΕ solidum parallelepipedum toti ΨΥ solido parallelepipedo æquale est. Producantur ipsæ ΔΡ, ΧΥ et conveniant inter se in puncto Ω, et per Τ ipsi ΔΩ parallela ducatur Ττ, et producantur ipsa Ττ et ipsa ΟΔ et conveniant in α, et compleantur ΩΨ, ΡΙ solida; æquale igitur est ΨΩ solidum, cujus basis quidem est ΡΨ parallelogrammum, oppositum vero Ωπ, solido ΨΥ, cujus basis quidem est ΡΨ parallelogrammum, oppositum vero ΨΦ, et enim in eâdem sunt basi ΡΨ, et in eâdem altitudine, quorum ipsæ insistentes ΡΩ, ΡΥ, Ττ, ΤΧ, Σσ, ΣΝ, Ψπ, ΨΦ in eisdem sunt rectis ΩΧ, σΦ. Sed ΨΥ solidum ipsi ΑΕ est æquale; et igitur ΨΩ solidum solido ΑΕ est æquale. Et quoniam æquale est ΡΥΧΤ parallelogrammum parallelogrammo ΩΤ, et enim in eâdem sunt basi ΡΤ, et in eisdem parallelis ΡΤ, ΩΧ, sed ΡΥΧΤ ipsi ΓΔ est æquale,

égaux et semblables à trois parallélogrammes opposés, et les trois derniers parallélogrammes sont aussi égaux et semblables aux trois parallélogrammes opposés (24. 11); le parallélépipède entier ΑΕ est donc égal au parallélépipède entier ΨΥ (déf. 10. 1). Prolongeons les droites ΔΡ, ΧΥ, et que ces droites se rencontrent au point Ω; par le point Τ menons la droite Ττ parallèle à la droite ΔΩ; prolongeons les droites Ττ, ΟΔ; que ces droites se rencontrent au point α, et achevons les parallélépipèdes ΩΨ, ΡΙ. Le parallélépipède ΨΩ qui a pour base le parallélogramme ΡΨ opposé au parallélogramme Ωπ sera égal au parallélépipède ΨΥ qui a pour base le parallélogramme ΡΨ opposé au parallélogramme ΥΦ (29. 11), parce que ces deux parallélépipèdes ont la même base ΡΨ et la même hauteur, et que leurs côtés ΡΩ, ΡΥ, Ττ, ΤΧ, Σσ, ΣΝ, Ψπ, ΨΦ sont placés dans les mêmes droites ΑΧ, σΦ. Mais le parallélépipède ΨΥ est égal au parallélépipède ΑΕ; le parallélépipède ΨΩ est donc égal au parallélépipède ΑΕ. Mais le parallélogramme ΡΥΧΤ est égal au parallélogramme ΩΤ (35. 1), car ces deux parallélogrammes ont la même base ΡΤ et sont compris entre les mêmes parallèles ΡΤ, ΩΧ, et le parallélogramme ΡΥΧΤ est égal au parallélogramme ΓΔ, parce que le parallélogramme ΡΥΧΤ

ΡΥΧΤ τῷ ΓΔ ἐστιν ἴσον, ἐπεὶ καὶ τῷ ΑΒ· καὶ τὸ ΩΤ ἄρα παραλληλόγραμμον τῷ ΓΔ ἐστιν ἴσον. Ἄλλο δὴ τὸ ΔΤ· ἔστιν ἄρα ὡς ἡ ΓΔ βάσις πρὸς τὴν ΔΤ οὕτως ἡ ΩΤ πρὸς τὴν ΔΤ. Καὶ ἐπεὶ στερεὸν παραλληλεπίπεδον τὸ ΓΙ ἐπιπέδῳ τῷ ΡΖ τέτμηται, παραλλήλῳ ὄντι τοῖς ἀπεναντίον ἐπιπέδοις, ἔστιν ὡς ἡ ΓΔ βάσις πρὸς τὴν ΔΤ βάσιν οὕτως τὸ ΓΖ στερεὸν πρὸς τὸ ΡΙ στερεόν. Διὰ τὰ αὐτὰ δὴ, ἐπεὶ στερεὸν παραλληλεπίπεδον τὸ ΩΙ ἐπιπέδῳ τῷ ΡΨ τέτμηται, παραλλήλῳ ὄντι τοῖς ἀπεναντίον ἐπιπέδοις, ἔστιν ὡς ἡ ΩΤ βάσις πρὸς τὴν ΔΤ βάσιν οὕτως τὸ ΩΨ στερεὸν πρὸς τὸ ΡΙ στερεόν[12]. Ἀλλ' ὡς ἡ ΓΔ βάσις πρὸς τὴν ΔΤ οὕτως ἡ ΩΤ βάσις[13] πρὸς τὴν ΔΤ· καὶ ὡς ἄρα τὸ ΓΖ στερεὸν πρὸς τὸ ΡΙ στερεὸν οὕτως τὸ ΩΨ στερεὸν πρὸς τὸ ΡΙ στερεόν[14]· ἑκάτερον ἄρα τῶν ΓΖ, ΩΨ στερεῶν πρὸς τὸ ΡΙ τὸν αὐτὸν ἔχει λόγον· ἴσον ἄρα ἐστὶ[15] τὸ ΓΖ στερεὸν τῷ ΩΨ στερεῷ. Ἀλλὰ τὸ ΩΨ τῷ ΑΕ ἐδείχθη ἴσον· καὶ τὸ ΑΕ ἄρα τῷ ΓΖ ἐστὶν ἴσον. Ὅπερ ἔδει δεῖξαι[16].

Μὴ ἔστωσαν δὴ αἱ ἐφεστηκυῖαι αἱ ΑΗ, ΘΚ, ΒΕ, ΛΜ, ΓΞ, ΟΠ, ΔΖ, ΡΣ πρὸς ὀρθὰς ταῖς

quoniam et ipsi ΑΒ; et igitur ΩΤ parallelogrammum ipsi ΓΔ est æquale. Aliud autem ΔΤ; est igitur ut basis ΓΔ ad ΔΤ ita ΩΤ ad ΔΤ. Et quoniam solidum parallelepipedum ΓΙ plano ΡΖ secatur, parallelo existente oppositis planis, est ut basis ΓΔ ad basim ΔΤ ita solidum ΓΖ ad ΡΙ solidum. Propter eadem utique, quoniam parallelepipedum ΩΙ plano ΡΨ secatur, parallelo existente oppositis planis, est ut basis ΩΤ ad basim ΔΤ ita ΩΨ solidum ad ΡΙ solidum. Sed ut basis ΓΔ ad ΔΤ ita basis ΩΤ ad ΔΤ; et ut igitur ΓΖ solidum ad solidum ΡΙ ita ΩΨ solidum ad ΡΙ solidum; utrumque igitur solidorum ΓΖ, ΩΨ ad ΡΙ eamdem habet rationem; æquale igitur est ΓΖ solidum solido ΩΨ. Sed ipsum ΩΨ ipsi ΑΕ demonstratum est æquale; et igitur ΑΕ ipsi ΓΖ est æquale. Quod oportebat ostendere.

Non sint utique insistentes ipsæ ΑΗ, ΘΚ, ΒΕ, ΛΜ, ΓΞ, ΟΠ, ΔΖ, ΡΣ ad rectos basibus ΑΒ, ΓΔ;

est égal au parallélogramme ΑΒ; le parallélogramme ΩΤ est donc égal au parallélogramme ΓΔ. Mais ΔΤ est un autre parallélogramme; la base ΓΔ est donc à la base ΔΤ comme la base ΩΤ est à la base ΔΤ (7. 5). Et puisque le parallélépipède ΓΙ est coupé par le plan ΡΖ parallèle aux plans opposés, la base ΓΔ sera à la base ΔΤ comme le parallélépipède ΓΖ est au parallélépipède ΡΙ (25. 11). Par la même raison, la base ΩΤ est à la base ΔΤ comme le parallélépipède ΩΨ est au parallélépipède ΡΙ, parce que le parallélépipède ΩΙ est coupé par le plan ΡΨ parallèle aux plans opposés. Mais la base ΓΔ est à la base ΔΤ comme la base ΩΤ est à la base ΔΤ; le parallélépipède ΓΖ est donc au parallélépipède ΡΙ comme le parallélépipède ΩΨ est au parallélépipède ΡΙ (11. 5); chacun des parallélépipèdes ΓΖ, ΩΨ a donc la même raison avec le parallélépipède ΡΙ; le parallélépipède ΓΖ est donc égal au parallélépipède ΩΨ (9. 5). Mais on a démontré que le parallélépipède ΩΨ est égal au parallélépipède ΑΕ; le parallélépipède ΑΕ est donc égal au parallélépipède ΓΖ. Ce qu'il fallait démontrer.

Mais que les côtés ΑΗ, ΘΚ, ΒΕ, ΛΜ, ΓΞ, ΟΠ, ΔΖ, ΡΣ ne soient point

ΑΒ, ΓΔ βάσεσι· λέγω πάλιν ὅτι ἴσον ἐστὶ[17] τὸ ΑΕ στερεὸν τῷ ΓΖ στερεῷ. Ἤχθωσαν γὰρ[18] ἀπὸ τῶν Κ, Ε, Η, Μ, Π, Ζ, Ξ, Σ σημείων ἐπὶ τὸ ὑποκείμενον ἐπίπεδον[19] κάθετοι αἱ ΚΝ, ΕΤ,

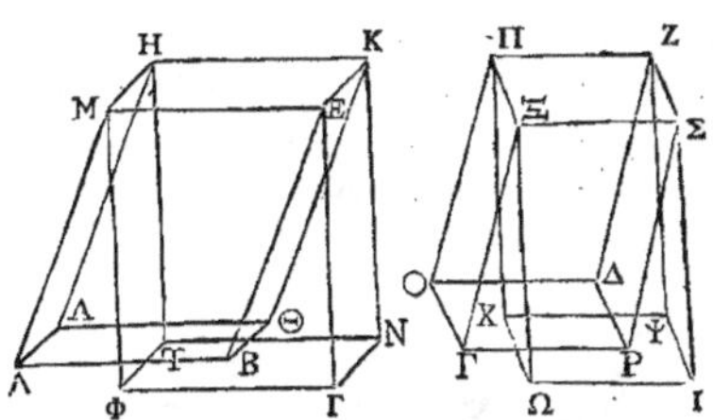

ΗΥ, ΜΦ, ΠΧ, ΖΨ, ΞΩ, ΣΙ, καὶ συμβαλλέτωσαν τῷ ἐπιπέδῳ κατὰ τὰ Ν, Τ, Υ, Φ, Χ, Ψ, Ω, Ι σημεῖα, καὶ ἐπεζεύχθωσαν αἱ ΝΤ, ΥΦ, ΝΥ, ΤΦ, ΧΨ, ΧΩ, ΩΙ, ΨΙ· ἴσον δή ἐστι τὸ ΚΦ στερεὸν τῷ ΠΙ στερεῷ· ἐπί τε γὰρ ἴσων βάσεών εἰσι τῶν ΚΜ, ΠΣ καὶ ὑπὸ τὸ αὐτὸ ὕψος, ὧν αἱ ἐφεστῶσαι πρὸς ὀρθάς εἰσι ταῖς βάσεσιν. Ἀλλὰ τὸ μὲν ΚΦ στερεὸν τῷ ΑΕ στερεῷ ἐστὶν ἴσον[20], τὸ δὲ ΠΙ τῷ ΓΖ, ἐπί τε γὰρ τῆς αὐτῆς βάσεώς εἰσι καὶ ὑπὸ τὸ αὐτὸ ὕψος, ὧν αἱ ἐφεστῶσαι οὐκ εἰσὶν ἐπὶ τῶν αὐτῶν εὐθειῶν· καὶ τὸ ΑΕ ἄρα στερεὸν τῷ ΓΖ στερεῷ ἐστὶν ἴσον.

Τὰ ἄρα ἐπὶ, καὶ τὰ ἑξῆς.

dico rursus æquale esse solidum AE solido ΓΖ. Ducantur enim a punctis Κ, Ε, Η, Μ, Π, Ζ, Ξ, Σ ad subjectum planum perpendiculares ΚΝ, ΕΤ, ΗΥ, ΜΦ, ΠΧ, ΖΨ, ΞΩ, ΣΙ, et occurrant plano in punctis Ν, Τ, Υ, Φ, Χ, Ψ, Ω, Ι, et jungantur ipsæ ΝΤ, ΥΦ, ΝΥ, ΤΦ, ΧΨ, ΧΩ, ΩΙ, ΨΙ; æquale igitur est ΚΦ solidum solido ΠΙ; etenim in æqualibus sunt basibus ΚΜ, ΠΣ et in eâdem altitudine, quorum ipsæ insistentes ad rectos sunt basibus. Sed quidem ΚΦ solidum solido AE est æquale, ipsum vero ΠΙ ipsi ΓΖ, etenim in eâdem basi sunt et in eâdem altitudine, quorum ipsæ insistentes non sunt in eisdem rectis; et igitur AE solidum solido ΓΖ est æquale.

Solida igitur, etc.

perpendiculaires aux bases AB, ΓΔ; je dis encore que le parallélépipède AE est égal au parallélépipède ΓΖ. Car des points Κ, Ε, Η, Μ, Π, Ζ, Ξ, Σ menons au plan inférieur les perpendiculaires ΚΝ, ΕΤ, ΗΥ, ΜΦ, ΠΧ, ΖΨ, ΞΩ, ΣΙ qui rencontrent ces plans aux points Ν, Τ, Υ, Φ, Χ, Ψ, Ω, Ι (11. 11), et joignons ΝΤ, ΥΦ, ΝΥ, ΤΦ, ΧΨ, ΧΩ, ΩΙ, ΨΙ. Le parallélépipède ΚΦ sera égal au parallélépipède ΠΙ (31. 11), parce que ces parallélépipèdes ont des bases égales ΚΜ, ΠΣ, et la même hauteur, et que leurs côtés sont perpendiculaires aux bases. Mais le parallélépipède ΚΦ est égal au parallélépipède AE (30. 11), et le parallélépipède ΠΙ égal au parallélépipède ΓΖ; parce que ces parallélépipèdes ont la même base et la même hauteur, et que leurs côtés ne sont pas dans les mêmes droites; le parallélépipède AE est donc égal au parallélépipède ΓΖ. Donc, etc.

ΠΡΟΤΑΣΙΣ λϛʹ.

Τὰ ὑπὸ τὸ αὐτὸ ὕψος ὄντα στερεὰ παραλληλεπίπεδα πρὸς ἄλληλά ἐστιν ὡς αἱ βάσεις.

Εστω[1] ὑπὸ τὸ αὐτὸ ὕψος στερεὰ παραλληλεπίπεδα τὰ ΑΒ, ΓΔ· λέγω ὅτι τὰ ΑΒ, ΓΔ στερεὰ παραλληλεπίπεδα πρὸς ἄλληλά ἐστιν ὡς αἱ βάσεις, τουτέστιν ἐστὶν ὅτι[2] ὡς ἡ ΑΕ βάσις πρὸς τὴν ΓΖ βάσιν οὕτως τὸ ΑΒ στερεὸν πρὸς τὸ ΓΔ στερεόν.

PROPOSITIO XXXII.

In eâdem altitudine existentia solida parallelepipeda inter se sunt ut bases.

Sint in eâdem altitudine solida parallelepipeda ΑΒ, ΓΔ; dico ΑΒ, ΓΔ solida parallelepipeda inter se esse ut bases, hoc est ut basis ΑΕ ad basim ΓΖ ita esse ΑΒ solidum ad ΓΔ solidum.

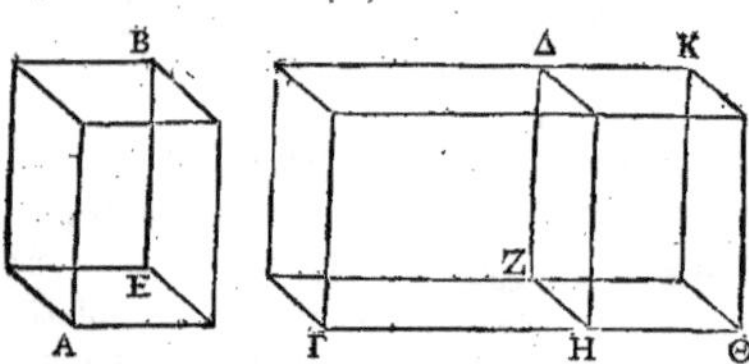

Παραβεβλήσθω γὰρ παρὰ τὴν ΖΗ τῷ ΑΕ ἴσον τὸ ΖΘ, καὶ ἀπὸ βάσεως μὲν τῆς ΖΘ, ὕψους δὲ[3] τοῦ αὐτοῦ τῷ ΓΔ στερεὸν παραλληλεπίπεδον συμπεπληρώσθω τῷ ΗΚ· ἴσον δή ἐστι τὸ ΑΒ στερεὸν τῷ ΗΚ στερεῷ, ἐπί τε γὰρ ἴσων βάσεών εἰσι τῶν ΑΕ, ΖΘ, καὶ ὑπὸ τὸ αὐτὸ ὕψος. Καὶ ἐπεὶ στερεὸν παραλληλεπίπεδον τὸ ΓΚ ἐπιπέδῳ τῷ

Applicetur enim ad ΖΗ ipsi ΑΕ æquale ΖΘ, et a basi quidem ΖΘ, altitudine vero eâdem cum ipso ΓΔ solidum parallelepipedum compleatur ΗΚ; æquale igitur est ΑΒ solidum solido ΗΚ, etenim in eisdem sunt basibus ΑΕ, ΖΘ et in eâdem altitudine. Et quoniam solidum parallelepipedum ΓΚ plano ΔΗ secatur, paral-

PROPOSITION XXXII.

Les parallélépipèdes qui ont la même hauteur sont entr'eux comme leurs bases.

Soient ΑΒ, ΓΔ des parallélépipèdes qui ayent la même hauteur; je dis que ces parallélépipèdes sont entr'eux comme leurs bases, c'est-à-dire que la base ΑΕ est à la base ΓΖ comme le parallélépipède ΑΒ est au parallélépipède ΓΔ.

Car appliquons à ΖΗ un parallélogramme ΖΘ qui soit égal au parallélogramme ΑΕ (45. 1), et sur la base ΖΘ construisons le parallélépipède ΗΚ de même hauteur que le parallélépipède ΓΔ. Le parallélépipède ΑΒ sera égal au parallélépipède ΗΚ (31. 11), car ces parallélépipèdes ont des bases égales ΑΕ, ΖΘ et la même hauteur. Et puisque le parallélépipède ΓΚ est coupé par un plan ΔΗ parallèle aux

ΔΗ τέμνηται, παραλλήλῳ ὄντι τοῖς ἀπεναντίον ἐπιπέδοις, ἔστιν ἄρα ὡς ἡ ΘΖ βάσις πρὸς τὴν ΓΖ βάσιν οὕτως τὸ ΘΔ στερεὸν πρὸς τὸ ΔΓ στερεόν. Ἴση δὲ ἡ μὲν ΖΘ βάσις τῇ ΑΕ βάσει, τὸ δὲ ΗΚ στερεὸν τῷ ΑΒ στερεῷ· ἔστιν ἄρα καὶ ὡς ἡ ΑΕ βάσις πρὸς τὴν ΓΖ βάσιν οὕτως τὸ ΑΒ στερεὸν πρὸς τὸ ΓΔ στερεόν.

Τὰ ἄρα, καὶ τὰ ἑξῆς.

ΠΡΟΤΑΣΙΣ λγ'.

Τὰ ὅμοια στερεὰ παραλληλεπίπεδα πρὸς ἄλληλα ἐν τριπλασίονι λόγῳ εἰσὶ τῶν ὁμολόγων πλευρῶν.

Ἔστω ὅμοια στερεὰ παραλληλεπίπεδα τὰ ΑΒ, ΓΔ, ὁμόλογος δὲ ἔστω ἡ ΑΕ τῇ ΓΖ· λέγω ὅτι τὸ ΑΒ στερεὸν πρὸς τὸ ΓΔ στερεὸν τριπλασίονα λόγον ἔχει ἤπερ ἡ ΑΕ πρὸς τὴν ΓΖ.

Ἐκβεβλήσθωσαν γὰρ ἐπ' εὐθείας[1] ταῖς ΑΕ, ΗΕ, ΘΕ αἱ ΕΚ, ΕΛ, ΕΜ, καὶ κείσθω τῇ μὲν ΓΖ ἴση ἡ ΕΚ, τῇ δὲ ΖΝ ἴση ἡ ΕΛ, καὶ ἔτι τῇ ΖΡ ἴση ἡ ΕΜ,

lelo existente oppositis planis, est igitur ut basis ΘΖ ad basim ΓΖ ita ΘΔ solidum ad solidum ΔΓ. Sed æqualis quidem basis ΖΘ basi ΑΕ, solidum vero ΗΚ solido ΑΒ; est igitur et ut basis ΑΕ ad basim ΓΖ ita ΑΒ solidum ad ΓΔ solidum.

Solida igitur, etc.

PROPOSITIO XXXIII.

Similia solida parallelepipeda inter se in triplicatâ ratione sunt homologorum laterum.

Sint similia solida parallelepipeda ΑΒ, ΓΔ, homologum autem sit latus ΑΕ ipsi ΓΖ; dico ΑΒ solidum ad solidum ΓΔ triplicatam rationem habere ejus quam ΑΕ ad ΓΖ.

Producantur enim in directum ipsis ΑΕ, ΗΕ, ΘΕ ipsæ ΕΚ, ΕΛ, ΕΜ, et ponatur ipsi quidem ΓΖ æqualis ΕΚ, ipsi vero ΖΝ æqualis ΕΛ, et

plans opposés, la base ΘΖ est à la base ΓΖ comme le parallélépipède ΘΔ est au parallélépipède ΔΓ (25. 11). Mais la base ΘΖ est égale à la base ΑΕ, et le parallélépipède ΗΚ égal au parallélépipède ΑΒ; la base ΑΕ est donc à la base ΓΖ comme le parallélépipède ΑΒ est au parallélépipède ΓΔ. Donc, etc.

PROPOSITION XXXIII.

Les parallélépipèdes semblables sont entr'eux en raison triplée de leurs côtés homologues.

Soient ΑΒ, ΓΔ deux parallélépipèdes semblables, et que le côté ΑΕ soit l'homologue du côté ΓΖ; je dis que le parallélépipède ΑΒ a avec le parallélépipède ΓΔ une raison triplée de celle que ΑΕ a avec ΓΖ.

Car menons les droites ΕΚ, ΕΛ, ΕΜ dans la direction des droites ΑΕ, ΗΕ, ΘΕ; faisons ΕΚ égal à ΓΖ, ΕΛ égal à ΖΝ, et ΕΜ égal à ΖΡ; achevons le parallélogramme

καὶ συμπεπληρώσθω τὸ ΚΛ παραλληλόγραμμον, καὶ τὸ ΚΟ στερεόν. Καὶ ἐπεὶ δύο αἱ ΚΕ, ΕΛ δυσὶ ταῖς ΓΖ, ΖΝ ἴσαι εἰσὶν, ἀλλὰ καὶ γωνία ἡ ὑπὸ ΚΕΛ γωνίᾳ τῇ ὑπὸ ΓΖΝ ἐστιν ἴση, ἐπειδήπερ καὶ ἡ ὑπὸ ΑΕΗ τῇ ὑπὸ ΓΖΝ ἐστιν ἴση διὰ τὴν ὁμοιότητα τὴν ΑΒ, ΓΔ στερεῶν· ἴσον ἄρα ἐστὶ καὶ ὅμοιον τὸ ΚΛ παραλληλόγραμμον τῷ ΓΝ παραλληλογράμμῳ. Διὰ τὰ αὐτὰ δὴ καὶ τὸ μὲν ΚΜ παραλληλόγραμμόν ἴσον ἐστὶ καὶ ὅμοιον τῷ ΓΡ παραλληλογράμμῳ[2], καὶ ἔτι τὸ ΕΟ τῷ ΔΖ· τρία ἄρα παραλληλόγραμμα τοῦ ΚΟ στερεοῦ τρισὶ παραλληλογράμμοις τοῦ ΓΔ στερεοῦ ἴσα ἐστὶ[3] καὶ ὅμοια. Ἀλλὰ τὰ μὲν τρία τρισὶ τοῖς ἀπεναντίον ἴσα ἐστὶ καὶ ὅμοια[4], τὰ δὲ τρία τρισὶ τοῖς ἀπεναντίον ἴσα ἐστι καὶ ὅμοια[5]· ὅλον ἄρα τὸ ΚΟ στερεὸν ὅλῳ τῷ ΓΔ στερεῷ ἴσον ἐστὶ καὶ ὅμοιον. Συμπεπλη-

adhuc ipsi ΖΡ æqualis ΕΜ, et compleatur ΚΛ parallelogrammum, et solidum ΚΟ. Et quoniam duæ ΚΕ, ΕΛ duabus ΓΖ, ΖΝ æquales sunt, sed et angulus ΚΕΛ angulo ΓΖΝ est æqualis, quoniam et angulus ΑΕΗ ipsi ΓΖΝ est æqualis ob similitudinem solidorum ΑΒ, ΓΔ; æquale igitur est et simile ΚΛ parallelogrammum parallelogrammo ΓΝ. Propter eadem utique et quidem ΚΜ parallelogrammum æquale est simile parallelogrammo ΓΡ, et adhuc ipsum ΕΟ ipsi ΔΖ; tria igitur parallelogramma solidi ΚΟ tribus parallelogrammis solidi ΓΔ æqualia sunt et similia. Sed quidem tria tribus oppositis æqualia sunt, similia vero tria tribus oppositis æqualia sunt et similia; totum igitur ΚΟ solidum toti solido ΓΔ æquale est et simile. Com-

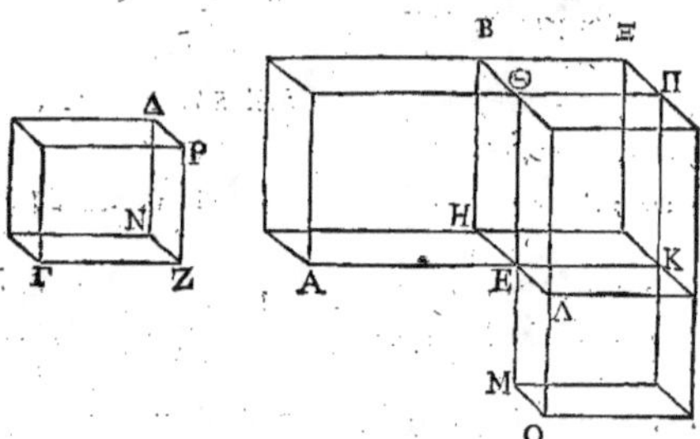

ΚΛ et le parallélepipède ΚΟ. Puisque les deux droites ΚΕ, ΕΛ sont égales aux deux droites ΓΖ, ΖΝ, et que l'angle ΚΕΛ est égal à l'angle ΓΖΝ, l'angle ΑΕΗ étant égal à ΓΖΝ, à cause de la similitude des parallélépipèdes ΑΒ, ΓΔ; le parallélogramme ΚΛ sera égal et semblable au parallélogramme ΓΝ. Par la même raison, le parallélogramme ΚΜ est égal et semblable au parallélogramme ΓΡ, et le parallélogramme ΟΕ égal et semblable au parallélogramme ΔΖ; trois parallélogrammes du parallélépipède ΚΟ sont donc égaux et semblables à trois parallélogrammes du parallélépipède ΓΔ. Mais les trois premiers parallélogrammes sont égaux et semblables à trois parallélogrammes opposés, et les trois derniers parallélogrammes sont aussi égaux aux trois parallélogrammes opposés (24. 11), le parallélépipède entier ΚΟ est donc égal et semblable au parallélépipède entier ΓΔ (déf. 10. 11). Achevons le

ρώσθω τὸ ΗΚ παραλληλόγραμμον, καὶ ἀπὸ βάσεων μὲν τῶν ΗΚ, ΚΛ παραλληλογράμμων, ὕψους δὲ τοῦ αὐτοῦ τῷ ΑΒ, στερεὰ συμπεπληρώσθω τὰ ΕΞ, ΛΠ. Καὶ ἐπεὶ διὰ τὴν ὁμοιότητα τῶν ΑΒ, ΓΔ στερεῶν ἐστιν ὡς ἡ ΑΕ πρὸς τὴν ΓΖ οὕτως ἡ ΕΗ πρὸς τὴν ΖΝ, καὶ ἡ ΕΘ πρὸς τὴν ΖΡ, ἴση δὲ ἡ μὲν ΖΓ τῇ ΕΚ, ἡ δὲ ΖΝ τῇ ΕΛ, ἡ δὲ ΖΡ τῇ ΕΜ· ἔστιν ἄρα ὡς ἡ ΑΕ πρὸς τὴν ΕΚ οὕτως ἡ ΗΕ πρὸς τὴν ΕΛ, καὶ ἡ ΘΕ πρὸς τὴν ΕΜ. Ἀλλ' ὡς μὲν ἡ ΑΕ πρὸς τὴν ΕΚ οὕτως τὸ ΑΗ παραλληλόγραμμον πρὸς τὸ ΗΚ παραλληλόγραμμον, ὡς δὲ ἡ ΗΕ πρὸς τὴν ΕΛ οὕτως τὸ ΗΚ πρὸς τὸ ΚΛ, ὡς δὲ ἡ ΘΕ πρὸς τὴν ΕΜ οὕτως τὸ ΠΕ πρὸς τὸ ΚΜ· καὶ ὡς ἄρα τὸ ΑΗ παραλληλόγραμμον πρὸς τὸ ΗΚ οὕτως τὸ ΚΗ πρὸς τὸ ΚΛ καὶ τὸ ΠΕ πρὸς τὸ ΚΜ. Ἀλλ' ὡς μὲν τὸ ΑΗ πρὸς τὸ ΗΚ οὕτως τὸ ΑΒ στερεὸν πρὸς τὸ ΕΞ στερεὸν, ὡς δὲ τὸ ΗΚ πρὸς τὸ ΚΛ οὕτως τὸ ΞΕ στερεὸν πρὸς τὸ ΠΛ στερεὸν, ὡς δὲ τὸ ΠΕ πρὸς τὸ ΚΜ οὕτως τὸ ΠΛ στερεὸν πρὸς τὸ ΚΟ στερεόν· καὶ ὡς ἄρα τὸ ΑΒ στερεὸν πρὸς τὸ ΕΞ οὕτως τὸ ΕΞ πρὸς τὸ ΠΛ, καὶ τὸ ΠΛ πρὸς τὸ ΚΟ. Ἐὰν δὲ τέσσαρα με-

pleatur HK parallelogrammum, et a basibus quidem HK, KΛ parallelogrammorum, altitudine vero eâdem cum ipso AB, solida compleantur EΞ, ΛΠ. Et quoniam ob similitudinem solidorum AB, ΓΔ est ut AE ad ΓZ ita EH ad ZN, et EΘ ad ZP, sed æqualis quidem ZΓ ipsi EK, ipsa vero ZN ipsi EΛ, ipsa autem ZP ipsi EM; est igitur ut AE ad EK ita HE ad EΛ, et ΘE ad EM. Sed ut quidem AE ad EK ita AH parallelogrammum ad parallelogrammum HK, ut vero HE ad EΛ ita HK ad KΛ, ut autem ΘE ad EM ita ΠE ad KM; et ut igitur AH parallelogrammum ad ipsum HK ita HK ad KΛ et ΠE ad KM. Sed ut quidem AH ad HK ita AB solidum ad solidum EΞ, ut vero HK ad KΛ ita ΞB solidum ad solidum ΠΛ, ut autem ΠE ad KM ita ΠΛ solidum ad solidum KO; et ut igitur AB solidum ad EΞ ita EΞ ad ΠΛ, et ΠΛ ad KO. Si

parallélogramme HK, et sur les bases HK, KΛ, construisons deux parallélépipèdes EΞ, ΛΠ de même hauteur que le parallélépipède AB. Puisqu'à cause de la similitude des parallélépipèdes AB, ΓΔ, la droite AE est à ΓZ comme EH est à ZN, et comme EΘ est à ZP; mais ZΓ est égal à EK, ZN égal à EΛ, et ZP égal à EM, la droite AE sera à EK comme HE est à EΛ, et comme ΘE est à EM. Et puisque AE est à EK comme le parallélogramme AH est au parallélogramme HK (1. 6), que HE est à EΛ comme le parallélogramme HK est au parallélogramme KΛ, et que ΘE est à EM comme le parallélogramme ΠE est au parallélogramme KM; le parallélogramme AH sera au parallélogramme HK comme le parallélogramme HK est au parallélogramme KΛ, et comme le parallélogramme ΠE est au parallélogramme KM. Mais AH est à HK comme le parallélépipède AB est au parallélépipède EΞ (32. 11), et HK est à KΛ comme le parallélépipède ΞE est au parallélépipède ΠΛ, et de plus ΠE est à KM comme le parallélépipède ΠΛ est au parallélépipède KO; le parallélépipède AB est donc au parallélépipède EΞ comme le parallélépipède EΞ est au parallélépipède ΠΛ, et comme le parallélépipède ΠΛ est au parallélépipède KO.

γέθη κατὰ τὸ συνεχὲς ἀνάλογον ᾗ, τὸ πρῶτον πρὸς τὸ τέταρτον τριπλασίονα λόγον ἔχει ἤπερ[6] πρὸς τὸ δεύτερον· καὶ[7] τὸ ΑΒ ἄρα στερεὸν πρὸς τὸ ΚΟ τριπλασίονα λόγον ἔχει ἤπερ τὸ ΑΒ πρὸς τὸ ΕΞ. Ἀλλ' ὡς μὲν[8] τὸ ΑΒ πρὸς τὸ ΕΞ οὕτως τὸ ΑΗ παραλληλόγραμμον πρὸς τὸ ΗΚ,

autem quatuor magnitudines deinceps proportionales sint, prima ad quartam triplicatam rationem habet ejus quam ad secundam; et igitur AB solidum ad ipsum KO triplicatam rationem habet ejus quam AB ad EΞ. Sed ut quidem AB ad EΞ ita AH parallelogrammum ad HK,

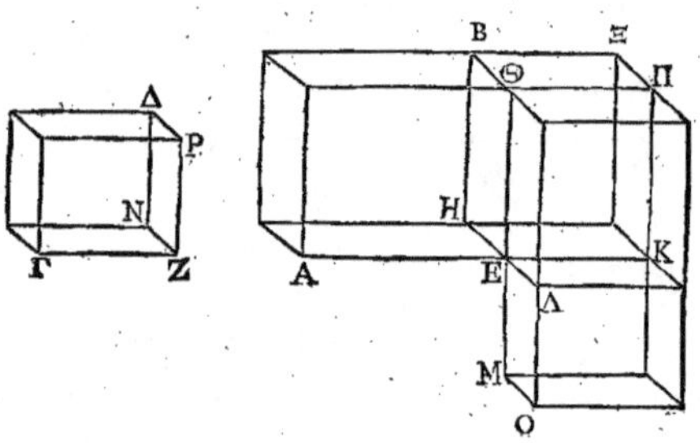

καὶ ἡ ΑΕ εὐθεῖα πρὸς τὸν ΕΚ· ὥστε καὶ τὸ ΑΒ στερεὸν πρὸς τὸ ΚΟ τριπλασίονα λόγον ἔχει ἤπερ ἡ ΑΕ πρὸς τὴν ΕΚ. Ἴσον δὲ τὸ μὲν[9] ΚΟ στερεὸν τῷ ΓΔ στερεῷ, ἡ δὲ ΕΚ εὐθεῖα τῇ ΓΖ· καὶ τὸ ΑΒ ἄρα στερεὸν πρὸς τὸ ΓΔ στερεὸν τριπλασίονα λόγον ἔχει ἤπερ ἡ ὁμόλογος αὐτοῦ πλευρὰ ἡ ΑΕ πρὸς τὴν ὁμόλογον πλευρὰν τὴν ΓΖ.

Τὰ ἄρα ὅμοια, καὶ τὰ ἑξῆς[10].

et recta AE ad EK; quare et AB solidum ad KO triplicatam rationem habet ejus quam AE ad EK. Sed æquale quidem KO solidum solido ΓΔ, recta vero EK ipsi ΓZ; et igitur AB solidum ad solidum ΓΔ triplicatam rationem habet ejus quam AE ipsius latus homologum ad homologum latus ΓZ.

Similia igitur, etc.

Mais si quatre grandeurs sont successivement proportionnelles, la première a, avec la quatrième, une raison triplée de celle que la première a avec la seconde; le parallélépipède AB a donc avec le parallélépipède KO, une raison triplée de celle que AB a avec EΞ. Mais AB est à EΞ comme le parallélogramme AH est au parallélogramme HK, et comme la droite AE est à la droite EK (1. 6); le parallélépipède AB a donc avec le parallélépipède KO une raison triplée de celle que AE a avec EK. Mais le parallélépipède KO est égal au parallélépipède ΓΔ, et la droite EK égale à la droite ΓZ; le parallélépipède AB a donc avec le parallélépipède ΓΔ une raison triplée de celle que son côté homologue AE a avec son côté homologue ΓZ. Donc, etc.

ΠΟΡΙΣΜΑ.

Ἐκ δὴ τούτου φανερὸν, ὅτι ἐὰν τέσσαρες εὐθεῖαι ἀνάλογον ὦσιν, ἔσται ὡς ἡ πρώτη πρὸς τὴν τετάρτην, οὕτως τὸ ἀπὸ τῆς πρώτης στερεὸν παραλληλεπίπεδον πρὸς τὸ ἀπὸ τῆς δευτέρας τὸ ὅμοιον καὶ ὁμοίως ἀναγραφόμενον· ἐπειδήπερ[1] καὶ ἡ πρώτη πρὸς τὴν τετάρτην τριπλασίονα λόγον ἔχει ἤπερ πρὸς τὴν δευτέραν.

COROLLARIUM.

Ex hoc utique evidens est, si quatuor rectæ proportionales sint, fore ut prima ad quartam, ita a primâ solidum parallelepipedum ad solidum a secundâ simile et similiter descriptum; quoniam et prima ad quartam triplicatam rationem habet ejus quam ad secundam.

ΠΡΟΤΑΣΙΣ λδ'.

Τῶν ἴσων στερεῶν παραλληλεπιπέδων ἀντιπεπόνθασιν αἱ βάσεις τοῖς ὕψεσι· καὶ ὧν στερεῶν παραλληλεπιπέδων ἀντιπεπόνθασιν αἱ βάσεις τοῖς ὕψεσιν, ἴσα ἐστὶν ἐκεῖνα.

Ἔστω ἴσα στερεὰ παραλληλεπίπεδα τὰ ΑΒ, ΓΔ· λέγω ὅτι τῶν ΑΒ, ΓΔ στερεῶν παραλληλεπιπέδων ἀντιπεπόνθασιν αἱ βάσεις τοῖς ὕψεσι,

PROPOSITIO XXXIV.

Æqualium solidorum parallelepipedorum reciprocæ sunt bases altitudinibus; et quorum solidorum parallelepipedorum reciprocæ sunt bases altitudinibus, æqualia sunt illa.

Sint æqualia solida parallelepipeda AB, ΓΔ; dico AB, ΓΔ solidorum parallelepipedorum reciprocas esse bases altitudinibus, et esse ut EΘ

COROLLAIRE.

D'après cela il est évident, que si quatre droites sont proportionnelles, la première sera à la quatrième comme le parallélépipède construit sur la première est au parallélépipède semblable; et semblablement construit sur la seconde; parce que la première droite a avec la quatrième une raison triplée de celle que la première a avec la seconde.

PROPOSITION XXXIV.

Les bases des parallélépipèdes égaux sont réciproquement proportionnelles aux hauteurs; et les parallélépipèdes dont les bases sont réciproquement proportionnelles aux hauteurs sont égaux entr'eux.

Soient les parallélépipèdes égaux AB, ΓΔ; je dis que leurs bases sont réciproquement proportionnelles aux hauteurs; c'est-à-dire que la base EΘ est à la

καὶ ἔστιν ὡς ἡ ΕΘ βάσις πρὸς τὴν ΝΠ βάσιν οὕτως τὸ τοῦ ΓΔ στερεοῦ ὕψος πρὸς τὸ τοῦ ΑΒ στερεοῦ ὕψος.

Εστωσαν γὰρ πρότερον αἱ ἐφεστηκυῖαι αἱ ΑΗ, ΕΖ, ΛΒ, ΘΚ, ΓΜ, ΝΞ, ΟΔ, ΠΡ πρὸς ὀρθὰς ταῖς βάσεσιν αὐτῶν· λέγω ὅτι ἐστὶν ὡς ἡ ΕΘ βάσις πρὸς τὴν ΝΠ βάσιν οὕτως ἡ ΓΜ πρὸς τὴν ΑΗ. Εἰ μὲν οὖν ἴση ἐστὶν ἡ ΕΘ βάσις τῇ ΝΠ βάσει, ἔστι δὲ καὶ τὸ ΑΒ στερεὸν τῷ ΓΔ στερεῷ ἴσον, ἔσται καὶ ἡ ΓΜ τῇ ΑΗ ἴση· τὰ γὰρ ὑπὸ τὸ αὐτὸ ὕψος στερεὰ παραλληλεπίπεδα πρὸς ἀλ-

basis ad ΝΠ basim ita ΓΔ solidi altitudinem ad ΑΒ solidi altitudinem.

Sint enim primum insistentes ΑΗ, ΕΖ, ΛΒ, ΘΚ, ΓΜ, ΝΞ, ΟΔ, ΠΡ ad rectos basibus ipsorum; dico esse ut ΕΘ basis ad ΝΠ basim ita ipsam ΓΜ ad ΑΗ. Si quidem igitur æqualis est basis ΕΘ basi ΝΠ, est autem et ΑΒ solidum solido ΓΔ æquale, erit et ΓΜ ipsi ΑΗ æqualis; sub eâdem enim altitudine solida parallelepipeda inter se sunt

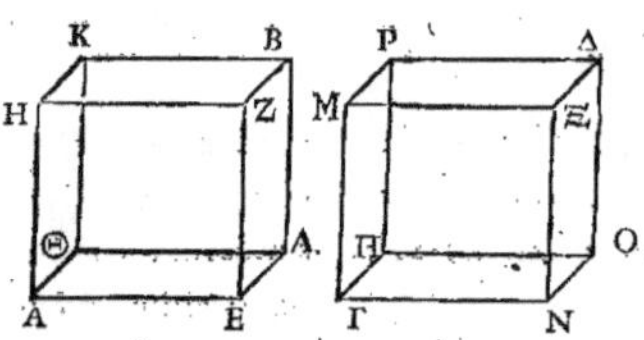

λήλά ἐστιν ὡς αἱ βάσεις[1]. Εἰ γὰρ, τῶν ΕΘ, ΝΠ βάσεων ἴσων οὐσῶν, μὴ εἴη τὰ ΑΗ, ΓΜ ὕψη ἴσα· οὐδ' ἄρα τὸ ΑΒ στερεὸν ἴσον ἔσται τῷ ΓΔ. Υπόκειται δὲ ἴσον· οὐκ ἄρα ἄνισόν ἐστι[2] τὸ ΓΜ ὕψος τῷ ΑΗ ὕψει· ἴσον ἄρα, καὶ ἔσται ὡς ἡ ΕΘ βάσις πρὸς τὴν ΝΠ οὕτως ἡ ΓΜ πρὸς τὴν ΑΗ,

ut bases. Si enim, basibus ΕΘ, ΝΠ æqualibus existentibus, non sint altitudines ΑΗ, ΓΜ æquales; non igitur ΑΒ solidum æquale erit ipsi ΓΔ. Supponitur autem æquale; non igitur inæqualis est altitudo ΓΜ altitudini ΑΗ; æqualis igitur, et erit ut basis ΕΘ ad ipsam ΝΠ ita ΓΜ ad

base ΝΠ comme la hauteur du parallélépipède ΓΔ est à la hauteur du parallélépipède ΑΒ.

Que les côtés ΑΗ, ΕΖ, ΛΒ, ΘΚ, ΓΜ, ΝΞ, ΟΔ, ΠΡ soient d'abord perpendiculaires aux bases; je dis que la base ΕΘ est à la base ΝΠ comme ΓΜ est à ΑΗ. Si donc la base ΕΘ est égale à la base ΝΠ, et le parallélépipède ΑΒ égal au parallélépipède ΓΔ, la hauteur ΓΜ sera égale à la hauteur ΑΗ; parce que les parallélépipèdes de même hauteur étant entr'eux comme leurs bases, si les bases ΕΘ, ΝΠ étant égales, les hauteurs ΑΗ, ΓΜ n'étaient pas égales, le parallélépipède ΑΒ ne serait point égal au parallélépipède ΓΔ (31. 11); mais ces parallélépipèdes sont supposés égaux; les hauteurs ΓΜ, ΑΗ ne sont donc pas inégales; elles sont donc égales; la base ΕΘ est donc à la base ΝΠ comme ΓΜ est à ΑΗ; il est donc évident

καὶ φανερὸν ὅτι τῶν ΑΒ, ΓΔ στερεῶν παραλληλεπιπέδων ἀντιπεπόνθασιν αἱ βάσεις τοῖς ὕψεσι.

Μὴ ἔστω δὴ ἴση ἡ ΕΘ βάσις τῇ ΝΠ βάσει, ἀλλ' ἔστω μείζων ἡ ΕΘ. Εστι δὲ καὶ τὸ ΑΒ στερεὸν τῷ ΓΔ στερεῷ ἴσον· μείζων ἄρα ἐστὶ[3] καὶ ἡ ΓΜ τῆς ΑΗ. Εἰ γὰρ μὴ, οὐδ' ἄρα πάλιν τὰ ΑΒ, ΓΔ στερεὰ ἴσα ἔσται[4]· ὑπόκεινται δὲ ἴσα. Κείσθω οὖν τῇ ΑΗ ἴση ἡ ΓΤ, καὶ συμπεπληρώσθω ἀπὸ βάσεως μὲν τῆς ΝΠ, ὕψους δὲ τοῦ ΓΤ, στερεὸν παραλληλεπίπεδον τὸ ΦΓ. Καὶ ἐπεὶ

ΑΗ, et evidens est ΑΒ, ΓΔ solidorum parallelepipedorum reciprocas esse bases altitudinibus.

Non sit autem æqualis ΕΘ basis basi ΝΠ, sed sit major ΕΘ. Est autem et ΑΒ solidum solido ΓΔ æquale; major igitur est ΓΜ ipsâ ΑΗ. Si enim non, neque igitur rursus solida ΑΒ, ΓΔ æqualia essent; supponuntur autem æqualia. Ponatur igitur ipsi ΑΗ æqualis ΓΤ, et compleatur a basi quidem ΝΠ, altitudine vero ΓΤ, solidum parallelepipedum ΦΓ. Et quoniam

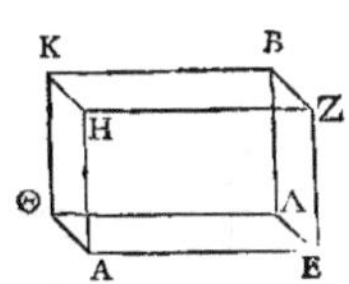

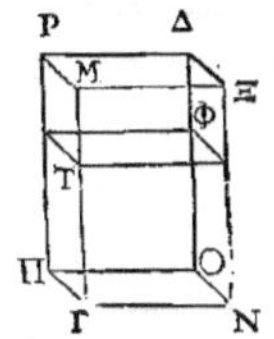

ἴσον ἐστὶ τὸ ΑΒ στερεὸν τῷ ΓΔ στερεῷ, ἄλλο δέ τι τὸ ΓΦ[5], τὰ δὲ ἴσα πρὸς τὸ αὐτὸ τὸν αὐτὸν ἔχει λόγον· ἔστιν ἄρα ὡς[6] τὸ ΑΒ στερεὸν πρὸς τὸ ΓΦ στερεὸν οὕτως τὸ ΓΔ στερεὸν πρὸς τὸ ΓΦ στερεόν. Ἀλλ' ὡς μὲν τὸ ΑΒ στερεὸν πρὸς τὸ ΓΦ στερεὸν οὕτως ἡ ΕΘ βάσις πρὸς τὴν ΝΠ βάσιν, ἰσοϋψῆ γὰρ τὰ ΑΒ, ΓΦ στερεά· ὡς δὲ τὸ ΓΔ στερεὸν πρὸς τὸ ΓΦ στερεὸν οὕτως ἡ ΜΠ

æquale est ΑΒ solidum solido ΓΔ, aliud autem quoddam ipsum ΓΦ, æqualia vero ad idem eamdem habent rationem; est igitur ut ΑΒ solidum ad solidum ΓΦ ita ΓΔ solidum ad ΓΦ solidum. Sed ut quidem ΑΒ solidum ad ΓΦ solidum ita ΕΘ basis ad ΝΠ basim, æque alta enim ΑΒ, ΓΦ solida; ut autem ΓΔ solidum ad

que les bases des parallélépipèdes ΑΒ, ΓΔ sont réciproquement proportionnelles aux hauteurs.

Que la base ΕΘ ne soit pas égale à la base ΝΠ, et que la base ΕΘ soit la plus grande. Puisque le parallélépipède ΑΒ est égal au parallélépipède ΓΔ, la hauteur ΓΜ sera plus grande que la hauteur ΑΗ; car si cela n'était point, les parallélépipèdes ΑΒ, ΓΔ ne seraient pas égaux (31. 11); mais ils sont supposés égaux. Faisons ΓΤ égal à ΑΗ, et sur la base ΝΠ construisons un parallélépipède ΦΓ dont la hauteur soit ΓΤ. Puisque le parallélépipède ΑΒ est égal au parallélépipède ΓΔ, que ΓΦ est un autre parallélépipède, et que des grandeurs égales ont la même raison avec la même grandeur (7. 5), le parallélépipède ΑΒ sera au parallélépipède ΓΦ comme le parallélépipède ΓΔ est au parallélépipède ΓΦ. Mais le parallélépipède ΑΒ est au parallélépipède ΓΦ comme la base ΕΘ est à la base ΝΠ (32. 11), car les parallélépipèdes ΑΒ, ΓΦ sont égaux en hauteur, et le parallélépipède

βάσις πρὸς τὴν ΠΤ βάσιν, καὶ ἡ ΜΓ πρὸς τὴν ΓΤ· καὶ ὡς ἄρα ἡ ΕΘ βάσις πρὸς τὴν ΝΠ βάσιν οὕτως ἡ ΜΓ πρὸς τὴν ΓΤ. Ἴση δὲ ἡ ΓΤ τῇ ΑΗ· καὶ ὡς ἄρα ἡ ΕΘ βάσις πρὸς τὴν ΝΠ βάσιν οὕτως ἡ ΜΓ πρὸς τὴν ΑΗ· τῶν ΑΗ, ΓΔ ἄρα στερεῶν παραλληλεπιπέδων ἀντιπεπόνθασιν αἱ βάσεις τοῖς ὕψεσι.

Πάλιν δὴ τῶν ΑΒ, ΓΔ στερεῶν παραλληλεπιπέδων ἀντιπεπονθέτωσαν αἱ βάσεις τοῖς ὕψεσι, καὶ ἔστω ὡς ἡ ΕΘ βάσις πρὸς τὴν ΝΠ βάσιν οὕτως τὸ τοῦ ΓΔ στερεοῦ ὕψος πρὸς τὸ τοῦ ΑΒ στερεοῦ ὕψος· λέγω ὅτι ἴσον ἐστὶ τὸ ΑΒ στερεὸν τῷ ΓΔ στερεῷ.

ΓΦ solidum ita ΜΠ basis ad ΠΤ basim, et ΜΓ ad ΓΤ; et ut igitur ΕΘ basis ad ΝΠ basim ita ΜΓ ad ΓΤ. Æqualis autem ΓΤ ipsi ΑΗ; et ut igitur ΕΘ basis ad ΝΠ basim ita ΜΓ ad ΑΗ; ipsorum igitur ΑΗ, ΓΔ solidorum parallelepipedorum reciprocæ sunt bases altitudinibus.

Rursus utique ΑΒ, ΓΔ solidorum parallelepipedorum reciprocæ sint bases altitudinibus, et sit ut ΕΘ basis ad basim ΝΠ ita solidi ΓΔ altitudo ad altitudinem solidi ΑΒ; dico æquale esse ΑΒ solidum solido ΓΔ.

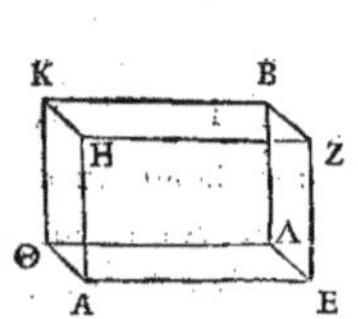

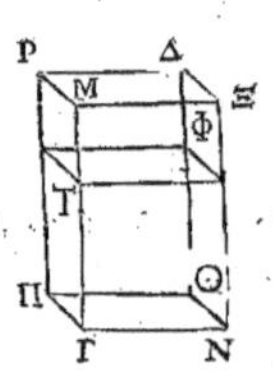

Ἐστωσαν γὰρ πάλιν αἱ ἐφεστηκυῖαι πρὸς ὀρθὰς ταῖς βάσεσι. Καὶ εἰ μὲν ἴση ἐστὶν ἡ ΕΘ βάσις τῇ ΝΗ βάσει, καὶ ἔστιν ὡς ἡ ΕΘ βάσις πρὸς τὴν ΝΠ βάσιν οὕτως τὸ τοῦ ΓΔ στερεοῦ ὕψος πρὸς τὸ

Sint enim rursus insistentes ad rectos basibus. Et si quidem æqualis est ΕΘ basis basi ΝΠ, et est ut ΕΘ basis ad basim ΝΠ ita solidi ΓΔ altitudo ad ΑΒ solidi altitudinem; æquale igitur

ΓΔ est au parallélépipède ΓΦ comme la base ΜΠ est à la base ΠΤ (25. 11), et comme ΜΓ est à ΓΤ (1. 6); la base ΕΘ est donc à la base ΝΠ comme ΜΓ est à ΓΤ. Mais ΓΤ est égal à ΑΗ; la base ΕΘ est donc à la base ΝΠ comme ΜΓ est à ΑΗ; les bases des parallélépipèdes ΑΒ, ΓΔ sont donc réciproquement proportionnelles aux hauteurs.

Que les bases des parallélépipèdes ΑΒ, ΓΔ soient réciproquement proportionnelles aux hauteurs, c'est-à-dire que la base ΕΘ soit à la base ΝΠ comme la hauteur du parallélépipède ΓΔ est à la hauteur du parallélépipède ΑΒ; je dis que le parallélépipède ΑΒ est égal au parallélépipède ΓΔ.

Car que les côtés soient encore perpendiculaires aux bases. Si la base ΕΘ est égale à la base ΝΠ, et si la base ΕΘ est à la base ΝΠ comme la hauteur du parallélépipède ΓΔ est à la hauteur du parallélépipède ΑΒ, la hauteur du parallélépi-

τοῦ AB στερεοῦ ὕψος· ἴσον ἄρα ἐστὶ καὶ τὸ τοῦ ΓΔ στερεοῦ ὕψος τῷ τοῦ AB στερεοῦ ὕψει. Τὰ δὲ ἐπὶ ἴσων[8] βάσεων ὄντα στερεὰ παραλληλεπίπεδα καὶ ὑπὸ τὸ αὐτὸ ὕψος ἴσα ἀλλήλοις ἐστίν· ἴσον ἄρα ἐστὶ τὸ AB στερεὸν τῷ ΓΔ στερεῷ[9].

Μὴ ἔστω δὴ ἡ EΘ βάσις τῇ ΝΠ ἴση, ἀλλ'[10] ἔστω μείζων ἡ EΘ· μεῖζον ἄρα ἐστὶ[11] καὶ τοῦ ΓΔ στερεοῦ ὕψος τοῦ[12] AB στερεοῦ ὕψους, τουτέστιν ἡ ΓΜ τῆς AH. Κείσθω τῇ AH ἴση πάλιν ἡ ΓΤ, καὶ συμπεπληρώσθω ὁμοίως τὸ ΓΦ στερεόν. Επεὶ οὖν[13] ἐστιν ὡς ἡ EΘ βάσις πρὸς τὴν ΝΠ βάσιν οὕτως ἡ ΓΜ πρὸς τὴν AH, ἴση δὲ ἡ AH τῇ ΓΤ· ἔστιν ἄρα ὡς ἡ EΘ βάσις πρὸς τὴν ΝΠ βάσιν οὕτως ἡ ΜΓ πρὸς τὴν ΓΤ. Αλλ' ὡς μὲν ἡ EΘ βάσις[14] πρὸς τὴν ΝΠ βάσιν οὕτως τὸ AB στερεὸν πρὸς τὸ ΓΦ στερεὸν, ἰσοϋψῆ γάρ ἐστι τὰ AB, ΓΦ στερεά, ὡς δὲ ἡ ΜΓ πρὸς τὴν ΓΤ οὕτως ἥτε ΜΠ βάσις πρὸς τὴν ΠΤ βάσιν, καὶ τὸ ΓΔ στερεὸν πρὸς τὸ ΓΦ[15]· καὶ ὡς ἄρα τὸ AB στερεὸν πρὸς τὸ ΓΦ στερεὸν[16] οὕτως τὸ ΓΔ στερεὸν πρὸς τὸ ΓΦ στερεόν· ἑκάτερον ἄρα τῶν AB, ΓΔ πρὸς τὸ ΓΦ τὸν αὐτὸν ἔχει λόγον· ἴσον ἄρα ἐστὶ[17] τὸ AE στερεὸν τῷ ΓΔ στερεῷ. Οπερ ἔδει δεῖξαι.

est et solidi ΓΔ altitudo solidi AB altitudini. Sed in æqualibus basibus existentia solida parallelepipeda et in eâdem altitudine æqualia inter se sunt; æquale igitur est AB solidum solido ΓΔ.

Non sit utique EΘ basis ipsi ΝΠ æqualis, sed sit major EΘ; major igitur est et solidi ΓΔ altitudo solidi AB altitudine, hoc est ΓΜ ipsâ AH. Ponatur ipsi AH æqualis rursus ΓΤ, et compleatur similiter ΓΦ solidum. Quoniam igitur est ut EΘ basis ad ΝΠ basim ita ΓΜ ad AH, æqualis autem AH ipsi ΓΤ; est igitur ut basis EΘ ad basim ΝΠ ita ΜΓ ad ΓΤ. Sed ut quidem basis EΘ ad basim ΝΠ ita AB solidum ad ΓΦ solidum, æque alta enim sunt AB, ΓΦ solida, ut vero ΜΓ ad ΓΤ ita et basis ΜΠ ad basim ΠΤ, et ΓΔ solidum ad ΓΦ solidum; et ut igitur AB solidum ad ΓΦ solidum ita ΓΔ solidum ad ΓΦ solidum; utrumque igitur ipsorum AB, ΓΔ ad ΓΦ eamdem habet rationem; æquale igitur est AE solidum solido ΓΔ. Quod oportebat ostendere.

pède ΓΔ sera égale à la hauteur du parallélépipède AB. Mais les parallélépipèdes qui ont des bases égales et la même hauteur sont égaux entr'eux (31. 11); le parallélépipède AB est donc égal au parallélépipède ΓΔ.

Que la base EΘ ne soit point égale à la base ΝΠ, et que EΘ soit la plus grande base; la hauteur du parallélépipède ΓΔ sera plus grande que la hauteur du parallélépipède AB, c'est-à-dire que ΓΜ sera plus grand que AH. Faisons encore ΓΤ égal à AH, et achevons semblablement le parallélépipède ΓΦ. Puisque la base EΘ est à la base ΝΠ comme ΜΓ est à AH, et que AH est égal à ΓΤ, la base EΘ sera à la base ΝΠ comme ΓΜ est à ΓΤ. Mais la base EΘ est à la base ΝΠ comme le parallélépipède AB est au parallélépipède ΓΦ (32. 11), car les parallélépipèdes AB, ΓΦ sont égaux en hauteur; et ΓΜ est à ΓΤ comme la base ΜΠ est à la base ΠΤ (1. 6), et comme le parallélépipède ΓΔ est au parallélépipède ΓΦ (25. 11); le parallélépipède AB est donc au parallélépipède ΓΦ comme le parallélépipède ΓΔ est au parallélépipède ΓΦ; chacun des parallélépipèdes AB, ΓΔ a donc la même raison avec le parallélépipède ΓΦ; le parallélépipède AB est donc égal au parallélépipède ΓΔ (9. 5). Ce qu'il fallait démontrer.

Μὴ ἔστωσαν δὴ αἱ ἐφεστηκυῖαι αἱ ΖΕ, ΒΛ, ΗΑ, ΚΘ, ΞΝ, ΔΟ, ΜΓ, ΡΠ πρὸς ὀρθὰς ταῖς βάσεσιν αὐτῶν, καὶ ἤχθωσαν ἀπὸ τῶν Ζ, Η, Β, Κ, Ξ, Μ, Δ, Ρ σημείων ἐπὶ τὰ τῶν ΕΘ, ΝΠ βάσεων ἐπίπεδα[18] κάθετοι, καὶ συμβαλλέτωσαν τοῖς ἐπιπέδοις κατὰ τὰ Σ, Τ, Υ, Φ, Χ, Ψ, α, Ω σημεῖα[19], καὶ συμπεπληρώσθω τὰ ΖΦ, ΞΩ στερεά· λέγω ὅτι καὶ οὕτως ἴσων ὄντων τῶν ΑΒ, ΓΔ στερεῶν, ἀντιπεπόνθασιν αἱ βάσεις τοῖς ὕψεσι, καὶ ἔστιν ὡς ἡ ΕΘ βάσις πρὸς τὴν ΝΠ βάσιν οὕτως τὸ τοῦ ΓΔ στερεοῦ ὕψος πρὸς

Non sint utique insistentes ΖΕ, ΒΛ, ΗΑ, ΚΘ, ΞΝ, ΔΟ, ΜΓ, ΡΠ ad rectos basibus ipsorum, et ducantur a punctis Ζ, Η, Β, Κ, Ξ, Μ, Δ, Ρ ad plana basium ΕΘ, ΝΠ perpendiculares, et occurrant planis in punctis Σ, Τ, Υ, Φ, Χ, Ψ, α, Ω, et compleantur solida ΖΦ, ΞΩ; dico et ita æqualibus existentibus ΑΒ, ΓΔ solidis, reciprocas esse bases altitudinibus, atque esse ut ΕΘ basis ad basim ΝΠ ita solidi ΓΔ altitudinem ad solidi ΑΒ altitudinem.

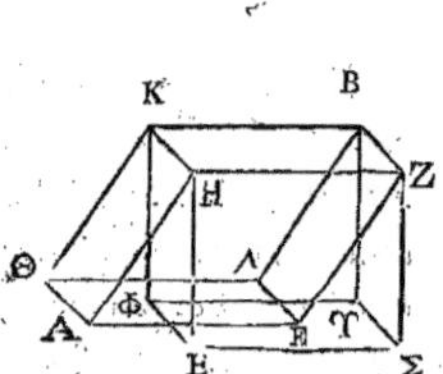

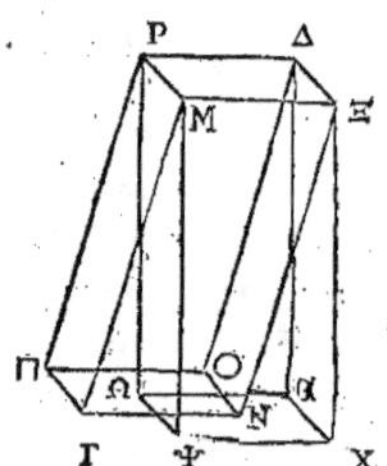

τὸ τοῦ ΑΒ στερεοῦ ὕψος. Ἐπεὶ γὰρ[20] ἴσον ἐστὶ τὸ ΑΒ στερεὸν τῷ ΓΔ στερεῷ, ἀλλὰ τῷ μὲν ΑΒ τὸ ΒΤ ἐστὶν ἴσον, ἐπί τε γὰρ τῆς αὐτῆς βάσεώς εἰσι τῇ ΖΚ καὶ ὑπὸ τὸ αὐτὸ ὕψος, ὧν αἱ ἐφεστῶσαι οὐκ εἰσὶν ἐπὶ τῶν αὐτῶν εὐθειῶν, τὸ δὲ

Quoniam enim æquale est ΑΒ solidum solido ΓΔ, sed ipsi quidem ΑΒ ipsum ΒΤ est æquale, etenim in eâdem sunt basi ΖΚ et in eâdem altitudine, quorum insistentes non sunt in

Que les côtés ΖΕ, ΒΛ, ΗΑ, ΚΘ, ΞΝ, ΔΟ, ΜΓ, ΡΠ ne soient pas perpendiculaires aux bases des parallélépipèdes. Des points Ζ, Η, Β, Κ, Ξ, Μ, Δ, Ρ menons aux plans des bases ΕΘ, ΝΠ des perpendiculaires qui rencontrent ces plans aux points Σ, Τ, Υ, Φ, Χ, Ψ, α, Ω, et achevons les parallélépipèdes ΖΦ, ΞΩ (11. 11); je dis que les bases des parallélépipèdes égaux ΑΒ, ΓΔ sont réciproquement proportionnelles aux hauteurs, c'est-à-dire que la base ΕΘ est à la base ΝΠ comme la hauteur du parallélépipède ΓΔ est à la hauteur du parallélépipède ΑΒ. Puisque le parallélépipède ΑΒ est égal au parallélépipède ΓΔ, et le parallélépipède ΒΤ égal au parallélépipède ΑΒ (30. 11), car ils ont la même base ΖΚ et la même hauteur, leurs côtés n'étant point placés dans les mêmes droites, et que le parallélépipède

ΓΔ στερεὸν τῷ ΔΨ ἐστὶν[21] ἴσον, ἐπί τε γὰρ πάλιν τῆς αὐτῆς βάσεώς εἰσι τῆς ΡΞ καὶ ὑπὸ τὸ αὐτὸ ὕψος, ὧν αἱ ἐφεστῶσαι οὐκ εἰσὶν ἐπὶ τῶν αὐτῶν εὐθειῶν· καὶ τὸ ΒΤ ἄρα στερεὸν τῷ ΔΨ στερεῷ ἴσον ἐστί. Τῶν δὲ ἴσων στερεῶν παραλληλεπιπέδων, ὧν τὰ ὕψη πρὸς ὀρθάς ἐστι ταῖς βάσεσιν αὐτῶν, ἀντιπεπόνθασιν αἱ βάσεις τοῖς ὕψεσιν· ἔστιν ἄρα ὡς ἡ ΖΚ βάσις πρὸς τὴν ΞΡ βάσιν οὕτως τὸ τοῦ ΔΨ στερεοῦ ὕψος πρὸς τὸ τοῦ ΒΤ στερεοῦ ὕψος. Ιση δὲ ἡ μὲν ἡ ΖΚ βάσις τῇ ΕΘ βάσει, ἡ δὲ ΞΡ βάσις τῇ ΝΠ βάσει· ἔστιν ἄρα ὡς ἡ ΕΘ βάσις πρὸς τὴν ΝΠ βάσιν οὕτως τὸ τοῦ ΔΨ στερεοῦ ὕψος πρὸς τὸ τοῦ ΒΤ στερεοῦ[22] ὕψος. Τὰ δ' αὐτὰ ὕψη ἐστὶ τῶν ΔΨ, ΒΤ στερεῶν καὶ τῶν ΔΓ, ΒΑ· ἔστιν ἄρα ὡς ἡ ΕΘ βάσις πρὸς τὴν ΝΠ βάσιν οὕτως τὸ τοῦ ΔΓ στερεοῦ ὕψος πρὸς τὸ τοῦ ΑΒ στερεοῦ ὕψος· τῶν ΑΒ, ΓΔ ἄρα στερεῶν[23] παραλληλεπιπέδων ἀντιπεπόνθασιν αἱ βάσεις τοῖς ὕψεσι.

Πάλιν δὴ τῶν ΑΒ, ΓΔ στερεῶν παραλληλεπιπέδων ἀντιπεπονθέτωσαν αἱ βάσεις τοῖς ὕψεσι, καὶ ἔστω ὡς ἡ ΕΘ βάσις πρὸς τὴν ΝΠ βάσιν

eisdem rectis; sed solidum ΓΔ ipsi ΔΨ est æquale, et enim rursus in eâdem sunt basi ΡΞ et in eâdem altitudine, quorum insistentes non sunt in eisdem rectis; et igitur ΒΤ solidum solido ΔΨ æquale est. Sed æqualium solidorum parallelepipedorum, quorum altitudines ad rectos sunt basibus ipsorum, reciprocæ sunt bases altitudinibus; est igitur ut basis ΖΚ ad basim ΞΡ ita solidi ΔΨ altitudo ad solidi ΒΤ altitudinem. Sed æqualis quidem basis ΖΚ basi ΕΘ, ipsa vero ΞΡ basis basi ΝΠ; est igitur ut basis ΕΘ ad basim ΝΠ ita solidi ΔΨ altitudo ad solidi ΒΤ altitudinem. Eædem autem altitudines sunt solidorum ΔΨ, ΒΤ et ipsorum ΔΓ, ΒΑ; est igitur ut basis ΕΘ ad basim ΝΠ ita solidi ΔΓ altitudo ad solidi ΑΒ altitudinem; ergo ΑΒ, ΓΔ solidorum parallelepipedorum reciprocæ sunt bases altitudinibus.

Rursus utique ipsorum ΑΒ, ΓΔ solidorum parallelepipedorum reciprocæ sunt bases altitudinibus, et sit ut basis ΕΘ ad ΝΠ basim ita solidi

ΔΓ est encore égal au parallélépipède ΔΨ, car ces deux parallélépipèdes ont la même base ΡΞ et la même hauteur, leurs côtés n'étant point dans les mêmes droites; le parallélépipède ΒΤ sera égal au parallélépipède ΔΨ. Mais les bases des parallélépipèdes égaux, dont les hauteurs sont perpendiculaires aux bases, sont réciproquement proportionnelles aux hauteurs; la base ΖΚ est donc à la base ΞΡ comme la hauteur du parallélépipède ΔΨ est à la hauteur du parallélépipède ΒΤ. Mais la base ΖΚ est égale à la base ΕΘ (24. 11), et la base ΞΡ égale à la base ΝΠ; la base ΕΘ est donc à la base ΝΠ comme la hauteur du parallélépipède ΔΨ est à la hauteur du parallélépipède ΒΤ. Mais les hauteurs des parallélépipèdes ΔΨ, ΒΤ sont les mêmes que celles des parallélépipèdes ΔΓ, ΒΑ; la base ΕΘ est donc à la base ΝΠ comme la hauteur du parallélépipède ΔΓ est à la hauteur du parallélépipède ΑΒ; les bases des parallélépipèdes ΑΒ, ΓΔ sont donc réciproquement proportionnelles aux hauteurs.

Que les bases des parallélépipèdes ΑΒ, ΓΔ soient enfin réciproquement proportionnelles aux hauteurs, c'est-à-dire que la base ΕΘ soit à la base ΝΠ comme la

οὕτως τὸ τοῦ ΓΔ στερεοῦ ὕψος πρὸς τὸ τοῦ ΑΒ στερεοῦ ὕψος· λέγω ὅτι ἴσον ἐστὶ τὸ ΑΒ στερεὸν τῷ ΓΔ στερεῷ.

Τῶν γὰρ αὐτῶν κατασκευασθέντων, ἐπεί ἐστιν ὡς ἡ ΕΘ βάσις πρὸς τὴν ΝΠ βάσιν οὕτως τὸ τοῦ ΓΔ στερεοῦ ὕψος πρὸς τὸ τοῦ ΑΒ στερεοῦ ὕψος, ἴση δὲ ἡ μὲν ΕΘ βάσις τῇ ΖΚ βάσει, ἡ δὲ ΝΠ τῇ ΞΡ· ἔστιν ἄρα ὡς ἡ ΖΚ βάσις πρὸς τὴν ΞΡ βάσιν οὕτως τὸ τοῦ ΓΔ στερεοῦ ὕψος πρὸς τὸ τοῦ ΑΒ στερεοῦ ὕψος. Τὰ δ' αὐτὰ ὕψη ἐστὶ τῶν ΑΒ, ΓΔ στερεῶν καὶ τῶν ΒΤ, ΔΨ· ἔστιν ἄρα ὡς ἡ ΖΚ βάσις πρὸς τὴν ΞΡ βάσιν οὕτως τὸ τοῦ ΔΨ στερεοῦ ὕψος πρὸς τὸ τοῦ ΒΤ στερεοῦ ὕψος· τῶν ΒΤ, ΔΨ ἄρα στερεῶν παραλληλεπιπέδων ἀντιπεπόνθασιν αἱ βάσεις τοῖς ὕψεσιν. Ων δὲ στερεῶν παραλληλεπιπέδων

ΓΔ altitudo ad solidi ΑΒ altitudinem; dico æquale esse ΑΒ solidum solido ΓΔ.

Iisdem enim constructis, quoniam est ut basis ΕΘ ad basim ΝΠ ita solidi ΓΔ altitudo ad solidi ΑΒ altitudinem, sed æqualis quidem basis ΕΘ basi ΖΚ, ipsa vero ΝΠ ipsi ΞΡ; est igitur ut basis ΖΚ ad basim ΞΡ ita solidi ΓΔ altitudo ad solidi ΑΒ altitudinem. Eædem vero altitudines sunt solidorum ΑΒ, ΓΔ et ipsorum ΒΤ, ΔΨ; est igitur ut basis ΖΚ ad basim ΞΡ ita solidi ΔΨ altitudo ad solidi ΒΤ altitudinem; ipsorum igitur ΒΤ, ΔΨ solidorum parallelepipedorum reciprocæ sunt bases altitudinibus; quorum autem solidorum parallelepipedorum alti-

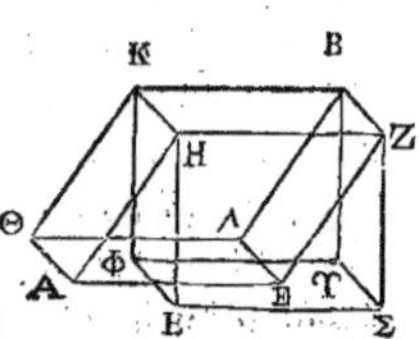

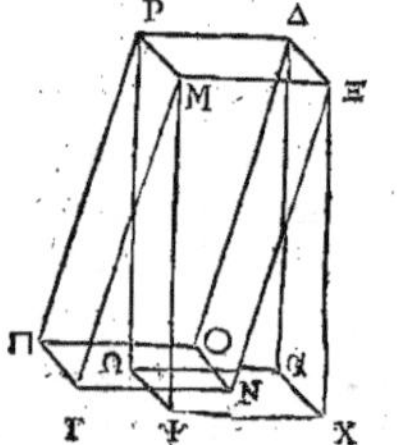

hauteur du parallélépipède ΓΔ est à la hauteur du parallélépipède ΑΒ; je dis que le parallélépipède ΑΒ est égal au parallélépipède ΓΔ.

Car faisons la même construction. Puisque la base ΕΘ est à la base ΝΠ comme la hauteur du parallélépipède ΓΔ est à la hauteur du parallélépipède ΑΒ, que la base ΕΘ est égale à la base ΖΚ, et la base ΝΠ égale à la base ΞΡ, la base ΖΚ sera à la base ΞΡ comme la hauteur du parallélépipède ΓΔ est à la hauteur du parallélépipède ΑΒ. Mais les hauteurs des parallélépipèdes ΑΒ, ΓΔ sont les mêmes que celles des parallélépipèdes ΒΤ, ΔΨ; la base ΖΚ est donc à la base ΞΡ comme la hauteur du parallélépipède ΔΨ est à la hauteur du parallélépipède ΒΤ; les bases des parallélépipèdes ΒΤ, ΔΨ sont donc réciproquement proportionnelles aux hauteurs. Mais les parallélépipèdes qui ont leurs hauteurs perpendiculaires sur les

τὰ ὕψη πρὸς ὀρθάς εἰσι ταῖς βάσεσιν αὐτῶν, ἀντιπεπόνθασι δὲ αἱ βάσεις τοῖς ὕψεσιν, ἴσα ἐστὶν ἐκεῖνα· ἴσον ἄρα ἐστὶ τὸ ΒΤ στερεὸν τῷ ΔΨ στερεῷ. Αλλὰ τὸ μὲν ΒΤ τῷ ΑΒ[24] ἴσον ἐστὶν, ἐπί τε γὰρ τῆς αὐτῆς βάσεώς εἰσι τῆς ΖΚ καὶ ὑπὸ τὸ αὐτὸ ὕψος, ὧν αἱ ἐφεστῶσαι οὐκ εἰσὶν ἐπὶ τῶν αὐτῶν εὐθειῶν, τὸ δὲ ΔΨ στερεὸν τῷ ΔΓ στερεῷ ἴσον ἐστιν, ἐπί τε γὰρ πάλιν τῆς αὐτῆς βάσεώς εἰσι τῆς ΞΡ καὶ ὑπὸ τὸ αὐτὸ ὕψος καὶ οὐκ ἐν ταῖς αὐταῖς εὐθείαις· καὶ τὸ ΑΒ ἄρα στερεὸν τῷ ΓΔ στερεῷ ἐστιν ἴσον. Οπερ ἔδει δεῖξαι.

tudines ad rectos sunt basibus ipsorum, reciprocæ vero bases altitudinibus, æqualia sunt ea; æquale igitur est BT solidum solido ΔΨ. Sed quidem BT ipsi AB æquale est, et enim in eâdem sunt basi ZK et in eâdem altitudine, quorum insistentes non sunt in eisdem rectis; solidum vero ΔΨ solido ΔΓ æquale est, et enim rursus in eâdem sunt basi ΞP et in eâdem altitudine et non in eisdem rectis; et igitur AB solidum solido ΓΔ est æquale. Quod oporteba ostendere.

bases et qui ont leurs bases réciproquement proportionnelles aux hauteurs sont égaux entr'eux; le parallélépipède BT est donc égal au parallélépipède ΔΨ. Mais le parallélépipède BT est égal au parallélépipède AB (30. 11), car ces deux parallélépipèdes ont la même base ZK et la même hauteur, et leurs côtés ne sont point dans les mêmes droites, et le parallélépipède ΔΨ est égal au parallélépipède ΔΓ, parce que ces deux parallélépipèdes ont la même base ΞP et la même hauteur, et que leurs côtés ne sont pas dans les mêmes droites; le parallélépipède AB est donc égal au parallélépipède ΓΔ. Ce qu'il fallait démontrer.

ΠΡΟΤΑΣΙΣ λέ.

Εὰν ὦσι δύο γωνίαι ἐπίπεδοι ἴσαι, ἐπὶ δὲ τῶν κορυφῶν αὐτῶν μετέωροι εὐθεῖαι ἐπισταθῶσιν ἴσας γωνίας περιέχουσαι μετὰ τῶν ἐξ ἀρχῆς εὐθειῶν, ἑκατέραν ἑκατέρα, ἐπὶ δὲ τῶν μετεώρων ληφθῆ τυχόντα σημεῖα, καὶ ἀπ' αὐτῶν ἐπὶ τὰ ἐπίπεδα ἐν οἷς εἰσιν αἱ ἐξ ἀρχῆς γωνίαι, κάθετοι ἀχθῶσιν, ἀπὸ δὲ τῶν γινομένων σημείων ὑπὸ τῶν καθέτων[1], ἐν τοῖς ἐπιπέδοις ἐπὶ τὰς ἐξ ἀρχῆς γωνίας ἐπιζευχθῶσιν εὐθεῖαι· ἴσας γωνίας περιέξουσι μετὰ τῶν μετεώρων.

Εστωσαν δύο γωνίαι εὐθύγραμμοι ἴσαι, αἱ ὑπὸ ΒΑΓ, ΕΔΖ, ἀπὸ δὲ τῶν Α, Δ σημείων μετέωροι εὐθεῖαι ἐφεστάτωσαν αἱ ΑΗ, ΔΜ ἴσας γωνίας περιέχουσαι[2] μετὰ τῶν ἐξ ἀρχῆς εὐθειῶν, ἑκατέραν ἑκατέρα, τὴν μὲν ὑπὸ ΜΔΕ τῇ ὑπὸ ΗΑΒ, τὴν δὲ ὑπὸ ΜΔΖ τῇ ὑπὸ ΗΑΓ, καὶ εἰλήφθω[3] ἐπὶ τῶν ΑΗ, ΔΜ τυχόντα σημεῖα, τὰ Η, Μ, καὶ ἤχθωσαν ἀπὸ τῶν Η, Μ σημείων ἐπὶ τὰ διὰ τῶν ΒΑΓ, ΕΔΖ ἐπίπεδα

PROPOSITIO XXXV.

Si sint duo anguli plani æquales, et in ipsorum verticibus sublimes rectæ constituantur æquales angulos continentes cum rectis a principio, utrumque utrique, in sublimibus autem sumantur quælibet puncta, et ab ipsis ad plana in quibus sunt a principio anguli, perpendiculares ducantur, a factis vero punctis in planis ad angulos a principio jungantur rectæ; æquales angulos continebunt cum sublimibus.

Sint duo anguli rectilinei æquales ΒΑΓ, ΕΔΖ, sed a punctis Α, Δ sublimes rectæ constituantur ΑΗ, ΔΜ æquales angulos continentes cum rectis a principio, utrumque utrique, angulum quidem ΜΔΕ ipsi ΗΑΒ, angulum vero ΜΔΖ ipsi ΗΑΓ, et sumantur in ipsis ΑΗ, ΔΜ quælibet puncta Η, Μ, et ducantur a punctis Η, Μ ad plana ΒΑΓ, ΕΔΖ perpendiculares ΗΛ, ΜΝ,

PROPOSITION XXXV.

Si l'on a deux angles plans égaux; si de leurs sommets on mène, au-dessus de leurs plans, des droites qui fassent des angles égaux avec les côtés de ces angles plans; si dans ces droites on prend des points quelconques; si de ces points on mène des perpendiculaires aux plans des premiers angles, et si des points où ces perpendiculaires rencontrent ces plans, on mène des droites aux sommets de ces mêmes angles, ces droites feront des angles égaux avec les droites menées au-dessus des plans des premiers angles.

Soient les deux angles rectilignes égaux ΒΑΓ, ΕΔΖ; des points Α, Δ menons au-dessus des plans de ces angles, les droites ΑΗ, ΔΜ qui fassent avec les côtés de ces mêmes angles des angles égaux chacun à chacun, savoir, l'angle ΜΔΕ égal à l'angle ΗΑΒ, et l'angle ΜΔΖ égal à l'angle ΗΑΓ; prenons dans les droites ΑΗ, ΔΜ des points quelconques Η, Μ; des points Η, Μ menons aux plans des angles ΒΑΓ,

κάθετοι αἱ ΗΛ, ΜΝ, καὶ συμβαλλέτωσαν τοῖς ἐπιπέδοις κατὰ τὰ[4] Λ, Ν, καὶ ἐπεζεύχθωσαν αἱ ΑΛ, ΝΔ· λέγω ὅτι ἴση ἐστὶν ἡ ὑπὸ ΗΑΛ γωνία τῇ ὑπὸ ΜΔΝ γωνίᾳ.

et occurrant planis in punctis Λ, Ν, et jungantur ipsæ ΑΛ, ΝΔ; dico æqualem esse angulum ΗΑΛ angulo ΜΔΝ.

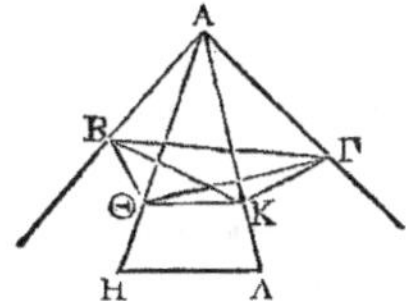

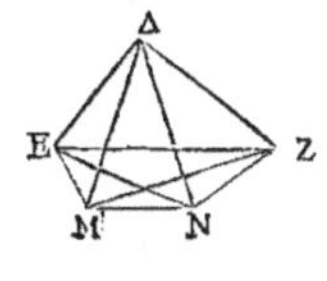

Κείσθω τῇ ΔΜ ἴση ἡ ΑΘ, καὶ ἤχθω διὰ τοῦ Θ σημείου τῇ ΗΛ παράλληλος ἡ ΘΚ. Η δὲ ΗΛ κάθετός ἐστιν ἐπὶ τὸ διὰ τῶν ΒΑ, ΑΓ ἐπίπεδον· καὶ ἡ ΘΚ ἄρα κάθετός ἐστιν ἐπὶ τὸ διὰ τῶν ΒΑ, ΑΓ ἐπίπεδον. Ηχθωσαν ἀπὸ τῶν Κ, Ν σημείων ἐπὶ τὰς ΑΒ, ΑΓ, ΔΖ, ΔΕ εὐθείας κάθετοι αἱ ΚΒ, ΚΓ, ΝΖ, ΝΕ καὶ ἐπεζεύχθωσαν αἱ ΘΓ, ΓΒ, ΜΖ, ΖΕ. Καὶ[5] ἐπεὶ τὸ ἀπὸ τῆς ΘΑ ἴσον ἐστὶ τοῖς ἀπὸ τῶν ΘΚ, ΚΑ, τῷ δὲ ἀπὸ τῆς ΚΑ ἴσα ἐστὶ[6] τὰ ἀπὸ τῶν ΚΓ, ΓΑ· καὶ τὸ ἀπὸ τῆς ΘΑ ἄρα ἴσον ἐστὶ τοῖς ἀπὸ τῶν ΘΚ, ΚΓ, ΓΑ. Τοῖς δὲ ἀπὸ τῶν ΘΚ, ΚΓ ἴσον ἐστὶ τὸ ἀπὸ τῆς ΘΓ· τὸ ἄρα ἀπὸ τῆς ΘΑ ἴσον ἐστὶ τοῖς ἀπὸ τῶν ΘΓ, ΓΑ· ὀρθὴ ἄρα ἐστὶν[7] ἡ ὑπὸ ΘΓΑ γωνία. Διὰ τὰ

Ponatur ipsi ΔΜ æqualis ΑΘ, et ducatur per punctum Θ ipsi ΗΛ parallela ΘΚ. Sed ΗΛ perpendicularis est ad planum per ΒΑ, ΑΓ; et igitur ΘΚ perpendicularis est ad planum per ΒΑ, ΑΓ. Ducantur a punctis Κ, Ν ad rectas ΑΒ, ΑΓ, ΔΖ, ΔΕ perpendiculares ΚΒ, ΚΓ, ΝΖ, ΝΕ, et jungantur ipsæ ΘΓ, ΓΒ, ΜΖ, ΖΕ. Et quoniam quadratum ex ΘΑ æquale est quadratis ex ΘΚ, ΚΑ, quadrato autem ex ΚΑ æqualia sunt quadrata ex ΚΓ, ΓΑ; et quadratum igitur ex ΘΑ æquale est quadratis ex ΘΚ, ΚΓ, ΓΑ. Quadratis autem ex ΘΚ, ΚΓ æquale est quadratum ex ΘΓ; quadratum igitur ex ΘΑ æquale est quadratis ex ΘΓ, ΓΑ; rectus igitur est ΘΓΑ angulus. Propter eadem utique et angulus

ΕΔΖ les perpendiculaires ΗΛ, ΜΝ qui rencontrent ces plans aux points Λ, Ν, et joignons ΑΛ, ΝΔ; je dis que l'angle ΗΑΛ est égal à l'angle ΜΔΝ.

Faisons ΑΘ égal à ΔΜ, et par le point Θ menons ΘΚ parallèle à ΗΛ. Puisque ΗΛ est perpendiculaire au plan des droites ΒΑ, ΑΓ, la droite ΘΚ sera perpendiculaire au plan des droites ΑΒ, ΑΓ (8. 11); des points Κ, Ν menons aux droites ΑΒ, ΑΓ, ΔΖ, ΔΕ les perpendiculaires ΚΒ, ΚΓ, ΝΖ, ΝΕ, et joignons ΘΓ, ΓΒ, ΜΖ, ΖΕ. Puisque le quarré de la droite ΘΑ est égal aux quarrés des droites ΘΚ, ΚΑ, et que les quarrés des droites ΚΓ, ΓΑ sont égaux au quarré de la droite ΚΑ (47. 1), le quarré de la droite ΘΑ sera égal aux quarrés des droites ΘΚ, ΚΓ, ΓΑ. Mais le quarré de la droite ΘΓ est égal aux quarrés des droites ΘΚ, ΚΓ; le quarré de la droite ΘΑ est donc égal aux quarrés des droites ΘΓ, ΓΑ; l'angle ΘΓΑ est donc droit. L'angle ΔΖΜ est

αὐτὰ δὴ καὶ ἡ ὑπὸ ΔΖΜ γωνία ὀρθή ἐστιν· ἴση ἄρα ἐστιν[8] ἡ ὑπὸ ΑΓΘ γωνία τῇ ὑπὸ ΔΖΜ. Εστι δὲ καὶ ἡ ὑπὸ ΘΑΓ τῇ ὑπὸ ΜΔΖ ἴση· δύο δὴ τρίγωνά ἐστι τὰ ΜΔΖ, ΘΑΓ τὰς[9] δύο γωνίας ταῖς δυσὶ γωνίαις ἴσας ἔχοντα ἑκατέραν ἑκατέρᾳ, καὶ μίαν πλευρὰν μιᾷ πλευρᾷ ἴσην, τὴν ὑποτείνουσαν ὑπὸ μίαν τῶν ἴσων γωνιῶν, τὴν ΑΘ τῇ ΔΜ· καὶ τὰς λοιπὰς ἄρα πλευρὰς ταῖς λοιπαῖς πλευραῖς ἴσας ἕξει ἑκατέραν ἑκατέρᾳ· ἴση ἄρα ἐστιν[10] ἡ ΑΓ τῇ ΔΖ. Ομοίως δὴ δείξομεν ὅτι καὶ ἡ ΑΒ τῇ ΔΕ ἴση ἐστίν[11]. Επεζεύχθωσαν αἱ ΘΒ, ΜΕ. Καὶ ἐπεὶ τὸ ἀπὸ τῆς ΑΘ ἴσον ἐστὶ τοῖς[12] ἀπὸ τῆς ΑΚ, ΚΘ, τῷ δὲ ἀπὸ τῆς ΑΚ ἴσα ἐστὶ τὰ ἀπὸ τῶν ΑΒ, ΒΚ· τὰ ἄρα ἀπὸ τῶν ΑΒ, ΒΚ, ΚΘ ἴσα ἐστὶ τῷ ἀπὸ τῆς[13] ΑΘ. Αλλὰ τοῖς ἀπὸ τῶν ΒΚ, ΚΘ ἴσον ἐστὶ τὸ ἀπὸ τῆς ΒΘ, ὀρθὴ γὰρ ἡ ὑπὸ ΘΚΒ γωνία, διὰ τὸ καὶ τὴν ΘΚ κάθετον εἶναι ἐπὶ τὸ ὑποκείμενον ἐπίπεδον· τὸ ἄρα ἀπὸ τῆς ΑΘ ἴσον ἐστὶ[14] τοῖς ἀπὸ τῶν ΑΒ, ΒΘ· ὀρθὴ ἄρα ἐστὶν[15] ἡ ὑπὸ ΑΒΘ γωνία. Διὰ τὰ αὐτὰ δὴ καὶ ἡ ὑπὸ ΔΕΜ γωνία ὀρθή ἐστιν.

ΔΖΜ rectus est; æqualis igitur est angulus ΑΓΘ ipsi ΔΖΜ. Est autem et angulus ΘΑΓ ipsi ΜΔΖ æqualis; duo igitur triangula sunt ΜΔΖ, ΘΑΓ duos angulos duobus angulis æquales habentia, utrumque utrique, et unum latus uni lateri æquale, subtendens unum æqualium angulorum, ipsum ΑΘ ipsi ΔΜ; et reliqua igitur latera reliquis lateribus æqualia habebunt, utrumque utrique; æqualis igitur est ΑΓ ipsi ΔΖ. Similiter utique demonstrabimus et ΑΒ ipsi ΔΕ æqualem esse. Jungantur ipsæ ΘΒ, ΜΕ. Et quoniam quadratum ex ΑΘ æquale est quadratis ex ΑΚ, ΚΘ, quadrato autem ex ΑΚ æqualia sunt quadrata ex ΑΒ, ΒΚ; quadrata igitur ex ΑΒ, ΒΚ, ΚΘ æqualia sunt quadrato ex ΑΘ. Sed quadratis ex ΒΚ, ΚΘ æquale est quadratum ex ΒΘ, rectus enim angulus ΘΚΒ, propterea quod ΘΚ perpendicularis est ad subjectum planum; quadratum igitur ex ΑΘ æquale est quadratis ex ΑΒ, ΒΘ; rectus igitur ΑΒΘ angulus. Propter eadem utique et angulus ΔΕΜ

droit, par la même raison; l'angle ΑΓΘ est donc égal à l'angle ΔΖΜ. Mais l'angle ΘΑΓ est égal à ΜΔΖ; les deux triangles ΜΔΖ, ΘΑΓ ont donc deux angles égaux à deux angles, chacun à chacun, et deux côtés égaux, c'est-à-dire les côtés ΑΘ, ΔΜ qui sont opposés à des angles égaux; ces deux triangles ont donc les autres côtés égaux aux autres côtés, chacun à chacun (26. 1); ΑΓ est donc égal à ΔΖ. Nous démontrerons semblablement que ΑΒ est égal à ΔΕ. Joignons ΘΒ, ΜΕ. Puisque le quarré de la droite ΑΘ est égal aux quarrés des droites ΑΚ, ΚΘ, et que les quarrés des droites ΑΒ, ΒΚ sont égaux au quarré de la droite ΑΚ, les quarrés des droites ΑΒ, ΒΚ, ΚΘ seront égaux au quarré de la droite ΑΘ. Mais le quarré de la droite ΒΘ est égal aux quarrés des droites ΒΚ, ΚΘ, car l'angle ΘΚΒ est droit, la droite ΘΚ étant perpendiculaire au plan inférieur; le quarré de la droite ΑΘ est donc égal aux quarrés des droites ΑΒ, ΒΘ; l'angle ΑΒΘ est donc droit. L'angle ΔΕΜ est droit, par la même raison. Mais l'angle ΒΑΘ est égal à l'angle

Εστι δὲ καὶ ἡ ὑπὸ ΒΑΘ γωνία τῇ ὑπὸ ΕΔΜ ἴση[16]. ὑπόκεινται[17] γὰρ, καὶ ἔστιν ἡ ΑΘ τῇ ΔΜ ἴση· ἴση ἄρα καὶ ἡ ΑΒ τῇ ΔΕ. Επεὶ οὖν ἴση ἐστὶν ἡ μὲν ΑΓ τῇ ΔΖ, ἡ δὲ ΑΒ τῇ ΔΕ· δύο δὴ αἱ ΓΑ, ΑΒ δυσὶ[18] ταῖς ΖΔ, ΔΕ ἴσαι εἰσίν. Αλλὰ καὶ γωνία ἡ ὑπὸ ΓΑΒ γωνίᾳ τῇ ὑπὸ ΖΔΕ ἐστὶν ἴση· βάσις ἄρα ἡ ΒΓ βάσει

rectus est. Est autem et angulus ΒΑΘ ipsi ΕΔΜ æqualis, supponuntur enim, et est ΑΘ ipsi ΔΜ æqualis; æqualis igitur et ΑΒ ipsi ΔΕ. Quoniam igitur æqualis est quidem ΑΓ ipsi ΔΖ, ipsa vero ΑΒ ipsi ΔΕ; duæ igitur ΓΑ, ΑΒ duabus ΖΔ, ΔΕ æquales sunt. Sed et angulus ΓΑΒ angulo ΖΔΕ est æqualis; basis igitur ΒΓ basi

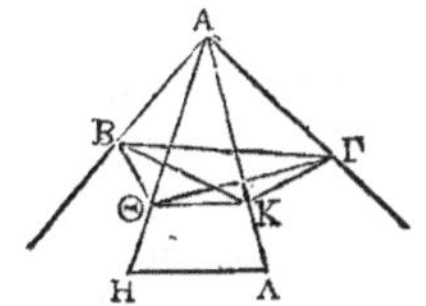

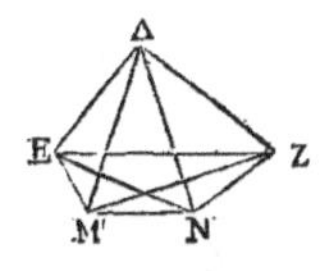

τῇ ΕΖ ἴση ἐστί· καὶ τὸ τρίγωνον τῷ τριγώνῳ, καὶ αἱ λοιπαὶ γωνίαι ταῖς λοιπαῖς γωνίαις· ἴση ἄρα ἡ ὑπὸ ΑΓΒ γωνία τῇ ὑπὸ ΔΖΕ. Εστι δὲ καὶ ὀρθὴ ἡ ὑπὸ ΑΓΚ ὀρθῇ τῇ ὑπὸ ΔΖΝ ἴση· καὶ λοιπὴ ἄρα ἡ ὑπὸ ΒΓΚ λοιπῇ τῇ ὑπὸ ΕΖΝ ἴση ἐστί[19]. Διὰ τὰ αὐτὰ δὴ καὶ ἡ ὑπὸ ΓΒΚ τῇ ὑπὸ ΖΕΝ ἐστὶν ἴση[20]. Δύο δὴ τρίγωνά ἐστι τὰ ΓΒΚ, ΖΕΝ τὰς δύο γωνίας ταῖς[21] δυσὶ γωνίαις ἴσας ἔχοντα ἑκατέραν ἑκατέρᾳ, καὶ μίαν πλευρὰν μιᾷ πλευρᾷ ἴσην τὴν πρὸς

ΕΖ æqualis est; et triangulum triangulo, et reliqui anguli reliquis angulis; æqualis igitur ΑΓΒ angulus ipsi ΔΖΕ. Est autem et rectus ΑΓΚ recto ΔΖΝ æqualis; et reliquus igitur ΒΓΚ reliquo ΕΖΝ æqualis est. Propter eadem utique et angulus ΓΒΚ ipsi ΖΕΝ est æqualis. Duo utique triangula sunt ΓΒΚ, ΖΕΝ duos angulos duobus angulis æquales habentia, utrumque utrique, et unum latus ΒΓ uni lateri ΕΖ æquale ad æquales

ΕΔΜ, par supposition, et la droite ΑΘ est égale à la droite ΔΜ; la droite ΑΒ est donc égale à la droite ΔΕ. Et puisque ΑΓ est égal à ΔΖ et ΑΒ égal à ΔΕ, les deux droites ΓΑ, ΑΒ sont égales aux deux droites ΖΔ, ΔΕ. Mais l'angle ΓΑΒ est égal à l'angle ΖΔΕ; la base ΒΓ est donc égale à la base ΕΖ (4. 1), le triangle égal au triangle, et les autres angles égaux aux autres angles; l'angle ΑΓΒ est donc égal à l'angle ΔΖΕ. Mais l'angle droit ΑΓΚ est égal à l'angle droit ΔΖΝ; l'angle restant ΒΓΚ est donc égal à l'angle restant ΕΖΝ. Par la même raison, l'angle ΓΒΚ est égal à l'angle ΖΕΝ; les deux triangles ΓΒΚ, ΖΕΝ ont donc deux angles égaux à deux angles, chacun à chacun, et deux côtés égaux, c'est-à-dire les côtés ΒΓ, ΕΖ, qui sont adjacents aux angles égaux; ces deux triangles ont donc les autres

ταῖς ἴσαις γωνίαις, τὴν ΒΓ τῇ ΕΖ· καὶ τὰς λοιπὰς ἄρα πλευρὰς ταῖς λοιπαῖς πλευραῖς ἴσας ἕξουσιν· ἴση ἄρα ἐστὶν[22] ἡ ΓΚ τῇ ΖΝ. Ἔστι δὲ καὶ ἡ ΑΓ τῇ ΔΖ ἴση, δύο δὴ αἱ ΑΓ, ΓΚ δυσὶ ταῖς ΔΖ, ΖΝ ἴσαι εἰσὶ καὶ ὀρθὰς γωνίας περιέχουσι· βάσις ἄρα ἡ ΑΚ βάσει τῇ ΔΝ ἴση ἐστί. Καὶ ἐπεὶ ἴση ἐστιν ἡ ΑΘ τῇ ΔΜ, ἴσον ἐστὶ καὶ τὸ ἀπὸ τῆς ΑΘ τῷ ἀπὸ τῆς ΔΜ. Ἀλλὰ τῷ μὲν ἀπὸ τῆς ΑΘ ἴσα ἐστὶ τὰ ἀπὸ τῶν ΑΚ, ΚΘ, ὀρθὴ γὰρ ἡ ὑπὸ ΑΚΘ, τῷ δὲ ἀπὸ τῆς ΔΜ ἴσα τὰ ἀπὸ τῶν ΔΝ, ΝΜ, ὀρθὴ γὰρ ἡ ὑπὸ ΔΝΜ· τὰ ἄρα ἀπὸ τῶν ΑΚ, ΚΘ ἴσα ἐστὶ τοῖς ἀπὸ τῶν ΔΝ, ΝΜ, ὧν τὸ ἀπὸ τῆς ΑΚ ἴσον ἐστὶ τῷ ἀπὸ τῆς[23] ΔΝ· λοιπὸν ἄρα τὸ ἀπὸ τῆς ΚΘ ἴσον ἐστὶ τῷ ἀπὸ τῆς ΝΜ· ἴση ἄρα ἡ ΘΚ τῇ ΜΝ. Καὶ ἐπεὶ δύο αἱ ΘΑ, ΑΚ δυσὶ ταῖς ΜΔ, ΔΝ, ἴσαι εἰσὶν ἑκατέρα ἑκατέρᾳ, καὶ βάσις ἡ ΘΚ βάσει τῇ ΝΜ ἐδείχθη ἴση· γωνία ἄρα ἡ ὑπὸ ΘΑΚ γωνίᾳ τῇ ὑπὸ ΜΔΝ ἐστιν ἴση[24].

Ἐὰν ἄρα ὦσι, καὶ τὰ ἑξῆς.

angulos; et reliqua igitur latera reliquis lateribus æqualia habebunt; æqualis igitur est ΓK ipsi ZN. Est autem et AΓ ipsi ΔZ æqualis, duo igitur AΓ, ΓK duabus ΔZ, ZN æquales sunt et rectos angulos continent; basis igitur AK basi ΔN æqualis est. Et quoniam æqualis est AΘ ipsi ΔM, æquale est et quadratum ex AΘ quadrato ex ΔM. Sed quadrato quidem ex AΘ æqualia sunt quadrata ex AK, KΘ, rectus enim ipse AKΘ, quadrato autem ex ΔM æqualia quadrata ex ΔN, NM, rectus enim ipse ΔNM quadrata igitur ex AK, KΘ æqualia sunt quadratis ex ΔN, NM, quorum quadratum ex AK æquale est quadrato ex ΔN; reliquum igitur quadratum ex KΘ æquale est quadrato ex NM; æqualis igitur ΘK ipsi MN. Et quoniam duæ ΘA, AK duabus MΔ, ΔN æquales sunt utraque utrique, et basis ΘK basi NM ostensa est æqualis; angulus igitur ΘAK angulo MΔN est æqualis.

Si sint igitur duo, etc.

côtés égaux aux autres côtés (26. 1); le côté ΓK est donc égal au côté ZN. Mais AΓ est égal à ΔZ; les deux droites AΓ, ΓK sont donc égales aux deux droites ΔZ, ZN, et ces droites comprènent des angles droits; la base AK est donc égale à la base ΔN (4. 1). Et puisque AΘ est égal à ΔM, le quarré de AΘ est égal au quarré de ΔM. Mais les quarrés des droites AK, KΘ sont égaux au quarré de la droite AΘ (47. 1), car l'angle AKΘ est droit, et les quarrés des droites ΔN, NM sont égaux au quarré de la droite ΔM, parce que l'angle ΔNM est droit; les quarrés des droites AK, KΘ sont donc égaux aux quarrés des droites ΔN, NM; mais le quarré de AK est égal au quarré de ΔN; le quarré restant de KΘ est donc égal au quarré de NM; la droite ΘK est donc égale à la droite MN. Et puisque les deux droites ΘA, AK sont égales aux deux droites MΔ, ΔN, chacune à chacune, et qu'on a démontré que la base ΘK est égale à la base NM, l'angle ΘAK est égal à l'angle MΔN (8. 1). Donc, etc.

ΠΟΡΙΣΜΑ.

Εκ δὴ τούτου φανερὸν, ὅτι ἐὰν ὦσι δύο γωνίαι ἐπίπεδοι[1] ἴσαι, ἐπισταθῶσι δὲ ἀπ' αὐτῶν[2] μετέωροι εὐθεῖαι ἴσαι ἴσας γωνίας περιέχουσαι μετὰ τῶν ἐξ ἀρχῆς εὐθειῶν ἑκατέρα ἑκατέρᾳ, αἱ ἀπ' αὐτῶν κάθετοι, ἀγόμεναι ἐπὶ τὰ ἐπίπεδα ἐν οἷς εἰσιν αἱ ἐξ ἀρχῆς γωνίαι, ἴσαι ἀλλήλαις εἰσίν[3].

COROLLARIUM.

Ex hoc utique manifestum est, si sint duo anguli plani æquales, constituantur ab ipsis sublimes rectæ æquales æquales angulos continentes cum ipsis a principio rectis, utrumque utrique, ab ipsis perpendiculares, ductæ ad plana in quibus sunt a principio anguli, æquales inter se sunt.

ΠΡΟΤΑΣΙΣ λϛʹ.

Εὰν τρεῖς εὐθεῖαι ἀνάλογον ὦσι, τὸ ἐκ τῶν τριῶν στερεὸν παραλληλεπίπεδον ἴσον ἐστὶ τῷ ἀπὸ τῆς μέσης στερεῷ παραλληλεπιπέδῳ, ἰσοπλεύρῳ μὲν, ἰσογωνίῳ δὲ τῷ προειρημένῳ.

Εστωσαν τρεῖς εὐθεῖαι ἀνάλογον αἱ Α, Β, Γ, ὡς ἡ Α πρὸς τὴν Β οὕτως ἡ Β πρὸς τὴν Γ· λέγω

PROPOSITIO XXXVI.

Si tres rectæ proportionales sint; a tribus solidum parallelepipedum æquale est solido a mediâ parallelepipedo, æquilatero quidem, æquiangulo autem antedicto.

Sint tres rectæ proportionales A, B, Γ, ut A ad B ita B ad Γ; dico ex ipsis A, B, Γ

COROLLAIRE.

D'après cela, il est évident que si deux angles plans sont égaux, et que si de leurs sommets on mène au-dessus des plans de ces angles des droites égales qui fassent avec les côtés de ces mêmes angles des angles égaux, chacun à chacun, les perpendiculaires menées de ces droites aux plans des premiers angles seront égales entr'elles.

PROPOSITION XXXVI.

Si trois droites sont proportionnelles, le parallélépipède construit avec ces trois droites est égal au parallélépipède construit avec la droite moyenne, ce parallélépipède étant équilatéral et équiangle avec le premier parallélépipède.

Soient trois droites proportionnelles A, B, Γ, de manière que A soit à B comme B est à Γ; je dis que le parallélépipède construit avec les trois droites A, B, Γ

ὅτι τὸ ἐκ τῶν Α, Β, Γ στερεὸν ἴσον ἐστὶ τῷ ἀπὸ τῆς Β στερεῷ, ἰσοπλεύρῳ μὲν, ἰσογωνίῳ δὲ τῷ προειρημένῳ.

solidum æquale esse ex B solido, æquilatero quidem, æquiangulo autem antedicto.

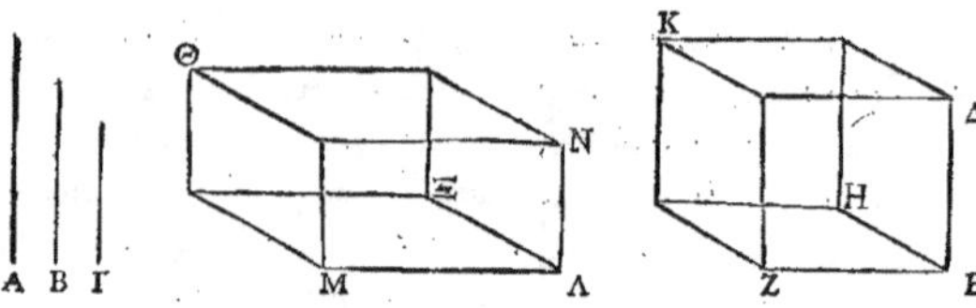

Ἐκκείσθω στερεὰ γωνία ἡ πρὸς τῷ Ε περιεχομένη ὑπὸ τριῶν γωνιῶν ἐπιπέδων τῶν ὑπὸ[1] ΔΕΗ, ΗΕΖ, ΖΕΔ, καὶ κείσθω τῇ μὲν Β ἴση ἑκάστη τῶν ΔΕ, ΗΕ, ΕΖ, καὶ συμπεπληρώσθω τὸ ΕΚ στερεὸν παραλληλεπίπεδον, τῇ δὲ Α κείσθω[2] ἴση ἡ ΛΜ, καὶ συνεστάτω πρὸς τῇ ΛΜ εὐθείᾳ καὶ τῷ πρὸς αὐτῇ σημείῳ τῷ Λ τῇ πρὸς τῷ Ε στερεᾷ γωνίᾳ ἴση στερεὰ γωνία ἡ[3] περιεχομένη ὑπὸ τῶν ΝΛΞ, ΞΛΜ, ΜΛΝ, καὶ κείσθω τῇ μὲν Β ἴση ἡ ΛΞ, τῇ δὲ Γ ἴση ἡ ΛΝ. Καὶ ἐπεί ἐστιν ὡς ἡ Α πρὸς τὴν Β οὕτως ἡ Β πρὸς τὴν Γ, ἴση δὲ ἡ μὲν Α τῇ ΛΜ, ἡ δὲ Β ἑκατέρα τῶν ΛΞ, ΕΔ[4], ἡ δὲ Γ τῇ ΛΝ· ἔστιν ἄρα ὡς ἡ ΛΜ πρὸς τὴν ΕΖ οὕτως ἡ ΔΕ πρὸς τὴν ΛΝ. Καὶ περὶ ἴσας γωνίας, τὰς ὑπὸ ΜΛΝ, ΔΕΖ αἱ

Exponantur solidus angulus ad E contentus sub tribus angulis planis ΔEH, HEZ, ZEΔ, et ponatur ipsi quidem B æqualis unaquæque ipsarum ΔE, HE, EZ, et compleatur EK solidum parallelepipedum, ipsi vero A ponatur æqualis ΛM, et constituatur ad rectam ΛM et ad punctum Λ in ipsâ ad E angulo solido æqualis solidus angulus contentus sub ipsis NΛΞ, ΞΛM, MΛN, et ponatur ipsi quidem B æqualis ΛΞ, ipsi vero Γ æqualis ΛN. Et quoniam est ut A ad B ita B ad Γ, sed æqualis quidem A ipsi ΛM, ipsa vero B utrique ipsarum ΛΞ, EΔ, ipsa autem Γ ipsi ΛN; est igitur ut ΛM ad EZ ita ΔE ad ΛN. Et circum æquales angulos MΛN, ΔEZ latera reciproce proportionalia;

est égal au parallélépipède construit avec la droite B, ce parallélépipède étant équilatéral et équiangle avec le premier parallélépipède.

Soit exposé l'angle solide E compris sous les trois angles plans ΔEH, HEZ, ZEΔ; faisons les droites ΔE, HE, EZ égales chacune à la droite B; achevons le parallélépipède EK; faisons ΛM égal à A; sur la droite ΛM et au point Λ de cette droite, construisons un angle solide qui étant compris sous les plans NΛΞ, ΞΛM, MΛN soit egal à l'angle solide E (26. 11); faisons ΛΞ égal à B, et ΛN égal à Γ. Puisque A est à B comme B est à Γ, que A est égal à ΛM, que B est égal à chacune des droites ΛΞ, EΔ, et que Γ est égal à ΛN, la droite ΛM sera à la droite EZ comme la droite ΔE est à la droite ΛN; les côtés placés autour des angles égaux MΛN, ΔEZ sont donc réciproquement proportionnels; le parallélogramme MN est donc

πλευραὶ ἀντιπεπόνθασιν· ἴσον ἄρα ἐστὶ[5] τὸ ΜΝ παραλληλόγραμμον τῷ ΔΖ παραλληλογράμμῳ. Καὶ ἐπεὶ δύο γωνίαι ἐπίπεδοι εὐθύγραμμοι ἴσαι εἰσὶν αἱ ὑπὸ ΔΕΖ, ΝΛΜ, καὶ ἐπ' αὐτῶν μετέωροι εὐθεῖαι ἐφεστήκασιν[6] αἱ ΛΞ, ΕΗ ἴσαι τε ἀλλήλαις καὶ ἴσας γωνίας περιέχουσαι μετὰ τῶν ἐξ ἀρχῆς εὐθειῶν ἑκατέραν ἑκατέρᾳ· αἱ ἄρα ἀπὸ τῶν Η, Ξ σημείων κάθετοι, ἀγόμεναι ἐπὶ τὰ διὰ τῶν ΝΛΜ, ΔΕΖ ἐπίπεδα, ἴσαι ἀλλήλαις εἰσίν· ὥστε τὰ ΛΘ, ΕΚ στερεὰ ὑπὸ τὸ αὐτὸ ὕψος ἐστί. Τὰ δὲ ἐπὶ ἴσων βάσεων στερεὰ παραλληλεπίπεδα καὶ ὑπὸ τὸ αὐτὸ ὕψος ἴσα ἀλλήλοις ἐστίν· ἴσον ἄρα ἐστὶ[7] τὸ ΘΛ στερεὸν τῷ ΕΚ στερεῷ. Καὶ ἔστι τὸ μὲν ΘΛ τὸ ἐκ τῶν Α, Β, Γ στερεὸν, τὸ δὲ ΕΚ τὸ ἀπὸ τῆς Β στερεόν· τὸ ἄρα ἐκ τῶν Α, Β, Γ στερεὸν[8] ἴσον ἐστὶ τῷ ἀπὸ τῆς Β στερεῷ, ἰσοπλεύρῳ μὲν, ἰσογωνίῳ δὲ τῷ προειρημένῳ.

Εὰν ἄρα τρεῖς, καὶ τὰ ἑξῆς.

æquale igitur MN parallelogrammum parallelogrammo ΔΖ. Et quoniam duo anguli plani rectilinei æquales sunt ΔΕΖ, ΝΛΜ, et ab ipsis sublimes rectæ constituuntur ΛΞ, ΕΗ et æquales inter se et æquales angulos continentes cum ipsis a principio rectis utramque utrique; ipsæ igitur a punctis Η, Ξ perpendiculares, ductæ ad plana per ΝΛΜ, ΔΕΖ, æquales inter se sunt; quare solida ΛΘ, ΕΚ in eâdem altitudine sunt. Solida autem in æqualibus basibus parallelepipeda et in eâdem altitudine æqualia inter se sunt; æquale igitur est ΛΘ solidum solido ΕΚ. Et est quidem ex ipsis Α, Β, Γ solidum ΘΛ; ipsum vero ΕΚ ex Β solidum; ergo ex ipsis Α, Β, Γ solidum æquale est ex Β solido, æquilatero quidem, æquiangulo autem antedicto.

Si igitur tres, etc.

égal au parallélogramme ΔΖ (14. 6). Et puisque les deux angles plans rectilignes ΔΕΖ, ΝΛΜ sont égaux, que les droites ΛΞ, ΕΗ qui sont égales entr'elles, et qui sont menées au-dessus des plans des angles égaux ΔΕΖ, ΝΛΜ font avec leurs côtés des angles égaux, chacun à chacun, les perpendiculaires menées des points Ξ, Η aux plans ΝΛΜ, ΔΕΖ seront égales entr'elles (corol. 35. 11); les parallélépipèdes ΛΘ, ΕΚ ont donc la même hauteur. Mais les parallélépipèdes qui ont des bases égales et la même hauteur sont égaux entre eux (31. 11); le parallélépipède ΘΛ est donc égal au parallélépipède ΕΚ. Mais le parallélépipède ΘΛ a été construit avec les trois droites Α, Β, Γ, et le parallélépipède ΕΚ a été construit avec la droite Β; le parallélépipède construit avec les trois droites Α, Β, Γ est donc égal au parallélépipède construit avec la droite Β, ce parallélépipède étant équilatéral et équiangle avec le premier parallélépipède. Donc, etc.

ΠΡΟΤΑΣΙΣ λζ'.

Ἐὰν τέσσαρες εὐθεῖαι ἀνάλογον ὦσι· καὶ τὰ ἀπ' αὐτῶν στερεὰ παραλληλεπίπεδα ὅμοιά τε καὶ ὁμοίως ἀναγραφόμενα ἀνάλογον ἔσται· καὶ ἐὰν τὰ ἀπ' αὐτῶν στερεὰ παραλληλεπίπεδα ὅμοιά τε καὶ ὁμοίως ἀναγραφόμενα ἀνάλογον ᾖ· καὶ αὐταὶ αἱ εὐθεῖαι ἀνάλογον ἔσονται.

Ἔστωσαν τέσσαρες εὐθεῖαι ἀνάλογον αἱ ΑΒ, ΓΔ, ΕΖ, ΗΘ, ὡς ἡ ΑΒ πρὸς τὴν ΓΔ οὕτως ἡ ΕΖ πρὸς τὴν ΗΘ, καὶ ἀναγεγράφθωσαν ἀπὸ τῶν ΑΒ, ΓΔ, ΕΖ, ΗΘ ὅμοιά τε καὶ ὁμοίως κείμενα στερεὰ παραλληλεπίπεδα τὰ ΚΑ, ΛΓ, ΜΕ, ΝΗ· λέγω ὅτι ἐστὶν ὡς τὸ ΚΑ πρὸς τὸ ΛΓ οὕτως τὸ ΜΕ πρὸς τὸ ΝΗ.

PROPOSITIO XXXVII.

Si quatuor rectæ proportionales sint; et ab ipsis solida parallelepipeda et similia et similiter descripta proportionalia erunt; et si ab ipsis solida parallelepipeda et similia et similiter proportionalia sint; et ipsæ rectæ proportionales erunt.

Sint quatuor rectæ proportionales AB, ΓΔ, EZ, HΘ, ut AB ad ΓΔ ita EZ ad HΘ, et describantur ab ipsis AB, ΓΔ, EZ, HΘ et similia et similiter posita solida parallelepipeda KA, ΛΓ, ME, NH; dico esse ut KA ad ΛΓ ita ME ad NH.

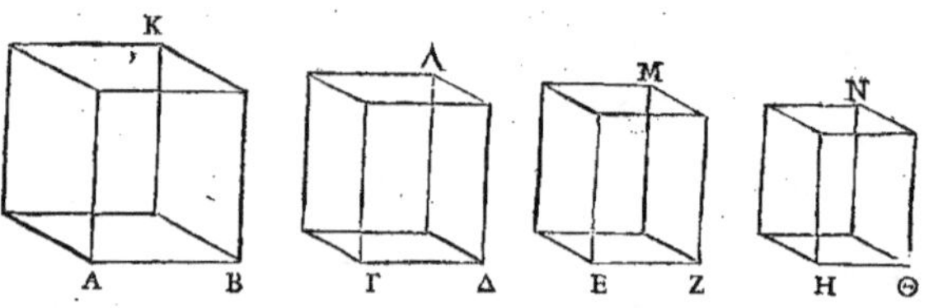

PROPOSITION XXXVII.

Si quatre droites sont proportionnelles, les parallélépipèdes semblables et semblablement construits sur ces droites sont proportionnels; et si des parallélépipèdes semblables et semblablement construits sur quatre droites sont proportionnels, ces mêmes droites seront aussi proportionnelles entr'elles.

Soient quatre droites proportionnelles AB, ΓΔ, EZ, HΘ, de manière que AB soit à ΓΔ comme EZ est à HΘ; construisons sur les droites AB, ΓΔ, EZ, HΘ les parallélépipèdes semblables et semblablement placés KA, ΛΓ, ME, NH; je dis que KA est à ΛΓ comme ME est à NH.

Επεὶ γὰρ ὅμοιόν[3] ἐστι τὸ ΚΑ στερεὸν παραλληλεπίπεδον τῷ ΑΓ[4], τὸ ΚΑ ἄρα πρὸς τὸ ΑΓ τριπλασίονα λόγον ἔχει ἤπερ ἡ ΑΒ πρὸς τὴν ΓΔ. Διὰ τὰ αὐτὰ δὴ καὶ τὸ ΜΕ πρὸς τὸ ΝΗ τριπλασίονα λόγον ἔχει ἤπερ ἡ ΕΖ πρὸς τὴν ΗΘ. Καὶ ἔστιν ὡς ἡ ΑΒ πρὸς τὴν ΓΔ οὕτως ἡ ΕΖ πρὸς τὴν ΗΘ· καὶ[5] ὡς ἄρα τὸ ΑΚ πρὸς τὸ ΑΓ οὕτως τὸ ΜΕ πρὸς τὸ ΝΗ.

Αλλὰ δὴ ἔστω ὡς τὸ ΑΚ στερεὸν πρὸς τὸ ΑΓ στερεὸν οὕτως τὸ ΜΕ στερεὸν πρὸς τὸ ΝΗ· λέγω ὅτι ἐστὶν ὡς ἡ ΑΒ εὐθεῖα πρὸς τὴν ΓΔ οὕτως ἡ ΕΖ πρὸς τὴν ΗΘ.

Επεὶ γὰρ πάλιν τὸ ΚΑ πρὸς τὸ ΑΓ τριπλασίονα λόγον ἔχει ἤπερ ἡ ΑΒ πρὸς τὴν ΓΔ, ἔχει δὲ καὶ τὸ ΜΕ πρὸς τὸ ΝΗ τριπλασίονα λόγον ἤπερ ἡ ΕΖ πρὸς τὴν ΗΘ, καὶ ἔστιν ὡς τὸ ΚΑ πρὸς τὸ ΑΓ οὕτως τὸ ΜΕ πρὸς τὸ ΝΗ· καὶ ὡς ἄρα ἡ ΑΒ πρὸς τὴν ΓΔ οὕτως ἡ ΕΖ πρὸς τὴν ΗΘ.

Εἀν ἄρα τέσσαρες, καὶ τὰ ἑξῆς.

Quoniam enim simile est ΚΑ solidum parallelepipedum ipsi ΑΓ, ergo ΚΑ ad ΑΓ triplicatam rationem habet ejus quam ΑΒ ad ΓΔ. Propter eadem utique et ΜΕ ad ΝΗ triplicatam rationem habet ejus quam ΕΖ ad ΗΘ. Atque est ut ΑΒ ad ΓΔ ita ΕΖ ad ΗΘ; et ut igitur ΑΚ ad ΑΓ ita ΜΕ ad ΝΗ.

At vero sit ut ΑΚ solidum ad ΑΓ solidum ita ΜΕ solidum ad ΝΗ; dico esse ut recta ΑΒ ad ΓΔ ita ΕΖ ad ΗΘ.

Quoniam enim rursus ΚΑ ad ΑΓ triplicatem rationem habet ejus quam ΑΒ ad ΓΔ; habet autem et ΜΕ ad ΝΗ triplicatam rationem ejus quam ΕΖ ad ΗΘ, et est ut ΚΑ ad ΑΓ ita ΜΕ ad ΝΗ; et ut igitur ΑΒ ad ΓΔ ita ΕΖ ad ΗΘ.

Si igitur quatuor, etc.

Car puisque le parallélépipède ΚΑ est semblable au parallélépipède ΑΓ, le parallélépipède ΚΑ aura avec le parallélépipède ΑΓ une raison triplée de celle que ΑΒ a avec ΓΔ (33. 11). Par la même raison, le parallélépipède ΜΕ aura avec le parallélépipède ΝΗ une raison triplée de celle que ΕΖ a avec ΗΘ. Mais ΑΒ est à ΓΔ comme ΕΖ est à ΗΘ; donc ΑΚ est à ΑΓ comme ΜΕ est à ΝΗ.

Mais que le parallélépipède ΑΚ soit au parallélépipède ΑΓ comme le parallélépipède ΜΕ est au parallélépipède ΝΗ; je dis que la droite ΑΒ est à ΓΔ comme ΕΖ est à ΗΘ.

Car puisque le parallélépipède ΚΑ a avec le parallélépipède ΑΓ une raison triplée de celle que ΑΒ a avec ΓΔ, que ΜΕ a avec ΝΗ une raison triplée de celle que ΕΖ a avec ΗΘ, et que ΚΑ est à ΑΓ comme ΜΕ est à ΝΗ, la droite ΑΒ sera à la droite ΓΔ comme la droite ΕΖ est à la droite ΗΘ. Donc, etc.

ΠΡΟΤΑΣΙΣ λή.

Εὰν ἐπίπεδον πρὸς ἐπίπεδον ὀρθὸν ᾖ, καὶ ἀπό τινος σημείου τοῦ ἐν ἑνὶ τῶν ἐπιπέδων ἐπὶ τὸ ἕτερον ἐπίπεδον κάθετος ἀχθῇ· ἐπὶ τῆς κοινῆς τομῆς πεσεῖται τῶν ἐπιπέδων ἡ ἀγομένη κάθετος.

Επίπεδον γὰρ τὸ ΓΔ ἐπιπέδῳ τῷ ΑΒ πρὸς ὀρθὰς ἔστω, κοινὴ δὲ αὐτῶν τομὴ ἔστω ἡ ΑΔ, καὶ εἰλήφθω ἐπὶ τοῦ ΓΔ ἐπιπέδου τυχὸν σημεῖον τὸ Ε· λέγω ὅτι ἡ ἀπὸ τοῦ Ε ἐπὶ τὸ ΑΒ ἐπίπεδον κάθετος ἀγομένη ἐπὶ τῆς ΔΑ πεσεῖται.

PROPOSITIO XXXVIII.

Si planum ad planum rectum sit, et ab aliquo puncto eorum in uno planorum ad alterum planum perpendicularis ducatur, in communem sectionem planorum cadet ducta perpendicularis.

Planum enim ΓΔ plano AB ad rectos sit, communis autem ipsorum sectio sit AΔ, et sumatur in plano ΓΔ quodlibet punctum E; dico a puncto E ad planum AB perpendicularem ductam in ipsam ΔA cadere.

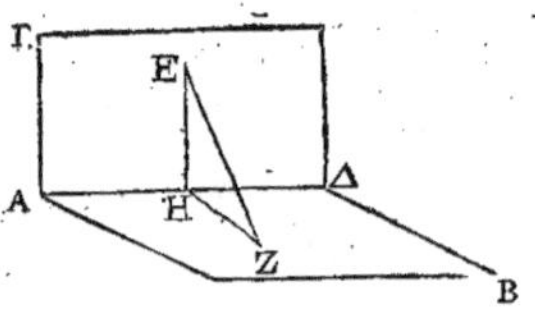

Μὴ γὰρ, ἀλλ' εἰ δυνατὸν πιπτέτω ἐκτὸς ὡς ἡ ΕΖ, καὶ συμβαλλέτω τῷ ΑΒ ἐπιπέδῳ κατὰ τὸ Ζ σημεῖον, καὶ ἀπὸ τοῦ Ζ ἐπὶ

Non enim, sed si possibile cadat extra ut EZ, et occurrat plano AB in puncto Z, et a puncto Z ad ΔA in plano AB perpen-

PROPOSITION XXXVIII.

Si un plan est perpendiculaire à un autre plan, et si d'un point pris dans un de ces plans, on mène une perpendiculaire à l'autre plan, cette perpendiculaire tombera sur la section commune des plans.

Que le plan ΓΔ soit perpendiculaire au plan AB, que leur commune section soit AΔ, et prenons dans le plan ΓΔ un point quelconque E; je dis que la perpendiculaire menée du point E au plan AB tombera sur la droite AΔ.

Car que cela ne soit point, mais, si cela est possible, qu'elle tombe en dehors comme EZ, et qu'elle rencontre le plan AB au point Z; du point Z

τὴν ΔΑ ἐν τῷ ΑΒ ἐπιπέδῳ κάθετος ἤχθω[1] ἡ ΖΗ, ἥτις καὶ τῷ ΓΔ ἐπιπέδῳ πρὸς ὀρθάς ἐστι, καὶ ἐπεζεύχθω ἡ ΕΗ. Επεὶ οὖν ἡ ΖΗ τῷ ΓΔ ἐπιπέδῳ πρὸς ὀρθάς ἐστιν, ἅπτεται δὲ αὐτῆς ἡ ΕΗ, οὖσα ἐν τῷ ΓΔ ἐπιπέδῳ· ὀρθὴ ἄρα ἐστὶν[2] ἡ ὑπὸ ΖΗΕ γωνία. Αλλὰ δὴ[3] καὶ ἡ ΕΖ τῷ ΑΒ ἐπιπέδῳ πρὸς ὀρθάς ἐστιν· ἡ ἄρα ὑπὸ ΕΖΗ ὀρθή ἐστι. Τριγώνου δὴ τοῦ ΕΖΗ αἱ δύο γωνίαι δυσὶν[4] ὀρθαῖς ἴσαι εἰσὶν, ὅπερ ἀδύνατον[4]· οὐκ ἄρα ἡ ἀπὸ τοῦ Ε ἐπὶ τὸ ΑΒ ἐπίπεδον κάθετος ἀγομένη ἐκτὸς πεσεῖται τῆς ΔΑ· ἐπὶ τὴν ΔΑ ἄρα πεσεῖται.

Εὰν ἄρα ἐπίπεδον, καὶ τα ἑξῆς.

dicularis ducatur ZH, quæ quidem et plano ΓΔ ad rectos est, et jungatur ipsa EH. Quoniam igitur ZH plano ΓΔ ad rectos est, contingit autem ipsam ipsa EH, existens in plano ΓΔ; rectus igitur est angulus ZHE. At vero et EZ plano AB ad rectos est; angulus igitur EZH rectus est. Sed trianguli EZH duo anguli duobus rectis æquales sunt, quod impossibile; non igitur a puncto E ad planum AB perpendicularis ducta cadet extra ipsam ΔA; ergo in ipsam ΔA cadet.

Si igitur planum, etc.

et dans le plan AB menons la droite ZH perpendiculaire à ΔA (10. 1), cette droite sera perpendiculaire au plan ΓΔ (déf. 4. 11); joignons EH. Puisque la droite ZH est perpendiculaire au plan ΓΔ, et qu'elle est rencontrée par la droite EH, qui est dans le plan ΓΔ; l'angle ZHE sera droit. Mais la droite EZ est perpendiculaire au plan AB; l'angle EZH est donc droit; deux angles du triangle EZH sont égaux à deux droits, ce qui est impossible (17. 1); la perpendiculaire menée du point E au plan AB ne tombe donc pas hors de la droite ΔA; elle tombe donc sur la droite ΔA. Donc si, etc.

ΠΡΟΤΑΣΙΣ λθ'.

Ἐὰν στερεοῦ παραλληλεπιπέδου[1] τῶν ἀπεναντίον ἐπιπέδων αἱ πλευραὶ δίχα τμηθῶσι, διὰ δὲ τῶν τομῶν ἐπίπεδα ἐκβληθῇ· ἡ κοινὴ τομὴ τῶν ἐπιπέδων καὶ ἡ τοῦ στερεοῦ παραλληλεπιπέδου[2] διάμετρος δίχα τέμνουσιν ἀλλήλας.

Στερεοῦ γὰρ παραλληλεπιπέδου[3] τοῦ ΑΖ τῶν ἀπεναντίον ἐπιπέδων τῶν ΓΖ, ΑΘ αἱ πλευραὶ δίχα τετμήσθωσαν κατὰ τὰ Κ, Λ, Μ, Ν, Ξ, Π, Ο, Ρ σημεῖα, διὰ δὲ τῶν τομῶν ἐπίπεδα ἐκβεβλήσθω[4] τὰ ΚΝ, ΞΡ, κοινὴ δὲ τομὴ τῶν ἐπιπέδων ἔστω ἡ ΥΣ, τοῦ δὲ ΑΖ στερεοῦ παραλληλεπιπέδου[5] διαγώνιος ἡ ΔΗ· λέγω ὅτι ἴση ἐστὶν ἡ μὲν ΥΤ τῇ ΤΣ[6], ἡ δὲ ΔΤ τῇ ΤΗ.

PROPOSITIO XXXIX.

Si solidi parallelepipedi oppositorum planorum latera bifariam secentur, per sectiones vero plana producantur, communis sectio planorum et solidi parallelepipedi diameter bifariam se secabunt.

Solidi enim ΑΖ parallelepipedi oppositorum planorum ΓΖ, ΑΘ latera secentur in Κ, Λ, Μ, Ν, Ξ, Π, Ο, Ρ punctis; per sectiones autem plana producantur ipsa ΚΝ, ΞΡ, communis vero sectio planorum sit ΥΣ, solidi ΑΖ autem parallelepipedi diameter ΔΗ; dico æqualem esse ipsam quidem ΥΤ ipsi ΤΣ, ipsam vero ΔΤ ipsi ΤΗ.

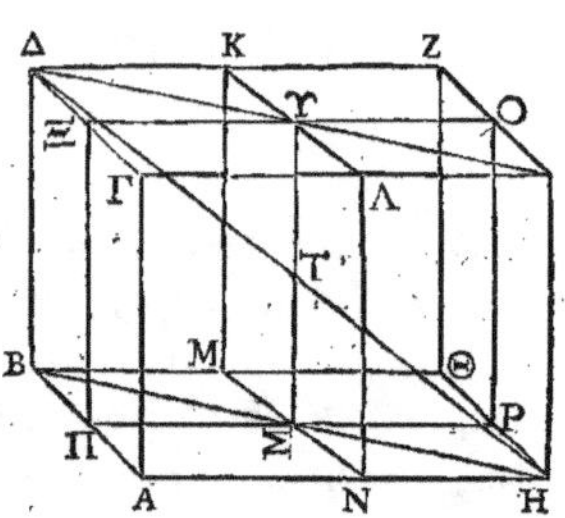

PROPOSITION XXXIX.

Si l'on coupe en deux parties égales les côtés des plans opposés d'un parallélépipède, et si par leurs sections on mène des plans, la commune section de ces plans et le diamètre du parallélépipède se couperont mutuellement en deux parties égales.

Que les côtés des plans opposés ΓΖ, ΑΘ du parallélépipède ΑΖ soient coupés en deux parties égales aux points Κ, Λ, Μ, Ν, Ξ, Π, Ο, Ρ, et par ces points menons les plans ΚΝ, ΞΡ; que la commune section de ces plans soit ΥΣ, et que le diamètre du parallélépipède ΑΖ soit ΔΗ; je dis que ΥΤ est égal à ΤΣ et ΔΤ égal à ΤΗ.

Ἐπεζεύχθωσαν γὰρ αἱ ΔΥ, ΥΕ, ΒΣ, ΣΗ. Καὶ ἐπεὶ παράλληλός ἐστιν ἡ ΔΞ τῇ ΟΕ, αἱ ἐναλλὰξ ἄρα[7] γωνίαι αἱ ὑπὸ ΔΞΥ, ΥΟΕ ἴσαι ἀλλήλαις εἰσί. Καὶ ἐπεὶ ἴση ἐστὶν ἡ μὲν ΔΞ τῇ ΟΕ, ἡ δὲ ΞΥ τῇ ΥΟ, καὶ γωνίας ἴσας περιέχουσι· βάσις ἄρα ἡ ΔΥ τῇ ΥΕ ἐστὶν ἴση, καὶ τὸ ΔΞΥ τρίγωνον τῷ ΟΥΕ τριγώνῳ ἐστὶν ἴσον[8], καὶ αἱ λοιπαὶ γωνίαι ταῖς λοιπαῖς γωνίαις ἴσαι[9]· ἴση ἄρα ἡ ὑπὸ ΞΥΔ γωνία τῇ ὑπὸ ΟΥΕ γωνίᾳ· διὰ δὴ τοῦτο εὐθεῖά ἐστιν ἡ ΔΥΕ· διὰ τὰ αὐτὰ δὴ καὶ ἡ ΒΣΗ εὐθεῖά ἐστι καὶ ἴση ἡ ΒΣ τῇ ΣΗ. Καὶ ἐπεὶ ἡ ΓΑ τῇ ΔΒ ἴση ἐστὶ καὶ παράλληλος, ἀλλὰ ἡ ΓΑ καὶ τῇ ΕΗ ἴση τέ ἐστι καὶ παράλληλος· καὶ ἡ ΔΒ ἄρα τῇ ΕΗ ἴση τέ ἐστι[10] καὶ παράλληλος. Καὶ ἐπιζευγνύουσιν αὐτὰς εὐθεῖαι αἱ ΔΕ, ΗΒ· παράλληλος ἄρα ἐστὶν[11] ἡ ΔΕ τῇ ΒΗ. Καὶ εἰλήφθω ἐφ' ἑκατέρας αὐτῶν τυχόντα σημεῖα τὰ Δ, Υ, Η, Σ, καὶ ἐπεζεύχθωσαν αἱ ΔΗ, ΥΣ· ἐν ἑνὶ ἄρα εἰσὶν ἐπιπέδῳ αἱ ΔΗ, ΥΣ. Καὶ ἐπεὶ παράλληλός ἐστιν ἡ ΔΕ τῇ ΒΗ, ἴση ἄρα ἡ μὲν[12] ὑπὸ ΕΔΤ γωνία τῇ ὑπὸ ΒΗΤ, ἐναλλὰξ γάρ. Η δὲ[13]

Jungantur enim ipsæ ΔΥ, ΥΕ, ΒΣ, ΣΕ. Et quoniam parallela est ipsa ΔΞ ipsi ΟΕ; alterni igitur anguli ΔΞΥ, ΥΟΕ æquales inter se sunt. Et quoniam æqualis est ipsa quidem ΔΞ ipsi ΟΕ; ipsa vero ΞΥ ipsi ΥΟ, et angulos æquales continent; basis igitur ΔΥ ipsi ΥΕ est æqualis, et ΔΞΥ triangulum ipsi ΟΥΕ triangulo est æquale, et reliqui anguli reliquis angulis æquales; æqualis igitur ΞΥΔ angulus ipsi ΟΥΕ angulo, æqualis igitur ΞΥΔ angulus ipsi ΟΥΕ angulo; ob id utique recta est ipsa ΔΥΕ; propter eadem utique ipsa ΒΣΗ recta est, et æqualis ΒΣ ipsi ΣΗ. Et quoniam ΓΑ ipsi ΔΒ æqualis est parallela; sed ΓΑ et ipsi ΕΗ æqualis est et parallela; et ΔΒ igitur ipsi ΕΗ æqualis est et parallela. Et conjungunt ipsas rectæ ΔΕ, ΗΒ; parallela igitur est ΔΕ ipsi ΒΗ. Et sumpta sunt in utrâque ipsarum quælibet puncta Δ, Υ, Η, Σ, et junctæ sunt ipsæ ΔΗ, ΥΣ; in uno igitur sunt plano ipsæ ΔΗ, ΥΣ. Et quoniam parallela est ΔΕ ipsi ΒΗ, æqualis igitur quidem ΕΔΤ angulus ipsi ΒΗΤ,

Car joignons ΔΥ, ΥΕ, ΒΣ, ΣΗ. Puisque ΔΞ est parallèle à ΟΕ, les angles alternes ΔΞΥ, ΥΟΕ sont égaux entr'eux (29. 1). Et puisque ΔΞ est égal à ΟΕ, et ΞΥ égal à ΥΟ, et que ces droites comprènent des angles égaux, la base ΔΥ sera égale à la base ΥΕ, le triangle ΔΞΥ égal au triangle ΟΥΕ, et les autres angles égaux aux autres angles (4. 1); l'angle ΞΥΔ est donc égal à l'angle ΟΥΕ, la ligne ΔΥΕ est donc une ligne droite (14. 1). Par la même raison, la ligne ΒΣΗ est aussi une ligne droite, et la droite ΒΣ égale à la droite ΣΗ. Et puisque la droite ΓΑ est égale et parallèle à ΔΒ, et que la droite ΓΑ est aussi égale et parallèle à la droite ΕΗ, la droite ΔΒ sera égale et parallèle à la droite ΕΗ (30. 1). Mais ces droites sont jointes par les droites ΔΕ, ΗΒ; la droite ΔΕ est donc parallèle à la droite ΒΗ (33. 1). Mais on a pris dans chacune de ces droites des points quelconques Δ, Υ, Η, Σ, et on a joint ΔΗ, ΥΣ; les droites ΔΗ, ΥΣ sont donc dans un seul plan (7. 11). Et puisque la droite ΔΕ est parallèle à la droite ΒΗ, les angles ΕΔΤ, ΒΗΤ sont égaux, car ils sont alternes (29. 1). Mais l'angle ΔΤΥ est égal à l'angle ΗΤΣ (15. 1); les deux

ὑπὸ ΔΤΥ τῇ ὑπὸ ΗΤΣ ἴση[14]· δύο δὴ τρίγωνά ἐστι τὰ ΔΤΥ, ΗΤΣ τὰς δύο γωνίας ταῖς δυσὶ γωνίαις ἴσας ἔχοντα καὶ μίαν πλευρὰν μιᾷ πλευρᾷ ἴσην, τὴν ὑποτείνουσαν ὑπὸ μίαν τῶν

alterni enim. Ipse autem ΔΤΥ ipsi ΗΤΣ æqualis duo igitur triangula ΔΤΥ, ΗΤΣ sunt duos angulos duabus angulis æquales habentia, et unum latus uni lateri æqualem subtendens unum

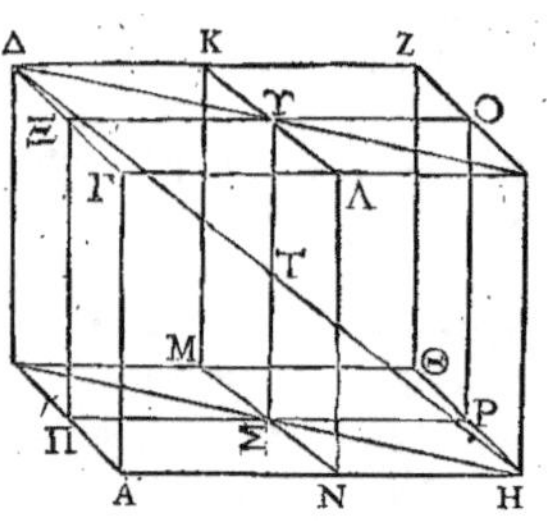

ἴσων γωνιῶν, τὴν ΔΥ τῇ ΗΣ, ἡμίσειαι γάρ εἰσι τῶν ΔΕ, ΒΗ· καὶ τὰς λοιπὰς ἄρα[15] πλευρὰς ταῖς λοιπαῖς πλευραῖς[16] ἴσας ἕξει· ἴση ἄρα ἡ μὲν ΔΤ τῇ ΤΗ, ἡ δὲ ΥΤ τῇ ΤΣ.

Ἐὰν ἄρα στερεοῦ, καὶ τὰ ἑξῆς[17].

æqualium angulorum, ipsum ΔΥ ipsi ΗΣ, dimidia enim sunt ipsorum ΔΕ, ΒΗ; reliqua igitur latera reliquis lateribus æqualia habebunt; æqualis igitur quidem ipsa ΔΤ ipsi ΤΗ, ipsa vero ΥΤ ipsi ΤΣ.

Si igitur solidi, etc.

triangles ΔΤΥ, ΗΤΣ ont deux angles égaux à deux angles, et deux côtés égaux, c'est-à-dire les côtés ΔΥ, ΗΣ qui sont opposés à des angles égaux, car ces côtés sont les moitiés des droites ΔΕ, ΒΗ; ces deux triangles auront donc les autres côtés égaux aux autres côtés (26. 1); la droite ΔΤ est donc égale à ΤΗ, et la droite ΥΤ égale à ΤΣ. Donc, etc.

ΠΡΟΤΑΣΙΣ μ'.

Εὰν ᾖ δύο πρίσματα ἰσοϋψῆ, καὶ τὸ μὲν ἔχῃ βάσιν παραλληλόγραμμον, τὸ δὲ τρίγωνον, διπλάσιον δὲ ᾖ τὸ παραλληλόγραμμον τοῦ τριγώνου· ἴσα ἔσται τὰ πρίσματα.

Εστω πρίσματα ἰσοϋψῆ τὰ ΑΒΓΔΕΖ, ΗΘΚΛΜΝ, καὶ τὸ μὲν ἐχέτω βάσιν τὸ ΑΖ παραλληλόγραμμον, τὸ δὲ τὸ ΗΘΚ τρίγωνον, διπλάσιον δὲ ἔστω τὸ ΑΖ παραλληλόγραμμον τοῦ ΗΘΚ τριγώνου· λέγω ὅτι ἴσον ἐστὶ τὸ ΑΒΓΔΕΖ πρίσμα τῷ ΗΘΚΛΜΝ πρίσματι.

PROPOSITIO XL.

Si sint duo prismata æque alta, et unum quidem habeat basim parallelogrammum, alterum vero triangulum, duplum autem sit parallelogrammum trianguli, æqualia erunt prismata.

Sint prismata æque alta ΑΒΓΔΕΖ, ΗΘΚΛΜΝ, et unum quidem habeat basim ΑΖ parallelogrammum, alterum vero ΗΘΚ triangulum, duplum sit autem ΑΖ parallelogramum ipsius ΗΘΚ trianguli; dico æquale esse ΑΒΓΔΕΖ prisma ipsi ΗΘΚΛΜΝ prismati.

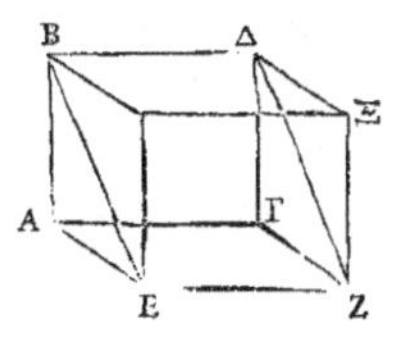

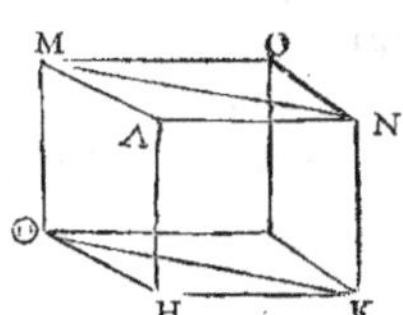

Συμπεπληρώσθω γὰρ τὰ ΑΞ, ΗΟ στερεά. Καὶ[1] ἐπεὶ διπλάσιόν ἐστι τὸ ΑΖ παραλληλόγραμμον τοῦ ΗΘΚ τριγώνου, ἐστὶ δὲ καὶ τὸ

Compleantur enim ΑΞ, ΗΟ solida. Et quoniam duplum est ΑΖ parallelogrammum trianguli ΗΘΚ, est autem et ΘΚ parallelogrammum

PROPOSITION XL.

Si deux prismes sont égaux en hauteur, si l'un d'eux a pour base un parallélogramme, et l'autre un triangle, et si le parallélogramme est double du triangle, ces prismes seront égaux.

Soient ΑΒΓΔΕΖ, ΗΘΚΛΜΝ des prismes égaux en hauteur, que l'un d'eux ait pour base le parallélogramme ΑΖ, et l'autre le triangle ΗΘΚ, et que le parallélogramme ΑΖ soit double du triangle ΗΘΚ; je dis que le prisme ΑΒΓΔΕΖ est égal au prisme ΗΘΚΛΜΝ.

Car achevons les parallélépipèdes ΑΞ, ΗΟ. Puisque le parallélogramme ΑΖ est double du triangle ΗΘΚ, et le parallélogramme ΘΚ double aussi du triangle ΗΘΚ (34.1),

ΘΚ παραλληλόγραμμον διπλάσιον τοῦ ΗΘΚ τριγώνου· ἴσον ἄρα ἐστὶ τὸ ΑΖ παραλληλόγραμμον τῷ ΘΚ παραλληλογράμμῳ. Τὰ δὲ ἐπὶ ἴσων βάσεων ὄντα στερεὰ παραλληλεπίπεδα

duplum ipsius ΗΘΚ trianguli; æquale igitur est ΑΖ parallelogrammum ipsi ΘΚ parallelogrammo. In æqualibus autem basibus existentia solida parallelepipeda et in eâdem altitudine æqua-

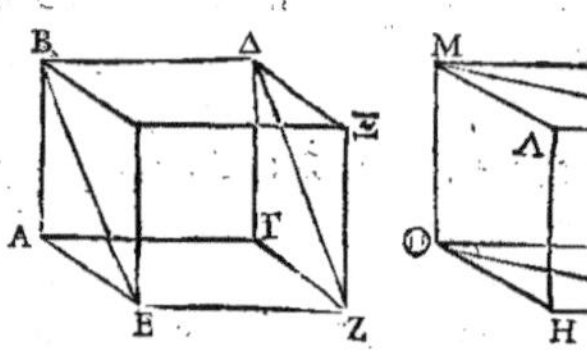

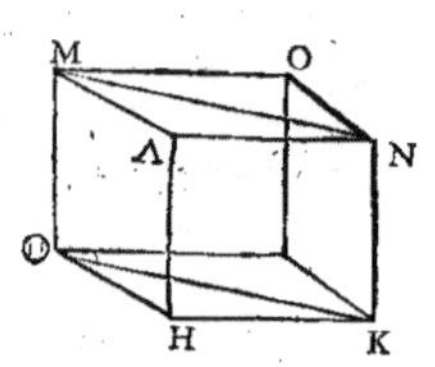

καὶ ὑπὸ τὸ αὐτὸ ὕψος ἴσα ἀλλήλοις εἰσίν· ἴσον ἄρα ἐστὶ τὸ ΑΞ στερεὸν τῷ ΗΟ στερεῷ. Καὶ ἔστι τοῦ μὲν ΑΞ στερεοῦ ἥμισυ τὸ ΑΒΓΔΕΖ πρίσμα, τοῦ δὲ ΗΟ στερεοῦ ἥμισυ τὸ ΗΘΚΛΜΝ πρίσμα· ἴσον ἄρα ἐστὶ τὸ ΑΒΓΔΕΖ πρίσμα τῷ ΗΘΚΛΜΝ πρίσματι.

Ἐὰν ἄρα ᾖ, καὶ τὰ ἑξῆς.

lia inter se sunt; æquale igitur est ΑΞ solidum ipsi ΗΟ solido. Et est ipsius quidem ΑΞ solidi dimidium prisma ΑΒΓΔΕΖ, ipsius autem ΗΟ solidi dimidium prisma ΗΘΚΛΜΝ; æquale igitur est ΑΒΓΔΕΖ prisma ipsi ΗΘΚΛΜΝ prismati.

Si igitur sint, etc.

le parallélogramme ΑΖ sera égal au parallélogramme ΘΚ. Mais les parallélépipèdes qui ont des bases égales et la même hauteur sont égaux entr'eux (31. 11); le parallélépipède ΑΞ est donc égal au parallélépipède ΗΟ. Mais le prisme ΑΒΓΔΕΖ est la moitié du parallélépipède ΑΞ, et le prisme ΗΘΚΛΜΝ la moitié du parallélépipède ΗΟ; le prisme ΑΒΓΔΕΖ est donc égal au prisme ΗΘΚΛΜΝ. Donc, etc.

FIN DU ONZIÈME LIVRE.

EUCLIDIS
ELEMENTORUM
LIBER DUODECIMUS.

ΠΡΟΤΑΣΙΣ α΄.

Τὰ ἐν τοῖς κύκλοις ὅμοια πολύγωνα πρὸς ἄλληλά ἐστιν ὡς τὰ ἀπὸ τῶν διαμέτρων τετράγωνα.

Εστωσαν κύκλοι οἱ ΑΒΓΔΕ, ΖΗΘΚΛ, καὶ ἐν αὐτοῖς ὅμοια πολύγωνα ἔστω τὰ ΑΒΓΔΕ, ΖΗΘΚΛ, διάμετροι δὲ τῶν κύκλων ἔστωσαν αἱ ΒΜ, ΗΝ· λέγω

PROPOSITIO I.

In circulis similia polygona inter se sunt ut ex diametris quadrata.

Sint circuli ΑΒΓΔΕ, ΖΗΘΚΛ, et in ipsis similia polygona sint ΑΒΓΔΕ, ΖΗΘΚΛ, diametri autem circulorum sint ipsæ ΒΜ, ΗΝ; dico esse ut

LE DOUZIÈME LIVRE
DES ÉLÉMENTS D'EUCLIDE.

PROPOSITION I.

Les polygones semblables inscrits dans des cercles sont entr'eux comme les quarrés des diamètres.

Soient les cercles ΑΒΓΔΕ, ΖΗΘΚΛ; soient dans ces cercles les polygones semblables ΑΒΓΔΕ, ΖΗΘΚΛ, et que les diamètres de ces cercles soient ΒΜ, ΗΝ; je dis que

ὅτι ἐστὶν ὡς τὸ ἀπὸ τῆς ΒΜ τετράγωνον πρὸς τὸ ἀπὸ τῆς ΗΝ τετράγωνον οὕτως τὸ ΑΒΓΔΕ πολύγωνον πρὸς τὸ ΖΗΘΚΛ πολύγωνον.

quadratum ex BM ad ipsum ex HN quadratum ita ΑΒΓΔΕ polygonum ad ΖΗΘΚΛ polygonum.

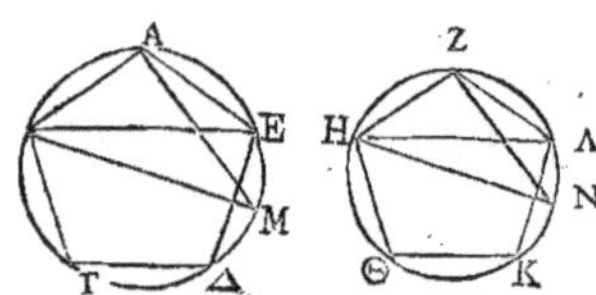

Ἐπεζεύχθωσαν γὰρ αἱ ΒΕ, ΑΜ, ΗΛ, ΖΝ. Καὶ ἐπεὶ ὅμοιόν ἐστι[1] τὸ ΑΒΓΔΕ πολύγωνον τῷ ΖΗΘΚΛ πολυγώνῳ, ἴση ἐστὶ καὶ ἡ ὑπὸ ΒΑΕ γωνία τῇ ὑπὸ ΗΖΛ, καὶ ἔστιν ὡς ἡ ΒΑ πρὸς τὴν ΑΕ οὕτως ἡ ΗΖ πρὸς τὴν ΖΛ· δύο δὴ τρίγωνά ἐστι τὰ ΒΑΕ, ΗΖΛ μίαν γωνίαν μιᾷ γωνίᾳ[2] ἴσην ἔχοντα, τὴν ὑπὸ ΒΑΕ τῇ ὑπὸ ΗΖΛ, περὶ δὲ τὰς ἴσας γωνίας τὰς πλευρὰς ἀνάλογον· ἰσογώνιον ἄρα ἐστὶ τὸ ΑΒΕ τρίγωνον τῷ ΖΗΛ τριγώνῳ· ἴση ἄρα ἐστὶν ἡ ὑπὸ ΑΕΒ γωνία τῇ ὑπὸ ΖΛΗ. Ἀλλ' ἡ μὲν ὑπὸ ΑΕΒ τῇ ὑπὸ ΑΜΒ ἐστὶν ἴση[3], ἐπὶ γὰρ τῆς αὐτῆς περιφερείας βεβήκασιν· ἡ δὲ ὑπὸ ΖΛΗ τῇ ὑπὸ ΖΝΗ· καὶ ἡ

Jungantur enim ipsæ BE, AM, HΛ, ZN. Et quoniam simile est ΑΒΓΔΕ polygonum ipsi ΖΗΘΚΛ polygono, æqualis est et BAE angulus ipsi HZΛ, et est ut BA ad AE ita HZ ad ZΛ; duo igitur triangula sunt BAE, HZΛ unum angulum uni angulo æqualem habentia, ipsum BAE ipsi HZΛ, circa æquales autem angulos latera proportionalia; æquiangulum igitur est ABE triangulum ipsi ZHΛ triangulo, æqualis igitur est AEB angulus ipsi ZΛH. Sed ipse quidem AEB ipsi AMB est æqualis; in eâdem enim circumferentiâ consistunt; ipse autem ZΛH ipsi ZNH; et

le quarré de BM est au quarré de HN comme le polygone ΑΒΓΔΕ est au polygone ΖΗΘΚΛ.

Car joignons BE, AM, HΛ, ZN. Puisque le polygone ΑΒΓΔΕ est semblable au polygone ΖΗΘΚΛ, que l'angle BAE est égal à l'angle HZΛ (déf. 1. 6), et que BA est à AE comme HZ est à ZΛ, les deux triangles BAE, HZΛ ont un angle égal à un angle; savoir, l'angle BAE égal à l'angle HZΛ, et les côtés, placés autour de ces angles, proportionnels; les triangles ABE, ZHΛ sont donc équiangles (6. 6); l'angle AEB est donc égal à l'angle ZΛH. Mais l'angle AEB est égal à l'angle AMB (21. 3), car ces angles sont appuyés sur le même arc, et l'angle ZΛH est aussi égal à l'angle ZNH; l'angle AMB est donc égal à l'angle ZNH. Mais l'angle

πὸ AMB ἄρα τῇ ὑπὸ ZNH ἐστὶν ἴση[4]. Ἐστι δὲ αὶ ὀρθὴ ἡ ὑπὸ BAM ὀρθῇ τῇ ὑπὸ HZN ἴση· αὶ ἡ λοιπὴ ἄρα τῇ λοιπῇ ἐστὶν ἴση· ἰσογώνιον ρα ἐστὶ[5] τὸ ABM τρίγωνον τῷ ZHN τριγώνῳ· νάλογον ἄρα ἐστὶν ὡς ἡ BM πρὸς τὴν HN ὕτως ὁ BA πρὸς τὴν HZ. Ἀλλὰ τοῦ μὲν τῆς M πρὸς τὴν HN λόγου διπλασίων ἐστιν ὁ οῦ ἀπὸ τῆς BM τετραγώνου πρὸς τὸ ἀπὸ ῆς[6] HN τετράγωνον, τοῦ δὲ τῆς BA πρὸς ὴν HZ διπλασίων ἐστὶν ὁ τοῦ ABΓΔE πολυγώνου πρὸς τὸ ZHΘKΛ πολύγωνον· καὶ ὡς ἄρα ὸ ἀπὸ τῆς BM τετράγωνον πρὸς τὸ ἀπὸ τῆς HN τετράγωνον[7] οὕτως τὸ ABΓΔE πολύγωνον πρὸς τὸ ZHΘKΛ πολύγωνον.

Τὰ ἄρα ἐν τοῖς κύκλοις, καὶ τὰ ἑξῆς.

ipse AMB igitur ipsi ZNH est æqualis. Est autem et rectus BAM recto HZN æqualis; et reliquus igitur reliquo est æqualis; æquiangulum igitur est ABM triangulum triangulo ZHN; proportionaliter igitur est ut BM ad HN ita BA ad HZ. Sed rationis quidem ipsius BM ad ipsam HN duplicata est ratio quadrati ex BM ad quadratum ex HN, rationis vero ipsius BA ad HZ duplicata est ratio polygoni ABΓΔE ad polygonum ZHΘKΛ; et ut igitur quadratum ex BM ad quadratum ex HN ita polygonum ABΓΔE ad polygonum ZHΘKΛ.

In circulis igitur, etc.

droit BAM est égal à l'angle droit HZN (31. 3); l'angle restant est donc égal à l'angle restant; les deux triangles ABM, ZHN sont donc équiangles; BM est donc à HN comme BA est à HZ (4. 6). Mais la raison du quarré de BM au quarré de HN est double de la raison BM à HN (20. 6), et la raison du polygone ABΓΔE au polygone ZHΘKΛ est double de la raison de BA à HZ; le quarré de BM est donc au quarré de HN comme le polygone ABΓΔE est au polygone ZHΘKΛ (11. 5). Donc, etc.

ΠΡΟΤΑΣΙΣ β'.

Οἱ κύκλοι πρὸς ἀλλήλους εἰσὶν ὡς τὰ ἀπὸ τῶν διαμέτρων τετράγωνα.

Ἔστωσαν κύκλοι οἱ ΑΒΓΔ, ΕΖΗΘ, διάμετροι δὲ αὐτῶν ἔστωσαν αἱ ΒΔ, ΖΘ· λέγω ὅτι ἐστὶν ὡς τὸ ἀπὸ τῆς ΒΔ τετράγωνον πρὸς τὸ ἀπὸ τῆς ΖΘ οὕτως ὁ ΑΒΓΔ κύκλος πρὸς τὸν ΕΖΗΘ κύκλον[1].

Εἰ γὰρ μή ἐστιν ως τὸ ἀπὸ τῆς ΒΔ τετράγωνον πρὸς τὸ ἀπὸ τῆς ΖΘ οὕτως ὁ ΑΒΓΔ κύκλος πρὸς τὸν ΕΖΗΘ κύκλον[2], ἔσται ὡς τὸ ἀπὸ τῆς ΒΔ τετράγωνον[3] πρὸς τὸ ἀπὸ τῆς ΖΘ οὕτως ὁ ΑΒΓΔ κύκλος ἤτοι πρὸς ἔλασσόν τι τοῦ ΕΖΗΘ κύκλου χωρίον ἢ πρὸς μεῖζον. Ἐστω πρότερον πρὸς ἔλασσον τὸ Σ. Καὶ ἐγγεγράφθω εἰς τὸν ΕΖΗΘ κύκλον τετράγωνον τὸ ΕΖΗΘ· τὸ δὴ ἐγγεγραμμένον τετράγωνον μεῖζόν ἐστιν ἢ τὸ ἥμισυ τοῦ ΕΖΗΘ κύκλου, ἐπειδήπερ ἐὰν διὰ τῶν Ε, Ζ, Η, Θ σημείων ἐφαπτομένας εὐθείας τοῦ κύκλου ἀγάγωμεν, τοῦ περιγραφομένου περὶ[4] τὸν κύκλον τετραγώνου ἥμισύ

PROPOSITIO II.

Circuli inter se sunt ut ex diametris quadrata.

Sint circuli ΑΒΓΔ, ΕΖΗΘ, diametri autem ipsorum sint ΒΔ, ΖΘ; dico esse ut quadratum ex ΒΔ ad ipsum ex ΖΘ ita circulum ΑΒΓΔ ad circulum ΕΖΗΘ.

Si enim non est ut quadratum ex ΒΔ ad ipsum ex ΖΘ ita circulus ΑΒΓΔ ad circulum ΕΖΗΘ, erit ut quadratum ex ΒΔ ad quadratum ex ΖΘ ita circulus ΑΒΓΔ vel ad spatium aliquod minus circulo ΕΖΗΘ vel ad majus. Sit primum ad minus Σ. Et describatur in circulo ΕΖΗΘ quadratum ΕΖΗΘ; descriptum utique quadratum majus est quam dimidium circuli ΕΖΗΘ, quoniam si per Ε, Ζ, Η, Θ puncta rectas contingentes circulum ducamus, descripti circa circulum quadrati dimidium est ΕΖΗΘ quadra-

PROPOSITION II.

Les cercles sont entr'eux comme les quarrés de leurs diamètres.

Soient les cercles ΑΒΓΔ, ΕΖΗΘ, et que leurs diamètres soient ΒΔ, ΖΘ; je dis que le quarré de ΒΔ est au quarré de ΖΘ comme le cercle ΑΒΓΔ est au cercle ΕΖΗΘ.

Car si le quarré de ΒΔ n'est pas au quarré de ΖΘ comme le cercle ΑΒΓΔ est au cercle ΕΖΗΘ, le quarré ΒΔ sera au quarré de ΖΘ comme le cercle ΑΒΓΔ est à une surface plus grande ou à une surface plus petite que le cercle ΕΖΗΘ. Que ce soit d'abord à une surface Σ plus petite. Dans le cercle ΕΖΗΘ décrivons le quarré ΕΖΗΘ; le quarré décrit sera plus grand que la moitié du cercle ΕΖΗΘ, parce que, si par les points Ε, Ζ, Η, Θ nous menons des tangentes à ce cercle, le quarré ΕΖΗΘ sera la moitié du quarré circonscrit au cercle (47. 11 et 31. 3).

στι τὸ ΕΖΗΘ τετράγωνον. Τοῦ δὲ περιγραφέντος τετραγώνου ἐλάσσων ἐστὶν ὁ κύλος· ὥστε τὸ ΕΖΗΘ ἐγγεγραμμένον τετράγωνον μεῖζόν ἐστι τοῦ ἡμίσεως τοῦ ΕΖΗΘ κύλου. Τετμήσθωσαν δίχα αἱ ΕΖ, ΖΗ, ΗΘ, ΘΕ περιφέρειαι κατὰ τὰ Κ, Λ, Μ, Ν σημεῖα, αὶ ἐπεζεύχθωσαν αἱ ΕΚ, ΚΖ, ΖΛ, ΛΗ, ΗΜ,

tum. Circumscripto autem quadrato minor est circulus; quare EZHΘ inscriptum quadratum majus est dimidio circuli EZHΘ. Secentur bifariam EZ, ZH, HΘ, ΘE circumferentiæ in K, Λ, M, N punctis, et jungantur ipsæ EK, KZ, ZΛ, ΛH, HM, MΘ, ΘN, NE; et unumquod-

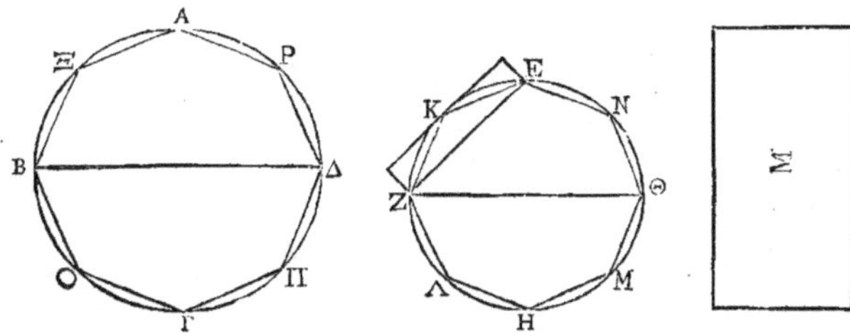

ΙΘ, ΘΝ, ΝΕ· καὶ ἕκαστον ἄρα τῶν ΕΚΖ, ΛΗ, ΗΜΘ, ΘΝΕ τριγώνον μεῖζόν ἐστιν ἢ ὸ ἥμισυ τοῦ καθ' ἑαυτὸ τμήματος τοῦ κύλου· ἐπειδήπερ ἐὰν διὰ τῶν Κ, Λ, Μ, Ν σηιείων ἐφαπτομένας τοῦ κύκλου ἀγάγωμεν, καὶ ναπληρώσωμεν τὰ ἀπὸ[5] τῶν ΕΖ, ΖΗ, ΗΘ, ΘΕ εὐθειῶν παραλληλόγραμμα[6], ἕκαστον τῶν ΚΖ, ΖΛΗ, ΗΜΘ, ΘΝΕ τριγώνων ἥμισυ ἔσται

que igitur triangulorum EKZ, ZΛH, HMΘ, ΘNE majus est dimidio segmenti circuli in quo est; quoniam si per K, Λ, M, N puncta contingentes circulum ducamus, si compleamus parallelogramma super EZ, ZH, HΘ, ΘE rectas, unumquodque EKZ, ZΛH, HMΘ, ΘNE triangulorum dimidium erit parallelogrammi in quo

Iais le cercle est plus petit que le quarré circonscrit; le quarré inscrit EZHΘ est donc lus grand que la moitié du cercle EZHΘ. Partageons les arcs EZ, ZH, HΘ, ΘE en leux parties égales aux points K, Λ, M, N, et joignons EK, KZ, ZΛ, ΛH, HM, MΘ, ΘN, NE. Chacun des triangles EKZ, ZΛH, MHΘ, ΘNE est donc plus grand que la moitié lu segment dans lequel il est placé; parce que si par les points K, Λ, M, N nous nenons des tangentes au cercle, et si sur les droites EZ, ZH, HΘ, ΘE nous construisons des parallélogrammes, chacun des triangles EKZ, ZΛH, HMΘ, ΘNE sera la noitié du parallélogramme dans lequel il est placé (37. 1). Mais un segment est plus

τρῦ καθ' ἑαυτὸ παραλληλογράμμου. Αλλὰ τὸ καθ' ἑαυτὸ τμῆμα ἔλαττόν ἐστι τοῦ παραλληλογράμμου· ὥστε ἕκαστον τῶν ΕΚΖ, ΖΛΗ, ΗΜΘ, ΘΝΕ τριγώνων μεῖζόν ἐστι τοῦ ἡμίσεως τοῦ καθ' ἑαυτὸ τμήματος τοῦ κύκλου· τέμνοντες δὴ τὰς ὑπολειπομένας περιφερείας δίχα, καὶ

est. Sed segmentum minus est parallelogrammo in quo est; quare unumquodque EKZ, ZΛH, HMΘ, ΘNE triangulorum majus est dimidio segmenti circuli in quo est; secantes igitur reliquas circumferentias bifariam, et jungentes

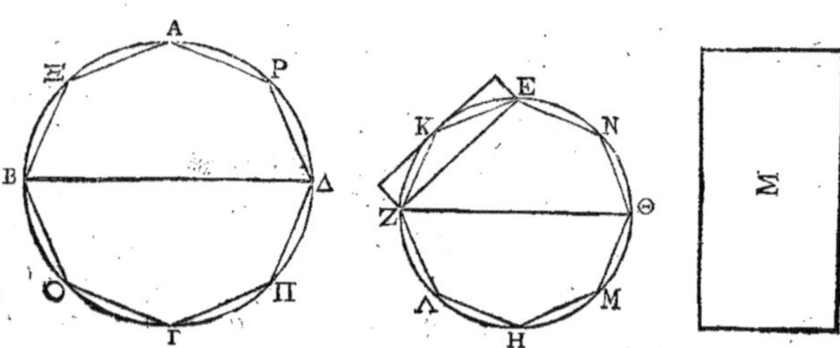

ἐπιζευγνύντες εὐθείας, καὶ τοῦτο ἀεὶ ποιοῦντες καταλειφθήσονται τινα τμήματα[7] τοῦ κύκλου, ἃ ἔσται ἐλάσσονα τῆς ὑπεροχῆς, ᾗ ὑπερέχει ὁ ΕΖΗΘ κύκλος τοῦ Σ χωρίου. Εδείχθη γὰρ ἐν τῷ πρώτῳ θεωρήματι τοῦ δεκάτου βιβλίου[8], ὅτι δύο μεγεθῶν ἀνίσων ἐκκειμένων, ἐὰν ἀπὸ τοῦ μείζονος ἀφαιρεθῇ μεῖζον ἢ τὸ ἥμισυ, καὶ τοῦ καταλειπομένου μεῖζον ἢ τὸ ἥμισυ[9], καὶ τοῦτο ἀεὶ γίγνηται, λειφθήσεταί τι

rectas, et hoc semper facientes, relinquemus quædam segmenta circuli quæ erunt minora excessu quo superat circulus EZHΘ spatium Σ. Ostensum enim est ut in primo theoremate decimi libri, duabus magnitudinibus inæqualibus expositis, si a majore auferatur majus quam dimidium, et a relicto majus quam dimidium, et hoc semper fiat, relinquendam esse aliquam

petit que le parallélogramme où il est placé; chacun des triangles EKZ, ZΛH, HMΘ, ΘNE est donc plus grand que la moitié du segment dans lequel il est placé. Si nous partageons les arcs restants en deux parties égales; si nous joignons leurs extrémités par des droites, et si nous continuons toujours de faire la même chose, il nous restera certains segments de cercles dont la somme sera moindre que l'excès du cercle EZHΘ sur la surface Σ; car nous avons démontré dans le premier théorême du dixième livre que, deux grandeurs inégales étant données, si l'on retranche de la plus grande une partie plus grande que sa moitié, du reste une partie plus grande que sa moitié, et si l'on continue toujours de faire la même chose, il reste enfin une certaine grandeur qui sera plus petite que la plus petite des gran-

μέγεθος ὃ ἔσται ἔλασσον τοῦ ἐκκειμένου ἐλάσσονος μεγέθους. Λελείφθω οὖν, καὶ ἔστω τὰ ἐπὶ τῶν ΕΚ, ΚΖ, ΖΛ, ΛΗ, ΗΜ, ΜΘ, ΘΝ, ΝΕ τμήματα τοῦ ΕΖΗΘ κύκλου ἐλάσσονα τῆς ὑπεροχῆς ᾗ ὑπερέχει ὁ ΕΖΗΘ κύκλος τοῦ Σ χωρίου. λοιπὸν ἄρα τὸ ΕΚΖΛΗΜΘΝ πολύγωνον μεῖζόν ἐστι τοῦ Σ χωρίου. Ἐγγεγράφθω καὶ εἰς τὸν ΑΒΓΔ κύκλον τῷ ΕΚΖΛΗΜΘΝ πολυγώνῳ ὅμοιον πολύγωνον τὸ ΑΞΒΟΓΠΔΡ· ἔστιν ἄρα ὡς τὸ ἀπὸ τῆς ΒΔ τετράγωνον πρὸς τὸ ἀπὸ τῆς ΖΘ τετράγωνον οὕτως τὸ ΑΞΒΟΓΗΔΡ πολύγωνον πρὸς τὸ ΕΚΖΛΗΜΘΝ πολύγωνον. Ἀλλὰ καὶ ὡς τὸ ἀπὸ τῆς ΒΔ τετράγωνον πρὸς τὸ ἀπὸ τῆς ΖΘ οὕτως ὁ ΑΒΓΔ κύκλος πρὸς τὸ Σ χωρίον· καὶ ὡς ἄρα ὁ ΑΒΓΔ κύκλος πρὸς τὸ Σ χωρίον οὕτως τὸ ΑΞΒΟΓΠΔΡ πολύγωνον πρὸς τὸ ΕΚΖΛΗΜΘΝ πολύγωνον· ἐναλλὰξ ἄρα ὡς ὁ ΑΒΓΔ κύκλος πρὸς τὸ ἐν αὐτῷ πολύγωνον οὕτως τὸ Σ χωρίον πρὸς τὸ ΕΚΖΛΗΜΘΝ πολύγωνον. Μείζων δὲ ΑΒΓΔ κύκλος τοῦ ἐν αὐτῷ πολυγώνου· μεῖζον ἄρα καὶ τὸ Σ χωρίον τοῦ ΕΚΖΛΗΜΘΝ πολυγώνου. Ἀλλὰ καὶ ἔλαττον, ὅπερ ἐστὶν[10] ἀδύνατον· οὐκ ἄρα ἐστὶν[11] ὡς τὸ

magnitudinem quæ minor erit exposità minore magnitudine. Relicta sint igitur, et sint segmata super ΕΚ, ΚΖ, ΖΛ, ΛΗ, ΗΜ, ΜΘ, ΘΝ, ΝΕ minora quam circulus ΕΖΗΘ excessu quo superat circulus ΕΖΗΘ spatium Σ; reliquum igitur polygonum ΕΚΖΛΗΜΘΝ majus est spatio Σ. Describatur et in circulo ΑΒΓΔ polygono ΕΚΖΛΗΜΘΝ simile polygonum ΑΞΒΟΓΠΔΡ; est igitur ut quadratum ex ΒΔ ad quadratum ex ΖΘ ita polygonum ΑΞΒΟΓΗΔΡ ad polygonum ΕΚΖΛΗΜΘΝ. Sed et ut quadratum ex ΒΔ ad ipsum ex ΖΘ ita circulus ΑΒΓΔ ad spatium Σ; et ut igitur circulus ΑΒΓΔ ad spatium Σ ita polygonum ΑΞΒΟΓΠΔΡ ad polygonum ΕΚΖΛΗΜΘΝ; permutando igitur ut circulus ΑΒΓΔ ad polygonum quod in ipso est ita spatium Σ ad polygonum ΕΚΖΛΗΜΘΝ. Major autem circulus ΑΒΓΔ polygono quod in ipso est; majus igitur et spatium Σ polygono ΕΚΖΛΗΜΘΝ. Sed et minus, quod est impossibile; non igitur est ut quadratum ex

deurs exposées. Qu'on ait ce reste, et que ce soient les segments du cercle ΕΖΗΘ placés sur les droites ΕΚ, ΚΖ, ΖΛ, ΛΗ, ΗΜ, ΜΘ, ΘΝ, ΝΕ, et qu'ils soient plus petits que l'excès du cercle ΕΖΗΘ sur la surface Σ; le polygone restant ΕΚΖΛΗΜΘΝ sera plus grand que la surface Σ. Décrivons dans le cercle ΑΒΓΔ un polygone ΑΞΒΟΓΠΔΡ semblable au polygone ΕΚΖΗΝΜΘΝ; le quarré de ΒΔ sera au quarré de ΖΘ comme le polygone ΑΞΒΟΓΠΔΡ est au polygone ΕΚΖΛΗΜΘΝ (1. 12). Mais le quarré de ΒΔ est au quarré de ΖΘ comme le cercle ΑΒΓΔ est à la surface Σ; le cercle ΑΒΓΔ est donc à la surface Σ comme le polygone ΑΞΒΟΓΠΔΡ est au polygone ΕΚΖΛΗΜΘΝ; donc, par permutation, le cercle ΑΒΓΔ est au polygone qui lui est inscrit comme la surface Σ est au polygone ΕΚΖΛΗΜΘΝ. Mais le cercle ΑΒΓΔ est plus grand que le polygone qui lui est inscrit; la surface Σ est donc plus grande que le polygone ΕΚΖΛΗΜΘΝ. Mais il est aussi plus petit, ce qui est impossible;

ἀπὸ τῆς ΒΔ τετράγωνον πρὸς τὸ ἀπὸ τῆς ΖΘ οὕτως ὁ ΑΒΓΔ κύκλος πρὸς ἔλαττόν τι τοῦ ΕΖΗΘ κύκλου χωρίον. Ὁμοίως δὴ δείξομεν, ὅτι οὐδὲ ὡς τὸ ἀπὸ τῆς[12] ΖΘ πρὸς τὸ ἀπὸ τῆς[13] ΒΔ οὕτως ὁ ΕΖΗΘ κύκλος πρὸς ἔλαττόν τι τοῦ ΑΒΓΔ κύκλου χωρίον. Λέγω δὴ ὅτι οὐδ' ὡς τὸ

ΒΔ ad ipsum ex ΖΘ ita circulus ΑΒΓΔ ad spatium aliquod minus circulo ΕΖΗΘ. Similiter utique ostendemus neque ut ipsum ex ΖΘ ad ipsum ex ΒΔ ita circulum ΕΖΗΘ ad spatium aliquod minus circulo ΑΒΓΔ. Dico etiam neque

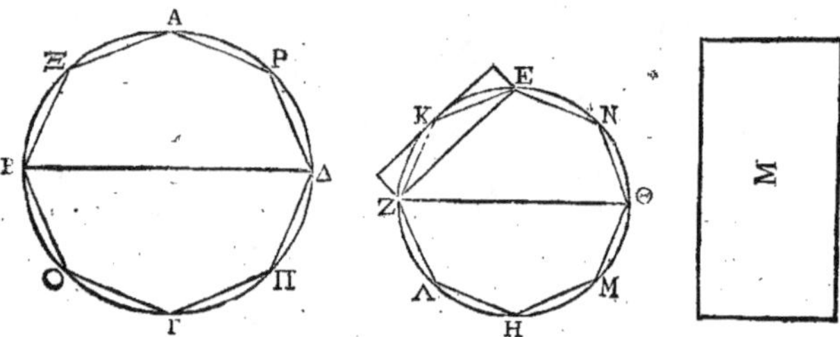

ἀπὸ τῆς ΒΔ πρὸς τὸ ἀπὸ τῆς ΖΘ οὕτως ὁ ΑΒΓΔ κύκλος πρὸς μεῖζόν τι τοῦ ΕΖΗΘ κύκλου χωρίον. Εἰ γὰρ δυνατὸν, ἔστω πρὸς μεῖζον τὸ Σ· ἀνάπαλιν ἄρα ἐστὶν[14] ὡς τὸ ἀπὸ τῆς ΖΘ τετράγωνον πρὸς τὸ ἀπὸ τῆς ΒΔ οὕτως τὸ Σ χωρίον πρὸς τὸ ΑΒΓΔ κύκλον· ἀλλ' ὡς τὸ Σ χωρίον πρὸς τὸν ΑΒΓΔ κύκλον οὕτως ὁ ΕΖΗΘ κύκλος[15] πρὸς ἔλαττόν τι τοῦ ΑΒΓΔ κύκλου

ut ipsum ex ΒΔ ad ipsum ex ΖΘ ita circulum ΑΒΓΔ ad aliquod spatium majus circulo ΕΖΗΘ. Si enim possibile, sit ad majus Σ. Invertendo igitur est ut quadratum ex ΖΘ ad ipsum ex ΒΔ ita spatium Σ ad circulum ΑΒΓΔ; sed ut spatium Σ ad circulum ΑΒΓΔ ita circulus ΕΖΗΘ ad aliquod spatium minus circulo ΑΒΓΔ; et ut igitur ipsum

le quarré de ΒΔ n'est donc point au quarré de ΖΘ comme le cercle ΑΒΓΔ est à une surface plus petite que le cercle ΕΖΗΘ. Nous démontrerons semblablement que le quarré de ΖΘ n'est point au quarré de ΒΔ comme le cercle ΕΖΗΘ est à une surface plus petite que le cercle ΑΒΓΔ. Je dis ensuite que le quarré de ΒΔ n'est point au quarré de ΖΘ comme le cercle ΑΒΓΔ est à une surface plus grande que le cercle ΕΖΗΘ. Car si cela est possible, que le quarré de ΒΔ soit au quarré de ΖΘ comme le cercle ΑΒΓΔ est à une surface Σ plus grande. Par inversion, le quarré de ΖΘ sera au quarré de ΒΔ comme la surface Σ est au cercle ΑΒΓΔ. Mais la surface Σ est au cercle ΑΒΓΔ comme le cercle ΕΖΗΘ est à une surface

χωρίον· καὶ ὡς ἄρα τὸ ἀπὸ τῆς ΖΘ[16] πρὸς τὸ ἀπὸ τῆς ΒΔ οὕτως ὁ ΕΖΗΘ κύκλος πρὸς ἔλαττόν τι τοῦ ΑΒΓΔ κύκλου χωρίον, ὅπερ ἀδύνατον ἐδείχθη[17]· οὐκ ἄρα ἐστὶν[18] ὡς τὸ ἀπὸ τῆς ΒΔ τετράγωνον πρὸς τὸ ἀπὸ τῆς ΖΘ οὕτως ὁ ΑΒΓΔ κύκλος πρὸς μεῖζόν τι τοῦ ΕΖΗΘ κύκλου χωρίον. Ἐδείχθη δὲ ὅτι οὐδὲ πρὸς ἔλασσον· ἔστιν ἄρα ὡς τὸ ἀπὸ τῆς ΒΔ τετράγωνον πρὸς τὸ ἀπὸ τῆς ΖΘ τετράγωνον[19] οὕτως ὁ ΑΒΓΔ κύκλος πρὸς τὸν ΕΖΗΘ κύκλον.

Οἱ ἄρα κύκλοι, καὶ τὰ ἑξῆς.

ex ΖΘ ad ipsum ex ΒΔ ita circulus ΕΖΗΘ ad spatium aliquod minus circulo ΑΒΓΔ, quod impossibile ostensum est. Non igitur est ut quadratum ex ΒΔ ad ipsum ex ΖΘ ita circulus ΑΒΓΔ ad spatium aliquod majus circulo ΕΖΗΘ. Ostensum est autem neque ad minus; est igitur ut quadratum ex ΒΔ ad quadratum ex ΖΘ ita circulus ΑΒΓΔ ad circulum ΕΖΗΘ.

Circuli igitur, etc.

plus petite que le cercle ΑΒΓΔ; le quarré de ΖΘ est donc au quarré de ΒΔ comme le cercle ΕΖΗΘ est à une surface plus petite que le cercle ΑΒΓΔ, ce qui a été démontré impossible; le quarré de ΒΔ n'est donc pas au quarré de ΖΘ comme le cercle ΑΒΓΔ est à une surface plus grande que le cercle ΕΖΗΘ. Mais on a démontré que le quarré de ΒΔ n'est point au quarré de ΖΘ comme le cercle ΑΒΓΔ est à une surface plus petite que le cercle ΕΖΗΘ; le quarré de ΒΔ est donc au quarré de ΖΘ comme le cercle ΑΒΓΔ est au cercle ΕΖΗΘ. Donc, etc.

ΛΗΜΜΑ.

Λέγω δὴ, ὅτι τοῦ Σ χωρίου μείζονος ὄντος τοῦ ΕΖΗΘ κύκλου, ἐστὶν ὡς τὸ Σ χωρίον πρὸς τὸ ΑΒΓΔ κύκλον οὕτως ὁ[1] ΕΖΗΘ κύκλος πρὸς ἔλασσόν τι τοῦ ΑΒΓΔ κύκλου χωρίον.

LEMMA.

Dico utique, spatio Σ majore existente circulo ΕΖΗΘ, esse ut spatium Σ ad circulum ΑΒΓΔ ita circulum ΕΖΗΘ ad spatium aliquod minus circulo ΑΒΓΔ.

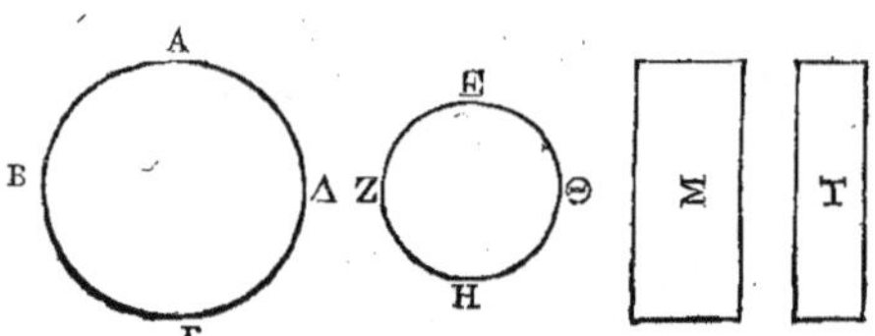

Γεγονέτω γὰρ ὡς τὸ Σ χωρίον πρὸς τὸν ΑΒΓΔ κύκλον οὕτως ὁ ΕΖΗΘ κύκλος πρὸς τὸ Τ χωρίον· λέγω ὅτι ἔλασσόν ἐστι τὸ Τ χωρίον τοῦ ΑΒΓΔ κύκλου. Ἐπεὶ γάρ ἐστιν ὡς τὸ Σ χωρίον πρὸς τὸν ΑΒΓΔ κύκλον οὕτως ὁ ΕΖΗΘ κύκλος πρὸς τὸ Τ χωρίον· ἐναλλὰξ ἄρα[2] ἐστὶν ὡς τὸ Σ χωρίον πρὸς τὸν ΕΖΗΘ κύκλον οὕτως ὁ ΑΒΓΔ κύκλος πρὸς τὸ Τ χωρίον. Μεῖζον δὲ τὸ

Fiat enim ut spatium Σ ad circulum ΑΒΓΔ ita circulus ΕΖΗΘ ad spatium Τ; dico minus esse spatium Τ circulo ΑΒΓΔ. Quoniam enim est ut spatium Σ ad circulum ΑΒΓΔ ita circulus ΕΖΗΘ ad spatium Τ; permutando igitur est ut spatium Σ ad circulum ΕΖΗΘ ita circulus ΑΒΓΔ ad spatium Τ. Majus autem spatium

LEMME.

Je dis que si la surface Σ est plus grande que le cercle ΕΖΗΘ, la surface Σ sera au cercle ΑΒΓΔ comme le cercle ΕΖΗΘ est à une surface plus petite que le cercle ΑΒΓΔ.

Car que la surface Σ soit au cercle ΑΒΓΔ comme le cercle ΕΖΗΘ est à une surface Τ; je dis que la surface Τ est plus petite que le cercle ΑΒΓΔ. Car puisque la surface Σ est au cercle ΑΒΓΔ comme le cercle ΕΖΗΘ est à la surface Τ, par permutation, la surface Σ sera au cercle ΕΖΗΘ comme le cercle ΑΒΓΔ est à la surface Τ (16. 5). Mais la surface Σ est plus grande que le cercle ΕΖΗΘ; le cercle

Σ χωρίον[3] τοῦ ΕΖΗΘ κύκλου· μείζων ἄρα καὶ ὁ ΑΒΓΔ κύκλος τοῦ Τ χωρίου· ὥστε ἐστὶν[4] ὡς τὸ Σ χωρίον πρὸς τὸν ΑΒΓΔ κύκλον οὕτως ὁ ΕΖΗΘ κύκλος πρὸς ἔλαττόν τι τοῦ ΑΒΓΔ κύκλου χωρίον. Οπερ ἔδει δεῖξαι[5].

Σ circulo ΕΖΗΘ. Major igitur et circulus ΑΒΓΔ spatio Τ; quare est ut spatium Σ ad circulum ΑΒΓΔ ita circulus ΕΖΗΘ ad spatium aliquod minus circulo ΑΒΓΔ. Quod oportebat ostendere.

ΠΡΟΤΑΣΙΣ γ΄.

Πᾶσα πυραμὶς τρίγωνον ἔχουσα βάσιν διαιρεῖται εἰς δύο πυραμίδας ἴσας τε καὶ ὁμοίας ἀλλήλαις τριγώνους βάσεις ἐχούσας καὶ ὁμοίας τῇ ὅλῃ[1]· καὶ εἰς δύο πρίσματα ἴσα, καὶ τὰ δύο πρίσματα μείζονά ἐστιν ἢ τὸ ἥμισυ τῆς ὅλης πυραμίδος.

Εστω πυραμὶς, ἧς βάσις μὲν τὸ ΑΒΓ τρίγωνον, κορυφὴ δὲ τὸ Δ σημεῖον· λέγω ὅτι ἡ ΑΒΓΔ πυραμὶς διαιρεῖται εἰς δύο πυραμίδας ἴσας τε καὶ ὁμοίας[2] ἀλλήλαις, τριγώνους βάσεις

PROPOSITIO III.

Omnis pyramis triangularem habens basim dividitur in duas pyramides et æquales et similes inter se, triangulares bases habentes, et similes toti; et in duo prismata æqualia; et duo prismata majora sunt dimidio totius pyramidis.

Sit pyramis, cujus basis quidem ΑΒΓ triangulum, vertex vero Δ punctum; dico ΑΒΓΔ pyramidem dividi in duas pyramides et æquales et similes inter se, triangulares bases haben-

ΑΒΓΔ est donc plus grand que la surface Τ; la surface Σ est donc au cercle ΑΒΓΔ comme le cercle ΕΖΗΘ est à une surface plus petite que le cercle ΑΒΓΔ. Ce qu'il fallait démontrer.

PROPOSITION III.

Toute pyramide triangulaire peut se diviser en deux pyramides triangulaires égales et semblables entr'elles et semblables à la pyramide entière, et en deux prismes égaux; et ces deux prismes sont plus grands que la moitié de la pyramide entière.

Soit la pyramide dont la base est le triangle ΑΒΓ, et dont le sommet est le point Δ; je dis que la pyramide ΑΒΓΔ peut se diviser en deux pyramides triangulaires égales et semblables entr'elles, et semblables à la pyramide entière, et

ἐχούσας, καὶ ὁμοίας τῇ ὅλῃ, καὶ εἰς δύο πρίσματα ἴσα, καὶ τὰ δύο πρίσματα μείζονά ἐστιν ἢ τὸ ἥμισυ τῆς ὅλης πυραμίδος.

tes, et similes toti, et in duo prismata æqualia, et duo prismata majora esse dimidio totius pyramidis.

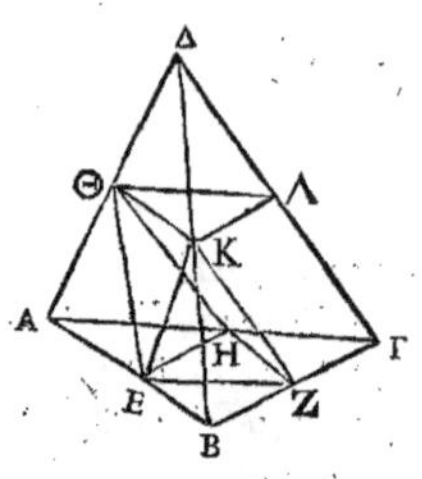

Τετμήσθωσαν γὰρ αἱ ΑΒ, ΒΓ, ΓΑ, ΑΔ, ΔΒ, ΔΓ δίχα κατὰ τὰ Ε, Ζ, Θ, Κ, Λ σημεῖα, καὶ ἐπεζεύχθωσαν αἱ ΕΘ, ΕΗ, ΗΘ, ΘΚ, ΚΛ, ΛΘ, ΕΚ, ΚΖ, ΖΗ. Καὶ[3] ἐπεὶ ἴση ἐστὶν ἡ μὲν ΑΕ τῇ ΕΒ, ἡ δὲ ΑΘ τῇ ΘΔ· παράλληλος ἄρα ἐστὶν ἡ ΕΘ τῇ ΔΒ. Διὰ τὰ αὐτὰ δὴ καὶ ἡ ΘΚ τῇ ΑΒ παράλληλός ἐστι· παραλληλόγραμμον ἄρα ἐστὶ[4] τὸ ΘΕΒΚ· ἴση ἄρα ἐστὶν ἡ ΘΚ τῇ ΕΒ. Ἀλλὰ ἡ ΕΒ τῇ ΕΑ ἐστιν ἴση· καὶ ἡ ΕΑ ἄρα τῇ ΘΚ ἐστὶν ἴση. Ἔστι δὲ[5] καὶ ἡ ΑΘ τῇ ΘΔ ἴση· δύο δὴ αἱ ΕΑ, ΑΘ δυσὶ ταῖς ΚΘ, ΘΔ ἴσαι εἰσὶν

Secentur enim ipsæ AB, BΓ, ΓA, AΔ, ΔB, ΔΓ bifariam in E, Z, H, Θ, K, Λ punctis, et jungantur ipsæ EΘ, EH, HΘ, ΘK, KΛ, ΛΘ, EK, KZ, ZH. Et quoniam æqualis est quidem ipsa AE ipsi EB, ipsa vero AΘ ipsi ΘΔ, parallela igitur est EΘ ipsi ΔB. Propter eadem utique et ΘK ipsi AB parallela est; parallelogrammum igitur est ipsum ΘEBK; æqualis igitur est ΘK ipsi EB. Sed EB ipsi EA est æqualis; et EA igitur ipsi ΘK est æqualis. Est autem AΘ ipsi ΘΔ æqualis; duæ igitur EA, AΘ duabus KΘ,

en deux prismes égaux, et que ces deux prismes sont plus grands que la moitié de la pyramide entière.

Car coupons les droites AB, BΓ, ΓA, AΔ, ΔB, ΔΓ en deux parties égales aux points E, Z, H, Θ, K, Λ, et joignons EΘ, EH, HΘ, ΘK, KΛ, ΛΘ, EK, KZ, ZH. Puisque AE est égal à EB, et AΘ égal à ΘΔ; la droite EΘ sera parallèle à la droite ΔB (2. 6). Par la même raison, la droite ΘK est parallèle à la droite AB; la figure ΘEBK est donc un parallélogramme; ΘK est donc égal à EB (34. 1). Mais EB est égal à EA; EA est donc égal à ΘK. Mais AΘ est égal à ΘΔ; les deux droites EA, AΘ sont donc

ἑκατέρα ἑκατέρᾳ, καὶ γωνία ἡ ὑπὸ ΕΑΘ γωνίᾳ τῇ ὑπὸ ΚΘΔ ἴση· βάσις ἄρα ἡ ΕΘ βάσει τῇ ΚΔ ἐστὶν ἴση· ἴσον ἄρα καὶ ὅμοιόν ἐστι τὸ ΑΕΘ τρίγωνον τῷ ΘΚΔ τριγώνῳ. Διὰ τὰ αὐτὰ δὴ καὶ τὸ ΑΘΗ τρίγωνον τῷ ΘΛΔ τριγώνῳ ἴσον τέ[6] ἐστι καὶ ὅμοιον. Καὶ ἐπεὶ δύο εὐθεῖαι ἁπτόμεναι ἀλλήλων αἱ ΕΘ, ΘΗ παρὰ δύο εὐθείας ἁπτομένας ἀλλήλων τὰς ΚΔ, ΔΛ εἰσιν, οὐκ ἐν τῷ αὐτῷ ἐπιπέδῳ οὖσαι, ἴσας γωνίας περιέξουσιν[7]· ἴση ἄρα ἐστὶν[8] ἡ ὑπὸ ΕΘ γωνία τῇ ὑπὸ ΚΔΛ γωνίᾳ. Καὶ ἐπεὶ δύο εὐθεῖαι αἱ ΕΘ, ΘΗ δυσὶ ταῖς ΚΔ, ΔΛ ἴσαι εἰσὶν ἑκατέρα ἑκατέρᾳ, καὶ γωνία ἡ ὑπὸ ΕΘΗ γωνίᾳ τῇ ὑπὸ ΚΔΛ ἐστὶν ἴση· βάσις ἄρα ἡ ΕΗ βάσει τῇ ΚΛ ἐστὶν[9] ἴση· ἴσον ἄρα καὶ ὅμοιόν ἐστι τὸ ΕΘΗ τρίγωνον τῷ ΚΔΛ τριγώνῳ. Διὰ τὰ αὐτὰ δὴ καὶ τὸ ΑΕΗ τρίγωνον τῷ ΘΚΛ τριγώνῳ ἴσον τέ ἐστι καὶ ὅμοιον[10]· ἡ ἄρα πυραμὶς, ἧς βάσις μέν ἐστι[11] τὸ ΑΕΗ τρίγωνον, κορυφὴ δὲ τὸ Θ σημεῖον, ἴση καὶ ὁμοία ἐστὶ πυραμίδι, ἧς βάσις μέν ἐστι[12] τὸ ΘΚΛ τρίγωνον, κορυφὴ δὲ τὸ Δ σημεῖον. Καὶ ἐπεὶ τριγώνου τοῦ ΑΔΒ παρὰ μίαν

ΘΔ æquales sunt utraque utrique, et angulus ΕΑΘ ipsi ΚΘΔ æqualis; basis igitur ΕΘ basi ΚΔ est æqualis; æquale igitur et simile est triangulum ΑΕΘ triangulo ΘΚΔ. Propter eadem utique et triangulum ΑΘΗ triangulo ΘΛΔ et æquale est et simile. Et quoniam duæ rectæ sese tangentes ΕΘ, ΘΗ parallelæ sunt duabus rectis sese tangentibus ΚΔ, ΔΛ, non in eodem plano existentes, æquales angulos continebunt; æqualis igitur est angulus ΕΘΗ angulo ΚΔΛ. Et quoquiam duæ rectæ ΕΘ, ΘΗ duabus ΚΔ, ΔΛ æquales sunt utraque utrique, et angulus ΕΘΗ angulo ΚΔΛ est æqualis; basis igitur ΕΗ basi ΚΛ est æqualis; æquale igitur et simile est triangulum ΕΘΗ triangulo ΚΔΛ. Propter eadem utique et triangulum ΑΕΗ triangulo ΘΚΛ et æquale est et simile; ergo pyramis cujus basis quidem est ΑΕΗ triangulum, vertex autem Θ punctum, æqualis et similis est pyramidi, cujus basis quidem est ΘΚΛ triangulum, vertex vero Δ punctum. Et quoniam uni laterum ΑΒ trianguli ΑΔΒ pa-

égales aux deux droites ΚΘ, ΘΔ, chacune à chacune; mais l'angle ΕΑΘ est égal à l'angle ΚΘΔ; la base ΕΘ est donc égale à la base ΚΔ (29. 1); le triangle ΑΕΘ est donc égal et semblable au triangle ΘΚΔ. Par la même raison, le triangle ΑΘΗ est égal et semblable au triangle ΘΛΔ. Et puisque les deux droites ΕΘ, ΘΗ qui se touchent sont parallèles aux deux droites ΚΔ, ΔΛ qui se touchent et qui ne sont pas dans le même plan, ces droites comprendront des angles égaux (10. 11); l'angle ΕΘΗ est donc égal à l'angle ΚΔΛ. Et puisque les deux droites ΕΘ, ΘΗ sont égales aux deux droites ΚΔ, ΔΛ, chacune à chacune, et que l'angle ΕΘΗ est égal à l'angle ΚΔΛ, la base ΕΗ sera égale à la base ΚΛ; le triangle ΕΘΗ est donc égal et semblable au triangle ΚΔΛ. Par la même raison, le triangle ΑΕΗ est égal et semblable au triangle ΘΚΛ; la pyramide dont la base est le triangle ΑΕΗ et dont le sommet est le point Θ est donc égale et semblable à la pyramide dont la base est le triangle ΘΚΛ et dont le sommet est le point Δ. Et puisque la droite ΘΚ est menée

τῶν πλευρῶν τὴν ΑΒ ἦκται ἡ ΘΚ, ἰσογώνιόν ἐστι τὸ ΑΔΒ τρίγωνον τῷ ΔΘΚ τριγώνῳ, καὶ τὰς πλευρὰς ἀνάλογον ἔχουσιν· ὅμοιον ἄρα ἐστι[13] τὸ ΑΔΒ τρίγωνον τῷ ΔΘΚ τριγώνῳ. Διὰ τὰ αὐτὰ δὴ καὶ τὸ μὲν ΔΒΓ τρίγωνον τῷ ΔΚΛ

rallelà ducta est ΘΚ, æquiangulum est triangulum ΑΔΒ triangulo ΔΘΚ, et latera proportionalia habent. Simile igitur est triangulum ΑΔΒ triangulo ΔΘΚ. Propter eadem utique et ΔΒΓ quidem triangulum triangulo ΔΚΛ simile est,

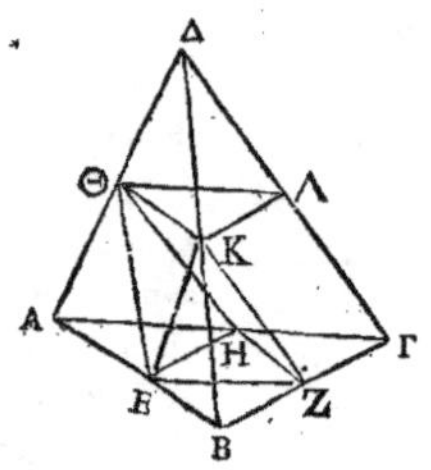

τριγώνῳ ὅμοιόν ἐστι, τὸ δὲ ΑΔΓ τῷ ΔΛΘ[14]. Καὶ ἐπεὶ δύο εὐθεῖαι ἁπτόμεναι ἀλλήλων αἱ ΒΑ, ΑΓ παρὰ δύο εὐθείας ἁπτομένας ἀλλήλων τὰς ΚΘ, ΘΛ εἰσὶν, οὐκ ἐν τῷ αὐτῷ ἐπιπέδῳ οὖσαι[15], ἴσας γωνίας περιέξουσιν[16]. ἴση ἄρα ἐστὶν[17] ἡ ὑπὸ ΒΑΓ γωνία τῇ ὑπὸ ΚΘΛ. Καὶ ἔστιν ὡς ἡ ΒΑ πρὸς τὴν ΑΓ οὕτως ἡ ΚΘ πρὸς τὴν ΛΘ· ὅμοιον ἄρα ἐστὶ[18] τὸ ΑΒΓ τρίγωνον τῷ ΘΚΛ τριγώνῳ· καὶ πυραμὶς ἄρα, ἧς βάσις μέν ἐστι τὸ ΑΒΓ τρίγωνον, κορυφὴ δὲ τὸ Δ σημεῖον, ὅμοιον ἐστι πυραμίδι, ἧς βάσις μέν ἐστι τὸ ΘΚΛ τρίγωνον,

ipsum vero ΑΔΓ ipsi ΔΛΘ. Et quoniam duæ rectæ sese tangentes ΒΑ, ΑΓ parallelæ sunt duabus rectis sese tangentibus ΚΘ, ΘΛ, non in eodem plano existentes, æquales angulos continebunt; æqualis igitur est angulus ΒΑΓ ipsi ΚΘΛ. Et est ut ΒΑ ad ΑΓ ita ΚΘ ad ΛΘ; simile igitur est triangulum ΑΒΓ triangulo ΘΚΛ; et pyramis igitur, cujus basis quidem est ΑΒΓ triangulum, vertex autem Δ punctum, similis est pyramidi, cujus basis quidem est ΘΚΛ triangulum

parallèlement à un des côtés ΑΒ du triangle ΑΔΒ, le triangle ΑΔΒ sera équiangle avec le triangle ΔΘΚ (29. 1); mais ces deux triangles ont leurs côtés proportionnels (4. 6), le triangle ΑΔΒ est donc semblable au triangle ΔΘΚ. Par la même raison, le triangle ΔΒΓ est semblable au triangle ΔΚΛ, et le triangle ΑΔΓ semblable au triangle ΔΛΘ. Et puisque les deux droites ΒΑ, ΑΓ qui se touchent sont parallèles aux deux droites ΚΘ, ΘΛ qui se touchent et qui ne sont pas dans le même plan, ces droites comprendront des angles égaux (10. 11); l'angle ΒΑΓ est donc égal à l'angle ΚΘΛ. Mais ΒΑ est à ΑΓ comme ΚΘ est à ΘΛ; le triangle ΑΒΓ est donc semblable au triangle ΘΚΛ (6. 6); la pyramide dont la base est le triangle ΑΒΓ et dont le sommet est le point Δ est donc semblable à la pyramide dont la base est le triangle ΘΚΛ et dont le sommet est le

κορυφὴ δὲ τὸ Δ σημεῖον. Ἀλλὰ πυραμὶς, ἧς βάσις μέν ἐστι τὸ ΘΚΛ τρίγωνον, κορυφὴ δὲ τὸ Δ σημεῖον, ὁμοία ἐδείχθη[19] πυραμίδι, ἧς βάσις μέν ἐστι τὸ ΑΕΗ τρίγωνον, κορυφὴ δὲ τὸ Θ σημεῖον· ὥστε καὶ πυραμὶς, ἧς βάσις μέν ἐστι τὸ ΑΒΓ τρίγωνον, κορυφὴ δὲ τὸ Δ σημεῖον, ὁμοία ἐστὶ πυραμίδι, ἧς βάσις μέν ἐστι τὸ ΑΕΗ τρίγωνον, κορυφὴ δὲ τὸ Θ σημεῖον[20]· ἑκατέρα ἄρα τῶν ΑΕΗΘ, ΘΚΛΔ πυραμίδων ὁμοία ἐστὶ τῇ ὅλῃ τῇ ΑΒΓΔ πυραμίδι. Καὶ ἐπεὶ ἴση ἐστὶν ἡ ΒΖ τῇ ΖΓ, διπλάσιόν ἐστι τὸ ΕΒΖΗ παραλληλόγραμμον τοῦ ΗΖΓ τριγώνου. Καὶ ἐπεὶ ἐὰν ᾖ δύο πρίσματα ἰσοϋψῆ ὦσι[21], καὶ τὸ μὲν ἔχῃ βάσιν παραλληλόγραμμον, τὸ δὲ τρίγωνον, διπλάσιον δὲ ᾖ τὸ παραλληλόγραμμον τοῦ τριγώνου, ἴσα ἐστὶ[22] τὰ πρίσματα· ἴσον ἄρα ἐστὶ[23] τὸ πρίσμα τὸ περιεχόμενον ὑπὸ δύο μὲν τριγώνων τῶν ΒΚΖ, ΕΘΗ, τριῶν δὲ παραλληλογράμμων τῶν ΕΒΖΗ, ΕΒΚΘ, ΘΚΖΗ τῷ πρίσματι τῷ περιεχομένῳ ὑπὸ δύο μὲν τριγώνων τῶν ΗΖΓ, ΘΚΛ, τριῶν δὲ παραλληλογράμμων τῶν ΚΖΓΛ, ΛΓΗΘ, ΘΚΖΗ. Καὶ φανερὸν ὅτι ἑκάτερον τῶν πρισμάτων, οὗ τε

vertex autem Δ punctum. Sed pyramis, cujus basis quidem est ΘΚΛ triangulum, vertex autem Δ punctum, similis ostensa est pyramidi, cujus basis quidem est ΑΕΗ triangulum, vertex autem Θ punctum; quare et pyramis, cujus basis quidem est ΑΒΓ triangulum, vertex autem Δ punctum, similis est pyramidi, cujus basis quidem est ΑΕΗ triangulum, vertex autem Θ punctum; utraque igitur ΑΕΗΘ, ΘΚΛΔ pyramidum similis est toti ΑΒΓΔ pyramidi. Et quoniam æqualis est ΒΖ ipsi ΖΓ, duplum est parallelogrammum ΕΒΖΗ trianguli ΗΖΓ. Et quoniam si sint duo prismata æquealta, et habeat unum quidem basim parallelogrammum, alterum vero triangulum, duplum autem sit parallelogrammum trianguli, æqualia sunt prismata; æquale igitur est prisma contentum sub duobus quidem triangulis ΒΚΖ, ΕΘΗ, tribus autem parallelogrammis ΕΒΖΗ, ΕΒΚΘ, ΘΚΖΗ prismati contento sub duobus quidem triangulis ΗΖΓ, ΘΚΛ, tribus autem parallelogrammis ΚΖΓΛ, ΛΓΗΘ, ΘΚΖΗ. Et evidens utrumque prismatum et cujus basis ΕΒΖΗ parallelogrammum, oppo-

point Δ. Mais on a démontré que la pyramide dont la base est le triangle ΘΚΛ, et le sommet le point Δ, est semblable à la pyramide dont la base est le triangle ΑΕΗ et dont le sommet est le point Θ; la pyramide dont la base est le triangle ΑΒΓ, et dont le sommet est le point Δ est donc semblable à la pyramide dont la base est le triangle ΑΕΗ et dont le sommet est le point Θ; chacune des pyramides ΑΕΗΘ, ΘΚΛΔ est donc semblable à la pyramide entière ΑΒΓΔ. Et puisque ΒΖ est égal à ΖΓ, le parallélogramme ΕΒΖΗ sera double du triangle ΗΖΓ (41. 1). Mais deux prismes de même hauteur, dont l'un a pour base un parallélogramme, et dont l'autre a pour base un triangle, sont égaux entre eux, lorsque le parallélogramme est double du triangle (40. 11); le prisme compris sous les deux triangles ΒΚΖ, ΕΘΗ et sous les trois parallélogrammes ΕΒΖΗ, ΕΒΚΘ, ΘΚΗΖ est donc égal au prisme qui est compris sous les deux triangles ΗΖΓ, ΘΚΛ et sous les trois parallélogrammes ΚΖΓΛ, ΛΓΗΘ, ΘΚΖΗ. Mais il est évident que chacun de ces prismes et celui dont la base est le paral-

βάσις τὸ ΕΒΖΗ παραλληλόγραμμον, ἀπεναντίον δὲ ἡ ΘΚ εὐθεῖα, καὶ οὗ βάσις[24], τὸ ΗΖΓ τρίγωνον, ἀπεναντίον δὲ τὸ ΚΛΘ τρίγωνον μεῖζόν ἐστι ἑκατέρας τῶν πυραμίδων, ὧν βάσεις μὲν τὰ ΛΕΗ, ΘΚΛ τρίγωνα, κορυφαὶ δὲ τὰ Θ, Δ σημεῖα· ἐπειδήπερ καὶ[25] ἐὰν ἐπιζεύξωμεν τὰς ΕΖ, ΕΚ εὐθείας, τὸ μὲν πρίσμα, οὗ βάσις τὸ ΕΒΖΗ παραλληλόγραμμον, ἀπεναντίον δὲ ἡ ΘΚ εὐθεῖα, μεῖζόν ἐστι τῆς πυραμίδος, ἧς βάσις μὲν τὸ ΕΒΖ τρίγωνον, κορυφὴ δὲ τὸ Κ σημεῖον. Αλλ' ἡ πυραμὶς, ἧς βάσις μὲν[26] τὸ ΕΒΖ τρίγωνον, κορυφὴ δὲ τὸ Κ σημεῖον, ἴση ἐστὶ πυραμίδι, ἧς βάσις μὲν[27] τὸ ΑΕΗ τρίγωνον, κορυφὴ δὲ τὸ Θ σημεῖον, ὑπὸ γὰρ ἴσων καὶ ὁμοίων ἐπιπέδων περιέχονται· ὥστε καὶ τὸ

sita autem ΘΚ recta, et cujus basis ΗΖΓ triangulum, oppositum autem ΚΛΘ triangulum, majus esse utrâque pyramidum, quarum bases quidem ΛΕΗ, ΘΚΛ triangula, vertices autem Θ, Δ puncta; quoniam et si jungamus ΕΖ, ΕΚ rectas prisma quidem, cujus basis ΕΒΖΗ parallelogrammum, opposita autem ΘΚ recta, majus est pyramide, cujus basis quidem ΕΒΖ triangulum, vertex autem Κ punctum. Sed pyramis, cujus basis quidem ΕΒΖ triangulum, vertex autem Κ punctum, æqualis est pyramidi, cujus basis quidem ΑΕΗ, triangulum, vertex autem Θ punctum, sub æqualibus enim et similibus planis continentur; quare et prisma, cujus basis quidem

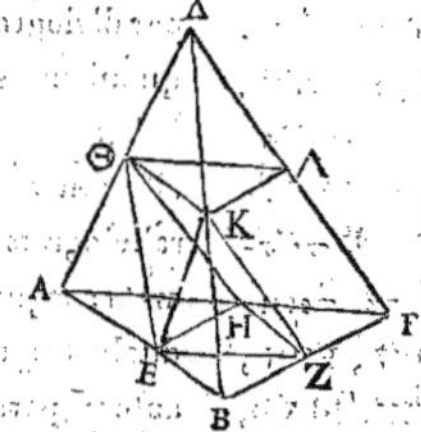

lélogramme ΕΒΖΗ opposé à la droite ΘΚ, et celui dont la base est le triangle ΗΖΓ opposé au triangle ΚΛΘ est plus grand que chacune des pyramides dont les bases sont ΛΕΗ, ΘΚΛ et les sommets les points Θ, Δ; parce que si nous joignons ΕΖ, ΕΚ; le prisme dont la base est le parallélogramme ΕΒΖΗ opposé à la droite ΘΚ, est plus grand que la pyramide qui a pour base le triangle ΕΒΖ et pour sommet le point Κ. Mais la pyramide qui a pour base le triangle ΕΒΖ et pour sommet le point Κ, est égale à la pyramide qui a pour base le triangle ΑΕΗ et pour sommet le point Θ (déf. 10. 11), car elles sont comprises sous des plans égaux et semblables; le prisme qui a pour base le parallélogramme ΕΒΖΗ opposé à la droite ΘΚ, est donc

πρίσμα, οὗ βάσις μὲν τὸ ΕΒΖΗ παραλληλόγραμμον, ἀπεναντίον δὲ ἡ ΘΚ εὐθεῖα, μεῖζόν ἐστι πυραμίδος, ἧς βάσις μὲν τὸ ΑΕΗ τρίγωνον, κορυφὴ δὲ τὸ Θ σημεῖον. Ισον δὲ τὸ μὲν πρίσμα, οὗ βάσις μὲν[28] τὸ ΕΒΖΗ παραλληλόγραμμον, ἀπεναντίον δὲ ἡ ΘΚ εὐθεῖα, τῷ πρίσματι, οὗ βάσις μὲν τὸ ΗΖΓ τρίγωνον, ἀπεναντίον δὲ τὸ ΘΚΛ τρίγωνον· ἡ δὲ πυραμὶς, ἧς βάσις μὲν[29] τὸ ΑΕΗ τρίγωνον, κορυφὴ δὲ τὸ Θ σημεῖον, ἴση ἐστὶ πυραμίδι, ἧς βάσις μὲν[30] τὸ ΘΚΛ τρίγωνον, κορυφὴ δὲ τὸ Δ σημεῖον· τὰ ἄρα εἰρημένα δύο πρίσματα μείζονά ἐστι τῶν εἰρημένων δύο πυραμίδων, ὧν βάσεις μὲν τὰ ΑΕΗ, ΘΚΛ τρίγωνα, κορυφαὶ δὲ τὰ Θ, Ε σημεῖα· ἡ ἄρα ὅλη πυραμὶς, ἧς βάσις τὸ ΑΒΓ τρίγωνον, κορυφὴ δὲ τὸ Δ σημεῖον, διήρηται εἴς τε δύο πυραμίδας, ἴσας τε καὶ ὁμοίας ἀλλήλαις καὶ ὁμοίας τῇ ὅλῃ[31], καὶ εἰς δύο πρίσματα ἴσα, καὶ τὰ δύο πρίσματα μείζονά ἐστιν ἢ τὸ ἥμισυ τῆς ὅλης πυραμίδος. Οπερ ἔδει δεῖξαι.

EBZH parallelogrammum, opposita autem ΘK recta, majus est pyramide, cujus basis quidem AEH triangulum, vertex autem Θ punctum. Sed æquale prisma quidem, cujus basis quidem EBZH parallelogrammum, opposita autem ΘK recta, prismati, cujus basis quidem HZΓ triangulum, oppositum autem ΘKΛ triangulum; pyramis vero, cujus basis quidem AEH triangulum, vertex autem Θ punctum, æqualis est pyramidi, cujus basis quidem ΘEΛ triangulum, vertex autem Δ punctum; ergo dicta duo prismata majora sunt dictis duabus pyramidibus, quarum bases AEH, ΘKΛ triangula, vertices autem Θ, Δ puncta; tota igitur pyramis, cujus basis ABΓ triangulum, vertex autem Δ punctum, divisa est et in duas pyramides æquales et similes inter se, et similes toti, et in duo prismata æqualia; et duo prismata majora sunt dimidio totius pyramidis. Quod oportebat ostendere.

plus grand que la pyramide qui a pour base le triangle AEH et pour sommet le point Θ. Mais le prisme qui a pour base le parallélogramme EBZH opposé à la droite ΘK, est égal au prisme qui a pour base le triangle HZΓ opposé au triangle ΘKΛ; et la pyramide qui a pour base le triangle AEH et pour sommet le point Θ est égale à la pyramide qui a pour base le triangle ΘKΛ et pour sommet le point Δ; les deux prismes dont nous venons de parler sont donc plus grands que les deux pyramides qui ont pour bases les triangles AEH, ΘKΛ et pour sommets les points Θ, Δ; la pyramide entière qui a pour base le triangle ABΓ et pour sommet le point Δ, a donc été divisée en deux pyramides égales et semblables entr'elles, et semblables à la pyramide entière, et en deux prismes égaux qui sont plus grands que la moitié de la pyramide entière. Ce qu'il fallait démontrer.

ΠΡΟΤΑΣΙΣ δ'.

Ἐὰν ὦσι δύο πυραμίδες ὑπὸ τὸ αὐτὸ ὕψος, τριγώνους ἔχουσαι βάσεις, διαιρεθῇ δὲ ἑκατέρα αὐτῶν εἴς τε δύο πυραμίδας ἴσας ἀλλήλαις καὶ ὁμοίας τῇ ὅλῃ, καὶ εἰς δύο πρίσματα ἴσα, καὶ τῶν γενομένων πυραμίδων ἑκατέρα τὸν αὐτὸν τρόπον, καὶ τοῦτο ἀεὶ γίνηται[1]· ἔσται ὡς ἡ τῆς μιᾶς πυραμίδος βάσις πρὸς τὴν τῆς ἑτέρας πυραμίδος βάσιν οὕτως καὶ[2] τὰ ἐν τῇ μιᾷ πυραμίδι πρίσματα πάντα πρὸς τὰ ἐν τῇ ἑτέρᾳ πυραμίδι πρίσματα πάντα ἰσοπληθῆ.

Ἔστωσαν δύο πυραμίδες ὑπὸ τὸ αὐτὸ ὕψος, τριγώνους ἔχουσαι βάσεις τὰς ΑΒΓ, ΔΕΖ, κορυφὰς δὲ τὰ Η, Θ σημεῖα, καὶ διῃρήσθω ἑκατέρα αὐτῶν εἴς τε δύο πυραμίδας ἴσας ἀλλήλαις καὶ ὁμοίας τῇ ὅλῃ, καὶ εἰς δύο πρίσματα ἴσα, καὶ τῶν γενομένων πυραμίδων ἑκατέρα τὸν αὐτὸν τρόπον νενοήσθω διῃρημένη, καὶ τοῦτο ἀεὶ γιγνέσθω[3]· λέγω ὅτι ἐστὶν ὡς ἡ ΑΒΓ βάσις

PROPOSITIO IV.

Si sint duæ pyramides sub eâdem altitudine, triangulares habentes bases, dividatur autem utraque ipsarum et in duas pyramides æquales inter se et similes toti, et in duo prismata æqualia, et ortarum pyramidum utraque eodem modo, et hoc semper fiat, erit ut unius pyramidis basis ad alterius pyramidis basim ita et prismata omnia in unâ pyramide ad omnia prismata in alterâ pyramide numero æqualia.

Sint duæ pyramides sub eâdem altitudine, triangulares habentes bases ΑΒΓ, ΔΕΖ, vertices autem Η, Θ puncta, et dividatur utraque ipsarum et in duas pyramides æquales inter se et similes toti, et in duo prismata æqualia; et ortarum pyramidum utraque eodem modo divisa intelligatur, et hoc semper fiat; dico esse ut

PROPOSITION IV.

Si deux pyramides triangulaires de même hauteur sont divisées l'une et l'autre en deux pyramides égales entr'elles et semblables à la pyramide entière et en deux prismes égaux, si chacune des pyramides engendrées est divisée de la même manière, et si l'on fait toujours la même chose, la base de l'une de ces pyramides sera à la base de l'autre pyramide comme tous les prismes contenus dans l'une de ces pyramides sont à tous les prismes contenus dans l'autre pyramide, ces prismes étant égaux en nombre.

Soient deux pyramides triangulaires de même hauteur ayant pour bases les triangles ΑΒΓ, ΔΕΖ, et pour sommets les points Η, Θ; que chacune de ces pyramides soit divisée en deux pyramides égales entr'elles et semblables aux pyramides entières et en deux prismes égaux; concevons que chacune des pyramides engendrées soit divisée de la même manière, et faisons toujours la même chose; je dis que la base ΑΒΓ est à la base ΔΕΖ comme tous les prismes contenus dans

πρὸς τὴν ΔΕΖ βάσιν οὕτως τὰ ἐν τῇ ΑΒΓΗ πυραμίδι πρίσματα πάντα πρὸς τὰ ἐν τῇ ΔΕΖΘ πυραμίδι πρίσματα πάντα[4] ἰσοπληθῆ.

ΑΒΓ basis ad ΔΕΖ basim ita prismata omnia in ΑΒΓΗ pyramide ad prismata omnia in pyramide ΔΕΖΘ numero æqualia.

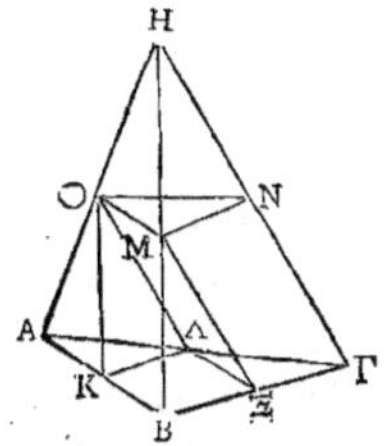

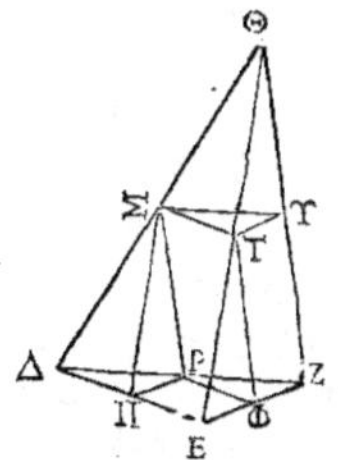

Ἐπεὶ γὰρ ἴση ἐστὶν ἡ μὲν ΒΞ τῇ ΞΓ, ἡ δὲ ΑΛ τῇ ΛΓ· παράλληλος ἄρα ἡ ΞΛ τῇ ΑΒ, καὶ ὅμοιον τὸ ΑΒΓ τρίγωνον τῷ ΛΞΓ τριγώνῳ. Διὰ τὰ αὐτὰ δὴ καὶ τὸ ΔΕΖ τρίγωνον τῷ ΡΦΖ τριγώνῳ ὅμοιόν ἐστι[5]. Καὶ ἐπεὶ διπλασίων ἐστὶν ἡ μὲν ΒΓ τῆς ΓΞ, ἡ δὲ ΕΖ τῆς ΖΦ· ἔστιν ἄρα ὡς ἡ ΒΓ πρὸς τὴν ΓΞ οὕτως ἡ ΕΖ πρὸς τὴν ΖΦ. Καὶ ἀναγέγραπται ἀπὸ μὲν τῶν ΒΓ, ΓΞ ὅμοιά τε καὶ ὁμοίως κείμενα εὐθύγραμμα τὰ ΑΒΓ, ΛΞΓ, ἀπὸ δὲ τῶν ΕΖ, ΖΦ ὅμοιά τε[6] καὶ ὁμοίως κείμενα εὐθύγραμμα[7] τὰ ΔΕΖ, ΡΦΖ· ἔστιν ἄρα ὡς τὸ ΑΒΓ τρίγωνον πρὸς τὸ ΛΞΓ τρίγωνον οὕτως τὸ ΔΕΖ τρίγωνον πρὸς τὸ ΡΦΖ τρίγωνον·

Quoniam enim æqualis est quidem ipsa ΒΞ ipsi ΞΓ, ipsa vero ΑΛ ipsi ΛΓ; parallela igitur ΞΛ ipsi ΑΒ, et simile ΑΒΓ triangulum ipsi ΛΞΓ triangulo. Propter eadem utique et ΔΕΖ triangulum ipsi ΡΦΖ triangulo simile est. Et quoniam dupla est quidem ipsa ΒΓ ipsius ΓΞ, ipsa autem ΕΖ ipsius ΖΦ; est igitur ut ΒΓ ad ΓΞ ita ΕΖ ad ΖΦ. Et descripta sunt quidem ab ipsis ΒΓ, ΓΞ et similia et similiter posita rectilinea ΑΒΓ, ΛΞΓ, ab ipsis autem ΕΖ, ΖΦ et similia et similiter posita rectilinea ΔΕΖ, ΡΦΖ; est igitur ut ΑΒΓ triangulum ad ΛΞΓ triangulum ita ΔΕΖ triangulum ad ΡΦΖ triangulum;

la pyramide ΑΒΓΗ sont à tous les prismes contenus dans la pyramide ΔΕΖΘ, ces prismes étant égaux en nombre.

Car puisque ΒΞ est égal à ΞΓ, et ΑΛ égal à ΛΓ, la droite ΞΛ sera parallèle à la droite ΑΒ (2. 6), et le triangle ΑΒΓ sera semblable au triangle ΛΞΓ (4. 6). Par la même raison, le triangle ΔΕΖ sera semblable au triangle ΡΦΖ. Et puisque la droite ΒΓ est double de la droite ΓΞ, et la droite ΕΖ double de la droite ΖΦ, la droite ΒΓ sera à la droite ΓΞ comme la droite ΕΖ est à la droite ΖΦ. Mais les figures rectilignes semblables et semblablement placées ΑΒΓ, ΛΞΓ ont été décrites sur les droites ΒΓ, ΓΞ, et les figures rectilignes semblables et semblablement placées ΔΕΖ, ΡΦΖ ont été décrites sur les droites ΕΖ, ΖΦ; le triangle ΑΒΓ est donc au triangle ΛΞΓ comme le triangle ΔΕΖ est au triangle ΡΦΖ (22. 6); donc, par permutation,

ἐναλλὰξ ἄρα ἐστὶν ὡς τὸ ΑΒΓ τρίγωνον πρὸς τὸ ΔΕΖ τρίγωνον οὕτως τὸ ΛΞΓ τρίγωνον[8] πρὸς τὸ ΡΦΖ τρίγωνον. Ἀλλ' ὡς τὸ ΛΞΓ τρίγωνον πρὸς τὸ ΡΦΖ τρίγωνον οὕτως τὸ πρίσμα, οὗ βάσις μὲν ἐστι[9] τὸ ΛΞΓ τρίγωνον, ἀπεναντίον δὲ τὸ ΟΜΝ πρὸς τὸ πρίσμα, οὗ βάσις μὲν τὸ ΡΦΖ τρίγωνον, ἀπεναντίον δὲ τὸ ΣΤΥ· καὶ ὡς ἄρα τὸ ΑΒΓ τρίγωνον πρὸς τὸ ΔΕΖ τρίγωνον οὕτως τὸ πρίσμα, οὗ βάσις μὲν τὸ ΛΞΓ τρίγωνον, ἀπεναντίον δὲ τὸ ΟΜΝ, πρὸς τὸ πρίσμα, οὗ βάσις μὲν τὸ ΡΦΖ τρίγωνον, ἀπεναντίον δὲ τὸ ΣΤΥ. Καὶ ἐπεὶ τὰ ἐν τῇ ΑΒΓΗ πυραμίδι δύο πρίσματα ἴσα ἐστὶν ἀλλήλοις, ἀλλὰ μὴν καὶ τὰ ἐν τῇ ΔΕΖΘ πυραμίδι πρίσματα ἴσα ἐστὶν ἀλλήλοις· ἔστιν ἄρα ὡς τὸ πρίσμα, οὗ βάσις μὲν τὸ ΚΛΞΒ παραλληλόγραμμον, ἀπεναντίον δὲ ἡ ΜΟ εὐθεῖα, πρὸς τὸ πρίσμα, οὗ βάσις μὲν τὸ ΛΞΓ τρίγωνον, ἀπεναντίον δὲ τὸ ΘΜΝ, οὕτως τὸ πρίσμα, οὗ βάσις μὲν ΕΠΡΦ, ἀπεναντίον δὲ ἡ ΣΤ εὐθεῖα, πρὸς τὸ πρίσμα, οὗ βάσις μὲν τὸ ΡΦΖ τρίγωνον, ἀπεναντίον δὲ τὸ ΣΤΥ· συνθέντι ἄρα ὡς τὰ ΚΒΞΛΜΟ, ΛΞΓΜΝΟ πρίσματα πρὸς τὸ

permutando igitur est ut ΑΒΓ triangulum ad ΔΕΖ triangulum ita ΛΞΓ triangulum ad ΡΦΖ triangulum. Sed ut ΛΞΓ triangulum ad ΡΦΖ triangulum ita prisma, cujus basis quidem est ΛΞΓ triangulum, oppositum autem ΟΜΝ, ad prisma, cujus basis quidem ΡΦΖ triangulum, oppositum autem ΣΤΥ; et ut igitur ΑΒΓ triangulum ad ΔΕΖ triangulum ita prisma, cujus basis quidem ΛΞΓ triangulum, oppositum autem ΟΜΝ, ad prisma, cujus basis quidem ΡΦΖ triangulum, oppositum autem ΣΤΥ. Et quoniam in ΑΒΓΗ pyramide duo prismata æqualia sunt inter se; sed et in ΔΕΖΘ pyramide prismata æqualia sunt inter se; est igitur ut prisma cujus basis quidem ΚΛΞΒ parallelogrammum, opposita autem ΜΟ recta, ad prisma, cujus basis quidem ΛΞΓ triangulum, oppositum autem ΟΜΝ ita prisma, cujus basis quidem ΕΠΡΦ, opposita autem ΣΤ recta, ad prisma, cujus basis quidem ΡΦΖ triangulum, oppositum autem ΣΤΥ; componendo igitur ut ΚΒΞΛΜΟ, ΛΞΓΜΝΟ prismata ad

le triangle ΑΒΓ est au triangle ΔΕΖ comme le triangle ΛΞΓ est au triangle ΡΦΖ. Mais le triangle ΛΞΓ est au triangle ΡΦΖ comme le prisme qui a pour base le triangle ΛΞΓ opposé à ΟΜΝ est au prisme qui a pour base le triangle ΡΦΖ opposé à ΣΤΥ; le triangle ΑΒΓ est donc au triangle ΔΕΖ comme le prisme qui a pour base le triangle ΛΞΓ opposé à ΟΜΝ est au prisme qui a pour base le triangle ΡΦΖ opposé à ΣΤΥ. Et puisque les deux prismes qui sont dans la pyramide ΑΒΓΗ sont égaux entr'eux, et que les prismes qui sont dans la pyramide ΔΕΖΘ sont aussi égaux entr'eux, le prisme qui a pour base le parallélogramme ΚΛΞΒ opposé à la droite ΜΟ sera au prisme qui a pour base le triangle ΛΞΓ opposé à ΟΜΝ comme le prisme qui a pour base le parallélogramme ΕΠΡΦ opposé à la droite ΣΤ est au prisme qui a pour base le triangle ΡΦΖ opposé à ΣΤΥ; donc par addition (18. 5), les prismes ΚΒΞΛΜΟ, ΛΞΓΜΝΟ sont au prisme ΛΞΓΜΝΟ comme les prismes ΠΕΦΡΣΤ, ΡΦΖΣΤΥ sont au prisme

ΛΞΓΜΝΟ πρίσμα οὕτως τὰ ΠΕΦΡΣΤ, ΡΦΖΣΤΥ πρίσματα πρὸς τὸ ΡΦΖΣΤΥ πρίσμα· ἐναλλὰξ ἄρα ὡς τὰ ΚΒΞΛΟΜ, ΛΞΓΟΜΝ πρὸς τὰ ΠΕΦΡΣΤ, ΡΦΖΣΤΥ πρίσματα οὕτως τὸ ΛΞΓΜΝΟ πρίσμα πρὸς τὸ ΡΦΖΣΤΥ πρίσμα. Ὡς δὲ ΛΞΓΜΝΟ πρίσμα πρὸς τὸ ΡΦΖΣΤΥ πρίσμα οὕτως ἐδείχθη ἡ ΛΞΓ βάσις πρὸς τὴν ΡΦΖ βάσιν, καὶ ἡ ΑΒΓ βάσις πρὸς τὴν ΔΕΖ βάσιν· καὶ ὡς ἄρα τὸ ΑΒΓ

ΛΞΓΜΝΟ prisma ita ΠΕΦΡΣΤ, ΡΦΖΣΤΥ prismata ad ΡΦΖΣΤΥ prisma; permutando igitur ut ΚΒΞΛΟΜ, ΛΞΓΟΜΝ ad ΠΕΦΡΣΤ, ΡΦΖΣΤΥ prismata ita ΛΞΓΜΝΟ prisma ad ΡΦΖΣΤΥ prisma. Ut autem ΛΞΓΜΝΟ prisma ad ΡΦΖΣΤΥ prisma ita ostensa est ΛΞΓ basis ad ΡΦΖ basim, et ΑΒΓ basis ad ΔΕΖ basim, et ut igitur ΑΒΓ

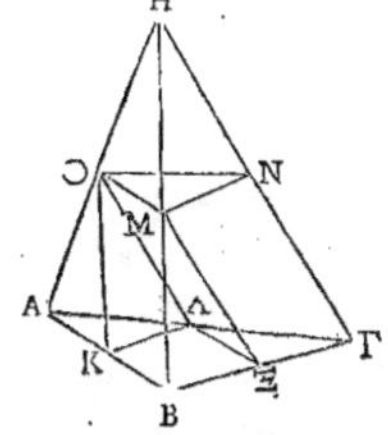

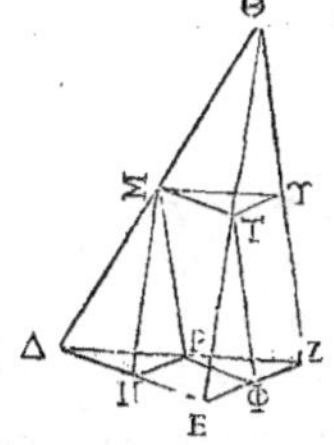

τρίγωνον πρὸς τὸ ΔΕΖ τρίγωνον οὕτως τὰ ἐν τῇ ΑΒΓΗ πυραμίδι δύο πρίσματα πρὸς τὰ ἐν τῇ ΔΕΖΘ πυραμίδι δύο πρίσματα. Ὁμοίως δὲ κἂν τὰς γενομένας πυραμίδας διέλωμεν τὸν αὐτὸν τρόπον οἷον ὡς τὰ ΟΜΝΗ, ΣΤΥΘ, ἔσται[10] ὡς ἡ ΟΜΝ βάσις πρὸς τὴν ΣΤΥ βάσιν οὕτως τὰ ἐν τῇ ΟΜΝΗ πυραμίδι δύο πρίσματα πρὸς τὰ ἐν τῇ ΣΤΥΘ πυραμίδι δύο πρίσματα. Ἀλλ'

triangulum ad ΔΕΖ triangulum ita in ΑΒΓΗ pyramide duo prismata ad in ΔΕΖΘ pyramide duo prismata. Similiter autem et si factas pyramides dividamus eodem modo velut ΟΜΝΗ, ΣΤΥΘ, erit ut ΟΜΝ basis ad ΣΤΥ basim ita in ΟΜΝΗ pyramide duo prismata ad duo prismata in ΣΤΥΘ pyramide. Sed ut ΟΜΝ basis

ΡΦΖΣΤΥ; donc, par permutation, les prismes ΚΒΞΛΟΜ, ΛΞΓΟΜΝ sont aux prismes ΠΕΦΡΣΤ, ΡΦΖΣΤΥ comme le prisme ΛΞΓΜΝΟ est au prisme ΡΦΖΣΤΥ. Mais on a démontré que le prisme ΛΞΓΜΝΟ est au prisme ΡΦΖΣΤΥ comme la base ΛΞΓ est à la base ΡΦΖ, et la base ΛΞΓ est à la base ΡΦΖ comme la base ΑΒΓ est à la base ΔΕΖ; le triangle ΑΒΓ est donc au triangle ΔΕΖ comme les deux prismes qui sont dans la pyramide ΑΒΓΗ sont aux deux prismes qui sont dans la pyramide ΔΕΖΘ. Si nous partageons de la même manière les nouvelles pyramides ΟΜΝΗ, ΣΤΥΘ, la base ΟΜΝ sera à la base ΣΤΥ comme les deux prismes de la pyramide ΟΜΝΗ sont aux deux prismes de la pyramide ΣΤΥΘ. Mais la base ΟΜΝ est à

ὡς ἡ ΟΜΝ βάσις πρὸς τὴν ΣΤΥ βάσιν οὕτως ἡ ΑΒΓ βάσις πρὸς τὴν ΔΕΖ βάσιν· ἴσον γὰρ ἑκάτερον τῶν ΟΜΝ, ΣΤΥ τριγώνων ἑκατέρῳ τῶν ΛΞΓ, ΡΦΖ[11], καὶ ὡς ἄρα ἡ ΑΒΓ βάσις πρὸς τὴν ΔΕΖ βάσιν οὕτως καὶ ἐν τῇ ΑΒΓΗ πυραμίδι δύο πρίσματα πρὸς τὰ ἐν τῇ ΔΕΖΘ πυραμίδι δύο πρίσματα, καὶ τὰ ἐν τῇ ΟΜΝΗ δύο πρίσματα πρὸς τὰ ἐν τῇ ΣΤΥΘ πυραμίδι δύο πρίσματα, καὶ τέσσαρα πρὸς τέσσαρα. Τὰ αὐτὰ δὲ δειχθήσεται καὶ ἐπὶ τῶν γενομένων πρισμάτων ἐκ τῆς διαιρέσεως τῶν ΑΚΛΟ καὶ ΔΠΡΣ πυραμίδων καὶ πάντων ἁπλῶς τῶν ἰσοπληθῶν[12]. Ὅπερ ἔδει δεῖξαι.

ad ΣΤΥ basim ita ΑΒΓ basis ad ΔΕΖ basim, æquale enim utrumque triangulorum ΟΜΝ, ΣΤΥ utrique triangulorum ΛΞΓ, ΡΦΖ; et ut igitur basis ΑΒΓ ad ΔΕΖ basim ita et in ΑΒΓΗ pyramide duo prismata ad duo prismata in ΔΕΖΘ pyramide, et in ΟΜΝΗ duo prismata ad duo prismata in ΣΤΥΘ pyramide, et quatuor ad quatuor. Eadem autem ostendentur et in prismatibus factis divisione pyramidum ΑΚΛΟ et ΔΠΡΣ, et omnium simpliciter multitudine æqualium. Quod oportebat ostendere.

la base ΣΤΥ comme la base ΑΒΓ est à la base ΔΕΖ; car chacun des triangles ΟΜΝ, ΣΤΥ est égal à chacun des triangles ΛΞΓ, ΡΦΖ; la base ΑΒΓ est donc à la base ΔΕΖ comme les deux prismes de la pyramide ΑΒΓΗ sont aux deux prismes de la pyramide ΔΕΖΘ, comme les deux prismes de la pyramide ΟΜΝΗ sont aux deux prismes de la pyramide ΣΤΥΘ, et comme quatre prismes sont à quatre prismes. On démontrera la même chose pour tous les autres prismes qu'on obtiendra par la division des pyramides ΑΚΛΟ et ΔΠΡΣ, et enfin de toutes les pyramides égales en nombre. Ce qu'il fallait démontrer.

ΛΗΜΜΑ.

Οτι δέ ἐστιν ὡς τὸ ΛΞΓ τρίγωνον πρὸς τὸ ΡΦΖ[1] τρίγωνον, οὕτως τὸ πρίσμα, οὗ βάσις τὸ ΛΞΓ τρίγωνον, ἀπεναντίον δὲ τὸ ΟΜΝ, πρὸς τὸ πρίσμα, οὗ βάσις μὲν τὸ ΡΦΖ τρίγωνον[2], ἀπεναντίον δὲ τὸ ΣΤΦ, οὕτως δεικτέον.

Επὶ γὰρ τῆς αὐτῆς καταγραφῆς νενοήσθωσαν ἀπὸ τῶν Η, Θ κάθετοι ἐπὶ τὰ ΑΒΓ, ΔΕΖ τρίγωνα[3] ἐπίπεδα, ἴσαι δηλαδὴ τυγχάνουσαι διὰ τὸ ἰσοϋψεῖς ὑποκεῖσθαι τὰς πυραμίδας. Καὶ ἐπεὶ δύο εὐθεῖαι, ἥτε ΗΓ καὶ ἡ ἀπὸ τοῦ Η κάθετος ὑπὸ παραλλήλων ἐπιπέδων τῶν ΑΒΓ, ΟΜΝ τέμνονται, εἰς τοὺς αὐτοὺς λόγους τμηθήσονται. Καὶ τέτμηται ἡ ΗΓ δίχα ὑπὸ τοῦ ΟΜΝ ἐπιπέδου κατὰ τὸ Ν· καὶ ἡ ἀπὸ τοῦ Η ἄρα κάθετος ἐπὶ τὸ ΑΒΓ ἐπίπεδον δίχα τμηθήσεται ὑπὸ τοῦ ΟΜΝ ἐπιπέδου. Διὰ τὰ αὐτὰ δὴ καὶ ἡ ἀπὸ τοῦ Θ κάθετος ἐπὶ τὸ ΔΕΖ

COROLLARIUM.

Esse autem ut ΛΞΓ triangulum ad ΡΦΖ triangulum, ita prisma, cujus basis triangulum ΛΞΓ, oppositum autem ipsum ΟΜΝ, ad prisma, cujus basis quidem triangulum ΡΦΖ, oppositum autem ΣΤΦ, ita ostendere est.

In eâdem enim figurâ intelligatur a punctis Η, Θ perpendiculares ad ΑΒΓ, ΔΕΖ triangula plana, quæ æquales erunt, propterea quod æquealtæ ponuntur pyramides. Et quoniam duæ rectæ, et ΗΓ et a puncto Η perpendicularis a parallelis planis ΑΒΓ, ΟΜΝ secantur, in eâdem ratione secabuntur. Et secatur ΗΓ bifariam a plano ΟΜΝ in Ν; et a puncto Η igitur perpendicularis ad ΑΒΓ planum bifariam secabitur a plano ΟΜΝ. Propter eadem utique, et a puncto Θ perpendicularis ad ΔΕΖ planum bifariam secabitur a

LEMME.

Nous démontrerons de la manière suivante que le triangle ΛΞΓ est au triangle ΡΦΖ comme le prisme qui a pour base le triangle ΛΞΓ opposé à ΟΜΝ, est au prisme qui a pour base le triangle ΡΦΖ opposé à ΣΤΦ.

Car dans la même figure imaginons des perpendiculaires menées des points Η, Θ aux plans des triangles ΑΒΓ, ΔΕΖ; ces perpendiculaires seront égales entr'elles, parce que ces pyramides sont supposées égales en hauteur. Et puisque la droite ΗΓ et la perpendiculaire menée du point Η sont coupées par les plans parallèles ΑΒΓ, ΟΜΝ, ces deux droites seront coupées proportionnellement (17. 11). Or la droite ΗΓ est coupée en deux parties égales au point Ν par le plan ΟΜΝ; la perpendiculaire menée du point Η au plan ΑΒΓ sera donc coupée en deux parties égales par le plan ΟΜΝ. Par la même raison, la perpendiculaire menée du point Θ au plan ΔΕΖ sera coupée en deux parties égales par le plan ΣΤΥ. Mais les

ἐπίπεδον δίχα τμηθήσεται ὑπὸ τοῦ ΣΤΥ ἐπιπέδου. Καὶ εἰσὶν ἴσαι αἱ ἀπὸ τῶν Η, Θ κάθετοι ἐπὶ τὰ ΑΒΓ, ΔΕΖ ἐπίπεδα· ἴσαι ἄρα καὶ αἱ[4] ἀπὸ τῶν ΟΜΝ, ΣΤΥ τριγώνων ἐπὶ τὰ ΑΒΓ, ΔΕΖ κάθετοι· ἰσοϋψῆ ἄρα ἐστὶ[5] τὰ πρίσματα, ὧν βάσεις μέν εἰσι τὰ ΛΞΓ, ΡΦΖ τρίγωνα, ἀπεναντίον δὲ τὰ ΟΜΝ, ΣΤΥ· ὥστε καὶ τὰ στερεὰ παραλληλεπίπεδα, τὰ ἀπὸ τῶν εἰρημένων πρισμάτων ἀναγραφόμενα, ἰσοϋψῆ τυγχάνον[6], πρὸς ἄλληλά ἐστιν[7] ὡς αἱ βάσεις· καὶ τὰ ἡμίση ἄρα ἐστὶν[8], ὡς ἡ ΛΞΓ βάσις πρὸς τὴν ΡΦΖ βάσιν οὕτως τὰ εἰρημένα πρίσματα πρὸς ἄλληλα. Οπερ ἔδει δεῖξαι.

plano ΣΤΥ. Et sunt æquales a punctis Η, Θ perpendiculares ad ΑΒΓ, ΔΕΖ plana; æquales igitur ipsæ a triangulis ΟΜΝ, ΣΤΥ ad ipsa ΑΒΓ, ΔΕΖ perpendiculares; æquealta igitur sunt prismata, quorum bases quidem sunt ΛΞΓ, ΡΦΖ triangula, opposita autem ipsa ΟΜΝ, ΣΤΥ; quare et solida parallelepipeda a dictis prismatibus descripta, et æquealta, inter se sunt ut bases; et dimidia igitur sunt ut ΛΞΓ basis ad ΡΦΖ basim ita dicta prismata inter se. Quod oportebat ostendere.

perpendiculaires menées des points Η, Θ aux plans ΑΒΓ, ΔΕΖ sont égales entr'elles; les perpendiculaires menées des triangles ΟΜΝ, ΣΤΥ aux triangles ΑΒΓ, ΔΕΖ sont donc égales entr'elles; les prismes qui ont pour bases les triangles ΛΞΓ, ΡΦΖ opposés à ΟΜΝ, ΣΤΥ sont donc égaux en hauteur; les parallélépipèdes composés des prismes égaux en hauteur, dont nous venons de parler, sont donc entr'eux comme leurs bases (32. 11), et il en sera de même de leurs moitiés, c'est-à-dire que les bases ΛΞΓ, ΡΦΖ seront entr'elles comme les prismes dont nous avons parlé. Ce qu'il fallait démontrer.

ΠΡΟΤΑΣΙΣ έ.

Αἱ ὑπὸ τὸ αὐτὸ ὕψος οὖσαι πυραμίδες καὶ τριγώνους ἔχουσαι βάσεις πρὸς ἀλλήλας εἰσὶν ὡς αἱ βάσεις.

Εστωσαν ὑπὸ τὸ αὐτὸ ὕψος πυραμίδες, ὧν βάσεις μὲν τὰ ΑΒΓ, ΔΕΖ τρίγωνα, κορυφαὶ δὲ τὰ Η, Θ σημεῖα· λέγω ὅτι ἐστὶν ὡς ἡ ΑΒΓ βάσις πρὸς τὴν ΔΕΖ[1] βάσιν οὕτως ἡ ΑΒΓΗ πυραμὶς πρὸς τὴν ΔΕΖΘ πυραμίδα.

PROPOSITIO V.

Pyramides in eâdem altitudine existentes et habentes triangulares bases inter se sunt ut bases.

Sint in eâdem altitudine pyramides, quarum bases quidem triangula ΑΒΓ, ΔΕΖ, vertices autem puncta Η, Θ; dico esse ut ΑΒΓ basis ad basim ΔΕΖ ita pyramidem ΑΒΓΗ ad ΔΕΖΘ pyramidem.

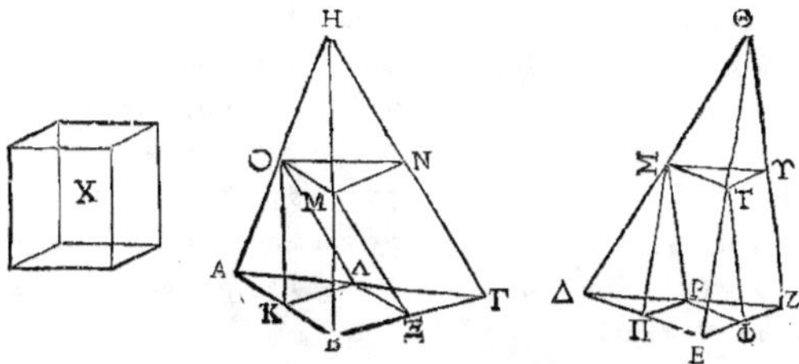

Εἰ γὰρ μή ἐστιν ὡς ἡ ΑΒΓ βάσις πρὸς τὴν ΔΕΖ βάσιν οὕτως ἡ ΑΒΓΗ πυραμὶς πρὸς τὴν ΔΕΖΘ πυραμίδα, ἔσται ὡς ἡ ΑΒΓ βάσις πρὸς τὴν ΔΕΖ βάσιν οὕτως ἡ ΑΒΓΗ πυραμὶς ἤτοι πρὸς ἔλαττόν τι τῆς ΔΕΖΘ πυραμίδος στερεὸν ἢ

Si enim non est ut basis ΑΒΓ ad basim ΔΕΖ ita pyramis ΑΒΓΗ ad pyramidem ΔΕΖΘ, erit ut ΑΒΓ basis ad basim ΔΕΖ ita ΑΒΓΗ pyramis vel ad solidum aliquod minus pyramide ΔΕΖΘ vel ad

PROPOSITION V.

Les pyramides triangulaires qui ont la même hauteur sont entr'elles comme leurs bases.

Que les pyramides dont les bases sont les triangles ΑΒΓ, ΔΕΖ, et dont les sommets sont les points Η, Θ, ayent la même hauteur; je dis que la base ΑΒΓ est à la base ΔΕΖ comme la pyramide ΑΒΓΗ est à la pyramide ΔΕΖΘ.

Car si la base ΑΒΓ n'est pas à la base ΔΕΖ comme la pyramide ΑΒΓΗ est à la pyramide ΔΕΖΘ; la base ΑΒΓ sera à la base ΔΕΖ comme la pyramide ΑΒΓΗ est à un solide plus petit que la pyramide ΔΕΖΘ ou à un solide plus grand. Que ce soit

πρὸς μεῖζον. Εστω πρότερον πρὸς ἔλαττον τὸ Χ καὶ διῃρήσθω ἡ ΔΕΖΘ πυραμὶς εἴς τε δύο πυραμίδας ἴσας ἀλλήλαις καὶ ὁμοίας τῇ ὅλῃ καὶ εἰς δύο πρίσματα ἴσα· τὰ δὴ δύο πρίσματα μείζονά ἐστιν, ἢ τὸ ἥμισυ τῆς ὅλης πυραμίδος. Καὶ πάλιν αἱ ἐκ τῆς διαιρέσεως γινόμεναι πυραμίδες ὁμοίως διῃρήσθωσαν[2], καὶ τοῦτο ἀεὶ γιγνέσθω ἕως οὗ λεφθῶσί τινες πυραμίδες ἀπὸ τῆς ΔΕΖΘ πυραμίδος, αἵ εἰσιν ἐλάττονες τῆς ὑπεροχῆς ἧς[3] ὑπερέχει ἡ ΔΕΖΘ πυραμίς τοῦ Χ στερεοῦ. Λελήφθωσαν καὶ ἔστωσαν λόγου ἕνεκα[4] αἱ ΔΠΡΣ, ΣΓΥΘ· λοιπὰ ἄρα τὰ ἐν τῇ ΔΕΖΘ πυραμίδι πρίσματα μείζονά ἐστι τοῦ Χ στερεοῦ. Διῃρήσθω καὶ ἡ ΑΒΓΗ πυραμίς ὁμοίως καὶ ἰσοπληθῶς τῇ ΔΕΖΘ πυραμίδι· ἔστιν ἄρα ὡς ἡ ΑΒΓ βάσις πρὸς τὴν ΔΕΖ βάσιν οὕτως τὰ ἐν τῇ ΑΒΓΗ πυραμίδι πρίσματα πρὸς τὰ ἐν τῇ ΔΕΖΘ πυραμίδι πρίσματα. Αλλὰ καὶ[5] ὡς ἡ ΑΒΓ βάσις πρὸς τὴν ΔΕΖ βάσιν οὕτως ἡ ΑΒΓΗ πυραμὶς πρὸς τὸ Χ στερεόν· καὶ ὡς ἄρα ἡ ΑΒΓΗ πυραμὶς πρὸς τὸ Χ στερεὸν οὕτως τὰ ἐν τῇ ΑΒΓΗ πυραμίδι πρίσματα πρὸς τὰ

majus. Sit primum ad minus X; et dividatur pyramis ΔΕΖΘ in duas pyramides æquales inter se, et similes toti, et in duo prismata æqualia; ergo duo prismata majora sunt dimidio totius pyramidis. Et rursus pyramides ex divisione factæ similiter dividantur, et hoc semper fiat quoad sumantur quædam pyramides a pyramide ΔΕΖΘ, quæ sint minores excessu, quo superat pyramis ΔΕΖΘ solidum X. Sumantur, et sint verbi causa pyramides ΔΠΡΣ, ΣΤΥΘ; reliqua igitur in pyramide ΔΕΖΘ prismata majora sunt solido X. Dividatur et ΑΒΓΗ pyramis similiter et in totidem partes atque pyramis ΔΕΖΘ; est igitur ut ΑΒΓ basis ad basim ΔΕΖ ita in pyramide ΑΒΓΗ prismata ad prismata in pyramide ΔΕΖΘ. Sed et ut ΑΒΓ basis ad basim ΔΕΖ ita pyramis ΑΒΓΗ ad solidum X; et ut igitur ΑΒΓΗ pyramis ad solidum X ita in ΑΒΓΗ pyramide prismata ad prismata in pyramide ΔΕΖΘ; per-

d'abord à un solide X plus grand; divisons la pyramide ΔΕΖΘ en deux pyramides égales entr'elles et semblables à la pyramide entière, et en deux prismes égaux; les deux prismes seront plus grands que la moitié de la pyramide entière (3. 12). Que les pyramides engendrées par cette division soient divisées de la même manière, et faisons toujours cela jusqu'à ce qu'il nous reste de la pyramide ΔΕΖΘ certaines pyramides qui soient plus petites que l'excès de la pyramide ΔΕΖΘ sur le solide X. Cherchons ces pyramides, et qu'elles soient par exemple ΔΠΡΣ, ΣΤΥΘ; les prismes restants de la pyramide ΔΕΖΘ seront plus grands que le solide X. Divisons semblablement la pyramide ΑΒΓΗ en autant de parties que la pyramide ΔΕΖΘ; la base ΑΒΓ sera à la base ΔΕΖ comme les prismes de la pyramide ΑΒΓΗ sont aux prismes de la pyramide ΔΕΖΘ (4. 12). Mais la base ΑΒΓ est à la base ΔΕΖ comme la pyramide ΑΒΓΗ est au solide X; la pyramide ΑΒΓΗ est donc au solide X comme les prismes de la pyramide ΑΒΓΗ sont aux prismes de la pyramide ΔΕΖΘ;

ἐν τῇ ΔΕΖΘ πυραμίδι πρίσματα· ἐναλλὰξ ἄρα ὡς ἡ ΑΒΓΗ πυραμὶς πρὸς τὰ ἐν αὐτῇ πρίσματα οὕτως τὸ Χ στερεὸν πρὸς τὰ ἐν τῇ ΔΕΖΘ πυραμίδι πρίσματα. Μείζων δὲ ἡ ΑΒΓΗ πυραμὶς τῶν ἐν αὐτῇ πρισμάτων· μεῖζον ἄρα καὶ τὸ Χ στερεὸν τῶν ἐν τῇ ΔΕΖΘ πυραμίδι πρισμάτων. Αλλὰ καὶ ἔλαττον, ὅπερ ἐστὶν ἀδύνατον· οὐκ ἄρα ἐστὶν[6] ὡς ἡ ΑΒΓ βάσις πρὸς τὴν ΔΕΖ βάσιν οὕτως ἡ ΑΒΓΗ πυραμὶς πρὸς ἔλαττόν τι

mutando igitur ut ΑΒΓΗ pyramis ad prismata quæ in ipsâ sunt, ita solidum X ad prismata in pyramide ΔΕΖΘ. Major autem pyramis ΑΒΓΗ prismatibus quæ in ipsâ; majus igitur et solidum X prismatibus quæ in pyramide ΔΕΖΘ. Sed et minus, quod est impossibile; non igitur est ut ΑΒΓ basis ad basim ΔΕΖ ita pyramis ΑΒΓΗ ad solidum aliquod minus pyramide ΔΕΖΘ.

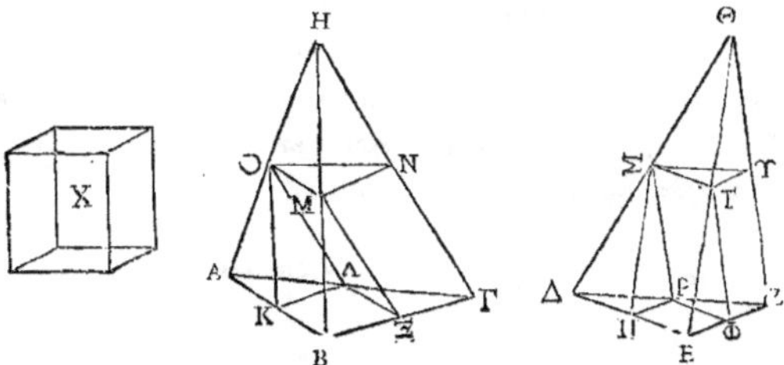

τῆς ΔΕΖΘ πυραμίδος στερεόν. Ομοίως δὴ δειχθήσεται ὅτι οὐδὲ ὡς ἡ ΔΕΖ βάσις πρὸς τὴν ΑΒΓ βάσιν οὕτως ἡ ΔΕΖΘ πυραμὶς πρὸς ἔλαττόν τι τῆς ΑΒΓΗ πυραμίδος στερεόν. Λέγω δὴ ὅτι οὐκ ἔστιν οὐδὲ ὡς ἡ ΑΒΓ βάσις πρὸς τὴν ΔΕΖ βάσιν οὕτως ἡ ΑΒΓΗ πυραμὶς πρὸς μεῖζόν τι

Similiter utique ostendetur neque ut ΔΕΖ basis ad basim ΑΒΓ ita pyramidem ΔΕΖΘ ad solidum aliquod minus pyramide ΑΒΓΗ. Dico etiam neque esse ut ΑΒΓ basis ad basim ΔΕΖ ita ΑΒΓΗ pyramidem ad solidum aliquod

donc, par permutation, la pyramide ΑΒΓΗ est aux prismes qu'elle renferme comme le solide X est aux prismes de la pyramide ΔΕΖΘ. Mais la pyramide ΑΒΓΗ est plus grande que les prismes qu'elle renferme ; le solide X est donc plus grand que les prismes que renferme la pyramide ΔΕΖΘ. Mais, au contraire, il est plus petit ; ce qui est impossible ; la base ΑΒΓ n'est donc point à la base ΔΕΖ comme la pyramide ΑΒΓΗ est à un solide quelconque plus petit que la pyramide ΔΕΖΘ. Nous démontrerons semblablement que la base ΔΕΖ n'est point à la base ΑΒΓ comme la pyramide ΔΕΖΘ est à un solide plus petit que la pyramide ΑΒΓΗ. Je dis enfin que la base ΑΒΓ n'est point à la base ΔΕΖ comme la pyramide ΑΒΓΗ est à un solide plus grand que la pyramide ΔΕΖΘ. Car, si cela est possible, que ce

τῆς ΔΕΖΘ πυραμίδος στερεόν. Εἰ γὰρ δυνατὸν, ἔστω πρὸς μεῖζον τὸ Χ· ἀνάπαλιν ἄρα ἐστὶν ὡς ἡ ΔΕΖ βάσις πρὸς τὴν ΑΒΓ βάσιν οὕτως τὸ Χ στερεὸν πρὸς τὴν ΑΒΓΗ πυραμίδα. Ὡς δὲ τὸ Χ στερεὸν πρὸς τὴν ΑΒΓΗ πυραμίδα οὕτως ἡ ΔΕΖΘ πυραμὶς πρὸς ἔλαττόν τι τῆς ΑΒΓΗ πυραμίδος, ὡς ἔμπροσθεν ἐδείχθη· καὶ ὡς ἄρα ἡ ΔΕΖ βάσις πρὸς τὴν ΑΒΓ βάσιν οὕτως ἡ ΔΕΖΘ πυραμὶς πρὸς ἔλαττόν τι τῆς ΑΒΓΗ πυραμίδος, ὅπερ ἄτοπον ἐδείχθη· οὐκ ἄρα ἐστὶν ὡς ἡ ΑΒΓ βάσις πρὸς τὴν ΔΕΖ βάσιν οὕτως ἡ ΑΒΓΗ πυραμὶς πρὸς μεῖζόν τι τῆς ΔΕΖΘ πυραμίδος στερεόν. Εδείχθη δὲ ὅτι οὐδὲ πρὸς ἔλαττον· ἔστιν ἄρα ὡς ἡ ΑΒΓ βάσις πρὸς τὴν ΔΕΖ βάσιν οὕτως ἡ ΑΒΓΗ πυραμὶς πρὸς τὴν ΔΕΖΘ πυραμίδα.

Αἱ ἄρα ὑπὸ, καὶ τὰ ἑξῆς.

majus pyramide ΔΕΖΘ. Si enim possibile, sit ad majus Χ; invertendo igitur est ut ΔΕΖ basis ad basim ΑΒΓ ita solidum Χ ad ΑΒΓΗ pyramidem. Ut autem solidum Χ ad ΑΒΓΗ pyramidem ita ΔΕΖΘ pyramis ad solidum aliquod minus pyramide ΑΒΓΗ, ut proxime ostensum fuit; et ut igitur ΔΕΖ basis ad basim ΑΒΓ ita pyramis ΔΕΖΘ ad solidum aliquod minus pyramide ΑΒΓΗ, quod absurdum ostensum est; non igitur est ut ΑΒΓ basis ad basim ΔΕΖ ita ΑΒΓΗ pyramis ad solidum aliquod majus pyramide ΔΕΖΘ. Ostensum autem est neque ad minus; est igitur ut ΑΒΓ basis ad basim ΔΕΖ ita pyramis ΑΒΓΗ ad ΔΕΖΘ pyramidem.

Pyramides igitur, etc.

soit à un solide Χ plus grand que la pyramide ΔΕΖΘ; donc, par inversion, la base ΔΕΖ sera à la base ΑΒΓ comme le solide Χ est à la pyramide ΑΒΓΗ. Mais le solide Χ est à la pyramide ΑΒΓΗ comme la pyramide ΔΕΖΘ est à un solide plus petit que la pyramide ΑΒΓΗ, ainsi que cela est démontré; la base ΔΕΖ est donc à la base ΑΒΓ comme la pyramide ΔΕΖΘ est à un solide quelconque plus petit que la pyramide ΑΒΓΗ, ce qui a été démontré absurde; la base ΑΒΓ n'est donc point à la base ΔΕΖ comme la pyramide ΑΒΓΗ est à un solide quelconque plus grand que la pyramide ΔΕΖΘ. Mais on a démontré que ce n'est point non plus à un solide Χ plus petit; la base ΑΒΓ est donc à la base ΔΕΖ comme la pyramide ΑΒΓΗ est à la pyramide ΔΕΖΘ. Donc, etc.

ΠΡΟΤΑΣΙΣ ς'.

Αἱ ὑπὸ τὸ αὐτὸ ὕψος οὖσαι πυραμίδες καὶ πολυγώνους ἔχουσαι βάσεις πρὸς ἀλλήλας εἰσὶν ὡς αἱ βάσεις.

Εστωσαν ὑπὸ τὸ αὐτὸ ὕψος πυραμίδες, ὧν αἱ βάσεις μὲν τὰ ΑΒΓΔΕ, ΖΗΘΚΛ πολύγωνα, κορυφαὶ δὲ τὰ Μ, Ν σημεῖα· λέγω ὅτι ἐστὶν ὡς ἡ ΑΒΓΔΕ βάσις πρὸς τὴν ΖΗΘΚΛ βάσιν οὕτως ἡ ΑΒΓΔΕΜ πυραμὶς πρὸς τὴν ΖΗΘΚΛΝ πυραμίδα.

PROPOSITIO VI.

Pyramides in eâdem altitudine existentes et polygona habentes bases inter se sunt ut bases.

Sint in eâdem altitudine pyramides, quarum bases quidem ΑΒΓΔΕ, ΖΗΘΚΛ polygona, vertices autem Μ, Ν puncta; dico esse ut ΑΒΓΔΕ basis ad basim ΖΗΘΚΛ ita ΑΒΓΔΕΜ pyramidem ad pyramidem ΖΗΘΚΛΝ.

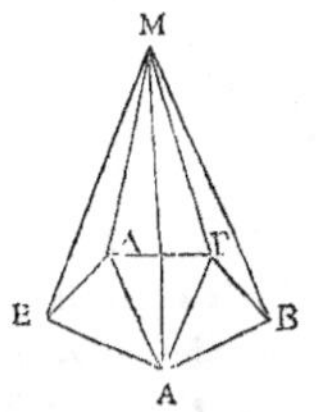

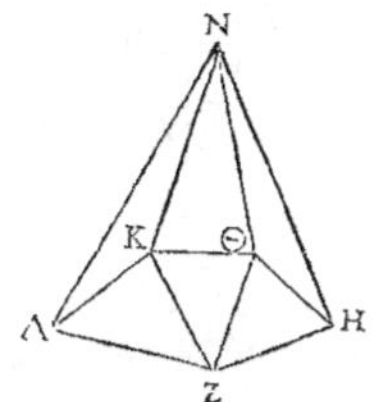

Επιζεύχθωσαν γὰρ αἱ ΑΓ, ΑΔ, ΖΘ, ΖΚ. Επεὶ οὖν δύο πυραμίδες εἰσὶν αἱ ΑΒΓΜ, ΑΓΔΜ τριγώνους ἔχουσαι βάσεις, καὶ ὕψος ἴσον, πρὸς ἀλλήλας εἰσὶν ὡς αἱ βάσεις· ἔστιν ἄρα ὡς ἡ ΑΒΓ βάσις πρὸς τὴν ΑΓΔ βάσιν οὕτως ἡ

Jungantur enim ipsæ ΑΓ, ΑΔ, ΖΘ, ΖΚ. Quoniam igitur duæ pyramides sunt ΑΒΓΜ, ΑΓΔΜ, triangulares habentes bases, et altitudinem æqualem, inter se sunt ut bases; est igitur ut ΑΒΓ basis ad ΑΓΔ basim ita ΑΒΓΜ pyra-

PROPOSITION VI.

Les pyramides qui ont la même hauteur, et qui ont des polygones pour bases, sont entr'elles comme leurs bases.

Que les pyramides dont les bases sont les polygones ΑΒΓΔΕ, ΖΗΘΚΛ, et dont les sommets sont les points Μ, Ν ayent la même hauteur; je dis que la base ΑΒΓΔΕ est à la base ΖΗΘΚΛ comme la pyramide ΑΒΓΔΕΜ est à la pyramide ΖΗΘΚΛΝ.

Car joignons ΑΓ, ΑΔ, ΖΘ, ΖΚ. Puisque l'on a deux pyramides ΑΒΓΜ, ΑΓΔΜ qui ont des bases triangulaires et la même hauteur, ces pyramides sont entr'elles comme leurs bases; la base ΑΒΓ est donc à la base ΑΓΔ comme la pyramide ΑΒΓΜ est à la

ΑΒΓΜ πυραμὶς πρὸς τὴν ΑΓΔΜ πυραμίδα· καὶ συνθέντι ὡς ἡ ΑΒΓΔ βάσις πρὸς τὴν ΑΓΔ βάσιν οὕτως ἡ ΑΒΓΔΜ πυραμὶς πρὸς τὴν ΑΓΔΜ πυραμίδα. Αλλὰ καὶ ὡς ἡ ΑΓΔ βάσις πρὸς τὴν ΑΔΕ βάσιν οὕτως ἡ ΑΓΔΜ πυραμὶς πρὸς τὴν ΑΔΕΜ πυραμίδα· διίσου ἄρα ὡς ἡ ΑΒΓΔ βάσις πρὸς τὴν ΑΔΕ βάσιν οὕτως ἡ ΑΒΓΔΜ πυραμὶς πρὸς τὴν ΑΔΕΜ πύραμίδα.

mis ad ΑΓΔΜ pyramidem; et componendo ut ΑΒΓΔ basis ad ΑΓΔ basim ita ΑΒΓΔΜ pyramis ad ΑΓΔΜ pyramidem. Sed et ut ΑΓΔ basis ad ΑΔΕ basim ita pyramis ΑΓΔΜ ad ΑΔΕΜ pyramidem; ex æquo igitur ut ΑΒΓΔ basis ad basim ΑΔΕ ita ΑΒΓΔΜ pyramis ad pyramidem ΑΔΕΜ. Et componendo rursus, ut ΑΒΓΔΕ

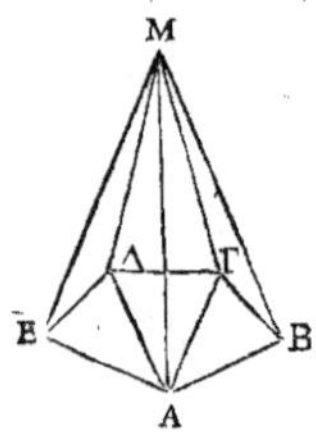

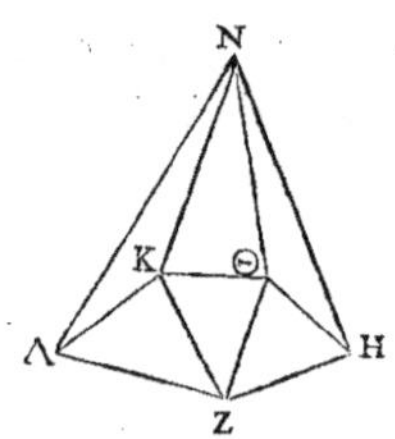

Καὶ συνθέντι πάλιν, ὡς ἡ ΑΒΓΔΕ βάσις πρὸς τὴν ΑΔΕ οὕτως ἡ ΑΒΓΔΕΜ πυραμὶς πρὸς τὴν ΑΔΕΜ πυραμίδα. Ομοίως δὲ δειχθήσεται ὅτι[4] καὶ ὡς ἡ ΖΗΘΚΛ βάσις πρὸς τὴν ΖΚΛ βάσιν οὕτως καὶ ἡ ΖΗΘΚΛΝ πυραμὶς πρὸς τὴν ΖΚΛΝ πυραμίδα. Καὶ ἐπεὶ δύο πυραμίδες εἰσὶν αἱ ΑΔΕΜ, ΖΚΛΝ τρίγωνα[5] ἔχουσαι βάσεις, καὶ ὕψος ἴσον[6]· ἔστιν ἄρα ὡς ἡ ΑΔΕ βάσις πρὸς τὴν ΖΚΛ βάσιν οὕτως ἡ ΑΔΕΜ πυραμὶς πρὸς τὴν

basis ad basim ΑΔΕ ita ΑΒΓΔΕΜ pyramis ad pyramidem ΑΔΕΜ. Similiter utique ostendetur et ut ΖΗΘΚΛ basis ad basim ΖΚΛ ita et ΖΗΘΚΛΝ pyramidem ad ΖΚΛΝ pyramidem. Et quoniam duæ pyramides sunt ΑΔΕΜ, ΖΚΛΝ, triangulares habentes bases, et eamdem altitudinem; est igitur ut basis ΑΔΕ ad ΖΚΛ basim ita ΑΔΕΜ pyramis ad ΖΚΛΝ pyramidem. Quoniam igitur

pyramide ΑΓΔΜ; donc, par addition, la base ΑΒΓΔ est à la base ΑΓΔ comme la pyramide ΑΒΓΔΜ est à la pyramide ΑΓΔΜ. Mais la base ΑΓΔ est à la base ΑΔΕ comme la pyramide ΑΓΔΜ est à la pyramide ΑΔΕΜ; donc, par égalité, la base ΑΒΓΔ est à la base ΑΔΕ comme la pyramide ΑΒΓΔΜ est à la pyramide ΑΔΕΜ (22. 5). Donc, par addition, la base ΑΒΓΔΕ est à la base ΑΔΕ comme la pyramide ΑΒΓΔΕΜ est à la pyramide ΑΔΕΜ. Nous démontrerons semblablement que la base ΖΗΘΚΛ est à la base ΖΚΛ comme la pyramide ΖΗΚΘΛΝ est à la pyramide ΖΚΛΝ. Et puisque l'on a deux pyramides ΑΔΕΜ, ΖΚΛΝ qui ont des bases triangulaires et une hauteur égale, la base ΑΔΕ sera à la base ΖΚΛ comme la pyramide ΑΔΕΜ est à la pyramide

ZKΛN πυραμίδα. Επεὶ οὖν ὡς ἡ ΑΒΓΔΕ βάσις πρὸς τὴν ΑΔΕ βάσιν οὕτως ἡ ΑΒΓΔΕΜ πυραμὶς πρὸς τὴν ΑΔΕΜ πυραμίδα· ὡς δὲ ἡ ΑΔΕ βάσις πρὸς τὴν ΖΚΛ βάσιν οὕτως ἡ ΑΔΕΜ πυραμὶς πρὸς τὴν ΖΚΛΝ πυραμίδα· δι᾽ἴσου ἄρα ὡς ἡ ΑΒΓΔΕ βάσις πρὸς τὴν ΖΚΛ βάσιν οὕτως ἡ ΑΒΓΔΕΜ πυραμὶς πρὸς τὴν ΖΚΛΝ πυραμίδα. Αλλὰ μὲν καὶ ὡς ἡ ΖΚΛ βάσις πρὸς τὴν ΖΗΘΚΛ βάσιν οὕτως ἦν καὶ ἡ ΖΚΛΝ πυραμὶς πρὸς τὴν ΖΗΘΚΛΝ πυραμίδα· καὶ δι᾽ἴσου πάλιν[8] ἄρα ὡς ἡ ΑΒΓΔΕ βάσις πρὸς τὴν ΖΗΘΚΛ βάσιν οὕτως ἡ ΑΒΓΔΕΜ πυραμὶς πρὸς τὴν ΖΗΘΚΛΝ πυραμίδα.

Πυραμίδες ἄρα, καὶ τὰ ἑξῆς.

ut ΑΒΓΔΕ basis ad ΑΔΕ basim ita ΑΒΓΔΕΜ pyramis ad ΑΔΕΜ pyramidem; ut autem ΑΔΕ basis ad ΖΚΛ basim ita ΑΔΕΜ pyramis ad ΖΚΛΝ pyramidem; ex æquo igitur, ut basis ΑΒΓΔΕ ad ΖΚΛ basim ita ΑΒΓΔΕΜ pyramis ad ΖΚΛΝ pyramidem. Sed quidem et ut ΖΚΛ basis ad ΖΗΘΚΛ basim ita erat et ΖΚΛΝ pyramis ad ΖΗΘΚΛΝ pyramidem; et ex æquo rursus igitur ut ΑΒΓΔΕ basis ad ΖΗΘΚΛ basim ita ΑΒΓΔΕΜ pyramis ad ΖΗΘΚΛΝ pyramidem.

Pyramides igitur, etc.

ΖΚΛΝ. Et puisque la base ΑΒΓΔΕ est à la base ΑΔΕ comme la pyramide ΑΒΓΔΕΜ est à la pyramide ΑΔΕΜ, et que la base ΑΔΕ est à la base ΖΚΛ comme la pyramide ΑΔΕΜ est à la pyramide ΖΚΛΝ; donc, par égalité, la base ΑΒΓΔΕ est à la base ΖΚΛ comme la pyramide ΑΒΓΔΕΜ est à la pyramide ΖΚΛΝ (22. 5). Mais la base ΖΚΛ est à la base ΖΗΘΚΛ comme la pyramide ΖΚΛΝ est à la pyramide ΖΗΘΚΛΝ; donc, par égalité, la base ΑΒΓΔΕ est à la base ΖΗΘΚΛ comme la pyramide ΑΒΓΔΕΜ est à la pyramide ΖΗΘΚΛΝ. Donc, etc.

ΠΡΟΤΑΣΙΣ ζ.

Πᾶν πρίσμα τρίγωνον ἔχον βάσιν διαιρεῖται εἰς τρεῖς πυραμίδας ἴσας ἀλλήλαις, τριγώνους βάσεις ἐχούσας.

Εστω πρίσμα οὗ βάσις μὲν τὸ ΑΒΓ τρίγωνον, ἀπεναντίον δὲ τὸ ΔΕΖ· λέγω ὅτι τὸ ΑΒΓΔΕΖ πρίσμα διαιρεῖται εἰς τρεῖς πυραμίδας ἴσας ἀλλήλαις, τριγώνους ἐχούσας βάσεις[1].

Επεζεύχθωσαν γὰρ αἱ ΒΔ, ΕΓ, ΓΔ. Καὶ[2] ἐπεὶ παραλληλόγραμμόν ἐστι τὸ ΑΒΕΔ, διάμετρος δὲ αὐτοῦ ἐστιν[3] ἡ ΒΔ· ἴσον ἄρα ἐστὶ[4] τὸ ΑΒΔ τρίγωνον τῷ ΕΔΒ τριγώνῳ· καὶ ἡ πυραμὶς ἄρα, ἧς βάσις μὲν τὸ ΑΒΔ τρίγωνον, κορυφὴ δὲ τὸ Γ σημεῖον, ἴση ἐστὶ πυραμίδι, ἧς βάσις μέν ἐστι τὸ ΕΔΒ τρίγωνον, κορυφὴ δὲ τὸ Γ σημεῖον. Αλλ' ἡ πυραμὶς, ἧς βάσις μέν ἐστι[5] τὸ ΕΔΒ τρίγωνον, κορυφὴ δὲ τὸ Γ σημεῖον, ἡ αὐτή ἐστι πυραμίδι, ἧς βάσις μέν ἐστι[6] τὸ ΕΒΓ τρίγωνον, κορυφὴ δὲ τὸ Δ σημεῖον, ὑπὸ γὰρ τῶν αὐτῶν ἐπιπέδων περιέχεται· καὶ πυ-

PROPOSITIO VII.

Omne prisma triangularem habens basim dividitur in tres pyramides æquales inter se, triangulares bases habentes.

Sit prisma cujus basis quidem triangulum ΑΒΓ, oppositum autem ΔΕΖ; dico ΑΒΓΔΕΖ prisma dividi in tres pyramides æquales inter se, triangulares habentes bases.

Jungantur enim ipsæ ΒΔ, ΕΓ, ΓΔ. Et quoniam parallelogrammum est ΑΒΕΔ, diameter autem ipsius est ΒΔ; æquale igitur est ΑΒΔ triangulum triangulo ΕΔΒ; et pyramis igitur, cujus basis quidem ΑΒΔ triangulum, vertex autem punctum Γ, æqualis est pyramidi, cujus basis quidem est ΕΔΒ triangulum, vertex autem punctum Γ. Sed pyramis, cujus basis quidem est ΕΔΒ triangulum, vertex autem punctum Γ, eadem est cum pyramide, cujus basis quidem est triangulum ΕΒΓ, vertex autem punctum Δ, iisdem enim planis continetur; et pyramis

PROPOSITION VII.

Tout prisme ayant une base triangulaire peut se diviser en trois pyramides égales entr'elles, ces pyramides ayant des bases triangulaires.

Soit le prisme dont la base est le triangle ΑΒΓ opposé au triangle ΔΕΖ; je dis que le prisme ΑΒΓΔΕΖ peut être divisé en trois pyramides égales entr'elles, ces pyramides ayant des bases triangulaires.

Car joignons ΒΔ, ΕΓ, ΓΔ. Puisque la figure ΑΒΕΔ est un parallélogramme, dont ΒΔ est la diagonale, le triangle ΑΒΔ sera égal au triangle ΕΔΒ (34. 1); la pyramide qui a pour base le triangle ΑΒΔ et pour sommet le point Γ est donc égale à la pyramide qui a pour base le triangle ΕΔΒ et pour sommet le point Γ (5. 12). Mais la pyramide qui a pour base le triangle ΕΔΒ, et pour sommet le point Γ, est égale à la pyramide qui a pour base le triangle ΕΒΓ, et pour sommet le point Δ, car elles sont comprises sous les mêmes plans; la pyramide qui a pour base le

ραμὶς ἄρα, ἧς βάσις μέν ἐστι τὸ ΑΒΔ τρίγωνον, κορυφὴ δὲ τὸ Γ σημεῖον, ἴση ἐστὶ πυραμίδι, ἧς βάσις μέν ἐστι τὸ ΕΒΓ τρίγωνον, κορυφὴ δὲ τὸ Δ σημεῖον. Πάλιν, ἐπεὶ παραλληλόγραμμόν ἐστι τὸ ΖΓΒΕ, διάμετρος δέ ἐστιν αὐτοῦ ἡ ΓΕ, ἴσον ἐστὶ τὸ ΕΓΖ τρίγωνον τῷ ΓΒΕ τριγώνῳ· καὶ πυραμὶς ἄρα, ἧς βάσις μέν ἐστι τὸ ΒΕΓ τρίγωνον, κορυφὴ δὲ τὸ Δ σημεῖον, ἴση ἐστὶ πυραμίδι, ἧς βάσις μέν ἐστι τὸ ΕΓΖ τρίγωνον, κορυφὴ δὲ τὸ Δ σημεῖον. Η δὲ

igitur, cujus basis quidem est triangulum ΑΒΔ, vertex autem punctum Γ, æqualis est pyramidi, cujus basis quidem est ΕΒΓ triangulum, vertex autem punctum Δ. Rursus, quoniam parallelogrammum est ΖΓΒΕ, diameter autem ipsius est ipsa ΓΕ, æquale est ΕΓΖ triangulum triangulo ΓΒΕ; et pyramis igitur, cujus basis quidem est ΒΕΓ triangulum, vertex autem punctum Δ, æqualis est pyramidi, cujus basis quidem est ΕΓΖ triangulum, vertex autem punc-

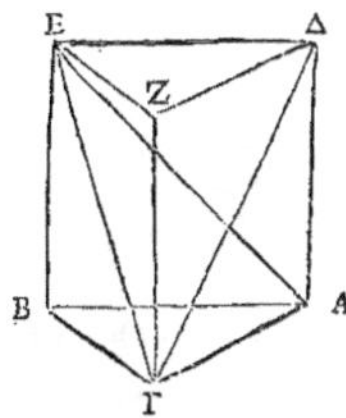

πυραμὶς, ἧς βάσις μέν ἐστι τὸ ΒΓΕ τρίγωνον, κορυφὴ δὲ τὸ Δ σημεῖον, ἴση ἐδείχθη πυραμίδι, ἧς βάσις μέν ἐστι τὸ ΑΒΔ τρίγωνον, κορυφὴ δὲ τὸ Γ σημεῖον· καὶ πυραμὶς ἄρα, ἧς βάσις μέν ἐστι τὸ ΓΕΖ τρίγωνον, κορυφὴ δὲ τὸ Δ σημεῖον, ἴση ἐστὶ πυραμίδι, ἧς βάσις μέν ἐστι τὸ ΑΒΔ τρίγωνον, κορυφὴ δὲ τὸ Γ σημεῖον· διῄρηται ἄρα

tum Δ. Pyramis autem, cujus basis quidem est ΒΓΕ triangulum, vertex autem punctum Δ, æqualis ostensa est pyramidi, cujus basis quidem est ΑΒΔ triangulum, vertex autem punctum Γ; et pyramis igitur, cujus basis quidem est ΓΕΖ triangulum, vertex autem punctum Δ, æqualis est pyramidi, cujus basis quidem est ΑΒΔ triangulum, vertex autem punctum Γ; dividitur igitur

triangle ΑΒΔ, et pour sommet le point Γ, est donc égale à la pyramide qui a pour base le triangle ΕΒΓ, et pour sommet le point Δ. De plus, puisque la figure ΖΓΒΕ est un parallélogramme qui a pour diagonale la droite ΓΕ, le triangle ΕΓΖ est égal au triangle ΓΒΕ (34. 1); la pyramide qui a pour base le triangle ΒΕΓ, et pour sommet le point Δ, est donc égale à la pyramide qui a pour base le triangle ΕΓΖ, et pour sommet le point Δ (5. 11). Mais on a démontré que la pyramide qui a pour base le triangle ΒΓΕ, et pour sommet le point Δ, est égale à la pyramide qui a pour base le triangle ΑΒΔ, et pour sommet le point Γ; la pyramide qui a pour base le triangle ΓΕΖ, et pour sommet le point Δ, est donc égale à la pyramide qui a pour base le triangle ΑΒΔ, et pour sommet le point Γ; le prisme ΑΒΓΔΕΖ est donc

τὸ ΑΒΓΔΕΖ πρίσμα εἰς τρεῖς πυραμίδας ἴσας ἀλλήλαις, τριγώνους ἐχούσας βάσεις[9]. Καὶ ἐπεὶ πυραμὶς, ἧς βάσις μέν ἐστι τὸ ΑΒΔ τρίγωνον, κορυφὴ δὲ τὸ Γ σημεῖον, ἡ αὐτή ἐστι πυραμίδι, ἧς βάσις μὲν[10] τὸ ΓΑΒ τρίγωνον, κορυφὴ δὲ τὸ Δ σημεῖον, ὑπὸ γὰρ τῶν αὐτῶν ἐπιπέδων περιέχονται, ἡ δὲ πυραμὶς, ἧς βάσις μὲν[11] τὸ ΑΒΔ τρίγωνον, κορυφὴ δὲ τὸ Γ σημεῖον, τρίτον ἐδείχθη τοῦ πρίσματος, οὗ βάσις τὸ ΑΒΓ τρίγωνον, ἀπεναντίον δὲ τὸ ΔΕΖ· καὶ ἡ πυραμὶς ἄρα, ἧς βάσις τὸ ΑΒΓ τρίγωνον, κορυφὴ δὲ τὸ Δ σημεῖον, τρίτον ἐστὶ τοῦ πρίσματος τοῦ ἔχοντος βάσιν τὴν αὐτὴν, τὸ ΑΒΓ τρίγωνον, ἀπεναντίον δὲ τὸ ΔΕΖ. Ὅπερ ἔδει δεῖξαι[12].

ΑΒΓΔΕΖ prisma in tres pyramides æquales inter se, triangulares habentes bases. Et quoniam pyramis, cujus basis quidem est ΑΒΔ triangulum, vertex autem punctum Γ, eadem est cum pyramide, cujus basis quidem ΓΑΒ triangulum, vertex autem punctum Δ, iisdem namque planis continentur; pyramis autem, cujus basis quidem triangulum ΑΒΔ, vertex autem punctum Γ, tertia pars ostensa prismatis, cujus basis ΑΒΓ triangulum, opppositum autem ΔΕΖ; et pyramis igitur, cujus basis triangulum ΑΒΓ, vertex autem Δ punctum, tertia pars est prismatis habentis basim eamdem, triangulum ΑΒΓ, oppositum autem triangulum ΔΕΖ. Quod oportebat ostendere.

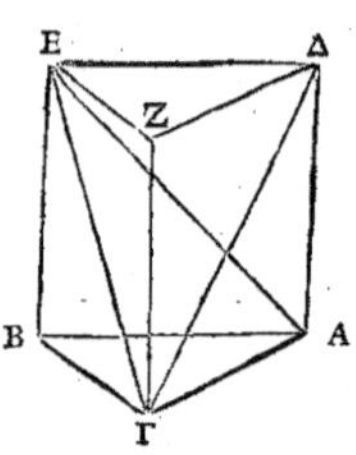

divisé en trois pyramides égales entr'elles, ces pyramides ayant des bases triangulaires. Mais la pyramide qui a pour base le triangle ΑΒΔ, et pour sommet le point Γ, est la même que la pyramide qui a pour base le triangle ΓΑΒ et pour sommet le point Δ, car ces pyramides sont comprises sous les mêmes plans, et l'on a démontré que la pyramide qui a pour base le triangle ΑΒΔ, et pour sommet le point Γ, est la troisième partie du prisme qui a pour base le triangle ΑΒΓ opposé au triangle ΔΕΖ; la pyramide qui a pour base le triangle ΑΒΓ, et pour sommet le point Δ, est donc la troisième partie d'un prisme qui a la même base, savoir, le triangle ΑΒΓ opposé au triangle ΔΕΖ. Ce qu'il fallait démontrer.

ΠΟΡΙΣΜΑ.

Ἐκ δὴ τούτου φανερὸν ὅτι πᾶσα πυραμὶς τρίτον μέρος ἐστὶ τοῦ πρίσματος, τοῦ τὴν αὐτὴν βάσιν[1] ἔχοντος αὐτῇ καὶ τὸ[2] ὕψος ἴσον· ἐπειδήπερ κἂν ἕτερόν τι σχῆμα εὐθύγραμμον ἔχῃ ἡ βάσις τοῦ πρίσματος, καὶ[3] τὸ αὐτὸ ἀπεναντίον, διαιρεῖται εἰς πρίσματα τριγώνους ἔχοντα βάσεις καὶ τὰς ἀπεναντίον[4].

COROLLARIUM.

Ex hoc evidens est omnem pyramidem tertiam partem esse prismatis eamdem basim habentis cum illâ et altitudinem æqualem; quoniam et si aliam quamdam figuram rectilineam obtineat basis prismatis, et opposita eamdem, dividitur in prismata triangulares habentia bases, et oppositas.

ΠΡΟΤΑΣΙΣ η'.

Αἱ ὅμοιαι πυραμίδες, καὶ τριγώνους ἔχουσαι βάσεις, ἐν τριπλασίονι λόγῳ εἰσὶ τῶν ὁμολόγων πλευρῶν.

Ἔστωσαν ὅμοιαι καὶ ὁμοίως κείμεναι πυραμίδες, ὧν βάσεις μέν εἰσι τὰ ΑΒΓ, ΔΕΖ τρίγωνα, κορυφαὶ δὲ τὰ Η, Θ σημεῖα· λέγω ὅτι ἡ ΑΒΓΗ πυραμὶς πρὸς τὴν ΔΕΖΘ πυραμίδα τριπλασίονα λόγον ἔχει ἤπερ ἡ ΒΓ πρὸς τὴν ΕΖ.

PROPOSITIO VIII.

Similes pyramides, et triangulares habentes bases, in triplicatâ ratione sunt homologorum laterum.

Sint similes et similiter positæ pyramides, quarum bases quidem sunt triangula ΑΒΓ, ΔΕΖ, vertices autem Η, Θ puncta; dico ΑΒΓΗ pyramidem ΔΕΖΘ triplicatam rationem habere ejus quam ΒΓ ad ΕΖ.

COROLLAIRE.

D'après cela il est évident que toute pyramide est la troisième partie d'un prisme qui a la même base et la même hauteur qu'elle; car si l'une des bases du prisme est une autre figure rectiligne, la base opposée étant la même figure, ce prisme pourra être divisé en prismes qui auront des bases triangulaires, et dont les bases opposées seront des triangles.

PROPOSITION VIII.

Les pyramides semblables, qui ont des bases triangulaires, sont entr'elles en raison triplée de leurs côtés homologues.

Que des pyramides semblables et semblablement placées ayent pour bases les triangles ΑΒΓ, ΔΕΖ, et pour sommets les points Η, Θ; je dis que la pyramide ΑΒΓΗ a avec la pyramide ΔΕΖΘ une raison triplée de celle que ΒΓ a avec ΕΖ.

Συμπεπληρώσθω γὰρ τὰ ΒΗΜΛ, ΕΘΠΟ στερεὰ παραλληλεπίπεδα. Καὶ ἐπεὶ ὅμοιά ἐστιν ἡ ΑΒΓΗ πυραμὶς τῇ ΔΕΖΘ πυραμίδι· ἴση ἄρα ἐστὶν[1] ἡ μὲν ὑπὸ ΑΒΓ γωνία τῇ ὑπὸ ΔΕΖ γωνίᾳ, ἡ δὲ ὑπὸ ΗΒΓ γωνία[2] τῇ ὑπὸ ΘΕΖ, ἡ δὲ ὑπὸ ΑΒΗ τῇ ὑπὸ ΔΕΘ, καὶ ἔστιν ὡς ἡ ΑΒ πρὸς τὴν ΔΕ οὕτως ἡ ΒΓ πρὸς τὴν ΕΖ καὶ ἡ ΒΗ πρὸς τὴν ΕΘ. Καὶ ἐπεί ἐστιν ὡς ἡ ΑΒ πρὸς τὴν ΔΕ οὕτως ἡ ΒΓ πρὸς τὴν ΕΖ, καὶ περὶ ἴσας γωνίας αἱ πλευραὶ ἀναλογόν εἰσιν· ὅμοιον ἄρα ἐστὶ[3] τὸ ΒΜ παραλληλόγραμμον τῷ ΕΠ παραλληλογράμμῳ. Διὰ τὰ αὐτὰ δὴ καὶ τὸ μὲν ΒΝ τῷ ΕΡ ὅμοιόν ἐστι, τὸ δὲ ΒΚ τῷ ΕΞ· τὰ τρία ἄρα παραλληλόγραμμα[4] τὰ

Compleantur enim ΒΗΜΛ, ΕΘΠΟ solida parallelepipeda. Et quoniam similis est ΑΒΓΗ pyramis pyramidi ΔΕΖΘ; æqualis igitur est quidem angulus ΑΒΓ angulo ΔΕΖ, angulus autem ΗΒΓ angulo ΘΕΖ, angulus vero ΑΒΗ angulo ΔΕΘ, et est ut ΑΒ ad ΔΕ ita ΒΓ ad ΕΖ, et ΒΗ ad ΕΘ. Et quoniam est ut ΑΒ ad ΔΕ ita ΒΓ ad ΕΖ, et circum æquales angulos latera proportionalia sunt; simile igitur est parallelogrammum ΒΜ parallelogrammo ΕΠ. Propter eadem utique et parallelogrammum quidem ΒΝ parallelogrammo ΕΡ simile est, parallelogrammum autem ΒΚ ipsi ΕΞ parallelogrammo; tria

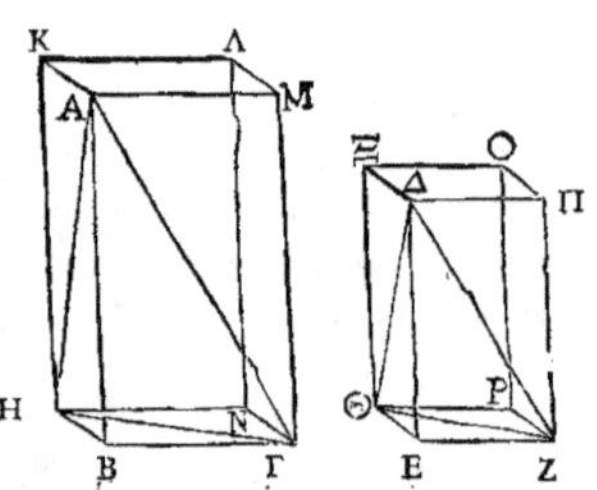

ΜΒ, ΒΚ, ΒΝ τρισὶ τοῖς ΕΠ, ΕΞ, ΕΡ ὅμοιά ἐστιν. Ἀλλὰ τὰ μὲν τρία τὰ ΜΒ, ΒΚ, ΒΝ τρισὶ τοῖς ἀπεναντίον ἴσα τε καὶ ὅμοιά ἐστι[4], τὰ

igitur parallelogramma ΜΒ, ΒΚ ΒΝ tribus ΕΠ, ΕΞ, ΕΡ similia sunt. Sed tria quidem ΜΒ, ΒΚ, ΒΝ tribus oppositis et æqualia et similia sunt,

Achevons les parallélépipèdes ΒΗΜΛ, ΕΘΠΟ. Puisque la pyramide ΑΒΓΗ est semblable à la pyramide ΔΕΖΘ, l'angle ΑΒΓ sera égal à l'angle ΔΕΖ (déf. 9. 11), l'angle ΗΒΓ égal à l'angle ΘΕΖ, l'angle ΑΒΗ égal à l'angle ΔΕΘ, et ΑΒ sera à ΔΕ comme ΒΓ est à ΕΖ, et comme ΒΗ est à ΕΘ. Et puisque ΑΒ est à ΔΕ comme ΒΓ est à ΕΖ, et que les côtés placés autour d'angles égaux sont proportionnels, le parallélogramme ΒΜ sera semblable au parallélogramme ΕΠ. Par la même raison, le parallélogramme ΒΝ sera semblable au parallélogramme ΕΡ, et le parallélogramme ΒΚ semblable au parallélogramme ΕΞ; les trois parallélogrammes ΜΒ, ΒΚ, ΒΝ sont donc semblables aux trois parallélogrammes ΕΠ, ΕΞ, ΕΡ. Mais les trois parallélogrammes ΜΒ, ΒΚ, ΒΝ sont égaux et semblables aux trois parallélogrammes

δὲ τρία τὰ ΕΠ, ΕΞ, ΕΡ τρισὶ τοῖς ἀπεναντίον ἴσα τε καὶ ὅμοιά ἐστι[5]· τὰ ΒΗΜΛ, ΕΘΠΟ ἄρα στερεὰ ὑπὸ ὁμοίων ἐπιπέδων ἴσων τὸ πλῆθος περιέχεται[6]. ὅμοιον ἄρα ἐστὶ[7] τὸ ΒΗΜΛ στερεὸν τῷ ΕΘΠΟ στερεῷ. Τὰ δὲ ὅμοια στερεὰ παραλληλεπίπεδα ἐν τριπλασίονι λόγῳ ἐστὶ τῶν ὁμολόγων πλευρῶν· τὸ ΒΗΜΛ ἄρα στερεὸν πρὸς τὸ ΕΘΠΟ στερεὸν τριπλασίονα λόγον ἔχει ἤπερ ἡ ὁμόλογος πλευρὰ ὁ ΒΓ πρὸς τὴν ὁμόλογον πλευρὰν τὴν ΕΖ. Ὡς δὲ τὸ ΒΗΜΛ στερεὸν πρὸς τὸ ΕΘΠΟ στερεὸν οὕτως ἡ ΑΒΓΗ πυραμὶς πρὸς τὴν ΔΕΖΘ πυραμίδα, ἐπειδήπερ ἡ πυραμὶς ἕκτον μέρος ἐστὶ τοῦ στερεοῦ, διὰ τὸ καὶ τὸ πρίσμα ἥμισυ ὂν τοῦ στερεοῦ παραλληλεπιπέδου τριπλάσιον εἶναι τῆς πυραμίδος· καὶ ἡ ΑΒΓΗ ἄρα[8] πυραμὶς πρὸς τὴν ΔΕΖΘ πυραμίδα τριπλασίονα λόγον ἔχει ἤπερ ἡ ΒΓ πρὸς τὴν ΕΖ. Ὅπερ ἔδει δεῖξαι.

tria vero ΕΠ, ΕΞ, ΕΡ tribus oppositis et æqualia et similia sunt; solida ΒΗΜΛ, ΕΘΠΟ igitur similibus planis numero æqualibus continentur; simile igitur est ΒΗΜΛ solidum solido ΕΘΠΟ. Similia autem solida parallelepipeda in triplicatâ ratione sunt homologorum laterum; solidum igitur ΒΗΜΛ ad solidum ΕΘΠΟ triplicatam rationem habet ejus quam habet latus homologum ΒΓ ad homologum latus ΕΖ. Ut autem ΒΗΜΛ solidum ad solidum ΕΘΠΟ ita ΑΒΓΗ pyramis ad pyramidem ΔΕΖΘ, quia pyramis sexta pars est ipsius solidi; et prisma, dimidium existens solidi parallelepipedi, triplum est pyramidis; et pyramis igitur ΑΒΓΗ ad pyramidem ΔΕΖΘ triplicatam rationem habet ejus quam ΒΓ habet ad ΕΖ. Quod oportebat ostendere.

opposés, et les trois parallélogrammes ΕΠ, ΕΞ, ΕΡ sont aussi égaux et semblables aux trois parallélogrammes opposés (24. 11); les parallélépipèdes ΒΗΜΛ, ΕΘΠΟ sont donc compris par des plans semblables et égaux en nombre; le parallélépipède ΒΗΜΛ est donc semblable au parallélépipède ΕΘΠΟ (déf. 9. 11). Mais les parallélipipèdes semblables sont entre eux en raison triplée de leurs côtés homologues (33. 11); le parallélépipède ΒΗΜΛ a donc, avec le parallélépipède ΕΘΠΟ, une raison triplée de celle que le côté homologue ΒΓ a avec le côté homologue ΕΖ. Mais le parallélépipède ΒΗΜΛ est au parallélépipède ΕΘΠΟ comme la pyramide ΑΒΓΗ est à la pyramide ΔΕΖΞ (15. 5), parce que la pyramide est la sixième partie du parallélépipède, et que le prisme triangulaire qui est la moitié du parallélépipède est le triple de la pyramide; la pyramide ΑΒΓΗ a donc avec la pyramide ΔΕΖΘ une raison triplée de celle que ΒΓ a avec ΕΖ. Ce qu'il fallait démontrer.

ΠΟΡΙΣΜΑ[1].

Ἐκ δὴ τούτου φανερὸν, ὅτι καὶ αἱ πολυγώνους ἔχουσαι βάσεις ὅμοιαι πυραμίδες πρὸς ἀλλήλας ἐν τριπλασίονι λόγῳ εἰσὶ τῶν ὁμολόγων πλευρῶν. Διαιρεθεισῶν γὰρ αὐτῶν εἰς τὰς ἐν αὐταῖς πυραμίδας τρίγωνους βάσεις ἐχούσας, τῷ καὶ τὰ ὅμοια πολύγωνα τῶν βάσεων εἰς ὅμοια τρίγωνα διαιρεῖσθω, καὶ[2] ἴσα τῷ πλήθει καὶ ὁμόλογα τοῖς ὅλοις, ἔσται ὡς ἐν τῇ ἑτέρᾳ μία πυραμὶς τρίγωνον ἔχουσα βάσιν, πρὸς τὴν ἐν τῇ ἑτέρᾳ μίαν πυραμίδα τρίγωνον ἔχουσαν βάσιν[3] οὕτως καὶ ἅπασαι αἱ ἐν τῇ ἑτέρᾳ πυραμίδι πυραμίδες τριγώνους ἔχουσαι βάσεις πρὸς τὰς ἐν τῇ ἑτέρᾳ πυραμίδι πυραμίδας τριγώνους βάσεις ἐχούσας· τουτέστιν αὐτὴ ἡ πολύγωνον βάσιν ἔχουσα πυραμὶς πρὸς τὴν πολύγωνον βάσιν ἔχουσαν πυραμίδα[4], ἡ δὲ τρίγωνον βάσιν ἔχουσα πυραμὶς πρὸς τὴν τρίγωνον βάσιν ἔχουσαν ἐν τριπλασίονι λόγῳ ἐστὶ τῶν ὁμολόγων πλευρῶν· καὶ ἡ πολύγωνον ἄρα βάσιν ἔχουσα πρὸς τὴν ὁμοίας βάσεις ἔχουσαν τριπλασίονα λόγον ἔχει ἤπερ ἡ ὁμόλογος πλευρὰ πρὸς τὴν ὁμόλογον πλευράν[5].

COROLLARIUM.

Ex hoc evidens est et similes pyramides, polygonas habentes bases, inter se esse in triplicatâ ratione homologorum laterum. Ipsis enim divisis in pyramides triangulares bases habentes, quia et similia polygona basium in similia triangula dividuntur, et æqualia numero et homologa totis; erit ut una pyramis in alterâ pyramides triangularum habens basim ad unam pyramidem in alterâ triangularem habentem basim ita et omnes pyramides in alterâ pyramide triangulares habentes bases ad pyramides in alterâ pyramidi triangulares bases habentes; hoc est ita pyramis polygonam basim habens ad pyramidem quæ polygonam basim habet; sed habens basim triangularum pyramis ad pyramidem triangularem basim habentem in triplicatâ ratione est homologorum laterum; et igitur pyramis polygonam habens basim ad pyramidem similes bases habentem triplicatam rationem habet ejus quam latus homologum ad homologum latus.

COROLLAIRE.

D'après cela, il est évident que les pyramides semblables qui ont des polygones pour bases sont entr'elles en raison triplée de leurs côtés homologues. Parce que ces pyramides peuvent être divisées en pyramides triangulaires, et que les polygones semblables qui sont les bases de ces pyramides peuvent être divisés en un même nombre de triangles semblables entr'eux et proportionnels à ces polygones (20.6); une des pyramides triangulaires contenue dans la première pyramide sera à une autre des pyramides triangulaires contenue dans la seconde pyramide comme la somme de toutes les pyramides triangulaires contenues dans la première pyramide est à la somme de toutes les pyramides triangulaires contenues dans l'autre pyramide, c'est-à-dire comme une des pyramides qui a pour base un polygone est à l'autre pyramide qui a aussi pour base un polygone. Mais les pyramides triangulaires semblables sont entr'elles en raison triplée de leurs côtés homologues; les pyramides semblables qui ont pour bases des polygones sont donc entr'elles en raison triplée de leurs côtés homologues.

ΠΡΟΤΑΣΙΣ θ'.

Τῶν ἴσων πυραμίδων καὶ τριγώνους βάσεις ἐχουσῶν ἀντιπεπόνθασιν αἱ βάσεις τοῖς ὕψεσι, καὶ ὧν πυραμίδων τριγώνους βάσεις ἐχουσῶν ἀντιπεπόνθασιν αἱ βάσεις τοῖς ὕψεσιν, ἴσαι εἰσὶν ἐκεῖναι.

Εστωσαν γὰρ ἴσαι πυραμίδες, τριγώνους βάσεις ἔχουσαι τὰς ΑΒΓ, ΔΕΖ, κορυφὰς δὲ τὰ Η, Θ σημεῖα· λέγω ὅτι τῶν ΑΒΓΗ, ΔΕΖΘ πυραμίδων ἀντιπεπόνθασιν αἱ βάσεις τοῖς ὕψεσι, καὶ ἔστιν ὡς ἡ ΑΒΓ βάσις πρὸς τὴν ΔΕΖ βάσιν οὕτως τὸ τῆς ΔΕΖΘ πυραμίδος ὕψος πρὸς τὸ τῆς ΑΒΓΗ πυραμίδος ὕψος.

PROPOSITIO IX.

Æqualium pyramidum et triangulares bases habentium, reciprocæ sunt bases altitudinibus; et quarum pyramidum triangulares bases habentium reciprocæ sunt bases altitudinibus, illæ æquales sunt inter se.

Sint enim æquales pyramides triangulares bases habentes ΑΒΓ, ΔΕΖ, vertices vero Η, Θ puncta; dico pyramidum ΑΒΓΗ, ΔΕΖΘ reciprocas esse bases altitudinibus, et esse ut ΑΒΓ basis ad ΔΕΖ basim ita pyramidis ΔΕΖΘ altitudinem ad altitudinem pyramidis ΑΒΓΗ.

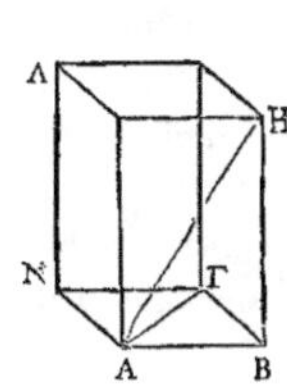

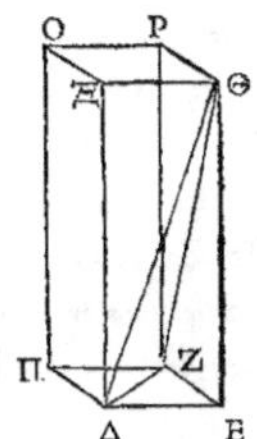

Συμπεπληρώσθω γὰρ τὰ ΒΗΜΛ, ΕΘΠΟ στερεὰ παραλληλεπίπεδα. Καὶ ἐπεὶ ἴση ἐστὶν ἡ

Compleantur enim ΒΗΜΛ, ΕΘΠΟ solida parallelepipeda. Et quoniam æqualis est ΑΒΓΗ pyramis

PROPOSITION IX.

Les bases des pyramides égales qui ont des bases triangulaires sont réciproquement proportionnelles aux hauteurs de ces pyramides; et les pyramides triangulaires qui ont des bases réciproquement proportionnelles aux hauteurs, sont égales entr'elles.

Soient deux pyramides égales qui ayent les bases triangulaires ΑΒΓ, ΔΕΖ, et dont les sommets soient les points Η, Θ; je dis que les bases des pyramides ΑΒΓΗ, ΔΕΖΘ sont réciproquement proportionnelles aux hauteurs de ces pyramides, c'est-à-dire que la base ΑΒΓ est à la base ΔΕΖ comme la hauteur de la pyramide ΔΕΖΘ est à la hauteur de la pyramide ΑΒΓΗ.

Car achevons les parallélépipèdes ΒΗΜΛ, ΕΘΠΟ. Puisque la pyramide ΑΒΓΗ est

ΑΒΓΗ πυραμὶς τῇ ΔΕΖΘ πυραμίδι, καί ἐστι τῆς μὲν ΑΒΓΗ πυραμίδος ἑξαπλάσιον τὸ ΒΗΜΑ στερεὸν, τῆς δὲ ΔΕΖΘ πυραμίδος ἑξαπλάσιον τὸ ΕΘΠΟ στερεόν· ἴσον ἄρα τὸ ΒΗΜΑ στερεὸν τῷ ΕΘΠΟ στερεῷ. Τῶν δὲ ἴσων στερεῶν παραλληλεπιπέδων ἀντιπεπόνθασιν αἱ βάσεις τοῖς ὕψεσιν· ἔστιν ἄρα ὡς ἡ ΒΜ βάσις πρὸς τὴν ΕΠ βάσιν οὕτως τὸ τοῦ ΕΘΠΟ στερεοῦ ὕψος πρὸς τὸ τοῦ ΒΗΜΑ στερεοῦ ὕψος. Ἀλλ' ὡς ἡ ΒΜ βάσις πρὸς τὴν ΕΠ βάσιν[2] οὕτως τὸ ΑΒΓ τρίγωνον πρὸς τὸ ΔΕΖ τρίγωνον· καὶ ὡς ἄρα τὸ ΑΒΓ τρίγωνον πρὸς τὸ ΔΕΖ τρίγωνον οὕτως τὸ τοῦ ΕΘΠΟ στερεοῦ ὕψος πρὸς τὸ τοῦ ΒΗΜΑ στερεοῦ ὕψος. Ἀλλὰ τὸ μὲν τοῦ ΕΘΠΟ στερεοῦ ὕψος τὸ αὐτό ἐστι τῷ τῆς ΔΕΖΘ πυραμίδος ὕψει, τὸ δὲ τοῦ ΒΗΜΑ στερεοῦ ὕψος τὸ αὐτό ἐστι τῷ τοῦ ΑΒΓΗ πυραμίδος ὕψει· ἔστιν ἄρα ὡς ἡ ΑΒΓ βάσις πρὸς τὴν ΔΕΖ βάσιν οὕτως τὸ τῆς ΔΕΖΘ πυραμίδος ὕψος πρὸς τὸ τῆς ΑΒΓΗ πυραμίδος ὕψος· τῶν ἄρα ΑΒΓΗ, ΔΕΖΘ[3] πυραμίδων ἀντιπεπόνθασιν αἱ βάσεις τοῖς ὕψεσιν.

Ἀλλὰ δὴ τῶν ΑΒΓΗ, ΔΕΖΘ πυραμίδων ἀντιπεπονθέτωσαν αἱ βάσεις τοῖς ὕψεσι, καὶ

pyramidi ΔΕΖΘ, et est pyramidis quidem ΑΒΓΗ sextupulum ΒΗΜΑ solidum, pyramidis vero ΔΕΖΘ sextupulum solidum ΕΘΠΟ; æquale igitur ΒΗΜΑ solidum solido ΕΘΠΟ. Æqualium autem solidorum parallelepipedorum reciprocæ sunt bases altitudinibus; est igitur ut ΒΜ basis ad ΕΠ basim ita ΕΘΠΟ solidi altitudo ad altitudinem solidi ΒΗΜΑ. Sed ut ΒΜ basis ad ΕΠ basim ita ΑΒΓ triangulum ad triangulum ΔΕΖ; et ut igitur ΑΒΓ triangulum ad triangulum ΔΕΖ ita solidi ΕΘΠΟ altitudo ad altitudinem solidi ΒΗΜΑ. Sed solidi quidem ΕΘΠΟ altitudo eadem est cum altitudine pyramidis ΔΕΖΘ; solidi vero ΒΗΜΑ altitudo eadem est cum altitudine pyramidis ΑΒΓΗ; est igitur ut ΑΒΓ basis ad ΔΕΖ basim ita ΔΕΖΘ pyramidis altitudo ad altitudinem pyramidis ΑΒΓΗ; pyramidum ΑΒΓΗ, ΔΕΖΘ igitur bases sunt reciprocæ altitudinibus.

At vero pyramidum ΑΒΓΗ, ΔΕΖΘ reciprocæ sint bases altitudinibus, et sit ut ΑΒΓ basis ad

égale à la pyramide ΔΕΖΘ, que le parallélépipède ΒΗΜΑ est le sextuple de la pyramide ΑΒΓΗ, et que le parallélépipède ΕΘΠΟ est aussi le sextuple de la pyramide ΔΕΖΘ, le parallélépipède ΒΗΜΑ sera égal au parallélépipède ΕΘΠΟ (15. 5). Mais les bases des parallélépipèdes égaux sont réciproquement proportionnelles aux hauteurs (34. 11); la base ΒΜ est donc à la base ΕΠ comme la hauteur du parallélépipède ΕΘΠΟ est à la hauteur du parallélépipède ΒΗΜΑ. Mais la base ΒΜ est à la base ΕΠ comme le triangle ΑΒΓ est au triangle ΔΕΖ; le triangle ΑΒΓ est donc au triangle ΔΕΖ comme la hauteur du parallélépipède ΕΘΠΟ est à la hauteur du parallélépipède ΒΗΜΑ. Mais la hauteur du parallélépipède ΕΘΠΟ est la même que la hauteur de la pyramide ΔΕΖΘ, et la hauteur du parallélépipède ΒΗΜΑ est la même que la hauteur de la pyramide ΑΒΓΗ; la base ΑΒΓ est donc à la base ΔΕΖ comme la hauteur de la pyramide ΔΕΖΘ est à la hauteur de la pyramide ΑΒΓΗ; les bases des pyramides ΑΒΓΗ, ΔΕΖΘ sont donc réciproquement proportionnelles aux hauteurs.

Si les bases des pyramides ΑΒΓΗ, ΔΕΖΘ sont réciproquement proportionnelles

ἔστω ὡς ἡ ΑΒΓ βάσις πρὸς τὴν ΔΕΖ βάσιν οὕτως τὸ τῆς ΔΕΖΘ πυραμίδος ὕψος πρὸς τὸ τῆς ΑΒΓΗ πυραμίδος ὕψος· λέγω ὅτι ἴση ἐστὶν ἡ ΑΒΓΗ πυραμὶς τῇ ΔΕΖΘ πυραμίδι.

ΔΕΖ basim ita ΔΕΖΘ pyramidis altitudo ad altitudinem pyramidis ΑΒΓΗ; dico æqualem esse ΑΒΓΗ pyramidem pyramidi ΔΕΖΘ.

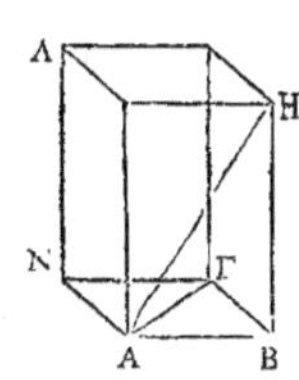

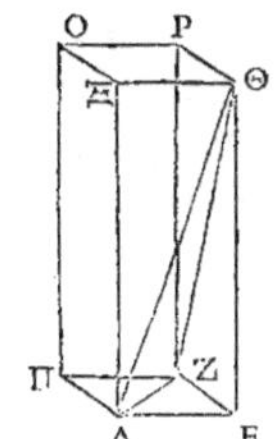

Τῶν γὰρ αὐτῶν κατεσκευασθέντων, ἐπεί ἐστιν ὡς ἡ ΑΒΓ βάσις πρὸς τὴν ΔΕΖ βάσιν οὕτως τὸ τῆς ΔΕΖΘ πυραμίδος ὕψος πρὸς τὸ τῆς ΑΒΓΗ πυραμίδος ὕψος· ἀλλ' ὡς ἡ ΑΒΓ βάσις πρὸς τὴν ΔΕΖ βάσιν οὕτως τὸ ΒΜ παραλληλόγραμμον πρὸς τὸ ΕΠ παραλληλόγραμμον· καὶ ὡς ἄρα τὸ ΒΜ παραλληλόγραμμον πρὸς τὸ ΕΠ παραλληλόγραμμον[4] οὕτως τὸ τῆς ΔΕΖΘ πυραμίδος ὕψος πρὸς τὸ τῆς ΑΒΓΗ πυραμίδος ὕψος. Ἀλλὰ τὸ μὲν[5] τῆς ΔΕΖΘ πυραμίδος ὕψος τὸ αὐτό ἐστι τῷ ΕΘΠΟ παραλληλεπιπέδου ὕψει, τὸ δὲ τῆς ΑΒΓΗ πυραμίδος ὕψος τὸ αὐτό ἐστι τῷ τοῦ ΒΗΜΛ παραλληλεπιπέδου ὕψει· ἔστιν ἄρα ὡς ἡ ΒΜ βάσις[6] πρὸς τὴν ΕΠ βάσιν οὕτως

Iisdem enim constructis, quoniam est ut ΑΒΓ basis ad ΔΕΖ basim ita ΔΕΖΘ pyramidis altitudo ad altitudinem pyramidis ΑΒΓΗ; sed ut ΑΒΓ basis ad ΔΕΖ basim ita ΒΜ parallelogrammum ad ΕΠ parallelogrammum; et ut igitur ΒΜ parallelogrammum ad ΕΠ parallelogrammum ita altitudo pyramidis ΔΕΖΘ ad altitudinem pyramidis ΑΒΓΗ. Sed pyramidis quidem ΔΕΖΘ altitudo eadem est cum altitudine parallelepipedi ΕΘΠΟ; pyramidis vero ΑΒΓΗ altitudo eadem est cum altitudine parallelepipedi ΒΗΜΛ; est igitur ut ΒΜ basis ad ΕΠ basim ita ΕΘΠΟ solidi parallelepipedi

aux hauteurs, c'est-à-dire, si la base ΑΒΓ est à la base ΔΕΖ comme la hauteur de la pyramide ΔΕΖΘ est à la hauteur de la pyramide ΑΒΓΗ; je dis que la pyramide ΑΒΓΗ est égale à la pyramide ΔΕΖΘ.

Faisons la même construction. Puisque la base ΑΒΓ est à la base ΔΕΖ comme la hauteur de la pyramide ΔΕΖΘ est à la hauteur de la pyramide ΑΒΓΗ, et que la base ΑΒΓ est à la base ΔΕΖ comme le parallélogramme ΒΜ est au parallélogramme ΕΠ, le parallélogramme ΒΜ sera au parallélogramme ΕΠ comme la hauteur de la pyramide ΔΕΖΘ est à la hauteur de la pyramide ΑΒΓΗ. Mais la hauteur de la pyramide ΔΕΖΘ est la même que la hauteur du parallélépipède ΕΘΠΟ, et la hauteur de la pyramide ΑΒΓΗ est la même que la hauteur du parallélépipède ΒΗΜΛ; la base ΒΜ est donc à la base ΕΠ comme la hauteur du parallélépipède ΕΘΠΟ est à la hauteur du

τὸ τοῦ ΕΘΠΟ παραλληλεπιπέδου ὕψος πρὸς τὸ τοῦ ΒΗΜΛ παραλληλεπιπέδου ὕψος[7]. Ὧν δὲ στερεῶν παραλληλεπιπέδων ἀντιπεπόνθασιν αἱ βάσεις τοῖς ὕψεσιν ἴσα ἐστὶν ἐκεῖνα· ἴσον ἄρα ἐστὶ[8] τὸ ΒΗΜΛ στερεὸν παραλληλεπίπεδον τῷ ΕΘΠΟ στερεῷ παραλληλεπιπέδῳ. Καί ἐστι τοῦ μὲν ΒΗΜΛ ἕκτον μέρος ἡ ΑΒΓΗ πυραμὶς, τοῦ δὲ ΕΘΠΟ στερεοῦ[9] παραλληλεπιπέδου ἕκτον μέρος ἡ ΔΕΖΘ πυραμὶς· ἴση ἄρα ἡ ΑΒΓΗ πυραμὶς τῇ ΔΕΖΘ πυραμίδι.

Τῶν ἄρα ἴσων, καὶ τὰ ἑξῆς.

altitudo ad altitudinem parallelepipedi ΒΗΜΛ. Quorum autem solidorum parallelepidorum reciprocæ sunt bases altitudinibus, ea sunt æqualia; æquale igitur est solidum parallelepipedum ΒΗΜΛ solido parallelepipedo ΕΘΠΟ. Et est ipsius quidem ΒΗΜΛ sexta pars pyramis ΑΒΓΗ, solidi vero parallelepipedi ΕΘΠΟ sexta pars pyramis ΔΕΖΘ; æqualis igitur ΑΒΓΗ pyramis pyramidi ΔΕΖΘ.

Ergo æqualium, etc.

parallélépipède ΒΗΜΛ. Mais les parallélépipèdes qui ont leurs bases réciproquement proportionnelles à leurs hauteurs sont égaux entr'eux (34. 11); le parallélépipède ΒΗΜΛ est donc égal au parallélépipède ΕΘΠΟ. Mais la pyramide ΑΒΓΗ est la sixième partie du parallélépipède ΒΗΜΛ, et la pyramide ΔΕΖΘ est aussi la sixième partie du parallélépipède ΕΘΠΟ; la pyramide ΑΒΓΗ est donc égale à la pyramide ΔΕΖΘ. Donc, etc.

ΠΡΟΤΑΣΙΣ ι'.

Πᾶς κῶνος κυλίνδρου τρίτον μέρος ἐστὶ τοῦ τὴν αὐτὴν βάσιν ἔχοντος αὐτῷ καὶ ὕψος ἴσον.

Εχέτω γὰρ κῶνος κυλίνδρῳ βάσιν τε τὴν αὐτὴν τὸν ΑΒΓΔ κύκλον καὶ ὕψος ἴσον· λέγω ὅτι ὁ κῶνος τοῦ κυλίνδρου τρίτον ἐστὶ μέρος, τουτέστιν ὅτι ὁ κύλινδρος τοῦ κώνου τριπλασίων ἐστίν[1].

PROPOSITIO X.

Omnis conus cylindri tertia pars est eamdem basim habentis et altitudinem æqualem.

Habeat enim conus cum cylindro et basim eamdem circulum ΑΒΓΔ, et altitudinem æqualem; dico conum esse tertiam cylindri partem, hoc est cylindrum coni triplum esse.

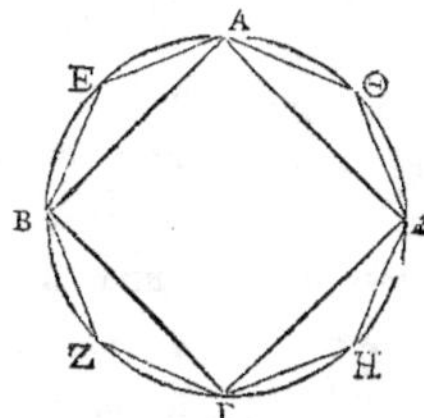

Εἰ μὴ γάρ[2] ἐστιν ὁ κύλινδρος τοῦ κώνου τριπλασίων, ἔσται ὁ κύλινδρος τοῦ κώνου ἤτοι μείζων ἢ τριπλασίων, ἢ ἐλάσσων ἢ τριπλασίων. Εστω πρότερον μείζων ἢ τριπλασίων, καὶ ἐγγεγράφθω εἰς τὸν ΑΒΓΔ κύκλον τετράγωνον τὸ ΑΒΓΔ· τὸ δὴ ΑΒΓΔ τετράγωνον

Si enim non sit cylindrus coni triplus, erit cylindrus coni major vel minor quam triplus. Sit primum major quam triplus; et describatur in ΑΒΓΔ circulo quadratum ΑΒΓΔ; quadra-

PROPOSITION X.

Un cône est la troisième partie d'un cylindre qui a la même base, et une hauteur égale.

Qu'un cône ait la même base qu'un cylindre, savoir, le cercle ΑΒΓΔ, et une hauteur égale; je dis que ce cône est la troisième partie de ce cylindre, c'est-à-dire qu'un cylindre est le triple d'un cône.

Car si le cylindre n'est pas le triple du cône, le cylindre sera plus grand que le triple ou plus petit; qu'il soit d'abord plus grand que le triple. Décrivons dans le cercle ΑΒΓΔ le quarré ΑΒΓΔ; le quarré ΑΒΓΔ sera plus grand que la moitié du cercle ΑΒΓΔ. Sur le quarré ΑΒΓΔ élevons un prisme qui ait la même hauteur que

μεῖζόν ἐστιν ἢ τὸ ἥμισυ τοῦ ΑΒΓΔ κύκλου. Καὶ ἀνεστάτω ἀπὸ τοῦ ΑΒΓΔ τετραγώνου πρίσμα ἰσοϋψὲς τῷ κυλίνδρῳ, τὸ δὴ ἀνεσταμένον πρίσμα μεῖζόν ἐστιν ἢ τὸ ἥμισυ τοῦ κυλίνδρου, ἐπειδήπερ κἂν περὶ τὸν ΑΒΓΔ κύκλον τετράγωνον περιγράψωμεν, τὸ ἐγγεγραμμένον εἰς τὸν ΑΒΓΔ κύκλον τετράγωνον ἥμισύ ἐστι τοῦ περιγεγραμμένου, καί ἐστι τὰ ἀπ' αὐτῶν ἀνιστάμενα στερεὰ παραλληλεπίπεδα πρίσματα ἰσοϋψῆ· τὰ δὲ ὑπὸ τὸ αὐτὸ ὕψος ὄντα στερεὰ παραλληλεπίπεδα πρὸς ἄλληλά[3] ἐστιν ὡς αἱ βάσεις· καὶ τὸ ἐπὶ τοῦ ΑΒΓΔ ἄρα τετραγώνου[4] ἀνασταθὲν πρίσμα ἥμισύ ἐστι τοῦ ἀνασταθέντος πρίσματος ἀπὸ τοῦ περὶ τὸν ΑΒΓΔ κύκλον περιγραφέντος τετραγώνου, καὶ ἔστιν ὁ κύλινδρος ἐλάττων τοῦ πρίσματος τοῦ ἀνασταθέντος ἀπὸ τοῦ περὶ τὸν ΑΒΓΔ κύκλον περιγραφέντος τετραγώνου· τὸ ἄρα πρίσμα τὸ ἀνασταθὲν ἀπὸ τοῦ ΑΒΓΔ τετραγώνου ἰσοϋψὲς τῷ κυλίνδρῳ μεῖζόν ἐστι τοῦ ἡμίσεως τοῦ κυλίνδρου. Τετμήσθωσαν αἱ ΑΒ, ΒΓ, ΓΔ, ΔΑ περιφέρειαι δίχα κατὰ τὰ Ε, Ζ, Η, Θ σημεῖα, καὶ ἐπεζεύχθωσαν αἱ ΑΕ, ΕΒ, ΒΖ, ΖΓ, ΓΗ, ΗΔ, ΔΘ, ΘΑ· καὶ ἕκαστον ἄρα τῶν ΑΕΒ, ΒΖΓ, ΓΗΔ, ΔΘΑ, τριγώνων μεῖζόν ἐστιν ἢ τὸ ἥμισυ

tum ΑΒΓΔ utique majus est quam dimidium ΑΒΓΔ circuli. Et erigatur a quadrato ΑΒΓΔ prisma æquealtum atque cylindrus, erectum utique prisma majus est quam dimidium cylindri; quoniam si circa circulum ΑΒΓΔ quadratum describatur; inscriptum in circulo ΑΒΓΔ quadratum dimidium est circumscripti; et sunt ab iis erecta solida parallelepipeda prismata æquealta; sub eâdem autem altitudine existentia solida parallelepipeda inter se sunt ut bases; et sub ΑΒΓΔ igitur quadrato erectum prisma dimidium est erecti prismatis a quadrato descripto circa circulum ΑΒΓΔ, et est cylindrus minor prismate erecto a descripto quadrato circa ΑΒΓΔ circulum; ergo prisma erectum a quadrato ΑΒΓΔ æquealtum atque cylindrus majus est dimidio cylindri. Secentur circumferentiæ ΑΒ, ΒΓ, ΓΔ, ΔΑ bifariam in punctis Ε, Ζ, Η, Θ, et jungantur ipsæ ΑΕ, ΕΒ, ΒΖ, ΖΓ, ΓΗ, ΗΔ, ΔΘ, ΘΑ; et unumquodque igitur triangulorum ΑΕΒ, ΒΖΓ, ΓΗΔ, ΔΘΑ majus est di-

le cylindre; ce prisme sera plus grand que la moitié du cylindre; parce que si l'on circonscrit un quarré au cercle ΑΒΓΔ, le quarré inscrit sera la moitié du quarré circonscrit; mais les parallélépipèdes, c'est-à-dire les prismes élevés sur ces bases ont la même hauteur; ces prismes sont donc entr'eux comme leurs bases; le prisme élevé sur le quarré ΑΒΓΔ est donc la moitié du prisme élevé sur le quarré circonscrit au cercle ΑΒΓΔ; mais le cylindre est plus petit que le prisme élevé sur le quarré circonscrit au cercle ΑΒΓΔ; le prisme élevé sur le quarré ΑΒΓΔ, qui a une hauteur égale à celle du cylindre, est donc plus grand que la moitié du cylindre. Divisons les arcs ΑΒ, ΒΓ, ΓΔ, ΔΑ en deux parties égales aux points Ε, Ζ, Η, Θ, et joignons ΑΕ, ΕΒ, ΒΖ, ΖΓ, ΓΗ, ΗΔ, ΔΘ, ΘΑ; chacun des triangles ΑΕΒ, ΒΖΓ, ΓΗΔ, ΔΘΑ sera plus grand que le demi-segment du cercle ΑΒΓΔ

τοῦ καθ' ἑαυτὸ τμήματος τοῦ ΑΒΓΔ κύκλου, ὡς ἔμπροσθεν ἐδείκνυμεν. Ἀνεστάτω ἐφ' ἑκάστου τῶν ΑΕΒ, ΒΖΓ, ΓΗΔ, ΔΘΑ τριγώνων πρίσματα ἰσοϋψῆ τῷ κυλίνδρῳ· καὶ ἕκαστον ἄρα τῶν ἀνασταθέντων πρισμάτων μεῖζόν ἐστιν ἢ τὸ ἥμισυ μέρος τοῦ καθ' ἑαυτὸ τμήματος τοῦ κυλίνδρου ἐπειδήπερ ἐὰν διὰ τῶν Ε, Ζ, Θ σημείων παραλλήλους ταῖς ΑΒ, ΒΓ, ΓΔ, ΔΑ ἀγάγωμεν, καὶ συμπληρώσωμεν τὰ ἐπὶ τῶν ΑΒ, ΒΓ, ΓΔ, ΔΑ παραλληλόγραμμα, καὶ ἐπ' αὐτῶν ἀναστήσωμεν στερεὰ παραλληλεπίπεδα ἰσοϋψῆ τῷ κυλίνδρῳ, ἑκάστου τῶν ἀνασταθέντων ἡμίση ἐστὶ[5] τὰ πρίσματα τὰ ἐπὶ τῶν ΑΕΒ, ΒΖΓ, ΓΗΔ, ΔΘΑ τριγώνων· καί ἐστι τὰ τοῦ κυλίνδρου ἀποτμήματα ἐλάττονα τῶν ἀνασταθέντων στερεῶν παραλληλεπιπέδων· ὥστε καὶ

midio segmenti circuli ΑΒΓΔ, in quo est, ut superius ostendimus. Erigantur ab unoquoque triangulorum ΑΕΒ, ΒΖΓ, ΓΗΔ, ΔΘΑ prismata æquealta atque cylindrus; et unumquodque igitur erectorum prismatum majus est quam dimidia pars segmenti cylindri in quo est, quoniam si per puncta Ε, Ζ, Η, Θ parallelas ipsis ΑΒ, ΒΓ, ΓΔ, ΔΑ ducamus et compleamus ad ipsas ΑΒ, ΒΓ, ΓΔ, ΔΑ parallelogramma, et ab ipsis erigamus solida parallelepipeda æquealta atque cylindrus, uniuscujusque erectorum dimidia sunt prismata in ΑΕΒ, ΒΖΓ, ΓΗΔ, ΔΘΑ triangulis; et sunt cylindri segmenta minora erectis solidis parallelepipedis; quare et in triangulis ΑΕΒ,

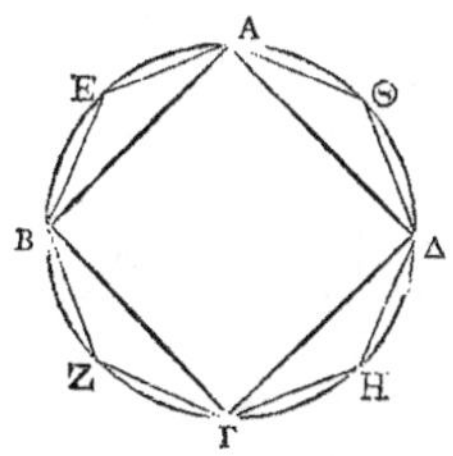

où il est placé, comme nous l'avons démontré plus haut (2. 12). Sur chacun des triangles ΑΕΒ, ΒΖΓ, ΓΗΔ, ΔΘΑ élevons des prismes qui ayent une hauteur égale à celle du cylindre; chacun de ces prismes sera plus grand que la moitié du segment du cylindre dans lequel il est placé, parce que si par les points Ε, Ζ, Η, Θ on mène des parallèles aux droites ΑΒ, ΒΓ, ΓΔ, ΔΑ, et si sur les droites ΑΒ, ΒΓ, ΓΔ, ΔΑ on achève les parallélogrammes, et sur ces parallélogrammes on élève des parallélépipèdes qui ayent la même hauteur que le cylindre, les prismes qui auront pour bases les triangles ΑΕΒ, ΒΖΓ, ΓΗΔ, ΔΘΑ seront les moitiés de chacun de ces parallélépipèdes. Mais les segments du cylindre sont plus petits que ces

τὰ ἐπὶ τῶν ΑΕΒ, ΒΖΓ, ΓΗΔ, ΔΘΑ τριγώνων πρίσματα μείζονά ἐστιν ἢ τὸ ἥμισυ τῶν καθ' ἑαυτὰ τοῦ κυλίνδρου τμημάτων· τέμνοντες δὴ τὰς ὑπολειπομένας περιφερείας δίχα, καὶ ἐπιζευγνύντες εὐθείας, καὶ ἀνιστάντες ἐφ' ἑκάστου τῶν τριγώνων πρίσματα ἰσοϋψῆ τῷ κυλίνδρῳ, καὶ τοῦτο ἀεὶ ποιοῦντες, καταλείψομέν τινα ἀποτμήματα τοῦ κυλίνδρου, ἃ ἔσται ἐλάττονα τῆς ὑπεροχῆς, ᾗ ὑπερέχει ὁ κύλινδρος τοῦ τριπλασίου τοῦ κώνου. Λελείφθω, καὶ ἔστω τὰ ΑΕ, ΕΒ, ΒΖ, ΖΓ, ΓΗ, ΗΔ, ΔΘ, ΘΑ· λοιπὸν ἄρα τὸ πρίσμα, οὗ βάσις μὲν τὸ ΑΕΒΖΓΗΔΘ πολύγωνον, ὕψος δὲ τὸ αὐτὸ τῷ κυλίνδρῳ, μεῖζόν ἐστιν ἢ τριπλάσιον τοῦ κώνου. Αλλὰ τὸ πρίσμα, οὗ βάσις μέν ἐστι τὸ ΑΕΒΖΓΗΔΘ πολύγωνον, ὕψος δὲ τὸ αὐτὸ τῷ κυλίνδρῳ, τριπλάσιον ἐστὶ[6] τῆς πυραμίδος, ἧς βάσις μέν ἐστι τὸ ΑΕΒΖΓΗΔΘ πολύγωνον, κορυφὴ δὲ ἡ αὐτὴ τῷ κώνῳ· καὶ ἡ πυραμὶς ἄρα, ἧς βάσις μέν ἐστι τὸ ΑΕΒΖΓΗΔΘ πολύγωνον, κορυφὴ δὲ ἡ αὐτὴ τῷ κώνῳ, μείζων ἐστὶ τοῦ κώνου, τοῦ βάσιν ἔχοντος τὸν ΑΒΓΔ κύκλον. Αλλὰ

ΒΖΓ, ΓΗΔ, ΔΘΑ prismata majora sunt quam dimidium segmentorum cylindri in quibus sunt; secantes utique reliquas circumferentias bifariam, et jungentes rectas, et erigentes ab unoquoque triangulorum prismata æquealta atque cylindrus, et hoc simper facientes, relinquemus quædam segmenta cylindri quæ erunt minora excessu, quo superat cylindrus triplum coni. Reliquantur, et sint ΑΒ, ΕΒ, ΒΖ, ΖΓ, ΓΗ, ΗΔ, ΔΘ, ΘΑ; reliquum igitur prisma, cujus basis quidem polygonum ΑΕΒΖΓΗΔΘ, altitudo autem eadem quæ cylindri, majus est quam triplum coni. Sed prisma, cujus basis quidem est ΑΕΒΖΓΗΔΘ polygonum, altitudo autem eadem quæ cylindri, triplum est pyramidis, cujus basis quidem polygonum ΑΕΒΖΓΗΔΘ, vertex autem idem qui coni; et pyramis igitur, cujus basis quidem polygonum ΑΕΒΖΓΗΔΘ, vertex autem idem coni, major est cono basim habente ΑΒΓΔ circulum. Sed

parallélépipèdes; les prismes qui ont pour bases les triangles ΑΕΒ, ΒΖΓ, ΓΗΔ, ΔΘΑ sont donc plus grands que les moitiés des segments du cylindre dans lequel ils sont placés. Partageons les arcs restants en deux parties égales, menons les cordes, sur chacun des triangles élevons des prismes qui ayent la même hauteur que le cylindre, et faisons toujours la même chose, il restera certains segments du cylindre qui seront plus petits que l'excès du cylindre sur le triple du cône (1. 10). Qu'on ait ces segments restants; que ce soient les segments ΑΕ, ΕΒ, ΒΖ, ΖΓ, ΓΗ, ΗΔ, ΔΘ, ΘΑ; le prisme restant, dont la base est le polygone ΑΕΒΖΓΗΔΘ, et dont la hauteur est la même que celle du cylindre, sera plus grand que le triple du cône. Mais le prisme dont la base est le polygone ΑΕΒΖΓΗΔΘ, et dont la hauteur est la même que celle du cylindre, est triple de la pyramide dont la base est le polygone ΑΕΒΖΓΗΔΘ, et dont le sommet est le même que celui du cône (7. 12); la pyramide dont la base est le polygone ΑΕΒΖΓΗΔΘ, et dont le sommet est le même que celui du cône est plus grande que le cône dont la base est le cercle

καὶ ἐλάττων, ἐμπεριέχεται γὰρ ὑπ' αὐτοῦ, ὅπερ ἐστὶν[7] ἀδύνατον· οὐκ ἄρα ἐστὶν[8] ὁ κύλινδρος τοῦ κώνου μείζων ἢ τριπλάσιος[9]. Λέγω δὴ ὅτι οὐδὲ ἐλάττων ἢ ἐστὶν ἡ τριπλάσιος[10] ὁ κύλινδρος τοῦ κώνου. Εἰ γὰρ δυνατὸν, ἔστω ἐλάττων ἢ τριπλάσιος ὁ κυλίνδρος τοῦ κώνου· ἀνάπαλιν ἄρα ὁ κῶνος τοῦ κυλίνδρου μείζων ἐστὶν ἢ τρίτον μέρος. Εγγεγράφθω δὴ εἰς τὸν ΑΒΓΔ κύκλον τετράγωνον τὸ ΑΒΓΔ· τὸ ΑΒΓΔ ἄρα τετράγωνον μεῖζόν ἐστιν ἢ τὸ ἥμισυ τοῦ ΑΒΓΔ κύκλου. Καὶ ἀνεστάτω ἀπὸ τοῦ ΑΒΓΔ τετραγώνου πυραμὶς, τὴν αὐτὴν κορυφὴν ἔχουσα τῷ κώνῳ· ἡ ἄρα ἀνασταθεῖσα πυραμὶς μείζων ἐστὶν ἢ τὸ ἥμισυ μέρος τοῦ κώνου, ἐπειδήπερ ὡς ἔμπροσθεν ἐδείκνυμεν, ὅτι ἐὰν περὶ τὸν κύκλον τετραγώνον[11] περιγράψωμεν, ἔσται τὸ ΑΒΓΔ τετράγωνον ἥμισυ τοῦ περὶ τὸν κύκλον περιγραφομένου τετραγώνου[12]· καὶ ἐὰν ἀπὸ τῶν τετραγώνων στερεὰ παραλληλεπίδα ἀναστήσωμεν ἰσοϋψῆ τῷ κώνῳ, ἃ καὶ καλεῖται πρίσματα, ἔσται τὸ ἀνασταθὲν ἀπὸ τοῦ ΑΒΓΔ τετραγώνου ἥμισυ τοῦ ἀνασταθέντος ἀπὸ τοῦ περὶ τὸν κύκλον περιγραφέντος τετραγώνου, πρὸς ἄλληλα

et minor, comprehenditur enim ab ipso, quod est impossibile; non igitur est cylindrus major quam triplus coni. Dico et neque minorem esse cylindrum quam triplum coni. Si enim possibile, sit minor cylindrus quam triplus coni; invertendo igitur conus major est quam tertia pars cylindri. Describatur igitur in ΑΒΓΔ circulo quadratum ΑΒΓΔ; quadratum igitur ΑΒΓΔ majus est quam dimidium circuli ΑΒΓΔ. Et erigatur a quadrato ΑΒΓΔ pyramis, verticem eumdem habens quem conus; erecta igitur pyramis major est quam dimidia pars coni; quoniam, ut ante demonstravimus, si circa circulum quadratum describamus, erit quadratum ΑΒΓΔ dimidium descripti quadrati circa circulum; et si a quadratis solida parallelepipeda erigamus æquealta atque conus, quæ et appellantur prismata; erit erectum a quadrato ΑΒΓΔ dimidium erecti a quadrato descripto circa circulum, inter se enim sunt ut bases; quare et tertiæ

ΑΒΓΔ. Mais la pyramide est plus petite, car le cône la contient, ce qui est impossible; le cylindre n'est donc pas plus grand que le triple du cône. Je dis enfin que le cylindre n'est pas plus petit que le triple du cône. Car que le cylindre soit plus petit que le triple du cône, si cela est possible; par inversion, le cône sera plus grand que la troisième partie du cylindre. Dans le cercle ΑΒΓΔ décrivons le quarré ΑΒΓΔ; le quarré ΑΒΓΔ sera plus grand que la moitié du cercle ΑΒΓΔ. Sur le quarré ΑΒΓΔ élevons une pyramide qui ait le même sommet que le cône; cette pyramide sera plus grande que la moitié du cône; parce que si nous circonscrivons un quarré au cercle, le quarré ΑΒΓΔ sera la moitié du quarré circonscrit à ce cercle, ainsi que nous l'avons démontré plus haut, et si sur ces quarrés nous élevons des parallélépipèdes de même hauteur que le cône, c'est-à-dire des prismes, celui qui sera élevé sur le quarré ΑΒΓΔ sera la moitié du prisme élevé sur le quarré circonscrit, car ces prismes sont entr'eux comme leurs bases (32. 11);

γάρ εἰσιν ὡς αἱ βάσεις· ὥστε καὶ τὰ τρίτα· καὶ πυραμὶς ἄρα, ἧς βάσις τὸ ΑΒΓΔ τετράγωνον, ἥμισύ ἐστι τῆς πυραμίδος τῆς ἀνασταθείσης ἀπὸ τοῦ περὶ τὸν κύκλον περιγραφέντος τετραγώνου. Καί ἐστι μείζων ἡ πυραμὶς ἡ ἀνασταθεῖσα ἀπὸ τοῦ περὶ τὸν κύκλον τετραγώνου τοῦ κώνου, ἐμπεριέχει γὰρ αὐτόν· ἡ ἄρα πυραμὶς, ἧς βάσις τὸ ΑΒΓΔ τετράγωνον, κορυφὴ δὲ ἡ αὐτὴ τῷ κώνῳ, μεῖζον ἐστὶν ἢ τὸ[13] ἥμισυ τοῦ

partes; et pyramis igitur cujus basis quadratum ΑΒΓΔ, dimidia est pyramidis erectæ a quadrato circa circulum descripto. Et est pyramis erecta a quadrato descripto circa circulum major cono; comprehendit enim ipsum; ergo pyramis, cujus basis ΑΒΓΔ quadratum, vertex autem idem qui coni, major est quam coni

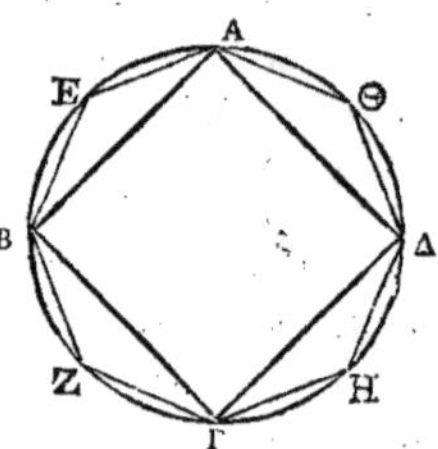

κώνου. Τετμήσθωσαν αἱ ΑΒ, ΒΓ, ΓΔ, ΔΑ περιφέρειαι δίχα κατὰ τὰ Ε, Ζ, Η, Θ σημεῖα, καὶ ἐπεζεύχθωσαν αἱ ΑΕ, ΕΒ, ΒΖ, ΖΓ, ΓΗ, ΗΔ, ΔΘ, ΘΑ· καὶ ἕκαστον ἄρα τῶν ΑΕΒ, ΒΖΓ, ΓΗΔ, ΔΘΑ τριγώνων μεῖζόν ἐστιν ἢ τὸ ἥμισυ μέρος τοῦ καθ' ἑαυτὸ τμήματος τοῦ ΑΒΓΔ κύκλου. Καὶ ἀνεστάτωσαν ἀφ' ἑκάστου τῶν ΑΗΔ, ΒΖΓ, ΓΗΔ, ΔΘΑ τριγώνων πυραμίδες,

dimidium. Secentur circumferentiæ ΑΒ, ΒΓ, ΓΔ, ΔΑ, bifariam in punctis Ε, Ζ, Η, Θ, et jungantur ΑΕ, ΕΒ, ΒΖ, ΖΓ, ΓΗ, ΗΔ, ΔΘ, ΘΑ; et unumquodque igitur triangulorum ΑΕΒ, ΒΖΓ, ΓΗΔ, ΔΘΑ majus est quam dimidia pars segmenti circuli ΑΒΓΔ in quo est. Et erigantur ab unoquoque triangulorum ΑΕΒ, ΒΖΓ, ΓΗΔ, ΔΘΑ pyramides, verticem eumdem ha-

il en sera de même pour leurs troisièmes parties; la pyramide qui a pour base le quarré ΑΒΓΔ est donc la moitié de la pyramide élevée sur le quarré circonscrit au cercle. Mais la pyramide élevée sur le quarré circonscrit au cercle est plus grande que le cône, car elle le contient; la pyramide dont la base est le quarré ΑΒΓΔ, et dont le sommet est le même que celui du cône, est donc plus grande que la moitié du cône. Divisons les arcs ΑΒ, ΒΓ, ΓΔ, ΔΑ en deux parties égales aux points Ε, Ζ, Η, Θ, et joignons les droites ΑΕ, ΕΒ, ΒΖ, ΖΓ, ΓΗ, ΗΔ, ΔΘ, ΘΑ; chacun des triangles ΑΕΒ, ΒΖΓ, ΓΗΔ, ΔΘΑ sera plus grand que la moitié du segment du cercle ΑΒΓΔ dans lequel il est placé. Sur chacun des triangles ΑΕΒ, ΒΖΓ, ΓΔΘ, ΔΘΑ élevons des pyramides qui ayent le même sommet que le cône; cha-

τὴν αὐτὴν κορυφὴν ἔχουσαι τῷ κώνῳ· καὶ ἑκάστη ἄρα τῶν ἀνασταθεισῶν πυραμίδων κατὰ τὸν αὐτὸν τρόπον μείζων ἐστὶν ἢ τὸ ἥμισυ τοῦ καθ' ἑαυτὸ τμήματος τοῦ κώνου[14]. Τέμνοντες δὴ τὰς ὑπολειπομένας περιφερείας δίχα, καὶ ἐπιζευγνύντες εὐθείας, καὶ ἀνιστάντες ἐφ' ἑκάστου τῶν τριγώνων πυραμίδα τὴν αὐτὴν κορυφὴν ἔχουσαν τῷ κώνῳ, καὶ τοῦτο ἀεὶ ποιοῦντες καταλείψομεν τινὰ τμήματα[15] τοῦ κώνου, ἃ ἔσται ἐλάττονα τῆς ὑπεροχῆς, ᾗ ὑπερέχει ὁ κῶνος τοῦ τρίτου μέρους τοῦ κυλίνδρου. Λελείφθω, καὶ ἔστω τὰ ἐπὶ τῶν ΑΕ, ΕΒ, ΒΖ, ΖΓ, ΓΗ, ΗΔ, ΔΘ, ΘΑ· λοιπὴ ἄρα ἡ πυραμὶς, ἧς βάσις μέν ἐστι τὸ ΑΕΒΖΓΗΔΘ πολύγωνον, κορυφὴ δὲ ἡ αὐτὴ τῷ κώνῳ, μείζων ἐστὶν ἢ τρίτον μέρος τοῦ κυλίνδρου. Ἀλλ' ἡ πυραμὶς, ἧς βάσις μέν ἐστι τὸ ΑΕΒΖΓΗΔΘ πολύγωνον, κορυφὴ δὲ ἡ αὐτὴ τῷ κώνῳ, τρίτον ἐστὶ μέρος[16] τοῦ πρίσματος, οὗ βάσις μέν ἐστι τὸ ΑΕΒΖΓΗΔΘ πολύγωνον, ὕψος δὲ τὸ αὐτὸ τῷ κυλίνδρῳ· τὸ ἄρα πρίσμα, οὗ βάσις μέν ἐστι τὸ ΑΕΒΖΓΗΔΘ πολύγωνον, ὕψος δὲ τὸ αὐτὸ τῷ κυλίνδρῳ, μεῖζόν ἐστι τοῦ κυλίνδρου, οὗ βάσις ἐστὶν ὁ ΑΒΓΔ κύκλος. Ἀλλὰ

bentes quem conus; et unaquæque igitur pyramidum sic erectarum major est quam dimidium segmenti coni in quo est. Secantes itaque reliquas circumferentias bifariam, et jungentes rectas, et erigentes ab unoquoque triangulorum pyramidem eumdem verticem habentem quem conus, et hoc semper facientes, relinquemus quasdam portiones coni quæ minores erunt excessu, quo superat conus tertiam partem cylindri. Relinquantur, et sint quæ in ipsis AE, EB, BZ, ZΓ, ΓH, HΔ, ΔΘ, ΘA; reliqua igitur pyramis, cujus basis quidem est polygonum AEBZΓHΔΘ, vertex autem idem qui coni, major est quam tertia pars cylindri. Sed pyramis, cujus basis quidem est polygonum AEZΓHΔΘ, altitudo autem eadem quæ coni; tertia pars est prismatis, cujus basis quidem est AEBZΓHΔΘ polygonum, altitudo eadem quæ cylindri; prisma igitur, cujus basis quidem est AEBZΓHΔΘ polygonum, altitudo autem eadem quæ cylindri, majus est cylindro, cujus basis est circulus ABΓΔ.

cune de ces pyramides sera plus grande que la moitié du segment du cône dans lequel elle est placée. Divisons les arcs restants en deux parties égales, et menons leurs cordes; sur chacun de ces triangles élevons une pyramide qui ait le même sommet que le cône, et faisons toujours la même chose, il restera enfin certains segments de cône qui seront plus petits que l'excès du cône sur la troisième partie du cylindre (1. 10). Qu'on ait ces segments restants du cône, et qu'ils soient ceux qui ont pour bases les segments AE, EB, BZ, ZΓ, ΓH, HΔ, ΔΘ, ΘA; la pyramide restante qui a pour base le polygone AEBZΓHΔΘ, et qui a le même sommet que le cône, sera plus grande que la troisième partie du cylindre. Mais la pyramide dont la base est le polygone AEBZΓHΔΘ, et dont le sommet est le même que celui du cône, est la troisième partie du prisme dont la base est le polygone AEBZΓHΔΘ, et dont la hauteur est la même que celle du cylindre (7. 12); le prisme dont la base est le polygone AEBZΓHΔΘ, et dont la hauteur est la même que celle du cylindre, est donc plus grand que le cylindre dont la base est le cercle

καὶ ἔλαττον, ἐμπεριέχεται γὰρ ὑπ' αὐτοῦ, ὅπερ ἐστὶν[17] ἀδύνατον· οὐκ ἄρα ὁ κύλινδρος τοῦ κώνου ἐλάττων ἐστὶν ἢ τριπλάσιος. Εδείχθη δὲ ὅτι οὐδὲ μείζων ἢ τριπλάσιος· τριπλάσιος ἄρα ὁ κύλινδρος τοῦ κώνου· ὥστε ὁ κῶνος τρίτον μέρος ἐστὶ τοῦ κυλίνδρου.

Πᾶς ἄρα κῶνος, καὶ τὰ ἑξῆς.

ΠΡΟΤΑΣΙΣ ιά.

Οἱ ὑπὸ τὸ αὐτὸ ὕψος ὄντες κῶνοι καὶ κύλινδροι πρὸς ἀλλήλους εἰσὶν ὡς αἱ βάσεις.

Εστωσαν ὑπὸ τὸ αὐτὸ ὕψος κῶνοι καὶ κύλινδροι, ὧν βάσεις μὲν εἰσιν[1] οἱ ΑΒΓΔ, ΕΖΗΘ κύκλοι, ἄξονες δὲ οἱ ΚΛ, ΜΝ, διάμετροι δὲ τῶν βάσεων αἱ ΑΓ, ΕΗ· λέγω ὅτι ἐστὶν ὡς ὁ ΑΒΓΔ κύκλος πρὸς τὸν ΕΖΗΘ κύκλον οὕτως ὁ ΑΛ κῶνος πρὸς τὸν ΕΝ κῶνον[2].

Εἰ γὰρ μὴ, ἔσται[3] ὡς ὁ ΑΒΓΔ κύκλος πρὸς τὸν ΕΖΗΘ κύκλον οὕτως ὁ ΑΛ κῶνος ἤτοι[4] πρὸς

Sed et minus; comprehenditur enim ab ipso, quod est impossibile; non igitur cylindrus quam coni triplus minor est. Ostensum autem est, neque majorem esse quam triplum; triplus est igitur cylindrus coni; quare conus tertia pars est cylindri.

Omnis igitur conus, etc.

PROPOSITIO XI.

In eâdem altitudine existentes coni et cylindri inter se sunt ut bases.

Sint in eâdem altitudine coni et cylindri, quorum bases circuli ΑΒΓΔ, ΕΖΗΘ, axes autem ΚΛ, ΜΝ, diametri vero basium ΑΓ, ΕΗ; dico esse ut ΑΒΓΔ circulus ad circulum ΕΖΗΘ ita conum ΑΛ ad ΕΝ conum.

Si enim non, erit ut ΑΒΓΔ circulus ad circulum ΕΖΗΘ ita conus ΑΛ vel ad solidum

ΑΒΓΔ. Mais le prisme est plus petit que le cylindre, car le cylindre contient ce prisme; ce qui est impossible; le cylindre n'est donc pas plus petit que le triple du cône. Mais on a démontré qu'il n'est pas plus grand que le triple; le cylindre est donc le triple du cône; le cône est donc la troisième partie du cylindre. Donc, etc.

PROPOSITION XI.

Les cônes et les cylindres qui ont la même hauteur sont entr'eux comme leurs bases.

Soient les cônes et les cylindres de même hauteur, dont les bases sont les cercles ΑΒΓΔ, ΕΖΗΘ, dont les axes sont les droites ΚΛ, ΜΝ, et qui ont pour diamètres de leurs bases les droites ΑΓ, ΕΗ; je dis que le cercle ΑΒΓΔ sera au cercle ΕΖΗΘ comme le cône ΑΛ est au cône ΕΝ.

Car si cela n'est point, le cercle ΑΒΓΔ sera au cercle ΕΖΗΘ comme le cône ΑΛ

ἔλαττόν τι τοῦ ΕΝ κώνου στερεὸν ἢ πρὸς μεῖζον. Εστω πρότερον πρὸς ἔλαττον τὸ Ξ, καὶ ᾧ ἔλασσόν ἐστι τὸ Ξ στερεὸν τοῦ ΕΝ κώνου ἐκείνῳ ἴσον ἔστω τὸ Ψ στερεόν· ὁ ΕΝ κῶνος ἄρα ἴσον ἐστὶ τοῖς Ξ, Ψ στερεοῖς. Εγγεγράφθω εἰς τὸν ΕΖΗΘ κύκλον τετράγωνον τὸ ΕΖΗΘ· τὸ ἄρα τετράγωνον μεῖζόν ἐστιν ἢ τὸ ἥμισυ τοῦ κύκλου. Ανεστάτω ἀπὸ τοῦ ΕΖΗΘ τετραγώνου πυραμὶς ἰσοϋψὴς τῷ κώνῳ· ἡ ἄρα ἀνασταθεῖσα πυραμὶς

aliquod minus cono EN vel ad majus. Sit primum ad minus Ξ, et quo minus est solidum Ξ cono EN huic æquale sit Ψ solidum; conus igitur EN est æqualis ipsis Ξ, Ψ solidis. Describatur in ΕΖΗΘ circulo quadratum ΕΖΗΘ; quadratum igitur majus est quam dimidium circuli. Erigatur a quadrato ΕΖΗΘ pyramis æquealta atque conus; erecta igitur pyramis major est quam dimidium

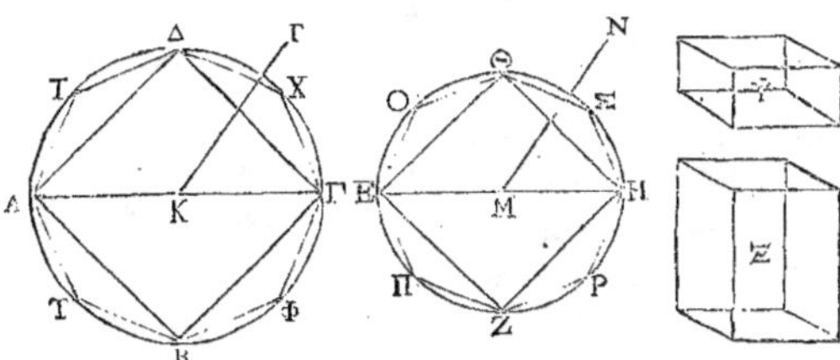

μείζων ἐστὶν ἢ τὸ ἥμισυ τοῦ κώνου· ἐπειδήπερ ἐὰν περιγράψωμεν περὶ τὸν κύκλον τετράγωνον, καὶ ἀπ' αὐτοῦ ἀναστήσωμεν πυραμίδα ἰσοϋψῆ τῷ κώνῳ, ἡ ἐγγραφεῖσα πυραμὶς ἥμισύ ἐστι τῆς περιγραφείσης, πρὸς ἀλλήλας γάρ εἰσιν ὡς αἱ βάσεις. Ελάττων δὲ ὁ κῶνος τῆς περιγραφείσης πυραμίδος· ἡ ἄρα πυραμὶς, ἧς βάσις τὸ ΕΖΗΘ τετράγωνον, κορυφὴ δὲ ἡ αὐτὴ τῷ

coni; nam describamus circa circulum quadratum, et ab ipso erigamus pyramidem æquealtam atque conus; inscripta pyramis dimidia est pyramidis circumscriptæ, inter se enim sunt ut bases. Minor autem conus circumscriptâ pyramide; ergo pyramis, cujus basis quadratum ΕΖΗΘ, vertex autem idem qui coni, major est quam

sera à un solide plus petit ou plus grand que le cône EN. Que ce soit d'abord à un solide Ξ plus petit, et que l'excès du cône EN sur le solide Ξ soit égal au solide Ψ, le cône EN sera égal aux solides Ξ, Ψ. Dans le cercle ΕΖΗΘ décrivons le quarré ΕΖΗΘ; ce quarré sera plus grand que la moitié de ce cercle. Sur le quarré ΕΖΗΘ élevons une pyramide qui ait la même hauteur que le cône; cette pyramide sera plus grande que la moitié du cône; car si nous décrivons un quarré autour du cercle, et si sur ce quarré nous élevons une pyramide qui ait la même hauteur que le cône, la pyramide inscrite sera la moitié de la pyramide circonscrite, parce que ces pyramides sont entre elles comme leurs bases (6. 12). Mais le cône est plus petit que la pyramide circonscrite; la pyramide dont la base est le quarré ΕΖΗΘ, et dont le sommet est le même que celui du cône, est donc

κώνῳ, μείζων ἐστὶν ἢ τὸ ἥμισυ τοῦ κώνου[5]. Τετμήσθωσαν αἱ ΕΖ, ΖΗ, ΗΘ, ΘΕ περιφέρειαι δίχα κατὰ τὰ Ο, Π, Ρ, Σ σημεῖα, καὶ ἐπεζεύχθωσαν αἱ ΘΟ, ΟΕ, ΕΠ, ΠΖ, ΖΡ, ΡΗ, ΗΣ, ΣΘ· ἕκαστον ἄρα τῶν ΘΟΕ, ΕΠΖ, ΖΡΗ, ΗΣΘ τριγώνων μεῖζόν ἐστιν ἢ τὸ ἥμισυ τοῦ καθ' ἑαυτὸ τμήματος τοῦ κύκλου. Ανεστάτω ἀφ' ἑκάστου τῶν ΘΟΕ, ΕΠΖ, ΖΡΗ, ΗΣΘ τριγώνων πυραμὶς ἰσοϋψὴς τῷ κώνῳ· καὶ ἑκάστη ἄρα τῶν ἀνασταθεισῶν πυραμίδων μείζων ἐστιν ἢ τὸ ἥμισυ μέρος τοῦ καθ' ἑαυτὸ[6] τμήματος τοῦ κώνου· τέμνοντες[7] δὴ τὰς ὑπολειπομένας περιφερείας δίχα, καὶ ἐπιζευγνύντες εὐθείας, καὶ ἀνιστάντες ἐπὶ ἑκάστου τῶν τριγώνων πυραμίδας ἰσοϋψεῖς τῷ κώνῳ, καὶ ἀεὶ τοῦτο[8] ποιοῦντες, καταλείψομέν τινα ἀποτμήματα τοῦ κώνου, ἃ ἔσται[9] ἐλάσσονα τοῦ Ψ στερεοῦ. Λελείφθω, καὶ ἔστω τὰ ἐπὶ τῶν ΘΟ, ΟΕ, ΕΠ, ΠΖ, ΖΡ, ΡΗ, ΗΣ, ΣΘ· λοιπὴ ἄρα ἡ πυραμὶς, ἧς βάσις τὸ ΘΟΕΠΖΡΗΣ πολύγωνον, ὕψος δὲ τὸ αὐτὸ τῷ κώνῳ, μείζων ἐστι τοῦ Ξ στερεοῦ. Εγγεγράφθω καὶ εἰς τὸν ΑΒΓΔ κύκλον

dimidium coni. Secentur circumferentiæ ΕΖ, ΖΗ, ΗΘ, ΘΕ bifariam in punctis Ο, Π, Ρ, Σ; et jungantur ipsæ ΘΟ, ΟΕ, ΕΠ, ΠΖ, ΖΡ, ΡΗ, ΗΣ, ΣΘ; unumquodque igitur triangulorum ΘΟΕ, ΕΠΖ, ΖΡΗ, ΗΣΘ majus est quam dimidium segmenti circuli in quo est. Erigatur ab unoquoque triangulorum ΘΟΕ, ΕΠΖ, ΖΡΗ, ΗΣΘ pyramidis æquealta atque conus; et unaquæque igitur erectarum pyramidum major est quam dimidium segmenti coni in quo est. Secantes igitur reliquas circumferentias bifariam; jungentes rectas et erigentes ab unoquoque triangulorum pyramides æquealtas atque conus, et hoc semper facientes, relinquemus aliqua segmenta coni quæ erunt minora solido Ψ. Relinquantur, et sint quæ in ipsis ΘΟ, ΟΕ, ΕΠ, ΠΖ, ΖΡ, ΡΗ, ΗΣ, ΣΘ; reliqua igitur pyramis, cujus basis polygonum ΘΟΕΠΖΡΗΣ, altitudo autem eadem quæ coni, major est solido Ξ. Describatur in cir-

plus grande que la moitié du cône. Coupons les arcs ΕΖ, ΖΗ, ΗΘ, ΘΕ en deux parties égales aux points Ο, Π, Ρ, Σ, et joignons ΘΟ, ΟΕ, ΕΠ, ΠΖ, ΖΡ, ΡΗ, ΗΣ, ΣΘ; chacun des triangles ΘΟΕ, ΕΠΖ, ΖΡΗ, ΗΣΘ sera plus grand que la moitié du segment du cercle dans lequel il est placé. Sur chacun des triangles ΘΟΕ, ΕΠΖ, ΖΡΗ, ΗΣΘ élevons une pyramide qui ait la même hauteur que le cône; chacune de ces pyramides sera plus grande que la moitié du segment du cône dans lequel elle est placée. Divisons en deux parties égales les arcs restants, menons leurs cordes; sur chacun des triangles élevons des pyramides qui ayent la même hauteur que le cône, et faisons toujours la même chose; il restera enfin certains segments du cône qui seront plus petits que le solide Ψ (1. 10). Que l'on ait ces segments restants et que ce soient ceux qui ont pour bases les segments circulaires ΘΟ, ΟΕ, ΕΠ, ΠΖ, ΖΡ, ΡΗ, ΗΣ, ΣΘ. La pyramide restante dont la base est le polygone ΘΟΕΠΖΡΗΣ, et dont la hauteur est la même que celle du cône, sera plus grande que le solide Ξ. Dans le cercle ΑΒΓΔ décrivons

τῷ ΘΟΕΠΖΡΗΣ πολυγώνῳ ὅμοιόν τε καὶ ὁμοίως κείμενον πολύγωνον τὸ ΔΤΑΥΒΦΓΧ, καὶ ἀνεστάτω ἐπ' αὐτῷ πυραμὶς ἰσοϋψὴς τῷ ΑΛ κώνῳ. Ἐπεὶ οὖν ἐστιν ὡς τὸ ἀπὸ τῆς ΑΓ πρὸς τὸ ἀπὸ τῆς ΕΗ οὕτως τὸ ΔΤΑΥΒΦΓΧ πολύγωνον πρὸς τὸν ΘΟΕΠΖΡΗΣ πολύγωνον, ὡς δὲ τὸ ἀπὸ τῆς ΑΓ πρὸς τὸ ἀπὸ τῆς ΕΗ οὕτως ὁ ΑΒΓΔ κύκλος πρὸς τὸν ΕΖΗΘ κύκλον· καὶ ὡς ἄρα ὁ ΑΒΓΔ κύκλος πρὸς τὸν ΕΖΗΘ κύκλον οὕτως τὸ

culo ΑΒΓΔ ipsi ΘΟΕΠΖΡΗΣ polygono et simile et similiter positum polygonum ΔΤΑΥΒΦΓΧ, et erigatur ab ipso pyramis æquealta atque conus ΑΛ. Quoniam igitur est ut quadratum ex ΑΓ ad ipsum ex ΕΗ ita ΔΤΑΥΒΦΓΧ polygonum ad polygonum ΘΟΕΠΖΡΗΣ, ut autem quadratum ex ΑΓ ad quadratum ex ΕΗ ita ΑΒΓΔ circulus ad circulum ΕΖΗΘ; et ut igitur ΑΒΓΔ circulus ad circulum ΕΖΗΘ ita polygo-

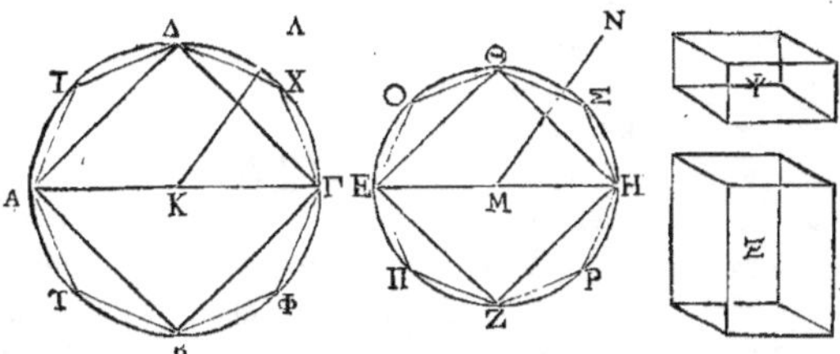

ΔΤΑΥΒΦΓΘ πολύγωνον πρὸς τὸ ΘΟΕΠΖΡΗΣ πολύγωνον. Ὡς δὲ ὁ ΑΒΓΔ κύκλος πρὸς τὸν ΕΖΗΘ κύκλον οὕτως ὁ ΑΛ κῶνος πρὸς τὸ Ξ στερεὸν, ὡς δὲ τὸ ΔΤΑΥΒΦΓΧ πολύγωνον πρὸς τὸ ΘΟΕΠΖΡΗΣ πολύγωνον οὕτως ἡ πυραμὶς, ἧς βάσις μὲν τὸ ΔΤΑΥΒΦΓΧ πολύγωνον, κορυφὴ δὲ τὸ Λ σημεῖον, πρὸς τὴν πυραμίδα, ἧς βάσις μὲν τὸ ΘΟΕΠΖΡΗΣ πολύγωνον, κορυφὴ

num ΔΤΑΥΒΦΓΧ ad polygonum ΘΟΕΠΖΡΗΣ. Ut autem ΑΒΓΔ circulus ad circulum ΕΖΗΘ ita conus ΑΛ ad Ξ solidum; et ut vero polygonum ΔΤΑΥΒΦΓΧ ad polygonum ΘΟΕΠΖΡΗΣ ita pyramis, cujus basis quidem ΔΤΑΥΒΦΓΧ polygonum, vertex autem punctum Λ, ad pyramidem, cujus basis quidem polygonum ΘΟΕΠΖΡΗΣ,

un polygone ΔΤΑΥΒΦΓΧ qui soit semblable au polygone ΘΟΕΠΖΡΗΣ, et semblablement placé, et sur le polygone ΔΤΑΥΒΦΓΧ élevons une pyramide qui ait la même hauteur que le cône ΑΛ. Puisque le quarré de ΑΓ est au quarré de ΓΗ comme le polygone ΔΤΑΥΒΦΓΧ est au polygone ΘΟΕΠΖΡΗΣ (20. 6, et 1. 12), et que le quarré de ΑΓ est au quarré de ΕΗ comme le cercle ΑΒΓΔ est au cercle ΕΖΗΘ (2. 12); le cercle ΑΒΓΔ sera au cercle ΕΖΗΘ comme le polygone ΔΤΑΥΒΦΓΧ est au polygone ΘΟΕΠΖΡΗΣ (11. 5). Mais le cercle ΑΒΓΔ est au cercle ΕΖΗΘ comme le cône ΑΛ est au solide Ξ, et le polygone ΔΤΑΥΒΦΓΧ est au polygone ΘΟΕΠΖΡΗΣ comme la pyramide qui a pour base le polygone ΔΤΑΥΒΦΓΧ, et pour sommet le point Λ est à la pyramide qui a pour base le polygone ΘΟΕΠΖΡΗΣ, et pour som-

δὲ τὸ Ν σημεῖον· καὶ ὡς ἄρα ἡ ΑΛ κῶνος πρὸς τὸ Ξ στερεὸν οὕτως ἡ πυραμὶς, ἧς βάσις μὲν τὸ ΔΤΑΥΒΦΓΧ πολύγωνον, κορυφὴ δὲ τὸ Λ σημεῖον, πρὸς τὴν πυραμίδα, ἧς βάσις μὲν, τὸ ΘΟΕΠΖΡΗΣ πολύγωνον, κορυφὴ δὲ τὸ Ν σημεῖον· ἐναλλὰξ ἄρα ἐστὶν ὡς ὁ ΑΛ κῶνος πρὸς τὴν ἐν αὐτῷ πυραμίδα οὕτως τὸ Ξ στερεὸν πρὸς τὴν ἐν τῷ ΕΝ κώνῳ πυραμίδα. Μείζων δὲ ὁ ΑΛ κῶνος τῆς ἐν αὐτῷ πυραμίδος· μεῖζον ἄρα καὶ τὸ Ξ στερεὸν τῆς ἐν τῷ ΕΝ κώνῳ πυραμίδος. Ἀλλὰ καὶ ἔλαττον, ὅπερ ἄτοπον· οὐκ ἄρα ὡς ὁ ΑΒΓΔ κύκλος πρὸς τὸν ΕΖΗΘ κύκλον οὕτως ὁ ΑΛ κῶνος πρὸς ἔλαττόν τι τοῦ ΕΝ κώνου στερεόν. Ομοίως δὴ δείξομεν, ὅτι οὐδὲ ἐστιν[10] ὡς ὁ ΕΖΗΘ κύκλος πρὸς τὸν ΑΒΓΔ κύκλον οὕτως ὁ ΕΝ κῶνος πρὸς ἔλαττόν τι τοῦ ΑΛ κώνου στερεόν. Λέγω δὴ ὅτι οὐδὲ ἐστιν ὡς ὁ ΑΒΓΔ κύκλος πρὸς τὸν ΕΖΗΘ κύκλον οὕτως ὁ ΑΛ κῶνος πρὸς μεῖζόν τι τοῦ ΕΝ κώνου στερεόν. Εἰ γὰρ δυνατὸν, ἔστω πρὸς μεῖζον τὸ Ξ· ἀνάπαλιν ἄρα ἐστὶν ὡς ὁ ΕΖΗΘ κύκλος πρὸς τὸν ΑΒΓΔ κύκλον οὕτως τὸ Ξ στερεὸν πρὸς τὸν ΑΛ

vertex autem punctum N; et ut igitur conus ΑΛ ad Ξ solidum ita pyramis, cujus basis quidem polygonum ΔΤΑΥΒΦΓΧ, vertex autem Λ punctum, ad pyramidem, cujus basis quidem polygonum ΘΟΕΠΖΡΗΣ, vertex autem N punctum; permutando igitur est ut conus ΑΛ ad pyramidem quæ in ipso est ita solidum Ξ ad pyramidem quæ est in cono ΕΝ. Major autem conus ΑΛ pyramide quæ est in ipso; majus igitur et solidum Ξ pyramide quæ in cono ΕΝ. Sed et minus, quod absurdum; non igitur ut ΑΒΓΔ circulus ad cirlum ΕΖΗΘ ita ΑΛ conus ad solidum aliquod minus cono ΕΝ. Similiter ostendemus, neque esse ut ΕΖΗΘ circulus ad circulum ΑΒΓΔ ita conum ΕΝ ad solidum aliquod minus cono ΑΛ. Dico neque quidem esse ut ΑΒΓΔ circulus ad circulum ΕΖΗΘ ita ΑΛ conum ad solidum aliquod majus cono ΕΝ. Si enim possibile, sit ad majus Ξ, invertendo igitur est ut ΕΖΗΘ circulus ad circulum ΑΒΓΔ ita solidum Ξ ad ΑΛ co-

met le point N (6. 12); le cône ΑΛ est donc au solide Ξ comme la pyramide dont la base est le polygone ΔΤΑΥΒΦΓΧ, et le sommet le point Λ, est à la pyramide dont la base est le polygone ΘΟΕΠΖΡΗΣ et le sommet le point N; donc, par permutation, le cône ΑΛ est à la pyramide qui lui est inscrite comme le solide Ξ est à la pyramide inscrite dans le cône ΕΝ. Mais le cône ΑΛ est plus grand que la pyramide qui lui est inscrite; le solide Ξ est donc plus grand que la pyramide qui est inscrite dans le cône ΕΝ. Mais le solide Ξ est plus petit que cette pyramide, ce qui est absurde; le cercle ΑΒΓΔ n'est donc point au cercle ΕΖΗΘ comme le cône ΑΛ est à un solide plus petit que le cône ΕΝ. Nous démontrerons semblablement que le cercle ΕΖΗΘ n'est point au cercle ΑΒΓΔ comme le cône ΕΝ est à un solide plus petit que le cône ΑΛ. Je dis enfin que le cercle ΑΒΓΔ n'est point au cercle ΕΖΗΘ comme le cône ΑΛ est à un solide plus grand que le cône ΕΝ. Car que ce soit à un solide Ξ plus grand, si cela est possible; par inversion, le cercle ΕΖΗΘ sera au cercle ΑΒΓΔ comme le solide Ξ est au cône ΑΛ.

ὁ ΑΒΓΔ κύκλος, κορυφὴ δὲ τὸ Λ σημεῖον[28], πρὸς τὴν ἐν αὐτῷ πυραμίδα, ἧς βάσις μὲν τὸ ΑΤΒΥΓΦΔΧ πολύγωνον, κορυφὴ δὲ τὸ Λ, οὕτως τὸ Ξ στερεὸν πρὸς τὴν πυραμίδα, ἧς βάσις μέν ἐστι τὸ ΕΟΖΠΗΡΘΣ πολύγωνον, κορυφὴ δὲ τὸ Ν. Μείζων δὲ ὁ εἰρημένος κῶνος τῆς ἐν αὐτῷ πυραμίδος, ἐμπεριέχει γὰρ αὐτήν· μεῖζον ἄρα καὶ τὸ Ξ στερεὸν τῆς πυραμίδος, ἧς βάσις μέν ἐστι τὸ ΕΟΖΠΗΡΘΣ πολύγωνον, κορυφὴ δὲ τὸ Ν. Ἀλλὰ καὶ ἔλαττον, ὅπερ ἐστὶν[29] ἀδύνατον· οὐκ ἄρα ὁ κῶνος, οὗ βάσις μέν ἐστιν[30] ὁ ΑΒΓΔ κύκλος,

circulus ΑΒΓΔ, vertex autem punctum Λ, ad pyramidem quæ in ipso est, cujus basis quidem ΑΤΒΥΓΦΔΧ polygonum, vertex autem Λ, ita solidum Ξ ad pyramidem, cujus basis quidem polygonum ΕΟΖΠΗΡΘΣ, vertex autem punctum Ν. Major autem dictus conus est pyramide quæ in ipso est; ille eam enim comprehendit; majus igitur est solidum Ξ pyramide, cujus basis quidem est polygonum ΕΟΖΠΗΡΘΣ, vertex autem punctum Ν. Sed et minus, quod impossibile; non igitur conus, cujus quidem basis

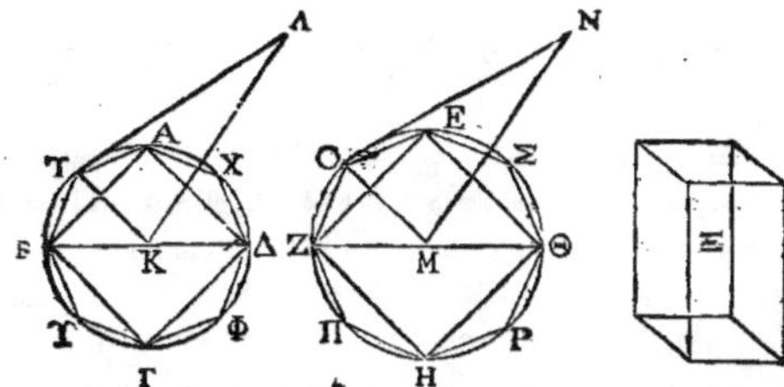

κορυφὴ δὲ τὸ Λ σημεῖον[31], πρὸς ἔλαττόν τι τοῦ κώνου στερεὸν, οὗ βάσις μέν ἐστιν[32] ὁ ΕΖΗΘ κύκλος, κορυφὴ δὲ τὸ Ν σημεῖον, τριπλασίονα λόγον ἔχει ἤπερ ἡ ΒΔ πρὸς τὴν ΖΘ. Ὁμοίως δὴ δείξομεν, ὅτι οὐδὲ ὁ ΕΖΗΘΝ κῶνος πρὸς ἔλατ-

est ΑΒΓΔ circulus, vertex autem punctum Λ, ad aliquod solidum minus cono, cujus basis quidem est circulus ΕΖΗΘ, vertex autem punctum Ν, triplicatam rationem habet ejus quam ΒΔ ad ΖΘ. Similiter utique demonstrabimus neque conum ΕΖΗΘΝ ad solidum aliquod minus cono

cercle ΑΒΓΔ, et le sommet le point Λ est à la pyramide dont la base est le polygone ΑΤΒΥΓΦΔΧ, et le sommet le point Λ, comme le solide Ξ est à la pyramide dont la base est le polygone ΕΟΖΠΗΡΘΣ, et le sommet le point Ν. Mais le cône dont nous venons de parler est plus grand que la pyramide, parce que le cône la contient; le solide Ξ est donc plus grand que la pyramide, dont la base est le polygone ΕΟΖΠΗΡΘΣ, et le sommet le point Ν. Mais il est plus petit, ce qui est impossible; le cône dont la base est le cercle ΑΒΓΔ, et le sommet le point Λ, n'a donc pas avec un solide plus petit que le cône dont la base est le cercle ΕΖΗΘ, et le sommet le point Ν, une raison triplée de celle que ΒΔ a avec ΖΘ. Nous démontrerons semblablement que le cône ΕΖΗΘΝ n'a pas avec un solide plus

τόν τι τοῦ ΑΒΓΔΛ κώνου στερεὸν τριπλασίονα λόγον ἔχει ἤπερ ἡ ΖΘ πρὸς τὴν ΒΔ. Λέγω ὅτι οὐδὲ ὁ ΑΒΓΔΛ κῶνος πρὸς μεῖζόν τι τοῦ ΕΖΗΘΝ κώνου στερεὸν τριπλασίονα λόγον ἔχει ἤπερ ἡ ΒΔ πρὸς τὴν ΖΘ. Εἰ γὰρ δυνατὸν, ἐχέτω πρὸς

ΑΒΓΔΛ triplicatam rationem habere ejus quam ΖΘ ad ΒΔ. Dico neque ΑΒΓΔΛ conum ad solidum aliquod majus cono ΕΖΗΘΝ triplicatam habere rationem ejus quam ΒΔ ad ΖΘ. Si enim possibile, habeat ad solidum aliquod majus, ip-

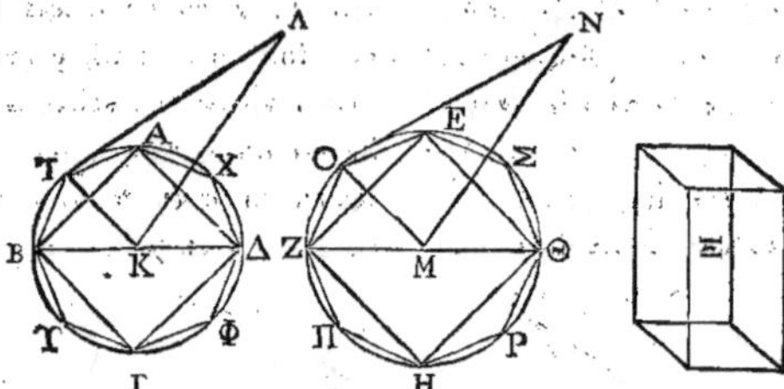

μεῖζον τὸ Ξ· ἀνάπαλιν ἄρα τὸ Ξ στερεὸν πρὸς τὸν ΑΒΓΔΛ κῶνον τριπλασίονα λόγον ἔχει ἤπερ ἡ ΖΘ πρὸς τὴν ΒΔ. Ὡς δὲ τὸ Ξ στερεὸν πρὸς τὸν ΑΒΓΔΛ κῶνον οὕτως ὁ ΕΖΗΘΝ κῶνος πρὸς ἔλαττόν τι τοῦ ΑΒΓΔΛ κώνου στερεόν· καὶ ΕΖΗΘΝ ἄρα κῶνος[33] πρὸς ἔλαττόν τι τοῦ ΑΒΓΔΛ κώνου στερεὸν τριπλασίονα λόγον ἔχει ἤπερ ἡ ΖΘ πρὸς τὴν ΒΔ, ὅπερ ἀδύνατον ἐδείχθη· οὐκ ἄρα ὁ ΑΒΓΔΛ κῶνος πρὸς μεῖζόν τι τοῦ ΕΖΗΘΝ κώνου στερεὸν τριπλασίονα λόγον ἔχει ἤπερ ἡ ΒΔ πρὸς τὴν ΖΘ. Ἐδείχθη δὲ ὅτι οὐδὲ πρὸς ἔλαττον· ὁ ΑΒΓΔΛ ἄρα κῶνος πρὸς τὸν ΕΖΗΘΝ κῶνον τριπλασίονα λόγον ἔχει ἤπερ ἡ ΒΔ πρὸς τὴν ΖΘ.

sum Ξ; invertendo igitur solidum Ξ ad conum ΑΒΓΔΛ triplicatam rationem habet ejus quam ΖΘ ad ΒΔ. Ut autem Ξ solidum ad ΑΒΓΔΛ conum ita ΕΖΗΘΝ conus ad solidum aliquod minus cono ΑΒΓΔΛ; et ΕΖΗΘΝ igitur conus ad solidum aliquod minus cono ΑΒΓΔΛ triplicatam rationem habet ejus quam ΖΘ ad ΒΔ, quod impossibile demonstratum est; non igitur ΑΒΓΔΛ conus ad solidum aliquod majus cono ΕΖΗΘΝ triplicatam rationem habet ejus quam ΒΔ ad ΖΘ. Demonstratum est autem neque ad minus; conus igitur ΑΒΓΔΛ ad conum ΕΖΗΘΝ triplicatam rationem habet ejus quam ΒΔ ad ΖΘ.

petit que le cône ΑΒΓΔΛ une raison triplée de celle que ΖΘ a avec ΒΔ. Je dis enfin que le cône ΑΒΓΔΛ n'a pas avec un solide plus grand que le cône ΕΖΗΘΝ une raison triplée de celle que ΒΔ a avec ΖΘ. Car si cela est possible, que ce soit à un solide Ξ plus grand; par inversion, le solide Ξ aura avec le cône ΑΒΓΔΛ une raison triplée de celle que ΖΘ a avec ΒΔ. Mais le solide Ξ est au cône ΑΒΓΔΛ comme le cône ΕΖΗΘΝ est à un solide plus petit que le cône ΑΒΓΔΛ; le cône ΕΖΗΘΝ a donc avec un solide plus petit que le cône ΑΒΓΔΛ une raison triplée de celle que ΖΘ a avec ΒΔ, ce qui est démontré impossible; le cône ΑΒΓΔΛ n'a donc pas avec un solide plus grand que le cône ΕΖΗΘΝ une raison triplée de celle que ΒΔ a avec ΖΘ. Mais nous avons démontré que ce n'est point non plus avec un solide plus petit; le cône ΑΒΓΔΛ a donc avec le cône ΕΖΗΘΝ une raison triplée de celle que ΒΔ

Ὡς δὲ ὁ κῶνος πρὸς τὸν κῶνον οὕτως[34] ὁ κύλινδρος πρὸς τὸν κύλινδρον, τριπλάσιος γὰρ ὁ κύλινδρος τοῦ κώνου ὁ ἐπὶ τῆς αὐτῆς βάσεως τῷ κώνῳ καὶ ἰσοϋψὴς αὐτῷ· ἐδείχθη γὰρ πᾶς κῶνος κυλίνδρου τρίτον μέρος τοῦ τὴν αὐτὴν βάσιν ἔχοντος αὐτῷ καὶ ὕψος ἴσον[35]· καὶ κύλινδρος ἄρα πρὸς τὸν κύλινδρον τριπλασίονα λόγον ἔχει ἤπερ ἡ ΒΔ πρὸς τὴν ΖΘ.

Οἱ ἄρα ὅμοιοι, καὶ τὰ ἑξῆς.

Ut autem conus ad conum ita cylindrus ad cylindrum, triplus enim cylindrus coni qui est in eâdem basi et altitudine in quâ ipse; ostensus est enim omnis conus tertia pars cylindri habentis eamdem basim quam conus et altitudinem æqualem; et cylindrus igitur ad cylindrum triplicatam rationem habet ejus quam ΒΔ ad ΖΘ.

Similes igitur, etc.

ΠΡΟΤΑΣΙΣ ιγ'.

Εὰν κύλινδρος ἐπιπέδῳ τμηθῇ παραλλήλῳ ὄντι τοῖς ἀπεναντίον ἐπιπέδοις, ἔσται ὡς ὁ κύλινδρος πρὸς τὸν κύλινδρον οὕτως ὁ ἄξων πρὸς τὸν ἄξονα.

Κύλινδρος γὰρ ὁ ΑΔ ἐπιπέδῳ τῷ ΗΘ τετμήσθω παραλλήλῳ ὄντι τοῖς ἀπεναντίον ἐπιπέδοις τοῖς ΑΒ, ΓΔ, καὶ συμβαλλέτω τῷ ἄξονι τὸ ΗΘ ἐπίπεδον[1] κατὰ τὸ Κ σημεῖον· λέγω ὅτι ἐστὶν[2] ὡς ὁ ΒΗ κύλινδρος πρὸς τὸν ΗΔ κύλινδρον οὕτως ὁ ΕΚ ἄξων πρὸς τὸν ΚΖ ἄξονα.

PROPOSITIO XIII.

Si cylindrus plano secetur parallelo existente oppositis planis, erit ut cylindrus ad cylindrum ita axis ad axem.

Cylindrus enim ΑΔ plano ΗΘ secetur parallelo existente oppositis planis ΑΒ, ΓΔ, et occurrat axi ΕΖ planum in Κ puncto; dico esse ut ΒΗ cylindrus ad cylindrum ΗΔ ita ΕΚ axem ad axem ΚΖ.

a avec ΖΘ. Mais un cône est à un cône comme un cylindre est à un cylindre, car un cylindre est le triple d'un cône qui a la même base et la même hauteur; car on a démontré que tout cône est la troisième partie d'un cylindre qui a la même base et la même hauteur que le cône (10. 12); un cylindre a donc avec un cylindre une raison triplée de celle que ΒΔ a avec ΖΘ. Donc, etc.

PROPOSITION XIII.

Si un cylindre est coupé par un plan parallèle aux plans opposés, l'un des cylindres sera à l'autre cylindre comme l'axe du premier est à l'axe du second.

Car que le cylindre ΑΔ soit coupé par un plan ΗΘ parallèle aux plans opposés ΑΒ, ΓΔ, et que le plan ΗΘ rencontre l'axe ΕΖ au point Κ; je dis que le cylindre ΒΗ est au cylindre ΗΔ comme l'axe ΕΚ est à l'axe ΚΖ.

Εκϐεϐλήσθω γὰρ ὁ ΕΖ ἄξων ἐφ' ἑκάτερα τὰ μέρη ἐπὶ τὰ Λ, Μ σημεῖα, καὶ ἐκκείσθωσαν τῷ μὲν[3] ΕΚ ἄξονι ἴσοι ὁσοιδηποτοῦν οἱ ΕΝ, ΝΛ, τῷ δὲ ΖΚ ἴσοι ὁσοιδηποτοῦν οἱ ΖΞ, ΞΜ, καὶ νοείσθω ὁ ἐπὶ τοῦ ΛΜ ἄξονος κύλινδρος ὁ ΟΧ οὗ βάσεις οἱ ΟΠ, ΦΧ κύκλοι· καὶ ἐκϐεϐλήσθω διὰ τῶν Ν, Ζ σημείων ἐπίπεδα παράλληλα τοῖς ΑΒ, ΓΔ, καὶ ταῖς βάσεσι τοῦ ΟΧ κυλίνδρου· καὶ ποιείτωσαν τοὺς ΡΣ, ΤΥ κύκλους περὶ τὰ Ν, Ξ

Producatur enim EZ axis ex utrâque parte ad puncta Λ, M, et ponantur axi quidem EK æquales quotcunque rectæ EN, NΛ, ipsi vero ZK æquales quotcunque ZΞ, ΞM, et intelligatur circa ΛM axem cylindrus OX cujus bases circuli OΠ, ΦX; et ducantur per N, Z puncta plana parallela ipsis AB, ΓΔ, et basibus cylindri OX; et faciant PΣ, TY circulos circa N, Ξ

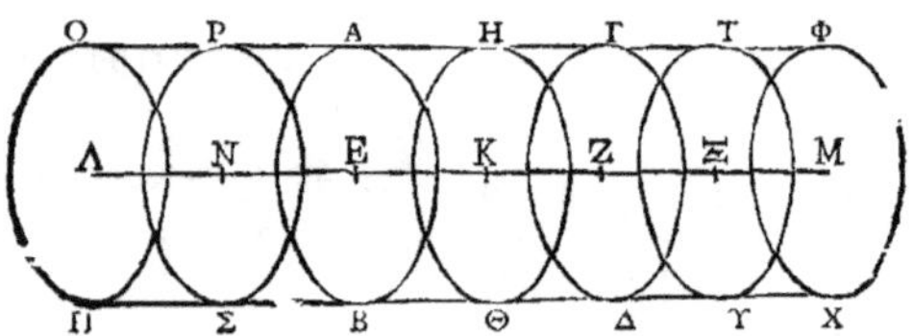

κέντρα. Καὶ ἐπεὶ οἱ ΛΝ, ΝΕ, ΕΚ ἄξονες ἴσοι εἰσὶν ἀλλήλοις· οἱ ἄρα[4] ΠΡ, ΡΒ, ΒΗ κύλινδροι πρὸς ἀλλήλους εἰσὶν ὡς αἱ βάσεις. Ισαι δὲ εἰσιν αἱ βάσεις· ἴσοι ἄρα καὶ οἱ ΠΡ, ΡΒ, ΒΗ κύλινδροι ἀλλήλοις[5]. Επεὶ οὖν καὶ οἱ[6] ΛΝ, ΝΕ, ΕΚ ἄξονες ἴσοι εἰσὶν[7] ἀλλήλοις, εἰσὶ δὲ καὶ οἱ ΠΡ, ΡΒ, ΒΗ κύλινδροι ἴσοι ἀλλήλοις, καὶ ἔστιν ἴσον τὸ πλῆθος τῶν ΛΝ, ΝΕ, ΕΚ τῷ πλήθει τῶν ΠΡ, ΡΒ,

centra. Et quoniam axes ΛN, NE, EK æquales inter se sunt; ergo cylindri ΠP, PB, BH inter se sunt ut bases. Æquales autem sunt bases; æquales igitur et ΠP, PB, BH cylindri inter se. Quoniam igitur et ΛN, NE, EK axes æquales sunt inter se, sunt autem et cylindri ΠP, PB, BH æquales inter se, et æqualis est multitudo ipsarum ΛN, NE, EK multitudini ipsarum ΠP, PB, BH; quotu-

Car prolongeons de part et d'autre l'axe EZ vers les points Λ, M; faisons tant de droites EN, NΛ qu'on voudra égales chacune à l'axe EK, et tant d'autres droites ZΞ, ΞM qu'on voudra égales chacune à l'axe ZK; autour de l'axe ΛM concevons le cylindre OX, ayant pour bases les cercles OΠ, ΦX; par les points N, Z, soient menés des plans parallèles aux plans AB, ΓΔ, et aux bases du cylindre OX, et que ces plans engendrent les cercles PΣ, TY, autour des centres N, Ξ. Puisque les axes ΛN, NE, EK sont égaux entre eux, les cylindres ΠP, PB, BH seront entre eux comme leurs bases. Mais leurs bases sont égales; les cylindres ΠP, PB, BH sont donc égaux. Puisque les axes ΛN, NE, EK sont égaux entre eux; que les cylindres ΠP, PB, BH sont aussi égaux entre eux, et que le nombre des droites ΛN, NE, EK est égal au nombre des droites ΠP, PB, BH, l'axe ΛK sera le même multiple

ΒΗ[8]· ὁσαπλασίων ἄρα ὁ ΛΚ ἄξων τοῦ ΕΚ ἄξονος τοσαυταπλασίων ἔσται καὶ ὁ ΠΗ κύλινδρος τοῦ ΗΒ κυλίνδρου. Διὰ τὰ αὐτὰ δὴ καὶ ὁσαπλασίων ἐστὶν ὁ ΜΚ ἄξων τοῦ ΚΖ ἄξονος τοσαυταπλασίων ἐστὶ καὶ ὁ ΧΗ κύλινδρος τοῦ ΗΔ κυλίνδρου. Καὶ εἰ μὲν ἴσος ἐστὶν ὁ ΚΛ ἄξων τῷ ΚΜ ἄξονι, ἴσος ἔσται[9] καὶ ὁ ΠΗ κύλινδρος τῷ ΗΧ κυλίνδρῳ· εἰ δὲ μείζων ὁ ἄξων τοῦ ἄξονος, μείζων καὶ ὁ κύλινδρος τοῦ κυλίνδρου[10], καὶ εἰ ἐλάσσων, ἐλάσσων· τεσσάρων δὴ μεγεθῶν ὄντων[11], ἀξόνων μὲν τῶν ΕΚ, ΚΖ, κυλίνδρων δὲ τῶν ΒΗ, ΗΔ, εἴληπται ἰσάκις πολλαπλάσια, τοῦ μὲν ΕΚ ἄξονος καὶ τοῦ ΒΗ κυλίνδρου, ὅ, τε ΛΚ ἄξων καὶ ὁ ΠΗ κύλινδρος, τοῦ δὲ ΚΖ ἄξονος καὶ τοῦ ΗΔ κυλίνδρου, ὅ, τε ΚΜ ἄξων καὶ ὁ ΗΧ κύλινδρος[12]. Καὶ δέδεικται, ὅτι εἰ ὑπερέχει ὁ ΚΛ ἄξων τοῦ ΚΜ ἄξονος, ὑπερέχει καὶ ὁ ΠΗ κύλινδρος τοῦ ΗΧ κυλίνδρου, καὶ εἰ ἴσος, ἴσος, καὶ εἰ ἐλάττων, ἐλάττων· ἔστιν ἄρα ὡς ὁ ΕΚ ἄξων πρὸς τὸν ΚΖ ἄξονα οὕτως ὁ ΒΗ κύλινδρος πρὸς τὸν ΗΔ κύλινδρον. Ὅπερ ἔδει δεῖξαι.

plex igitur axis ΛΚ ipsius ΕΚ axis, totuplex erit et ΠΗ cylindrus cylindri ΗΒ. Propter eadem utique quotuplex est ΜΚ axis ipsius ΚΖ axis totuplex est et ΧΗ cylindrus cylindri ΗΔ. Et si quidem æqualis sit axis ΚΛ axi ΚΜ, æqualis erit et ΠΗ cylindrus cylindro ΗΧ; si autem major axis axe major et cylindrus cylindro, et si minor, minor; quatuor igitur magnitudinibus existentibus, axibus quidem ΕΚ, ΚΖ, cylindris vero ΒΗ, ΗΔ, sumpta sunt æquemultiplicia, axis quidem ΕΚ et cylindri ΒΗ, et axis ΛΚ et cylindri ΠΗ; axis vero ΚΖ et cylindri ΗΔ, axis ΚΜ et cylindrus ΗΧ. Et demonstratum est, si superat ΚΛ axis axem ΚΜ, superare et cylindrum ΠΗ cylindrum ΗΧ; et si æqualis æqualem; et si minor, minorem; est igitur ut axis ΕΚ ad axem ΚΖ ita cylindrus ΒΗ ad cylindrum ΗΔ. Quod oportebat ostendere.

de l'axe ΕΚ que le cylindre ΠΗ l'est du cylindre ΗΒ. Par la même raison, l'axe ΜΚ est le même multiple de l'axe ΚΖ que le cylindre ΧΗ l'est du cylindre ΗΔ. Si donc l'axe ΚΛ est égal à l'axe ΚΜ, le cylindre ΠΗ sera égal au cylindre ΗΧ; si l'axe ΚΛ est plus grand que l'axe ΚΜ, le cylindre ΠΗ sera plus grand que le cylindre ΗΧ, et si l'axe ΚΛ est plus petit que l'axe ΚΜ, le cylindre ΠΗ sera plus petit que le cylindre ΗΧ. On a donc quatre grandeurs, les axes ΕΚ, ΚΖ, et les cylindres ΒΗ, ΗΔ; l'on a pris des équimultiples de l'axe ΕΚ et du cylindre ΕΗ, savoir, l'axe ΛΚ et le cylindre ΠΗ; on a pris aussi des équimultiples de l'axe ΚΖ et du cylindre ΗΔ, savoir, l'axe ΚΜ et le cylindre ΗΧ; et l'on a démontré que si l'axe ΚΛ surpasse l'axe ΚΜ, le cylindre ΠΗ surpassera le cylindre ΗΧ, que si l'axe ΚΛ est égal à l'axe ΚΜ, le cylindre ΠΗ sera égal au cylindre ΗΧ, et que si l'axe ΚΛ est plus petit que l'axe ΚΜ, le cylindre ΚΜ sera plus petit que le cylindre ΗΧ; l'axe ΕΚ est donc à l'axe ΚΖ comme le cylindre ΒΗ est au cylindre ΗΔ (déf. 4. 5). Ce qu'il fallait démontrer.

ΠΡΟΤΑΣΙΣ ιδ'.

Οἱ ἐπὶ ἴσων βάσεων ὄντες κῶνοι καὶ κύλινδροι πρὸς ἀλλήλους εἰσὶν ὡς τὰ ὕψη.

Εστωσαν γὰρ ἐπὶ ἴσων βάσεων τῶν ΑΒ, ΓΔ κύλινδροι οἱ ΕΒ, ΖΔ· λέγω ὅτι ἐστὶν ὡς ὁ ΕΒ κύλινδρος πρὸς τὸν ΖΔ κύλινδρον οὕτως ὁ ΗΘ ἄξων πρὸς τὸν ΚΛ ἄξονα.

PROPOSITIO XIV.

In æqualibus basibus existentes coni et cylindri inter se sunt ut altitudines.

Sint enim in æqualibus basibus ΑΒ, ΓΔ cylindri ΕΒ, ΖΔ; dico esse ut ΕΒ cylindrus ad ΖΔ cylindrum ita ΗΘ axem ad ΚΛ axem.

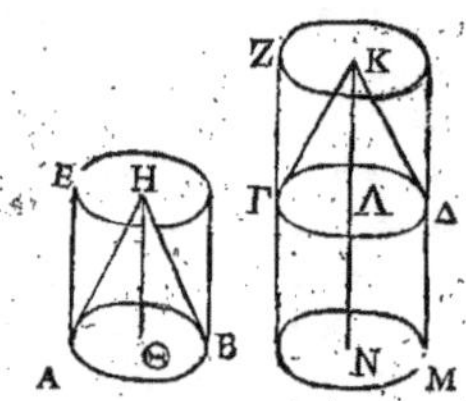

Εκϐεϐλήσθω γὰρ ὁ ΚΛ ἄξων ἐπὶ τὸ Ν σημεῖον, καὶ κείσθω τῷ ΗΘ ἄξονι ἴσος ὁ ΛΝ, καὶ περὶ ἄξονα τὸν ΛΝ κύλινδρος νενοήσθω[2] ὁ ΓΜ. Επεὶ οὖν οἱ ΕΒ, ΓΜ κύλινδροι ὑπὸ τὸ αὐτὸ ὕψος εἰσὶ, πρὸς ἀλλήλους εἰσὶν ὡς αἱ βάσεις. Ισαι δέ εἰσιν αἱ βάσεις ἀλλήλαις· ἴσοι ἄρα εἰσὶ καὶ οἱ ΕΒ,

Producatur enim ΚΛ axis ad punctum Ν, ponaturque ipsi ΗΘ axi æqualis ipse ΛΝ, et circa axem ΛΝ intelligatur cylindrus ΓΜ. Quoniam igitur cylindri ΕΒ, ΓΜ in eâdem altitudine sunt, inter se sunt ut bases. Æquales autem sunt bases inter se; æquales igitur sunt et cylindri

PROPOSITION XIV.

Les cônes et les cylindres qui ont des bases égales sont entr'eux comme leurs hauteurs.

Que les cylindres ΕΒ, ΖΔ ayent des bases égales ΑΒ, ΓΔ; je dis que le cylindre ΕΒ est au cylindre ΖΔ comme l'axe ΗΘ est à l'axe ΚΛ.

Car prolongeons l'axe ΚΛ vers le point Ν, faisons ΛΝ égal à l'axe ΗΘ, et autour de l'axe ΛΝ concevons le cylindre ΓΜ. Puisque les cylindres ΕΒ, ΓΜ ont la même hauteur, ces cylindres sont entr'eux comme leurs bases (11. 12). Mais leurs bases sont égales entr'elles; les cylindres ΕΒ, ΓΜ sont donc égaux entr'eux.

ΓΜ κύλινδροι ἀλλήλοις[3]. Καὶ ἐπεὶ κύλινδρος ὁ ΖΜ ἐπιπέδῳ τέτμηται τῷ ΖΔ παραλλήλῳ ὄντι τοῖς ἀπεναντίον ἐπιπέδοις· ἔστιν ἄρα ὡς ὁ ΓΜ κύλινδρος πρὸς τὸν ΖΔ κύλινδρον οὕτως ὁ ΛΝ ἄξων πρὸς τὸν ΚΛ ἄξονα. Ισος δέ ἐστιν ὁ μὲν ΓΜ κύλινδρος τῷ ΕΒ κυλίνδρῳ, ὁ δὲ ΛΝ ἄξων τῷ ΗΘ ἄξονι· ἔστιν ἄρα ὡς ὁ ΕΒ κύλινδρος πρὸς τὸν ΖΔ κύλινδρον οὕτως ὁ ΗΘ ἄξων πρὸς τὸν ΚΛ ἄξονα. Ως δὲ ὁ ΕΒ κύλινδρος πρὸς τὸν ΖΔ κύλινδρον οὕτως ὁ ΑΒΗ κῶνος πρὸς τὸν ΓΔΚ κῶνον[4]· καὶ ὡς ἄρα ὁ ΗΘ ἄξων πρὸς τὸν ΚΛ ἄξονα οὕτως ὁ ΑΒΗ κῶνος πρὸς ΓΔΚ κῶνον καὶ ὁ ΕΒ κύλινδρος πρὸς τὸν ΖΔ κύλινδρον. Οπερ ἔδει δεῖξαι.

EB, ΓΜ inter se. Et quoniam cylindrus ZM secatur plano ΓΔ parallelo existente oppositis planis est igitur ut ΓΜ cylindrus ad ZΔ cylindrum ita ΛΝ axis ad ΚΛ axem. Æqualis autem est quidem ΓΜ cylindrus cylindro EB, axis vero ΛΝ axi ΗΘ; est igitur ut EB cylindrus ad ZΔ cylindrum ita ΗΘ axis ad ΚΛ axem. Ut autem EB cylindrus ad ZΔ cylindrum ita ABH conus ad ΓΔΚ conum; et igitur ut ΗΘ axis ad ΚΛ axem ita est ABH conus ad ΓΔΚ conum, et EB cylindrus ad ZΔ cylindrum. Quod oportebat ostendere.

Et puisque le cylindre ZM est coupé par le plan ΓΔ parallèle aux plans opposés, le cylindre ΓΜ sera au cylindre ZΔ comme l'axe ΛΝ est à l'axe ΚΛ. Mais le cylindre ΓΜ est égal au cylindre EB, et l'axe ΛΝ égal à l'axe ΗΘ; le cylindre EB est donc au cylindre ZΔ comme l'axe ΗΘ est à l'axe ΚΛ (13. 12). Mais le cylindre EB est au cylindre ZΔ comme le cône ABH est au cône ΓΔΚ (10. 12); l'axe ΗΘ est donc à l'axe ΚΛ comme le cône ABH est au cône ΓΔΚ, et comme le cylindre EB est au cylindre ZΔ. Ce qu'il fallait démontrer.

ΠΡΟΤΑΣΙΣ ιέ.

Τῶν ἴσων κώνων καὶ κυλίνδρων ἀντιπεπόνθασιν αἱ βάσεις τοῖς ὕψεσι, καὶ ὧν κώνων καὶ κυλίνδρων ἀντιπεπόνθασιν αἱ βάσεις τοῖς ὕψεσιν ἴσοι εἰσὶν ἐκεῖνοι.

Εστωσαν ἴσοι κῶνοι καὶ κύλινδροι, ὧν βάσεις μὲν οἱ ΑΒΓΔ, ΕΖΗΘ κύκλοι, διάμετροι δὲ αὐτῶν αἱ ΑΓ, ΕΗ, ἄξονες δὲ οἱ ΚΛ, ΜΝ, οἵ τινες καὶ ὕψη εἰσὶν τῶν[1] κώνων ἢ κυλίνδρων, καὶ συμπεπληρώσθωσαν οἱ ΑΞ, ΕΟ κύλινδροι· λέγω ὅτι τῶν ΑΞ, ΕΟ κυλίνδρων ἀντιπεπόνθασιν αἱ βάσεις τοῖς ὕψεσι, καί ἐστιν[2] ὡς ἡ ΑΒΓΔ βάσις πρὸς τὴν ΕΖΗΘ βάσιν οὕτως τὸ ΜΝ ὕψος πρὸς τὸ ΚΛ ὕψος.

Τὸ γὰρ ΚΛ ὕψος τῷ ΜΝ ὕψει ἤτοι ἴσον ἐστὶν, ἢ οὔ. Εστω πρότερον ἴσον. Εστι δὲ καὶ ὁ ΑΞ κύλινδρος τῷ ΕΟ κυλίνδρῳ ἴσος. Οἱ δὲ ὑπὸ τὸ αὐτὸ ὕψος ὄντες κῶνοι καὶ κύλινδροι πρὸς ἀλλή-

PROPOSITIO XV.

Æqualium conorum et cylindrorum reciprocæ sunt bases altitudinibus; et quorum conorum et cylindrorum reciprocæ sunt bases altitudinibus, æquales sunt illi.

Sint æquales coni et cylindri, quorum bases quidem ΑΒΓΔ, ΕΖΗΘ circuli, diametri autem ipsorum ipsæ ΑΓ, ΕΗ, axes vero ΚΛ, ΜΝ, quæ et altitudines sunt conorum vel cylindrorum; et compleantur cylindri ΑΞ, ΕΟ; dico ΑΞ, ΕΟ cylindrorum reciprocas bases esse altitudinibus, et esse ut ΑΒΓΔ basis ad ΕΖΗΘ basim ita ΜΝ altitudinem ad ΚΛ altitudinem.

Etenim ΚΛ altitudo altitudini ΜΝ vel æqualis est, vel non. Sit primum æqualis. Est autem ΑΞ cylindrus cylindro ΕΟ æqualis. In eâdem autem altitudine existentes coni et cylindri

PROPOSITION XV.

Les bases des cônes et des cylindres égaux sont réciproquement proportionnelles aux hauteurs; et si les bases des cônes et des cylindres sont réciproquement proportionnelles aux hauteurs, les cônes et les cylindres sont égaux entr'eux.

Soient les cônes et les cylindres égaux, dont les bases sont les cercles ΑΒΓΔ, ΕΖΗΘ, qui ont pour diamètres de leurs bases les droites ΑΓ, ΕΗ, et dont les axes sont les droites ΚΛ, ΜΝ, qui sont aussi les hauteurs des cônes ou des cylindres; achevons les cylindres ΑΞ, ΕΟ; je dis que les bases des cylindres ΑΞ, ΕΟ sont réciproquement proportionnelles aux hauteurs; c'est-à-dire que la base ΑΒΓΔ est à la base ΕΖΗΘ comme la hauteur ΜΝ est à la hauteur ΚΛ.

Car la hauteur ΚΛ est égale à la hauteur ΜΝ ou elle ne lui est pas égale. Qu'elle lui soit d'abord égale : puisque le cylindre ΑΞ est égal au cylindre ΕΟ, et que les cônes et les cylindres qui ont la même hauteur sont entr'eux comme leurs

λους εἰσὶν ὡς αἱ βάσεις· ἴση ἄρα καὶ ἡ ΑΒΓΔ βάσις τῇ ΕΖΗΘ βάσει· ὥστε καὶ ἀντιπεπόνθεν[3], ὡς ἡ ΑΒΓΔ βάσις πρὸς τὴν ΕΖΗΘ βάσιν οὕτως τὸ ΜΝ ὕψος πρὸς τὸ ΚΛ ὕψος. Αλλὰ δὴ μὴ ἔστω τὸ ΚΛ ὕψος τῷ ΜΝ ἴσον, ἀλλ' ἔστω μεῖζον τὸ ΜΝ[4], καὶ ἀφῃρήσθω ἀπὸ τοῦ ΜΝ ὕψους τῷ ΚΛ ἴσον τὸ ΠΜ, καὶ διὰ τοῦ Π σημείου τεμνέσθω ὁ ΕΟ κύλινδρος ἐπιπέδῳ τῷ ΤΥΚ παραλλήλῳ τοῖς τῶν ΕΖΗΘ, ΡΟ κύκλων ἐπιπέδοις[5], καὶ ἀπὸ βάσεως μὲν τοῦ ΕΖΗΘ κύκλου, ὕψους δὲ τοῦ ΠΜ κύλινδρος νε-

inter se sunt ut bases; æqualis igitur et ΑΒΓΔ basis basi ΕΖΗΘ; quare et reciproce, ut ΑΒΓΔ basis ad ΕΖΗΘ basim ita ΜΝ altitudo ad ΚΛ altitudinem. At vero non sit ΚΛ altitudo altitudini ΜΝ æqualis, sed major sit ΜΝ, et auferatur ab ipsâ ΜΝ altitudine ipsi ΚΛ æqualis ΠΜ, et per Π punctum secetur ΕΟ cylindrus plano ΤΥΣ parallelo oppositis planis circulorum ΕΖΗΘ, ΡΟ, et in basi quidem ΕΖΗΘ, altitudine vero ΠΜ cylindrus intelligatur ΕΣ. Et

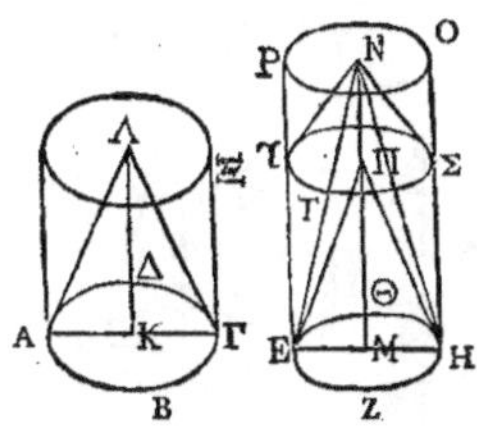

νοήσθω ὁ ΕΣ. Καὶ ἐπεὶ ἴσος ἐστὶν ὁ ΑΞ κύλινδρος τῷ ΕΟ κυλίνδρῳ, ἄλλος δέ τις ὁ ΕΣ κύλινδρος[6]· ἔστιν ἄρα ὡς ὁ ΑΞ κύλινδρος πρὸς τὸν ΕΣ κύλινδρον οὕτως ὁ ΕΟ κύλινδρος πρὸς τὸν ΕΣ κύλινδρον. Αλλ' ὡς μὲν ὁ ΑΞ κύλινδρος πρὸς τὸν ΕΣ κύλινδρον[7] οὕτως ἡ ΑΒΓΔ βάσις πρὸς τὴν ΕΖΗΘ βάσιν[8], ὑπὸ γὰρ τὸ αὐτὸ ὕψος εἰσὶν οἱ ΑΞ, ΕΣ κύλινδροι· ὡς δὲ ὁ ΕΟ κύλινδρος πρὸς τὸν ΕΣ οὕτως τὸ ΜΝ

quoniam æqualis est ΑΞ cylindrus cylindro ΕΟ, alius autem aliquis cylindrus ΕΣ; est igitur ut ΑΞ cylindrus ad ΕΣ cylindrum ita ΕΟ cylindrus ad ΕΣ cylindrum. Sed ut quidem ΑΞ cylindrus ad ΕΣ cylindrum ita ΑΒΓΔ basis ad ΕΖΗΘ basim; sub enim altitudine eâdem sunt ΑΞ, ΕΣ cylindri; ut autem ΕΟ cylindrus ad ΕΣ ita ΜΝ

bases (11. 12), la base ΑΒΓΔ sera égale à la base ΕΖΗΘ; les bases sont donc réciproquement proportionnelles aux hauteurs, c'est-à-dire que la base ΑΒΓΔ est à la base ΕΖΗΘ comme la hauteur ΜΝ est à la hauteur ΚΛ. Mais que la hauteur ΚΛ ne soit point égale à la hauteur ΜΝ, et que la hauteur ΜΝ soit la plus grande. De la hauteur ΜΝ retranchons la droite ΠΜ égale à la droite ΚΛ, et par le point Π coupons le cylindre ΕΟ par le plan ΤΥΣ parallèle aux plans des cercles ΕΖΗΘ, ΡΟ, et concevons un cylindre ΕΣ dont la base soit le cercle ΕΖΗΘ, et dont la hauteur soit ΠΜ. Et puisque le cylindre ΑΞ est égal au cylindre ΕΟ, et que ΕΣ est un autre cylindre, le cylindre ΑΞ sera au cylindre ΕΣ comme le cylindre ΕΟ est au cylindre ΕΣ (7. 5). Mais le cylindre ΑΞ est au cylindre ΕΣ comme la base ΑΒΓΔ est à la base ΕΖΗΘ (11. 12), car les cylindres ΑΞ, ΕΣ ont la même hauteur, et le cylindre ΕΟ est

ὕψος πρὸς τὸ ΜΠ ὕψος, ὁ γὰρ ΕΟ κύλινδρος ἐπιπέδῳ τέτμηται τῷ ΤΥΣ παραλλήλῳ ὄντι τοῖς ἀπεναντίον ἐπιπέδοις· ἔστιν ἄρα καὶ ὡς ἡ ΑΒΓΔ βάσις πρὸς τὴν ΕΖΗΘ βάσιν οὕτως τὸ ΜΝ ὕψος πρὸς τὸ ΜΠ ὕψος. Ἴσον δὲ τὸ ΜΠ ὕψος τῷ ΚΛ ὕψει· ἔστιν ἄρα ὡς ἡ ΑΒΓΔ βάσις πρὸς τὴν ΕΖΗΘ βάσιν οὕτως τὸ ΜΝ ὕψος πρὸς τὸ ΚΛ ὕψος· τῶν ἄρα ΑΞ, ΕΟ κυλίνδρων ἀντιπεπόνθασιν αἱ βάσεις τοῖς ὕψεσιν.

altitudo ad ΜΠ altitudinem; etenim cylindrus ΕΟ secatur plano ΤΥΣ parallelo existente oppositis planis; est igitur et ut ΑΒΓΔ basis ad ΕΖΗΘ basim ita ΜΝ altitudo ad ΜΠ altitudinem. Æqualis autem est ΜΠ altitudo altitudini ΚΛ; est igitur ut ΑΒΓΔ basis ad ΕΖΗΘ basim ita ΜΝ altitudo ad ΚΛ altitudinem; cylindrorum igitur ΑΞ, ΕΟ reciprocæ sunt bases altitudinibus.

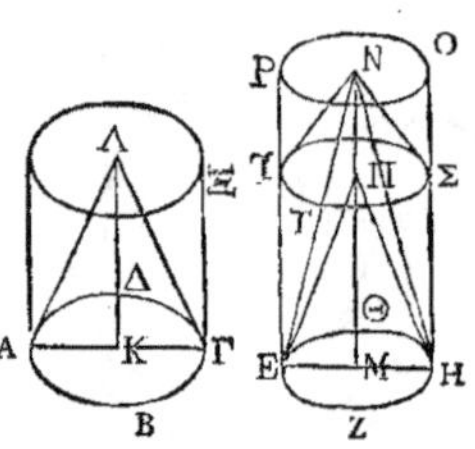

Ἀλλὰ δὴ τῶν ΑΞ, ΕΟ κυλίνδρων ἀντιπεπονθέτωσαν αἱ βάσεις τοῖς ὕψεσι, καὶ ἔστω ὡς ἡ ΑΒΓΔ βάσις πρὸς τὴν ΕΖΗΘ βάσιν οὕτως τὸ ΜΝ ὕψος πρὸς τὸ ΚΛ ὕψος· λέγω ὅτι ἴσος ἐστὶν ὁ ΑΞ κύλινδρος τῷ ΕΟ κυλίνδρῳ.

Τῶν γὰρ αὐτῶν κατασκευασθέντων· ἐπεί ἐστιν ὡς ἡ ΑΒΓΔ βάσις πρὸς τὴν ΕΖΗΘ βάσιν οὕτως τὸ

At vero ΑΞ, ΕΟ cylindrorum reciprocæ bases sint altitudinibus, et sit ut ΑΒΓΔ basis ad ΕΖΗΘ basim ita ΜΝ altitudo ad ΚΛ altitudinem; dico æqualem esse ΑΞ cylindrum cylindro ΕΟ.

Iisdem enim constructis, quoniam est ut ΑΒΓΔ basis ad ΕΖΗΘ basim ita ΜΝ altitudo ad

au cylindre ΕΣ comme la hauteur ΜΝ est à la hauteur ΜΠ (13. 12), car le cylindre ΕΟ est coupé par le plan ΤΥΣ parallèle aux plans opposés; la base ΑΒΓΔ est donc à la base ΕΖΗΘ comme la hauteur ΜΝ est à la hauteur ΜΠ. Mais la hauteur ΜΠ est égale à la hauteur ΚΛ; la base ΑΒΓΔ est donc à la base ΕΖΗΘ comme la hauteur ΜΝ est à la hauteur ΚΛ; les bases des cylindres ΑΞ, ΕΟ sont donc réciproquement proportionnelles aux hauteurs de ces cylindres.

Mais que les bases des cylindres ΑΞ, ΕΟ soient réciproquement proportionnelles aux hauteurs, et que la base ΑΒΓΔ soit à la base ΕΖΗΘ comme la hauteur ΜΝ est à la hauteur ΚΛ; je dis que le cylindre ΑΞ est égal au cylindre ΕΟ.

Car faisons la même construction. Puisque la base ΑΒΓΔ est à la base ΕΖΗΘ

ΜΝ ὕψος πρὸς τὸ ΚΛ ὕψος, ἴσον δὲ τὸ ΚΛ ὕψος τῷ ΜΠ ὕψει· ἔστιν ἄρα ὡς ἡ ΑΒΓΔ βάσις πρὸς τὴν ΕΖΗΘ βάσιν οὕτως τὸ ΜΝ ὕψος πρὸς τὸ ΜΠ ὕψος[10]. Ἀλλ' ὡς μὲν ἡ ΑΒΓΔ βάσις πρὸς τὴν ΕΖΗΘ βάσιν οὕτως ὁ ΑΞ κύλινδρος πρὸς τὸν ΕΣ κύλινδρον, ὑπὸ γὰρ τὸ αὐτὸ ὕψος εἰσίν· ὡς δὲ τὸ ΜΝ ὕψος πρὸς τὸ ΜΠ ὕψος[11] οὕτως ὁ ΕΟ κύλινδρος πρὸς τὸν ΕΣ κύλινδρον· ἔστιν ἄρα ὡς ὁ ΑΞ κύλινδρος πρὸς τὸν ΕΣ κύλινδρον οὕτως ὁ ΕΟ κύλινδρος πρὸς τὸν ΕΣ κύλινδρον[12]· ἴσος ἄρα ὁ ΑΞ κύλινδρος τῷ ΕΟ κυλίνδρῳ. Ὡσαύτως δὲ καὶ ἐπὶ τῶν κώνων. Ὅπερ ἔδει δεῖξαι.

ΚΛ altitudinem, æqualis autem ΚΛ altitudo altitudini ΜΠ; est igitur ut ΑΒΓΔ basis ad ΕΖΗΘ basim ita ΜΝ altitudo ad ΜΠ altitudinem. Sed ut quidem ΑΒΓΔ basis ad ΕΖΗΘ basim ita ΑΞ cylindrus ad ΕΣ cylindrum, etenim sub eâdem altitudine sunt; ut autem ΜΝ altitudo ad ΜΠ altitudinem ita ΕΟ cylindrus ad ΕΣ cylindrum; est igitur ut ΑΞ cylindrus ad ΕΣ cylindrum ita ΕΟ cylindrus ad ΕΣ cylindrum; æqualis igitur ΑΞ cylindrus ΕΟ cylindro. Similiter autem et in conis. Quod oportebat ostendere.

comme la hauteur ΜΝ est à la hauteur ΚΛ, que la hauteur ΚΛ est égale à la hauteur ΜΠ, la base ΑΒΓΔ sera à la base ΕΖΗΘ comme la hauteur ΜΝ est à la hauteur ΜΠ. Mais la base ΑΒΓΔ est à la base ΕΖΗΘ comme le cylindre ΑΞ est au cylindre ΕΣ (11. 12), car ils ont la même hauteur, et la hauteur ΜΝ est à la hauteur ΜΠ comme le cylindre ΕΟ est au cylindre ΕΣ (13. 12); le cylindre ΑΞ est donc au cylindre ΕΣ comme le cylindre ΕΟ est au cylindre ΕΣ; le cylindre ΑΞ est donc égal au cylindre ΕΟ (9. 5). Il en serait de même pour les cônes. Ce qu'il fallait démontrer.

ΠΡΟΤΑΣΙΣ ιϛ'.

Δύο κύκλων περὶ τὸ αὐτὸ κέντρον ὄντων, εἰς τὸν μείζονα κύκλον πολύγωνον ἰσόπλευρόν τε καὶ ἀρτιόπλευρον ἐγγράψαι, μὴ ψαῦον τοῦ ἐλάσσονος κύκλου.

Εστωσαν οἱ δοθέντες δύο κύκλοι οἱ ΑΒΓΔ, ΕΖΗΘ περὶ τὸ αὐτὸ κέντρον τὸ Κ· δεῖ δὴ εἰς τὸν μείζονα κύκλον τὸν ΑΒΓΔ πολύγωνον ἰσόπλευρόν τε καὶ ἀρτιόπλευρον[1] ἐγγράψαι, μὴ ψαῦον τοῦ ΕΖΗΘ κύκλου.

Ηχθω γὰρ διὰ τοῦ Κ κέντρου εὐθεῖα ἡ ΒΚΔ, καὶ ἀπὸ τοῦ Η σημείου τῇ ΒΔ εὐθείᾳ[2] πρὸς ὀρθὰς ἤχθω ἡ ΗΑ, καὶ διήχθω ἐπὶ τὸ Γ· ἡ ΑΓ ἄρα ἐφάπτεται τοῦ ΕΖΗΘ κύκλου· τέμνοντες δὴ τὴν ΒΑΔ περιφέρειαν δίχα, καὶ τὴν ἡμίσειαν αὐτῆς δίχα, καὶ τοῦτο ἀεὶ ποιοῦντες, καταλείψομεν περιφέρειαν ἐλάττονα τῆς ΑΔ. Λελείφθω, καὶ ἔστω ἡ ΛΔ, καὶ ἀπὸ τοῦ Λ ἐπὶ τὴν ΒΔ καθέτος ἤχθω ἡ ΛΜ, καὶ διήχθω ἐπὶ τὸ Ν, καὶ ἐπεζεύχ-

PROPOSITIO XVI.

Duobus circulis circa idem centrum existentibus, in majori circulo polygonum et æquilaterum et parilaterum describere, non tangentem minorem circulum.

Sint dati duo circuli ΑΒΓΔ, ΕΖΗΘ circa idem centrum Κ; oportet igitur in majori circulo ΑΒΓΔ polygonum et æquilaterum et parilaterum describere, non tangentem ΕΖΗΘ circulum.

Ducatur enim per Κ centrum recta ΒΚΔ, et a puncto Η ipsi ΒΔ ad rectos angulos ducatur ΗΑ, et producatur ad Γ; ergo ΑΓ tangit ΕΖΗΘ circulum; secantes utique ΒΑΔ circumferentiam bifariam, et dimidium ejus bifariam, et hoc semper facientes, relinquemus circumferentiam minorem ipsâ ΑΔ. Relinquatur, et sit ΛΔ, et a puncto ad ΒΔ perpendicularis ducatur ΛΜ, et producatur ad Ν, et jungantur ΛΔ,

PROPOITION XVI.

Deux cercles étant concentriques, décrire dans le plus grand un polygone dont les côtés égaux et pairs en nombre ne touchent pas le plus petit cercle.

Soient les deux cercles ΑΒΓΔ, ΕΖΗΘ ayant le même centre Κ; il faut dans le plus grand cercle ΑΒΓΔ, décrire un polygone dont les côtés, égaux et pairs en nombre, ne touchent point le plus petit cercle ΕΖΗΘ.

Car par le centre Κ menons la droite ΒΚΔ, du point Η menons la droite ΗΑ perpendiculaire à ΒΔ, et prolongeons cette droite vers le point Γ; la droite ΑΓ touchera le cercle ΕΖΗΘ (16. 3). Partageons l'arc ΒΑΔ en deux parties égales, sa moitié en deux parties égales, et faisons toujours la même chose; il restera un arc plus petit que l'arc ΑΔ (1. 10). Qu'on ait cet arc, et que cet arc soit ΛΔ; du point Λ menons la droite ΛΜ perpendiculaire à ΒΔ; prolongeons cette perpendiculaire vers le point Ν, et joignons ΛΔ, ΔΝ; la droite ΛΔ sera égale à la droite ΔΝ.

θωσαν αἱ ΛΔ, ΔΝ· ἴση ἄρα ἐστὶν[3] ἡ ΛΔ τῇ ΔΝ. Καὶ ἐπεὶ παράλληλός ἐστιν ἡ ΛΝ τῇ ΑΓ, ἡ δὲ ΑΓ ἐφάπτεται τοῦ ΕΖΗΘ κύκλου· ἡ ΛΝ ἄρα οὐκ ἐφάπτεται τοῦ ΕΖΗΘ κύκλου· πολλῷ

ΔΝ; æqualis igitur est ΛΔ ipsi ΔΝ. Et quoniam parallela est ΛΝ ipsi ΑΓ, ipsa vero ΑΓ tangit ΕΖΗΘ circulum, ipsa igitur ΛΝ non tangit ΕΖΗΘ circulum; a fortiori igitur ΛΔ,

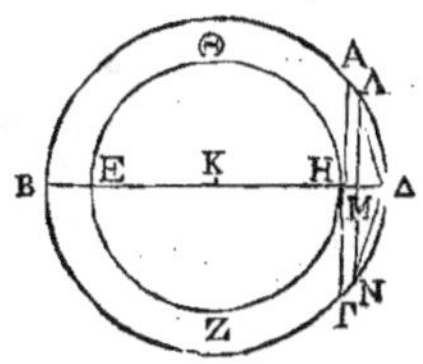

ἄρα αἱ ΛΔ, ΔΝ οὐκ ἐφάπτονται τοῦ ΕΖΗΘ κύκλου. Εὰν δὴ[4] τῇ ΛΔ εὐθείᾳ ἴσας κατὰ τὸ συνεχὲς ἐναρμόσωμεν εἰς τὸν ΑΒΓΔ κύκλον, ἐγγράφησηται[5] εἰς τὸν ΑΒΓΔ κύκλον πολύγωνον ἰσόπλευρόν τε[6] καὶ ἀρτιόπλευρον, μὴ ψαῦον τοῦ ἐλάττονος κύκλου τοῦ ΕΖΗΘ. Ὅπερ ἔδει ποιῆσαι.

ΔΝ non tangunt ΕΖΗΘ circulum. Si autem ipsi ΛΔ rectæ æquales deinceps aptabimus in ΑΒΓΔ circulo, describetur in ΑΒΓΔ circulo polygonum et æquilaterum et parilaterum, non tangens minorem circulum ΕΖΗΘ. Quod oportebat facere.

Et puisque ΛΝ est parallèle à ΑΓ, et que ΑΓ touche le cercle ΕΖΗΘ, la droite ΛΝ ne touchera point le cercle ΕΖΗΘ; les droites ΛΔ, ΔΝ ne toucheront point le cercle ΕΖΗΘ, à plus forte raison. Si donc l'on applique au cercle ΑΒΓΔ, à la suite les unes des autres, des droites égales à la droite ΛΔ (1.4), on décrira dans le cercle ΑΒΓΔ, un polygone dont les côtés égaux et pairs en nombre ne toucheront pas le plus petit cercle ΕΖΗΘ. Ce qu'il fallait faire.

ΠΡΟΤΑΣΙΣ ιζ'.

Δύο σφαιρῶν περὶ τὸ αὐτὸ κέντρον οὐσῶν, εἰς τὴν μείζονα σφαῖραν στερεὸν πολύεδρον ἐγγράψαι, μὴ ψαῦον τῆς ἐλάσσονος σφαίρας κατὰ τὴν ἐπιφάνειαν[1].

Νενοήσθωσαν δύο σφαῖραι περὶ τὸ αὐτ ὸ κέντρον τὸ Α· δεῖ δὴ, εἰς τὴν μείζονα σφαῖραν στερεὸν πολύεδρον ἐγγράψαι, μὴ ψαῦον τῆς ἐλάττονος σφαίρας κατὰ τὴν ἐπιφάνειαν.

Τετμήσθωσαν αἱ σφαῖραι ἐπιπέδῳ τινὶ διὰ τοῦ κέντρου· ἔσονται δὴ αἱ τομαὶ κύκλοι, ἐπειδήπερ μενούσης τῆς διαμέτρου καὶ περιφερομένου τοῦ ἡμικυκλίου ἐγίγνετο[2] ἡ σφαῖρα· ὥστε καὶ[3] καθ' οἵας ἂν θέσεως ἐπινοήσωμεν τὸ ἡμικύκλιον, τὸ δι' αὐτοῦ ἐκβαλλόμενον ἐπίπεδον ποιήσει ἐπὶ τῆς ἐπιφανείας τῆς σφαίρας κύκλον. Καὶ φανερὸν ὅτι καὶ μέγιστον, ἐπειδήπερ ἡ διάμετρος τῆς σφαίρας, ἥτις ἐστὶ καὶ τοῦ ἡμικυκλίου διάμετρος δηλαδὴ καὶ τοῦ κύκλου, μείζων ἐστὶ πασῶν τῶν εἰς τὸν κύκλον ἢ τὴν σφαῖραν διαγο-

PROPOSITIO XVII.

Duabus sphæris circa idem centrum existentibus, in majori sphærâ solidum polyedrum describere, non tangens minorem sphæram secundum superficiem.

Intelligantur duæ sphæræ circa idem centrum A; oportet igitur in majori sphærâ solidum polyedrum describere, non tangens sphæram minorem secundum superficiem.

Secentur sphæræ plano aliquo per centrum ducto; sectiones igitur erunt circuli, quoniam manente diametro et circumducto semicirculo facta est sphæra; quare et in quâcunque si intelligamus semicirculum, planum ejus productum planum efficiet in superficie sphæræ circulum. Et evidens est, et maximum, quia diameter sphæræ quæ est et semicirculi diameter scilicet et circuli, major est omnibus rectis in circulo vel sphærâ ductis. Sit igitur

PROPOSITION XVII.

Deux sphères étant concentriques, décrire dans la plus grande sphère un polyèdre dont les faces ne touchent pas la plus petite sphère.

Concevons deux sphères autour du même centre A; il faut dans la plus grande sphère décrire un polyèdre dont les faces ne touchent pas la plus petite sphère.

Coupons ces sphères par un plan mené par le centre; les sections seront des cercles, car une sphère étant engendrée par un demi-cercle qui tourne autour de son diamètre immobile (déf. 14. 11), dans quelque position que nous concevions ce demi-cercle, le plan de ce demi-cercle étant prolongé produira un cercle dans la surface de la sphère. Et il est évident que ce sera un grand cercle, parce que le diamètre de la sphère, qui est aussi celui du demi-cercle, c'est-à-dire du cercle, est la plus grande de toutes les droites menées dans le cercle ou dans

μένων εὐθειῶν[4]. Εστω οὖν ἐν μὲν τῇ μείζονι σφαίρᾳ κύκλος ὁ ΒΓΔΕ, ἐν δὲ τῇ ἐλάσσονι σφαίρᾳ κύκλος ὁ ΖΗΘ, καὶ ἤχθωσαν αὐτῶν δύο διάμετροι πρὸς ὀρθὰς ἀλλήλαις αἱ ΒΔ, ΓΕ, καὶ δύο κύκλων περὶ τὸ αὐτὸ κέντρον ὄντων τῶν ΒΓΔΕ,

in majori quidem sphærâ circulus ΒΓΔΕ; in minori autem sphærâ circulus ΖΗΘ; et ducantur ipsorum duæ diametri ΒΔ, ΓΕ ad rectos inter se, et duobus circulis ΒΓΔΕ, ΗΘΖ

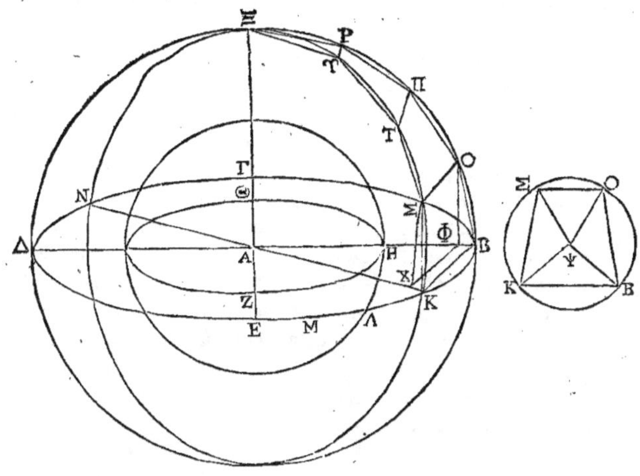

ΖΗΘ, εἰς τὸν μείζονα κύκλον τὸν ΒΓΔΕ πολύγωνον ἰσόπλευρόν τε[5] καὶ ἀρτιόπλευρον ἐγγεγράφθω, μὴ ψαῦον τοῦ ἐλάσσονος κύκλου τοῦ ΖΗΘ, οὗ πλευραὶ ἔστωσαν ἐν τῷ ΒΕ τεταρτημορίῳ αἱ ΒΚ, ΚΛ, ΛΜ, ΜΕ, καὶ ἐπεζευχθεῖσα[6], ἡ ΚΑ διήχθω ἐπὶ τὸ Ν, καὶ ἀνεστάτω ἀπὸ τοῦ Α σημείου τῷ

circa idem centrum existentibus, in majori ΒΓΔΕ circulo polygonum et æquilaterum et parilaterum describatur, non tangens minorem circulum ΖΗΘ, cujus latera sint in ΒΕ quadrante ΒΚ, ΚΛ, ΛΜ, ΜΕ, et juncta ΚΑ producatur ad Ν, et erigatur a puncto Α plano

la sphère (15. 3). Que ΒΓΔΕ soit un cercle de la plus grande sphère, et que ΖΗΘ soit un cercle de la plus petite sphère; menons leurs deux diamètres ΒΔ, ΓΕ perpendiculaires l'un à l'autre; les deux cercles ΒΓΔΕ, ΖΗΘ ayant le même centre, décrivons dans le plus grand cercle ΒΓΔΕ un polygone, dont les côtés égaux et pairs en nombre ne touchent pas le plus petit cercle ΖΗΘ (16. 12); que les côtés de ce polygone qui sont dans le quart de cercle ΒΕ soient ΒΚ, ΚΛ, ΛΜ, ΜΕ; joignons ΚΑ, et prolongeons cette droite vers le point Ν; du point Α

τοῦ ΒΓΔΕ κύκλου ἐπιπέδῳ πρὸς ὀρθὰς ἡ ΑΞ, καὶ συμβαλλέτω τῇ ἐπιφανείᾳ τῆς σφαίρας κατὰ τὸ Ξ, καὶ διὰ τῆς ΑΞ καὶ ἑκατέρας τῶν ΒΔ, ΚΝ ἐπίπεδα ἐκβεβλήσθω, ποιήσουσι δὴ διὰ τὰ εἰρημένα ἐπὶ τῆς ἐπιφανείας τῆς σφαίρας μεγίστους κύκλους. Ποιείτωσαν, ὧν ἡμικύκλια ἔστω[7] ἐπὶ τῶν ΒΔ, ΚΝ διαμέτρων τὰ ΒΞΔ, ΚΞΝ. Καὶ ἐπεὶ ἡ ΞΑ ὀρθή ἐστι πρὸς τὸ τοῦ ΒΓΔΕ κύκλου ἐπίπεδον, καὶ πάντα ἄρα τὰ διὰ τῆς ΞΑ ἐπίπεδά ἐστιν ὀρθὰ[8] πρὸς τὸ τοῦ ΒΓΔΕ κύκλου ἐπίπεδον· ὥστε καὶ τὰ ΒΞΔ, ΚΞΝ ἡμικύκλια ὀρθά ἐστι πρὸς τὸ τοῦ ΒΓΔΕ κύκλου ἐπίπεδον. Καὶ ἐπεὶ ἴσα ἐστὶ τὰ ΒΞΔ, ΚΞΝ ἡμικύκλια, ἐπὶ γὰρ ἴσων εἰσὶ διαμέτρων τῶν ΒΔ, ΚΝ, ἴσα ἐστὶ καὶ τὰ ΒΕ, ΒΞ, ΚΞ τεταρτημόρια ἀλλήλοις· ὅσαι ἄρα εἰσὶν ἐν τῷ ΒΕ τεταρτημορίῳ πλευραὶ τοῦ πολυγώνου τοσαῦταί εἰσι καὶ ἐν τοῖς ΒΞ, ΚΞ τεταρτημορίοις ἴσαι ταῖς ΒΚ, ΚΛ, ΛΜ, ΜΕ εὐθείαις. Εγγεγράφθωσαν καὶ ἔστωσαν αἱ ΒΟ, ΟΠ, ΠΡ, ΡΞ, ΚΣ, ΣΤ, ΤΥ, ΥΞ, καὶ ἐπεζεύχθωσαν αἱ ΣΟ, ΤΠ, ΥΡ, καὶ ἀπὸ τῶν Ο, Σ ἐπὶ τὸ τοῦ ΒΓΔΕ κύκλου ἐπίπεδον κάθετοι ἤχθωσαν· πεσοῦν-

circuli ΒΓΔΕ ad rectos ipsa ΑΞ, et occurrat superficiei sphæræ in Ξ; et per ΑΞ et utramque ipsarum ΒΔ, ΚΝ plana ducantur, facient utique ex dictis in superficie sphæræ maximos circulos. Faciant, quorum semicirculi ΒΞΔ, ΚΞΝ sint ex diametris ΒΔ, ΚΝ. Et quoniam ΞΑ recta est ad ΒΓΔΕ circuli planum, et omnia igitur per ΞΑ plana sunt recta ad ΒΓΔΕ circuli planum; quare et ΒΞΔ, ΚΞΝ semicirculi recti sunt ad ΒΓΔΕ circuli planum. Et quoniam æquales sunt ΒΞΔ, ΚΞΝ semicirculi, etenim super æquales sunt diametros ΒΔ, ΚΝ, æquales sunt et ΒΕ, ΒΞ, ΚΞ quadrantes inter se; quot igitur sunt in ΒΕ quadrante latera polygoni tot sunt et in ΒΞ, ΚΞ quadrantibus æqualia rectis ΒΚ, ΚΛ, ΛΜ, ΜΕ. Describantur, et sint ΒΟ, ΟΠ, ΠΡ, ΡΞ, ΚΣ, ΣΤ, ΤΥ, ΥΞ, et jungantur ΣΟ, ΤΠ, ΥΡ, et ab ipsis Ο, Σ ad ΒΓΔΕ, circuli planum perpendiculares ducantur; cadent utique ipsæ in communes ΒΔ, ΚΝ

élevons la droite ΑΞ perpendiculaire au plan du cercle ΒΓΔΕ; que cette droite rencontre la surface de la sphère au point Ξ; menons des plans par la droite ΑΞ et par chacune des droites ΒΔ, ΚΝ; ces plans, d'après ce qui a été dit, produiront des grands cercles dans la surface de la sphère. Qu'ils soient produits, et que leurs moitiés ΒΞΔ, ΚΞΝ ayent ΒΔ, ΚΝ pour diamètres. Puisque la droite ΞΑ est perpendiculaire au plan du cercle ΒΓΔΕ, tous les plans qui passeront par ΞΑ seront perpendiculaires au plan du cercle ΒΓΔΕ (18. 11); les demi-cercles ΒΞΔ, ΚΞΝ sont donc perpendiculaires au plan du cercle ΒΓΔΕ. Mais les demi-cercles ΒΞΔ, ΚΞΝ sont égaux, car ils sont sur les diamètres égaux ΒΔ, ΚΝ; les quarts de cercle ΒΕ, ΒΞ, ΚΞ sont donc égaux entre eux; chacun des quarts de cercle ΒΞ, ΚΞ contient donc autant de droites égales à chacune des droites ΒΚ, ΚΛ, ΛΜ, ΜΕ que le quart de cercle ΒΕ. Inscrivons ces droites, et qu'elles soient ΒΟ, ΟΠ, ΠΡ, ΡΞ, ΚΣ, ΣΤ, ΤΥ, ΥΞ; et joignons ΣΟ, ΤΠ, ΥΡ, et des points Ο, Σ menons des perpendiculaires au plan du cercle ΒΓΔΕ; ces perpendiculaires tomberont

ται δὴ ἐπὶ τὰς κοινὰς τομὰς τῶν ἐπιπέδων τὰς ΒΔ, ΚΝ, ἐπειδήπερ καὶ τὰ τῶν ΒΞΔ, ΚΞΝ ἐπίπεδα ὀρθά ἐστι πρὸς τὸ τοῦ ΒΓΔΕ κύκλου ἐπίπεδον. Πιπτέτωσαν, καὶ ἔστωσαν αἱ ΟΦ, ΣΧ, καὶ ἐπεζεύχθω ἡ ΦΧ. Καὶ ἐπεὶ ἐν ἴσοις ἡμικυκλίοις

sectiones planorum, quoniam et ΒΞΔ, ΚΞΝ plana recta sunt ad ΒΓΔΕ circuli planum. Cadant, et sint ΟΦ, ΣΧ, et jungatur ΦΧ. Et quoniam in æqualibus semicirculis ΒΞΔ, ΚΞΝ

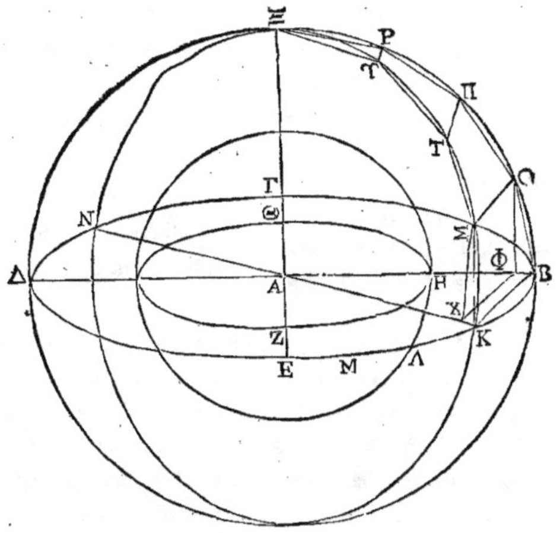

τοῖς ΒΞΔ, ΚΞΝ ἴσαι ἀπειλημμέναι εἰσὶν αἱ ΒΟ, ΚΣ, καὶ κάθετοι ἠγμέναι εἰσὶν αἱ ΟΦ, ΣΧ, ἴση ἄρα ἐστὶν ἡ μὲν ΟΦ τῇ ΣΧ, ἡ δὲ ΒΦ τῇ ΚΧ. Ἔστι δὲ καὶ ὅλη ἡ ΒΑ ὅλῃ τῇ ΚΑ ἴση· καὶ λοιπὴ ἄρα ἡ ΦΑ λοιπῇ τῇ ΧΑ ἐστὶν ἴση· ἔστιν ἄρα ὡς ἡ ΒΦ πρὸς τὴν ΦΑ οὕτως ἡ ΚΧ πρὸς τὴν ΧΑ· πα-

æquales sumptæ sunt ΒΟ, ΚΣ, et perpendiculares ductæ sunt ΟΦ, ΣΧ, æqualis igitur est quidem ΟΦ ipsi ΣΧ, ipsa vero ΒΦ ipsi ΚΧ. Est autem et tota ΒΑ toti ΚΑ æqualis; et reliqua igitur ΦΑ reliquæ ΧΑ est æqualis; est igitur ut ΒΦ ad ΦΑ ita ΚΧ ad ΧΑ; parallela igitur est ΧΦ

dans les communes sections ΒΔ, ΚΝ des plans (38. 11), parce que les plans ΒΞΔ, ΚΞΝ sont perpendiculaires au plan du cercle ΒΓΔΕ. Que ces perpendiculaires tombent dans les communes sections, et qu'elles soient ΟΦ, ΣΧ; joignons ΦΧ. Puisqu'on a pris les arcs égaux ΒΟ, ΚΣ dans les demi-cercles égaux ΒΞΔ, ΚΞΝ, et qu'on a mené les perpendiculaires ΟΦ, ΣΧ, la droite ΟΦ sera égale à ΣΧ, et la droite ΒΦ égale à la droite ΚΧ. Mais la droite entière ΒΑ est égale à la droite entière ΚΑ; la droite restante ΦΑ est donc égale à la droite restante ΧΑ; la droite ΒΦ est donc à ΦΑ comme ΚΧ est à ΧΑ; la droite ΧΦ est donc parallèle à la droite ΚΒ (2. 6).

ράλληλος ἄρα ἐστὶν ἡ ΧΦ τῇ ΚΒ. Καὶ ἐπεὶ ἑκατέρα τῶν ΟΦ, ΣΧ ὀρθή ἐστι πρὸς τὸ τοῦ ΒΓΔΕ κύκλου ἐπίπεδον, παράλληλος ἄρα ἐστὶν ἡ ΟΦ τῇ ΣΧ. Εδείχθη δὲ αὐτῇ καὶ ἴση· καὶ[9] αἱ ΧΦ, ΣΟ ἄρα ἴσαι εἰσὶ καὶ παράλληλοι. Καὶ ἐπεὶ παράλληλός ἐστιν ἡ ΧΦ τῇ ΣΟ, ἀλλὰ ἡ ΧΦ τῇ ΚΒ ἐστὶ παράλληλος· καὶ ἡ ΣΟ ἄρα τῇ ΚΒ ἐστὶ παράλληλος. Καὶ ἐπιζευγνυοῦσιν αὐτὰς αἱ ΒΟ, ΚΣ· τὸ ΚΒΟΣ ἄρα τετράπλευρον ἐν ἑνί ἐστιν ἐπιπέδῳ, ἐπειδήπερ ἐὰν ὦσι δύο εὐθεῖαι παράλληλοι, καὶ ἐφ' ἑκατέρας αὐτῶν ληφθῇ τυχόντα σημεῖα, ἡ ἐπὶ τὰ σημεῖα ἐπιζευγνυμένη εὐθεῖα ἐν τῷ αὐτῷ ἐπιπέδῳ ἐστὶ ταῖς παραλλήλοις. Διὰ τὰ αὐτὰ δὴ καὶ ἑκατέρον[10] τῶν ΣΟΠΤ, ΤΠΡΥ τετραπλεύρων ἐν ἑνί ἐστιν ἐπιπέδῳ. Εστι δὲ καὶ[11] τὸ

ipsi KB. Et quoniam utraque ipsarum ΟΦ, ΣΧ recta est ad ΒΓΔΕ circuli planum; parallela igitur est ΟΦ ipsi ΣΧ. Ostensa autem est ipsi et æqualis; et ΚΦ, ΣΟ igitur æquales sunt et parallelæ. Et quoniam parallela est ΧΦ ipsi ΣΟ, sed ΚΦ ipsi KB est parallela; et igitur ΣΟ ipsi KB est parallela. Et conjungunt eas ipsæ ΒΟ, ΚΣ; et ΚΒΟΣ igitur quadrilaterum in uno est plano, quoniam si sint duæ rectæ parallelæ, et in utrâque ipsarum sumpta sint quævis puncta, puncta conjungens recta in eodem plano est in quo parallelæ (*). Propter eadem utique et utrumque ipsorum ΣΟΠΤ, ΤΠΡΥ quadrilaterum in uno est plano. Est autem et ΤΡΞ

Mais chacune des droites ΟΦ, ΣΧ est perpendiculaire au plan du cercle ΒΓΔΕ; la droite ΟΦ est donc parallèle à la droite ΣΧ (6. 11). Mais on a démontré que ces droites sont égales; les droites ΧΦ, ΣΟ sont donc égales et parallèles (33. 11). Et puisque ΧΦ est parallèle à ΣΟ, et ΧΦ à KB, la droite ΣΟ est parallèle à KB (9. 11). Mais ces droites sont jointes par les droites ΒΟ, ΚΣ; le quadrilatère ΚΒΟΣ est donc dans un seul plan, car si deux droites sont parallèles, et si dans chacune de ces droites on prend des points quelconques, les droites qui joignent ces points sont dans le même plan que ces parallèles (7. 11) (*). Par la même raison, chacun des quadrilatères ΣΟΠΤ, ΤΠΡΥ est dans un seul plan; et le triangle

(*) Euclides hæc addere potuisset:

Rursus a punctis Π, Τ ad ΒΓΔΕ circuli planum perpendiculares ducantur; cadent utique in communes planorum sectiones ΒΔ, ΚΝ; conjungantur puncta in quibus perpendiculares occurrunt rectis ΒΔ, ΚΝ, et jungantur ipsæ ΠΒ, ΤΚ. Similiter utique ostendemus rectam KB parallelam esse ipsi ΤΠ. Ostensum est autem et rectam KB parallelam esse ipsi ΣΟ; recta igitur ΣΟ parallela est ipsi ΤΠ; quadrilaterum igitur ΣΟΠΤ in uno est plano. Propter eadem utique et quadrilaterum ΤΠΡΥ est in uno plano.

(*) Euclide aurait pu ajouter ce qui suit:

Des points Π, Τ menons des perpendiculaires au plan du cercle ΒΓΔΕ. Ces perpendiculaires tomberont dans les communes sections ΒΔ, ΚΝ des plans. Joignons les points où ces perpendiculaires rencontrent les droites ΒΔ, ΚΝ, et joignons aussi ΠΒ, ΤΚ. Nous démontrerons semblablement que la droite KB est parallèle à ΤΠ. Mais on a démontré que la droite KB est parallèle à ΣΟ; la droite ΣΟ est donc parallèle à ΤΠ; le quadrilatère ΣΟΠΤ est donc dans un seul plan. Le quadrilatère ΤΠΡΥ est dans un seul plan, par la même raison.

ΥΡΞ τρίγωνον ἐν ἑνὶ ἐπιπέδῳ. Εαν δὴ νοήσωμεν ἀπὸ τῶν Ο, Σ, Π, Τ, Ρ, Υ σημείων ἐπὶ τὸ Α ἐπιζευγνυμένας εὐθείας, συσταθήσεταί τι σχῆμα στερεὸν πολύεδρον μεταξὺ τῶν ΒΞ, ΚΞ περιφερειῶν ἐκ πυραμίδων συγκείμενον, ὧν βάσεις μὲν τὰ ΚΒΟΣ, ΣΟΡΤ, ΤΠΡΥ τετράπλευρα καὶ τὸ ΥΡΞ τρίγωνον, κορυφὴ δὲ τὸ Α σημεῖον.

triangulum in uno plano. Si igitur intelligamus a punctis Ο, Σ, Π, Τ, Ρ, Υ ad Α punctum junctas rectas, constituetur quædam figura polyedra inter circumferentias ΒΞ, ΚΞ ex pyramidibus composita, quarum bases quidem ΚΒΟΣ, ΣΟΠΤ, ΤΠΡΥ quadrilatera et ΥΡΞ triangulum, vertex autem punctum Α. Si autem et

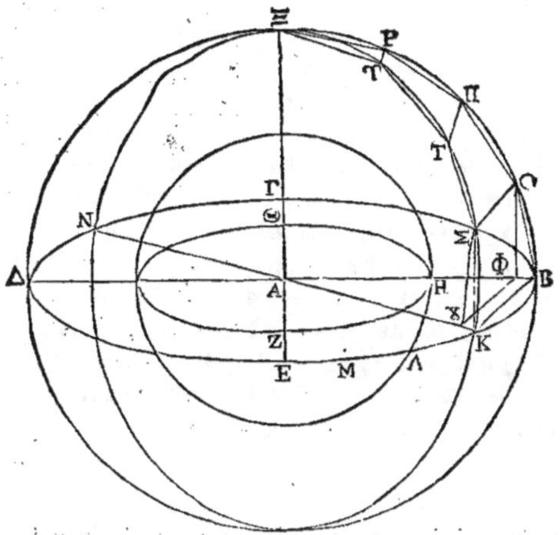

Εαν δὲ καὶ ἐπὶ ἑκάστης τῶν ΚΛ, ΛΜ, ΜΕ πλευρῶν, καθάπερ ἐπὶ τῆς ΚΒ τὰ αὐτὰ κατασκευάσωμεν, καὶ ἔτι ἐπὶ τῶν λοιπῶν τριῶν τεταρτημορίων, καὶ ἐπὶ τοῦ λοιποῦ ἡμισφαιρίου[12]

in unoquoque laterum ΚΛ, ΛΜ, ΜΕ, quemadmodum in ΚΒ eadem construamus, et etiam in reliquis tribus quadrantibus, et in reliquo hemisphærio, constituetur quædam figura polye-

ΥΡΞ est aussi dans un seul plan (2. 11). Si des points Ο, Σ, Π, Τ, Ρ, Υ on conçoit des droites menées au point Α, on aura construit entre les arcs ΒΞ, ΚΞ un certain polyèdre composé des pyramides, dont les bases seront les quadrilatères ΚΒΟΣ, ΣΟΠΤ, ΤΠΡΥ et le triangle ΥΡΞ, et dont le sommet commun sera le point Α. Si sur chacun des côtés ΚΛ, ΛΜ, ΜΕ, nous faisons la même construction que nous avons faite sur le côté ΚΒ, si nous faisons ensuite la même chose dans les trois autres quarts de cercle, et dans l'autre hémisphère, nous aurons inscrit dans la

συσταθήσεταί τι σχῆμα πολύεδρον ἐγγεγραμμένον[13] εἰς τὴν σφαῖραν ἐκ πυραμίδων συγκείμενον ὧν βάσεις μὲν[14] τὰ εἰρημένα τετράπλευρα καὶ τὸ ΥΡΞ τρίγωνον καὶ τὰ ὁμοταγῆ αὐτοῖς, κορυφὴ δὲ τὸ Α σημεῖον.

Λέγω δὴ ὅτι τὸ εἰρημένον πολύεδρον οὐκ ἐφάψεται[15] τῆς ἐλάσσονος σφαίρας, κατὰ τὴν ἐπιφάνειαν, ἐφ' ἧς ἐστιν ὁ ΖΗΘ κύκλος. Ηχθω ἀπὸ τοῦ Α σημείου ἐπὶ τὸ τοῦ ΚΒΟΣ τετραπλεύρου ἐπίπεδον κάθετος ἡ ΑΨ, καὶ συμβαλλέτω τῷ ἐπιπέδῳ κατὰ τὸ Ψ σημεῖον, καὶ ἐπεζεύχθωσαν αἱ ΒΨ, ΨΟ. Καὶ ἐπεὶ ἡ ΑΨ ὀρθή ἐστι πρὸς τὸ τοῦ ΚΒΟΣ τετραπλεύρου ἐπίπεδον, καὶ πρὸς πάσας ἄρα τὰς ἁπτομένας αὐτῆς εὐθείας καὶ οὔσας ἐν τῷ τοῦ τετραπλεύρου ἐπιπέδῳ ὀρθή ἐστιν ἡ ΑΨ[16], ἡ ΑΨ ἄρα ὀρθή ἐστι πρὸς ἑκατέραν[17] τῶν ΒΨ, ΨΟ. Καὶ ἐπεὶ ἴση ἐστὶν ἡ ΑΒ τῇ ΑΟ, ἴσον ἐστι[18] καὶ τὸ ἀπὸ τῆς ΑΒ τῷ ἀπὸ τῆς[19] ΑΟ. Καὶ ἔστι τῷ μὲν ἀπὸ τῆς ΑΒ ἴσα τὰ ἀπὸ τῶν ΑΨ, ΨΒ, ὀρθὴ γὰρ ἡ πρὸς τῷ Ψ, τῷ δὲ ἀπὸ τῆς ΑΟ ἴσα τὰ ἀπὸ τῶν ΑΨ, ΨΟ· τὰ ἄρα ἀπὸ τῶν ΑΨ, ΨΒ ἴσα ἐστὶ τοῖς ἀπὸ τῶν ΑΨ,

dra descripta in sphærâ ex pyramidibus compositâ, quarum bases quidem dicta quadrilatera et ΥΡΞ triangulum, et quæ sunt ejusdem ordinis cum ipsis, vertex autem punctum A.

Dico etiam dictum polyedrum non tacturum esse minorem sphæram, secundum superficiem in quâ est ΖΗΘ circulus. Ducatur a puncto A ad ΚΒΟΣ quadrilateri planum perpendicularis AΨ, et ipsa occurrat plano in puncto Ψ, et jungantur ipsæ BΨ, ΨO. Et quoniam AΨ recta est ad ΚΒΟΣ quadrilateri planum, et ad omnes igitur rectas eam tangentes, et existentes in quadrilateri plano, perpendicularis est ipsa AΨ; ergo AΨ perpendicularis est ad utramque ipsarum BΨ, ΨO. Et quoniam æqualis est AB ipsi AO, æquale est et quadratum ex AB quadrato ex AO. Et sunt quadrato quidem ex AB æqualia quadrata ex AΨ, ΨB, rectus enim angulus ad Ψ, quadrato autem ex AO æqualia quadrata ex AΨ, ΨO; quadrata igitur ex AΨ, ΨB æqualia

sphère un certain polyèdre composé des pyramides qui ont pour bases les quadrilatères ΚΒΟΣ, ΣΟΠΤ, ΤΠΡΥ et le triangle ΥΡΞ, et les quadrilatères et les triangles du même ordre que ces quadrilatères et que ce triangle, le point A étant le sommet commun de ces pyramides.

Je dis que les faces de ce polyèdre ne toucheront point la plus petite sphère dans laquelle est le cercle ΖΗΘ. Du point A menons la droite AΨ perpendiculaire au plan du quadrilatère ΚΒΟΣ (11. 11), que cette perpendiculaire rencontre ce plan au point Ψ, et joignons BΨ, ΨO. Puisque AΨ est perpendiculaire au plan du quadrilatère ΚΒΟΣ, la droite AΨ sera perpendiculaire à toutes les droites qui la rencontrent, et qui sont dans ce plan (déf. 3. 11); la droite AΨ est donc perpendiculaire à chacune des droites BΨ, ΨO. Mais AB est égal à AO; le quarré de AB est donc égal au quarré de AO. Mais les quarrés des droites AΨ, ΨB sont égaux au quarré de AB, et les quarrés de AΨ, ΨO sont égaux au quarré de AO (47. 1), car l'angle en Ψ est droit; les quarrés des droites AΨ, ΨB sont donc égaux aux quarrés

ΨΟ. Κοινὸν ἀφῃρήσθω τὸ ἀπὸ τῆς ΑΨ· λοιπὸν ἄρα τὸ ἀπὸ τῆς ΒΨ λοιπῷ τῷ ἀπὸ τῆς ΨΟ ἴσον ἐστίν· ἴση ἄρα ἡ ΒΨ τῇ ΨΟ. Ομοίως δὴ δείξομεν

sunt quadratis ex ΑΨ, ΨΟ. Commune auferatur quadratum ex ΑΨ; reliquum igitur quadratum ex ΒΨ reliquo ex ΨΟ æquale est; æqualis igitur ΒΨ

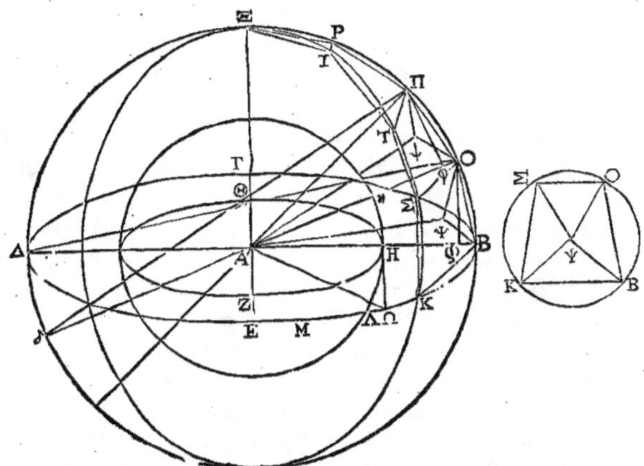

ὅτι καὶ αἱ ἀπὸ τοῦ Ψ ἐπὶ τὰ Κ, Σ ἐπιζευγνύμεναι εὐθεῖαι ἴσαι εἰσὶν ἑκατέρᾳ τῶν ΒΨ, ΨΟ· ὁ ἄρα κέντρῳ τῷ Ψ καὶ διαστήματι ἑνὶ τῶν ΨΒ, ΨΟ γραφόμενος κύκλος ἥξει καὶ διὰ τῶν Κ, Σ, καὶ ἔσται ἐν κύκλῳ τὸ ΚΒΟΣ τετράπλευρον.

ipsi ΨΟ. Similiter utique ostendemus et a puncto Ψ ad Κ, Σ ductas rectas æquales esse utrique ipsarum ΒΨ, ΨΟ; ergo centro Ψ et intervallo quod sit una ipsarum ΨΒ, ΨΟ descriptus circulus transibit et per puncta Κ, Σ, et erit in circulo quadrilaterum ΚΒΟΣ (*).

des droites ΑΨ, ΨΟ. Retranchons le quarré commun de ΑΨ, le quarré restant de ΒΨ sera égal au quarré restant de ΨΟ; la droite ΒΨ est donc égale à la droite ΨΟ. Nous démontrerons semblablement que les droites menées du point Ψ aux points Κ, Σ sont égales aux droites ΒΨ, ΨΟ; le cercle décrit du centre Ψ, et d'un intervalle égal à une des droites ΨΒ, ΨΟ passera donc par les points Κ, Σ; le quadrilatère ΚΒΟΣ sera donc décrit dans un cercle (*).

(*) Si a puncto A ad reliquorum quadrilaterorum plana perpendiculares ducantur, similiter utique ostendemus reliqua quadrilatera descripta fore in circulis.

(*) Si du point A nous menons des perpendiculaires aux plans des autres quadrilatères, nous démontrerons semblablement que les autres quadrilatères seront décrits dans des cercles.

Καὶ ἐπεὶ μείζων ἐστὶν ἡ ΚΒ τῆς ΧΦ, ἴση δὲ ἡ ΧΦ τῇ ΣΟ· μείζων ἄρα ἡ ΚΒ τῆς ΣΘ. Ισὴ δὲ ἡ ΚΒ ἑκατέρᾳ τῶν ΚΣ, ΒΟ· καὶ ἑκατέρα ἄρα τῶν ΚΣ, ΒΟ τῆς ΣΟ μείζων ἐστί. Καὶ ἐπεὶ ἐν κύκλῳ τετράπλευρόν ἐστι τὸ ΚΒΟΣ, καὶ ἴσαι αἱ ΚΒ, ΒΟ, ΚΣ, καὶ ἐλάσσων ἡ ΟΣ, καὶ ἐκ τοῦ κέντρου τοῦ κύκλου ἐστὶν ἡ ΒΨ· τὸ ἄρα ἀπὸ τῆς ΒΟ τοῦ ἀπὸ τῆς ΒΨ μεῖζόν ἐστιν ἢ διπλάσιον. Καὶ ἤχθω ἀπὸ τοῦ Ο σημείου[20] ἐπὶ τὴν ΒΔ κάθετος ἡ ΟΦ. Καὶ ἐπεὶ ἡ ΒΔ τῆς ΔΦ ἐλάττων ἐστὶν ἢ διπλῆ, καί ἐστιν ὡς ἡ ΒΔ πρὸς τὴν ΔΦ οὕτως τὸ ὑπὸ τῶν ΔΒ, ΒΦ πρὸς τὸ ὑπὸ τῶν ΔΦ, ΦΒ· ἀναγραφομένου δὴ[21] ἀπὸ τῆς ΒΦ τετραγώνου, καὶ συμπληρουμένου τοῦ ἐπὶ τῆς ΦΔ παραλληλογράμμου, καὶ τὸ ὑπὸ τῶν[22] ΔΒ, ΒΦ ἄρα τοῦ ὑπὸ τῶν ΔΦ, ΦΒ ἔλαττόν ἐστιν ἢ διπλασίον. Καὶ ἔτι[23] τῆς ΑΟ ἐπιζευγνυμένης, τὸ μὲν ὑπὸ τῶν ΔΒ, ΒΦ ἴσον τῷ ἀπὸ τῆς ΒΟ, τὸ δὲ ὑπὸ τῶν ΔΦ, ΦΒ ἴσον τῷ ἀπὸ τῆς ΟΦ· τὸ ἄρα ἀπὸ τῆς ΟΒ τοῦ ἀπὸ τῆς ΟΦ ἔλαττόν ἐστιν ἢ διπλάσιον. Αλλὰ τὸ ἀπὸ τῆς ΒΟ τοῦ ἀπὸ τῆς ΒΨ μεῖζόν ἐστιν ἢ διπλά-

Et quoniam major est KB ipsâ XΦ, æqualis autem XΦ ipsi ΣO; major igitur KB ipsâ ΣO. Æqualis autem KB utrique ipsarum KΣ, BO; et utraque igitur ipsarum KΣ, BO ipsâ ΣO major est. Et quoniam in circulo quadrilaterum est KBOΣ, et æquales KB, BO, KΣ, et minor OΣ, et ex centro circuli est ipsa BΨ, ergo ipsum ex BO majus est quam duplum ipsius ex BΨ. Et ducatur a puncto O ad BΔ perpendicularis OΦ. Et quoniam BΔ minor est quam dupla ipsius ΔΦ, et est ut BΔ ad ΔΦ ita rectangulum sub ΔB, BΦ ad rectangulum sub ΔΦ, ΦB; descripto igitur ex BΦ quadrato, et completo super ipsam ΦΔ parallelogrammo, et rectangulum igitur sub ΔB, BΦ majus est quam duplum rectanguli sub ΔΦ, ΦB. Et adhuc AO juncta, rectangulum quidem sub ΔB, BΦ æquale est quadrato est BO, rectangulum autem sub ΔΦ, ΦB æquale est quadrato ex OΦ; quadratum igitur ex OB minus est quam duplum quadrati ex OΦ. Sed quadratum ex BO majus est quam duplum quadrati ex BΨ; ma-

Puisque la droite KB est plus grande que la droite XΦ, et que la droite XΦ est égale à la droite ΣO, la droite KB sera plus grande que la droite ΣO. Mais la droite KB est égale à chacune des droites KΣ, BO; chacune des droites KΣ, BO est donc plus grande que la droite ΣO. Et puisque le quadrilatère KBOΣ est décrit dans un cercle, que les droites KB, BO, KΣ sont égales, que la droite OΣ est la plus petite, et que la droite BΨ est un rayon du cercle, le quarré de BO sera plus grand que le double du quarré de BΨ (12. 2). Du point O menons la droite OΦ perpendiculaire à BΔ. Puisque BΔ est plus petit que le double de ΔΦ, et que BΔ est à ΔΦ comme le rectangle sous ΔB, BΦ est au rectangle sous ΔΦ, ΦB (1. 6), si l'on décrit un quarré sur BΦ, et si sur ΦΔ, on complète le parallélogramme, le rectangle compris sous ΔB, BΦ sera plus petit que le double du rectangle compris sous ΔΦ, ΦB. Joignons AO; le rectangle sous ΔB, BΦ sera égal au quarré de BO (8. 6), et le rectangle sous ΔΦ, ΦB égal au quarré de OΦ; le quarré de BO est donc plus petit que le double du quarré de OΦ. Mais le quarré de BO est plus grand que le double du quarré de BΨ; le quarré de OΦ est donc plus grand que

σιον· μεῖζον ἄρα τὸ ἀπὸ τῆς ΟΦ τοῦ ἀπὸ τῆς ΒΨ. Καὶ ἐπεὶ ἴση ἐστὶν ἡ ΒΑ τῇ ΑΟ, ἴσον ἐστὶ τὸ ἀπὸ τῆς ΒΑ τῷ ἀπὸ τῆς ΑΟ. Καὶ ἔστι τῷ μὲν ἀπὸ τῆς ΒΑ ἴσα τὰ ἀπὸ τῶν ΒΨ, ΨΑ, τῷ δὲ ἀπὸ τῆς ΟΑ ἴσα τὰ ἀπὸ τῶν ΟΦ, ΦΑ· τὰ ἄρα

jus igitur quadratum ex ΟΦ quadrato ex ΒΨ. Et quoniam æqualis est ΒΑ ipsi ΑΟ, æquale est quadratum ex ΒΑ quadrato ex ΑΟ. Et sunt quadrato quidem ex ΒΑ æqualia quadrata ex ΒΨ, ΨΑ, quadrato autem ex ΟΑ æqualia quadrata ex ΟΦ, ΦΑ; quadrata igitur ex ΒΨ,

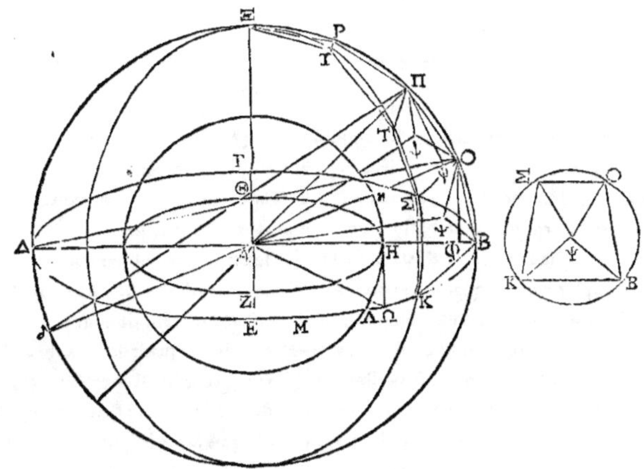

ἀπὸ τῶν ΒΨ, ΨΑ ἴσα ἐστὶ τοῖς ἀπὸ τῶν ΟΦ, ΦΑ, ὧν τὸ ἀπὸ τῆς ΟΦ μεῖζον τοῦ ἀπὸ τῆς ΒΨ· λοιπὸν ἄρα τὸ ἀπὸ τῆς ΦΑ ἔλαττόν ἐστι τοῦ ἀπὸ τῆς ΨΑ· μείζων ἄρα ἡ ΑΨ τῆς ΑΦ· πολλῷ ἄρα ἡ ΑΨ μείζων ἐστὶ τῆς ΑΗ. Καὶ ἔστιν ἡ μὲν ΑΨ ἐπὶ μίαν τοῦ πολυέδρου βάσιν, ἡ δὲ ΑΗ

ΨΑ æqualia sunt quadratis ex ΟΦ, ΦΑ, quorum quadratum ex ΟΦ majus est quadrato ex ΒΨ; reliquum igitur quadratum ex ΦΑ minus est quadrato ex ΨΑ; major igitur ΑΨ ipsâ ΑΦ; ergo multo major est ΑΨ ipsâ ΑΗ. Et est quidem ipsa ΑΨ ad unam polyedri basim,

le quarré de ΒΨ. Mais ΒΑ est égal à ΑΟ; le quarré de ΒΑ est donc égal au quarré de ΑΟ. Mais les quarrés des droites ΒΨ, ΨΑ sont égaux au quarré de la droite ΒΑ (47. 1), et les quarrés des droites ΟΦ, ΦΑ égaux au quarré de la droite ΟΑ; les quarrés des droites ΒΨ, ΨΑ sont donc égaux aux quarrés des droites ΟΦ, ΦΑ; mais le quarré de ΟΦ est plus grand que le quarré de ΒΨ; le quarré restant de ΦΑ est donc plus petit que le quarré de ΨΑ; la droite ΑΨ est donc plus grande que la droite ΑΦ; la droite ΑΨ est donc, à plus forte raison, plus grande que la droite ΑΗ. Mais la

ἐπὶ τὴν τῆς ἐλάσσονος σφαίρας ἐπιφάνειαν· ὥστε τὸ πολύεδρον οὐ ψαύσει[24] τῆς ἐλάττονος σφαίρας κατὰ τὴν ἐπιφάνειαν.

ipsa autem AH ad minoris sphæræ super ciem; quare polyedrum non tanget minore sphæram secundum superficiem (*).

droite AΨ est perpendiculaire à une des bases du polyèdre, et la droite AH est u rayon de la plus petite sphère; les faces du polyèdre ne touchent donc pas la pl petite sphère (*).

(*) In omnibus manuscriptis, et in omnibus editionibus græcis, latinisque et aliis, figura ultimæ partis hujus propositionis, et ejus *aliter* a librariis ita vitiata erat ut ratiocinatio cujus ope Euclides ostendit quadrilaterum KBOΣ non tangere minorem sphæram, nequaquam conveniret reliquis quadrilateris, necnon ΥΡΞ triangulo. *Clavius* et postea *Robert Simson* hanc demonstrationem compleverunt; et egomet ipse illam eodem modo complevi in Euclide gallico quem edidi anno 1804. Postea autem cum in figurâ erroris alicujus suspicionem haberem, tentavi figuram quæ et reliquis quadrilateri trianguloque congruens esset non solum in ultimâ parte hujus propositionis, sed etiam et in *aliter*. Quam figuram tentaveram, illam denique reperi, ut in sequentibus unicuique videre licet.

(*) Dans tous les manuscrits, et dans toutes l éditions grecques, latines et autres, la figure d la dernière partie de cette proposition, et de sc *aliter* était tellement viciée par les copistes qu le raisonnement par lequel Euclide démontre qu le quadrilatère KBOΣ ne touche pas la plus petit sphère ne saurait convenir, en aucune manière aux autres quadrilatères, ni au triangle ΥΡΞ. Clavius, et ensuite Robert Simson, ont complété cett démonstration; et moi-même, dans mon Euclid français, que je publiai en 1804, je la complétai à la manière de ces deux célèbres géomètres Mais, dans la suite, ayant soupçonné quelqu erreur dans la figure, j'en cherchai une qu pût convenir aux autres quadrilatères et a triangle, non-seulement dans la dernière partie de cette proposition, mais encore dans l'*aliter* Je trouvai enfin la figure que je cherchais comme on pourra le voir dans ce qui suit:

Dico et ipsum ΣΟΠΤ neque tangere minorem sphæram. Ducatur enim a puncto A ad ΣΟΠΤ quadrilateri planum perpendicularis AΨ, et jungantur OΨ, ΨΠ. Et quoniam major est KB utrâque ipsarum ΣO, TΠ; æqualis autem KB utrique ipsarum ΣT, OΠ; utraque igitur ipsarum ΣT, OΠ major

Je dis aussi que le quadrilatère ΣΟΠΤ ne touchera pas la plus petite sphère. Car menons du point A au plan du quadrilatère ΣΟΠΤ la perpendiculaire AΨ, et joignons OΨ, ΨΠ. Puisque la droite KB est plus grande que chacune des droites ΣO, TΠ, et que la droite KB est égale à chacune des droites ΣT, OΠ, chacune des droites ΣT, OΠ sera plus grande

ΑΛΛΩΣ.

Δεικτέον δὴ καὶ ἑτέρως προχειρότερον, ὅτι μείζων ἐστὶν[1] ἡ ΑΨ τῆς ΑΗ. Ἤχθω ἀπὸ τοῦ Η

ALITER.

Ostendendum est autem aliter et expeditius majorem esse ΑΨ ipsâ ΑΗ. Ducatur a puncto Η

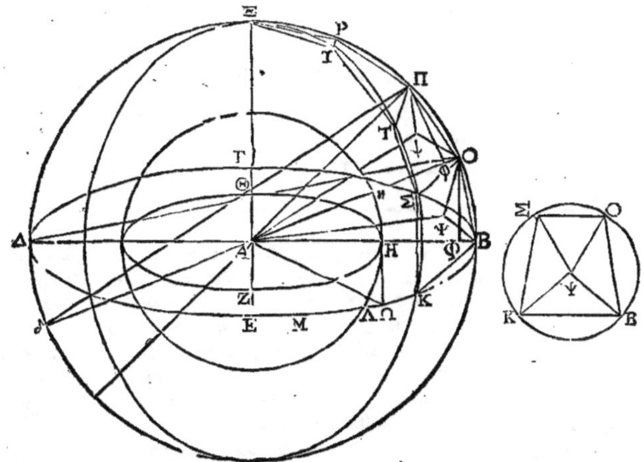

τῇ ΑΗ πρὸς ὀρθὰς ἡ ΗΩ, καὶ ἐπεζεύχθω ἡ ΑΩ. Τέμνοντες δὴ τὴν ΕΒ περιφέρειαν δίχα, καὶ τὴν

ipsi ΑΗ ad rectos ipsa ΗΩ, et jungatur ΑΩ. Secantes igitur ipsam ΕΒ circumferentiam bifa-

AUTREMENT.

Nous allons démontrer autrement et d'une manière plus prompte que la droite ΑΨ est plus grande que la droite ΑΗ. Du point Η menons ΗΩ perpendiculaire à ΑΗ, et joignons ΑΩ. Si nous coupons en deux parties égales l'arc ΕΒ, la moitié

erit utrâque ipsarum ΣΟ, ΤΠ. Et quoniam in circulo est quadrilaterum ΣΟΠΤ, æquales autem sunt ipsæ ΣΤ, ΟΠ, utraque vero ipsarum ΣΟ, ΤΠ minor est utrâque ipsarum ΣΤ, ΟΠ, atque ex centro circuli est ipsa Οψ, erit angulus ΟΨΠ obtusus; quadratum igitur ex ΟΠ majus est quam duplum quadrati ex Οψ. Ducatur autem a puncto Π ad Οδ perpendicularis Πφ, et producatur ΟΑ ad δ. Et quoniam Οδ minor

que chacune des droites ΣΟ, ΤΠ. Et puisque le quadrilatère ΣΟΠΤ est décrit dans un cercle, que les droites ΣΤ, ΟΠ sont égales, que chacune des droites ΣΟ, ΤΠ est plus petite que chacune des droites ΣΤ, ΟΠ, et que Οψ est un rayon; l'angle ΟΨΠ sera obtus; le quarré de ΟΠ est donc plus grand que le double du quarré de Οψ (12. 2.) Du point Π menons Πφ perpendiculaire à Οδ, et prolongeons ΟΑ vers δ. Puisque

ἡμίσειαν αὐτῆς δίχα, καὶ τοῦτο ἀεὶ ποιοῦντες, καταλειψομέν τινα περιφέρειαν, ἥ ἐστιν ἐλάσσων τῆς ὑποτεινομένης τοῦ ΒΓΔΕ κύκλου περιφέρειας, ὑπὸ τῆς ἴσης τῇ ΗΩ. Λελείφθω, καὶ ἔστω ἡ ΚΒ περιφέρεια· ἐλάσσων ἄρα καὶ ἡ ΚΒ

riam, et dimidiam ipsius bifariam, et hoc semper facientes, relinquemus quamdam circumferentiam, quæ est minor circumferentiâ circuli ΒΓΔΕ subtensâ a rectâ æquali ipsi ΗΩ. Relinquatur, et sit ΚΒ circumferentia; minor igitur et

de cet arc en deux parties égales, et si nous faisons toujours la même chose, il restera enfin un certain arc plus petit que celui de la circonférence du cercle ΒΓΔΕ qui est soutendu par une droite égale à la droite ΗΩ (1. 10). Qu'on ait cet arc, et qu'il soit ΚΒ; la droite ΚΒ sera plus petite que la droite ΗΩ. Et

---

est duplâ ipsius δφ, atque est ut Οδ ad δφ ita rectangulum sub δΟ, Οφ ad rectangulum sub δφ, φΟ; rectangulum igitur sub δΟ, Οφ minus est duplo rectanguli sub δφ, φΟ. Et jungatur ipsa Πδ; rectangulum quidem sub δΟ, Οφ æquale est quadrato ex ΟΠ, rectangulum vero sub δφ, φΟ æquale quadrato ex Πφ; quadratum igitur ex ΟΠ minus est duplo quadrati ex Πφ. Sed quadratum ex ΟΠ majus est duplo quadrati ex Οψ; quadratum igitur ex Πφ majus est quadrato ex Οψ. Et quoniam æqualis est ΟΑ ipsi ΑΠ, æquale erit quadratum ex ΟΑ quadrato ex ΑΠ. Et sunt quidem quadrato ex ΟΑ æqualia quadrata ex ipsis Οψ, ψΑ, quadrato autem ex ΑΠ æqualia quadrata ex ipsis Πφ, φΑ; quadrata igitur ex ipsis Οψ, ψΑ æqualia sunt quadratis ex Πφ, φΑ, ex quibus quadratum ex Πφ majus est quadrato ex Οψ; reliquum igitur quadratum ex Αψ majus est reliquo quadrato ex Αφ; major igitur recta Αψ ipsâ Αφ; multo major igitur recta ψΑ ipsâ Αη. Et est quidem recta Αψ perpendicularis ad ΣΟΠΤ quadrilateri planum, recta vero Αη est recta ex centro minoris sphæræ; quadrilaterum igitur ΣΟΠΤ non tangit minorem sphæram. Similiter utique ostendetur neque quadrilaterum ΤΠΡΥ, neque triangulum ΥΡΞ tangere minorem sphæram.

Οδ est plus petit que le double de δφ, et que Οδ est à δφ comme le rectangle sous δΟ, Οφ est au rectangle sous δφ, φΟ, le rectangle sous δΟ, Οφ sera plus petit que le double du rectangle sous δφ, φΟ. Joignons Πδ; le rectangle sous δΟ, Οφ sera égal au quarré de ΟΠ, et le rectangle sous δφ, φΟ égal au quarré de Πφ; le quarré de ΟΠ est donc plus petit que le double du quarré de Πφ. Mais le quarré de ΟΠ est plus grand que le double du quarré de Οψ; le quarré de Πφ est donc plus grand que le quarré de Οψ. Et puisque ΑΟ est égal à ΑΠ, le quarré de ΟΑ sera égal au quarré de ΑΠ. Mais les quarrés des droites Οψ, ψΑ sont égaux au quarré de ΟΑ, et les quarrés des droites Πφ, φΑ sont égaux au quarré de ΑΠ; les quarrés des droites Οψ, ψΑ sont donc égaux aux quarrés des droites Πφ, φΑ. Mais le quarré de Πφ est plus grand que le quarré de Οψ; le quarré restant de Αψ est donc plus grand que le quarré restant de Αφ; la droite ψΑ est donc plus grande que la droite Αφ; donc, à plus forte raison, la droite de ψΑ sera plus grande que la droite Αη. Mais Αψ est perpendiculaire au plan du quadrilatère ΣΟΠΤ, et Αη est un rayon de la plus petite sphère; le quadrilatère ΣΟΠΤ ne touche donc pas la plus petite sphère. On démontrera semblablement que le quadrilatère ΤΠΡΥ, et le triangle ΥΡΞ ne touchent pas la plus petite sphère.

εὐθεῖα τῆς ΗΩ. Καὶ ἐπεὶ ἐν κύκλῳ ἐστὶ τὸ ΒΚΣΟ τετράπλευρον, καὶ εἰσιν ἴσαι αἱ ΟΒ, ΒΚ, ΚΣ,

KB recta ipsâ HΩ. Et quoniam in circulo est BKΣO quadrilaterum, et sunt æquales OB,

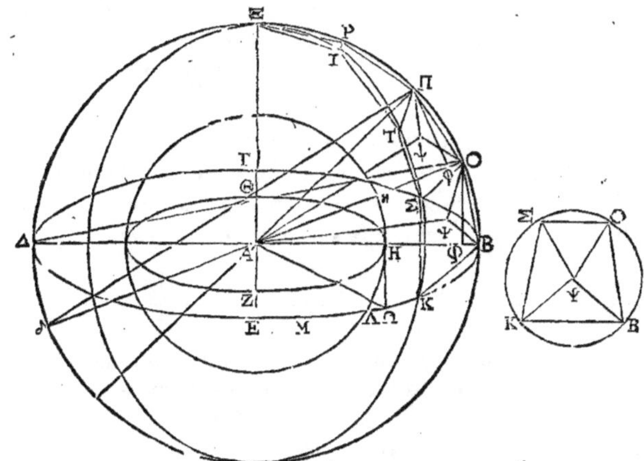

καὶ ἐλάσσων ἡ ΟΣ· ἀμβλεῖα ἄρα ἐστὶν ἡ ὑπὸ ΒΨΟ γωνία· μείζων ἄρα ἡ ΒΟ τῆς ΒΨ. Ἀλλὰ

BK, KΣ, et minor OΣ; obtusus igitur est BΨO angulus; major igitur BO ipsâ BΨ. Sed

puisque le quadrilatère BKΣO est inscrit dans un cercle, que les droites OB, BK, KΣ sont égales, et que la droite OΣ est plus petite que chacune de ces droites, l'angle BΨO sera obtus; la droite BO est donc plus grande que la droite BΨ. Mais

---

Perpendicularis a puncto A ad ΣKBO quadrilateri planum ducta intra hoc quadrilaterum cadit; Euclides hoc non demonstrat, quia hæc demonstratio illum de viâ suâ amovisset sine ullâ necessitate. Etenim ut ostendatur ΣKBO quadrilateri planum non tangere minorem sphæram, tantummodo est ostendendum perpendicularem a puncto A ad ΣKBO quadrilateri planum ductam minorem esse rectâ AH.

La perpendiculaire menée du point A au plan du quadrilatère ΣKBO tombe en dedans de ce quadrilatère; Euclide n'en donne pas la démonstration, parce que cette démonstration aurait retardé sa marche sans nécessité. En effet, pour démontrer que le quadrilatère ΣKBO ne touche pas la plus petite sphère, il suffit de faire voir que la perpendiculaire menée du point A au plan du quadrilatère ΣKBO est plus petite que la droite AH.

τῆς ΒΟ μείζων ἐστὶν[2] ἡ ΗΩ· πολλῷ ἄρα ἡ ΗΩ μείζων ἐστὶ[3] τῆς ΒΨ· μεῖζον ἄρα καὶ τὸ ἀπὸ τῆς ΗΩ τοῦ ἀπὸ τῆς[4] ΒΨ. Καὶ ἐπεὶ ἴση ἐστὶν ἡ ΑΩ τῇ ΑΒ, ἴσον ἄρα[5] καὶ τὸ ἀπὸ τῆς ΑΩ τῷ ἀπὸ τῆς ΑΒ. Αλλὰ τῷ μὲν ἀπὸ τῆς ΑΩ ἴσα τὰ ἀπὸ τῶν ΑΗ, ΗΩ, τῷ δὲ ἀπὸ τῆς ΑΒ ἴσα τὰ ἀπὸ

ipsâ BO major est ipsa HΩ; multo igitur major es HΩ ipsâ BΨ; majus igitur et quadratum ex HΩ quadrato ex BΨ. Et quoniam æqualis est AΩ ipsi AB, æquale igitur et quadratum ex AΩ quadrato ex AB. Sed quadrato quidem ex AΩ æqualia quadrata ex AH, HΩ, quadrato autem

HΩ est plus grand que BO; la droite HΩ est donc à plus forte raison plus grande que la droite BΨ; le quarré de HΩ est donc plus grand que le quarré de BΨ. Mais AΩ est égal à AB; le quarré de AΩ est donc égal au quarré de AB. Mais le quarrés des droites AH, HΩ sont égaux au quarré de la droite AΩ, et les quarré

Utcumque autem se res habeat, sic ostendere licet circuli centrum cadere intra ΣΚΒΟ quadrilaterum. Etenim si circuli centrum non caderet intra hoc quadrilaterum, caderet vel in unum laterum ipsius, vel intra unum segmentorum circuli, quorum bases sunt quadrilateri latera. Dico circuli centrum non cadere in unum laterum quadrilateri ΣΚΒΟ. Etenim si circuli centrum caderet in unum laterum hujus quadilateri, hoc latus, existens circuli diameter, majus esset aliis quadrilateri lateribus, quod non ponitur; etenim ΣΚ, ΚΒ, ΒΟ latera inter se sunt æqualia, et latus ΣΟ minus est unoquoque ipsorum ΣΚ, ΚΒ, ΒΟ laterum. Dico rursus circuli centrum non cadere intra unum segmentorum circuli, quorum bases sunt ΣΚΒΟ quadrilateri latera. Etenim si circuli centrum intra unum horum segmentorum caderet, hoc segmentum semicirculo esset majus, et hujus segmenti basis major esset unoquoque reliquorum ΣΚΒΟ quadrilateri laterum; quod non ponitur. Similiter utique ostendetur circuli centrum cadere et intra reliqua quadrilatera et intra triangulum ΥΡΞ.

Quoi qu'il en soit, on peut démontrer ains que le centre du cercle tombe en dedan du quadrilatère ΣΚΒΟ. Car si le centre d cercle ne tombait pas en dedans de ce qua drilatère, il tomberait ou sur un de se côtés, ou en dedans d'un des segments d cercle, qui ont pour bases les côtés de c même quadrilatère. Je dis que le centre d cercle ne tombe pas sur un des côtés du qua drilatère ΣΚΒΟ; car si le centre du cercl tombait sur un des côtés de ce quadrilatère, ce côté, qui serait alors un diamètre du cercle serait plus grand que chacun des autres coté de ce même quadrilatère, ce qui n'est point puisque les côtés ΣΚ, ΚΒ, ΒΟ sont égau entre eux, et que le côté ΣΟ est plus peti que chacun des côtes ΣΚ, ΚΒ, ΒΟ. Je di de plus que le centre du cercle ne tombe pa en dedans d'un des segments de cercle, qu ont pour bases les côtés du quadrilatère ΣΚΒΟ Car si le centre du cercle tombait en dedans d'u de ces segments, ce segment serait plus gran qu'un demi-cercle, et la base de ce mêm segment serait plus grande que chacun des au tres côtés du quadrilatère ΣΚΒΟ, ce qui n'es point. On démontrera semblablement que l centre du cercle tombe en dedans des autre quadrilatères et en dedans du triangle ΥΡΞ.

τῶν ΒΨ, ΨΑ· τὰ ἄρα ἀπὸ τῶν ΑΗ, ΗΩ ἴσα ἐστὶ τοῖς ἀπὸ τῶν ΒΨ, ΨΑ, ὧν τὸ ἀπὸ τῆς ΒΨ ἔλασσόν ἐστι τοῦ ἀπὸ τῆς ΗΩ· λοιπὸν ἄρα τὸ ἀπὸ τῆς ΨΑ μεῖζόν ἐστι τοῦ ἀπὸ τῆς ΑΗ[6]· μείζων ἄρα ἡ ΑΨ τῆς ΑΗ.

Δύο ἄρα σφαιρῶν περὶ τὸ αὐτὸ κέντρον οὐσῶν εἰς τὴν μείζονα σφαῖραν στερεὸν πολύεδρον ἐγγέγραπται, μὴ ψαῦον τῆς ἐλάττονος σφαίρας κατὰ τὴν ἐπιφάνειαν. Ὅπερ ἔδει ποιῆσαι.

ex AB æqualia quadrata ex BΨ, ΨA; quadrata igitur ex AH, HΩ æqualia sunt quadratis ex BΨ, ΨA, ex quibus quadratum ex BΨ minus est quadrato ex HΩ; reliquum igitur quadratum ex ΨA majus est quadrato ex AH; major igitur AΨ ipsâ AH.

Duabus igitur sphæris circa idem centrum existentibus, in majori sphærâ solidum polyedrum descriptum est, non tangens minorem sphæram secundum superficiem. Quod oportebat facere.

des droites BΨ, ΨA sont égaux au quarré de la droite AB; les quarrés des droites AH, HΩ sont donc égaux aux quarrés des droites BΨ, ΨA; mais le quarré de BΨ est plus petit que le quarré de HΩ; le quarré restant de ΨA est donc plus grand que le quarré de AH; la droite AΨ est donc plus grande que la droite AH.

Deux sphères concentriques étant données, on a donc décrit dans la plus grande un polyèdre dont les faces ne touchent pas la plus petite sphère. Ce qu'il fallait faire.

ΠΟΡΙΣΜΑ.

Ἐὰν δὲ καὶ εἰς ἑτέραν σφαῖραν τῷ ἐν τῇ ΒΓΔΕ σφαίρᾳ στερεῷ πολυέδρῳ ὅμοιον στερεὸν πολύεδρον ἐγγραφῇ, τὸ ἐν τῇ ΒΓΔΕ σφαίρᾳ στερεὸν πολύεδρον πρὸς τὸ ἐν τῇ ἑτέρᾳ σφαίρᾳ στερεὸν πολύεδρον τριπλασίονα λόγον ἔχει ἤπερ ἡ τῆς ΒΓΔΕ σφαίρας διάμετρος πρὸς τὴν τῆς ἑτέρας σφαίρας[1] διάμετρον. Διαιρεθέντων γὰρ τῶν στερεῶν εἰς τὰς ὁμοπληθεῖς καὶ ὁμοταγεῖς πυραμίδας, ἔσονται αἱ πυραμίδες ὅμοιαι. Αἱ δὲ ὅμοιαι πυραμίδες πρὸς ἀλλήλας ἐν τριπλασίονι λόγῳ εἰσὶ τῶν ὁμολόγων πλευρῶν· ἡ πυραμὶς ἄρα[2], ἧς βάσις μέν ἐστι τὸ ΚΒΟΣ τετράπλευρον, κορυφὴ δὲ τὸ Α σημεῖον, πρὸς τὴν ἐν τῇ ἑτέρᾳ σφαίρᾳ ὁμοταγῆ πυραμίδα τριπλασίονα λόγον ἔχει ἤπερ ἡ ὁμόλογος πλευρὰ πρὸς τὴν ὁμόλογον πλευράν, τουτέστιν, ἤπερ ἡ ΑΒ ἐκ τοῦ κέντρου τῆς σφαίρας τῆς περὶ τὸ[3] κέντρον τὸ Α πρὸς τὴν ἐκ τοῦ κέντρου τῆς ἑτέρας σφαίρας. Ομοίως δὲ[4] καὶ ἑκάστη πυραμὶς τῶν ἐν τῇ περὶ τὸ[5] κέντρον τὸ Α σφαίρᾳ

COROLLARIUM.

Si autem et in aliâ sphærâ solido polyedro in ΒΓΔΕ sphærâ simile solidum polyedrum describatur, solidum polyedrum in ΒΓΔΕ sphærâ ad solidum polyedrum in alterâ sphærâ triplicatam rationem habet ejus quam ΒΓΔΕ sphæræ diameter ad alterius sphæræ diametrum. Divisis enim solidis in pyramides numero æquales et ejusdem ordinis, erunt pyramides similes. Similes autem pyramides inter se in triplicatâ ratione sunt homologorum laterum; pyramis igitur, cujus basis quidem est ΚΒΟΣ quadrilaterum, vertex autem Α punctum, ad pyramidem in alterâ sphærâ ejusdem ordinis triplicatam rationem habet ejus quam homologum latus ad homologum latus, hoc est ejus quam recta ΑΒ ex centro sphæræ circa centrum Α ad rectam ex centro alterius sphæræ. Similiter autem et unaquæque pyramis earum quæ sunt in sphærâ circa centrum

COROLLAIRE.

Si l'on décrit dans une autre sphère un polyèdre semblable à celui qui est décrit dans la sphère ΒΓΔΕ, le polyèdre décrit dans la sphère ΒΓΔΕ aura avec le polyèdre décrit dans l'autre sphère une raison triplée de celle que le diamètre de la sphère ΒΓΔΕ a avec le diamètre de l'autre sphère. Car ayant divisé ces polyèdres en pyramides égales en nombre et du même ordre, on aura des pyramides semblables. Mais les pyramides semblables sont entre elles en raison triplée des côtés homologues (cor. 8. 12); la pyramide, qui a pour base le quadrilatère ΚΒΟΣ, et pour sommet le point Α, a donc avec la pyramide du même ordre de l'autre sphère une raison triplée de celle qu'un côté homologue a avec un côté homologue; c'est-à-dire, de celle que le rayon ΑΒ de la sphère qui a pour centre le point Α a avec le rayon de l'autre sphère. Semblablement chacune des pyramides de la sphère qui a pour centre le point Α aura avec chacune des pyramides du même

πρὸς ἑκάστην ὁμοταγῆ πυραμίδα τῶν ἐν τῇ ἑτέρᾳ σφαίρᾳ τριπλασίονα λόγον ἕξει ἤπερ ἡ AB πρὸς τὴν ἐκ τοῦ κέντρου τῆς ἑτέρας[6] σφαίρας. Καὶ ὡς ἓν τῶν ἡγουμένων πρὸς ἓν τῶν ἑπομένων οὕτως ἅπαντα τὰ ἡγούμενα πρὸς ἅπαντα τὰ ἑπόμενα·

A ad unamquamque ejusdem ordinis pyramidem earum quæ sunt in alterâ spherâ, triplicatam rationem habebit ejus quam AB ad rectam ex centro alterius spheræ. Et ut unum antecedentium ad unum consequentium ita omnia

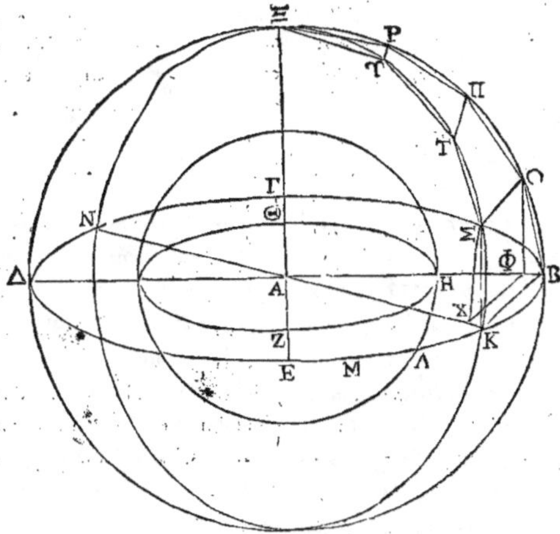

ὥστε καὶ ὅλον τὸ ἐν τῇ περὶ τὸ κέντρον τὸ A σφαίρᾳ στερεὸν πολύεδρον πρὸς ὅλον τὸ ἐν τῇ ἑτέρᾳ σφαίρᾳ στερεὸν πολύεδρον τριπλασίονα λόγον ἕξει[7] ἤπερ ἡ AB πρὸς τὴν ἐκ τοῦ κέντρου τῆς ἑτέρας σφαίρας, τουτέστιν ἤπερ ἡ BΔ διάμετρος πρὸς τὴν τῆς ἑτέρας σφαίρας διάμετρον. Οπερ ἔδει δεῖξαι.

antecedentia ad omnia consequentia; quare et totum in sphærâ circa centrum A solidum polyedrum ad totum in alterâ spherâ solidum polyedrum triplicatam rationem habebit ejus quam AB ad rectam ex centro alterius sphæræ, hoc est ejus quam BΔ diameter ad alterius sphæræ diametrum. Quod oportebat ostendere.

ordre comprise dans l'autre sphère une raison triplée de celle que le rayon AB a avec le rayon de l'autre sphère. Mais un des antécédents est à un des conséquents comme la somme de tous les antécédents est à la somme de tous les conséquents (12. 5); le polyèdre entier compris dans la sphère qui a pour centre le point A a donc avec le polyèdre entier compris dans l'autre sphère une raison triplée de celle que le rayon AB a avec le rayon de l'autre sphère, c'est-à-dire de celle que le diamètre BΔ a avec le diamètre de l'autre sphère. Ce qu'il fallait démontrer.

ΠΡΟΤΑΣΙΣ ιη'.

Αἱ σφαῖραι πρὸς ἀλλήλας ἐν τριπλασίονι λόγῳ εἰσὶ τῶν ἰδίων διαμέτρων.

Νενοήσθωσαν[1] σφαῖραι αἱ ΑΒΓ, ΔΕΖ, διάμετροι δὲ αὐτῶν αἱ ΒΓ, ΕΖ· λέγω ὅτι ἡ ΑΒΓ σφαῖρα πρὸς τὴν ΔΕΖ σφαῖραν τριπλασίονα λόγον ἔχει ἤπερ ἡ ΒΓ πρὸς τὴν ΕΖ.

Εἰ γὰρ μὴ ἡ ΑΒΓ σφαῖρα πρὸς τὴν ΔΕΖ σφαῖραν τριπλασίονα λόγον ἔχει ἤπερ ἡ ΒΓ πρὸς τὴν ΕΖ[2], ἕξει ἄρα ἡ ΑΒΓ σφαῖρα πρὸς ἐλάσσονά τινα τῆς ΔΕΖ σφαίρας ἢ πρὸς μείζονα τριπλασίονα λόγον[3] ἤπερ ἡ ΒΓ πρὸς τὴν ΕΖ. Εχέτω πρότερον πρὸς ἐλάσσονα τὴν ΗΘΚ, καὶ νενοήσθω ἡ ΔΕΖ σφαῖρα[4] τῇ ΗΘΚ περὶ τὸ αὐτὸ κέντρον, καὶ ἐγγεγράφθω εἰς τὴν μείζονα σφαῖραν τὴν ΔΕΖ στερεὸν πολύεδρον μὴ ψαῦον τῆς ἐλάττονος σφαίρας τῆς ΗΘΚ κατὰ τὴν ἐπιφάνειαν, ἐγγεγράφθω δὲ καὶ εἰς τὴν ΑΒΓ σφαῖραν τῷ ἐν τῇ ΔΕΖ σφαίρᾳ στερεῷ πολυέδρῳ ὅμοιον στερεὸν πολύεδρον· τὸ ἄρα ἐν τῇ ΑΒΓ στερεὸν πολύεδρον πρὸς τὸ ἐν τῇ ΔΕΖ στερεὸν

PROPOSITIO XVIII.

Sphæræ inter se in triplicatâ ratione sunt suarum diametrorum.

Intelligantur sphæræ ΑΒΓ, ΔΕΖ, diametri autem earum ipsæ ΒΓ, ΕΖ; dico ΑΒΓ sphæram ad ΔΕΖ sphæram triplicatam rationem habere ejus quam ΒΓ ad ΕΖ.

Si enim non ΑΒΓ sphæra ad ΔΕΖ sphæram triplicatam rationem habet ejus quam ΒΓ ad ΕΖ, habebit igitur ΑΒΓ sphæra ad quamdam minorem sphærâ ΔΕΖ vel ad majorem triplicatam rationem ejus quam ΒΓ ad ΕΖ. Habeat primum ad minorem ΗΘΚ, et intelligatur ΔΕΖ sphæra circa idem centrum circa quod ipsa ΗΘΚ, et describatur in majori ΔΕΖ sphærâ solidum polyedrum non tangens minorem sphæram ΗΘΚ secundum superficiem, describatur autem et in ΑΒΓ sphærâ solido polyedro quod est in ΔΕΖ simile solidum polyedrum; solidum igitur polyedrum in ΑΒΓ ad solidum polyedrum

PROPOSITION XVIII.

Les sphères sont entr'elles en raison triplée de leurs diamètres.

Concevons les sphères ΑΒΓ, ΔΕΖ, dont les diamètres sont les droites ΒΓ, ΕΖ; je dis que la sphère ΑΒΓ a avec la sphère ΔΕΖ une raison triplée de celle que ΒΓ a avec ΕΖ.

Car si la sphère ΑΒΓ n'a pas avec la sphère ΔΕΖ une raison triplée de celle que ΒΓ a avec ΕΖ; la sphère ΑΒΓ aura avec une sphère plus petite ou avec une sphère plus grande que la sphère ΔΕΖ une raison triplée de celle que ΒΓ a avec ΕΖ. Que ce soit d'abord avec une sphère ΗΘΚ plus petite; concevons la sphère ΔΕΖ placée autour du même centre que la sphère ΗΘΚ; décrivons dans la plus grande sphère ΔΕΖ un polyèdre dont les faces ne touchent pas la plus petite sphère ΗΘΚ (17. 12), et dans la sphère ΑΒΓ décrivons un polyèdre semblable à celui qui est décrit dans la sphère ΔΕΖ; le polyèdre décrit dans la sphère ΑΒΓ aura avec le polyèdre dé-

πολύεδρον τριπλασίονα λόγον ἔχει ἤπερ ἡ ΒΓ πρὸς τὴν ΕΖ. Ἔχει δὲ καὶ[5] ἡ ΑΒΓ σφαῖρα πρὸς τὴν ΗΘΚ σφαῖραν τριπλασίονα λόγον[6] ἤπερ ἡ ΒΓ πρὸς τὴν ΕΖ· ἔστιν ἄρα ὡς ἡ ΑΒΓ σφαῖρα πρὸς τὴν ΗΘΚ σφαῖραν οὕτως τὸ ἐν τῇ ΑΒΓ σφαίρᾳ στερεὸν πολύεδρον πρὸς τὸ ἐν τῇ ΔΕΖ σφαίρᾳ στερεὸν πυλύεδρον· ἐναλλὰξ ἄρα[7] ὡς ἡ ΑΒΓ σφαῖρα πρὸς τὸ ἐν αὐτῇ πολύεδρον οὕτως ἡ ΗΘΚ σφαῖρα πρὸς τὸ ἐν τῇ ΔΕΖ σφαίρᾳ στερεὸν πολύεδρον. Μείζων

in ΔΕΖ triplicatam habet rationem ejus quam ΒΓ ad ΕΖ. Habet autem et ΑΒΓ sphæra ad ΗΘΚ sphæram triplicatam rationem ejus quam ΒΓ ad ΕΖ; est igitur ut ΑΒΓ sphæra ad ΗΘΚ sphæram ita solidum polyedrum in ΑΒΓ sphærâ ad solidum polyedrum in ΔΕΖ sphærâ; permutando igitur ut ΑΒΓ sphæra ad polyedrum in ipsâ ita ΗΘΚ sphæra ad solidum polyedrum in ΔΕΖ sphærâ.

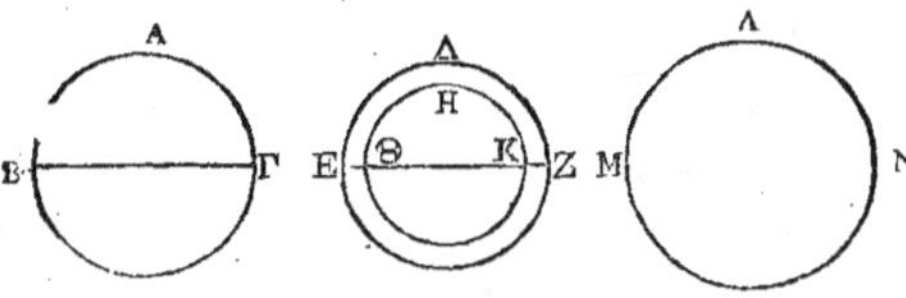

δὲ ἡ ΑΒΓ σφαῖρα τοῦ ἐν αὐτῇ πολυέδρου· μείζων ἄρα καὶ ἡ ΗΘΚ σφαῖρα τοῦ ἐν τῇ ΔΕΖ σφαίρᾳ πολυέδρου. Ἀλλὰ καὶ ἐλάσσων, ἐμπεριέχεται γὰρ ἀπ' αὐτοῦ, ὅπερ ἀδύνατον[8]· οὐκ ἄρα ἡ ΑΒΓ σφαῖρα πρὸς ἐλάσσονα τῆς ΔΕΖ σφαίρας τριπλασίονα λόγον ἔχει ἤπερ ἡ ΒΓ διάμετρος πρὸς τὴν ΕΖ. Ὁμοίως δὴ δείξομεν ὅτι οὐδὲ ἡ ΔΕΖ σφαῖρα

Major autem ΑΒΓ sphæra polyedro quod est in ipsâ; major igitur et ΗΘΚ sphæra polyedro in ΔΕΖ sphærâ. Sed et minor, comprehenditur enim ab ipso, quod impossibile; non igitur ΑΒΓ sphæra ad minorem sphærâ ΔΕΖ triplicatam rationem habet ejus quam ΒΓ diameter ad ΕΖ. Similiter utique ostendemus ne-

crit dans la sphère ΔΕΖ une raison triplée de celle que ΒΓ a avec ΕΖ (cor. 17. 12). Mais la sphère ΑΒΓ a avec la sphère ΗΘΚ une raison triplée de celle que ΒΓ a avec ΕΖ; la sphère ΑΒΓ est donc à la sphère ΗΘΚ comme le polyèdre décrit dans la sphère ΑΒΓ est au polyèdre décrit dans la sphère ΔΕΖ (11. 5); donc, par permutation, la sphère ΑΒΓ est au polyèdre décrit dans cette sphère comme la sphère ΗΘΚ est au polyèdre décrit dans la sphère ΔΕΖ. Mais la sphère ΑΒΓ est plus grande que le polyèdre qui lui est inscrit; la sphère ΗΘΚ est donc plus grande que le polyèdre décrit dans la sphère ΔΕΖ. Mais elle est plus petite, car elle y est comprise, ce qui est impossible; la sphère ΑΒΓ n'a donc pas avec une sphère plus petite que la sphère ΔΕΖ une raison triplée de celle que le diamètre ΒΓ a avec ΕΖ. Nous démontrerons semblablement que la sphère ΔΕΖ n'a pas avec une sphère plus petite

πρὸς ἐλάσσονα τῆς ΑΒΓ σφαίρας τριπλασίονα λόγον ἔχει ἤπερ ἡ ΕΖ πρὸς τὴν ΒΓ. Λέγω δὴ ὅτι οὐδὲ ἡ ΑΒΓ σφαῖρα πρὸς μείζονά τινα τῆς ΔΕΖ σφαίρας τριπλασίονα λόγον ἔχει ἤπερ ἡ ΒΓ πρὸς

que ΔΕΖ sphæram ad minorem sphærâ ΑΒΓ triplicatam habere rationem ejus quam ΕΖ ad ΒΓ. Dico etiam neque ΑΒΓ sphæram ad quamdam majorem sphærâ ΔΕΖ triplicatam rationem habere

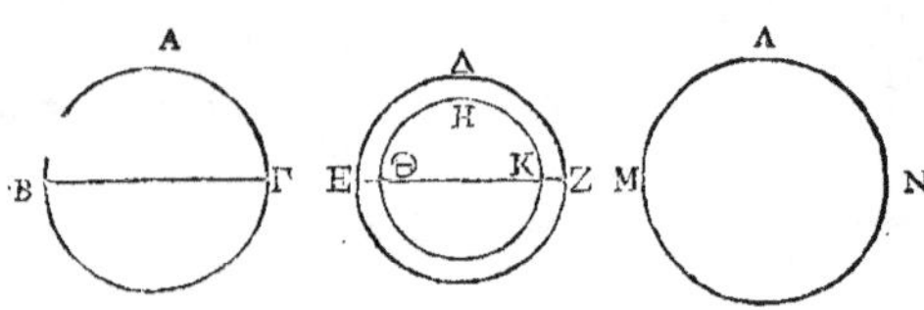

τὴν ΕΖ. Εἰ γὰρ δυνατὸν, ἐχέτω πρὸς μείζονα τὴν ΛΜΝ· ἀνάπαλιν ἄρα ἡ ΛΜΝ σφαῖρα πρὸς τὴν ΑΒΓ σφαῖραν τριπλασίονα λόγον ἔχει ἤπερ ἡ ΕΖ διάμετρος πρὸς τὴν ΒΓ διάμετρον. Ως δὲ ἡ ΛΜΝ σφαῖρα πρὸς τὴν ΑΒΓ σφαῖραν οὕτως ἡ ΔΕΖ σφαῖρα πρὸς ἐλάττονά τινα τῆς ΑΒΓ σφαίρας, ἐπειδήπερ μείζων ἐστὶν ἡ ΛΜΝ τῆς ΔΕΖ, ὡς ἔμπροσθεν ἐδείχθη· καὶ ἡ ΔΕΖ ἄρα σφαῖρα πρὸς ἐλάσσονά τινα[10] τῆς ΑΒΓ σφαίρας τριπλασίονα λόγον ἔχει ἤπερ ἡ ΕΖ πρὸς τὴν ΒΓ, ὅπερ ἀδύνατον ἐδείχθη· οὐκ ἄρα ἡ ΑΒΓ σφαῖρα πρὸς μείζονά τινα[11] τῆς ΔΕΖ σφαίρας τριπλασίονα λόγον ἔχει

ejus quam ΒΓ ad ΕΖ. Si enim possibile, habeat ad majorem ΛΜΝ; invertendo igitur ΛΜΝ sphæra ad ΑΒΓ sphæram triplicatam rationem habet ejus quam diameter ΕΖ ad ΒΓ diametrum. Ut autem ΛΜΝ sphæra ad ΑΒΓ sphæram ita ΔΕΖ sphæra ad quamdam minorem sphærâ ΑΒΓ, quoniam major est sphæra ΛΜΝ ipsâ ΔΕΖ, ut antea demonstravimus; et ΔΕΖ igitur sphæra ad sphæram quamdam minorem sphærâ ΑΒΓ triplicatam rationem habet ejus quam ΕΖ ad ΒΓ, quod impossibile ostensum est; non igitur ΑΒΓ sphæra ad quamdam majorem sphærâ ΔΕΖ tri-

que la sphère ΑΒΓ une raison triplée de celle que ΕΖ a avec ΒΓ. Je dis de plus que la sphère ΑΒΓ n'a pas avec une sphère plus grande que la sphère ΔΕΖ une raison triplée de celle que ΒΓ a avec ΕΖ. Car si cela se peut, que ce soit avec une sphère ΛΜΝ plus grande. Par inversion, la sphère ΛΜΝ aura avec la sphère ΑΒΓ une raison triplée de celle que le diamètre ΕΖ a avec le diamètre ΒΓ. Mais la sphère ΛΜΝ est à la sphère ΑΒΓ comme la sphère ΔΕΖ est à une sphère plus petite que la sphère ΑΒΓ, puisque la sphère ΛΜΝ est plus grande que la sphère ΔΕΖ, ainsi que cela a été démontré; la sphère ΔΕΖ a donc avec une sphère plus petite que la sphère ΑΒΓ une raison triplée de celle que ΕΖ a avec ΒΓ, ce qui a été démontré impossible; la sphère ΑΒΓ n'a donc pas avec une sphère plus grande que la sphère ΔΕΖ

ἤπερ ἡ ΒΓ πρὸς τὴν ΕΖ. Ἐδείχθη δὲ ὅτι οὐδὲ πρὸς ἐλάσσονα· ἡ ἄρα ΑΒΓ σφαῖρα πρὸς τὴν ΔΕΖ σφαῖραν τριπλασίονα λόγον ἔχει ἤπερ ἡ ΒΓ πρὸς τὴν ΕΖ. Ὅπερ ἔδει δεῖξαι.

plicatam rationem habet ejus quam ΒΓ ad ΕΖ. Ostensum autem est neque ad minorem ; ergo ΑΒΓ sphæra ad ΔΕΖ sphæram triplicatam rationem habet ejus quam ΒΓ ad ΕΖ. Quod oportebat ostendere.

une raison triplée de celle que ΒΓ a avec ΕΖ. Mais nous avons démontré que ce n'est pas non plus avec une sphère plus petite ; la sphère ΑΒΓ a donc avec la sphère ΔΕΖ une raison triplée de celle que ΒΓ a avec ΕΖ. Ce qu'il fallait démontrer.

FIN DU DOUZIÈME LIVRE.

EUCLIDIS

ELEMENTORUM

LIBER DECIMUSTERTIUS.

ΠΡΟΤΑΣΙΣ α΄.

Ἐὰν εὐθεῖα γραμμὴ ἄκρον καὶ μέσον λόγον τμηθῇ, τὸ μεῖζον τμῆμα προσλαβὸν τὴν ἡμίσειαν τῆς ὅλης πενταπλάσιον δύναται τοῦ ἀπὸ τῆς ἡμισείας τῆς ὅλης[1].

Εὐθεῖα γὰρ γραμμὴ ἡ ΑΒ ἄκρον καὶ μέσον λόγον τετμήσθω κατὰ τὸ Γ σημεῖον, καὶ ἔστω μεῖζον τμῆμα τὸ ΑΓ, καὶ ἐκβεβλήσθω ἐπ' εὐθείας

PROPOSITIO I.

Si recta linea extremâ et mediâ ratione secta fuerit, major portio assumens dimidiam totius quintuplum potest ipsius ex dimidiâ totius.

Recta enim linea ΑΒ extremâ et mediâ ratione secetur in Γ puncto, et sit ΑΓ major portio, et producatur in directum ipsi ΑΓ recta ΑΔ,

LE TREIZIÈME LIVRE

DES ÉLÉMENTS D'EUCLIDE.

PROPOSITION I.

Si une ligne droite est coupée en extrême et moyenne raison, le quarré du plus grand segment augmenté de la moitié de la droite entière, est égal au quintuple du quarré de la moitié de la droite entière.

Que la ligne droite ΑΒ soit coupée en extrême et moyenne raison au point Γ, et que ΑΓ soit le plus grand segment; menons la droite ΑΔ dans la direction de

τῇ ΑΓ[2] εὐθεῖα ἡ ΑΔ, καὶ κείσθω τῆς[3] ΑΒ ἡμίσεια ἡ ΑΔ· λέγω ὅτι πενταπλάσιόν ἐστι τὸ ἀπὸ τῆς ΓΔ τοῦ ἀπὸ τῆς ΔΑ.

Αναγεγράφθω γὰρ ἀπὸ τῶν ΑΒ, ΔΓ τετράγωνα[4] τὰ ΑΕ, ΔΖ, καὶ καταγεγράφθω ἐν τῷ ΔΖ τὸ σχῆμα, καὶ διήχθω ἡ ΖΓ ἐπὶ τὸ Η. Καὶ ἐπεὶ ἡ ΑΒ ἄκρον καὶ μέσον λόγον τέτμηται

et ponatur ΑΔ ipsius ΑΒ dimidia; dico quintuplum esse quadratum ex ΓΔ quadrati ex ΔΑ.

Describantur enim ex ΑΒ, ΔΓ quadrata ΑΕ, ΔΖ, et describatur figura in ΔΖ, et producatur ΖΓ ad Η. Et quoniam ΑΒ extremâ et mediâ ratione secatur in Γ; ipsum igitur sub ΑΒ, ΒΓ

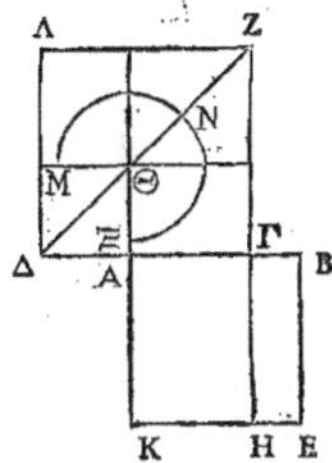

κατὰ τὸ Γ· τὸ ἄρα ὑπὸ τῶν ΑΒ, ΒΓ ἴσον ἐστὶ τῷ ἀπὸ τῆς ΑΓ. Καὶ ἔστι τὸ μὲν ὑπὸ τῶν ΑΒ, ΒΓ τὸ ΓΕ, τὸ δὲ ἀπὸ τῆς ΑΓ τὸ ΖΘ· ἴσον ἄρα τὸ ΓΕ τῷ ΖΘ. Καὶ ἐπεὶ διπλῆ ἐστιν ἡ ΒΑ τῆς ΑΔ, ἴση δὲ ἡ μὲν ΒΑ τῇ ΚΑ, ἡ δὲ ΑΔ τῇ ΑΘ· διπλῆ ἄρα καὶ ἡ ΚΑ τῆς ΑΘ[5]. Ως δὲ ἡ ΚΑ πρὸς τὴν ΑΘ οὕτως τὸ ΚΓ πρὸς τὸ ΓΘ· διπλασίον ἄρα τὸ ΚΓ τοῦ ΓΘ[6]. Εἰσὶ δὲ καὶ τὰ ΛΘ, ΘΓ τοῦ ΓΘ διπλάσια[7]· ἴσον ἄρα τὸ ΚΓ τοῖς ΛΘ, ΘΓ. Εδείχθη δὲ καὶ τὸ ΓΕ τῷ ΖΘ ἴσον[8]· ὅλον ἄρα τὸ ΑΕ τετράγωνον

æquale est ipsi ex ΑΓ. Et est quidem ipsum sub ΑΒ, ΒΓ ipsum ΓΕ, ipsum autem ex ΑΓ ipsum ΖΘ; æquale igitur ΓΕ ipsi ΖΘ. Et quoniam dupla est ΒΑ ipsius ΑΔ, sed æqualis quidem ΒΑ ipsi ΚΑ, ipsa vero ΑΔ ipsi ΑΘ; dupla igitur et ΚΑ ipsius ΑΘ. Ut autem ΚΑ ad ΑΘ ita ΚΓ ad ΓΘ; duplum igitur ΚΓ ipsius ΓΘ. Sunt autem et ΛΘ, ΘΓ ipsius ΓΘ dupla; æquale igitur ΚΓ ipsis ΛΘ, ΘΓ. Ostensum autem est et ΓΕ æquale ipsi ΖΘ; to-

ΑΓ, et faisons ΑΔ égal à la moitié de ΑΒ; je dis que le quarré de ΓΔ est quintuple du quarré de ΔΑ.

Car décrivons avec les droites ΑΒ, ΔΓ les quarrés ΑΕ, ΔΖ; achevons la figure dans ΔΖ, et prolongeons ΖΓ vers le point Η. Puisque la droite ΑΒ est coupé en extrême et moyenne raison au point Γ, le rectangle sous ΑΒ, ΒΓ est égal au quarré de ΑΓ (déf. 3 et 17. 6). Mais le rectangle sous ΑΒ, ΒΓ est égal à ΓΕ, et le quarré de ΑΓ est égal à ΖΘ; le rectangle ΓΕ est donc égal à ΖΘ. Et puisque ΒΑ est double de ΑΔ; que ΒΑ est égal à ΚΑ, et ΑΔ égal à ΑΘ, la droite ΚΑ sera double de ΑΘ. Mais ΚΑ est à ΑΘ comme ΚΓ est à ΓΘ (1. 6); le rectangle ΚΓ est donc double de ΓΘ. Mais les surfaces ΛΘ, ΘΓ sont doubles de ΓΘ (43. 1); ΚΓ est donc égal aux surfaces ΛΘ, ΘΓ (43. 1). Mais on a démontré que ΓΕ est égal à ΖΘ; le quarré entier

ἴσον ἐστὶ τῷ ΜΝΞ γνώμονι. Καὶ ἐπεὶ διπλῆ ἐστιν ἡ ΒΑ τῆς ΑΔ, τετραπλάσιόν ἐστι τὸ ἀπὸ τῆς ΒΑ τοῦ ἀπὸ τῆς ΑΔ, τουτέστι τὸ ΑΕ τοῦ ΔΘ. Ἴσον δὲ τὸ ΑΕ τῷ ΜΝΞ γνώμονι, καὶ ὁ ΜΝΞ ἄρα γνώμων τετραπλάσιός ἐστι τοῦ ΔΘ· ὅλον ἄρα τὸ ΔΖ πενταπλάσιόν ἐστι τοῦ ΔΘ. Καὶ ἔστι τὸ μὲν ΔΖ τὸ ἀπὸ τῆς ΔΓ, τὸ δὲ ΘΔ τὸ ἀπὸ τῆς ΔΑ· τὸ ἄρα ἀπὸ τῆς ΓΔ πενταπλάσιόν ἐστι τοῦ ἀπὸ τῆς ΔΑ.

Ἐὰν ἄρα εὐθεῖα, καὶ τὰ ἑξῆς.

tum igitur AE quadratum æquale est gnomoni MNΞ. Et quoniam dupla est BA ipsius AΔ, quadruplum est quadratum ex BA quadrati ex AΔ, hoc est AE ipsius ΔΘ. Æquale autem AE gnomoni MNΞ; et MNΞ igitur gnomon quadruplus est ipsius ΔΘ; totum igitur ΔZ quintuplum est ipsius ΔΘ. Et est ΔZ quidem ipsum ex ΔΓ, ipsum vero ΘΔ ipsum ex ΔA; quadratum igitur ex ΓΔ quintuplum est quadrati ex ΔA.

Si igitur recta, etc.

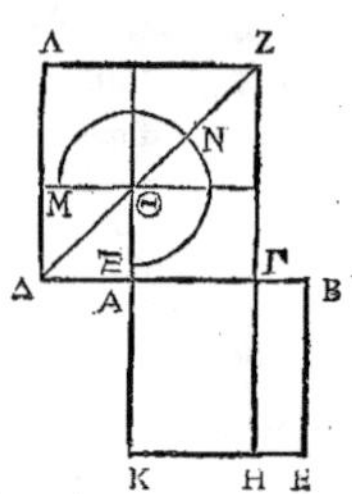

AE est donc égal au gnomon MNΞ. Mais BA est double de AΔ; le quarré de BA est donc quadruple du quarré de AΔ (20. 6), c'est-à-dire que AE est quadruple de ΔΘ. Mais AE est égal au gnomon MNΞ; le gnomon MNΞ est donc quadruple de ΔΘ; le quarré entier ΔZ est donc quintuple de ΔΘ. Mais ΔZ est le quarré de ΔΓ, et ΘΔ le quarré de ΔA; le quarré de ΓΔ est donc quintuple du quarré de ΔA. Donc, etc.

ΠΡΟΤΑΣΙΣ β'.

Ἐὰν εὐθεῖα γραμμὴ τμήματος ἑαυτῆς πενταπλάσιον δύνηται, τῆς διπλασίας τοῦ εἰρημένου τμήματος ἄκρον καὶ μέσον λόγον τεμνομένης· τὸ μεῖζον τμῆμα τὸ λοιπὸν μέρος ἐστὶ τῆς ἐξ ἀρχῆς εὐθείας.

PROPOSITIO II.

Si recta linea partis suæ quintuplum possit, duplum autem dictæ partis extremâ et mediâ ratione secetur; major portio reliqua pars est rectæ a principio.

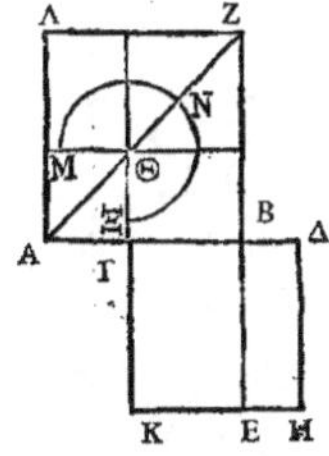

Εὐθεῖα γὰρ γραμμὴ ἡ AB τμήματος ἑαυτῆς τοῦ AΓ πενταπλάσιον δυνάσθω, τῆς δὲ AΓ διπλῆ ἔστω ἡ ΓΔ· λέγω ὅτι τῆς ΓΔ ἄκρον καὶ μέσον λόγον τεμνομένης, τὸ μεῖζον τμῆμά ἐστιν ἡ ΓB.

Ἀναγεγράφθω γὰρ ἀφ' ἑκατέρας τῶν AB, ΓΔ τετράγωνα τὰ AZ, ΓH, καὶ καταγεγράφθω[2] ἐν τῷ AZ τὸ σχῆμα, καὶ διήχθω ἡ ZB ἐπὶ τὸ E[3]. Καὶ ἐπεὶ πενταπλάσιόν ἐστι τὸ ἀπὸ τῆς BA τοῦ ἀπὸ τῆς AΓ πενταπλάσιόν ἐστι τὸ AZ τοῦ AΘ,

Recta enim linea AB partis suæ AΓ quintuplum possit, et ipsius AΓ dupla sit ΓΔ; dico, ipsius ΓΔ extremâ et mediâ ratione sectæ, portionem majorem esse ΓB.

Describantur enim ex utrâque ipsarum AB, ΓΔ quadrata AZ, ΓH, et describatur figura in AZ, et producatur ZB ad E. Et quoniam quintuplum est ipsum ex BA ipsius ex AΓ, quintuplum est AZ ipsius AΘ; quadruplus igitur

PROPOSITION II.

Si le quarré d'une ligne droite est égal au quintuple du quarré d'un de ses segments, et si le double de ce segment est coupé en extrême et moyenne raison, le plus grand segment est la partie restante de la droite premièrement exposée.

Que le quarré de la droite AB soit égal au quintuple du quarré de son segment AΓ, et que ΓΔ soit double de AΓ; je dis que si la droite ΓΔ est coupée en extrême et moyenne raison, la droite ΓB sera son plus grand segment.

Car décrivons avec les droites AB, ΓΔ, les quarrés AZ, ΓH; achevons la figure dans AZ, et prolongeons ZB vers le point E. Puisque le quarré de BA est quintuple du quarré de AΓ, la surface AZ sera quintuple de AΘ; le gnomon MNΞ est donc

τετραπλάσιος[5] ἄρα ὁ ΜΝΞ γνώμων τοῦ ΑΘ. Καὶ ἐπεὶ διπλῆ ἐστιν ἡ ΔΓ τῆς ΓΑ, τετραπλάσιον ἄρα τὸ ἀπὸ τῆς ΔΓ τοῦ ἀπὸ τῆς ΓΑ[6], τουτέστι τὸ ΓΗ τοῦ ΑΘ. Ἐδείχθη δὲ καὶ ὁ ΜΝΞ γνώμων τετραπλάσιος τοῦ ΑΘ· ἴσος ἄρα ὁ ΜΝΞ γνώμων τῷ ΓΗ. Καὶ ἐπεὶ διπλῆ ἐστιν ἡ ΔΓ τῆς ΓΑ, ἴση δὲ ἡ μὲν ΔΓ τῇ ΓΚ, ἡ δὲ ΑΓ τ ΓΘ· διπλῆ ἄρα

MNΞ gnomon ipsius AΘ. Et quoniam dupla est ΔΓ ipsius ΓA, quadruplum igitur est ipsum ex ΔΓ ipsius ex ΓA, hoc est ΓH ipsius AΘ. Ostensus est autem et MNΞ gnomon quadruplus ipsius AΘ; æqualis igitur MNΞ gnomon ipsi ΓH. Et quoniam dupla est ΔΓ ipsius ΓA, sed æqualis quidem ΔΓ ipsi ΓK, ipsa vero

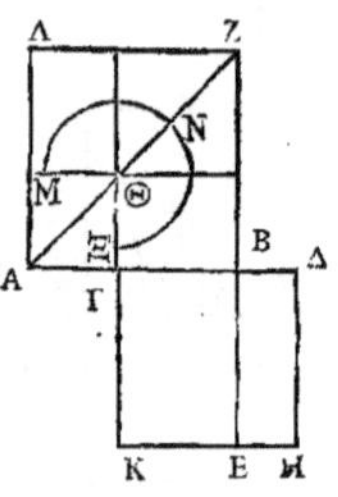

καὶ ἡ ΚΓ τῆς ΓΘ· διπλάσιον ἄρα καὶ τὸ ΚΒ τοῦ ΒΘ. Εἰσὶ δὲ καὶ τὰ ΛΘ, ΘΒ τοῦ ΘΒ διπλάσια[7]. ἴσον ἄρα τὸ ΚΒ τοῖς ΛΘ, ΘΒ. Ἐδείχθη δὲ καὶ ὅλος ὁ ΜΝΞ γνώμων ὅλῳ τῷ ΓΗ ἴσος· καὶ λοιπὸν ἄρα τὸ ΘΖ τῷ ΒΗ ἐστὶν ἴσον. Καὶ ἔστι τὸ μὲν ΒΗ τὸ ὑπὸ τῶν ΓΔ, ΔΒ, ἴση γὰρ ἡ ΓΔ τῇ ΔΗ, τὸ δὲ ΘΖ τὸ ἀπὸ τῆς ΒΓ· τὸ ἄρα ὑπὸ τῶν ΓΔ, ΔΒ ἴσον ἐστὶ τῷ ἀπὸ τῆς ΓΒ· ἔστιν ἄρα ὡς ἡ ΔΓ πρὸς τὴν ΓΒ οὕτως ἡ ΓΒ πρὸς τὴν ΒΔ. Μείζων δὲ ἡ ΔΓ τῆς ΓΒ· μείζων ἄρα καὶ

AΓ ipsi ΓΘ; dupla igitur et KΓ ipsius ΓΘ; duplum igitur et KB ipsius BΘ. Sunt autem et ipsa ΛΘ, ΘB ipsius ΘB dupla; æquale igitur KB ipsis ΛΘ, ΘB. Ostensus est autem et totus MNΞ gnomon toti ΓH æqualis; et reliquum igitur ΘZ ipsi BH est æquale. Et est quidem BH ipsum sub ΓΔ, ΔB, æqualis enim ipsa ΓΔ ipsi ΔH, ipsum ΘZ vero ipsum ex BΓ; ipsum igitur sub ΓΔ, ΔB æquale est ipsi ex ΓB; est igitur ut ΔΓ ad ΓB ita ΓB ad BΔ. Major autem ΔΓ ipsâ ΓB;

quadruple de AΘ. Mais ΔΓ est double de ΓA, le quarré de ΔΓ est donc quadruple du quarré de ΓA (20. 6), c'est-à-dire que ΓH est quadruple de AΘ. Mais on a démontré que le gnomon MNΞ est quadruple de AΘ; le gnomon MNΞ est donc égal à ΓH. Et puisque ΔΓ est double de ΓA, que ΔΓ est égal à ΓK, et AΓ égal à ΓΘ; la droite KΓ sera double de ΓΘ; le rectangle KB est donc double de BΘ. Mais les rectangles ΛΘ, ΘB pris ensemble sont doubles de ΘB (43. 1); le rectangle KB est donc égal aux rectangles ΛΘ, ΘB. Mais on a démontré que le gnomon entier MNΞ est égal au rectangle entier ΓH; le quarré restant ΘZ est donc égal à BH. Mais BH est le rectangle sous ΓΔ, ΔB, car ΓΔ est égal à ΔH, et ΘZ est le quarré de BΓ; le rectangle sous ΓΔ, ΔB est donc égal au quarré de ΓB; la droite ΔΓ est donc à ΓB comme ΓB est à BΔ (17. 6). Mais ΔΓ est plus grand que ΓB; la droite ΓB est

ἡ ΓΒ τῆς ΒΔ. Τῆς ΓΔ ἄρα εὐθείας ἄκρον καὶ μέσον λόγον τεμνομένης τὸ μεῖζον τμῆμά ἐστιν ἡ ΓΒ.

Εὰν ἄρα εὐθεῖα, καὶ τὰ ἑξῆς.

Major igitur et ΓΒ ipsâ ΒΔ. Rectæ igitur ΓΔ extremâ et mediâ ratione sectæ major portio est ipsa ΓΒ.

Si igitur recta, etc.

ΛΗΜΜΑ.

Οτι δὲ ἡ διπλῆ τῆς ΑΓ μείζων ἐστὶ τῆς ΓΒ, οὕτως δεικτέον.

Εἰ γὰρ μὴ, ἔστω, εἰ δυνατὸν, ἡ ΒΓ διπλῆ τῆς ΓΑ[1]· τετραπλάσιον ἄρα τὸ ἀπὸ τῆς ΒΓ τοῦ ἀπὸ τῆς ΓΑ· πενταπλάσια ἄρα τὰ ἀπὸ τῶν ΒΓ, ΓΑ τοῦ ἀπὸ τῆς ΓΑ[2]. Υπόκειται δὲ καὶ τὸ ἀπὸ τῆς ΒΑ πενταπλάσιον τοῦ ἀπὸ τῆς ΓΑ· τὸ ἄρα ἀπὸ τῆς ΒΑ ἴσον ἐστὶ τοῖς ἀπὸ τῶν ΒΓ, ΓΑ, ὅπερ ἀδύνατον· οὐκ ἄρα ἡ ΒΓ διπλασίων ἐστὶ[3] τῆς ΓΑ. Ομοίως δὴ δείξομεν ὅτι οὐδὲ ἐλάττων τῆς ΒΓ διπλασίων[4] ἐστὶ τῆς ΓΑ, πολλῷ γὰρ μεῖζον[5] τὸ ἄτοπον· ἡ ἄρα τῆς ΑΓ διπλῆ μείζων ἐστὶ τῆς ΓΒ. Οπερ ἔδει δεῖξαι.

LEMMA.

Duplam autem ipsius ΑΓ majorem esse quam ΓΒ, sic ostendendum est.

Si enim non sit, si possibile, ipsa ΒΓ dupla ipsius ΓΑ; quadruplum igitur quadratum ex ΒΓ quadrati ex ΓΑ; quintupla igitur quadrata ex ipsis ΒΓ, ΓΑ quadrati ex ΓΑ. Ponitur autem et quadratum ex ΒΑ quintuplum quadrati ex ΓΑ; quadratum igitur ex ΒΑ æquale[1] est quadratis ex ipsis ΒΓ, ΓΑ, quod impossibile; non igitur ΒΓ dupla est ipsius ΓΑ. Similiter utique demonstrabimus neque minorem quam ΒΓ duplam esse ipsius ΓΑ; multo enim majus absurdum; ergo ipsius ΑΓ dupla major est quam ΓΒ. Quod oportebat ostendere.

donc plus grande que ΒΔ. Si donc la droite ΓΔ est coupée en extrême et moyenne raison, la droite ΓΒ sera le plus grand segment. Donc, etc.

LEMME.

On démontrera, de la manière suivante, que le double de ΑΓ est plus grand que ΓΒ.

Car que cela ne soit point, si cela est possible, et que ΒΓ soit double de ΓΑ; le quarré de ΒΓ sera quadruple du quarré de ΓΑ; les quarrés des droites ΒΓ, ΓΑ pris ensemble seront donc quintuples du quarré de ΓΑ. Mais on a supposé que le quarré de ΒΑ est aussi quintuple du quarré de ΓΑ; le quarré de ΒΑ est donc égal aux quarrés des droites ΒΓ, ΓΑ, ce qui est impossible (4. 2); la droite ΒΓ n'est pas double de ΓΑ. Nous démontrerons semblablement qu'une droite plus petite que ΒΓ n'est pas double de ΓΑ, car l'absurdité serait encore plus grande; le double de ΑΓ est donc plus grand que ΒΓ. Ce qu'il fallait démontrer.

ΠΡΟΤΑΣΙΣ γ'.

Εὰν εὐθεῖα γραμμὴ ἄκρον καὶ μέσον λόγον τμηθῆ· τὸ ἔλασσον τμῆμα, προσλαβὸν τὴν ἡμισείαν τοῦ μείζονος τμήματος, πενταπλάσιον δύναται τοῦ ἀπὸ τῆς ἡμισείας τοῦ μείζονος τμήματος τετραγώνου.

Εὐθεῖα γάρ τις ἡ ΑΒ ἄκρον καὶ μέσον λόγον τετμήσθω κατὰ τὸ Γ σημεῖον, καὶ ἔστω μεῖζον τμῆμα ἡ[1] ΑΓ, καὶ τετμήσθω ΑΓ δίχα κατὰ τὸ Δ· λέγω ὅτι πενταπλάσιόν ἐστι τὸ ἀπὸ τῆς ΒΔ τοῦ ἀπὸ τῆς ΔΓ.

Αναγεγράφθω γὰρ ἀπὸ τῆς ΑΒ τετράγωνον τὸ ΑΕ, καὶ καταγεγράφθω διπλοῦν[2] τὸ σχῆμα. Καὶ[3] ἐπεὶ διπλῆ ἐστιν ἡ ΑΓ τῆς ΓΔ· τετραπλάσιον ἄρα[4] τὸ ἀπὸ τῆς ΑΓ τοῦ ἀπὸ τῆς ΓΔ, τουτέστι τὸ ΡΣ τοῦ ΖΗ. Καὶ ἐπεὶ τὸ ὑπὸ τῶν ΑΒ, ΒΓ ἴσον ἐστὶ τῷ ἀπὸ τῆς ΑΓ, καὶ ἔστι τὸ μὲν[5] ὑπὸ τῶν ΑΒ, ΒΓ τὸ ΓΕ, τὸ δὲ ἀπὸ τῆς ΑΓ τὸ ΡΣ[6]· τὸ ἄρα ΓΕ ἴσον ἐστὶ τῷ ΡΣ. Τετραπλάσιον δὲ τὸ ΡΣ τοῦ ΖΗ· τετραπλάσιον ἄρα καὶ τὸ ΓΕ

PROPOSITIO III.

Si recta linea extremâ et mediâ ratione secta fuerit; minor portio, assumens dimidiam majoris portionis, quintuplum potest quadrati ex dimidiâ majoris portionis.

Recta enim quævis ΑΒ extremâ et mediâ ratione secetur in Γ puncto, et sit major portio ΑΓ, et secetur ΑΓ bifariam in Δ; dico quintuplum esse quadratum ex ΒΔ quadrati ex ΔΓ.

Describatur enim ex ΑΒ quadratum ΑΕ, et compleatur dupla figura. Et quoniam dupla est ΑΓ ipsius ΓΔ; quadruplum igitur ipsum ex ΑΓ ipsius ex ΓΔ, hoc est ΡΣ ipsius ΖΗ. Et quoniam rectangulum sub ΑΒ, ΒΓ æquale est quadrato ex ΑΓ, et est rectangulum quidem sub ΑΒ, ΒΓ ipsum ΓΕ, quadratum vero ex ΑΓ ipsum ΡΣ; ergo ΓΕ æquale est ipsi ΡΣ. Quadruplum autem ΡΣ ipsius ΖΗ; quadruplum igitur et ΓΕ

PROPOSITION III.

Si une ligne droite est coupée en extrême et moyenne raison; le quarré du plus petit segment, augmenté de la moitié du plus grand segment, est égal au quintuple du quarré de la moitié du plus grand segment.

Qu'une droite quelconque ΑΒ soit coupée en extrême et moyenne raison au point Γ, que ΑΓ soit le plus grand segment, et coupons ΑΓ en deux parties égales au point Δ; je dis que le quarré de ΒΔ est quintuple du quarré de ΔΓ.

Car décrivons avec ΑΒ le quarré ΑΕ, et construisons une double figure. Puisque ΑΓ est double de ΓΔ, le quarré de ΑΓ est quadruple du quarré de ΓΔ, c'est-à-dire que ΡΣ est quadruple de ΖΗ. Et puisque le rectangle sous ΑΒ, ΒΓ est égal au quarré de ΑΓ (17. 6), que le rectangle sous ΑΒ, ΒΓ est ΓΕ, et que le quarré de ΑΓ est ΡΣ, le rectangle ΓΕ sera égal à ΡΣ. Mais ΡΣ est quadruple de ΖΗ; le rectangle ΓΕ est

τοῦ ΖΗ. Πάλιν ἐπεὶ ἴση ἐστὶν ἡ ΑΔ τῇ ΔΓ, ἴση ἐστὶ καὶ ἡ ΘΚ τῇ ΚΖ· ὥστε καὶ τὸ ΗΖ τετράγωνον ἴσον ἐστὶ τῷ ΘΛ τετραγώνῳ· ἴση ἄρα ἡ ΗΚ τῇ ΚΛ, τουτέστιν ἡ ΜΝ τῇ ΝΕ· ὥστε καὶ τὸ ΜΖ τῷ ΖΕ ἐστὶν ἴσον. Ἀλλὰ τὸ ΜΖ τῷ ΓΗ ἐστὶν ἴσον⁷· καὶ τὸ ΓΗ ἄρα τῷ ΖΕ ἐστὶν ἴσον. Κοινὸν προσκείσθω τὸ ΓΝ· ὁ ἄρα ΞΟΗ γνώμων ἴσος ἐστὶ τῷ

ipsius ΖΗ. Rursus quoniam æqualis est ΑΔ ipsi ΔΓ, æqualis est et ΘΚ ipsi ΚΖ; quare et ΗΖ quadratum æquale est quadrato ΘΛ; æqualis igitur ΗΚ ipsi ΚΛ, hoc est ΜΝ ipsi ΝΕ; quare et ΜΖ ipsi ΖΕ est æquale. Sed ΜΖ ipsi ΓΗ est æquale; et ΓΗ igitur ipsi ΖΕ est æquale. Commune apponatur ipsum ΓΝ; gnomon igitur ΞΟΠ æqualis est rectangulo

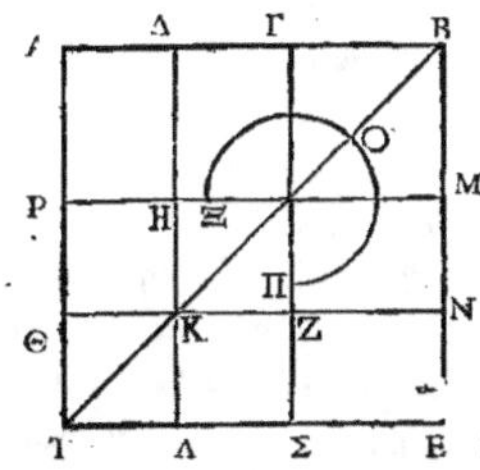

ΓΕ. Ἀλλὰ τὸ ΓΕ τετραπλάσιον ἐδείχθη τοῦ ΗΖ· καὶ ὁ ΞΟΠ ἄρα[8] γνώμων τετραπλάσιός ἐστι τοῦ ΖΗ τετραγώνου· ὁ ΞΟΠ ἄρα γνώμων καὶ τὸ ΖΗ τετράγωνον πενταπλάσιόν ἐστι τοῦ ΖΗ. Ἀλλ' ὁ ΞΟΠ γνώμων καὶ τὸ ΖΗ τετράγωνόν ἐστι τὸ ΔΝ[9]· καὶ ἔστι τὸ μὲν ΔΝ τὸ ἀπὸ τῆς ΔΒ, τὸ δὲ ΗΖ τὸ ἀπὸ τῆς ΔΓ· τὸ ἄρα ἀπὸ τῆς ΔΒ πενταπλάσιόν ἐστι τοῦ ἀπὸ τῆς ΓΔ. Ὅπερ ἔδει δεῖξαι.

ΓΕ. Sed ΓΕ quadruplum ostensum est ipsius ΗΖ; et ΞΟΠ igitur gnomon quadruplus est ΖΗ quadrati; ergo ΞΟΠ gnomon et ΖΗ quadratum quintuplum est ipsius ΖΗ. Sed ΞΟΠ gnomon et ΖΗ quadratum sunt ipsum ΔΝ; et est quidem ΔΝ quadratum ex ΔΒ; ipsum vero ΗΖ quadratum ex ΔΓ; quadratum igitur ex ΔΒ quintuplum est quadrati ex ΓΔ. Quod oportebat ostendere.

donc quadruple de ΖΗ. De plus, puisque ΑΔ est égal à ΔΓ, et ΘΚ égal à ΚΖ (4. 1), le quarré ΗΖ sera égal au quarré ΘΛ; la droite ΗΚ est donc égale à ΚΛ, c'est-à-dire ΜΝ égal à ΝΕ. Le rectangle ΜΖ est donc égal au rectangle ΖΕ (36. 1). Mais le rectangle ΜΖ est égal à ΓΗ (43. 1); le rectangle ΓΗ est donc égal à ΖΕ. Ajoutons le rectangle commun ΓΝ; le gnomon ΞΟΠ sera égal à ΓΕ. Mais on a démontré que ΓΕ est quadruple de ΗΖ; le gnomon ΞΟΠ est donc quadruple du quarré de ΖΗ; le gnomon ΞΟΠ conjointement avec le quarré ΖΗ est donc quintuple du quarré de ΖΗ. Mais le gnomon ΞΟΠ avec le quarré ΖΗ forment le quarré ΔΝ, et ΔΝ est le quarré de ΔΒ, et ΗΖ est le quarré de ΔΓ; le quarré de ΔΒ est donc quintuple du quarré de ΓΔ. Ce qu'il fallait démontrer.

ΠΡΟΤΑΣΙΣ δ'.

Ἐὰν εὐθεῖα γραμμὴ ἄκρον καὶ μέσον λόγον τμηθῇ· τὸ ἀπὸ τῆς ὅλης καὶ τοῦ ἐλάττονος τμήματος, τὰ συναμφότερα τετράγωνα, τριπλάσιά ἐστι τοῦ ἀπὸ τοῦ μείζονος τμήματος τετραγώνου.

Ἔστω εὐθεῖα ἡ ΑΒ, καὶ τετμήσθω ἄκρον καὶ μέσον λόγον κατὰ τὸ Γ, καὶ ἔστω μεῖζον τμῆμα τὸ ΑΓ· λέγω ὅτι τὰ ἀπὸ τῶν ΑΒ, ΒΓ τριπλάσιά ἐστι τοῦ ἀπὸ τῆς ΓΑ.

Ἀναγεγράφθω γὰρ ἀπὸ τῆς ΑΒ τετράγωνον τὸ ΑΔΕΒ, καὶ καταγεγράφθω τὸ σχῆμα. Ἐπεὶ οὖν ἡ ΑΒ ἄκρον καὶ μέσον λόγον τέτμηται κατὰ τὸ Γ, καὶ μεῖζον τμῆμά ἐστιν ἡ ΑΓ· τὸ ἄρα ὑπὸ τῶν ΑΒ, ΒΓ ἴσον ἐστὶ τῷ ἀπὸ τῆς ΑΓ. Καὶ ἔστι τὸ μὲν ὑπὸ τῶν ΑΒ, ΒΓ τὸ ΑΚ, τὸ δὲ ἀπὸ τῆς ΑΓ τὸ ΘΗ· ἴσον ἄρα ἐστὶ τὸ ΑΚ τῷ ΘΗ. Καὶ ἐπεὶ ἴσον ἐστὶ τὸ ΑΖ τῷ ΖΕ, κοινὸν προσκείσθω τὸ ΓΚ· ὅλον ἄρα τὸ ΑΚ ὅλῳ τῷ ΓΕ ἐστὶν ἴσον· τὰ ἄρα ΑΚ, ΓΕ τοῦ ΑΚ ἐστὶ διπλάσια. Ἀλλὰ τὰ ΑΚ, ΓΕ ὁ ΑΜΝ γνώμων ἐστὶ καὶ τὸ ΓΚ τετράγωνον·

PROPOSITIO IV.

Si recta linea extremâ et mediâ ratione secta fuerit; ipsa ex totâ et minore portione, utraque simul quadrata, tripla sunt quadrati ex majori portione.

Sit recta AB, et secetur extremâ et mediâ ratione in Γ, et sit major portio AΓ; dico ipsa ex AB, BΓ tripla esse ipsius ex AΓ.

Describatur enim ex AB quadratum AΔEB, et compleatur figura. Quoniam igitur AB extremâ et mediâ ratione secta est in Γ, et major portio est AΓ; rectangulum igitur sub AB, BΓ æquale est quadrato ex AΓ. Et est quidem rectangulum sub AB, BΓ ipsum AK, quadratum autem ex AΓ ipsum ΘH; æquale igitur est AK ipsi ΘH. Et quoniam æquale est ipsum AZ ipsi ZE, commune apponatur ipsum ΓK; totum igitur AK toti ΓE est æquale; ipsa igitur AK, ΓE ipsius AK sunt dupla. Sed ipsa AK, ΓE ipse AMN gnomon

PROPOSITION IV.

Si une ligne droite est coupée en extrême et moyenne raison, le quarré de la droite entière, conjointement avec le quarré du plus petit segment, est triple du quarré du plus grand segment.

Soit la droite AB; qu'elle soit coupée en extrême et moyenne raison au point Γ, et que AΓ soit le plus grand segment; je dis que le quarré de la droite AB, conjointement avec le quarré de BΓ, est triple du quarré de ΓA.

Car décrivons avec AB le quarré AΔEB, et complétons la figure. Puisque AB est coupé en extrême et moyenne raison au point Γ, et que AΓ est le plus grand segment, le rectangle sous AB, BΓ sera égal au quarré de AΓ (17. 6). Mais le rectangle sous AB, BΓ est AK, et le quarré de AΓ est ΘH; le rectangle AK est donc égal à ΘH. Et puisque AZ est égal à ZE (43. 1), ajoutons le quarré commun ΓK; le rectangle entier AK sera égal au rectangle entier ΓE; le rectangle AK, conjointement avec ΓE, est donc double de AK. Mais les rectangles AK, ΓE contiènent le gnomon

ὁ ἄρα ΛΜΝ γνώμων καὶ τὸ ΓΚ τετράγωνον διπλάσιά ἐστι τοῦ ΑΚ. Ἀλλὰ μὴν καὶ τὸ ΑΚ τῷ ΘΗ ἐδείχθη ἴσον· ὁ ἄρα ΛΜΝ γνώμων, καὶ τὸ ΓΚ τετράγωνον διπλάσιά ἐστι τοῦ ΘΗ· ὥστε καὶ ὁ ΛΜΝ γνώμων καὶ τὰ ΓΚ, ΘΗ τετράγωνα τριπλάσιά ἐστι τοῦ ΘΗ τετραγώνου. Καὶ ἔστιν ὁ μὲν ΛΜΝ γνώμων καὶ τὰ ΓΚ, ΘΗ τετράγωνα, ὅλον τὸ ΑΕ καὶ τὸ ΓΚ, ἅπερ ἐστὶ τὰ ἀπὸ τῶν ΑΒ, ΒΓ τετράγωνα, τὸ δὲ ΗΘ τὸ ἀπὸ τῆς ΑΓ τετράγωνον· τὰ ἄρα ἀπὸ τῶν ΑΒ, ΒΓ τετράγωνα τριπλάσιά ἐστι τοῦ ἀπὸ τῆς ΑΓ τετραγώνου. Ὅπερ ἔδει δεῖξαι.

sunt et ΓΚ quadratum; gnomon igitur ΛΜΝ et quadratum ΓΚ dupla sunt ipsius ΑΚ. At vero et ipsum ΑΚ ipsi ΘΗ ostensum est æquale; ergo ΛΜΝ gnomon, et ΓΚ quadratum dupla sunt ipsius ΘΗ; quare et ΛΜΝ gnomon et ΓΚ, ΘΗ quadrata tripla sunt quadrati ΘΗ. Et sunt quidem ΛΜΝ gnomon et ΓΚ, ΘΗ quadrata, totum ΑΕ et ΓΚ, quæ sunt ex ipsis ΑΒ, ΒΓ quadrata, ipsum autem ΗΘ ipsum ex ΑΓ quadratum; quadrata igitur ex ΑΒ, ΒΓ tripla sunt quadrati ex ΑΓ. Quod oportebat ostendere.

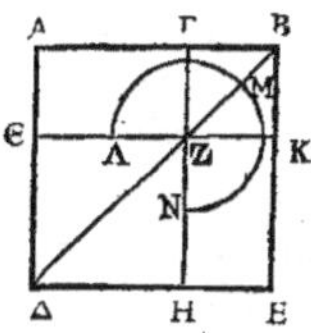

ΛΜΝ et le quarré ΓΚ; le gnomon ΛΜΝ, conjointement avec le quarré ΓΚ, est donc double du rectangle ΑΚ. Mais on a démontré que ΑΚ est égal à ΘΗ; le gnomon ΛΜΝ, conjointement avec le quarré ΓΚ, est donc double de ΘΗ; le gnomon ΛΜΝ, conjointement avec les quarrés ΓΚ, ΘΗ, est donc triple du quarré ΘΗ. Mais le gnomon ΛΜΝ, conjointement avec les quarrés ΓΚ, ΘΗ, est le quarré entier ΑΕ conjointement avec ΓΚ. Mais ΕΑ, ΓΚ sont les quarrés des droites ΑΒ, ΒΓ, et ΗΘ est le quarré de ΑΓ; le quarré de ΑΒ, conjointement avec le quarré de ΒΓ, est donc triple du quarré de ΑΓ. Ce qu'il fallait démontrer.

ΠΡΟΤΑΣΙΣ έ.

Ἐὰν εὐθεῖα γραμμὴ ἄκρον καὶ μέσον λόγον τμηθῇ, καὶ προστεθῇ αὐτῇ[1] ἴση τῷ μείζονι τμήματι· ἡ ὅλη[2] εὐθεῖα ἄκρον καὶ μέσον λόγον τέτμηται, καὶ τὸ μεῖζον τμῆμά ἐστιν ἡ ἐξ ἀρχῆς εὐθεῖα.

Εὐθεῖα γὰρ γραμμὴ ἡ ΑΒ ἄκρον καὶ μέσον λόγον τετμήσθω κατὰ τὸ Γ σημεῖον[3], καὶ ἔστω μεῖζον τμῆμα ἡ ΑΓ, καὶ τῇ ΑΓ ἴση κείσθω[4] ἡ ΑΔ· λέγω ὅτι ἡ ΔΒ εὐθεῖα ἄκρον καὶ μέσον λόγον τέτμηται κατὰ τὸ Α, καὶ τὸ μεῖζον τμῆμά ἐστιν ἡ ἐξ ἀρχῆς εὐθεῖα ἡ ΑΒ.

Αναγεγράφθω γὰρ ἀπὸ τῆς ΑΒ τετράγωνον τὸ ΑΕ, καὶ καταγεγράφθω τὸ σχῆμα. Επεὶ οὖν[5] ἡ ΑΒ ἄκρον καὶ μέσον λόγον τέτμηται κατὰ τὸ Γ, τὸ ἄρα ὑπὸ τῶν ΑΒ, ΒΓ ἴσον ἐστὶ τῷ ἀπὸ τῆς[6] ΑΓ. Καὶ ἔστι τὸ μὲν ὑπὸ τῶν[7] ΑΒ, ΒΓ τὸ ΓΕ, τὸ δὲ ἀπὸ τῆς ΑΓ τὸ ΓΘ, ἴσον ἄρα τὸ ΓΕ τῷ ΓΘ. Αλλὰ τῷ μὲν ΓΕ ἴσον ἐστὶ τὸ ΕΘ, τῷ δὲ ΘΓ ἴσον τὸ ΔΘ[8]· καὶ τὸ ΔΘ ἄρα ἴσον ἐστὶ τῷ ΘΕ. Κοινὸν

PROPOSITIO V.

Si recta linea extremâ et mediâ ratione secta fuerit, et adjiciatur ipsi æqualis majori portioni; tota recta extremâ et mediâ ratione secta est, et major portio est ipsa a principio recta.

Recta enim linea ΑΒ extremâ et mediâ ratione secetur in Γ puncto, et sit ΑΓ major portio, et ipsi ΑΓ æqualis ponatur ΑΔ; dico ΔΒ rectam extremâ et mediâ ratione secari in puncto Α, et majorem portionem esse a principio rectam ΑΒ.

Describatur enim ex ΑΒ quadratum ΑΕ, et compleatur figura. Quoniam igitur ΑΒ extremâ et mediâ ratione secta est in Γ, ipsum igitur sub ΑΒ, ΒΓ æquale est ipsi ex ΑΓ. Et est quidem ipsum sub ΑΒ, ΒΓ ipsum ΓΕ; ipsum vero ex ΑΓ ipsum ΓΘ; æquale igitur ΓΕ ipsi ΓΘ. Sed ipsi ΓΕ quidem æquale est ΕΘ, ipsi vero ΘΓ æquale ipsum ΔΘ; et

PROPOSITION V.

Si une ligne droite est coupée en extrême et moyenne raison, et si on lui ajoute une droite égale au plus grand segment, la droite entière sera coupée en extrême et moyenne raison, et le plus grand segment sera la droite premièrement exposée.

Que la droite ΑΒ soit coupée en extrême et moyenne raison au point Γ, que ΑΓ soit le plus grand segment, et faisons ΑΔ égal à ΑΓ; je dis que la droite ΔΑ est coupée en extrême et moyenne raison au point Α, et que la droite ΑΒ premièrement exposée est le plus grand segment.

Car décrivons avec ΑΒ le quarré ΑΕ, et achevons la figure. Puisque ΑΒ est coupé en extrême et moyenne raison au point Γ, le rectangle sous ΑΒ, ΒΓ sera égal au quarré de ΑΓ (17. 6). Mais le rectangle sous ΑΒ, ΒΓ est ΓΕ, et le quarré de ΑΓ est ΓΘ; le rectangle ΓΕ est donc égal à ΓΘ. Mais ΕΘ est égal à ΓΕ, et ΔΘ à

προσκείσθω τὸ ΘΒ· ὅλον ἄρα τὸ ΔΚ ὅλῳ τῷ ΑΕ ἐστὶν ἴσον. Καὶ ἔστι τὸ μὲν ΔΚ τὸ ὑπὸ τῶν ΒΔ, ΔΑ, ἴση γὰρ ἡ ΑΔ τῇ ΔΛ, τὸ δὲ ΑΕ τὸ ἀπὸ τῆς ΑΒ· τὸ ἄρα ὑπὸ τῶν ΒΔ, ΔΑ ἴσον ἐστὶ τῷ ἀπὸ

ΔΘ igitur æquale est ipsi ΘΕ. Commune apponatur ΘΒ; totum igitur ΔΚ toti ΑΕ est æquale. Et est ΔΚ quidem ipsum sub ΒΔ, ΔΑ, æqualis enim ΑΔ ipsi ΔΛ, ipsum autem ΑΕ ipsum ex ΑΒ; ipsum igitur

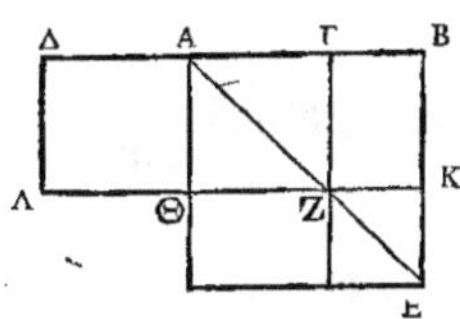

τῆς ΑΒ· ἔστιν ἄρα ὡς ἡ ΔΒ πρὸς τὴν ΒΑ οὕτως ἡ ΒΑ πρὸς τὴν ΑΔ. Μείζων δὲ ἡ ΔΒ τῆς ΒΑ· μείζων ἄρα καὶ ἡ ΒΑ τῆς ΑΔ· ἡ ἄρα ΔΒ ἄκρον καὶ μέσον λόγον τέτμηται κατὰ τὸ Α, καὶ τὸ μεῖζον τμῆμά ἐστιν ἡ ΑΒ. Ὅπερ ἔδει δεῖξαι.

sub ΒΔ, ΔΑ æquale est ipsi ex ΑΒ; est igitur ut ΔΒ ad ΒΑ ita ΒΑ ad ΑΔ. Major autem ΔΒ quam ΒΑ; major igitur et ΒΑ quam ΑΔ; ergo ΔΒ extremâ et mediâ ratione secta est in Α, et major portio est ΑΒ. Quod oportebat ostendere.

ΘΓ (4. 1); le quarré ΔΘ est donc égal à ΘΕ. Ajoutons le rectangle commun ΘΒ; le rectangle entier ΔΚ sera égal au quarré entier ΑΕ. Mais ΔΚ est le rectangle sous ΒΔ, ΔΑ, car ΑΔ est égal à ΔΛ, et ΑΕ est le quarré de ΑΒ; le rectangle sous ΒΔ, ΔΑ est donc égal au quarré de ΑΒ; la droite ΔΒ est donc à la droite ΒΑ comme ΒΑ est à ΑΔ (17. 6.) Mais ΔΒ est plus grand que ΒΑ; la droite ΒΑ est donc plus grande que la droite ΑΔ; la droite ΔΒ est donc coupée en extrême et moyenne raison au point Α, et ΑΒ est le plus grand segment. Ce qu'il fallait démontrer.

ΑΛΛΩΣ[1].

Ἐὰν εὐθεῖα γραμμὴ ἄκρον καὶ μέσον λόγον τμηθῇ, ἔσται ὡς συναμφότερος ἡ ὅλη καὶ τὸ μεῖζον τμῆμα πρὸς τὴν ὅλην οὕτως ἡ ὅλη πρὸς τὸ μεῖζον τμῆμα.

Εὐθεῖα γάρ τις ἡ ΑΒ ἄκρον καὶ μέσον λόγον τετμήσθω κατὰ τὸ Γ· καὶ ἔστω μεῖζον τμῆμα τὸ ΑΓ· λέγω ὅτι ἐστὶν ὡς συναμφότερος ἡ ΒΑΓ πρὸς τὴν ΒΑ οὕτως ἡ ΒΑ πρὸς τὴν ΑΓ.

Κείσθω γὰρ τῇ ΑΓ ἴση ἡ ΑΔ· λέγω ὅτι ἐστὶν ὡς ἡ ΔΒ πρὸς τὴν ΒΑ οὕτως ἡ ΒΑ πρὸς τὴν ΑΓ. Ἐπεὶ γὰρ ἡ ΑΒ ἄκρον καὶ μέσον λόγον τέτμηται κατὰ τὸ Γ, καὶ μεῖζον τμῆμά ἐστι τὸ ΑΓ· ἔστιν ἄρα ὡς ἡ ΒΑ πρὸς τὴν ΑΓ οὕτως ἡ ΑΓ πρὸς τὴν ΓΒ. Ἴση δὲ ἡ ΑΓ τῇ ΑΔ· ἔστιν ἄρα ὡς ἡ ΒΑ πρὸς τὴν ΑΔ οὕτως ἡ ΑΓ πρὸς τὴν ΓΒ· ἀνάπαλιν ἄρα ἐστὶν ὡς ἡ ΔΑ πρὸς τὴν ΑΒ οὕτως ἡ ΒΓ πρὸς τὴν ΓΑ· συνθέντι ἄρα ἐστὶν ὡς ἡ ΔΒ πρὸς τὴν ΒΑ οὕτως ἡ ΒΑ πρὸς τὴν ΑΓ. Ἴση δὲ ἐστὶν ἡ ΔΑ τῇ ΑΓ· ἔστιν ἄρα ὡς συναμφότερος ἡ ΒΑΓ πρὸς τὴν ΒΑ οὕτως ἡ ΒΑ πρὸς τὴν ΑΓ. Καὶ ἐπεὶ δέδεικται ὡς

ALITER.

Si recta linea extremâ et mediâ ratione s fuerit, erit ut utraque simul tota et major po ad totam ita tota ad majorem portionem.

Recta enim quædam AB extremâ et m ratione secetur in Γ, et sit major portio dico esse ut utraque simul BAΓ ad BA ita ad AΓ.

Ponatur enim ipsi AΓ æqualis AΔ; dico ut ΔB ad BA ita BA ad AΓ. Quoniam enim extremâ et mediâ ratione secatur in Γ, et ma portio est AΓ; est igitur ut BA ad AΓ ita AΓ ΓB. Æqualis autem AΓ ipsi AΔ; est igitur BA ad AΔ ita AΓ ad ΓB; invertendo igitur ut ΔA ad AB ita BΓ ad ΓA; componendo igi est ut ΔB ad BA ita BA ad AΓ. Æqualis aut est ΔA ipsi AΓ; est igitur ut utraque sim BAΓ ad BA ita BA ad AΓ. Et quonia

AUTREMENT.

Si une ligne droite est coupée en extrême et moyenne raison, la droite entièr conjointement avec le plus grand segment, sera à la droite entière comme la droi entière est au plus grand segment.

Qu'une droite AB soit coupée en extrême et moyenne raison au point Γ, et qu AΓ en soit le plus grand segment; je dis que les droites BA, AΓ, prises ensembl sont à BA comme BA est à AΓ.

Car faisons AΔ égal à AΓ; je dis que ΔB est à BA comme BA est à AΓ; car puisqu AB est coupé en extrême et moyenne raison au point Γ, et que AΓ est le plus gran segment, BA sera à AΓ comme AΓ est à ΓB (17.6). Mais AΓ est égal à AΔ; la droit BA est donc à AΔ comme AΓ est à ΓB; donc, par inversion, ΔA est à AB comm BΓ est à ΓA; donc, par addition, ΔB est à BA comme BA est à AΓ. Mais ΔA es égal à AΓ; les droites BA, AΓ, prises ensemble, sont donc à BA comme BA est à AΓ

ἡ ΔΒ πρὸς τὴν ΒΑ οὕτως ἡ ΒΑ πρὸς τὴν ΑΓ· ἴση δὲ ἡ ΑΓ τῇ ΑΔ· ἔστιν ἄρα ὡς ἡ ΔΒ πρὸς τὴν ΒΑ οὕτως ἡ ΒΑ πρὸς τὴν ΑΔ. Η ΔΒ ἄρα ἄκρον καὶ μέσον λόγον τέτμηται κατὰ τὸ Α, καὶ τὸ μεῖζον τμῆμά ἐστιν ἡ ἐξ ἀρχῆς εὐθεῖα ἡ ΑΒ. Οπερ ἔδει δεῖξαι.

ostensum est ut ΔΒ ad ΒΑ ita ΒΑ ad ΑΓ; æqualis autem ΑΓ ipsi ΑΔ; est igitur ut ΔΒ ad ΒΑ ita ΒΑ ad ΑΔ. Ipsa igitur ΔΒ extremâ et mediâ ratione secta est in Α, et major portio est ipsa a principio recta ΑΒ. Quod oportebat ostendere.

Δ Α Γ Β

ΑΝΑΛΥΣΙΣ ΚΑΙ ΣΥΝΘΕΣΙΣ[1].

Τί ἐστιν ἀνάλυσις καὶ τί ἐστι σύνθεσις[2];

Ανάλυσις μὲν οὖν[3] ἐστὶ λῆψις τοῦ ζητουμένου ὡς ὁμολογουμένου διὰ τῶν ἀκολούθων ἐπί τι ἀληθὲς ὁμολογούμενον.

Σύνθεσις δὲ[4] λῆψις τοῦ ὁμολογουμένου διὰ τῶν ἀκολούθων ἐπὶ τὴν τοῦ ζητουμένου κατάληξιν ἢ κατάληψιν[5].

ANALYSIS ET SYNTHESIS.

Quid est analysis et quid est synthesis?

Analyis quidem est sumptio quæsiti tanquam concessi per consequentia in aliquod verum concessum.

Synthesis autem sumptio concessi per consequentia in quæsiti conclusionem vel deprehensionem.

Mais on a démontré que ΔΒ est à ΒΑ comme ΒΑ est à ΑΓ, et ΑΓ est égal à ΑΔ; la la droite ΔΒ est donc à ΒΑ comme ΒΑ est à ΑΔ. La droite ΔΒ est donc coupée en extrême et moyenne raison au point Α, et la droite ΑΒ, premièrement exposée, est le plus grand segment. Ce qu'il fallait démontrer.

ANALYSE ET SYNTHÈSE.

Ce que c'est que l'analyse, et ce que c'est que la synthèse.

Dans l'analyse, on prend comme accordé ce qui est demandé, parce qu'on arrive de là à quelque vérité qui est accordée.

Dans la synthèse, on prend ce qui est accordé, parce qu'on arrive de là à la conclusion, ou à l'intelligence de ce qui est demandé.

ΤΟΥ ΠΡΟΤΟΥ ΘΗΟΡΗΜΑΤΟΣ Η ΑΝΑΛΥΣΙΣ ΑΝΕΥ ΚΑΤΑΓΡΑΦΗΣ[1].

Εὐθεῖα γάρ τις ἡ ΑΒ ἄκρον καὶ μέσον λόγον τετμήσθω κατὰ τὸ Γ, καὶ ἔστω μεῖζον τμῆμα ἡ ΑΓ, καὶ τῇ ἡμισείᾳ τῆς ΑΒ ἴση κείσθω ἡ ΑΔ· λέγω ὅτι πενταπλάσιόν ἐστι τὸ ἀπὸ τῆς ΓΔ τοῦ ἀπὸ τῆς ΔΑ.

PRIMI THEOREMATIS ANALYSIS SINE FIGURA.

Recta enim quædam AB extremâ et mediâ ratione secetur in Γ, et sit major portio AΓ, et dimidiæ ipsius AB æqualis ponatur AΔ; dico quintuplum esse quadratum ex ΓΔ quadrati ex ΔA.

Δ A Γ B

Επεὶ γὰρ πενταπλάσιόν ἐστι τὸ ἀπὸ τῆς ΓΔ τοῦ ἀπὸ τῆς ΔΑ, τὸ δὲ ἀπὸ τῆς ΓΔ ἐστὶ τὰ ἀπὸ τῶν ΓΑ, ΑΔ μετὰ τοῦ δὶς ὑπὸ τῶν ΓΑ, ΑΔ· τὰ ἄρα ἀπὸ τῶν ΓΑ, ΑΔ μετὰ τοῦ δὶς ὑπὸ τῶν ΓΑ, ΑΔ πενταπλάσιά ἐστι τοῦ ἀπὸ τῆς ΑΔ[2]· διελόντι ἄρα τὸ ἀπὸ τῆς[3] ΓΑ μετὰ τοῦ δὶς ὑπὸ τῶν ΓΑ, ΑΔ τετραπλάσιόν ἐστι τοῦ ἀπὸ τῆς ΑΔ[4]. Αλλὰ τῷ μὲν δὶς ὑπὸ τῶν ΓΑ, ΑΔ ἴσον ἐστὶ τὸ ὑπὸ τῶν ΒΑ, ΑΓ, διπλῆ γὰρ ἡ ΒΑ τῆς ΑΔ, τῷ δὲ ἀπὸ τῆς ΑΓ ἴσον ἐστὶ τὸ ὑπὸ τῶν ΑΒ, ΒΓ, ἡ γὰρ ΑΒ

Quoniam enim quintuplum est ipsum ex ΓΔ ipsius ex ΔA, ipsum autem ex ΓΔ æquale est ipsa ex ΓA, AΔ cum ipso bis sub ΓA, AΔ; quadrata igitur ex ΓA, AΔ cum ipso bis sub ΓA, AΔ quintupla sunt ipsius ex AΔ; dividendo igitur ipsum ex ΓA cum ipso bis sub ΓA, AΔ quintuplum est ipsius ex AΔ. Sed ipsi quidem bis sub ΓA, AΔ æquale est ipsum sub BA, AΓ, dupla enim BA ipsius AΔ, ipsi autem ex AΓ æquale est ipsum sub AB, BΓ, etenim

ANALYSE DU PREMIER THÉORÈME SANS FIGURE.

Que la droite AB soit coupée en extrême et moyenne raison au point Γ, que AΓ soit le plus grand segment, et faisons AΔ égal à la moitié de AB; je dis que le quarré de ΓΔ est quintuple du quarré de ΔA.

Car puisque le quarré de ΓΔ est quintuple du quarré de ΔA, et que le quarré de ΓΔ est égal aux quarrés des droites ΓA, AΔ, conjointement avec le double rectangle sous ΓA, AΔ (4. 2), les quarrés des droites ΓA, AΔ, conjointement avec le double rectangle sous ΓA, AΔ, seront quintuples du quarré de la droite AΔ; donc, par soustraction, le quarré de ΓA, conjointement avec le double rectangle sous ΓA, AΔ, sera quadruple du quarré de AΔ. Mais le rectangle sous BA, AΓ est égal au double rectangle sous ΓA, AΔ; car BA est double de AΔ, et le rectangle sous AB, BΓ est égal au quarré de AΓ (17. 6), car AB est coupé en extrême

ἄκρον καὶ μέσον λόγον τέτμηται· τὸ ἄρα ὑπὸ τῶν ΒΑ, ΑΓ μετὰ τοῦ ὑπὸ τῶν ΑΒ, ΒΓ τετραπλάσιόν ἐστι τοῦ ἀπὸ τῆς ΑΔ. Ἀλλὰ τὸ ὑπὸ τῶν ΒΑ, ΑΓ μετὰ τοῦ ὑπὸ τῶν ΑΒ, ΒΓ τὸ ἀπὸ τῆς ΑΒ ἐστι· τὸ ἄρα ἀπὸ τῆς ΑΒ τετραπλάσιόν ἐστι τοῦ ἀπὸ τῆς ΑΔ[5]. Ἔστι δὲ, διπλῆ γάρ ἐστιν ἡ ΒΑ τῆς ΑΔ.

ipsa AB extremâ et mediâ ratione secta est; ipsum igitur sub BA, AΓ cum ipso sub AB, BΓ quadruplum est ipsius ex AΔ. Sed ipsum sub BA, AΓ cum ipso sub AB, AΓ est ipsum ex AB; ipsum igitur ex AB quadruplum est ipsius ex AΔ. Est autem, dupla enim est BA ipsius AΔ.

ΣΥΝΘΕΣΙΣ[1].

Ἐπεὶ οὖν τετραπλάσιόν ἐστι τὸ ἀπὸ τῆς ΒΑ, τοῦ ἀπὸ τῆς ΑΔ, ἀλλὰ τὸ ἀπὸ τῆς[2] ΑΒ τὸ ὑπὸ τῶν[3] ΒΑ, ΑΓ ἐστὶ μετὰ τοῦ ὑπὸ τῶν ΑΒ, ΒΓ· τὸ ἄρα ὑπὸ τῶν ΒΑ, ΑΓ μετὰ τοῦ ὑπὸ τῶν ΑΒ, ΒΓ τετραπλάσιόν ἐστι τοῦ ἀπὸ τῆς ΑΔ. Ἀλλὰ τὸ μὲν ὑπὸ τῶν ΒΑ, ΑΓ ἴσον ἐστὶ τῷ δὶς ὑπὸ τῶν ΔΑ, ΑΓ, τὸ δὲ ὑπὸ τῶν ΑΒ, ΒΓ ἴσον ἐστὶ τῷ ἀπὸ τῆς ΑΓ· τὸ ἄρα ἀπὸ τῆς ΑΓ μετὰ τοῦ δὶς ὑπὸ τῶν ΔΑ, ΑΓ τετραπλάσιόν ἐστι τοῦ ἀπὸ τῆς ΔΑ· ὥστε τὰ ἀπὸ τῶν ΔΑ, ΑΓ μετὰ τοῦ δὶς

SYNTHESIS.

Quoniam igitur quadruplum est ipsum ex BA ipsius ex AΔ, sed ipsum ex AB ipsum sub BA, AΓ est cum ipso sub AB, BΓ; ipsum igitur sub BA, AΓ cum ipso sub AB, BΓ quadruplum est ipsius ex AΔ. Sed ipsum quidem sub BA, AΓ æquale est ipsi bis sub ΔA, AΓ, ipsum autem sub AB, BΓ æquale est ipsi ex AΓ; ipsum igitur ex AΓ cum ipso bis sub ΔA, AΓ quadruplum est ipsius ex ΔA; quare ipsa ex ΔA, AΓ cum

et moyenne raison; le rectangle sous BA, AΓ, conjointement avec le rectangle sous AB, BΓ, est quadruple du quarré de AΔ. Mais le rectangle sous BA, AΓ, conjointement avec le rectangle sous AB, BΓ, est le quarré de AB (2. 2); le quarré de AB est donc le quadruple du quarré de AΔ. Mais cela est (cor. 20. 6), puisque BA est double de AΔ.

SYNTHESE.

Puisque le quarré de BA est quadruple du quarré de AΔ, et que le quarré de AB est égal au rectangle sous BA, AΓ, conjointement avec le rectangle sous AB, BΓ (2. 2); le rectangle sous BA, AΓ, conjointement avec le rectangle sous AB, BΓ, sera quadruple du quarré de AΔ. Mais le rectangle sous BA, AΓ est égal au double rectangle sous ΔA, AΓ, et le rectangle sous AB, BΓ est égal au quarré de AΓ; le quarré de AΓ, conjointement avec le double rectangle sous ΔA, AΓ, est donc quadruple du quarré de ΔA; les quarrés des droites ΔA, AΓ, conjointement avec le

ὑπὸ τῶν ΔΑ, ΑΓ πενταπλάσιόν ἐστι τοῦ ἀπὸ τῆς ΔΑ. Τὰ δὲ ἀπὸ τῶν ΔΑ, ΑΓ μετὰ τοῦ δὶς ὑπὸ τῶν ΔΑ, ΑΓ τὸ ἀπὸ τῆς ΓΔ ἐστί· τὸ ἄρα ἀπὸ τῆς ΓΔ πενταπλάσιόν ἐστι τοῦ ἀπὸ τῆς ΔΑ. Ὅπερ ἔδει δεῖξαι.

ipso bis sub ΔΑ, ΑΓ quintuplum est ipsius ex ΔΑ. Ipsa autem ex ΔΑ, ΑΓ cum ipso bis sub ΔΑ, ΑΓ ipsum ex ΓΔ est; ipsum igitur ex ΓΔ quintuplum est ipsius ex ΔΑ. Quod oportebat ostendere.

ΤΟΥ ΔΕΥΤΕΡΟΥ ΘΕΩΡΗΜΑΤΟΣ Η ΑΝΑΛΥΣΙΣ ΑΝΕΥ ΚΑΤΑΓΡΑΦΗΣ[1].

Εὐθεῖα γάρ τις ἡ ΓΔ τμήματος ἑαυτῆς τοῦ ΔΑ πενταπλάσιον δυνάσθω, τῆς δὲ ΔΑ διπλῆ κείσθω ἡ ΑΒ· λέγω ὅτι ἡ ΑΒ ἄκρον καὶ μέσον λόγον τέτμηται κατὰ τὸ Γ σημεῖον, καὶ τὸ μεῖζον τμῆμά ἐστιν ἡ ΑΓ, ἥτις ἐστὶ τὸ λοιπὸν μέρος τῆς ἐξ ἀρχῆς εὐθείας.

SECUNDI THEOREMATIS ANALYSIS SINE FIGURA.

Recta enim quædam ΓΔ partis ipsius ΔΑ quintuplum possit, ipsius autem ΔΑ dupla ponatur ΑΒ; dico ΑΒ extremâ et mediâ ratione sectam esse in Γ puncto, et majorem portionem esse ΑΓ, quæ est reliqua pars ipsius a principio rectæ.

Δ———Α———Γ———Β

Ἐπεὶ γὰρ[2] ἡ ΑΒ ἄκρον καὶ μέσον λόγον τέτμηται κατὰ τὸ Γ, καὶ τὸ μεῖζον τμῆμά ἐστιν ἡ ΑΓ· τὸ ἄρα ὑπὸ τῶν ΑΒ, ΒΓ ἴσον ἐστὶ τῷ ἀπὸ τῆς ΑΓ. Ἔστι δὲ καὶ τὸ ὑπὸ τῶν ΒΑ, ΑΓ τῷ δὶς ὑπὸ τῶν ΔΑ, ΑΓ ἴσον, διπλῆ γάρ ἐστιν ἡ ΒΑ τῆς

Quoniam enim ΑΒ extremâ et mediâ ratione secta est in Γ, et major portio est ΑΓ; ipsum igitur sub ΑΒ, ΒΓ æquale est ipsi ex ΑΓ. Est autem et ipsum sub ΒΑ, ΑΓ ipsi bis sub ΔΑ, ΑΓ æquale, dupla enim est ΒΑ ipsius ΑΔ; ipsum igitur

double rectangle sous ΔΑ, ΑΓ, est donc quintuple du quarré de ΔΑ. Mais les quarrés des droites ΔΑ, ΑΓ, conjointement avec le double rectangle sous ΔΑ, ΑΓ, forment le quarré de ΓΔ (4. 2); le quarré de ΓΔ est donc quintuple du quarré de ΔΑ. Ce qu'il fallait démontrer.

ANALYSE DU SECOND THÉORÈME SANS FIGURE.

Que le quarré d'une droite ΓΔ soit quintuple du quarré de sa partie ΔΑ, et que ΑΒ soit double de ΔΑ; je dis que la droite ΑΒ sera coupée en extrême et moyenne raison au point Γ, et que ΑΓ, qui est la partie restante de la droite exposée d'abord, sera son plus grand segment.

Car puisque ΑΒ est coupé en extrême et moyenne raison au point Γ, et que ΑΓ est le plus grand segment, le rectangle sous ΑΒ, ΒΓ sera égal au quarré de ΑΓ (17. 6). Mais le rectangle sous ΒΑ, ΑΓ est égal au double rectangle sous ΔΑ,

ΑΔ· τὸ ἄρα ὑπὸ τῶν ΑΒ, ΒΓ μετὰ τοῦ ὑπὸ τῶν ΒΑ, ΑΓ, ὅπερ ἐστὶ τὸ ἀπὸ τῆς ΑΒ ἴσον ἐστὶ τῷ δὶς[3] ὑπὸ τῶν ΔΑ, ΑΓ μετὰ τοῦ ἀπὸ τῆς ΑΓ. Τετραπλάσιον δὲ τὸ ἀπὸ τῆς ΑΒ τοῦ ἀπὸ τῆς ΔΑ· τετραπλάσιον ἄρα καὶ τὸ δὶς ὑπὸ τῶν ΔΑ, ΑΓ μετὰ τοῦ ἀπὸ τῆς ΑΓ τοῦ ἀπὸ τῆς ΑΔ· ὥστε καὶ[4] τὰ ἀπὸ τῶν ΔΑ, ΑΓ μετὰ τοῦ δὶς ὑπὸ τῶν ΔΑ, ΑΓ, ὅπερ ἐστὶ τὸ ἀπὸ τῆς ΓΔ, πενταπλάσιά ἐστι τοῦ ἀπὸ τῆς ΔΑ. Εστι δέ[5].

sub ΑΒ, ΒΓ cum ipso sub ΒΑ, ΑΓ, quod est ipsum ex ΑΒ, æquale est ipsi bis sub ΔΑ, ΑΓ cum ipso ex ΑΓ. Quadruplum autem ipsum ex ΑΒ ipsius ex ΔΑ; quadruplum igitur et ipsum bis sub ΔΑ, ΑΓ cum ipso ex ΑΓ ipsius ex ΑΔ; quare et ipsa ex ΔΑ, ΑΓ cum ipso bis sub ΔΑ, ΑΓ, hoc est ipsum ex ΓΔ, quintupla sunt ipsius ΔΑ. Est autem.

ΣΥΝΘΕΣΙΣ.

Επεὶ οὖν πενταπλάσιόν ἐστι τὸ ἀπὸ τῆς ΓΔ τοῦ ἀπὸ τῆς ΔΑ, τὸ δὲ ἀπὸ τῆς ΓΔ τὰ ἀπὸ τῶν ΔΑ, ΑΓ ἐστὶ μετὰ τοῦ δὶς ὑπὸ τῶν ΔΑ, ΑΓ· τὰ ἄρα ἀπὸ τῶν ΔΑ, ΑΓ μετὰ τοῦ δὶς ὑπὸ τῶν ΔΑ, ΑΓ πενταπλάσιά ἐστι τοῦ ἀπὸ τῆς ΔΑ· διελόντι ἄρα τὸ δὶς ὑπὸ τῶν ΔΑ, ΑΓ μετὰ τοῦ ἀπὸ τῆς ΑΓ τετραπλάσιόν[1] ἐστι τοῦ ἀπὸ τῆς[2] ΑΔ· ἔστι δὲ καὶ τὸ ἀπὸ τῆς ΑΒ τετραπλάσιον τοῦ ἀπὸ τῆς ΑΔ· τὸ ἄρα δὶς ὑπὸ τῶν ΔΑ, ΑΓ, ὅπερ ἐστὶ τὸ ἅπαξ ὑπὸ τῶν ΒΑ, ΑΓ μετὰ τοῦ

SYNTHESIS.

Quoniam igitur quintuplum est ipsum ex ΓΔ ipsius ex ΔΑ, ipsum autem ex ΓΔ ipsa ex ΔΑ, ΑΓ est cum ipso bis sub ΔΑ, ΑΓ; ipsa igitur ex ΔΑ, ΑΓ cum ipso bis sub ΔΑ, ΑΓ quintupla sunt ipsius ex ΔΑ; dividendo igitur ipsum bis sub ΔΑ, ΑΓ cum ipso ex ΑΓ quadruplum est ipsius ex ΑΔ. Est autem et ipsum ex ΑΒ quadruplum ipsius ex ΑΔ; ipsum igitur bis sub ΔΑ, ΑΓ, quod est ipsum semel sub ΒΑ, ΑΓ cum

ΑΓ, car ΒΑ est double de ΑΔ; le rectangle sous ΑΒ, ΒΓ, conjointement avec le rectangle sous ΒΑ, ΑΓ, ce qui est le quarré de ΑΒ (2. 2), est donc égal au double rectangle sous ΔΑ, ΑΓ, conjointement avec le quarré de ΑΓ. Mais le quarré de ΑΒ est quadruple du quarré de ΔΑ (20. 6); le double rectangle sous ΔΑ, ΑΓ, conjointement avec le quarré de ΑΓ, est donc quadruple du quarré de ΑΔ; les quarrés des droites ΔΑ, ΑΓ, conjointement avec le double rectangle sous ΔΑ, ΑΓ, ce qui est le quarré de ΓΔ (4. 2), sont donc quintuples du quarré de ΔΑ. Mais cela est.

SYNTHESE.

Puisque le quarré de ΓΔ est quintuple du quarré de ΔΑ, et que le quarré de ΓΔ est égal aux quarrés des droites ΔΑ, ΑΓ, conjointement avec le double rectangle sous ΔΑ, ΑΓ (4. 2); les quarrés des droites ΔΑ, ΑΓ, conjointement avec le double rectangle sons ΔΑ, ΑΓ, seront quintuples du quarré de ΔΑ; donc, par soustraction, le double rectangle sous ΔΑ, ΑΓ, conjointement avec le quarré de ΑΓ, est quadruple du quarré de ΑΔ. Mais le quarré de ΑΒ est quadruple du quarré de ΑΔ (20. 6); le

ἀπὸ τῆς ΑΓ ἴσον ἐστὶ τῷ ἀπὸ τῆς ΑΒ. Ἀλλὰ τὸ ἀπὸ τῆς ΑΒ τὸ ὑπὸ τῶν ΑΒ, ΒΓ ἐστὶ[3] μετὰ τοῦ ὑπὸ τῶν ΒΑ, ΑΓ· τὸ ἄρα ὑπὸ τῶν ΒΑ, ΔΓ μετὰ τοῦ ὑπὸ τῶν ΑΒ, ΒΓ ἴσον ἐστὶ τῷ ὑπὸ τῶν ΒΑ, ΑΓ μετὰ τοῦ ἀπὸ τῆς ΑΓ· καὶ κοινοῦ ἀφαιρεθέντος τοῦ ὑπὸ τῶν ΒΑ, ΑΓ, λοιπὸν ἄρα τὸ ὑπὸ τῶν ΑΒ, ΒΓ ἴσον ἐστὶ τῷ ἀπὸ τῆς ΑΓ· ἔστιν ἄρα ὡς ἡ ΒΑ πρὸς τὴν ΑΓ οὕτως ἡ ΑΓ πρὸς τὴν ΓΒ. Μείζων δὲ ἡ ΒΑ τῆς ΑΓ· μείζων ἄρα καὶ ἡ ΑΓ τῆς ΓΒ· ἡ ΑΒ ἄρα ἄκρον καὶ μέσον λόγον τέτμηται κατὰ τὸ Γ, καὶ τὸ μεῖζον τμῆμά ἐστιν ἡ ΑΓ. Ὅπερ ἔδει δεῖξαι.

ipso ex ΑΓ æquale est ipsi ex ΑΒ. Sed ipsum ex ΑΒ ipsum sub ΑΒ, ΒΓ est cum ipso sub ΒΑ, ΑΓ; ipsum igitur sub ΒΑ, ΔΓ cum ipso sub ΑΒ, ΒΓ æquale est ipsi sub ΒΑ, ΑΓ cum ipso ex ΑΓ; et communi ablato sub ΒΑ, ΑΓ, reliquum igitur sub ΑΒ, ΒΓ æquale est ipsi ex ΑΓ; est igitur ut ΒΑ ad ΑΓ ita ΑΓ ad ΓΒ. Major autem ΒΑ quam ΑΓ; major igitur et ΑΓ quam ΓΒ; ipsa igitur ΑΒ extremâ et mediâ ratione secta est in Γ, et major portio est ΑΓ. Quod oportebat ostendere.

ΤΡΙΤΟΥ ΘΕΩΡΗΜΑΤΟΣ Η ΑΝΑΛΥΣΙΣ.

Εὐθεῖα γὰρ γραμμὴ ἡ ΑΒ ἄκρον καὶ μέσον λόγον τετμήσθω κατὰ τὸ Γ σημεῖον, καὶ ἔστω μεῖζον τμῆμα ἡ[1] ΑΓ, καὶ τῆς ΑΓ ἡμίσεια ἡ ΓΔ· λέγω ὅτι πενταπλάσιόν ἐστι τὸ ἀπὸ τῆς ΒΔ τοῦ ἀπὸ τῆς ΓΔ.

TERTII THEOREMATIS ANALYSIS.

Recta enim linea ΑΒ extremâ et mediâ ratione secetur in Γ puncto, et sit major portio ΑΓ, et ipsius ΑΓ dimidia ipsa ΓΔ; dico quintuplum esse ipsum ex ΒΔ ipsius ex ΓΔ.

double rectangle sous ΔΑ, ΑΓ, qui est le rectangle compris une seule fois sous ΒΑ, ΑΓ conjointement avec le quarré de ΑΓ, est donc égal au quarré de ΑΒ. Mais le quarré de ΑΒ est le rectangle sous ΑΒ, ΒΓ conjointement avec le rectangle sous ΒΑ, ΑΓ (2. 2); le rectangle sous ΒΑ, ΑΓ, conjointement avec le rectangle sous ΑΒ, ΒΓ, est donc égal au rectangle sous ΒΑ, ΑΓ, conjointement avec le quarré de ΑΓ; retranchons le rectangle commun sous ΒΑ, ΑΓ; le rectangle restant sous ΑΒ, ΒΓ sera égal au quarré de ΑΓ; la droite ΒΑ est donc à ΑΓ comme ΑΓ est à ΓΒ (17. 6). Mais ΒΑ est plus grand que ΑΓ; la droite ΑΓ est donc plus grande que ΓΒ; la droite ΑΒ est donc coupée en extrême et moyenne raison au point Γ (déf. 3. 6), et ΑΓ est le plus grand segment. Ce qu'il fallait démontrer.

ANALYSE DU TROISIÈME THÉORÈME.

Que la droite ΑΒ soit coupée en extrême et moyenne raison au point Γ, que ΑΓ soit le plus grand segment, et que ΓΔ soit la moitié de ΑΓ; je dis que le quarré de ΒΔ est quintuple du quarré de ΓΔ.

Επεὶ γὰρ πενταπλάσιόν ἐστι τὸ ἀπὸ τῆς ΒΔ τοῦ ἀπὸ τῆς ΓΔ, τὸ δὲ ἀπὸ τῆς ΔΒ τὸ[2] ὑπὸ τῶν ΑΒ, ΒΓ ἐστὶ μετὰ τοῦ ἀπὸ τῆς ΓΔ· τὸ ἄρα ὑπὸ τῶν ΑΒ, ΒΓ μετὰ τοῦ ἀπὸ τῆς ΔΓ πενταπλάσιόν ἐστι τοῦ ἀπὸ τῆς ΔΓ· διελόντι ἄρα τὸ[3] ὑπὸ τῶν ΑΒ, ΒΓ τετραπλάσιόν ἐστι τοῦ ἀπὸ τῆς ΔΓ. Τῷ δὲ ὑπὸ τῶν ΑΒ, ΒΓ ἴσον ἐστὶ τὸ ἀπὸ τῆς ΑΓ, ἡ γὰρ ΑΒ ἄκρον καὶ μέσον λόγον τέτμηται κατὰ τὸ Γ· τὸ ἄρα ἀπὸ τῆς ΑΓ τετραπλάσιόν ἐστι τοῦ ἀπὸ τῆς ΓΔ. Εστι δὲ διπλῆ γὰρ ἡ ΑΓ τῆς ΓΔ.

Quoniam enim quintuplum est ipsum ex ΒΔ ex ΓΔ; ipsum autem ex ΔΒ ipsum sub ΑΒ, ΒΓ est cum ipso ex ΓΔ; ipsum igitur sub ΑΒ, ΒΓ cum ipso ex ΔΓ quintuplum est ipsius ex ΔΓ; dividendo igitur ipsum sub ΑΒ, ΒΓ quadruplum est ipsius ex ΔΓ. Ipsi autem sub ΑΒ, ΒΓ æquale est ipsum ex ΑΓ, etenim ipsa ΑΒ extremâ et mediâ ratione secta est in Γ; ipsum igitur ex ΑΓ quadruplum est ipsius ex ΓΔ. Est autem, dupla enim ΑΓ ipsius ΓΔ.

Α Δ Γ Β

ΣΥΝΘΕΣΙΣ.

Επεὶ διπλῆ ἐστιν ἡ ΑΓ τῆς ΓΔ, τετραπλάσιόν ἐστι τὸ ἀπὸ τῆς ΑΓ τοῦ ἀπὸ τῆς ΔΓ. Αλλὰ τὸ ἀπὸ τῆς ΑΓ ἴσον ἐστὶ τῷ ὑπὸ τῶν ΑΒ, ΒΓ· τὸ ἄρα ὑπὸ τῶν ΑΒ, ΒΓ τετραπλάσιόν ἐστι τοῦ ἀπὸ τῆς ΔΓ· συνθέντι ἄρα τὸ[1] ὑπὸ τῶν ΑΒ, ΒΓ μετὰ τοῦ ἀπὸ τῆς[2] ΔΓ, ὅπερ ἐστὶ τὸ ἀπὸ τῆς ΔΒ, πενταπλάσιόν ἐστι τοῦ ἀπὸ τῆς ΔΓ. Οπερ ἔδει δεῖξαι.

SYNTHESIS.

Quoniam dupla ΑΓ est ipsius ΓΔ, quadruplum est ipsum ex ΑΓ ipsius ex ΔΓ. Sed ipsum ex ΑΓ æquale est ipsi sub ΑΒ, ΒΓ; ipsum igitur sub ΑΒ, ΒΓ quadruplum est ipsius ex ΔΓ; componendo igitur ipsum sub ΑΒ, ΒΓ cum ipso ex ΔΓ, quod est ipsum ex ΔΒ, quintuplum est ipsius ex ΔΓ. Quod oportebat ostendere.

Car puisque le quarré de ΒΔ est quintuple du quarré de ΓΔ, que le quarré de ΔΒ est le rectangle sous ΑΒ, ΒΓ, conjointement avec le quarré de ΓΔ (6. 2); le rectangle sous ΑΒ, ΒΓ, conjointement avec le quarré de ΔΓ, sera quintuple du quarré de ΔΓ; donc, par soustraction, le rectangle sous ΑΒ, ΒΓ est quadruple du quarré de ΔΓ. Mais le quarré de ΑΓ est égal au rectangle sous ΑΒ, ΒΓ (17. 6), car la droite ΑΒ est coupée en extrême et moyenne raison au point Γ; le quarré de ΑΓ est donc quadruple du quarré de ΓΔ. Mais cela est, puisque ΑΓ est double de ΓΔ.

SYNTHÈSE.

Puisque ΑΓ est double de ΓΔ, le quarré de ΑΓ est quadruple du quarré de ΔΓ. Mais le quarré de ΑΓ est égal au rectangle sous ΑΒ, ΒΓ (17. 6); le rectangle sous ΑΒ, ΒΓ est donc quadruple du quarré de ΔΓ; donc, par addition, le rectangle sous ΑΒ, ΒΓ, conjointement avec le quarré de ΔΓ, ce qui est le quarré de ΔΒ (4. 2), est quintuple du quarré de ΔΓ. Ce qu'il fallait démontrer.

ΤΟΥ ΤΕΤΑΡΤΟΥ ΘΗΟΡΗΜΑΤΟΣ Η ΑΝΑΛΥΣΙΣ.

Εὐθεῖα γὰρ γραμμὴ ἡ ΑΒ ἄκρον καὶ μέσον λόγον τετμήσθω κατὰ τὸ Γ, καὶ ἔστω μεῖζον τμῆμα τὸ ΑΓ· λέγω ὅτι τὰ ἀπὸ τῶν ΑΒ, ΒΓ τριπλάσιά ἐστι τοῦ ἀπὸ τῆς ΑΓ.

QUARTI THEOREMATIS ANALYSIS.

Recta enim linea AB extremâ et mediâ ration secetur in Γ, et sit major portio ΑΓ; dic quadrata ex AB, BΓ tripla esse quadrati ex ΑΓ.

A ______ Γ ____ B

Επεὶ γὰρ τὰ ἀπὸ τῶν ΑΒ, ΒΓ τριπλάσιά ἐστι τοῦ ἀπὸ τῆς ΑΓ, ἀλλὰ τὰ ἀπὸ τῶν ΑΒ, ΒΓ τὸ δὶς ὑπὸ τῶν ΑΒ, ΒΓ ἐστὶ μετὰ τοῦ ἀπὸ τῆς ΑΓ· τὸ ἄρα δὶς ὑπὸ τῶν ΑΒ, ΒΓ μετὰ τοῦ ἀπὸ τῆς ΑΓ τριπλάσιόν ἐστι τοῦ ἀπὸ τῆς ΑΓ· διελόντι ἄρα τὸ[1] δὶς ὑπὸ τῶν ΑΒ, ΒΓ διπλάσιόν ἐστι τοῦ ἀπὸ τῆς ΑΓ· ὥστε τὸ ἅπαξ[2] ὑπὸ τῶν ΑΒ, ΒΓ ἴσον ἐστὶ τῷ ἀπὸ τῆς ΑΓ. Εστι δὲ, ἡ γὰρ ΑΒ ἄκρον καὶ μέσον λόγον τέτμηται κατὰ τὸ Γ.

Quoniam enim ipsa ex AB, BΓ tripla sun ipsius ex ΑΓ; sed ipsa ex AB, BΓ ipsum bis sub AB, BΓ sunt cum ipso ex ΑΓ; ipsum igitur bis sub AB, BΓ cum ipso ex ΑΓ triplum est ipsius ex ΑΓ; dividendo igitur ipsum bis sub AB, BΓ duplum est ipsius ex ΑΓ; quare ipsum semel sub AB, BΓ æquale est ipsi ex ΑΓ. Est autem, ipsa enim AB extremâ et mediâ ratione secta est in puncto Γ.

ANALYSE DU QUATRIÈME THÉORÈME.

Que la ligne droite AB soit coupée en extrême et moyenne raison au point Γ, et que ΑΓ soit le plus grand segment; je dis que la somme des quarrés des droites AB, BΓ est triple du quarré de ΑΓ.

Car puisque la somme des quarrés des droites AB, BΓ est triple du quarré de ΑΓ, et que la somme des quarrés des droites AB, BΓ est égale au double rectangle sous AB, BΓ, conjointement avec le quarré de ΑΓ, le double rectangle sous AB, BΓ, avec le quarré de ΑΓ, sera triple du quarré de ΑΓ (7. 2); donc, par soustraction, le double rectangle sous AB, BΓ est double du quarré de ΑΓ; le rectangle compris une seule fois sous AB, BΓ est donc égal au quarré de ΑΓ. Mais cela est, puisque la droite AB est coupée en extrême et moyenne raison au point Γ.

ΣΥΝΘΕΣΙΣ.

Ἐπεὶ οὖν ἡ ΑΒ ἄκρον καὶ μέσον λόγον τέτμηται κατὰ τὸ Γ, καὶ ἔστι μεῖζον τμῆμα ἡ ΑΓ, τὸ ἄρα ὑπὸ τῶν ΑΒ, ΒΓ ἴσον ἐστὶ τῷ ἀπὸ τῆς ΑΓ· τὸ ἄρα δὶς ὑπὸ τῶν ΑΒ, ΒΓ διπλάσιόν ἐστι τοῦ ἀπὸ τῆς ΑΓ· συνθέντι ἄρα τὸ[1] δὶς ὑπὸ τῶν ΑΒ, ΒΓ μετὰ τοῦ ἀπὸ τῆς ΑΓ τριπλάσιόν[2] ἐστι τοῦ ἀπὸ τῆς ΑΓ· ἀλλὰ τὸ δὶς ὑπὸ τῶν ΑΒ, ΒΓ μετὰ τοῦ ἀπὸ τῆς ΑΓ τὰ ἀπὸ τῶν ΑΒ, ΒΓ ἐστὶ τετράγωνα· τὰ ἄρα ἀπὸ τῶν ΑΒ, ΒΓ τετράγωνα[3] τριπλάσιά ἐστι τοῦ ἀπὸ τῆς ΑΓ.

SYNTHESIS.

Quoniam igitur ΑΒ extremâ et mediâ ratione secta est in Γ, et est major portio ipsa ΑΓ, et ipsum igitur sub ΑΒ, ΒΓ æquale est ipsi ex ΑΓ; ipsum igitur bis sub ΑΒ, ΒΓ duplum est ipsius ex ΑΓ; componendo igitur ipsum bis sub ΑΒ, ΒΓ cum ipso ex ΑΓ triplum est ipsius ex ΑΓ; sed ipsum bis sub ΑΒ, ΒΓ cum ipso ex ΑΓ ipsa ex ΑΒ, ΒΓ sunt quadrata; ipsa igitur ex ΑΒ, ΒΓ quadrata tripla sunt ipsius ex ΑΓ.

ΤΟΥ ΠΕΜΤΟΥ ΘΕΩΡΗΜΑΤΟΣ Η ΑΝΑΛΥΣΙΣ.

Εὐθεῖα γάρ τις ἡ ΑΒ ἄκρον καὶ μέσον λόγον τετμήσθω κατὰ τὸ Γ, καὶ ἔστω μεῖζον τμῆμα ἡ ΑΓ, καὶ τῇ ΑΓ ἴση κείσθω ἡ ΑΔ· λέγω ὅτι ἡ ΔΒ ἄκρον καὶ μέσον λόγον τέτμηται κατὰ τὸ Α, καὶ τὸ μεῖζον τμῆμά ἐστιν ἡ ΒΑ.

QUINTI THEOREMATIS ANALYSIS.

Recta enim quædam ΑΒ extremâ et mediâ ratione secetur in Γ, et sit major portio ΑΓ, et ipsi ΑΓ æqualis ponatur ΑΔ; dico ipsam ΔΒ extremâ et mediâ ratione secari in puncto Α, et majorem portionem esse ΒΑ.

SYNTHÈSE.

Puisque la droite ΑΒ est coupée en extrême et moyenne raison au point Γ, et que ΑΓ est le plus grand segment; le rectangle sous ΑΒ, ΒΓ sera égal au quarré de ΑΓ (17. 6); le double rectangle sous ΑΒ, ΒΓ est donc double du quarré de ΑΓ; donc, par addition, le double rectangle sous ΑΒ, ΒΓ, conjointement avec le quarré de ΑΓ, est triple du quarré de ΑΓ; mais le double rectangle sous ΑΒ, ΒΓ, conjointement avec le quarré de ΑΓ, est égal aux quarrés des droites ΑΒ, ΒΓ (7. 2); la somme des quarrés des droites ΑΒ, ΒΓ est donc triple du quarré de ΑΓ.

ANALYSE DU CINQUIÈME THÉORÈME.

Qu'une droite ΑΒ soit coupée en extrême et moyenne raison au point Γ, que ΑΓ soit le plus grand segment, et faisons ΑΔ égal à ΑΓ; je dis que la droite ΔΒ est coupée en extrême et moyenne raison au point Α, et que ΒΑ est le plus grand segment.

Επεὶ γὰρ ἡ ΔΒ ἄκρον καὶ μέσον λόγον τέτμηται κατὰ τὸ Α, καὶ τὸ μεῖζον τμῆμά ἐστιν ἡ ΑΒ· ἔστιν ἄρα ὡς ἡ ΔΒ πρὸς τὴν ΒΑ οὕτως ἡ ΒΑ πρὸς τὴν ΑΔ. Ισῃ δὲ ἡ ΑΔ τῇ ΑΓ· ἔστιν ἄρα ὡς ἡ ΔΒ πρὸς τὴν ΒΑ οὕτως ἡ ΒΑ πρὸς τὴν ΑΓ· ἀναστρέψαντι ἄρα ὡς ἡ ΒΔ πρὸς τὴν ΔΑ οὕτως ἡ ΑΒ πρὸς τὴν ΒΓ· διελόντι ἄρα ὡς ἡ ΒΑ πρὸς τὴν ΑΔ οὕτως ἡ ΑΓ πρὸς τὴν ΓΒ. Ισῃ δὲ ἡ ΑΔ τῇ ΑΓ· ἔστιν ἄρα ὡς ἡ ΒΑ πρὸς τὴν ΑΓ οὕτως ἡ ΑΓ πρὸς τὴν ΓΒ. Εστι δὲ, ἡ γὰρ ΑΒ ἄκρον καὶ μέσον λόγον τέτμηται κατὰ τὸ Γ.

Quoniam enim ipsa ΔB extremâ et mediâ ratione secta est in A, et major portio est AB; est igitur ut ΔB ad BA ita BA ad AΔ. Sed æqualis AΔ ipsi AΓ; est igitur ΔB ad BA ita BA ad AΓ; convertendo igitur ut BΔ ad ΔA ita AB ad BΓ; dividendo igitur ut BA ad AΔ ita AΓ ad ΓB. Æqualis autem AΔ ipsi AΓ; est igitur ut BA ad AΓ ita AΓ ad ΓB. Est autem, etenim ipsa AB extremâ et mediâ ratione secatur in Γ.

Δ A Γ B

ΣΥΝΘΕΣΙΣ.

Επεὶ οὖν[1] ἡ ΑΒ ἄκρον καὶ μέσον λόγον τέτμηται κατὰ τὸ Γ, ἔστιν ἄρα ὡς ἡ ΒΑ πρὸς τὴν ΑΓ οὕτως ἡ ΑΓ πρὸς τὴν ΓΒ. Ισῃ δὲ ἡ ΑΓ τῇ ΑΔ· ἔστιν ἄρα ὡς ἡ ΒΑ πρὸς τὴν ΑΔ οὕτως ἡ ΑΓ πρὸς τὴν ΓΒ· συνθέντι ἄρα[2] ὡς ἡ ΒΔ πρὸς τὴν ΔΑ οὕτως ἡ ΒΑ πρὸς τὴν ΒΓ· ἀναστρέψαντί τε[3] ὡς

SYNTHESIS.

Quoniam igitur ipsa AB extremâ et mediâ ratione secatur in Γ, est igitur ut BA ad AΓ ita AΓ ad ΓB. Æqualis autem AΓ ipsi AΔ; est igitur ut BA ad AΔ ita AΓ ad ΓB; componendo igitur ut BΔ ad ΔA ita BA ad BΓ; et convertendo ut BΔ ad BA ita BA ad AΓ.

Car puisque ΔB est coupé en extrême et moyenne raison au point A, et que AB est le plus grand segment, la droite ΔB sera à la droite BA comme BA est à AΔ. Mais AΔ est égal à AΓ; la droite ΔB est donc à BA comme BA est à AΓ; donc, par conversion, BΔ est ΔA comme AB est à BΓ (19. 5); donc, par soustraction, BA est à AΔ comme AΓ est à ΓB (17. 5). Mais AΔ est égal à AΓ; la droite BA est donc à AΓ comme AΓ est à ΓB. Mais cela est, puisque la droite AB est coupée en extrême et moyenne raison au point Γ.

SYNTHÈSE.

Puisque AB est coupé en extrême et moyenne raison au point Γ, la droite BA est à AΓ comme AΓ est à ΓB. Mais AΓ est égal à AΔ; la droite BA est donc à AΔ comme AΓ est à ΓB; donc, par addition, BΔ est à ΔA comme BA est à BΓ (18. 5); donc, par conversion, BΔ est à BA comme BA est à AΓ (cor. 19. 5). Mais AΓ est

ἡ ΒΔ πρὸς τὴν ΒΑ οὕτως ἡ ΒΑ πρὸς τὴν ΑΓ. Ἴση δὲ ἡ ΑΓ τῇ ΑΔ· ἔστιν ἄρα ὡς ἡ ΔΒ πρὸς τὴν ΒΑ οὕτως ἡ ΒΑ πρὸς τὴν ΑΔ· ἡ ἄρα ΔΒ ἄκρον καὶ μέσον λόγον τέτμηται κατὰ τὸ Α, καὶ τὸ μεῖζον τμῆμά ἐστιν ἡ ΑΒ. Ὅπερ ἔδει δεῖξαι.

Æqualis autem ΑΓ ipsi ΑΔ; est igitur ut ΔΒ ad ΒΑ ita ΒΑ ad ΑΔ; ipsa ΔΒ igitur extremâ et mediâ ratione secatur in Α; et major portio est ΑΒ. Quod oportebat ostendere.

ΠΡΟΤΑΣΙΣ ϛ'.

Ἐὰν εὐθεῖα ῥητὴ ἄκρον καὶ μέσον λόγον τμηθῇ, ἑκάτερον τῶν τμημάτων ἄλογός ἐστιν ἡ καλουμένη ἀποτομή.

Ἔστω εὐθεῖα ῥητὴ ἡ ΑΒ, καὶ τετμήσθω ἄκρον καὶ μέσον λόγον κατὰ τὸ Γ, καὶ ἔστω μεῖζον τμῆμα ἡ ΑΓ· λέγω ὅτι ἑκατέρα τῶν ΑΓ, ΓΒ ἄλογός ἐστιν ἡ καλουμένη ἀποτομή.

PROPOSITIO VI.

Si recta rationalis extremâ et mediâ ratione secta fuerit; utraque portionum irrationalis est quæ appellatur apotome.

Sit recta rationalis ΑΒ, et secetur extremâ et mediâ ratione in Γ, et sit major portio ΑΓ; dico utramque ipsarum ΑΓ, ΓΒ irrationalem esse quæ appellatur apotome.

Δ Α Γ Β

Ἐκβεβλήσθω γὰρ ἡ ΒΑ ἐπὶ τὸ Δ, καὶ κείσθω τῇ ΒΑ ἡμίσεια ἡ ΑΔ. Ἐπεὶ οὖν εὐθεῖα ἡ ΑΒ τέτμηται ἄκρον καὶ μέσον λόγον κατὰ τὸ Γ, καὶ τῷ μείζονι τμήματι τῷ ΑΓ πρόσκειται ἡ ΑΔ, ἡμί-

Producatur enim ΒΑ in Δ, et ponatur ipsius ΒΑ dimidia ΑΔ. Quoniam igitur recta ΑΒ secatur extremâ et mediâ ratione in Γ, et majori portioni ΑΓ adjicitur ΑΔ, quæ dimidia est

égal à ΑΔ; la droite ΔΒ est donc à ΒΑ comme ΒΑ est à ΑΔ; la droite ΔΒ est donc coupée en extrême et moyenne raison au point Α (déf. 3. 6), et ΑΒ est le plus grand segment. Ce qu'il fallait démontrer.

PROPOSITION VI.

Si une droite rationelle est coupée en extrême et moyenne raison, chacun des segments sera l'irrationelle qu'on appèle apotome.

Soit la droite rationelle ΑΒ, et qu'elle soit coupée en extrême et moyenne raison au point Γ; je dis que chacune des droites ΑΓ, ΓΒ est l'irrationelle qu'on appèle apotome.

Car prolongeons ΒΑ vers le point Δ, et que ΑΔ soit la moitié de ΒΑ. Puisque la droite ΑΒ est coupée en extrême et moyenne raison au point Γ, et que ΑΔ moitié de ΑΒ est ajouté au plus grand segment ΑΓ; le quarré de ΓΔ sera quintuple

σεια οὖσα τῆς AB· τὸ ἄρα ἀπὸ τῆς ΓΔ τοῦ ἀπὸ τῆς ΔΑ πενταπλάσιόν ἐστι· τὸ ἄρα ἀπὸ τῆς ΓΔ πρὸς τὸ ἀπὸ τῆς ΔΑ λόγον ἔχει ὃν ἀριθμὸς πρὸς ἀριθμόν· σύμμετρον ἄρα τὸ ἀπὸ τῆς ΓΔ τῷ ἀπὸ τῆς ΔΑ. Ρητὸν δὲ τὸ ἀπὸ τῆς ΔΑ, ῥητὴ[2] γάρ ἐστιν ἡ ΔΑ ἡμισεῖα οὖσα τῆς AB ῥητῆς οὔσης· ῥητὸν ἄρα καὶ τὸ ἀπὸ τῆς ΓΔ[3]· ῥητὴ ἄρα ἐστὶ καὶ ἡ ΓΔ. Καὶ ἐπεὶ τὸ ἀπὸ τῆς ΓΔ πρὸς τὸ ἀπὸ τῆς ΔΑ λόγον οὐκ ἔχει ὃν τετράγωνος ἀριθμὸς πρὸς τετράγωνον ἀριθμὸν, ἀσύμμετρος ἄρα μήκει ἡ ΓΔ τῇ ΔΑ· αἱ ΓΔ, ΔΑ ἄρα ῥηταί εἰσι δυνάμει μόνον σύμμετροι· ἀποτομὴ ἄρα ἐστὶν ἡ ΑΓ. Πάλιν, ἐπεὶ ἡ AB ἄκρον καὶ μέσον λόγον τέτμηται, καὶ τὸ μεῖζον τμῆμά ἐστιν ἡ ΑΓ, τὸ ἄρα ὑπὸ τῶν AB, ΒΓ ἴσον ἐστὶ τῷ ἀπὸ τῆς ΑΓ[4]· τὸ ἄρα ἀπὸ τῆς ΑΓ ἀποτομῆς παρὰ τὴν AB ῥητὴν παραβληθὲν πλάτος ποιεῖ τὴν ΒΓ. Τὸ δὲ ἀπὸ ἀποτομῆς παρὰ ῥητὴν παραβαλλόμενον πλάτος ποιεῖ ἀποτομὴν πρώτην· ἀποτομὴ ἄρα πρώτη ἡ ΒΓ. Εδείχθη δὲ καὶ ἡ ΑΓ ἀποτομή.

Εὰν ἄρα εὐθεῖα, καὶ τὰ ἑξῆς.

ipsius AB; quadratum igitur ex ΓΔ ipsius ex ΔA quintuplum est; ipsum igitur ex ΓΔ ad ipsum ex ΔA rationem habet quam numerus ad numerum; commensurabile igitur ipsum ex ΓΔ ipsi ex ΔA. Rationale autem ipsum ex ΔA; rationalis est enim ΔA dimidia existens ipsius AB rationalis existentis; rationale igitur et ipsum ex ΓΔ; rationalis igitur est et ΓΔ. Et quoniam ipsum ex ΓΔ ad ipsum ex ΔA rationem non habet quam quadratus numerus ad quadratum numerum, incommensurabilis igitur longitudine ipsa ΓΔ ipsi ΔA; ipsæ ΓΔ, ΔA igitur rationales sunt potentiâ solum commensurabiles; apotome igitur est AΓ. Rursus, quoniam AB extremâ et mediâ ratione secta est, et major portio est AΓ; ipsum igitur sub AB, BΓ æquale est ipsi ex AΓ; ipsum igitur ex AΓ apotome ad AB rationalem applicatum latitudinem facit BΓ. Ipsum autem ex apotome ad rationalem applicatum latitudinem facit apotomen primam; apotome igitur prima ipsa BΓ. Ostensa est autem et AΓ apotome.

Si igitur recta, etc.

du quarré de ΔA (1. 13); le quarré de ΓΔ a donc avec le quarré de ΔA la raison qu'un nombre quarré a avec un nombre quarré; le quarré de ΓΔ est donc commensurable avec le quarré de ΔA (6. 10). Mais le quarré de ΔA est rationel, car la droite ΔA est rationelle, puisqu'elle est la moitié de AB qui est rationelle. Le quarré de ΓΔ est donc aussi rationel (déf. 6. 10); la droite ΓΔ est donc rationelle (déf. 8. 10). Et puisque le quarré de ΓΔ n'a pas avec le quarré de ΔA la raison qu'un nombre quarré a avec un nombre quarré; la droite ΓΔ est incommensurable en longueur avec la droite ΔA (9. 10); les droites ΓΔ, ΔA sont donc des rationelles commensurables en puissance seulement; la droite AΓ est donc un apotome (74. 10). De plus, puisque AB est coupé en extrême et moyenne raison, et que AΓ est le plus grand segment, le rectangle sous AB, BΓ est donc égal au quarré de AΓ; le quarré de l'apotome AΓ appliqué à la rationelle AB a donc pour largeur la droite BΓ. Mais le quarré d'un apotome appliqué à une rationelle a pour largeur un apotome premier (98. 10); la droite BΓ est donc un apotome premier. Mais on a démontré que AΓ est un apotome. Donc, etc.

ΠΡΟΤΑΣΙΣ ζ'.

Εὰν πενταγώνου ἰσοπλεύρου αἱ τρεῖς γωνίαι, ἤτοι αἱ κατὰ τὸ ἑξῆς ἢ αἱ μὴ κατὰ τὸ ἑξῆς, ἴσαι ὦσιν· ἰσογώνιον ἔσται τὸ πεντάγωνον.

Πενταγώνου γὰρ ἰσοπλεύρου τοῦ ΑΒΓΔΕ αἱ τρεῖς γωνίαι πρότερον αἱ κατὰ τὸ ἑξῆς αἱ πρὸς τοῖς Α, Β, Γ ἴσαι ἀλλήλαις ἔστωσαν· λέγω ὅτι ἰσογώνιόν ἐστι τὸ ΑΒΓΔΕ πεντάγωνον.

PROPOSITIO VII.

Si pentagoni æquilateri tres anguli, sive deinceps sive non deinceps, æquales sint; æquiangulum erit pentagonum.

Pentagoni enim æquilateri ΑΒΓΔΕ tres anguli primum deinceps ad Α, Β, Γ æquales inter se sint; dico æquiangulum esse ΑΒΓΔΕ pentagonum.

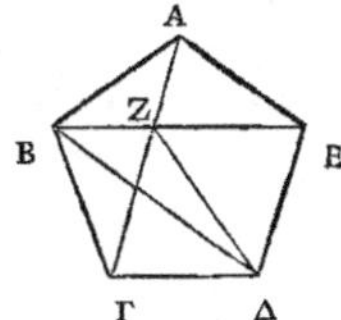

Επεζεύχθωσαν γὰρ αἱ ΑΓ, ΒΕ, ΖΔ. Καὶ ἐπεὶ δύο αἱ ΓΒ, ΒΑ δυσὶ ταῖς ΒΑ, ΑΕ ἴσαι εἰσὶν ἑκατέρα ἑκατέρᾳ, καὶ γωνία ἡ ὑπὸ ΓΒΑ γωνίᾳ τῇ ὑπὸ ΒΑΕ ἐστὶν ἴση· βάσις ἄρα ἡ ΑΓ βάσει τῇ ΒΕ ἐστὶν ἴση, καὶ τὸ ΑΒΓ τρίγωνον τῷ ΑΒΕ τριγώνῳ ἴσον, καὶ αἱ λοιπαὶ γωνίαι ταῖς λοιπαῖς γωνίαις ἴσαι ἔσονται ὑφ' ἃς αἱ ἴσαι πλευραὶ ὑποτείνουσιν,

Jungantur enim ipsæ ΑΓ, ΒΕ, ΖΔ. Et quoniam duæ ΓΒ, ΒΑ duabus ΒΑ, ΑΕ æquales sunt, utraque utrique, et angulus ΓΒΑ angulo ΒΑΕ est æqualis; basis igitur ΑΓ basi ΒΕ est æqualis, et ΑΒΓ triangulum triangulo ΑΒΕ æquale, et reliqui anguli reliquis angulis æquales erunt, quos æqualia latera subtendunt, angu-

PROPOSITION VII.

Si trois angles du pentagone équilatéral, soit de suite ou non de suite, sont égaux, le pentagone sera équiangle.

Que les trois angles de suite du pentagone équilatéral ΑΒΓΔΕ placés aux points Α, Β, Γ soient égaux entr'eux; je dis que le pentagone ΑΒΓΔΕ est équiangle.

Car joignons ΑΓ, ΒΕ, ΖΔ. Puisque les deux droites ΓΒ, ΒΑ sont égales aux deux côtés ΒΑ, ΑΕ, chacune à chacune, et que l'angle ΓΒΑ est égal à l'angle ΒΑΕ; la base ΑΓ sera égale à la base ΒΕ; le triangle ΑΒΓ égal au triangle ΑΒΕ, et les angles restants, opposés à des côtés égaux, seront égaux, c'est-à-dire que l'angle ΒΓΑ

ἡ μὲν ὑπὸ ΒΓΑ τῇ ὑπὸ ΒΕΑ, ἡ δὲ ὑπὸ ΑΒΕ τῇ ὑπὸ ΓΑΒ· ὥστε καὶ πλευρὰ ἡ ΑΖ πλευρᾷ τῇ ΒΖ ἐστὶν ἴση. Εδείχθη δὲ καὶ ὅλη ἡ ΑΓ ὅλῃ τῇ ΒΕ ἴση· καὶ λοιπὴ ἄρα ἡ ΖΓ λοιπῇ τῇ ΖΕ ἐστιν ἴση. Εστι δὲ καὶ ἡ ΓΔ τῇ ΔΕ ἴση· δύο δὴ αἱ ΖΓ, ΓΔ δυσὶ ταῖς ΖΕ, ΕΔ ἴσαι εἰσὶ, καὶ βάσις αὐτῶν κοινὴ ἡ ΖΔ· γωνία ἄρα ἡ ὑπὸ ΖΓΔ γωνίᾳ τῇ ὑπὸ ΖΕΔ ἐστὶν ἴση. Εδείχθη δὲ καὶ ἡ ὑπὸ ΒΓΑ γωνία[2] τῇ ὑπὸ ΑΕΒ ἴση· καὶ[3] ὅλη ἄρα ἡ ὑπὸ ΒΓΔ ὅλῃ τῇ ΑΕΔ ἐστὶν[4] ἴση. Αλλὰ ἡ ὑπὸ ΒΓΔ ἴση ὑπόκειται ταῖς πρὸς τοῖς Α, Β γωνίαις[5]· καὶ ἡ ὑπὸ ΑΕΔ ἄρα ταῖς πρὸς τοῖς Α, Β γωνίαις ἴση. Ομοίως δὴ δείξομεν ὅτι καὶ ἡ ὑπὸ ΓΔΕ γωνία ἴση ἐστὶ ταῖς πρὸς τοῖς Α, Β γωνίαις· ἰσογώνιον ἄρα ἐστὶ τὸ ΑΒΓΔΕ πεντάγωνον.

lus quidem ΒΓΑ angulo ΒΕΑ, angulus vero ΑΒΕ angulo ΓΑΒ; quare et latus ΑΖ lateri ΒΖ est æquale. Ostensa autem est et tota ΑΓ toti ΒΕ æqualis; et reliqua igitur ΖΓ reliquæ ΖΕ est æqualis. Est autem et ΓΔ ipsi ΔΕ æqualis; duæ igitur ΖΓ, ΓΔ duabus ΖΕ, ΕΔ æquales sunt, et basis ipsorum ΖΔ communis; angulus igitur ΖΓΔ angulo ΖΕΔ est æqualis. Ostensus autem est et angulus ΒΓΑ angulo ΑΕΒ æqualis; totus igitur ΒΓΔ toti ΑΕΔ est æqualis. Sed angulus ΒΓΔ æqualis ponitur est angulis ad Α, Β; et ΑΕΔ igitur angulus angulis ad Α, Β æqualis est. Similiter utique demonstrabimus et ΓΔΕ angulum æqualem esse angulis ad Α, Β; æquiangulum igitur est ΑΒΓΔΕ pentagonum.

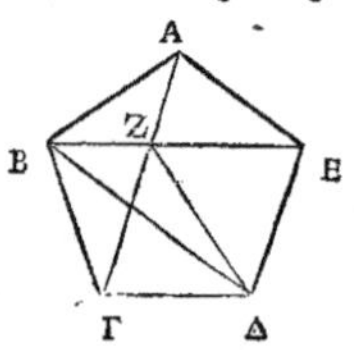

Αλλὰ δὴ μὴ ἔστωσαν ἴσαι αἱ κατὰ τὸ ἑξῆς γωνίαι, ἀλλ' ἔστωσαν ἴσαι αἱ πρὸς τοῖς Α, Γ, Δ σημείοις· λέγω ὅτι καὶ οὕτως ἰσογώνιόν ἐστι τὸ ΑΒΓΔΕ πεντάγωνον.

At vero non sint æquales deinceps anguli, sed sint æquales ipsi ad Α, Γ, Δ punctis; dico et sic æquiangulum esse ΑΒΓΔΕ pentagonum.

sera égal à l'angle ΒΕΑ, et l'angle ΑΒΕ égal à l'angle ΓΑΒ (4. 1); le côté ΑΖ est donc égal au côté ΒΖ (6. 1). Mais on a démontré que la droite entière ΑΓ est égale à la droite entière ΒΕ; le reste ΖΓ est donc égal au reste ΖΕ. Mais ΓΔ est égal à ΔΕ; les deux droites ΖΓ, ΓΔ sont donc égales aux deux droites ΖΕ, ΕΔ; mais la base ΖΔ est commune; l'angle ΖΓΔ est donc égal à l'angle ΖΕΔ (8. 1). Mais on a démontré que l'angle ΒΓΑ est égal à l'angle ΑΕΒ; l'angle entier ΒΓΔ est donc égal à l'angle entier ΑΕΔ. Mais l'angle ΒΓΔ est supposé égal aux angles placés aux points Α, Β; l'angle ΑΕΔ est donc égal aux angles placés aux points Α, Β. Nous démontrerons semblablement que l'angle ΓΔΕ est égal aux angles placés aux points Α, Β; le pentagone ΑΒΓΔΕ est donc équiangle.

Mais que les angles égaux ne soient pas de suite, et que les angles égaux soient ceux qui sont placés aux points Α, Γ, Δ; je dis que le pentagone ΑΒΓΔΕ est encore équiangle de cette manière.

Ἐπεζεύχθω γὰρ ἡ ΒΔ. Καὶ ἐπεὶ δύο αἱ ΒΑ, ΑΕ δυσὶ ταῖς ΒΓ, ΓΔ ἴσαι εἰσὶ, καὶ γωνίας ἴσας περιέχουσι· βάσις ἄρα ἡ ΒΕ βάσει τῇ ΒΔ ἴση ἐστὶ, καὶ τὸ ΑΒΕ τρίγωνον τῷ ΒΓΔ τριγώνῳ ἴσον ἐστὶ, καὶ αἱ λοιπαὶ γωνίαι ταῖς λοιπαῖς γωνίαις ἴσαι ἔσονται ὑφ' ἃς αἱ ἴσαι πλευραὶ ὑποτείνουσιν· ἴση ἄρα ἡ ὑπὸ ΑΕΒ γωνία τῇ ὑπὸ ΓΔΒ[8]. Ἔστι δὲ καὶ ἡ ὑπὸ ΒΕΔ γωνία τῇ ὑπὸ ΒΔΕ ἴση, ἐπεὶ πλευρὰ ἡ ΒΕ πλευρᾷ τῇ ΒΔ ἔστιν ἴση[9]· ὅλη ἄρα ἡ ὑπὸ ΑΕΔ γωνία ὅλῃ τῇ ὑπὸ ΓΔΕ ἐστὶν ἴση. Ἀλλὰ ἡ ὑπὸ ΓΔΕ ταῖς πρὸς τοῖς Α, Γ γωνίαις ὑπόκειται ἴση, καὶ ἡ ὑπὸ ΑΕΔ ἄρα γωνία ταῖς πρὸς τοῖς Α, Γ ἴση ἐστί. Διὰ τὰ αὐτὰ δὴ καὶ ἡ ὑπὸ ΑΒΓ ἴση ἐστὶν ταῖς πρὸς τοῖς Α, Γ, Δ γωνίαις· ἰσογώνιον ἄρα ἐστὶ[10] τὸ ΑΒΓΔΕ πεντάγωνον. Ὅπερ ἔδει δεῖξαι.

Jungatur enim ΒΔ. Et quoniam duæ ΒΑ, ΑΕ duabus ΒΓ, ΓΔ æquales sunt, et angulos æquales continent; basis igitur ΒΕ basi ΒΔ æqualis est, et ΑΒΕ triangulum triangulo ΒΓΔ æquale est, et reliqui anguli reliquis angulis æquales erunt, quos æqualia latera subtendunt; æqualis igitur ΑΕΒ angulus angulo ΓΔΒ. Est autem et ΒΕΔ angulus ipsi ΒΔΕ æqualis, quoniam latus ΒΕ lateri ΒΔ est æquale; totus igitur ΑΕΔ angulus toti ΓΔΕ est æqualis. Sed angulus ΓΔΕ angulis ad Α, Γ ponitur æqualis; et ΑΕΔ igitur angulus angulis ad Α, Γ æqualis est. Propter eadem utique et ΑΒΓ angulus æqualis est angulis ad Α, Γ, Δ; æquiangulum igitur est ΑΒΓΔΕ pentagonum. Quod oportebat ostendere.

Car joignons ΒΔ. Puisque les deux droites ΒΑ, ΑΕ sont égales aux deux droites ΒΓ, ΓΔ, et qu'elles comprènent des angles égaux, la base ΒΕ sera égale à la base ΒΔ (4. 1); le triangle ΑΒΕ sera égal au triangle ΒΓΔ, et les angles restants soutendus par des côtés égaux, seront égaux entre eux; l'angle ΑΕΒ est donc égal à l'angle ΓΔΒ. Mais l'angle ΒΕΔ est égal à l'angle ΒΔΕ (6. 1), parce que le côté ΒΕ est égal au côté ΒΔ; l'angle entier ΑΕΔ est donc égal à l'angle entier ΓΔΕ. Mais l'angle ΓΔΕ est supposé égal aux angles placés aux points Α, Γ; l'angle ΑΕΔ est donc égal aux angles placés aux points Α, Γ. Par la même raison, l'angle ΑΒΓ est égal aux angles placés aux points Α, Γ, Δ; le pentagone ΑΒΓΔΕ est donc équiangle. Ce qu'il fallait démontrer.

ΠΡΟΤΑΣΙΣ η'.

Ἐὰν πενταγώνου ἰσοπλεύρου καὶ ἰσογωνίου τὰς κατὰ τὸ ἑξῆς δύο γωνίας ὑποτείνωσιν εὐθεῖαι, ἄκρον καὶ μέσον λόγον τέμνουσιν ἀλλήλας, καὶ τὰ μείζονα αὐτῶν τμήματα ἴσα ἐστὶ τῇ τοῦ πενταγώνου πλευρᾷ.

Πενταγώνου γὰρ ἰσοπλεύρου καὶ ἰσογωνίου τοῦ ΑΒΓΔΕ δύο γωνίας, τὰς κατὰ τὸ ἑξῆς τὰς πρὸς τοῖς Α, Β, ὑποτεινέτωσαν εὐθεῖαι αἱ ΑΓ, ΒΕ, τέμνουσαι ἀλλήλας κατὰ τὸ Θ σημεῖον· λέγω ὅτι ἑκατέρα αὐτῶν ἄκρον καὶ μέσον λόγον τέτμηται κατὰ τὸ Θ σημεῖον[1], καὶ τὰ μείζονα αὐτῶν τμήματα ἴσα ἐστὶ τῇ τοῦ πενταγώνου πλευρᾷ.

PROPOSITIO VIII.

Si pentagoni æquilateri et æquianguli deincep duos angulos subtendant rectæ, extremâ et medi ratione se mutuo secant, et majores ipsaru portiones æquales sunt pentagoni lateri.

Pentagoni enim æquilateri et æquianguli ΑΒΓΔ duos angulos deinceps ad Α, Β subtendant rect ΑΓ, ΒΕ, se mutuo secant in Θ puncto; dic utramque ipsarum extremâ et mediâ ration secari in Θ puncto, et majores earum por tiones æquales esse pentagoni lateri.

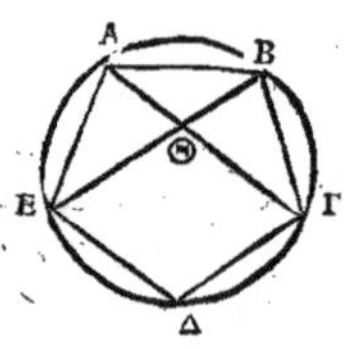

Περιγεγράφθω γὰρ περὶ τὸ ΑΒΓΔΕ πεντάγωνον κύκλος ὁ ΑΒΓΔΕ. Καὶ ἐπεὶ δύο εὐθεῖαι αἱ ΕΑ, ΑΒ δυσὶ ταῖς ΑΒ, ΒΓ ἴσαι εἰσὶ, καὶ γωνίας

Describatur enim circa ΑΒΓΔΕ pentagonum circulus ΑΒΓΔΕ. Et quoniam duæ rectæ ΕΑ, ΑΒ duabus ΑΒ, ΒΓ æquales sunt et angulos

PROPOSITION VIII.

Si des droites soutendent deux angles de suite d'un pentagone équilatéral et équiangle, ces droites se couperont en extrême et moyenne raison, et leurs plus grands segments seront égaux au côté du pentagone.

Que les droites ΑΓ, ΒΕ, qui se coupent au point Θ, soutendent deux angles de suite en Α et Β du pentagone équilatéral ΑΒΓΔΕ; je dis que chacune de ces droites est coupée en extrême et moyenne raison au point Θ, et que leurs plus grands segments sont égaux au côté du pentagone.

Car décrivons autour du pentagone ΑΒΓΔΕ le cercle ΑΒΓΔΕ. Puisque les deux droites ΕΑ, ΑΒ sont égales aux deux droites ΑΒ, ΒΓ, et que ces droites comprè-

ἴσας περιέχουσι, βάσις ἄρα ἡ ΒΕ βάσει τῇ ΑΓ ἴση ἐστὶ, καὶ τὸ ΑΒΕ τρίγωνον τῷ ΑΒΓ τριγώνῳ ἴσον ἐστὶ, καὶ αἱ λοιπαὶ γωνίαι ταῖς λοιπαῖς γωνίαις ἴσαι ἔσονται, ἑκατέρα ἑκατέρᾳ, ὑφ' ἃς αἱ ἴσαι πλευραὶ ὑποτείνουσιν· ἴση ἄρα ἐστὶν[2] ἡ ὑπὸ ΒΑΓ γωνία τῇ ὑπὸ ΑΒΕ· διπλῆ ἄρα ἡ ὑπὸ ΑΘΕ τῆς ὑπὸ ΒΑΘ γωνίας, ἐκτὸς γάρ ἐστι τοῦ ΑΒΘ τριγώνου[3]. Ἔστι δὲ καὶ ἡ ὑπὸ ΕΑΓ τῆς ὑπὸ ΒΑΓ διπλῆ, ἐπειδήπερ[4] καὶ περιφέρεια ἡ ΕΔΓ περιφερείας τῆς ΓΒ ἐστὶ διπλῆ· ἴση ἄρα ἡ ὑπὸ ΘΑΕ γωνία τῇ ὑπὸ ΑΘΕ· ὥστε καὶ ἡ ΘΕ εὐθεῖα τῇ ΕΑ, τουτέστι τῇ ΑΒ ἐστὶν ἴση. Καὶ ἐπεὶ ἴση ἐστὶν ἡ ΒΑ εὐθεῖα τῇ ΑΕ, ἴση ἐστὶ καὶ γωνία ἡ ὑπὸ ΑΒΕ τῇ ὑπὸ ΑΕΒ. Ἀλλὰ ἡ ὑπὸ ΑΒΕ τῇ ὑπὸ ΒΑΘ ἐδείχθη ἴση· καὶ ἡ ὑπὸ ΒΕΑ ἄρα γωνία[5] τῇ ὑπὸ ΒΑΘ ἐστὶν ἴση. Καὶ κοινὴ τῶν δύο τριγώνων τοῦ τε ΑΒΕ καὶ τοῦ ΑΒΘ ἐστὶν ἡ ὑπὸ ΑΒΕ· λοιπὴ ἄρα ἡ ὑπὸ ΒΑΕ γωνία λοιπῇ τῇ ὑπὸ ΑΘΒ ἐστὶν ἴση· ἰσογώνιον ἄρα ἐστὶ[6] τὸ ΑΒΕ τρίγωνον τῷ ΑΒΘ τριγώνῳ· ἀνάλογον ἄρα ἐστὶν ὡς ἡ ΕΒ πρὸς τὴν ΒΑ οὕτως ἡ ΑΒ πρὸς τὴν ΒΘ. Ἴση δὲ ἡ ΒΑ τῇ ΕΘ· ὡς ἄρα ἡ ΒΕ πρὸς τὴν ΕΘ οὕτως ἡ ΕΘ πρὸς τὴν ΘΒ. Μείζων δὲ ἡ ΒΕ τῆς

æquales continent; basis igitur BE basi AΓ æqualis est, et ABE triangulum triangulo ABΓ æquale est, et reliqui anguli reliquis angulis æquales erunt, uterque utrique, quos æqualia latera subtendunt; æqualis igitur est BAΓ angulus ipsi ABE; duplus igitur ipse AΘE anguli BAΘ, est enim extra ABΘ triangulum. Est autem et ipse EAΓ ipsius BAΓ duplus, quoniam et circumferentia EΔΓ circumferentiæ ΓB est dupla; æqualis igitur ΘAE angulus ipsi AΘE; quare et ΘE recta ipsi EA, hoc est ipsi AB, est æqualis. Et quoniam æqualis est BA recta ipsi AE, æqualis est et angulus ABE ipsi AEB. Sed angulus ABE angulo BAΘ ostensus est æqualis; et BEA igitur angulus angulo BAΘ est æqualis. Et communis duobus triangulis et ABE et ABΘ est ipse ABE; reliquus igitur BAE angulus reliquo AΘB est æqualis; æquiangulum igitur est ABE triangulum triangulo ABΘ; proportionaliter igitur est ut EB ad BA ita AB ad BΘ. Æqualis autem BA ipsi EΘ; ergo ut BE ad EΘ ita EΘ ad ΘB. Major autem BE

nent des angles égaux, la base BE sera égale à la base AΓ, le triangle ABE sera égal au triangle ABΓ, et les angles restants, soutendus par des côtés égaux, seront égaux (4. 1); l'angle BAΓ est donc égal à l'angle ABE; l'angle AΘE est donc double de l'angle BAΘ (6 et 32. 1); car ABE est un angle extérieur au triangle ABΘ. Mais l'angle EAΓ est double de l'angle BAΓ (33. 6), parce que l'arc EΔΓ est double de l'arc ΓB; l'angle ΘAE est donc égal à l'angle AΘE; la droite ΘE est donc égale à EA, c'est-à-dire à AB (6. 1). Et puisque la droite BA est égale à AE, l'angle ABE sera égal à l'angle AEB (5. 1). Mais on a démontré que l'angle ABE est égal à BAΘ; l'angle BEA est donc égal à l'angle BAΘ. Mais l'angle ABE est commun aux deux triangles ABE, ABΘ, l'angle BAE est donc égal à l'angle restant AΘB (32. 1); le triangle ABE est donc équiangle avec le triangle ABΘ; la droite EB est donc à BA comme AB est BΘ (4. 6). Mais BA est égal à EΘ; la droite BE est donc à EΘ comme EΘ est à ΘB. Mais BE est plus

ΕΘ· μείζων ἄρα καὶ ἡ ΕΘ τῆς ΘΒ· ἡ ΒΕ ἄρα ἄκρον καὶ μέσον λόγον τέτμηται κατὰ τὸ Θ, καὶ

ipsâ ΕΘ; major igitur et ΕΘ ipsâ ΘΒ; ipsa igitur ΒΕ extremâ et mediâ ratione secta est in

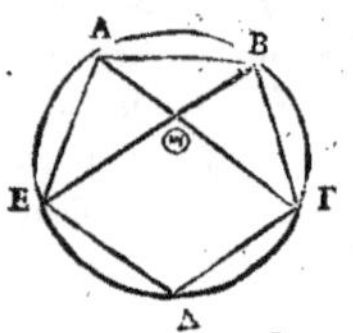

τὸ μεῖζον τμῆμα τὸ ΘΕ ἴσον ἐστὶ τῇ τοῦ πενταγώνου πλευρᾷ. Ὁμοίως δὴ δείξομεν ὅτι καὶ ἡ ΑΓ ἄκρον καὶ μέσον λόγον τέτμηται κατὰ τὸ Θ, καὶ τὸ μεῖζον αὐτῆς τμῆμα τὸ ΓΘ ἴσον ἐστὶ τῇ τοῦ πενταγώνου πλευρᾷ. Ὅπερ ἔδει δεῖξαι.

Θ, et major portio ΘΕ æqualis est pentagoni lateri. Similiter utique demonstrabimus et ΑΓ extremâ et mediâ ratione secari in Θ et majorem ejus portionem ΓΘ æqualem esse pentagoni lateri. Quod oportebat ostendere.

grand que ΕΘ; la droite ΕΘ est donc plus grande que ΘΒ; la droite ΒΕ est donc coupée en extrême et moyenne raison au point Θ (30. 6), et le plus grand segment ΘΕ est égal au côté du pentagone. Nous démontrerons semblablement que la droite ΑΓ est coupée en extrême et moyenne raison au point Θ, et que son plus grand segment ΓΘ est égal au côté du pentagone. Ce qu'il fallait démontrer.

ΠΡΟΤΑΣΙΣ θ'.

Εὰν ἡ τοῦ ἑξαγώνου πλευρὰ καὶ ἡ τοῦ δεκαγώνου τῶν εἰς τὸν αὐτὸν κύκλον[1] ἐγγραφομένων συντεθῶσιν· ἡ ὅλη εὐθεῖα ἄκρον καὶ μέσον λόγον τέτμηται, καὶ τὸ μεῖζον αὐτῆς τμῆμά ἐστιν ἡ τοῦ ἑξαγώνου πλευρά.

Εστω κύκλος ὁ ΑΒΓ, καὶ, τῶν εἰς τὸν ΑΒΓ κύκλον ἐγγραφομένων σχημάτων, δεκαγώνου μὲν ἔστω πλευρὰ ἡ ΒΓ, ἑξαγώνου δὲ ἡ ΓΔ, καὶ ἔστωσαν ἐπ' εὐθείας· λέγω ὅτι ἡ ὅλη εὐθεῖα ἡ ΒΔ ἄκρον καὶ μέσον λόγον τέτμηται κατὰ τὸ Γ[2], καὶ τὸ μεῖζον αὐτῆς τμῆμά ἐστιν ἡ ΓΔ.

PROPOSITIO IX.

Si hexagoni latus et latus decagoni in eodem circulo descriptorum componantur; tota recta extremâ et mediâ ratione secta est, et major ipsius portio est hexagoni latus.

Sit circulus ΑΒΓ, et in ΑΒΓ circulo descriptarum figurarum, decagoni quidem sit latus ΒΓ, hexagoni vero ΓΔ, et sint in directum; dico totam rectam ΒΔ extremâ et mediâ ratione secari in Γ, et majorem ejus portionem esse ΓΔ.

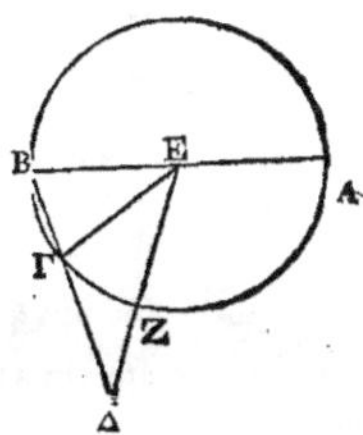

Εἰλήφθω γὰρ τὸ κέντρον τοῦ κύκλου, καὶ ἔστω[3] τὸ Ε σημεῖον, καὶ ἐπεζεύχθωσαν αἱ ΕΒ, ΕΓ, ΕΔ, καὶ διήχθω ἡ ΒΕ ἐπὶ τὸ Α. Καὶ ἐπεὶ

Sumatur enim centrum circuli, et sit Ε punctum, et jungantur ipsæ ΕΒ, ΕΓ, ΕΔ, et producatur ΒΕ ad Α. Et quoniam decagoni æqui-

PROPOSITION IX.

Si l'on ajoute ensemble le côté de l'hexagone et le côté du décagone, ces polygones étant décrits dans le même cercle, la droite entière sera coupée en extrême et moyenne raison, et son plus grand segment sera le côté de l'hexagone.

Soit le cercle ΑΒΓ; décrivons ces polygones dans le cercle ΑΒΓ; que ΒΓ soit le côté du décagone, et ΓΔ le côté de l'hexagone, et que ces côtés soient placés en ligne droite; je dis que la droite entière ΒΔ est coupée en extrême et moyenne raison au point Γ, et que ΓΔ est son plus grand segment.

Car prenons le centre du cercle, et que ce soit le point Ε; joignons ΕΒ, ΕΓ, ΕΔ, et prolongeons ΒΕ vers le point Α. Puisque ΒΓ est le côté d'un décagone équi-

δεκαγώνου ἰσοπλεύρου πλευρά ἐστιν ἡ ΒΓ, πενταπλασίων ἄρα ἡ ΑΓΒ περιφέρεια τῆς ΒΓ περιφερείας· τετραπλασίων ἄρα ἡ ΑΓ περιφέρεια τῆς ΓΒ. Ὡς δὲ ἡ ΑΓ περιφέρεια πρὸς τὴν ΓΒ οὕτως ἡ ὑπὸ ΑΕΓ γωνία πρὸς τὴν ὑπὸ ΓΕΒ· τετραπλασίων ἄρα ἡ ὑπὸ ΑΕΓ τῆς ὑπὸ ΓΕΒ. Καὶ ἐπεὶ ἴση ἐστὶν ἡ ὑπὸ ΕΒΓ γωνία τῇ ὑπὸ ΕΓΒ, ἡ ἄρα ὑπὸ ΑΕΓ γωνία διπλασία ἐστὶ τῆς ὑπὸ ΕΓΒ. Καὶ ἐπεὶ ἴση ἐστὶν ἡ ΕΓ εὐθεῖα τῇ ΓΔ, ἑκατέρα γὰρ

lateri latus est ΒΓ, quintupla igitur ΑΓΒ circumferentia circumferentiæ ΒΓ; quadrupla igitur ΑΓ circumferentia circumferentiæ ΓΒ. Ut autem ΑΓ circumferentia ad ipsam ΓΒ ita ΑΕΓ angulus ad ipsum ΓΕΒ; quadruplus igitur angulus ΑΕΓ anguli ΓΕΒ. Et quoniam æqualis est ΕΒΓ angulus ipsi ΕΓΒ, ergo ΑΕΓ angulus duplus est ipsius ΕΓΒ. Et quoniam æqualis est ΕΓ recta ipsi

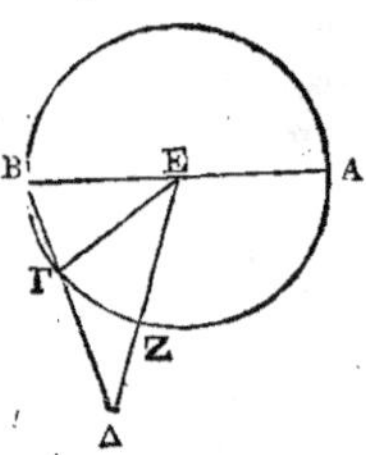

αὐτῶν ἴση ἐστὶ τῇ τοῦ ἑξαγώνου πλευρᾷ, τοῦ εἰς τὸν ΑΒΓ κύκλον ἐγγραφομένου[4], ἴση ἐστὶ καὶ ἡ ὑπὸ ΓΕΔ γωνία τῇ ὑπὸ ΓΔΕ γωνίᾳ[5]· διπλασία ἄρα ἡ ὑπὸ ΕΓΒ γωνία[6] τῆς ὑπὸ ΕΔΓ. Ἀλλὰ τῆς ὑπὸ ΕΓΒ διπλασία ἐδείχθη ἡ ὑπὸ ΑΕΓ· τετραπλασία ἄρα ἡ ὑπὸ ΑΕΓ τῆς ὑπὸ ΕΔΓ. Ἐδείχθη δὲ καὶ τῆς ὑπὸ ΒΕΓ τετραπλασία ἡ ὑπὸ

ΓΔ, utraque enim ipsarum æqualis est hexagoni lateri in ΑΒΓ circulo descripti, æqualis est et ΓΕΔ angulus angulo ΓΔΕ; duplus igitur angulus ΕΓΒ ipsius ΕΔΓ. Sed ΕΓΒ anguli duplus ostensus est ipse ΑΕΓ; quadruplus igitur ΑΕΓ ipsius ΕΔΓ. Ostensus autem est et anguli ΒΕΓ quadruplus ipse ΑΕΓ;

latéral, l'arc ΑΓΒ est quadruple de l'arc ΒΓ; l'axe ΑΓ est donc triple de l'arc ΓΒ. Mais l'arc ΑΓ est à l'arc ΓΒ comme l'angle ΑΕΓ est à l'angle ΓΕΒ (33. 6); l'angle ΑΕΓ est donc quadruple de l'angle ΓΕΒ. Et puisque l'angle ΕΒΓ est égal à l'angle ΕΓΒ (5. 1), l'angle ΑΕΓ sera double de l'angle ΕΓΒ (32. 1). Et puisque la droite ΕΓ est égale à ΓΔ, car chacune de ces droites est égale au côté de l'hexagone décrit dans le cercle ΑΒΓ (15. 4), l'angle ΓΕΔ sera égal à l'angle ΓΔΕ (5. 1); l'angle ΕΓΒ est donc double de l'angle ΕΔΓ (32. 1). Mais on a démontré que l'angle ΑΕΓ est double de l'angle ΕΓΒ; l'angle ΑΕΓ est donc quadruple de l'angle ΕΔΓ. Mais on a démontré que l'angle ΑΕΓ est quadruple de l'angle ΒΕΓ; l'angle ΕΔΓ est donc égal

ΑΕΓ· ἴση ἄρα ἡ ὑπὸ ΕΔΓ τῇ ὑπὸ ΒΕΓ. Κοινὴ δὲ τῶν δύο τριγώνων, τοῦ τε ΒΕΔ καὶ τοῦ ΒΕΓ, ἡ ὑπὸ ΕΒΔ γωνία· καὶ λοιπὴ ἄρα ἡ ὑπὸ ΒΕΔ λοιπῇ[7] τῇ ὑπὸ ΕΓΒ ἐστὶν ἴση· ἰσογώνιον ἄρα ἐστὶ[8] τὸ ΕΒΔ τρίγωνον τῷ ΕΒΓ τριγώνῳ· ἀνάλογον ἄρα ἐστὶν ὡς ἡ ΔΒ πρὸς τὴν ΒΕ οὕτως ἡ ΕΒ πρὸς τὴν ΒΓ. Ἴση δὲ ἡ ΕΒ τῇ ΔΓ· ἔστιν ἄρα ὡς ἡ ΒΔ πρὸς τὴν ΔΓ οὕτως ἡ ΔΓ πρὸς τὴν ΓΒ. Μείζων δὲ ἡ ΒΔ τῆς ΔΓ· μείζων ἄρα[9] καὶ ἡ ΔΓ τῆς ΓΒ· ἡ ΒΔ ἄρα εὐθεῖα ἄκρον καὶ μέσον λόγον τέτμηται κατὰ τὸ Γ, καὶ τὸ μεῖζον αὐτῆς τμῆμά[10] ἐστιν ἡ ΔΓ. Ὅπερ ἔδει δεῖξαι.

æqualis igitur ipse ΕΔΓ ipsi ΒΕΓ. Communis autem duobus triangulis, et ΒΕΔ et ΒΕΓ, angulus ΕΒΔ; et reliquus igitur ΒΕΔ reliquo ΕΓΒ est æqualis; æquiangulum igitur est ΕΒΔ triangulum triangulo ΕΒΓ; proportionaliter igitur est ut ΔΒ ad ΒΕ ita ΕΒ ad ΒΓ. Æqualis autem ΕΒ ipsi ΔΓ; est igitur ut ΒΔ ad ΔΓ ita ΔΓ ad ΓΒ. Major autem ΒΔ ipsâ ΔΓ; major igitur et ΔΓ ipsâ ΓΒ; ergo recta ΒΔ extremâ et mediâ ratione secta est in Γ, et major ipsius portio est ΔΓ. Quod oportebat ostendere.

ΠΡΟΤΑΣΙΣ ι'.

Ἐὰν εἰς κύκλον πεντάγωνον ἰσόπλευρον ἐγγραφῇ· ἡ τοῦ πενταγώνου πλευρὰ δύναται τήν τε τοῦ ἑξαγώνου καὶ τὴν τοῦ δεκαγώνου, τῶν εἰς τὸν αὐτὸν κύκλον ἐγγραφομένων.

Ἔστω κύκλος ὁ ΑΒΓΔΕ, καὶ εἰς τὸν ΑΒΓΔΕ κύκλον[1] πεντάγωνον ἰσόπλευρον ἐγγεγράφθω[2] τὸ

PROPOSITIO X.

Si in circulo pentagonum æquilaterum describatur; pentagoni latus potest et latus hexagoni et latus decagoni in eodem circulo descriptorum.

Sit circulus ΑΒΓΔΕ, et in ΑΒΓΔΕ circulo pentagonum æquilaterum describatur ΑΒΓΔΕ;

à l'angle ΒΕΓ. Mais l'angle ΕΒΔ est commun aux deux triangles ΒΕΔ, ΒΕΓ; l'angle restant ΒΕΔ est donc égal à l'angle restant ΕΓΒ (32. 1); le triangle ΕΒΔ est donc équiangle avec le triangle ΕΒΓ; la droite ΔΒ est donc à ΒΕ comme ΕΒ est à ΒΓ (4. 6). Mais ΕΒ est égal à ΔΓ (15. 4); la droite ΒΔ est donc à ΔΓ comme ΔΓ est à ΓΒ. Mais la droite ΒΔ est plus grande que ΔΓ; la droite ΔΓ est donc plus grande que ΓΒ; la droite ΒΔ est donc coupée en extrême et moyenne raison au point Γ (déf. 3. 6), et ΔΓ est son plus grand segment. Ce qu'il fallait démontrer.

PROPOSITION X.

Si l'on décrit dans un cercle un pentagone équilatéral, le quarré du côté du pentagone sera égal à la somme des quarrés du côté de l'hexagone et du côté du décagone, ces polygones étant décrits dans le même cercle.

Soit le cercle ΑΒΓΔΕ, et décrivons dans le cercle ΑΒΓΔΕ le pentagone équila-

ΑΒΓΔΕ· λέγω ὅτι ἡ τοῦ ΑΒΓΔΕ πενταγώνου πλευρὰ δύναται τήν τε τοῦ ἑξαγώνου καὶ τὴν τοῦ δεκαγώνου πλευρὰν, τῶν εἰς τὸν ΑΒΓΔΕ κύκλον ἐγγραφομένων.

Εἰλήφθω γὰρ τὸ κέντρον τοῦ κύκλου τὸ Ζ σημεῖον[2], καὶ ἐπιζευχθεῖσα ἡ ΑΖ διήχθω ἐπὶ τὸ Η σημεῖον, καὶ ἐπεζεύχθω ἡ ΖΒ, καὶ ἀπὸ τοῦ Ζ ἐπὶ τὴν ΑΒ κάθετος ἤχθω ἡ ΖΘ, καὶ διήχθω ἐπὶ τὸ Κ, καὶ ἐπεζεύχθωσαν αἱ ΑΚ, ΚΒ, καὶ πάλιν ἀπὸ τοῦ Ζ ἐπὶ τὴν ΑΚ κάθετος ἤχθω ἡ ΖΛ, καὶ διήχθω ἐπὶ τὸ Μ, καὶ ἐπεζεύχθω ἡ ΚΝ. Καὶ[3] ἐπεὶ ἴση ἐστὶν ἡ ΑΒΓΗ περιφέρεια τῇ ΑΕΔΗ περιφέρεια, ὧν ἡ ΑΒΓ τῇ ΑΕΔ ἐστὶν ἴση· λοιπὴ ἄρα ἡ ΓΗ περιφέρεια λοιπῇ τῇ ΔΗ ἐστὶν ἴση. Πενταγώνου δὲ[4] ἡ ΓΔ· δεκαγώνου[5] ἄρα ἡ ΓΗ. Καὶ ἐπεὶ ἴση ἐστὶν ἡ ΑΖ τῇ ΖΒ, καὶ κάθετος ἡ ΖΘ· ἴση ἄρα καὶ ἡ ὑπὸ ΑΖΚ γωνία τῇ ὑπὸ ΚΖΒ· ὥστε καὶ περιφέρεια ἡ ΑΚ τῇ ΚΒ ἐστὶν ἴση· διπλῆ ἄρα ἡ ΑΒ περιφέρεια τῆς ΒΚ περιφερείας· δεκαγώνου ἄρα πλευρά ἐστιν ἡ ΑΚ εὐθεῖα. Διὰ τὰ αὐτὰ δὴ καὶ ἡ ΑΓ τῆς[6] ΚΜ ἐστὶ διπλῆ. Καὶ ἐπεὶ διπλῆ ἐστιν ἡ ΑΒ περιφέρεια τῆς ΒΚ περιφερείας,

dico ΑΒΓΔΕ pentagoni latus posse et latus hexagoni et latus decagoni in eodem ΑΒΓΔΕ circulo descriptorum.

Sumatur enim centrum circuli punctum Ζ, et juncta ΑΖ producatur ad Η punctum, et jungatur ΖΒ, et à puncto Ζ ad ΑΒ perpendicularis agatur ΖΘ, et producatur ad Κ, et junganturn ipsæ ΑΚ, ΚΒ, et rursus a puncto Ζ ad ΑΚ perpendicularis agatur ΖΛ, et producatur ad Μ, et jungatur ΚΝ. Et quoniam æqualis est ΑΒΓΗ circumferentia circumferentiæ ΑΕΔΗ, ex quibus ΑΒΓ ipsi ΑΕΔ est æqualis; reliqua igitur ΓΗ circumferentia reliquæ ΔΗ est æqualis. Pentagoni autem latus ipsa ΔΓ; decagoni igitur latus ipsa ΓΗ. Et quoniam æqualis est ΑΖ ipsi ΖΒ, et perpendicularis ΖΘ; æqualis igitur et ΑΖΚ angulus ipsi ΚΖΒ; quare et circumferentia ΑΚ ipsi ΚΒ est æqualis; dupla igitur ΑΒ circumferentia circumferentiæ ΒΚ; decagoni igitur latus est recta ΑΚ. Propter eadem utique et ΑΓ ipsius ΚΜ est dupla. Et quoniam dupla est ΑΒ circumferentia cir-

téral ΑΒΓΔΕ; je dis que le quarré du côté du pentagone ΑΒΓΔΕ est égal à la somme des quarrés de l'hexagone et du décagone, ces polygones étant décrits dans le cercle ΑΒΓΔΕ.

Car prenons Ζ le centre du cercle; ayant joint ΑΖ, prolongeons cette droite vers le point Η; joignons ΖΒ, du point Ζ menons la droite ΖΘ perpendiculaire à ΑΒ; prolongeons cette droite vers Κ; joignons ΑΚ, ΚΒ; du point Ζ menons ΖΛ perpendiculaire à ΑΚ; prolongeons cette droite vers Μ, et joignons ΚΝ. Puisque l'arc ΑΒΓΗ est égal à l'arc ΑΕΔΗ, et que l'arc ΑΒΓ est égal à l'arc ΑΕΔ, l'arc restant ΓΗ sera égal à l'arc restant ΔΗ. Mais ΓΔ est le côté du pentagone; la droite ΓΗ est donc le côté du décagone. Et puisque ΑΖ est égal à ΖΒ, et que ΖΘ est une perpendiculaire, l'angle ΑΖΚ sera égal à ΚΖΒ; l'arc ΑΚ est donc égal à l'arc ΚΒ; l'arc ΑΒ est donc double de l'arc ΒΚ; la droite ΑΚ est donc le côté du décagone. Par la même raison, l'arc ΑΚ est double de l'arc ΚΜ. Et puisque l'arc

ἴση δὲ ἡ ΓΔ περιφέρεια τῇ AB περιφερείᾳ· διπλῆ ἄρα καὶ ἡ ΓΔ περιφέρεια τῆς BK περιφερείας. Εστι δὲ ἡ ΓΔ περιφέρεια καὶ τῆς ΓH διπλῆ· ἴση ἄρα ἡ ΓH περιφέρεια τῇ BK περιφερείᾳ[7]. Αλλὰ ἡ BK τῆς KM ἐστὶ διπλῆ, ἐπεὶ καὶ ἡ KA· καὶ ἡ ΓH ἄρα τῆς KM ἐστὶ διπλῆ. Αλλὰ μὲν καὶ[8] ἡ ΓB περιφέρεια τῆς BK περιφερείας ἐστὶ διπλῆ,

cumferentiæ BK, æqualis autem ΓΔ circumferentia circumferentiæ AB; dupla igitur et ΓΔ circumferentia circumferentiæ BK. Est autem ΓΔ circumferentia et ipsius ΓH dupla; æqualis igitur ΓH circumferentia ipsi BK circumferentiæ. Sed BK ipsius KM est dupla, quoniam et KA; et ΓH igitur ipsius KM est dupla. Sed quidem et ΓB circumferentia circumferentiæ BK est du-

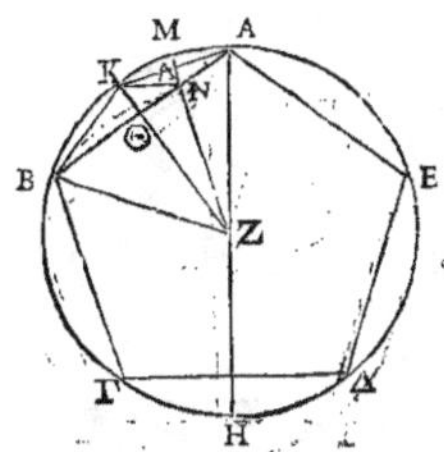

ἴση γὰρ ἡ ΓB περιφέρεια τῇ BA περιφερείᾳ[9]· καὶ ὅλη ἄρα ἡ HB περιφέρεια τῆς[10] BM ἐστὶ διπλῆ· ὥστε καὶ γωνία ἡ ὑπὸ HZB γωνίας τῆς ὑπὸ BZM ἐστὶ[11] διπλῆ. Εστι δὲ ἡ ὑπὸ HZB καὶ τῆς ὑπὸ ZAB διπλῆ, ἴση γὰρ ἡ ὑπὸ ZAB τῇ ὑπὸ ABΓ· καὶ ἡ ὑπὸ BZN ἄρα τῇ ὑπὸ ZAB ἐστὶν ἴση. Κοινὴ δὲ τῶν δύο τριγώνων, τοῦ τε ABZ καὶ τοῦ BZN, ἡ ὑπὸ ABZ γωνία· λοιπὴ ἄρα ἡ ὑπὸ AZB λοιπῇ τῇ ὑπὸ BNZ ἐστὶν ἴση· ἰσογώνιον ἄρα ἐστὶ καὶ[12] τὸ ABZ τρίγωνον τῷ BZN τριγώνῳ· ἀνά-

pla; æqualis enim ΓB circumferentia circumferentiæ BA; et tota igitur HB circumferentia ipsius BM est dupla; quare et angulus HZB anguli BZM est duplus. Est autem ipse HZB et ipsius ZAB duplus, æqualis enim ZAB ipsi ABΓ; et BZN igitur ipsi ZAB est æqualis. Communis autem duobus triangulis, et ABZ et BZN, angulus ABZ; reliquus igitur AZB reliquo BNZ est æqualis; æquiangulum igitur est et ABZ triangulum triangulo BZN; proportiona-

AB est double de l'arc BK, et que l'arc ΓΔ est égal à l'arc AB, l'arc ΓΔ sera double de l'arc BK. Mais l'arc ΓΔ est double de l'arc ΓH, l'arc ΓH est donc égal à l'arc BK. Mais l'arc BK est double de KM, parce que KA l'est de KM; l'arc ΓH est donc double de KM. Mais l'arc ΓB est double de l'arc BK, car l'arc ΓB est égal à l'arc BA; l'arc entier HB est donc double de l'arc BM; l'angle HZB est donc double de l'angle BZM (33. 6). Mais l'angle HZB est double de l'angle ZAB (32. 1), car l'angle ZAB est égal à l'angle ABΓ (5. 1); l'angle BZN est donc égal à l'angle ZAB. Mais l'angle ABZ est commun aux deux triangles ABZ, BZN; l'angle restant AZB est donc égal à l'angle restant BNZ (32. 1); le triangle ABZ est donc équiangle avec le triangle

λογον ἄρα ἐστὶν ὡς ἡ AB εὐθεῖα πρὸς τὴν BZ οὕτως ἡ ZB πρὸς τὴν BN· τὸ ἄρα ὑπὸ τῶν AB, BN ἴσον ἐστὶ τῷ ἀπὸ τῆς[13] BZ. Πάλιν ἐπεὶ ἴση ἐστὶν ἡ AΛ τῇ ΛK, κοινὴ δὲ καὶ πρὸς ὀρθὰς ἡ ΛN· βάσις ἄρα καὶ[14] ἡ KN βάσει τῇ ΛN ἐστὶν ἴση· καὶ γωνία ἄρα ἡ ὑπὸ ΛKN γωνίᾳ τῇ ὑπὸ ΛAN ἐστὶν ἴση. Ἀλλὰ ἡ ὑπὸ ΛAN τῇ ὑπὸ KBN ἐστὶν ἴση· καὶ ἡ ὑπὸ ΛKN ἄρα τῇ ὑπὸ KBN ἐστὶν ἴση. Καὶ κοινὴ τῶν

liter igitur est ut recta AB ad BZ ita ZB ad BN; rectangulum igitur sub AB, BN æquale est quadrato ex BZ. Rursus quoniam æqualis est AA ipsi AK, communis autem et ad rectos ipsa AN; basis igitur et KN basi AN est æqualis; et angulus igitur AKN angulo AAN est æqualis. Sed angulus AAN angulo KBN est æqualis; et AKN igitur angulus angulo KBN est æqualis. Et communis duobus triangulis, et AKB et

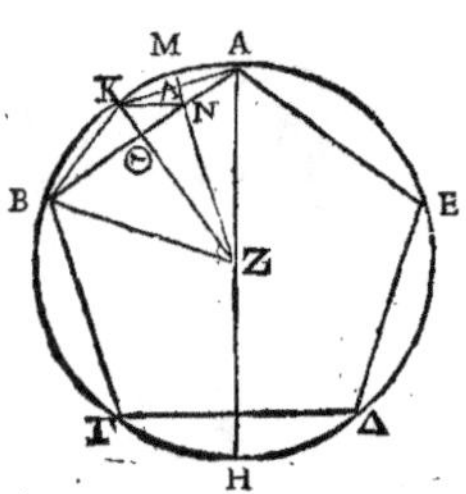

δύο τριγώνων, τοῦ τε AKB καὶ τοῦ AKN, ἡ ὑπὸ NAK[15]· λοιπὴ ἄρα ἡ ὑπὸ AKB λοιπῇ τῇ ὑπὸ KNA ἐστὶν ἴση· ἰσογώνιον ἄρα ἐστὶ τὸ KBA τρίγωνον τῷ KNA τριγώνῳ. Ἀνάλογον ἄρα ἐστὶν ὡς ἡ BA εὐθεῖα πρὸς τὴν AK οὕτως ἡ KA[16] πρὸς τὴν AN· τὸ ἄρα ὑπὸ τῶν BA, AN ἴσον ἐστὶ τῷ ἀπὸ τῆς AK. Ἐδείχθη δὲ καὶ τὸ ὑπὸ τῶν AB, BN ἴσον

AKN, angulus NAK; reliquus igitur AKB reliquo KNA est æqualis; æquiangulum igitur est KBA triangulum triangulo KNA. Proportionaliter igitur est ut BA recta ad AK ita KA ad AN; rectangulum igitur sub BA, AN est æquale quadrato ex AK. Ostensum est autem et rectangulum sub AB, BN æquale quadrato ex BZ;

BZN; la droite AB est donc à BZ comme BZ est à BN (4. 6); le rectangle sous AB, BN est donc égal au quarré de BZ (17. 6). De plus, puisque AA est égal à AK, et que la perpendiculaire AN est commune; la base KN sera égale à la base AN (4. 1); l'angle AKN est donc égal à l'angle AAN. Mais l'angle AAN est égal à l'angle KBN (5. 1); l'angle AKN est donc égal à l'angle KBN. Mais l'angle NAK est commun aux deux triangles AKB, AKN; l'angle restant AKB est donc égal à l'angle restant KNA (32. 1); le triangle KBA est donc équiangle avec le triangle KNA. La droite BA est donc à AK comme KA est à AN; le rectangle sous BA, AN est donc égal au quarré de AK (17. 6). Mais on a démontré que le rectangle sous AB, BN est égal

τῷ ἀπὸ τῆς ΒΖ· τὸ ἄρα ὑπὸ τῶν ΑΒ, ΒΝ μετὰ τοῦ ὑπὸ τῶν ΒΑ, ΑΝ, ὅπερ ἐστὶ τὸ ἀπὸ τῆς ΑΒ, ἴσον ἐστὶ τῷ ἀπὸ τῆς ΒΖ μετὰ τοῦ ἀπὸ τῆς ΑΚ. Καί ἐστιν ἡ μὲν ΑΒ πενταγώνου πλευρὰ, ἡ δὲ ΒΖ ἑξαγώνου, ἡ δὲ ΑΚ δεκαγώνου.

Η ἄρα τοῦ πενταγώνου, καὶ τὰ ἑξῆς.

rectangulum igitur sub AB, BN cum rectangulo sub BA, AN, quod est quadratum ex AB, æquale est quadrato ex BZ cum quadrato ex AK. Et est quidem AB pentagoni latus, ipsa BZ vero latus hexagoni, ipsa AK autem latus decagoni.

Ergo pentagoni, etc.

ΠΡΟΤΑΣΙΣ ιά.

Εὰν εἰς κύκλον ῥητὴν ἔχοντα τὴν διάμετρον πεντάγωνον ἰσόπλευρον ἐγγραφῇ, ἡ τοῦ πενταγώνου πλευρὰ ἄλογός ἐστιν ἡ καλουμένη ἐλάσσων.

Εἰς γὰρ κύκλον τὸν ΑΒΓΔΕ ῥητὴν ἔχοντα τὴν διάμετρον πεντάγωνον ἰσόπλευρον ἐγγεγράφθω τὸ ΑΒΓΔΕ· λέγω ὅτι ἡ τοῦ πενταγώνου πλευρὰ[1] ἄλογός ἐστιν ἡ καλουμένη ἐλάσσων.

Εἰλήφθω γὰρ τὸ κέντρον τοῦ κύκλου τὸ Ζ σημεῖον, καὶ ἐπεζεύχθωσαν αἱ ΑΖ, ΖΒ, καὶ διήχθωσαν ἐπὶ τὰ Η, Θ σημεῖα, καὶ ἐπεζεύχθω

PROPOSITIO XI.

Si in circulo rationalem habente diametrum pentagonum æquilaterum describatur, pentagoni latus est irrationalis quæ appellatur minor.

In circulo enim ΑΒΓΔΕ rationalem habente diametrum pentagonum æquilaterum describatur ΑΒΓΔΕ; dico pentagoni latus irrationalem esse quæ appellatur minor.

Sumatur enim centrum circuli punctum Z; et jungantur AZ, ZB et producantur ad H, Θ puncta, et jungatur AΓ; et ponatur ipsius AZ quarta

au quarré de BZ; le rectangle sous AB, BN, conjointement avec le rectangle sous BA, AN, ce qui est le quarré de AB, est donc égal au quarré de BZ, conjointement avec le quarré de AK (2. 2). Mais la droite AB est le côté du pentagone, la droite BZ le côté de l'hexagone, et AK le côté du décagone. Donc si, etc.

PROPOSITION XI.

Si l'on décrit un pentagone équilatéral dans un cercle ayant un diamètre rationel, le côté du pentagone sera l'irrationelle qu'on appèle mineure.

Décrivons un pentagone équilatéral ΑΒΓΔΕ dans un cercle ΑΒΓΔΕ qui ait son diamètre rationel; je dis que le côté du pentagone est l'irrationelle qu'on appèle mineure.

Car prenons le centre Z du cercle; joignons AZ, ZB; prolongeons ces droites vers les points H, Θ; joignons AΓ, et faisons ZK égal à la quatrième partie de AZ.

ἡ ΑΓ, καὶ κείσθω τῆς[2] ΑΖ τέταρτον μέρος ἡ ΖΚ. Ῥητὴ δὲ ἡ ΑΖ· ῥητὴ ἄρα καὶ ἡ ΖΚ. Ἔστι δὲ καὶ ἡ ΒΖ ῥητή· ὅλη ἄρα ἡ ΒΚ ῥητή ἐστι. Καὶ ἐπεὶ ἴση ἐστὶν ἡ ΑΓΗ περιφέρεια τῇ ΑΔΗ περιφερείᾳ, ὧν ἡ ΑΒΓ τῇ ΑΕΔ ἴση ἐστὶ[3]· λοιπὴ ἄρα ἡ ΓΗ λοιπῇ τῇ ΗΔ ἐστὶν ἴση. Καὶ ἐὰν ἐπιζεύξωμεν[4] τὴν ΑΔ, συνάγονται ὀρθαὶ αἱ πρὸς τῷ Λ γωνίαι, καὶ διπλῆ ἡ ΔΓ τῆς[5] ΓΛ. Διὰ τὰ αὐτὰ δὴ[6] καὶ αἱ πρὸς τῷ Μ ὀρθαί εἰσι, καὶ διπλῆ ἄρα[7] ἡ ΑΓ τῆς ΓΜ. Ἐπεὶ οὖν ἴση ἐστὶν ἡ ὑπὸ ΑΛΓ γωνία τῇ ὑπὸ ΑΜΖ, κοινὴ δὴ τῶν δύο τριγώνων, τοῦ τε ΑΛΓ καὶ τοῦ ΑΜΖ, ἡ ὑπὸ ΛΑΓ· λοιπὴ ἄρα ἡ ὑπὸ ΑΓΛ λοιπῇ τῇ ὑπὸ ΜΖΑ ἐστὶν ἴση· ἰσογώνιον ἄρα ἐστὶ[8] τὸ ΑΓΛ τρίγωνον τῷ ΑΜΖ τριγώνῳ· ἀνάλογον ἄρα ἐστὶν ὡς ἡ ΛΓ πρὸς τὴν[9] ΓΑ οὕτως ἡ ΜΖ πρὸς τὴν[10] ΖΑ, καὶ τῶν ἡγουμένων τὰ

pars ipsa ZK. Rationalis autem AZ; rationalis igitur et ZK. Est autem et BZ rationalis; tota igitur BK rationalis est. Et quoniam æqualis est AΓH circumferentia circumferentiæ AΔH, ex quibus ABΓ ipsi AEΔ æqualis est; reliqua igitur ΓH reliquæ HΔ est æqualis. Et si jungamus AΔ, fient recti anguli ad Λ, et ΔΓ dupla ipsius ΓΛ. Propter eadem utique et anguli ad M recti sunt, et dupla igitur AΓ ipsius ΓM. Quoniam igitur æqualis est angulus AΛΓ ipsi AMZ, communis autem duobus triangulis, et AΛΓ et AMZ, angulus ΛAΓ; reliquus igitur AΓΛ reliquo MZA est æqualis; æquiangulum igitur est AΓΛ triangulum triangulo AMZ; proportionaliter igitur est ut ΛΓ ad ΓA ita MZ ad ZA, et antecedentium dupla; ut igitur dupla ipsius ΛΓ ad

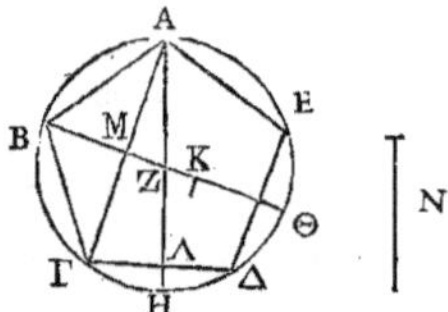

Puisque la droite AZ est rationelle, la droite ZK sera rationelle. Mais BZ est rationel; la droite entière BK est donc rationelle. Et puisque l'arc AΓH est égal à l'arc AΔH, et que l'arc ABΓ est égal à l'arc AEΔ, l'arc restant ΓH sera égal à l'arc restant HΔ. Joignons AΔ; les angles seront droits en Λ, et ΔΓ sera double de ΓΛ (33. 1). Par la même raison, les angles seront droits en M, et AΓ sera double de ΓM. Et puisque l'angle AΛΓ est égal à l'angle AMZ, et que l'angle ΛAΓ est commun aux deux triangles AΛΓ, AMZ, l'angle restant AΓΛ sera égal à l'angle restant MZA (32. 1); le triangle AΓΛ est donc semblable au triangle AMZ; la droite ΛΓ est donc à ΓA comme MZ est à ZA (4. 6); doublant les antécédents, le double

διπλάσια· ὡς ἄρα ἡ τῆς ΑΓ διπλῆ πρὸς τὴν ΓΑ οὕτως ἡ τῆς ΜΖ διπλῆ πρὸς τὴν ΖΑ. Ὡς δὲ[11] ἡ τῆς ΜΖ διπλῆ πρὸς τὴν ΖΑ οὕτως ἡ ΜΖ πρὸς τὴν ἡμίσειαν τῆς ΖΑ· καὶ ὡς ἄρα ἡ τῆς ΑΓ διπλῆ πρὸς τὴν ΓΑ οὕτως ἡ ΜΖ πρὸς τὴν ἡμίσειαν τῆς ΖΑ, καὶ τῶν ἑπομένων τὰ ἡμίσεια· ὡς ἄρα ἡ τῆς ΑΓ διπλῆ πρὸς τὴν ἡμίσειαν τῆς ΓΑ οὕτως ἡ ΜΖ πρὸς τὸ τέταρτον τῆς ΖΑ. Καὶ ἔστι τῆς μὲν ΑΓ διπλῆ ἡ ΔΓ, τῆς δὲ ΑΓ ἡμίσεια ἡ ΓΜ, τῆς δὲ ΖΑ τέταρτον μέρος ἡ ΖΚ· ἔστιν ἄρα ὡς ἡ ΔΓ πρὸς τὴν ΓΜ οὕτως ἡ ΜΖ πρὸς τὴν ΖΚ. Συνθέντι καὶ ὡς συναμφότερος ἡ ΔΓΜ πρὸς τὴν ΓΜ οὕτως ἡ ΜΚ πρὸς τὴν ΚΖ· καὶ ὡς ἄρα τὸ ἀπὸ συναμφοτέρου τῆς ΔΓΜ πρὸς τὸ ἀπὸ τῆς ΓΜ οὕτως τὸ ἀπὸ τῆς ΜΚ πρὸς τὸ ἀπὸ τῆς ΚΖ[12]. Καὶ ἐπεὶ τῆς ὑπὸ δύο πλευρὰς τοῦ πενταγώνου ὑποτεινούσης, οἷον τῆς ΑΓ, ἄκρον καὶ μέσον λόγον τετμημένης[13], τὸ μεῖζον τμῆμα ἴσον ἐστὶ τῇ τοῦ πενταγώνου πλευρᾷ, τουτέστι τῇ[14] ΔΓ· τὸ δὲ μεῖζον τμῆμα προσλαβὸν τὴν ἡμίσειαν τῆς ὅλης πενταπλάσιον δύναται τοῦ ἀπὸ τῆς ἡμισείας τῆς ὅλης, καὶ ἔστιν ὅλης τῆς ΑΓ ἡμίσεια

ΓΑ ita dupla ipsius ΜΖ ad ΖΑ. Ut autem ipsius ΜΖ dupla ad ΖΑ ita ΜΖ ad dimidiam ipsius ΖΑ; et ut igitur dupla ipsius ΑΓ ad ΓΑ ita ΜΖ ad dimidiam ipsius ΖΑ, et consequentium dimidia; ut igitur dupla ipsius ΑΓ ad dimidiam ipsius ΓΑ ita ΜΖ ad quartam partem ipsius ΖΑ. Et est ipsius quidem ΑΓ dupla ΔΓ, ipsius vero ΑΓ dimidia ΓΜ, ipsius autem ΖΑ quarta pars ΖΚ; est igitur ut ΔΓ ad ΓΜ ita ΜΖ ad ΖΚ. Componendo et ut utraque ΔΓΜ ad ΓΜ ita ΜΚ ad ΚΖ; et ut igitur ipsum ex utrâque ΔΓΜ ad ipsum ex ΓΜ ita ipsum ex ΜΚ ad ipsum ex ΚΖ. Et quoniam duo latera pentagoni subtendentis, ut ΑΓ, extremâ et mediâ ratione sectæ, major portio æqualis est pentagoni lateri, hoc est ipsi ΔΓ; major autem portio assumens dimidium totius quintuplum potest dimidiæ totius, et est totius ΑΓ dimidia ΓΜ; ipsum igitur ex ipsâ ΔΓΜ

de ΑΓ sera à ΓΑ comme le double de ΜΖ est à ΖΑ. Mais le double de ΜΖ est à ΖΑ comme ΜΖ est à la moitié de ΖΑ; le double de ΑΓ est donc à ΓΑ comme ΜΖ est à la moitié de ΖΑ; prenant les moitiés des conséquents, le double de ΑΓ sera à la moitié de ΓΑ comme ΜΖ est au quart de ΖΑ. Mais la droite ΔΓ est double de ΑΓ, la droite ΓΜ est la moitié de ΑΓ, et ΖΚ est le quart de ΖΑ; la droite ΔΓ est donc à ΓΜ comme ΜΖ est à ΖΚ; donc, par addition, la somme des droites ΔΓ, ΓΜ est à ΓΜ comme ΜΚ est à ΚΖ (18. 5); le quarré de la somme des droites ΔΓ, ΓΜ est donc au quarré de ΓΜ comme le quarré de ΜΚ est au quarré de ΚΖ (22. 6). Et puisqu'une droite telle que ΑΓ, qui soutend deux côtés du pentagone, est coupée en extrême et moyenne raison, que le plus grand segment est égal au côté du pentagone, c'est-à-dire à ΔΓ (8. 13); que le quarré de la somme du plus grand segment et de la moitié de la droite entière est égal au quintuple du quarré de la moitié de la droite entière (1. 13), et que ΓΜ est la moitié de la droite entière ΑΓ; le quarré

ἡ ΓΜ· τὸ ἄρα ἀπὸ τῆς ΔΓΜ ὡς μιᾶς πενταπλάσιόν ἐστι τοῦ ἀπὸ τῆς ΓΜ. Ὡς δὲ τὸ ἀπὸ τῆς ΔΓΜ ὡς μιᾶς πρὸς τὸ ἀπὸ τῆς ΓΜ οὕτως ἐδείχθη τὸ ἀπὸ τῆς ΜΚ πρὸς τὸ ἀπὸ τῆς ΚΖ· πενταπλάσιον ἄρα τὸ ἀπὸ τῆς ΜΚ τοῦ ἀπὸ τῆς ΚΖ. Ῥητὸν δὲ τὸ ἀπὸ τῆς ΚΖ, ῥητὴ γὰρ ἡ διάμετρος· ῥητὸν ἄρα ἐστὶ[16] καὶ τὸ ἀπὸ τῆς ΜΚ· ῥητὴ ἄρα ἐστὶν

tanquam ex unâ quintuplum est ipsius ex ΓΜ. Ut autem ipsum ex ipsâ ΔΓΜ tanquam ex unâ ad ipsum ex ΓΜ ita ostensum est ipsum ex ΜΚ ad ipsum ex ΚΖ; quintuplum igitur ipsum ex ΜΚ ipsius ex ΚΖ. Rationale autem ipsum ex ΚΖ, rationalis enim diameter; rationale igitur est et ipsum ex ΜΚ; rationalis igitur est ipsa ΜΚ, ratio-

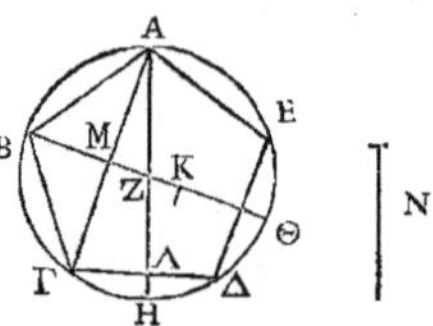

ἡ ΜΚ, λόγον γὰρ ἔχει ὃν ἀριθμὸς πρὸς ἀριθμὸν τὸ ἀπὸ τῆς ΜΚ πρὸς τὸ ἀπὸ τῆς ΚΖ[17]. Καὶ ἐπεὶ τετραπλασία ἐστὶν ἡ ΒΖ τῆς ΖΚ, πενταπλασία ἄρα ἐστὶν ἡ ΒΚ τῆς ΚΖ[18]· εἴκοσι πενταπλάσιον ἄρα τὸ ἀπὸ τῆς ΒΚ τοῦ ἀπὸ τῆς ΚΖ[19]. Πενταπλάσιον δὲ τὸ ἀπὸ τῆς ΜΚ τοῦ ἀπὸ τῆς ΚΖ· πενταπλάσιον ἄρα τὸ ἀπὸ τῆς ΒΚ τοῦ ἀπὸ τῆς ΚΜ· τὸ ἄρα ἀπὸ τῆς ΒΚ πρὸς τὸ ἀπὸ τῆς ΚΜ[20] λόγον οὐκ ἔχει ὃν τετράγωνος ἀριθμὸς πρὸς τετράγωνον

nem enim habet quam numerus ad numerum ipsum ex ΜΚ ad ipsum ex ΚΖ. Et quoniam quadrupla est ΒΖ ipsius ΖΚ, quintupla igitur est ΒΚ ipsius ΚΖ; viginti quintuplum igitur ipsum ex ΒΚ ipsius ex ΚΖ. Quintuplum autem ipsum ex ΜΚ ipsius ex ΚΖ; quintuplum igitur ipsum ex ΒΚ ipsius ex ΚΜ; ipsum igitur ex ΒΚ ad ipsum ex ΚΜ rationem non habet quam quadratus numerus ad quadratum numerum; incommen-

de la somme des droites ΔΓ, ΓΜ sera quintuple du quarré de ΓΜ. Mais on a démontré que le quarré de la somme des droites ΔΓ, ΓΜ est au quarré de ΓΜ comme le quarré de ΜΚ est au quarré de ΚΖ; le quarré de ΜΚ est donc quintuple du quarré de ΚΖ. Mais le quarré de ΚΖ est rationel (déf. 6. 10), car le diamètre est rationel; le quarré de ΜΚ est donc aussi rationel (6. 10); la droite ΜΚ est donc rationelle; car le quarré de ΜΚ a avec le quarré de ΚΖ la raison qu'un nombre a avec un nombre. Et puisque la droite ΒΖ est quadruple de ΖΚ, la droite ΒΚ sera quintuple de ΚΖ; le quarré de ΒΚ est donc égal à vingt-cinq fois le quarré de ΚΖ (cor. 20. 6). Mais le quarré de ΜΚ est quintuple du quarré de ΚΖ; le quarré de ΒΚ est donc quintuple du quarré de ΚΜ; le quarré de ΒΚ n'a donc pas avec le quarré de ΚΜ la raison qu'un nombre quarré a avec un nombre quarré; la

ἀριθμόν· ἀσύμμετρος ἄρα ἡ ΒΚ[21] τῇ ΚΜ μήκει. Καὶ ἔστι ῥητὴ ἑκατέρα αὐτῶν· αἱ ΒΚ, ΚΜ ἄρα ῥηταί εἰσι δυνάμει μόνον σύμμετροι. Εὰν δὲ ἀπὸ ῥητῆς ῥητὴ ἀφαιρεθῇ δυνάμει μόνον σύμμετρος οὖσα τῇ ὅλῃ, ἡ λοιπὴ ἄλογός ἐστιν[22]· ἀποτομὴ ἄρα ἡ ΜΒ, προσαρμόζουσα δὲ αὐτῇ ἡ ΜΚ. Λέγω δὴ ὅτι καὶ τετάρτη. Ω δὴ[23] μεῖζόν ἐστιν τὸ ἀπὸ τῆς ΒΚ τοῦ ἀπὸ τῆς ΚΜ, ἐκείνῳ ἴσον ἔστω τὸ ἀπὸ τῆς Ν· ἡ ΒΚ ἄρα τῆς ΚΜ μεῖζον δύναται τῇ Ν. Καὶ ἐπεὶ σύμμετρός ἐστιν ἡ ΚΖ τῇ ΖΒ, καὶ συνθέντι σύμμετρός ἐστιν ἡ ΚΒ τῇ ΒΖ. Αλλὰ ἡ ΒΖ τῇ ΒΘ σύμμετρός ἐστι μήκει[24]· καὶ ἡ ΚΒ ἄρα τῇ ΒΘ σύμμετρός ἐστι. Καὶ ἐπεὶ πενταπλάσιόν ἐστι τὸ ἀπὸ τῆς ΒΚ τοῦ ἀπὸ τῆς ΚΜ, τὸ ἄρα ἀπὸ τῆς ΒΚ πρὸς τὸ ἀπὸ τῆς ΚΜ λόγον ἔχει ὃν Ε πρὸς Α[25]· ἀναστρέψαντι ἄρα τὸ ἀπὸ τῆς ΒΚ πρὸς τὸ ἀπὸ τῆς Ν λόγον ἔχει ὃν Ε πρὸς Δ, οὐχ ὃν τετράγωνος πρὸς τετράγωνον· ἀσύμμετρος ἄρα μήκει[26] ἐστὶν ἡ ΒΚ τῇ Ν· ἡ ΒΚ ἄρα τῆς ΚΜ μεῖζον δύναται τῷ ἀπὸ ἀσυμμέτρου

surabilis igitur BK ipsi KM longitudine. Et est rationalis utraque ipsarum; ergo BK, KM rationales sunt potentiâ solum commensurabiles. Si autem a rationali rationalis auferatur potentiâ solum commensurabilis existens toti, reliqua irrationalis est; apotome igitur MB, congruens autem ipsi ipsa MK. Dico igitur et quartam. Quo igitur majus est ipsum ex BK ipso ex KM, illi æquale sit ipsum ex N; ipsa igitur BK plus potest quam KM ipsâ N. Et quoniam commensurabilis est KZ ipsi ZB, et componendo commensurabilis est KB ipsi BZ. Sed BZ ipsi BΘ commensurabilis est longitudine; et KB igitur ipsi BΘ commensurabilis est. Et quoniam quintuplum est ipsum ex BK ipsius ex KM; ipsum igitur ex BK ad ipsum ex KM rationem habet quam quinque ad unum; convertendo igitur ipsum ex BK ad ipsum ex N rationem habet quam quinque ad quatuor, et non eam quam quadratus numerus ad quadratum numerum; incommensurabilis igitur longitudine est BK ipsi N; ipsa BK igitur plus potest quam KM qua-

droite BK est donc incommensurable en longueur avec KM (9. 10). Mais chacune de ces droites est rationelle; les droites BK, KM ne sont donc commensurables qu'en puissance. Mais si d'une droite rationelle on ôte une droite rationelle commensurable en puissance seulement avec la droite entière, la droite restante est irrationelle (74. 10); la droite MB est donc un apotome, et la droite MK sa congruente. Je dis que MB est un quatrième apotome. Que le quarré de N soit égal à la surface dont le quarré de BK surpasse le quarré de KM; la puissance de BK sera plus grande que la puissance de KM de la puissance de N. Et puisque KZ est commensurable avec ZB; par addition, KB sera commensurable avec BZ. Mais BZ est commensurable en longueur avec BΘ; la droite KB est donc commensurable avec BΘ (12. 10). Mais le quarré de BK est quintuple du quarré de KM; le quarré de BK a donc avec le quarré de KM la raison que cinq a avec un; donc, par conversion, le quarré de BK a avec le quarré de N la raison que cinq a avec quatre (cor. 19. 5), et non pas celle qu'un nombre quarré a avec un nombre quarré; la droite BK est donc incommensurable en longueur avec N (9. 10); la puissance de BK surpasse donc la puissance de KM du quarré d'une droite incommensurable

ἑαυτῇ. Ἐπεὶ οὖν ὅλη ἡ ΒΚ τῆς προσαρμοζούσης τῆς ΚΜ μεῖζον δύναται τῷ ἀπὸ ἀσυμμέτρου ἑαυτῇ μήκει[27], καὶ ὅλη ἡ ΒΚ σύμμετρός ἐστι τῇ ἐκκειμένῃ ῥητῇ τῇ ΒΘ· ἀποτομὴ ἄρα τετάρτη ἐστὶν ἡ ΜΒ. Τὸ δὲ ὑπὸ ῥητῆς καὶ ἀποτομῆς τετάρτης περιεχόμενον ὀρθογώνιον ἄλογόν ἐστι, καὶ ἡ δυναμένη αὐτὸ ἄλογός ἐστι, καλεῖται δὲ ἐλάττων. Δύναται δὲ τὸ ὑπὸ τῶν ΘΒ, ΒΜ ἡ ΑΒ, διὰ τὸ ἐπιζευγνυμένης τῆς ΑΘ ἰσογώνιον γίνεσται[28] τὸ ΑΒΘ τρίγωνον τῷ ΑΒΜ τριγώνῳ[29], καὶ εἶναι ὡς τὴν ΘΒ πρὸς τὴν ΒΑ οὕτως τὴν ΑΒ πρὸς τὴν ΒΜ· ἡ ἄρα ΑΒ τοῦ πενταγώνου πλευρὰ ἄλογός ἐστιν[30] ἡ καλουμένη ἐλάττων. Ὅπερ ἔδει δεῖξαι.

drato ex rectâ sibi incommensurabili. Quoniam igitur tota BK quam congruens KM plus potest quadrato ex rectâ sibi incommensurabili longitudine, et tota BK commensurabilis est expositæ rationali BΘ; apotome igitur quarta est MB. Ipsum autem sub rationali et apotome quartâ contentum rectangulum irrationale est, et potens ipsum irrationalis est, quæ appellatur minor. Potest autem ipsum sub ΘB, BM ipsa AB, propterea quod junctâ AΘ æquiangulum fit ABΘ triangulum triangulo ABM, et est ut ΘB ad BA ita AB ad BM; ipsa AB igitur pentagoni latus est irrationalis quæ appellatur minor. Quod oportebat ostendere.

avec BK. Et puisque la puissance de la droite entière BK est plus grande que la puissance de la congruente KM du quarré d'une droite incommensurable en longueur avec BK, et que la droite entière BK est commensurable avec la rationelle exposée BΘ; la droite MB sera un quatrième apotome (déf. tr. 4. 10). Et puisque le rectangle compris sous une rationelle et sous un quatrième apotome est irrationel (95. 10), que la droite qui peut cette surface est aussi irrationelle, et s'appèle mineure, et que AB peut le rectangle sous ΘB, BM (17. 6), parce qu'ayant joint AΘ, le triangle ABΘ est équiangle avec ABM (8. 6), et que BΘ est à BA comme AB est à BM (4. 6); le côté AB du pentagone sera l'irrationelle qu'on appèle mineure. Ce qu'il fallait démontrer.

ΠΡΟΤΑΣΙΣ ιβ'.

Εἀν εἰς κύκλον τρίγωνον ἰσόπλευρον ἐγγραφῆ, ἡ τοῦ τριγώνου πλευρὰ δυνάμει τριπλασίων ἐστὶ τῆς ἐκ τοῦ κέντρου τοῦ κύκλου.

Εστω κύκλος ὁ ΑΒΓ, καὶ εἰς αὐτὸν τρίγωνον ἰσόπλευρον ἐγγεγράφθω τὸ ΑΒΓ· λέγω ὅτι ἡ τοῦ ΑΒΓ τριγώνου μία πλευρὰ δυνάμει τριπλασίων ἐστὶ τῆς ἐκ τοῦ κέντρου τοῦ ΑΒΓ κύκλου.

PROPOSITIO XII.

Si in circulo triangulum æquilaterum describatur, trianguli latus potentiâ triplum est ejus quæ ex centro circuli.

Sit circulus ΑΒΓ, et in ipso triangulum æquilaterum describatur ΑΒΓ; dico trianguli ΑΒΓ unum latus potentiâ triplum esse ejus quæ est ex centro circuli ΑΒΓ.

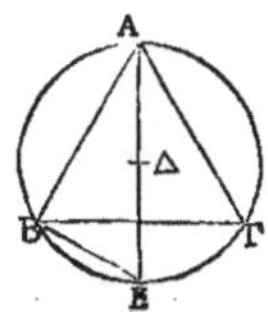

Εἰλήφθω γὰρ τὸ κέντρον τοῦ κύκλου τὸ Δ, καὶ ἐπεζευχθεῖσα ἡ ΑΔ διήχθω ἐπὶ τὸ Ε, καὶ ἐπεζεύχθω ἡ ΒΕ. Καὶ ἐπεὶ ἰσόπλευρόν ἐστι τὸ ΑΒΓ τρίγωνον, ἡ[1] ΒΕΓ ἄρα περιφέρεια τρίτον μέρος ἐστὶ τῆς τοῦ ΑΒΓ κύκλου περιφερείας· ἡ ἄρα ΒΕ περιφέρεια ἕκτον ἐστὶ μέρος[2] τῆς τοῦ κύκλου

Sumatur enim circuli centrum Δ, et juncta ΑΔ producatur ad Ε, et jungatur ΒΕ. Et quoniam æquilaterum est ΑΒΓ triangulum, ipsa ΒΕΓ igitur circumferentia tertia pars est circumferentiæ circuli ΑΒΓ; ergo ΒΕ circumferentia sexta est pars circumferentiæ circuli; hexagoni

PROPOSITION XII.

Si l'on décrit dans un cercle un triangle équilatéral, le quarré du côté du triangle sera triple du quarré du rayon.

Soit le cercle ABΓ, et dans ce cercle décrivons le triangle équilatéral ABΓ; je dis que le quarré du côté du triangle ABΓ est triple du quarré du rayon du cercle ABΓ.

Car prenons le centre Δ du cercle; joignons AΔ; prolongeons cette droite vers E, et joignons BE. Puisque le triangle ABΓ est équilatéral, l'arc BEΓ est la troisième partie de la circonférence du cercle ABΓ; l'arc BE est donc la sixième partie de la circonférence du cercle; la droite BE est donc le côté de l'hexagone; cette

περιφερείας· ἑξαγώνου ἄρα πλευρά ἐστιν[3] ἡ BE εὐθεῖα· ἴση ἄρα ἐστὶ τῇ ἐκ τοῦ κέντρου, τῇ ΔΕ. Καὶ ἐπεὶ διπλῆ ἐστιν ἡ AE τῆς ΕΔ, τετραπλάσιόν ἄρα[4] τὸ ἀπὸ τῆς AE τοῦ ἀπὸ τῆς ΔΕ, τουτέστι τοῦ ἀπὸ τῆς BE. Ισον δὲ τὸ ἀπὸ τῆς AE

igitur latus est recta BE; æqualis igitur est ipsi ΔE quæ ex centro. Et quoniam dupla est AE ipsius EΔ, quadruplum igitur ipsum ex AE ipsius ex ΔE, hoc est ipsius ex BE. Æquale autem ipsum

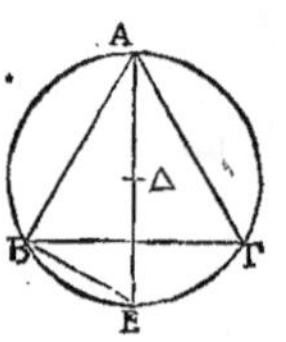

τοῖς ἀπὸ τῶν AB, BE· τὰ ἄρα ἀπὸ τῶν AB, BE τετραπλάσιά ἐστι τοῦ ἀπὸ τῆς BE· διελόντι ἄρα τὸ ἀπὸ τῆς AB τριπλάσιόν ἐστι τοῦ ἀπὸ τῆς BE[5]. Ιση δὲ ἡ BE τῇ ΔΕ· τὸ ἄρα ἀπὸ τῆς AB τριπλάσιόν ἐστι τοῦ ἀπὸ τῆς ΔΕ.

Η ἄρα τοῦ τριγώνου, καὶ τὰ ἑξῆς.

ex AE ipsis ex AB, BE; ipsa igitur ex AB, BE quadrupla sunt ipsius ex BE; dividendo igitur ipsum ex AB triplum est ipsius ex BE. Æqualis autem BE ipsi ΔE; ipsum igitur ex AB triplum est ipsius ex ΔE.

Trianguli igitur latus, etc.

droite est donc égale au rayon ΔE du cercle (15. 4). Et puisque AE est double de EΔ, le quarré de AE sera quadruple du quarré de EΔ, c'est-à-dire du quarré de BE (cor. 20. 6). Mais le quarré de AE est égal aux quarrés des droites AB, BE (47. 1, et 31. 3); la somme des quarrés des droites AB, BE est donc quadruple du quarré de BE; donc, par soustraction, le quarré de AB est triple du quarré de BE. Mais BE est égal à ΔE; le quarré de AB est donc triple du quarré de ΔE. Donc, etc.

ΠΡΟΤΑΣΙΣ ιγ'.

Πυραμίδα συστήσασθαι ἐκ τεσσάρων τριγώνων ἰσοπλεύρων[1], καὶ σφαίρᾳ περιλαβεῖν τῇ δοθείσῃ· καὶ δεῖξαι ὅτι ἡ τῆς σφαίρας διάμετρος δυνάμει ἡμιολία ἐστὶ τῆς πλευρᾶς τῆς πυραμίδος.

Εκκείσθω ἡ τῆς δοθείσης σφαίρας διάμετρος ἡ ΑΒ, καὶ τετμήσθω κατὰ τὸ Γ σημεῖον, ὥστε διπλασίαν εἶναι τὴν ΑΓ τῆς ΓΒ· καὶ καταγεγράφθω[2] ἐπὶ τῆς ΑΒ ἡμικύκλιον τὸ ΑΔΒ, καὶ ἤχθω ἀπὸ τοῦ Γ σημείου τῇ ΑΒ πρὸς ὀρθὰς ἡ ΓΔ, καὶ ἐπεζεύχθω ἡ ΔΑ· καὶ ἐκκείσθω κύκλος ἡ ΕΖΗ, ἴσην ἔχων τὴν ἐκ τοῦ κέντρου τῇ ΔΓ, καὶ ἐγγεγράφθω εἰς τὸν ΕΗΖ κύκλον τρίγωνον ἰσόπλευρον τὸ ΕΖΗ· καὶ εἰλήφθω τὸ κέντρον τοῦ κύκλου τὸ Θ σημεῖον, καὶ ἐπεζεύχθωσαν αἱ ΕΘ, ΘΖ, ΘΗ· καὶ ἀνεστάτω ἀπὸ τοῦ Θ σημείου τῷ τοῦ[3] ΕΖΗ κύκλου ἐπιπέδῳ

PROPOSITIO XIII.

Pyramidem constituere ex quatuor triangulis æquilateris, et sphærâ comprehendere datâ ; et demonstrare sphæræ diametrum esse potentiâ sesquialteram lateris pyramidis.

Exponatur datæ sphæræ diameter AB, et secetur in Γ puncto, ita ut dupla sit ΑΓ ipsius ΓΒ; et describatur super AB semicirculus ΑΔΒ, et ducatur a puncto Γ ipsi AB ad rectos ΓΔ, et jungatur ΔΑ; et exponatur circulus ΕΖΗ æqualem habens eam quæ ex centro ipsi ΔΓ, et describatur in ΕΗΖ circulo triangulum æquilaterum ΕΖΗ; et sumatur centrum circuli ipsum Θ punctum, et jungantur ipsæ ΕΘ, ΘΖ, ΘΗ; et erigatur a puncto Θ plano circuli ΕΖΗ ad rectos ipsa

PROPOSITION XIII.

Construire une pyramide avec quatre triangles équilatéraux; la circonscrire par une sphère donnée, et démontrer que le quarré du diamètre de la sphère est égal aux trois moitiés du quarré du côté de la pyramide.

Soit AB le diamètre de la sphère donnée; qu'il soit coupé au point Γ, de manière que ΑΓ soit double de ΓΒ; sur AB, décrivons le demi-cercle ΑΔΒ; du point Γ menons ΓΔ perpendiculaire à AB, et joignons ΔΑ; soit exposé le cercle ΕΖΗ ayant pour rayon une droite égale à ΔΓ; décrivons dans le cercle ΕΗΖ le triangle équilatéral ΕΖΗ (2. 4); prenons le centre Θ de ce cercle, et joignons ΕΘ, ΘΖ, ΘΗ; du point Θ menons la droite ΘΚ perpendiculaire au plan du cercle ΕΖΗ; faisons

πρὸς ὀρθὰς ἡ ΘΚ, καὶ ἀφῃρήσθω ἀπὸ τῆς ΘΚ τῇ ΑΓ εὐθείᾳ ἴση ἡ ΘΚ, καὶ ἐπεζεύχθωσαν αἱ ΚΕ, ΚΖ, ΚΗ. Καὶ ἐπεὶ ἡ ΘΚ ὀρθή ἐστιν πρὸς τὸ τοῦ ΕΖΗ κύκλου ἐπίπεδον· καὶ πρὸς πάσας ἄρα τὰς ἁπτομένας αὐτῆς εὐθείας, καὶ οὔσας ἐν τῷ τοῦ ΕΖΗ κύκλου ἐπιπέδῳ, ὀρθὰς ποιήσει γωνίας. Ἅπτεται δὲ αὐτῆς ἑκάστη τῶν ΘΕ, ΘΖ, ΘΗ· ἡ ΘΚ ἄρα πρὸς ἑκάστην τῶν ΘΕ, ΘΖ, ΘΗ ὀρθή ἐστι. Καὶ ἐπεὶ ἴση ἐστὶν ἡ μὲν ΑΓ τῇ ΘΚ, ἡ δὲ ΓΔ τῇ ΘΕ, καὶ ὀρθὰς γωνίας περιέχουσι· βάσις ἄρα ἡ ΔΑ βάσει τῇ ΚΕ ἐστὶν ἴση. Διὰ τὰ αὐτὰ δὴ καὶ ἑκατέρα τῶν ΚΖ, ΚΗ τῇ ΔΑ ἐστὶν ἴση· αἱ τρεῖς ἄρα αἱ ΚΕ, ΚΖ, ΚΗ ἴσαι ἀλλήλαις εἰσί. Καὶ ἐπεὶ διπλῆ ἐστιν ἡ ΑΓ τῆς ΓΒ, τριπλῆ ἄρα ἡ ΑΒ τῆς ΒΓ. Ὡς δὲ ἡ ΑΒ πρὸς τὴν ΒΓ οὕτως τὸ ἀπὸ τῆς ΑΔ πρὸς τὸ ἀπὸ τῆς ΔΓ[5], ὡς ἑξῆς δειχθήσεται· τριπλάσιον ἄρα τὸ ἀπὸ τῆς ΑΔ τοῦ ἀπὸ τῆς ΔΓ. Ἔστι δὲ καὶ τὸ ἀπὸ τῆς ΖΕ τοῦ ἀπὸ τῆς ΕΘ τριπλάσιον, καὶ ἔστιν ἴση ἡ ΔΓ τῇ ΕΘ· ἴση ἄρα καὶ ἡ ΔΑ τῇ ΕΖ. Ἀλλὰ ἡ ΔΑ ἑκάστῃ τῶν ΚΕ, ΚΖ, ΚΗ ἐδείχθη ἴση· καὶ ἑκάστη ἄρα τῶν ΕΖ, ΖΗ, ΗΕ ἑκάστῃ τῶν ΚΕ, ΚΖ, ΚΗ

ΘΚ, et auferatur ab ipsâ ΘΚ ipsi ΑΓ rect æqualis ipsa ΘΚ, et jungantur ipsæ ΚΕ, ΚΖ ΚΗ. Et quoniam ΘΚ recta est ad planum circu ΕΖΗ; et ad omnes igitur tangentes ipsam recta et existentes in ΕΖΗ circuli plano, rectos faci angulos. Contingit autem ipsam unaquæqu ipsarum ΘΕ, ΘΖ, ΘΗ; ipsa ΘΚ igitur ad unam quamque ipsarum ΘΕ, ΘΖ, ΘΗ perpendicular est. Et quoniam æqualis est quidem ipsa ΑΓ ip ΘΚ, ipsa vero ΓΔ ipsi ΘΕ, et rectos angulo continent; basis igitur ΔΑ basi ΚΕ est æqua lis. Propter eadem utique et utraque ipsarur ΚΖ, ΚΗ ipsi ΔΑ est æqualis; tres igitur ΚΕ, ΚΖ ΚΗ æquales inter se sunt. Et quoniam dupla es ΑΓ ipsius ΓΒ, tripla igitur ΑΒ ipsius ΒΓ. Ut au tem ΑΒ ad ΒΓ ita ipsum ex ΑΔ ad ipsum e ΔΓ, ut deinceps demonstrabitur; triplum igitu ipsum ex ΑΔ ipsius ex ΔΓ. Est autem et ipsur ex ΖΕ ipsius ex ΕΘ triplum, et est æqualis Δ ipsi ΕΘ; æqualis igitur et ΔΑ ipsi ΕΖ. Se ΔΑ unicuique ipsarum ΚΕ, ΚΖ, ΚΗ ostensa es æqualis; et unaquæque igitur ipsarum ΕΖ, ΖΗ

la droite ΘΚ égale à la droite ΑΓ, et joignons ΚΕ, ΚΖ, ΚΗ. Puisque ΘΚ est perpendiculaire au plan du cercle ΕΖΗ, cette droite fera des angles égaux avec toutes les droites qui la rencontrent, et qui sont dans le plan du cercle ΕΖΗ (déf. 3. 11). Mais chacune des droites ΘΕ, ΘΖ, ΘΗ rencontre la droite ΘΚ; la droite ΘΚ est donc perpendiculaire à chacune des droites ΘΕ, ΘΖ, ΘΗ. Et puisque ΑΓ est égal à ΘΚ, que ΓΔ est égal à ΘΕ, et que ces droites comprènent des angles droits, la base ΔΑ sera égale à la base ΚΕ (4. 1). Par la même raison, chacune des droites ΚΖ, ΚΗ sera égale à ΔΑ; les trois droites ΚΕ, ΚΖ, ΚΗ sont donc égales entr'elles. Et puisque ΑΓ est double de ΓΒ, la droite ΑΒ sera triple de ΒΓ. Mais ΑΒ est à ΒΓ comme le quarré de ΑΔ est au quarré de ΔΓ, ainsi qu'on le démontrera plus bas; le quarré de ΑΔ est donc triple du quarré de ΔΓ. Mais le quarré de ΖΕ est triple du quarré de ΕΘ (12. 13), et ΔΓ est égal à ΕΘ; la droite ΔΑ est donc égale à ΕΖ. Mais on a démontré que ΔΑ est égal à chacune des droites ΚΕ, ΚΖ, ΚΗ; chacune des droites ΕΖ, ΖΗ, ΗΕ est donc égale à chacune des droites

ἐστὶν ἴση· ἰσόπλευρα ἄρα ἐστὶ τὰ τέσσαρα τρίγωνα τὰ ΕΖΗ, ΚΕΖ, ΚΖΗ, ΚΗΕ· πυραμὶς ἄρα συνίσταται ἐκ τεσσάρων τριγώνων[6] ἰσοπλεύρων, ἧς βάσις μέν ἐστι τὸ ΕΖΗ τρίγωνον, κορυφὴ δὲ τὸ Κ σημεῖον.

HE unicuique ipsarum KE, KZ, KH est æqualis; æquilatera igitur sunt quatuor triangula EZH, KEZ, KZH, KHE; pyramis igitur constituta est ex quatuor triangulis æquilateris, cujus basis quidem est EZH triangulum, vertex autem K punctum.

Δεῖ δὴ αὐτὴν καὶ σφαίρᾳ περιλαβεῖν τῇ δοθείσῃ, καὶ δεῖξαι ὅτι ἡ τῆς σφαίρας διάμετρος δυνάμει[7] ἡμιολία ἐστὶ[8] τῆς πλευρᾶς τῆς πυραμίδος.

Oportet igitur ipsam et sphærâ comprehendere datâ, et ostendere sphæræ diametrum potentiâ sesquialteram esse lateris pyramidis.

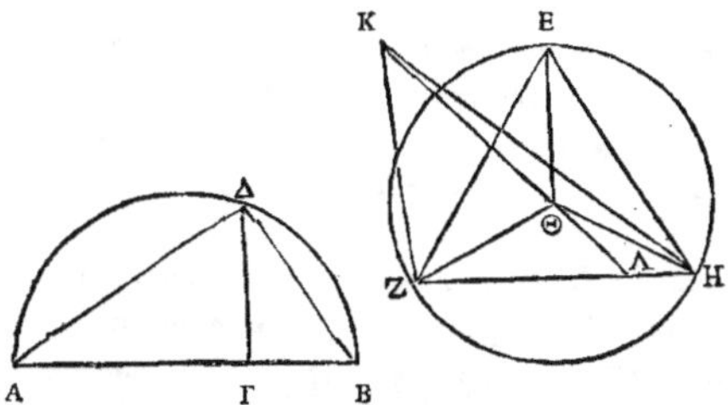

Ἐκβεβλήσθω γὰρ ἐπ' εὐθείας τῆς ΚΘ εὐθεῖα ἡ ΘΛ, καὶ κείσθω τῇ ΒΓ ἴση ἡ ΘΛ[9]. Καὶ ἐπεὶ ἔστιν ὡς ἡ ΑΓ πρὸς τὴν ΓΔ οὕτως ἡ ΓΔ πρὸς τὴν ΓΒ, ἴση δὲ ἡ μὲν ΑΓ τῇ ΚΘ, ἡ δὲ ΓΔ τῇ ΘΕ, ἡ δὲ ΓΒ τῇ ΘΛ· ἔστιν ἄρα ὡς ἡ ΚΘ πρὸς τὴν ΘΕ οὕτως ἡ ΕΘ πρὸς τὴν ΘΛ· τὸ ἄρα ὑπὸ τῶν ΚΘ,

Producantur enim in directum ipsi KΘ recta ΘΛ, et ponatur ipsi BΓ æqualis ipsa ΘΛ. Et quoniam est ut AΓ ad ΓΔ ita ΓΔ ad ΓB; sed æqualis AΓ quidem ipsi KΘ, ΓΔ vero ipsi ΘE, ΓB autem ipsi ΘΛ; est igitur ut KΘ ad ΘE ita EΘ ad ΘΛ; ipsum igitur sub KΘ, ΘΛ æquale est

KE, KZ, KH; les quatre triangles EZH, KEZ, KZH, KHE sont donc équilatéraux; on a donc construit une pyramide comprise par quatre triangles équilatéraux, cette pyramide ayant pour base le triangle EZH, et pour sommet le point K.

Il faut circonscrire cette pyramide par la sphère donnée, et démontrer que le quarré du diamètre de cette sphère est égal aux trois moitiés du quarré du côté de la pyramide.

Car menons ΘΛ dans la direction de KΘ, et faisons ΘΛ égal à BΓ. Puisque AΓ est à ΓΔ comme ΓΔ est à ΓB (8. 6), que AΓ est égal à KΘ, que ΓΔ est égal à ΘE, et que ΓB est égal à ΘΛ, la droite KΘ sera à ΘE comme EΘ est à ΘΛ; le rectangle sous KΘ,

ΘΛ ἴσον ἐστὶ τῷ ἀπὸ τῆς ΕΘ. Καὶ ἔστιν ὀρθὴ ἑκατέρα τῶν ὑπὸ ΚΘΕ, ΕΘΛ[10] γωνιῶν· τὸ ἄρα ἐπὶ τῆς ΚΛ γραφόμενον ἡμικύκλιον ἥξει καὶ διὰ τοῦ Ε. Επειδήπερ ἐὰν ἐπιζεύξωμεν τὴν ΕΛ, ὀρθὴ γίνεται ἡ ὑπὸ ΛΕΚ γωνία, διὰ τὸ ἰσογώνιον γίγνεσται[11] τὸ ΕΛΚ τρίγωνον ἑκατέρῳ τῶν ΕΛΘ, ΕΘΚ τριγώνων. Εἀν δὴ μενούσης τῆς ΚΛ περιενεχθὲν τὸ ἡμικύκλιον εἰς τὸ αὐτὸ πάλιν ἀποκατασταθῇ ὅθεν ἤρξατο φέρεσται, ἥξει καὶ διὰ τῶν Ζ, Η σημείων, ἐπιζευγνυμένων τῶν ΖΛ, ΛΗ, καὶ ὀρθῶν ὁμοίων γινομένων τῶν πρὸς τοῖς Ζ, Η γωνιῶν· καὶ ἔσται[12] ἡ πυραμὶς σφαίρᾳ περιειλημμένη τῇ δοθείσῃ, ἡ γὰρ ΚΛ τῆς σφαίρας διάμετρος ἴση ἐστὶ τῇ τῆς δοθείσης σφαίρας διαμέτρῳ τῇ ΑΒ, ἐπειδήπερ τῇ μὲν ΑΓ ἴση κεῖται ἡ ΚΘ, τῇ δὲ ΓΒ ἡ ΘΛ.

Λέγω δὴ ὅτι ἡ τῆς σφαίρας διάμετρος ἡμιολία ἐστὶ δυνάμει τῆς πλευρᾶς τῆς πυραμίδος.

Επεὶ γὰρ διπλῆ ἐστιν ἡ ΑΓ τῆς ΓΒ, τριπλῆ ἄρα ἡ ΑΒ τῆς ΒΓ· ἀναστρέψαντι ἄρα ἡμιολία[13] ἐστὶν ἡ ΒΑ τῆς ΑΓ. Ως δὲ ἡ ΒΑ πρὸς τὴν ΑΓ οὕτως τὸ ἀπὸ τῆς ΒΑ πρὸς τὸ ἀπὸ τῆς ΑΔ,

ipsi ex ΕΘ. Et est rectus uterque angulorum ΚΘΕ, ΕΘΛ; ergo super ΚΛ descriptus semicirculus transibit et per punctum Ε. Etenim si jungamus ΕΛ, rectus fiet angulus ΛΕΚ, quia æquiangulum fiet triangulum ΕΛΚ unicuique triangulorum ΕΛΘ, ΕΘΚ. Si igitur manente ΚΛ conversus semicirculus in eumdem rursus locum restituatur a quo cœpit moveri, transibit et per puncta Ζ, Η, junctis ΖΛ, ΛΗ, et rectis similiter factis ad puncta Ζ, Η angulis, et erit pyramis sphærâ comprehensa datâ, etenim sphæræ diameter ΚΛ æqualis est diametro datæ sphæræ ipsi ΑΒ, quoniam ipsi quidem ΑΓ æqualis ponitur ΚΘ, ipsi vero ΓΒ ipsa ΘΛ.

Dico denique sphæræ diametrum sesquialteram esse potentiâ lateris pyramidis.

Quoniam enim dupla est ΑΓ ipsius ΓΒ, tripla igitur ΑΒ ipsius ΒΓ; convertendo igitur sesquialtera est ΒΑ ipsius ΑΓ. Ut autem ΒΑ ad ΑΓ ita quadratum ex ΒΑ ad ipsum ex ΑΔ,

ΘΛ est donc égal au quarré de ΕΘ. Mais chacun des angles ΚΘΕ, ΕΘΛ est droit; le demi-cercle décrit sur ΚΛ passera donc par le point Ε. Or, si nous joignons ΕΛ, l'angle ΛΕΚ sera droit, parce que le triangle ΕΛΚ est équiangle avec chacun des triangles ΕΛΘ, ΕΘΚ. Si donc la droite ΚΛ restant immobile, le demi-cercle tourne jusqu'à ce qu'il soit revenu au même endroit d'où il avait commencé à se mouvoir, il passera aussi par les points Ζ, Η; car si l'on joint ΖΛ, ΛΗ, les angles seront semblablement droits en Ζ, Η; et la pyramide sera circonscrite par la sphère donnée, car le diamètre ΚΛ de la sphère est égal au diamètre ΑΒ de la sphère donnée, parce que l'on a fait ΚΘ égal à ΑΓ, et ΘΛ à ΓΒ.

Je dis enfin que le quarré du diamètre de la sphère est égal aux trois moitiés du quarré du côté de la pyramide.

Car puisque la droite ΑΓ est double de ΓΒ, la droite ΑΒ sera triple de ΒΓ; donc, par conversion, la droite ΒΑ sera égale aux trois moitiés de ΑΓ. Mais ΒΑ est à ΑΓ comme le quarré de ΒΑ est au quarré de ΑΔ, car ayant joint ΒΔ, la droite ΒΑ sera

ἐπειδήπερ ἐπιζευγνυμένης τῆς ΒΔ ἐστὶν ὡς ἡ ΒΑ πρὸς τὴν ΑΔ οὕτως ἡ ΔΑ πρὸς τὴν ΑΓ, διὰ τὴν ὁμοιότητα τῶν ΔΑΒ, ΔΑΓ τριγώνων, καὶ εἶναι ὡς τὴν πρώτην πρὸς τὴν τρίτην οὕτως τὸ ἀπὸ τῆς πρώτης πρὸς τὸ ἀπὸ τῆς δευτέρας· ἡμιόλιον ἄρα καὶ τὸ ἀπὸ τῆς ΒΑ τοῦ ἀπὸ τῆς ΑΔ. Καὶ ἔστιν ἡ μὲν ΒΑ ἡ τῆς δοθείσης σφαίρας διάμετρος, ἡ δὲ ΑΔ ἴση τῇ πλευρᾷ τῆς πυραμίδος.

Η ἄρα τῆς σφαίρας διάμετρος δυνάμει[14] ἡμιολία ἐστὶ τῆς πλευρᾶς τῆς πυραμίδος. Ὅπερ ἔδει δεῖξαι.

quia, junctâ ΒΔ, est ut ΒΑ ad ΑΔ ita ΔΑ ad ΑΓ, ob similitudinem ipsorum ΔΑΒ, ΔΑΓ triangulorum, et quod est ut prima ad tertiam ita ipsum ex primâ ad ipsum ex secundâ; sesquialterum igitur et ipsum ex ΒΑ ipsius ex ΑΔ. Et est ΒΑ quidem datæ sphæræ diameter, ΑΔ vero æqualis lateri pyramidis.

Sphæræ igitur diameter potentiâ sesquialtera est lateris pyramidis. Quod oportebat ostendere.

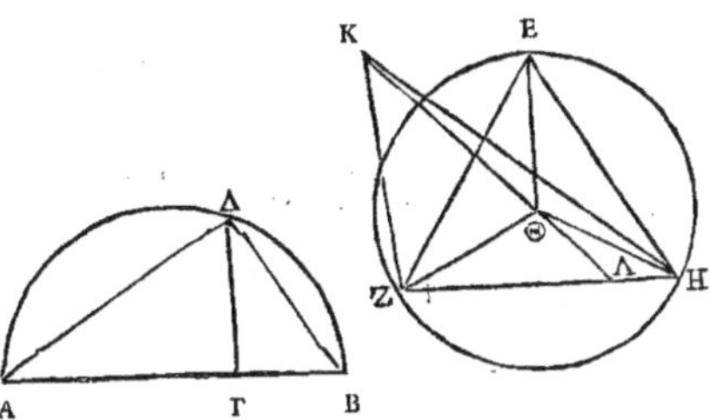

à ΑΔ comme ΔΑ est à ΑΓ (8. 6), à cause de la similitude des triangles ΔΑΒ, ΔΑΓ, et à cause que la première droite est à la troisième comme le quarré de la première est au quarré de la seconde (cor. 20. 6); le quarré de ΒΑ est donc égal aux trois moitiés du quarré de ΑΔ. Mais ΒΑ est le diamètre de la sphère donnée, et ΑΔ est égal au côté de la pyramide.

Le quarré du diamètre de la sphère est donc égal aux trois moitiés du quarré du côté de la pyramide. Ce qu'il fallait démontrer.

ΛΗΜΜΑ.

Δεικτέον ὅτι ἐστὶν ὡς ἡ ΑΒ πρὸς τὴν ΒΓ οὕτως τὸ ἀπὸ τῆς ΑΔ πρὸς τὸ ἀπὸ τῆς ΔΓ.

LEMMA.

Demonstrandum est, ut AB ad BΓ ita quadratum ex AΔ ad ipsum ex ΔΓ.

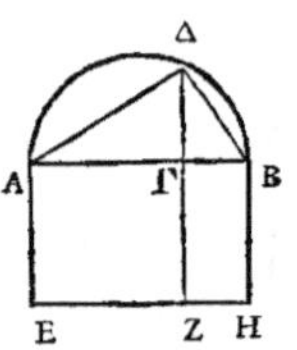

Ἐκκείσθω γὰρ ἡ τοῦ ἡμικυκλίου καταγραφὴ, καὶ ἐπεζεύχθω ἡ ΔΒ, καὶ ἀναγεγράφθω ἀπὸ τῆς ΑΓ τετράγωνον τὸ ΕΓ, καὶ συμπεπληρώσθω τὸ ΖΒ παραλληλόγραμμον. Ἐπεὶ οὖν διὰ τὸ ἰσογώνιον εἶναι τὸ ΔΑΒ τρίγωνον τῷ ΔΑΓ τριγώνῳ, ἔστιν ὡς ἡ ΒΑ πρὸς τὴν ΑΔ οὕτως ἡ ΔΑ πρὸς τὴν ΑΓ· τὸ ἄρα ὑπὸ τῶν ΒΑ, ΑΓ ἴσον ἐστὶ τῷ ἀπὸ τῆς ΑΔ. Καὶ ἐπεί ἐστιν ὡς ἡ ΑΒ πρὸς τὴν ΒΓ οὕτως τὸ ΕΒ πρὸς τὸ ΒΖ, καὶ ἔστι τὸ μὲν ΕΒ τὸ ὑπὸ τῶν ΒΑ, ΑΓ, ἴση γάρ ἐστιν[16] ἡ ΕΑ τῇ ΑΓ, τὸ δὲ ΒΖ τῷ ὑπὸ τῶν ΑΓ, ΓΒ· ὡς ἄρα ἡ ΑΒ πρὸς

Exponatur enim semicirculi figura, et jungatur ΔB, et describatur ex AΓ quadratum EΓ, et compleatur ZB parallelogrammum. Quoniam igitur propterea quod æquiangulum est ΔAB triangulum triangulo ΔAΓ, est ut BA ad AΔ ita ΔA ad AΓ; ipsum igitur sub BA, AΓ æquale est ipsi ex AΔ. Et quoniam est ut AB ad BΓ ita EB ad BZ, et est ipsum quidem EB ipsum sub BA, AΓ, æqualis enim est EA ipsi AΓ; ipsum autem BZ ipsi sub AΓ, ΓB; ut igitur AB ad BΓ ita

LEMME.

Il faut démontrer que AB est à BΓ comme le quarré de AΔ est au quarré de ΔΓ.

Soit exposée la figure du demi-cercle; joignons ΔB; décrivons avec AΓ le quarré EΓ, et achevons le parallélogramme ZB. Puisque le triangle ΔAB est équiangle avec le triangle ΔAΓ, la droite BA sera à AΔ comme ΔA est à AΓ (4. 6); le rectangle sous BA, AΓ est donc égal au quarré de AΔ (17. 6). Et puisque AB est à BΓ comme le rectangle EB est au rectangle BZ (1. 6); que le rectangle EB est sous BA, AΓ, la droite AE étant égale à AΓ, et que le rectangle BZ est compris sous AΓ,

τὴν ΒΓ οὕτως τὸ ὑπὸ τῶν ΒΑ, ΑΓ πρὸς τὸ ὑπὸ τῶν ΑΓ, ΓΒ. Καὶ ἔστι τὸ μὲν ὑπὸ τῶν ΒΑ, ΑΓ ἴσον τῷ ἀπὸ τῆς ΑΔ, τὸ δὲ ὑπὸ τῶν ΑΓ, ΓΒ ἴσον τῷ ἀπὸ τῆς ΔΓ, ἡ γὰρ ΔΓ κάθετος τῶν τῆς βάσεως τμημάτων τῶν ΑΓ, ΓΒ μέση ἀνάλογόν ἐστι, διὰ τὸ ὀρθὴν εἶναι τὴν ὑπὸ ΑΔΒ· ὡς ἄρα ἡ ΑΒ πρὸς τὴν ΒΓ οὕτως τὸ ἀπὸ τῆς ΑΔ πρὸς τὸ ἀπὸ τῆς ΔΓ. Ὅπερ ἔδει δεῖξαι.

ipsum sub ΒΑ, ΑΓ ad ipsum sub ΑΓ, ΓΒ. Et est ipsum quidem sub ΒΑ, ΑΓ æquale ipsi ex ΑΔ, ipsum vero sub ΑΓ, ΓΒ æquale ipsi ex ΔΓ, etenim ΔΓ perpendicularis inter basis portiones ΑΓ, ΓΒ media proportionalis est, quia rectus est angulus ΑΔΒ; ut igitur ΑΒ ad ΒΓ ita ipsum ex ΑΔ ad ipsum ex ΔΓ. Quod oportebat ostendere.

ΠΡΟΤΑΣΙΣ ιδ'.

Ὀκτάεδρον συστήσασθαι, καὶ σφαίρᾳ περιλαβεῖν ᾗ καὶ τὴν πυραμίδα[1]· καὶ δεῖξαι ὅτι ἡ τῆς σφαίρας διάμετρος δυνάμει διπλασία ἐστὶ τῆς πλευρᾶς τοῦ ὀκταέδρου.

Ἐκκείσθω ἡ τῆς δοθείσης σφαίρας διάμετρος ἡ ΑΒ, καὶ τετμήσθω δίχα κατὰ τὸ Γ, καὶ γεγράφθω ἐπὶ τῆς ΑΒ ἡμικύκλιον τὸ ΑΔΒ, καὶ ἤχθω ἀπὸ τοῦ Γ τῇ ΑΒ πρὸς ὀρθὰς ἡ ΓΔ, καὶ

PROPOSITIO XIV.

Octaedrum constituere, et sphærâ comprehendere quâ et pyramidem; et demonstrare sphæræ diametrum potentiâ duplam esse lateris octaedri.

Exponatur datæ sphæræ diameter ΑΒ, et secetur bifariam in Γ, et describatur super ΑΒ semicirculus ΑΔΒ, et ducatur a puncto Γ ipsi ΑΒ ad rectos ipsa ΓΔ, et jungatur ΔΒ, et exponatur

ΓΒ, la droite ΑΒ sera à ΒΓ comme le rectangle sous ΒΑ, ΑΓ est au rectangle sous ΑΓ, ΓΒ. Mais le rectangle sous ΒΑ, ΑΓ est égal au quarré de ΑΔ, et le rectangle sous ΑΓ, ΓΒ est égal au quarré de ΔΓ, car la perpendiculaire ΔΓ est moyenne proportionnelle entre les segments ΑΓ, ΓΒ de la base (1. 6), à cause que l'angle ΑΔΒ est droit; la droite ΑΒ est donc à ΒΓ comme le quarré de ΑΔ est au quarré de ΔΓ. Ce qu'il fallait démontrer.

PROPOSITION XIV.

Construire un octaèdre, et le circonscrire par la même sphère par laquelle on a circonscrit la pyramide; et démontrer que le quarré du diamètre de la sphère est double du quarré du côté de l'octaèdre.

Soit ΑΒ le diamètre de la sphère donnée; qu'il soit coupé en deux parties égales au point Γ; décrivons sur ΑΒ le demi-cercle ΑΔΒ; menons du point Γ la droite ΓΔ perpendiculaire à ΑΒ; joignons ΔΒ; soit exposé le quarré ΕΖΗΘ ayant chacun

ἐπεζεύχθω ἡ ΔΒ, καὶ ἐκκείσθω τετράγωνον τὸ ΕΖΗΘ ἴσην ἔχον ἑκάστην τῶν πλευρῶν τῇ ΒΔ, καὶ ἐπεζεύχθωσαν αἱ ΘΖ, ΕΗ, καὶ ἀνεστάτω ἀπὸ τοῦ Κ σημείου τῷ τοῦ ΕΖΗΘ τετραγώνου ἐπιπέδῳ πρὸς ὀρθὰς εὐθεῖα ἡ ΚΛ, καὶ διήχθω ἐπὶ τὰ ἕτερα μέρη τοῦ ἐπιπέδου ὡς ἡ ΚΜ, καὶ ἀφῃρήσθω ἀφ' ἑκατέρας τῶν ΚΛ, ΚΜ μιᾷ τῶν

quadratum ΕΖΗΘ æquale habens unumquodque laterum ipsi ΒΔ, et junganturipsæ ΘΖ, ΕΗ, et erigatur a puncto Κ plano quadrati ΕΖΗΘ ad rectos recta ΚΛ, et producatur ad alteras partes plani ut ΚΜ, et auferatur ab utrâque ipsarum ΚΛ, ΚΜ uni ipsarum ΚΕ, ΚΖ, ΚΗ, ΚΘ æqualis

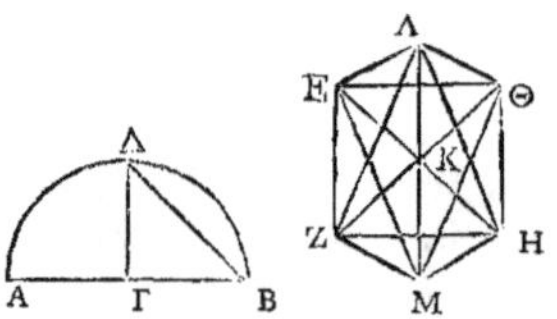

ΚΕ, ΚΖ, ΚΗ, ΚΘ ἴση ἑκατέρα τῶν ΚΛ, ΚΜ, καὶ ἐπεζεύχθωσαν αἱ ΛΕ, ΛΖ, ΛΗ, ΛΘ, ΜΕ, ΜΖ, ΜΗ, ΜΘ. Καὶ ἐπεὶ ἴση ἐστὶν ἡ ΚΕ τῇ ΚΘ, καὶ ἐστὶν ὀρθὴ ἡ ὑπὸ ΕΚΘ γωνία· τὸ ἄρα ἀπὸ τῆς ΘΕ διπλάσιόν ἐστι τοῦ ἀπὸ τῆς ΕΚ. Πάλιν, ἐπεὶ ἴση ἐστὶν ἡ ΛΚ τῇ ΚΕ, καὶ ἔστιν ὀρθὴ ἡ ὑπὸ ΛΚΕ γωνία· τὸ ἄρα ἀπὸ τῆς ΕΛ διπλάσιόν ἐστι τοῦ ἀπὸ τῆς[2] ΕΚ. Εδείχθη δὲ καὶ τὸ ἀπὸ τῆς ΘΕ διπλάσιον τοῦ ἀπὸ τῆς ΕΚ· τὸ ἄρα ἀπὸ τῆς ΛΕ ἴσον ἐστὶ τῷ ἀπὸ τῆς ΕΘ· ἴση ἄρα ἐστὶν[3] ἡ ΛΕ τῇ ΕΘ. Διὰ τὰ αὐτὰ δὴ καὶ ἡ ΛΘ τῇ

utraque ipsarum ΚΛ, ΚΜ, et jungantur ipsæ ΛΕ, ΛΖ, ΛΗ, ΛΘ, ΜΕ, ΜΖ, ΜΗ, ΜΘ. Et quoniam æqualis est ΚΕ ipsi ΚΘ, et est rectus ΕΚΘ angulus; ipsum igitur ex ΘΕ duplum est ipsius ex ΕΚ. Rursus, quoniam æqualis est ΛΚ ipsi ΚΕ, et est rectus ΛΚΕ angulus; ipsum igitur ex ΕΛ duplum est ipsius ex ΕΚ. Ostensum est autem et ipsum ex ΘΕ duplum ipsius ex ΕΚ; ipsum igitur ex ΛΕ æquale est ipsi ex ΕΘ; æqualis igitur est ΛΕ ipsi ΕΘ. Propter eadem utique et ΛΘ ipsi ΘΕ

de ses côtés égal à ΒΔ; joignons ΘΖ, ΕΗ; élevons du point Κ la droite ΚΛ perpendiculaire au plan du quarré ΕΖΗΘ; prolongeons cette droite de l'autre côté du plan et que son prolongement soit ΚΜ; faisons chacune des droites ΚΛ, ΚΜ égale à une des droites ΚΕ, ΚΖ, ΚΗ, ΚΘ, et joignons ΛΕ, ΛΖ, ΛΗ, ΛΘ, ΜΕ, ΜΖ, ΜΗ, ΜΘ. Puisque la droite ΚΕ est égale à ΚΘ, et que l'angle ΕΚΘ est droit; le quarré de ΘΕ sera double du quarré de ΕΚ (47. 1). De plus, puisque ΛΚ est égal à ΚΕ, et que l'angle ΛΚΕ est droit, le quarré de ΕΛ sera double du quarré de ΕΚ. Mais on a démontré que le quarré de ΘΕ est double du quarré de ΕΚ; le quarré de ΛΕ est donc égal au quarré de ΕΘ; la droite ΛΕ est donc égale à ΕΘ. Par la même raison, la droite ΛΘ est égale à ΘΕ, le triangle ΛΕΘ est donc

ΘΕ ἐστὶν ἴση· ἰσόπλευρον ἄρα ἐστὶ τὸ ΛΕΘ τρίγωνον. Ομοίως δὴ δείξομεν ὅτι καὶ ἕκαστον τῶν λοιπῶν τριγώνων, ὧν βάσεις μὲν εἰσιν αἱ τοῦ ΕΖΗΘ τετραγώνου πλευραὶ, κορυφαὶ[4] δὲ τὰ Λ, Μ σημεῖα, ἰσόπλευρόν ἐστιν· ὀκτάεδρον ἄρα συνίσταται[5] ὑπὸ ὀκτὼ τριγώνων ἰσοπλεύρων περιεχόμενον.

Δεῖ δὴ αὐτὸ καὶ σφαίρᾳ περιλαβεῖν τῇ δοθείσῃ, καὶ δεῖξαι ὅτι ἡ τῆς σφαίρας διάμετρος δυνάμει διπλασίων ἐστὶ τῆς τοῦ ὀκταέδρου πλευρᾶς.

Επεὶ γὰρ αἱ τρεῖς αἱ ΛΚ, ΚΜ, ΚΕ ἴσαι ἀλλήλαις εἰσὶ, τὸ ἄρα ἐπὶ τῆς ΛΜ γραφόμενον ἡμικύκλιον ἥξει καὶ διὰ τοῦ Ε. Καὶ διὰ τὰ αὐτὰ, ἐὰν μενούσης τῆς ΛΜ περιενεχθὲν τὸ ἡμικύκλιον εἰς τὸ αὐτὸ ἀποκατασταθῇ ὅθεν ἤρξατο φέρεσθαι, ἥξει καὶ διὰ τῶν Ζ, Η, Θ σημείων, καὶ ἔσται σφαίρᾳ περιειλημμένον τὸ ὀκτάεδρον. Λέγω δὴ ὅτι καὶ τῇ δοθείσῃ. Επεὶ γὰρ ἴση ἐστὶν ἡ ΛΚ τῇ ΚΜ, κοινὴ δὲ ἡ ΚΕ, καὶ γωνίας ὀρθὰς[6] περιέχουσι, βάσις ἄρα ἡ ΛΕ βάσει τῇ ΕΜ ἐστὶν ἴση. Καὶ ἐπεὶ ὀρθή ἐστιν ἡ ὑπὸ ΛΕΜ γωνία, ἐν

est æqualis; æquilaterum igitur est ΛΕΘ triangulum. Similiter utique ostendemus et unumquodque reliquorum triangulorum, quorum bases quidem sunt ΕΖΗΘ quadrati latera, vertices autem Λ, Μ puncta, æquilaterum esse; octaedrum igitur constitutum est sub octo triangulis æquilateris contentum.

Oportet vero ipsum et sphærâ comprehendere datâ, et demonstrare sphæræ diametrum potentiâ duplam esse lateris octaedri.

Quoniam enim tres rectæ ΛΚ, ΚΜ, ΚΕ æquales inter se sunt, ergo super ΛΜ descriptus semicirculus transibit et per punctum Ε. Et propter eadem, si manente ΛΜ, conversus semicirculus in eumdem locum restituatur a quo cœpit moveri, transibit et per puncta Ζ, Η, Θ, et erit sphærâ comprehensum octaedrum. Dico etiam et datâ. Quoniam enim æqualis est ΛΚ ipsi ΚΜ, communis autem ΚΕ, et angulos rectos continent, basis igitur ΛΕ basi ΕΜ est æqualis. Et quoniam rectus est ΛΕΜ angulus, etenim in se-

équilatéral. Nous démontrerons semblablement que chacun des triangles restants, dont les bases sont les côtés du quarré ΕΖΗΘ, et les sommets les points Λ, Μ, est aussi équilatéral; on a donc construit un octaèdre compris sous huit triangles équilatéraux.

Il faut à présent circonscrire l'octaèdre par la sphère donnée, et démontrer que le quarré du diamètre de cette sphère est double du quarré du côté de l'octaèdre.

Car puisque les trois droites ΛΚ, ΚΜ, ΚΕ sont égales entr'elles, le demi-cercle décrit sur ΛΜ passera par le point Ε. Par la même raison, si la droite ΛΜ restant immobile, le demi-cercle tourne jusqu'à ce qu'il soit revenu au même endroit d'où il avait commencé à se mouvoir, ce demi-cercle passera aussi par les points Ζ, Η, Θ, et l'octaèdre sera circonscrit par une sphère. Je dis qu'il le sera par la sphère donnée. Car puisque la droite ΛΚ est égale à ΚΜ, que la droite ΚΕ est commune, et que ces droites comprènent des angles droits, la base ΛΕ sera égale à la base ΕΜ (4. 1). Et puisque l'angle ΛΕΜ est droit (31. 3), car il est dans un demi-cercle,

ἡμικυκλίῳ γὰρ, τὸ ἄρα ἀπὸ τῆς ΑΜ διπλάσιόν ἐστι[8] τοῦ ἀπὸ τῆς ΑΕ. Πάλιν, ἐπεὶ ἴση ἐστὶν ἡ ΑΓ τῇ ΓΒ, διπλασία ἐστὶν ἡ ΑΒ τῆς ΒΓ. Ως δὲ ἡ ΑΒ πρὸς τὴν ΒΓ οὕτως τὸ ἀπὸ τῆς ΑΒ πρὸς τὸ ἀπὸ τῆς ΒΔ· διπλάσιον ἄρα ἐστὶ τὸ ἀπὸ τῆς ΑΒ τοῦ ἀπὸ τῆς ΒΔ. Εδείχθη δὲ καὶ τὸ ἀπὸ τῆς ΑΜ διπλάσιον τοῦ ἀπὸ τῆς ΑΕ. Καὶ ἔστιν ἴσον τὸ ἀπὸ τῆς ΒΔ τῷ ἀπὸ τῆς ΑΕ· ἴση γὰρ κεῖται ἡ ΕΘ τῇ ΔΒ. Ισον ἐστιν[7] ἄρα καὶ τὸ ἀπὸ τῆς ΑΒ τῷ ἀπὸ τῆς ΑΜ· ἴση ἄρα ἡ ΑΒ τῇ ΑΜ. Καὶ ἔστιν ἡ ΑΒ ἡ τῆς δοθείσης σφαίρας διάμετρος· ἡ ΑΜ ἄρα ἴση ἐστὶ τῇ τῆς δοθείσης σφαίρας διαμέτρῳ.

Περιείληπται ἄρα τὸ ὀκτάεδρον τῇ δοθείσῃ σφαίρᾳ· καὶ συναποδέδεικται ὅτι ἡ τῆς σφαίρας διάμετρος δυνάμει διπλασίων ἐστὶ τῆς τοῦ ὀκταέδρου πλευρᾶς. Οπερ ἔδει ποιῆσαι.

micirculo, ipsum igitur ex ΑΜ duplum est ipsius ex ΑΕ. Rursus, quoniam æqualis est ΑΓ ipsi ΓΒ, dupla est ΑΒ ipsius ΒΓ. Ut autem ΑΒ ad ΒΓ ita ipsum ex ΑΒ ad ipsum ex ΒΔ; duplum igitur est ipsum ex ΑΒ ipsius ex ΒΔ. Ostensum autem est et ipsum ex ΑΜ duplum ipsius ex ΑΕ. Et est æquale ipsum ex ΒΔ ipsi ex ΑΕ; æqualis enim posita est ipsa ΕΘ ipsi ΔΒ. Æquale est igitur et ipsum ex ΑΒ ipsi ex ΑΜ; æqualis igitur ΑΒ ipsi ΑΜ. Et est ΑΒ datæ sphæræ diameter; ergo ΑΜ æqualis est datæ sphæræ diametro.

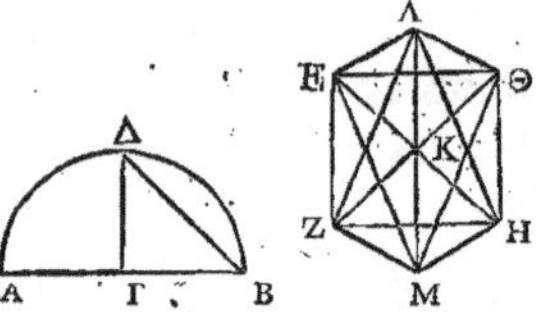

Comprehensum est igitur octaedrum datâ sphærâ; et simul demonstratum est sphæræ diametrum potentiâ duplam esse lateris octaedri. Quod oportebat facere.

le quarré de ΑΜ sera double du quarré de ΑΕ (47. 1). De plus, puisque ΑΓ est égal à ΓΒ, la droite ΑΒ sera double de ΒΓ. Mais ΑΒ est à ΒΓ comme le quarré de ΑΒ est au quarré de ΒΔ (8, et 20. 6); le quarré de ΑΒ est donc double du quarré de ΒΔ. Mais on a démontré que le quarré de ΑΜ est double du quarré de ΑΕ, et le quarré de ΒΔ est égal au quarré de ΑΕ, car la droite ΕΘ est supposée égale à ΔΒ; le quarré de ΑΒ est donc égal au quarré de ΑΜ; la droite ΑΒ est donc égale à ΑΜ. Mais ΑΒ est le diamètre de la sphère donnée; la droite ΑΜ est donc égale au diamètre de la sphère donnée.

L'octaèdre a donc été circonscrit par la sphère donnée, et l'on a démontré, en même temps, que le quarré du diamètre est double du quarré du côté de l'octaèdre. Ce qu'il fallait faire.

ΠΡΟΤΑΣΙΣ ιέ.

Κύβον συστήσασθαι[1], καὶ σφαίρᾳ περιλαβεῖν ᾗ καὶ τὰ πρότερα[2]· καὶ δεῖξαι ὅτι ἡ τῆς σφαίρας διάμετρος δυνάμει τριπλασίων[3] ἐστὶ τῆς τοῦ κύβου πλευρᾶς.

Εκκείσθω ἡ τῆς δοθείσης σφαίρας διάμετρος ἡ ΑΒ, καὶ τετμήσθω κατὰ τὸ Γ, ὥστε διπλῆν εἶναι τὴν ΑΓ τῆς ΓΒ, καὶ γεγράφθω ἐπὶ τῆς ΑΒ ἡμικύκλιον τὸ ΑΔΒ, καὶ ἀπὸ τοῦ Γ τῇ ΑΒ πρὸς ὀρθὰς ἤχθω ἡ ΓΔ, καὶ ἐπεζεύχθω ἡ ΔΒ, καὶ ἐκκείσθω τετράγωνον τὸ ΕΖΗΘ ἴσην ἔχον τὴν[4] πλευρὰν τῇ ΔΒ, καὶ ἀπὸ τῶν Ε, Ζ, Η, Θ τῷ τοῦ ΕΖΗΘ τετραγώνου ἐπιπέδῳ πρὸς ὀρθὰς ἤχθωσαν αἱ ΕΚ, ΖΛ, ΗΜ, ΘΝ, καὶ ἀφῃρήσθω ἀφ' ἑκάστης τῶν ΕΚ, ΖΛ, ΗΜ, ΘΝ μιᾷ τῶν ΕΖ, ΖΗ, ΗΘ, ΘΕ ἴση ἑκάστη τῶν ΕΚ, ΖΛ, ΗΜ, ΘΝ, καὶ ἐπεζεύχθωσαν αἱ ΚΛ, ΛΜ, ΜΝ,

PROPOSITIO XV.

Cubum constituere, et sphærâ comprehendere quâ et priores; et demonstrare sphæræ diametrum potentiâ triplam esse lateris cubi.

Exponatur datæ sphæræ diameter ΑΒ, et secetur in Γ, ita ut dupla sit ΑΓ ipsius ΓΒ, et describatur super ΑΒ semicirculus ΑΔΒ, et a puncto Γ ipsi ΑΒ ad rectos ducatur ΓΔ, et jungatur ΔΒ, et exponatur quadratum ΕΖΗΘ, æquale habens latus ipsi ΔΒ, et a punctis Ε, Ζ, Η, Θ quadrati ΕΖΗΘ plano ad rectos ducantur ΕΚ, ΖΛ, ΗΜ, ΘΝ, et auferatur ab unâquâque ipsarum ΕΚ, ΖΛ, ΗΜ, ΘΝ uni ipsarum ΕΖ, ΖΗ, ΗΘ, ΘΕ æqualis unaquæque ipsarum ΕΚ, ΖΛ, ΗΜ, ΘΝ, et jungantur ipsæ ΚΛ, ΛΜ,

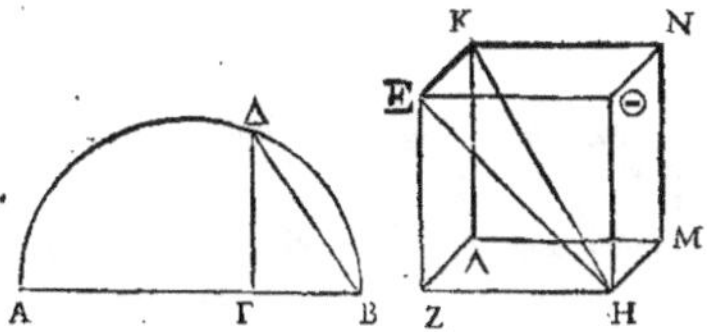

PROPOSITION XV.

Construire un cube, et le circonscrire par la même sphère par laquelle on a circonscrit les figures précédentes, et démontrer que le quarré du diamètre de la sphère est triple du quarré du côté du cube.

Soit AB le diamètre de la sphère donnée; coupons AB au point Γ, de manière que AΓ soit double de ΓB; sur AB décrivons le demi-cercle AΔB; du point Γ élevons ΓΔ perpendiculaire à AB; joignons ΔB; soit exposé un quarré EZHΘ ayant son côté égal à ΔB; des points E, Z, H, Θ menons les droites EK, ZΛ, HM, ΘN perpendiculaires au plan du quarré EZHΘ; faisons chacune des droites EK, ZΛ, HM, ΘN, égales à une des droites EZ, ZH, HΘ, ΘE, et joignons KΛ, ΛM, MN, NK; on aura

ΝΚ· κύϐος ἄρα συνίσταται ὁ ΖΝ ὑπὸ ἓξ τετραγώνων ἴσων περιεχόμενος[5]. Δεῖ δὴ αὐτὸν καὶ σφαίρα περιλαϐεῖν τῇ δοθείσῃ, καὶ δεῖξαι ὅτι ἡ τῆς σφαίρας διάμετρος δυνάμει τριπλασίων[6] ἐστὶ τῆς πλευρᾶς τοῦ κύϐου.

MN, NK; cubus igitur constitutus est ZN sub sex quadratis æqualibus contentus. Oportet vero ipsum et sphærâ datâ comprehendere, et demonstrare sphæræ diametrum potentiâ triplam esse lateris cubi.

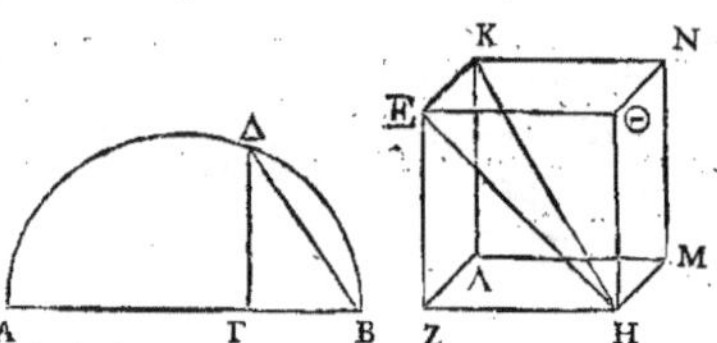

Ἐπεζεύχθωσαν γὰρ αἱ ΚΗ, ΕΗ. Καὶ ἐπεὶ ὀρθή ἐστιν ἡ ὑπὸ ΚΕΗ γωνία, διὰ τὸ καὶ τὴν ΚΕ ὀρθὴν εἶναι πρὸς τὸ ΕΗ ἐπίπεδον δηλαδὴ καὶ πρὸς τὴν ΕΗ εὐθεῖαν, τὸ ἄρα ἐπὶ τῆς ΚΗ γραφόμενον ἡμικύκλιον ἥξει καὶ διὰ τοῦ Ε σημείου. Πάλιν, ἐπεὶ ἡ ΖΗ ὀρθή ἐστιν πρὸς ἑκατέραν τῶν ΑΖ, ΖΕ, καὶ πρὸς τὸ ΖΚ ἄρα ἐπίπεδον ὀρθή ἐστιν ἡ ΖΗ· ὥστε καὶ ἐὰν ἐπιζεύξωμεν τὴν ΖΚ, ἡ ΗΖ ὀρθὴ ἔσται καὶ πρὸς τὴν ΖΚ· καὶ διὰ τοῦτο πάλιν τὸ ἐπὶ τῆς ΗΚ γραφόμενον ἡμικύκλιον ἥξει[8] καὶ διὰ τοῦ Ζ. Ὁμοίως[9] καὶ διὰ τῶν λοιπῶν τοῦ κύϐου σημείων ἥξει. Ἐὰν δὴ, μενούσης

Jungantur enim ipsæ KH, EH. Et quoniam rectus est KEH angulus, propterea quod et KE perpendicularis sit ad EH planum, videlicet et ad EH rectam, ergo super KH descriptus semicirculus transibit et per punctum E. Rursus, quoniam ZH perpendicularis est ad utramque ipsarum AZ, ZE, et ad ZK igitur planum perpendicularis est ZH; quare et si jungamus ZK, ipsa HZ perpendicularis erit et ad ZK; et propter hoc rursus super HK descriptus semicirculus transibit et per punctum Z. Similiter et per reliqua cubi puncta transibit. Si igitur, manente

construit un cube ZN compris sous six quarrés égaux. Il faut circonscrire ce cube par la sphère donnée, et démontrer que le quarré du diamètre de la sphère est triple du quarré du côté du cube.

Joignons KH, EH. Puisque l'angle KEH est droit, parce que KE est perpendiculaire au plan EH, c'est-à-dire à la droite EH (déf. 3. 11); le demi-cercle décrit sur KH passera donc par le point E (31. 3). De plus, puisque la droite ZH est perpendiculaire à chacune des droites AZ, ZE, la droite ZH sera perpendiculaire au plan de ZK (4. 11); si donc nous joignons ZK, la droite HZ sera aussi perpendiculaire à ZK, et à cause de cela le demi-cercle décrit sur HK passera par le point Z. Ce demi-cercle passera semblablement par les autres points du cube. Si donc la droite KH, restant immobile, le demi-cercle tourne jusqu'à ce

τῆς ΚΗ, περιενεχθὲν τὸ ἡμικύκλιον εἰς τὸ αὐτὸ παλιν[10] ἀποκατασταθῇ ὅθεν ἤρξατο φέρεσται, ἔσται σφαίρᾳ περιειλημμένος ὁ κύϐος. Λέγω δὴ ὅτι καὶ τῇ δοθείσῃ. Επεὶ γὰρ ἴση ἐστὶν ἡ ΗΖ τῇ ΖΕ, καὶ ἔστιν ὀρθὴ ἡ πρὸς τὸ Ζ γωνία· τὸ ἄρα ἀπὸ τῆς ΓΗ διπλάσιόν ἐστι τοῦ ἀπὸ τῆς ΕΖ. Ισῃ δὲ ἡ ΕΖ τῇ ΕΚ· τὸ ἄρα ἀπὸ τῆς ΕΗ διπλάσιόν ἐστι τοῦ ἀπὸ τῆς ΕΚ· ὥστε τὰ ἀπὸ τῶν ΗΕ, ΕΚ, τουτίστι τὸ ἀπὸ τῆς ΗΚ, τριπλάσιόν ἐστι τοῦ ἀπὸ τῆς ΕΚ. Καὶ ἐπεὶ τριπλασίων ἐστὶν ἡ ΑΒ τῆς ΒΓ, ὡς δὲ ἡ ΑΒ πρὸς τὴν ΒΓ οὕτως τὸ ἀπὸ τῆς ΑΒ πρὸς τὸ ἀπὸ τῆς ΒΔ· τριπλάσιον ἄρα τὸ ἀπὸ τῆς ΑΒ τοῦ ἀπὸ τῆς ΒΔ. Εδείχθη δὲ καὶ τὸ ἀπὸ τῆς ΗΚ τοῦ ἀπὸ τῆς ΚΕ τριπλάσιον. Καὶ κεῖται ἴση ἡ ΚΕ τῇ ΕΔ[11]· ἴση ἄρα καὶ ἡ ΚΗ τῇ ΑΒ. Καὶ ἔστιν ἡ ΑΒ τῆς δοθείσης σφαίρας διάμετρος· καὶ ἡ ΚΗ ἄρα ἴση ἐστὶ τῇ τῆς δοθείσης σφαίρας διαμέτρῳ.

Τῇ δοθείσῃ[12] ἄρα σφαίρᾳ περιείληπται ὁ κύϐος· καὶ συναποδέδεικται ὅτι ἡ τῆς σφαίρας διάμετρος δυνάμει τριπλασίων ἐστὶ τῆς τοῦ κύϐου πλευρᾶς. Οπερ ἔδει ποιῆσαι.

ΚΗ, conversus semicirculus in eumdem rursus locum restituatur a quo cœpit moveri, erit sphærâ comprehensus cubus. Dico etiam et datâ. Quoniam enim æqualis est ΗΖ ipsi ΖΕ, et est rectus ad Ζ angulus; ipsum igitur ex ΓΗ duplum est ipsius ex ΕΖ. Æqualis autem ΕΖ ipsi ΕΚ; ipsum igitur ex ΕΗ duplum est ipsius ex ΕΚ; quare ipsa ex ΗΕ, ΕΚ, hoc est ipsum ex ΗΚ, triplum est ipsius ex ΕΚ. Et quoniam tripla est ΑΒ ipsius ΒΓ, ut autem ΑΒ ad ΒΓ ita ipsum ex ΑΒ ad ipsum ex ΒΔ; triplum igitur ipsum ex ΑΒ ipsius ex ΒΔ. Ostensum est autem et ipsum ex ΗΚ ipsius ex ΚΕ triplum. Et posita est æqualis ΚΕ ipsi ΕΔ; æqualis igitur et ΚΗ ipsi ΑΒ. Et est ΑΒ datæ sphæræ diameter; et ΚΗ igitur æqualis est datæ sphæræ diametro.

Datâ igitur sphærâ comprehensus est cubus; et simul demonstratum est sphæræ diametrum potentiâ triplam esse lateris cubi. Quod oportebat facere.

qu'il soit revenu au même endroit d'où il avait commencé à se mouvoir, le cube sera circonscrit par une sphère. Je dis à présent que le cube sera circonscrit par la sphère donnée. Car puisque ΗΖ est égal à ΖΕ, et que l'angle est droit en Ζ; le quarré de ΓΗ sera double du quarré de ΕΖ (47. 1). Mais ΕΖ est égal à ΕΚ; le quarré de ΕΗ est donc double du quarré de ΕΚ; la somme des quarrés des droites ΗΕ, ΕΚ, c'est-à-dire le quarré de ΗΚ, est donc triple du quarré de ΕΚ. Et puisque ΑΒ est triple de ΒΓ, et que ΑΒ est à ΒΓ comme le quarré de ΑΒ est au quarré de ΒΔ (8, et 26. 6); le quarré de ΑΒ sera triple du quarré de ΒΔ. Mais on a démontré que le quarré de ΗΚ est triple du quarré de ΚΕ, et l'on a fait ΚΕ égal à ΒΔ; la droite ΚΗ est donc égale à ΑΒ. Mais ΑΒ est le diamètre de la sphère donnée; la droite ΚΗ est donc égale au diamètre de la sphère donnée.

On a donc circonscrit le cube par la sphère donnée, et l'on a démontré, en même temps, que le quarré du diamètre de la sphère est triple du quarré du côté du cube. Ce qu'il fallait faire.

ΠΡΟΤΑΣΙΣ ις'.

Εἰκοσάεδρον συστήσασθαι καὶ σφαίρᾳ περιλαβεῖν ᾗ καὶ τὰ προειρημένα σχήματα· καὶ δεῖξαι ὅτι ἡ τοῦ εἰκοσαέδρου πλευρὰ ἄλογός ἐστιν ἡ καλουμένη ἐλάττων.

Ἐκκείσθω ἡ τῆς δοθείσης σφαίρας διάμετρος ἡ ΑΒ, καὶ τετμήσθω κατὰ τὸ Γ, ὥστε τετραπλῆν εἶναι τὴν ΑΓ τῆς ΓΒ, καὶ γεγράφθω ἐπὶ τῆς ΑΒ ἡμικύκλιον τὸ ΑΔΒ, καὶ ἤχθω ἀπὸ τοῦ Γ σημείου τῇ ΑΒ πρὸς ὀρθὰς γωνίας εὐθεῖα γραμμὴ ἡ ΓΔ, καὶ ἐπεζεύχθω ἡ ΔΒ, καὶ ἐκκείσθω κύκλος ὁ ΕΖΗΘΚ, οὗ ἡ ἐκ τοῦ κέντρου ἴση ἔστω τῇ ΔΒ, καὶ ἐγγεγράφθω εἰς τὸν ΕΖΗΘΚ κύκλον πεντάγωνον ἰσόπλευρόν τε καὶ ἰσογώνιον τὸ ΕΖΗΘΚ, καὶ τετμήσθωσαν αἱ ΕΖ, ΖΗ, ΗΘ, ΘΚ, ΚΕ περιφέρειαι δίχα κατὰ τὰ Λ, Μ, Ν, Ξ, Ο σημεῖα, καὶ ἐπεζεύχθωσαν αἱ ΕΛ, ΛΖ, ΖΜ, ΜΗ, ΗΝ, ΝΘ, ΘΞ, ΞΚ, ΚΟ, ΟΕ, καὶ ὁμοίως ΛΜ, ΜΝ, ΝΞ, ΞΟ, ΟΛ· ἰσόπλευρον ἄρα ἐστὶ καὶ τὸ ΛΜΝΞΟ πεντάγωνον, καὶ δεκαγώνου ἡ ΕΟ εὐθεῖα. Καὶ ἀνεστάτωσαν ἀπὸ τῶν Ε, Ζ, Η, Θ, Κ

PROPOSITIO XVI.

Icosaedrum constituere et sphærâ comprehendere quâ et prædictas figuras; et demonstrare icosaedri latus irrationalem esse quæ appellatur minor.

Exponatur datæ sphæræ diameter AB, et secetur in Γ, ita ut quadrupla sit ΑΓ ipsius ΓΒ, et describatur super AB semicirculus ΑΔΒ, et ducatur a puncto Γ ipsi AB ad rectos angulos recta linea ΓΔ, et jungatur ΔΒ, et exponatur circulus ΕΖΗΘΚ, cujus ea quæ ex centro æqualis sit ipsi ΔΒ, et describatur in circulo ΕΖΗΘΚ pentagonum et æquilaterum et æquiangulum ΕΖΗΘΚ, et secentur ΕΖ, ΖΗ, ΗΘ, ΘΚ, ΚΕ circumferentiæ bifariam in Λ, Μ, Ν, Ξ, Ο punctis, et jungantur ΕΛ, ΛΖ, ΖΜ, ΜΗ, ΗΝ, ΝΘ, ΘΞ, ΞΚ, ΚΟ, ΟΕ, et similiter ΛΜ, ΜΝ, ΝΞ, ΞΟ, ΟΛ; æquilaterum igitur est et ΛΜΝΞΟ pentagonum, et decagoni latus recta ΕΟ. Et erigantur a punctis Ε, Ζ,

PROPOSITION XVI.

Construire un icosaèdre, et le circonscrire par la même sphère par laquelle on a circonscrit les figures précédentes, et démontrer que le côté de l'icosaèdre est l'irrationelle qu'on appèle mineure.

Soit AB le diamètre de la sphère donnée; coupons AB au point Γ, de manière que ΑΓ soit quadruple de ΓΒ; sur AB décrivons le demi-cercle ΑΔΒ; du point Γ menons la ligne droite ΓΔ perpendiculaire à AB; joignons ΔΒ; soit ΓΔ un cercle ΕΖΗΘΚ ayant pour rayon une droite égale à ΔΒ; décrivons dans le cercle ΕΖΗΘΚ un pentagone équilatéral et équiangle ΕΖΗΘΚ (11. 4); coupons les arcs ΕΖ, ΖΗ, ΗΘ, ΘΚ, ΚΕ en deux parties égales aux points Λ, Μ, Ν, Ξ, Ο (30. 3), et joignons ΕΛ, ΛΖ, ΖΜ, ΜΗ, ΗΝ, ΝΘ, ΘΞ, ΞΚ, ΚΟ, ΟΕ, ainsi que ΛΜ, ΜΝ, ΝΞ, ΞΟ, ΟΛ; le pentagone ΛΜΝΞΟ sera équilatéral, et la droite ΟΕ sera le côté du décagone. Des

σημείων τῷ τοῦ κύκλου ἐπιπέδῳ πρὸς ὀρθὰς γωνίας εὐθεῖαι αἱ ΕΠ, ΖΡ, ΗΣ, ΘΤ, ΚΥ ἴσαι οὖσαι τῇ ἐκ τοῦ κέντρου τοῦ ΕΖΗΘΚ κύκλου, καὶ ἐπεζεύχθωσαν αἱ ΠΡ, ΡΣ, ΣΤ, ΤΥ, ΥΠ, ΠΛ, ΛΡ, ΡΜ, ΜΣ, ΣΝ, ΝΤ, ΤΞ, ΞΥ, ΥΟ, ΟΠ. Καὶ ἐπεὶ ἑκατέρα τῶν ΕΠ, ΚΥ τῷ αὐτῷ ἐπιπέδῳ πρὸς ὀρθάς ἐστι, παράλληλος ἄρα ἐστὶν

Η, Θ, Κ plano circuli ad rectos angulos rectæ ΕΠ, ΖΡ, ΗΣ, ΘΤ, ΚΥ æquales existentes ei quæ ex circuli ΕΖΗΘΚ centro, et jungantur ΠΡ, ΡΣ, ΣΤ, ΤΥ, ΥΠ, ΠΛ, ΛΡ, ΡΜ, ΜΣ, ΣΝ, ΝΤ, ΤΞ, ΞΥ, ΥΟ, ΟΠ. Et quoniam utraque ipsarum ΕΠ, ΚΥ eidem plano ad rectos est, parallela igitur est ΕΠ ipsi ΚΥ.

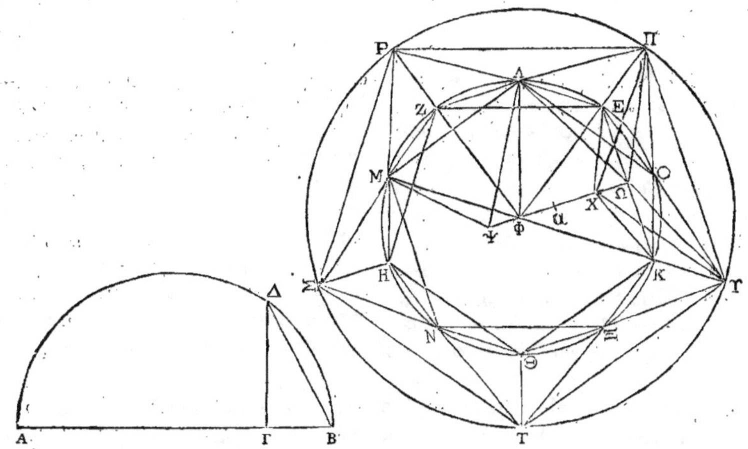

ἡ ΕΠ τῇ ΚΥ. Ἔστι δὲ αὐτῇ καὶ ἴση, αἱ δὲ τὰς ἴσας τε καὶ παραλλήλους ἐπιζευγνύουσαι ἐπὶ τὰ αὐτὰ μέρη[3] εὐθεῖαι ἴσαι τε καὶ παράλληλοί εἰσιν· ἡ ΠΥ ἄρα τῇ ΕΚ ἴση τε καὶ παράλληλός ἐστιν[4]

Est autem ipsi et æqualis; ipsæ autem et æquales et parallelas conjungentes ad easdem partes rectæ, et ipsæ æquales et parallelæ sunt; ipsa ΠΥ igitur ipsi ΕΚ et æqualis et par alella est.

points Ε, Ζ, Η, Θ, Κ menons les droites ΕΠ, ΖΡ, ΗΣ, ΘΤ, ΚΥ perpendiculaires au plan du cercle (12. 11); faisons ces droites égales au rayon du cercle ΕΖΗΘΚ, et joignons ΠΡ, ΡΣ, ΣΤ, ΤΥ, ΥΠ, ΠΛ, ΛΡ, ΡΜ, ΜΣ, ΣΝ, ΝΤ, ΤΞ, ΞΥ, ΥΟ, ΟΠ. Puisque chacune des droites ΕΠ, ΚΥ est perpendiculaire à un même plan, la droite ΕΠ sera parallèle à ΚΥ (6. 11). Mais elle lui est égale; et les droites qui joignent du même côté des droites égales et parallèles sont égales et parallèles (33. 1); la

Πενταγώνου δὲ ἰσοπλεύρου ἡ ΕΚ· πενταγώνου ἄρα ἰσοπλεύρου, καὶ ἡ ΠΥ, τοῦ εἰς τὸν ΕΖΗΘΚ κύκλον περιγραφομένου. Διὰ τὰ αὐτὰ δὴ καὶ ἑκάστη τῶν ΠΡ, ΡΣ, ΣΤ, ΤΥ πενταγώνου ἐστὶ ἰσοπλεύρου τοῦ εἰς τὸν ΕΖΗΘΚ κύκλον ἐγγραφομένου· ἰσόπλευρον ἄρα ἐστὶ[6] τὸ ΠΡΣΤΥ πεντάγωνον. Καὶ ἐπεὶ ἑξαγώνου μέν ἐστιν ἡ ΠΕ, δεκαγώνου δὲ ἡ ΕΟ, καί ἐστιν ὀρθὴ ἡ ὑπὸ ΠΕΟ· πενταγώνου ἄρα ἐστὶν ἡ ΠΟ· ἡ γὰρ τοῦ πενταγώνου πλευρὰ δύναταί τήν τε τοῦ ἑξαγώνου καὶ τὴν τοῦ δεκαγώνου τῶν εἰς τὸν αὐτὸν κύκλον ἐγγραφομένων. Διὰ τὰ αὐτὰ δὴ καὶ ἡ ΟΥ πενταγώνου ἐστὶ πλευρὰ, ἔστι δὲ καὶ ἡ ΠΥ πενταγώνου[7]· ἰσόπλευρον ἄρα ἐστὶ τὸ ΠΟΥ τρίγωνον. Διὰ τὰ αὐτὰ δὴ καὶ ἕκαστον τῶν ΠΛΡ, ΡΜΣ, ΣΝΤ, ΤΞΥ τριγώνων[8] ἰσόπλευρόν ἐστι. Καὶ ἐπεὶ πενταγώνου ἐδείχθη ἑκατέρα τῶν ΠΛ, ΠΟ, ἔστι δὲ καὶ ἡ ΛΟ πενταγώνου· ἰσόπλευρον ἄρα ἐστὶ τὸ ΠΛΟ τρίγωνον. Διὰ τὰ αὐτὰ δὴ καὶ ἕκαστον τῶν ΛΡΜ, ΜΣΝ, ΝΤΞ, ΞΥΟ τριγώνων ἰσόπλευρόν ἐστιν. Εἰλήφθω τὸ κέντρον τοῦ ΕΖΗΘΚ κύκλου[9] τὸ Φ σημεῖον· καὶ ἀπὸ τοῦ Φ τῷ τοῦ

Pentagoni autem æquilateri latus ipsa EK pentagoni igitur æquilateri in EZHΘK circul descripti latus ipsa ΠΥ. Propter eadem utiqu et unaquæque ipsarum ΠΡ, ΡΣ, ΣΤ, ΤΥ pentagoni est æquilateri in EZHΘK circulo descript æquilaterum igitur est ΠΡΣΤΥ pentagonum. E quoniam hexagoni quidem est ipsa ΠΕ latus decagoni vero ipsa EO, et est rectus ΠΕΟ angulus pentagoni igitur est latus ipsa ΠΟ; latus enim pe tagoni potest et hexagoni et decagoni latus i eodem circulo descriptorum. Propter eade utique ipsa et ΟΥ pentagoni est latus, est aute et ipsa ΠΥ latus pentagoni; æquilaterum igitur es ΠΟΥ triangulum. Propter eadem utique et unun quodque triangulorum ΠΛΡ, ΡΜΣ, ΣΝΤ, ΤΞ æquilaterum est. Et quoniam pentagoni latu ostensa est utraque ipsarum ΠΛ, ΠΟ, est auten et ipsa ΛΟ pentagoni latus; æquilaterum igitu est ΠΛΟ triangulum. Propter eadem utique e unumquodque triangulorum ΛΡΜ, ΜΣΝ, ΝΤΞ ΞΥΟ æquilaterum est. Sumatur centrum cir culi EZHΘK, ipsum Φ punctum; et a punct

droite ΠΥ est donc égale et parallèle à EK. Mais la droite EK est le côté d'un pentagone équilatéral; la droite ΠΥ est donc le côté du pentagone équilatéral décri dans le cercle EZHΘK. Par la même raison, chacune des droites ΠΡ, ΡΣ, ΣΤ, ΤΥ est u côté du pentagone décrit dans le cercle EZHΘK; le pentagone ΠΡΣΤΥ est don équilatéral. Mais la droite ΠΕ est le côté de l'hexagone; la droite EO est donc l côté du décagone, et l'angle ΠΕΟ est droit; la droite ΠΟ est donc le côté du pentagone; parce que le quarré du côté du pentagone est égal au quarré de la somm du côté de l'hexagone et du côté du décagone, ces polygones étant décrits dan le même cercle (10. 13). Par la même raison, la droite ΟΥ est le côté du pentagone; mais la droite ΠΥ est le côté du pentagone; le triangle ΠΟΥ est donc équilatéral. Par la même raison, chacun des triangles ΠΛΡ, ΡΜΣ, ΣΝΤ, ΤΞΥ est auss équilatéral. Et puisque l'on a démontré que chacune des droites ΠΛ, ΠΟ est l côté du pentagone, et à cause que ΛΟ est aussi le côté du pentagone, le triangl ΠΛΟ est équilatéral. Par la même raison, chacun des triangles ΛΡΜ, ΜΣΝ, ΝΤΞ, ΞΥΟ est équilatéral. Prenons le centre Φ du cercle EZHΘK (1. 3); du point Φ éle

κύκλου ἐπιπέδῳ πρὸς ὀρθὰς ἀνεστάτω ἡ ΦΩ, καὶ ἐκβεβλήσθω ἐπὶ τὰ ἕτερα μέρη ὡς ἡ ΦΨ, καὶ ἀφῃρήσθω ἑξαγώνου μὲν ἡ ΦΧ, δεκαγώνου δὲ ἑκατέρα τῶν ΦΨ, ΧΩ, καὶ ἐπεζεύχθωσαν αἱ ΠΩ, ΠΧ, ΥΩ, ΕΦ, ΛΦ, ΛΨ, ΨΜ. Καὶ ἐπεὶ ἑκατέρα τῶν

Φ ipsi circuli plano ad rectos erigatur ΦΩ, et producatur ad alteras partes, ut ipsa ΦΨ, et auferatur hexagoni quidem latus ΦΧ, decagoni vero utraque ipsarum ΦΨ, ΧΩ, et jungantur ΠΩ, ΠΧ, ΥΩ, ΕΦ, ΛΦ, ΛΨ, ΨΜ. Et quo-

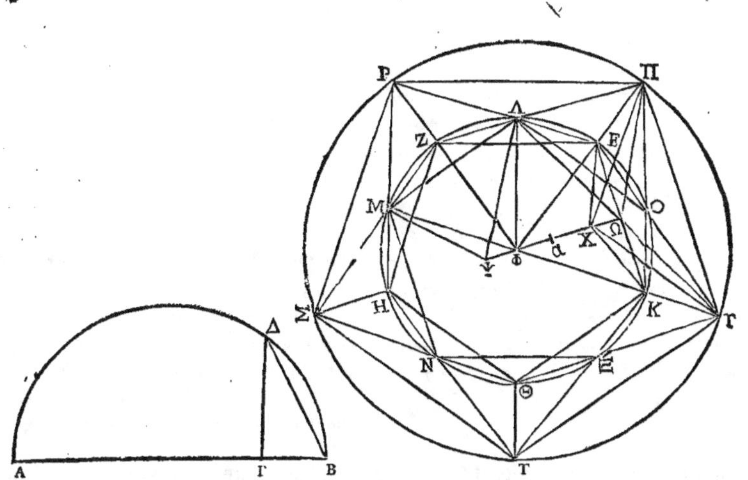

ΦΧ, ΠΕ τῷ τοῦ κύκλου ἐπιπέδῳ πρὸς ὀρθάς ἐστι, παράλληλος ἄρα ἐστὶν ἡ ΦΧ τῇ ΠΕ. Εἰσὶ δὲ καὶ ἴσαι· καὶ αἱ ΕΦ, ΠΧ ἄρα ἴσαι τε καὶ παράλληλοί εἰσιν. Ἑξαγώνου δὲ ἡ ΕΦ· ἑξαγώνου

niam utraque ipsarum ΦΧ, ΠΕ circuli plano ad rectos est, parallela igitur est ΦΧ ipsi ΠΕ. Sunt autem et æquales; et ΕΦ, ΠΧ igitur et æquales et parallelæ sunt. Hexagoni autem ΕΦ

vons la droite ΦΩ perpendiculaire au plan du cercle; prolongeons cette droite de part et d'autre, comme ΦΨ; faisons la droite ΦΧ égale au côté de l'hexagone, faisons aussi les droites ΦΨ, ΧΩ égales chacune au côté du décagone, et joignons ΠΩ, ΠΧ, ΥΩ, ΕΦ, ΛΦ, ΛΨ, ΨΜ. Puisque chacune des droites ΦΧ, ΠΕ est perpendiculaire au plan du cercle, la droite ΦΧ sera parallèle à ΠΕ (6. 11). Mais ces deux droites sont égales; les droites ΕΦ, ΠΧ sont donc égales et parallèles (33. 1). Mais ΕΦ est le

ἄρα καὶ ἡ ΠΧ. Καὶ ἐπεὶ ἑξαγώνου μέν ἐστιν ἡ ΠΧ, δεκαγώνου δὲ ἡ ΧΩ, καὶ ὀρθή ἐστι ἡ ὑπὸ ΠΧΩ γωνία· πενταγώνου ἄρα ἐστὶν ἡ ΠΩ. Διὰ τὰ αὐτὰ δὴ καὶ ἡ ΥΩ πενταγώνου ἐστὶν, ἐπειδήπερ ἐὰν ἐπιζεύξωμεν τὰς ΦΚ, ΧΥ ἴσαι, καὶ ἀπεναντίον ἴσονται, καὶ ἔστιν ἡ ΦΚ ἐκ τοῦ κέντρου οὖσα ἑξαγώνου· ἑξαγώνου ἄρα καὶ ἡ ΧΥ. Δεκαγώνου δὲ ἡ ΧΩ, καὶ ὀρθὴ ἡ ὑπὸ ΥΧΩ· πενταγώνου ἄρα ἡ ΥΩ. Εστὶ δὲ καὶ ἡ ΠΥ πενταγώνου· ἰσόπλευρον ἄρα ἐστὶ[10] τὸ ΠΥΩ τρίγωνον. Διὰ τὰ αὐτὰ δὴ καὶ ἕκαστον τῶν λοιπῶν τριγώνων, ὧν βάσεις μέν εἰσιν αἱ ΠΡ, ΡΣ, ΣΤ, ΤΥ εὐθεῖαι, κορυφὴ δὲ τὸ Ω σημεῖον, ἰσόπλευρόν ἐστιν. Πάλιν, ἐπεὶ ἑξαγώνου μὲν ἡ ΦΛ, δεκαγώνου δὲ ἡ ΦΨ, καὶ ὀρθή ἐστιν ἡ ὑπὸ ΛΦΨ γωνία· πενταγώνου ἄρα ἐστὶν ἡ ΛΨ. Διὰ τὰ αὐτὰ δὴ ἐὰν ἐπιζεύξωμεν τὴν ΦΜ οὖσαν ἑξαγώνου, συνάγεται καὶ ἡ ΜΨ πενταγώνου. Εστι δὲ καὶ ἡ ΛΜ πενταγώνου· ἰσόπλευρον ἄρα ἐστὶ[11] ΛΜΨ τρίγωνον. Ομοιως δὴ[12] δειχθήσεται ὅτι καὶ ἕκαστον τῶν

latus; hexagoni igitur et ΠΧ latus. Et quoniam hexagoni quidem est ΠΧ latus, decagoni vero ΧΩ, et rectus est ΠΧΩ angulus; pentagoni igitur est ΠΩ latus. Propter eadem utique et ΥΩ pentagoni est latus, quoniam si jungamus ΦΚ, ΧΥ, ipsæ æquales et oppositæ erunt, et est ipsa ΦΚ ex centro existens hexagoni latus; hexagoni igitur et ΧΥ latus. Decagoni autem ΧΩ, et rectus ΥΧΩ angulus; pentagoni igitur ΥΩ latus. Est autem et ΠΥ pentagoni latus; æquilaterum igitur est ΠΥΩ triangulum. Propter eadem utique et unumquodque reliquorum triangulorum, quorum bases quidem sunt ΠΡ, ΡΣ, ΣΤ, ΤΥ rectæ, vertex autem Ω punctum; æquilaterum est. Rursus, quoniam hexagoni quidem ipsa ΦΛ latus, decagoni vero ipsa ΦΨ latus, et rectus est ΛΦΨ angulus; pentagoni igitur est ipsa ΛΨ latus. Propter eadem utique si jungamus ipsam ΦΜ existentem hexagoni latus, concludetur et ΜΨ pentagoni latus esse. Est autem et ΛΜ pentagoni latus; æquilaterum igitur est ΛΜΨ triangulum. Similiter utique ostendetur et unumquodque reliquorum

côté de l'hexagone; la droite ΠΧ est donc aussi le côté de l'hexagone. Et puisque la droite ΠΧ est le côté de l'hexagone, que la droite ΧΩ est le côté du décagone, et que l'angle ΠΧΩ est droit; la droite ΠΩ sera le côté du pentagone (10. 13). Par la même raison, la droite ΥΩ est le côté du pentagone, puisque si nous joignons les droites ΦΚ, ΧΥ, ces droites seront égales et opposées; mais la droite ΦΚ qui est un rayon, est le côté de l'hexagone; la droite ΧΥ est donc le côté de l'hexagone. Mais ΧΩ est le côté du décagone, et l'angle ΥΧΩ est droit; la droite ΥΩ est donc le côté du pentagone. Mais ΠΥ est le côté du pentagone; le triangle ΠΥΩ est donc équilatéral. Par la même raison, chacun des triangles restants qui ont pour bases les droites ΠΡ, ΡΣ, ΣΤ, ΤΥ, et pour sommet le point Ω, est équilatéral. De plus, puisque la droite ΦΛ est le côté de l'hexagone, que la droite ΦΨ est le côté du décagone, et que l'angle ΛΦΨ est droit; la droite ΛΨ sera le côté du pentagone (10. 13). Par la même raison, si nous joignons la droite ΦΜ, qui est le côté de l'hexagone, on conclura que ΜΨ est le côté du pentagone. Mais ΛΜ est aussi le côté du pentagone; le triangle ΛΜΨ est donc équilatéral. Nous démontrerons semblablement que chacun des triangles restants qui ont pour bases les

λοιπῶν τριγώνων, ὧν βάσεις μὲν εἰσιν αἱ MN, ΝΞ, ΞΟ, ΟΛ, κορυφὴ δὲ τὸ Ψ σημεῖον, ἰσόπλευρόν ἐστιν· συνίσταται ἄρα εἰκοσάεδρον ὑπὸ εἴκοσι τριγώνων ἰσοπλεύρων περιεχόμενον.

triangulorum, quorum bases quidem sunt MN, ΝΞ, ΞΟ, ΟΛ, vertex autem Ψ punctum, æquilaterum esse; constitutum igitur est icosaedrum sub viginti triangulis æquilateris contentum.

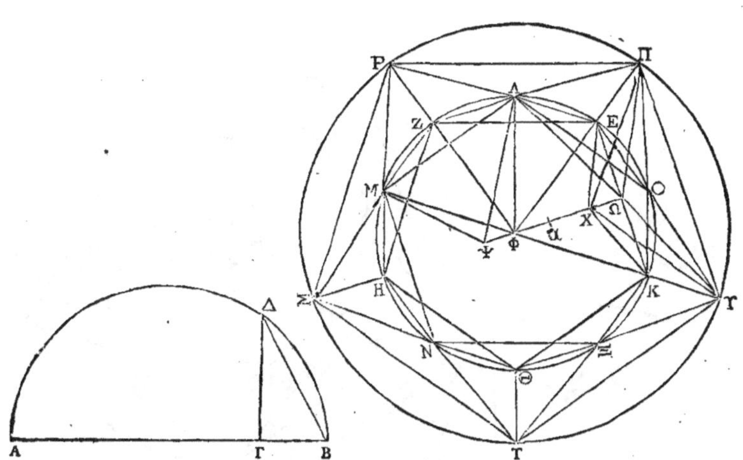

Δεῖ δὴ αὐτὸ[13] καὶ σφαίρᾳ περιλαβεῖν τῇ δοθείσῃ, καὶ δεῖξαι ὅτι ἡ τοῦ εἰκοσαέδρου πλευρὰ ἄλογός ἐστιν ἡ καλουμένη ἐλάσσων.

Επεὶ[14] γὰρ ἑξαγώνου μὲν[15] ἡ ΦΧ, δεκαγώνου δὲ ἡ ΧΩ· ἡ ΦΩ ἄρα ἄκρον καὶ μέσον λόγον τέτμηται κατὰ τὸ Χ, καὶ τὸ μεῖζον αὐτῆς τμῆμά

Oportet utique ipsum et sphærâ comprehendere datâ, et demonstrare icosaedri latus irrationalem esse quæ appellatur minor.

Quoniam enim hexagoni quidem ipsa ΦΧ latus, decagoni vero ipsa ΧΩ; ipsa ΦΩ igitur et extremâ et mediâ ratione secta est in Χ, et

droites MN, ΝΞ, ΞΟ, ΟΛ, et pour sommet le point Ψ, est équilatéral. On a donc construit un icosaèdre compris sous vingt triangles équilatéraux.

Il faut à présent circonscrire l'icosaèdre par la sphère donnée, et démontrer que le côté de l'icosaèdre est l'irrationelle qu'on appèle mineure.

Car puisque ΦΧ est le côté de l'hexagone, et ΧΩ le côté du décagone; la droite ΦΩ sera coupée en extrême et moyenne raison au point Χ (9. 13), et ΦΧ

ἐστιν ἡ ΦΧ· ἔστιν ἄρα ὡς ἡ ΩΦ πρὸς τὴν ΦΧ οὕτως ἡ ΦΧ πρὸς τὴν ΧΩ. Ἴση δὲ ἡ μὲν ΦΧ τῇ ΦΛ, ἡ δὲ ΧΩ τῇ ΦΨ· ἔστιν ἄρα ὡς ἡ ΩΦ πρὸς τὴν ΦΛ οὕτως ἡ ΛΦ πρὸς τὴν ΦΨ. Καὶ εἰσὶν ὀρθαὶ αἱ ὑπὸ ΩΦΛ, ΛΦΨ γωνίαι· ἐὰν ἄρα ἐπι-

major ipsius portio est ΦΧ; est igitur ut ΩΦ ad ΦΧ ita ΦΧ ad ΧΩ. Sed æqualis quidem ΦΧ ipsi ΦΛ, ipsa vero ΧΩ ipsi ΦΨ; est igitur ut ΩΦ ad ΦΛ ita ΛΦ ad ΦΨ. Et sunt recti ΩΦΛ, ΛΦΨ anguli. Si igitur jungamus ΛΩ rectam,

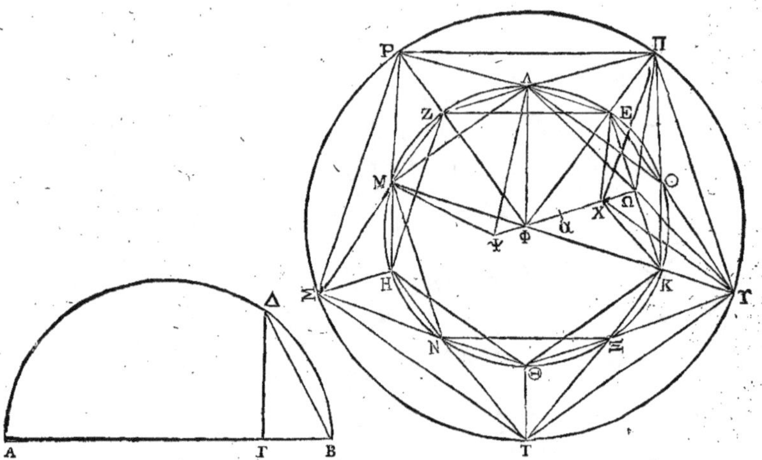

ζεύξωμεν τὴν ΛΩ εὐθεῖαν, ὀρθὴ ἔσται ἡ ὑπὸ ΨΛΩ γωνία διὰ τὴν ὁμοιότητα τῶν ΨΛΦ, ΦΛΩ τριγώνων· τὸ ἄρα ἐπὶ τῆς ΨΩ γραφόμενον ἡμικύκλιον ἥξει καὶ διὰ τοῦ Λ[16]. Διὰ τὰ αὐτὰ δὴ ἐπεὶ ἐστιν ὡς ἡ ΩΦ πρὸς τὴν ΦΧ οὕτως ἡ ΦΧ πρὸς τὴν ΧΩ, ἴση δὲ ἡ μὲν ΩΦ τῇ ΨΧ, ἡ δὲ

rectus erit ΨΛΩ angulus ob similitudinem triangulorum ΨΛΦ, ΦΛΩ; ergo super ΨΩ descriptus semicirculus transibit et per Λ. Propter eadem utique quoniam est ut ΩΦ ad ΦΧ ita ΦΧ ad ΧΩ, sed æqualis quidem ipsa ΩΦ ipsi ΨΧ, ΦΧ vero

sera son plus grand segment ; la droite ΩΦ est donc à ΦΧ comme ΦΧ est à ΧΩ. Mais ΦΧ est égal à ΦΛ, et ΧΩ à ΦΨ; la droite ΩΦ est donc à ΦΛ comme ΛΦ est à ΦΨ. Mais les angles ΩΦΛ, ΛΦΨ sont droits; si donc nous joignons la droite ΛΩ, l'angle ΨΛΩ sera droit, à cause de la similitude des triangles ΨΛΦ, ΦΛΩ; le demi-cercle décrit sur ΨΩ passera donc par le point Λ. Par la même raison, puisque ΩΦ est à ΦΧ comme ΦΧ est à ΧΩ, que ΩΦ est égal à ΨΧ, et ΦΧ à ΧΠ, la droite ΨΧ sera

ΦΧ τῇ ΧΠ· ἔστιν ἄρα ὡς ἡ ΨΧ πρὸς τὴν ΧΠ οὕτως ἡ ΠΧ πρὸς τὴν ΧΩ. Καὶ διὰ τοῦτο πάλιν ἐὰν ἐπιζεύξωμεν τὴν ΠΨ, ὀρθὴ ἔσται ἡ πρὸς τῷ Π γωνία· τὸ ἄρα ἐπὶ τῆς ΨΩ γραφόμενον ἡμικύκλιον ἥξει καὶ διὰ τοῦ Π. Καὶ ἐὰν μενούσης τῆς ΨΩ περιενεχθὲν τὸ ἡμικύκλιον εἰς τὸ αὐτὸ πάλιν ἀποκατασταθῇ ὅθεν ἤρξατο φέρεσθαι, ἥξει καὶ διὰ τοῦ Π καὶ τῶν λοιπῶν σημείων τοῦ εἰκοσαέδρου, καὶ ἔσται σφαίρᾳ περιειλημμένον τὸ εἰκοσάεδρον. Λέγω δὴ ὅτι καὶ τῇ δοθείσῃ. Τετμήσθω γὰρ ἡ ΦΧ δίχα κατὰ τὸ α. Καὶ ἐπεὶ εὐθεῖα γραμμὴ ἡ ΩΦ ἄκρον καὶ μέσον λόγον τέτμηται κατὰ τὸ Χ, καὶ τὸ ἔλαττον αὐτῆς τμῆμά ἐστιν ἡ ΩΧ· ἡ ἄρα ΩΧ προσλαβοῦσα τὴν ἡμίσειαν τοῦ μείζονος τμήματος τὴν Χα πενταπλάσιον δύναται τοῦ ἀπὸ τῆς ἡμισείας τοῦ μείζονος τμήματος· πενταπλάσιον ἄρα ἐστὶ τὸ ἀπὸ τῆς Ωα τοῦ ἀπὸ τῆς αΧ. Καὶ ἔστι τῆς μὲν αΩ διπλῆ ἡ ΩΨ, τῆς δὲ αΧ διπλῆ ἡ ΧΦ· πενταπλάσιον ἄρα ἐστὶ τὸ ἀπὸ τῆς ΩΨ τοῦ ἀπὸ τῆς ΦΧ. Καὶ ἐπεὶ τετραπλασίων[17] ἐστὶν ἡ ΑΓ τῆς ΓΒ, πενταπλασίων ἄρα ἐστὶν ἡ ΑΒ τῆς ΒΓ[18]. Ὡς δὲ ἡ ΑΒ πρὸς τὴν ΒΓ οὕτως τὸ ἀπὸ τῆς ΑΒ πρὸς τὸ

ipsi ΧΠ; est igitur ut ΨΧ ad ΧΠ ita ΠΧ ad ΧΩ. Et ob id rursus si jungamus ΠΨ, rectus erit ad Π angulus; semicirculus igitur super ΨΩ descriptus transibit et per Π. Et si manente ΨΩ conversus semicirculus in eundem rursus locum restituatur a quo cœpit moveri, transibit et per Π et per reliqua puncta icosaedri, et erit sphærâ comprehensum icosaedrum. Dico etiam et datâ. Secetur enim ΦΧ bifariam in α. Et quoniam recta linea ΩΦ extremâ et mediâ ratione secta est in Χ, et minor ipsius portio est ΩΧ; ipsa igitur ΩΧ assumens dimidiam majoris portionis, ipsam Χα, quintuplum potest quadrati ex dimidiâ majoris portionis; quintuplum igitur est quadratum ex Ωα quadrati ex αΧ. Et est ipsius quidem αΩ dupla ΩΨ, ipsius vero αΧ dupla ipsa ΧΦ; quintuplum igitur est quadratum ex ΩΨ quadrati ex ΦΧ. Et quoniam quadrupla est ΑΓ ipsius ΓΒ, quintupla igitur est ΑΒ ipsius ΒΓ. Ut autem ΑΒ ad ΒΓ ita quadratum ex ΑΒ

à ΧΠ comme ΠΧ est à ΧΩ. Et à cause de cela, si nous joignons encore ΠΨ, l'angle sera droit en Π; le demi-cercle décrit sur ΨΩ passera donc par le point Π. Si donc la droite ΨΩ restant immobile, le demi-cercle tourne jusqu'à ce qu'il soit revenu au même endroit d'où il avait commencé à se mouvoir, il passera par le point Π et par les autres points de l'icosaèdre, et l'icosaèdre sera circonscrit par une sphère. Je dis ensuite qu'il est circonscrit par la sphère donnée; car coupons ΦΧ en deux parties égales au point α. Puisque la ligne droite ΩΦ est coupée en extrême et moyenne raison au point Χ, et que ΩΧ est son plus petit segment; le quarré de la somme de ΩΧ et de la moitié de Χα du plus grand segment, sera égal au quintuple du quarré de la moitié du plus grand segment (3. 13); le quarré de Ωα est donc quintuple du quarré de αΧ. Mais ΩΨ est double de αΩ, et ΧΦ double de αΧ; le quarré de ΩΨ est donc quintuple du quarré de ΦΧ. Et puisque ΑΓ est quintuple de ΓΒ, la droite ΑΒ sera quintuple de ΒΓ. Mais ΑΒ est à ΒΓ comme le quarré de ΑΒ est au quarré de ΒΔ (8, et 20. 6); le quarré de ΑΒ est

ἀπὸ τῆς ΒΔ· πενταπλάσιον ἄρα ἐστὶ τὸ ἀπὸ τῆς ΑΒ τοῦ ἀπὸ τῆς ΒΔ. Ἐδείχθη δὲ καὶ τὸ ἀπὸ τῆς ΩΨ πενταπλάσιον τοῦ ἀπὸ τῆς ΦΧ, καὶ ἔστιν ἴση ἡ ΔΒ[19] τῇ ΦΧ, ἑκατέρα γὰρ αὐτῶν ἴση ἐστὶ τῇ ἐκ τοῦ κέντρου τοῦ ΕΖΗΘΚ κύκλου[20]· ἴση ἄρα καὶ ἡ ΑΒ τῇ ΨΩ. Καὶ ἔστιν ἡ ΑΒ ἡ τῆς δοθείσης σφαίρας διάμετρος· καὶ ἡ ΨΩ ἄρα ἴση ἐστὶ τῇ τῆς δοθείσης σφαίρας διαμέτρῳ· τῇ ἄρα δοθείσῃ σφαίρᾳ περιείληπται τὸ εἰκοσάεδρον.

ad quadratum ex ΒΔ; quintuplum igitur est quadratum ex ΑΒ quadrati ex ΒΔ. Ostensum autem est et quadratum ex ΩΨ quintuplum quadrati ex ΦΧ, et est æqualis ΔΒ ipsi ΦΧ, utraque enim ipsarum æqualis est ipsi quæ ex centro circuli ΕΖΗΘΚ; æqualis igitur et ΑΒ ipsi ΨΩ. Et est ipsa ΑΒ datæ sphæræ diameter; et ipsa ΨΩ igitur æqualis est diametro datæ sphæræ; ergo datâ sphærâ comprehensum est icosaedrum.

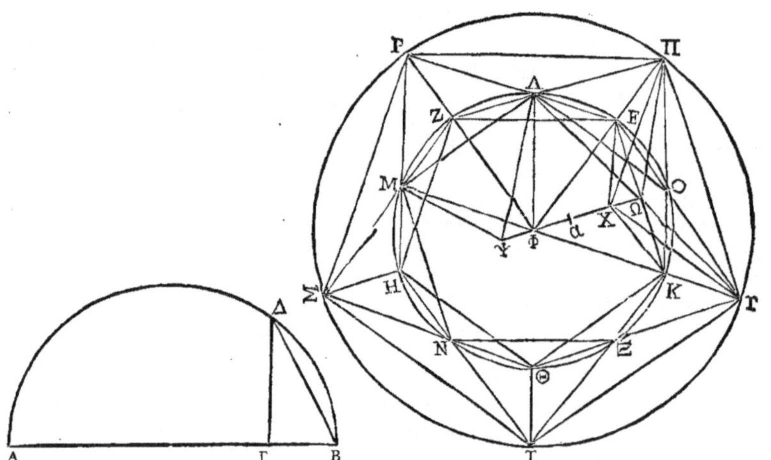

Λέγω δὴ ὅτι ἡ τοῦ εἰκοσαέδρου πλευρὰ ἄλογός ἐστιν ἡ καλουμένη ἐλάσσων. Ἐπεὶ γὰρ ῥητή

Dico et icosaedri latus irrationalem esse quæ appellatur minor. Quoniam enim ratio-

donc quintuple du quarré de ΒΔ. Mais on a démontré que le quarré de ΩΨ est quintuple du quarré de ΦΧ, et ΔΒ est égal à ΦΧ, car chacune de ces droites est égale au rayon du cercle ΕΖΗΘΚ; la droite ΑΒ est donc égale à ΨΩ. Mais ΑΒ est le diamètre de la sphère donnée; la droite ΨΩ est donc égale au diamètre de la sphère donnée; l'icosaèdre est donc circonscrit par la sphère donnée.

Je dis aussi que le côté de l'icosaèdre est l'irrationnelle qu'on appèle mi-

ἐστὶν ἡ τῆς σφαίρας διάμετρος, καὶ ἔστι δυνάμει πενταπλασίων τῆς ἐκ τοῦ κέντρου τοῦ ΕΖΗΘΚ κύκλου· ῥητὴ ἄρα ἐστὶ καὶ ἡ ἐκ τοῦ κέντρου ΕΖΗΘΚ κύκλου· ὥστε καὶ ἡ διάμετρος αὐτοῦ ῥητή ἐστιν. Ἐὰν δὲ εἰς κύκλον ῥητὴν ἔχοντα τὴν διάμετρον πεντάγωνον ἰσόπλευρον ἐγγραφῇ, ἡ τοῦ πενταγώνου πλευρὰ ἄλογός ἐστιν ἡ καλουμένη ἐλάσσων. Ἡ δὲ τοῦ ΕΖΗΘΚ πενταγώνου πλευρὰ ἡ τοῦ εἰκοσαέδρου ἐστίν· ἡ ἄρα τοῦ εἰκοσαέδρου πλευρὰ ἄλογός ἐστιν ἡ καλουμένη ἐλάσσων. Οπερ ἔδει δεῖξαι[21].

nalis est sphæræ diameter, et est potentiâ quintupla ejus quæ ex centro EZHΘK circuli; rationalis igitur est et quæ ex centro circuli EZHΘK; quare et diameter ipsius rationalis est. Si autem in circulo rationalem habente diametrum pentagonum æquilaterum describatur, latus pentagoni irrationalis est quæ appellatur minor. Sed EZHΘK pentagoni latus est icosaedri; ergo icosaedri latus irrationalis est quæ appellatur minor. Quod oportebat ostendere.

ΠΟΡΙΣΜΑ.

Ἐκ δὴ τούτου φανερὸν, ὅτι ἡ τῆς σφαίρας διάμετρος δυνάμει πενταπλασίων ἐστὶ τῆς ἐκ τοῦ κέντρου τοῦ κύκλου, ἀφ' οὗ τὸ εἰκοσάεδρον ἀναγέγραπται, καὶ ὅτι ἡ τῆς σφαίρας διάμετρος σύγκειται ἔκ τε τοῦ[1] ἑξαγώνου καὶ δύο τῶν[2] τοῦ δεκαγώνου τῶν εἰς τὸν αὐτὸν κύκλον ἐγγραφομένων[3].

COROLLARIUM.

Ex hoc utique manifestum est sphæræ diametrum potentiâ quintuplam esse ejus quæ ex centro circuli, a quo icosaedrum describitur, et sphæræ diametrum compositam esse ex latere hexagoni et duobus decagoni lateribus, in eodem circulo descriptorum.

neure. Car puisque le diamètre de la sphère est rationnel, et que son quarré est quintuple du quarré du rayon du cercle EZHΘK; le rayon du cercle EZHΘK sera rationnel; le diamètre de ce cercle est donc rationnel (déf. 6. 10). Mais si l'on décrit un pentagone équilatéral dans un cercle dont le diamètre est rationnel, le côté du pentagone est l'irrationnelle qu'on appèle mineure (11. 13). Mais le côté du pentagone EZHΘK est le côté de l'icosaèdre; le côté de l'icosaèdre est donc l'irrationnelle qu'on appèle mineure. Ce qu'il fallait démontrer.

COROLLAIRE.

D'après cela, il est évident que le quarré du diamètre de la sphère est quintuple du quarré du cercle d'après lequel l'icosaèdre a été construit, et que le diamètre de la sphère est composé du côté de l'hexagone et du double du côté du décagone, ces polygones étant décrits dans le même cercle.

ΠΡΟΤΑΣΙΣ ιζ.

Δωδεκάεδρον συστήσασθαι, καὶ σφαίρᾳ περιλαβεῖν ᾗ καὶ τὰ προειρημένα σχήματα· καὶ δεῖξαι ὅτι ἡ τοῦ δωδεκαέδρου πλευρὰ ἄλογός ἐστιν ἡ καλουμένη ἀποτομή.

Κείσθωσαν τοῦ προειρημένου κύβου δύο ἐπίπεδα πρὸς ὀρθὰς ἀλλήλοις τὰ ΑΒΓΔ, ΓΒΕΖ, καὶ τετμήσθω ἑκάστη τῶν ΑΒ, ΒΓ, ΓΔ, ΔΑ, ΕΖ, ΕΒ, ΖΓ πλευρῶν δίχα κατὰ τὰ Η, Θ, Κ, Λ, Μ, Ν, Ξ σημεῖα[1]· καὶ ἐπεζεύχθωσαν αἱ ΗΚ, ΘΛ, ΜΘ, ΝΞ, καὶ τετμήσθω ἑκάστη τῶν ΝΟ, ΟΞ, ΘΠ[2] ἄκρον καὶ μέσον λόγον κατὰ τὰ Ρ, Σ, Τ σημεῖα, καὶ ἔστω αὐτῶν μείζονα τμήματα τὰ ΡΟ, ΟΣ, ΤΠ, καὶ ἀνεστάτωσαν ἀπὸ τῶν Ρ, Σ, Τ σημείων τοῖς τοῦ κύβου ἐπιπέδοις πρὸς ὀρθὰς ἐπὶ τὰ ἐκτὸς μέρη τοῦ κύβου αἱ ΡΥ, ΣΦ, ΤΧ, καὶ ἐκκείσθωσαν[3] ἴσαι ταῖς ΡΟ, ΟΣ, ΤΠ, καὶ ἐπεζεύχθωσαν αἱ ΥΒ, ΒΧ, ΧΓ, ΓΦ, ΦΥ· λέγω ὅτι τὸ ΥΒΧΓΦ πεντάγωνον ἰσόπλευρόν τε καὶ ἐν ἑνὶ ἐπιπέδῳ, καὶ ἔτι ἰσογώνιόν ἐστιν. Επεζεύχθωσαν γὰρ αἱ ΡΒ, ΣΒ, ΦΒ. Καὶ ἐπεὶ εὐθεῖα

PROPOSITIO XVII.

Dodecaedrum constituere, et sphærâ comprehendere quâ et prædictas figuras; et demonstrare dodecaedri latus esse irrationalem quæ appellatur apotome.

Exponantur prædicti cubi duo plana ad rectos inter sese ΑΒΓΔ, ΓΒΕΖ, et secetur unumquodque laterum ΑΒ, ΒΓ, ΓΔ, ΔΑ, ΕΖ, ΕΒ, ΖΓ bifariam in Η, Θ, Κ, Λ, Μ, Ν, Ξ punctis; et jungantur ipsæ ΗΚ, ΘΛ, ΜΘ, ΝΞ, et secetur unaquæque ipsarum ΝΟ, ΟΞ, ΘΠ extremâ et mediâ ratione in Ρ, Σ, Τ punctis, et sint ipsarum majores portiones ΡΟ, ΟΣ, ΤΠ, et erigantur ab ipsis Ρ, Σ, Τ punctis planis cubi ad rectos ad exteriores partes cubi ipsæ ΡΥ, ΣΦ, ΤΧ, et ponantur æquales ipsis ΡΟ, ΟΣ, ΤΠ, et jungantur ipsæ ΥΒ, ΒΧ, ΧΓ, ΓΦ, ΦΥ; dico ΥΒΧΓΦ pentagonum et æquilaterum et in uno plano, et præterea æquiangulum esse. Jungantur enim ipsæ ΡΒ, ΣΒ, ΦΒ. Et quoniam

PROPOSITION XVII.

Construire un dodécaèdre, et le circonscrire par la même sphère que les figures précédentes, et démontrer aussi que le côté du dodécaèdre est l'irrationnelle qu'on appèle apotome.

Que les deux plans ΑΒΓΔ, ΓΒΕΖ du cube dont nous avons parlé (15. 13), soient perpendiculaires l'un à l'autre; que chacun des côtés ΑΒ, ΒΓ, ΓΔ, ΔΑ, ΕΖ, ΕΒ, ΖΓ soit coupé en deux parties égales aux points Η, Θ, Κ, Λ, Μ, Ν, Ξ; joignons les droites ΗΚ, ΘΛ, ΜΘ, ΝΞ; que chacune des droites ΝΟ, ΟΞ, ΘΠ soit coupée en extrême et moyenne raison aux points Ρ, Σ, Τ, et que ΡΟ, ΟΣ, ΤΠ soient leurs plus grands segments; des points Ρ, Σ, Τ élevons ΡΥ, ΣΦ, ΤΧ perpendiculaires extérieurement aux plans du cube (12. 11), et faisons ces droites égales aux droites ΡΟ, ΟΣ, ΤΠ, et joignons ΥΒ, ΒΧ, ΧΓ, ΓΦ, ΦΥ; je dis que le pentagone ΥΒΧΓΦ est équilatéral, qu'il est dans un seul plan, et de plus qu'il est équiangle. Car joignons ΡΒ, ΣΒ, ΦΒ. Puisque

ἡ NO ἄκρον καὶ μέσον λόγον τέτμηται κατὰ τὸ P, καὶ τὸ μεῖζον αὐτῆς[4] τμῆμά ἐστιν ἡ OP· τὰ ἄρα ἀπὸ τῶν ON, NP τριπλάσιά ἐστι τοῦ ἀπὸ τῆς PO. Ἴση δὲ ἡ μὲν ON τῷ NB, ἡ δὲ OP τῇ PY· τὰ ἄρα ἀπὸ τῶν BN, NP τριπλάσιά ἐστι τοῦ ἀπὸ τῆς PY. Τοῖς δὲ ἀπὸ τῶν BN, NP τὸ ἀπὸ τῆς BP ἐστὶν ἴσον· τὸ ἄρα ἀπὸ τῆς BP

recta NO extremâ et mediâ ratione secatur in P, et major ejus portio est OP; ipsa igitur ex ON, NP tripla sunt ipsius ex PO. Æqualis autem ON quidem ipsi NB, ipsa vero OP ipsi PY; ipsa igitur ex BN, NP tripla sunt ipsius ex PY. Ipsis autem ex BN, NP ipsum ex BP est æquale; ipsum igitur ex BP triplum est ipsius ex PY;

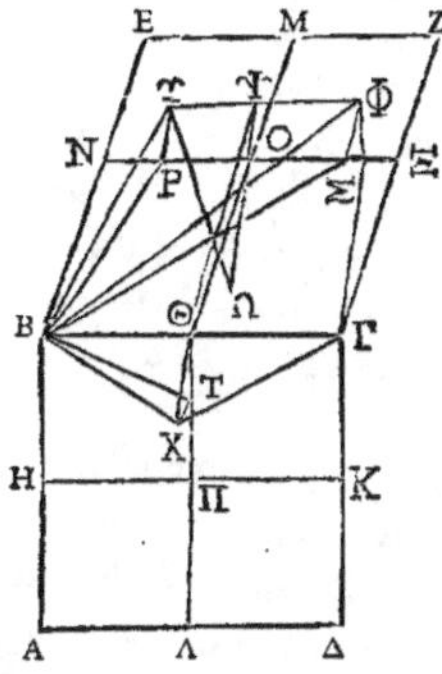

τριπλάσιόν ἐστι τοῦ ἀπὸ τῆς PY· ὥστε τὰ ἀπὸ τῶν BP, PY τετραπλάσιά ἐστι τοῦ ἀπὸ τῆς PY. Τοῖς δὲ ἀπὸ τῶν BP, PY ἴσον ἐστὶ τὸ ἀπὸ τῆς BY· τὸ ἄρα ἀπὸ τῆς BY τετραπλάσιόν ἐστι τοῦ ἀπὸ τῆς YP· διπλῆ ἄρα ἐστὶν[5] ἡ BY τῆς YP. Ἔστι δὲ καὶ ἡ ΦY τῆς YP διπλῆ, ἐπειδήπερ καὶ ἡ PΣ τῆς PO, τουτέστι τῆς PY ἐστὶ διπλῆ·

quare ipsa ex BP, PY quadrupla sunt ipsius ex ΓY. Ipsis autem ex BP, PY æquale est ipsum ex BY; ipsum igitur ex BY quadruplum est ipsius ex YP; dupla igitur est BY ipsius YP. Est autem et ΦY ipsius YP dupla, quoniam et PΣ ipsius PO, hoc est ipsius PY est dupla; æqualis igitur

la droite NO est coupée en extrême et moyenne raison au point P, et que son plus grand segment est OP, la somme des quarrés des droites ON, NP est triple du quarré de PO (4. 13). Mais ON est égal à NB, et OP à PY; la somme des quarrés des droites BN, NP est donc triple du quarré de PY. Mais le quarré de BP est égal à la somme des quarrés des droites BN, NP (47. 1); le quarré de BP est donc triple du quarré de PY; la somme des quarrés des droites BP, PY est donc triple du quarré de PY. Mais le quarré de BY est égal à la somme des quarrés des droites BP, PY; le quarré de BY est donc quadruple du quarré de YP; la droite BY est donc double de YP (20. 6). Mais ΦY est double de YP, parce que PΣ est

ἴση ἄρα ἡ ΒΥ τῇ ΥΦ. Ὁμοίως δὴ δειχθήσεται ὅτι καὶ ἑκάστη τῶν ΒΧ, ΧΓ, ΓΦ ἑκατέρᾳ τῶν ΒΥ, ΥΦ ἴση ἐστίν[6]· ἰσόπλευρον ἄρα ἐστὶ τὸ ΒΥΦΓΧ πεντάγωνον. Λέγω δὴ ὅτι καὶ ἐν ἑνί ἐστιν ἐπιπέδῳ. Ἤχθω γὰρ ἀπὸ τοῦ Ο ἑκατέρᾳ τῶν ΡΥ, ΣΦ παράλληλος ἐπὶ τὰ ἐκτὸς τοῦ κύβου μέρη[7] ἡ ΟΨ, καὶ ἐπεζεύχθωσαν αἱ ΨΘ, ΘΧ· λέγω ὅτι ἡ ΨΘΧ εὐθεῖά ἐστιν. Ἐπεὶ γὰρ ἡ ΘΠ ἄκρον καὶ μέσον λόγον τέτμηται κατὰ τὸ Τ, καὶ τὸ μεῖζον αὐτῆς τμῆμά ἐστιν ἡ ΠΤ· ἔστιν ἄρα ὡς ἡ ΘΠ πρὸς τὴν ΠΤ οὕτως ἡ ΠΤ πρὸς τὴν ΤΘ. Ἴση δὲ ἡ μὲν ΠΘ τῇ ΘΟ, ἡ δὲ ΠΤ ἑκατέρᾳ τῶν ΤΧ, ΟΨ· ἔστιν ἄρα ὡς ἡ ΘΟ πρὸς τὴν ΟΨ οὕτως ἡ ΧΤ πρὸς τὴν ΤΘ. Καὶ ἔστι παράλληλος ἡ μὲν ΘΟ τῇ ΤΧ, ἑκατέρα γὰρ αὐτῶν τῷ ΒΔ ἐπιπέδῳ πρὸς ὀρθάς ἐστιν, ἡ δὲ ΤΘ τῇ ΟΨ, ἑκατέρα γὰρ αὐτῶν τῷ ΒΖ ἐπιπέδῳ πρὸς ὀρθάς ἐστιν· ἐὰν δὲ δύο τρίγωνα συντεθῇ κατὰ μίαν γωνίαν, ὡς τὰ ΨΟΘ, ΘΤΧ, τὰς δύο πλευρὰς ταῖς δυσὶ πλευραῖς[8] ἀνάλογον ἔχοντα, ὥστε τὰς ὁμολόγους αὐτῶν πλευρὰς καὶ[9] παραλλήλους εἶναι, αἱ λοιπαὶ εὐθεῖαι ἐπ' εὐθείας ἔσονται· ἐπ'

ΒΥ ipsius ΥΦ. Similiter utique ostendetur et unamquamque ipsarum ΒΧ, ΧΓ, ΓΦ utrivis ipsarum ΒΥ, ΥΦ æqualem esse; æquilaterum igitur est ΒΥΦΓΧ pentagonum. Dico etiam et in uno esse plano. Ducatur enim a puncto Ο utrivis ipsarum ΡΥ, ΣΦ parallela ad exteriores cubi partes ipsa ΟΨ, et jungantur ipsæ ΨΘ, ΘΧ; dico ipsam ΨΘΧ rectam esse. Quoniam enim ΘΠ extremâ et mediâ ratione secatur in Τ, et major ejus portio est ΠΤ; est igitur ut ΘΠ ad ΠΤ ita ΠΤ ad ΤΘ. Æqualis autem ΠΘ quidem ipsi ΘΟ, ΠΤ vero utrique ipsarum ΤΧ, ΟΨ; est igitur ut ΘΟ ad ΟΨ ita ΧΤ ad ΤΘ. Et est parallela quidem ΘΟ ipsi ΤΧ, utraque enim ipsarum ipsi ΒΔ plano ad rectos est, ipsa vero ΤΘ ipsi ΟΨ, utraque enim ipsarum ipsi ΒΖ plano ad rectos est. Si autem duo triangula componantur ad unum angulum, ut ΨΟΘ, ΘΤΧ, duo latera duobus lateribus proportionalia habentia ita ut homologa ipsorum latera et parallela sint, reliquæ rectæ in directum erunt; in directum igitur est

double de ΡΟ, c'est-à-dire de ΡΥ; la droite ΒΥ est donc égale à ΥΦ. Nous démontrerons semblablement que chacune des droites ΒΧ, ΧΓ, ΓΦ est égale à chacune des droites ΒΥ, ΥΦ; le pentagone ΒΥΦΓΧ est donc équilatéral. Je dis qu'il est dans un même plan; car du point Ο menons extérieurement au cube la droite ΟΨ parallèle à l'une ou à l'autre des droites ΡΥ, ΣΦ, et joignons ΨΘ, ΘΧ; je dis que ΨΘΧ est une ligne droite. Car puisque la droite ΘΠ est coupée en extrême et moyenne raison au point Τ, et que ΠΤ est son plus grand segment, la droite ΘΠ sera à ΠΤ comme ΠΤ est à ΤΘ (déf. 3. 6). Mais ΠΘ est égal à ΘΟ, et la droite ΠΤ est égale à chacune des droites ΤΧ, ΟΨ; la droite ΘΟ est donc à ΟΨ comme ΧΤ est à ΤΘ. Mais la droite ΘΟ est parallèle à la droite ΤΧ, car ces deux droites sont perpendiculaires au plan ΒΔ (6. 11), et ΤΘ est parallèle à ΟΨ, car ces deux droites sont perpendiculaires au plan ΒΖ; or si deux triangles sont construits à un même point, comme les triangles ΨΟΘ, ΘΤΧ, ces triangles ayant deux côtés proportionnels à deux côtés, et les côtés proportionnels étant parallèles, les droites restantes sont en lignes droites (32. 6); la droite ΨΘ est

εὐθείας ἄρα ἐστὶν ἡ ΨΘ τῇ ΘΧ. Πᾶσα δὲ εὐθεῖα ἐν ἑνί ἐστιν ἐπιπέδῳ· ἐν ἑνὶ ἄρα ἐπιπέδῳ ἐστὶ τὸ ΥΒΧΓΦ πεντάγωνον. Λέγω δὴ ὅτι καὶ ἰσογώνιόν ἐστιν. Ἐπεὶ γὰρ εὐθεῖα γραμμὴ ἡ ΝΟ ἄκρον καὶ μέσον λόγον τέτμηται κατὰ τὸ Ρ, καὶ τὸ μεῖζον τμῆμά ἐστιν ἡ ΟΡ· ἔστιν ἄρα ὡς συναμφότερος ἡ ΝΟ, ΟΡ πρὸς τὴν ΟΝ οὕτως ἡ ΝΟ πρὸς τὴν ΟΡ. Ἴση δὲ ἡ ΡΟ τῇ ΟΣ· ἔστιν ἄρα ὡς ἡ ΣΝ πρὸς τὴν ΝΟ οὕτως ἡ ΝΟ πρὸς τὴν ΟΣ· ἡ ΝΣ ἄρα ἄκρον καὶ μέσον λόγον τέτμηται κατὰ τὸ Ο, καὶ τὸ μεῖζον τμῆμά ἐστιν ἡ

ΨΘ ipsi ΘΧ. Omnis autem recta in uno est plano; in uno igitur plano est ΥΒΧΓΦ pentagonum. Dico etiam et æquilaterum esse. Quoniam enim recta linea ΝΟ extremâ et mediâ ratione secatur in Ρ, et major portio est ΟΡ; est igitur ut simul utraque ΝΟ, ΟΡ ad ΟΝ ita ΝΟ ad ΟΡ. Æqualis autem ΡΟ ipsi ΟΣ; est igitur ut ΣΝ ad ΝΟ ita ΝΟ ad ΟΣ; ipsa ΝΣ igitur extremâ et mediâ ratione secatur in Ο, et major portio est ΝΟ.

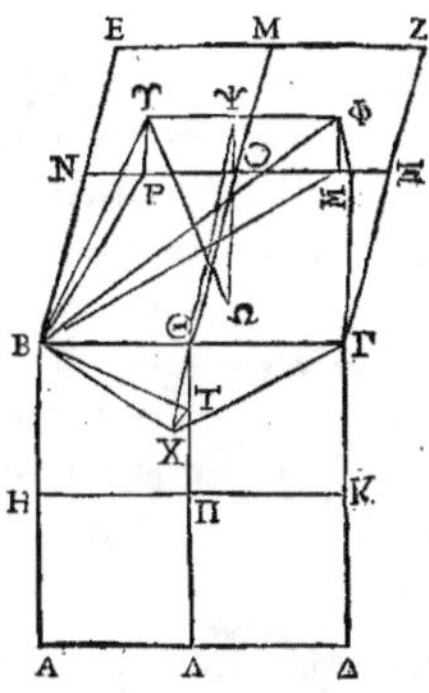

ΝΟ· τὰ ἄρα ἀπὸ τῶν ΝΣ, ΣΟ τριπλάσιά ἐστι τοῦ ἀπὸ τῆς ΟΝ. Ἴση δὲ ἡ μὲν ΟΝ τῇ ΝΒ, ἡ δὲ ΟΣ τῇ ΣΦ· τὰ ἄρα ἀπὸ τῶν[10] ΝΣ, ΣΦ τετράγωνα τριπλάσιά ἐστι τοῦ ἀπὸ τῆς ΝΒ· ὥστε καὶ

Ipsa igitur ΝΣ, ΣΟ tripla sunt ipsius ex ΟΝ. Æqualis autem ΟΝ quidem ipsi ΝΒ, ipsa vero ΟΣ ipsi ΣΦ; ipsa igitur ex ΝΣ, ΣΦ quadratra tripla sunt ipsius ex ΝΒ; quare et ipsa ex ΦΣ,

donc dans la direction de ΘΧ. Mais toute droite est dans un seul plan; le pentagone ΥΒΧΓΦ est donc dans un seul plan. Je dis aussi qu'il est équiangle. Car puisque la ligne droite ΝΟ est coupée en extrême et moyenne raison au point Ρ, et que ΟΡ est le plus grand segment, la somme des droites ΝΟ, ΟΡ sera à ΟΝ comme ΝΟ est à ΟΡ (5. 13). Mais la droite ΡΟ est égale à ΟΣ; la droite ΣΝ est donc à ΝΟ comme ΝΟ est à ΟΣ; la droite ΝΣ est donc coupée en extrême et moyenne raison au point Ο, et ΝΟ est son plus grand segment (déf. 3. 6); la somme des quarrés des droites ΝΣ, ΣΟ est donc triple du quarré de ΟΝ (4. 13). Mais ΟΝ est égal à ΝΒ, et ΟΣ égal à ΣΦ; la somme des quarrés des droites ΝΣ, ΣΦ est donc triple

τὰ ἀπὸ τῶν ΦΣ, ΣΝ, ΝΒ τετραπλάσιά ἐστι τοῦ ἀπὸ τῆς ΝΒ. Τοῖς δὲ ἀπὸ τῶν ΣΝ, ΝΒ ἴσον ἐστὶ τὸ ἀπὸ τῆς ΒΣ· τὰ ἄρα ἀπὸ τῶν ΒΣ, ΣΦ, τουτέστι τὸ ἀπὸ τῆς ΒΦ, ὀρθὴ γὰρ ἡ ὑπὸ ΦΣΒ γωνία, τετραπλάσιόν ἐστι τοῦ ἀπὸ τῆς ΝΒ· διπλῆ ἄρα ἐστὶν[11] ἡ ΦΒ τῆς ΒΝ. Εστι δὲ καὶ ἡ ΒΓ τῆς ΒΝ διπλῆ· ἴση ἄρα ἐστὶν[12] ἡ ΦΒ τῇ ΒΓ. Καὶ ἐπεὶ δύο αἱ ΒΥ, ΥΦ δυσὶ ταῖς ΒΧ, ΦΓ ἴσαι εἰσὶ, καὶ βάσις ἡ ΦΒ βάσει τῇ ΒΓ ἴση· γωνία ἄρα ἡ ὑπὸ ΒΥΦ γωνίᾳ τῇ ὑπὸ ΒΧΓ ἐστὶν ἴση. Ομοίως δὴ δείξομεν ὅτι καὶ ἡ ὑπὸ ΥΦΓ γωνία ἴση ἐστὶ τῇ ὑπὸ ΒΧΓ· αἱ ἄρα ὑπὸ ΒΧΓ, ΒΥΦ, ΥΦΓ τρεῖς γωνίαι ἴσαι ἀλλήλαις εἰσίν. Εὰν δὲ πενταγώνου ἰσοπλεύρου αἱ τρεῖς γωνίαι ἴσαι ἀλλήλαις ὦσιν ἰσογώνιόν ἔσται[13] τὸ πεντάγωνον· ἰσογώνιον ἄρα ἐστὶ τὸ ΒΥΦΓΧ πεντάγωνον. Εδείχθη δὲ καὶ ἰσόπλευρον· τὰ ἄρα ΒΥΦΓΧ πεντάγωνον ἰσόπλευρόν τέ[14] ἐστι καὶ ἰσογώνιον, καὶ ἔστιν ἐπὶ μιᾶς τοῦ κύβου πλευρᾶς τῆς ΒΓ. Εὰν ἄρα ἐφ' ἑκάστης τῶν τοῦ κύβου δώδεκα πλευρῶν τὰ αὐτὰ κατασκευάσωμεν, συσταθήσεταί τι σχῆμα στερεὸν ὑπὸ δώδεκα[14] πενταγώνων ἰσοπλεύρων τε[15] καὶ ἰσογωνίων περιεχόμενον ὃ καλεῖται δωδεκαέδρον[16].

ΣΝ, ΝΒ quadrupla sunt ipsius ex ΝΒ. Ipsis autem ex ΣΝ, ΝΒ æquale est ipsum ex ΒΣ; ipsa igitur ex ΒΣ, ΣΦ, hoc est ipsum ex ΒΦ, rectus enim ΦΣΒ angulus, quadruplum est ipsius ex ΝΒ; dupla igitur est ΦΒ ipsius ΒΝ. Est autem et ΒΓ ipsius ΒΝ dupla; æqualis igitur est ΦΒ ipsi ΒΓ. Et quoniam duæ ΒΥ, ΥΦ duabus ΒΧ, ΧΓ æquales sunt, et basis ΦΒ basi ΒΓ æqualis; angulus igitur ΒΥΦ angulo ΒΧΓ est æqualis. Similiter utique ostendemus et ΥΦΓ angulum æqualem esse ipsi ΒΧΓ. Ipsi igitur ΒΧΓ, ΒΥΦ, ΥΦΓ tres anguli æquales inter se sunt. Si autem pentagoni æquilateri tres anguli æquales inter se sunt, æquiangulum est pentagonum; æquiangulum igitur est ΒΥΦΓΧ pentagonum. Ostensum est autem et æquilaterum; ipsum igitur ΒΥΦΓΧ pentagonum et æquilaterum est et æquiangulum, et est super unum cubi latus ΒΓ. Si igitur in unoquoque duodecim cubi laterum eadem construamus, constituetur quædam figura solida duodecim pentagonis æquilateris et æquiangulis contenta quæ appellatur dodecaedrum.

du quarré de ΝΒ; la somme des quarrés des droites ΦΣ, ΣΝ, ΝΒ est donc quadruple du quarré de ΝΒ. Mais le quarré de ΒΣ est égal à la somme des quarrés des droites ΣΝ, ΝΒ (47.1); la somme des quarrés des droites ΒΣ, ΣΦ, c'est-à-dire le quarré de ΦΒ, est donc quadruple du quarré de ΝΒ, à cause que l'angle droit ΦΣΒ; la droite ΦΒ est donc double de ΒΝ. Mais ΒΓ est double de ΒΝ; la droite ΦΒ est donc égale à ΒΓ. Et puisque les droites ΒΥ, ΥΦ sont égales aux droites ΒΧ, ΧΓ, et que la base ΦΒ est égale à la base ΒΓ, l'angle ΒΥΦ sera égal à l'angle ΒΧΓ (8. 1). Nous démontrerons semblablement que l'angle ΥΦΓ est égal à l'angle ΒΧΓ; les trois angles ΒΧΓ, ΒΥΦ, ΥΦΓ sont donc égaux entr'eux. Mais si trois angles d'un pentagone équilatéral sont égaux entr'eux, le pentagone est équiangle (7. 13); le pentagone ΒΥΦΓΧ est donc équiangle. Mais on a démontré qu'il est équilatéral; le pentagone ΒΥΦΓΧ est donc équilatéral et équiangle, et il est placé sur un côté ΒΓ du cube; si donc nous faisons la même construction sur chacun des douze côtés du cube, nous aurons construit une figure solide contenue sous douze pentagones équilatéraux et équiangles, que l'on nomme dodécaèdre.

Δεῖ δὴ αὐτὸ καὶ σφαίρᾳ περιλαβεῖν τῇ δοθείσῃ, καὶ δεῖξαι ὅτι ἡ τοῦ δωδεκαέδρου πλευρὰ ἄλογός ἐστιν ἡ καλουμένη ἀποτομή.

Εκβεβλήσθω γὰρ ἡ ΨΟ, καὶ ἔστω ἡ ΟΩ· συμβάλλει ἄρα ἡ ΟΩ τῇ τοῦ κύβου διαμέτρῳ, καὶ δίχα τέμνουσιν ἀλλήλας, τοῦτο γὰρ δέδεικται ἐν τῷ παρατελεύτῳ θεωρήματι τοῦ ἑνδεκάτου[17] βιβλίου. Τεμνέτωσαν κατὰ τὸ Ω· τὸ Ω ἄρα κέντρον ἐστὶ τῆς σφαίρας τῆς περιλαμβανούσης τὸν κύβον, καὶ ἡ ΟΩ ἡμίσεια τῆς πλευρᾶς[18] τοῦ κύβου. Επεζεύχθω δὴ ἡ ΥΩ. Καὶ ἐπεὶ εὐθεῖα γραμμὴ ἡ ΝΣ ἄκρον καὶ μέσον λόγον τέτμηται κατὰ τὸ Ο, καὶ τὸ μεῖζον αὐτῆς τμῆμά ἐστιν ἡ ΝΟ· τὰ ἄρα ἀπὸ τῶν ΝΣ, ΣΟ τριπλάσιά ἐστι τοῦ ἀπὸ

Oportet autem ipsum et sphærâ comprehendere datâ, et ostendere dodecaedri latus esse irrationalem quæ appellatur apotome.

Producatur enim ΨΟ, et sit ΟΩ; occurrit igitur ΟΩ diametro cubi, et bifariam se mutuo secant, hoc enim ostensum est in penultimo theoremate undecimi libri. Secent in Ω; ergo Ω centrum est sphæræ comprehendentis cubum, et ΟΩ dimidia lateris cubi. Jungatur et ΥΩ. Et quoniam recta linea ΝΣ extremâ et mediâ ratione secatur in Ο, et major ipsius portio est ΝΟ; ipsa igitur ex ΝΣ, ΣΟ tripla sunt ipsius

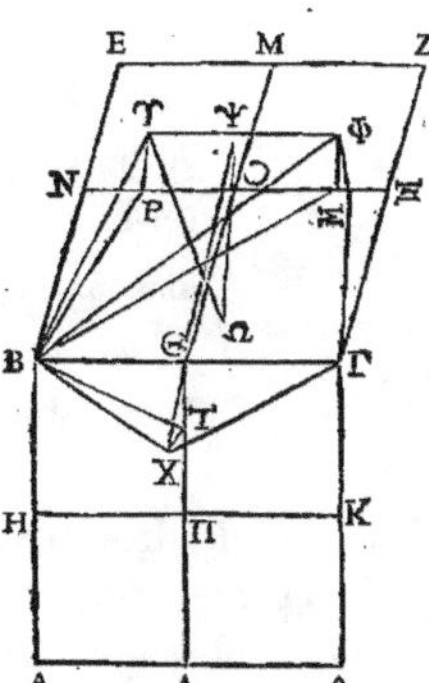

Mais il faut circonscrire cette figure par la sphère donnée, et démontrer que le côté du dodécaèdre est l'irrationnelle qu'on appèle apotome.

Car prolongeons ΨΟ, et que son prolongement soit ΟΩ; la droite ΟΩ rencontrera le diamètre du cube, et ces deux droites se couperont en deux parties égales, car cela est démontré dans l'avant dernier théorème du livre onze. Que ces droites se coupent au point Ω; le point Ω sera le centre de la sphère circonscrite au cube, et la droite ΟΩ la moitié du côté du cube. Joignons ΥΩ. Puisque la ligne droite ΝΣ est coupée en extrême et moyenne raison au point Ο, et que ΝΟ est son plus grand segment, la somme des quarrés des droites ΝΣ, ΣΟ sera

τῆς ΝΟ. Ισῃ δὲ ἡ μὲν ΝΣ τῇ ΨΩ, ἐπειδήπερ καὶ ἡ μὲν ΝΟ τῇ ΟΩ ἐστὶν ἴση, ἡ δὲ ΨΟ τῇ ΟΣ· ἀλλὰ μὴν καὶ ἡ ΟΣ τῇ ΨΥ, ἐπεὶ καὶ τῇ ΡΟ· τὰ ἄρα ἀπὸ τῶν ΩΨ, ΨΥ τριπλάσιά ἐστι τοῦ ἀπὸ τῆς ΝΟ. Τοῖς δὲ ἀπὸ τῶν ΩΨ, ΨΥ ἴσον ἐστὶ[19] τὸ ἀπὸ τῆς ΥΩ· τὸ ἄρα ἀπὸ τῆς ΥΩ τριπλάσιόν ἐστι τοῦ ἀπὸ τῆς ΝΟ. Εστι δὲ καὶ ἡ ἐκ τοῦ κέντρου τῆς σφαίρας τῆς περιλαμβανούσης τὸν κύβον δυνάμει τριπλασίων τῆς ἡμισείας τῆς τοῦ κύβου πλευρᾶς, προδέδεικται γὰρ κύβον συστήσασθαι, καὶ σφαίρᾳ περιλαβεῖν, καὶ δεῖξαι ὅτι ἡ τῆς σφαίρας διάμετρος δυνάμει[20] τριπλασίων ἐστὶ τῆς πλευρᾶς τοῦ κύβου[21]. Εἰ δὲ ὅλη τῆς ὅλης, καὶ ἡ ἡμίσεια τῆς ἡμισείας· καὶ ἔστιν ἡ ΝΟ ἡμίσεια τῆς τοῦ κύβου πλευρᾶς· ἡ ἄρα ΥΩ ἴση ἐστὶ τῇ ἐκ τοῦ κέντρου τῆς σφαίρας τῆς περιλαμβανούσης τὸν κύβον. Καὶ ἔστι τὸ Ω κέντρον τῆς σφαίρας τῆς περιλαμβανούσης τὸν κύβον· τὸ Υ ἄρα σημεῖον πρὸς τῇ ἐπιφανείᾳ ἐστὶ τῆς σφαίρας. Ομοίως δὴ δείξομεν ὅτι καὶ ἑκάστη τῶν λοιπῶν γωνιῶν τοῦ δωδεκαέδρου πρὸς τῇ ἐπιφανείᾳ ἐστὶ τῆς σφαίρας· περιείληπται ἄρα τὸ δωδεκάεδρον τῇ δοθείσῃ σφαίρᾳ.

NO. Æqualis autem ΝΣ quidem ipsi ΨΩ, quoniam et NO quidem ipsi OΩ est æqualis, ipsa vero ΨO ipsi OΣ; at vero et OΣ ipsi ΨΥ, quoniam et ipsi PO; ipsa igitur ΩΨ, ΨΥ tripla sunt ipsius ex NO. Ipsis autem ex ΩΨ, ΨΥ æquale est ipsum ex ΨΩ. Ipsum igitur ex ΥΩ triplum est ipsius ex NO. Est autem et ipsa ex centro sphæræ comprehendentis cubum potentiâ tripla dimidii lateris cubi, prius enim ostensum est cubum constituere, et sphærâ comprehendere, et ostendere sphæræ diametrum potentiâ triplam esse lateris cubi. Si autem tota totius, et dimidia dimidiæ; et est NO dimidia lateris cubi; ergo ΥΩ æqualis est ipsi ex centro sphæræ comprehendentis cubum. Et est Ω centrum sphæræ comprehendentis cubum; ergo Υ punctum est ad superficiem sphæræ. Similiter utique ostendemus et unumquemque reliquorum angulorum dodecaedri esse ad superficiem sphæræ; comprenhensum igitur est dodecaedrum datâ sphærâ.

triple du quarré de NO (4. 13). Mais la droite ΝΣ est égale à ΨΩ, parce que NO est égal à OΩ, la droite ΨO est égale à OΣ, et la droite OΣ est égale à ΨΥ, parce qu'elle est égale à PO; la somme des quarrés des droites ΩΨ, ΨΥ est donc triple du quarré de NO. Mais le quarré de ΥΩ est égal aux quarrés des droites ΩΨ, ΨΥ (47. 1); le quarré de ΥΩ est donc triple du quarré de NO. Mais le rayon de la sphère circonscrite au cube est égal en puissance au triple de la moitié du côté du cube, car on a enseigné à construire un cube, et à le circonscrire par une sphère, et l'on a démontré que le diamètre de la sphère est égal en puissance au triple du côté du cube (15. 3); or les touts sont entre eux comme les moitiés, et NO est la moitié du côté ducube; la droite ΥΩ est donc égale au rayon de la sphère circonscrite au cube. Mais le point Ω est le centre de las phère circonscrite au cube; le point Υ est donc à la surface de la sphère. Nous démontrerons semblablement que chacun des angles restants du dodécaèdre est à la surface de la sphère; le dodécaèdre est donc circonscrit par la sphère donnée.

Λέγω δὴ ὅτι ἡ τοῦ δωδεκαέδρου πλευρὰ ἄλογός ἐστιν ἡ καλουμένη ἀποτομή.

Ἐπεὶ γὰρ τῆς ΝΟ ἄκρον καὶ μέσον τετμημένης, τὸ μεῖζον τμῆμά ἐστιν ἡ ΡΟ· τῆς δὲ ΟΞ ἄκρον καὶ μέσον λόγον τεμνομένης τὸ μεῖζον τμῆμά ἐστιν ἡ ΟΣ[22], ὅλης ἄρα τῆς ΝΞ ἄκρον καὶ μέσον λόγον τεμνομένης τὸ μεῖζον τμῆμά ἐστιν ἡ ΡΣ. Οἷον ἐπεὶ ἐστὶν[23] ὡς ἡ ΝΟ πρὸς τὴν ΟΡ οὕτως[24] ἡ ΟΡ πρὸς τὴν ΡΝ καὶ τὰ διπλάσια· τὰ γὰρ μέρη τοῖς ἰσάκις[25] πολλαπλασίοις τὸν αὐτὸν ἔχει λόγον· ὡς ἄρα ἡ ΝΞ πρὸς τὴν ΡΣ οὕτως ἡ ΡΣ πρὸς συναμφότερον τὴν[26] ΝΡ, ΣΞ. Μείζων δὲ

Dico autem dodecaedri latus irrationalem esse quæ appellatur apotome.

Quoniam enim rectæ NO extremâ et mediâ sectæ major portio est PO, ipsius autem OΞ extremâ et mediâ ratione sectæ major portio est OΣ; totius igitur NΞ extremâ et mediâ ratione sectæ major portio est PΣ. Similiter quoniam est ut NO ad OP ita OP ad PN, et dupla, partes enim cum æque multiplicibus eamdem habent rationem; ut igitur NΞ ad PΣ ita PΣ ad utramque simul NP, ΣΞ. Major autem NΞ ipsâ

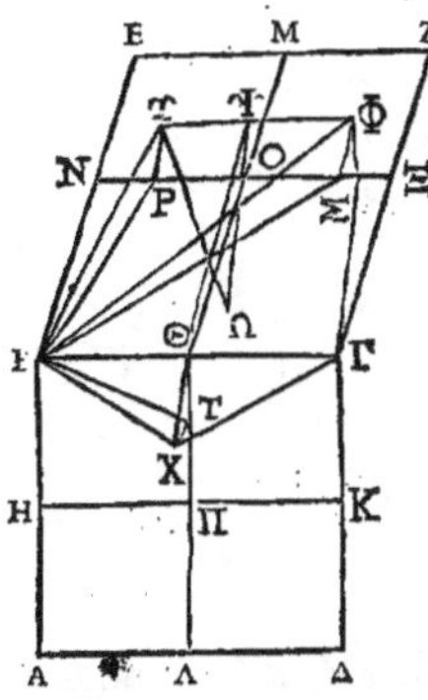

Je dis enfin que le côté du dodécaèdre est l'irrationnelle qu'on appèle apotome.

Car puisque PO est le plus grand segment de la droite NO coupée en extrême et moyenne raison, et que OΣ est le plus grand segment de la droite OΞ coupée en extrême et moyenne raison, la droite PΣ sera le plus grand segment de la droite entière NΞ coupée en extrême et moyenne raison. Car puisque NO est à OP comme OP est à PN, ainsi que les doubles de ces droites, parce que les parties ont la même raison que leurs équimultiples (15. 5); la droite NΞ sera à la droite PΣ comme la droite PΣ est à la somme des droites NP, ΣΞ. Mais la droite NΞ est plus grande que PΣ, la droite PΣ est donc plus grande que la

ἡ ΝΞ τῆς ΡΣ· μείζων ἄρα καὶ ἡ ΡΣ συναμφοτέρου τῆς[27] ΝΡ, ΣΞ· ἡ ΝΞ ἄρα ἄκρον καὶ μέσον λόγον τέτμηται, καὶ τὸ μεῖζον αὐτῆς τμῆμά ἐστιν ἡ ΡΣ. Ἴση δὲ ἡ ΡΣ τῇ ΥΦ· τῆς ἄρα ΝΞ ἄκρον καὶ μέσον λόγον τεμνομένης τὸ μεῖζον τμῆμά ἐστιν ἡ ΥΦ. Καὶ ἐπεὶ ῥητή ἐστιν ἡ τῆς σφαίρας διάμετρος, καὶ ἔστι δυνάμει τριπλασίων τῆς τοῦ κύβου πλευρᾶς· ῥητὴ ἄρα ἐστὶν ἡ ΝΞ πλευρά οὖσα τοῦ κύβου[27]. Ἐὰν δὲ ῥητὴ γραμμὴ ἄκρον καὶ μέσον λόγον τμηθῇ, ἑκάτερον τῶν τμημάτων ἄλογός ἐστιν ἡ καλουμένη[28] ἀποτομή· ἡ ΥΦ ἄρα πλευρὰ οὖσα τοῦ δωδεκαέδρου ἄλογός ἐστιν ἡ καλουμένη[29] ἀποτομή. Ὅπερ ἔδει δεῖξαι[30].

ΡΣ; major igitur et ΡΣ utrâque simul ΝΡ, ΣΞ; ipsa ΝΞ igitur extremâ et mediâ ratione secatur, et major ipsius portio est ΡΣ. Æqualis autem ΡΣ ipsi ΥΦ; rectæ igitur ΝΞ extremâ et mediâ ratione sectæ major portio est ΥΦ. Et quoniam rationalis est sphæræ diameter, et est potentiâ tripla lateris cubi; rationalis igitur est ΝΞ latus existens cubi. Si autem rationalis linea extremâ et mediâ ratione secta sit, utraque portionum irrationalis est quæ appellatur apotome; ipsa ΥΦ igitur latus existens dodecaedri irrationalis est quæ appellatur apotome. Quod oportebat ostendere.

ΠΟΡΙΣΜΑ.

Ἐκ δὴ τούτου φανερὸν, ὅτι τῆς τοῦ κύβου πλευρᾶς ἄκρον καὶ μέσον λόγον τεμνομένης τὸ μεῖζον τμῆμά ἐστιν ἡ τοῦ δωδεκαέδρου πλευρά[1].

COROLLARIUM.

Ex hoc utique evidens est lateris cubi extremâ et mediâ secti majorem portionem esse dodecaedri latus.

somme des droites ΝΡ, ΣΞ; la droite ΝΞ est donc coupée en extrême et moyenne raison, et ΡΣ est son plus grand segment. Mais ΡΣ est égal à ΥΦ; la droite ΥΦ est donc le plus grand segment de la droite ΝΞ coupée en extrême et moyenne raison. Et puisque le diamètre de la sphère est rationnel, et qu'il est égal en puissance au triple du côté du cube (15. 13), la droite ΝΞ qui est le coté du cube sera rationnelle (déf. 6. 11). Mais si une ligne rationnelle est coupée en extrême et moyenne raison, chacun des segments est l'irrationnelle qu'on appèle apotome (6. 13); le côté ΥΦ qui est le côté du dodécaèdre, est donc l'irrationnelle qu'on appèle apotome. Ce qu'il fallait démontrer.

COROLLAIRE.

D'après cela, il est évident que le côté du cube étant coupé en extrême et moyenne raison, le plus grand segment est le côté du dodécaèdre.

ΠΡΟΤΑΣΙΣ ιή.

Τὰς πλευρὰς τῶν πέντε σχημάτων ἐκθέσθαι καὶ συγκρῖναι πρὸς ἀλλήλας.

Εκκείσθω ἡ τῆς δοθείσης σφαίρας διάμετρος ἡ ΑΒ, καὶ τετμήσθω κατὰ μὲν[1] τὸ Γ ὥστε ἴσην εἶναι τὴν ΑΓ τῇ ΓΒ, κατὰ δὲ τὸ Δ ὥστε διπλασίονα εἶναι τὴν ΑΔ τῆς ΔΒ, καὶ γεγράφθω ἐπὶ τῆς ΑΒ ἡμικύκλιον τὸ ΑΕΒ, καὶ ἀπὸ τῶν Γ, Δ τῇ ΑΒ πρὸς ὀρθὰς ἤχθωσαν αἱ[2] ΓΕ, ΔΖ, καὶ

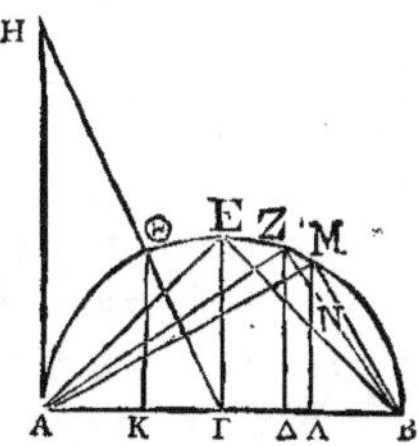

ἐπεζεύχθωσαν αἱ ΑΖ, ΖΒ. Καὶ ἐπεὶ διπλῆ ἐστιν ἡ ΑΔ τῆς ΔΒ, τριπλῆ ἄρα ἐστὶν ἡ ΑΒ τῆς ΒΔ· ἀναστρέψαντι ἡμιολία ἄρα ἐστὶν ἡ ΒΑ τῆς ΑΔ. Ως δὲ ἡ ΒΑ πρὸς τὴν ΑΔ οὕτως τὸ ἀπὸ τῆς ΒΑ πρὸς τὸ ἀπὸ τῆς ΑΖ· ἰσογώνιον γάρ ἐστι τὸ ΑΖΒ τρίγωνον τῷ ΑΖΔ τριγώνῳ· ἡμιόλιον ἄρα ἐστὶ τὸ ἀπὸ τῆς ΒΑ τοῦ ἀπὸ τῆς ΑΖ. Εστι δὲ

PROPOSITIO XVIII.

Latera quinque figurarum exponere et comparare inter se.

Exponatur datæ sphæræ diameter AB, et secetur quidem in Γ ita ut æqualis sit AΓ ipsi ΓB, in Δ vero ita ut dupla sit AΔ ipsius ΔB, et describatur super AB semicirculus AEB, et a punctis Γ, Δ ipsi AB ad rectos ducantur ipsæ ΓE, ΔZ, et jungantur AZ, ZB. Et quoniam dupla est AΔ ipsius ΔB, tripla igitur est AB ipsius BΔ; convertendo sesquialtera igitur est BA ipsius AΔ. Ut autem BA ad AΔ ita ipsum ex BA ad ipsum ex AZ; æquiangulum enim est AZB triangulum triangulo AZΔ; sesquialterum igitur est ipsum ex BA ipsius ex AZ. Est

PROPOSITION XVIII.

Exposer les côtés des cinq figures, et les comparer entre eux.

Soit AB le diamètre de la sphère donnée; qu'il soit coupé au point Γ, de manière que AΓ soit égal à ΓB; et au point Δ, de manière que AΔ soit double de ΔB; sur AB décrivons le demi-cercle AEB; des points Γ, Δ menons les droites ΓE, ΔZ perpendiculaires à AB, et joignons AZ, ZB. Puisque la droite AΔ est double de ΔB, la droite AB sera triple de BΔ; donc, par conversion, la droite BA sera égale aux trois moitiés de AΔ. Mais BA est à AΔ comme le quarré de BA est au quarré de AZ (20. 6), car le triangle AZB est équiangle avec le triangle AZΔ (8. 6); le quarré de BA est donc égal aux trois moitiés du quarré de AZ. Mais

καὶ ἡ τῆς σφαίρας διάμετρος δυνάμει ἡμιολία τῆς πλευρᾶς τῆς πυραμίδος, καὶ ἔστιν ἡ ΑΒ ἡ τῆς σφαίρας διάμετρος· ἡ ΑΖ ἄρα ἴση ἐστὶ τῇ πλευρᾷ τῆς[3] πυραμίδος.

Πάλιν, ἐπεὶ διπλασίων ἐστὶν ἡ ΑΔ τῆς ΔΒ, τριπλασίων[4] ἄρα ἐστὶν ἡ ΑΒ τῆς ΒΔ. Ως δὲ ἡ ΑΒ πρὸς τὴν ΒΔ οὕτως τὸ ἀπὸ τῆς ΑΒ πρὸς τὸ ἀπὸ τῆς ΒΖ· τριπλάσιον ἄρα ἐστὶ τὸ ἀπὸ τῆς ΑΒ τοῦ ἀπὸ τῆς ΒΖ. Εστι δὲ καὶ ἡ τῆς σφαίρας διάμετρος δυνάμει τριπλασίων τῆς τοῦ κύβου[5] πλευρᾶς. Καὶ ἔστιν ἡ ΑΒ ἡ τῆς σφαίρας διάμετρος· ἡ ΒΖ ἄρα τοῦ κύβου ἐστὶ πλευρά.

Καὶ ἐπεὶ ἴση ἐστὶν ἡ ΑΓ τῇ ΓΒ, διπλῆ ἄρα ἐστὶν ἡ ΑΒ τῆς ΒΓ. Ως δὲ ἡ ΑΒ πρὸς τὴν ΒΓ οὕτως τὸ ἀπὸ τῆς ΑΒ πρὸς τὸ ἀπὸ τῆς ΒΕ· διπλάσιον ἄρα ἐστὶ[6] τὸ ἀπὸ τῆς ΑΒ τοῦ ἀπὸ τῆς ΒΕ. Εστι δὲ καὶ ἡ τῆς σφαίρας διάμετρος δυνάμει διπλασίων τῆς τοῦ ὀκταέδρου πλευρᾶς, καὶ ἔστιν ἡ ΑΒ ἡ τῆς δοθείσης σφαίρας διάμετρος· ἡ ΒΕ ἄρα τοῦ ὀκταέδρου ἐστὶ πλευρά.

Ηχθω δὴ ἀπὸ τοῦ Α σημείου τῇ ΑΒ εὐθείᾳ πρὸς ὀρθὰς ἡ ΑΗ, καὶ κείσθω ἡ ΑΗ ἴση τῇ ΑΒ[7], καὶ ἐπεζεύχθω ἡ ΗΓ, καὶ ἀπὸ τοῦ Θ ἐπὶ τὴν

autem et sphæræ diameter potentiâ sesquialte lateris pyramidis, et est AB sphæræ diamete ergo AZ æqualis est lateri pyramidis.

Rursus, quoniam dupla est AΔ ipsius ΔB tripla igitur est AB ipsius BΔ. Ut autem A ad BΔ ita ipsum ex AB ad ipsum ex BZ; triplu igitur est ipsum ex AB ipsius ex BZ. Est aute et sphæræ diameter potentiâ tripla lateris cub et est AB sphæræ diameter; ergo ipsa B cubi est latus.

Et quoniam æqualis est AΓ ipsi ΓB, dupl igitur est AB ipsius BΓ. Ut autem AB ad B ita ipsum ex AB ad ipsum ex BE; duplum igitu est ipsum ex AB ipsius ex BE. Est autem sphæræ diameter potentiâ dupla lateris octae dri, et est ipsa AB datæ sphæræ diameter; ip sum BE igitur octaedri est latus.

Ducatur autem a puncto A ipsi AB recta ad rectos ipsa AH, et ponatur AH æquali ipsi AB, et jungatur HΓ, et a puncto Θ a

le diamètre de la sphère est égal en puissance aux trois moitiés du côté de la pyramide (13. 13), et AB est le diamètre de la sphère; la droite AZ est donc égale au côté de la pyramide.

De plus, puisque AΔ est double de ΔB, la droite AB sera triple de BΔ. Mais AB est à BΔ comme le quarré de AB est au quarré de BZ (8, et 20. 6); le quarré de AB est donc triple du quarré de BZ. Mais le diamètre de la sphère est égal en puissance au triple du côté du cube (15. 13), et AB est le diamètre de la sphère; la droite BZ est donc le côté du cube.

Et puisque la droite AΓ est égale à ΓB, la droite AB sera double de BΓ. Mais AB est à BΓ comme le quarré de AB est au quarré de BE; le quarré de AB est donc double du quarré de BE. Mais le diamètre de la sphère est égal en puissance au double du côté de l'octaèdre (14. 13), et AB est le diamètre de la sphère donnée; la droite BE est donc le côté de l'octaèdre.

Du point A menons la droite AH perpendiculaire à AB; faisons AH égal à AB; joignons HΓ, et du point Θ menons ΘK perpendiculaire à AB. Puisque HA est

ΑΒ κάθετος ἤχθω ἡ ΘΚ. Καὶ ἐπεὶ διπλῆ ἐστιν ἡ ΗΑ τῆς ΑΓ, ἴση γὰρ ἡ ΗΑ τῇ ΑΒ, ὡς δὲ ἡ ΗΑ πρὸς τὴν ΑΓ οὕτως ἡ ΘΚ πρὸς τὴν ΚΓ· διπλῆ ἄρα καὶ ἡ ΘΚ τῆς ΚΓ· τετραπλάσιον ἄρα ἐστὶ τὸ ἀπὸ τῆς ΘΚ τοῦ ἀπὸ τῆς ΚΓ· τὰ ἄρα ἀπὸ τῶν ΘΚ, ΚΓ, ὅπερ ἐστὶ τὸ ἀπὸ τῆς ΘΓ, πενταπλάσιόν ἐστι τοῦ ἀπὸ τῆς ΚΓ. Ἴση δὲ ἡ ΘΓ τῇ ΓΒ· πενταπλάσιον ἄρα ἐστὶ τὸ ἀπὸ τῆς ΒΓ τοῦ ἀπὸ

ΑΒ perpendicularis ducatur ΘΚ. Et quoniam dupla est ΗΑ ipsius ΑΓ, æqualis enim ΗΑ ipsi ΑΒ, ut autem ΗΑ ad ΑΓ ita ΘΚ ad ΚΓ; dupla igitur et ΘΚ ipsius ΚΓ; quadruplum igitur est ipsum ex ΘΚ ipsius ex ΚΓ; ipsa igitur ex ΘΚ, ΚΓ, quod est ipsum ex ΘΓ, quintuplum est ipsius ex ΚΓ. Æqualis autem ΘΓ ipsi ΓΒ; quintuplum igitur est ipsum ex ΒΓ ipsius ex

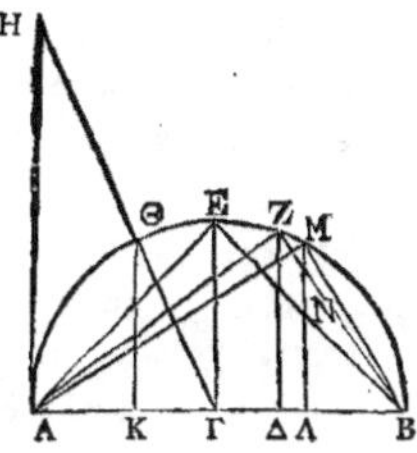

τῆς ΓΚ. Καὶ ἐπεὶ διπλῆ ἐστιν ἡ ΑΒ τῆς ΒΓ, ὧν ἡ ΑΔ τῆς ΔΒ ἐστὶ διπλῆ· λοιπὴ ἄρα ἡ ΒΔ λοιπῆς τῆς ΔΓ ἐστὶ διπλῆ· τριπλῆ ἄρα ἡ ΒΓ τῆς ΓΔ· ἐνναπλάσιον ἄρα τὸ ἀπὸ τῆς ΒΓ τοῦ ἀπὸ τῆς ΓΔ. Πενταπλάσιον δὲ τὸ ἀπὸ τῆς ΒΓ τοῦ ἀπὸ τῆς ΓΚ· μεῖζον ἄρα ἐστὶ[8] τὸ ἀπὸ τῆς ΓΚ τοῦ ἀπὸ τῆς ΓΔ· μείζων ἄρα ἐστὶν[9] ἡ ΓΚ τῆς ΓΔ. Κείσθω τῇ ΓΚ ἴση ἡ ΓΛ, καὶ ἀπὸ τοῦ Λ τῇ ΑΒ πρὸς ὀρθὰς ἤχθω ἡ ΛΜ, καὶ ἐπεζεύχθω ἡ ΜΒ.

ΓΚ. Et quoniam dupla est ΑΒ ipsius ΒΓ, quarum ipsa ΑΔ ipsius ΔΒ est dupla; reliqua igitur ΒΔ reliquæ ΔΓ est dupla; tripla igitur ΒΓ ipsius ΓΔ; nonuplum igitur ipsum ex ΒΓ ipsius ex ΓΔ. Quintuplum autem ipsum ex ΒΓ ipsius ex ΓΚ; majus igitur est ipsum ex ΓΚ ipso ex ΓΔ; major igitur est ΓΚ ipsâ ΓΔ. Ponatur ipsi ΓΚ æqualis ΓΛ, et a puncto Λ ipsi ΑΒ ad rectos agatur

double de ΑΓ, car ΗΑ est égal à ΑΒ, et que ΗΑ est à ΑΓ comme ΘΚ est à ΚΓ (4. 6), la droite ΘΚ sera double de ΚΓ; le quarré de ΘΚ est donc quadruple du quarré de ΚΓ (20. 6); la somme des quarrés des droites ΘΚ, ΚΓ, qui est égale au quarré de ΘΓ (47. 1), est donc quintuple du quarré de ΚΓ. Mais ΘΓ est égal à ΓΒ; le quarré de ΒΓ est donc quintuple du quarré de ΓΚ. Et puisque ΑΒ est double de ΒΓ, et ΑΔ double de ΔΒ, le reste ΒΔ sera double du reste ΔΓ; la droite ΒΓ est donc triple de ΓΔ; le quarré de ΒΓ est donc égal à neuf fois le quarré de ΓΔ (20. 6). Mais le quarré de ΒΓ est quintuple du quarré de ΓΚ; le quarré de ΓΚ est donc plus grand que le quarré de ΓΔ; la droite ΓΚ est donc plus grande que ΓΔ. Faisons ΓΛ égal à ΓΚ; du point Λ menons ΛΜ perpendiculaire à ΑΒ, et

Καὶ ἐπεὶ πενταπλάσιόν ἐστι τὸ ἀπὸ τῆς ΒΓ τοῦ ἀπὸ τῆς ΓΚ, καὶ ἔστι τῆς μὲν ΒΓ διπλῆ ἡ ΑΒ, τῆς δὲ ΓΚ διπλῆ ἡ ΚΛ· πενταπλάσιον ἄρα ἐστὶ τὸ ἀπὸ τῆς ΑΒ τοῦ ἀπὸ τῆς ΚΛ. Εστι δὲ καὶ ἡ τῆς σφαίρας διάμετρος δυνάμει πενταπλασίων τῆς ἐκ τοῦ κέντρου τοῦ κύκλου, ἀφ' οὗ τὸ εἰκοσαέδρον ἀναγέγραπται. Καὶ ἔστιν ἡ ΑΒ ἡ τῆς σφαίρας διάμετρος· ἡ ΚΛ ἄρα ἐκ τοῦ κέντρου ἐστὶ τοῦ κύκλου ἀφ' οὗ τὸ εἰκοσαέδρον ἀναγέγραπται[10]· ἡ ΚΛ ἄρα ἑξαγώνου ἐστὶ πλευρὰ τοῦ εἰρημένου κύκλου. Καὶ ἐπεὶ ἡ τῆς σφαίρας[11] διάμετρος σύγκειται, ἔκ τε τῆς τοῦ[12] ἑξαγώνου καὶ δύο τῶν τοῦ δεκαγώνου τῶν εἰς τὸν εἰρημένον κύκλον ἐγγραφομένων, καὶ ἔστιν ἡ μὲν ΑΒ ἡ τῆς σφαίρας διάμετρος, ἡ δὲ ΚΛ ἑξαγώνου πλευρὰ, καὶ ἴση ἡ ΑΚ τῇ ΛΒ· ἑκατέρα ἄρα τῶν ΑΚ, ΛΒ δεκαγώνου ἐστὶ πλευρὰ τοῦ ἐγγραφομένου εἰς τὸν κύκλον, ἀφ' οὗ τὸ εἰκοσάεδρον ἀναγέγραπται. Καὶ ἐπεὶ δεκαγώνου μὲν ἡ ΛΒ, ἑξαγώνου δὲ ἡ ΜΛ, ἴση γάρ ἐστι τῇ ΚΛ, ἐπεὶ καὶ τῇ ΘΚ, ἴσον γὰρ ἀπέχουσιν ἀπὸ τοῦ κέντρου, καὶ ἔστιν ἑκατέρα τῶν ΘΚ, ΚΛ διπλασίων τῆς ΚΓ· πεντα-

ΛΜ, et jungatur ΜΒ. Et quoniam quintuplum est ipsum ex ΒΓ ipsius ΓΚ, et est ipsius quidem ΒΓ dupla ΑΒ, ipsius vero ΓΚ dupla ΚΛ; quintuplum igitur est ipsum ex ΑΒ ipsius ex ΚΛ. Est autem et sphæræ diameter potentiâ quintupla ipsius ex centro circuli a quo icosaedrum describitur. Et est ΑΒ ipsa sphæræ diameter; ipsa ΚΛ igitur ex centro est circuli a quo icosaedrum describitur; ipsa ΚΛ igitur hexagoni est latus dicti circuli. Et quoniam sphæræ diameter componitur et ex latere hexagoni et duobus decagoni lateribus in dicto circulo descriptorum, et est quidem ΑΒ sphæræ diameter, ipsum vero ΚΛ hexagoni latus, et æqualis ΑΚ ipsi ΛΒ; utraque igitur ipsarum ΑΚ, ΛΒ decagoni est latus descripti in circulo, a quo icosaedrum describitur. Et quoniam decagoni quidem ΛΒ est latus, hexagoni vero ipsa ΜΛ, æqualis enim est ipsi ΚΛ, quoniam et ipsi ΘΚ, æqualiter enim distat a centro, et est utraque ipsarum ΘΚ, ΚΛ dupla ipsius ΚΓ; pentagoni igitur est ΜΒ latus. La-

joignons ΜΒ. Puisque le quarré de ΒΓ est quintuple du quarré de ΓΚ, que ΑΒ est double de ΒΓ, et ΚΛ double de ΓΚ, le quarré de ΑΒ sera quintuple du quarré de ΚΛ. Mais le quarré du diamètre de la sphère est quintuple du quarré du rayon du cercle d'après lequel l'icosaèdre est décrit (cor. 16. 13), et ΑΒ est le diamètre de la sphère; la droite ΚΛ est donc le rayon du cercle d'après lequel l'icosaèdre est décrit; la droite ΚΛ est donc le côté de l'hexagone décrit dans le cercle dont nous venons de parler. Et puisque le diamètre de la sphère est composé du côté de l'hexagone et de deux côtés du décagone, ces polygones étant décrits dans le cercle dont nous venons de parler (16. 13), que ΑΒ est le diamètre de la sphère, que ΚΛ est le côté de l'hexagone, et que ΑΚ est égal à ΛΒ, chacune des droites ΑΚ, ΛΒ sera le côté du décagone décrit dans le cercle d'après lequel on a décrit l'icosaèdre. Et puisque ΑΒ est le côté du décagone, et ΜΛ le côté de l'hexagone, car la droite ΜΛ est égale à ΚΛ, parcequ'elle l'est à ΘΚ (14. 3), ces droites étant également éloignées du centre, et puisque chacune des droites ΘΚ, ΚΛ est double de ΚΓ,

γώνου ἄρα ἐστὶν ἡ MB. Η δὲ τοῦ πενταγώνου ἐστὶν ἡ τοῦ εἰκοσαέδρου· εἰκοσαέδρου ἄρα ἐστὶν ἡ MB.

Καὶ ἐπεὶ ἡ ZB κύβου ἐστὶ πλευρὰ, τετμήσθω ἄκρον καὶ μέσον λόγον κατὰ τὸ N, καὶ ἔστω μεῖζον τμῆμα τὸ NB· ἡ NB ἄρα δωδεκαέδρου ἐστὶ πλευρά.

tus autem pentagoni est latus icosaedri; icosaedri igitur est MB latus.

Et quoniam ZB cubi est latus, secetur extremâ et mediâ ratione in N, et sit major portio NB; ipsa NB igitur dodecaedri est latus.

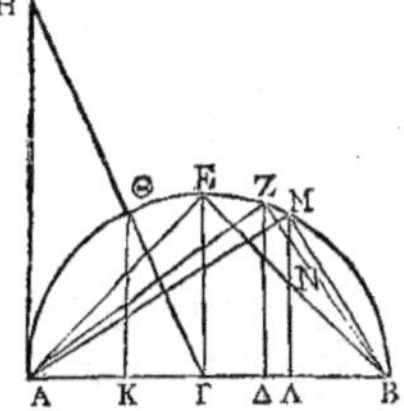

Καὶ ἐπεὶ ἡ τῆς σφαίρας διάμετρος ἐδείχθη τῆς μὲν AZ πλευρᾶς τῆς πυραμίδος δυνάμει ἡμιολία, τῆς δὲ τοῦ ὀκταέδρου τῆς[13] BE δυνάμει διπλασίων[14], τῆς δὲ τοῦ κύβου τῆς ZB δυνάμει τριπλασίων· οἵων ἄρα ἡ[15] τῆς σφαίρας διάμετρος δυνάμει ἕξ, τοιούτων ἡ μὲν τῆς πυραμίδος τεσσάρων, ἡ δὲ τοῦ ὀκταέδρου τριῶν, ἡ δ' τοῦ κύβου δύο· ἡ[16] ἄρα τῆς πυραμίδος πλευρὰ τῆς μὲν τοῦ ὀκταέδρου πλευρᾶς δυνάμει ἐστὶν ἐπίτριτος, τῆς δὲ τοῦ κύβου δυνάμει διπλῆ· ἡ δὲ

Et quoniam sphæræ diameter ostensa est ipsius quidem AZ lateris pyramidis potentiâ sesquialtera, lateris vero BE octaedri potentiâ dupla, lateris autem ZB cubi potentiâ triplâ, quarum igitur partium sphæræ diameter potentiâ est sex, earum pyramidis latus quatuor, octaedri trium, cubi autem duarum; ergo pyramidis latus quidem lateris octaedri potentiâ est sesquitertium, cubi vero potentiâ duplum; latus autem octae-

la droite MB sera le côté du pentagone (10. 13). Mais le côté du pentagone est le côté de l'icosaèdre (6. 13); la droite MB est donc le côté de l'icosaèdre.

Puisque la droite ZB est le côté du cube; que cette droite soit coupée en extrême et moyenne raison au point N, et que NB soit le plus grand segment; la droite NB sera le côté du dodécaèdre (17. 13).

Et puisque l'on a démontré que le quarré du diamètre de la sphère est égal aux trois moitiés du quarré du côté AZ de la pyramide, au double du quarré du côté BE de l'octaèdre, et au triple du quarré du côté ZB du cube, si le quarré du diamètre de la sphère contient six parties, le quarré du côté de la pyramide en contiendra quatre, le quarré du côté de l'octaèdre trois, et le quarré du côté du cube deux; le quarré du côté de la pyramide est donc égal aux quatre tiers du quarré du côté de l'octaèdre, et au double du quarré du côté du cube; et le quarré du côté de

τοῦ ὀκταέδρου τῆς τοῦ κύβου δυνάμει ἡμιολία. Αἱ μὲν οὖν εἰρημέναι τῶν τριῶν σχημάτων πλευραὶ, λέγω δὴ πυραμίδος καὶ ὀκταέδρου καὶ κύβου, πρὸς ἀλλήλας εἰσὶν ἐν λόγοις ῥητοῖς· αἱ δὲ λοιπαὶ δύο, λέγω δὴ ἥτε[17] τοῦ εἰκοσαέδρου καὶ ἡ τοῦ δωδεκαέδρου, οὔτε πρὸς ἀλλήλας οὔτε πρὸς τὰς προειρημένας εἰσὶν ἐν λόγοις ῥητοῖς, ἄλογοι γάρ εἰσιν, ἡ μὲν ἐλάττων, ἡ δὲ ἀποτομή.

Ὅτι δὲ[18] μείζων ἐστὶν ἡ τοῦ εἰκοσαέδρου πλευρὰ ἡ MB τῆς τοῦ δωδεκαέδρου τῆς NB δείξομεν οὕτως.

Ἐπεὶ γὰρ ἰσογώνιόν ἐστι τὸ ZΔB τρίγωνον τῷ ZAB τριγώνῳ, ἀνάλογόν ἐστιν ὡς ἡ ΔB πρὸς τὴν BZ οὕτως ἡ ZB πρὸς τὴν BA. Καὶ ἐπεὶ τρεῖς εὐθεῖαι ἀνάλογόν εἰσιν, ἔστιν ὡς ἡ πρώτη πρὸς τὴν τρίτην οὕτως τὸ ἀπὸ τῆς πρώτης πρὸς τὸ ἀπὸ τῆς δευτέρας· ἔστιν ἄρα ὡς ἡ ΔB πρὸς τὴν BA οὕτως τὸ ἀπὸ τῆς ΔB πρὸς τὸ ἀπὸ τῆς BZ· ἀνάπαλιν ἄρα ὡς ἡ AB πρὸς τὴν BΔ οὕτως τὸ ἀπὸ τῆς ZB πρὸς τὸ ἀπὸ τῆς BΔ. Τριπλῆ δὲ ἡ AB τῆς BΔ· τριπλάσιον ἄρα τὸ ἀπὸ τῆς ZB τοῦ

dri lateris cubi potentiâ sesquialterum. I tera igitur dicta trium figurarum, dico et py midis et octaedri et cubi inter se esse rationibus rationalibus; reliqua vero duo, di et icosaedri, et dodecaedri, neque inter s neque ad dicta sunt in rationibus rationalib irrationales enim sunt, illa quidem mino hæc vero apotome.

Majus vero esse icosaedri latus MB dodecae latere NB ita ostendemus.

Quoniam enim æquiangulum est ZΔB tria gulum triangulo ZAB, proportionaliter est ut ad BZ ita ZB ad BA. Et quoniam tres rec proportionales sunt, est ut prima ad tertia ita ipsum ex primâ ad ipsum ex secundâ; e igitur ut ΔB ad BA ita ipsum ex ΔB ad ipsu ex BZ; invertendo igitur ut AB ad BΔ ita ipsum ZB ad ipsum ex BΔ. Tripla autem AB ipsius BΔ

l'octoèdre sera égal aux trois moitiés du quarré du côté du cube. Les côtés des trois figures dont nous avons parlé, je veux dire les côtés de la pyramide, de l'octaèdre, et du cube, sont donc entr'eux en raisons rationnelles; mais les deux côtés restants, je veux dire les côtés de l'icosaèdre et du dodécaèdre ne sont point entr'eux, ni avec les cotés dont nous avons parlé, en raisons rationnelles, parce qu'ils sont irrationnels, l'un étant une mineure (16. 13), et l'autre un apotome (17. 13).

Nous démontrerons de la manière suivante que le côté MB de l'icosaèdre est plus grand que le côté NB du dodécaèdre.

Puisque le triangle ZΔB est équiangle avec le triangle ZAB, la droite ΔB sera à BZ comme ZB est à BA (4. 6). Et puisque ces trois droites sont proportionnelles, la première est à la troisième comme le quarré de la première est au quarré de la seconde (cor. 20. 6); la droite ΔB est donc à BA comme le quarré de ΔB est au quarré de BZ; donc, par inversion, AB est à BΔ comme le quarré de ZB est au quarré de BΔ (cor. 4. 5). Mais AB est triple de BΔ; le quarré de ZB est donc

ἀπὸ τῆς ΒΔ. Εστι δὲ καὶ τὸ ἀπὸ τῆς ΑΔ τοῦ ἀπὸ τῆς ΔΒ τετραπλάσιον· διπλῆ γὰρ ἡ ΑΔ τῆς ΔΒ· μεῖζον ἄρα τὸ ἀπὸ τῆς ΑΔ τοῦ ἀπὸ τῆς ΖΒ· μείζων ἄρα καὶ ἡ ΑΔ τῆς ΖΒ[19]· πολλῷ ἄρα ἡ ΑΛ τῆς ΖΒ μείζων ἐστί. Καὶ τῆς μὲν ΑΛ ἄκρον καὶ μέσον λόγον τετμημένης τὸ μεῖζον τμῆμά ἐστιν ἡ ΚΛ, ἐπειδήπερ ἡ μὲν ΛΚ ἑξαγώνου ἐστὶν, ἡ δὲ ΚΛ δεκαγώνου· τῆς δὲ ΖΒ ἄκρον καὶ μέσον λόγον τετμημένης τὸ μεῖζον τμῆμά ἐστιν ἡ ΝΒ· μείζων ἄρα ἡ ΚΛ τῆς ΝΒ. Ιση δὲ ἡ ΚΛ τῇ[20] ΛΜ· μείζων ἄρα ἡ ΛΜ τῆς ΝΒ. Τῆς δὲ ΛΜ μείζων ἐστὶν[21] ἡ ΜΒ· πολλῷ ἄρα ἡ ΜΒ πλευρὰ οὖσα τοῦ εἰκοσαέδρου μείζων ἐστὶ τῆς ΝΒ πλευρᾶς οὔσης τοῦ δωδεκαέδρου. Οπερ ἔδει δεῖξαι.

triplum igitur ipsum ex ZB ipsius ex BΔ. Est autem et ipsum ex AΔ ipsius ex ΔB quadruplum; dupla enim AΔ ipsius ΔB; majus igitur ipsum ex AΔ ipso ex ZB; major igitur et AΔ ipsâ ZB; multo major igitur est AΛ ipsâ ZB. Et rectæ quidem AΛ extremâ et mediâ ratione sectæ major portio est KΛ, quoniam ΛK quidem hexagoni est latus, ipsa vero KΛ decagoni; rectæ autem ZB extremâ et mediâ ratione sectæ major portio est NB; major igitur KΛ ipsâ NB. Æqualis autem KΛ ipsi ΛM; major igitur ΛM ipsâ NB. Ipsâ autem ΛM major est MB; ergo ipsa MB, latus existens icosaedri, multo major est ipsâ NB existente dodecaedri latere. Quod oportebat ostendere.

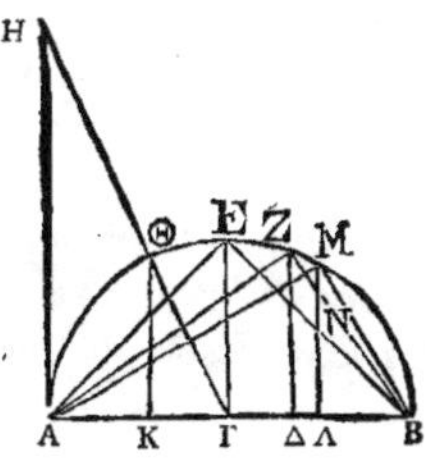

triple du quarré de BΔ. Mais le quarré de AΔ est quadruple du quarré de ΔB, car AΔ est double de ΔB; le quarré de AΔ est donc plus grand que le quarré de ZB; la droite AΔ est donc plus grande que la droite ZB; la droite AΛ est donc à plus forte raison plus grande que ZB. Mais KΛ est le plus grand segment de la droite AΛ coupée en extrême et moyenne raison, à cause que ΛK est le côté de l'hexagone, et KΛ le côté du décagone (9. 13), et que NB est le plus grand segment de la droite ZB coupée aussi en extrême et moyenne raison; la droite KΛ est donc plus grande que NB. Mais KΛ est égal à ΛM; la droite ΛM est donc plus grande que NB. Mais la droite MB est plus grande que ΛM (19. 1); la droite MB, qui est le côté de l'icosaèdre, est donc à plus forte raison plus grande que NB, qui est le côté du dodécaèdre. Ce qu'il fallait démontrer.

ΑΛΛΩΣ[1].

Επεὶ γὰρ διπλῆ ἐστιν ἡ ΑΔ τῆς ΔΒ, τριπλῆ ἄρα ἡ ΑΒ τῆς ΒΔ. Ως δὲ ἡ ΑΒ πρὸς τὴν ΒΔ οὕτως τὸ ἀπὸ τῆς ΑΒ πρὸς τὸ ἀπὸ τῆς ΒΖ, διὰ τὸ ἰσογώνιον εἶναι τὸ ΖΑΒ τρίγωνον τῷ ΖΔΒ τριγώνῳ· τριπλάσιον ἄρα τὸ ἀπὸ τῆς ΑΒ τοῦ ἀπὸ τῆς ΒΖ. Εδείχθη δὲ τὸ ἀπὸ τῆς ΑΒ τοῦ ἀπὸ τῆς ΚΛ πενταπλάσιον· πέντε ἄρα τὰ ἀπὸ τῆς ΚΛ τρισὶ τοῖς ἀπὸ τῆς ΖΒ ἴσα ἐστίν. Αλλὰ τρία τὰ ἀπὸ τῆς ΖΒ ἓξ τῶν ἀπὸ τῆς ΝΒ μείζονά ἐστιν· καὶ πέντε ἄρα τὰ ἀπὸ τῆς ΚΛ ἓξ τῶν ἀπὸ τῆς ΝΒ μεῖζόν ἐστιν[2]· ὥστε καὶ ἓν τὸ ἀπὸ τῆς ΚΛ ἑνὸς τοῦ ἀπὸ τῆς ΝΒ μεῖζόν ἐστι· μείζων ἄρα ἡ ΚΛ τῆς ΝΒ. Ιση δὲ ἡ ΚΛ τῇ ΛΜ· μείζων ἄρα ἡ ΚΛ τῆς ΝΒ· πολλῷ ἄρα ἡ ΜΒ τῆς ΒΝ μείζων ἐστίν. Οπερ ἔδει δεῖξαι.

ALITER.

Quoniam enim dupla est AΔ ipsius ΔB, tripla igitur AB ipsius BΔ. Ut autem AB ad BΔ ita ipsum ex AB ad ipsum ex BZ, propterea quod æquiangulum est ZAB triangulum triangulo ZΔB; triplum igitur ipsum ex AB ipsius ex BZ. Ostensum est autem ipsum ex AB ipsius ex KΛ quintuplum; quinque igitur ipsa ex KΛ tribus ipsis ex ZB æqualia sunt. Sed tria ipsa ex ZB majora sunt sex ipsis ex NB; et quinque igitur ipsa ex KΛ sex ipsis ex NB majora sunt; quare et unum ex KΛ uno ex NB majus est; major igitur KΛ ipsâ NB. Æqualis autem KΛ ipsi ΛM; major igitur KΛ ipsâ NB; multo major igitur est MB ipsâ BN. Quod oportebat ostendere.

AUTREMENT.

Car puisque AΔ est double de ΔB, la droite AB est triple de BΔ. Mais la droite AB est à BΔ comme le quarré de AB est au quarré de BZ, parce que le triangle ZAB est équiangle avec le triangle ZΔB (8. 6); le quarré de AB est donc triple du quarré de BZ. Mais on a démontré que le quarré de AB est quintuple du quarré de KΛ; cinq fois le quarré de KΛ est donc égal à trois fois le quarré de ZB. Mais trois fois le quarré de ZB est plus grand que six fois le quarré de NB; cinq fois le quarré de KΛ est donc plus grand que six fois le quarré de NB; une fois le quarré de KΛ est donc plus grand qu'une fois le quarré de NB; la droite KΛ est donc plus grande que NB. Mais KΛ est égal à ΛM; la droite KΛ est donc plus grande que NB; la droite MB est donc à plus forte raison plus grande que la droite BN. Ce qu'il fallait démontrer.

ΛΗΜΜΑ.

Οτι δὲ τρία τὰ ἀπὸ τῆς ΖΒ ἓξ τῶν ἀπὸ τῆς ΒΝ μείζονά ἐστι, δείξομεν οὕτως.

Επεὶ γὰρ μείζων ἐστὶν ἡ ΒΝ τῆς ΝΖ, τὸ ἄρα ὑπὸ τῶν ΖΒ, ΒΝ μεῖζόν ἐστι τοῦ ὑπὸ τῶν ΒΖ, ΖΝ· τὸ ἄρα ὑπὸ τῶν ΒΖ, ΒΝ μετὰ τοῦ ὑπὸ ΒΖ, ΖΝ μεῖζόν ἐστιν ἢ διπλάσιον τοῦ ὑπὸ ΒΖ, ΖΝ. Αλλὰ τὸ μὲν ὑπὸ ΖΒ, ΒΝ μετὰ τοῦ ὑπὸ ΒΖ, ΖΝ τὸ ἀπὸ τῆς ΖΒ ἐστί· τὸ δὲ ὑπὸ ΒΖ, ΖΝ ἴσον τῷ ἀπὸ τῆς ΒΝ· ἄκρον γαρ καὶ μέσον λόγον τέ-

LEMMA.

Tria vero ipsa ex ZB majora esse quam sex ipsa ex BN, ita ostendemus.

Quoniam enim major est BN ipsâ NZ, ipsum igitur sub ZB, BN majus est ipso sub BZ, ZN; ipsum igitur sub BZ, BN cum ipso sub BZ, ZN majus est quam duplum ipsius sub BZ, ZN. Sed ipsum quidem sub ZB, BN cum ipso sub BZ, ZN ipsum ex ZB est; ipsum autem sub BZ, ZN æquale ipsi ex BN; extremâ enim et mediâ ra-

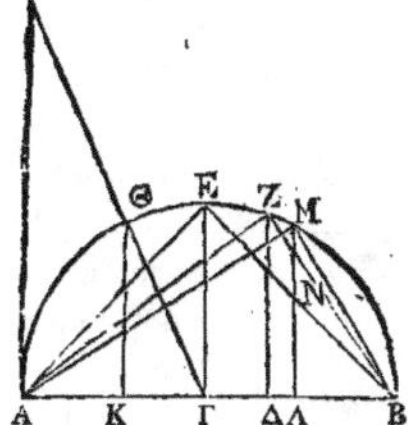

LEMME.

Nous démontrerons de la manière suivante que trois fois le quarré de ZB est plus grand que six fois le quarré de BN.

Car puisque BN est plus grand que NZ, le rectangle sous ZB, BN est plus grand que le rectangle sous BZ, ZN; le rectangle sous BZ, BN, conjointement avec le rectangle sous BZ, ZN, est donc plus grand que le double rectangle sous BZ, ZN. Mais le rectangle sous ZB, BN, conjointement avec le rectangle sous BZ, ZN, est le quarré de ZB (2. 2), et le rectangle sous BZ, ZN est égal au quarré de BN,

τμηται ἡ BZ κατὰ τὸ N, καὶ τὸ ὑπὸ τῶν ἄκρων ἴσον τῷ ἀπὸ τῆς μέσης· τὸ ἄρα ἀπὸ τῆς ZB μεῖζόν ἐστι διπλασίου τοῦ ἀπὸ τῆς BN[2]· ἓν ἄρα τὸ ἀπὸ τῆς ZB δύο τῶν ἀπὸ τῆς[3] BN μεῖζόν ἐστιν· ὥστε καὶ τρία τὰ ἀπὸ τῆς ZB ἓξ τῶν ἀπὸ τῆς[4] BN μείζονά ἐστιν. Ὅπερ ἔδει δεῖξαι.

tione secta est BZ in N, et ipsum sub extremis æquale est ipsi ex mediâ; ipsum igitur ex ZB majus est duplo ipsius ex BN; unum igitur ex ZB duobus ipsis ex BN majus est; quare et tria ipsa ex ZB quam sex ipsa ex BN majora sunt. Quod oportebat ostendere.

ΣΧΟΛΙΟΝ.

Λέγω δὴ ὅτι παρὰ τὰ εἰρημένα πέντε σχήματα οὐ συσταθήσεται ἕτερον σχῆμα περιεχόμενον ὑπὸ ἰσοπλεύρων τε καὶ ἰσογωνίων ἴσων ἀλλήλοις.

Ὑπὸ μὲν γὰρ δύο τριγώνων, ἀλλ' οὐδὲ ἄλλων δύο ἐπιπέδων, στερεὰ γωνία οὐ συσταθήσεται[1]. Ὑπὸ δὲ τριῶν τριγώνων ἡ τῆς πυραμίδος, ὑπὸ δὲ τεσσάρων ἡ τοῦ ὀκταέδρου, ὑπὸ δὲ πέντε ἡ τοῦ εἰκοσαέδρου· ὑπὸ δὲ ἓξ τριγώνων ἰσοπλεύρων τε καὶ ἰσογωνίων πρὸς ἑνὶ σημείῳ συνισταμένων οὐκ ἔσται στερεὰ γωνία, οὔσης γὰρ τῆς τοῦ ἰσοπλεύρου τριγώνου γωνίας διμοίρου ὀρθῆς, ἔσονται αἱ

SCHOLIUM.

Dico et præter dictas quinque figuras non constitui aliam figuram contentam sub et æquilateris et æquiangulis æqualibus inter se.

Etenim ex duobus quidem triangulis, et aliis duobus planis, solidus angulus non constituetur. Ex tribus vero triangulis angulus pyramidis, ex quatuor autem ipse octaedri, ex quinque autem ipse icosaedri; ex sex vero triangulis et æquilateris et æquiangulis ad unum punctum constitutis non erit solidus angulus, existente enim angulo æquilateri trianguli duabus tertiis recti, erunt illi sex anguli quatuor

parce que la droite BZ est coupée en extrême et moyenne raison au point N, et que le rectangle sous les droites extrêmes est égal au quarré de la droite moyenne (17. 6); le quarré de ZB est donc plus grand que le double du quarré de BN; une fois le quarré de ZB est donc plus grand que deux fois le quarré de BN; trois fois le quarré de ZB est donc plus grand que six fois le quarré de BN. Ce qu'il fallait démontrer.

SCHOLIE.

Je dis aussi qu'excepté les cinq figures dont nous venons de parler, on ne peut pas construire une autre figure qui soit contenue sous des figures équilatérales et équiangles.

Car on ne peut pas construire un angle solide avec deux triangles, ni avec deux autres plans (déf. 11. 11). Mais avec trois triangles, on construit l'angle de la pyramide; avec quatre, l'angle de l'octaèdre, et avec cinq, l'angle de l'icosaèdre. Avec six triangles équilatéraux et équiangles, on ne peut pas construire un angle solide en un même point; car un des angles d'un triangle équilatéral étant égal

ἓξ τεσσάρσιν[2] ὀρθαῖς ἴσαι, ὅπερ ἀδύνατον, ἅπασα γὰρ στερεὰ γωνία ὑπὸ ἐλασσόνων ἢ τεσσάρων ὀρθῶν περιέχεται. Διὰ τὰ αὐτὰ δὴ οὐδὲ ὑπὸ πλειόνων ἢ[3] ἓξ γωνιῶν ἐπιπέδων στερεὰ γωνία συνίσταται. Ὑπὸ δὲ τετραγώνων τριῶν ἡ τοῦ κύβου γωνία περιέχεται· ὑπὸ δὲ τεσσάρων ἀδύνατον, ἔσονται γὰρ πάλιν τέσσαρες ὀρθαί. Ὑπὸ δὲ πενταγώνων ἰσοπλεύρων καὶ ἰσογωνίων, ὑπὸ μὲν τριῶν ἡ τοῦ δωδεκαέδρου· ὑπὸ δὲ τεσσάρων ἀδύνατον, οὔσης γὰρ τῆς τοῦ πενταγώνου ἰσοπλεύρου[4] γωνίας ὀρθῆς καὶ πέμπτου, ἔσονται αἱ τέσσαρες γωνίαι τεσσάρων ὀρθῶν μείζους, ὅπερ ἀδύνατον. Οὐδὲ μὲν ὑπὸ πολυγώνων ἑτέρων σχημάτων περισχεθήσεται στερεὰ γωνία, διὰ τὸ αὐτὸ[5] ἄτοπον· οὐκ ἄρα παρὰ τὰ εἰρημένα πέντε σχήματα ἕτερον σχῆμα[6] στερεὸν συσταθήσεται ὑπὸ ἰσοπλεύρων καὶ ἰσογωνίων περιεχόμενον. Ὅπερ ἔδει δεῖξαι.

rectis æquales, quod impossibile; omnis enim solidus angulus sub minoribus quam quatuor rectis continetur. Propter eadem utique neque ex pluribus quam sex angulis planis solidus angulus constituitur. Sub quadratis autem tribus cubi angulus continetur; sub quatuor vero impossibile; essent enim rursus quatuor recti. Sub autem pentagonis æquilateris et æquiangulis, sub tribus quidem angulus dodecaedri; sub quatuor vero impossibile, etenim cum sit angulus pentagoni æquilateri rectus et ejus quinta pars, erunt quatuor anguli quam quatuor recti majores, quod impossibile. Neque quidem sub polygonis aliis figuris constituetur solidus angulus, propter idem absurdum; non igitur præter dictas quinque figuras alia figura solida constituetur sub æquilateris et æquiangulis contenta. Quod oportebat ostendere.

aux deux tiers d'un angle droit, six de ces angles seront égaux à quatre droits, ce qui est impossible, à cause que tout angle solide est contenu sous des angles dont la somme est plus petite que quatre droits (21. 11). Par la même raison, un angle solide ne pourra être construit avec plus de six de ces angles plans. L'angle du cube est contenu sous trois quarrés; or un angle solide ne peut pas être contenu sous quatre quarrés, car il serait contenu sous quatre angles droits. Quant aux pentagones équilatéraux et équiangles, l'angle du dodécaèdre est compris par trois de ces pentagones, et un angle solide ne peut pas être compris par quatre; car un des angles d'un pentagone équilatéral étant égal aux six cinquièmes d'un angle droit, quatre de ces angles seraient plus grands que quatre droits, ce qui est impossible. On ne pourra donc construire un angle solide avec d'autres polygones, à cause de la même absurdité. On ne peut donc pas, outre les cinq figures dont nous venons de parler, construire une autre figure solide comprise par des figures équilatérales et équiangles. Ce qu'il fallait démontrer.

ΛΗΜΜΑ.

Οτι δὲ ἡ τοῦ ἰσοπλεύρου τε[1] καὶ ἰσογωνίου πενταγώνου γωνία ὀρθή ἐστι καὶ πέμπτον, οὕτως δεικτέον.

Εστω γὰρ πεντάγωνον ἰσόπλευρόν τε[2] καὶ ἰσογώνιον τὸ ΑΒΓΔΕ, καὶ περιγεγράφθω περὶ αὐτὸ κύκλος ὁ ΑΒΓΔΕ, καὶ εἰλήφθω αὐτοῦ τὸ κέντρον τὸ Ζ[3], καὶ ἐπεζεύχθωσαν αἱ ΖΑ, ΖΒ, ΖΓ, ΖΔ, ΖΕ· δίχα ἄρα τέμνουσι τὰς πρὸς τοῖς Α, Β, Γ, Δ, Ε, τοῦ[4] πενταγώνου γωνίας. Καὶ ἐπεὶ αἱ πρὸς τῷ Ζ πέντε γωνίαι τέσσαρσιν[5] ὀρθαῖς ἴσαι εἰσὶ, καὶ εἰσὶν ἴσαι· μία ἄρα αὐτῶν, ὡς ἡ ὑπὸ ΑΖΒ, μιᾶς ὀρθῆς ἐστὶ παρὰ πέμπτον· λοιπαὶ ἄρα αἱ ὑπὸ ΖΑΒ, ΑΒΖ μιᾶς εἰσὶν ὀρθῆς καὶ πέμπτου[6]. Ιση δὲ ἡ ὑπὸ ΖΑΒ τῇ ὑπὸ ΖΒΓ· καὶ ὅλη ἄρα ἡ ὑπὸ ΑΒΓ τοῦ πενταγώνου γωνία μιᾶς ἐστι ὀρθῆς καὶ πεμπτου[7]. Οπερ ἔδει δεῖξαι.

LEMMA.

Et æquilateri autem et æquianguli pentagoni angulum rectum esse et quintum ita ostendendum est.

Sit enim pentagonum et æquilaterum et æquiangulum ΑΒΓΔΕ, et describatur circa ipsum circulus ΑΒΓΔΕ, et sumatur ipsius centrum Z, et jungantur ipsæ ZA, ZB, ZΓ, ZΔ, ZE; bifariam igitur secant ipsos ad puncta A, B, Γ, Δ, E pentagoni angulos. Et quoniam ipsi ad Z quinque anguli quatuor rectis æquales sunt, et sunt æquales; unus igitur ipsorum, ut ipse AZB, unus rectus est præter quintam partem; reliqui igitur ZAB, ABZ unus sunt rectus et quinta pars. Æqualis autem ZAB ipsi ZBΓ; et totus igitur ABΓ pentagoni angulus unus est rectus et quinta pars. Quod oportebat ostendere.

LEMME.

On peut démontrer de la manière suivante qu'un angle d'un pentagone équilatéral et équiangle est égal aux six cinquièmes d'un angle droit.

Soit ΑΒΓΔΕ un pentagone équilatéral et équiangle; circonscrivons à ce polygone le cercle ΑΒΓΔΕ; prenons le centre Z de ce cercle, et joignons ZA, ZB, ZΓ, ZΔ, ZE; ces droites couperont en deux parties égales les angles en A, B, Γ, Δ, E (14. 4). Puisque les cinq angles en Z sont égaux à quatre droits, et qu'ils sont égaux, chacun de ces angles, comme AZB, sera égal à un droit moins un cinquième; la somme des angles restants ZAB, ABZ est donc égale à un droit plus un cinquième (32. 1). Mais l'angle ZAB est égal à l'angle ZBΓ; l'angle entier ABΓ du pentagone est donc égal à un droit plus un cinquième. Ce qu'il fallait démontrer.

EUCLIDIS

DATA.

ΟΡΟΙ.

α΄. Δεδομενα τῷ μεγέθει λέγεται, χωρία τε, καὶ γραμμαὶ, καὶ γωνίαι, οἷς δυνάμεθα ἴσα πορίσασθαι.

β΄. Λόγος δεδόσθαι λέγεται, ᾧ δυνάμεθα τὸν αὐτὸν πορίσασθαι.

γ΄. Εὐθύγραμμα σχήματα τῷ εἴδει δεδόσθαι λέγεται, ὧν αἵ τε γωνίαι δεδομέναι εἰσὶ κατὰ μίαν, καὶ οἱ λόγοι τῶν πλευρῶν πρὸς ἀλλήλας[1] δεδομένοι.

δ΄. Τῇ θέσει δεδόσθαι λέγονται[2], σημεῖά τε, καὶ γραμμαὶ, καὶ γωνίαι, ἃ τὸν αὐτὸν ἀεὶ τόπον ἐπέχει[3].

DEFINITIONES.

1. Data magnitudine dicuntur, et spatia, et lineæ, et anguli, quibus possumus æqualia invenire.

2. Ratio dari dicitur, cui possumus eamdem invenire.

3. Rectilineæ figuræ specie dari dicuntur, quarum et anguli dati sunt ad unum, et rationes laterum inter se datæ.

4. Positione dari dicuntur, et puncta, et lineæ', et anguli, quæ eumdem semper situm obtinent.

LES DONNÉES D'EUCLIDE.

1. Des espaces, des lignes, et des angles, auxquels nous pouvons trouver des grandeurs égales, sont dits donnés de grandeur.

2. Une raison est dite donnée, quand nous pouvons lui en trouver une qui soit la même.

3. Des figures rectilignes, dont chacun des angles est donné, et dont les raisons de leurs côtés entre eux sont données, sont dites données d'espèce.

4. Des points, des lignes, et des angles qui conservent toujours la même situation, sont dits donnés de position.

έ. Κύκλος τῷ μεγέθει δεδόσθαι λέγεται, οὗ δέδοται ἡ ἐκ τοῦ κέντρου τῷ μεγέθει.

ς'. Τῇ θέσει δὲ καὶ τῷ μεγέθει κύκλος δεδόσθαι λέγεται, οὗ δέδοται τὸ μὲν κέντρον τῇ θέσει, ἡ δὲ[4] ἐκ τοῦ κέντρου τῷ μεγέθει.

ζ. Τμήματα κύκλων[5] τῷ μεγέθει δεδόσθαι λέγεται, ἐν οἷς αἵ τε[6] γωνίαι δεδομέναι εἰσὶ καὶ αἱ βάσεις τῶν τμημάτων τῷ μεγέθει.

ή. Τῇ θέσει δὲ καὶ τῷ μεγέθει τμήματα δεδόσθαι λέγεται, ἐν οἷς αἵ τε γωνίαι δεδομέναι εἰσὶ τῷ[7] μεγέθει, καὶ αἱ βάσεις τῶν τμημάτων τῇ θέσει καὶ τῷ μεγέθει.

θ'. Μέγεθος μεγέθους, δοθέντι, μεῖζόν ἐστιν, ὅταν, ἀφαιρεθέντος τοῦ δοθέντος, τὸ λοιπὸν τῷ αὐτῷ ἴσον ῇ.

ί. Μέγεθος μεγέθους, δοθέντι, ἔλαττόν ἐστιν, ὅταν, προστεθέντος τοῦ δοθέντος, τὸ ὅλον τῷ αὐτῷ ἴσον ῇ.

ιά. Μέγεθος μεγέθους, δοθέντι, μεῖζόν ἐστιν

5. Circulus magnitudine dari dicitur, cuju datur ea quæ ex centro magnitudine.

6. Positione autem et magnitudine circulu dari dicitur, cujus datur centrum quidem positione, ea vero ex centro magnitudine.

7. Segmenta circulorum magnitudine da dicuntur, in quibus et anguli dati sunt, et base segmentorum magnitudine.

8. Positione autem et magnitudine segment dari dicuntur, in quibus et anguli dati sun magnitudine, et bases segmentorum positione e magnitudine.

9. Magnitudo quam magnitudo, datâ, majo est, quando, ablatâ datâ, reliqua eidem æqualis est.

10. Magnitudo quam magnitudo, datâ, mino est, quando, adjunctâ datâ, tota eidem æqualis est.

11. Magnitudo magnitudine, datâ, major

5. Un cercle, dont le rayon est donné de grandeur, est dit donné de grandeur.

6. Un cercle, dont le centre est donné de position, et le rayon de grandeur, est dit donné de position, et de grandeur.

7. Des segments de cercles sont dits donnés de grandeur, quand les angles qu'ils comprènent, et les bases de ces segments sont donnés de grandeur.

8. Des segments sont dits donnés de position et de grandeur, quand les angles qu'ils comprènent sont donnés de grandeur, et que les bases des segments sont données de position, et de grandeur.

9. Une grandeur est plus grande qu'une autre grandeur, d'une grandeur donnée, quand la grandeur donnée étant retranchée de la plus grande, le reste est égal à la plus petite.

10. Une grandeur est plus petite qu'une autre grandeur d'une grandeur donnée, quand la grandeur donnée étant ajoutée à la plus petite, la somme est égale à la plus grande.

11. Une grandeur est plus grande à l'égard d'une autre, d'une donnée, qu'en

ἢ ἐν λόγῳ, ὅταν, ἀφαιρεθέντος τοῦ δοθέντος, τὸ λοιπὸν πρὸς τὸ αὐτὸ λόγον ἔχει δεδομένον.

ιϐ'. Μέγεθος μεγέθους, δοθέντι, ἔλασσόν ἐστιν ἢ ἐν λόγῳ, ὅταν, προστεθέντος τοῦ δοθέντος, τὸ ὅλον πρὸς τὸ αὐτὸ λόγον ἔχει δεδομένον.

ιγ'. Κατηγμένη ἐστὶν, ἡ ἀπὸ δεδομένου σημείου ἐπὶ θέσει εὐθεῖαν ἀγομένη εὐθεῖα ἐν δεδομένῃ γωνίᾳ.

ιδ'. Ανηγμένη ἔστὶν, ἡ ἀπὸ δεδομένου σημείου πρὸς θέσει εὐθείᾳ[8] ἀγομένη εὐθεῖα ἐν δεδομένῃ γωνίᾳ.

ιε'. Παρὰ θέσει ἐστὶν, ἡ διὰ δεδομένου σημείου δεδομένῃ[9] θέσει εὐθείᾳ παράλληλος ἀγομένη.

est quam in ratione, quando, oblatâ datâ, reliqua ad eamdem rationem habet datam.

12. Magnitudo magnitudine, datâ, minor est quam in ratione, quando, ajdunctâ datâ, tota ad eamdem rationem habet datam.

13. Deducta recta est, quæ a dato puncto ad rectam positione ducitur in dato angulo.

14. Educta recta est, quæ a dato puncto in rectam positione ducitur in dato angulo.

15. Contra positione recta est, quæ per datum punctum datæ positione rectæ parallela ducitur.

raison, quand la grandeur donnée étant retranchée, le reste a avec l'autre une raison donnée.

12. Une grandeur est plus petite à l'égard d'une autre, d'une donnée, qu'en raison, quand la grandeur donnée étant ajoutée, leur somme a avec l'autre une raison donnée.

13. Une droite est dite abaissée, lorsqu'elle est menée, dans un angle donné, d'un point donné à une droite donnée de position.

14. Une droite est dite élevée, lorsqu'elle est menée, dans un angle donné, d'un point donné dans une droite donnée de position.

15. Une droite est dite de juxta-position, lorsqu'elle est menée par un point donné parallèlement à une droite donnée de position.

ΠΡΟΤΑΣΙΣ α΄.

Τῶν δεδομένων μεγεθῶν ὁ λόγος ὁ πρὸς ἄλληλα δέδοται.

Ἔστω δεδομένα μεγέθη τὰ Α, Β· λέγω ὅτι τοῦ Α πρὸς τὸ Β λόγος ἐστὶ δοθείς.

Ἐπεὶ γὰρ δέδοται τὸ Α, δυνατόν ἐστιν αὐτῷ ἴσον πορίσασθαι. Πεπορίσθω, καὶ ἔστω τὸ Γ. Πάλιν ἐπεὶ δεδομένον ἐστὶ τὸ Β, δυνατόν ἐστιν αὐτῷ ἴσον πορίσασθαι. Πεπορίσθω, καὶ ἔστω τὸ Δ. Ἐπεὶ οὖν ἴσον ἐστὶ τὸ μὲν Α τῷ Γ, τὸ δὲ Β τῷ Δ· ἔστιν ἄρα ὡς τὸ Α πρὸς τὸ Γ οὕτως[1] τὸ Β πρὸς τὸ Δ· ἐναλλὰξ ἄρα[2] ὡς τὸ Α πρὸς τὸ Β οὕτως τὸ Γ πρὸς τὸ Δ. Τοῦ Α ἄρα πρὸς τὸ Β λόγος ἐστὶ δοθείς· ὁ αὐτὸς γὰρ αὐτῷ πεπόρισθαι ὁ τοῦ Γ πρὸς τὸ Δ. Ὅπερ ἔδει δεῖξαι[3].

PROPOSITIO I.

Datarum magnitudinum ratio inter se datur.

Sint datæ magnitudines A, B; dico ipsius A ad B rationem esse datam.

A

B

Γ

Δ

Quoniam enim data est A, possibile est illi æqualem invenire. Inveniatur, et sit Γ. Rursus, quoniam data est B, possibile est ipsi æqualem invenire. Inveniatur, et sit Δ. Quoniam igitur æqualis est quidem A ipsi Γ, B vero ipsi Δ; est igitur ut A ad Γ ita B ad Δ; permutando igitur ut A ad B ita Γ ad Δ. Ipsius igitur A ad B ratio est data; eadem enim eidem inventa est, ea ipsius Γ ad Δ. Quod oportebat ostendere.

PROPOSITION I.

La raison qu'ont entre elles des grandeurs données, est donnée.

Que les grandeurs A, B soient données; je dis que la raison de A à B est donnée.

Car puisque A est donné, il est possible de lui trouver une grandeur égale (déf. 1); qu'elle soit trouvée, et que ce soit Γ. De plus, puisque B est donné, il est possible de lui trouver une grandeur égale; qu'elle soit trouvée, et que ce soit Δ. Puisque A est égal à Γ, et que B est égal à Δ, la grandeur A sera à Γ comme B est à Δ; et, par permutation, A sera à B comme Γ est à Δ (16. 5). La raison de A à B est donc donnée (déf. 2); car on lui en a trouvé une qui est la même, savoir, la raison de Γ à Δ. Ce qu'il fallait démontrer.

ΠΡΟΤΑΣΙΣ β΄.

Εὰν δεδομένον μέγεθος πρὸς ἄλλό τι μέγεθος λόγον ἔχῃ δεδομένον, δέδοται κἀκεῖνο τῷ μεγέθει.

Δεδομένον γὰρ μέγεθος τὸ Α πρὸς ἄλλό τι μέγεθος τὸ Β λόγον ἐχέτω δεδομένον· λέγω ὅτι δέδοται[1] τὸ Β τῷ μεγέθει.

PROPOSITIO II.

Si data magnitudo ad aliam quamdam magnitudinem rationem habeat datam, datur et illa magnitudine.

Data enim magnitudo A ad aliam quamdam magnitudinem B rationem habeat datam; dico dari ipsam B magnitudine.

Επεὶ γὰρ δέδοται τὸ Α, δυνατόν ἐστιν αὐτῷ ἴσον πορίσασθαι. Πεπορίσθω, καὶ ἔστω τὸ[2] Γ. Καὶ ἐπεὶ δέδοται ὁ τοῦ Α πρὸς τὸ Β λόγος, οὕτως γὰρ ὑπόκειται, δυνατόν ἐστιν αὐτῷ τὴν ἴσον[3] πορίσασθαι. Πεπορίσθω, καὶ ἔστω ὁ τοῦ Γ πρὸς τὸ Δ λόγος. Καὶ ἐπεί ἐστιν ὡς τὸ Α πρὸς τὸ Β οὕτως τὸ Γ πρὸς τὸ Δ· ἐναλλὰξ ἄρα ἐστὶν ὡς τὸ Α πρὸς τὸ Γ οὕτως τὸ Β πρὸς τὸ Δ. Ισον δὲ τὸ Α τῷ Γ· ἴσον ἄρα καὶ[4] τὸ Β τῷ Δ· δέδοται ἄρα τὸ Β μέγεθος, ἴσον γὰρ αὐτῷ πεπόρισται τὸ Δ.

Quoniam enim data est A, possibile est ipsi æqualem invenire. Inveniatur, et sit Γ. Et quoniam data est ipsius A ad B ratio, ita enim supponitur, possibile est ipsi æqualem invenire. Inveniatur, et sit ipsius Γ ad Δ ratio. Et quoniam est ut A ad B ita Γ ad Δ; permutando igitur est ut A ad Γ ita B ad Δ. Æqualis autem A ipsi Γ; æqualis igitur et B ipsi Δ; data igitur est B magnitudo, æqualis enim ipsi inventa est ipsa Δ.

PROPOSITION II.

Si une grandeur donnée a une raison donnée avec une autre grandeur, celle-ci est donnée de grandeur.

Que la grandeur donnée A ait une raison donnée avec une autre grandeur B; je dis que B est donné de grandeur.

Car puisque A est donné, il est possible de lui trouver une grandeur égale (déf. 1); qu'elle soit trouvée, et que ce soit Γ. Et puisque la raison de A à B est donnée, par supposition, il est possible de lui trouver une raison qui soit la même. Qu'elle soit trouvée, et que ce soit la raison de Γ à Δ. Puisque A est à B comme Γ est à Δ, par permutation, A sera à Γ comme B est à Δ. Mais A est égal à Γ; donc B est égal à Δ; la grandeur B est donc donnée, puisqu'on a trouvé son égale Δ (déf. 1).

ΠΡΟΤΑΣΙΣ γ'.

Εὰν δεδομένα μεγέθη ὁποσαοῦν συντεθῇ, καὶ τὸ ἐξ αὐτῶν συγκείμενον δεδομένον ἔσται.

Συγκείσθω γὰρ ὁποσαοῦν δεδομένα μεγέθη, τὰ ΑΒ, ΒΓ· λέγω ὅτι καὶ τὸ ἐκ τῶν ΑΒ, ΒΓ συγκείμενον τὸ ΑΓ δεδομένον ἐστίν.

PROPOSITIO III.

Si datæ magnitudines quotlibet componantur, et ex ipsis composita magnitudo data erit.

Componantur enim quotlibet datæ magnitudines ΑΒ, ΒΓ; dico et ipsam ΑΓ ex ipsis ΑΒ, ΒΓ compositam datam esse.

Ἐπεὶ γὰρ δέδοται τὸ ΑΒ, δυνατόν ἐστιν αὐτῷ ἴσον πορίσασθαι. Πεπορίσθω, καὶ ἔστω τὸ ΔΕ. Πάλιν ἐπεὶ δέδοται τὸ ΒΓ, δυνατόν ἐστιν αὐτῷ ἴσον πορίσασθαι. Πεπορίσθω, καὶ ἔστω τὸ ΕΖ. Ἐπεὶ οὖν ἴσον ἐστὶ τὸ μὲν ΑΒ τῷ ΔΕ, τὸ δὲ ΒΓ τῷ ΕΖ· ὅλον ἄρα τὸ ΑΓ ὅλῳ τῷ ΔΖ ἐστὶν ἴσον· δέδοται ἄρα τὸ ΑΓ, ἴσον γὰρ αὐτῷ πεπόρισται τὸ ΔΖ.

Quoniam enim data est ΑΒ, possibile est ipsi æqualem invenire. Inveniatur, et sit ΔΕ. Rursus quoniam datur ΒΓ, possibile est ipsi æqualem invenire. Inveniatur, et sit ΕΖ. Quoniam igitur ΑΒ æqualis est ipsi ΔΕ, ΒΓ vero ipsi ΕΖ; tota igitur ΑΓ toti ΔΖ est æqualis; datur igitur ΑΓ, æqualis enim ipsi inventa est ΔΖ.

PROPOSITION III.

Si tant de grandeurs données qu'on voudra sont réunies, la grandeur composée de ces grandeurs sera donnée.

Que tant de grandeurs données qu'on voudra, ΑΒ, ΒΓ soient réunies; je dis que la grandeur ΑΓ, composée des grandeurs ΑΒ, ΒΓ est donnée.

Car puisque la grandeur ΑΒ est donnée, il est possible de trouver son égale (déf. 1); qu'elle soit trouvée, et que ce soit ΔΕ. De plus, puisque la grandeur ΒΓ est donnée, il est possible de trouver son égale; qu'elle soit trouvée, et que ce soit ΕΖ. Puisque ΑΒ est égal à ΔΕ, et ΒΓ égal à ΕΖ, la grandeur entière ΑΓ sera égale à la grandeur entière ΔΖ. Donc ΑΓ est donné, puisqu'on a trouvé son égale ΔΖ (déf. 1).

ΠΡΟΤΑΣΙΣ δ'.

Εὰν ἀπὸ δεδομένου μεγέθους δεδομένον μέγεθος ἀφαιρεθῇ, τὸ λοιπὸν δεδομένον ἔσται.

Ἀπὸ γὰρ δεδομένου μεγέθους τοῦ ΑΒ δεδομένον μέγεθος ἀφῃρήσθω τὸ ΑΓ· λέγω ὅτι[1] καὶ τὸ λοιπὸν τὸ ΓΒ δεδομένον ἐστίν.

PROPOSITIO IV.

Si a datâ magitudine data magnitudo auferatur, reliqua data erit.

Etenim a datâ mugnitudine AB data magnitudo auferatur AΓ; dico et reliquam ΓB datam esse.

Ἐπεὶ γὰρ δέδοται τὸ ΑΒ, δυνατόν ἐστιν αὐτῷ ἴσον πορίσασθαι. Πεπορίσθω, καὶ ἔστω τὸ ΔΖ. Πάλιν, ἐπεὶ δέδοται τὸ ΑΓ, δυνατόν ἐστιν αὐτῷ ἴσον πορίσασθαι. Πεπορίσθω, καὶ ἔστω τὸ ΔΕ. Ἐπεὶ οὖν ἴσον ἐστὶ τὸ μὲν ΑΒ τῷ ΔΖ, τὸ δὲ ΑΓ τῷ ΔΕ· λοιπὸν ἄρα τὸ ΓΒ λοιπῷ τῷ ΕΖ ἐστὶν ἴσον[2]· δέδοται ἄρα τὸ ΓΒ, ἴσον γὰρ αὐτῷ πεπόρισται τὸ ΕΖ.

Quoniam enim data est AB, possibile est ipsi æqualem invenire. Inveniatur, et sit ΔZ. Rursus, quoniam data est AΓ, possibile est ipsi æqualem invenire. Inveniatur, et sit ΔE. Quoniam igitur æqualis est AB quidem ipsi ΔZ, AΓ vero ipsi ΔE; reliqua igitur ΓB reliquæ EZ est æqualis; data est igitur ΓB, æqualis enim ipsi inventa est EZ.

PROPOSITION IV.

Si d'une grandeur donnée, on retranche une grandeur donnée, la grandeur restante sera donnée.

De la grandeur donnée AB, soit retranchée la grandeur donnée AΓ; je dis que la grandeur restante ΓB est aussi donnée.

Car puisque la grandeur AB est donnée, il est possible de trouver son égale (déf. 1); qu'elle soit trouvée, et que ce soit ΔZ. De plus, puisque la grandeur AΓ est donnée, il est possible de trouver son égale; qu'elle soit trouvée, et que ce soit ΔE. Puisque AB est égal à ΔZ, et AΓ égal à ΔE, le reste ΓB sera égal au reste EZ. Donc ΓB est donné (déf. 1), puisqu'on a trouvé son égal EZ.

ΠΡΟΤΑΣΙΣ έ.

Εὰν μέγεθος πρὸς ἑαυτοῦ τι μέρος λόγον ἔχῃ δεδομένον, καὶ πρὸς τὸ λοιπὸν λόγον[1] ἕξει δεδομένον.

Μέγεθος γὰρ τὸ ΑΒ πρὸς ἑαυτοῦ τι μέρος τὸ ΑΓ λόγον ἐχέτω δεδομένον· λέγω ὅτι καὶ πρὸς τὸ λοιπὸν τὸ ΒΓ λόγον ἔχει δεδομένον.

PROPOSITIO V.

Si magnitudo ad suî ipsius aliquam partem rationem habeat datam, et ad reliquam rationem habebit datam.

Magnitudo enim AB ad suî ipsius partem AΓ rationem habeat datam; dico et illam ad reliquam BΓ rationem habere datam.

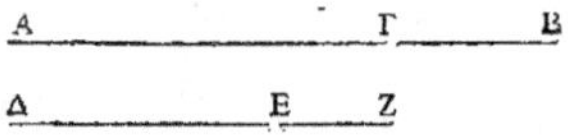

A Γ B

Δ E Z

Κείσθω γὰρ δεδομένον μέγεθος τὸ ΔΖ. Καὶ ἐπεὶ λόγος ἐστὶ δοθεὶς ὁ τοῦ ΒΑ πρὸς τὸ ΑΓ, ὁ αὐτὸς αὐτῷ πεποιήσθω[2] ὁ τοῦ ΖΔ πρὸς ΔΕ· λόγος ἄρα ᾽στὶν ὁ τοῦ ΖΔ πρὸς ΔΕ δοθείς. Δοθὲν δὲ τὸ ΖΔ· δοθὲν ἄρα καὶ τὸ ΔΕ· καὶ λοιπὸν ἄρα τὸ ΕΖ δοθέν ἐστιν. Εστι δὲ καὶ τὸ ΔΖ δοθέν· λόγος ἄρα τοῦ ΔΖ πρὸς τὸ ΖΕ δοθείς ἐστι[3]. Καὶ ἐπεί ἐστιν ὡς τὸ ΔΖ πρὸς ΔΕ οὕτως καὶ τὸ ΒΑ πρὸς ΑΓ· ἀναστρέψαντι ἄρα ἐστὶν ὡς τὸ ΔΖ πρὸς τὸ ΖΕ οὕτως τὸ ΑΒ πρὸς τὸ ΒΓ. Λόγος δὲ τοῦ ΔΖ πρὸς ΖΕ δοθείς ἐστιν[4], ὡς δέδεικται· λόγος ἄρα καὶ τοῦ ΑΒ πρὸς τὸ ΒΓ δοθείς ἐστιν[5].

Exponatur enim data magnitudo ΔZ. Et quoniam ratio est data ipsius BA ad AΓ, eadem huic inveniatur ratio ipsius ZΔ ad ΔE; ratio igitur est ipsius ZΔ ad ΔE data. Data autem ZΔ. Data igitur et ΔE; et reliqua igitur EZ data est. Est autem et ΔZ data; ratio igitur ipsius ΔZ ad ZE data est. Et quoniam est ut ΔZ ad ΔE ita et BA ad AΓ; convertendo igitur est ut ΔZ ad ZE ita AB ad BΓ. Ratio autem ipsius ΔZ ad ZE data est, ut ostensum est; ratio igitur et ipsius AB ad BΓ data est.

PROPOSITION V.

Si une grandeur a une raison donnée avec une de ses parties, elle aura aussi une raison donnée avec l'autre partie.

Que la grandeur AB ait une raison donnée avec sa partie AΓ; je dis qu'elle a aussi une raison donnée avec l'autre partie BΓ.

Car soit ΔZ une grandeur donnée. Puisque la raison de BA à AΓ est donnée, faisons en sorte que la raison de ZΔ à ΔE soit la même que celle-ci; la raison de ZΔ à ΔE sera donnée (déf. 2). Mais ΔZ est donné; donc ΔE est aussi donné (2). Le reste EZ est donc donné (4). Mais ZΔ est donné; la raison de ΔZ à ZE est donc donnée (1). Mais ΔZ est à ΔE comme BA est à AΓ; donc, par conversion, ΔZ est à ZE comme AB est à BΓ (19. 5). Mais la raison de ΔZ à ZE est donnée, ainsi qu'on l'a démontré; la raison de AB à BΓ est donc donnée.

ΠΡΟΤΑΣΙΣ ϛʹ.

Εὰν δύο μεγέθη συντεθῇ πρὸς ἄλληλα λόγον ἔχοντα δεδομένον, καὶ τὸ ὅλον πρὸς ἑκάτερον αὐτῶν[1] λόγον ἕξει δεδομένον.

Συγκείσθω γὰρ δύο μεγέθη τὰ[2] ΑΓ, ΓΒ, πρὸς ἄλληλα λόγον ἔχοντα δεδομένον· Λέγω ὅτι καὶ ὅλον τὸ ΑΒ πρὸς ἑκάτερον τῶν ΑΓ, ΓΒ λόγον ἔχει δεδομένον.

PROPOSITIO VI.

Si duæ magnitudines componantur inter se rationem habentes datam, et tota ad utramque earum rationem habebit datam.

Componantur enim duæ magnitudines ΑΓ, ΓΒ, inter se rationem habentes datam; dico et totam ΑΒ ad utramque ipsarum ΑΓ, ΓΒ rationem habere datam.

Α Γ Β

Δ Ε Ζ

Εκκείσθω γὰρ δεδομένον μέγεθος τὸ ΔΕ. Καὶ ἐπεὶ λόγος ἐστὶ τοῦ ΑΓ πρὸς τὸ[3] ΓΒ δοθεὶς, ὁ αὐτὸς αὐτῷ πεποιήσθω ὁ τοῦ ΔΕ πρὸς ΕΖ. Ο ἄρα τοῦ ΔΕ πρὸς ΕΖ λόγος ἐστὶ δοθείς· δοθὲν δὲ τὸ ΔΕ· δοθὲν ἄρα καὶ τὸ ΕΖ· καὶ ὅλον ἄρα τὸ ΔΖ δοθὲν ἐστίν· ἔστιν οὖν ἑκατέρον τῶν ΔΕ, ΕΖ δοθέν[4]· λόγος ἄρα τοῦ ΔΖ πρὸς ἑκάτερον τῶν ΔΕ, ΕΖ δοθείς. Καὶ ἐπεί ἐστιν ὡς τὸ ΑΓ πρὸς τὸ ΓΒ οὕτως τὸ ΔΕ πρὸς τὸ ΕΖ[5]· συνθέντι ἄρα ὡς τὸ ΑΒ πρὸς τὸ ΒΓ οὕτως τὸ ΔΖ πρὸς τὸ ΖΕ[6]· καὶ ἀναστρέψαντι ὡς τὸ ΑΒ πρὸς τὸ ΑΓ οὕτως τὸ ΔΖ πρὸς τὸ ΔΕ[7]. Καὶ

Exponatur enim data magnitudo ΔΕ. Et quoniam ratio est ipsius ΑΓ ad ΓΒ data, eadem huic fiat ratio ipsius ΔΕ ad ΕΖ. Ergo ipsius ΔΕ ad ΕΖ ratio est data. Data autem ΔΕ; data igitur et ΕΖ; et tota igitur ΔΖ data est; est autem utraque ipsarum ΔΕ, ΕΖ data; ratio igitur ipsius ΔΖ ad utramque ipsarum ΔΕ, ΕΖ data. Et quoniam est ut ΑΓ ad ΓΒ ita ΔΕ ad ΕΖ; componendo igitur ut ΑΒ ad ΒΓ ita ΔΖ ad ΖΕ; et convertendo ut ΑΒ ad ΑΓ ita ΔΖ ad ΔΕ. Et

PROPOSITION VI.

Si deux grandeurs qui ont entre elles une raison donnée sont réunies, la grandeur entière aura une raison donnée avec chacune d'elles.

Ajoutons les deux grandeurs ΑΓ, ΓΒ qui ont entre elles une raison donnée; je dis que la grandeur entière ΑΒ a une raison donnée avec chacune des grandeurs ΑΓ, ΓΒ.

Car soit ΔΕ une grandeur donnée. Puisque la raison de ΑΓ à ΓΒ est donnée, faisons en sorte que la raison de ΔΕ à ΕΖ soit la même que celle-ci. La raison de ΔΕ à ΕΖ sera donnée (déf. 1). Mais ΔΕ est donné; donc ΕΖ est donné (2). La droite entière ΔΖ est donc donnée (1 et 3). Mais chacune des grandeurs ΔΕ, ΕΖ est donnée; la raison de ΔΖ avec chacune des grandeurs ΔΕ, ΕΖ est donc donnée (1 et 3). Mais ΑΓ est à ΓΒ comme ΔΕ est à ΕΖ; donc, par addition, ΑΒ est à ΒΓ comme ΔΖ est à ΖΕ (18. 5) donc, par conversion, ΑΒ sera à ΑΓ comme ΔΖ est à ΔΕ (cor.

ἐπεὶ ὡς τὸ ΔΖ πρὸς ἑκάτερον τῶν ΔΕ, ΕΖ οὕτως τὸ ΑΒ πρὸς ἑκάτερον τῶν ΑΓ, ΓΒ· λόγος ἄρα καὶ τοῦ ΑΒ πρὸς ἑκάτερον τῶν ΑΓ, ΓΒ δοθείς.

quoniam ut ΔΖ ad utramque ipsarum ΔΕ, ΕΖ ita ΑΒ ad utramque ipsarum ΑΓ, ΓΒ; ratio igitur et ipsius ΑΒ ad utramque ipsarum ΑΓ, ΓΒ data.

ΠΡΟΤΑΣΙΣ ζ'.

Ἐὰν δεδομένον μέγεθος εἰς δεδομένον λόγον διαιρεθῇ, ἑκάτερον τῶν τμημάτων δεδομένον ἐστίν.

Δεδομένον γὰρ μέγεθος τὸ ΑΒ εἰς δεδομένον λόγον διηρήσθω τὴν τοῦ ΑΓ πρὸς ΓΒ· λέγω ὅτι ἑκάτερον τῶν ΑΓ, ΓΒ δοθέν ἐστιν.

PROPOSITIO VII.

Si data magnitudo in datâ ratione secetur, utrumque segmentorum datum est.

Data enim magnitudo ΑΒ in datâ ratione secetur, in ratione ipsius ΑΓ ad ΓΒ; dico utramque ipsarum ΑΓ, ΓΒ datam esse.

Α Γ Β

Ἐπεὶ γὰρ λόγος ἐστὶ τοῦ ΑΓ πρὸς ΓΒ δοθείς· λόγος ἄρα καὶ τοῦ ΑΒ πρὸς ἑκάτερον τῶν ΑΓ, ΓΒ δοθείς. Δοθὲν δὲ τὸ ΑΒ· δοθὲν ἄρα καὶ ἑκάτερον τῶν ΑΓ, ΓΒ.

Quoniam enim ratio est ipsus ΑΓ ad ΓΒ data; ratio igitur et ipsius ΑΒ ad utramque ipsarum ΑΓ, ΓΒ data. Data autem ΑΒ; data igitur et utraque ipsarum ΑΓ, ΓΒ.

19. 5); et puisque ΔΖ est à chacune des grandeurs ΔΕ, ΕΖ comme ΑΒ est à chacune des grandeurs ΑΓ, ΓΒ; la raison de ΑΒ à chacune des grandeurs ΑΓ, ΓΒ est donc donnée.

PROPOSITION VII.

Si une grandeur donnée est partagée en une raison donnée, chacun des segments est donné.

Que la grandeur donnée ΑΒ soit partagée en une raison donnée qui soit celle de ΑΓ à ΓΒ; je dis que chacun des segments ΑΓ, ΓΒ est donné.

Car puisque la raison de ΑΓ à ΓΒ est donnée, la raison de ΑΒ à chacun des segments ΑΓ, ΓΒ est donnée (6). Mais ΑΒ est donné; chacun des segments ΑΓ, ΓΒ est donc donné (2).

ΠΡΟΤΑΣΙΣ ή.

Τὰ πρὸς τὸ[1] αὐτὸ λόγον ἔχοντα δεδομένον, καὶ πρὸς ἄλληλα λόγον ἕξει δεδομένον.

Εχέτω γὰρ ἑκάτερον τῶν A, Γ πρὸς τὸ B λόγον δεδομένον· Λέγω ὅτι καὶ τὸ A πρὸς τὸ Γ λόγον ἕξει δεδομένον.

A Δ

B E

Γ Z

Εστω γὰρ δεδομένον μέγεθος τὸ Δ. Καὶ ἐπεὶ λόγος ἐστὶ τοῦ A πρὸς τὸ B δοθεὶς, ὁ αὐτὸς αὐτῷ πεποιήσθω ὁ τοῦ Δ πρὸς τὸ[2] E. Δοθὲν δὲ τὸ Δ· δοθὲν ἄρα καὶ τὸ E. Πάλιν ἐπεὶ λόγος ἐστὶ τοῦ B πρὸς τὸ Γ δοθείς, ὁ αὐτὸς αὐτῷ πεποιήσθω ὁ τοῦ E πρὸς τὸ Z δοθείς[3]. Δοθὲν δὲ τὸ E· δοθὲν ἄρα καὶ τὸ Z. Εστι δὲ καὶ τὸ Δ δοθέν· λόγος ἄρα τοῦ Δ πρὸς τὸ Z ἐστι δοθείς. Καὶ ἔπεί ἐστιν ὡς μὲν τὸ A πρὸς τὸ B οὕτως τὸ Δ πρὸς τὸ E, ὡς δὲ τὸ B πρὸς τὸ Γ οὕτως τὸ E πρὸς τὸ Z·

PROPOSITIO VIII.

Quæ ad idem rationem habent datam, et inter se rationem habebunt datam.

Habeat enim utraque ipsarum A, Γ ad B rationem datam; dico et A ad Γ rationem habituram esse datam.

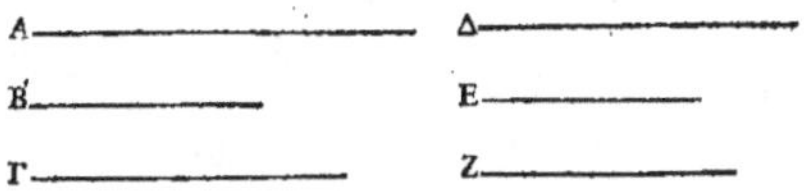

Sit enim data magnitudo Δ. Et quoniam ratio est ipsius A ad B data, eadem huic fiat ratio ipsius Δ ad E. Data autem Δ; data igitur et E. Rursus, quoniam ratio est ipsius B ad Γ data, eadem huic fiat ratio ipsius E ad Z data. Data autem E; data igitur et Z. Est autem et Δ data; ratio igitur ipsius Δ ad Z est data. Et quoniam est ut quidem A ad B ita Δ ad E; ut autem B ad Γ ita E ad Z; ex æquo

PROPOSITION VIII.

Les grandeurs qui ont une raison donnée avec une même grandeur, auront entr'elles une raison donnée.

Que les grandeurs A, Γ ayent avec B une raison donnée; je dis que A aura avec Γ une raison donnée.

Car soit Δ une grandeur donnée. Puisque la raison de A à B est donnée, faisons en sorte que la raison de Δ à E soit la même que celle-ci. Mais Δ est donné; donc E est donné aussi (2). De plus, puisque la raison de B à Γ est donnée, faisons en sorte que la raison de E à Z soit la même que celle-ci. Mais E est donné; donc Z l'est aussi. Mais Δ est donné; la raison de Δ à Z est donc donnée (1). Mais A est à B comme Δ est à E, et B est à Γ comme E est à Z; donc, par éga-

δ'ἴσου ἄρα ἐστὶν ὡς τὸ Α πρὸς τὸ Γ οὕτως τὸ Δ πρὸς τὸ Ζ. Λόγος δὲ τοῦ Δ πρὸς τὸ Ζ δοθείς· λόγος ἄρα καὶ ὁ τοῦ Α πρὸς τὸ Γ δοθείς.

igitur est ut Α ad Γ ita Δ ad Ζ. Ratio autem ipsius Δ ad Ζ data; ratio igitur et ipsius Α ad Γ data.

ΠΡΟΤΑΣΙΣ θ'.

Εὰν δύο ἢ πλείονα μεγέθη πρὸς ἄλληλα λόγον ἔχῃ δεδομένον, ἔχῃ δὲ τὰ αὐτὰ μεγέθη πρὸς ἀλλά τινα μεγέθη λόγους δεδομένους, εἰ καὶ μὴ τοὺς αὐτούς· κἀκεῖνα τὰ μεγέθη πρὸς ἄλληλα λόγους ἕξει δεδομένους.

Δύο γὰρ ἢ πλείονα μεγέθη τὰ Α, Β, Γ πρὸς ἄλληλα λόγον ἐχέτω δεδομένον, ἐχέτω δὲ τὰ αὐτὰ μεγέθη τὰ Α, Β, Γ πρὸς ἀλλά τινα μεγέθη τὰ Δ, Ε, Ζ λόγους δεδομένους, μὴ τοὺς αὐτοὺς δέ· λέγω ὅτι καὶ τὰ Δ, Ε, Ζ μεγέθη πρὸς ἄλληλα λόγον ἕξει δεδομένον.

Επεὶ γὰρ λόγος ἐστὶ τοῦ Α πρὸς τὸ Β δοθεὶς, τοῦ δὲ Α πρὸς τὸ Δ λόγος ἐστὶ δοθείς· καὶ τοῦ Δ ἄρα πρὸς τὸ Β λόγος ἐστὶ δοθείς. Αλλὰ τοῦ Β πρὸς τὸ Ε λόγος ἐστὶ δοθείς· καὶ τοῦ Δ ἄρα[1] πρὸς

PROPOSITIO IX.

Si duæ vel plures magnitudines inter se rationem habeant datam, habeant autem eædem magnitudines ad alias quasdam magnitudines rationes datas, et si non easdem, et illæ magnitudines inter se rationes habebunt datas.

Duæ enim vel plures magnitudines Α, Β, Γ inter se rationem habeant datam, habeant autem eædem magnitudines Α, Β, Γ ad alias quasdam magnitudines Δ, Ε, Ζ rationes datas, non autem easdem; dico et Δ, Ε, Ζ magnitudines inter se rationem habituras esse datam.

Quoniam enim ratio est ipsius Α ad Β data, ipsius autem Α ad Δ ratio est data; et ipsius Δ igitur ad Β ratio est data. Sed ipsius Β ad Ε ratio est data; et ipsius Δ igitur ad Ε ratio est data.

lité, Α est à Γ comme Δ est à Ζ (22. 5). Mais la raison de Δ à Ζ est donnée; donc la raison de Α à Γ est donnée.

PROPOSITION IX.

Si deux ou un plus grand nombre de grandeurs ont entr'elles une raison donnée, et si elles ont avec certaines autres grandeurs des raisons données, quoique non les mêmes, ces dernières grandeurs auront entre elles des raisons données.

Que deux ou un plus grand nombre de grandeurs Α, Β, Γ ayent entre elles une raison donnée, et que ces mêmes grandeurs Α, Β, Γ ayent avec certaines autres grandeurs Δ, Ε, Ζ des raisons données, mais non les mêmes; je dis que les grandeurs Δ, Ε, Ζ auront entr'elles une raison donnée.

Car puisque la raison de Α à Β est donnée, et que la raison de Α à Δ est aussi donnée, la raison de Δ à Β sera donnée (8). Mais la raison de Β à Ε est donnée; la raison

τὸ Ε λόγος ἐστὶ δοθείς. Πάλιν, ἐπεὶ λόγος ἐστὶ τοῦ Β πρὸς τὸ Γ δοθεὶς, τοῦ δὲ Β πρὸς τὸ Ε λόγος ἐστὶ δοθείς· καὶ τοῦ Ε ἄρα πρὸς τὸ Γ λόγος ἐστὶ δοθείς. Τοῦ δὲ Γ πρὸς τὸ Ζ λόγος ἐστὶ δοθείς· καὶ τοῦ Ε ἄρα πρὸς τὸ Ζ λόγος ἐστὶ δοθείς· τὰ Δ, Ε, Ζ ἄρα πρὸς ἄλληλα λόγον ἔχει δεδομένον.

Rursus, quoniam ratio est ipsius Β ad Γ data, ipsius autem Β ad Ε ratio est data; et ipsius Ε igitur ad Γ ratio est data. Ipsius autem Γ ad Ζ ratio est data; et ipsius Ε igitur ad Ζ ratio est data; ipsæ Δ, Ε, Ζ igitur inter se rationem habent datam.

A
B
Γ

Δ
E
Z

ΠΡΟΤΑΣΙΣ ι'.

Εὰν μέγεθος μεγέθους, δοθέντι, μεῖζον ἢ ἢ ἐν λόγῳ, καὶ τὸ συναμφότερον τοῦ αὐτοῦ, δοθέντι, μεῖζον ἔσται ἢ ἐν λόγῳ· καὶ ἐὰν τὸ συναμφότερον τοῦ αὐτοῦ, δοθέντι, μεῖζον ἢ ἢ ἐν λόγῳ, καὶ τὸ λοιπὸν τοῦ αὐτοῦ, ἤτοι δοθέντι, μεῖζόν ἐστιν ἢ ἐν λόγῳ, ἢ τὸ λοιπὸν μετὰ τοῦ ἑξῆς, πρὸς ὃ τὸ ἕτερον λόγον ἔχει δεδομένον, δοθέν ἐστι.

PROPOSITIO X.

Si magnitudo magnitudine, datâ, major sit quam in ratione, et utraque simul eâdem, datâ, major erit quam in ratione; et si utraque simul eâdem, datâ, major sit quam in ratione, et reliqua eâdem, vel datâ, major est quam in ratione, vel reliqua cum consequente, ad quem altera rationem habet datam, data est.

raison de Δ à Ε est donc donnée (8). De plus, puisque la raison de Β à Γ est donnée, et que la raison de Β à Ε est aussi donnée, la raison de Ε à Γ sera donnée (8). Mais la raison de Γ à Ζ est donnée, la raison de Ε à Ζ est donc donnée. Les grandeurs Δ, Ε, Ζ ont donc entre elles une raison donnée.

PROPOSITION X.

Si une grandeur est plus grande à l'égard d'une autre grandeur, d'une donnée, qu'en raison, leur somme sera plus grande à l'égard de la dernière, d'une donnée, qu'en raison; et si leur somme est plus grande à l'égard de la dernière, d'une donnée, qu'en raison, le reste sera plus grand à l'égard de la dernière d'une donnée qu'en raison, ou bien la somme du reste et de la grandeur suivante, avec laquelle la seconde grandeur a une raison donnée, est donnée.

Μεγέθος γὰρ τὸ ΑΒ μεγέθους τοῦ ΒΓ, δοθέντι, μεῖζον ἔστω ἢ ἐν λόγῳ· λέγω ὅτι καὶ τὸ συναμφότερον τὸ ΑΓ τοῦ αὐτοῦ τοῦ ΓΒ, δοθέντι, μεῖζόν ἐστιν ἢ ἐν λόγῳ.

Magnitudo enim AB magnitudine BΓ, datâ, major sit quam in ratione; dico et utramque simul AΓ eâdem ΓB, datâ, majorem esse quam in ratione.

A Δ B Γ

Επεὶ γὰρ τὸ ΑΒ τοῦ ΒΓ, δοθέντι, μεῖζόν ἐστιν ἢ ἐν λόγῳ, ἀφῃρήσθω τὸ δοθὲν μέγεθος τὸ ΑΔ· λοιποῦ ἄρα τοῦ ΔΒ πρὸς τὸ ΒΓ λόγος ἐστὶ δοθείς· καὶ συνθέντι τοῦ ΔΓ πρὸς τὸ ΓΒ λόγος ἐστὶ δοθείς. Καὶ ἔστι τὸ[1] δοθὲν τὸ ΑΔ· τὸ ΑΓ ἄρα τοῦ ΓΒ, δοθέντι, μεῖζόν ἐστιν ἢ ἐν λόγῳ.

Πάλιν δὴ[2] τὸ ΑΓ τοῦ ΒΓ, δοθέντι, μεῖζον ἔστω ἢ ἐν λόγῳ· λέγω ὅτι τὸ λοιπὸν τὸ ΑΒ τοῦ αὐτοῦ τοῦ ΒΓ, ἤτοι δοθέντι, μείζων ἔσται ἢ ἐν λόγῳ, ἢ τὸ ΑΒ μετὰ τοῦ ἑξῆς, πρὸς ὃ τὸ ΒΓ λόγον ἔχει δοθέντα, δοθέν ἐστιν.

Επεὶ γὰρ τὸ ΑΓ τοῦ ΒΓ, δοθέντι, μεῖζόν ἐστιν ἢ ἐν λόγῳ, ἀφῃρήσθω τὸ δοθὲν μεγεθος. Τὸ δὴ

Quoniam enim AB ipsâ BΓ, datâ, major est quam in ratione, auferatur data magnitudo AΔ; reliquæ igitur ΔB ad BΓ ratio est data; et componendo ipsius ΔΓ ad ΓB ratio est data. Et est data AΔ; ipsa AΓ igitur ipsâ ΓB, datâ, major est quam in ratione.

Rursus autem AΓ ipsâ BΓ, datâ, major sit quam in ratione; dico reliquam AB eâdem BΓ, vel datâ, majorem fore quam in ratione, vel ipsam AB cum consequente, ad quam ipsa BΓ rationem habet datam, datam esse.

Quoniam enim AΓ ipsâ ΓB, datâ, major est quam in ratione, auferatur data magnitudo.

A Δ B Γ

δοθὲν ἤτοι ἔλασσόν ἐστι τοῦ ΑΒ, ἢ μεῖζον. Εστω

Ipsa utique data vel minor est ipsâ AB, vel

Que la grandeur AB soit plus grande à l'égard de la grandeur BΓ, d'une donnée, qu'en raison; je dis que leur somme AΓ est plus grande à l'égard de ΓB d'une donnée qu'en raison.

Car puisque AB est plus grand à l'égard de BΓ, d'une donnée, qu'en raison, retranchons la grandeur donnée AΔ; la raison du reste ΔB à BΓ sera donnée (déf. 11); donc, par addition, la raison de ΔΓ à ΓB est donnée (6). Mais AΔ est donné; la grandeur AΓ est donc plus grande à l'égard de ΓB, d'une donnée, qu'en raison.

Mais de plus que AΓ soit plus grand à l'égard de BΓ, d'une donnée, qu'en raison; je dis que le reste AB sera plus grand à l'égard de BΓ, d'une donnée, qu'en raison, ou bien que la somme de AB et du conséquent, avec lequel BΓ a une raison donnée, est donnée.

Car puisque AΓ est plus grand à l'égard de ΓB, d'une donnée, qu'en raison, retranchons la grandeur donnée. La grandeur donnéé sera ou plus petite ou plus

πρότερον ἔλασσον, καὶ ἔστω τὸ ΑΔ· λοιποῦ ἄρα τοῦ ΔΓ πρὸς ΓΒ λόγος ἐστὶ δοθείς· διελόντι ἄρα τοῦ ΔΒ πρὸς ΒΓ λόγος ἐστὶ δοθείς. Καὶ ἔστι δοθὲν τὸ ΑΔ· τὸ ΑΒ ἄρα τοῦ ΒΓ, δοθέντι, μεῖζόν ἐστιν ἢ ἐν λόγῳ. Ἀλλὰ δὴ τὸ δοθὲν μεῖζον

major. Sit primum minor, et sit ΑΔ; reliquæ igitur ΔΓ ad ΓΒ ratio est data; dividendo igitur ipsius ΔΒ ad ΒΓ ratio est data. Et est data ΑΔ; ipsa ΑΒ igitur ipsâ ΒΓ, datâ, major est quam in ratione. At vero

Α Β Ε Γ

ἔστω τοῦ ΑΒ, καὶ κείσθω αὐτῷ ἴσον τὸ ΑΕ· λόγος ἄρα τοῦ[3] λοιποῦ τοῦ ΕΓ πρὸς τὸ ΓΒ ἐστὶ δοθείς· ὥστε καὶ ἀνάπαλιν τοῦ ΒΓ πρὸς τὸ ΕΓ λόγος ἐστὶ δοθείς· καὶ ἀναστρέψαντι ὁ τοῦ ΓΒ πρὸς ΒΕ λόγος ἐστὶ δοθείς. Καὶ ἔστι τὸ ΕΒ μετὰ τοῦ ΒΑ δοθὲν, ὅλον γὰρ[4] τὸ ΑΕ δοθέν ἐστι· τὸ ΑΒ ἄρα μετὰ τοῦ ἑξῆς, πρὸς ὃ τὸ ΒΓ λόγον ἔχει δοθέντα, δοθέν ἐστι·

data major sit ipsâ ΑΒ, et ponatur ipsi æqualis ipsa ΑΕ; ratio igitur reliquæ ΕΓ ad ΓΒ est data; quare et permutando ipsius ΒΓ ad ΕΓ ratio est data; et convertendo ipsius ΓΒ ad ΒΕ ratio est data. Et est ΕΒ cum ΒΑ data, tota enim ΑΕ data est; ipsa ΑΒ igitur cum consequente, ad quam ipsa ΒΓ rationem habet datam, data est.

grande que ΑΒ. Qu'elle soit d'abord plus petite, et que ce soit ΑΔ; la raison du reste ΔΓ à ΓΒ sera donnée; donc, par soustraction, la raison de ΔΒ à ΒΓ est donnée. Mais ΑΔ est donné; donc ΑΒ est plus grand à l'égard de ΒΓ, d'une donnée, qu'en raison. Enfin que la grandeur donnée soit plus grande que ΑΒ, et supposons que ΑΕ lui est égal; la raison du reste ΕΓ à ΓΒ sera donnée; donc, par permutation, la raison de ΒΓ à ΕΓ est donnée; donc, par conversion, la raison de ΓΒ à ΒΕ est donnée (5). Mais la somme de ΕΒ et de ΒΑ est donnée, puisque la grandeur entière ΑΕ est donnée; la somme de ΑΒ et du conséquent, avec lequel ΒΓ a une raison donnée, est donc donnée.

ΠΡΟΤΑΣΙΣ ια'.

Εὰν μέγεθος μεγέθους, δοθέντι, μεῖζον ᾖ ἢ ἐν λόγῳ, τὸ αὐτὸ καὶ συναμφοτέρου, δοθέντι, μεῖζον ἔσται ἢ ἐν λόγῳ. Καὶ ἐὰν τὸ αὐτὸ συναμφοτέρου, δοθέντι, μεῖζον ᾖ ἢ ἐν λόγῳ, τὸ αὐτὸ καὶ τοῦ λοιποῦ, δοθέντι, μεῖζον ἔσται ἢ ἐν λόγῳ.

Μέγεθος γὰρ τὸ ΑΒ τοῦ ΒΓ, δοθέντι, μεῖζον ἔστω ἢ ἐν λόγῳ· λέγω ὅτι καὶ τοῦ ΑΓ, δοθέντι, μεῖζόν ἐστιν ἢ ἐν λόγῳ.

Επεὶ γὰρ τὸ ΑΒ τοῦ ΒΓ, δοθέντι, μεῖζόν ἐστιν ἢ ἐν λόγῳ, ἀφῃρήσθω τὸ δοθὲν μέγεθος τὸ ΑΔ[1]· λοιποῦ ἄρα τοῦ ΔΒ πρὸς τὸ ΒΓ λόγος ἐστὶ δοθείς. Ανάπαλιν[2] καὶ συνθέντι λόγος ἐστὶ τοῦ ΓΔ πρὸς τὸ ΔΒ δοθείς. Ο αὐτός αὐτῷ γεγονέτω ὁ τοῦ ΑΔ πρὸς τὸ ΔΕ· λόγος ἄρα καὶ[3] τοῦ ΑΔ πρὸς τὸ ΔΕ δοθείς. Δοθὲν δὲ τὸ ΑΔ· δοθὲν ἄρα καὶ τὸ ΔΕ· ὥστε καὶ λοιπὸν τὸ ΑΕ δοθέν ἐστιν. Εστι δὲ καὶ ὅλου τοῦ ΑΓ πρὸς ὅλον τὸ ΕΒ

PROPOSITIO XI.

Si magnitudo magnitudine, datâ, major sit quam in ratione, eadem et utrâque simul, datâ, major erit quam in ratione. Et si eadem utrâque simul, datâ, major sit quam in ratione, eadem et reliquâ, datâ, major erit quam in ratione.

Magnitudo enim AB ipsâ BΓ, datâ, major sit quam in ratione; dico et eam ipsâ AΓ, datâ, majorem esse quam in ratione.

Quoniam enim AB ipsâ BΓ, datâ, major est quam in ratione, auferatur data magnitudo AΔ; reliquæ igitur ΔB ad BΓ ratio est data. Invertendo igitur et componendo ratio est ipsius ΓΔ ad ΔB data. Eadem huic fiat ipsius AΔ ad ΔE; ratio igitur et ipsius AΔ ad ΔE data. Data autem AΔ; data igitur et ΔE; quare et reliqua AE data est. Est autem et totius AΓ ad totam EB ratio data; quare et ipsius EB ad AΓ

PROPOSITION XI.

Si une grandeur est plus grande à l'égard d'une autre grandeur, d'une donnée, qu'en raison, la première sera plus grande à l'égard de leur somme, d'une donnée, qu'en raison; et si la première est plus grande à l'égard de leur somme, d'une donnée, qu'en raison, la première sera plus grande à l'égard de l'autre, d'une donnée, qu'en raison.

Que la grandeur AB soit plus grande à l'égard de la grandeur BΓ, d'une donnée, qu'en raison; je dis que AB est plus grand à l'égard de AΓ d'une donnée, qu'en raison.

Car puisque AB est plus grand à l'égard de BΓ, d'une donnée, qu'en raison, retranchons la grandeur donnée AΔ; la raison du reste ΔB à BΓ sera donnée (déf. 11). Donc, par inversion et par addition, la raison de ΓΔ à ΔB est donnée (6). Faisons en sorte que la raison de AΔ à ΔE soit la même que celle-ci; la raison de AΔ à ΔE sera donnée. Mais AΔ est donné; donc ΔE est donné (2); le reste AE est donc donné (4). Mais la raison de la grandeur entière

λόγος δοθείς· ὥστε καὶ τοῦ ΕΒ πρὸς τὸ[4] ΑΓ λόγος ἐστὶ δοθείς. Καὶ ἔστι δοθὲν τὸ ΑΕ· τὸ ΒΑ ἄρα τοῦ ΑΓ, δοθέντι, μεῖζόν ἐστιν ἢ ἐν λόγῳ.

ratio est data. Et est data ΑΕ; ipsa ΒΑ igitur ipsâ ΑΓ, datâ, major est quam in ratione.

Α Ε Δ Β Γ

Αλλὰ δὴ τὸ ΒΑ συναμφοτέρου τοῦ ΑΓ, δοθέντι, μεῖζον ἔστω ἢ ἐν λόγῳ· λέγω ὅτι τὸ αὐτὸ τὸ ΑΒ καὶ τοῦ[5] λοιποῦ τοῦ ΒΓ, δοθέντι, μεῖζόν ἔσται[6] ἢ ἐν λόγῳ.

Επεὶ γὰρ τὸ ΑΒ τοῦ ΑΓ, δοθέντι, μεῖζόν ἐστιν ἢ ἐν λόγῳ[7], ἀφῃρήσθω τὸ δοθὲν μέγεθος τὸ ΑΕ· λοιποῦ ἄρα τοῦ ΕΒ πρὸς τὸ ΑΓ λόγος ἐστὶ δοθείς· ὥστε καὶ τοῦ ΑΓ πρὸς τὸ ΕΒ λόγος ἐστὶ δοθείς. Ο αὐτὸς αὐτῷ γεγονέτω ὁ τοῦ ΑΔ πρὸς τὸ ΔΕ[8]· καὶ τοῦ ΑΔ ἄρα πρὸς τὸ ΔΕ[9] λόγος ἐστὶ δοθείς· καὶ ἀναστρέψαντι τοῦ ΔΑ πρὸς τὸ ΑΕ λόγος ἐστὶ[10] δοθείς· καὶ ἀνάπαλιν τοῦ ΕΑ πρὸς τὸ ΑΔ λόγος ἐστὶ δοθείς. Καὶ δοθὲν τὸ ΕΑ· δοθὲν ἄρα καὶ ὅλον τὸ ΑΔ. Καὶ ἐπεὶ ὅλου τοῦ ΑΓ πρὸς

At vero ΒΑ utrâque simul ipsâ ΑΓ, datâ, major sit quam in ratione; dico eamdem ΑΒ et reliquâ ΒΓ, datâ, majorem futuram esse quam in ratione.

Quoniam enim ΑΒ ipsâ ΑΓ, datâ, major est quam in ratione; auferatur data magnitudo ΑΕ; reliquæ igitur ΕΒ ad ΑΓ ratio est data; quare et ipsius ΑΓ ad ΕΒ ratio est data. Eadem huic fiat ratio ipsius ΑΔ ad ΔΕ; et ipsius ΑΔ igitur ad ΔΕ ratio est data; et convertendo ipsius ΔΑ igitur ad ΑΕ ratio est data; et invertendo ipsius ΕΑ ad ΑΔ ratio est data. Et data ΕΑ; data igitur et tota ΑΔ. Et quoniam totius ΑΓ

Α Ε Δ Β Γ

ΑΓ à la grandeur entière ΕΒ est donnée (12. 5); la raison de ΕΒ à ΑΓ est donc donnée. Mais ΑΕ est donné. Donc ΒΑ est plus grand à l'égard de ΑΓ, d'une donnée, qu'en raison (déf. 11).

Mais que ΑΒ soit plus grand à l'égard de la somme ΑΓ, d'une donnée, qu'en raison; je dis que la grandeur ΑΒ sera plus grande à l'égard de l'autre grandeur ΒΓ d'une donnée qu'en raison.

Car puisque ΑΒ est plus grand à l'égard de ΑΓ, d'une donnée, qu'en raison, retranchons la grandeur donnée ΑΕ, la raison du reste ΕΒ à ΑΓ sera donnée; la raison de ΑΓ à ΕΒ est donc donnée. Faisons en sorte que la raison de ΑΔ à ΔΕ soit la même que celle-ci; la raison de ΑΔ à ΔΕ sera donnée; donc, par conversion, la raison de ΔΑ à ΑΕ est donnée (5); donc, par inversion, la raison de ΕΑ à ΑΔ est donnée. Mais ΑΕ est donné; la grandeur entière ΑΔ est donc aussi donnée (2). Mais la raison de la grandeur entière ΑΓ à la grandeur entière ΕΒ est donnée;

ὅλον τὸ ΕΒ λόγος ἐστὶ δοθείς ὧν τοῦ ΑΔ πρὸς τὸ ΔΕ[11] λόγος ἐστὶ δοθείς· ἔσται δὴ[12] καὶ λοιποῦ τοῦ ΓΔ πρὸς λοιπὸν τὸ ΒΔ λόγος δοθείς· καὶ διελόντι τοῦ ΓΒ πρὸς τὸ ΒΔ λόγος ἐστὶ δοθείς· ὥστε καὶ τοῦ ΔΒ πρὸς τὸ ΒΓ λόγος ἐστὶ δοθείς. Καὶ ἐστὶ δοθὲν τὸ ΔΑ· τὸ ΑΒ ἄρα τοῦ ΒΓ, δοθέντι, μεῖζόν ἐστιν ἢ ἐν λόγῳ.

ad totam EB ratio est data, quarum ipsius ΑΔ ad ΔE ratio est data; erit igitur et reliquæ ΓΔ ad reliquam ΒΔ ratio data; et dividendo ipsius ΓΒ ad ΒΔ ratio est data; quare et ΔΒ ad ΒΓ ratio est data. Et est data ΔΑ; ipsa ΑΒ igitur ipsâ ΒΓ, datâ, major est quam in ratione.

ΠΡΟΤΑΣΙΣ ιβ'.

Εὰν ᾖ τρία μεγέθη, καὶ τὸ μὲν πρῶτον μετὰ τοῦ δευτέρου ᾖ δοθὲν, ᾖ δὲ καὶ τὸ δεύτερον μετὰ τοῦ τρίτου δοθέν· τὸ πρῶτον τῷ τρίτῳ ἤτοι ἴσον ἐστὶν, ἢ τὸ ἕτερον τοῦ ἑτέρου, δοθέντι, μεῖζόν ἐστι.

Εστω τρία μεγέθη τὰ ΑΒ, ΒΓ, ΓΔ, καὶ τὸ μὲν ΑΒ μετὰ τοῦ ΒΓ δοθὲν ἔστω τὸ ΑΓ, τὸ δὲ ΒΓ μετὰ τοῦ ΓΔ δοθὲν ἔστω τὸ ΒΔ· λέγω ὅτι τὸ ΑΒ τῷ ΓΔ ἤτοι ἴσον ἐστὶν, ἢ τὸ ἕτερον τοῦ[1] ἑτέρου, δοθέντι, μεῖζόν ἐστιν.

PROPOSITIO XII.

Si sint tres magnitudines, et prima quidem cum secundâ sit data, sit vero et secunda cum tertiâ data; prima tertiæ vel æqualis est, vel altera alterâ, datâ, major est.

Sint tres magnitudines ΑΒ, ΒΓ, ΓΔ, et ipsa ΑΒ quidem cum ΒΓ data sit ΑΓ, ipsa vero ΒΓ cum ΓΔ data sit ΒΔ; dico ipsam ΑΒ ipsi ΓΔ vel æqualem esse, vel alteram alterâ, datâ, majorem esse.

A ______ B ______________ Γ ______ Δ

et la raison de ΑΔ à ΕΔ est donnée; la raison du reste ΓΔ au reste ΒΔ est donc donnée; donc, par soustraction, la raison de ΓΒ à ΒΔ est donnée (6). La raison de ΔΒ à ΒΓ est donc donnée. Mais ΔΑ est donné; donc ΑΒ est plus grand à l'égard de ΒΓ, d'une donnée, qu'en raison.

PROPOSITION XII.

Si l'on a trois grandeurs, si la première avec la seconde est donnée, et si la seconde avec la troisième est aussi donnée, la première est ou égale à la troisième, ou l'une est plus grande que l'autre, d'une donnée.

Soient les trois grandeurs ΑΒ, ΒΓ, ΓΔ; que ΑΒ avec ΒΓ, c'est-à-dire ΒΔ soit aussi donné; je dis que ΑΒ est ou égal à ΓΔ ou que l'une est plus grande que l'autre, d'une donnée.

Ἐπεὶ γὰρ δοθέν ἐστιν ἑκάτερον τῶν ΑΓ, ΒΔ· τὰ δὴ δοθέντα ἤτοι ἴσα ἐστὶν, ἢ ἄνισα. Ἔστω πρότερον ἴσα· ἴσον ἄρα ἐστὶ τὸ ΑΓ τῷ ΒΔ. Κοινὸν ἀφῃρήσθω τὸ ΒΓ· λοιπὸν ἄρα τὸ ΑΒ λοιπῷ τῷ ΓΔ ἴσον ἐστί. Μὴ ἔστω δὴ ἴσα, ἀλλ' ἔστω μεῖζον τὸ ΑΓ τοῦ ΒΔ, καὶ κείσθω τῷ ΒΔ ἴσον τὸ ΓΕ. δοθὲν δὲ τὸ ΒΔ· δοθὲν ἄρα καὶ τὸ ΓΕ. Ἔστι δὲ καὶ ὅλον τὸ ΑΓ δοθὲν, καὶ λοιπὸν ἄρα[2] τὸ ΑΕ δοθέν ἐστι. Καὶ ἐπεὶ ἴσον ἐστὶ τὸ ΕΓ τῷ ΒΔ, κοινὸν ἀφῃρήσθω τὸ ΒΓ· λοιπὸν ἄρα τὸ ΒΕ λοιπῷ τῷ ΓΔ ἴσον ἐστί. Καὶ ἔστι δοθὲν τὸ ΑΕ· τὸ ΑΒ ἄρα τοῦ ΓΔ, δοθέντι, μεῖζόν ἐστιν.

A E B Γ Δ

Quoniam enim data est utraque ipsarum ΑΓ, ΒΔ; datæ igitur vel sunt æquales, vel inæquales. Sint primum æquales; æqualis igitur ΑΓ ipsi ΒΔ. Communis auferatur ΒΓ; reliqua igitur ΑΒ, reliquæ ΓΔ æqualis est. Non sint autem æquales, sed sit major ΑΓ ipsâ ΒΔ, et ponatur ipsi ΒΔ æqualis ΓΕ. Data autem ΒΔ; data igitur et ΓΕ. Est autem et tota ΑΓ data; et reliqua igitur ΑΕ data est. Et quoniam æqualis est ΕΓ ipsi ΒΔ, communis auferatur ΒΓ; reliqua igitur ΒΕ reliquæ ΓΔ æqualis est. Et est data ΑΕ; ipsa igitur ΑΒ ipsâ ΓΔ, datâ, major est.

Car puisque chacune des grandeurs ΑΓ, ΒΔ est donnée, ces grandeurs données seront ou égales ou inégales. Qu'elles soient premièrement égales. Puisque ΑΓ est egal à ΒΔ, si l'on retranche la partie commune ΒΓ, le reste ΑΒ sera égal au reste ΓΔ. Mais qu'elles ne soient pas égales, et que la droite ΑΓ soit plus grande que ΒΔ, et faisons ΓΕ égal à ΒΔ. Puisque ΒΔ est donné, la grandeur ΓΕ sera donnée. Mais la grandeur entière ΑΓ est donnée; le reste ΑΕ est donc donné (4). Mais ΕΓ est égal à ΒΔ; donc, si nous retranchons la partie commune ΒΓ, le reste ΒΕ sera égal au reste ΓΔ. Mais ΑΕ est donné; donc ΑΒ est plus grand que ΓΔ, d'une donnée (déf. 9).

ΠΡΟΤΑΣΙΣ ιγ'.

Εἀν ᾖ τρία μεγέθη, καὶ τὸ μὲν πρῶτον πρὸς τὸ δεύτερον λόγον ἔχῃ δεδομένον, τὸ δὲ δεύτερον τοῦ τρίτου, δοθέντι, μεῖζον ᾖ ἢ ἐν λόγῳ· καὶ τὸ πρῶτον τοῦ τρίτου, δοθέντι, μεῖζον ἔσται ἢ ἐν λόγῳ.

Εστω τρία μεγέθη τὰ ΑΒ, ΓΔ, Ε, καὶ τὸ μὲν ΑΒ πρὸς τὸ ΓΔ λόγον ἐχέτω δεδομένον, τὸ δὲ ΓΔ τοῦ Ε, δοθέντι, μεῖζον ἔστω ἢ ἐν λόγῳ· λέγω ὅτι καὶ τὸ ΑΒ τοῦ Ε, δοθέντι, μεῖζόν ἐστιν ἢ ἐν λόγῳ.

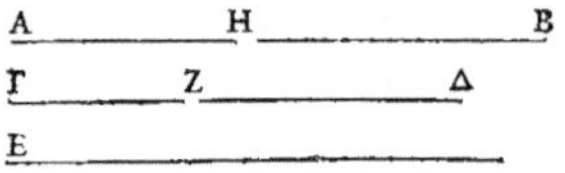

Επεὶ γὰρ τὸ ΓΔ τοῦ Ε, δοθέντι, μεῖζόν ἐστιν ἢ ἐν λόγῳ, ἀφῃρήσθω τὸ δοθὲν μέγεθος τὸ ΓΖ· λοιποῦ ἄρα τοῦ ΔΖ πρὸς τὸ Ε λόγος ἐστὶ δοθείς. Καὶ ἐπεὶ λόγος ἐστὶ δοθεὶς τοῦ ΑΒ πρὸς τὸ ΓΔ[1], ὁ αὐτὸς αὐτῷ γεγονέτω ὁ τοῦ ΑΗ πρὸς τὸ ΓΖ· λόγος ἄρα καὶ[2] τοῦ ΓΖ πρὸς τὸ ΑΗ δοθείς. Δοθὲν

PROPOSITIO XIII.

Si sint tres magnitudines, et prima quidem ad secundam rationem habeat datam, secunda autem tertiâ, datâ, major sit quam in ratione; et prima secundâ, datâ, major erit quam in ratione.

Sint tres magnitudines AB, ΓΔ, E, et AB quidem ad ΓΔ rationem habeat datam, ipsa vero ΓΔ ipsâ E, datâ, major sit quam in ratione; dico et ipsam AB ipsâ E, datâ, majorem esse quam in ratione.

A H B
Γ Z Δ
E

Quoniam enim ΓΔ ipsâ E, datâ, major est quam in ratione, auferatur data magnitudo ΓZ; reliquæ igitur ΔZ ad E ratio est data. Et quoniam ratio est data ipsius AB ad ΓΔ, eadem huic fiat ratio ipsius AH ad ΓZ; ratio igitur et ipsius ΓZ ad AH data. Data autem ΓZ; data

PROPOSITON XIII.

Si l'on a trois grandeurs, si la première a une raison donnée avec la seconde, et si la seconde est plus grande à l'égard de la troisième, d'une donnée, qu'en raison, la première sera plus grande à l'égard de la troisième, d'une donnée, qu'en raison.

Soient les trois grandeurs AB, ΓΔ, E; que AB ait avec ΓΔ une raison donnée, et que ΓΔ soit plus grand à l'égard de E, d'une donnée, qu'en raison; je dis que AB est plus grand à l'égard de E, d'une donnée, qu'en raison.

Car puisque ΓΔ est plus grand à l'égard de E, d'une donnée, qu'en raison, retranchons la grandeur donnée ΓZ; la raison du reste ΔZ à E sera donnée (déf. 11). Et puisque la raison de AB à ΓΔ est donnée, faisons en sorte que la raison de AH à ΓZ soit la même que celle-ci; la raison de ΓZ à AH sera donnée. Mais ΓZ

δὲ τὸ ΓΖ· δοθὲν ἄρα καὶ τὸ ΑΗ· καὶ λοιποῦ ἄρα[3] τοῦ ΗΒ πρὸς λοιπὸν τὸ ΔΖ λόγος ἐστὶ δοθείς. Τοῦ δὲ ΔΖ πρὸς τὸ Ε λόγος ἐστὶ δοθείς· καὶ τοῦ ΗΒ ἄρα πρὸς τὸ Ε λόγος ἐστὶ δοθείς. Καὶ ἔστι δοθὲν τὸ ΑΗ· τὸ ΑΒ ἄρα τοῦ Ε, δοθέντι, μεῖζόν ἐστιν ἢ ἐν λόγῳ.

igitur et ΑΗ; et reliquæ igitur ipsius ΗΒ ad reliquam ΔΖ ratio est data. Ipsius autem ΔΖ ad Ε ratio est data; et ipsius ΗΒ igitur ad Ε ratio est data. Et est data ΑΗ; ipsa ΑΒ igitur ipsâ Ε, datâ, major est quam in ratione.

ΠΡΟΤΑΣΙΣ ιδʹ.

Εὰν δύο μεγέθη πρὸς ἄλληλα λόγον ἔχῃ δεδομένον, καὶ προστεθῇ ἑκατέρῳ αὐτῶν δεδομένον μέγεθος· τὰ ὅλα πρὸς ἄλληλα ἤτοι λόγον ἕξει δεδομένον, ἢ τὸ ἕτερον τοῦ ἑτέρου, δοθέντι, μεῖζον ἔσται[1] ἢ ἐν λόγῳ.

Δύο γὰρ μεγέθη τὰ ΑΒ, ΓΔ πρὸς ἄλληλα λόγον ἐχέτω δεδομένον, καὶ προσκείσθω ἑκατέρῳ αὐτῶν

PROPOSITIO XIV.

Si duæ magnitudines inter se rationem habeant datam, et adjiciatur utrique ipsarum data magnitudo; totæ inter se vel rationem habebunt datam, vel altera alterâ, datâ, major erit quam in ratione.

Duæ enim magnitudines ΑΒ, ΓΔ inter se rationem habeant datam, et adjiciatur utrique

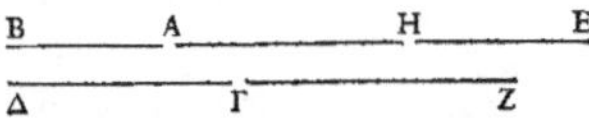

δεδομένον μέγεθος, τό τε ΑΕ καὶ τὸ ΓΖ· λέγω ὅτι τὰ[2] ὅλα τὰ ΕΒ, ΖΔ πρὸς ἄλληλα ἤτοι λόγον ἔχει δεδομένον, ἢ τὸ ἕτερον τοῦ ἑτέρου, δοθέντι, μεῖζόν ἐστιν ἢ ἐν λόγῳ.

ipsarum data magnitudo, et ΑΕ et ΓΖ; dico totas ΕΒ, ΖΔ ad inter se vel rationem habere datam; vel alteram alterâ, datâ, majorem esse quam in ratione.

est donné; donc ΑΗ est donné (2); la raison du reste ΗΒ au reste ΔΖ est donc donnée (19. 5). Mais la raison de ΔΖ à Ε est donnée; la raison de ΗΒ à Ε est donc donnée (8). Mais ΑΗ est donné; donc ΑΒ est plus grand à l'égard de Ε, d'une donnée, qu'en raison.

PROPOSITION XIV.

Si deux grandeurs ont entre elles une raison donnée, et si à chacune d'elles on ajoute une grandeur donnée, les grandeurs entières auront entr'elles une raison donnée, ou bien l'une sera plus grande à l'égard de l'autre, d'une donnée, qu'en raison.

Que les deux grandeurs ΑΒ, ΓΔ ayent entre elles une raison donnée; ajoutons à chacune d'elles une grandeur donnée, savoir, ΑΕ et ΓΖ; je dis que les grandeurs entières ΕΒ, ΖΔ, auront entre elles une raison donnée, ou bien que l'une sera plus grande à l'égard de l'autre, d'une donnée, qu'en raison.

Επεὶ γὰρ δοθέν ἐστιν ἑκάτερον τῶν ΕΑ, ΖΓ, λόγος ἄρα τοῦ ΕΑ πρὸς τὸ ΖΓ δοθείς. Καὶ εἰ μὲν ὁ αὐτὸς τῷ τοῦ ΑΒ πρὸς ΓΔ, ἔσται καὶ ὅλου τοῦ ΕΒ πρὸς ὅλον τὸ ΖΔ λόγος δοθείς. Μὴ ἔστω δὲ ὁ αὐτὸς, καὶ πεποιήσθω ὡς τὸ ΑΒ πρὸς τὸ ΓΔ οὕτως τὸ ΗΑ πρὸς τὸ ΓΖ[3]· λόγος ἄρα καὶ τοῦ ΗΑ πρὸς τὸ ΖΓ δοθείς. Δοθὲν δὲ τὸ ΓΖ· δοθὲν ἄρα καὶ τὸ ΗΑ. Εστὶ δὲ καὶ τὸ ΕΑ δοθέν· καὶ λοιπὸν ἄρα τὸ ΕΗ δοθέν ἐστι. Καὶ ἐπεὶ ὡς τὸ ΑΒ πρὸς τὸ ΓΔ οὕτως τὸ ΗΑ πρὸς τὸ ΖΓ, λόγος ἄρα καὶ τοῦ ΗΒ πρὸς τὸ ΖΔ δοθείς. Καὶ ἔστι τὸ[4], δοθὲν τὸ ΕΗ· τὸ ΕΒ ἄρα τοῦ ΖΔ, δοθέντι, μεῖζόν ἐστιν ἢ ἐν λόγῳ.

Quoniam enim data est utraque ipsarum ΕΑ, ΖΓ, ratio igitur ipsius ΕΑ ad ΖΓ data. Et si quidem eadem quæ ipsius ΑΒ ad ΓΔ, erit et totius ΕΒ ad totam ΖΔ ratio data. Non sit autem eadem, et fiat ut ΑΒ ad ΓΔ ita ΗΑ ad ΓΖ; ratio igitur et ipsius ΗΑ ad ΖΓ data. Data autem ΓΖ; data igitur et ΗΑ. Est autem et ΕΑ data; et reliqua igitur ΕΗ data est. Et quoniam ut ΑΒ ad ΓΔ ita ΗΑ ad ΖΓ; ratio igitur et ipsius ΗΒ ad ΖΔ data. Et est data ΕΗ; ipsa ΕΒ igitur ipsâ ΖΔ, datâ, major est quam in ratione.

ΠΡΟΤΑΣΙΣ ιε΄.

Εὰν δύο μεγέθη πρὸς ἄλληλα λόγον ἔχῃ δεδομένον, καὶ ἀφαιρεθῇ ἀπὸ ἑκατέρου αὐτῶν δεδομένον μέγεθος· τὰ λοιπὰ πρὸς ἄλληλα ἤτοι λόγον ἕξει δεδομένον, ἢ τὸ ἕτερον τοῦ ἑτέρου, δοθέντι, μεῖζον ἔσται[1] ἢ ἐν λόγῳ.

PROPOSITIO XV.

Si duæ magnitudines inter se rationem habeant datam, et auferatur ab utrâque ipsarum data magnitudo; reliquæ inter se vel rationem habebunt datam, vel altera alterâ, datâ, major erit quam in ratione.

Car puisque chacune des grandeurs ΕΑ, ΖΓ est donnée, la raison de ΕΑ à ΖΓ sera donnée (1); donc si cette raison est la même que celle de ΑΒ à ΓΔ, la raison de la grandeur entière ΕΒ à la grandeur entière ΖΔ sera donnée (12. 5). Mais qu'elle ne soit pas la même, et faisons en sorte que ΑΒ soit à ΓΔ comme ΗΑ est à ΓΖ; la raison de ΗΑ à ΓΖ sera donnée. Mais ΓΖ est donné; donc ΗΑ est donné (2). Mais ΕΑ est donné; le reste ΕΗ est donc donné (4). Mais ΑΒ est à ΓΔ comme ΗΑ est à ΖΓ; la raison de ΗΒ à ΖΔ est donc donnée (12. 5). Mais ΕΗ est donné; donc ΕΒ est plus grand à l'égard de ΖΔ, d'une donnée, qu'en raison (déf. 11).

PROPOSITION XV.

Si deux grandeurs ont entre elles une raison donnée, et si l'on retranche de chacune une grandeur donnée, les restes, ou auront entre eux une raison donnée, ou bien l'un sera plus grand à l'égard de l'autre d'une donnée qu'en raison.

Δύο γὰρ μεγέθη τὰ ΑΒ, ΓΔ πρὸς ἄλληλα λόγον ἐχέτω δεδομένον, καὶ ἀφῃρήσθω ἀφ'[2] ἑκατέρου αὐτῶν δεδομένον μέγεθος, ἀπὸ μὲν τοῦ ΑΒ τὸ ΑΕ, ἀπὸ δὲ τοῦ ΓΔ τὸ ΓΖ· λέγω ὅτι τὰ λοιπὰ τὰ ΕΒ, ΖΔ πρὸς ἄλληλα ἤτοι λόγον ἕξει δεδομένον, ἢ τὸ ἕτερον τοῦ ἑτέρου, δοθέντι, μεῖζον ἔσται[3] ἢ ἐν λόγῳ.

Duæ enim magnitudines AB, ΓΔ inter se rationem habeant datam, et auferatur ab utrâque ipsarum data magnitudo, ab ipsâ quidem AB ipsa AE, ab ipsâ vero ΓΔ ipsa ΓΖ; dico reliquas EB, ZΔ inter se vel rationem habituras esse datam, vel alteram alterâ, datâ, majorem fore quam in ratione.

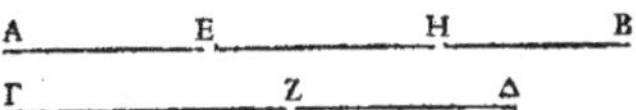

Ἐπεὶ γὰρ ἑκάτερον τῶν ΑΕ, ΓΖ δοθέν ἐστι, λόγος ἄρα τοῦ ΑΕ πρὸς τὸ[3] ΓΖ ἐστὶ δοθείς. Καὶ εἰ μὲν ὁ αὐτός ἐστι τῷ τοῦ ΑΒ πρὸς τὸ[4] ΓΔ, ἔσται καὶ λοιποῦ τοῦ ΕΒ πρὸς λοιπὸν τὸ ΖΔ λόγος δοθείς. Μὴ ἔστω δὴ ὁ αὐτὸς, καὶ πεποιήσθω ὡς τὸ ΑΒ πρὸς τὸ[5] ΓΔ οὕτως τὸ ΑΗ πρὸς τὸ ΓΖ. Λόγος δὲ τοῦ ΑΒ πρὸς τὸ ΓΔ δοθείς· λόγος ἄρα καὶ τοῦ ΑΗ πρὸς τὸ ΓΖ δοθείς. Δοθὲν δὲ τὸ ΓΖ· δοθὲν ἄρα καὶ τὸ ΑΗ. Ἔστι δὲ καὶ τὸ ΑΕ δοθέν· καὶ λοιπὸν ἄρα τὸ ΕΗ δοθέν ἐστι[6]. Καὶ ἐπεὶ ὡς τὸ ΑΒ πρὸς τὸ ΓΔ οὕτως τὸ ΑΗ πρὸς τὸ ΓΖ· λοιποῦ ἄρα τοῦ ΗΒ πρὸς λοιπὸν τὸ ΖΔ

Quoniam enim utraque ipsarum AE, ΓΖ data est, ratio igitur ipsius AE ad ΓΖ est data. At vero si eadem est quæ ipsius AB ad ΓΔ, erit et reliquæ EB ad reliquam ZΔ ratio data. Non sit autem eadem, et fiat ut AB ad ΓΔ ita AH ad ΓΖ. Ratio autem ipsius AB ad ΓΔ data; ratio igitur et ipsius AH ad ipsam ΓΖ data. Data autem ΓΖ; data igitur et AH. Est autem et AE data; et reliqua igitur EH data est. Et quoniam ut AB ad ΓΔ ita AH ad ΓΖ; reliquæ igitur HB ad reliquam ZΔ ratio est data. Et est data EH;

Que les deux grandeurs AB, ΓΔ ayent entre elles une raison donnée; retranchons de chacune d'elles une grandeur donnée, c'est-à-dire de AB retranchons AE, et de ΓΔ retranchons ΓΖ; je dis que les restes EB, ZΔ auront entre eux une raison donnée, ou bien que l'un sera plus grand à l'égard de l'autre, d'une donnée, qu'en raison.

Car puisque chacune des grandeurs AE, ΓΖ est donnée, la raison de AE à ΓΖ sera donnée. Donc si cette raison est la même que celle de AB à ΓΔ, la raison du reste EB au reste ZΔ sera donnée (19. 5). Mais qu'elle ne soit pas la même, et faisons en sorte que AB soit à ΓΔ comme AH est à ΓΖ. Puisque la raison de AB à ΓΔ est donnée, la raison de AH à ΓΖ est aussi donnée. Mais ΓΖ est donné; donc AH est donné (2). Mais AE est donné; le reste EH est donc donné (4). Mais AB est à ΓΔ comme AH est à ΓΖ; la raison du reste HB au reste ZΔ est donc

λέγος ἐστὶ δοθείς. Καὶ ἔστι δοθὲν τὸ ΕΗ· τὸ ΕΒ ἄρα τοῦ ΖΔ, δοθέντι, μεῖζόν ἐστιν ἢ ἐν λόγῳ.

ipsa EB igitur ipsâ ZΔ, datâ, major est quam in ratione.

ΠΡΟΤΑΣΙΣ ιϛʹ.

Εὰν δύο μεγέθη πρὸς ἄλληλα λόγον ἔχῃ δεδομένον, καὶ ἀπὸ μὲν τοῦ ἑνὸς αὐτῶν δεδομένον μέγεθος ἀφαιρεθῇ, τῷ δὲ ἑτέρῳ αὐτῶν δεδομένον μέγεθος προστεθῇ· τὸ ὅλον τοῦ λοιποῦ, δοθέντι, μεῖζον ἔσται ἢ ἐν λόγῳ.

Δύο γὰρ μεγέθη τὰ ΑΒ, ΓΔ λόγον ἐχέτω δεδομένον, καὶ ἀπὸ μὲν τοῦ[1] ΓΔ δεδομένον μέγεθος ἀφῃρήσθω τὸ ΓΕ, τῷ δὲ ΑΒ δεδομένον μέγεθος προσκείσθω τὸ ΖΑ· λέγω ὅτι ὅλον τὸ ΖΒ τοῦ[2] λοιποῦ τοῦ ΕΔ δοθέντι, μεῖζόν ἐστιν ἢ ἐν λόγῳ.

PROPOSITIO XVI.

Si duæ magnitudines inter se rationem habeant datam, et ab unâ quidem ipsarum data magnitudo auferatur, alteri autem ipsarum data magnitudo adjiciatur; tota reliquâ, datâ, major erit quam in ratione.

Duæ enim magnitudines AB, ΓΔ rationem habeant datam, et a ΓΔ quidem data magnitudo auferatur ΓE, ipsi vero AB data magnitudo adjiciatur ZA; dico totam ZB reliquâ EΔ, datâ, majorem esse quam in ratione.

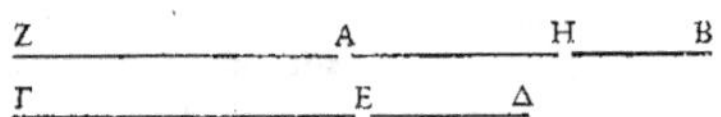

Επεὶ γὰρ λόγος ἐστὶ τοῦ ΑΒ πρὸς τὸ[3] ΓΔ δοθεὶς, ὁ αὐτὸς αὐτῷ γεγονέτω τοῦ ΑΗ πρὸς τὸ[4]

Quoniam enim ratio est ipsius AB ad ΓΔ data, eadem huic fiat ratio ipsius AH ad ΓE; ratio

donnée (19. 5). Mais EH est donné; donc EB est plus grand à l'égard de ZΔ, d'une donnée, qu'en raison.

PROPOSITION XVI.

Si deux grandeurs ont entr'elles une raison donnée; si de l'une d'elles on retranche une grandeur donnée, et si l'on ajoute à l'autre une grandeur donnée, la grandeur entière sera plus grande à l'égard de la grandeur restante, d'une donnée, qu'en raison.

Que les deux grandeurs AB, ΓΔ ayent une raison donnée; soit retranché de ΓΔ une grandeur donnée ΓE, et soit ajouté à AB une grandeur donnée ZA; je dis que la grandeur entière ZB est plus grande à l'égard de la grandeur restante EΔ, d'une donnée, qu'en raison.

Car puisque la raison de AB à ΓΔ est donnée, faisons en sorte que la raison de AH à ΓE soit la même que celle-ci; la raison de AH à ΓE sera donnée (déf. 2). Mais

ΓΕ· λόγος ἄρα ἐστὶ[5] τοῦ ΑΗ πρὸς τὸ ΓΕ δοθείς. Δοθὲν δὲ τὸ ΓΕ· δοθὲν ἄρα καὶ τὸ ΑΗ. Εστι δὲ καὶ τὸ ΑΖ δοθέν· ὅλον ἄρα τὸ ΖΗ δοθέν ἐστι. Καὶ ἐπεὶ ὡς τὸ ΑΒ πρὸς τὸ ΓΔ οὕτως τὸ ΑΗ πρὸς τὸ ΓΕ· καὶ λοιποῦ ἄρα[6] τοῦ ΗΒ πρὸς λοιπὸν τὸ ΕΔ λόγος ἐστὶ δοθείς. Καὶ ἔστι δοθὲν τὸ ΗΖ· τὸ ΖΒ ἄρα τοῦ ΕΔ, δοθέντι, μεῖζόν ἐστιν ἢ ἐν λόγῳ.

igitur est ipsius AH ad ΓE data. Data autem ΓE; data igitur et AH. Est autem et AZ data; tota igitur ZH data est. Et quoniam ut AB ad ΓΔ ita AH ad ΓE; et reliquæ igitur HB ad reliquam EΔ ratio est data. Et est data HZ; ipsa ZB igitur ipsâ EΔ, datâ, major est quam in ratione.

ΠΡΟΤΑΣΙΣ ιζ'.

Εὰν ᾖ τρία μεγέθη, καὶ τὸ πρῶτον τοῦ δευτέρου, δοθέντι, μεῖζον ᾖ ἢ ἐν λόγῳ, ᾖ δὲ καὶ τὸ τρίτον τοῦ αὐτοῦ, δοθέντι, μεῖζον ἢ ἐν λόγῳ· τὸ πρῶτον πρὸς τὸ τρίτον ἤτοι λόγον ἕξει δεδομένον, ἢ τὸ ἕτερον τοῦ ἑτέρου, δοθέντι, μεῖζον ἔσται ἢ ἐν λόγῳ.

Εστω τρία μεγέθη τὰ ΑΒ, Γ, ΔΕ, καὶ ἑκάτερον τῶν ΑΒ, ΔΕ τοῦ Γ, δοθέντι, μεῖζον ἔστω ἢ ἐν λόγῳ· λέγω ὅτι τὰ ΑΒ, ΔΕ ἤτοι πρὸς ἀλ-

PROPOSITION XVII.

Si sint tres magnitudines, et prima secundâ, datâ, major sit quam in ratione, sit autem et tertia eâdem, datâ, major quam in ratione; prima ad tertiam vel rationem habebit datam, vel altera alterâ, datâ, major erit quam in ratione.

Sint tres magnitudines AB, Γ, ΔE, et utraque ipsarum AB, ΔE ipsâ Γ, datâ, major sit quam in ratione; dico ipsas AB, ΔE vel inter

ΓE est donné; donc AH est donné (2). Mais AZ est donné; la grandeur entière ZH est donc donnée (3). Mais AB est à ΓΔ comme AH est à ΓE; la raison du reste HB au reste EΔ est donc donnée (19. 5). Mais HZ est donné; donc ZB est plus grand à l'égard de EΔ, d'une donnée, qu'en raison (déf. 11).

PROSOSITION XVII.

Si l'on a trois grandeurs, si la première est plus grande à l'égard de la seconde, d'une donnée, qu'en raison, et si la troisième est aussi plus grande à l'égard de la seconde d'une donnée qu'en raison, la première aura avec la troisième une raison donnée, ou l'une sera plus grande à l'égard de l'autre, d'une donnée, qu'en raison.

Soient les trois grandeurs AB, Γ, ΔE, et que chacune des grandeurs AB, ΔE soit plus grande à l'égard de Γ, d'une donnée, qu'en raison; je dis que les gran-

ληλα λόγον ἔχει δεδομένον, ἢ τὸ ἕτερον τοῦ ἑτέρου, δοθέντι, μεῖζόν ἐστιν ἢ ἐν λόγῳ.

Ἐπεὶ γὰρ τὸ ΔΕ τοῦ Γ, δοθέντι, μεῖζόν ἐστιν ἢ ἐν λόγῳ, ἀφῃρήσθω τὸ δοθὲν μέγεθος τὸ ΔΗ· λοιποῦ ἄρα τοῦ ΗΕ πρὸς τὸ Γ λόγος ἐστὶ δοθείς·

se rationem habere datam, vel alteram alterâ datâ, majorem esse quam in ratione.

Quoniam enim ΔΕ ipsâ Γ, datâ, major est quam in ratione, auferatur data magnitudo ΔΗ; reliquæ igitur ΗΕ ad Γ ratio est data.

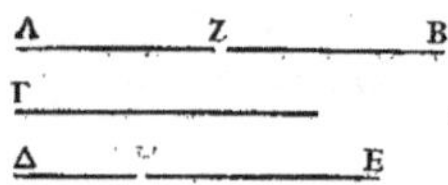

Διὰ τὰ αὐτὰ δὴ καὶ τοῦ ΖΒ πρὸς τὸ Γ λόγος ἐστὶ δοθείς· καὶ τοῦ ΖΒ ἄρα πρὸς τὸ ΗΕ λόγος ἐστὶ δοθείς[1]. Καὶ πρόσκειται αὐτοῖς δεδομένα μεγέθη τὰ ΑΖ, ΔΗ· τὰ ὅλα ἄρα τὰ ΑΒ, ΔΕ ἤτοι πρὸς ἄλληλα[2] λόγον ἔχει δεδομένον, ἢ τὸ ἕτερον τοῦ ἑτέρου, δοθέντι, μεῖζόν ἐστιν ἢ ἐν λόγῳ.

Propter eadem utique et ipsius ΖΒ ad Γ ratio est data; et ipsius ΖΒ ad ΗΕ ratio est data. Et adjiciuntur ipsis datæ magnitudines ΑΖ, ΔΗ; totæ igitur ΑΒ, ΔΕ inter se vel rationem habent datam, vel altera alterâ, datâ, major est quam in ratione.

ΠΡΟΤΑΣΙΣ. ιη'.

Ἐὰν ᾖ τρία μεγέθη, ἓν δὲ αὐτῶν ἑκατέρου τῶν λοιπῶν, δοθέντι, μεῖζον ᾖ ἢ ἐν λόγῳ· τὰ λοιπὰ δύο πρὸς ἄλληλα ἤτοι λόγον ἕξει δεδομένον, ἢ τὸ ἕτερον τοῦ ἑτέρου, δοθέντι, μεῖζον ἔσται[1] ἢ ἐν λόγῳ.

PROPOSITIO XVIII.

Si sint tres magnitudines, una autem earum utrâque reliquarum, datâ, major sit quam in ratione, reliquæ duæ inter se vel rationem habebunt datam, vel altera alterâ, datâ, major erit quam in ratione.

deurs AB, ΔE ont entr'elles une raison donnée, ou que l'une est plus grande à l'égard de l'autre, d'une donnée, qu'en raison.

Car puisque ΔE est plus grand à l'égard de Γ, d'une donnée, qu'en raison, retranchons la grandeur donnée ΔH; la raison du reste HE à Γ sera donnée (déf. 11). Semblablement la raison de ZB à Γ est donnée; la raison de ZB à HE est donc donnée (8). Mais les grandeurs données AZ, ΔH sont ajoutées à celles-ci; les grandeurs entières AB, ΔE auront donc entre elles une raison donnée, ou l'une sera plus grande à l'égard de l'autre, d'une donnée, qu'en raison (14).

PROPOSITION XVIII.

Si l'on a trois grandeurs, et si l'une d'elles est plus grande à l'égard de chacune des deux autres, d'une donnée, qu'en raison, les deux autres auront entre elles une raison donnée, ou l'une sera plus grande à l'égard de l'autre, d'une donnée, qu'en raison.

Εστω τρία μεγέθη τὰ AB, ΓΔ, EZ, ἓν δ' αὐτῶν τὸ ΓΔ τοῦ[2] ἑκατέρου τῶν λοιπῶν τῶν AB, EZ, δοθέντι, μεῖζον ἔστω ἢ ἐν λογῳ· λέγω ὅτι τὸ AB πρὸς τὸ EZ ἤτοι λόγον ἔχει δεδομένον, ἢ τὸ ἕτερον τοῦ ἑτέρου, δοθέντι, μεῖζόν ἐστιν ἢ ἐν λόγῳ.

Επεὶ γὰρ τὸ ΓΔ τοῦ AB, δοθέντι, μεῖζόν ἐστιν ἢ ἐν λόγω, ἀφῃρήσθω τὸ δοθὲν μέγεθος τὸ ΓΗ· λοιποῦ ἄρα τοῦ ΗΔ πρὸς τὸ AB λόγος ἐστὶ δοθείς. Ο αὐτὸς αὐτῷ γεγονέτω ὁ τοῦ ΓΗ πρὸς τὸ ΑΘ· λόγος ἄρα καὶ τοῦ ΓΗ πρός τὸ ΑΘ δοθείς.

Sint tres magnitudines AB, ΓΔ, EZ, una autem earum ΓΔ utrâque ipsarum AB, EZ, datâ, major sit quam in ratione; dico ipsam AB ad EZ vel rationem habere datam, vel alteram alterâ, datâ, majorem esse quam in ratione.

Quoniam enim ΓΔ ipsâ AB, datâ, major est quam in ratione, auferatur data magnitudo ΓΗ; reliquæ igitur ΗΔ ad AB ratio est data. Eadem huic fiat ratio ipsius ΓΗ ad ΑΘ; ratio igitur et ipsius ΓΗ ad ΑΘ data. Data

Θ A B

Γ H K Δ

Λ E Z

Δοθὲν δὲ τὸ ΓΗ· δοθὲν ἄρα καὶ τὸ ΑΘ· καὶ ὅλου τοῦ ΓΔ πρὸς ὅλον τὸ ΘΒ λόγος ἐστὶ δοθείς. Πάλιν ἐπεὶ τὸ ΓΔ τοῦ EZ, δοθέντι, μεῖζόν ἐστιν ἢ ἐν λόγῳ, ἀφῃρήσθω τὸ δοθὲν μέγεθος τὸ ΓΚ· λοιποῦ ἄρα[3] τοῦ ΚΔ πρὸς τὸ[4] EZ λόγος ἐστὶ δοθεὶς. Ο αὐτὸς αὐτῷ γεγονέτω, ὁ τοῦ ΓΚ πρὸς τὸ[5] ΛΕ· λόγος ἄρα καὶ τοῦ ΓΚ πρὸς τὸ ΛΕ δοθείς. Δοθὲν δὲ τὸ ΓΚ· δοθὲν ἄρα καὶ τὸ ΛΕ· καὶ ὅλου τοῦ ΓΔ πρὸς ὅλον τὸ ΛΖ λόγος ἐστὶ δοθείς.

autem ΓΗ; data igitur et ΑΘ; et totius ΓΔ ad totam ΘΒ ratio est data. Rursus, quoniam ΓΔ ipsâ EZ, datâ, major est quam in ratione, auferatur data magnitudo ΓΚ; reliquæ igitur ΚΔ ad EZ ratio est data. Eadem huic fiat ratio ipsius ΓΚ ad ΛΕ; ratio igitur et ipsius ΓΚ ad ΛΕ data. Data autem ΓΚ; data igitur et ΛΕ; et totius ΓΔ ad totam ΛΖ ratio est data.

Soient les trois grandeurs AB, ΓΔ, EZ, et que l'une d'elles ΓΔ soit plus grande à l'égard de chacune des deux autres AB, EZ, d'une donnée, qu'en raison; je dis que AB aura avec EZ une raison donnée, ou que l'une sera plus grande à l'égard de l'autre, d'une donnée, qu'en raison.

Car puisque ΓΔ est plus grand à l'égard de AB, d'une donnée, qu'en raison, retranchons la donnée ΓΗ; la raison du reste ΗΔ à AB sera donnée. Faisons en sorte que la raison de ΓΗ à ΑΘ soit la même que celle-ci; la raison de ΓΗ à ΑΘ sera donnée. Mais ΓΗ est donné; donc ΑΘ est donné; la raison de la grandeur entière ΓΔ à la grandeur entière ΘΒ est donc donnée (12. 5). De plus, puisque ΓΔ est plus grand à l'égard de EZ, d'une donnée, qu'en raison, retranchons la grandeur donnée ΓΚ; la raison du reste ΚΔ à EZ sera donnée (déf. 11). Faisons en sorte que la raison de ΓΚ à ΛΕ soit la même que celle ci; la raison de ΓΚ à ΛΕ sera donnée. Mais ΓΚ est donné; donc ΛΕ est donné; la raison de la grandeur entière ΓΔ à

Τοῦ δὲ ΓΔ πρὸς τὸ ΘΒ λόγος ἐστὶ δοθείς· καὶ τοῦ ΘΒ ἄρα πρὸς τὸ ΛΖ λόγος ἐστὶ δοθείς. Καὶ ἀφῄρηται ἀπ' αὐτῶν δεδομένα μεγέθη τὰ ΘΑ, ΛΕ· τὰ ΑΒ, ΕΖ ἄρα ἤτοι πρὸς ἄλληλα λόγον ἕξει δεδομένον, ἢ τὸ ἕτερον τοῦ ἑτέρου, δοθέντι, μεῖζόν ἐστιν ἢ ἐν λόγῳ,

Ipsius autem ΓΔ ad ΘΒ ratio est data; et ipsius ΘΒ igitur ad ΛΖ ratio est data. Et auferuntur ab ipsis datæ magnitudines ΘΑ, ΛΕ; ipsæ ΑΒ, ΕΖ igitur vel inter se rationem habebunt datam, vel altera alterâ, datâ, major est quam in ratione.

ΠΡΟΤΑΣΙΣ ιθ'.

Εὰν ᾖ τρία μεγέθη, καὶ τὸ μὲν πρῶτον τοῦ δευτέρου, δοθέντι, μεῖζον ᾖ ἢ ἐν λογῳ, ᾖ δὲ καὶ τὸ δεύτερον τοῦ τρίτου, δοθέντι, μεῖζον ἢ ἐν λόγῳ· καὶ τὸ πρῶτον τοῦ τρίτου, δοθέντι, μεῖζον ἔσται ἢ ἐν λόγῳ.

Εστω τρία μεγέθη τὰ ΑΒ, ΓΔ, Ε, καὶ τὸ μὲν ΑΒ τοῦ ΓΔ, δοθέντι, μεῖζον ἔστω ἢ ἐν λογῳ, τὸ δὲ ΓΔ τοῦ Ε, δοθέντι, μεῖζον ἔστω ἢ ἐν λόγῳ· λέγω ὅτι καὶ τὸ ΑΒ τοῦ Ε, δοθέντι, μεῖζόν ἐστιν ἢ ἐν λόγῳ.

PROPOSITIO XIX.

Si sint tres magnitudines, et prima quidem secundâ, datâ, major sit quam in ratione, sit autem et secunda tertiâ, datâ, major quam in ratione; et prima tertiâ, datâ, major erit quam in ratione.

Sint tres magnitudines ΑΒ, ΓΔ, Ε, et ipsa quidem ΑΒ ipsâ ΓΔ, datâ, major sit quam in ratione, ipsa vero ΓΔ ipsâ Ε, datâ, major sit quam in ratione; dico et ipsam ΑΒ ipsâ Ε, datâ, majorem esse quam in ratione.

la grandeur entière ΛΖ est donc donnée (12. 5). Mais la raison de ΓΔ à ΘΒ est donnée; la raison de ΘΒ à ΛΖ est donc donnée (8). Mais on a retranché de ces grandeurs, les grandeurs données ΘΑ, ΛΕ; les grandeurs ΑΒ, ΕΖ auront donc entre elles une raison donnée, ou l'une sera plus grande à l'égard de l'autre d'une donnée, qu'en raison (15).

PROPOSITION XIX.

Si l'on a trois grandeurs, si la première est plus grande à l'égard de la seconde, d'une donnée, qu'en raison, et si la seconde est plus grande à l'égard de la troisième, d'une donnée, qu'en raison, la première sera plus grande à l'égard de la troisième d'une donnée qu'en raison..

Soient les trois grandeurs ΑΒ, ΓΔ, Ε; que ΑΒ soit plus grand à l'égard de ΓΔ d'une donnée qu'en raison, et que ΓΔ soit plus grand à l'égard de Ε, d'une donnée, qu'en raison; je dis que ΑΒ est plus grand à l'égard de Ε, d'une donnée, qu'en raison.

Ἐπεὶ γὰρ τὸ ΓΔ τοῦ Ε, δοθέντι, μεῖζόν ἐστιν ἢ ἐν λόγῳ, ἀφῃρήσθω τὸ δοθὲν μέγεθος τὸ ΓΖ· λοιποῦ ἄρα τοῦ ΖΔ πρὸς τὸ Ε λόγος ἐστὶ δοθείς. Πάλιν ἐπεὶ τὸ ΑΒ τοῦ ΓΔ, δοθέντι, μεῖζόν ἐστιν ἢ ἐν λόγῳ· ἀφῃρήσθω τὸ δοθὲν μέγεθος τὸ ΑΗ· λοιποῦ ἄρα τοῦ ΗΒ πρὸς τὸ ΓΔ λόγος ἐστὶ δοθείς. Ο αὐτὸς αὐτῷ γεγονέτω τοῦ ΗΘ πρὸς

Quoniam enim ΓΔ ipsâ Ε, datâ, major est quam in ratione, auferatur data magnitudo ΓΖ; reliquæ igitur ΖΔ ad Ε ratio est data. Rursus, quoniam ΑΒ ipsâ ΓΔ, datâ, major est quam in ratione; auferatur data magnitudo ΑΗ; reliquæ igitur ΗΒ ad ΓΔ ratio est data. Eadem huic fiat ratio ipsius ΗΘ ad ΓΖ; ratio igitur

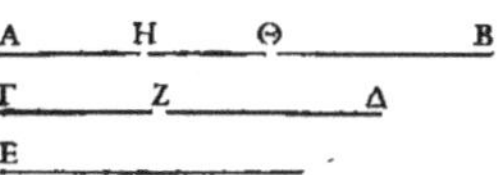

τὸ ΓΖ· λόγος ἄρα καὶ τοῦ ΗΘ πρὸς τὸ ΓΖ δοθείς· Δοθὲν δὲ τὸ ΓΖ· δοθὲν ἄρα καὶ τὸ ΗΘ. Ἐστι δὲ καὶ τὸ ΗΑ δοθέν· καὶ ὅλον ἄρα τὸ ΘΑ δοθέν ἐστι. Καὶ ἐπεί ἐστιν ὡς τὸ ΗΒ πρὸς τὸ ΓΔ οὕτως καὶ[1] τὸ ΗΘ πρὸς τὸ ΓΖ, καὶ λοιποῦ τοῦ ΘΒ πρὸς λοιπὸν τὸ ΖΔ λόγος ἐστὶ δοθείς. Τοῦ δὲ ΖΔ πρὸς τὸ Ε λόγος ἐστὶ δοθείς· καὶ τοῦ ΘΒ ἄρα πρὸς τὸ Ε λόγος ἐστὶ δοθείς. Καὶ δοθὲν τὸ ΘΑ· τὸ ΒΑ ἄρα τοῦ Ε, δοθέντι, μεῖζόν ἐστιν ἢ ἐν λόγῳ.

et ipsius ΗΘ ad ΓΖ data; data autem ΓΖ; data igitur et ΗΘ. Est autem et ΗΑ data; et tota igitur ΘΑ data est. Et quoniam est ut ΗΒ ad ΓΔ ita et ΗΘ ad ΓΖ, et reliquæ ΘΒ ad reliquam ΖΔ ratio est data. Ipsius autem ΖΔ ad Ε ratio est data; et ipsius ΘΒ igitur ad Ε ratio est data. Et data ΘΑ; ipsa ΒΑ igitur ipsâ Ε, datâ, major est quam in ratione.

Car puisque ΓΔ est plus grand à l'égard de Ε, d'une donnée, qu'en raison, retranchons la grandeur donnée ΓΖ; la raison du reste ΖΔ à Ε sera donnée (déf. 11). De plus, puisque ΑΒ est plus grand à l'égard de ΓΔ, d'une donnée, qu'en raison, retranchons la grandeur donnée ΑΗ; la raison du reste ΗΒ à ΓΔ sera donnée. Faisons en sorte que la raison de ΗΘ à ΓΖ soit la même que celle-ci. La raison de ΗΘ à ΓΖ sera donnée; mais ΓΖ est donné; donc ΗΘ est aussi donné. Mais ΗΑ est donné; la grandeur entière ΘΑ est donc donnée (3). Mais ΗΒ est à ΓΔ comme ΗΘ est à ΓΖ; la raison du reste ΘΒ au reste ΖΔ est donc donnée. Mais la raison de ΖΔ à Ε est donnée; la raison de ΘΒ à Ε est donc donnée (8). Mais ΘΑ est donné; donc ΒΑ est plus grand à l'égard de Ε, d'une donnée, qu'en raison. (déf. 11).

ΑΛΛΩΣ.

Εστω[1] τρία μεγέθη τὰ ΑΒ, Γ, Δ, καὶ τὸ μὲν ΑΒ τοῦ Γ, δοθέντι, μεῖζον ἔστω ἢ ἐν λόγῳ, τὸ δὲ Γ τοῦ Δ, δοθέντι, μεῖζον ἔστω[2] ἢ ἐν λόγῳ· λέγω ὅτι καὶ[3] τὸ ΑΒ τοῦ Δ, δοθέντι, μεῖζόν ἐστιν ἢ ἐν λόγῳ.

ALITER.

Sint tres magnitudine AB, Γ, Δ, et ipsi quidem AB ipsâ Γ, datâ, major sit qua in ratione, ipsa vero Γ ipsâ Δ, datâ, maj sit quam in ratione; dico et AB ipsâ Δ, datâ majorem esse quam in ratione.

A E Z B
Γ
Δ

Επεὶ γὰρ τὸ ΑΒ τοῦ Γ, δοθέντι, μεῖζόν ἐστιν ἢ ἐν λόγῳ, ἀφῃρήσθω τὸ[4] δοθὲν μέγεθος τὸ ΑΕ· λοιποῦ ἄρα τοῦ ΕΒ πρὸς τὸ Γ λόγος ἐστὶ δοθείς. τὸ δὲ Γ τοῦ Δ, δοθέντι, μεῖζόν ἐστιν ἢ ἐν λόγῳ, καὶ τὸ ΕΒ ἄρα τοῦ Δ, δοθέντι, μεῖζόν ἐστιν ἢ ἐν λόγῳ. Αφῃρήσθω οὖν τὸ δοθὲν μέγεθος τὸ ΕΖ· λοιποῦ ἄρα τοῦ ΖΒ πρὸς τὸ Δ λόγος ἐστὶ δοθείς. Καὶ ἔστι δοθὲν τὸ ΑΖ· τὸ ΑΒ ἄρα τοῦ Δ, δοθέντι, μεῖζόν ἐστιν ἢ ἐν λόγῳ.

Quoniam enim AB ipsâ Γ, datâ, maj est quam in ratione, auferatur data magnitud AE, reliquæ igitur EB ad Γ ratio est data. Ip Γ autem ipsâ Δ, datâ, major est quam in r tione; et EB igitur ipsâ Δ, datâ, major e quam in ratione. Auferatur itaque data magn tudo EZ; reliquæ igitur ZB ad Δ ratio e data. Et est data AZ; ipsa AB igitur ipsâ Δ datâ, major est quam in ratione.

AUTREMENT.

Soient les trois grandeurs AB, Γ, Δ; que AB soit plus grand à l'égard de Γ d'une donnée, qu'en raison, et que Γ soit plus grand à l'égard de Δ, d'une donnée, qu'en raison; je dis que AB est plus grand à l'égard de Δ, d'une donnée qu'en raison.

Car puisque AB est plus grand à l'égard de Γ, d'une donnée, qu'en raison, retranchons la grandeur donnée AE; la raison du reste EB à Γ sera donnée (déf. 11). Mais Γ est plus grand à l'égard de Δ, d'une donnée, qu'en raison; donc EB est plus grand à l'égard de Δ, d'une donnée, qu'en raison (13). Retranchons la grandeur donnée EZ; la raison du reste ZB à Δ sera donnée. Mais AZ est donné (3); donc AB est plus grand à l'égard de Δ, d'une donnée, qu'en raison.

ΠΡΟΤΑΣΙΣ κʹ.

Εὰν ᾖ δύο μεγέθη δεδομένα, καὶ ἀφαιρεθῇ ἀπ' αὐτῶν μεγέθη πρὸς ἄλληλα λόγον ἔχοντα δεδομένον· τὰ λοιπὰ πρὸς ἄλληλα ἤτοι λόγον ἕξει δεδομένον, ἢ τὸ ἕτερον τοῦ ἑτέρου, δοθέντι, μεῖζον ἔσται[1] ἢ ἐν λόγῳ.

Εστω δύο μεγέθη δεδομένα τὰ ΑΒ, ΓΔ, καὶ ἀπὸ τῶν ΑΒ, ΓΔ ἀφῃρήσθω μεγέθη τὰ ΑΕ, ΓΖ λόγον ἔχοντα πρὸς ἄλληλα δεδομένον· λέγω ὅτι τὰ ΕΒ, ΖΔ πρὸς ἄλληλα ἤτοι λόγον ἔχει δεδομένον, ἢ τὸ ἕτερον τοῦ ἑτέρου, δοθέντι, μεῖζόν ἐστιν ἢ ἐν λόγῳ.

PROPOSITIO XX.

Si sint duæ magnitudines datæ, et auferantur ab ipsis magnitudines inter se rationem habentes datam; reliquæ inter se vel rationem habebunt datam, vel altera alterâ, datâ, major erit quam in ratione.

Sint duæ magnitudines datæ ΑΒ, ΓΔ, et ab ipsis ΑΒ, ΓΔ auferantur magnitudines ΑΕ, ΓΖ rationem habentes inter se datam; dico ipsas ΕΒ, ΖΔ inter se vel rationem habere datam, vel alteram alterâ, datâ, majorem esse quam in ratione.

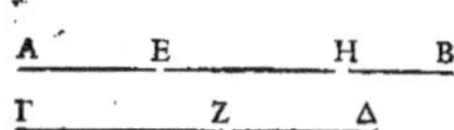

Ἐπεὶ γὰρ δοθέν ἐστιν ἑκάτερον τῶν ΑΒ, ΓΔ· λόγος ἄρα τοῦ ΑΒ πρὸς τὸ[2] ΓΔ δοθείς. Καὶ εἰ μὲν ὁ αὐτός ἐστι τῷ ΑΕ πρὸς τὸ[3] ΓΖ· ἔσται καὶ λοιποῦ τοῦ ΕΒ πρὸς λοιπὸν τὸ ΖΔ λόγος δοθείς. Μὴ ἔστω δὴ ὁ αὐτὸς, καὶ πεποιήσθω ὡς τὸ ΑΕ πρὸς τὸ ΓΖ οὕτως τὸ ΑΗ πρὸς τὸ ΓΔ. Λόγος δὲ

Quoniam enim data est utraque ipsarum ΑΒ, ΓΔ; ratio igitur ipsius ΑΒ ad ΓΔ data. At verò si eadem est quæ ipsius ΑΕ ad ΓΖ; erit et reliquæ ΕΒ ad reliquam ΖΔ ratio data. Non sit vero eadem, et fiat ut ΑΕ ad ΓΖ ita ΑΗ ad ΓΔ. Ratio autem ipsius ΑΕ ad ΓΖ data; ratio

PROPOSITION XX.

Si deux grandeurs sont données, et si l'on en retranche des grandeurs qui ayent entr'elles une raison donnée, les restes auront entre eux une raison donnée, ou bien l'un sera plus grand à l'égard de l'autre, d'une donnée, qu'en raison.

Soient deux grandeurs données ΑΒ, ΓΔ, et que des grandeurs ΑΒ, ΓΔ, soient retranchées les grandeurs ΑΕ, ΓΖ qui ayent entre elles une raison donnée; je dis que les restes ΕΒ, ΖΔ ont entre eux une raison donnée; ou bien que l'un est plus grand à l'égard de l'autre, d'une donnée, qu'en raison.

Car puisque chacune des grandeurs ΑΒ, ΓΔ est donnée, la raison de ΑΒ à ΓΔ sera donnée (1); donc, si cette raison est la même que celle de ΑΕ à ΓΖ, la raison du reste ΕΒ au reste ΖΔ sera donnée (19. 5). Mais qu'elle ne soit pas la même, et faisons en sorte que ΑΕ soit à ΓΖ comme ΑΗ est à ΓΔ. Puisque la raison de ΑΕ

τοῦ ΑΕ πρὸς τὸ ΓΖ δοθείς· λόγος ἄρα καὶ τοῦ ΑΗ πρὸς τὸ ΓΔ δοθείς. Δοθὲν δὲ τὸ ΓΔ. δοθὲν ἄρα καὶ τὸ ΑΗ. Ἐστι δὲ καὶ τὸ ΑΒ δοθέν· καὶ λοιπὸν ἄρα τὸ ΗΒ δοθέν ἐστι. Καὶ ἐπεί ἐστιν ὡς τὸ ΑΕ πρὸς τὸ ΓΖ οὕτως τὸ ΑΗ πρὸς τὸ ΓΔ, καὶ λοιποῦ τοῦ ΕΗ πρὸς λοιπὸν τὸ ΖΔ λόγος ἐστὶ δοθείς. Δοθὲν δὲ τὸ ΗΒ· τὸ ΕΒ ἄρα τοῦ ΖΔ, δοθέντι, μεῖζόν ἐστιν ἢ ἐν λόγῳ.

igitur et ipsius AH ad ΓΔ data. Data autem ΓΔ; data igitur et AH. Est autem et AB data; et reliqua igitur HB data est. Et quoniam est ut AE ad ΓZ ita AH ad ΓΔ, et reliquæ EH ad reliquam ZΔ ratio est data. Data autem HB; ipsa EB igitur, ipsâ ZΔ, datâ, major est quam in ratione.

ΠΡΟΤΑΣΙΣ κα'.

Ἐὰν ᾖ δύο μεγέθη δεδομένα, καὶ προστεθῇ αὐτοῖς μεγέθη πρὸς ἄλληλα λόγον ἔχοντα δεδομένον· τὰ ὅλα πρὸς ἄλληλα ἤτοι λόγον ἕξει δεδομένον, ἢ τὸ ἕτερον τοῦ ἑτέρου, δοθέντι, μεῖζον ἔσται[1] ἢ ἐν λόγῳ.

Ἐστω δύο μεγέθη δεδομένα τὰ ΑΒ, ΓΔ, καὶ προκείσθω αὐτοῖς μεγέθη τὰ ΑΕ, ΓΖ λόγον ἔχοντα πρὸς ἄλληλα δεδομένον· λέγω ὅτι τὰ ὅλα τὰ ΕΒ, ΖΔ πρὸς ἄλληλα ἤτοι λόγον ἕξει δεδομένον, ἢ τὸ ἕτερον τοῦ ἑτέρου, δοθέντι, μεῖζόν ἐστιν ἢ ἐν λόγῳ.

PROPOSITIO XXI.

Si sint duæ magnitudines datæ, et adjiciantur ipsis magitudines inter se rationem habentes datam; totæ inter se vel rationem habebunt datam, vel altera alterâ, datâ, major erit quam in ratione.

Sint duæ magnitudines datæ AB, ΓΔ, et adjiciantur ipsis magnitudines AE, ΓZ rationem habentes inter se datam; dico totas EB, ZΔ inter se vel rationem habituras esse datam, vel alteram, alterâ, datâ, majorem esse quam in ratione.

à ΓZ est donnée, la raison de AH à ΓΔ sera donnée. Mais ΓΔ est donné; donc AH est donné (2). Mais AB est donné; le reste HB est donc aussi donné (4). Et puisque AE est à ΓZ comme AH est à ΓΔ, la raison du reste EH au reste ZΔ est donnée (19. 5). Mais HB est donné; donc EB est plus grand à l'égard de ZΔ, d'une donnée, qu'en raison (déf. 11).

PROPOSITION XXI.

Si l'on a deux grandeurs données, et si on leur ajoute des grandeurs qui ayent entre elles une raison donnée, les grandeurs entières auront entre elles une raison donnée, ou bien l'une sera plus grande à l'égard de l'autre, d'une donnée, qu'en raison.

Soient les deux grandeurs données AB, ΓΔ; ajoutons-leur des grandeurs AE, ΓZ qui ayent entre elles une raison donnée; je dis que les grandeurs entières EB, ZΔ auront entre elles une raison donnée, ou bien que l'une sera plus grande à l'égard de l'autre d'une donnée qu'en raison.

Ἐπεὶ γὰρ δοθέν ἐστιν ἑκάτερον τῶν ΑΒ, ΓΔ· λόγος ἄρα τοῦ ΑΒ πρὸς τὸ ΓΔ δοθείς. Καὶ εἰ μὲν ὁ αὐτός ἐστι τῷ τοῦ ΑΕ πρὸς τὸ ΓΖ, ἔσται καὶ ὅλου τοῦ ΕΒ πρὸς ὅλον τὸ ΖΔ λόγος δοθείς. Εἰ δὲ οὔ· πεποιήσθω ὡς τὸ ΑΕ πρὸς τὸ ΓΖ οὕτως τὸ ΑΗ πρὸς τὸ ΓΔ· λόγος ἄρα τοῦ ΑΗ πρὸς τὸ ΓΔ δοθείς. Δοθὲν δὲ τὸ ΓΔ· δοθὲν ἄρα καὶ τὸ ΑΗ. Ἔστι δὲ καὶ τὸ ΑΒ δοθέν· καὶ λοιπὸν ἄρα τὸ ΗΒ δοθέν ἐστι. Καὶ ἐπεί ἐστιν ὡς τὸ ΕΑ πρὸς τὸ ΓΖ οὕτως τὸ ΑΗ πρὸς τὸ ΓΔ· καὶ ὅλου τοῦ ΕΗ πρὸς ὅλον τὸ ΖΔ λόγος ἐστὶ δοθείς. Καὶ δοθὲν τὸ ΗΒ· τὸ ΕΒ ἄρα τοῦ ΖΔ, δοθέντι, μεῖζόν ἐστιν ἢ ἐν λόγῳ.

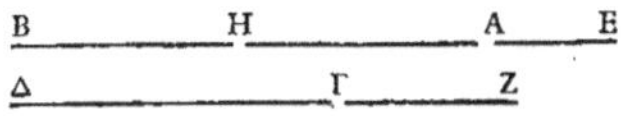

Quoniam enim data est utraque ipsarum AB, ΓΔ; ratio igitur ipsius AB ad ΓΔ data. At vero si eadem sit quæ ipsius AE ad ΓZ, erit et totius EB ad totam ZΔ ratio data. Si autem non; fiat ut AE ad ΓZ ita AH ad ΓΔ; ratio igitur ipsius AH ad ΓΔ data. Data autem ΓΔ; data igitur et AH. Est autem et AB data; et reliqua igitur HB data est. Et quoniam est ut EA ad ΓZ ita AH ad ΓΔ; et totius EH ad totam ZΔ ratio est data. Et data HB; ipsa EB igitur ipsâ ZΔ, datâ, major est quam in ratione.

B H A E
Δ Γ Z

Car puisque chacune des grandeurs AB, ΓΔ est donnée, la raison de AB à ΓΔ est donnée. Donc, si cette raison est la même que celle de AE à ΓZ, la raison de la grandeur entière EB à la grandeur entière ZΔ sera donnée (12. 5). Mais si cela n'est point, faisons en sorte que AE soit à ΓZ comme AH est à ΓΔ; la raison de AH à ΓΔ sera donnée. Mais ΓΔ est donné; donc AH est donné (2). Mais AB est donné; le reste HB est donc donné (4). Et puisque EA est à ΓZ comme AH est à ΓΔ; la raison de la grandeur entière EH à la grandeur entière ZΔ est donnée (12. 5). Mais HB est donné; donc EB est plus grand à l'égard de ZΔ, d'une donnée, qu'en raison (déf. 11).

ΠΡΟΤΑΣΙΣ κϛ'.

Εὰν δύο μεγέθη πρός τι μέγεθος λόγον ἔχῃ δεδομένον· καὶ τὸ συναμφότερον πρὸς τὸ[1] αὐτὸ λόγον ἕξει δεδομένον·

Δύο γὰρ μεγέθη τὰ ΑΒ, ΒΓ πρός τι μέγεθος τὸ Δ λόγον ἐχέτω δεδομένον· λέγω ὅτι καὶ τὸ συναμφότερον[2] τὸ ΑΓ πρὸς τὸ αὐτὸ Δ λόγον ἔχει δεδομένον.

PROPOSITIO XXII.

Si duæ magnitudines ad aliquam magnitudinem rationem habeant datam, et simul utraque ad eamdem rationem habebit datam.

Duæ enim magnitudines AB, BΓ ad aliquam magnitudinem Δ rationem habeant datam; dico et simul utramque AΓ ad eamdem Δ rationem habere datam.

Επεὶ γὰρ ἑκάτερον τῶν ΑΒ, ΒΓ πρὸς τὸ Δ λόγον ἔχει δεδομένον· λόγος ἄρα καὶ τοῦ ΑΒ πρὸς τὸ ΒΓ δοθείς· καὶ συνθέντι τοῦ ΑΓ πρὸς τὸ ΓΒ λόγος ἐστὶ δοθείς. Τοῦ δὲ ΒΓ πρὸς τὸ[3] Δ λόγος ἐστὶ δοθείς· καὶ τοῦ ΑΓ ἄρα πρὸς τὸ Δ λόγος ἐστὶ δοθείς.

Quoniam enim utraque ipsarum AB, BΓ ad Δ rationem habet datam; ratio igitur et ipsius AB ad BΓ data; et componendo ipsius AΓ ad ΓB ratio est data. Ipsius autem BΓ ad Δ ratio est data; et ipsius AΓ igitur ad Δ ratio est data.

PROPOSITION XXII.

Si deux grandeurs ont avec une autre grandeur une raison donnée, leur somme aura une raison donnée avec cette autre.

Que les deux grandeurs AB, BΓ ayent avec une grandeur Δ une raison donnée; je dis que leur somme AΓ aura avec Δ une raison donnée.

Car puisque chacune des grandeurs AB, BΓ a avec Δ une raison donnée, la raison de AB à BΓ est donnée (8); donc, par addition, la raison de AΓ à ΓB est donnée (6). Mais la raison de BΓ à Δ est donnée; la raison de AΓ à Δ est donc donnée (8).

ΠΡΟΤΑΣΙΣ κγ'.

Εὰν ὅλον πρὸς ὅλον λόγον ἔχῃ δεδομένον, ἔχῃ δὲ καὶ τὰ μέρη πρὸς τὰ μέρη λόγους δεδομένους, μὴ τοὺς αὐτοὺς δέ. καὶ πάντα πρὸς πάντα λόγους ἕξει δεδομένους.

Εχέτω γὰρ ὅλον τὸ ΑΒ πρὸς ὅλον τὸ ΓΔ λόγον δεδομένον, ἐχέτω δὲ καὶ τὰ ΑΕ, ΕΒ μέρη πρὸς τὰ ΓΖ, ΖΔ μέρη λόγους δεδομένους, μὴ τοὺς αὐτοὺς δέ· λέγω ὅτι καὶ τὰ πάντα πρὸς πάντα λόγους ἕξει δεδομένους.

PROPOSITIO XXIII.

Si totum ad totum rationem habeat datam, habeant autem et partes ad partes rationes datas, non autem easdem; et omnia ad omnia rationes habebunt datas.

Habeat enim totum AB ad totum ΓΔ rationem datam, habeant autem et AE, EB partes ad ΓZ, ZΔ partes rationes datas, non autem easdem; dico et omnia ad omnia rationes habitura esse datas.

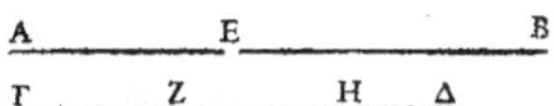

Επεὶ γὰρ λόγος ἐστὶ τοῦ ΑΕ πρὸς τὸ[1] ΓΖ δοθεὶς, ὁ αὐτὸς αὐτῷ γεγονέτω ὁ τοῦ ΑΒ πρὸς τὸ ΓΗ· λόγος ἄρα καὶ τοῦ ΑΒ πρὸς τὸ ΓΗ ἐστὶ[2] δοθείς. Εσται δὲ καὶ τοῦ λοιποῦ τοῦ[3] ΕΒ πρὸς λοιπὸν τὸ ΖΗ λόγος δοθείς. Τοῦ δὲ ΕΒ πρὸς τὸ ΖΔ λόγος ἐστὶ δοθείς· καὶ τοῦ ΖΔ ἄρα πρὸς τὸ ΖΗ λόγος ἐστὶ δοθείς· καὶ ἀναστρέψαντι[4]

Quoniam enim ratio est ip s AE ad ΓZ data, eadem huic fiat ratio ipsius AB ad ΓH; ratio igitur et ipsius AB ad ΓH est data; erit autem et reliquæ EB ad reliquam ZH ratio data. Ipsius autem EB ad ZΔ ratio est data; et ipsius ZΔ igitur ad ZH ratio est data; et convertendo

PROPOSITION XXIII.

Si un tout a avec un tout une raison donnée, et si les parties ont avec les parties des raisons données, mais non les mêmes, toutes ces grandeurs auront des raisons données avec toutes ces grandeurs.

Que le tout AB ait avec le tout ΓΔ une raison donnée, et que les parties AE, EB ayent avecles parties ΓZ, ZΔ des raisons données, mais non les mêmes; je dis que toutes ces grandeurs auront des raisons données avec toutes ces grandeurs.

Car puisque la raison de AE à ΓZ est donnée, faisons en sorte que la raison de AB à ΓH soit la même que celle-ci; la raison de AB à ΓH sera donnée; la raison du reste EB au reste ZH est donc donnée (19, 5, et déf. 2). Mais la raison de EB à ZΔ est donnée; la raison de ZΔ à ZH est donc donnée (8); donc, par conversion,

τοῦ ΖΔ πρὸς τὸ ΔΗ λόγος ἐστὶ δοθείς. Καὶ ἐπεὶ λόγος ἐστὶ τοῦ ΑΒ πρὸς ἑκάτερον τῶν ΔΓ, ΓΗ δοθείς[5]· καὶ τοῦ ΔΓ ἄρα πρὸς τὸ ΓΗ λόγος ἐστὶ δοθείς· ἀναστρέψαντι καὶ[6] τοῦ ΓΔ πρὸς τὸ ΔΗ λόγος ἐστὶ δοθείς· Ἀλλὰ τοῦ ΗΔ πρὸς τὸ ΔΖ λόγος ἐστι δοθείς· καὶ τοῦ ΓΔ ἄρα πρὸς τὸ ΔΖ λόγος ἐστὶ δοθείς· ὥστε καὶ τοῦ ΓΖ πρὸς τὸ ΖΔ λόγος ἐστὶ δοθείς. Ἀλλὰ τοῦ μὲν ΓΖ πρὸς τὸ ΑΕ λόγος ἐστὶ δοθεὶς, τοῦ δὲ ΖΔ πρὸς τὸ ΒΕ λόγος ἐστὶ δοθείς· ὥστε πάντων πρὸς πάντα λόγος ἐστὶ δοθείς.

ipsius ΖΔ ad ΔΗ ratio est data. Et quoniam ratio est ipsius ΑΒ ad utramque ipsarum ΔΓ, ΓΗ data; et ipsius ΔΓ igitur ad ΓΗ ratio est data; convertendo et ipsius ΓΔ ad ΔΗ ratio est data. Sed ipsius ΗΔ ad ΔΖ ratio est data; et ipsius ΓΔ igitur ad ΔΖ ratio est data; quare et ipsius ΓΖ ad ΖΔ ratio est data. Sed ipsius quidem ΓΖ ad ΑΕ ratio est data; ipsius verò ΖΔ ad ΒΕ ratio est data; quare omnium ad omnia ratio est data.

ΠΡΟΤΑΣΙΣ κδʹ

Εἀν τρεῖς εὐθεῖαι ἀνάλογον ὦσιν, ἡ δὲ πρώτη πρὸς τὴν[1] τρίτην λόγον ἔχῃ δεδομένον· καὶ πρὸς τὴν δευτέραν λόγον ἕξει δεδομένον.

Εστωσαν τρεῖς εὐθεῖαι ἀνάλογον αἱ Α, Β, Γ, καὶ ἔστω[2] ὡς ἡ Α πρὸς τὴν Β οὕτως ἡ Β πρὸς τὴν Γ, ἡ δὲ Α πρὸς τὴν Γ λόγον ἐχέτω δεδομένον· λέγω ὅτι καὶ πρὸς τὴν[3] Β λόγον ἕξει δεδομένον.

Εκκείσθω γὰρ δοθεῖσα ἡ Δ. Καὶ ἐπεὶ λόγος ἐστὶ τῆς Α πρὸς τὴν Γ δοθείς, ὁ αὐτὸς αὐτῷ

PROPOSITIO XXIV.

Si tres rectæ porportionales sint, prima autem ad tertiam rationem habeat datam; et ad secundam rationem habebit datam.

Sint tres rectæ proportionales Α, Β, Γ, et sit ut Α ad Β ita Β ad Γ, ipsa autem Α ad Γ rationem habeat datam; dico et ad ipsam Β rationem habituram esse datam.

Exponatur enim data Δ. Et quoniam ratio est ipsius Α ad Γ data, eadem huic fiat ratio

la raison de ΖΔ à ΔΗ est donnée (5). Mais la raison de ΑΒ avec chacune des grandeurs ΔΓ, ΓΗ est donnée; la raison de ΔΓ à ΓΗ est donc donnée; donc, par conversion, la raison de ΓΔ à ΔΗ est donnée. Mais la raison de ΗΔ à ΔΖ est donnée; la raison de ΓΔ à ΔΖ est donc donnée (8), et par conséquent la raison de ΓΖ à ΖΔ (5). Mais la raison de ΓΖ à ΑΕ est donnée, et la raison de ΖΔ à ΒΕ est aussi donnée; la raison de toutes ces grandeurs à toutes ces grandeurs est donc donnée.

PROPOSITION XXIV.

Si trois droites sont proportionnelles, et si la première a une raison donnée avec la troisième, elle aura aussi une raison donnée avec la seconde.

Que les trois droites Α, Β, Γ soient proportionnelles, c'est-à-dire que Α soit à Β comme Β est à Γ, et que Α ait avec Γ une raison donnée; je dis que Α aura avec Β une raison donnée.

Car soit Δ une droite donnée. Puisque la raison de Α à Γ est donnée, faisons en

γεγονέτω ὁ τῆς Δ πρὸς τὴν Ζ· λόγος ἄρα ἐστὶ[4] καὶ τῆς Δ πρὸς τὴν Ζ δοθείς. Δοθεῖσα δὲ ἡ Δ· δοθεῖσα ἄρα καὶ[5] ἡ Ζ. Εἰλήφθω τῶν Δ, Ζ μέση ἀνάλογον ἡ Ε. τὸ ἄρα ὑπὸ τῶν Δ, Ζ ἴσον ἐστὶ τῷ ἀπὸ τῆς Ε. Δοθὲν δὲ τὸ ὑπὸ τῶν Δ, Ζ, δοθεῖσα γὰρ ἑκατέρα αὐτῶν· δοθὲν ἄρα καὶ τὸ ἀπὸ τῆς Ε[6]· δοθεῖσα ἄρα ἐστὶν ἡ Ε. Ἔστι δὲ καὶ

ipsius Δ ad Z; ratio igitur est et ipsius Δ ad Z data. Data autem Δ; data igitur et Z. Sumatur ipsarum Δ, Z media proportionalis E; ipsum igitur sub Δ, Z æquale est ipsi ex E. Datum autem ipsum sub Δ, Z, data enim utraque earum; datum igitur et ipsum ex E; data igitur est E. Est autem et Δ data; ratio igitur est ipsius

A——— Δ———
B——— E———
Γ——— Z———

ἡ Δ δοθεῖσα· λόγος ἄρα ἐστὶ τῆς Δ πρὸς τὴν Ε δοθείς. Καὶ ἐπεί ἐστιν ὡς ἡ Α πρὸς τὴν Γ οὕτως ἡ Δ πρὸς τὴν Ζ· Ἀλλ' ὡς μὲν ἡ Α πρὸς τὴν Γ οὕτως τὸ ἀπὸ τῆς Α πρὸς τὸ ὑπὸ τῶν Α, Γ, ὡς δὲ ἡ Δ πρὸς τὴν Ζ οὕτως τὸ ἀπὸ τῆς Δ πρὸς τὸ ὑπὸ τῶν Δ, Ζ· ὡς ἄρα τὸ ἀπὸ τῆς Α πρὸς τὸ ὑπὸ τῶν Α, Γ οὕτως τὸ ἀπὸ τῆς Δ πρὸς τὸ ὑπὸ τῶν Δ, Ζ. Ἀλλὰ τῷ μὲν ὑπὸ τῶν Α, Γ ἴσον ἐστὶ τὸ[7] ἀπὸ τῆς Β, αἱ γὰρ Α, Β, Γ ἀνάλογόν εἰσι· τῷ δὲ ὑπὸ τῶν Δ, Ζ ἴσον ἐστὶ τὸ ἀπὸ τῆς Ε· ὡς ἄρα τὸ ἀπὸ τῆς Α πρὸς τὸ ἀπὸ τῆς Β οὕτως τὸ ἀπὸ τῆς Δ πρὸς τὸ ἀπὸ τῆς Ε· καὶ ὡς ἄρα ἡ

Δ ad E data. Et quoniam est ut A ad Γ ita Δ ad Z; sed ut quidem A ad Γ ita ipsum ex A ad ipsum sub A, Γ, ut autem Δ ad Z ita ipsum ex Δ ad ipsum sub Δ, Z; ut igitur ipsum ex A ad ipsum sub A, Γ ita ipsum ex Δ ad ipsum sub Δ, Z. Sed ipsum quidem sub A, Γ æquale est ipsi ex B, ipsæ enim A, B, Γ proportionales sunt. Ipsi autem sub Δ, Z æquale est ipsum ex E; ut igitur ipsum ex A ad ipsum ex B ita ipsum ex Δ ad ipsum ex E; et ut igitur A ad B ita Δ ad E. Ratio

sorte que la raison de Δ à Z soit la même que celle-ci; la raison de Δ à Z sera donnée. Mais Δ est donné; donc Z est donné (2). Prenons une moyenne proportionnelle E entre Δ et Z (13. 6). Le rectangle sous Δ, Z sera égal au quarré de E (17. 6). Mais le rectangle sous les droites Δ, Z est donné, car chacune d'elles est donnée; le quarré de E est donc donné (déf. 1). Donc E est donné. Mais Δ est donné; la raison de Δ à E est donc donnée (1). Et puisque A est à Γ comme Δ est à Z, que A est à Γ comme le quarré de A est au rectangle sous A, Γ (1. 6), et que Δ est à Z comme le quarré de Δ est au rectangle sous Δ, Z; le quarré de A sera au rectangle sous A, Γ comme le quarré de Δ est au rectangle sous Δ, Z. Mais le rectangle sous A, Γ est égal au quarré de B; car les droites A, B, Γ sont proportionnelles (17. 6), et le quarré de E est égal au rectangle sous Δ, Z; le quarré de A est donc au quarré de B comme le quarré de Δ est au quarré de E; donc A est à B

Α πρὸς τὴν Β οὕτως ἡ Δ πρὸς τὴν Ε. Λόγος δὲ τῆς Δ πρὸς τὴν Ε δοθείς· λόγος ἄρα καὶ τῆς Α πρὸς τὴν Β δοθείς.

autem ipsius Δ ad E data; ratio igitur et ipsius A ad B data.

ΑΛΛΩΣ.

Επεὶ λόγος ἐστὶ τῆς Α πρὸς τὴν Γ δοθείς, ὡς δὲ ἡ Α πρὸς τὴν Γ οὕτως τὸ ἀπὸ τῆς Α πρὸς τὸ ὑπὸ τῶν Α, Γ· λόγος ἄρα καὶ τοῦ ἀπὸ τῆς Α πρὸς τὸ ὑπὸ τῶν Α, Γ δοθείς. Τῷ δὲ ὑπὸ τῶν Α, Γ ἴσον ἐστὶ[1] τὸ ἀπὸ τῆς Β· λόγος ἄρα τοῦ ἀπὸ τῆς Α πρὸς τὸ ἀπὸ τῆς Β δοθείς· ὥστε καὶ τῆς Α πρὸς τὴν Β λόγος ἐστι δοθείς· ἑκατέρα γὰρ τῶν Α, Β ἴσας ἐπορισάμεθα ἐν τῷ οἰκείῳ ἑκάστῳ τετραγώνῳ[2].

ALITER.

Quoniam ratio est ipsius A ad Γ data, ut autem A ad Γ ita ipsum ex A ad ipsum sub A, Γ; ratio igitur et ipsius ex A ad ipsum sub A, Γ data. Ipsi autem sub A, Γ æquale est ipsum ex B; ratio igitur ipsius ex A ad ipsum ex B data. Quare et ipsius A ad B ratio est data; utrique enim ipsarum A, B æquales invenimus in proprio unicuique quadrato.

A

B

Γ

comme Δ est à E (22. 6). Mais la raison de Δ à E est donnée; la raison de A à B est donc donnée.

AUTREMENT.

Puisque la raison de A à Γ est donnée, et que A est à Γ comme le quarré de A est au rectangle sous A, Γ (1. 6), la raison du quarré de A au rectangle sous A, Γ sera donnée. Mais le quarré de B est égal au rectangle compris sous A, Γ (17. 6). La raison du quarré de A au quarré de B est donc donnée; la raison de A à B est donc donnée (déf. 2); car nous avons trouvé dans les quarrés des droites A, B, des droites qui sont égales à ces droites.

ΠΡΟΤΑΣΙΣ κε΄.

Ἐὰν δύο γραμμαὶ τῇ θέσει δεδομέναι τέμνωσιν ἀλλήλας· δέδοται τὸ σημεῖον, καθ' ὃ τέμνουσιν ἀλλήλας τῇ θέσει[1].

Δύο γὰρ γραμμαὶ τῇ θέσει δεδομέναι αἱ ΑΒ, ΓΔ τεμνέτωσαν ἀλλήλας κατὰ τὸ Ε σημεῖον· λέγω ὅτι δοθέν ἐστὶ τὸ Ε σημεῖον.

PROPOSITIO XXV.

Si duæ lineæ positione datæ sese secant, datum est positione punctum in quo sese secant.

Duæ enim lineæ positione datæ AB, ΓΔ sese secent in E puncto; dico datum esse punctum E.

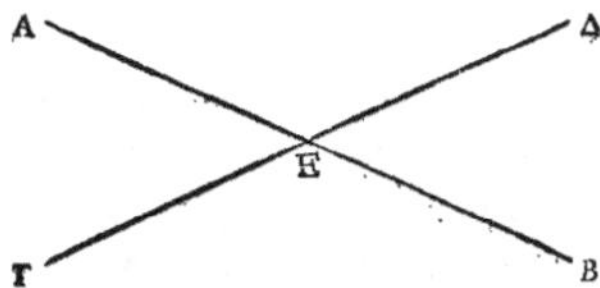

Εἰ γὰρ μὴ, μεταπεσεῖται τὸ Ε σημεῖον· μεταπεσεῖται ἄρα καὶ μιᾶς τῶν ΑΒ, ΓΔ ἡ[2] θέσις. Οὐ μεταπίπτει δέ· δοθέν ἄρα ἐστὶ τὸ Ε σημεῖον.

Si enim non, excidet E punctum; excidet igitur et unius rectarum AB, ΓΔ positio. Non excidit autem; datum igitur est punctum E.

PROPOSITION XXV.

Si deux lignes données de position se coupent, le point où elles se coupent est donné de position.

Que les lignes AB, ΓΔ, données de position, se coupent au point E; je dis que le point E est donné.

Car si cela n'est pas, le point E se déplacera, et alors l'une des lignes AB, ΓΔ changera de position. Mais aucune de ces lignes ne change de position; le point E est donc donné.

ΠΡΟΤΑΣΙΣ κϛʹ.

Εὰν εὐθείας γραμμῆς τὰ πέρατα ᾖ δεδομένα τῇ θέσει· δέδοται ἡ εὐθεῖα τῇ θέσει καὶ τῷ μεγέθει.

Εὐθείας γὰρ γραμμῆς τῆς AB[1] τὰ πέρατα τὰ A, B δεδομένα ἔστω τῇ θέσει· λέγω ὅτι δέδοται ἡ AB τῇ θέσει καὶ τῷ μεγέθει.

A———————————B

Εἰ γὰρ, μένοντος τοῦ A σημείου[2], μεταπεσεῖται τῆς AB εὐθείας ἤτοι ἡ θέσις ἢ τὸ μέγεθος· μεταπεσεῖται ἄρα[3] καὶ τὸ B σημεῖον. Οὐ μεταπίπτει δέ· δεδοται ἄρα ἡ AB εὐθεῖα τῆ θέσει καὶ τῷ μεγέθει.

PROPOSITIO XXVI.

Si rectæ lineæ extrema sint data positione, data est recta positione et magnitudine.

Rectæ enim lineæ AB extrema A, B data sint positione; dico datam esse ipsam AB positione et magnitudine.

Si enim, manente A puncto, excidat ipsius AB rectæ vel positio vel magnitudo; excidet et punctum B. Non excidit autem. Data igitur est AB recta positione et magnitudine.

ΠΡΟΤΑΣΙΣ κζʹ.

Εὰν εὐθείας γραμμῆς, τῇ θέσει καὶ τῷ μεγέθει δεδομένης, τὸ ἓν πέρας δοθὲν ᾖ· καὶ τὸ ἕτερον δοθήσεται·

PROPOSITIO XXVII.

Si rectæ lineæ, positione et magnitudine datæ, unum extremum datum sit; et alterum datum erit.

PROPOSITION XXVI.

Si les extrémités d'une ligne droite sont données de position, cette droite est donnée de position et de grandeur.

Que les extrémités A, B d'une droite AB soient données de position; je dis que la droite AB est donnée de position et de grandeur.

Car si le point A restant immobile, la droite AB change de position ou de grandeur, le point B se déplacera. Mais il ne se déplace pas; la droite AB est donc donnée de position et de grandeur.

PROPOSITION XXVII.

Si l'une des extrémités d'une ligne droite, donnée de position et de grandeur, est donnée; l'autre extrémité sera donnée.

Εὐθείας γὰρ γραμμῆς, τῇ θέσει καὶ τῷ μεγέθει δεδομένης, τῆς ΑΒ, τὸ ἓν πέρας τὸ Α δοθὲν ἔστω[1]· λέγω ὅτι καὶ τὸ Β δοθέν ἐστιν.

Rectæ enim lineæ AB, positione et magnitudine datæ, unum extremum A datum sit; dico et ipsum B datum esse.

Εἰ γὰρ, μένοντος τοῦ Α σημείου, μεταπεσεῖται τὸ Β σημεῖον· μεταπεσεῖται ἄρα καὶ τῆς ΑΒ εὐθείας ἤτοι ἡ θέσις ἢ τὸ μέγεθος· οὐ μεταπίπτει δέ· δοθὲν ἄρα ἐστὶ τὸ Β σημεῖον.

Si enim, manente A puncto, excidat B punctum; excidet igitur et ipsius AB rectæ vel positio vel magnitudo. Non excidit autem; datum igitur est B punctum.

ΑΛΛΩΣ[1].

ALITER.

Κέντρῳ γὰρ τῷ Α, διαστήματι δὲ τῷ ΑΒ, περιφέρεια γεγράφθω ἡ ΓΒΔ· θέσει ἄρα ἐστὶν ἡ

Centro enim A, intervallo autem AB, circumferentia describatur ΓΒΔ; positione igitur

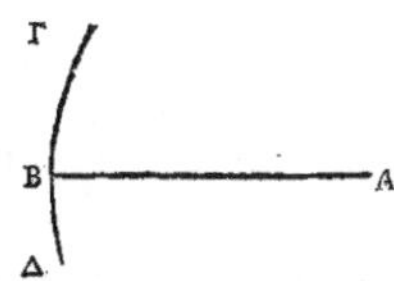

περιφέρεια[1] ΓΒΔ. Θέσει δὲ καὶ ἡ ΑΒ εὐθεῖα· δοθὲν ἄρα ἐστὶ τὸ Β σημεῖον.

est circumferentia ΓΒΔ. Positione autem et AB recta; datum igitur est B punctum.

Que l'extrémité A de la ligne droite AB, donnée de position et de grandeur, soit donnée; je dis que l'autre extrémité B est donnée.

Car si le point A restant immobile, le point B se déplace, la droite AB changera de position ou de grandeur; mais elle ne change ni de position, ni de grandeur; donc le point B est donné.

AUTREMENT.

Du centre A et de l'intervalle AB décrivons la circonférence ΓΒΔ; la circonférence ΓΒΔ sera donnée de position (déf. 6). Mais AB est donné de position; le point B est donc donné (25).

ΠΡΟΤΑΣΙΣ κη'.

Εὰν διὰ δεδομένου σημείου παρὰ θέσει δεδομένην εὐθεῖαν εὐθεῖα γραμμὴ ἀχθῇ· δέδοται ἡ ἀχθεῖσα τῇ θέσει.

Διὰ γὰρ δεδομένου σημείου τοῦ Α, παρὰ θέσει δεδομένην εὐθεῖαν τὴν ΒΓ, εὐθεῖα γραμμὴ ἤχθω ἡ ΔΑΕ· λέγω ὅτι δέδοται ἡ ΔΑΕ τῇ θέσει.

PROPOSITIO XXVIII.

Si per datum punctum contra datam pos-tione rectam recta linea ducatur, data est ac positione.

Etenim per datum punctum A, contra datam positione rectam ΒΓ, recta linea ducatur ΔΑΕ; dico datam esse ipsam ΔΑΕ positione.

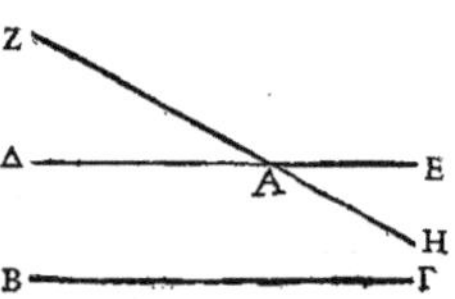

Εἰ γὰρ μή· μένοντος τοῦ Α σημείου μεταπεσεῖται τῆς ΔΑΕ ἡ θέσις. Διαμενούσης τῆς ΒΓ παραλλήλου μεταπιπτέτω, καὶ ἔστω ἡ ΖΑΗ. παράλληλος ἄρα ἐστὶν ἡ ΓΒ τῇ ΖΑΗ. Ἀλλὰ ἡ ΒΓ τῇ ΔΑΕ ἐστι παράλληλος· καὶ ἡ ΔΑΕ ἄρα τῇ ΗΑΖ παραλληλός ἐστιν. Ἀλλὰ καὶ συμπίπτει, ὅπερ ἐστὶν ἄτοπον· οὐκ ἄρα μεταπεσεῖται τῆς ΔΑΕ ἡ[1] θέσις· θέσει ἄρα ἐστὶν ἡ ΔΑΕ.

Si enim non; manente A puncto excidet ipsius ΔΑΕ positio. Manente ΒΓ parallelâ excidat, et sit ΖΑΗ; parallela igitur est ΓΒ ipsi ΖΑΗ. Sed ΒΓ ipsi ΔΑΕ est parallela; et ΔΑΕ igitur ipsi ΗΑΖ parallela est. Sed et concurrit, quod est absurdum; non igitur excidet ipsius ΔΑΕ positio; positione igitur est ΔΑΕ.

PROPOSITION XXVIII.

Si, par un point donné, une ligne droite est menée parallèlement à une droite donnée de position, la droite menée est donnée de position.

Par le point donné A, menons la ligne droite ΔΑΕ parallèlement à la droite ΒΓ donnée de position; je dis que la droite ΔΑΕ est donnée de position.

Car si cela n'est pas, le point A restant immobile, la position de la droite ΔΑΕ changera. Que sa position change, la droite ΒΓ lui restant parallèle, et que sa position soit ΖΑΗ; la droite ΓΒ sera parallèle à ΖΑΗ. Mais ΒΓ est parallèle à ΔΑΕ; donc ΔΑΕ est parallèle à ΗΑΖ (30. 1); ce qui est absurde, puisque ces droites se rencontrent; la position de ΔΑΕ ne change donc point; la droite ΔΑΕ est donc donnée de position.

ΠΡΟΤΑΣΙΣ κθ'.

Ἐὰν πρὸς θέσει δεδομένη εὐθεία καὶ τῷ πρὸς αὐτῇ σημείῳ δεδομένῳ, εὐθεῖα γραμμὴ ἀχθῇ, δεδομένην ποιοῦσα γωνίαν· δέδοται ἡ ἀχθεῖσα τῇ θέσει.

Πρὸς θέσει γὰρ δεδομένη εὐθεία τῇ ΑΒ, καὶ τῷ πρὸς αὐτῇ σημείῳ δεδομένῳ τῷ Γ, εὐθεῖα ἤχθω ἡ ΓΔ, δεδομένην ποιοῦσα γωνίαν τὴν ὑπὸ ΑΓΔ· λέγω ὅτι θέσει ἐστὶν ἡ ΓΔ.

PROPOSITIO XXIX.

Si ad datam positione rectam et punctum in eâ datum, recta linea ducatur datum faciens angulum, data est ducta positione.

Etenim ad datam positione rectam AB, et punctum Γ in eâ datum, recta ductatur ΓΔ, datum faciens angulum ΑΓΔ; dico positione esse ipsam ΓΔ.

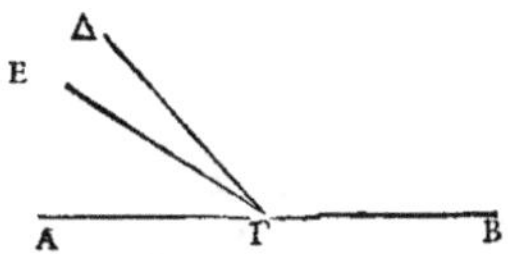

Εἰ γὰρ μὴ, μένοντος τοῦ Γ σημείου, μεταπεσεῖται τῆς ΓΔ ἡ θέσις, διατηροῦσα τῆς ὑπὸ ΑΓΔ γωνίας τὸ[1] μέγεθος· μεταπιπτέτω καὶ ἔστω ἡ ΓΕ. Ἴση ἄρα ἐστὶν ἡ[2] ὑπὸ ΔΓΑ γωνία τῇ ὑπὸ ΔΓΑ[3], ἡ μείζων τῇ ἐλάσσονι, ὅπερ ἄτοπον· οὐκ ἄρα μεταπεσεῖται τῆς ΔΓ ἡ θέσις· θέσει ἄρα ἐστὶν ἡ ΓΔ.

Si enim non, manente Γ puncto, excidet ipsius ΓΔ positio, servans ipsius ΑΓΔ anguli magnitudinem; excidat et sit ΓΕ. Æqualis igitur est ΔΓΑ angulus ipsi sub ΔΓΑ, major minori, quod absurdum; non igitur excidet ipsius ΔΓ positio; positione igitur est ΓΔ.

PROPOSITION XXIX.

Si d'un point donné dans une droite donnée, on mène à cette droite une ligne droite faisant un angle donné; la droite menée est donnée de position.

Du point donné Γ, dans la droite AB donnée de position, menons à cette droite la droite ΓΔ, faisant un angle donné ΑΓΔ; je dis que ΓΔ est donné de position.

Car si cela n'est pas, le point Γ restant immobile, la position de ΓΔ changera, en conservant la grandeur de l'angle ΑΓΔ; que sa position change, et qu'elle soit ΓΕ; l'angle ΔΓΑ sera égal à l'angle ΔΓΑ, le plus grand au plus petit; ce qui est absurde. Donc ΔΓ ne changera point de position; donc ΓΔ est donné de position.

ΠΡΟΤΑΣΙΣ λ'.

Εὰν ἀπὸ δεδομένου σημείου ἐπὶ θέσει δεδομένην εὐθεῖαν εὐθεῖα γραμμὴ ἀχθῇ, δεδομένην ποιοῦσα γωνίαν· δέδοται ἡ ἀχθεῖσα τῇ θέσει.

Ἀπὸ γὰρ δεδομένου σημείου τοῦ Α ἐπὶ θέσει δεδομένην εὐθεῖαν τὴν ΒΓ εὐθεῖα γραμμὴ ἤχθω ἡ ΑΔ, δεδομένην ποιοῦσα γωνίαν τὴν ὑπὸ ΑΔΓ[1]· λέγω ὅτι θέσει ἐστὶν ἡ ΑΔ.

PROPOSITIO XXX.

Si a dato puncto ad datam positione rectam recta linea ducatur, datum faciens angulum, data est ducta positione.

Etenim a dato puncto A ad datam positione rectam ΒΓ recta linea ducatur ΑΔ, datum faciens angulum ΑΔΓ; dico positione esse ipsam ΑΔ.

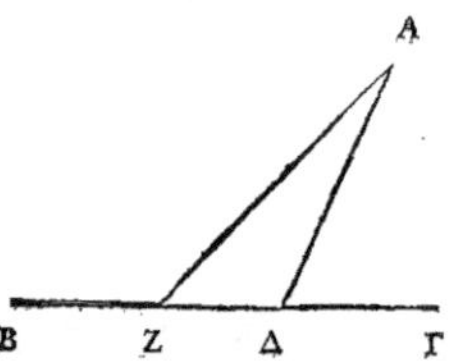

Εἰ γὰρ μὴ, μένοντος τοῦ Α σημείου μεταπεσεῖται τῆς ΑΔ ἡ θέσις, διατηροῦσα τῆς ὑπὸ ΑΔΓ γωνίας τὸ μέγεθος. Μεταπιπτέτω καὶ ἔστω ἡ ΑΖ· ἴση ἄρα ἐστὶν ἡ ὑπὸ ΑΔΓ γωνία τῇ ὑπὸ ΑΖΓ γωνίᾳ[2], ἡ μείζων τῇ ἐλάσσονι, ὅπερ ἐστὶν ἀδύνατον[3]· οὐκ ἄρα μεταπεσεῖται τῆς ΑΔ ἡ θέσις· θέσει ἄρα ἐστὶν ἡ ΑΔ.

Si enim non, manente A puncto excidet ipsius ΑΔ positio, servans ΑΔΓ anguli magnitudinem. Excidat et sit ΑΖ. Æqualis igitur est ΑΔΓ angulus ipsi ΑΖΓ angulo, major minori, quod est impossibile; non igitur excidet ipsius ΑΔ positio; positione igitur est ipsa ΑΔ.

PROPOSITION XXX.

Si d'un point donné, on mène à une droite donnée une ligne droite, faisant un angle donné, la droite menée est donnée de position.

Du point donné A, conduisons à la droite ΒΓ, donnée de position, la ligne droite ΑΔ faisant un angle donné ΑΔΓ; je dis que ΑΔ est donné de position.

Car si cela n'est pas, le point A restant immobile, la position de ΑΔ changera, en conservant la grandeur de l'angle ΑΔΓ. Que sa position change, et qu'elle soit ΑΖ; l'angle ΑΔΓ sera égal à l'angle ΑΖΓ, le plus grand au plus petit (16. 1); ce qui est impossible; la position de ΑΔ ne changera donc point; donc ΑΔ est donné de position.

ΑΛΛΩΣ.

Ηχθω, διὰ τοῦ Α σημείου τῇ ΒΔΓ εὐθεῖᾳ παράλληλος ἡ ΕΑΖ[1]. Επεὶ οὖν διὰ δεδομένου σημείου τοῦ Α παρὰ θέσει δεδομένην εὐθεῖαν τὴν ΒΔΓ εὐθεῖα γραμμὴ ἦκται ἡ ΕΑΖ· θέσει ἄρα ἐστὶν ἡ

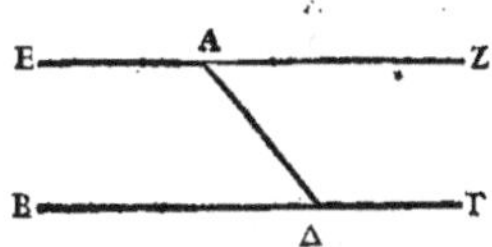

ΕΑΖ. Καὶ ἐπεὶ παράλληλός ἐστιν ἡ ΕΑΖ τῇ ΒΑΓ[2]· καὶ εἰς αὐτὰς ἐμπέπτωκεν ἡ ΔΑ· ἴση ἄρα ἐστὶν ἡ ὑπὸ ΕΑΔ γωνία τῇ ὑπὸ ΑΔΓ γωνίᾳ[3]· Δοθεῖσα δὲ ἡ ὑπὸ ΑΔΓ· δοθεῖσα ἄρα καὶ ἡ ὑπὸ ΕΑΔ. Επεὶ οὖν πρὸς θέσει δεδομένη εὐθείᾳ τῇ ΕΑΖ, καὶ τῷ πρὸς αὐτῇ σημείῳ δεδομένῳ τῷ Α, εὐθεῖα γραμμὴ ἦκται ἡ ΑΔ, δεδομένην ποιοῦσα γωνίαν τὴν ὑπὸ[4] ΕΑΔ· θέσει ἄρα ἐστὶν ἡ ΑΔ.

ALITER.

Ducatur per punctum A ipsi ΒΔΓ rectæ parallela ΕΑΖ. Quoniam igitur per datum punctum A contra datam positione rectam ΒΔΓ recta linea ΕΑΖ ducta est; positione igitur est ipsa ΕΑΖ. Et quoniam parallela est ipsa ΕΑΖ ipsi ΒΑΓ, et in illas incidit ipsa ΔΑ; æqualis igitur est ΕΑΔ angulus angulo ΑΔΓ. Datus autem ipse ΑΔΓ; datus igitur et ipse ΕΑΔ. Quoniam igitur ad datam positione rectam ΕΑΖ, et punctum A in eâ datum, recta linea ΑΔ ducta est, datum faciens angulum ΕΑΔ; positione igitur est ipsa ΑΔ.

AUTREMENT.

Par le point A, menons la droite ΕΑΖ parallèle à ΒΔΓ (31. 1). Puisque par le point A l'on a mené la ligne droite ΕΑΖ parallèlement à la droite ΒΔΓ donnée de position, la droite ΕΑΖ sera donnée de position (28). Et puisque ΕΑΖ est parallèle à ΒΔΓ, et que ΔΑ tombe sur ces droites, l'angle ΕΑΔ sera égal à l'angle ΑΔΓ (29.) Mais l'angle ΑΔΓ est donné; l'angle ΕΑΔ est donc donné. Mais à la droite ΕΑΖ, donnée de position, on a mené, par le point donné A, la ligne droite ΑΔ faisant l'angle donné ΕΑΔ; la droite ΑΔ estdonc donnée de position (29).

ΑΛΛΩΣ.

Εἰλήφθω ἐπὶ τῆς ΒΓ δοθὲν σημεῖον τὸ Ε, καὶ διὰ τοῦ Ε σημείου τῇ ΑΔ παράλληλος ἤχθω ἡ ΕΖ. Καὶ[1] ἐπεὶ παράλληλός ἐστιν ἡ ΖΕ τῇ ΑΔ, καὶ εἰς αὐτὰς[2] ἐμπέπτωκεν ἡ ΒΕΔ· ἴση ἄρα ἐστὶν ἡ ὑπὸ ΖΕΔ γωνία τῇ ὑπὸ ΑΔΓ[3] γωνίᾳ. Δοθεῖσα δὲ ἡ ὑπὸ ΑΔΓ[4]· δοθεῖσα ἄρα ἐστὶ καὶ ἡ ὑπὸ ΖΕΓ[5]. Ἐπεὶ οὖν πρὸς θέσει δεδομένῃ εὐθείᾳ τῇ ΒΓ, καὶ τῷ πρὸς αὐτῇ σημείῳ δεδομένῳ τῷ Ε, εὐθεῖα γραμμὴ ἦκται ἡ ΕΖ, δεδομένην ποιοῦσα γωνίαν τὴν ὑπὸ ΖΕΓ[6]. θέσει ἄρα ἐστὶν ἡ ΕΖ. Ἐπεὶ οὖν διὰ δεδομένου σημείου τοῦ Α, παρὰ θέσει δεδομένην εὐθεῖαν τὴν ΖΕ, εὐθεῖα γραμμὴ ἦκται ἡ ΑΔ· θέσει ἄρα ἐστὶν ἡ ΑΔ.

ALITER.

Sumatur in ΒΓ datum punctum Ε, et per Ε punctum ipsi ΑΔ parallela ducatur ΕΖ. Et quoniam parallela est ΖΕ ipsi ΑΔ, et in ipsas incidit ipsa ΒΕΔ; æqualis igitur est ΖΕΔ angulus angulo ΑΔΓ. Datus autem ipse ΑΔΓ; datus igitur et ipse ΖΕΓ. Quoniam igitur ad datam positione rectam ΒΓ, et per punctum in eâ datum Ε recta linea ducta est ΕΖ, datum faciens angulum ΖΕΓ; positione igitur est ΕΖ. Quoniam igitur per datum punctum Α contra datam positione rectam ΖΕ, recta linea ducta est ΑΔ; positione igitur est ΑΔ.

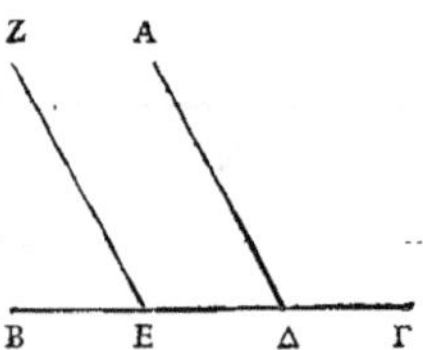

AUTREMENT.

Prenons dans la droite ΒΓ le point Ε, et par le point Ε menons la droite ΕΖ parallèle à ΑΔ (31. 1). Puisque ΖΕ est parallèle à ΑΔ, et que ΒΕΔ tombe sur ces parallèles, l'angle ΖΕΔ sera égal à l'angle ΑΔΓ. Mais l'angle ΑΔΓ est donné; l'angle ΖΕΓ est donc donné. Et puisqu'à la droite ΒΓ, donnée de position, on a mené par le point donné Ε, la ligne droite ΕΖ faisant l'angle donné ΖΕΓ, la droite ΕΖ sera donnée de position (29). Mais par le point donné Α, l'on a mené la droite ΑΔ parallèlement à la ligne droite ΖΕ donnée de position; donc ΑΔ est donné de position (28).

ΑΛΛΩΣ.

Εἰλήφθω ἐπὶ τῆς ΒΓ τυχὸν σημεῖον τὸ Ε, καὶ ἐπεζεύχθω ἡ ΑΕ. Καὶ ἐπεὶ δοθέν ἐστιν ἑκάτερον τῶν Α, Ε σημείων[1]· θέσει ἄρα ἐστὶν ἡ ΑΕ. Θέσει δὲ καὶ ἡ ΒΓ· δοθεῖσα ἄρα ἐστὶν ἡ ὑπὸ ΑΕΔ γωνία· ἔστι δὲ καὶ ἡ ὑπὸ ΑΔΕ γωνία δοθεῖσα[2]· καὶ λοιπὴ ἄρα ἡ ὑπὸ ΕΑΔ[3] δοθεῖσα ἐστιν· Ἐπεὶ οὖν πρὸς θέσει δεδομένῃ εὐθείᾳ τῇ ΕΑ, καὶ τῷ πρὸς αὐτῇ δεδομένῳ[4] σημείῳ τῷ Α, εὐθεῖα γραμμὴ ἧκται ἡ ΑΔ, δεδομένην ποιοῦσα γωνίαν τὴν ὑπὸ ΕΑΔ[5]· θέσει ἄρα ἐστὶν ἡ ΑΔ.

ALITER.

Sumatur in ΒΓ quodlibet punctum Ε, et jungatur ΑΕ. Et quoniam datum est utrumque punctorum Α, Ε; positione igitur est ΑΕ. Positione autem et ΒΓ; datus igitur est ΑΕΔ angulus. Est autem et ΑΔΕ angulus datus; reliquus igitur ΕΑΔ datus est. Quoniam igitur ad datam positione rectam ΕΑ, et per punctum in ipsâ datum Α, recta linea ΑΔ ducta est, datum faciens angulum ΕΑΔ; positione igitur est ΑΔ.

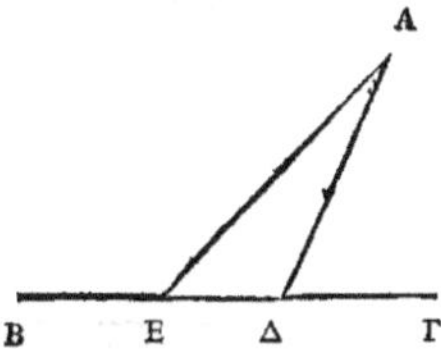

AUTREMENT.

Prenons dans ΒΓ un point quelconque Ε, et joignons ΑΕ. Puisque chacun des points Α, Ε est donné, la droite ΑΕ est donnée de position. Mais ΒΓ est donné de position; l'angle ΑΕΔ est donc donné. Mais l'angle ΑΔΕ est donné; l'angle restant ΕΑΔ est donc donné (32. 1) (4). Mais à la droite ΕΑ, donnée de position, et par un point Α donné dans cette droite, on a mené une ligne droite ΑΔ, faisant un angle donné ΕΑΔ; la droite ΑΔ est donc donnée de position (29).

ΠΡΟΤΑΣΙΣ λά.

Εὰν ἀπὸ δεδομένου σημείου ἐπὶ θέσει δεδομένην εὐθεῖαν εὐθεῖα γραμμὴ προσβληθῇ δεδομένη τῷ μεγέθει, δέδοται καὶ τῇ θέσει.

Απὸ γὰρ δεδομένου σημείου τοῦ Α ἐπὶ θέσει δεδομένην εὐθεῖαν τὴν ΒΓ εὐθεῖα γραμμὴ ἤχθω ἡ ΑΔ¹, δεδομένη τῷ μεγέθει· λέγω ὅτι καὶ τῇ θέσει δέδοται.

PROPOSITIO XXXI.

Si a dato puncto ad datam positione rectam recta linea data magnitudine, producatur, ea data est et positione.

Etenim a dato puncto A ad datam positione rectam ΒΓ recta linea ducatur ΑΔ data magnitudine; dico eam et positione datam esse.

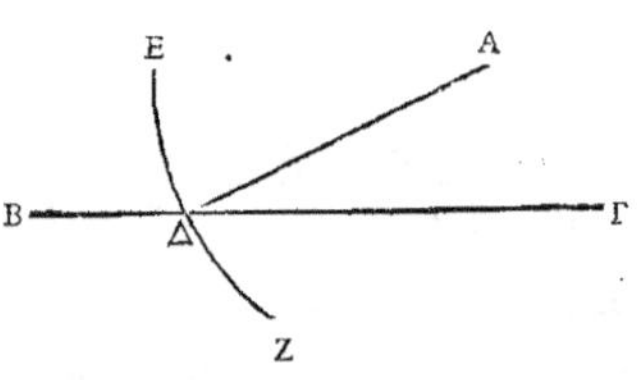

Κέντρῳ γὰρ τῷ Α, διαστήματι δὲ τῷ ΑΔ, κύκλος γεγράφθω ὁ ΕΔΖ. Θέσει ἄρα ἐστὶν ὁ ΕΔΖ κύκλος, δέδοται γὰρ αὐτοῦ τὸ Α κέντρον τῇ θέσει, καὶ ἡ ἐκ τοῦ κέντρου ἡ ΑΔ τῷ μεγέθει. Θέσει δὲ καὶ ἡ ΒΓ εὐθεῖα. Εὰν δὲ δύο γραμμαὶ τῇ θέσει δεδομέναι τέμνουσιν ἀλλήλας, δέδοται τὸ σημεῖον, καθ' ὃ τέμνωσιν ἀλλήλας· δοθὲν ἄρα ἐστὶ τὸ Δ. Εστι δὲ καὶ τὸ Α δοθέν· θέσει ἄρα ἐστὶν ἡ ΑΔ.

Centro enim A, intervallo autem ΑΔ, circulus describatur ΕΔΖ. Positione igitur est ΕΔΖ circulus, datum enim est ejus centrum A positione, et ipsa ΑΔ ex centro magnitudine. Positione autem et ΒΓ recta. Si autem duæ lineæ positone datæ sese secent, datum est punctum in quo sese secant; datum igitur est ipsum Δ. Est autem et ipsum A datum; positione igitur est ipsa ΑΔ.

PROPOSITION XXXI.

Si d'un point donné, on mène une ligne droite donnée de grandeur à une droite donnée de position, cette droite sera donnée de position.

Du point donné A, menons la ligne droite AΔ donnée de grandeur à la droite BΓ donnée de position; je dis que cette droite est donnée de position.

Car du centre A, et de la distance AΔ, décrivons le cercle EΔZ; le cercle EΔZ sera donné de position (déf. 6); car son centre A est donné de position, et son rayon AΔ est donné de grandeur. Et puisque la droite BΓ est donnée de position, et que, lorsque deux lignes données de position se coupent, le point où elles se coupent est donné (25), le point Δ sera donné; donc AΔ est donné de position (26).

ΠΡΟΤΑΣΙΣ λβ'.

Εἀν εἰς παραλλήλους τῇ θέσει δεδομένας εὐθείας εὐθεῖα γραμμὴ ἀχθῇ δεδομένας ποιοῦσα γωνίας, δέδοται ἡ ἀχθεῖσα τῷ μεγέθει.

Εἰς γὰρ παραλλήλους τῇ θέσει δεδομένας εὐθείας τὰς AB, ΓΔ, εὐθεῖα γραμμὴ ἤχθω ἡ EZ, δεδομένας ποιοῦσα γωνίας τὰς ὑπὸ BEZ, EZΔ· λέγω ὅτι δέδοται ἡ EZ τῷ μεγέθει.

PROPOSITIO XXXII.

Si in parallelas positione datas rectas, recta linea ducatur, datos faciens angulos, data est ducta magnitudine.

Etenim in parallelas positione datas rectas AB, ΓΔ, recta linea ducatur EZ, datos faciens angulos BEZ, EZΔ; dico datam esse ipsam EZ magnitudine.

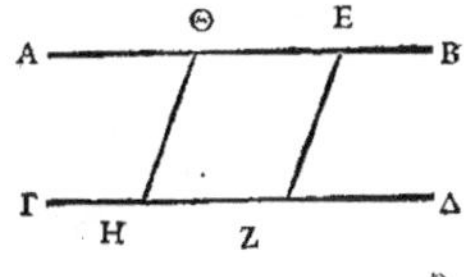

Εἰλήφθω γὰρ ἐπὶ τῆς ΓΔ δοθὲν σημεῖον τὸ H, καὶ διὰ τοῦ H τῇ EZ παράλληλος ἤχθω ἡ HΘ. Καὶ[1] ἐπεὶ παράλληλός ἐστιν ἡ HΘ τῇ EZ, καὶ εἰς αὐτάς εὐθεῖα ἐμπέπτωκεν ἡ ΓΔ· ἴση ἄρα ἐστὶν ἡ ὑπὸ EZΔ τῇ ὑπὸ ΘHΔ. Δοθεῖσα δὲ ἡ ὑπὸ EZΔ[2]· δοθεῖσα ἄρα καὶ ἡ ὑπὸ ΘHΔ. Ἐπεὶ οὖν πρὸς θέσει δεδομένῃ εὐθείᾳ τῇ ΓΔ, καὶ τῷ πρὸς

Sumatur enim in ΓΔ datum punctum H, et per punctum ipsi EZ parallela ducatur HΘ. Et quoniam parallela est HΘ ipsi EZ, et in illas recta incidit ΓΔ; æqualis igitur est EZΔ ipsi ΘHΔ. Datus autem ipse EZΔ; datus igitur et ipse ΘHΔ. Quoniam igitur ad datam positione rectam ΓΔ, et per punctum in eâ datum H, recta

PROPOSITION XXXII.

Si, des droites parallèles données de position, on mène une ligne droite faisant des angles donnés, la droite menée est donnée de grandeur.

Entre les droites parallèles AB, ΓΔ, données de position, menons la ligne droite EZ, faisant les angles donnés BEZ, EZΔ; je dis que la droite EZ est donnée de grandeur.

Car dans la droite ΓΔ, prenons un point donné H, et par le point H menons la droite HΘ parallèle à EZ (31. 1). Puisque HΘ est parallèle à EZ, et que la droite ΓΔ tombe sur ces parallèles, l'angle EZΔ sera égal à l'angle ΘHΔ (29. 1). Mais l'angle EZΔ est donné; l'angle ΘHΔ est donc donné. Et puisque l'on a mené à la droite ΓΔ donnée de position, par le point H donné dans cette droite, la ligne

αὐτῇ σημείῳ δεδομένῳ τῷ Η, εὐθεῖα γραμμὴ ἦκται ἡ ΗΘ, δεδομένην ποιοῦσα γωνίαν τὴν ὑπὸ ΘΗΖ· θέσει ἄρα ἐστὶν ἡ ΗΘ. Θέσει δὲ καὶ ἡ[3] ΑΒ· δοθὲν ἄρα ἐστὶ[4] τὸ Θ σημεῖον. Ἔστι δὲ καὶ τὸ Η δοθέν· δοθεῖσα ἄρα ἐστὶν ἡ ΗΘ τῷ μεγέθει. Καὶ ἔστιν ἴση τῇ ΕΖ· δοθεῖσα ἄρα ἐστὶ καὶ ἡ ΕΖ τῷ μεγέθει.

linea HΘ ducta est, datum faciens angulum ΘH positione igitur est HΘ. Positione autem et AB datum igitur est Θ punctum. Est autem et ipsum H datum; data igitur est HΘ magnitudine. Et est ipsa æqualis ipsi EZ; data igitur est et EZ magnitudine.

ΠΡΟΤΑΣΙΣ λγ'.

Ἐὰν εἰς παραλλήλους τῇ θέσει δεδομένας εὐθείας εὐθεῖα γραμμὴ ἀχθῇ, δεδομένη τῷ μεγέθει· δεδομένας ποιήσει γωνίας.

Εἰς γὰρ παραλλήλους τῇ θέσει δεδομένας εὐθείας τὰς ΑΒ, ΓΔ εὐθεῖα γραμμὴ ἤχθω ἡ ΕΖ, δεδομένη τῷ μεγέθει· λέγω ὅτι δεδομένας ποιήσει γωνίας τὰς ὑπὸ τῶν ΒΕΖ, ΕΖΔ.

Εἰλήφθω γὰρ ἐπὶ τῆς ΑΒ δοθὲν σημεῖον τὸ Η, καὶ διὰ τοῦ Η τῇ ΕΖ παράλληλος ἤχθω ἡ ΗΘ· ἴση ἄρα ἐστὶν ἡ ΖΕ τῇ ΗΘ. Δοθεῖσα δὲ ΕΖ τῷ[1] μεγέθει

PROPOSITIO XXXIII.

Si in parallelas positione datas rectas recta linea ducatur, data magnitudine, ea datos faciet angulos.

Etenim in parallelas positione datas rectas AB, ΓΔ recta linea ducatur EZ, data magnitudine; dico datos ipsam facere angulos BEZ, EZΔ.

Sumatur enim in AB datum punctum H, et per punctum H ipsi EZ parallela ducatur HΘ; æqualis igitur est ZE ipsi HΘ. Data autem EZ

droite HΘ, faisant l'angle donné ΘHZ, la droite HΘ sera donnée de position (29). Mais AB est donné de position; le point Θ est donc donné (25). Mais le point H est donné; la droite HΘ est donc donnée de grandeur (26). Mais cette droite est égale à EZ (34. 1); la droite EZ est donc donnée de grandeur (déf. 1).

PROPOSITION XXXIII.

Si, entre deux droites parallèles, données de position, on mène une droite donnée de grandeur, cette droite fera les angles donnés.

Entre les droites parallèles AB, ΓΔ, données de position, menons la droite EZ donnée de grandeur; je dis que cette droite fait des angles donnés BEZ, EZΔ.

Car dans la droite donnée AB prenons un point donné H, et par le point H menons HΘ parallèle à EZ (31. 1); la droite ZE sera égale à HΘ (34. 1). Mais

γέθει· δοθεῖσα ἄρα καὶ ἡ ΗΘ τῷ μεγέθει[2]. Καὶ ἔστι τὸ Η δόθεν· ὁ ἄρα κέντρῳ μὲν τῷ Η, διαστήματι δὲ τῷ ΗΘ, κύκλος γραφόμενος ἔσται τῇ θέσει.

magnitudine; data igitur et ΗΘ magnitudine. Et est ipsum Η datum; ergo centro quidem Η, intervallo autem ΗΘ, circulus descriptus

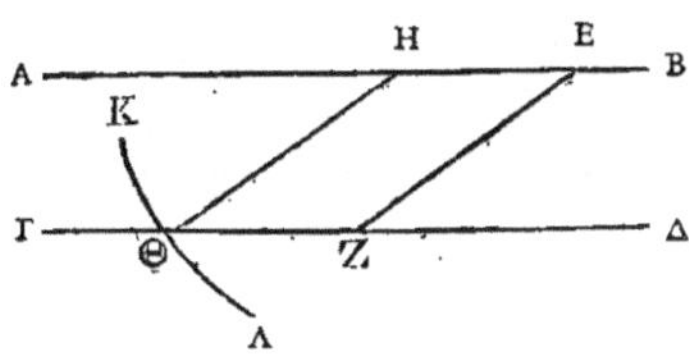

Γεγράφθω, καὶ ἔστω ὁ ΚΘΛ· θέσει ἄρα ἐστὶν ὁ ΚΘΛ. Θέσει δὲ καὶ ἡ ΓΔ· δοθὲν ἄρα ἐστὶ τὸ Θ σημεῖον. Εστι δὲ καὶ τὸ Η δοθέν· θέσει ἄρα ἐστὶν ἡ ΗΘ. Θέσει δὲ καὶ ἡ[3] ΓΔ· δοθεῖσα ἄρα ἐστὶν ἡ ὑπὸ ΗΘΔ γωνία. Καὶ ἴστι τῇ ὑπὸ ΕΖΔ ἴση· δοθεῖσα ἄρα καὶ ἡ ὑπὸ ΕΖΔ· καὶ λοιπὴ ἄρα ἡ ὑπὸ ΖΕΒ δοθεῖσα ἐστι[4].

erit positione. Describatur, et sit ΚΘΛ; positione igitur est circulus ΚΘΛ. positione autem et ipsa ΓΔ; datum igitur est Θ punctum. Est autem et ipsum Η datum; positione igitur est ipsa ΗΘ. Positione autem et ipsa ΓΔ; datus igitur est ΗΘΔ angulus. Et est ipsi ΕΖΔ æqualis; datus igitur et ipse ΕΖΔ; et reliquus igitur ipse ΖΕΒ datus est.

ΑΛΛΩΣ.

Εἰλήφθω ἐπὶ τῆς ΓΔ δοθὲν σημεῖον τὸ Η, καὶ κείσθω τῇ ΕΖ ἴση ἡ ΗΔ, καὶ κέντρῳ[1] μὲν τῷ Η,

ALITER.

Sumatur in ipsâ ΓΔ datum punctum Η, et ponatur ipsi ΕΖ æqualis ΗΔ, et centro quidem Η,

la droite ΕΖ est donnée de grandeur; la droite ΗΘ est donc donnée de grandeur. Mais le point Η est donné; le cercle décrit du point Η, et de la distance ΗΘ est donc donné de position (déf. 6). Decrivons ce cercle, et que ce cercle soit ΚΘΛ; le cercle ΚΘΛ sera donné de position. Mais ΓΔ est donné de position; le point Θ est donc donné (25). Mais le point Η est donné; donc ΗΘ est donné de position (26). Mais ΓΔ est donné de position; l'angle ΗΘΔ est donc donné. Mais cet angle est égal à l'angle ΕΖΔ (29. 1); l'angle ΕΖΔ est donc donné (32. 1) (4); l'angle restant ΖΕΒ est donc donné.

AUTREMENT.

Dans ΓΔ prenons un point donné Η; faisons ΗΔ égal à ΕΖ, et du centre Η, et

διαστήματι δὲ τῷ ΗΔ κύκλος γεγράφθω ὁ ΔΒ· θέσει ἄρα ἐστὶν[2] ὁ ΔΒ κύκλος, δέδοται γὰρ αὐτοῦ τὸ κέντρον τῇ θέσει, καὶ ἡ ἐκ τοῦ[3] κέντρου τῷ μεγέθει. Θέσει δὲ καὶ ἡ ΑΒ· δοθὲν ἄρα ἐστὶ τὸ

intervallo autem ΗΔ circulus describatur ΔΒ; positione igitur est ΔΒ circulus, datum enim est ipsius centrum positione, et ipsa ex centro magnitudine. Positione autem et ipsa ΑΒ;

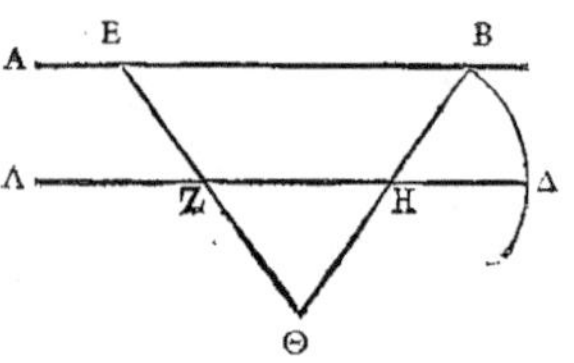

Β σημεῖον. Ἐστι δὲ καὶ τὸ Η δοθέν· θέσει ἄρα ἐστὶν ἡ ΒΗ. Θέσει δὲ καὶ ἡ ΓΔ· δοθεῖσα ἄρα ἐστὶν ἡ ὑπὸ ΒΗΔ[4] γωνία. Καὶ εἰ μὲν παράλληλός ἐστιν ἡ ΕΖ τῇ ΗΒ, ἔσται καὶ ἡ ὑπὸ ΕΖΗ γωνία δο-

datum igitur est Β punctum. Est autem et ipsum Η datum; positione igitur est ΒΗ. Positione autem et ΓΔ; data igitur est ΒΗΔ angulus. Et si quidem parallela est ΕΖ ipsi ΗΒ,

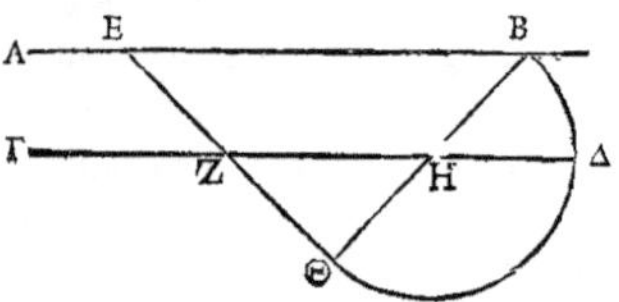

θεῖσα· ὥστε καὶ λοιπὴ ἡ ὑπὸ ΖΕΒ γωνία δοθεῖσά ἐστι. Εἰ δὲ οὔ, συμπιπτέτωσαν αἱ ΕΖ, ΗΒ κατὰ τὸ Θ. Ἐπεὶ οὖν[5] ἴση ἐστὶν ἡ ΕΖ τῇ ΔΗ, τοῦτ' ἔστι τῇ ΗΒ, καὶ ἔστι παράλληλος ἡ ΕΒ τῇ ΖΗ· ἴση ἄρα ἐστὶ καὶ ἡ ΖΘ τῇ ΘΗ· ὥστε καὶ γωνία ἡ ὑπὸ ΘΗΖ γωνίᾳ τῇ ὑπὸ ΘΖΗ ἐστιν ἴση. Δοθεῖσα δὲ ἡ

erit et ΕΖΗ angulus datus. Quare et reliquus ΖΕΒ angulus datus est. Si autem non, concurrant ipsæ ΓΖ, ΗΒ in puncto Θ. Quoniam igitur æqualis est ΕΖ ipsi ΔΗ, hoc est ipsi ΗΒ, et est parallela ΕΒ ipsi ΖΗ; æqualis igitur est et ΖΘ ipsi ΘΗ; quare et angulus ΘΗΖ angulo ΘΖΗ est

de la distance ΗΔ, décrivons le cercle ΔΒ; le cercle ΔΒ sera donné de position (déf. 6), car son centre est donné de position, et son rayon de grandeur. Mais ΑΒ est donné de position; le point Β est donc donné (25). Mais le point Η est donné; donc ΗΒ est donné de position. Mais ΓΔ est donné de position; l'angle ΒΗΔ est donc donné. Si donc la droite ΕΖ est parallèle à ΗΒ, l'angle ΕΖΗ sera donné (29. 1, déf. 1), et par conséquent l'angle restant ΖΕΒ. Mais qu'elle ne le soit pas, et que les droites ΕΖ, ΗΒ se rencontrent en un point Θ. Puisque ΕΖ est égal à ΔΗ, c'est-à-dire à ΗΒ, et que ΕΒ est parallèle à ΖΗ; la droite ΖΘ est égale à ΘΗ (2. 6); donc l'angle ΘΗΖ est égal à l'angle ΘΖΗ (6. 1). Mais l'angle

ὑπὸ[6] ΘΗΖ· δοθεῖσα ἄρα καὶ ἡ ὑπὸ ΗΖΘ· ὥστε καὶ ἡ ἐφεξῆς ἡ ὑπὸ ΗΖΕ δοθεῖσά ἐστι· καὶ λοιπὴ ἡ ὑπὸ ΖΕΒ[7] δοθεῖσά ἐστι.

æqualis. Datus autem ipse ΘΗΖ; datus igitur et ipse ΗΖΘ; quare et ipse deinceps ΗΖΕ datus est; et reliquus ΖΕΒ datus est.

ΠΡΟΤΑΣΙΣ λδ'.

Ἐὰν εἰς παραλλήλους τῇ θέσει δεδομένας εὐθείας ἀπὸ δεδομένου σημείου εὐθεῖα γραμμὴ ἀχθῇ, εἰς δεδομένον λόγον τμηθήσεται.

Εἰς γὰρ παραλλήλους τῇ θέσει δεδομένας εὐθείας τὰς ΑΒ, ΓΔ, ἀπὸ δεδομένου σημείου τοῦ Ε, εὐθεῖα γραμμὴ ἤχθω ἡ ΕΖΗ· λέγω ὅτι λόγος ἐστὶ τῆς ΕΖ πρὸς τὴν[1] ΖΗ δοθείς.

PROPOSITIO XXXIV.

Si in parallelas positione datas rectas a dato puncto recta linea ducatur, illa in datam rationem secabitur.

Etenim in parallelas positione datas rectas ΑΒ, ΓΔ, a dato puncto Ε, recta linea ducatur ΕΖΗ; dico rationem esse ipsius ΕΖ ad ΖΗ datam.

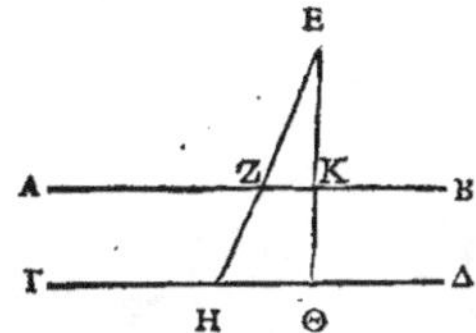

Ἤχθω γὰρ ἀπὸ τοῦ Ε σημείου ἐπὶ τὴν ΓΔ κάθετος ἡ ΕΚΘ. Καὶ[2] ἐπεὶ ἀπὸ δεδομένου σημείου

Ducatur enim a puncto Ε ad ΓΔ perpendicularis ΕΚΘ. Et quoniam a dato puncto Ε

ΘΗΖ est donné (15. 1); l'angle ΗΖΘ est donc donné; l'angle de suite ΗΖΕ est donc donné (32. 1) (4); l'angle restant ΖΕΒ est donc donné.

PROPOSITION XXXIV.

Si d'un point donné, on mène une ligne droite à des droites parallèles données de position, cette droite sera coupée en raison donnée.

Par le point donné Ε, menons la ligne droite ΕΖΗ aux droites ΑΒ, ΓΔ parallèles et données de position; je dis que la raison de ΕΖ à ΖΗ est donnée.

Car du point Ε, menons à ΓΔ la perpendiculaire ΕΚΘ (12. 1). Puisque du

τοῦ Ε ἐπὶ θέσει δεδομένην εὐθεῖαν τὴν ΓΔ εὐθεῖα γραμμὴ ἦκται ἡ ΕΘ, δεδομένην ποιοῦσα γωνίαν τὴν ὑπὸ ΕΘΗ· θέσει ἄρα ἐστὶν ἡ ΕΘ. Θέσει δὲ καὶ ἑκατέρα τῶν ΑΒ, ΓΔ· δοθὲν ἄρα ἐστὶν ἑκάτερον τῶν Κ, Θ σημείων. Εστι δὲ καὶ τὸ Ε δοθέν· δοθεῖσα ἄρα ἐστὶν ἑκατέρα τῶν ΕΚ, ΚΘ· λόγος ἄρα τῆς ΕΚ πρὸς τὴν[3] ΚΘ δοθείς. Καὶ ἔστιν ὡς ἡ ΕΚ πρὸς τὴν ΚΘ οὕτως ἡ ΕΖ πρὸς τὴν ΖΗ· λόγος ἄρα καὶ τῆς ΕΖ πρὸς τὴν ΖΗ δοθείς.

ad datam positione rectam ΓΔ recta linea duc est ΕΘ, datum faciens angulum ΕΘΗ; positio igitur est ΕΘ. Positione autem et utraque i sarum ΑΒ, ΓΔ; datum igitur est utrumq punctorum Κ, Θ. Est autem et Ε datum; da igitur est utraque ipsarum ΕΚ, ΚΘ; ratio igit ipsius ΕΚ ad ΚΘ data. Et est ut ΕΚ ad Κ ita ΕΖ ad ΖΗ; ratio igitur et ipsius ΕΖ ad Ζ data.

ΑΛΛΩΣ.

Εἰς γὰρ παραλλήλους τῇ θέσει δεδομένας τὰς ΑΒ, ΓΔ, ἀπὸ δεδομένου σημείου τοῦ Ε, εὐθεῖα γραμμὴ ἤχθω ἡ ΖΕΗ· λέγω ὅτι λόγος ἐστὶ τῆς ΗΕ πρὸς τὴν ΕΖ δοθείς.

ALITER.

Etenim in parallelas positione datas ΑΒ ΓΔ, a dato puncto Ε, recta linea ducatu ΖΕΗ; dico rationem esse ipsius ΗΕ ad ΕΖ datam

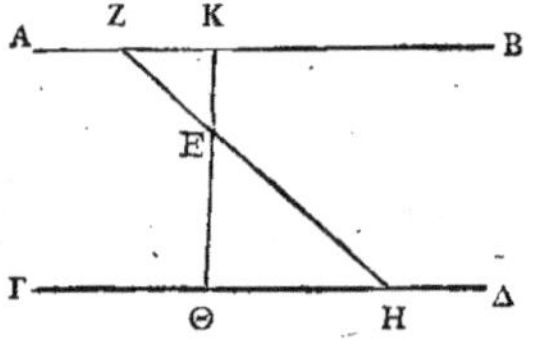

Ηχθω γὰρ ἀπὸ τοῦ Ε σημείου ἐπὶ τὴν ΓΔ κάθετος ἡ ΕΘ, καὶ ἐκϐεϐλήσθω ἐπὶ τὸ Κ. Καὶ[1]

Ducatur enim a puncto Ε ad ipsam ΓΔ perpendicularis ΕΘ, et producatur ad Κ. Et quo

point donné Ε, on a mené à la droite ΓΔ, donnée de position, la ligne droite ΕΘ faisant un angle donné ΕΘΗ, la droite ΕΘ sera donnée de position (30). Mais chacune des droites ΑΒ, ΓΔ est donnée de position; chacun des points Κ, Θ est donc donné (25). Mais le point Ε est donné; chacune des droites ΕΚ, ΚΘ est donc donnée (26); la raison de ΕΚ à ΚΘ est donc donnée. Mais ΕΚ est à ΚΘ comme ΕΖ est à ΖΗ (2. 6); la raison de ΕΖ à ΖΗ est donc donnée (déf. 2).

AUTREMENT.

Par le point Ε, menons la ligne droite ΖΕΗ entre les parallèles ΑΒ, ΓΔ données de position; je dis que la raison de ΗΕ à ΕΖ est donnée..

Car du point Ε, menons la droite ΕΘ perpendiculaire à ΓΔ (12. 1), et prolon-

ἐπεὶ ἀπὸ δεδομένου σημείου τοῦ Ε ἐπὶ θέσει δεδομένην εὐθεῖαν τὴν ΓΔ εὐθεῖα γραμμὴ[2] ἦκται ἡ ΕΘ, δεδομένην ποιοῦσα γωνίαν τὴν ὑπὸ ΕΘΗ· Θέσει ἄρα ἐστὶν ἡ ΘΕΚ. Θέσει δὲ καὶ ἑκατέρα τῶν ΑΒ, ΓΔ· δοθὲν ἄρα ἐστὶν ἑκάτερον τῶν Κ, Θ σημείων. Εστι δὲ[3] καὶ τὸ Ε δοθέν·* δοθεῖσα ἄρα ἐστὶν[4] ἑκατέρα τῶν ΘΕ, ΕΚ· λόγος ἄρα τῆς ΘΕ πρὸς τὴν[5] ΕΚ δοθείς. Ως δὲ ἡ ΘΕ πρὸς τὴν ΕΚ οὕτως ἡ ΗΕ πρὸς τὴν[6] ΕΖ· λόγος ἄρα καὶ τῆς ΗΕ πρὸς τὴν[7] ΕΖ δοθείς.

niam a dato puncto E ad datam positione rectam ΓΔ recta linea EΘ ducta est, datum faciens angulum EΘH; positione igitur est ipsa ΘEK. Positione autem et utraque ipsarum AB, ΓΔ; datum igitur est utrumque punctorum K, Θ. Est autem et punctum E datum; data igitur est utraque ipsarum ΘE, EK; ratio igitur ipsius ΘE ad EK data. Ut autem ΘE ad EK ita HE ad EZ; ratio igitur et ipsius HE ad EZ data.

ΠΡΟΤΑΣΙΣ. λε΄.

Εαν ἀπὸ δεδομένου σημείου ἐπὶ θέσει δεδομένην εὐθεῖαν εὐθεῖα γραμμὴ ἀχθῇ, καὶ τμηθῇ εἰς δεδομένον λόγον, διὰ δὲ τῆς[1] τομῆς παρὰ τὴν θέσει δεδομένην εὐθεῖαν εὐθεῖα γραμμὴ ἀχθῇ· δέδοται ἡ ἀχθεῖσα τῇ θέσει.

Απὸ γὰρ δεδομένου σημείου τοῦ Α ἐπὶ θέσει δεδομένην εὐθεῖαν τὴν ΒΓ εὐθεῖα γραμμὴ ἤχθω ἡ

PROPOSITIO XXXV.

Si a dato puncto ad datam positione rectam recta linea ducatur, et secetur in datâ ratione, per sectionem autem contra datam positione rectam recta linea ducatur; data est ducta positione.

A dato enim puncto A ad datam positione rectam BΓ recta linea ducatur AΔ, et sece-

geons la vers K. Puisque du point E, on a mené à la droite ΓΔ, donnée de position, la ligne droite EΘ, faisant un angle donné EΘH, la droite ΘEK sera donnée de position (30). Mais chacune des droites AB, ΓΔ est donnée de position; chacun des points K, Θ est donc donné (25). Mais le point E est donné; chacune des droites ΘE, EK est donc donnée (26); la raison de ΘE à EK est donc donnée (1). Mais ΘE est à EK comme HE est à EZ (4. 6); la raison de HE à EZ est donc donnée (déf. 2).

PROPOSITION XXXV.

Si d'un point donné, on mène une ligne droite à une droite donnée de position, si cette droite est coupée en raison donnée, et si, par la section, on mène une ligne droite parallèle à la droite donnée de position, la droite menée sera donnée de position.

Du point donné A, menons une ligne droite AΔ à la droite BΓ donnée de

ΑΔ, καὶ τετμήσθω εἰς δεδομένον λόγον, τὸν τῆς ΔΕ πρὸς ΕΑ, καὶ ἤχθω διὰ τοῦ Ε τῇ ΒΓ παράλληλος ἡ ΖΕΗ· λέγω ὅτι θέσει ἐστιν ἡ ΖΕΗ.

tur in datâ ratione ipsius ΔΕ ad ΕΑ, et ducatur per punctum Ε ipsi ΒΓ parallela ΖΕΗ; dico positione esse ipsam ΖΕΗ.

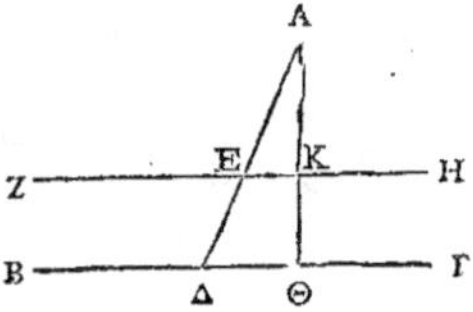

Ηχθω γὰρ ἀπὸ τοῦ Α ἐπὶ τὴν ΒΓ κάθετος ἡ ΑΘ. Καὶ[2] ἐπεὶ ἀπὸ δεδομένου σημείου τοῦ Α ἐπὶ τὴν[3] θέσει δεδομένην εὐθεῖαν τὴν ΒΓ εὐθεῖα γραμμὴ ἦκται ἡ ΑΘ, δεδομένην ποιοῦσα γωνίαν τὴν ὑπὸ ΑΘΔ· θέσει ἄρα ἐστὶν ἡ ΑΘ. Θέσει δὲ καὶ ἡ ΒΓ· δοθὲν ἄρα ἐστὶ[4] τὸ Θ σημεῖον. Ἐστι δὲ καὶ τὸ Α δοθέν· δοθεῖσα ἄρα ἐστὶν ἡ ΑΘ τῇ θέσει καὶ τῷ μεγέθει· καὶ ἐπεί ἐστιν ὡς ἡ ΑΕ πρὸς τὴν ΕΔ οὕτως ἡ ΑΚ πρὸς τὴν ΚΘ, καὶ ἔστι λόγος τῆς ΑΕ πρὸς τὴν ΕΔ δοθείς· λόγος ἄρα τῆς ΑΚ πρὸς τὴν ΚΘ δοθείς[5]· συνθέντι ἄρα λόγος ἐστὶ τῆς ΑΘ πρὸς τὴν ΑΚ δοθείς[6]. Δοθεῖσα δὲ ἡ ΑΘ τῷ μεγέθει· δοθεῖσα ἄρα καὶ ἡ ΑΚ τῷ μεγέθει[7]. Ἀλλὰ καὶ τῇ

Ducatur enim a puncto Α ad ΒΓ perpendicularis ΑΘ. Et quoniam a dato puncto Α ad datam positione rectam ΒΓ recta linea ducta est ΑΘ, datum faciens angulum ΑΘΔ; positione igitur est ipsa ΑΘ. Positione autem et ipsa ΒΓ; datum igitur est Θ punctum. Est autem et punctum Α datum; data igitur est ΑΘ positione et magnitudine. Et quoniam est ut ΑΕ ad ΕΔ ita ΑΚ ad ΚΘ, et est ratio ipsius ΑΕ ad ΕΔ data; ratio igitur ipsius ΑΚ ad ΚΘ data; componendo igitur ratio est ipsius ΑΘ ad ΑΚ data. Data autem ΑΘ magnitudine; data igitur et ΑΚ magnitudine. Sed et positione,

position; coupons cette droite dans la raison donnée de ΔΕ à ΕΑ, et par le point Ε, menons ΖΕΗ parallèle à ΒΓ; je dis que la droite ΖΕΗ est donnée de position.

Car du point Α, menons ΑΘ perpendiculaire à ΒΓ. Puisque du point Α, on a mené à la droite ΒΓ donnée de position, la ligne droite ΑΘ, faisant un angle donné ΑΘΔ; la droite ΑΘ sera donnée de position (30). Mais ΒΓ est donné de position; le point Θ est donc donné (25). Mais le point Α est donné; la droite ΑΘ est donc donnée de position et de grandeur (26). Mais ΑΕ est à ΕΔ comme ΑΚ est à ΚΘ, et la raison de ΑΕ à ΕΔ est donnée (2. 6); la raison de ΑΚ à ΚΘ est donc donnée (déf. 2); donc, par addition, la raison de ΑΘ à ΑΚ est donnée (6). Mais ΑΘ est donné de grandeur; la droite ΑΚ est donc donnée

θέσει, καὶ ἐστὶν τὸ Α δοθὲν[8]· δοθὲν ἄρα καὶ τὸ Κ. Ἐπεὶ οὖν διὰ δεδομένου σημείου τοῦ Κ, παρὰ θέσει δεδομένην εὐθεῖαν τὴν ΒΓ εὐθεῖα γραμμὴ ἦκται ἡ ΖΗ· θέσει ἄρα ἐστὶν ὁ ΖΗ.

ΠΡΟΤΑΣΙΣ λϛ'.

Ἐὰν ἀπὸ δεδομένου σημείου ἐπὶ θέσει δεδομένην εὐθεῖαν εὐθεῖα γραμμὴ ἀχθῇ, καὶ προστεθῇ τις αὐτῇ εὐθεῖα, λόγον ἔχουσα πρὸς αὐτὴν δεδομένον, διὰ δὲ τοῦ πέρατος τῆς προστεθείσης παρὰ τῇ θέσει δεδομένην εὐθεῖαν[1] εὐθεῖα γραμμὴ ἀχθῇ· δέδοται ἡ ἀχθεῖσα τῇ θέσει.

Ἀπὸ γὰρ δεδομένου σημείου τοῦ Α ἐπὶ θέσει δεδομένην εὐθεῖαν τὴν ΒΓ εὐθεῖα γραμμὴ ἤχθω ἡ ΑΔ, καὶ προσκείσθω τῇ ΑΔ ἡ ΑΕ λόγον ἔχουσα πρὸς τὴν ΑΔ δεδομένον, διὰ δὲ τοῦ Ε τῇ ΒΓ παράλληλος ἤχθω ἡ ΖΚ· λέγω ὅτι θέσει ἐστὶν ἡ ΖΚ.

Ἤχθω γὰρ ἀπὸ τοῦ Α ἐπὶ[2] τὴν ΒΓ κάθετος

et est punctum A datum; datum igitur et K punctum. Quoniam igitur per datum punctum K, contra datam positione rectam ΒΓ recta linea ducta est ZH; positione igitur est ipsa ZH.

PROPOSITIO XXXVI.

Si a dato puncto ad datam positione rectam recta linea ducatur, et adjiciatur aliqua ipsi recta, rationem habens datam ad ipsam; per extremum autem adjunctæ contra datam positione rectam recta linea ducatur, data est ducta positione.

A dato enim puncto A ad datam positione rectam ΒΓ recta linea ducatur ΑΔ, et adjiciatur ipsi ΑΔ ipsa ΑΕ rationem habens ad ΑΔ datam, per punctum autem E ipsi ΒΓ parallela ducatur ZK; dico positione esse ipsam ZK.

Ducatur enim a puncto A ad ΒΓ perpendi-

de grandeur (2). Mais elle est donnée de position, et le point A est aussi donné; le point K est donc donné (27). Mais par le point donné K, on a mené la ligne droite ZH parallèle à la droite ΒΓ donnée de position; ZH est donc donné de position (28).

PROPOSITION XXXVI.

Si d'un point donné, on mène une ligne droite à une droite donnée de position, si on lui ajoute une droite qui ait une raison donnée avec elle, et si, par l'extrémité de la droite ajoutée, on mène une ligne droite parallèle à la droite donnée de position, la droite menée sera donnée de position.

Car du point donné A, menons la ligne droite ΑΔ à la droite ΒΓ donnée de position; ajoutons à ΑΔ une droite ΑΕ, qui ait avec ΑΔ une raison donnée, et, par le point E, menons la droite ZK parallèle à ΒΓ; je dis que ZK est donné de position.

Car du point A, menons la droite ΑΘ perpendiculaire à ΒΓ, et prolongeons cette

ἡ ΑΘ, καὶ διήχθω ἐπὶ τὸ Η. Καὶ ἐπεὶ ἀπὸ δεδομένου σημείου τοῦ Α ἐπὶ θέσει δεδομένην εὐθεῖαν τὴν ΒΓ εὐθεῖα γραμμὴ ἦκται ἡ ΑΘ, δεδο-

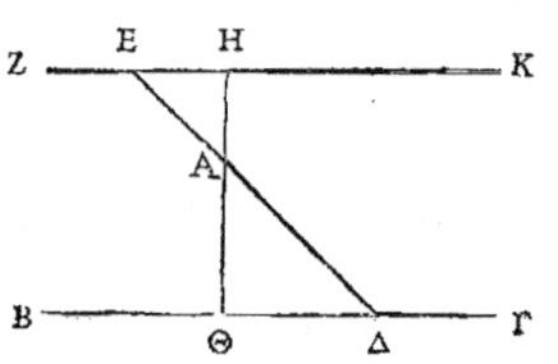

μένην ποιοῦσα γωνίαν τὴν ὑπὸ ΑΘΓ· θέσει ἄρα ἐστὶν ἡ ΘΑΗ. Θέσει δὲ καὶ ἡ ΒΓ· δοθὲν ἄρα ἐστὶ τὸ Θ σημεῖον. Εστι δὲ καὶ τὸ Α δοθέν· δοθεῖσα ἄρα ἐστὶν ἡ ΑΘ. Καὶ ἐπεὶ λόγος ἐστὶ τῆς ΔΑ πρὸς τὴν ΑΕ δοθεὶς, ὡς δὲ ἡ ΔΑ πρὸς τὴν ΑΕ οὕτως ἡ ΘΑ πρὸς τὴν ΑΗ· λόγος ἄρα καὶ τῆς ΘΑ, πρὸς τὴν ΑΗ δοθεὶς[4]. Δοθεῖσαι δὲ ἡ ΘΑ· δοθεῖσα ἄρα καὶ ἡ ΑΗ. Αλλὰ καὶ τῇ θέσει, καὶ ἔστι δοθὲν τὸ Α. δοθὲν ἄρα καὶ τὸ Η. Επεὶ οὖν διὰ δεδομένου σημείου τοῦ Η παρὰ θέσει δεδομένην εὐθεῖαν τὴν ΒΓ εὐθεία γραμμὴ ἦκται ἡ ΖΗΚ· θέσει ἄρα ἐστὶν ἡ ΖΗΚ.

cularis ΑΘ, et producatur ad punctum Η. Et quoniam a dato puncto Α ad datam positione rectam ΒΓ recta linea ducta est ΑΘ, datum faciens angulum ΑΘΓ; positione igitur est ipsa ΘΑΗ. Positione autem et ipsa ΒΓ; datum igitur est Θ punctum. Est autem et punctum Α datum; data igitur est ipsa ΑΘ. Et quoniam ratio est ipsius ΔΑ ad ΑΕ data, ut autem ΔΑ ad ΑΕ ita ΘΑ ad ΑΗ; ratio igitur et ipsius ΘΑ ad ΑΗ data. Data autem ΘΑ; data igitur et ipsa ΑΗ. Sed et positione, et est datum punctum Α; datum igitur et punctum Η. Quoniam igitur per datum punctum Η contra datam positione rectam ΒΓ recta linea ducta est ΖΗΚ; positione igitur est ipsa ΖΗΚ.

droite vers le point Η. Puisque du point donné Α, on a mené à la droite ΒΓ donnée de position, la ligne droite ΑΘ, faisant l'angle donné ΑΘΓ; la droite ΘΑΗ sera donnée de position (30). Mais ΒΓ est donné de position; le point Θ est donc donné (25). Mais le point Α est donné; la droite ΑΘ est donc donnée (26). Mais la raison de ΔΑ à ΑΕ est donnée, et ΔΑ est à ΑΕ comme ΘΑ est à ΑΗ (4. 6); la raison de ΘΑ à ΑΗ est donc donnée (déf. 2). Mais ΘΑ est donné; la droite ΑΗ est donc donnée (déf. 2). Mais elle est donnée de position, et le point Α est aussi donné; le point Η est donc donné (27). Mais par le point donné Η, on a mené la ligne droite ΖΗΚ parallèle à la droite ΒΓ donnée de position; la droite ΖΗΚ est donc donnée de position (28).

ΠΡΟΤΑΣΙΣ λζ'.

Εὰν εἰς παραλλήλους τῇ θέσει δεδομένας εὐθείας εὐθεῖα γραμμὴ ἀχθῇ, καὶ τμηθῇ εἰς δεδομένον λόγον, διὰ δὲ τῆς τομῆς παρὰ τὰς[1] τῇ θέσει δεδομένας εὐθείας εὐθεῖα γραμμὴ[2] ἀχθῇ· δέδοται ἡ ἀχθεῖσα τῇ θέσει.

Εἰς γὰρ παραλλήλους τῇ θέσει δεδομένας εὐθείας τὰς ΑΒ, ΓΔ εὐθεῖα γραμμὴ ἤχθω ἡ ΕΖ, καὶ τετμήσθω εἰς δεδομένον λόγον τὴν τῆς ΖΗ πρὸς τὴν ΗΕ, καὶ διήχθω διὰ τοῦ Η ὁποτέρᾳ τῶν ΑΒ, ΓΔ παράλληλος ἡ ΘΚ· λέγω ὅτι θέσει ἐστὶν ἡ ΘΚ.

PROPOSITIO XXXVII.

Si in parallelas positione datas rectas recta linea ducatur, et ipsa secetur in datâ ratione, per sectionem vero contra datas positione rectas recta linea ducatur; data est ducta positione.

In parallelas enim positione datas rectas AB, ΓΔ recta linea ducatur EZ, et ipsa secetur in datâ ratione ipsius ZH ad HE, et ducatur per punctum H utrilibet ipsarum AB, ΓΔ parallela ΘK; dico positione esse ipsam ΘK.

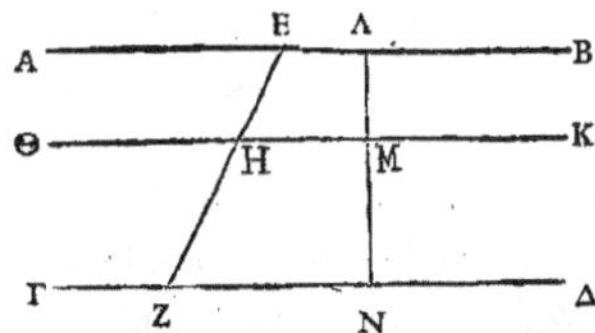

Εἰλήφθω γὰρ ἐπὶ τῆς ΑΒ δοθὲν σημεῖον τὸ Λ, καὶ κατήχθω ἀπὸ τοῦ Λ ἐπὶ τὴν ΓΔ κάθετος ἡ

Sumatur enim in AB datum punctum Λ, et ducatur a puncto Λ ad ΓΔ perpendicularis ΛN.

PROPOSITION XXXVII.

Si, entre des droites parallèles données de position, on mène une ligne droite; si l'on coupe cette droite en raison donnée, et si, par la section, on mène une ligne droite parallèle aux droites données de position, la droite menée est donnée de position.

Entre les parallèles AB, ΓΔ données de position, menons la ligne droite EZ, que cette droite soit coupée dans la raison donnée de ZH à HE, et par le point H menons ΘK parallèle à l'une ou à l'autre des droites AB, ΓΔ; je dis que ΘK est donné de position.

Car dans la droite AB, prenons un point donné Λ, et du point Λ, menons ΛN

ΛΝ. Επεὶ οὖν[3] ἀπὸ δεδομένου σημείου τοῦ Λ ἐπὶ θέσει δεδομένην εὐθεῖαν τὴν ΓΔ, εὐθεῖα γραμμὴ ἦκται ἡ ΛΝ, δεδομένην ποιοῦσα γωνίαν τὴν ὑπὸ[4] ΛΝΔ· θέσει ἄρα ἐστὶν ἡ ΛΝ. Θέσει δὲ καὶ ἡ ΓΔ· δοθὲν ἄρα τὸ Ν σημεῖον. Εστι δὲ καὶ τὸ Λ δοθέν· δοθεῖσα ἄρα ἐστὶν ἡ ΛΝ. Καὶ ἐπεὶ λόγος ἐστὶ τῆς ΖΗ πρὸς τὴν ΗΕ δοθεὶς, ὡς δὲ ἡ ΖΗ πρὸς τὴν ΗΕ οὕτως ἡ ΝΜ πρὸς τὴν ΜΛ· λόγος ἄρα καὶ τῆς ΝΜ πρὸς τὴν[5] ΜΛ δοθείς. Ωστε καὶ τῆς ΝΛ πρὸς τὴν ΛΜ ἐστὶ δοθεὶς λόγος[6]. Δοθεῖσα δὲ ἡ ΝΛ· δοθεῖσα ἄρα καὶ ἡ ΛΜ. Αλλὰ καὶ τῇ θέσει, καὶ ἔστι δοθὲν τὸ Λ· δοθὲν ἄρα καὶ τὸ Μ. Επεὶ οὖν διὰ δεδομένου σημείου τοῦ Μ παρὰ θέσει δεδομένην εὐθεῖαν τὴν ΓΔ εὐθεῖα γραμμὴ ἦκται ἡ ΘΚ· θέσει ἄρα ἐστὶν ἡ ΘΚ.

Quoniam igitur a dato puncto Λ ad datam positione rectam ΓΔ recta linea ducta est ΛΝ, datum faciens angulum ΛΝΔ; positione igitur est ΛΝ. Positione autem et ΓΔ; datum igitur Ν punctum. Est autem et punctum Λ datum; data igitur est ΛΝ. Et quoniam ratio est ipsius ΖΗ ad ΗΕ data, ut autem ΖΗ ad ΗΕ ita ΝΜ ad ΜΛ; ratio igitur et ipsius ΝΜ ad ΜΛ data. Quare et ipsius ΝΛ ad ΛΜ est data ratio. Data autem ipsa ΝΛ; data igitur et ΛΜ. Sed et positione, et est datum Λ punctum; datum igitur et Μ punctum. Quoniam igitur per datum punctum Μ contra datam positione rectam ΓΔ recta linea ducta est ΘΚ; positione igitur est ipsa ΘΚ.

perpendiculaire à ΓΔ. Puisque du point donné Λ, on a mené à la droite ΓΔ donnée de position, la droite ΛΝ faisant un angle donné ΛΝΔ, la droite ΛΝ sera donnée de position (30). Mais ΓΔ est donné de position, le point Ν est donc donné (25). Mais le point Λ est donné; donc ΛΝ est donné (26). Mais la raison de ΖΗ à ΗΕ est donnée, et ΖΗ est à ΗΕ comme ΝΜ est à ΜΛ (2. 6); la raison de ΝΜ à ΜΛ est donc donnée (2); la raison de ΝΛ à ΛΜ est donc donnée (6). Mais ΝΛ est donné; la droite ΛΜ est donc donnée (2). Mais elle est donnée de position, et le point Λ est donné; le point Μ est donc donné (26). Mais, par le point donné Μ, on a mené la ligne droite ΘΚ parallèle à la droite ΓΔ donnée de position; ΘΚ est donc donné de position (28).

ΠΡΟΤΑΣΙΣ λη'.

Ἐὰν εἰς παραλλήλους τῇ θέσει δεδομένας εὐθείας εὐθεῖα γραμμὴ ἀχθῇ, καὶ προστεθῇ τις αὐτῇ εὐθεῖα λόγον ἔχουσα πρὸς αὐτὴν δεδομένον, διὰ δὲ τοῦ πέρατος τῆς προστεθείσης παρὰ τὰς τῇ θέσει δεδομένας παραλλήλους[1] εὐθεῖα γραμμὴ ἀχθῇ· δέδοται ἡ ἀχθεῖσα τῇ θέσει.

Εἰς γὰρ παραλλήλους τῇ θέσει δεδομένας εὐθείας τὰς AB, ΓΔ εὐθεῖα γραμμὴ ἤχθω ἡ EZ, καὶ προσκείσθω τις αὐτῇ εὐθεῖα ἡ EH λόγον ἔχουσα πρὸς τὴν EZ δεδομένον, διὰ δὲ τοῦ H ὁποτέρᾳ τῶν AB, ΓΔ εὐθειῶν εὐθεῖα γραμμὴ παράλληλος[2] ἤχθω ἡ ΘK· λέγω ὅτι θέσει ἐστὶν ἡ ΘK.

PROPOSITIO XXXVIII.

Si in parallelas positione datas rectas recta linea ducatur, et adjiciatur aliqua ipsi rectæ rationem habens datam ad ipsam, per extremum vero adjectæ contra datas positione parallelas recta linea ducatur, data est ducta positione.

In parallelas enim positione datas rectas AB, ΓΔ recta linea ducatur EZ, et adjiciatur aliqua ipsi recta EH rationem habens datam ad EZ datam, per H autem punctum utrilibet rectarum AB, ΓΔ recta linea parallela ducatur ΘK; dico positione esse ipsam ΘK.

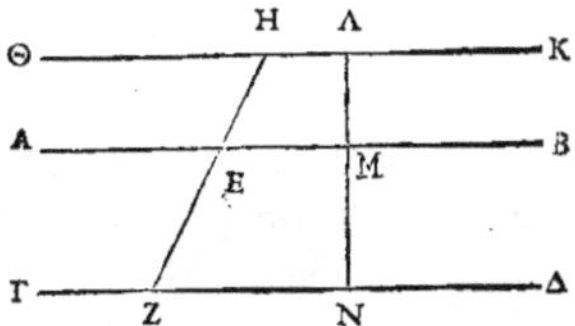

Εἰλήφθω γὰρ ἐπὶ τῆς AB δοθὲν σημεῖον τὸ M, καὶ ἤχθω ἀπὸ τοῦ M ἐπὶ τὴν ΓΔ κάθετος εὐθεῖα

Sumatur enim in ipsâ AB datum punctum M, et a puncto M ad ΓΔ perpendicularis recta

PROPOSITION XXXVIII.

Si, entre des droites parallèles et données de position, on mène une ligne droite, si l'on ajoute à cette droite une droite qui ait avec elle une raison donnée, et si, par l'extrémité de l'ajoutée, on mène une droite parallèle aux parallèles données de position, la droite menée sera donnée de position.

Entre les droites AB, ΓΔ, parallèles et données de position, menons la ligne droite EZ, ajoutons-lui une droite EH qui ait avec EZ une raison donnée, et par le point H, menons la ligne droite ΘK parallèle à l'une ou à l'autre des droites AB, ΓΔ; je dis que la droite ΘK est donnée de position.

Car dans la droite AB, prenons un point donné M, et du point M, menons la ligne

γραμμὴ ἡ ΜΝ, καὶ διήχθω ἐπὶ τὸ Λ. Ἐπεὶ οὖν ἀπὸ δεδομένου σημείου[3] τοῦ Μ, ἐπὶ θέσει δεδομένην εὐθεῖαν τὴν ΓΔ, εὐθεῖα γραμμὴ ἦκται ἡ ΜΝ, δεδομένην ποιοῦσα γωνίαν τὴν ὑπὸ ΜΝΔ· θέσει ἄρα ἐστὶν ἡ ΜΝ. Θέσει δὲ καὶ ἡ ΓΔ· δοθὲν ἄρα ἐστὶ τὸ Ν σημεῖον. Ἐστι δὲ καὶ τὸ Μ δοθέν· δοθεῖσα ἄρα ἐστὶν ἡ ΜΝ. Καὶ ἐπεὶ λόγος ἐστὶ τῆς ΖΕ πρὸς τὴν ΕΗ δοθεὶς, ὡς δὲ ἡ ΖΕ πρὸς τὴν ΕΗ οὕτως ἡ ΝΜ πρὸς τὴν ΜΛ· λόγος ἄρα καὶ τῆς ΝΜ πρὸς τὴν ΜΛ δοθείς. Δοθεῖσα δὲ ἡ ΜΝ· δοθεῖσα ἄρα καὶ ἡ ΜΛ. Ἀλλὰ καὶ τῇ θέσει, καὶ ἔστι τὸ Ν δοθέν· δοθὲν ἄρα καὶ τὸ Λ. Ἐπεὶ οὖν διὰ δεδομένου σημείου τοῦ Λ παρὰ θέσει δεδομένην εὐθεῖαν τὴν ΑΒ εὐθεῖα γραμμὴ ἦκται ἡ ΘΚ· θέσει ἄρα ἐστὶν ἡ ΘΚ.

linea ducatur ΜΝ, et producatur ad Λ punctum. Quoniam igitur a dato puncto Μ ad datam positione rectam ΓΔ, recta linea ducta est ΜΝ, datum faciens angulum ΜΝΔ; positione igitur est ΜΝ. Positione autem et ΓΔ; datum igitur est Ν punctum. Est autem et punctum Μ datum; data igitur est ΜΝ. Et quoniam ratio est ipsius ΖΕ ad ΕΗ data, ut autem ΖΕ ad ΕΗ ita ΝΜ ad ΜΛ; ratio igitur et ipsius ΝΜ ad ΜΛ data. Data autem ΜΝ; data igitur et ΜΛ. Sed et positione, et est punctum Ν datum; datum igitur et Λ punctum. Quoniam igitur per datum punctum Λ contra datam positione rectam ΑΒ recta linea ducta est ΘΚ; positione igitur est ΘΚ.

droite ΜΝ perpendiculaire à ΓΔ (12. 1), et prolongeons-la vers Λ. Puisque du point donné Μ on a mené la ligne droite ΜΝ perpendiculaire à la droite ΓΔ donnée de position, et faisant un angle donné ΜΝΔ, la droite ΜΝ sera donnée de position (28). Mais ΓΔ est donné de position; le point Ν est donc donné (25). Mais le point Μ est donné; donc ΜΝ est donné (26). Mais la raison de ΖΕ à ΕΗ est donnée, et ΖΕ est à ΕΗ comme ΝΜ est à ΜΛ (2. 6); donc la raison de ΝΜ à ΜΛ est donnée. Mais ΜΝ est donné; la droite ΜΛ est donc donnée (2). Mais cette droite est donnée de position, et le point Ν est donné; le point Λ est donc donné (26). Mais la ligne droite ΘΚ a été menée par le point donné Λ parallèlement à la droite ΑΒ donnée de position; ΘΚ est donc donné de position (28).

ΠΡΟΤΑΣΙΣ λθ'.

Εὰν τριγώνου ἑκάστη τῶν πλευρῶν δεδομένη ᾖ τῷ μεγέθει, δέδοται τὸ τρίγωνον τῷ εἴδει.

Τριγώνου γὰρ τοῦ ΑΒΓ ἑκάστη τῶν πλευρῶν δεδομένη ἔστω τῷ μεγέθει· λέγω ὅτι τὸ ΑΒΓ τρίγωνον δέδοται τῷ εἴδει.

PROPOSITIO XXXIX.

Si trianguli unumquodque laterum datum sit magnitudine, datum est triangulum specie.

Trianguli enim ABΓ unumquodque laterum datum sit magnitudine; dico ABΓ triangulum datum esse specie.

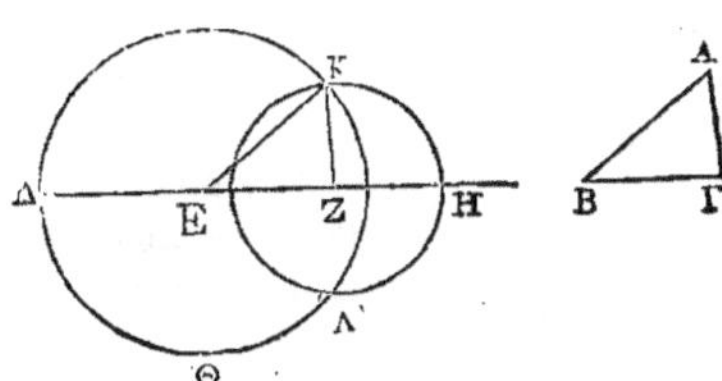

Εκκείσθω γὰρ ἡ εὐθεῖα τῇ θέσει δεδομένη ἡ ΔΗ[1], πεπερατωμένη μὲν κατὰ τὸ Δ, ἄπειρος δὲ κατὰ τὸ λοιπόν· καὶ κείσθω τῇ μὲν ΑΒ ἴση ἡ ΔΕ. Δοθεῖσα δὲ ἡ ΑΒ· δοθεῖσα ἄρα καὶ[2] ἡ ΔΕ. Αλλὰ καὶ τῇ θέσει, καὶ ἔστι δοθὲν τὸ Δ· δοθὲν ἄρα καὶ τὸ Ε. Τῇ δὲ ΒΓ κείσθω[3] ἴση ἡ ΕΖ. Δοθεῖσα δὲ ἡ ΒΓ· δοθεῖσα ἄρα καὶ ἡ ΕΖ. Αλλὰ καὶ τῇ θέσει, καὶ ἔστι δοθὲν τὸ Ε· δοθὲν ἄρα καὶ τὸ Ζ. Πάλιν,

Exponatur enim recta ΔH positione data, finita quidem ad punctum Δ, infinita vero ad reliquum; et ponatur ipsi quidem AB æqualis ΔE. Data autem AB; data igitur et ΔE. Sed et positione, et est datum punctum Δ; datum igitur et punctum E. Ipsi autem BΓ ponatur æqualis EZ. Data autem BΓ; data igitur et EZ. Sed et positione, et est datum punctum E; datum

PROPOSITION XXXIX.

Si chacun des côtés d'un triangle est donné de grandeur, le triangle est donné d'espèce.

Que chacun des côtés du triangle ABΓ soit donné de grandeur; je dis que le triangle ABΓ est donné d'espèce.

Car que la droite ΔH soit donnée de position; qu'elle soit finie en Δ, et infinie de l'autre côté; faisons ΔE égal à AB (3. 1). Puisque AB est donné, la droite ΔE est donnée. Mais cette droite est donnée de position, et le point Δ est donné; donc le point E est donné (27). Faisons EZ égal à BΓ. Puisque BΓ est donné, EZ est aussi donné. Mais cette droite est donnée de position, et le point E est

κείσθω τῇ[4] ΑΓ ἴση ἡ ΖΗ. Δοθεῖσα δὲ ἡ ΑΓ· δοθεῖσα ἄρα καὶ ἡ ΖΗ. Ἀλλὰ καὶ τῇ θέσει, καὶ ἔστι δοθὲν[5] τὸ Ζ· δοθὲν ἄρα καὶ τὸ Η. Καὶ κέντρῳ μὲν τῷ Ε, διαστήματι δὲ τῷ ΕΔ, κύκλος γεγράφθω[6] ὁ ΔΚΘ· θέσει ἄρα ἐστὶν ὁ ΔΚΘ. Πάλιν, κέντρῳ μὲν τῷ Ζ, διαστήματι δὲ τῷ ΖΗ κύκλος γεγράφθω ὁ ΗΚΛ· θέσει ἄρα ἐστὶν ὁ ΗΚΛ. Θέσει δὲ καὶ ὁ ΔΚΘ κύκλος· δοθὲν ἄρα ἐστὶ καὶ[7] τὸ Κ σημεῖον. Ἔστι δὲ καὶ ἑκάτερον τῶν Ε, Ζ δοθέν· δοθεῖσα ἄρα ἐστὶν ἑκάστη τῶν ΚΕ, ΕΖ, ΖΚ τῇ θέσει καὶ τῷ μεγέθει· δέδοται ἄρα τὸ ΚΕΖ τρίγωνον τῷ εἴδει. Καὶ ἔστιν ἴσον τε καὶ ὅμοιον τῷ ΑΒΓ· δέδοται ἄρα τὸ ΑΒΓ τρίγωνον τῷ εἴδει.

igitur et Z punctum. Rursus, ponatur ipsi AΓ æqualis ZH. Data autem AΓ; data igitur et ZH. Sed et positione, et est datum punctum Z; datum igitur et punctum H. Et centro quidem E, intervallo autem EΔ, circulus describatur ΔKΘ; positione igitur est ΔKΘ circulus. Rursus, centro quidem Z, intervallo autem ZH circulus describatur HKΛ; positione igitur est HKΛ circulus. Positione autem et ΔKΘ circulus; datum igitur et K punctum. Est autem et utrumque punctorum E, Z datum; data igitur est unaquæque ipsarum KE, EZ, ZK positione et magnitudine; datum igitur KEZ triangulum specie. Et est et æquale et simile ipsi ABΓ; datum est igitur ABΓ triangulum specie.

aussi donné; le point Z est donc donné. De plus faisons ZH égal à AΓ. Puisque AΓ est donné, la droite ZH est donnée. Mais cette droite est donnée de position, et le point Z est donné; le point H est donc donné. Du centre E et de la distance EΔ, décrivons le cercle ΔΘK, le cercle ΔKΘ sera donné de position (déf. 6). De plus, du centre Z et de la distance ZH, décrivons le cercle HKΛ; le cercle HKΛ sera donné de position. Mais le cercle ΔKΘ est donné de position; donc le point K est donné (25). Mais chacun des points E, Z est donné; donc chacune des droites KE, EZ, ZK est donnée de position et de grandeur (26); donc le triangle KEZ est donné d'espèce (déf. 3). Mais il est égal et semblable au triangle ABΓ (8. 1); le triangle ABΓ est donc donné d'espèce.

ΠΡΟΤΑΣΙΣ μʹ.

Εὰν τριγώνου ἑκάστη τῶν γωνιῶν δεδομένη ᾖ τῷ μεγέθει, δέδοται τὸ τρίγωνον τῷ εἴδει.

Τριγώνου γὰρ τοῦ[1] ΑΒΓ ἑκάστη τῶν γωνιῶν δεδομένη ἔστω τῷ μεγέθει· λέγω ὅτι δέδοται τὸ ΑΒΓ τρίγωνον[2] τῷ εἴδει.

PROPOSITIO XL.

Si trianguli unusquisque angulorum datus sit magnitudine, datum est triangulum specie.

Trianguli enim ΑΒΓ unusquisque angulorum datus sit magnitudine; dico datum esse ΑΒΓ triangulum specie.

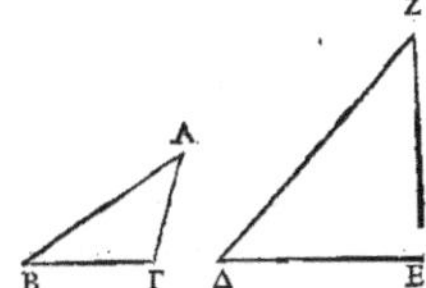

Εκκείσθω γὰρ τῇ θέσει καὶ τῷ μεγέθει δεδομένη εὐθεῖα ἡ ΔΕ, καὶ συνεστάτω πρὸς τῇ ΔΕ, καὶ τοῖς πρὸς αὐτῇ σημείοις τοῖς Δ, Ε, τῇ μὲν ὑπὸ ΑΒΓ[3] γωνίᾳ ἴση γωνία εὐθύγραμμος ἡ ὑπὸ ΖΔΕ, τῇ δὲ ὑπὸ ΑΓΒ ἴση ἡ ὑπὸ ΖΕΔ· λοιπὴ ἄρα ἡ ὑπὸ ΒΑΓ λοιπῇ τῇ ὑπὸ ΔΖΕ ἴση ἐστί[3]. Δοθεῖσα δὲ ἑκάστη τῶν πρὸς τοῖς Α, Β, Γ σημείοις γωνιῶν[4]· δοθεῖσα ἄρα καὶ ἑκάστη τῶν πρὸς τοῖς Ζ, Δ, Ε. Επεὶ οὖν πρὸς θέσει δεδομένῃ εὐθείᾳ τῇ

Exponatur enim positione et magnitudine data recta ΔΕ, et constituatur ad ΔΕ, et ad puncta in ipsâ Δ, Ε, angulo quidem ΑΒΓ æqualis angulus rectilineus ΖΔΕ, ipsi vero ΑΓΒ æqualis ipse ΖΕΔ; reliquus igitur ΒΑΓ reliquo ΔΖΕ æqualis est. Datus autem unusquisque angulorum ad puncta Α, Β, Γ; datus igitur et unusquisque angulorum ad Ζ, Δ, Ε puncta. Quoniam igitur ad datam positione rectam ΔΕ, et

PROPOSITION XL.

Si chacun des angles d'un triangle est donné de grandeur, le triangle est donné d'espèce.

Que chacun des angles du triangle ΑΒΓ soit donné de grandeur; je dis que le triangle est donné d'espèce.

Car que ΔΕ soit une droite donnée de position et de grandeur. Sur ΔΕ, et aux points Δ, Ε de cette droite, faisons l'angle rectiligne ΖΔΕ égal à l'angle ΑΒΓ, et l'angle ΖΕΔ égal à l'angle ΑΓΒ (23. 1); l'angle restant ΒΑΓ sera égal à l'angle restant ΔΖΕ (32. 1). Mais chacun des angles aux points Α, Β, Γ est donné; chacun des angles aux points Ζ, Δ, Ε est donc donné. Mais on a mené à la droite

ΔΕ, καὶ τῷ πρὸς αὐτῇ σημείῳ δεδομένῳ τῷ Δ, εὐθεῖα γραμμὴ ἦκται ἡ ΔΖ, δεδομένην ποιοῦσα γωνίαν τὴν πρὸς τῷ Δ· θέσει ἄρα ἐστὶν ἡ ΔΖ. Διὰ τὰ αὐτὰ δὴ καὶ ἡ ΕΖ θέσει ἐστίν· δοθὲν ἄρα ἐστὶ τὸ Ζ σημεῖον. Εστι δὲ καὶ[5] ἑκάτερον τῶν Δ, Ε δοθέν· δοθεῖσα ἄρα ἐστὶν ἑκάστη τῶν ΔΕ, ΔΖ, ΕΖ τῇ θέσει καὶ τῷ μεγέθει· δέδοται ἄρα τὸ ΔΖΕ τρίγωνον τῷ εἴδει, καὶ ἔστιν ὅμοιον τῷ ΑΒΓ τριγώνῳ· δέδοται ἄρα καὶ τὸ ΑΒΓ τρίγωνον τῷ εἴδει.

ad punctum in eâ datum Δ, recta linea ducta est ΔΖ, datum faciens angulum ad Δ punctum; positione igitur est ΔΖ. Propter eadem utique et ipsa ΕΖ potitione est; datum igitur est Ζ punctum. Est autem unumquodque punctorum Δ, Ε datum; data igitur est unaquæque ipsarum ΔΕ, ΔΖ, ΕΖ positione et magnitudine; datum est igitur ΔΖΕ triangulum specie, et est simile triangulo ΑΒΓ; datum est igitur et ΑΒΓ triangulum specie.

ΠΡΟΤΑΣΙΣ μα'.

Εἀν τρίγωνον μίαν ἔχῃ γωνιῶν δεδομένην, περὶ δὲ τὴν δεδομένην γωνίαν αἱ[1] πλευραὶ πρὸς ἀλλήλας λόγον ἔχωσιν δεδομένον· δέδοται τὸ τρίγωνον τῷ εἴδει.

Εχέτω γὰρ τρίγωνον τὸ ΑΒΓ μίαν γωνίαν[2] δεδομένην τὴν ὑπὸ ΒΑΓ, περὶ δὲ τὴν ὑπὸ ΒΑΓ αἱ πλευραὶ αἱ ΒΑ, ΑΓ πρὸς ἀλλήλας λόγον ἐχέτωσάν δεδομένον· λέγω ὅτι τὸ[3] ΑΒΓ τρίγωνον δέδοται τῷ εἴδει.

PROPOSITIO XLI.

Si triangulum unum habeat angulum datum, circa datum autem angulum latera inter se rationem habeant datam, datum est triangulum specie.

Habeat enim triangulum ΑΒΓ unum angulum datum ΒΑΓ, circa angulum autem ΒΑΓ latera ΒΑ, ΑΓ inter se rationem habeant datam; dico ΑΒΓ triangulum datum esse specie.

ΔΕ donnée de position, et au point donné Δ une ligne droite ΔΖ, faisant un angle donné au point Δ; ΔΖ est donc donné de position (29); mais ΕΖ est donnée de position, par la même raison; donc le point Ζ est donné (25). Mais chacun des points Δ, Ε est donné; chacune des droites ΔΕ, ΔΖ, ΕΖ est donc donnée de position et de grandeur (26); le triangle ΔΖΕ est donc donné d'espèce (39); mais il est semblable au triangle ΑΒΓ (4. 6); le triangle ΑΒΓ est donc donné d'espèce.

PROPOSITION XLI.

Si un triangle a un angle donné, et si les côtés autour de l'angle donné ont entre eux une raison donnée, le triangle est donné d'espèce.

Que le triangle ΑΒΓ ait un angle ΒΑΓ donné, et que les côtés ΒΑ, ΑΓ autour de l'angle ΒΑΓ ayent entre eux une raison donnée; je dis que le triangle ΑΒΓ est donné d'espèce.

Εκκείσθω γὰρ τῇ θέσει καὶ τῷ μεγέθει δεδομένη εὐθεῖα ἡ ΔΖ, καὶ συνεστάτω πρὸς τῇ ΔΖ εὐθείᾳ, καὶ τῷ πρὸς αὐτῇ σημείῳ τῷ Ζ, τῇ ὑπὸ ΒΑΓ γωνίᾳ ἴση ἡ ὑπὸ ΔΖΕ. Δοθεῖσα δὲ ἡ ὑπὸ ΒΑΓ· δοθεῖσα ἄρα καὶ ἡ ὑπὸ ΔΖΕ. Επεὶ οὖν πρὸς θέσει δεδομένῃ εὐθείᾳ τῇ ΔΖ, καὶ τῷ πρὸς αὐτῇ

Exponatur enim positione et magnitudine data recta ΔZ, et constituatur ad ΔZ rectam, et ad punctum Z in eâ, angulo BAΓ æqualis angulus ΔZE. Datus autem BAΓ angulus; datus igitur et ΔZE angulus. Quoniam igitur ad datam positione rectam ΔZ, et ad datum in eâ punctum

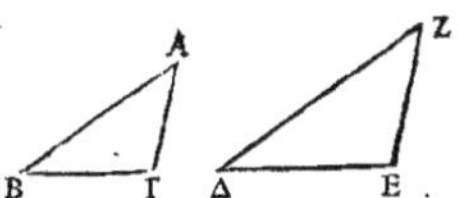

δεδομένῳ σημείῳ τῷ Ζ, εὐθεῖα γραμμὴ ἦκται ἡ ΖΕ, δεδομένην ποιοῦσα γωνίαν τὴν ὑπὸ ΔΖΕ· θέσει ἄρα ἐστὶν ἡ ΖΕ. Καὶ ἐπεὶ λόγος ἐστὶ τῆς ΒΑ πρὸς τὴν ΑΓ δοθεὶς, ὁ αὐτὸς αὐτῷ γεγονέτω ὁ τῆς ΔΖ πρὸς τὴν ΖΕ· καὶ ἐπεζεύχθω ἡ ΔΕ· λόγος ἄρα καὶ τῆς ΔΖ πρὸς τὴν ΖΕ δοθείς. Δοθεῖσα δὲ ἡ ΔΖ· δοθεῖσα ἄρα καὶ ἡ ΖΕ. Αλλὰ καὶ τῇ θέσει, καὶ ἔστι τὸ Ζ δοθέν· δοθὲν ἄρα καὶ τὸ Ε. Εστι δὲ καὶ ἑκάτερον τῶν Δ, Ζ δοθέν· δοθεῖσα ἄρα ἐστὶν ἑκάστη τῶν ΔΖ, ΖΕ, ΔΕ τῇ θέσει καὶ τῷ μεγέθει· δέδοται ἄρα τὸ ΔΕΖ τρίγωνον τῷ εἴδει.

Z, recta linea ducta est ZE, datum faciens angulum ΔZE; positione igitur est ZE. Et quoniam ratio est ipsius BA ad AΓ data, eadem huic fiat ratio ipsius ΔZ ad ZE; et jungatur ΔE; ratio igitur et ipsius ΔZ ad ZE data. Data autem ΔZ; data igitur et ZE. Sed et positione, et est punctum Z datum; datum igitur et punctum E. Est autem et utrumque punctorum Δ, Z datum; data igitur est unaquæque ipsarum ΔZ, ZE, ΔE positione et magnitudine; datum est igitur ΔEZ triangulum specie. Et quoniam

Car soit ΔZ une droite donnée de position et de grandeur; sur la droite ΔZ et au point Z de ceste droite, construisons l'angle ΔZE égal à l'angle BAΓ (23. 1). Puisque l'angle BAΓ est donné, l'angle ΔZE est donné; et puisque sur la droite ΔZ, donnée de position, et au point Z de cette droite, on a mené la ligne droite ZE, faisant un angle donné ΔZE, la droite ZE est donnée de position (29). Et puisque la raison de BA à AΓ est donnée, faisons en sorte que la raison de ΔZ à ZE soit la même que celle-ci, et joignons ΔE, la raison de ΔZ à ZE sera donnée (déf. 2). Mais ΔZ est donné; la droite ZE est donc donnée. Mais cette droite est donnée de position, et le point Z est donné; le point E est donc donné (27). Mais chacun des points Δ, Z est donné; chacune des droites ΔZ, ZE, ΔE est donc donnée de position et de grandeur (26); le triangle ΔEZ est donc donné

Καὶ ἐπεὶ δύο τρίγωνα τὰ ΑΒΓ, ΔΕΖ μίαν γωνίαν μιᾷ γωνίᾳ ἴσην ἔχει, τὴν ὑπὸ ΒΑΓ τῇ ὑπὸ ΔΖΕ, περὶ δὲ τὰς ὑπὸ τῶν ΒΑΓ, ΔΖΕ γωνίας τὰς πλευρὰς ἀνάλογον· ὅμοιον ἄρα ἐστὶ τὸ ΑΒΓ τρίγωνον τῷ ΔΕΖ τριγώνῳ. Δέδοται δὲ τὸ ΔΕΖ τρίγωνον[5] τῷ εἴδει· δέδοται ἄρα καὶ τὸ ΑΒΓ τρίγωνον τῷ εἴδει.

ΠΡΟΤΑΣΙΣ μβʹ.

Εὰν τριγώνου αἱ πλευραὶ πρὸς ἀλλήλας λόγον ἔχωσι[1] δεδομένον, δέδοται τὸ τρίγωνον τῷ εἴδει.

Τριγώνου γὰρ τοῦ ΑΒΓ αἱ πλευραὶ πρὸς ἀλλήλας λόγον ἐχέτωσαν δεδομένον· λέγω ὅτι τὸ ΑΒΓ τρίγωνον δέδοται τῷ εἴδει.

Εκκείσθω γὰρ δεδομένη τῷ μεγέθει εὐθεῖα ἡ Δ. Καὶ ἐπεὶ λόγος ἐστὶ τῆς ΑΒ πρὸς τὴν[2] ΒΓ δοθεὶς, ὁ αὐτὸς αὐτῷ γεγονέτω ὁ τῆς Δ πρὸς τὴν Ε. Δοθεῖσα δὲ ἡ Δ· δοθεῖσα ἄρα καὶ ἡ Ε. Πάλιν ἐπεὶ λόγος ἐστὶ τῆς ΒΓ πρὸς τὴν ΑΓ δοθεὶς, αὐτὸς αὐτῷ γεγονέτω ὁ τῆς Ε πρὸς τὴν Ζ. Δοθεῖσα δὲ ἡ Ε·

duo triangula ΑΒΓ, ΔΕΖ unum angulum uni angulo æqualem habent, angulum ΒΑΓ angulo ΔΖΕ, circa angulos autem ΒΑΓ, ΔΖΕ angulos latera proportionalia; simile igitur est ΑΒΓ triangulum triangulo ΔΕΖ. Datum est autem ΔΕΖ triangulum specie; datum est igitur et ΑΒΓ triangulum specie.

PROPOSITIO XLII.

Si trianguli latera inter se rationem habeant datam; datum est triangulum specie.

Trianguli enim ΑΒΓ latera inter se rationem habeant datam; dico triangulum ΑΒΓ datum esse specie.

Exponatur enim data magnitudine recta Δ. Quoniam ratio est ipsius ΑΒ ad ΒΓ data, eadem huic fiat ratio ipsius Δ ad Ε. Data autem Δ; data igitur et Ε. Rursus quoniam ratio ipsius ΒΓ ad ΑΓ est data, eadem huic fiat ratio ipsius Ε ad Ζ. Data autem Ε; data igitur et Ζ. Et

d'espèce (39). Mais les deux triangles ΑΒΓ, ΔΕΖ ont un angle donné à un angle, l'angle ΒΑΓ égal à l'angle ΔΖΕ, et les côtés autour des angles ΒΑΓ, ΔΖΕ sont proportionnels; le triangle ΑΒΓ est donc semblable au triangle ΔΕΖ (6. 6). Mais le triangle ΔΖΕ est donné d'espéce; le triangle ΑΒΓ est donc aussi donné d'espèce.

PROPOSITION XLII.

Si les côtés d'un triangle ont entre eux une raison donnée, ce triangle sera donné d'espèce.

Que les côtés du triangle ΑΒΓ ayent entre eux une raison donnée; je dis que le triangle ΑΒΓ est donné d'espèce.

Car soit Δ une droite donnée de grandeur. Puisque la raison de ΑΒ à ΒΓ est donnée, faisons en sorte que la raison de Δ à Ε soit la même que celle-ci. Puisque Δ est donné, la droite Ε est donnée (2). De plus, puisque la raison de ΒΓ à ΑΓ est donnée, faisons en sorte que la raison de Ε à Ζ soit la même

δοθεῖσα ἄρα καὶ ἡ Ζ. Καὶ ἐκ τριῶν εὐθειῶν, αἵ εἰσιν ἴσαι τρισὶ ταῖς δοθείσαις ταῖς Δ, Ε, Ζ, ὧν αἱ δύο τῆς λοιπῆς μείζονές εἰσι πάντη μεταλαμβανόμεναι, τρίγωνον συνεστάτω τὸ ΗΘΚ· ὥστε

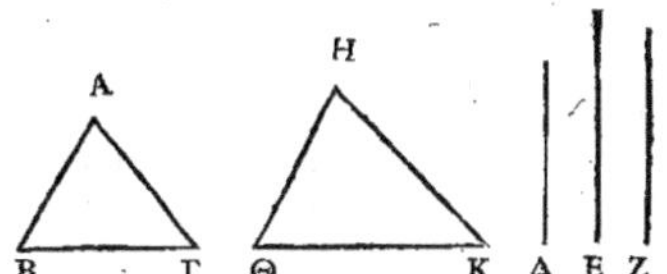

ἴσην εἶναι τὴν μὲν Δ τῇ ΗΘ, τὴν δὲ Ε τῇ ΘΚ, τὴν δὲ Ζ τῇ ΗΚ. Δοθεῖσα δὲ ἑκάστη τῶν Δ, Ε, Ζ· δοθεῖσα ἄρα καὶ ἑκάστη τῶν ΗΘ, ΘΚ, ΚΗ τῷ μεγέθει· δέδοται ἄρα τὸ ΗΘΚ τρίγωνον τῷ εἴδει. Καὶ ἐπεί ἐστιν ως ἡ ΑΒ πρὸς τὴν ΒΓ οὕτως ἡ Δ πρὸς τὴν Ε, ἴση δὲ ἡ μὲν Δ τῇ ΗΘ, ἡ δὲ Ε τῇ ΘΚ· ἔστιν ἄρα ὡς ἡ ΑΒ πρὸς τὴν ΒΓ οὕτως ἡ ΗΘ πρὸς τὴν[3] ΘΚ. Πάλιν, ἐπεί ἐστιν ὡς ἡ ΒΓ πρὸς τὴν ΓΑ οὕτως ἡ Ε πρὸς τὴν Ζ, ἴση δὲ ἡ μὲν[4] Ε τῇ ΘΚ, ἡ δὲ Ζ τῇ ΗΚ· ἔστιν ἄρα ὡς ἡ ΒΓ πρὸς τὴν ΓΑ οὕτως ἡ ΘΚ πρὸς τὴν ΚΗ. Εδείχθη δὲ καὶ ὡς ἡ ΑΒ πρὸς τὴν ΒΓ οὕτως ἡ ΗΘ πρὸς τὴν ΘΚ· διίσου ἄρα ἐστὶν[5] ὡς ἡ ΑΒ πρὸς τὴν ΑΓ οὕτως ἡ ΗΘ πρὸ τὴν ΗΚ[6]· ὅμοιον ἄρα ἐστὶ τὸ ΑΒΓ τρί-

ex tribus rectis, quæ sunt æquales tribus datis Δ, Ε, Ζ, quarum duæ reliquâ majores sunt utcumque sumptæ, triangulum constituatur ΗΘΚ; ita ut æqualis sit Δ quidem ipsi ΗΘ, ipsa vero Ε ipsi ΘΚ, ipsa autem Ζ ipsi ΗΚ. Data autem unaquæque ipsarum Δ, Ε, Ζ; data igitur et unaquæque ipsarum ΗΘ, ΘΚ, ΚΗ magnitudine; datum est igitur ΗΘΚ triangulum specie. Et quoniam est ut ΑΒ ad ΒΓ ita Δ ad Ε, æqualis autem ipsa Δ quidem ipsi ΗΘ, ipsa Ε vero ipsi ΘΚ; est igitur ut ΑΒ ad ΒΓ ita ΗΘ ad ΘΚ. Rursus quoniam est ut ΒΓ ad ΓΑ ita Ε ad Ζ; æqualis autem ipsa Ε quidem ipsi ΘΚ, ipsa vero Ζ ipsi ΗΚ; est igitur ut ΒΓ ad ΓΑ ita ΘΚ ad ΚΗ. Ostensum autem et ut ΑΒ ad ΒΓ ita ΗΘ ad ΘΚ; ex æquo igitur est ut ΑΒ ad ΑΓ ita ΗΘ ad ΗΚ, simile igitur est ΑΒΓ

que celle-ci. Puisque Ε est donné, la droite Ζ est donnée. Avec trois droites égales aux trois droites données Δ, Ε, Ζ, dont deux prises ensemble sont plus grandes que la droite restante, construisons le triangle ΗΘΚ, de manière que Δ soit égal à ΗΘ, la droite Ε égale à ΘΚ, et la droite Ζ égale à ΗΚ. Or, chacune des droites Δ, Ε, Ζ est donnée; chacune des droites ΗΘ, ΘΗ, ΚΗ est donc donnée de grandeur; le triangle ΗΘΚ est donc donné d'espèce (39). Et puisque ΑΒ est à ΒΓ comme Δ est à Ε, que Δ est égal à ΗΘ, et Ε égal à ΘΚ, la droite ΑΒ sera à la droite ΒΓ comme ΗΘ est à ΘΚ (11. 5). De plus, puisque ΒΓ est à ΓΑ comme Ε est à Ζ, que Ε est égal à ΘΚ, et Ζ égal à ΗΚ, la droite ΒΓ sera à la droite ΓΑ comme ΘΚ est à ΚΗ. Mais on a démontré que ΑΒ est à ΒΓ comme ΗΘ est à ΘΚ; donc, par égalité, ΑΒ est à ΑΓ comme ΗΘ est à ΗΚ (22. 5); le triangle ΑΒΓ est

γωνον τῷ ΗΘΚ τριγώνῳ. Δέδοται δὲ τὸ ΗΘΚ τρίγωνον τῷ εἴδει· δέδοται ἄρα καὶ τὸ ΑΒΓ τρίγωνον τῷ εἴδει.

triangulum triangulo ΗΘΚ. Datum est autem ΗΘΚ triangulum specie; datum est igitur et ΑΒΓ triangulum specie.

ΠΡΟΤΑΣΙΣ μγ'.

Ἐὰν τριγώνου ὀρθογωνίου περὶ μίαν τῶν ὀξειῶν γωνιῶν αἱ πλευραὶ πρὸς ἀλλήλας λόγον ἔχωσι δεδομένον, δέδοται τὸ τρίγωνον τῷ εἴδει.

Τριγώνου γὰρ ὀρθογωνίου τοῦ ΑΒΓ ὀρθὴν ἔχοντος τὴν ὑπὸ ΒΑΓ γωνίαν, περὶ μίαν τῶν ὀξειῶν αὐτοῦ γωνιῶν τὴν ὑπὸ ΑΒΓ, αἱ πλευραὶ αἱ ΓΒ, ΒΑ πρὸς ἀλλήλας λόγον ἐχέτωσαν δεδομένον· λέγω ὅτι δέδοται τὸ ΑΒΓ τρίγωνον τῷ εἴδει.

Ἐκκείσθω γὰρ τῇ θέσει καὶ τῷ μεγέθει δεδομένη εὐθεῖα ἡ ΔΕ, καὶ γεγράφθω ἐπὶ τῆς ΔΕ ἡμικύκλιον τὸ ΔΗΕ· θέσει ἄρα ἐστὶ καὶ[1] τὸ ΔΗΕ ἡμικύκλιον. Καὶ ἐπεὶ λόγος ἐστὶ τῆς ΓΒ πρὸς τὴν ΒΑ δοθεὶς, ὁ αὐτὸς αὐτῷ γεγονέτω ὁ τῆς ΔΕ πρὸς τὴν Ζ· λόγος ἄρα καὶ τῆς ΔΕ πρὸς τὴν Ζ δοθείς. Δοθεῖσα δὲ ἡ ΔΕ· δοθεῖσα ἄρα καὶ ἡ Ζ.

PROPOSITIO XLIII.

Si trianguli rectanguli circa unum acutorum angulorum latera inter se rationem habeant datam, datum est triangulum specie.

Trianguli enim rectanguli ΑΒΓ rectum habentis angulum ΒΑΓ, latera ΓΒ, ΒΑ circa unum angulorum ipsius acutorum ΑΒΓ inter se rationem habeant datam; dico datum esse ΑΒΓ triangulum specie.

Exponatur enim positione et magnitudine data recta ΔΕ, et describatur super ΔΕ semicirculus ΔΗΕ; positione igitur est et ΔΗΕ semicirculus. Et quoniam ratio est ipsius ΓΒ ad ΒΑ data; eadem huic fiat ratio ipsius ΔΕ ad Ζ; ratio igitur et ipsius ΔΕ ad Ζ data. Data autem

donc semblable au triangle ΗΘΚ. Mais le triangle ΗΘΚ est donné d'espèce (5.6); le triangle ΑΒΓ est donc aussi donné d'espèce.

PROPOSITION XLIII.

Si, dans un triangle rectangle, les côtés autour d'un des angles aigus ont entre eux une raison donnée, ce triangle est donné d'espèce.

Que dans le triangle rectangle ΑΒΓ dont l'angle droit est ΒΑΓ, les côtés ΓΒ, ΒΑ, autour d'un de ses angles aigus ΑΒΓ, ayent entre eux une raison donnée; je dis que le triangle ΑΒΓ est donné d'espèce.

Car soit ΔΕ une droite donnée de position et de grandeur, et sur ΔΕ décrivons le demi-cercle ΔΗΕ; le demi-cercle ΔΗΕ sera donné de position (déf. 6). Et puisque la raison de ΓΒ à ΒΑ est donnée, faisons en sorte que la raison de ΔΕ à Ζ soit la même que celle-ci; la raison de ΔΕ à Ζ sera donnée. Mais ΔΕ est donné;

Καὶ ἔστι μείζων ἡ ΓΒ τῆς ΒΑ· μείζων ἄρα καὶ ἡ ΔΕ τῆς Ζ. Ενηρμόσθω τῇ[2] Ζ ἴση ἡ ΔΗ, καὶ ἐπεζεύχθω ἡ ΗΕ, καὶ κέντρῳ μὲν τῷ Δ, διαστήματι δὲ τῷ ΔΗ, κύκλος γεγράφθω ὁ ΘΗΚ· θέσει

et ΔΕ; data igitur et Z. Et est major ΓΒ ipsâ ΒΑ; major igitur et ΔΕ ipsâ Z. Accommodetur ipsi Z æqualis ΔΗ, et jungatur ΗΕ, et centro quidem Δ, intervallo autem ΔΗ, circulus descri-

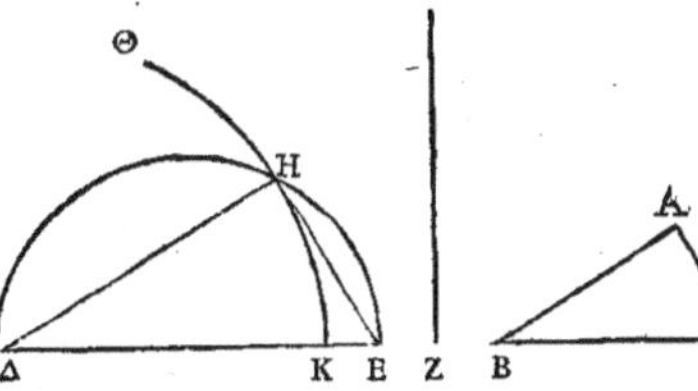

ἄρα ἐστὶν ὁ ΘΗΚ κύκλος, δέδοται γὰρ αὐτοῦ τὸ κέντρον τῇ θέσει, καὶ ἡ ἐκ τοῦ κέντρου τῷ μεγέθει. Θέσει δὲ καὶ τὸ ΔΗΕ ἡμικύκλιον· δοθὲν ἄρα ἐστὶ τὸ Η σημεῖον. Εστι δὲ καὶ ἑκάτερον τῶν Δ, Ε δοθέν· δοθεῖσα ἄρα ἐστὶν ἑκάστη τῶν ΗΔ, ΔΕ, ΕΗ τῇ θέσει καὶ τῷ μεγέθει· δέδοται ἄρα τὸ ΗΔΕ τρίγωνον τῷ εἴδει. Επεὶ οὖν δύο τρίγωνά ἐστι τὰ ΑΒΓ, ΔΕΗ μίαν γωνίαν μιᾷ γωνίᾳ ἴσην ἔχοντα, τὴν ὑπὸ ΒΑΓ τῇ ὑπὸ ΔΗΕ, περὶ δὲ τὰς ἄλλας γωνίας τὰς ὑπὸ ΓΒΑ, ΕΔΗ τὰς πλευρὰς ἀνάλογον, τῶν δὲ λοιπῶν τῶν ὑπὸ ΒΓΑ, ΔΕΗ

batur ΘΗΚ; positione igitur est ΘΗΚ circulus, datum est enim ipsius centrum positione, et ipsa ex centro magnitudine. Positione autem et ΔΗΕ semicirculus; datum igitur est Η punctum. Est autem et unumquodque ipsorum Δ, Ε datum; data igitur est unaquæque ipsarum ΗΔ, ΔΕ, ΕΗ positione et magnitudine; datum est igitur ΗΔΕ triangulum specie. Quoniam igitur duo triangula sunt ΑΒΓ, ΔΕΗ unum angulum uni angulo æqualem habentia, ipsum ΒΑΓ ipsi ΔΗΕ, circa alios vero angulos ΓΒΑ, ΕΔΗ latera proportionalia, reliquorum autem ΒΓΑ,

la droite Z est donc donnée (2). Mais ΓΒ est plus grand que ΒΑ (19. 1); la droite ΔΕ est donc plus grande que Z. Adaptons, dans le cercle, une droite ΔΗ égale à Z (1. 4), joignons ΗΕ, et du centre Δ et de la distance ΔΗ, décrivons le cercle ΘΗΚ, le cercle ΘΗΚ sera donné de position, car son centre est donné de position, et son rayon de grandeur (déf. 6). Mais le demi-cercle ΔΗΕ est donné de position; le point Η est donc donné (25). Mais chacun des points Δ, Ε est donné; chacune des droites ΗΔ, ΔΕ, ΕΗ est donc donnée de position et de grandeur (26); le triangle ΗΔΕ est donc donné d'espèce (déf. 3). Puisque les deux triangles ΑΒΓ, ΔΕΗ ont un angle égal à un angle, savoir l'angle ΒΑΓ égal à l'angle ΔΗΕ, que les côtés autour des autres angles ΓΒΑ, ΕΔΗ sont proportionnels, et que les autres angles ΒΓΑ, ΔΕΗ sont chacun plus petits en même temps qu'un droit;

ἑκατέραν ἅμα ἐλάσσονα ὀρθῆς· ὅμοιον ἄρα ἐστὶ τὸ ΑΒΓ τρίγωνον τῷ ΔΕΗ τριγώνῳ. Δέδοται δὲ τὸ ΔΕΗ τρίγωνον[3] τῷ εἴδει· δέδοται ἄρα καὶ τὸ ΑΒΓ τρίγωνον τῷ εἴδει.

ΔΕΗ utrumlibet simul minorem recto; simile igitur est ΑΒΓ triangulum triangulo ΔΕΗ. Datum est autem ΔΕΗ triangulum specie; datum est igitur et ΑΒΓ triangulum specie.

ΠΡΟΤΑΣΙΣ μδ'.

Εὰν τρίγωνον μίαν ἔχῃ γωνίαν δεδομένην, περὶ δὲ ἄλλην γωνίαν αἱ πλευραὶ πρὸς ἀλλήλας λόγον ἔχωσι δεδομένον· δέδοται τὸ τρίγωνον τῷ εἴδει.

Εστω τρίγωνον τὸ ΑΒΓ μίαν ἔχον γωνίαν δεδομένην τὴν ὑπὸ ΒΑΓ, περὶ δὲ ἄλλην γωνίαν τὴν ὑπὸ ΑΒΓ αἱ πλευραὶ ΑΒ, ΒΓ λόγον ἐχέτωσαν πρὸς ἀλλήλας δεδομένον· λέγω ὅτι τὸ ΑΒΓ τρίγωνον δέδοται τῷ εἴδει.

PROPOSITIO XLIV.

Si triangulum unum habeat angulum datum, circa alium autem angulum latera inter se rationem habeant datam, datum est triangulum specie.

Sit triangulum ΑΒΓ unum habens angulum datum ΒΑΓ, circa alium autem angulum ΑΒΓ latera ΑΒ, ΒΓ rationem habeant inter se datam; dico ΑΒΓ triangulum datum esse specie.

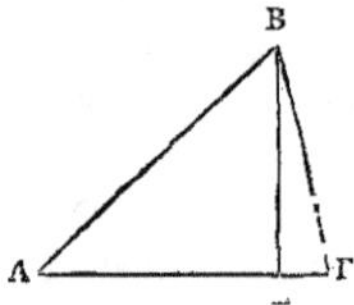

Μὴ ἔστω δὴ ἡ ὑπὸ ΒΑΓ γωνία[1] ὀρθὴ, ἀλλὰ ἔστω πρότερον ὀξεῖα· καὶ ἤχθω ἀπὸ τοῦ Β κα-

Non sit autem angulus ΒΑΓ rectus, sed sit primum acutus; et ducatur a puncto Β ad ΑΓ

les triangles ΑΒΓ, ΔΕΗ seront semblables (7. 6). Mais le triangle ΔΕΗ est donné d'espèce; le triangle ΑΒΓ est donc donné d'espèce.

PROPOSITION XLIV.

Si un triangle a un angle donné, et si les côtés autour d'un autre angle ont entre eux une raison donnée, le triangle est donné d'espèce.

Soit le triangle ΑΒΓ ayant un angle donné ΒΑΓ; que les côtés ΑΒ, ΒΓ, autour d'un autre angle ΑΒΓ, ayent entre eux une raison donnée; je dis que le triangle ΑΒΓ est donné d'espèce.

Car que l'angle ΒΑΓ ne soit pas droit, et qu'il soit premièrement aigu; du

μείου ἐπὶ τὴν ΑΓ κάθετος ἡ ΒΔ. Καὶ[2] ἐπεὶ δοθεῖσά ἐστιν ἡ ὑπὸ ΒΔΑ γωνία, ἐστὶ δὲ καὶ ἡ ὑπὸ ΒΑΔ δοθεῖσα· καὶ[3] λοιπὴ ἄρα ἡ ὑπὸ τῶν ΑΒΔ δοθεῖσά ἐστι· δέδοται ἄρα τὸ ΒΑΔ τρίγωνον τῷ εἴδει· λόγος ἄρα καὶ[4] τῆς ΒΑ πρὸς τὴν ΒΔ δοθείς. Ἀλλὰ τῆς ΑΒ πρὸς τὴν ΒΓ λόγος ἐστὶ δοθείς· καὶ τῆς ΒΔ ἄρα πρὸς τὴν ΒΓ λόγος ἐστὶ δοθείς. Καὶ ἔστιν ὀρθὴ ἡ ὑπὸ ΒΔΓ γωνία[5]· δέδοται ἄρα τὸ ΒΔΓ τρίγωνον τῷ εἴδει· δοθεῖσα ἄρα ἐστὶν ἡ ὑπὸ ΒΓΔ γωνία. Ἔστι δὲ καὶ ἡ ὑπὸ ΒΑΓ δοθεῖσα· καὶ[6] λοιπὴ ἄρα ἡ ὑπὸ τῶν ΑΒΓ ἐστὶ δοθεῖσα· δέδοται ἄρα τὸ ΑΒΓ τρίγωνον τῷ εἴδει.

perpendicularis BΔ. Et quoniam datus est BΔA angulus, est autem et ipseB AΔ datus; et reliquus igitur ABΔ datus est; datum est igitur BAΔ triangulum specie; ratio igitur et ipsius BA ad BΔ data. Sed ipsius AB ad BΓ ratio est data; et ipsius BΔ igitur ad BΓ ratio est data. Et est rectus BΔΓ angulus. Datum est igitur BΔΓ triangulum specie; datus est igitur BΓΔ angulus. Est autem et angulus BAΓ datus; et reliquus igitur ABΓ est datus; datum est igitur ABΓ triangulum specie.

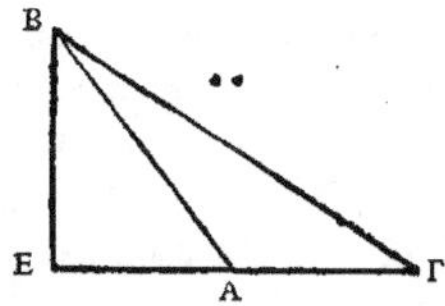

Ἀλλὰ δὴ[7] ὕστω ἡ ὑπὸ ΒΑΓ γωνία ἀμβλεῖα, καὶ ἐκβεβλήσθω ἡ ΓΑ ἐπὶ τὸ Ε, καὶ[8] ἤχθω ἀπὸ τοῦ Β σημείου ἐπὶ τὴν ΑΕ κάθετος ἡ ΒΕ. Καὶ ἐπεὶ δοθεῖσά ἐστιν ἡ ὑπὸ ΒΑΓ· καὶ ἡ ἐφεξῆς ἄρα ἡ ὑπὸ ΒΑΕ δοθεῖσά ἐστιν. Ἔστι δὲ καὶ ἡ ὑπὸ ΒΕΑ δοθεῖσα· καὶ λοιπὴ ἄρα ἡ ὑπὸ ΕΒΑ δοθεῖσά

At vero sit BAΓ angulus obtusus, et producatur ΓA ad punctum E, et ducatur a puncto B ad AE perpendicularis BE. Et quoniam datus est BAΓ angulus; et ipse deinceps igitur BAE datus est. Est autem et BEA datus; et reliquus igitur EBA datus est; datum est igitur EBA

point B, menons BΔ perpendiculaire à AΓ. Puisque l'angle BΔA est donné, et que l'angle BAΔ est aussi donné, l'angle restant ABΔ sera donné (32. 1)(4); le triangle BAΔ est donc donné d'espéce (40); la raison de BA à BΔ est donc donnée (déf. 3). Mais la raison de AB à BΓ est donnée; la raison de BΔ à BΓ est donc donnée (8). Mais l'angle BΔΓ est droit; le triangle BΔΓ est donc donné d'espèce (43); l'angle BΓΔ est donc donné (31. 1) (4). Mais l'angle BAΓ est donné; l'angle restant ABΓ est donc donné; le triangle ABΓ est donc donné d'espèce (40).

Mais que l'angle BAΓ soit obtus. Prolongeons ΓA vers E, et du point B menons BE perpendiculaire à AE. Puisque l'angle BAΓ est donné, l'angle de suite BAE est donné (13. 1) (4). Mais l'angle BEA est donné; l'angle restant EBA est

ἐστι· δέδοται ἄρα τὸ ΕΒΑ τρίγωνον τῷ εἴδει· λόγος ἄρα τῆς ΕΒ πρὸς τὴν ΒΑ δοθείς. Τῆς δὲ ΑΒ πρὸς τὴν ΒΓ λόγος ἐστὶ δοθείς· καὶ τῆς ΕΒ ἄρα πρὸς τὴν ΒΓ λόγος ἐστὶ δοθείς. Καὶ ἔστιν ὀρθὴ ἡ ὑπὸ ΒΕΓ γωνία· δέδοται ἄρα τὸ ΕΒΓ τρίγωνον τῷ εἴδει· δοθεῖσα ἄρα ἐστὶν ἡ ὑπὸ ΒΓΕ. Εστι δὲ καὶ ἡ ὑπὸ ΒΑΓ γωνία δοθεῖσα· καὶ λοιπὴ ἄρα ἡ ὑπὸ ΑΒΓ γωνία δοθεῖσά ἐστι· δέδοται ἄρα τὸ ΑΒΓ τρίγωνον τῷ εἴδει.

triangulum specie; ratio igitur ipsius EB ad BA data. Ipsius autem AB ad BΓ ratio est data; et ipsius igitur EB ad BΓ ratio est data. Et est rectus BEΓ angulus; datum est igitur EBΓ triangulum specie; datus igitur est BΓE angulus. Est autem et BAΓ angulus datus; et reliquus igitur ABΓ angulus datus est; datum est igitur ABΓ triangulum specie.

ΠΡΟΤΑΣΙΣ με΄.

Εὰν τρίγωνον μίαν ἔχῃ γωνίαν δεδομένην, αἱ δὲ περὶ τὴν δεδομένην γωνίαν πλευραὶ συναμφότεραι, ὡς μία, πρὸς τὴν λοιπὴν λόγον ἔχωσι δεδομένον· δέδοται τὸ τρίγωνον τῷ εἴδει.

Εστω τρίγωνον τὸ ΑΒΓ μίαν γωνίαν δεδομένην ἔχον τὴν ὑπὸ ΒΑΓ, περὶ δὲ τὴν ὑπὸ ΒΑΓ γωνίαν αἱ πλευραὶ, τουτέστι συναμφότερος ἡ ΒΑΓ, ὡς μία, πρὸς τὴν ΓΒ λόγον ἐχέτω[1] δεδομένον· λέγω ὅτι τὸ ΑΒΓ τρίγωνον δέδοται τῷ εἴδει.

PROPOSITIO XLV.

Si triangulum unum habeat angulum datum, circa datum autem angulum latera simul utraque ut unum, ad reliquum rationem habeant datam, datum est triangulum specie.

Sit triangulum ABΓ unum angulum datum habens BAΓ, circa angulum autem BAΓ latera, hoc est utraque BAΓ, ut unum ad ΓB rationem habeant datam; dico ABΓ triangulum datum esse specie.

donc donné (32. 1) (4); le triangle EBA est donc donné d'espèce (40); la raison de EB à BA est donc donnée (déf. 3). Mais la raison de AB à BΓ est donnée; la raison de EB à BΓ est donc donnée (8). Mais l'angle BEΓ est droit; le triangle EBΓ est donc donné d'espèce (43); l'angle BΓE est donc donné (déf. 3). Mais l'angle BAΓ est donné; l'angle restant ABΓ est donc aussi donné; le triangle ABΓ est donc donné d'espèce (40).

PROPOSITION XLV.

Si un triangle a un angle donné, et si la somme des côtés autour de l'angle donné a une raison donnée avec le côté restant; le triangle est donné d'espèce.

Soit le triangle ABΓ ayant un angle donné BAΓ, que la somme des côtés BA, AΓ autour de l'angle BAΓ, ait avec ΓB une raison donnée; je dis que le triangle ABΓ est donné d'espèce.

Τετμήσθω γὰρ ἡ ὑπὸ ΒΑΓ γωνία δίχα τῇ ΑΔ εὐθείᾳ· δοθεῖσα ἄρα ἐστὶν ἡ ὑπὸ ΒΑΔ γωνία. Καὶ ἐπεί ἐστιν ὡς ἡ ΒΑ πρὸς τὴν ΑΓ οὕτως ἡ ΒΔ πρὸς

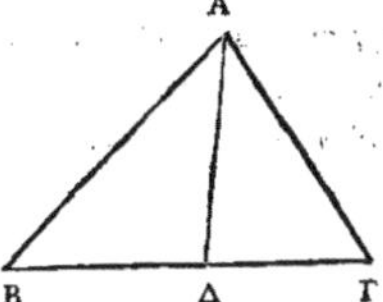

τὴν ΔΓ· ἐναλλὰξ ἄρα[2] ὡς ἡ ΑΒ πρὸς τὴν ΒΔ οὕτως ἡ ΑΓ πρὸς τὴν ΓΔ· καὶ ὡς συναμφότερος ἄρα ἡ ΒΑΓ πρὸς τὴν ΒΓ οὕτως ἡ ΑΒ πρὸς τὴν ΒΔ. Λόγος δὲ συναμφοτέρου τῆς ΒΑΓ πρὸς τὴν ΒΓ δοθείς· λόγος ἄρα καὶ τῆς ΑΒ πρὸς τὴν ΒΔ δοθείς. Καὶ ἔστι δοθεῖσα ἡ ὑπὸ ΒΑΔ γωνία· δέδοται ἄρα τὸ ΑΒΔ τρίγωνον τῷ εἴδει· δοθεῖσα ἄρα ἔστιν ἡ ὑπὸ ΑΒΔ γωνία. Εστι δὲ καὶ ὑπὸ ΒΑΓ γωνία δοθεῖσα· καὶ λοιπὴ ἄρα ἡ ὑπὸ ΑΓΒ δοθεῖσά ἐστι· δέδοται ἄρα τὸ ΑΒΓ τρίγωνον τῷ εἴδει.

Secetur enim ΒΑΓ angulus bifariam rectâ ΑΔ; datus igitur est ΒΑΔ angulus. Et quoniam est ut ΒΑ ad ΑΓ ita ΒΔ ad ΔΓ; permutando igitur ut ΑΒ ad ΒΔ ita ΑΓ ad ΓΔ; et ut simul igitur utraque ΒΑΓ ad ΒΓ ita ΑΒ ad ΒΔ; ratio autem utriusque simul ΒΑΓ ad ΒΓ data; ratio igitur et ipsius ΑΒ ad ΒΔ data. Et est datus ΒΑΔ angulus; datum igitur est ΑΒΔ triangulum specie; datus igitur est ΑΒΔ angulus. Est autem et ΒΑΓ angulus datus; et reliquus igitur ΑΓΒ datus est; datum est igitur ΑΒΓ triangulum specie.

Car que l'angle ΒΑΓ soit coupé en deux parties égales par la droite ΑΔ (9. 1); l'angle ΒΑΔ sera donné (2). Et puisque ΒΑ est à ΑΓ comme ΒΔ est à ΔΓ (3. 6); par permutation, ΑΒ sera à ΒΔ comme ΑΓ est à ΓΔ; la somme des côtés ΒΑ, ΑΓ est donc à ΒΓ comme ΑΒ est à ΒΔ (12. 5). Mais la raison de la somme des côtés ΒΑ, ΑΓ à ΒΓ est donnée; la raison de ΑΒ à ΒΔ est donc donnée. Mais l'angle ΒΑΔ est donné; le triangle ΑΒΔ est donc donné d'espèce (44); l'angle ΑΒΔ est donc donné. Mais l'angle ΒΑΓ est donné; l'angle restant ΑΓΒ est donc donné (32. 1) (4); le triangle ΑΒΓ est donc donné d'espèce (40).

ΑΛΛΩΣ.

Ἐκϐεϐλήσθω ἡ ΒΑ ἐπ' εὐθείας, καὶ τῇ ΑΓ κείσθω ἴση ἡ ΑΔ[1], καὶ ἐπεζεύχθω ἡ ΔΓ. Καὶ ἐπεὶ λόγος ἐστὶ συναμφοτέρου τῆς ΒΑΓ πρὸς τὴν ΓΒ δοθεὶς, ἴση δὲ ἡ ΓΑ τῇ ΔΑ· λόγος ἄρα τῆς ΒΔ[1] πρὸς τὴν ΒΓ δοθείς. Καὶ ἔστι δοθεῖσα ἡ ὑπὸ ΑΔΓ, ἡμίσεια γάρ ἐστι τῆς ὑπὸ ΒΑΓ· δέδοται ἄρα τὸ ΒΔΓ τρίγωνον τῷ εἴδει· δοθεῖσα ἄρα ἐστὶν ἡ ὑπὸ ΑΒΓ γωνία. Ἔστι δὲ καὶ ἡ ὑπὸ ΒΑΓ[2] δοθεῖσα· καὶ λοιπὴ ἄρα ἡ ὑπὸ ΑΓΒ δοθεῖσά ἐστι· δέδοται ἄρα τὸ ΑΒΓ τρίγωνον τῷ εἴδει.

ALITER.

Producatur ΒΑ in directum, et ipsi ΑΓ ponatur æqualis ΑΔ, et jungatur ΔΓ. Et quoniam ratio est utriusque simul ΒΑΓ ad ΓΒ data, æqualis autem ΓΑ ipsi ΔΑ; ratio igitur ipsius ΒΔ ad ΒΓ data. Et est datus ΑΔΓ angulus, dimidius enim est ipsius ΒΑΓ; datum est igitur ΒΔΓ triangulum specie; datus igitur est ΑΒΓ angulus. Est autem et ipse ΒΑΓ datus; et reliquus igitur ΑΓΒ datus est; datum est igitur ΑΒΓ triangulum specie.

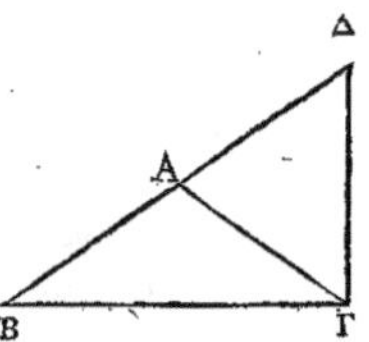

AUTREMENT.

Prolongeons ΒΑ en ligne droite, faisons ΑΔ égal à ΑΓ (2. 1), et joignons ΔΓ. Puisque la raison de la somme des droites ΒΑ, ΑΓ à ΒΓ est donnée, et que ΓΑ est égal à ΔΑ, la raison de ΒΔ à ΒΓ est donnée. Mais l'angle ΑΔΓ est donné, car il est la moitié de l'angle ΒΑΓ (5 et 32. 1); le triangle ΒΔΓ est donc donné d'espèce (44); l'angle ΑΒΓ est donc donné (déf. 3). Mais l'angle ΒΑΓ est donné; l'angle restant ΑΓΒ est donc donné (32. 1) (4); le triangle ΑΒΓ est donc donné d'espèce (40).

ΠΡΟΤΑΣΙΣ μϛ'.

Ἐὰν τρίγωνον μιὰν ἔχῃ γωνίαν δεδομένην, περὶ δὲ ἄλλην γωνίαν αἱ πλευραὶ συναμφότεραι, ὡς μία, πρὸς τὴν λοιπὴν λόγον ἔχωσι δεδομένον· δέδοται τὸ τρίγωνον τῷ εἴδει.

Ἔστω τρίγωνον τὸ ΑΒΓ μίαν ἔχον γωνίαν δεδομένην τὴν ὑπὸ ΑΒΓ, περὶ δὲ ἄλλην γωνίαν τὴν ὑπὸ ΒΑΓ αἱ πλευραὶ συναμφότεραι, ὡς μία, τουτέστιν ἡ ΒΑΓ, πρὸς τὴν ΒΓ λόγον ἐχέτωσαν[1] δεδομένον· λέγω ὅτι τὸ ΑΒΓ τρίγωνον δέδοται τῷ εἴδει.

PROPOSITIO XLVI.

Si triangulum unum habeat angulum datum, circa alium autem angulum latera simul utraque, ut unum, ad reliquum rationem habeant datam; datum est triangulum specie.

Sit triangulum ABΓ unum habens angulum datum ABΓ, circa alium autem angulum BAΓ latera utraque simul, ut unum hoc est ipsa BAΓ ad BΓ rationem habeant datam; dico ABΓ triangulum datum esse specie.

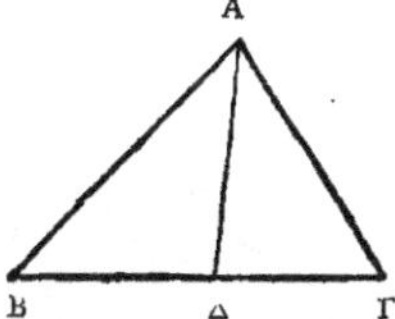

Τετμήσθω γὰρ ἡ ὑπὸ ΒΑΓ γωνία δίχα τῇ ΑΔ εὐθείᾳ· ἔστιν ἄρα ὡς συναμφότερος ἡ ΒΑΓ πρὸς τὴν ΒΓ οὕτως ἡ ΑΒ πρὸς τὴν ΒΔ. Λόγος δὲ συναμφοτέρου τῆς ΒΑΓ πρὸς τὴν ΓΒ δοθείς· λόγος ἄρα καὶ τῆς ΑΒ πρὸς τὴν ΒΔ δοθείς. Καὶ

Secetur enim BAΓ angulus bifariam rectâ AΔ; est igitur ut utraque simul BAΓ ad BΓ ita AB ad BΔ. Ratio autem utriusque simul BAΓ ad ΓB data; ratio igitur et ipsius AB ad BΔ data.

PROPOSITION XLVI.

Si un triangle a un angle donné, et si la somme des côtés autour d'un autre angle a une raison donnée avec le côté restant, le triangle est donné d'espèce.

Soit le triangle ABΓ, ayant un angle donné ABΓ; que la somme des côtés BA, AΓ, autour d'un autre angle BAΓ, ait une raison donnée avec BΓ; je dis que le triangle ABΓ est donné d'espèce.

Car partageons l'angle BAΓ en deux parties égales par la droite AΔ (9. 1); la somme des droites BAΓ sera à la droite BΓ comme AB est à BΔ. Mais la raison de la somme des droites BA, AΓ à la droite ΓB est donnée; la raison de AB à BΔ est

ἔστι δοθεῖσα ἡ ὑπὸ ΑΒΔ γωνία· δέδοται ἄρα τὸ ΑΒΔ τρίγωνον τῷ εἴδει· δοθεῖσα ἄρα ἐστὶν ἡ ὑπὸ ΒΑΔ γωνία. Καὶ ἔστιν αὐτῆς διπλασίων ἡ ὑπὸ ΒΑΓ· δοθεῖσα ἄρα ἐστὶ καὶ ἡ ὑπὸ ΒΑΓ γωνία[2]. ἔστι δὲ καὶ ἡ ὑπὸ ΑΒΓ δοθεῖσα· καὶ λοιπὴ ἄρα ἡ ὑπὸ ΑΓΒ δοθεῖσά ἐστι· δέδοται ἄρα τὸ ΑΒΓ τρίγωνον τῷ εἴδει.

Et est datus ΑΒΔ angulus ; datum est igitur ΑΒΔ triangulum specie ; datus igitur est ΒΑΔ angulus. Et est ipsius duplus ΒΑΓ angulus ; datus igitur est et ΒΑΓ angulus. Est autem et ipse ΑΒΓ datus ; et reliquus igitur ΑΓΒ datus est ; datum est igitur ΑΒΓ triangulum specie.

ΑΛΛΩΣ[1].

Ἐκβεβλήσθω ἡ ΒΑ, καὶ[1] κείσθω τῇ ΓΑ ἴση ἡ ΑΔ, καὶ ἐπεζεύχθω ἡ ΔΓ. Καὶ[2] ἐπεὶ λόγος ἐστὶ συναμφοτέρου τῆς ΒΑΓ πρὸς τὴν ΒΓ δοθείς· ἴση δὲ ἡ ΓΑ τῇ ΑΔ· λόγος ἄρα καὶ[3] τῆς ΔΒ πρὸς τὴν ΒΓ[4] δοθείς. Καὶ ἔστι δοθεῖσα ἡ ὑπὸ ΑΒΓ γωνία· δέδοται ἄρα τὸ ΔΒΓ τρίγωνον τῷ εἴδει· δοθεῖσα ἄρα ἐστὶν ἡ ὑπὸ ΒΔΓ γωνία. Καὶ ἔστιν αὐτῆς

ALITER.

Producatur ΒΑ, et ponatur ipsi ΓΑ æqualis ΑΔ, et jungatur ΔΓ. Et quoniam ratio est utriusque simul ΒΑΓ ad ΒΓ data ; æqualis autem ΓΑ ipsi ΑΔ ; ratio igitur et ipsius ΔΒ ad ΒΓ data. Et est datus ΑΒΓ angulus ; datum igitur ΔΒΓ triangulum specie. Datus igitur est ΒΔΓ angulus. Et est ipsius duplus ΒΑΓ angulus ; ergo

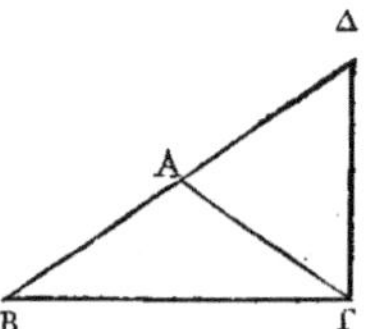

donc donnée. Mais l'angle ΑΒΔ est donné ; le triangle ΑΒΔ est donc donné d'espèce (41) ; l'angle ΒΑΔ est donc donné (déf. 3). Mais l'angle ΒΑΓ est son double ; l'angle ΒΑΓ est donc donné (2). Mais l'angle ΑΒΓ est donné ; l'angle restant ΑΓΒ est donc donné (32. 1) (4) ; le triangle ΑΒΓ est donc donné d'espèce (40).

AUTREMENT.

Prolongeons ΒΑ ; faisons ΑΔ égal à ΓΑ, et joignons ΔΓ. Puisque la raison de la somme des côtés ΒΑ, ΑΓ à ΒΓ est donnée, et que ΓΑ est égal à ΑΔ, la raison de ΔΒ à ΒΓ est donnée. Mais l'angle ΑΒΓ est donné ; le triangle ΔΒΓ est donc donné d'espèce (41) ; l'angle ΒΔΓ est donc donné (déf. 3). Mais l'angle ΒΑΓ est son double

διπλῆ ἡ ὑπὸ ΒΑΓ· ἡ ἄρα ὑπὸ ΒΑΓ γωνία δοθεῖσά ἐστι· καὶ λοιπὴ ἄρα ἡ ὑπὸ ΑΓΒ δοθεῖσά ἐστι[4]· δέδοται ἄρα τὸ ΑΒΓ τρίγωνον τῷ εἴδει.

ΒΑΓ angulus datus est; et reliquus igitur ΑΓΒ datus est; datum est igitur ΑΒΓ triangulum specie.

ΠΡΟΤΑΣΙΣ μζ.

Τὰ δεδομένα εὐθύγραμμα τῷ εἴδει εἰς δεδομένα τῷ εἴδει τρίγωνα διαιρεῖται[1].

Εστω δεδομένον εὐθύγραμμον τῷ εἴδει τὸ ΑΒΓΔΕ· λέγω ὅτι τὸ ΑΒΓΔΕ εὐθύγραμμον εἰς δεδομένα τῷ εἴδει τρίγωνα διαιρεῖται[2].

PROPOSITIO XLVII.

Data rectilinea specie in data specie triangula dividuntur.

Sit datum rectilineum specie ΑΒΓΔΕ; dico ΑΒΓΔΕ rectilineum in data specie triangula dividi.

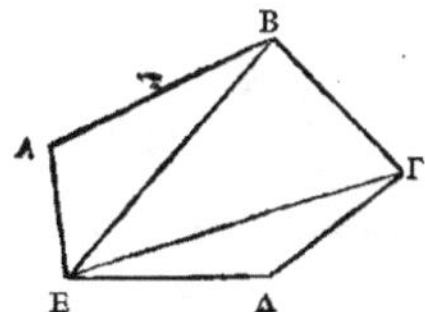

Επεζεύχθωσαν γὰρ αἱ ΒΕ, ΕΓ. Καὶ[3] ἐπεὶ δέδοται τὸ ΑΒΓΔΕ εὐθύγραμμον τῷ εἴδει· δοθεῖσα ἄρα ἐστὶν ἡ ὑπὸ ΒΑΕ γωνία, καὶ ἔστι λόγος τῆς ΒΑ πρὸς τὴν ΕΑ δοθείς. Επεὶ οὖν δοθεῖσά ἐστιν ἡ

Jungantur enim ipsæ ΒΕ, ΕΓ. Et quoniam datum est ΑΒΓΔΕ rectilineum specie; datus igitur est ΒΑΕ angulus, et est ratio ipsius ΒΑ ad ΕΑ data. Quoniam igitur datus est ΒΑΕ an-

(5, et 32. 1); l'angle ΒΑΓ est donc donné; l'angle restant ΑΓΒ est donc aussi donné; le triangle ΑΒΓ est donc donné d'espèce (40).

PROPOSITION XLVII.

Des figures rectilignes données d'espèce peuvent se diviser en triangles donnés d'espèce.

Soit donnée la figure rectiligne ΑΒΓΔΕ; je dis que la figure rectiligne ΑΒΓΔΕ peut se diviser en triangles donnés d'espèce.

Car joignons ΒΕ, ΕΓ. Puisque la figure rectiligne ΑΒΓΔΕ est donnée d'espèce, l'angle ΒΑΕ est donné, ainsi que la raison de ΒΑ à ΕΑ (déf. 3). Et puisque l'angle

ὑπὸ ΒΑΕ γωνία, καὶ ἔστι λόγος τῆς ΒΑ πρὸς τὴν ΑΕ δοθείς· δέδοται ἄρα τὸ ΒΑΕ τρίγωνον τῷ εἴδει· δοθεῖσα ἄρα ἐστὶν ἡ ὑπὸ ΑΒΕ γωνία. Εστι δὲ καὶ ὅλη ἡ ὑπὸ ΑΒΓ γωνία δοθεῖσα· καὶ λοιπὴ ἄρα ἡ ὑπὸ ΕΒΓ δοθεῖσά ἐστιν. Καὶ ἔστι λόγος τῆς ΑΒ πρὸς τὴν ΒΕ δοθεὶς, τῆς δὲ ΑΒ πρὸς τὴν ΒΓ λόγος ἐστι δοθείς· καὶ τῆς ΕΒ ἄρα πρὸς τὴν ΒΓ[5] λόγος ἐστὶ δοθείς· καὶ ἔστι δοθεῖσα ἡ ὑπὸ ΓΒΕ γωνία· δέδοται ἄρα τὸ ΒΓΕ τρίγωνον τῷ εἴδει. Διὰ τὰ αὐτὰ δὴ καὶ τὸ ΓΔΕ τρίγωνον τῷ εἴδει δέδοται· τὰ ἄρα δεδομένα εὐθύγραμμα τῷ εἴδει εἰς δεδομένα τῷ εἴδει τρίγωνα διαιρεῖται.[4]

gulus, et est ratio ipsius BA ad AE data; datum est igitur BAE triangulum specie; datus igitur est ABE angulus. Est autem et totus ABΓ angulus datus; et reliquus igitur EBΓ datus est. Et est ratio ipsius AB ad BE data, et ipsius AB ad BΓ ratio est data; et ipsius igitur EB ad BΓ ratio est data. Et est datus ΓBE angulus; datum est igitur BΓE triangulum specie. Propter eadem utique et ΓΔE triangulum specie datum est. Ergo data rectilinea specie in data specie triangula dividuntur.

ΠΡΟΤΑΣΙΣ μη'.

Εὰν ἀπὸ τῆς αὐτῆς εὐθείας ἀναγραφῇ τρίγωνα[1] δεδομένα τῷ εἴδει· λόγον ἕξει πρὸς ἄλληλα δεδομένον.

Απὸ γὰρ τῆς αὐτῆς εὐθείας τῆς ΑΒ δύο τρίγωνα δεδομένα τῷ εἴδει ἀναγεγράφθω τὰ ΑΒΓ, ΑΒΔ· λέγω ὅτι λόγος ἐστὶ τοῦ ΑΒΓ πρὸς τὸ ΑΒΔ δοθείς.

PROPOSITIO XLVIII.

Si ab eâdem rectâ describantur triangula data specie, rationem habebunt inter se datam.

Ab eâdem enim rectâ AB duo triangula ABΓ, ABΔ data specie describantur; dico rationem esse ipsius ABΓ ad ABΔ datam.

BAE est donné, et que la raison de BA à AE est aussi donnée, le triangle BAE est donné d'espèce (41); l'angle ABE est donc donné (déf. 3). Mais l'angle entier ABΓ est donné (3); l'angle restant EBΓ est donc donné (4). Mais la raison de AB à BE est donnée, et la raison de AB à BΓ est aussi donnée; la raison de EB à BΓ est donc donnée (8). Mais l'angle ΓBE est donné; le triangle BΓE est donc donné d'espèce (41). Par la même raison, le triangle ΓΔE est donné d'espèce; les figures rectilignes données d'espèce peuvent donc se diviser en triangles donnés d'espèce.

PROPOSITON XLVIII.

Si des triangles donnés d'espèce sont décrits sur une même droite, ils ont entre eux une raison donnée.

Sur une même droite AB, décrivons les deux triangles donnés d'espèce ABΓ, ABΔ; je dis que la raison du triangle ABΓ au triangle ABΔ est donnée.

Ηχθωσαν[2] γὰρ ἀπὸ τῶν Α, Β σημείων τῇ ΑΒ εὐθείᾳ πρὸς ὀρθὰς αἱ ΑΕ, ΒΗ, καὶ ἐκϐεϐλήσθωσαν ἐπὶ τὰ Ζ, Θ, καὶ διὰ τῶν Γ, Δ σημείων τῇ ΑΒ εὐθείᾳ παράλληλοι ἤχθωσαν αἱ ΕΓΗ, ΖΔΘ.

Ducantur enim a punctis A, B rectæ AB perpendiculares AE, BH, et producantur ad puncta Z, Θ, et per Γ, Δ puncta rectæ AB parallelæ ducantur EΓH, ZΔΘ. Et quoniam datum est

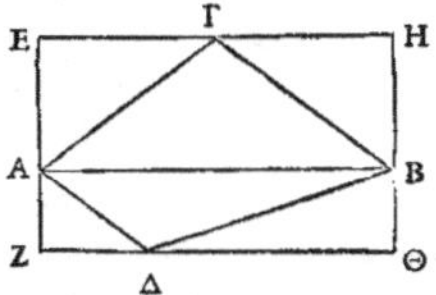

Καὶ[3] ἐπεὶ δέδοται τὸ ΑΒΓ τρίγωνον τῷ εἴδει, λόγος ἐστὶ τῆς ΓΑ πρὸς τὴν ΒΑ δοθείς. Επεὶ οὖν δοθεῖσα ἐστὶν ἡ ὑπὸ ΓΑΒ γωνία, ἐστὶ δὲ καὶ ἡ ὑπὸ ΕΑΒ δοθεῖσα· καὶ[4] λοιπὴ ἄρα ἡ ὑπὸ ΕΑΓ ἐστὶ δοθεῖσα. Εστι δὲ καὶ ἡ ὑπὸ ΑΕΓ γωνία[5] δοθεῖσα· καὶ λοιπὴ ἄρα ἡ ὑπὸ ΕΓΑ δοθεῖσά ἐστι· δέδοται ἄρα τὸ ΑΕΓ τρίγωνον τῷ εἴδει· λόγος ἄρα τῆς ΕΑ πρὸς τὴν ΑΓ δοθείς. Τῆς δὲ ΓΑ πρὸς τὴν ΑΒ λόγος ἐστὶ δοθείς· καὶ τῆς ΕΑ ἄρα πρὸς τὴν ΑΒ λόγος ἐστὶ δοθείς. Διὰ τὰ αὐτὰ δὴ καὶ τῆς ΖΑ πρὸς τὴν ΑΒ λόγος ἐστὶ δοθείς· ὥστε καὶ τῆς ΕΑ πρὸς τὴν ΑΖ λόγος ἐστὶ δοθείς. Καὶ ἔστιν ὡς ἡ ΑΕ πρὸς τὴν ΑΖ οὕτως τὸ ΑΗ πρὸς τὸ ΘΑ· ὥστε καὶ τοῦ ΑΗ πρὸς τὸ ΘΑ λόγος ἐστὶ

ABΓ triangulum specie, ratio est ipsius ΓA ad BA data. Quoniam igitur datus est ΓAB angulus, est autem et ipse EAB datus; et reliquus igitur EAΓ est datus. Est autem et AEΓ angulus datus; et reliquus igitur EΓA datus est; datum igitur AEΓ triangulum specie; ratio igitur ipsius EA ad AΓ data. Ipsius autem ΓA ad AB ratio est data; et ipsius EA igitur ad AB ratio est data. Propter eadem utique et ipsius ZA ad AB ratio est data; quare et ipsius EA ad AZ ratio est data. Et est ut AE ad AZ ita AH ad ΘA. Quare et ipsius AH ad ΘA ratio est data. Et est ipsius

Car par les points A, B, menons à la droite AB les perpendiculaires AE, BH (11. 1), et prolongeons-les vers les points Z, Θ, et des points Γ, Δ, menons les droites EΓH, ZΔΘ parallèles à la droite AB (31. 1). Puisque le triangle ABΓ est donné d'espèce, la raison de ΓA à BA est donnée (déf. 3). Et puisque l'angle ΓAB est donné, et que l'angle EAB est aussi donné; l'angle restant EAΓ sera donné (4). Mais l'angle AEΓ est donné; l'angle restant EΓA est donc donné; le triangle AEΓ est donc donné d'espèce (40); la raison de EA à AΓ est donc donnée (déf. 3). Mais la raison de ΓA à AB est donnée; la raison de EA à AB est donc donnée (8). Semblablement la raison de ZA à AB est donnée; la raison de EA à AZ est donc donnée (8). Mais AE est à AZ comme AH est à ΘA (1. 6); la raison de AH à ΘA

δοθείς. Καὶ ἔστι τοῦ μὲν ΑΗ ἥμισυ τὸ ΑΒΓ, τοῦ δὲ ΑΘ ἥμισυ τὸ ΑΔΒ· καὶ τοῦ ΑΒΓ ἄρα πρὸς τὸ[6] ΑΔΒ λόγος ἐστὶ δοθείς.

quidem AH dimidium ABΓ triangulum, ipsius autem AΘ dimidium AΔB triangulum; et igitur trianguli ABΓ ad triangulum AΔB ratio est data.

ΠΡΟΤΑΣΙΣ μθ'.

Ἐὰν ἀπὸ τῆς αὐτῆς εὐθείας δύο εὐθύγραμμα ἃ ἔτυχεν ἀναγραφῇ δεδομένα τῷ εἴδει, λόγον ἕξει πρὸς ἄλληλα δεδομένον.

Ἀπὸ γὰρ τῆς αὐτῆς εὐθείας τῆς ΑΒ δύο εὐθύγραμμα ἃ ἔτυχε δεδομένα τῷ εἴδει ἀναγεγράφθω τὰ ΑΕΓΖΒ, ΑΔΒ· λέγω ὅτι λόγος ἐστὶ τοῦ[1] ΑΕΓΖΒ πρὸς ΑΔΒ δοθείς.

PROPOSITIO XLIX.

Si ab eadem rectâ duo rectilinea quælibet describantur data specie, rationem habebunt inter se datam.

Ab eâdem enim rectâ AB duo rectilinea quælibet data specie describantur AEΓZB, AΔB; dico rationem esse ipsius AEΓZB ad AΔB datam.

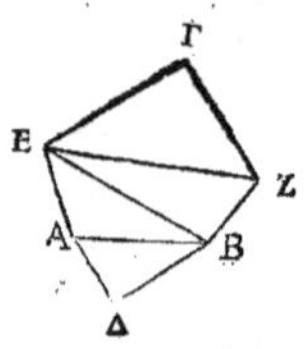

Ἐπεζεύχθωσαν γὰρ αἱ ΒΕ, ΖΕ· δέδοται ἄρα ἕκαστον τῶν ΕΖΓ, ΕΖΒ, ΕΑΒ τριγώνων τῷ εἴδει. Καὶ ἐπεὶ ἀπὸ τῆς αὐτῆς εὐθείας τῆς ΕΖ δύο τρίγωνα δεδομένα τῷ εἴδει ἀναγέγραπται τὰ

Jungantur enim ipsæ BE, ZE; datum est igitur unumquodque EZΓ, EZB, EAB triangulorum specie. Et quoniam ab eâdem rectâ EZ duo triangula EZΓ, EZB data specie descripta

est donc donnée. Mais le triangle ABΓ est la moitié de AH, et AΔB est la moitié de AΘ (41. 1); la raison du triangle ABΓ au triangle AΔB est donc donnée.

PROPOSITION XLIX.

Si sur une même droite on décrit deux figures rectilignes quelconques, données d'espèce, elles auront entre elles une raison donnée.

Sur la droite AB, décrivons deux figures rectilignes quelconques AEΓZB, AΔB données d'espèce; je dis que la raison de AEΓZB à AΔB est donnée.

Car joignons BE, ZE; chacun des triangles EZΓ, EZB, EAB sera donné d'espèce (47). Et puisque les deux triangles donnés d'espèce EZΓ, EZB sont décrits sur la

ΕΖΓ, ΕΖΒ· λόγος ἄρα ἐστὶ τοῦ ΓΕΖ πρὸς τὸ ΖΕΒ δοθείς· καὶ συνθέντι ἄρα λόγος ἐστὶ τοῦ ΓΕΒΖ πρὸς τὸ ΕΒΖ δοθείς. Τοῦ δὲ ΖΕΒ πρὸς τὸ[1] ΕΑΒ λόγος ἐστὶ δοθεὶς, ἐπειδήπερ ἀπὸ τῆς αὐτῆς εὐθείας τῆς ΒΕ ἀναγέγραπται δεδομένα τῷ εἴδει τρίγωνα τὰ ΖΕΒ, ΕΒΑ· τοῦ ΓΕΒΖ ἄρα[2] πρὸς τὸ ΕΑΒ λόγος ἐστὶ δοθείς· καὶ συνθέντι συναμφοτέρου[3] τοῦ ΓΕΑΒΖ πρὸς τὸ ΕΑΒ λόγος ἐστὶ δοθείς. Τοῦ δὲ ΕΑΒ πρὸς τὸ ΑΔΒ λόγος ἐστὶ δοθείς· καὶ τοῦ ΓΕΑΒΖ ἄρα πρὸς τὸ ΑΔΒ λόγος ἐστὶ δοθείς.

sunt; ratio igitur est ipsius ΓΕΖ ad ΖΕΒ data; et componendo igitur ratio est ipsius ΓΕΒΖ ad ΕΒΖ data. Ipsius autem ΖΕΒ ad ΕΑΒ ratio est data, quandoquidem ab eâdem rectâ ΒΕ descripta sunt data specie triangula ΖΕΒ, ΕΒΑ; ipsius ΓΕΒΖ igitur ad ΕΑΒ ratio est data, et componendo ipsius ΓΕΑΒΖ ad ΕΑΒ ratio est data. Ipsius autem ΕΑΒ ad ΑΔΒ ratio est data; et ipsius ΓΕΑΒΖ igitur ad ΑΔΒ ratio est data.

ΠΡΟΤΑΣΙΣ ν'.

Εὰν δύο εὐθεῖαι πρὸς ἀλλήλας λόγον ἔχωσι δεδομένον, καὶ τὰ ἀπ' αὐτῶν εὐθύγραμμα ὅμοιά τε[1] καὶ ὁμοίως ἀναγεγραμμένα πρὸς ἄλληλα λόγον ἕξει δεδομένον.

Δύο γὰρ εὐθεῖαι αἱ ΑΒ, ΓΔ πρὸς ἀλλήλας λόγον ἐχέτωσαν δεδομένον, καὶ ἀναγεγράφθω ἀπὸ τῶν ΑΒ, ΓΔ ὅμοιά τε[2] καὶ ὁμοίως κείμενα εὐθύγραμμα τὰ Ε, Ζ· λέγω ὅτι καὶ ὁ πρὸς ἄλληλα αὐτῶν λόγος ἔσται[3] δοθείς.

PROPOSITIO L.

Si duæ rectæ inter se rationem habeant datam, et ab illis rectilinea similia et similiter descripta inter se rationem habebunt datam.

Duæ enim rectæ ΑΒ, ΓΔ inter se rationem habeant datam, et describatur ab ipsis ΑΒ, ΓΔ similia et similiter posita rectilinea Ε, Ζ; dico et illorum rationem inter se datam fore.

même droite ΕΖ; la raison de ΓΕΖ à ΖΕΒ sera donnée (48); donc par addition, la raison de ΓΕΒΖ à ΕΒΖ est donnée. Mais la raison de ΖΕΒ à ΕΑΒ est donnée (48), parce que les triangles ΖΕΒ, ΕΒΑ, donnés d'espèce, sont décrits sur une même droite ΒΕ (48); la raison de ΓΕΒΖ à ΕΑΒ est donc donnée (8); donc, par addition, la raison de ΓΕΑΒΖ à ΕΑΒ est donnée (6). Mais la raison de ΕΑΒ à ΑΔΒ est donnée (48); la raison de ΓΕΑΒΖ à ΑΔΒ est donc donnée (8).

PROPOSITION L.

Si deux droites ont entre elles une raison donnée, les figures rectilignes semblables, et semblablement construites sur ces droites, auront une raison donnée.

Car que les deux droites ΑΒ, ΓΔ ayent entre elles une raison donnée; sur ΑΒ, ΓΔ décrivons les figures rectilignes Ε, Ζ, semblables et semblablement placées; je dis que ces figures auront entr'elles une raison donnée.

Εἰλήφθω γὰρ τῶν ΑΒ, ΓΔ τρίτη ἀνάλογον ἡ Η· ἔστιν ἄρα ὡς ἡ ΑΒ πρὸς τὴν ΓΔ οὕτως ἡ ΓΔ πρὸς τὴν[4] Η. Λόγος δὲ ὁ τῆς ΑΒ πρὸς ΓΔ δοθείς· λόγος ἄρα καὶ ὁ[5] τῆς ΓΔ πρὸς τὴν Η δοθείς· ὥστε καὶ τῆς ΑΒ πρὸς τὴν Η λόγος ἐστὶ δοθείς. Ὡς δὲ ἡ ΑΒ πρὸς τὴν Η οὕτως τὸ Ε πρὸς τὸ Ζ· λόγος ἄρα τοῦ Ε πρὸς τὸ Ζ δοθείς.

Sumatur enim ipsarum AB, ΓΔ tertia proportionalis H; est igitur ut AB ad ΓΔ ita ΓΔ ad H. Ratio autem ipsius AB ad ΓΔ data. Ratio igitur et ipsius ΓΔ ad H data; quare et ipsius AB ad H ratio est data. Ut autem AB ad H ita E ad Z; ratio igitur ipsius E ad Z data.

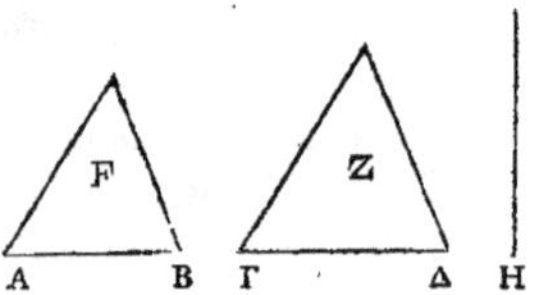

ΠΡΟΤΑΣΙΣ να.

Ἐὰν δύο εὐθεῖαι πρὸς ἀλλήλας λόγον ἔχωσι δεδομένον, καὶ ἀπ' αὐτῶν εὐθύγραμμα ἃ[1] ἔτυχε ἀναγραφῇ δεδομένα τῷ εἴδει· λόγον ἕξει πρὸς ἄλληλα δεδομένον.

Δύο γὰρ εὐθεῖαι αἱ[2] ΑΒ, ΓΔ πρὸς ἀλλήλας λόγον ἐχέτωσαν δεδομένον, καὶ ἀναγεγράφθω

PROPOSITIO LI.

Si duæ rectæ inter se rationem habeant datam, et ab illis rectilinea quælibet describantur data specie; rationem habebunt inter se datam.

Duæ enim rectæ AB, ΓΔ inter se rationem habeant datam, et describantur ab ipsis AB, ΓΔ

Car prenons une troisième proportionnelle H aux deux droites AB, ΓΔ (11. 6); la droite AB sera à la droite ΓΔ comme ΓΔ est à H. Mais la raison de AB est à ΓΔ est donnée; la raison de ΓΔ à H est donc donnée (8); la raison de AB à H est donc donnée. Mais AB est à H comme E est à Z (19, ou 20. 6); la raison de E à Z est donc donnée.

PROPOSITION LI.

Si deux droites ont entre elles une raison donnée, et si sur ces droites on décrit des figures rectilignes quelconques, données d'espèce, ces figures auront entre elles une raison donnée.

Que les deux droites AB, ΓΔ ayent entre elles une raison donnée; et sur AB,

ἀπὸ τῶν ΑΒ, ΓΔ εὐθύγραμμα ἃ ἔτυχε[3] δεδομένα τῷ εἴδει τὰ Ε, Ζ· λέγω ὅτι τοῦ Ε πρὸς τὸ Ζ λόγος ἐστὶ δοθείς.

Ἀναγεγράφθω γὰρ ἀπὸ τῆς ΑΒ τῷ Ζ ὅμοιον καὶ ὁμοίως κείμενον τὸ ΑΗΒ. Δέδοται δὲ τὸ Ζ τῷ εἴδει· δέδοται ἄρα καὶ τὸ ΑΗΒ τῷ εἴδει· ἀλλὰ μὴν καὶ τὸ Ε δέδοται τῷ εἴδει, καὶ ἀναγέγραπται ἀπὸ τῆς αὐτῆς εὐθείας τῆς ΑΒ[4]· λόγος ἄρα τοῦ Ε πρὸς τὸ ΑΗΒ δοθείς. Καὶ ἐπεί ἐστι τῆς ΑΒ πρὸς τὴν ΓΔ λόγος[5] δοθεὶς, καὶ ἀναγέγραπται ἀπὸ τῶν ΑΒ, ΓΔ ὅμοια καὶ ὁμοίως κείμενα εὐθύγραμμα τὰ ΑΗΒ, Ζ· λόγος ἄρα τοῦ ΑΗ πρὸς τὸ Ζ δοθείς. Τοῦ δὲ ΑΗΒ πρὸς τὸ Ε λόγος ἐστὶ δοθείς· καὶ τοῦ Ε ἄρα πρὸς τὸ Ζ λόγος ἐστὶ δοθείς.

rectilinea quælibet data specie ipsa E, Z; dico ipsius E ad Z rationem esse datam.

Describatur enim ex AB ipsi Z simile et similiter positum ipsum AHB. Datum est autem ipsum Z specie; datum est igitur et AHB specie; sed quidem et ipsum E datum est specie, et descriptum est ab ipsâ rectâ AB; ratio igitur ipsius E ad AHB data. Et quoniam est ipsius AB ad ΓΔ ratio data, et descripta sunt ab ipsis AB, ΓΔ similia et similiter posita rectilinea AHB, Z; ratio igitur ipsius AH ad Z data. Ipsius autem AHB ad E ratio est data; et ipsius E igitur ad Z ratio est data.

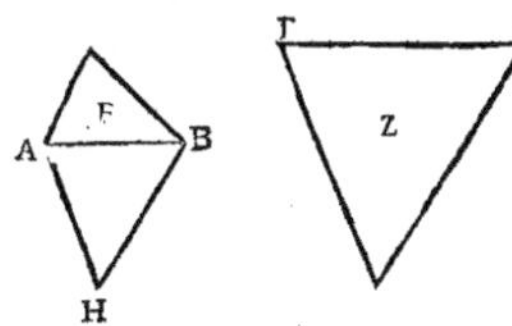

ΓΔ décrivons des figures rectilignes quelconques E, Z données d'espèce; je dis que la raison de E à Z est donnée.

Car sur AB décrivons la figure rectiligne AHB semblable à la figure Z et semblablement placée. Puisque la figure Z est donnée d'espèce, la figure AHB sera donnée d'espèce; mais la figure E est donnée d'espèce, et elle est décrite sur la même droite AB; la raison de E à AHB est donc donnée (49). Mais la raison de AB à ΓΔ est donnée, et sur AB, ΓΔ on a décrit les figures rectilignes AHB, Z, semblables et semblablement placées; la raison de AH à Z est donc donnée (50). Mais la raison de AHB à E est donnée; la raison de E à Z est donc donnée (8).

ΠΡΟΤΑΣΙΣ νβ'.

Εὰν ἀπὸ δεδομένης εὐθείας τῷ μεγέθει, δεδομένον τῷ εἴδει εἶδος ἀναγραφῇ, δέδοται τὸ ἀναγραφὲν τῷ μεγέθει.

Ἀπὸ γὰρ δεδομένης εὐθείας τῷ μεγέθει τῆς ΑΒ δεδομένον τὸ εἴδει εἶδος ἀναγεγράφθω τὸ ΑΓΔΕΒ· λέγω ὅτι τὸ ΑΓΔΕΒ δέδοται τῷ μεγέθει.

PROPOSITIO LII.

Si a datâ rectâ magnitudine, data specie figura describatur, data est descripta magnitudine.

A datâ enim rectâ magnitudine AB data specie figura describatur ipsa ΑΓΔΕΒ; dico ipsam ΑΓΔΕΒ datam esse magnitudine.

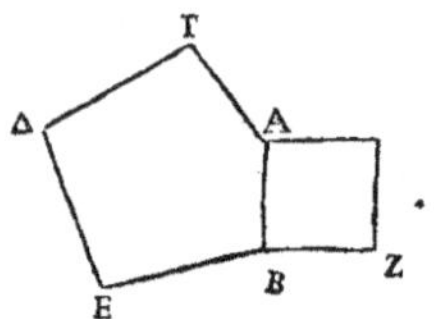

Ἀναγεγράφθω γὰρ ἀπὸ τῆς ΑΒ τετράγωνον τὸ ΑΖ· δέδοται ἄρα τὸ ΑΖ τῷ εἴδει καὶ τῷ μεγέθει. Καὶ ἐπεὶ ἀπὸ τῆς αὐτῆς εὐθείας τῆς ΑΒ δύο εὐθύγραμμα ἀναγέγραπται δεδομένα τῷ εἴδει τὰ ΑΓΔΕΒ, ΑΖ· λόγος ἄρα τοῦ ΑΓΔΕΒ πρὸς τὸ ΑΖ δοθείς. Δοθὲν δὲ τὸ ΑΖ τῷ μεγέθει. δέδοται ἄρα καὶ τὸ ΑΓΔΕΒ τῷ μεγέθει.

Describatur enim ab ipsâ AB quadratum AZ; data est igitur AZ specie et magnitudine. Et quoniam ab eâdem rectâ AB duo rectilinea ΑΓΔΕΒ, AZ descripta sunt, data specie; ratio igitur ipsius ΑΓΔΕΒ ad AZ data. Datum autem AZ magnitudine; datum est igitur et ΑΓΔΕΒ magnitudine.

PROPOSITION LII.

Si sur une droite donnée de grandeur, on décrit une figure donnée d'espèce, la figure décrite est donnée de grandeur.

Sur la droite AB, donnée de grandeur, décrivons une figure ΑΓΔΕΒ donnée d'espèce; je dis que ΑΓΔΕΒ est donné de grandeur.

Car sur la droite AB décrivons le quarré AZ (46. 1); le quarré AZ sera donné d'espèce et de grandeur (déf. 3). Et puisque sur AB, on a décrit les deux figures rectilignes ΑΓΔΕΒ, AZ données d'espèce, la raison de ΑΓΔΕΒ à AZ sera donnée (49). Mais AZ est donné de grandeur; la figure ΑΓΔΕΒ est donc donnée de grandeur (2).

ΠΡΟΤΑΣΙΣ νγ'.

Ἐὰν δύο εἴδη τῷ εἴδει δεδομένα ᾖ, καὶ μία πλευρὰ τοῦ ἑνὸς πρὸς μίαν πλευρὰν τοῦ ἑτέρου λόγον ἔχῃ δεδομένον· καὶ αἱ λοιπαὶ πλευραὶ πρὸς τὰς λοιπὰς πλευρὰς λόγον ἕξουσι δεδομένον.

Ἔστω δύο εἴδη τῷ[1] εἴδει δεδομένα τὰ ΑΔ, ΕΘ, καὶ λόγος ἔστω τῆς ΒΔ πρὸς τὴν ΖΘ δοθείς· λέγω ὅτι καὶ[2] τῶν λοιπῶν πλευρῶν πρὸς τὰς λοιπὰς πλευρὰς λόγος ἐστὶ δοθείς.

PROPOSITIO LIII.

Si duæ figuræ specie datæ sint, et unum latus unius ad unum latus alterius rationem habeat datam; et reliqua latera ad reliqua latera rationem habebunt datam.

Sint duæ figuræ specie datæ ΑΔ, ΕΘ, et ratio sit ipsius ΒΔ ad ΖΘ data; dico et reliquorum laterum ad reliqua latera rationem esse datam.

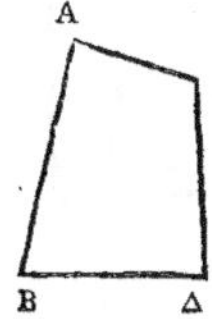

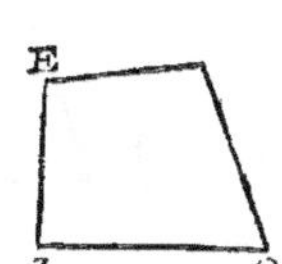

Ἐπεὶ γὰρ λόγος ἐστὶ τῆς ΒΔ πρὸς τὴν ΖΘ δοθείς, τῆς δὲ ΒΔ πρὸς τὴν ΒΑ λόγος ἐστὶ δοθείς· καὶ τῆς ΑΒ ἄρα πρὸς τὴν ΖΘ λόγος ἐστὶ δοθείς. Τῆς δὲ ΖΘ πρὸς τὴν[3] ΕΖ λόγος ἐστὶ δοθείς· καὶ τῆς ΑΒ ἄρα πρὸς τὴν ΕΖ λόγος ἐστὶ δοθείς. Διὰ τὰ αὐτὰ δὴ καὶ τῶν λοιπῶν πλευρῶν πρὸς τὰς λοιπὰς πλευρὰς λόγος ἐστὶ δοθείς.

Quoniam enim ratio est ipsius ΒΔ ad ΖΘ data, ipsius autem ΒΔ ad ΒΑ ratio est data; et ipsius ΑΒ igitur ad ΖΘ ratio est data. Ipsius autem ΖΘ ad ΕΖ ratio est data; et ipsius ΑΒ igitur ad ΕΖ ratio est data. Propter eadem utique et reliquorum laterum ad reliqua latera ratio est data.

PROPOSITION LIII.

Si deux figures sont données d'espèce, et si un des côtés de l'une a une raison donnée avec un côté de l'autre, les côtés restants auront une raison donnée avec les côtés restants.

Soient les deux figures ΑΔ, ΕΘ données d'espèce; que la raison de ΒΔ à ΖΘ soit donnée; je dis que la raison des côtés restants aux côtés restants est donnée.

Car puisque la raison de ΒΔ à ΖΘ est donnée, et que la raison de ΒΔ à ΒΑ est aussi donnée (déf. 3); la raison de ΑΒ à ΖΘ est donnée (8). Mais la raison de ΖΘ à ΕΖ est donnée (déf. 3); la raison de ΑΒ à ΕΖ est donc donnée (8). Semblablement la raison des côtés restants aux côtés restants sera donnée.

ΠΡΟΤΑΣΙΣ νδ'.

Εὰν δύο εἴδη δεδομένα τῷ εἴδει πρὸς ἄλληλα λόγον ἔχῃ δεδομένον, καὶ αἱ πλευραὶ αὐτῶν πρὸς ἀλλήλας λόγον ἕξουσι δεδομένον.

Δύο γὰρ εἴδη δεδομένα τῷ εἴδει τὰ Α, Β πρὸς ἄλληλα λόγον ἐχέτω δεδομένον· λέγω ὅτι καὶ αἱ πλευραὶ αὐτῶν πρὸς ἀλλήλας λόγον ἕξουσι δεδομένον.

PROPOSITIO LIV.

Si duæ figuræ datæ specie inter se rationem habeant datam, et latera ipsarum inter se rationem habebunt datam.

Duæ enim figuræ datæ specie ipsæ A, B inter se rationem habeant datam; dico et latera ipsarum inter se rationem habitura esse datam.

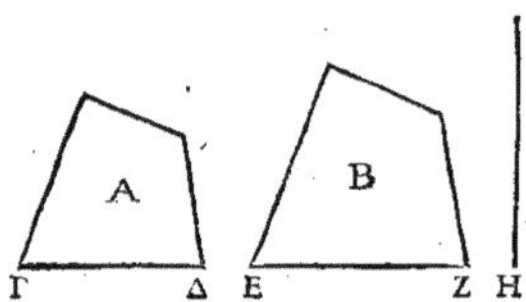

Τὸ γὰρ Α τῷ Β ἤτοι ὅμοιόν ἐστιν ἢ οὔ. Εστω πρότερον ὅμοιον, καὶ εἰλήφθω τῶν ΓΔ, ΕΖ τρίτη ἀνάλογον ἡ Η· ἔστιν ἄρα ὡς ἡ ΓΔ πρὸς τὴν Η οὕτως τὸ Α πρὸς τὸ Β. Λόγος δὲ τοῦ Α πρὸς τὸ Β δοθείς· λόγος ἄρα καὶ τῆς ΓΔ πρὸς τὴν Η δοθείς. Καὶ εἰσὶν αἱ ΓΔ, ΕΖ, Η ἀνάλογον· καὶ τῆς ΓΔ ἄρα πρὸς τὴν ΕΖ λόγος ἐστὶ δοθείς. Καὶ

Ipsa enim A ipsi B vel similis est vel non. Sit primum similis, et sumatur ipsarum ΓΔ, EZ tertia proportionalis H; est igitur ut ΓΔ ad H ita A ad B. Ratio autem ipsius A ad B data; ratio igitur et ipsius ΓΔ ad H data. Et sunt ipsæ ΓΔ, EZ, H proportionales; et ipsius ΓΔ igitur ad EZ ratio est data. Et est

PROPOSITION LIV.

Si deux figures données d'espèce ont entre elles une raison donnée, leurs côtés auront aussi entre eux une raison donnée.

Que les deux figures A, B, données d'espèce, ayent entre elles une raison donnée; je dis que leurs côtés auront entre eux une raison donnée.

Car la figure A est semblable à la figure B, ou elle ne l'est pas. Premièrement, qu'elle lui soit semblable; prenons une troisième proportionnelle H aux droites ΓΔ, EZ (11. 6); la droite ΓΔ sera à H comme A est à B (20. 6). Mais la raison de A à B est donnée; la raison de ΓΔ à H est donc donnée. Mais les droites ΓΔ, EZ, H sont proportionnelles; la raison de ΓΔ à EZ est donc donnée (24). Mais A

ἐστιν ὅμοιον τὸ Α τῷ Β· καὶ αἱ λοιπαὶ ἄρα πλευραὶ πρὸς τὰς λοιπὰς πλευρὰς λόγον ἕξουσι δεδομένον.

Μὴ ἔστω δὴ ὅμοιον τὸ Α τῷ Β, καὶ ἀναγεγράφθω ἀπὸ τῆς ΕΖ τῷ Α ὅμοιον καὶ ὁμοίως κείμενον τὸ ΕΘ· δέδοται ἄρα καὶ τὸ ΕΘ τῷ εἴδει. Δέδοται δὲ καὶ τὸ Β. λόγος ἄρα τοῦ Β πρὸς τὸ ΕΘ δοθείς· τοῦ δὲ Β πρὸς τὸ Α λόγος ἐστὶ δο-

similis A ipsi B; et reliqua igitur latera ad reliqua latera rationem habebunt datam.

Non sit autem similis A ipsi B, et describatur ab EZ ipsi A similis et similiter posita EΘ; data igitur et EΘ specie. Data est autem et B; ratio igitur ipsius B ad EΘ data; ipsius autem B ad A ratio est data; et ipsius A igitur ad EΘ ratio est

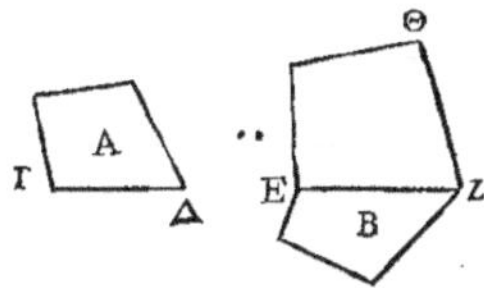

θείς[1]· καὶ τοῦ Α ἄρα πρὸς τὸ ΕΘ λόγος ἐστὶ δοθείς. Καὶ ὅμοιόν ἐστι[2] τὸ Α τῷ ΕΘ· λόγος ἄρα τῆς ΓΔ πρὸς τὴν ΕΖ δοθείς. Διὰ τὰ αὐτὰ δὴ καὶ τῶν λοιπῶν πλευρῶν πρὸς τὰς[3] λοιπὰς πλευρὰς λόγος ἐστὶ δοθείς.

data. Et similis est A ipsi EΘ; ratio igitur ipsius ΓΔ ad EZ data. Propter eadem utique et reliquorum laterum ad reliqua latera ratio est data.

ΑΛΛΩΣ.

Ἐκκείσθω δοθεῖσα εὐθεῖα ἡ ΗΘ. Τὸ δὴ[1] Α τῷ Β ἤτοι ὅμοιόν ἐστιν, ἢ οὔ. Ἔστω πρότερον ὅμοιον.

ALITER.

Exponatur data recta HΘ. Figura utique A ipsi B vel similis est, vel non. Sit primum

est semblable à B; les côtés restants auront donc une raison donnée avec les côtés restants (53).

Mais que A ne soit pas semblable à B; sur EZ, décrivons la figure EΘ semblable à A, et semblablement placée (18. 6); la figure EΘ sera donnée d'espèce. Mais B est donné; la raison de B à EΘ est donc donnée (49). Mais la raison de B à A est donnée; la raison de A à EΘ est donc donnée (8). Mais A est semblable à EΘ; la raison de ΓΔ à EZ est donc donnée (20. 6) (24). Semblablement la raison des côtés restants aux côtés restants est donnée.

AUTREMENT.

Soit HΘ une droite donnée; la figure A est semblable à B ou non. Qu'elle lui

Καὶ πεποιήσθω ὡς ἡ ΓΔ πρὸς τὴν ΕΖ οὕτως ἡ ΗΘ πρὸς τὴν ΚΛ, καὶ ἀναγεγράφθω ἀπὸ τῶν ΗΘ, ΚΛ τοῖς Α, Β ὅμοια καὶ ὁμοίως κείμενα τὰ Μ, Ν· δέδοται ἄρα τὸ [2]ἑκάτερον τῶν Μ, Ν τῷ εἴδει. Καὶ ἐπεί ἐστιν ὡς ἡ ΓΔ πρὸς τὴν ΕΖ οὕτως ἡ ΗΘ πρὸς τὴν ΚΛ, καὶ ἀναγέγραπται ἀπὸ τῶν ΓΔ, ΕΖ, ΗΘ, ΚΛ ὅμοια καὶ ὁμοίως κείμενα εὐθύγραμμα τὰ Α, Β, Μ, Ν· ἔστιν ἄρα ὡς τὸ Α πρὸς τὸ Β οὕτως τὸ Μ πρὸς τὸ Ν. Λόγος δὲ τοῦ Α πρὸς τὸ Β δοθείς· λόγος ἄρα καὶ τοῦ Μ πρὸς τὸ Ν δοθείς. Δοθὲν δὲ τὸ Μ, ἀπὸ γὰρ δεδομένης εὐθείας τῷ μεγέθει ἀναγέγραπται δεδομένον εἶδος· δοθὲν ἄρα καὶ τὸ Ν. Αναγεγράφθω δὲ ἀπὸ τῆς ΚΛ τετράγωνον τὸ Ξ· δέδοται ἄρα καὶ[3] τὸ Ξ εἴδει· λόγος ἄρα τοῦ Ν πρὸς τὸ Ξ δοθείς. Δοθὲν δὲ τὸ Ν· δοθὲν ἄρα καὶ τὸ Ξ· δοθεῖσα ἄρα ἐστὶν

similis. Et fiat ut ΓΔ ad EZ ita HΘ ad KΛ, et describantur ab HΘ, KΛ ipsis A, B similes et similiter positæ M, N; data est igitur utraque ipsarum M, N specie. Et quoniam est ut ΓΔ ad EZ ita HΘ ad KΛ, et descripta sunt ab ipis ΓΔ, EZ, HΘ, KΛ similia et similiter posita rectilinea A, B, M, N; est igitur ut A ad B ita M ad N. Ratio autem ipsius A ad B data; ratio igitur et ipsius M ad N data. Data autem M, ipsa enim a datâ rectâ magnitudine descripta est data specie; data igitur et N. Describatur autem ab ipsâ KΛ quadratum Ξ; data igitur et figura Ξ specie. Ratio igitur ipsius N ad Ξ data. Data autem N; data igitur et Ξ;

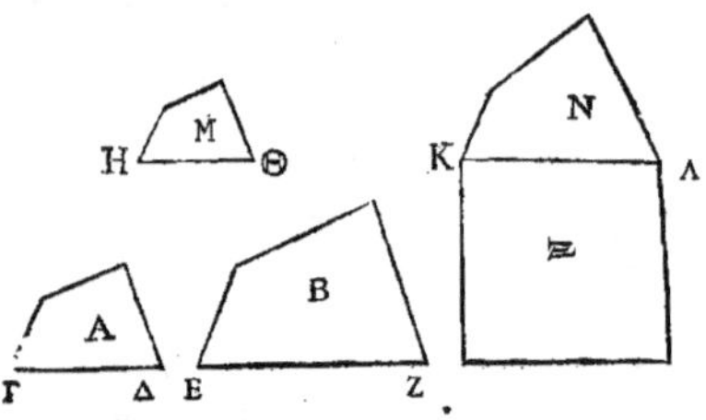

soit d'abord semblable; faisons en sorte que ΓΔ soit à EZ comme HΘ est à KΛ (12.6); et sur HΘ, KΛ, décrivons les figures M, N, semblables aux figures A, B, et semblablement placées (18. 6); les figures M, N, seront données d'espèce. Puisque ΓΔ est à EZ comme HΘ est à KΛ, et que sur ΓΔ, EZ, HΘ, KΛ on a décrit des figures rectilignes A, B, M, N, semblables et semblablement placées; la figure A est à la figure B comme M est à N (22. 6). Mais la raison de A à B est donnée; la raison de M à N est donc donnée. Mais la figure M est donnée (52), puisque cette figure donnée d'espèce a été décrite sur une droite donnée de grandeur; la figure N est donc donnée (2). Sur KΛ décrivons le quarré Ξ (46. 1); la figure Ξ sera donnée d'espèce; la raison de N à Ξ est donc donnée. Mais N

ἡ ΚΛ. Ἔστι δὲ καὶ ἡ ΗΘ δοθεῖσα· λόγος ἄρα ἐστὶν[4] τῆ ΗΘ πρὸς τὴν ΚΛ δοθείς. Καὶ ἔστιν ὡς ἡ ΗΘ πρὸς τὴν ΚΛ οὕτως ἡ ΓΔ πρὸς τὴν ΕΖ· λόγος ἄρα καὶ τῆς ΓΔ πρὸς τὴν ΕΖ δοθείς. Καὶ ἔστι ὅμοιον[5] τὸ Α τῷ Β· καὶ αἱ λοιπαὶ ἄρα πλευραὶ[6] πρὸς τὰς λοιπὰς πλευρὰς λόγον ἕξουσι δεδομένον. Μὴ ἔστω δὴ ὅμοιον· ἀκολούθως δὴ τῇ προτέρᾳ ἀποδείξει τὸ λοιπὸν δεικνύσεται[7].

data igitur est ΚΛ. Est autem et ΗΘ data; ratio igitur est ipsius ΗΘ ad ΚΛ data. Et est ut ΗΘ ad ΚΛ ita ΓΔ ad ΕΖ; ratio igitur et ipsius ΓΔ ad ΕΖ data. Et est similis Α ipsi Β, et reliqua igitur latera ad reliqua latera rationem habebunt datam. Non sit autem similis; congruenter utique præcedenti demonstrationi reliquum ostendetur.

ΠΡΟΤΑΣΙΣ. νε'.

Ἐὰν χωρίον τῷ εἴδει καὶ τῷ μεγέθει δεδομένον ᾖ, καὶ αἱ πλευραὶ αὐτοῦ τῷ μεγέθει δεδομέναι ἔσονται[1].

Ἔστω χωρίον τῷ εἴδει καὶ τῷ μεγέθει δεδομένον τὸ Α· λέγω ὅτι καὶ αἱ πλευραὶ αὐτοῦ δεδομέναι εἰσὶ τῷ μεγέθει[2].

Ἐκκείσθω γὰρ τῇ θέσει καὶ τῷ μεγέθει δεδομένη εὐθεῖα ἡ ΒΓ, καὶ ἀναγεγράφθω ἀπὸ τῆς ΒΓ τῷ Α ὅμοιόν τε[3] καὶ ὁμοίως κείμενον τὸ Δ· δέ-

PROPOSITIO LV.

Si spatium specie et magnitudine datum sit, et latera ejus magnitudine data erunt.

Sit spatium Α specie et magnitudine datum; dico et latera ipsius data esse magnitudine.

Exponatur enim positione et magnitudine data recta ΒΓ, et describatur ab ipsâ ΒΓ ipsi Α et similis et similiter posita figura Δ; data utique

est donné; la figure Ξ est donc donnée; la droite ΚΛ est donc aussi donnée. Mais ΗΘ est donné; la raison de ΗΘ à ΚΛ est donc donnée (1). Mais ΗΘ est à ΚΛ comme ΓΔ est à ΕΖ; la raison de ΓΔ à ΕΖ est donc donnée. Mais Α est semblable à Β; les côtés restants auront donc une raison donnée avec les côtés restants (53). Mais que Α ne soit pas semblable à Β; le reste se démontrera comme dans la démonstration précédente.

PROPOSITION LV.

Si un espace est donné d'espèce et de grandeur, ses côtés seront donnés de grandeur.

Que l'espace Α soit donné d'espéce et de grandeur; je dis que ses côtés sont donnés de grandeur.

Car soit ΒΓ une droite donnée de position et de grandeur; sur ΒΓ décrivons la figure Δ semblable à Α et semblablement placée, la figure Δ sera donnée

δοται δή[4] τὸ Δ τῷ εἴδει. Καὶ ἐπεὶ ἀπὸ δεδομένης τῷ μεγέθει εὐθείας τῆς ΒΓ δεδομένον τῷ εἴδει[5] εἶδος ἀναγέγραπται τὸ Δ· δέδοται ἄρα καὶ τὸ Δ

Δ specie. Et quoniam a datâ magnitudine rectâ ΒΓ data specie figura descripta est Δ; data igitur et Δ magnitudine. Data est autem et Α;

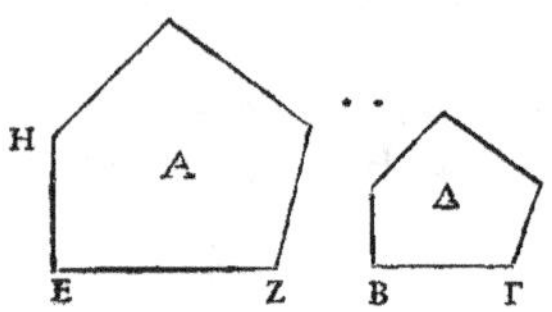

τῷ μεγέθει. Δέδοται δὲ καὶ τὸ Α· λόγος ἄρα τοῦ Α πρὸς τὸ Δ δοθείς. Καὶ ἔστι ὅμοιον[6] τὸ Α τῷ Δ· λόγος ἄρα τῆς ΕΖ πρὸς τὴν ΒΓ δοθείς. Δοθεῖσα δὲ ἡ ΒΓ[7]· δοθεῖσα ἄρα καὶ ἡ ΕΖ. Καὶ ἔστι λόγος τῆς ΕΖ πρὸς τὴν ΕΗ δοθείς· δοθεῖσα ἄρα καὶ ἡ ΕΗ. Διὰ τὰ αὐτὰ δὴ καὶ ἑκάστη τῶν λοιπῶν πλευρῶν[8] δέδοται τῷ μεγέθει.

ratio igitur ipsius Α ad Δ data. Et est similis Α ipsi Δ; ratio igitur ipsius ΕΖ ad ΒΓ data. Data autem ΒΓ; data igitur et ΕΖ. Et est ratio ipsius ΕΖ ad ΕΗ data; data igitur et ΕΗ. Propter eadem utique et unumquoque reliquorum laterum datum est magnitudine.

ΑΛΛΩΣ.

Εστω χωρίον τὸ ΚΑΜΝΞ δεδομένον τῷ εἴδει καὶ τῷ μεγέθει· λέγω ὅτι καὶ αἱ πλευραὶ αὐτοῦ δεδομέναι εἰσὶ τῷ μεγέθει.

ALITER.

Sit spatium ΚΑΜΝΞ datum specie et magnitudine; dico et latera ejus data esse magnitudine.

d'espèce. Puisque sur Β, Γ, donnée de grandeur, on a décrit la figure Δ donnée d'espèce, la figure Δ est donnée de grandeur (52). Mais Α est donné; la raison de Α à Δ est donc donnée (1). Mais la figure Α est semblable à la figure Δ; la raison de ΕΖ à ΒΓ est donc donnée (54); mais ΒΓ est donné; ΕΖ est donc aussi donné. Mais la raison de ΕΖ à ΕΗ est donnée (déf. 3); le côté ΕΗ est donc aussi donné. Par la même raison, chacun des autres côtés est donné de grandeur.

AUTREMENT.

Soit l'espace ΚΑΜΝΞ donné d'espèce et de grandeur; je dis que ses côtés sont donnés de grandeur.

Αναγεγράφθω γὰρ ἀπὸ τῆς ΜΝ τετράγωνον τὸ ΜΟ· δέδοται ἄρα τῷ εἴδει. Ἀλλὰ καὶ τὸ ΛΝ· λόγος ἄρα ἐστὶ τοῦ ΛΝ πρὸς τὸ ΜΟ δοθείς. Δοθὲν δὲ τὸ ΛΝ τῷ μεγέθει· δοθὲν ἄρα καὶ τὸ ΜΟ τῷ μεγέθει. Καὶ ἔστι τετράγωνον τὸ ΜΟ ἀπὸ τῆς ΜΝ· δοθὲν ἄρα ἐστὶ τὸ ἀπὸ τῆς ΜΝ· δοθεῖσα ἄρα ἐστὶν ἡ ΜΝ τῷ μεγέθει. Διὰ τὰ αὐτὰ δὴ καὶ ἑκάστη τῶν ΜΛ, ΛΚ, ΚΞ, ΞΝ δοθεῖσά ἐστι τῷ μεγέθει.

Describatur enim ex MN quadratum MO; datum est igitur specie. Sed et ipsum ΛN; ratio igitur est ipsius ΛN ad MO data. Datum autem ΛN magnitudine. Datum igitur et MO magnitudine. Et est quadratum MO ex MN; datum igitur est ipsum ex MN; data igitur et ipsa MN magnitudine. Propter eadem utique et unaquæque ipsarum MΛ, ΛK, KΞ, ΞN data est magnitudine.

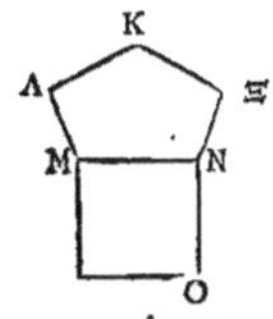

ΠΡΟΤΑΣΙΣ νϛ'.

Ἐὰν δύο ἰσογώνια παραλληλόγραμμα πρὸς ἄλληλα λόγον ἔχῃ δεδομένον· ἔσται ὡς ἡ τοῦ πρώτου πλευρὰ πρὸς τὴν τοῦ δευτέρου πλευρὰν οὕτως ἡ λοιπὴ τοῦ δευτέρου πλευρὰ πρὸς ἣν ἡ

PROPOSITIO LVI.

Si duo æquiangula parallelogramma inter se rationem habeant datam; erit ut primi latus ad secundi latus ita reliquum secundi latus ad

Sur MN décrivons le quarré MO (46. 1); il sera donné d'espèce. Mais ΛN l'est aussi; la raison de ΛN à MO est donc donnée (49). Mais ΛN est donné de grandeur; donc MO est aussi donné de grandeur (2). Mais MO est le quarré de MN; le quarré de MN est donc donné; donc MN est donné de grandeur. Par la même raison, chacun des côtés MΛ, ΛK, KΞ, ΞN est donné de grandeur.

PROPOSITION LVI.

Si deux parallélogrammes équiangles ont entre eux une raison donnée, un côté du premier est à un côté du second comme l'autre côté du second est à la

ἑτέρα τοῦ πρώτου πλευρὰ[2] λόγον ἔχει δεδομένον, ὃν τὸ παραλληλόγραμμον ἔχει πρὸς τὸ[3] παραλληλόγραμμον.

Δύο γὰρ ἰσογώνια παραλληλόγραμμα τὰ Α, Β πρὸς ἄλληλα λόγον ἐχέτω δεδομένον· λέγω ὅτι ἐστὶν ὡς ἡ ΓΔ πρὸς τὴν ΕΖ οὕτως ἡ ΕΗ πρὸς ἣν ἡ ΓΘ λόγον ἔχει δεδομένον, ὃν τὸ Α παραλληλόγραμμον πρὸς τὸ Β παραλληλόγραμμον.

quam alterum primi latus rationem habet datam, quam parallelogrammum habet ad parallelogrammum.

Duo enim æquiangula parallélogramma A, B, inter se rationem habeant datam; dico esse ut ΓΔ ad EZ ita EH ad quam ΓΘ rationem habet datam, quam A parallelogrammum ad B parallelogrammum.

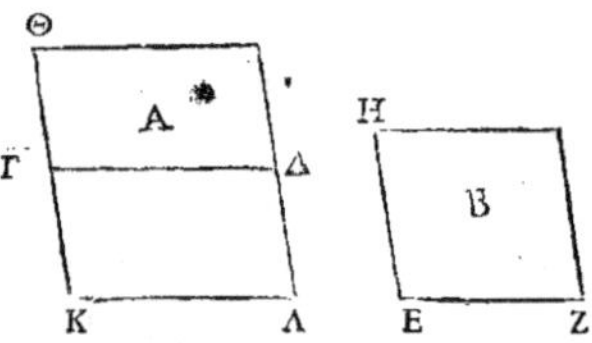

Ἐκβεβλήσθω γὰρ ἐπ' εὐθείας τῆς ΓΘ εὐθεῖα ἡ ΓΚ, καὶ πεποιήσθω ὡς ἡ ΓΔ πρὸς τὴν ΕΖ οὕτως ἡ ΕΗ πρὸς τὴν ΓΚ, καὶ συμπεπληρώσθω τὸ ΓΛ παραλληλόγραμμον. Ἐπεὶ οὖν ἐστὶν ὡς ἡ ΓΔ πρὸς τὴν ΕΖ οὕτως ἡ ΕΗ πρὸς τὴν ΓΚ, ἴση δέ ἐστιν ἡ ΓΔ τῇ ΚΛ· ἔστιν ἄρα ὡς ἡ ΚΛ πρὸς τὴν ΕΖ οὕτως ἡ ΕΗ πρὸς τὴν ΓΚ. Καὶ περὶ ἴσας γωνίας τὰς ὑπὸ ΓΚΛ, ΗΕΖ αἱ πλευραὶ ἀντιπεπόνθασιν· ἴσον ἄρα ἐστὶ καὶ[5] τὸ ΚΔ τῷ ΗΖ. Καὶ

Producatur enim in directum ipsi ΓΘ recta ΓΚ, et fiat ut ΓΔ ad EZ ita EH ad ΓΚ, et compleatur ΓΛ parallelogrammum. Quoniam igitur est ut ΓΔ ad EZ ita EH ad ΓΚ, æqualis autem est ΓΔ ipsi ΚΛ; est igitur ut ΚΛ ad EZ ita EH ad ΓΚ. Et circa æquales angulos ΓΚΛ, HEZ latera reciproca sunt; æquale igitur ΚΔ ipsi HZ. Et quoniam ratio est ipsius A ad B

droite avec laquelle l'autre côté du premier a la raison donnée, c'est-à-dire celle que l'un des parallélogrammes a avec l'autre parallélogramme.

Que les deux parallélogrammes équiangles A, B ayent entre eux une raison donnée; je dis que ΓΔ est à EZ comme EH est à la droite avec laquelle ΓΘ a la raison donnée, c'est-à-dire celle que le parallélogramme A a avec le parallélogramme B.

Car menons la droite ΓΚ dans la direction de ΓΘ; faisons ensorte que ΓΔ soit à EZ comme EH est à ΓΚ (12. 6), et terminons le parallélogramme ΓΛ. Puisque ΓΔ est à EZ comme EH est à ΓΚ, et que ΓΔ est égal à ΚΛ (34. 1); la droite ΚΛ est à EZ comme EH est à ΓΚ. Mais les côtés autour des angles ΓΚΛ, HEZ sont réciproquement proportionnels; ΚΔ est donc égal à HZ (14. 6). Mais la raison

ἐπεὶ λόγος ἐστὶ τοῦ Α πρὸς τὸ Β δοθεὶς, ἴσον δὲ τὸ Β τῷ ΓΛ· λόγος ἄρα ἐστὶ τοῦ ΘΔ πρὸς τὸ ΓΛ δοθείς. Ὡς δὲ τὸ ΘΔ πρὸς τὸ ΓΛ οὕτως ἡ ΘΓ πρὸς τὴν ΓΚ· καὶ τῆς ΘΓ ἄρα πρὸς τὴν ΓΚ λόγος ἐστὶ δοθείς. Καὶ ἐπεί ἐστιν ὡς ἡ ΓΔ πρὸς τὴν ΕΖ οὕτως ἡ ΕΗ πρὸς τὴν ΓΚ, ἡ δὲ ΘΓ πρὸς τὴν ΓΚ λόγον ἔχει δοθέντα, ὃν τὸ Α χωρίον πρὸς τὸ Β· ἔστιν ἄρα ὡς ἡ ΓΔ πρὸς τὴν ΕΖ οὕτως ἡ ΕΗ πρὸς ἣν ἡ ΘΓ λόγον ἔχει, ὃν τὸ Α χωρίον πρὸς τὸ Β χωρίον[6].

data, æquale autem B ipsi ΓΛ; ratio igitur est ipsius ΘΔ ad ΓΛ data. Ut autem ΘΔ ad ΓΛ ita ΘΓ ad ΓΚ; et ipsius ΘΓ igitur ad ΓΚ ratio est data. Et quoniam est ut ΓΔ ad EZ ita EH ad ΓΚ, ipsa autem ΘΓ ad ΓΚ rationem habet datam, quam A spatium ad B; est igitur ut ΓΔ ad EZ ita EH ad quam ΘΓ rationem habet, quam A spatium ad B spatium.

ΠΡΟΤΑΣΙΣ νζ'.

Ἐὰν δοθὲν χωρίον παρὰ δοθεῖσαν εὐθεῖαν[1] παραβληθῇ ἐν δεδομένῃ γωνίᾳ, δέδοται τὸ πλάτος τῆς παραβολῆς.

Δοθὲν γὰρ τὸ ΑΗ παρὰ δοθεῖσαν τὴν ΑΒ παραβεβλήσθω ἐν δεδομένῃ γωνίᾳ τῇ ὑπὸ ΓΑΒ· λέγω ὅτι δοθεῖσά ἐστιν ἡ ΓΑ.

Ἀναγεγράφθω γὰρ[2] ἀπὸ τῆς ΑΒ τετράγωνον τὸ ΕΒ· δοθὲν ἄρα ἐστὶ τὸ ΕΒ. Καὶ διήχθωσαν αἱ ΕΑ, ΖΒ, ΓΗ ἐπὶ τὰ Δ, Θ. Καὶ ἐπεὶ δοθέν ἐστιν ἑκάτερον τῶν ΕΒ, ΑΗ· λόγος ἄρα τοῦ ΕΒ πρὸς

PROPOSITIO LVII.

Si datum spatium ad datam rectam applicatum fuerit in dato angulo, data est latitudo applicationis.

Datum enim spatium AH ad datam AB applicetur in dato angulo ΓAB; dico datam esse ΓA.

Describatur enim ab ipsâ AB quadratum EB; datum igitur est EB. Et productæ sint ipsæ EA, ZB, ΓH ad puncta Δ, Θ. Et quoniam datum est utrumque ipsorum EB, AH; ratio

de A à B est donnée, et B est égal à ΓΛ; la raison de ΘΔ à ΓΛ est donc donnée. Mais ΘΔ est à ΓΛ comme ΘΓ est à ΓΚ (1. 6); la raison de ΘΓ à ΓΚ est donc donnée. Mais ΓΔ est à EZ comme EH est à ΓΚ, et ΘΓ a avec ΓΚ la raison donnée, savoir celle de l'espace A à l'espace B; le côté ΓΔ est donc à EZ comme EH est à la droite avec laquelle ΘΓ a la raison donnée, savoir celle que l'espace A a avec l'espace B.

PROSOSITION XVII.

Si un espace donné est appliqué à une droite donnée, dans un angle donné; la largeur de l'application est aussi donnée.

Qu'un espace donné AH soit appliqué à une droite donnée AB, dans un angle donné ΓAB; je dis que ΓA est donné.

Sur AB décrivons le quarré EB; la figure EB sera donnée. Prolongeons EA, ZB, ΓH vers les points Δ, Θ. Puisque chacune des figures EB, AH est donnée, la

τὸ ΑΗ δοθείς. Ἴσον δὲ τὸ ΗΑ τῷ ΑΘ· λόγος ἄρα καὶ τοῦ ΕΒ πρὸς τὸ ΑΘ δοθείς[3]. Ὥστε καὶ τῆς ΕΑ πρὸς τὴν ΑΔ λόγος ἐστὶ δοθείς. Ἴση δὲ ἡ ΕΑ

igitur ipsius EB ad AH data. Æquale autem HA ipsi AΘ; ratio igitur et ipsius EB ad AΘ data; quare et ipsius EA ad AΔ ratio est data. Æqualis

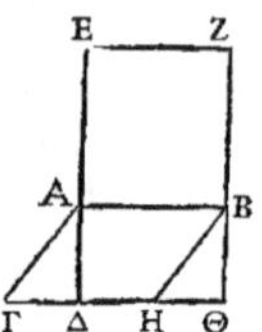

τῇ ΑΒ· λόγος ἐστὶ ἄρα καὶ τῆς ΒΑ πρὸς τὴν[4] ΑΔ δοθείς. Καὶ ἐπεὶ δοθεῖσά ἐστιν ἡ ὑπὸ ΓΑΒ γωνία, ὧν[5] ἡ ὑπὸ ΔΑΒ δοθεῖσά ἐστι· λοιπὴ ἄρα ἡ ὑπὸ ΓΑΔ ἐστὶ δοθεῖσα[6]. Ἔστι δὲ καὶ ἡ ὑπὸ ΓΔΑ δοθεῖσα, ὀρθὴ γάρ· λοιπὴ ἄρα ἡ ὑπὸ ΑΓΔ δοθεῖσά ἐστι· δέδοται ἄρα τὸ ΑΓΔ τρίγωνον τῷ εἴδει· λόγος ἄρα ἐστὶ τῆς ΓΑ πρὸς τὴν ΑΔ δοθείς. Τῆς δὲ ΑΔ πρὸς τὴν ΑΒ λόγος ἐστὶ δοθείς· καὶ τῆς ΓΑ ἄρα πρὸς τὴν ΑΒ λόγος ἐστὶ δοθείς. Καὶ ἔστι δοθεῖσα ἡ ΒΑ· δοθεῖσα ἄρα καὶ ἡ ΑΓ. Καὶ ἐστὶ τὸ πλάτος τοῦ παραβλήματος[7].

autem EA ipsi AB; ratio est igitur et ipsius BA ad AΔ data. Et quoniam datus est ΓAB angulus, quorum et ipse ΔAB datus est; reliquus igitur ΓAΔ est datus. Est autem ipse ΓΔA datus, rectus enim; reliquus igitur AΓΔ datus est; datum est igitur AΓΔ triangulum specie; ratio igitur est ipsius ΓA ad AΔ data. Ipsius autem AΔ ad AB ratio est data; et ipsius ΓA igitur ad AB ratio est data. Et est data ipsa BA; data igitur et ipsa AΓ, et est latitudo applicationis.

raison de EB à AH est donnée. Mais HA est égal à AΘ (35. 1); la raison de EB à AΘ est donc donnée; la raison de EA à AΔ est donc donnée (1. 6). Mais EA est égal à AB; la raison de BA à AΔ est donc donnée. Mais l'angle ΓAB est donné, et l'angle ΔAB est aussi donné; l'angle restant ΓAΔ est donc aussi donné (4). Mais l'angle ΓΔA est donné, car il est droit; l'angle restant AΓΔ est donc donné (32. 1) (4); le triangle AΓΔ est donc donné d'espèce (40); la raison de ΓA à AΔ est donc donnée (déf. 3). Mais la raison de AΔ à AB est donnée; la raison de ΓA à AB est donc donnée (8). Mais BA est donné; la droite AΓ est donc donnée (2); la largeur de l'application est donc donnée.

ΠΡΟΤΑΣΙΣ νη'.

Εὰν δοθὲν χωρίον παρὰ δοθεῖσαν εὐθεῖαν[1] παραβληθῇ, ἔλλειπον εἴδει δεδομένῳ τῷ εἴδει· δέδοται τὰ πλάτη τοῦ ἐλλείμματος.

Δοθὲν γὰρ τὸ ΓΑ παρὰ δοθεῖσαν τὴν ΑΔ παραβεβλήσθω, ἔλλειπον εἴδει δεδομένῳ τῷ ΓΔ· λέγω ὅτι δοθεῖσά ἐστιν ἑκατέρα τῶν ΓΒ, ΒΔ.

PROPOSITIO LVIII.

Si datum spatium ad datam rectam applicata fuerit deficiens datâ specie figurâ, datæ sunt latitudines defectûs.

Datum enim spatium ΓΑ ad datam ΑΔ applicetur, deficiens datâ specie figurâ ΓΔ; dico datam esse utramque ipsarum ΓΒ, ΒΔ.

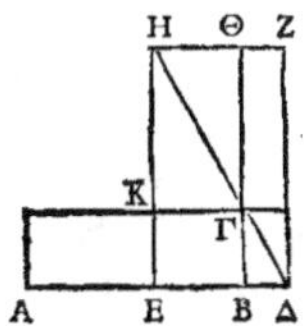

Τετμήσθω γὰρ ἡ ΑΔ δίχα κατὰ τὸ Ε σημεῖον· δοθεῖσα ἄρα ἐστὶν ἡ ΕΔ τῷ μεγέθει[2]. Καὶ ἀναγεγράφθω ἀπὸ τῆς ΕΔ τῷ ΓΔ ὅμοιον καὶ ὁμοίως κείμενον εὐθύγραμμον τὸ ΕΖ, καὶ καταγεγράφθω τὸ σχῆμα· δέδοται ἄρα καὶ[3] τὸ ΕΖ τῷ εἴδει. Καὶ ἐπεὶ ἀπὸ δεδομένης εὐθείας τῆς ΕΔ δεδομένον τῷ εἴδει εἶδος ἀναγέγραπται τὸ ΕΖ·

Secetur enim ΑΔ bifariam in puncto Ε; data igitur est ipsa ΕΔ magnitudine. Et describatur ab ipsâ ΕΔ ipsi ΓΔ simile et similiter positum rectilineum ΕΖ, et construatur figura; datum est igitur et ΕΖ specie. Et quoniam a datâ rectâ ΕΔ data specie figura ΕΖ descripta est; data est

PROPOSITION LVIII.

Si un espace donné est appliqué à une droite donnée, et si cet espace est défaillant d'une figure donnée d'espèce, les largeurs du défaut sont données.

Qu'un espace donné ΓΑ soit appliqué à une droite donnée ΑΔ, et que cet espace soit défaillant d'une figure ΓΔ donnée d'espèce; je dis que chacune des droites ΓΒ, ΒΔ est donnée.

Car partageons ΑΔ en deux parties égales au point Ε (10. 1); la droite ΕΔ sera donnée de grandeur (2). Sur ΕΔ, décrivons la figure rectiligne ΕΖ semblable à la figure ΓΔ et semblablement placée (18. 6), et construisons la figure; la figure ΕΖ sera donnée d'espèce. Puisque sur la droite donnée ΕΔ, on a décrit la figure ΕΖ donnée d'espèce; la figure ΕΖ sera donnée de grandeur (52). Mais

δέδοται ἄρα τὸ EZ τῷ μεγέθει. Καὶ ἔστιν ἴσον τοῖς ΑΓ, ΚΘ· δέδοται ἄρα καὶ τὰ ΑΓ, ΚΘ τῷ μεγέθει. Καὶ ἔστι τὸ ΑΓ δοθὲν τῷ μεγέθει, ὑπόκειται γάρ· λοιπὸν ἄρα τὸ ΚΘ δοθέν ἐστι τῷ μεγέθει. Εστι δὲ καὶ τῷ εἴδει δοθὲν, ὅμοιον γάρ ἐστι τῷ ΓΔ· τοῦ ΘΚ ἄρα δεδομέναι εἰσὶν αἱ πλευραί· δοθεῖσα ἄρα ἐστὶν ἡ ΚΓ. Καὶ ἔστιν ἴση τῇ ΕΒ· δοθεῖσα ἄρα ἐστὶν καὶ[4] ἡ ΕΒ. Εστι δὲ καὶ ἡ ΕΔ δοθεῖσα· καὶ λοιπὴ ἄρα ἡ ΔΒ δοθεῖσα ἐστί[5]· Καὶ λόγος τῆς ΒΔ πρὸς τὴν ΒΓ δοθείς· δοθεῖσα ἄρα ἐστι καί[6] ἡ ΒΓ.

igituri psa EZ magnitudine. Et est æqualis ipsis ΑΓ, ΚΘ; datæ sunt igitur et ipsæ ΑΓ, ΚΘ magnitudine. Et est ipsa ΑΓ data magnitudine, supponitur enim; reliqua gitur ΚΘ data est magnitudine. Est autem et specie data, similis enim ipsi ΓΔ; ipsius ΘΚ igitur data sunt latera; data igitur est ipsa ΚΓ. Et est æqualis ipsi ΕΒ; data igitur est et ipsa ΕΒ. Est autem et ΕΔ data; et reliqua igitur ΔΒ data est. Et ratio ipsius ΒΔ ad ΒΓ data; data igitur est et ipsa ΒΓ.

ΠΡΟΤΑΣΙΣ νθʹ.

Εὰν δοθὲν χωρίον παρὰ δοθεῖσαν εὐθεῖαν παραβληθῇ, ὑπέρβαλλον τῷ εἴδει δεδομένῳ εἴδει[1]· δέδοται τὰ πλάτη τῆς ὑπερβολῆς.

Δοθὲν γὰρ τὸ ΑΒ παρὰ δοθεῖσαν τὴν ΑΓ παραβεβλήσθω, ὑπέρβαλλον εἴδει δεδομένῳ εἴδει[2] τῷ ΓΒ· λέγω ὅτι δοθεῖσά ἐστιν ἑκατέρα τῶν ΘΓ, ΓΕ.

PROPOSITIO LIX.

Si datum spatium ad datam rectam applicetur, excedens datâ specie figurâ, datæ sunt latitudines excessûs.

Datum enim spatium ΑΒ ad datam ΑΓ applicetur, excedens datâ specie figurâ ΓΒ; dico datam esse utramque ipsarum ΘΓ, ΓΕ.

cette figure est égale à la somme des figures ΑΓ, ΚΘ (36, et 43. 1); la somme des figures ΑΓ, ΚΘ est donc donnée de grandeur. Mais ΑΓ est donné de grandeur, par supposition; la figure restante ΚΘ est donc donnée de grandeur (4). Mais elle est donnée d'espèce, car elle est semblable à la figure ΓΔ; les côtés de la figure ΘΚ sont donc donnés (55); la droite ΚΓ est donc donnée. Mais elle est égale à ΕΒ (34. 1); la droite ΕΒ est donc donnée. Mais ΕΔ est donné; la droite restante ΔΒ est donc donnée (4). Mais la raison de ΒΔ à ΒΓ est donnée (déf. 3); donc ΒΓ est donné (2).

PROPOSITION LIX.

Si un espace donné est appliqué à une droite donnée, et si cet espace est excédent d'une figure donnée d'espèce, les côtés de l'excès sont donnés.

Qu'un espace donné ΑΒ soit appliqué à une droite donnée ΑΓ, et que cet espace soit excédent d'une figure ΓΒ donnée d'espèce; je dis que chacun des côtés ΘΓ, ΓΕ est donné.

Τετμήσθω γὰρ δίχα ἡ ΔΕ κατὰ τὸ Ζ σημεῖον, καὶ ἀναγεγράφθω ἀπὸ τῆς ΕΖ τῷ ΓΒ ὅμοιον καὶ ὁμοίως κείμενον τὸ ΖΗ· περὶ τὴν αὐτὴν ἄρα διάμετρόν ἐστι τὸ ΖΗ τῷ ΓΒ· ἤχθω αὐτῶν διά-

Secetur enim bifariam ΔΕ in Ζ puncto, et describatur ab ipsâ ΕΖ ipsi ΓΒ simile et similiter positum ΖΗ; circa eadem igitur diametrum est ipsum ΖΗ cum ipso ΓΒ; ducatur ipsorum dia-

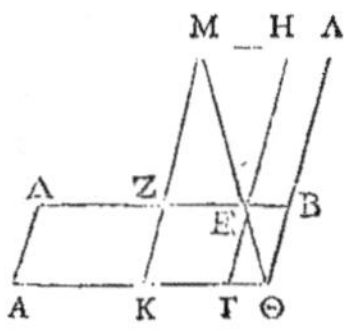

μετρος ἡ ΘΕΜ[3], καὶ καταγεγράφθω τὸ σχῆμα. Καὶ ἐπεὶ ὅμοιόν ἐστι τὸ ΓΒ τῷ ΖΗ[4]· δέδοται δὲ τὸ ΓΒ τῷ εἴδει· δέδοται ἄρα καὶ τὸ ΖΗ τῷ εἴδει· καὶ ἀναγέγραπται ἀπὸ δεδομένης εὐθείας τῆς ΖΕ· δοθὲν ἄρα ἐστὶ τὸ ΖΗ τῷ μεγέθει. Ἔστι δὲ καὶ τὸ ΑΒ δοθέν· δοθέντα ἄρα ἐστὶ τὰ ΑΒ, ΖΗ τῷ μεγέθει. Καὶ ἐστὶν ἴσα τῷ ΚΛ· δοθὲν ἄρα ἐστὶ τὸ ΚΛ τῷ μεγέθει[5]. Ἔστι δὲ καὶ τῷ εἴδει, ὅμοιον γάρ ἐστι τῷ ΓΒ· τοῦ ΚΛ ἄρα αἱ πλευραὶ δεδομέναι εἰσὶ τῷ μεγέθει[6]· δοθεῖσα ἄρα ἐστὶν ἡ ΚΘ. Καὶ[7] ἡ ΚΓ δοθεῖσά ἐστιν, ἴση γάρ ἐστι τῇ ΖΕ· λοιπὴ ἄρα ἡ ΓΘ ἐστὶ δοθεῖσα[8], καὶ

meter ΘΕΜ, et construatur figura. Et quoniam simile est ΓΒ ipsi ΖΗ, datum est autem ΓΒ specie; datum igitur est et ΖΗ specie; et descriptum est a datâ rectâ ΖΕ; datum igitur est ΖΗ magnitudine. Est autem et ΑΒ datum; data igitur sunt ΑΒ, ΖΗ magnitudine. Et sunt æqualia ipsi ΚΛ; datum igitur est ΚΛ magnitudine. Est autem et specie, simile enim est ipsi ΓΒ; ipsius ΚΛ igitur latera data sunt magnitudine; data igitur est ΚΘ. Et ipsa ΚΓ data est, æqualis enim est ipsi ΖΕ; reliqua igitur ΓΘ est data, et ra-

Car partageons ΔΕ en deux parties égales au point Ζ; sur ΖΕ décrivons la figure ΖΗ semblable à ΓΒ et semblablement placée (18. 6); la figure ΖΗ sera autour de la même diagonale que la figure ΓΒ (26. 6); menons leur diagonale ΘΕΜ, et construisons la figure. Puisque ΓΒ est semblable à ΖΗ, et que ΓΒ est donné d'espèce, la figure ΖΗ sera donnée d'espèce. Mais cette figure est décrite sur la droite donnée ΖΕ; la droite ΖΗ est donc donnée de grandeur (52). Mais ΑΒ est donné; la somme des figures ΑΒ, ΖΗ est donc donnée de grandeur. Mais la somme de ces figures est égale à ΚΛ (36 et 43. 1); la figure ΚΛ est donc donnée de grandeur (3). Mais cette figure est donnée d'espèce, car elle est semblable à ΓΒ; les côtés de ΚΛ sont donc donnés de grandeur (55); la droite ΚΘ est donc donnée. Mais ΚΓ est donné, car il est égal à ΖΕ (34. 1); la droite restante ΓΘ est donc donnée. Mais

λόγον ἔχει πρὸς τὴν ΘΒ δοθέντα· δοθεῖσα ἄρα ἐστὶ καὶ ἡ ΘΒ.

tionem habet ad ΘΒ datam; data igitur est et ΘΒ.

ΠΡΟΤΑΣΙΣ ξ'.

Εὰν παραλληλόγραμμον δεδομένον τῷ εἴδει καὶ τῷ μεγέθει δεδομένῳ γνώμονι αὐξηθῇ ἢ μειωθῇ, δέδοται τὰ πλάτη τοῦ γνώμονος.

Παραλληλόγραμμον γὰρ τὸ ΑΒ δεδομένον τῷ εἴδει καὶ τῷ μεγέθει ηὐξήσθω πρότερον δεδομένῳ γνώμονι τῷ ΕΓΒΔΖΗ· λέγω ὅτι δοθεῖσά ἐστιν ἑκατέρα τῶν ΓΕ, ΔΖ.

PROPOSITIO LX.

Si parallelogrammum datum specie et magnitudine, dato gnomone augeatur vel minuatur, datæ sunt latitudines gnomonis.

Parallelogrammum enim AB datum specie et magnitudine augeatur primum dato gnomone ΕΓΒΔΖΗ; dico datam esse utramque ipsarum ΓΕ, ΔΖ.

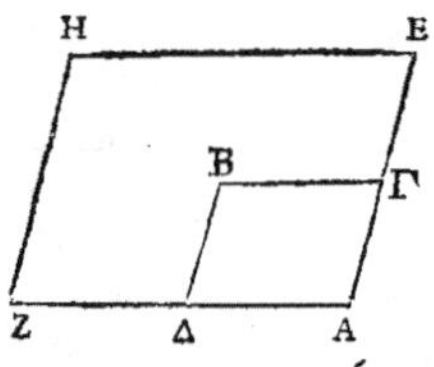

Ἐπεὶ γὰρ δοθέν ἐστι τὸ[1] ΑΒ, ἔστι δὲ καὶ ὁ ΕΓΒΔΖΗ γνώμων δοθείς· καὶ ὅλον ἄρα τὸ ΑΗ δοθέν ἐστι. Ἀλλὰ καὶ τῷ εἴδει, ὅμοιον γάρ ἐστι τῷ ΑΒ· τοῦ ΑΗ ἄρα δεδομέναι εἰσὶν αἱ πλευραί.

Quoniam enim data est AB, est autem et ΕΓΒΔΖΗ gnomon datus; et totum igitur AH datum est. Sed et specie, simile enim est ipsi AB; ipsius AH igitur data sunt latera; datum

cette droite a une raison donnée avec ΘΒ (déf. 3); la droite ΘΒ est donc donnée (2).

PROPOSITION LX.

Si un parallélogramme donné d'espèce et de grandeur, est augmenté ou diminué d'un gnomon donné, les largeurs du gnomon sont données.

Que le parallélogramme AB, donné d'espèce et de grandeur, soit augmenté du gnomon ΕΓΒΔΖΗ; je dis que chacune des droites ΓΕ, ΔΖ est donnée.

Car puisque AB est donné, et que le gnomon ΕΓΒΔΗ est aussi donné, l'espace entier AH sera donné. Mais cet espace est donné d'espèce, car il est semblable à AB (26. 6); les côtés de AH sont donc donnés (55); chacune des droites AE,

δοθεῖσα ἄρα ἐστὶν ἑκατέρα τῶν ΑΕ, ΑΖ. Εστὶ δὲ καὶ ἑκατέρα τῶν ΓΑ, ΑΔ δοθεῖσα· λοιπὴ ἄρα ἑκατέρα τῶν ΕΓ, ΖΔ ἐστὶ δοθεῖσα[2].

Πάλιν δὴ παραλληλόγραμμον τὸ ΑΗ δεδομένον τῷ εἴδει καὶ τῷ μεγέθει μεμειώσθω δεδομένῳ γνώμονι τῷ ΕΓΒΔΖΗ· λέγω ὅτι δοθεῖσά ἐστιν ἑκατέρα τῶν ΓΕ, ΔΖ.

Επεὶ γὰρ δοθέν ἐστι τὸ ΑΗ, οὗ ὁ ΕΓΒΔΖΗ γνώμων δοθείς ἐστι· λοιπὸν ἄρα τὸ ΑΒ δοθέν ἐστιν. Αλλὰ καὶ τῷ εἴδει, ὅμοιον γάρ ἐστι τῷ ΗΑ[3]· τοῦ ΑΒ ἄρα αἱ πλευραὶ δεδομέναι εἰσίν· δοθεῖσα ἄρα ἐστὶν ἑκατέρα τῶν ΓΑ, ΑΔ. Εστι δὲ καὶ ἑκατέρα τῶν ΕΑ, ΑΖ δοθεῖσα· καὶ λοιπὴ ἄρα ἑκατέρα τῶν ΕΓ, ΔΖ δοθεῖσά ἐστιν.

igitur est utraque ipsarum ΑΕ, ΑΖ. Est autem et utraque ipsarum ΓΑ, ΑΔ data; reliqua igitur utraque ipsarum ΕΓ, ΖΔ est data.

Rursus autem parallelogrammum ΑΗ datum specie et magnitudine minuatur dato gnomone ΕΓΒΔΖΗ; dico datam esse utramque rectarum ΓΕ, ΔΖ.

Quoniam enim datum est ΑΗ, cujus ΕΓΒΔΖΗ gnomon datus est; reliquum igitur ΑΒ datum est. Sed et specie, simile enim est ipsi ΗΑ; ipsius ΑΒ igitur latera data sunt; datum igitur est utrumque laterum ΓΑ, ΑΔ. Est autem et utrumque laterum ΕΑ, ΑΖ datum; et reliqua igitur utraque ipsarum ΕΓ, ΔΖ data est.

ΑΖ est donc donnée. Mais chacune des droites ΓΑ, ΑΔ est donnée; chacune des droites restantes ΕΓ, ΖΔ est donc donnée aussi (4).

Mais de plus, que le parallélogramme ΑΗ, donné d'espèce et de grandeur, soit diminué du gnomon donné ΕΓΒΔΖΗ; je dis que chacune des droites ΓΕ, ΔΖ est donnée.

Car puisque ΑΗ est donné, et que le gnomon ΕΓΒΔΖΗ est donné aussi, la surface restante ΑΒ est donnée (4). Mais cette surface est donnée d'espèce, car elle est semblable à ΗΑ (26. 6); les côtés de ΑΒ sont donc donnés (55); chacune des droites ΓΑ, ΑΔ est donc donnée. Mais chacune des droites ΕΑ, ΑΖ est donnée; chacune des droites restantes ΕΓ, ΔΖ est donc donnée (4).

ΠΡΟΤΑΣΙΣ ξα'.

Εὰν δεδομένου τῷ εἴδει εἴδους παρὰ μίαν τῶν πλευρῶν παραλληλόγραμμον χωρίον παραβληθῇ ἐν δεδομένῃ γωνίᾳ, ἔχῃ δὲ τὸ εἶδος πρὸς τὸ παραλληλόγραμμον λόγον δεδομένον· δέδοται τὸ παραλληλόγραμμον τῷ εἴδει.

Δεδομένου γὰρ τῷ εἴδει εἴδους τοῦ ΑΖΓΒ παρὰ μίαν τῶν πλευρῶν τὴν ΓΒ παραλληλόγραμμον χωρίον παραβεβλήσθω τὸ ΓΔ ἐν δεδομένῃ γωνίᾳ τῇ ὑπὸ ΑΓΒ, λόγος δὲ ἔστω τοῦ ΑΓ εἴδους πρὸς τὸ ΓΔ παραλληλόγραμμον[1] δοθείς· λέγω ὅτι δέδοται τὸ ΓΔ τῷ εἴδει.

Ηχθω γὰρ διὰ μὲν τοῦ Β τῇ ΖΓ παράλληλος ἡ ΒΗ, διὰ δὲ τοῦ Ζ τῇ ΓΒ παράλληλος ΖΗ, καὶ διήχθωσαν αἱ ΖΓ, ΗΒ ἐπὶ τὰ Κ, Θ σημεῖα. Επεὶ οὖν[2] δοθεῖσά ἐστιν ἡ ὑπὸ ΖΓΒ γωνία, καὶ λόγος ἐστὶ τῆς ΖΓ πρὸς τὴν ΓΒ δοθείς· δοθὲν ἄρα ἐστὶ[3] τὸ ΖΒ παραλληλόγραμμον τῷ εἴδει. Δέδοται δὲ τῷ εἴδει τὸ ΑΖΓΒ εἶδος, καὶ ἀναγέγραπται ἀπὸ τῆς αὐτῆς εὐθείας τῆς ΓΒ παραλληλόγραμμον

PROPOSITIO LXI.

Si ad datæ specie figuræ unum laterum parallelogrammum spatium applicetur in dato angulo, habeat autem figura ad parallelogrammum rationem datam, datum est parallelogrammum specie.

Etenim ad datæ specie figuræ ΑΖΓΒ unum laterum ΓΒ parallelogrammum spatium ΓΔ applicetur in dato angulo ΑΓΒ, ratio autem sit figuræ ΑΓ ad ΓΔ parallelogrammum data; dico datum esse ipsum ΓΔ specie.

Ducatur enim per punctum quidem Β ipsi ΖΓ parallela ΒΗ, per punctum Ζ vero ipsi ΓΒ parallela ΖΗ, et producantur ipsæ ΖΓ, ΗΒ ad Κ, Θ puncta. Quoniam igitur datus est angulus ΖΓΒ, et ratio est ipsius ΖΓ ad ΓΒ data; datum igitur est ΖΒ parallelogrammum specie. Data est autem specie figura ΑΖΓΒ, et descriptum est ab eâdem rectâ ΓΒ parallelo-

PROPOSITION LXI.

Si un parollélogramme est appliqué à un côté d'une figure donnée d'espèce dans un angle donné, et si cette figure a une raison donnée avec ce parallélogramme, ce parallélogramme est donné d'espèce.

Que le parallélogramme ΓΔ soit appliqué à un des côtés ΓΒ de la figure ΑΖΓΒ donnée d'espèce, dans l'angle donné ΑΓΒ, et que la raison de la figure ΑΓ au parallélogramme ΓΔ soit donnée; je dis que ΓΔ est donné d'espèce.

Car par le point Β menons la droite ΒΗ parallèle à ΖΓ, et par le point Ζ la droite ΖΗ parallèle à ΓΒ (31. 1). Prolongeons ΖΓ, ΗΒ vers les points Κ, Θ. Puisque l'angle ΖΓΒ est donné (déf. 3), et que la raison de ΖΓ à ΓΒ est aussi donnée, le parallélogramme ΖΒ sera donné d'espèce. Mais la figure ΑΖΓΒ est donnée d'espèce, et sur ΓΒ on a décrit le parallélogramme ΖΒ donné d'espèce;

δεδομένον τῷ εἴδει τὸ ΖΒ[4]· λόγος ἄρα ἐστὶ τοῦ ΑΓ εἴδους πρὸς τὸ ΖΒ παραλληλόγραμμον δοθείς. Τοῦ δὲ ΑΖΓΒ πρὸς τὸ ΓΔ λόγος ἐστὶ δοθεὶς, ἐπειδὴ ὑπόκειται[5], ἴσον δὲ τὸ ΓΔ τῷ ΚΒ· λόγος ἄρα καὶ τοῦ ΚΒ πρὸς τὸ ΓΗ ἐστὶ[6] δοθεὶς· ὥστε καὶ τῆς ΖΓ πρὸς τὴν ΓΚ λόγος ἐστὶ δοθείς. Τῆς δὲ ΖΓ πρὸς

grammum datum specie ipsum ZB ; ratio igitur est figuræ ΑΓ ad parallelogrammum ZB data. Ipsius autem ΑΖΓΒ ad ΓΔ ratio est data, quoniam supponitur, æquale autem ΓΔ ipsi KB; ratio igitur et ipsius KB ad ΓΗ est data; quare et ipsius ΖΓ ad ΓΚ ratio est data.

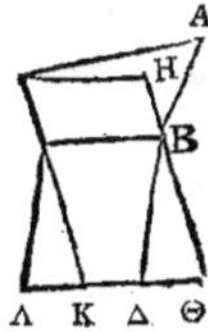

τὴν ΓΒ λόγος ἐστὶ δοθείς· καὶ τῆς ΒΓ ἄρα πρὸς τὴν ΓΚ λόγος ἐστὶ δοθείς. Καὶ ἐπεὶ δοθεῖσά ἐστιν ἡ ὑπὸ ΖΓΒ γωνία· καὶ ἡ ἐφεξῆς ἄρα ἡ ὑπὸ ΒΓΚ ἐστὶ[7] δοθεῖσα. Εστι δὲ καὶ ἡ ὑπὸ ΒΓΛ γωνία[7] δοθεῖσα· λοιπὴ ἄρα ἡ ὑπὸ ΛΓΚ δοθεῖσά ἐστιν[8]. Εστι δὲ καὶ ἡ ὑπὸ ΛΚΓ γωνία δοθεῖσα, ἴση γάρ ἐστι[9] τῇ ὑπὸ ΚΓΒ· λοιπὴ ἄρα ἡ ὑπὸ[10] ΓΛΚ ἐστι δοθεῖσα· δέδοται ἄρα τὸ ΛΚΓ τρίγωνον τῷ εἴδει· λόγος ἄρα ἐστὶ τῆς ΛΓ πρὸς τὴν ΓΚ δοθείς. Τῆς δὲ ΚΓ πρὸς τὴν ΓΒ λόγος ἐστὶ δοθείς· καὶ τῆς ΛΓ ἄρα πρὸς

Ipsius autem ΖΓ ad ΓΒ ratio est data; et ipsius ΒΓ igitur ad ΓΚ ratio est data. Et quoniam datus est ΖΓΒ angulus; et ipse deinceps igitur ΒΓΚ est datus. Est autem et ΒΓΛ angulus datus; reliquus igitur ΛΓΚ datus est. Est autem et ΛΚΓ angulus datus, æqualis enim est ipsi ΚΓΒ; reliquus igitur ΓΛΚ est datus; datum est igitur ΛΚΓ triangulum specie; ratio igitur est ipsius ΛΓ ad ΓΚ data. Ipsius autem ΚΓ ad ΓΒ ratio est data; et ipsius ΛΓ

la raison de la figure ΑΓ au parallélogramme ΖΒ est donc donnée (49). Mais la raison de ΑΖΓΒ à ΓΔ est donnée, par supposition, et ΓΔ est égal à ΚΒ (35. 1); la raison de ΚΒ à ΓΗ est donc donnée (8); la raison de ΖΓ à ΓΚ est donc donnée aussi (1. 6). Mais la raison de ΖΓ à ΓΒ est donnée (déf. 3); la raison de ΒΓ à ΓΚ est donc donnée (8). Mais l'angle ΖΓΒ est donné; l'angle de suite ΒΓΚ est donc donné aussi (13. 1) (4). Mais l'angle ΒΓΛ est donné; l'angle restant ΛΓΚ est donc donné (4). Mais l'angle ΛΚΓ est donné, car il est égal à l'angle ΚΓΒ (29. 1); l'angle restant ΓΛΚ est donc donné (32. 1) (4); le triangle ΛΚΓ est donc donné d'espèce (40); la raison de ΛΓ à ΓΚ est donc donnée (déf. 3). Mais la raison de

τὴν ΓΒ λόγος ἐστὶ δοθείς. Καὶ ἔστι δοθεῖσα ἡ ὑπὸ ΑΓΒ γωνία· δέδοται ἄρα τὸ ΓΔ παραλληλόγραμμον τῷ εἴδει.

igitur ad ΓΒ ratio est data. Et est datus ΑΓΒ angulus; datum est igitur ΓΔ parallelogrammum specie.

ΠΡΟΤΑΣΙΣ ξβ'.

Ἐὰν δύο εὐθεῖαι πρὸς ἀλλήλας λόγον ἔχωσι δεδομένον, καὶ ἀναγραφῇ ἀπὸ μὲν τῆς[1] μιᾶς δεδομένον τῷ εἴδει εἶδος, ἀπὸ δὲ τῆς ἑτέρας χωρίον παραλληλόγραμμον ἐν δεδομένῃ γωνίᾳ, ἔχῃ δὲ τὸ εἶδος πρὸς τὸ παραλληλόγραμμον λόγον δεδομένον· δέδοται τὸ παραλληλόγραμμον τῷ εἴδει.

Δύο γὰρ εὐθεῖαι αἱ ΑΒ, ΓΔ πρὸς ἀλλήλας λόγον ἐχέτωσαν δεδομένον, καὶ ἀναγεγράφθω ἀπὸ μὲν τῆς ΑΒ δεδομένον τῷ εἴδει εἶδος τὸ ΑΕΒ, ἀπὸ δὲ τῆς ΓΔ παραλληλόγραμμον τὸ ΔΖ ἐν δεδομένῃ γωνίᾳ τῇ ὑπὸ ΖΓΔ, λόγος δὲ ἔστω τοῦ ΑΕΒ εἴδους πρὸς τὸ ΖΔ παραλληλόγραμμον δοθείς· λέγω ὅτι δέδοται τὸ ΔΖ παραλληλόγραμμον τῷ εἴδει.

Ἀναγεγράφθω γὰρ ἀπὸ τῆς ΑΒ τῷ ΖΔ ὅμοιον καὶ ὁμοίως κείμενον παραλληλόγραμμον[2] τὸ ΑΗ.

PROPOSITIO LXII.

Si duæ rectæ inter se rationem habeant datam, et descripta sit ab unâ quidem data specie figura, ab alterâ vero spatium parallelogrammum in dato angulo, habeat autem figura ad parallelogrammum rationem datam; datum est parallelogrammum specie.

Duæ enim rectæ ΑΒ, ΓΔ inter se rationem habeant datam, et descripta sit ab ipsâ quidem ΑΒ data specie figura ΑΕΒ, ab ipsâ vero ΓΔ parallelogrammum ΔΖ in dato angulo ΖΓΔ, ratio autem sit figuræ ΑΕΒ ad ΖΔ parallelogrammum data; dico datum esse parallelogrammum ΔΖ specie.

Describatur enim ab ipsâ ΑΒ ipsi ΖΔ simile et similiter positum parallelogrammum ΑΗ. Et

ΚΓ à ΒΓ est donnée; la raison de ΑΓ à ΓΒ est donc donnée (1) Mais l'angle ΑΓΒ est donné; le parallélogramme ΓΔ est donc donné d'espèce (déf. 3).

PROPOSITION LXII.

Si deux droites ont entre elles une raison donnée, si sur l'une d'elles on décrit une figure donnée d'espèce, si sur l'autre on décrit un parallélogramme dans un angle donné, et si cette figure a une raison donnée avec le parallélogramme; le parallélogramme est donné d'espèce.

Que les deux droites ΑΒ, ΓΔ ayent entre elles une raison donnée; sur ΑΒ décrivons une figure ΑΕΒ donnée d'espèce, et sur ΓΔ, dans l'angle donné ΖΓΔ, décrivons le parallélogramme ΔΖ; que la raison de la figure ΑΕΒ au parallélogramme ΖΔ soit donnée; je dis que le parallélogramme ΔΖ est donné d'espèce.

Car sur ΑΒ construisons le parallélogramme ΑΗ semblable à ΖΔ et semblable-

Καὶ ἐπεὶ λόγος τῆς AB πρὸς τὴν ΓΔ δοθείς ἐστι[3], καὶ ἀναγέγραπται ἀπὸ τῶν AB, ΓΔ ὅμοια καὶ ὁμοίως κείμενα εὐθύγραμμα τὰ AH, ZΔ·

quoniam ratio ipsius AB ad ΓΔ data est, et descripta sunt ab ipsis AB, ΓΔ similia et similiter posita AH, ZΔ; ratio igitur est ipsius

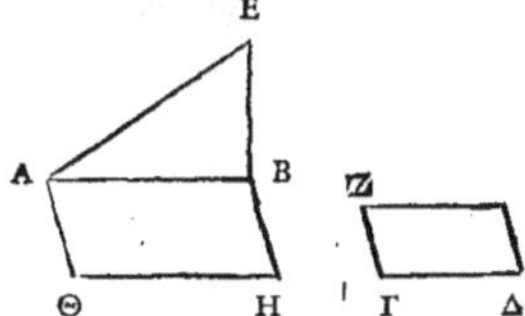

λόγος ἄρα ἐστὶ τοῦ AH πρὸς τὸ ZΔ δοθείς. Τοῦ δὲ ZΔ πρὸς τὸ AEB λόγος ἐστὶ δοθείς· καὶ τοῦ AEB ἄρα πρὸς τὸ AH λόγος ἐστὶ δοθείς. Καὶ ἔστι δοθεῖσα ἡ ὑπὸ ABH γωνία, ἴση γάρ ἐστι τῇ ὑπὸ ZΓΔ· ἐπεὶ οὖν δεδομένου τῷ εἴδει εἴδους τοῦ AEB παρὰ μίαν τῶν πλευρῶν τὴν AB παραβέβληται τὸ AH ἐν δεδομένῃ γωνίᾳ τῇ ὑπὸ ABH, καὶ λόγος ἐστὶ τοῦ AEB εἴδους πρὸς τὸ AH παραλληλόγραμμον δοθείς· δέδοται ἄρα τὸ AH τῷ εἴδει. Καὶ ἔστιν ὅμοιον τῷ ZΔ· δέδοται ἄρα καὶ τὸ ZΔ τῷ εἴδει.

AH ad ZΔ data. Ipsius autem ZΔ ad AEB ratio est data; et ipsius AEB igitur ad AH ratio est data. Et est datus ABH angulus, æqualis enim est ipsi ZΓΔ; quoniam igitur ad unum laterum AB datæ specie figuræ AEB applicatum est ipsum AH in dato angulo ABH, et ratio est figuræ AEB ad AH parallelogrammum data, datum igitur est ipsum AH specie. Et est simile ipsi ZΔ; datum est igitur et ZΔ specie.

ment placée (18. 6). Puisque la raison de AB à ΓΔ est donnée, et que sur AB, ΓΔ on a décrit les figures AH, ZΔ semblables et semblablement placées, la raison de AH à ZΔ sera donnée (50). Mais la raison de ZΔ à AEB est donnée; la raison de AEB à AH est donc donnée (8). Et puisque l'angle ABH est donné, car il est égal à l'angle ZΓΔ; qu'à un des côtés AB de la figure AEB donnée d'espèce, on a appliqué la figure AH dans l'angle donné ABH, et que la raison de la figure AEB au parallélogramme AH est donnée (49); la figure AH sera donnée d'espèce (61). Mais cette figure est semblable à ZΔ; la figure ZΔ est donc donnée d'espèce (déf. 3).

ΠΡΟΤΑΣΙΣ ξγ'.

Εὰν τρίγωνον τῷ εἴδει δεδομένον ᾖ, τὸ ἀπὸ ἑκάστης τῶν πλευρῶν αὐτοῦ τετράγωνον[1] πρὸς τὸ τρίγωνον λόγον ἕξει δεδομένον.

Εστω τρίγωνον δεδομένον τῷ εἴδει τὸ ΑΒΓ, καὶ ἀναγεγράφθω ἀπὸ ἑκάστης τῶν πλευρῶν αὐτοῦ τετράγωνα τὰ ΕΒ, ΓΔ, ΓΖ· λέγω ὅτι ἕκαστον τῶν ΕΒ, ΓΔ, ΓΖ πρὸς τὸ ΑΒΓ τρίγωνον λόγον ἕξει δεδομένον.

PROPOSITIO LXIII.

Si triangulum specie datum sit, ab unoquoque laterum ejus quadratum ad triangulum rationem habebit datam.

Sit triangulum ΑΒΓ datum specie, et describantur ab unoquoque laterum ipsius quadrata ΕΒ, ΓΔ, ΓΖ; dico unumquodque quadratorum ΕΒ, ΓΔ, ΓΖ ad triangulum ΑΒΓ rationem habiturum esse datam.

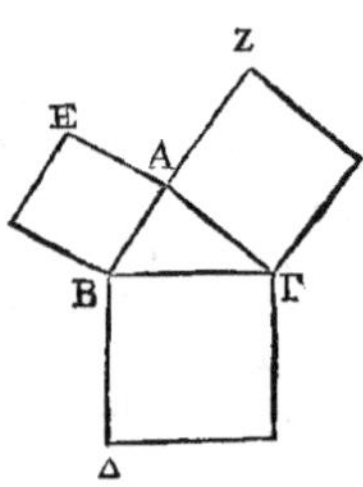

Επεὶ γὰρ ἀπὸ τῆς αὐτῆς εὐθείας τῆς ΒΓ εὐθύγραμμα δεδομένα τῷ εἴδει ἀναγέγραπται ἃ ἔτυχεν, τὰ ΑΒΓ, ΓΔ· λόγος ἄρα τοῦ ΑΒΓ πρὸς τὸ ΓΔ δοθείς. Διὰ τὰ αὐτὰ δὴ καὶ ἑκατέρου τῶν ΕΒ, ΖΓ πρὸς τὸ ΑΒΓ τρίγωνον λόγος ἐστὶ δοθείς.

Quoniam enim ab eâdem rectâ ΒΓ rectilinea data specie descripta sunt quædam ΑΒΓ, ΓΔ; ratio igitur ipsius ΑΒΓ ad ΓΔ data. Propter eadem utique et utriusque ipsorum ΕΒ, ΖΓ ad ΑΒΓ triangulum ratio est data.

PROPOSITION LXIII.

Si un triangle est donné d'espèce, le quarré de chacun de ses côtés aura une raison donnée avec ce triangle.

Soit ΑΒΓ un triangle donné d'espèce; sur ses côtés, décrivons les quarrés ΕΒ, ΓΔ, ΓΖ; je dis que chacun des quarrés ΕΒ, ΓΔ, ΓΖ aura une raison donnée avec le triangle ΑΒΓ.

Car puisque sur la même droite ΒΓ, on a décrit des figures rectilignes quelconques ΑΒΓ, ΓΔ données d'espèce, la raison de ΑΒΓ à ΓΔ sera donnée (49). La raison de chacun des quarrés ΕΒ, ΖΓ au triangle ΑΒΓ est donnée par la même raison.

ΠΡΟΤΑΣΙΣ ξδ'.

Εὰν τρίγωνον ἀμβλεῖαν ἔχῃ γωνίαν δεδομένην· ᾧ μεῖζον δυνάται ἡ τὴν ἀμβλεῖαν γωνίαν ὑποτείνουσα πλευρὰ τῶν τὴν ἀμβλεῖαν γωνίαν περιεχουσῶν πλευρῶν, ἐκεῖνο τὸ χωρίον πρὸς τὸ τρίγωνον λόγον ἕξει δεδομένον.

Εστω τρίγωνον ἀμβλυγώνιον τὸ ΑΒΓ, ἀμβλεῖαν ἔχον γωνίαν[1] τὴν ὑπὸ ΑΒΓ δεδομένην, καὶ διήχθω ἐπ' εὐθείας τῆς ΒΓ εὐθεῖα ἡ ΒΔ, καὶ ἤχθω ἀπὸ τοῦ Α ἐπὶ τὴν ΔΓ κάθετος ἡ ΑΔ· λέγω ὅτι ᾧ μεῖζόν ἐστι τὸ ἀπὸ τῆς ΑΓ τῶν[2] ἀπὸ τῶν ΑΒ, ΒΓ, τουτέστι τὸ δὶς ὑπὸ τῶν ΔΒ, ΒΓ, ἐκεῖνο τὸ χωρίον πρὸς τὸ ΑΒΓ τρίγωνον λόγον ἔχει δεδομένον.

PROPOSITIO LXIV.

Si triangulum obtusum habeat angulum datum, quo magis potest latus obtusum angulum subtendens quam latera comprehendentia obtusum angulum, illud spatium ad triangulum rationem habebit datam.

Sit triangulum obtusangulum ΑΒΓ, obtusum habens angulum ΑΒΓ datum, et producatur in directum ipsi ΒΓ recta ΒΔ, et ducatur a puncto Α ad ΔΓ perpendicularis ΑΔ; dico quo majus est quadratum ex ΑΓ quam quadrata ex ipsis ΑΒ, ΒΓ, id est rectangulum bis sub ΔΒ, ΒΓ, illud spatium ad ΑΒΓ triangulum rationem habere datam.

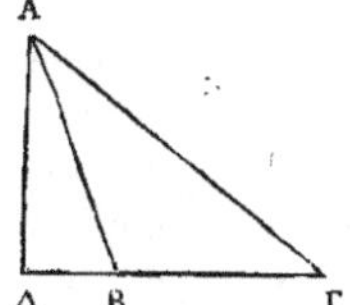

Επεὶ γὰρ δοθεῖσά ἐστιν ἡ ὑπὸ ΑΒΓ γωνία[3], καὶ ἡ ὑπὸ ΑΒΔ δοθεῖσά ἐστιν. Εστι δὲ καὶ ἡ ὑπὸ

Quoniam enim datus est ΑΒΓ angulus, et ΑΒΔ angulus datus est. Est autem et ΑΔΒ datus,

PROPOSITION LXIV.

Si un triangle a un angle obtus donné, la surface dont le quarré du côté qui soutend l'angle obtus surpasse la somme des quarrés des côtés qui comprènent l'angle obtus, aura une raison donnée avec ce triangle.

Soit le triangle obtus-angle ΑΒΓ ayant l'angle obtus ΑΒΓ donné, menons la droite ΒΔ dans la direction de ΒΓ, et du point Α menons ΑΔ perpendiculaire à ΔΓ; je dis que la surface dont le quarré de ΑΓ surpasse la somme des quarrés des droites ΑΒ, ΒΓ, c'est-à-dire que le double rectangle sous ΔΒ, ΒΓ a une raison donnée avec le triangle ΑΒΓ.

Car puisque l'angle ΑΒΓ est donné, l'angle ΑΒΔ est donné aussi (13. 1) (4).

ΑΔΒ δοθεῖσα· καὶ[4] λοιπὴ ἄρα ἡ ὑπὸ ΔΑΒ δοθεῖσά ἐστι· δέδοται ἄρα τὸ ΑΒΔ τρίγωνον τῷ εἴδει· λόγος ἄρα τῆς ΑΔ πρὸς τὴν ΔΒ δοθείς ἐστι[5]. Καὶ ἔστιν ὡς ἡ ΑΔ πρὸς τὴν ΔΒ οὕτως τὸ ὑπὸ τῶν ΑΔ, ΒΓ πρὸς τὸ ὑπὸ τῶν ΔΒ, ΒΓ· ὥστε καὶ τοῦ ὑπὸ τῶν ΑΔ, ΒΓ πρὸς τὸ ὑπὸ τῶν ΔΒ, ΒΓ λόγος ἐστὶ δοθείς· καὶ τοῦ δὶς ἄρα ὑπὸ τῶν ΔΒ,

et reliquus igitur ΔΑΒ datus est; datum est igitur ΑΒΔ triangulum specie; ratio igitur ipsius ΑΔ ad ΔΒ data est. Et est ut ΑΔ ad ΔΒ ita ipsum sub ΑΔ, ΒΓ ad ipsum sub ΑΔ, ΒΓ; quare et ipsius sub ΑΔ, ΒΓ ad ipsum sub ΔΒ, ΒΓ ratio est data; et ipsius bis igitur sub ΔΒ, ΒΓ ad ip-

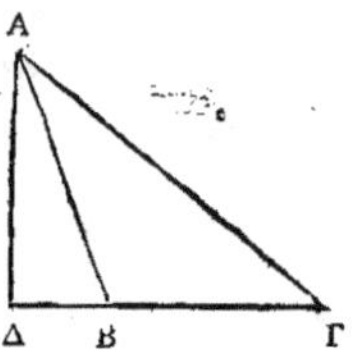

ΒΓ πρὸς τὸ ὑπὸ τῶν ΑΔ, ΒΓ λόγος ἐστὶ[6] δοθείς. Ἀλλὰ τοῦ ὑπὸ τῶν ΑΔ, ΒΓ πρὸς τὸ ΑΒΓ τρίγωνον λόγος ἐστὶ δοθείς· καὶ τοῦ δὶς ἄρα ὑπὸ τῶν ΔΒ, ΒΓ[7] πρὸς τὸ ΑΒΓ τρίγωνον λόγος ἐστὶ δοθείς. Καὶ ἔστι τὸ δὶς ὑπὸ τῶν ΔΒ, ΒΓ ᾧ μεῖζόν ἐστι τὸ ἀπὸ τῆς ΑΓ τῶν ἀπὸ τῶν ΑΒ, ΒΓ· ἐκεῖνο ἄρα τὸ χωρίον πρὸς τὸ ΑΒΓ τρίγωνον λόγον ἔχει δεδομένον.

sum sub ΑΔ, ΒΓ ratio est data. Sed ipsius sub ΑΔ, ΒΓ ad ΑΒΓ triangulum ratio est data; et ipsius bis igitur sub ΑΒ, ΒΓ ad ΑΒΓ triangulum ratio est data. Et est ipsum bis sub ΔΒ, ΒΓ quo majus est ipsum ex ΑΓ quam ipsa ex ipsis ΑΒ, ΒΓ; illud igitur spatium ad ΑΒΓ triangulum rationem habet datam.

Mais l'angle ΑΔΒ est donné; l'angle restant ΔΑΒ est donc donné (32. 1) (4); le triangle ΑΒΔ est donc donné d'espèce (40); la raison de ΑΔ à ΔΒ est donc donnée (déf. 3). Mais ΑΔ est à ΔΒ comme le rectangle sous ΑΔ, ΒΓ est au rectangle sous ΑΒ, ΒΓ (1. 6); la raison du rectangle sous ΑΔ, ΒΓ au rectangle sous ΔΒ, ΒΓ est donc donnée; la raison de deux fois le rectangle sous ΔΒ, ΒΓ au rectangle sous ΑΔ, ΒΓ est donc donnée. Mais la raison du rectangle sous ΑΔ, ΒΓ au triangle ΑΒΓ est donnée (41. 1); la raison de deux fois le rectangle sous ΑΒ, ΒΓ au triangle ΑΒΓ est donc donnée (8). Mais deux fois le rectangle sous ΔΒ, ΒΓ est la surface dont le quarré de ΑΓ surpasse la somme des quarrés des droites ΑΒ, ΒΓ (12. 2); cette surface a donc une raison donnée avec le triangle ΑΒΓ.

ΠΡΟΤΑΣΙΣ ξε'.

Εὰν τρίγωνον ὀξεῖαν ἔχῃ γωνίαν δεδομένην· ᾧ ἔλασσον δύναται ἡ τὴν ὀξεῖαν γωνίαν ὑποτείνουσα πλευρὰ τῶν τὴν ὀξεῖαν γωνίαν περιεχουσῶν πλευρῶν, ἐκεῖνο τὸ[1] χωρίον πρὸς τὸ τρίγωνον λόγον ἕξει δεδομένον.

Εστω τρίγωνον ὀξυγώνιον τὸ ΑΒΓ, ὀξεῖαν ἔχον γωνίαν δεδομένην τὴν ὑπὸ ΑΒΓ, καὶ ἤχθω ἀπὸ τοῦ Α ἐπὶ τὴν ΒΓ κάθετος ἡ[2] ΑΔ· λέγω ὅτι ᾧ ἔλασσόν ἐστι τὸ ἀπὸ τῆς ΑΓ τῶν ἀπὸ τῶν ΑΒ, ΒΓ, τουτέστι τὸ δὶς ὑπὸ τῶν ΓΒ, ΒΔ, πρὸς τὸ ΑΒΓ τρίγωνον λόγον ἔχει δεδομένον.

PROPOSITIO LXV.

Si triangulum acutum habeat angulum datum; quo minus potest latus acutum angulum subtendens quam latera acutum angulum comprehendentia, illud spatium ad triangulum rationem habebit datam.

Sit triangulum acutangulum ΑΒΓ, acutum habens angulum ΑΒΓ, et ducatur a puncto Α ad ΒΓ perpendicularis ΑΔ; dico quo minus est ipsum ex ΑΓ quam ipsa ex ipsis ΑΒ, ΒΓ, hoc est ipsum bis sub ΓΒ, ΒΔ, ad ΑΒΓ triangulum rationem habere datam.

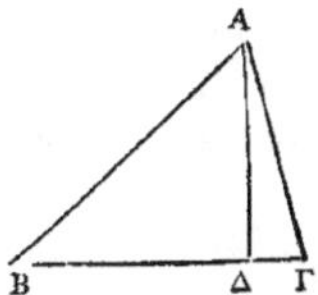

Επεὶ γὰρ δοθεῖσά ἐστιν ἡ ὑπὸ ΑΒΔ γωνία, ἐστὶ δὲ καὶ ἡ ὑπὸ ΑΔΒ δοθεῖσα· καὶ λοιπὴ ἄρα ἡ ὑπὸ[3] ΒΑΔ ἐστὶ δοθεῖσα· δέδοται ἄρα τὸ ΑΒΔ

Quoniam enim datus est ΑΒΔ angulus, est autem et ipse ΑΔΒ datus; et reliquus igitur ΒΑΔ est datus; datum igitur ΑΒΔ triangulum

PROPOSITION LXV.

Si un triangle a un angle aigu donné, la surface dont le quarré du côté qui soutend l'angle aigu est surpassé par la somme des quarrés des côtés qui comprènent l'angle aigu, aura une raison donnée avec le triangle.

Soit le triangle acutangle ΑΒΓ ayant l'angle aigu ΑΒΓ donné; du point Α menons ΑΔ perpendiculaire à ΒΓ; je dis que ce dont le quarré de ΑΓ est surpassé par la somme des quarrés des droites ΑΒ, ΒΓ, c'est-à-dire que deux fois le rectangle sous ΓΒ, ΒΔ, a une raison donnée avec le triangle ΑΒΓ.

Car puisque l'angle ΑΒΔ est donné, et que l'angle ΑΔΒ est aussi donné, l'angle restant ΒΑΔ sera donné (31. 1) (4); le triangle ΑΒΔ est donc donné d'espèce; la

τρίγωνον τῷ εἴδει· λόγος ἄρα τῆς ΒΔ πρὸς τὴν ΔΑ δοθείς· ὥστε καὶ τοῦ ὑπὸ τῶν ΓΒ, ΒΔ πρὸς τὸ ὑπὸ τῶν ΓΒ, ΑΔ λόγος ἐστὶ δοθείς· καὶ τοῦ δὶς ὑπὸ τῶν ΓΒ, ΒΔ ἄρα πρὸς τὸ ὑπὸ τῶν ΓΒ, ΑΔ λόγος ἐστὶ δοθείς. Αλλὰ[4] τοῦ ὑπὸ τῶν ΒΓ, ΑΔ πρὸς τὸ ΑΒΓ τρίγωνον[5] λόγος ἐστὶ δοθείς· καὶ τοῦ δὶς ὑπὸ τῶν ΓΒ, ΒΔ ἄρα πρὸς τὸ ΑΒΓ τρίγωνον λόγος ἐστὶ δοθείς. Καὶ ἔστι τὸ δὶς[6] ὑπὸ τῶν ΓΒ, ΒΔ ᾧ ἔλασσόν ἐστι τὸ ἀπὸ τῆς ΑΓ τῶν ἀπὸ τῶν ΑΒ, ΒΓ· ᾧ ἄρα ἔλασσόν ἐστι τὸ ἀπὸ τῆς ΑΓ τῶν ἀπὸ τῶν ΑΒ, ΒΓ, ἐκεῖνο τὸ χωρίον πρὸς τὸ ΑΒΓ τρίγωνον λόγον ἔχει[7] δεδομένον.

specie ; ratio igitur ipsius ΒΔ ad ΔΑ data; quare et ipsius sub ΓΒ, ΒΔ ad ipsum sub ΓΒ, ΑΔ ratio est data; et ipsius bis sub ΓΒ, ΒΔ igitur ad ipsum sub ΓΒ, ΑΔ ratio est data. Sed ipsius sub ΒΓ, ΑΔ ad triangulum ΑΒΓ ratio est data; et ipsius bis sub ΓΒ, ΒΔ igitur ad ΑΒΓ triangulum ratio est data. Et est ipsum bis sub ΓΒ, ΒΔ, quo minus est quadratum ex ΑΓ quam quadrata ex ΑΒ, ΒΓ; quo igitur minus est quadratum ex ΑΓ quam quadrata ex ΑΒ, ΒΓ, illud spatium ad ΑΒΓ triangulum rationem habet datam.

ΠΡΟΤΑΣΙΣ ξϛ'.

Εὰν τρίγωνον δεδομένην ἔχῃ γωνίαν· τὸ ὑπὸ τῶν τὴν δεδομένην γωνίαν περιεχουσῶν εὐθειῶν ὀρθογώνιον πρὸς τὸ τρίγωνον λόγον ἔχει[1] δεδομένον.

Εστω τρίγωνον τὸ ΑΒΓ δεδομένην ἔχον γωνίαν τὴν πρὸς τῷ Α· λέγω ὅτι τὸ ὑπὸ τῶν ΒΑ, ΑΓ πρὸς τὸ ΑΒΓ τρίγωνον λόγον ἔχει δεδομένον.

PROPOSITIO LXVI.

Si triangulum datum habeat angulum, rectangulum sub rectis datum angulum comprehendentibus ad triangulum rationem habet datam.

Sit triangulum ΑΒΓ datum habens angulum ad Α; dico ipsum sub ΒΑ, ΑΓ ad ΑΒΓ triangulum rationem habere datam.

raison de ΒΔ à ΔΑ est donc donnée (déf. 3); la raison du rectangle sous ΓΒ, ΒΔ au rectangle sous ΓΒ, ΑΔ est donc donnée (1. 6); la raison de deux fois le rectangle sous ΓΒ, ΒΔ au rectangle sous ΓΒ, ΑΔ est donc donnée. Mais la raison du rectangle sous ΒΓ, ΑΔ au triangle ΑΒΓ est donnée (41. 1); la raison de deux fois le rectangle sous ΓΒ, ΒΔ au triangle ΑΒΓ est donc donnée (8). Mais deux fois le rectangle sous ΓΒ, ΒΔ est ce dont le quarré de ΑΓ est surpassé par la somme des quarrés des droites ΑΒ, ΒΓ (13. 2); la surface dont le quarré de ΑΓ est surpassé par la somme des quarrés des droite ΑΒ, ΒΓ a donc une raison donnée avec le triangle ΑΒΓ.

PROPOSITION LXVI.

Si un triangle a un angle donné, le rectangle sous les droites qui comprènent l'angle donné, aura une raison donnée avec le triangle.

Soit le triangle ΑΒΓ ayant un angle donné Α; je dis que le rectangle sous ΒΑ, ΑΓ a une raison donnée avec le triangle ΑΒΓ.

Ηχθω γὰρ ἀπὸ τοῦ Β ἐπὶ τὴν ΑΓ κάθετος ἡ ΒΔ. Επεὶ οὖν δοθεῖσά ἐστιν ἡ ὑπὸ ΒΑΓ γωνία, ἐστὶ δὲ καὶ ἡ ὑπὸ ΒΔΑ δοθεῖσα· καὶ λοιπὴ ἄρα ἡ

Ducatur enim a puncto B ad AΓ perpendicularis BΔ. Quoniam igitur datus est BAΓ angulus, est autem et ipse BΔA datus; et reli-

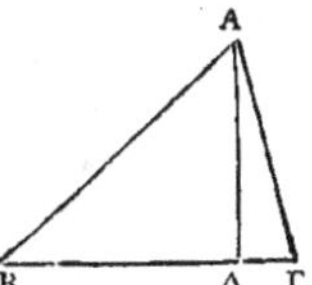

ὑπὸ ΑΒΔ γωνία δέδοται[2]· δέδοται ἄρα τὸ ΑΒΔ τρίγωνον τῷ εἴδει· λόγος ἄρα ἐστὶ τῆς ΑΒ πρὸς τὴν ΒΔ δοθείς. Ως δὲ ἡ ΑΒ πρὸς τὴν[3] ΒΔ οὕτως τὸ ὑπὸ τῶν ΒΑ, ΑΓ πρὸς τὸ ὑπὸ τῶν ΒΔ, ΑΓ· ὥστε καὶ τοῦ ὑπὸ τῶν ΒΑ, ΑΓ [4]πρὸς τὸ ὑπὸ τῶν ΒΔ, ΑΓ λόγος ἐστὶ δοθείς· τοῦ δὲ ὑπὸ τῶν ΒΔ, ΑΓ πρὸς τὸ ΑΒΓ τρίγωνον λόγος ἐστὶ δοθείς· καὶ τοῦ ὑπὸ τῶν ΒΑ, ΑΓ ἄρα πρὸς τὸ ΑΒΓ τρίγωνον λόγος ἐστὶ δοθείς.

quus igitur sub ABΔ angulus datus est; datum est igitur ABΔ triangulum specie; ratio igitur est ipsius AB ad BΔ data. Ut autem AB ad BΔ ita ipsum sub BA, AΓ ad ipsum sub BΔ, AΓ; quare et ipsius sub BA, AΓ ad ipsum sub BΔ, AΓ ratio est data; ipsius autem sub BΔ, AΓ ad ABΓ triangulum ratio est data; et ipsius sub BA, AΓ igitur ad ABΓ triangulum ratio est data.

Car du point B menons sur AΓ la perpendiculaire BΔ (12. 1). Puisque l'angle BAΓ est donné, et que l'angle BΔA est aussi donné; l'angle restant ABΔ sera donné (32. 1) (4); le triangle ABΔ est donc donné d'espèce (40); la raison de AB à BΔ est donc donnée. Mais AB est à BΔ comme le rectangle sous BA, AΓ est au rectangle sous BΔ, AΓ (1. 6); la raison du rectangle sous BA, AΓ au rectangle sous BΔ, AΓ est donc donnée. Mais la raison du rectangle sous BΔ, AΓ au triangle ABΓ est donnée; la raison du rectangle sous BA, AΓ au triangle ABΓ est donc donnée (8).

ΠΡΟΤΑΣΙΣ ξζ.

Εὰν τρίγωνον δεδομένην ἔχῃ γωνίαν· ᾧ μεῖζον δύνανται αἱ τὴν δεδομένην γωνίαν περιέχουσαι πλευραὶ, ὡς μία, τοῦ ἀπὸ τῆς λοιπῆς, ἐκεῖνο τὸ χωρίον πρὸς τὸ τρίγωνων λόγον ἕξει δεδομένον.

Εστω τρίγωνον τὸ ΑΒΓ δεδομένην ἔχον γωνίαν τὴν ὑπὸ ΒΑΓ· λέγω ὅτι ᾧ μεῖζον ἐστι τὸ ἀπὸ συναμφοτέρου τῆς ΒΑΓ τοῦ ἀτὸ τῆς ΒΓ, ἐκεῖνο τὸ χωρίον πρὸς τὸ ΑΒΓ τρίγωνον λόγον ἔχει[1] δεδομένον.

Διήχθω γὰρ ἐπ' εὐθείας τῆς ΒΑ εὐθεῖα ἡ ΑΔ, καὶ κείσθω τῇ ΑΓ ἴση ἡ ΑΔ, καὶ ἐπεζευχθεῖσα ἡ ΔΓ διήχθω ἐπὶ τὸ Ε, καὶ ἤχθω διὰ τοῦ Β τῇ ΑΓ παράλληλος ἡ ΒΕ[2]. Καὶ ἐπεὶ ἴση ἐστὶν ἡ ΑΔ τῇ ΑΓ· ἴση ἄρα ἐστὶ καὶ ἡ ΔΒ τῇ ΒΕ. Καὶ διῆκται τὶς[3] ἡ ΒΓ· τὸ ἄρα ὑπὸ τῶν ΔΓ, ΓΕ μετὰ τοῦ ἀπὸ τῆς ΒΓ ἴσον ἐστὶ τῷ ἀπὸ τῆς ΒΔ. Ισn δὲ ἡ ΔΑ τῇ ΑΓ· τὸ ἄρα ἀπὸ συναμφοτέρου τῆς ΒΑΓ ἴσον ἐστὶ

PROPOSITIO LXVII.

Si triangulum datum habeat angulum, quo majus possunt latera datum angulum comprehendentia, tanquam una recta, quam quadratum ex reliquo, illud spatium ad triangulum rationem habebit datam.

Sit triangulum ΑΒΓ datum habens angulum ΒΑΓ; dico quo majus est quadratum ex utrâque simul ΒΑΓ quam ipsum ex ΒΓ, illud spatium ad ΑΒΓ triangulum rationem habere datam.

Producatur enim in directum ipsi ΒΑ recta ΑΔ, et ponatur ipsi ΑΓ æqualis ΑΔ; et juncta ΔΓ producatur ad punctum Ε, et ducatur per punctum Β ipsi ΑΓ parallela ΒΕ. Et quoniam æqualis est ΑΔ ipsi ΑΓ; æqualis igitur est et ΔΒ ipsi ΒΕ. Et ducta est quædam ΒΓ; ipsum igitur sub ΔΓ, ΓΕ cum ipso ex ΒΓ æquale est ipsi ex ΒΔ. Æqualis autem ΔΑ ipsi ΑΓ; ipsum igitur ex utrâque simul ΒΑΓ æquale est ipsi sub

PROPOSITION LXVII.

Si un triangle a un angle donné, la surface dont le quarré de la somme des côtés qui comprènent l'angle donné surpasse le quarré du côté restant, aura une raison donnée avec le triangle.

Soit le triangle ΑΒΓ ayant un angle donné ΒΑΓ; je dis que la surface dont le quarré de la somme des côtés ΒΑ, ΑΓ surpasse le quarré de ΒΓ, a une raison donnée avec le triangle ΑΒΓ.

Car menons la droite ΑΔ dans la direction de ΒΑ (3. 1); faisons ΑΔ égal à ΑΓ, joignons ΔΓ, prolongeons cette droite vers Ε, et par le point Β menons ΒΕ parallèle à ΑΓ (31. 1). Puisque ΑΔ est égal à ΑΓ; la droite ΔΒ sera égale à ΒΕ (4. 6 et 14. 5). Mais on a mené une droite ΒΓ; le rectangle sous ΔΓ, ΓΕ, avec le quarré de ΒΓ, est donc égal au quarré de ΒΔ. Mais ΔΑ est égal à ΑΓ; le quarré de la somme des droites ΒΑ, ΑΓ est donc égal au rectangle sous ΔΓ, ΓΕ avec le quarré

τῷ ὑπὸ τῶν ΔΓ, ΓΕ μετὰ τοῦ ἀπὸ[5] τῆς ΒΓ· ὥστε τὸ ἀπὸ συναμφοτέρου τῆς ΒΑΓ, τουτέστι τὸ ἀπὸ τῆς ΒΔ[5], τοῦ ἀπὸ τῆς ΒΓ μεῖζόν ἐστι[6] τῷ ὑπὸ τῶν ΔΓ, ΓΕ. Λέγω δὲ ὅτι τοῦ ὑπὸ τῶν[7] ΔΓ, ΓΕ πρὸς τὸ ΑΒΓ τρίγωνον λόγος ἐστὶ δοθείς· ἐπεὶ γὰρ δοθεῖσά ἐστιν ἡ ὑπὸ ΒΑΓ γωνία, καὶ[8] ἡ ἐφεξῆς ἄρα ἡ ὑπὸ ΔΑΓ ἐστι δοθεῖσα. Ἐστι δὲ καὶ ἑκατέρα τῶν ὑπὸ ΑΔΓ, ΔΓΑ δοθεῖσα, ἑκατέρα γὰρ αὐτῶν ἡμίσειά ἐστι τῆς ὑπὸ ΒΑΓ δεδομένης οὔσης[9]· δέδοται ἄρα τὸ ΔΑΓ τρίγωνον τῷ εἴδει·

ΔΓ, ΓΕ cum ipso ex ΒΓ; quare ipsum ex utrâque simul ΒΑΓ, hoc est ipsum ex ΒΔ quam ipsum ex ΒΓ majus est ipso sub ΔΓ, ΓΕ. Dico autem ipsius sub ΔΓ, ΓΕ ad ΑΒΓ triangulum rationem esse datam. Quoniam enim datus est ΒΑΓ angulus, et ipse deinceps igitur ΔΑΓ est datus. Est autem et uterque ipsorum ΑΔΓ, ΔΓΑ datus, uterque enim eorum dimidius est ipsius ΒΑΓ dati existentis; datum est igitur ΔΑΓ triangulum specie; ratio

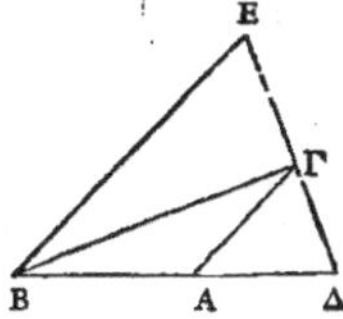

λόγος ἄρα ἐστὶ τῆς ΑΔ πρὸς τὴν ΔΓ δοθείς· ὥστε καὶ τοῦ ἀπὸ τῆς ΑΔ πρὸς τὸ ἀπὸ τῆς ΔΓ λόγος ἐστὶ δοθείς. Καὶ ἐπεί ἐστιν[10] ὡς ἡ ΒΑ πρὸς τὴν ΑΔ οὕτως ἡ ΕΓ πρὸς τὴν[11] ΓΔ, ἀλλ' ὡς μὲν ἡ ΒΑ πρὸς τὴν ΑΔ οὕτως τὸ ὑπὸ τῶν ΒΑ, ΑΔ πρὸς τὸ ἀπὸ τῆς ΑΔ, ὡς δὲ ἡ ΕΓ πρὸς τὴν ΓΔ οὕτως τὸ ὑπὸ τῶν ΕΓ, ΓΔ πρὸς τὸ ἀπὸ τῆς[12] ΓΔ· καὶ ὡς ἄρα τὸ ὑπὸ τῶν ΒΑ, ΑΔ πρὸς τὸ ἀπὸ τῆς

igitur est ipsius ΑΔ ad ΔΓ data; quare et ipsius ex ΑΔ ad ipsum ex ΔΓ ratio est data. Et quoniam est ut ΒΑ ad ΑΔ ita ΕΓ ad ΓΔ, sed ut quidem ΒΑ ad ΑΔ ita ipsum sub ΒΑ, ΑΔ ad ipsum ex ΑΔ, ut autem ΕΓ ad ΓΔ ita ipsum sub ΕΓ, ΓΔ ad ipsum ex ΓΔ; et ut igitur ipsum sub ΒΑ, ΑΔ ad ipsum ex ΑΔ ita ipsum sub ΕΓ,

de ΒΓ; le quarré de la somme des droites ΒΑ, ΑΓ, c'est-à-dire, le quarré de ΒΔ surpasse donc le quarré de ΒΓ du rectangle sous ΔΓ, ΓΕ. Je dis à présent que la raison du rectangle sous ΔΓ, ΓΕ au triangle ΑΒΓ est donnée; car puisque l'angle ΒΑΓ est donné, l'angle de suite ΔΑΓ est donné (13. 1) (4). Mais chacun des angles ΑΔΓ, ΔΓΑ est donné, car chacun de ces angles est la moitié de l'angle ΒΑΓ qui est donné (3) (32. 1); le triangle ΔΑΓ est donc donné d'espèce (40); la raison de ΑΔ à ΔΓ est donc donnée (déf. 3); la raison du quarré de ΑΔ au quarré de ΔΓ est donc donnée (50). Et puisque ΒΑ est à ΑΔ comme ΕΓ est à ΓΔ (2. 6), que ΒΑ est à ΑΔ comme le rectangle sous ΒΑ, ΑΔ est au quarré de ΑΔ (1. 6), et que ΕΓ est à ΓΔ comme le rectangle sous ΕΓ, ΓΔ est au quarré de ΓΔ, le rectangle sous ΒΑ, ΑΔ sera

ΑΔ οὕτως τὸ ὑπὸ τῶν ΕΓ, ΓΔ πρὸς τὸ ἀπὸ τῆς ΓΔ, καὶ ἐναλλὰξ ἄρα ὡς τὸ ὑπὸ τῶν ΒΑ, ΑΔ πρὸς τὸ ὑπὸ τῶν ΕΓ, ΓΔ οὕτως τὸ ἀπὸ τῆς ΑΔ πρὸς τὸ ἀπὸ τῆς ΔΓ. Λόγος δὲ τοῦ ἀπὸ τῆς ΑΔ πρὸς τὸ ἀπὸ τῆς ΔΓ δοθείς· λόγος ἄρα καὶ τοῦ ὑπὸ τῶν ΒΑ, ΑΔ πρὸς τὸ ὑπὸ τῶν ΕΓ, ΓΔ δοθείς. Ἴση δὲ ἡ ΔΑ τῇ ΑΓ· λόγος ἄρα[13] τοῦ ὑπὸ τῶν ΒΑ, ΑΓ πρὸς τὸ ὑπὸ τῶν ΕΓ, ΓΔ δοθείς. Τοῦ δὲ ὑπὸ τῶν ΒΑ, ΑΓ πρὸς τὸ ΒΑΓ τρίγωνον λόγος ἐστὶ δοθεὶς, διὰ τὸ δοθεῖσαν εἶναι τὴν ὑπὸ ΒΑΓ γωνίαν[14]· καὶ τοῦ ὑπὸ τῶν ΕΓ, ΓΔ ἄρα πρὸς τὸ ΑΒΓ τρίγωνον[15] λόγος ἐστὶ δοθείς. Καὶ ἔστι τὸ ὑπὸ τῶν ΔΓ, ΓΕ ᾧ μεῖζόν ἐστι τὸ ἀπὸ συναμφοτέρου τῆς ΒΑΓ τοῦ ἀπὸ τῆς[16] ΒΓ· ᾧ ἄρα μεῖζόν ἐστι τὸ ἀπὸ συναμφοτέρου τῆς ΒΑΓ τοῦ ἀπὸ τῆς ΒΓ, ἐκεῖνο τὸ χωρίον πρὸς τὸ ΑΒΓ τρίγωνον λόγον ἕξει δεδομένον.

ΓΔ ad ipsum ex ΓΔ, et permutando igitur ut ipsum sub ΒΑ, ΑΔ ad ipsum sub ΕΓ, ΓΔ ita ipsum ex ΑΔ ad ipsum ex ΔΓ. Ratio autem ipsius ex ΑΔ ad ipsum ex ΔΓ data; ratio igitur et ipsius sub ΒΑ, ΑΔ ad ipsum sub ΕΓ, ΓΔ data. Æqualis autem ΔΑ ipsi ΑΓ; ratio igitur ipsius sub ΒΑ, ΑΓ ad ipsum sub ΕΓ, ΓΔ data. Ipsius autem sub ΒΑ, ΑΓ ad ΒΑΓ triangulum ratio est data, propterea quod datus est ΒΑΓ angulus; et ipsius sub ΕΓ, ΓΔ igitur ad ΑΒΓ triangulum ratio est data. Et est ipsum sub ΔΓ, ΓΕ quo majus est ipsum ex utrâque simul ΒΑΓ quam ipsum ex ΒΓ; quo igitur majus est ipsum ex utrâque simul ΒΑΓ quam ipsum ex ΒΓ, illud spatium ad ΑΒΓ triangulum rationem habebit datam.

au quarré de ΑΔ comme le rectangle sous ΕΓ, ΓΔ est au quarré de ΓΔ; donc, par permutation, le rectangle sous ΒΑ, ΑΔ est au rectangle sous ΕΓ, ΓΔ comme le quarré de ΑΔ est au quarré de ΔΓ (16. 5). Mais la raison du quarré de ΑΔ au quarré de ΔΓ est donnée; la raison du rectangle sous ΒΑ, ΑΔ au rectangle sous ΕΓ, ΓΔ est donc donnée. Mais ΔΑ est égal à ΑΓ; la raison du rectangle sous ΒΑ, ΑΓ au rectangle sous ΕΓ, ΓΔ est donc donnée. Mais la raison du rectangle sous ΒΑ, ΑΓ au triangle ΒΑΓ est donnée (66), parce que l'angle ΒΑΓ est donné; la raison du rectangle sous ΕΓ, ΓΔ au triangle ΑΒΓ est donc donnée (8). Mais le rectangle sous ΔΓ, ΓΕ est ce dont le quarré de la somme des droites ΒΑ, ΑΓ surpasse le quarré de ΒΓ; la surface dont le quarré de la somme des droites ΒΑ, ΑΓ surpasse le quarré de ΒΓ aura donc une raison donnée avec le triangle ΑΒΓ.

ΑΛΛΩΣ.

Κατασκευάσθω γάρ[1] τὰ αὐτὰ τοῖς πρότερον, καὶ ἤχθω ἀπὸ τοῦ Α ἐπὶ τὴν ΓΔ κάθετος ἡ ΑΖ, καὶ ἐπεζεύχθω ἡ ΑΕ. Καὶ ἐπεὶ δοθεῖσά ἐστιν ἡ ὑπὸ ΒΑΓ γωνία, καὶ ἔστιν αὐτῆς ἡμίσεια ἡ ὑπὸ ΑΓΖ, ἔστι δὲ καὶ ἡ ὑπὸ ΑΖΓ δοθεῖσα· δέδοται ἄρα τὸ ΑΖΓ τρίγωνον τῷ εἴδει· λόγος ἄρα ἐστὶ τῆς ΑΖ πρὸς τὴν ΖΓ δοθείς. Τῆς δὲ ΖΓ πρὸς τὴν ΓΔ λόγος ἐστὶ δοθεὶς, διπλασίων γάρ ἐστιν αὐτῆς· καὶ τῆς ΔΓ ἄρα πρὸς τὴν ΑΖ λόγος ἐστὶ δοθείς· ὥστε καὶ τοῦ ὑπὸ τῶν ΕΓ, ΓΔ πρὸς τὸ ὑπὸ τῶν ΑΖ, ΓΕ λόγος ἐστὶ δοθείς. Τοῦ δὲ ὑπὸ τῶν ΑΖ, ΓΕ πρὸς τὸ ΑΓΕ τρίγωνον λόγος ἐστὶ δοθεὶς, διπλάσιον γάρ ἐστιν αὐτοῦ· καὶ τοῦ ὑπὸ τῶν ΕΓ, ΓΔ ἄρα πρὸς τὸ ΑΓΕ τρίγωνον λό-

ALITER.

Construantur enim eadem quæ prius, et ducatur a puncto Α ad ΓΔ perpendicularis ΑΖ et jungatur ΑΕ. Et quoniam datus est ΒΑΓ angulus, et est ipsius dimidius ipse ΑΓΖ, est autem et ipse ΑΖΓ datus; datum est igitur ΑΖΓ triangulum specie; ratio igitur est ipsius ΑΖ ad ΖΓ data. Ipsius autem ΖΓ ad ΓΔ ratio est data, dupla enim est illius; et ipsius ΔΓ igitur ad ΑΖ ratio est data; quare et ipsius sub ΕΓ, ΓΔ ad ipsum sub ΑΖ, ΓΕ ratio est data. Ipsius autem sub ΑΖ, ΓΕ ad ΑΓΕ triangulum ratio est data, dupla enim est illius; et ipsius sub ΕΓ, ΓΔ igitur ad ΑΓΕ triangu-

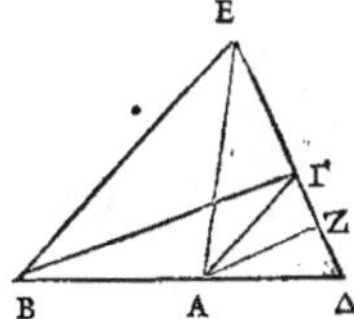

AUTREMENT.

Car faisons la même construction qu'auparavant; du point Α, menons sur ΓΔ la perpendiculaire ΑΖ (12. 1), et joignons ΑΕ. Puisque l'angle ΒΑΓ est donné, que l'angle ΑΓΖ est sa moitié (5) (32. 1), et que l'angle ΑΖΓ est donné, le triangle ΑΖΓ sera donné d'espèce (40); la raison de ΑΖ à ΖΓ est donc donnée (déf. 3). Mais la raison de ΖΓ à ΓΔ est donnée, à cause que la droite ΔΓ est double de ΓΖ; la raison de ΔΓ à ΑΖ est donc donnée (8); la raison du rectangle sous ΕΓ, ΓΔ au rectangle sous ΑΖ, ΓΕ est donc donnée (1. 6). Mais la raison du rectangle sous ΑΖ, ΓΕ au triangle ΑΓΕ est donnée, car ce rectangle est son double (41. 1); la raison du rectangle sous ΕΓ, ΓΔ au triangle ΑΓΕ est donc donnée (8).

γος ἐστὶ δοθείς. Ισον δὲ τὸ ΑΓΕ τρίγωνον τῷ ΑΒΓ τριγώνῳ, ἐπί τε γὰρ τῆς αὐτῆς βάσεώς ἐστι τῆς ΑΓ[2] καὶ ἐν ταῖς αὐταῖς παραλλήλοις τῶν ΑΓ, ΒΕ· καὶ τοῦ ὑπὸ τῶν ΕΓ, ΓΔ ἄρα πρὸς τὸ ΑΒΓ τρίγωνον λόγος ἐστὶ δοθείς. Καὶ ἔστι τὸ ὑπὸ τῶν ΕΓ, ΓΔ, ᾧ[3] μεῖζόν ἐστι τὸ ἀπὸ συναμφοτέρου τῆς ΒΑΓ τοῦ ἀπὸ τῆς ΓΒ· ᾧ ἄρα μεῖζόν ἐστι τὸ ἀπὸ συναμφοτέρου τῆς ΒΑ, ΑΓ[3] τοῦ ἀπὸ τῆς ΓΒ, ἐκεῖνο τὸ χωρίον πρὸς τὸ ΑΒΓ τρίγωνον λόγον ἔχει δεδομένον.

lum ratio est data. Æquale autem ΑΓΕ triangulum triangulo ΑΒΓ, etenim in eâdem basi sunt ΑΓ et in iisdem parallelis ΑΓ, ΒΕ; et ipsius sub ΕΓ, ΓΔ igitur ad ΑΒΓ triangulum ratio est data. Et est ipsum sub ΕΓ, ΓΔ quo majus est ipsum ex utrâque simul ΒΑΓ quam ipsum ex ΓΒ; quo igitur majus est ipsum ex utrâque simul ΒΑ, ΑΓ, quam ipsum ex ΓΒ, illud spatium ad ΑΒΓ triangulum rationem habet datam.

ΑΛΛΩΣ.

Ητοι γὰρ ἡ πρὸς τῷ Α[1] γωνία ὀρθή ἐστιν, ἢ ὀξεῖα, ἢ ἀμβλεῖα.

ALITER.

Vel enim angulus ad Α rectus est, vel acutus, vel obtusus.

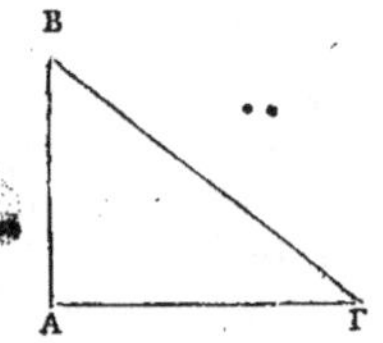

Εστω πρότερον ὀρθή· τὸ ἄρα ἀπὸ συναμφοτέρου τῆς ΒΑΓ τοῦ ἀπὸ τῆς ΒΓ ὑπερέχει τῷ δὶς ὑπὸ τῶν ΒΑ, ΑΓ. Εστι δὲ τοῦ ὑπὸ τῶν ΒΑ, ΑΓ

Sit primum rectus; ipsum igitur ex utrâque simul ΒΑΓ ipsum ex ΒΓ superat ipso bis sub ΒΑ, ΑΓ. Est autem ipsius sub ΒΑ, ΑΓ ad ΑΒΓ

Mais le triangle ΑΓΕ est égal au triangle ΑΒΓ, car il est sur la même base ΑΓ et entre les mêmes parallèles ΑΓ, ΒΕ (37. 1); la raison du rectangle sous ΕΓ, ΓΔ au triangle ΑΒΓ est donc donnée (8). Mais le rectangle sous ΕΓ, ΓΔ est ce dont le quarré de la somme des côtés ΒΑ, ΑΓ surpasse le quarré de ΓΒ; la surface dont le quarré de la somme des côtés ΒΑ, ΑΓ surpasse le quarré de ΓΒ a donc une raison donnée avec le triangle ΑΒΓ.

AUTREMENT.

L'angle en Α, est ou droit, ou aigu, ou obtus.

Premièrement, qu'il soit droit; le quarré de la somme des côtés ΒΑ, ΑΓ surpassera le quarré du côté ΒΓ de deux fois le rectangle sous ΒΑ, ΑΓ (47. 1).

πρὸς τὸ ΑΒΓ τρίγωνον λόγος δοθεὶς, διὰ τὸ δοθεῖσαν εἶναι τὴν ΒΑΓ γωνίαν· τοῦ δὶς ἄρα ὑπὸ τῶν ΒΑ, ΑΓ πρὸς τὸ ΑΒΓ τρίγωνον λόγος ἐστὶ δοθείς.

Εστω δὴ ὀξεῖα ἡ ὑπὸ ΒΑΓ, καὶ ἤχθω ἀπὸ τοῦ Γ ἐπὶ τὴν ΑΒ κάθετος ἡ ΓΔ. Καὶ[3] ἐπεὶ ὀξυγώνιόν ἐστι τὸ ΑΒΓ τρίγωνον, καὶ κάθετος ἦκται ἡ ΓΔ· τὰ ἄρα ἀπὸ τῶν ΒΑ, ΑΓ, ἴσα ἐστὶ τῷ τε ἀπὸ τῆς ΒΓ καὶ τῷ δὶς ὑπὸ τῶν ΒΑ, ΑΔ. Κοινὸν προσ-

triangulum ratio data, quia datus est BAΓ angulus; ipsius igitur bis sub BA, AΓ ad ABΓ triangulum ratio est data.

Sit autem acutus ipse BAΓ, et ducatur a puncto Γ ad AB perpendicularis ΓΔ. Et quoniam acutangulum est ABΓ triangulum, et perpendicularis ducta est ΓΔ; ipsa igitur ex BA, AΓ æqualia sunt et ipsi ex BΓ et ipsi bis sub BA, AΔ. Commune addatur ipsum bis sub

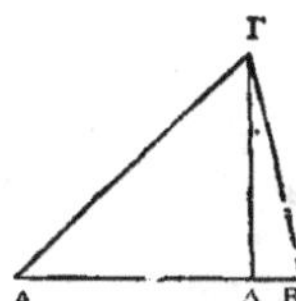

κείσθω τὸ δὶς ὑπὸ τῶν ΒΑ, ΑΓ· τὰ ἄρα ἀπὸ τῶν ΒΑ, ΑΓ μετὰ τοῦ δὶς ὑπὸ τῶν ΒΑ, ΑΓ, ὅπερ ἐστὶ τὸ ἀπὸ συναμφοτέρου τῆς ΒΑΓ, ἴσα ἐστὶ τῷ τε ἀπὸ τῆς ΒΓ καὶ τῷ δὶς ὑπὸ τῶν ΒΑ, ΑΔ, καὶ ἔτι τῷ δὶς ὑπὸ τῶν ΒΑ, ΑΓ, τουτέστι τῷ δὶς ὑπὸ συναμφοτέρου[4] τῆς ΓΑΔ καὶ τῆς ΒΑ· ὥστε τὸ ἀπὸ συναμφοτέρου τῆς ΒΑΓ μεῖζόν ἐστι[5] τοῦ

BA, AΓ; ipsa igitur ex BA, AΓ cum ipso bis sub BA, AΓ, quod est ipsum ex utrâque simul BAΓ, æqualia sunt et ipsi ex BΓ et ipsi bis sub BA, AΔ, et insuper ipsi bis sub BA, AΓ, hoc est ipsi bis sub utrâque simul ΓAΔ et ipsâ BA; quare ipsum ex utrâque simul BAΓ

Mais la raison du rectangle sous BA, AΓ au triangle ABΓ est donnée, à cause de l'angle donné BAΓ (66); la raison de deux fois le rectangle sous BA, AΓ au triangle ABΓ est donc donnée.

Que l'angle BAΓ soit aigu. Du point Γ menons à AB la perpendiculaire ΓΔ. Puisque le triangle ABΓ est acutangle, et qu'on a mené la perpendiculaire ΓΔ, la somme des quarrés des droites BA, AΓ égale le quarré de BΓ plus deux fois le rectangle sous BA, AΔ (13. 2). Ajoutons de part et d'autre le double rectangle sous BA, AΓ; la somme des quarrés des droites BA, AΓ, plus deux fois le rectangle sous BA, AΓ, c'est-à-dire le quarré de la somme des droites BA, AΓ égale le quarré de BΓ, plus deux fois le rectangle sous BA, AΔ, et encore deux fois le rectangle sous BA, AΓ (4. 2), c'est-à-dire, plus deux fois le rectangle sous la somme des droites ΓA, AΔ et sous BA (2. 2); le quarré de la somme des droites BA, AΓ surpasse donc

ἀπὸ τῆς ΒΓ, τῷ δὶς ὑπὸ συναμφοτέρου τῆς ΔΑΓ, καὶ τῆς ΒΑ. Καὶ ἐπεὶ δοθεῖσά ἐστιν ἡ ὑπὸ ΒΑΓ γωνία, ἔστι δὴ καὶ ἡ ὑπὸ ΑΔΓ γωνία δοθεῖσα· καὶ[6] λοιπὴ ἄρα ἡ ὑπὸ τῶν ΑΓΔ ἐστὶ δοθεῖσα[7]· δέδοται ἄρα τὸ ΑΔΓ τρίγωνον τῷ εἴδει· λόγος ἄρα ἐστὶ τῆς ΑΔ πρὸς τὴν ΑΓ δοθείς· ὥστε καὶ συναμφοτέρου τῆς ΔΑΓ πρὸς τὴν ΑΓ λόγος ἐστὶ δοθείς· καὶ τοῦ ὑπὸ[8] συναμφοτέρου ἄρα τῆς ΔΑΓ καὶ τῆς ΑΒ πρὸς τὸ ὑπὸ τῶν ΒΑ, ΑΓ λόγος ἐστὶ δοθείς· καὶ τοῦ δὶς ἄρα[9] ὑπὸ συναμφοτέρου τῆς ΔΑΓ καὶ τῆς ΑΒ πρὸς τὸ ὑπὸ τῶν ΒΑ, ΑΓ λόγος ἐστὶ δοθείς. Τοῦ δὲ ὑπὸ τῶν ΒΑ, ΑΓ πρὸς τὸ ΑΒΓ τρίγωνον λόγος ἐστὶ δοθεὶς, διὰ τὸ[10] δοθεῖσαν εἶναι τὴν ὑπὸ ΒΑΓ γωνίαν· καὶ τοῦ δὶς ἄρα ὑπὸ συναμφοτέρου τῆς ΔΑΓ καὶ τῆς ΑΒ[11] πρὸς τὸ ΑΒΓ τρίγωνον λόγος ἐστὶ δοθείς.

majus est quam ipsum ex ΒΓ ipso bis sub utrâque simul ΔΑΓ, et ipsâ ΒΑ. Et quoniam datus est ΒΑΓ angulus, est autem et ΑΔΓ angulus datus; et reliquus igitur ΑΓΔ est datus; datum est igitur ΑΔΓ triangulum specie; ratio igitur est ipsius ΑΔ ad ΑΓ data; quare et utriusque simul ΔΑΓ ad ΑΓ ratio est data; et ipsius sub utrâque simul ΔΑΓ et ipsâ ΑΒ ad ipsum sub ΒΑ, ΑΓ ratio est data; et ipsius bis sub utrâque simul ΔΑΓ et ipsâ ΒΑ ad ipsum sub ΒΑ, ΑΓ ratio est data. Ipsius autem sub ΒΑ, ΑΓ ad ΑΒΓ triangulum ratio est data; propterea quod datus est ΒΑΓ angulus; et ipsius bis igitur sub utrâque simul ΔΑΓ et ipsâ ΑΒ ad ΑΒΓ triangulum ratio est data.

Ἀλλὰ δὴ ἔστω ἀμβλεῖα ἡ ὑπὸ ΒΑΓ, καὶ ἐκβεβληθείσης τῆς ΒΑ ἐπὶ τὸ Ε[12], ἤχθω ἐπ' αὐτὴν ἀπὸ τοῦ Γ[13] κάθετος ἡ ΓΕ, καὶ κείσθω τῇ ΑΕ ἴση ἡ ΑΖ. Ἐπεὶ οὖν ἀμβλεῖά ἐστιν ἡ ὑπὸ ΒΑΓ γωνία, καὶ κάθετος ἦκται ἡ ΓΕ· τὰ ἄρα ἀπὸ τῶν ΒΑ, ΑΓ μετὰ τοῦ δὶς ὑπὸ τῶν ΒΑ, ΑΕ, τουτέστι

At vero sit obtusus angulus ΒΑΓ, et productâ ΒΑ ad Ε, ducatur a puncto Γ ad illam perpendicularis ΓΕ, et ponatur ipsi ΑΕ æqualis ΑΖ. Quoniam igitur obtusus est ΒΑΓ angulus, et perpendicularis ducta est ipsa ΓΕ; ipsa igitur ex ipsis ΒΑ, ΑΓ cum ipso bis sub ΒΑ, ΑΕ, hoc est, ipso

le quarré de ΒΓ de deux fois le rectangle sous la somme des droites ΔΑ, ΑΓ et sous ΒΑ. Mais l'angle ΒΑΓ est donné, et l'angle ΑΔΓ est aussi donné; l'angle restant ΑΓΔ est donc donné (32. 1) (4); le triangle ΑΔΓ est donc donné d'espèce (40); la raison de ΑΔ à ΑΓ est donc donnée; la raison de la somme des droites ΔΑ. ΑΓ à ΑΓ est donc donnée (6); la raison du rectangle sous la somme des droites ΔΑ, ΑΓ et sous ΑΒ au rectangle sous ΒΑ, ΑΓ est donc donnée (1. 6); la raison de deux fois le rectangle sous la somme des droites ΔΑ, ΑΓ et sous ΑΒ au rectangle sous ΒΑ, ΑΓ est donc donnée. Mais la raison du rectangle sous ΒΑ, ΑΓ au triangle ΑΒΓ est donnée (66), à cause que l'angle ΒΑΓ est donné; la raison de deux fois le rectangle sous la somme des droites ΔΑ, ΑΓ et sous ΑΒ au triangle ΑΒΓ est donc donnée (8).

Enfin que l'angle ΒΑΓ soit obtus. Prolongeons la droite ΒΑ. Du point Γ, menons-lui la perpendiculaire ΓΕ, et faisons ΑΖ égal à ΑΕ. Puisque l'angle ΒΑΓ est obtus, et qu'on a mené la perpendiculaire ΓΕ, la somme des quarrés des droites ΒΑ, ΑΓ avec deux fois le rectangle sous ΒΑ, ΑΕ, c'est-à-dire deux fois le rectangle sous

τοῦ δὶς ὑπὸ τῶν ΒΑ, ΑΖ, ἴσα ἐστὶ τῷ ἀπὸ τῆς ΒΓ. Κοινὸν προκείσθω τὸ δὶς ὑπὸ τῶν ΒΑ, ΑΓ· τὰ ἄρα ἀπὸ τῶν ΒΑ, ΑΓ μετὰ τοῦ δὶς ὑπὸ τῶν ΒΑ, ΑΓ, τουτέστι τὸ ἀπὸ συναμφοτέρου τῆς ΒΑΓ μετὰ τοῦ δὶς ὑπὸ τῶν ΒΑ, ΑΖ, ἴσα ἐστὶ τῷ ἀπὸ τῆς ΒΓ μετὰ τοῦ δὶς ὑπὸ τῶν ΒΑ, ΑΓ.

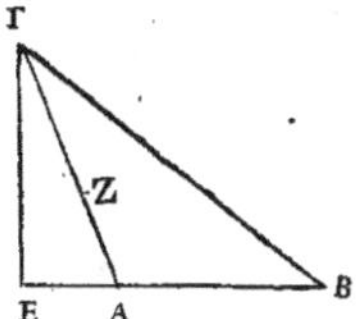

Κοινὸν ἀφῃρήσθω τὸ δὶς ὑπὸ τῶν ΒΑ, ΑΖ· τὸ ἄρα ἀπὸ[14] συναμφοτέρου τῆς ΒΑΓ ἴσον ἐστὶ τῷ ἀπὸ τῆς ΒΓ καὶ τῷ δὶς ὑπὸ τῶν ΒΑ, ΓΖ· ὥστε τὸ[15] ἀπὸ συναμφοτέρου τῆς ΒΑΓ τοῦ ἀπὸ τῆς ΒΓ ὑπερέχειν τῷ δὶς ὑπὸ τῶν ΒΑ, ΓΖ. Καὶ ἐπεὶ δοθεῖσά ἐστιν ἡ ὑπὸ ΒΑΓ γωνία, καὶ ἡ ὑπὸ ΕΑΓ ἄρα δοθεῖσά ἐστιν. Αλλὰ καὶ ἡ ὑπὸ ΓΕΛ δοθεῖσά ἐστι· καὶ λοιπὴ ἄρα ἡ ὑπὸ ΑΓΕ δοθεῖσά ἐστι· δέδοται ἄρα τὸ ΑΓΕ τρίγωνον τῷ εἴδει[16]· λόγος ἄρα τῆς ΓΑ πρὸς τὴν ΑΕ δοθεὶς, τουτέστι καὶ[17] πρὸς τὴν ΑΖ· ὥστε καὶ τῆς ΑΓ πρὸς τὴν ΓΖ λόγος ἐστὶ δοθείς. Τῆς δὲ ΑΓ πρὸς τὴν ΓΕ λόγος

bis sub BA, AZ æqualia sunt ipsi ex BΓ. Commune addatur ipsum bis sub BA, AΓ; ipsa igitur ex BA, AΓ cum ipso bis sub BA, AΓ, hoc est ipsum ex utrâque simul BAΓ cum ipso bis sub BA, AZ, æqualia sunt ipsi ex BΓ cum ipso bis sub BA, AΓ. Commune auferatur ipsum bis sub BA, AZ; ipsum igitur ex utrâque simul BAΓ æquale est ipsi ex BΓ et ipsi bis sub BA, ΓZ; quare ipsum ex utrâque simul BAΓ ipsum ex BΓ excedit ipso bis sub BA, ΓZ. Et quoniam datus est BAΓ angulus, et EAΓ igitur datus est. Sed et ipse ΓEA datus est; et reliquus igitur ipse AΓE datus est; datum igitur est AΓE triangulum specie; ratio igitur ipsius ΓA ad AE data, hoc est et ad AZ; quare et ipsius AΓ ad ΓZ ratio est data. Ipsius autem AΓ ad ΓE ratio est data; et ipsius EΓ igitur

BA, AZ est égal au quarré de BΓ (13. 2). Ajoutons de part et d'autre deux fois le rectangle sous BA, AΓ; la somme des quarrés des droites BA, AΓ avec deux fois le rectangle sous BA, AΓ, c'est-à-dire le quarré de la somme des droites BA, AΓ avec deux fois le rectangle sous BA, AZ égale le quarré de BΓ plus deux fois le rectangle sous BA, AΓ (4. 2). Retranchons de part et d'autre deux fois le rectangle sous BA, AZ; le quarré de la somme des droites BA, AΓ égalera le quarré de BΓ, plus deux fois le rectangle sous BA, ΓZ (3. 2); le quarré de la somme des droites BA, AΓ surpasse donc le quarré de BΓ de deux fois le rectangle sous BA, ΓZ. Mais l'angle BAΓ est donné; l'angle EAΓ est donc donné (13. 1) (4). Mais l'angle ΓEA est donné; l'angle restant AΓE est donc donné (32. 1) (4); le triangle AΓE est donc donné d'espèce (40); la raison de ΓA à AE, c'est-à-dire à AZ est donc donnée (déf. 3); la raison de AΓ à ΓZ est donc donnée (5). Mais la raison de AΓ à ΓE est donnée; la raison

ἐστὶ δοθείς· καὶ τῆς ΕΓ ἄρα πρὸς τὴν ΓΖ λόγος ἐστὶ δοθείς· ὥστε τοῦ ὑπὸ[18] τῶν ΕΓ, ΑΒ πρὸς τὸ ὑπὸ τῶν ΓΖ, ΑΒ λόγος ἐστὶ δοθείς. Τοῦ δὲ ὑπὸ τῶν ΑΓ, ΑΒ πρὸς τὸ ὑπὸ τῶν ΕΓ, ΑΒ λόγος ἐστὶ δοθείς· καὶ τοῦ ἄρα ὑπὸ τῶν ΑΓ, ΑΒ πρὸς τὸ ὑπὸ τῶν ΓΖ, ΑΒ λόγος ἐστὶ δοθείς[19]· τοῦ δὲ ὑπὸ τῶν ΑΓ, ΑΒ πρὸς τὸ ΑΒΓ τρίγωνον λόγος ἐστὶ δοθείς· ὥστε καὶ τοῦ δὶς ὑπὸ τῶν ΓΖ, ΑΒ πρὸς τὸ ΑΒΓ τρίγωνον λόγος ἐστὶ δοθείς. Καὶ ἔστι τὸ δὶς ὑπὸ τῶν ΓΖ, ΑΒ ᾧ μεῖζόν ἐστι τὸ ἀπὸ συναμφοτέρου τῆς ΒΑΓ τοῦ ἀπὸ τῆς ΒΓ· ᾧ ἄρα μεῖζόν ἐστι τὸ ἀπὸ συναμφοτέρου τῆς ΒΑΓ τοῦ ἀπὸ τῆς ΒΓ, ἐκεῖνο τὸ χωρίον πρὸς τὸ ΑΒΓ τρίγωνον λόγον ἔχει δεδομένον.

ad ΓΖ ratio est data; quare ipsius sub ΕΓ, ΑΒ ad ipsum sub ΓΖ, ΑΒ ratio est data. Ipsius autem sub ΑΓ, ΑΒ ad ipsum sub ΕΓ, ΑΒ ratio est data; et ipsius igitur sub ΑΓ, ΑΒ ad ipsum sub ΓΖ, ΑΒ ratio est data. Ipsius autem sub ΑΓ, ΑΒ ad ΑΒΓ triangulum ratio est data; quare et ipsius bis sub ΓΖ, ΑΒ ad ΑΒΓ triangulum ratio est data. Et ipsum bis sub ΓΖ, ΑΒ est illud quo majus est ipsum ex utrâque simul ΒΑΓ quam ipsum ex ΒΓ; quo igitur majus est ipsum ex utrâque simul ΒΑΓ quam ipsum ex ΒΓ, illud spatium ad ΑΒΓ triangulum rationem habet datam.

ΑΛΛΩΣ.

Διήχθω ἡ ΒΑ ἐπὶ[1] τὸ Δ, καὶ κείσθω τῇ ΓΑ ἴση ἡ ΑΔ, καὶ ἐπεζεύχθω ἡ ΔΓ. Ἐπεὶ οὖν δοθεῖσά ἐστιν ἡ ὑπὸ ΒΑΓ γωνία, καὶ ἔστιν αὐτῆς ἡμίσεια ἑκατέρα τῶν ὑπὸ ΑΔΓ, ΑΓΔ· δοθεῖσα ἄρα ἐστὶν ἑκατέρα τῶν ὑπὸ ΑΔΓ, ΑΓΔ· καὶ λοιπὴ ἄρα ἡ ὑπὸ[2] ΔΑΓ δοθεῖσά ἐστι· δέδοται ἄρα τὸ ΑΓΔ

ALITER.

Producatur ΒΑ ad Δ, et ponatur ipsi ΓΑ æqualis ΑΔ, et jungatur ΔΓ. Quoniam igitur datus est ΒΑΓ angulus, et est ejus dimidius uterque angulorum ΑΔΓ, ΑΓΔ; datus igitur est uterque angulorum ΑΔΓ, ΑΓΔ; et reliquus igitur ΔΑΓ angulus datus est; datum est igitur

de ΕΓ à ΓΖ est donc donnée (8); la raison du rectangle sous ΕΓ, ΑΒ au rectangle sous ΓΖ, ΑΒ est donc donnée (1. 6). Mais la raison du rectangle sous ΑΓ, ΑΒ au rectangle sous ΕΓ, ΑΒ est donnée (16); la raison du rectangle sous ΑΓ, ΑΒ, au rectangle sous ΓΖ, ΑΒ est donc donnée (8). Mais la raison du rectangle sous ΑΓ, ΑΒ au triangle ΑΒΓ est donnée (66); la raison de deux fois le rectangle sous ΓΖ, ΑΒ au triangle ΑΒΓ est donc donnée (8). Mais deux fois le rectangle sous ΓΖ, ΑΒ est ce dont le quarré de la somme des droites ΒΑΓ surpasse le quarré de ΒΓ; la raison de la surface dont le quarré de la somme des droites ΒΑ, ΑΓ surpasse le quarré de ΒΓ au triangle ΑΒΓ est donc donnée.

AUTREMENT.

Prolongeons ΒΑ vers Δ; faisons ΑΔ égal à ΓΑ, et joignons ΔΓ. Puisque l'angle ΒΑΓ est donné, et que chacun des angles ΑΔΓ, ΑΓΔ est sa moitié (5) (32. 1), chacun des angles ΑΔΓ, ΑΓΔ sera donné; l'angle restant ΔΑΓ est donc donné

τρίγωνον τῷ εἴδει· λόγος ἄρα τῆς ΑΓ πρὸς τὴν ΓΔ δοθείς. Καὶ ἐπεὶ δοθεῖσά ἐστιν ἡ ὑπὸ ΑΔΓ, κατήχθω τῇ ΑΔΓ[3] ἴση ἑκατέρα τῶν ὑπὸ ΔΕΓ, ΔΖΓ. Καὶ ἐπεὶ ἴση ἐστὶν ἡ ὑπὸ ΒΔΓ τῇ ὑπὸ ΔΕΓ, κοινὴ δὲ ἡ ὑπὸ ΔΒΕ τοῦ ΔΒΕ τριγώνου οὖσα καὶ τοῦ ΔΒΓ· λοιπὴ ἄρα ἡ ὑπὸ ΒΔΕ λοιπῇ τῇ ὑπὸ ΒΓΔ ἐστὶν ἴση[4]· ἰσογώνιον ἄρα ἐστὶ τὸ[5] ΒΔΕ

ΑΓΔ triangulum specie; ratio igitur ipsius ΑΓ ad ΓΔ data. Et quoniam datus est angulus ΑΔΓ, construatur angulo ΑΔΓ æqualis uterque angulorum ΔΕΓ, ΔΖΓ. Et quoniam æqualis est angulus ΒΔΓ angulo ΔΕΓ, communis autem ipse ΔΒΕ triangulo ΔΒΕ existens et triangulo ΔΒΓ; reliquus igitur angulus ΒΔΕ reliquo angulo ΒΓΔ

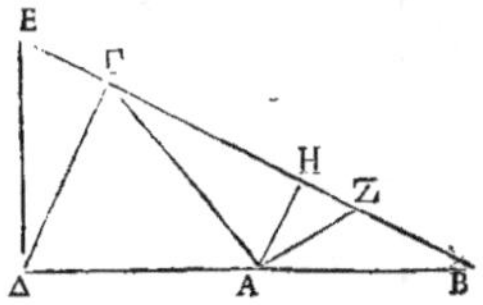

τρίγωνον τῷ ΔΒΓ τριγώνῳ· ἔστιν ἄρα ὡς ἡ ΕΒ πρὸς τὴν[6] ΒΔ οὕτως ἡ ΒΔ πρὸς τὴν[7] ΒΓ· τὸ ἄρα ὑπὸ τῶν ΕΒ, ΒΓ, τουτέστι τὸ ὑπὸ τῶν ΕΓ, ΓΒ μετὰ τοῦ ἀπὸ τῆς ΓΒ, ἴσον ἐστὶ τῷ ἀπὸ τῆς[8] ΒΔ, τουτέστι τῷ ἀπὸ συναμφοτέρου τῆς ΒΑΓ, ἴση γάρ ἐστιν ἡ ΔΑ τῇ ΑΓ· τὸ ἄρα ὑπὸ τῶν ΕΓ, ΓΒ μετὰ τοῦ ἀπὸ τῆς ΒΓ, ἴσον ἐστὶ τῷ ἀπὸ συναμφοτέρου τῆς ΒΑΓ· τὸ ἄρα ἀπὸ συναμφοτέρου τῆς ΒΑΓ[9], τοῦ ἀπὸ τῆς ΒΓ ὑπερέχει τῷ ὑπὸ τῶν ΒΓ, ΓΕ. Λέγω οὖν ὅτι λόγος ἐστὶ τοῦ ὑπὸ τῶν ΒΓ, ΓΕ πρὸς τὸ ΑΒΓ τρίγωνον δοθείς. Ἐπεὶ γὰρ ἴση ἐστὶν

est æqualis; æquiangulum igitur ΒΔΕ est triangulum triangulo ΔΒΓ; est igitur ut ΕΒ, ad ΒΔ ita ΒΔ ad ΒΓ; ipsum igitur sub ΕΒ, ΒΓ, hoc est ipsum sub ΕΓ, ΓΒ cum ipso ex ΓΒ, æquale est ipsi ex ΒΔ, hoc est ipsi ex utrâque simul ΒΑΓ, æqualis enim est ΔΑ ipsi ΑΓ; ipsum igitur sub ΕΓ, ΓΒ cum ipso ex ΒΓ, æquale est ipsi ex utrâque simul ΒΑΓ; ipsum igitur ex utrâque simul ΒΑΓ ipsum ex ΒΓ excedit ipso sub ΒΓ, ΓΕ. Dico igitur rationem ipsius sub ΒΓ, ΓΕ ad ΑΒΓ triangulum esse datam. Quoniam enim

(32. 1) (4); le triangle ΑΓΔ est donc donné d'espèce (40); la raison de ΑΓ à ΓΔ est donc donnée (déf. 3). Et puisque l'angle ΑΔΓ est donné, faisons chacun des angles ΔΕΓ, ΔΖΓ égal à l'angle ΑΔΓ; et puisque l'angle ΒΔΓ est égal à l'angle ΔΕΓ, et que l'angle ΔΒΕ est commun aux triangles ΔΒΕ, ΔΒΓ, l'angle restant ΒΔΕ sera égal à l'angle restant ΒΓΔ (32. 1); le triangle ΒΔΕ est donc équiangle avec le triangle ΔΒΓ; la droite ΕΒ est donc à ΒΔ comme ΒΔ est à ΒΓ (4. 6); le rectangle sous ΕΒ, ΒΓ, c'est-à-dire, le rectangle sous ΕΓ, ΓΒ, avec le quarré de ΓΒ, est donc égal au quarré de ΒΔ (17. 6); c'est-à-dire, au quarré de la somme des droites ΒΑ, ΑΓ (3. 2); car ΔΑ est égal à ΑΓ; le rectangle sous ΕΓ, ΓΒ avec le quarré de ΒΓ, est donc égal au quarré de la somme des droites ΒΑ, ΑΓ; le quarré de la somme des droites ΒΑ, ΑΓ surpasse donc le quarré de ΒΓ du rectangle sous ΒΓ, ΓΕ. Je dis aussi que la raison du rectangle sous ΒΓ, ΓΕ au triangle ΑΒΓ est donnée.

ἡ ὑπὸ ΒΔΕ γωνία τῇ ὑπὸ ΒΓΔ, ὧν[10] ἡ ὑπὸ ΑΔΓ τῇ ὑπὸ ΑΓΔ ἐστὶν[11] ἴση· λοιπὴ ἄρα ἡ ὑπὸ ΓΔΕ λοιπῇ τῇ ὑπὸ ΑΓΒ ἐστιν ἴση. Ἔστι δὲ καὶ ἡ ὑπὸ ΔΕΓ τῇ ὑπὸ ΑΖΓ ἴση· λοιπὴ ἄρα ἡ ὑπὸ ΓΑΖ λοιπῇ τῇ ὑπὸ ΔΓΕ ἐστιν ἴση· ἰσογώνιον ἄρα ἐστὶ τὸ ΑΖΓ τρίγωνον τῷ ΔΕΓ τριγώνῳ· ἔστιν ἄρα ὡς ἡ ΓΑ πρὸς τὴν ΑΖ οὕτως ἡ ΔΓ πρὸς τὴν[12] ΓΕ· καὶ ἐναλλὰξ ἄρα ὡς ἡ ΓΑ πρὸς τὴν ΓΔ οὕτως ἡ ΑΖ πρὸς τὴν ΓΕ. Λόγος δὲ τῆς ΑΓ πρὸς τὴν ΓΔ δοθείς· λόγος ἄρα καὶ[13] τῆς ΑΖ πρὸς τὴν ΓΕ δοθείς. Ἤχθω ἀπὸ τοῦ Α ἐπὶ τὴν ΒΓ κάθετος ἡ ΑΗ. Καὶ ἐπεὶ δοθεῖσά ἐστιν ἡ ὑπὸ ΑΖΓ, ἔστι δὲ καὶ ἡ ὑπὸ ΑΗΖ δοθεῖσα· καὶ λοιπὴ ἄρα ἡ ὑπὸ ΗΑΖ δοθεῖσά ἐστι· δέδοται ἄρα τὸ ΑΗΖ τρίγωνον τῷ εἴδει· λόγος ἄρα καὶ τῆς ΖΑ πρὸς τὴν ΑΗ δοθείς. Τῆς δὲ ΖΑ πρὸς τὴν ΓΕ λόγος ἐστὶ δοθείς· καὶ τῆς ΑΗ ἄρα πρὸς τὴν ΓΕ λόγος ἐστὶ δοθείς· ὥστε καὶ τοῦ[14] ὑπὸ τῶν ΑΗ, ΒΓ πρὸς τὸ

æqualis est ΒΔΕ angulus angulo ΒΓΔ, quorum ipse ΑΔΓ ipsi ΑΓΔ est æqualis; reliquus igitur ΓΔΕ reliquo ΑΓΒ est æqualis. Est autem et ΔΕΓ ipsi ΑΖΓ æqualis; reliquus igitur ΓΑΖ reliquo ΔΓΕ est æqualis; æquiangulum igitur est ΑΖΓ triangulum triangulo ΔΕΓ; est igitur ut ΓΑ ad ΑΖ ita ΔΓ ad ΓΕ; et permutando igitur ut ΓΑ ad ΓΔ ita ΑΖ ad ΓΕ. Ratio autem ipsius ΑΓ ad ΓΔ data; ratio igitur et ipsius ΑΖ ad ΓΕ data. Agatur a puncto Α ad ΒΓ perpendicularis ΑΗ. Et quoniam datus est angulus ΑΖΓ, est autem et angulus ΑΗΖ datus; et reliquus igitur ΗΑΖ datus est; datum est igitur ΑΗΖ triangulum specie; ratio igitur et ipsius ΖΑ ad ΑΗ data. Ipsius autem ΖΑ ad ΓΕ ratio est data; et ipsius ΑΗ igitur ad ΓΕ ratio est data; quare et ipsius sub ΑΗ, ΒΓ ad ipsum sub ΒΕ,

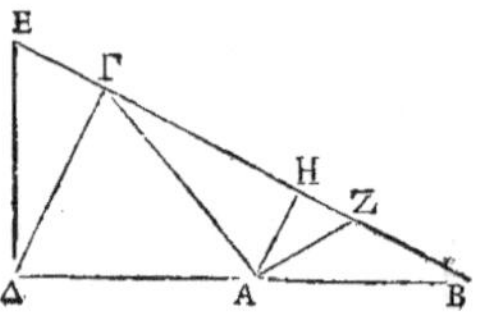

Car puisque l'angle ΒΔΕ est égal à l'angle ΒΓΔ, et que l'angle ΑΔΓ est égal à l'angle ΑΓΔ, l'angle restant ΓΔΕ est égal à l'angle restant ΑΓΒ. Mais l'angle ΔΕΓ est égal à l'angle ΑΖΓ; l'angle restant ΓΑΖ est donc égal à l'angle restant ΔΓΕ (32. 1); le triangle ΑΖΓ est donc équiangle avec le triangle ΔΕΓ; ΓΑ est donc à ΑΖ comme ΔΓ est à ΓΕ (4. 6); donc, par permutation, ΓΑ est à ΓΔ comme ΑΖ est à ΓΕ. Mais la raison de ΑΓ à ΓΔ est donnée; la raison de ΑΖ à ΓΕ est donc donnée. Du point Α menons sur ΒΓ la perpendiculaire ΑΗ. Puisque l'angle ΑΖΓ est donné, et que l'angle ΑΗΖ est aussi donné, l'angle restant ΗΑΖ sera donné; le triangle ΑΗΖ est donc donné d'espèce (40); la raison de ΖΑ à ΑΗ est donc donnée. Mais la raison de ΖΑ à ΓΕ est donnée; la raison de ΑΗ à ΓΕ est donc donnée (8); la raison du

ὑπὸ τῶν ΒΓ, ΓΕ λόγος ἐστὶ δοθείς. Τοῦ δὲ ὑπὸ τῶν ΑΗ, ΒΓ πρὸς τὸ ΑΒΓ τρίγωνον λόγος ἐστὶ δοθείς· καὶ τοῦ ἄρα[15] ὑπὸ τῶν ΒΓ, ΓΕ πρὸς τὸ ΑΒΓ τρίγωνον λόγος ἐστὶ δοθείς. Καὶ ἔστι τὸ ὑπὸ τῶν ΒΓ, ΓΕ ᾧ μεῖζόν ἐστι τὸ ἀπὸ συναμφοτέρου τῆς ΒΑΓ τοῦ ἀπὸ τῆς ΒΑ· ᾧ ἄρα μεῖζόν ἐστι τὸ ἀπὸ συναμφοτέρου τῆς ΒΑΓ τοῦ ἀπὸ τῆς ΒΓ, ἐκεῖνο τὸ χωρίον πρὸς τὸ ΑΒΓ[16] τρίγωνον λόγον ἔχει δεδομένον.

ΓΕ ratio est data. Ipsius autem sub ΑΗ, ΒΓ ad ΑΒΓ triangulum ratio est data; et ipsius igitur sub ΒΓ, ΓΕ ad ΑΒΓ triangulum ratio est data. Et est ipsum sub ΒΓ, ΓΕ illud quo majus est ipsum ex utrâque simul ΒΑΓ quam ipsum ex ΒΑ; quo igitur majus est ipsum ex utrâque simul ΒΑΓ quam ipsum ex ΒΓ, illud spatium ad ΑΒΓ triangulum rationem habet datam.

ΠΡΟΤΑΣΙΣ ξη'.

Εὰν δύο ἰσογώνια παραλληλόγραμμα πρὸς ἄλληλα[1] λόγον ἔχῃ δεδομένον, καὶ μία πλευρὰ πρὸς μίαν πλευρὰν λόγον ἔχῃ δεδομένον· καὶ ἡ[2] λοιπὴ πλευρὰ πρὸς τὴν λοιπὴν πλευρὰν λόγον ἕξει δεδομένον.

Δύο γὰρ ἰσογώνια παραλληλόγραμμα τὰ ΑΒ, ΓΔ πρὸς ἄλληλα λόγον ἐχέτω δεδομένον, ἐχέτω δὲ καὶ μία πλευρὰ πρὸς μίαν πλευρὰν λόγον δε-

PROPOSITIO LXVIII.

Si duo æquiangula parallelogramma inter se rationem habeant datam, et unum latus ad unum latus rationem habeat datam; et reliquum latus ad reliquum latus rationem habebit datam.

Duo enim æququiangula parallelogramma ΑΒ ΓΔ inter se rationem habeant datam, habeat autem et unum latus ad unum latus rationem

rectangle sous ΑΗ, ΒΓ au rectangle sous ΒΓ, ΓΕ est donc donnée (1. 6). Mais la raison du rectangle sous ΑΗ, ΒΓ au triangle ΑΒΓ est donnée (41. 1); la raison du rectangle sous ΒΓ, ΓΕ au triangle ΑΒΓ est donc donnée. Mais le rectangle sous ΒΓ, ΓΕ est ce dont le quarré de la somme des droites ΒΑ, ΑΓ surpasse le quarré de ΒΑ; la surface dont le quarré de la somme des droites ΒΑ, ΑΓ surpasse le quarré de ΒΓ, a donc une raison donnée avec le triangle ΑΒΓ.

PROPOSITION LXVIII.

Si deux parallélogrammes équiangles ont entre eux une raison donnée, et si un côté a une raison donnée avec un côté, le côté restant aura une raison donnée avec le côté restant.

Que les deux parallélogrammes équiangles ΑΒ, ΓΔ ayent entre eux une raison donnée, qu'un côté ait une raison donnée avec un côté, c'est-à-dire, que la

δομένον, καὶ ἔστω τῆς ΒΕ πρὸς τὴν ΖΔ λόγος δοθείς· λέγω ὅτι καὶ τῆς ΑΕ πρὸς τὴν ΖΓ λόγος ἐστὶ δοθείς.

datam, et sit ipsius ΒΕ ad ΖΔ ratio data; dico et ipsius ΑΕ ad ΖΓ rationem esse datam.

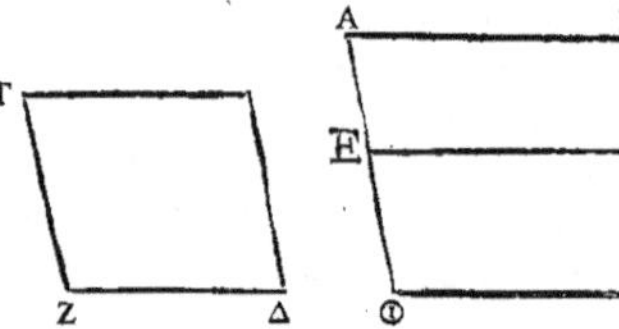

Παραβεβλήσθω γὰρ παρὰ τὴν ΕΒ τῷ ΓΔ ἴσον τὸ ΕΗ παραλληλόγραμμον[3], καὶ κείσθω ὥστε ἐπ' εὐθείας εἶναι τὴν ΑΕ τῇ ΕΘ· ἐπ' εὐθείας ἄρα ἐστὶ καὶ[4] ἡ ΚΒ τῇ ΒΗ. Ἐπεὶ οὖν λόγος ἐστὶ τοῦ ΑΒ πρὸς τὸ ΓΔ δοθεὶς, ἴσον δὲ τὸ ΓΔ τῷ ΕΗ· λόγος ἄρα τοῦ ΑΒ πρὸς τὸ ΕΗ δοθείς· ὥστε καὶ τῆς ΑΕ πρὸς τὴν ΕΘ λόγος ἐστὶ δοθεὶς. Καὶ ἐπεὶ ἴσον ἐστὶ τὸ ΕΗ τῷ ΓΔ· ἔστι δὲ καὶ ἰσογώνιον· τῶν ΕΗ, ΓΔ ἄρα ἀντιπεπόνθασιν αἱ πλευραὶ περὶ τὰς ἴσας γωνίας[5]· ἔστιν ἄρα ὡς ἡ ΕΒ πρὸς τὴν ΖΔ οὕτως ἡ ΓΖ πρὸς τὴν ΕΘ. Λόγος δὲ τῆς ΕΒ πρὸς τὴν ΖΔ δοθείς· καὶ τῆς ΓΖ ἄρα πρὸς τὴν ΕΘ λόγος ἐστὶ δοθείς. Τῆς δὲ ΕΘ πρὸς τὴν ΑΕ λόγος ἐστὶ δοθείς· καὶ τῆς ΑΕ ἄρα πρὸς τὴν ΓΖ λόγος ἐστὶ δοθείς.

Applicetur enim ad ΕΒ ipsi ΓΔ æquale ΕΗ parallelogrammum, et ponatur ita ut in directum sit ipsa ΑΕ ipsi ΕΘ; in directum igitur est et ΚΒ ipsi ΒΗ. Quoniam igitur ratio est ipsius ΑΒ ad ΓΔ data; æquale autem ΓΔ ipsi ΕΗ; ratio igitur ipsius ΑΒ ad ΕΗ data; quare et ipsius ΑΕ ad ΕΘ ratio est data. Et quoniam æquale est ΕΗ ipsi ΓΔ, est autem et æquiangulum; ipsorum ΕΗ, ΓΔ igitur reciproca sunt latera circa æquales angulos; est igitur ut ΕΒ ad ΖΔ ita ΓΖ ad ΕΘ. Ratio autem ipsius ΕΒ ad ΖΔ data; et ipsius ΓΖ igitur ad ΕΘ ratio est data. Ipsius autem ΕΘ ad ΑΕ ratio est data; et ipsius ΑΕ igitur ad ΓΖ ratio est data.

raison du côté ΒΕ au côté ΖΔ soit donnée; je dis que la raison de ΑΕ à ΖΓ est donnée.

Car appliquons à la droite ΕΒ le parallélogramme ΕΗ égal au parallélogramme ΓΔ, et qu'il soit placé de manière que ΑΕ soit dans la direction de ΕΘ; la droite ΚΒ sera dans la direction de ΒΗ. Mais la raison de ΑΒ à ΓΔ est donnée, et ΓΔ est égal à ΕΗ; la raison de ΑΒ à ΕΗ est donc donnée (1. 6); la raison de ΑΕ à ΕΘ est donc donnée. Mais le parallélogramme ΕΗ est égal au parallélogramme ΓΔ et lui est équiangle; les côtés des parallélogrammes ΕΗ, ΓΔ, autour des angles égaux, sont donc réciproquement proportionnels; donc ΕΒ est à ΖΔ comme ΓΖ est à ΕΘ (14. 6). Mais la raison de ΕΒ à ΖΔ est donnée; la raison de ΓΖ à ΕΘ est donc donnée. Mais la raison de ΕΘ à ΑΕ est donnée; la raison de ΑΕ à ΓΖ est donc donnée (8).

ΑΛΛΩΣ.

Εκκείσθω δεδομένη εὐθεῖα ἡ Κ. Καὶ ἐπεὶ λόγος ἐστὶ τοῦ Α πρὸς τὸ Β δοθεὶς, ὁ αὐτὸς αὐτῷ γεγονέτω ὁ τῆς Κ πρὸς τὴν Λ. Λόγος δὲ τοῦ Α πρὸς τὸ Β δοθείς· λόγος ἄρα καὶ τῆς Κ πρὸς τὴν Λ δοθείς. Δοθεῖσα δὲ ἡ Κ· δοθεῖσα ἄρα καὶ ἡ Λ.

ALITER.

Exponatur data recta K. Et quoniam ratio est ipsius A ad B data, eadem huic fiat ratio ipsius K ad Λ. Ratio autem ipsius A ad B data; ratio igitur et ipsius K ad Λ data. Data autem K; data igitur et Λ. Rursus, quoniam

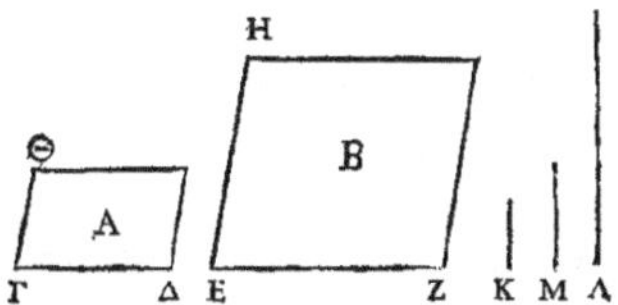

Πάλιν ἐπεὶ λόγος ἐστὶ δοθεὶς τῆς ΓΔ πρὸς τὴν ΕΖ, ὁ[1] αὐτὸς αὐτῷ γεγονέτω ὁ[2] τῆς Κ πρὸς τὴν Μ· λόγος ἄρα καὶ τῆς Κ πρὸς τὴν Μ δοθείς. Δοθεῖσα δὲ ἡ Κ· δοθεῖσα ἄρα καὶ[3] ἡ Μ. Εστι δὲ καὶ ἡ Λ δοθεῖσα· λόγος ἄρα τῆς Λ πρὸς τὴν Μ δοθείς. Καὶ ἐπεὶ ἰσογώνιόν ἐστι τὸ Α τῷ Β· τὸ Α ἄρα[4] πρὸς τὸ Β λόγον ἔχει τὸν συγκείμενον ἐκ τῶν πλευρῶν, τουτέστιν ἔκ τε τοῦ λόγου ὃν ἔχει ἡ ΓΔ πρὸς τὴν ΕΖ[5], καὶ ἡ ΘΓ πρὸς τὴν ΗΕ.

ratio est data ipsius ΓΔ ad EZ, eadem huic fiat ratio ipsius K ad M; ratio igitur et ipsius K ad M data; Data autem K; data igitur et M. Est autem et Λ data; ratio igitur ipsius Λ ad M data. Et quoniam æquiangulum est A ipsi B; ipsum A igitur ad B rationem habet compositam ex lateribus, hoc est et ex ratione quam habet ΓΔ ad EZ et ΘΓ ad HE. At vero et

AUTREMENT.

Soit K une droite donnée. Puisque la raison de A à B est donnée, faisons ensorte que la raison de K à Λ soit la même que celle-ci. Mais la raison de A à B est donnée; la raison de K à Λ est donc donnée. Mais K est donné; donc Λ est donné (2). De plus, puisque la raison de ΓΔ à EZ est donnée, faisons ensorte que la raison de K à M soit la même que celle-ci; la raison de K à M sera donnée. Mais K est donné; la droite M est donc donnée aussi. Mais Λ est donné; la raison de Λ à M est donc donnée (1). Mais les parallélogrammes A, B sont équiangles; le parallélogramme A a donc avec B une raison composée des côtés, c'est-à-dire, de la raison que ΓΔ a avec EZ, et de la raison que ΘΓ a avec HE (23. 6). Mais

Ἀλλὰ μὲν καὶ ἡ Κ πρὸς τὴν Λ λόγον ἔχει τὸν συγκείμενον ἔκ τε τοῦ λόγου ὃν ἔχει ἡ Κ πρὸς τὴν Μ καὶ ἐκ τοῦ ὃν ἔχει[6] ἡ Μ πρὸς τὴν Λ· ὁ ἄρα συγκείμενος λόγος ἔκ τε τοῦ λόγου[7] ὃν ἔχει ἡ ΓΔ πρὸς τὴν ΕΖ καὶ ἡ ΘΓ πρὸς τὴν ΗΕ ὁ αὐτός ἐστι τῷ συγκειμένῳ ἐκ τοῦ[8] ὃν ἔχει ἡ Κ πρὸς τὴν Μ καὶ ἡ Μ πρὸς τὴν Λ. Ὧν ὁ τῆς ΓΔ πρὸς τὴν ΕΖ λόγος ὁ αὐτός ἐστι τῷ τῆς Κ πρὸς τὴν Μ λόγῳ· λοιπὸς ἄρα ὁ τῆς ΘΓ πρὸς τὴν ΗΕ λόγος ὁ[9] αὐτός ἐστι τῷ τῆς Μ πρὸς τὴν Λ. Τῆς δὲ Μ πρὸς τὴν Λ λόγος ἐστὶ[10] δοθείς· λόγος ἄρα καὶ τῆς ΘΓ πρὸς τὴν ΗΕ δοθείς.

K ad Λ rationem habet compositam et ex ratione quam habet K ad M et ex ipsâ quam habet M ad Λ; ergo composita ratio et ex ratione quam habet ΓΔ ad EZ, et ΘΓ ad HE, eadem est cum compositâ ex ipsâ quam habet K ad M, et M ad Λ. Quarum ratio ipsius ΓΔ ad EZ eadem est cum ratione ipsius K ad M; reliqua igitur ipsius ΘΓ ad HE ratio eadem est cum ratione ipsius M ad Λ. Ipsius autem M ad Λ ratio est data; ratio igitur et ipsius ΘΓ ad HE data.

ΠΡΟΤΑΣΙΣ ξθ΄.

Ἐὰν δύο παραλληλόγραμμα δεδομένας ἔχῃ γωνίας, καὶ λόγον πρὸς ἄλληλα ἔχῃ δεδομένον, καὶ μία πλευρὰ πρὸς μίαν πλευρὰν λόγον ἔχῃ δεδομένον· καὶ ἡ λοιπὴ πλευρὰ πρὸς τὴν λοιπὴν πλευρὰν λόγον ἕξει δεδομένον.

Δύο γὰρ παραλληλόγραμμα τὰ ΑΒ, ΕΗ δεδομένας ἔχοντα γωνίας τὰς πρὸς τοῖς Δ, Ζ, πρὸς ἄλληλα λόγον ἐχέτω δεδομένον, λόγος δὲ

PROPOSITIO LXIX.

Si duo parallelogramma datos habeant angulos, et rationem inter se habeant datam; et unum latus ad unum latus rationem habeat datam; et reliquum latus ad reliquum latus rationem habebit datam.

Duo enim parallelogramma AB, EH datos habentia angulos ad puncta Δ, Z, inter se rationem habeant datam, ratio autem sit ipsius

K a avec Λ une raison composée de la raison que K a avec M, et de celle que M a avec Λ; la raison composée de la raison que ΓΔ a avec EZ, et de celle que ΘΓ a avec HE est donc la même que la raison composée de celle que K a avec M, et de celle que M a avec Λ. Mais parmi ces raisons, celle de ΓΔ à EZ est la même que celle de K à M; la raison restante de ΘΓ à HE est donc la même que celle de M à Λ. Mais la raison de M à Λ est donnée; la raison de ΘΓ à HE est donc donnée.

PROPOSITION LXIX.

Si deux parallélogrammes, ayant des angles donnés, ont entre eux une raison donnée, et si un côté a une raison donnée avec un côté, le côté restant aura une raison donnée avec le côté restant.

Que les deux parallélogrammes AB, EH, ayant les angles en Δ, Z donnés,

ἔστω ἡ τῆς ΔB πρὸς τὴν ZH δοθείς· λέγω ὅτι καὶ τῆς AΔ πρὸς τὴν EZ λόγος δέδοται[2].

Εἰ μὲν οὖν ἰσογώνιόν ἐστι τὸ AB παραλληλόγραμμον τῷ EH παραλληλογράμμῳ[3], φανερόν.

ΔB ad ZH, data; dico et ipsius AΔ ad EZ rationem datam esse.

Si quidem igitur æquiangulum est AB parallelogrammum parallelogrammo EH, hoc evidens

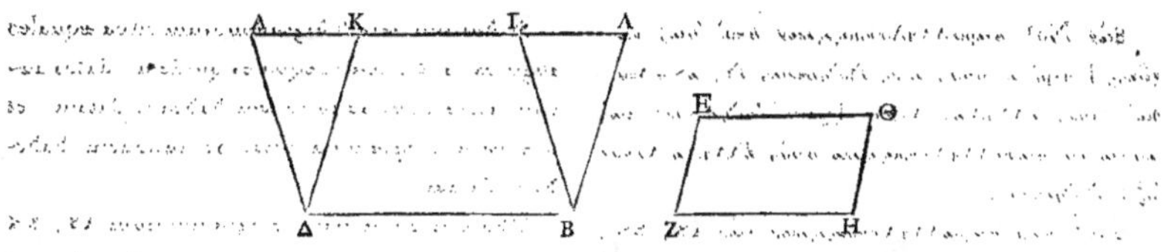

Εἰ δὲ οὔ· συνεστάτω πρὸς τῇ ΔB, καὶ τῷ πρὸς αὐτῇ σημείῳ τῷ Δ, τῇ ὑπὸ EZH γωνίᾳ ἴση ὑπὸ BΔK, καὶ συμπεπληρώσθω τὸ ΔΛ παραλληλόγραμμον. Καὶ ἐπεὶ δοθεῖσά ἐστιν ἑκατέρα τῶν ὑπὸ ΔAK, AKΔ· καὶ λοιπὴ ἄρα ἡ ὑπὸ AΔK ἐστὶ δοθεῖσα· δέδοται ἄρα τὸ AΔK τρίγωνον τῷ εἴδει· λόγος ἄρα ἐστὶ τῆς AΔ πρὸς τὴν ΔK δοθείς. Καὶ ἐπεὶ λόγος ἐστὶ τοῦ ΔΓ πρὸς τὸ ZΘ δοθείς, ὑπόκειται γάρ, καὶ ἔστιν ἴσον τὸ ΔΓ τῷ ΔΛ· λόγος ἄρα καὶ τοῦ ΔΛ πρὸς τὸ ZΘ δοθείς. Καὶ ἔστιν ἰσογώνιον τὸ ΔΛ τῷ ZΘ[4], καὶ λόγος ἐστὶ τοῦ ΔΛ πρὸς τὸ ZΘ δοθείς, καὶ ἔστι τῆς ΔB πρὸς τὴν ZH λόγος δοθείς[5], ὑπόκειται γάρ· λόγος ἄρα ἐστὶ καὶ τῆς ΔK πρὸς τὴν EZ δοθείς. Τῆς δὲ

est. Si autem non; constituatur ad ΔB, et ad punctum in eâ Δ, angulo EZH æqualis BΔK, et compleatur parallelogrammum ΔΛ. Et quoniam datus est uterque angulorum ΔAK, AKΔ; et reliquus igitur angulus AΔK est datus; datum est igitur AΔK triangulum specie; ratio igitur est ipsius AΔ ad ΔK data. Et quoniam ratio est ipsius ΔΓ ad ZΘ data, supponitur enim, et est æquale ΔΓ ipsi ΔΛ; ratio igitur et ipsius ΔΛ ad ZΘ data. Et est æquiangulum ΔΛ ipsi ZΘ, et ratio est ipsius ΔΛ ad ZΘ data, et est ipsius ΔB ad ZH ratio data, supponitur enim; ratio igitur est et ipsius ΔK ad EZ data. Ipsius

ayent entre eux une raison donnée, et que la raison de ΔB à ZH soit donnée; je dis que la raison de AΔ à EZ est donnée.

Si le parallélogramme AB est équiangle avec le parallélogramme EH, la chose est évidente (68). Sinon, faisons sur ΔB et au point Δ, l'angle BΔK égal à l'angle EZH (23. 1), et achevons le parallélogramme ΔΛ (31. 1). Puisque chacun des angles ΔAK, AKΔ est donné, l'angle restant AΔK est donné (32. 1) (4); le triangle AΔK est donc donné d'espèce (35. 1); la raison de AΔ à ΔK est donc donnée. Mais la raison de ΔΓ à ZΘ est donnée, par supposition, et ΔΓ est égal à ΔΛ; la raison de ΔΛ à ZΘ est donc donnée. Mais ΔΛ est équiangle avec ZΘ, et la raison de ΔΛ à ZH est donnée, ainsi que la raison de ΔB à ZH, par supposition; la raison de ΔK

ΔΚ πρὸς τὴν ΔΑ λόγος ἐστὶ δοθείς· καὶ τῆς ΑΔ ἄρα πρὸς τὴν ΕΖ λόγος ἐστὶ δοθείς.

autem ΔΚ ad ΔΑ ratio est data; et ipsius ΑΔ igitur ad ΕΖ ratio est data.

ΠΡΟΤΑΣΙΣ ο'.

Ἐὰν δύο[1] παραλληλογράμμων περὶ ἴσας γωνίας, ἢ περὶ ἀνίσους μὲν, δεδομένας δὲ, αἱ πλευραὶ πρὸς ἀλλήλας λόγον ἔχωσι δεδομένον· καὶ αὐτὰ τὰ παραλληλόγραμμα πρὸς ἄλληλα λόγον ἕξει δεδομένον.

Δύο[2] γὰρ παραλληλογράμμων τῶν ΑΒ, ΕΗ, περὶ ἴσας γωνίας τὰς πρὸς τοῖς Γ, Ζ, ἢ περὶ ἀνίσους μὲν, δεδομένας δὲ, αἱ πλευραὶ πρὸς ἀλλήλας λόγον ἐχέτωσαν δεδομένον, τουτέστι λόγος ἔστω τῆς μὲν ΑΓ πρὸς τὴν ΕΖ δοθεὶς, τῆς δὲ ΓΒ πρὸς τὴν ΖΗ[3]· λέγω ὅτι καὶ τοῦ ΓΔ πρὸς τὸ ΖΘ λόγος ἐστὶ δοθείς.

Ἔστω γὰρ ἰσογώνιον τὸ ΓΔ τῷ ΖΘ[4]. Καὶ παραβεβλήσθω παρὰ τὴν ΓΒ εὐθεῖαν τῷ ΖΘ παραλληλογράμμῳ[5] ἴσον παραλληλόγραμμον τὸ ΓΜ, καὶ κείσθω ὥστε ἐπ' εὐθείας εἶναι τὴν ΑΓ τῇ ΓΝ·

PROPOSITIO LXX.

Si duorum parallelogrammorum circa æquales angulos, aut circa inæquales quidem, datos autem latera inter se rationem habeant datam: et illa parallelogramma inter se rationem habebunt datam.

Duorum enim parallelogrammorum ΑΒ, ΕΗ circa æquales angulos ad puncta Γ, Ζ, vel circa inæquales quidem, datos autem, latera inter se rationem habeant datam, hoc est ratio sit ipsius quidem ΑΓ ad ΕΖ data, ipsius autem ΓΒ ad ΖΗ; dico et ipsius ΓΔ ad ΖΘ rationem esse datam.

Sit enim æquiangulum ΓΔ ipsi ΖΘ. Et applicetur ad ΓΒ rectam parallelogrammo ΖΘ æquale parallelogrammum ΓΜ, et ponatur ita ut in directum sit ΑΓ ipsi ΓΝ; et ΔΒ igitur in directum

à ΕΖ est donc donnée (68). Mais la raison de ΔΚ à ΔΑ est donnée; la raison de ΑΔ à ΕΖ est donc donnée (8).

PROPOSITION LXX.

Si les côtés de deux parallélogrammes autour d'angles égaux, ou autour d'angles inégaux, mais donnés, ont entre eux une raison donnée; ces parallélogrammes auront entre eux une raison donnée.

Que les côtés des deux parallélogrammes ΑΒ, ΕΗ, autour des angles égaux Γ, Ζ, ou autour d'angles inégaux, mais donnés, ayent entre eux une raison donnée, c'est-à-dire, que la raison de ΑΓ à ΕΖ soit donnée, ainsi que celle de ΓΒ à ΖΗ; je dis que la raison de ΓΔ à ΖΘ est donnée.

Car que ΓΔ soit équiangle avec ΖΘ. Appliquons à la droite ΓΒ le parallélogramme ΓΜ égal au parallélogramme ΖΘ (45. 1), et qu'il soit placé de manière que ΑΓ

καὶ ἡ ΔΒ ἄρα ἐπ' εὐθείας ἐστὶ τῇ ΒΜ. Επεὶ οὖν[6] ἴσον ἐστὶ τὸ ΒΘ τῷ ΖΝ, ἐστὶ δὲ καὶ ἰσογώνιον· τῶν ΒΝ, ΘΖ ἄρα ἀντιπεπόνθασιν αἱ πλευραὶ αἱ περὶ τὰς ἴσας γωνίας· ἔστιν ἄρα ὡς ἡ ΓΒ πρὸς τὴν

est ipsi BM. Quoniam igitur æquale est BΘ ipsi ZN, est autem et ipsi æquiangulum; ipsorum BN, ΘZ igitur reciproca sunt latera circa æquales angulos; est igitur ut ΓB ad ZH ita

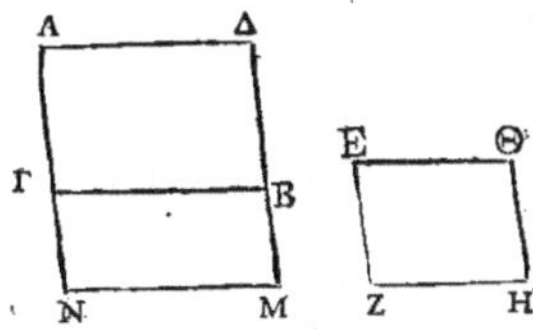

ΖΗ οὕτως ἡ ΖΕ πρὸς τὴν ΓΝ. Λόγος δὲ τῆς ΓΒ πρὸς τὴν ΖΗ δοθείς· λόγος ἄρα καὶ[7] τῆς ΕΖ πρὸς τὴν ΓΝ δοθείς. Τῆς δὲ ΕΖ πρὸς τὴν ΑΓ λόγος ἐστὶ δοθείς· καὶ τῆς ΑΓ ἄρα πρὸς τὴν ΓΝ λόγος ἐστὶ δοθείς· ὥστε καὶ τοῦ ΓΔ πρὸς τὸ ΓΜ λόγος ἐστὶ δοθείς. Εστι δὲ τὸ ΓΜ τῷ ΖΘ ἴσον· λόγος ἄρα καὶ τοῦ ΓΔ πρὸς τὸ ΖΘ δοθείς.

Μὴ ἔστω δὴ ἰσογώνιον τὸ ΑΒ τῷ ΕΗ. Καὶ συνεστάτω πρὸς τῇ ΒΓ εὐθείᾳ, καὶ τῷ πρὸς αὐτῇ σημείῳ τῷ Γ, τῇ ὑπὸ ΕΖΗ γωνίᾳ[8] ἴση γωνία ἡ ὑπὸ ΒΓΚ, καὶ συμπεπληρώσθω τὸ[9] ΓΛ παραλληλόγραμμον. Καὶ ἐπεὶ δοθεῖσά ἐστιν ἡ ὑπὸ ΑΓΒ γωνία, ἐστὶ δὲ καὶ ἡ ὑπὸ ΚΓΒ δοθεῖσα[10]· καὶ λοιπὴ ἄρα ἡ ὑπὸ ΑΓΚ ἐστὶ δοθεῖσα. Εστι

ZE ad ΓN. Ratio autem ipsius ΓB ad ZH data; ratio igitur et ipsius EZ ad ΓN data. Ipsius autem EZ ad AΓ ratio est data; et ipsius AΓ igitur ad ΓN ratio est data; quare et ipsius ΓΔ ad ΓM ratio est data. Est autem ΓM ipsi ZΘ æquale; ratio igitur et ipsius ΓΔ ad ZΘ data.

Non sit autem æquiangulum AB ipsi EH. Et constituatur ad BΓ rectam, et ad punctum in eâ Γ, angulo EZH æqualis angulus BΓK, et compleatur ΓΛ parallelogrammum. Et quoniam datus est angulus AΓB, est autem et ipse KΓB datus; et reliquus igitur AΓK est datus. Est autem et

soit dans la direction de ΓN; la droite ΔB sera dans la direction de BM. Puisque BΘ est égal à ZN, et qu'il lui est aussi équiangle, les côtés des parallélogrammes BN, ΘZ autour des angles égaux sont réciproquement proportionnels (14. 6); donc ΓB est à ZH comme ZE est à ΓN. Mais la raison de ΓB à ZH est donnée; la raison de EZ à ΓN est donc donnée. Mais la raison de EZ à AΓ est donnée; la raison de AΓ à ΓN est donc donnée (8); la raison de ΓΔ à ΓM est donc donnée (1. 6). Mais ΓM est égal à ZΘ; la raison de ΓΔ à ZΘ est donc donnée.

Que AB ne soit pas équiangle avec EH. Sur la droite BΓ, et au point Γ de cette droite, faisons l'angle BΓK égal à l'angle EZH (23. 1), et achevons le parallélogramme ΓΛ. Puisque l'angle AΓB est donné, et que l'angle KΓB est aussi donné, l'angle

δὲ καὶ ἡ ὑπὸ ΓΑΚ δοθεῖσα· καὶ λοιπὴ ἄρα ἡ ὑπὸ ΑΚΓ ἐστὶ δοθεῖσα[1]· δέδοται ἄρα τὸ ΑΓΚ τρίγωνον τῷ εἴδει· λόγος ἄρα ἐστὶ τῆς ΑΓ πρὸς τὴν ΓΚ δοθείς. Τῆς δὲ ΑΓ πρὸς τὴν ΕΖ λόγος ἐστὶ

ΓΑΚ datus; et reliquus igitur ΑΚΓ est datus; datum est igitur ΑΓΚ triangulum specie; ratio igitur est ipsius ΑΓ ad ΓΚ data. Ipsius autem ΑΓ ad ΕΖ ratio est data; et ipsius ΓΚ igitur ad ΕΖ

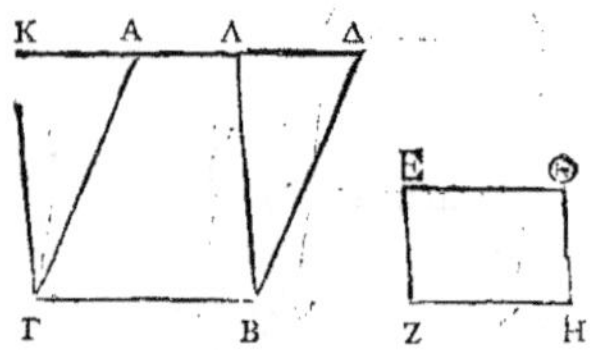

δοθείς· καὶ τῆς ΓΚ ἄρα πρὸς τὴν ΕΖ λόγος ἐστὶ δοθείς. Ἐστι δὲ καὶ τῆς ΓΒ πρὸς τὴν ΖΗ λόγος δοθείς, καὶ ἔστιν ἴση ἡ ὑπὸ ΚΓΒ γωνία τῇ ὑπὸ ΕΖΗ· λόγος ἄρα ἐστὶ τοῦ ΓΛ πρὸς τὸ[1] ΖΘ δοθείς. Ἴσον δὲ τὸ ΓΛ τῷ ΓΔ· λόγος ἄρα ἐστὶν τοῦ ΓΔ πρὸς τὸ ΖΘ δοθείς.

ratio est data. Est autem et ipsius ΓΒ ad ΖΗ ratio data, et est æqualis ΚΓΒ angulus angulo ΕΖΗ; ratio igitur est ipsius ΓΛ ad ΖΘ data. Æquale autem ΓΛ ipsi ΓΔ; ratio igitur est ipsius ΓΔ ad ΖΘ data.

ΠΡΟΤΑΣΙΣ ρα'.

Ἐὰν δύο[1] τριγώνων, περὶ ἴσας γωνίας, ἢ περὶ ἀνίσους μὲν, δεδομένας δὲ, αἱ πλευραὶ πρὸς ἀλλήλας λόγον ἔχωσι δεδομένον· καὶ αὐτὰ τὰ τρίγωνα πρὸς ἄλληλα λόγον ἔχει[2] δεδομένον.

PROPOSITIO LXXI.

Si duorum triangulorum circa æquales angulos, vel circa inæquales quidem, datos autem, latera inter se rationem habeant datam; et ipsa triangula inter se rationem habent datam.

restant ΑΓΚ est donné (4). Mais l'angle ΓΑΚ est donné; l'angle restant ΑΚΓ est donc donné (32. 1) (4); le triangle ΑΓΚ est donc donné d'espèce (40); la raison de ΑΓ à ΓΚ est donc donnée. Mais la raison de ΑΓ à ΕΖ est donnée (8); la raison de ΓΚ à ΕΖ est donc donnée. Mais la raison de ΓΒ à ΖΗ est donnée, et l'angle ΚΓΒ est égal à l'angle ΕΖΗ; la raison de ΓΛ à ΖΘ est donc donnée. Mais ΓΛ est égal à ΓΔ; la raison de ΓΔ à ΖΘ est donc donnée.

PROPOSITION LXXI.

Si les côtés de deux triangles autour d'angles égaux, ou autour d'angles inégaux, mais donnés, ont entre eux une raison donnée, ces triangles ont entre eux une raison donnée.

Δύο[3] γὰρ τριγώνων τῶν ΑΒΓ, ΔΕΘ, περὶ ἴσας γωνίας τὰς πρὸς τοῖς Α, Δ, ἢ περὶ ἀνίσους μὲν, δεδομένας δὲ, αἱ πλευραὶ πρὸς ἀλλήλας λόγον ἐχέτωσαν δεδομένον, καὶ ἔστω λόγος τῆς μὲν ΒΑ πρὸς τὴν ΕΔ δοθεὶς, τῆς δὲ ΑΓ πρὸς τὴν ΔΘ· λέγω ὅτι καὶ τοῦ ΑΒΓ τριγώνου λόγος ἐστὶ δοθεὶς πρὸς τὸ ΕΔΘ[4].

Duorum enim triangulorum ΑΒΓ, ΔΕΘ, circa æquales angulos ad puncta Α, Δ, vel circa inæquales quidem, datos autem, latera inter se rationem habeant datam, et sit ratio ipsius quidem ΒΑ ad ΕΔ data, ipsius vero ΑΓ ad ΔΘ; dico et ΑΒΓ trianguli rationem esse datam ad ΕΔΘ triangulum.

Συμπεπληρώσθω γὰρ τὰ[5] ΑΗ, ΔΖ παραλληλόγραμμα. Επεὶ οὖν δύο παραλληλογράμμων τῶν ΑΗ, ΔΖ περὶ τὰς[6] ἴσας γωνίας τὰς πρὸς τοῖς Α, Δ σημείοις, ἢ περὶ ἀνίσους μὲν, δεδομένας δὲ[7], αἱ πλευραὶ πρὸς ἀλλήλας λόγον ἔχουσι δεδομένον καὶ τὰ παραλληλόγραμμα λόγον ἕξει δεδομένον πρὸς ἀλληλα[8]· λόγος ἄρα τοῦ ΑΗ πρὸς τὸ ΔΖ δοθείς. Καὶ ἔστι τοῦ μὲν ΑΗ ἥμισυ τὸ ΑΒΓ τρίγωνον, τοῦ δὲ ΔΖ τὸ ΔΕΘ· λόγος ἄρα τοῦ ΑΒΓ τριγώνου[9] πρὸς τὸ ΔΕΘ τρίγωνον δοθείς.

Compleantur enim ΑΗ, ΔΖ parallelogramma. Quoniam igitur duorum parallelogrammorum ΑΗ, ΔΖ circa æquales angulos ad puncta Α, Δ, vel circa inæquales quidem, datos autem, latera inter se rationem habent datam et parallelogramma rationem habebunt datam inter se; ratio igitur ipsius ΑΗ ad ΔΖ data; Et est ipsius quidem ΑΗ dimidium triangulum ΑΒΓ, ipsius autem ΔΖ ipsum ΔΕΘ; ratio igitur trianguli ΑΒΓ ad triangulum ΔΕΘ data.

Que les côtés des triangles ΑΒΓ, ΔΕΘ, autour des angles égaux Α, Δ, ou autour d'angles inégaux, mais donnés, ayent entre eux une raison donnée, c'est-à-dire que la raison de ΒΑ à ΕΔ soit donnée, ainsi que la raison de ΑΓ à ΔΘ; je dis que la raison du triangle ΑΒΓ au triangle ΕΔΘ est donnée.

Car achevons les parallélogrammes ΑΗ, ΔΖ. Puisque les côtés des deux parallélogrammes ΑΗ, ΔΖ, autour des angles égaux aux points Α, Δ, ou autour d'angles inégaux, mais donnés, ont entre eux une raison donnée, ces parallélogrammes auront entre eux une raison donnée; la raison de ΑΗ à ΔΖ est donc donnée (70). Mais le triangle ΑΒΓ est la moitié de ΑΗ, et le triangle ΔΕΘ la moitié de ΔΖ (34. 1); la raison du triangle ΑΒΓ au triangle ΔΕΘ est donc donnée.

ΠΡΟΤΑΣΙΣ οβ'.

Εὰν δύο[1] τριγώνων αἵ τε βάσεις ἐν δεδομένῳ λόγῳ ὦσι, καὶ αἱ ἐπ' αὐτὰς ἠγμέναι ἀπὸ τῶν γωνιῶν, ἤτοι ἴσας γωνίας ποιοῦσαι, ἤτοι[2] ἀνίσους μὲν δεδομένας δὲ, τὰς πρὸς ταῖς βάσεσιν· λόγον ἔχωσι πρὸς ἀλλήλας δεδομένον[3] καὶ αὐτὰ τὰ τρίγωνα πρὸς ἄλληλα λόγον ἕξει δεδομένον.

Εστω[4] δύο τρίγωνα τὰ ΑΒΓ, ΔΕΖ, καὶ ἤχθωσαν αἱ ΑΗ, ΔΘ ἤτοι ἴσας γωνίας ποιοῦσαι τὰς ὑπὸ τῶν ΑΗΓ, ΔΘΖ, ἢ ἀνίσους μὲν, δεδομένας δὲ, καὶ ἔστω λόγος τῆς μὲν ΒΓ πρὸς τὴν ΕΖ δοθεὶς, τῆς δὲ ΑΗ πρὸς τὴν ΔΘ[5] δοθείς· λέγω ὅτι καὶ τοῦ ΑΒΓ τριγώνου πρὸς τὸ ΔΕΖ τρίγωνον λόγος ἐστὶ δοθείς.

PROPOSITIO LXXII.

Si duorum triangulorum et bases in datâ ratione sint, et rectæ ad bases ductæ ab angulis; vel æquales angulos faciant, vel inæquales quidem, datos autem, ad bases, rationem habeant inter se datam; et illa triangula inter se rationem habebunt datam.

Sint duo triangula ΑΒΓ, ΔΕΖ, et ducantur ipsæ ΑΗ, ΔΘ vel æquales angulos facientes ΑΗΓ, ΔΘΖ, vel inæquales quidem, datos vero; et sit ratio ipsius quidem ΒΓ ad ΕΖ data, ipsius autem ΑΗ ad ΔΘ data. Dico et trianguli ΑΒΓ ad ΔΕΖ triangulum rationem esse datam.

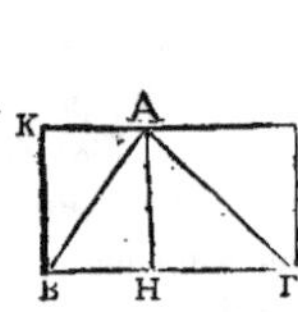

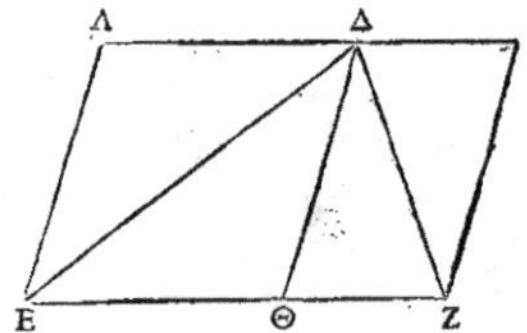

Συμπεπληρώσθω γὰρ τὰ ΚΓ, ΛΖ παραλληλόγραμμα. Καὶ ἐπεὶ αἱ ὑπὸ ΑΗΓ, ΔΘΖ γωνίαι

Compleantur enim ΚΓ, ΛΖ parallelogramma, Et quoniam ΑΗΓ, ΔΘΖ anguli vel æquales sunt,

PROPOSITION LXXII.

Si les bases de deux triangles sont en raison donnée, et si les droites menées des angles sur les bases font des angles égaux avec elles, ou des angles inégaux, mais donnés, et si ces droites ont entre elles une raison donnée, ces triangles auront entre eux une raison donnée.

Soient les deux triangles ΑΒΓ, ΔΕΖ. Menons les droites ΑΗ, ΔΘ, faisant des angles égaux ΑΗΓ, ΔΘΖ, ou des angles inégaux, mais donnés, que la raison de ΒΓ à ΕΖ soit donnée, ainsi que la raison de ΑΗ à ΔΘ; je dis que la raison du triangle ΑΒΓ au triangle ΔΕΖ est donnée.

Achevons les parallélogrammes ΚΓ, ΛΖ. Puisque les angles ΑΗΓ, ΔΘΖ sont égaux

ἤτοι ἴσαι εἰσὶν, ἢ ἄνισοι μὲν, δεδομέναι δὲ, ἴση δὲ ἡ μὲν ὑπὸ ΑΗΓ τῇ ὑπὸ ΚΒΓ, ἡ δὲ ὑπὸ ΔΘΖ τῇ ὑπὸ ΛΕΖ· καὶ αἱ πρὸς τοῖς Β, Ε ἄρα γωνίαι ἤτοι ἴσαι εἰσὶν, ἢ ἄνισοι μὲν, δεδομέναι δέ. Καὶ ἐπεὶ λόγος ἐστὶ τῆς ΑΗ πρὸς τὴν ΔΘ δοθεὶς, ἴση δὲ ἡ μὲν ΑΗ τῇ ΚΒ, ἡ δὲ ΔΘ τῇ ΛΕ· λόγος ἄρα καὶ[4] τῆς ΚΒ πρὸς τὴν ΛΕ δοθείς. Εστι δὲ καὶ τῆς ΒΓ πρὸς τὴν ΕΖ λόγος δοθείς· καὶ[5] αἱ πρὸς τοῖς Β, Ε σημείοις γωνίαι ἤτοι ἴσαι εἰσὶν[6], ἢ ἄνισοι μὲν, δεδομέναι δέ· καὶ τοῦ ΚΓ ἄρα παραλληλογράμμου πρὸς τὸ ΛΖ παραλληλόγραμμον λόγος ἐστὶ δοθείς· ὥστε καὶ τοῦ ΑΒΓ τριγώνου πρὸς τὸ ΔΕΖ τρίγωνον λόγος ἐστὶ δοθείς.

vel inæquales quidem, dati vero, æqualis autem ipse quidem ΑΗΓ ipsi ΚΒΓ, ipse vero ΔΘΖ ipsi ΛΕΖ; et anguli ad puncta Β, Ε igitur vel æquales sunt, vel inæquales quidem, dati vero. Et quoniam ratio est ipsius ΑΗ ad ΔΘ data, æqualis autem ipsa quidem ΑΗ ipsi ΚΒ, ipsa vero ΔΘ ipsi ΛΕ; ratio igitur et ipsius ΚΒ ad ΛΕ data. Est autem et ipsius ΒΓ ad ΕΖ ratio data; et anguli ad puncta Β, Ε vel æquales sunt, vel inæquales quidem, dati vero; et igitur parallelogrammi ΚΓ ad ΛΖ parallelogrammum ratio est data; quare et trianguli ΑΒΓ ad ΔΕΖ triangulum ratio est data.

ΠΡΟΤΑΣΙΣ ογ'.

Εἀν δύο[1] παραλληλογράμμων περὶ ἴσας γωνίας, ἢ περὶ ἀνίσους μὲν, δεδομένας δὲ, αἱ πλευραὶ οὕτως ἔχωσιν, ὥστε εἶναι ὡς τὴν τοῦ πρώτου πλευρὰν πρὸς τὴν τοῦ δευτέρου πλευρὰν οὕτως τὴν λοιπὴν τοῦ δευτέρου πλευρὰν πρὸς ἄλλην τινα, ἔχῃ δὲ ἡ λοιπὴ τοῦ πρώτου πλευρὰ

PROPOSITIO LXXIII.

Si duorum parallelogrammorum circa æquales angulos, vel circa inæquales quidem, datos vero, latera ita se habeant ut sit sicut primi latus ad secundi latus ita reliquum secundi latus ad aliam quamdam rectam, habeat autem reliquum primi

ou inégaux, mais cependant donnés, que l'angle ΑΗΓ est égal à l'angle ΚΒΓ, et l'angle ΔΘΖ égal à l'angle ΛΕΖ (29. 1), les angles en Β et Ε seront égaux, ou inégaux mais cependant donnés. Et puisque la raison de ΑΗ à ΔΘ est donnée, que ΑΗ est égal à ΚΒ, et ΔΘ égal à ΛΕ (34. 1), la raison de ΚΒ à ΛΕ sera donnée. Mais la raison de ΒΓ à ΕΖ est donnée, et les angles aux points Β, Ε sont égaux, ou inégaux mais cependant donnés; la raison du parallélogramme ΚΓ au parallélogramme ΛΖ est donc donnée (70); la raison du triangle ΑΒΓ au triangle ΔΕΖ est donc donnée (41. 1).

PROPOSITION LXXIII.

Si les côtés de deux parallélogrammes autour d'angles égaux, ou inégaux mais cependant donnés, sont tels que le côté du premier soit au côté du second comme le côté restant du second est à une certaine droite, et si le côté restant du premier

πρὸς αὐτὴν λόγον δεδομένον· καὶ αὐτὰ τὰ παραλληλόγραμμα πρὸς ἄλληλα λόγον ἕξει δεδομένον.

Δύο[2] γὰρ παραλληλογράμμων τῶν ΑΒ, ΕΗ, περὶ ἴσας γωνίας, ἢ περὶ ἀνίσους μὲν, δεδομένας δὲ, τὰς πρὸς τοῖς Γ, Ζ[3] αἱ πλευραὶ οὕτως ἐχέτωσαν πρὸς ἀλλήλας, ὥστε εἶναι ὡς τὴν ΓΒ πρὸς τὴν ΖΗ οὕτως τὴν ΕΖ πρὸς τὴν ΓΚ, τῆς δὲ ΑΓ πρὸς τὴν ΓΚ λόγος ἔστω δοθείς· λέγω ὅτι καὶ τοῦ ΑΒ παραλληλογράμμου πρὸς τὸ ΕΗ παραλληλόγραμμον λόγος ἐστὶ δοθείς.

latus ad hanc rectam rationem datam; et ipsa parallelogramma inter se rationem habebunt datam.

Duorum enim parallelogrammorum AB, EH circa æquales angulos, vel circa inæquales quidem, datos vero, ad puncta Γ, Z, ita se habeant inter se, ut sit sicut ΓB ad ZH ita EZ ad ΓK, ipsius autem AΓ ad ΓK ratio sit data; dico et parallelogrammi AB ad EH parallelogrammum rationem esse datam.

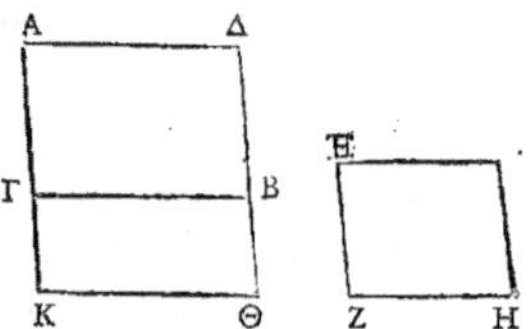

Ἔστω γὰρ πρότερον τὸ ΑΒ τῷ ΕΗ ἰσογώνιον, καὶ παραβεβλήσθω παρὰ τὴν ΒΓ εὐθεῖαν τῷ ΕΗ παραλληλογράμμῳ ἴσον παραλληλόγραμμον τὸ ΓΘ· καὶ κείσθω ὥστε ἐπ' εὐθείας εἶναι τὴν ΑΓ τῇ ΚΓ· ἐπ' εὐθείας ἄρα ἐστὶ καὶ ἡ ΔΒ τῇ ΘΒ. Καὶ ἐπεὶ ἴσον ἐστὶ τὸ ΓΘ τῷ ΕΗ[4]· ἔστι δὲ καὶ ἰσογώνιον· τῶν ΓΘ, ΕΗ ἄρα ἀντιπεπόνθασιν αἱ

Sit enim primum AB ipsi EH æquiangulum, et applicetur ad BΓ rectam parallelogrammo EH æquale parallelogrammum ΓΘ; et ponatur ita ut in directum sit AΓ ipsi KΓ; in directum igitur est et ΔB ipsi ΘB. Et quoniam æquale est ΓΘ ipsi EH; est autem et ipsi æquiangulum; ipsorum ΓΘ, EH igitur reciproca sunt

a une raison donnée avec cette droite, ces parallélogrammes auront entre eux une raison donnée.

Que les côtés des deux parallélogrammes AB, EH, autour d'angles égaux, ou autour d'angles inégaux en Γ, Z, mais cependant donnés, soient tels que ΓB soit à ZH comme EZ est à ΓK, et que la raison de AΓ à ΓK soit donnée; je dis que la raison du parallélogramme AB au parallélogramme EH est donnée.

Car premièrement que AB soit équiangle avec EH. Appliquons à la droite BΓ le parallélogramme ΓΘ égal au parallélogramme EH, et qu'il soit placé de manière que AΓ soit dans la direction de KΓ; la droite ΔB sera dans la direction de ΘB. Puisque ΓΘ est égal à EH, et qu'il lui est équiangle, les côtés des parallélogrammes ΓΘ,

πλευραὶ αἱ περὶ τὰς ἴσας γωνίας· ἔστιν ἄρα ὡς ἡ ΓΒ πρὸς τὴν ΖΗ οὕτως ἡ ΕΖ πρὸς τὴν ΓΚ. Ὡς δὲ ἡ ΓΒ πρὸς τὴν ΖΗ οὕτως ἡ ΕΖ καὶ[5] πρὸς ἣν ἡ ΑΓ λόγον ἔχει δεδομένον· λόγος ἄρα τῆς ΑΓ πρὸς τὴν ΓΚ δοθείς· ὥστε τοῦ ΑΒ πρὸς τὸ ΓΘ, τουτέστι πρὸς τὸ ΕΗ, λόγος ἐστὶ δοθείς.

Μὴ ἔστω δὴ ἰσογώνιον τὸ ΑΒ τῷ ΕΗ[6]· καὶ συνεστάτω πρὸς τῇ ΒΓ εὐθείᾳ καὶ τῷ πρὸς αὐτῇ σημείῳ τῷ Γ τῇ ὑπ ὁ ΕΖΗ γωνίᾳ ἴση ἡ ὑπὸ ΒΓΛ, καὶ συμπεπληρώσθω τὸ ΓΜ παραλληλόγραμμον· Καὶ[7]

latera circa æquales angulos; est igitur ut ΓΒ ad ΖΗ ita ΕΖ ad ΓΚ. Ut autem ΓΒ ad ΖΗ ita ΕΖ et ad quam ipsa ΑΓ rationem habet datam; ratiõ igitur ipsius ΑΓ ad ΓΚ data; quare ipsius ΑΒ ad ΓΘ, hoc est ad ΕΗ, ratio est data.

Non sit autem æquiangulum ΑΒ ipsi ΕΗ. Et constituatur ad ΒΓ rectam, et ad punctum in eã Γ angulo ΕΖΗ æqualis ΒΓΛ, et compleatur ΓΜ parallelogrammum. Et quoniam datus est

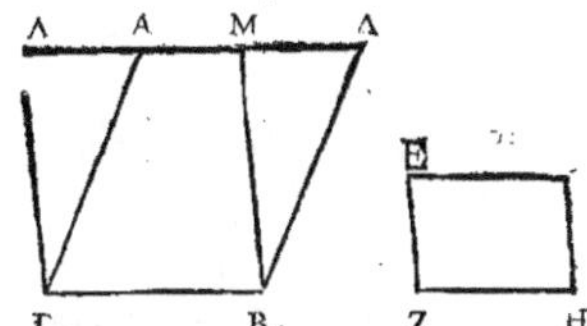

ἐπεὶ δοθεῖσά ἐστιν ἑκατέρα τῶν ὑπὸ ΑΓΒ, ΛΓΒ· καὶ λοιπὴ ἄρα ἡ ὑπὸ ΑΓΛ ἐστι δοθεῖσα. Δέδοται δὲ καὶ ἡ ὑπὸ ΓΑΛ· καὶ λοιπὴ ἄρα ἡ ὑπὸ ΓΛΑ δέδοται· ὥστε δὲ δέδοται τὸ ΑΓΔ τρίγονον τῷ εἴδει[8] λόγος ἄρα ἐστὶ[9] τῆς ΑΓ πρὸς τὴν ΓΛ δοθείς. Καὶ ἐπεί ἐστιν ὡς ἡ ΓΒ πρὸς τὴν ΖΗ οὕτως ἡ ΕΖ πρὸς ἣν ἡ ΑΓ λόγον ἔχει δεδομένον, τῆς δὲ ΑΓ πρὸς τὴν ΓΛ

uterque angulorum ΑΓΒ, ΛΓΒ; et reliquus igitur ΑΓΛ est datus. Datus est autem et ipse ΓΑΛ; et reliquus igitur ipse ΓΛΑ datus est; quare datum est ΑΓΛ triangulum specie; ratio igitur est ipsius ΑΓ ad ΓΛ data. Et quoniam ut ΓΒ ad ΖΗ ita ΕΖ ad quam ipsa ΑΓ rationem habet datam, ipsius vero ΑΓ ad ΓΛ ratio est

ΕΗ, autour des angles égaux, seront réciproquement proportionnels (14. 6); ΓΒ est donc à ΖΗ comme ΕΖ est à ΓΚ. Mais ΓΒ est à ΖΗ comme ΕΖ est à la droite avec laquelle ΑΓ a une raison donnée; la raison de ΑΓ à ΓΚ est donc donnée; la raison de ΑΒ à ΓΘ, c'est-à-dire à ΕΗ, est donc donnée.

Mais que ΑΒ ne soit pas équiangle avec ΕΗ. Sur la droite ΒΓ, et au point Γ de cette droite, faisons l'angle ΒΓΛ égal à l'angle ΕΖΗ, et achevons le parallélogramme ΓΜ. Puisque chacun des angles ΑΓΒ, ΛΓΒ est donné, l'angle restant ΑΓΛ est donné. Mais l'angle ΓΑΛ est donné; l'angle restant ΓΛΑ est donc donné; le triangle ΑΓΛ est donc donné d'espèce (40); la raison de ΑΓ à ΓΛ est donc donnée. Mais ΓΒ est à ΖΗ comme ΕΖ est à la droite avec laquelle ΑΓ a une raison donnée, et la raison

λόγος ἐστὶ δοθείς· ἔστιν ἄρα ὡς ἡ ΓΒ πρὸς τὴν ΖΗ οὕτως ἡ ΖΕ πρὸς ἣν ἡ ΑΓ λόγον ἔχει δεδομένον[10]. Καὶ ἔστιν ἴση ἡ ὑπὸ ΒΓΔ γωνία τῇ ὑπὸ ΕΖΗ· λόγος ἄρα τοῦ ΓΜ παραλληλογράμμου[11] πρὸς τὸ ΕΗ παραλληλόγραμμον[12] δοθείς. Ἴσον δέ ἐστι τὸ ΓΜ τῷ ΓΔ· λόγος ἄρα τοῦ ΓΔ πρὸς τὸ ΕΗ δοθείς.

data; est igitur ut ΓΒ ad ΖΗ ita ΖΕ ad quam ipsa ΑΓ rationem habet datam. Et est æqualis ipse ΒΓΔ angulus ipsi ΕΖΗ; ratio igitur parallelogrammi ΓΜ ad ΕΗ parallelogrammum data; æquale autem ΓΜ ipsi ΓΔ; ratio igitur ipsius ΓΔ ad ΕΗ data.

ΠΡΟΤΑΣΙΣ οδ'.

Ἐὰν δύο παραλληλόγραμμα λόγον ἔχῃ δεδομένον, ἤτοι ἐν ἴσαις γωνίαις, ἢ ἐν ἀνίσοις μὲν, δεδομέναις δέ· ἔσται ὡς ἡ τοῦ πρώτου πλευρὰ πρὸς τὴν τοῦ δευτέρου πλευρὰν οὕτως ἡ ἑτέρα τοῦ δευτέρου πλευρὰ πρὸς ἣν ἡ λοιπὴ τοῦ πρώτου πλευρὰ[1] λόγον ἔχει δεδομένον.

Δύο γὰρ παραλληλόγραμμα τὰ ΑΒ, ΕΗ πρὸς ἄλληλα λόγον ἐχέτω δεδομένον, ἤτοι ἐν ἴσαις γωνίαις, ἢ ἐν ἀνίσοις μὲν, δεδομέναις δὲ, ταῖς πρὸς τοῖς Γ, Ζ· λέγω ὅτι ἐστὶν ὡς ἡ ΓΒ πρὸς τὴν ΖΗ οὕτως ἡ ΕΖ πρὸς ἣν ἡ ΑΓ λόγον ἔχει δεδομένον.

PROPOSITIO LXXIV.

Si duo parallelogramma rationem habeant datam, vel in æqualibus angulis, vel in inæqualibus quidem, datis vero; erit ut primi latus ad secundi latus ita alterum secundi latus ad quam reliquum primi latus rationem habet datam.

Duo enim parallelogramma ΑΒ, ΕΗ inter se rationem habeant datam, vel in æqualibus angulis, vel in inæqualibus quidem, datis vero, ad puncta Γ, Ζ; dico esse ut ΓΒ ad ΖΗ ita ΕΖ ad quam ΑΓ rationem habet datam.

de ΑΓ à ΓΔ est donnée; ΓΒ est donc à ΖΗ comme ΖΕ est à la droite avec laquelle ΑΓ a une raison donnée. Mais l'angle ΒΓΔ est égal à l'angle ΕΖΗ; la raison du parallélogramme ΓΜ au parallélogramme ΕΗ est donc donnée. Mais ΓΜ est égal à ΓΔ (35. 1); la raison de ΓΔ à ΕΗ est donc donnée.

PROPOSITION LXXIV.

Si deux parallélogrammes, placés dans des angles égaux, ou inégaux mais cependant donnés, ont entre eux une raison donnée, un côté du premier sera à un côté du second comme le côté restant du second est à la droite avec laquelle l'autre côté du premier a la raison donnée.

Que les deux parallélogrammes ΑΒ, ΕΗ, placés dans des angles égaux, ou inégaux en Γ et Ζ, mais cependant donnés, ayent entre eux une raison donnée; je dis que ΓΒ est à ΖΗ comme ΕΖ est à la droite avec laquelle ΑΓ a la raison donnée.

Τὸ γὰρ ΑΒ τῷ ΕΗ ἤτοι ἰσογώνιόν ἐστιν ἢ οὔ. Ἔστω πρότερον ἰσογώνιον. Καὶ παραβεβλήσθω παρὰ τὴν ΓΒ εὐθεῖαν τῷ ΕΗ παραλληλογράμμῳ ἴσον παραλληλογραμμον τὸ ΓΘ, καὶ

Ipsum enim AB ipsi EH vel æquiangulum est vel non. Sit primum æquiangulum. Et applicetur ad ΓB rectam parallelogrammo EH æquale parallelogrammum ΓΘ, et ponatur ita ut in

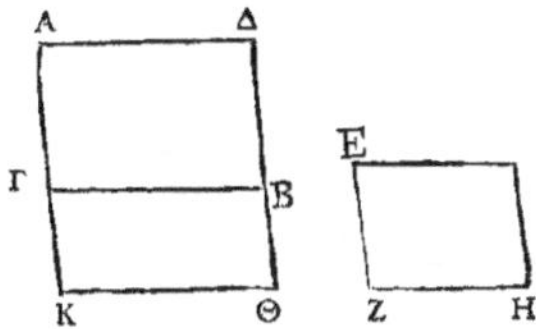

κείσθω ὥστε ἐπ' εὐθείας εἶναι τὴν ΑΓ τῇ ΓΚ· ἐπ' εὐθείας ἄρα ἐστὶ καὶ ἡ ΔΒ τῇ ΒΘ. Καὶ ἐπεὶ λόγος ἐστὶ τοῦ ΑΒ πρὸς τὸ ΕΗ δοθείς, ἴσον δὲ τὸ ΕΗ τῷ ΓΘ· λόγος ἄρα ἐστὶ τοῦ ΑΒ πρὸς τὸ ΓΘ δοθείς[2]· ὥστε καὶ τῆς ΑΓ πρὸς τὴν ΓΚ λόγος ἐστὶ δοθείς. Καὶ ἐπεὶ ἴσον ἐστὶ τὸ ΓΘ τῷ ΕΗ, ἐστὶ δὲ καὶ ἰσογώνιον· τῶν ΓΘ, ΕΗ ἄρα ἀντιπεπόνθασιν αἱ πλευραὶ αἱ περὶ τὰς ἴσας γωνίας· ἐστὶν ἄρα ὡς ἡ ΓΒ πρὸς τὴν ΖΗ οὕτως ἡ ΕΖ πρὸς τὴν ΓΚ. Τῆς δὲ ΓΚ πρὸς τὴν ΑΓ λόγος ἐστὶ δοθείς· ἔστιν ἄρα ὡς ἡ ΓΒ πρὸς τὴν ΖΗ οὕτως ἡ[3] ΕΖ πρὸς ἣν ἡ ΑΓ λόγον ἔχει δεδομένον.

directum sit AΓ ipsi ΓK; in directum igitur est ΔB ipsi BΘ. Et quoniam ratio est ipsius AB ad EH data, æquale autem EH ipsi ΓΘ; ratio igitur est ipsius AB ad ΓΘ data; quare et ipsius AΓ ad ΓK ratio est data. Et quoniam æquale est ΓΘ ipsi EH; est autem et æquiangulum; ipsorum ΓΘ, EH igitur reciproca sunt latera circa æquales angulos; est igitur ut ΓB ad ZH ita EZ ad ΓK. Ipsius autem ΓK ad AΓ ratio est data; est igitur ut ΓB ad ZH ita EZ ad quam ipsa AΓ rationem habet datam.

Car le parallélogramme AB est équiangle avec le parallélogramme EH, ou non. Qu'il lui soit d'abord équiangle. Appliquons à la droite ΓB le parallélogramme ΓΘ égal au parallélogramme EH (45. 1), et qu'il soit placé de manière que AΓ soit dans la direction de ΓK; la droite ΔB sera dans la direction de BΘ. Et puisque la raison de AB à EH est donnée, et que EH est égal à ΓΘ, la raison de AB à ΓΘ sera donnée; la raison de AΓ à ΓK est donc donnée (1. 6). Et puisque le parallélogramme ΓΘ est égal à EH, et qu'il lui est équiangle, les côtés des parallélogrammes ΓΘ, EH, autour des angles égaux, seront réciproquement proportionnels (14. 6); ΓB est donc à ZH comme EZ est à ΓK. Mais la raison de ΓK à AΓ est donnée; ΓB est donc à ZH comme EZ est à la droite avec laquelle AΓ a la raison donnée.

Μὴ ἔστω δὴ ἰσογώνιον τὸ ΑΒ τῷ ΕΗ[4]. Καὶ συνεστάτω πρὸς τῇ ΓΒ εὐθείᾳ, καὶ τῷ πρὸς αὐτῇ σημείῳ τῷ Γ, τῇ ὑπὸ ΕΖΗ γωνίᾳ ἴση ἡ ὑπὸ ΛΓΒ, καὶ συμπεπληρώσθω τὸ ΓΜ παραλληλόγραμμον[5].

Non sit autem æquiangulum AB ipsi EH. Et constituatur ad ΓB rectam, et ad punctum in eâ Γ, angulo EZH æqualis ipse ΛΓB, et compleatur parallelogrammum ΓM. Quoniam igitur

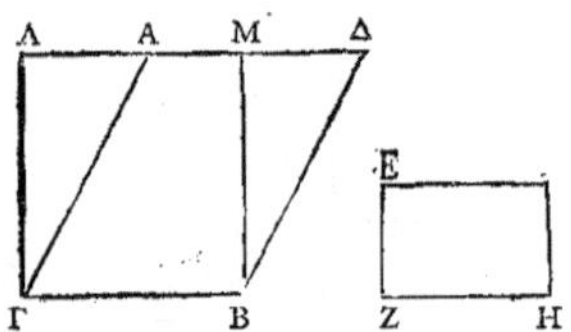

Ἐπεὶ οὖν λόγος ἐστὶ τοῦ ΓΔ πρὸς τὸ ΕΗ δοθείς, ἴσον δὲ τὸ ΓΔ τῷ ΓΜ· λόγος ἄρα ἐστὶ τοῦ ΓΜ πρὸς τὸ ΕΗ δοθείς. Καὶ ἔστιν ἴση ἡ ὑπὸ ΛΓΒ γωνία[6] τῇ ὑπὸ ΕΖΗ· ἰσογώνιον ἄρα ἔστι τὸ ΓΜ τῷ ΕΗ[7]· ἔστιν ἄρα ὡς ἡ ΓΒ πρὸς τὴν ΖΗ οὕτως ἡ ΕΖ πρὸς ἣν ἡ[8] ΑΓ λόγον ἔχει δεδομένον. Τῆς δὲ ΓΑ πρὸς τὴν ΓΛ λόγος ἐστὶ δοθείς· ἔστιν ἄρα ὡς ἡ ΓΒ πρὸς τὴν ΖΗ οὕτως ἡ ΕΖ πρὸς ἣν ἡ ΛΓ λόγον ἔχει δεδομένον.

ratio est ipsius ΓΔ ad EH data, æquale autem ΓΔ ipsi ΓM; ratio igitur et ipsius ΓM ad EH data. Et est æqualis angulus ΛΓB ipsi EZH; æquiangulum igitur est ΓM ipsi EH; est igitur ut ΓB ad ZH ita EZ ad quam ipsa AΓ rationem habet datam. Ipsius autem ΓA ad ΓΛ ratio est data; est igitur ut ΓB ad ZH ita EZ ad quam ipsa ΛΓ rationem habet datam.

Mais que AB ne soit pas équiangle avec EH. Sur la droite ΓB et au point Γ faisons l'angle ΛΓB égal à l'angle EZH (23. 1), et achevons le parallélogramme ΓM. Puisque la raison de ΓΔ à EH est donnée, et que ΓΔ est égal à ΓM (35. 1); la raison de ΓM à EH sera donnée. Mais l'angle ΛΓB est égal à l'angle EZH; ΓM est donc équiangle avec EH (29)(34. 1); ΓB est donc à ZH comme EZ est à la droite avec laquelle AΓ a la raison donnée. Mais la raison de ΓA à ΓΛ est donnée; ΓB est donc à ZH comme EZ est à la droite avec laquelle ΛΓ a une raison donnée.

ΠΡΟΤΑΣΙΣ. οε'.

Εὰν δύο τρίγωνα πρὸς ἄλληλα λόγον ἔχῃ δεδομένον, ἤτοι ἐν ἴσαις γωνίαις, ἢ ἐν ἀνίσοις μὲν, δεδομέναις δέ· ἔσται ὡς ἡ τοῦ πρώτου πλευρὰ πρὸς τὴν τοῦ δευτέρου πλευρὰν οὕτως ἡ ἑτέρα τοῦ δευτέρου πλευρὰ πρὸς ἣν ἡ λοιπὴ τοῦ πρώτου πλευρὰ[2] λόγον ἔχει δεδομένον.

Εστω δύο τρίγωνα τὰ ΑΒΓ, ΔΕΖ πρὸς ἄλληλα λόγον ἔχοντα δεδομένον, καὶ ἔστωσαν αἱ πρὸς τοῖς Α, Δ γωνίαι, ἤτοι ἴσαι, ἢ[3] ἄνισοι μὲν, δεδομέναι δέ· λέγω ὅτι ἐστὶν ὡς ἡ ΑΒ πρὸς τὴν ΔΕ οὕτως ἡ ΔΖ πρὸς ἣν ἡ ΑΓ λόγον ἔχει δεδομένον.

PROPOSITIO LXXV.

Si duo triangula inter se rationem habeant datam, vel in æqualibus angulis, vel in inæqualibus quidem, datis vero; erit ut primi latus ad secundi latus ita alterum secundi latus ad quam reliquum primi latus rationem habet datam.

Sint duo triangula ΑΒΓ, ΔΕΖ inter se rationem habentia datam, et sint anguli ad puncta Α, Δ, vel æquales, vel inæquales quidem, dati vero; dico esse ut ΑΒ ad ΔΕ ita ΔΖ ad quam ipsa ΑΓ rationem habet datam.

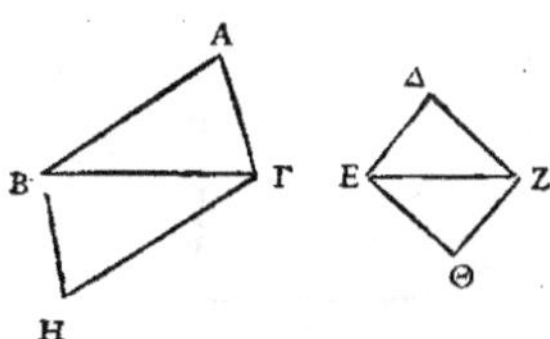

Συμπεπληρώσθω γὰρ τὰ ΑΗ, ΔΘ παραλληλόγραμμα. Καὶ ἐπεὶ λόγος ἐστὶ τοῦ ΑΒΓ τριγώνου πρὸς τὸ ΔΕΖ τριγώνον[4] δοθείς· λόγος ἄρα καὶ

Compleantur enim ΑΗ, ΔΘ parallelogramma. Et quoniam ratio est trianguli ΑΒΓ ad ΔΕΖ triangulum data; ratio igitur et parallelogram-

PROPOSITION LXXV.

Si deux triangles placés dans des angles égaux, ou inégaux mais cependant donnés, ont entre eux une raison donnée, un côté du premier sera à un côté du second comme un autre côté du second est à la droite avec laquelle le côté restant du premier a la raison donnée.

Soient les deux triangles ΑΒΓ, ΔΕΖ, ayant entre eux une raison donnée, que les angles en Α et Δ soient égaux ou inégaux, mais cependant donnés; je dis que ΑΒ est à ΔΕ comme ΔΖ est à la droite avec laquelle ΑΓ a la raison donnée.

Car achevons les parallélogrammes ΑΗ, ΔΘ. Puisque la raison du triangle ΑΒΓ au triangle ΔΕΖ est donnée, la raison du parallélogramme ΑΗ au parallélogramme ΔΘ

τοῦ ΑΗ παραλληλογράμμου πρὸς τὸ ΔΘ παραλληλόγραμμον δοθείς. Επεὶ οὖν δύο παραλληλόγραμμα τὰ ΑΗ, ΛΘ πρὸς ἄλληλα λόγον ἔχει[5] δεδομένον, ἤτοι ἐν ἴσαις γωνίαις, ἢ ἐν ἀνίσοις μὲν, δεδομέναις δέ· ἔστιν ἄρα ὡς ἡ ΑΒ πρὸς τὴν ΔΕ οὕτως ἡ ΔΖ πρὸς ἣν ἡ ΑΓ λόγον ἔχει δοθέντα[6].

mi AH ad ΔΘ parallelogrammum data. Quoniam igitur duo parallelogramma AH, ΛΘ inter se rationem habent datam, vel in æqualibus angulis, vel in inæqualibus, datis autem; est igitur ut AB ad ΔE ita ΔZ ad quam ipsa AΓ rationem habet datam.

ΠΡΟΤΑΣΙΣ ος'.

Εὰν τριγώνου δεδομένου τῷ εἴδει ἀπὸ τῆς κορυφῆς ἐπὶ τὴν βάσιν κάθετος ἀχθῇ, ἡ ἀχθεῖσα πρὸς τὴν βάσιν λόγον ἔχει[1] δεδομένον.

Εστω τρίγωνον δεδομένον τῷ εἴδει τὸ ΑΒΓ, καὶ ἤχθω ἀπὸ τοῦ Α ἐπὶ τὴν ΒΓ κάθετος ἡ ΑΔ· λέγω ὅτι λόγος ἐστὶ τῆς ΑΔ πρὸς τὴν ΒΓ δοθείς.

PROPOSITIO LXXVI.

Si a trianguli specie dati vertice ad basim perpendicularis ducatur, ducta ad basim rationem habet datam.

Sit triangulum datum specie ABΓ, et ducatur a puncto A ad BΓ perpendicularis AΔ; dico rationem esse ipsius AΔ ad BΓ datam.

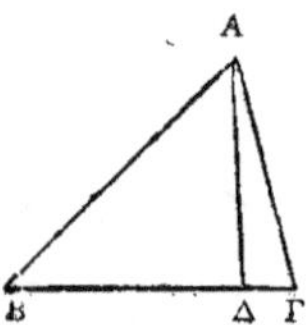

est donnée (41. 1). Et puisque les deux parallélogrammes AH, ΛΘ, placés dans des angles égaux, ou inégaux mais cependant donnés, ont entre eux une raison donnée, la droite AB sera à la droite ΔE comme ΔZ est à la droite avec laquelle AΓ a la raison donnée (74).

PROPOSITION LXXVI.

Si du sommet d'un triangle donné d'espèce on mène une perpendiculaire à la base, la droite menée aura une raison donnée avec la base.

Soit ABΓ un triangle donné d'espèce, et du point A menons à BΓ la perpendiculaire AΔ; je dis que la raison de AΔ à BΓ est donnée.

Επεὶ γὰρ δέδοται τὸ ΑΒΓ τρίγωνον τῷ εἴδει· δοθεῖσα ἄρα ἐστὶν καὶ[2] ἡ ὑπὸ ΑΒΔ γωνία. Εστι δὲ καὶ ἡ ὑπὸ ΒΔΑ δοθεῖσα· καὶ λοιπὴ ἄρα ἡ ὑπὸ ΒΑΔ ἐστὶ δοθεῖσα[3]· δέδοται ἄρα τὸ ΑΒΔ τρίγωνον τῷ εἴδει· λόγος ἄρα ἐστὶ τῆς ΒΑ πρὸς τὴν ΑΔ δοθείς· τῆς δὲ[4] ΑΒ πρὸς τὴν ΒΓ λόγος δοθείς· καὶ τῆς ΑΔ ἄρα πρὸς τὴν ΒΓ λόγος ἐστὶ δοθείς.

Quoniam enim datum est ABΓ triangulum specie, datus igitur est et ABΔ angulus. Est autem et ipse BΔA datus, et reliquus igitur ipse BAΔ est datus. Datum est igitur ABΔ triangulum specie; ratio igitur est ipsius BA ad AΔ data; ipsius autem AB ad BΓ ratio data; et ipsius AΔ igitur ad BΓ ratio est data.

ΠΡΟΤΑΣΙΣ οζ.

Εὰν δύο εἴδη δεδομένα τῷ εἴδει[1] πρὸς ἄλληλα λόγον ἔχῃ δεδομένον, καὶ μία πλευρὰ ὁποιαοῦν ἑνὸς τῶν εἰδῶν πρὸς ὁποιανοῦν τοῦ ἑτέρου λόγον ἕξει δεδομένον.

Δύο γὰρ εἴδη τὰ ΑΒΓ, ΔΕΖ δεδομένα τῷ εἴδει πρὸς ἄλληλα λόγον ἐχέτω δεδομένον· λέγω ὅτι καὶ μία πλευρὰ ὁποιαοῦν τοῦ ΑΒΓ πρὸς μίαν πλευρὰν ὁποιανοῦν τοῦ ΔΕΖ λόγον ἔχει[2] δεδομένον.

Αναγεγράφθω γὰρ ἀπὸ τῶν ΒΓ, ΕΖ τετράγωνα τὰ ΒΗ, ΕΘ. Καὶ[3] ἐπεὶ ἀπὸ τῆς αὐτῆς εὐ-

PROPOSITIO LXXVII.

Si duæ figuræ datæ specie inter se rationem habeant datam, et unum latus quodlibet unius figurarum ad quodlibet alterius rationem habebit datam.

Duæ enim figuræ ABΓ, ΔEZ datæ specie inter se rationem habeant datam; dico et unum latus quodlibet ipsius ABΓ ad unum latus quodlibet ipsius ΔEZ rationem habere datam.

Describantur enim ab ipsis BΓ, EZ quadrata BH, EΘ. Et quoniam ab eâdem rectâ BΓ duæ

Puisque le triangle ABΓ est donné d'espèce, l'angle ABΔ est donné (déf. 3). Mais l'angle BΔA est donné; l'angle restant BAΔ est donc donné (32. 1) (4); le triangle ABΔ est donc donné d'espèce (40); la raison de BA à AΔ est donc donnée (déf. 3); mais la raison de AB à BΓ est donnée; la raison de AΔ à BΓ est donc aussi donnée (8).

PROPOSITION LXXVII.

Si deux figures données d'espèce ont entre elles une raison donnée, un côté quelconque de l'une de ces figures aura une raison donnée avec un côté quelconque de l'autre.

Que les deux figures ABΓ, ΔEZ, données d'espèce, ayent entre elles une raison donnée; je dis qu'un côté quelconque de ABΓ aura une raison donnée avec un côté quelconque de ΔEZ.

Car sur les droites BΓ, EZ, décrivons les quarrés BH, EΘ (46. 1). Puisque sur la

θείας τῆς ΒΓ δύο εἴδη ἀναγέγραπται ἃ ἔτυχεν δεδομένα τῷ εἴδει τὰ ΑΒΓ, ΒΗ· λόγος ἄρα τοῦ ΑΒΓ πρὸς τὸ ΒΗ δοθείς. Διὰ τὰ αὐτὰ δὴ πάλιν[4]

figuræ descriptæ sunt quælibet datæ specie ΑΒΓ, ΒΗ; ratio igitur ipsius ΑΒΓ ad ΒΗ data. Prop-

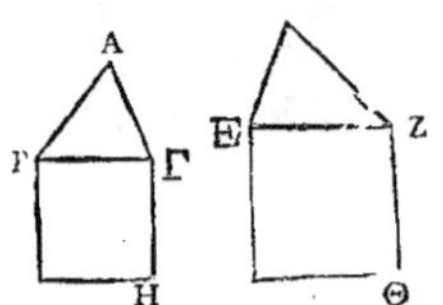

καὶ τοῦ ΔΕΖ πρὸς τὸ ΕΘ λόγος ἐστὶ δοθείς. Ἐπεὶ οὖν λόγος ἐστὶ τοῦ ΑΒΓ πρὸς τὸ ΔΕΖ[5] δοθεὶς, ἀλλὰ τοῦ μὲν ΑΒΓ πρὸς τὸ ΒΗ λόγος ἐστὶ δοθεὶς, τοῦ δὲ ΔΕΖ πρὸς τὸ ΕΘ λόγος ἐστὶ δοθείς· Καὶ τοῦ ΒΗ ἄρα πρὸς τὸ ΕΘ λόγος ἐστὶ δοθείς· ὥστε καὶ τῆς ΒΓ πρὸς τὴν ΕΖ λόγος ἐστὶ δοθείς.

ter eadem utique rursus et ipsius ΔΕΖ ad ΕΘ ratio est data. Quoniam igitur ratio est ipsius ΑΒΓ ad ΔΕΖ data, sed ipsius quidem ΑΒΓ ad ΒΗ ratio est data, ipsius autem ΔΕΖ ad ΕΘ ratio est data; et ipsius ΒΗ igitur ad ΕΘ ratio est data; quare et ipsius ΒΓ ad ΕΖ ratio est data.

ΠΡΟΤΑΣΙΣ οη′.

Ἐὰν δοθὲν εἶδος πρός τι ὀρθογώνιον λόγον ἔχῃ δεδομένον, καὶ μία πλευρὰ πρὸς μίαν πλευρὰν λόγον ἔχῃ δοθέντα· δέδοται τὸ ὀρθογώνιον τῷ εἴδει.

PROPOSITIO LXXVIII.

Si data figura ad aliquod rectangulum rationem habeat datam, et unum latus ad unum latus rationem habeat datam, datum est rectangulum specie.

même droite ΒΓ on a décrit deux figures quelconques ΑΒΓ, ΒΗ données d'espèce, la raison de ΑΒΓ à ΒΗ est donnée (49). Semblablement, la raison de ΔΕΖ à ΕΘ est donnée. Et puisque la raison de ΑΒΓ à ΔΕΖ est donnée, que la raison de ΑΒΓ à ΒΗ est donnée, et que la raison de ΔΕΖ à ΕΘ est aussi donnée, la raison de ΒΗ à ΕΘ est donnée (8); la raison de ΒΓ à ΕΖ est donc donnée (54).

PROPOSITION LXXVIII.

Si une figure donnée a une raison donnée avec un rectangle, et si un côté a une raison donnée avec un côté, le rectangle est donné d'espèce.

Δοθὲν γὰρ εἶδος τὸ ΑΖΒ πρός τι ὀρθογώνιον τὸ ΓΔ λόγον ἐχέτω δεδομένον, καὶ ἔστω λόγος τῆς ΖΒ πρὸς τὴν ΕΔ δοθείς· λέγω ὅτι δέδοται τὸ ΓΔ τῷ εἴδει.

Data enim figura AZB ad aliquod rectangulum ΓΔ rationem habeat datam, et sit ratio ipsius ZB ad EΔ data; dico datum esse ΓΔ specie.

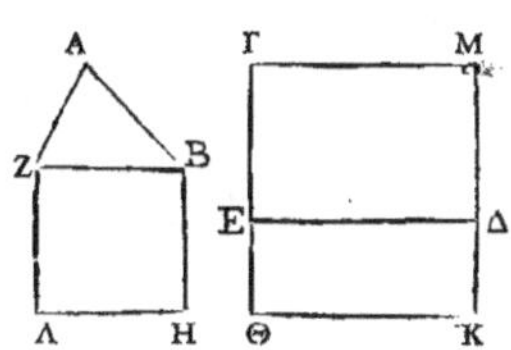

Αναγεγράφθω γὰρ ἀπὸ τῆς ΖΒ τετράγωνον τὸ ΖΗ, καὶ παραβεβλήσθω παρὰ τὴν ΕΔ τῷ ΖΗ ἴσον παραλληλόγραμμον τὸ ΕΚ, καὶ κείσθω ὥστε[1] ἐπ' εὐθείας εἶναι τὴν ΓΕ τῇ ΕΘ· ἐπ' εὐθείας ἄρα ἐστὶ καὶ ἡ ΜΔ τῇ ΔΚ. Καὶ ἐπεὶ ἀπὸ τῆς αὐτῆς εὐθείας τῆς ΖΒ δύο εὐθύγραμμα ἃ ἔτυχεν δεδομένα τῷ εἴδει ἀναγέγραπται τὰ ΑΖΒ, ΖΗ· λόγος ἄρα ἐστὶ τοῦ ΑΖΒ πρὸς τὸ ΖΗ δοθείς. Τοῦ δὲ ΑΖΒ πρὸς τὸ ΓΔ λόγος ἐστὶ δοθείς· καὶ τοῦ ΖΗ ἄρα πρὸς τὸ ΓΔ λόγος ἐστὶ δοθείς. Αλλὰ τὸ ΖΗ τῷ ΕΚ ἐστὶν ἴσον· καὶ τοῦ ΓΔ ἄρα πρὸς τὸ ΕΚ λόγος ἐστὶ δοθείς· ὥστε καὶ τῆς ΓΕ πρὸς τὴν ΕΘ λόγος ἐστὶ δοθείς[2]. Καὶ ἐπεὶ ἴσον ἐστὶ καὶ ἰσογώνιον τὸ ΖΗ τῷ ΕΚ, ἐστὶ γὰρ[3] καὶ ὀρθογώνιον· ἀν-

Describatur enim ab ipsâ ZB quadratum ZH, et applicetur ad EΔ ipsi ZH æquale parallelogrammum EK, et ponatur ita ut in directum sit ΓE ipsi EΘ; in directum igitur est et MΔ ipsi ΔK. Et quoniam ab eâdem rectâ ZB duo rectilinea quælibet data specie descripta sunt AZB, ZH; ratio igitur est ipsius AZB ad ZH data. Ipsius autem AZB ad ΓΔ ratio est data; et ipsius ZH igitur ad ΓΔ ratio est data. Sed ZH ipsi EK est æquale; et ipsius ΓΔ igitur ad EK ratio est data. Quare et ipsius ΓE ad EΘ ratio est data. Et quoniam æquale est et æquiangulum ZH ipsi EK, est enim et rectangulum;

Que la figure donnée AZB ait une raison donnée avec un rectangle ΓΔ, et que la raison de ZB à EΔ soit donnée; je dis que ΓΔ est donné d'espèce.

Car sur ZB décrivons le quarré ZH (46. 1); appliquons à EΔ le parallélogramme EK égal à ZH (45. 1), et plaçons-le de manière que ΓE soit dans la direction de EΘ; la droite MΔ sera dans la direction de ΔK. Puisque sur la même droite ZB on a décrit deux figures rectilignes quelconques AZB, ZH données d'espèce, la raison de AZB à ZH sera donnée (49). Mais la raison de AZB à ΓΔ est donnée; la raison de ZH à ΓΔ est donc donnée (8). Mais ZH est égal à EK; la raison de ΓΔ à EK est donc donnée; la raison de ΓE à EΘ est donc donnée. Mais la figure ZH est égale à EK et lui est équiangle, car c'est un rectangle; leurs côtés sont donc

τιπεπόνθασιν ἄρα αὐτῶν αἱ πλευραὶ, καὶ ἔστιν ὡς ἡ ΖΒ πρὸς τὴν ΕΔ οὕτως ἡ ΕΘ πρὸς τὴν ΖΛ. Λόγος δὲ ὑπόκειται τῆς ΖΒ πρὸς τὴν ΕΔ δοθείς· λόγος ἄρα καὶ τῆς ΕΘ πρὸς τὴν ΖΛ δοθείς. Τῆς δὲ ΕΘ πρὸς τὴν ΓΕ λόγος ἐστὶ δοθείς· καὶ τῆς ΓΕ ἄρα πρὸς τὴν ΖΛ λόγος ἐστὶ δοθείς. Ιση δὲ ἡ ΛΖ τῇ ΖΒ, τετράγωνον γάρ ἐστι[4]· τῆς ΛΖ ἄρα πρὸς τὴν[5] ΕΔ λόγος ἐστὶ δοθείς[6]· τῆς ΓΕ ἄρα πρὸς τὴν ΕΔ λόγος ἐστὶ δοθείς. Καὶ ἔστιν ὀρθὴ ἡ πρὸς τῷ Ε γωνία· δέδοται ἄρα τὸ ΓΔ τῷ εἴδει.

reciproca sunt igitur eorum latera, et est ut ZB ad EΔ ita EΘ ad ZΛ. Ratio autem supponitur ipsius ZB ad EΔ data; ratio igitur et ipsius EΘ ad ZΛ data. Ipsius autem EΘ ad ΓE ratio est data; et ipsius ΓE igitur ad ZΛ ratio est data. Æqualis autem ΛZ ipsi ZB, quadratum enim est; ipsius ΛZ igitur ad EΔ ratio est data; ipsius ΓE igitur ad EΔ ratio est data. Et est rectus ad E angulus; datum est igitur ΓΔ specie.

ΠΡΟΤΑΣΙΣ οθ'.

Εὰν δύο τρίγωνα μίαν γωνίαν μιᾷ γωνίᾳ ἴσην ἔχῃ, καὶ ἀπὸ τῶν ἴσων γωνιῶν ἐπὶ τὰς βάσεις κάθετοι εὐθεῖαι γραμμαὶ ἀχθῶσιν, ᾖ δὲ ὡς ἡ τοῦ πρώτου τριγώνου βάσις πρὸς τὴν κάθετον οὕτως ἡ τοῦ ἑτέρου τριγώνου βάσις πρὸς τὴν κάθετον· ἰσογώνια ἔσται τὰ τρίγωνα.

Εστω δύο τρίγωνα τὰ ΑΒΓ, ΘΖΗ ἴσας ἔχοντα γωνίας τὰς πρὸς τοῖς Β, Ζ, καὶ ἤχθωσαν ἀπὸ

PROPOSITIO LXXIX.

Si duo triangula unum angulum uni angulo æqualem habeant, et ab æqualibus angulis ad bases perpendiculares rectæ lineæ ducantur, sit autem ut primi trianguli basis ad perpendicularem, ita alterius trianguli basis ad perpendicularem; æquiangula erunt triangula.

Sint duo triangula ABΓ, ΘZH æquales habentia angulos ad B, Z, et ducantur a punctis

réciproquement proportionnels (14. 6); ZB est donc à EΔ comme EΘ est à ZΛ. Mais la raison de ZB à EΔ est supposée donnée; la raison de EΘ à ZΛ est donc donnée. Mais la raison de EΘ à ΓE est donnée (1. 6); la raison de ΓE à ZΛ est donc donnée (8). Mais ΛZ est égal à ZB, car ZB est un quarré; la raison de ΛZ à EΔ est donc donnée (8); la raison de ΓE à EΔ est donc donnée. Mais l'angle en E est droit; ΓΔ est donc donné d'espèce (déf. 3).

PROPOSITION LXXIX.

Si deux triangles ont un angle égal à un angle, si de ces angles égaux on mène des lignes droites perpendiculaires aux bases, et si la base du premier triangle est à la perpendiculaire comme la base de l'autre est à la perpendiculaire, ces triangles seront équiangles.

Soient les deux triangles ABΓ, ΘZH ayant des angles égaux en B, Z; des points

τῶν Β, Ζ κάθετοι αἱ ΒΔ, ΖΚ, ἔστω δὲ ὡς ἡ ΑΓ πρὸς τὴν ΒΔ οὕτως ἡ ΘΗ πρὸς τὴν ΖΚ· λέγω ὅτι ἰσογώνιόν ἐστι τὸ ΑΒΓ τρίγωνον[1] τῷ ΘΖΗ τριγώνῳ.

Β, Ζ perpendiculares ΒΔ, ΖΚ, sit autem ut ΑΓ ad ΒΔ ita ΘΗ ad ΖΚ; dico æquiangulum esse ΑΒΓ triangulum triangulo ΘΖΗ.

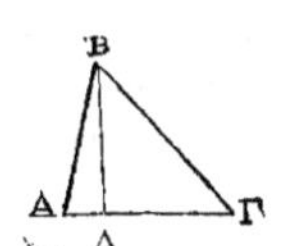

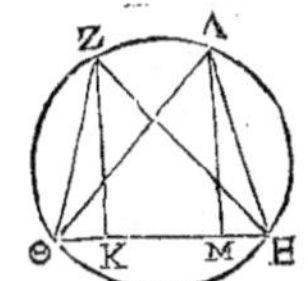

Περιγεγράφθω γὰρ περὶ τὸ ΘΖΗ τρίγωνον κύκλος οὗ τμῆμα ἔστω τὸ ΘΖΗ[2], καὶ συνεστάτω πρὸς τῇ ΘΗ εὐθείᾳ, καὶ τῷ πρὸς αὐτῇ σημείῳ τῷ Θ, τῇ ὑπὸ ΓΑΒ γωνίᾳ ἴση ἡ ὑπὸ ΗΘΛ, καὶ ἐπεζεύχθωσαν αἱ ΖΛ, ΛΗ, καὶ ἤχθω κάθετος ἡ ΛΜ. Καὶ ἐπεὶ ἴση ἐστὶν ἡ ὑπὸ ΗΖΘ γωνία τῇ ὑπὸ ΘΛΗ, ἐν γὰρ τῷ αὐτῷ εἰσι τμήματι τοῦ κύκλου, ἔστι δὲ ἡ ὑπὸ ΗΖΘ τῇ ὑπὸ ΓΒΑ ἴση· ἴση ἄρα ἐστὶ καὶ ἡ ὑπὸ ΗΛΘ τῇ ὑπὸ ΓΒΑ. Ἔστι δὲ καὶ ἡ ὑπὸ ΛΘΗ τῇ ὑπὸ ΒΑΓ ἴση· καὶ λοιπὴ ἄρα ἡ ὑπὸ ΛΗΘ τῇ ὑπὸ ΒΓΑ ἐστὶν ἴση[3]· ὅμοιον ἄρα ἐστὶ τὸ ΑΒΓ τρίγωνον τῷ ΘΛΗ τριγώνῳ. Καὶ κάθετοι ἠγμέναι εἰσὶν αἱ ΒΔ, ΛΜ· ἔστιν ἄρα ὡς ἡ ΑΓ πρὸς τὴν ΒΔ οὕτως ἡ ΘΗ πρὸς τὴν ΛΜ. Ἦν δὲ ὡς ἡ ΑΓ πρὸς τὴν ΒΔ οὕτως ἡ ΘΗ πρὸς τὴν ΖΚ, ὑποκεῖται

Describatur enim circa ΘΖΗ triangulum circulus cujus segmentum sit ΘΖΗ, et constituatur ad ΘΗ rectam, et ad punctum in eâ Θ, angulo ΓΑΒ æqualis angulus ΗΘΛ, et jungantur ipsæ ΖΛ, ΛΗ, et ducatur perpendicularis ΛΜ. Et quoniam æqualis est ΗΖΘ angulus ipsi ΘΛΗ, etenim in eodem sunt segmento circuli, est autem ipse ΗΖΘ ipsi ΓΒΑ æqualis; æqualis igitur est et ipse ΗΛΘ ipsi ΓΒΑ. Est autem et ipse ΛΘΗ ipsi ΒΑΓ æqualis; et reliquus igitur ΛΗΘ ipsi ΒΓΑ est æqualis. Simile igitur est ΑΒΓ triangulum triangulo ΘΛΗ. Et perpendiculares ductæ sunt ΒΔ, ΛΜ; est igitur ut ΑΓ ad ΒΔ ita ΘΗ ad ΛΜ. Erat autem ut ΑΓ ad ΒΔ ita ΘΗ ad ΖΚ, supponitur enim;

Β, Ζ, menons les perpendiculaires ΒΔ, ΖΚ, et que ΑΓ soit à ΒΔ comme ΘΗ est à ΖΚ; je dis que le triangle ΑΒΓ est équiangle avec le triangle ΘΖΗ.

Car autour du triangle ΘΖΗ décrivons un cercle dont ΘΖΗ soit un segment (5.4); sur la droite ΘΗ, et au point Θ de cette droite, faisons l'angle ΗΘΛ égal à l'angle ΓΑΒ; joignons ΖΛ, ΛΗ, et menons la perpendiculaire ΛΜ. Puisque l'angle ΗΖΘ est égal à l'angle ΘΛΗ, car ces angles sont dans le même segment de cercle (21.3), que ΗΖΘ est égal à ΓΒΑ, l'angle ΗΛΘ est donc égal à ΓΒΑ. Mais l'angle ΛΘΗ est égal à l'angle ΒΑΓ; l'angle restant ΛΗΘ est égal à l'angle restant ΒΓΑ; le triangle ΑΒΓ est donc semblable au triangle ΘΛΗ (4.6). Mais on a mené les perpendiculaires ΒΔ, ΛΜ; ΑΓ est donc à ΒΔ comme ΘΗ est à ΛΜ (4 et 20. 6). Mais ΑΓ est à ΒΔ

γάρ· καὶ ὡς ἄρα ἡ ΘΗ πρὸς τὴν ΛΜ οὕτως ἡ ΘΗ πρὸς τὴν ΖΚ· ἴση ἄρα ἐστὶν ἡ ΖΚ τῇ ΛΜ. Ἔστι δὲ καὶ ἡ ΖΚ τῇ ΛΜ παράλληλος· καὶ[4] ἡ ΖΛ ἄρα τῇ ΘΗ παράλληλός ἐστιν· ἴση ἄρα ἐστὶν ἡ ὑπὸ ΖΛΘ γωνία τῇ ὑπὸ ΛΘΗ. Ἀλλ' ἡ μὲν ὑπὸ[5] ΛΘΗ τῇ ὑπὸ ΒΑΓ ἐστὶν ἴση, ἡ δὲ ὑπὸ ΖΛΘ[6] τῇ ὑπὸ ΖΗΘ ἐστὶν ἴση· καὶ ἡ ὑπὸ ΒΑΓ ἄρα τῇ ὑπὸ ΖΗΘ ἐστὶν ἴση. Ἔστι δὲ[7] ἡ ὑπὸ ΑΒΓ τῇ ὑπὸ ΘΖΗ ἴση[8]· λοιπὴ ἄρα ἡ ὑπὸ ΒΓΑ λοιπῇ τῇ ὑπὸ ΖΘΗ ἐστὶν ἴση· ἰσογώνιον ἄρα ἐστὶ τὸ ΑΒΓ τρίγωνον τῷ ΖΘΗ τριγώνῳ.

et ut igitur ΘΗ ad ΛΜ ita ΘΗ ad ΖΚ; æqualis igitur est est ΖΚ ipsi ΛΜ. Est autem et ΖΚ ipsi ΛΜ parallela; et ΖΛ igitur ipsi ΘΗ parallela est; æqualis igitur est ΖΛΘ angulus angulo ΛΘΗ. Sed ipse quidem ΛΘΗ ipsi ΒΑΓ est æqualis, ipse autem ΖΛΘ ipsi ΖΗΘ est æqualis; et ipse ΒΑΓ igitur ipsi ΖΗΘ est æqualis. Est autem ipse ΑΒΓ ipsi ΘΖΗ æqualis; reliquus igitur ΒΓΑ reliquo ΖΘΗ est æqualis; æquiangulum igitur est ΑΒΓ triangulum triangulo ΖΘΗ.

ΠΡΟΤΑΣΙΣ π'.

Ἐὰν τρίγωνον μίαν ἔχῃ γωνίαν δεδομένην, καὶ τὸ ὑπὸ τῶν[1] τὴν δεδομένην γωνίαν περιεχουσῶν πλευρῶν ὀρθογώνιον[2] πρὸς τὸ ἀπὸ τῆς λοιπῆς πλευρᾶς τετράγωνον λόγον ἔχῃ δεδομένον· δέδοται τὸ τρίγωνον τῷ εἴδει.

Ἔστω τρίγωνον τὸ ΑΒΓ δεδομένην ἔχον γωνίαν τὴν πρὸς τὸ Α, καὶ τὸ ὑπὸ τῶν ΒΑ, ΑΓ πρὸς τὸ

PROPOSITIO LXXX.

Si triangulum unum habeat angulum datum, et rectangulum sub lateribus datum angulum comprehendentibus ad quadratum ex reliquo latere rationem habeat datam; datum est triangulum specie.

Sit triangulum ΑΒΓ datum habens angulum ad Α, et ipsum sub ΒΑ, ΑΓ ad ipsum ex ΒΓ

comme ΘΗ est à ΖΚ, par supposition; ΘΗ est donc à ΛΜ comme ΘΗ est à ΖΚ; ΖΚ est donc égal à ΛΜ (9. 5). Mais ΖΚ est parallèle à ΛΜ (28. 1); ΖΛ est donc parallèle à ΘΗ (33. 1); l'angle ΖΛΘ est donc égal à l'angle ΛΘΗ (29. 1). Mais l'angle ΛΘΗ est égal à l'angle ΒΑΓ, et l'angle ΖΛΘ est égal à l'angle ΖΗΘ (21. 3); l'angle ΒΑΓ est donc égal à l'angle ΖΗΘ. Mais l'angle ΑΒΓ est égal à l'angle ΘΖΗ; l'angle restant ΒΓΑ est donc égal à l'angle restant ΖΘΗ (32. 1); le triangle ΑΒΓ est donc équiangle avec le triangle ΖΘΗ.

PROPOSITION LXXX.

Si un triangle a un angle donné, et si le rectangle sous les droites qui comprènent l'angle donné a une raison donnée avec le quarré du côté restant, le triangle est donné d'espèce.

Soit le triangle ΑΒΓ ayant un angle donné en Α; que le rectangle sous ΒΑ, ΑΓ

ἀπὸ τῆς ΒΓ λόγον ἐχέτω δεδομένον· λέγω ὅτι δέδοται τὸ ΑΒΓ τρίγωνον τῷ εἴδει.

Ηχθωσαν γὰρ ἀπὸ τῶν Α, Β ἐπὶ τὰς ΒΓ, ΓΑ κάθετοι αἱ ΑΕ, ΒΔ. Επεὶ οὖν δοθεῖσά ἐστιν ἡ ὑπὸ ΒΑΔ γωνία, ἐστὶ δὲ καὶ ἡ ὑπὸ ΑΔΒ δοθεῖσα· δέδοται ἄρα τὸ ΑΔΒ τρίγωνον τῷ εἴδει· λόγος

rationem habeat datam; dico datum esse ΑΒΓ triangulum specie.

Ducantur enim a punctis Α, Β ad ipsas ΒΓ, ΓΑ perpendiculares ΑΕ, ΒΔ. Quoniam igitur datus est ΒΑΔ angulus, est autem et ipse ΑΔΒ datus; datum est igitur ΑΔΒ trian-

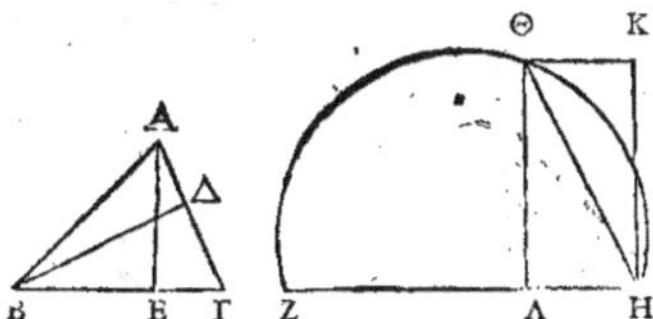

ἄρα ἐστὶ τῆς ΑΒ πρὸς τὴν ΒΔ δοθείς· ὥστε καὶ τοῦ ὑπὸ τῶν ΒΑ, ΑΓ, πρὸς τὸ ὑπὸ τῶν ΑΓ, ΒΔ λόγος ἐστὶ δοθείς. Τῷ δὲ ὑπὸ τῶν ΑΓ, ΒΔ ἴσον ἐστὶ τὸ ὑπὸ τῶν ΒΓ, ΑΕ, ἑκάτερον γὰρ αὐτῶν διπλάσιόν ἐστι τοῦ ΑΒΓ τριγώνου· λόγος ἄρα καὶ τοῦ ὑπὸ τῶν ΒΑ, ΑΓ πρὸς τὸ ὑπὸ τῶν ΒΓ, ΑΕ δοθείς. Τοῦ δὲ ὑπὸ τῶν ΒΑ, ΑΓ πρὸς τὸ ἀπὸ τῆς ΒΓ λόγος ἐστὶ δοθείς· καὶ τοῦ ὑπὸ τῶν ΒΓ, ΑΕ ἄρα[3] πρὸς τὸ ἀπὸ τῆς ΒΓ λόγος ἐστὶ δοθείς· τῆς ἄρα ΒΓ πρὸς τὴν ΑΕ λόγος ἐστὶ δοθείς. Εκκείσθω δὴ[4] τῇ θέσει καὶ τῷ μεγέθει δεδομένη εὐθεῖα ἡ ΖΗ, καὶ γεγράφθω ἐπὶ τῆς ΖΗ τμῆμα κύκλου[5] τὸ

gulum specie; ratio igitur est ipsius ΑΒ ad ΒΔ data; quare et rectanguli sub ΒΑ, ΑΓ ad rectangulum sub ΑΓ, ΒΔ ratio est data. Ipsi autem sub ΑΓ, ΒΔ æquale est ipsum sub ΒΓ, ΑΕ, utrumque enim ipsorum duplum est trianguli ΑΒΓ; ratio igitur et ipsius sub ΒΑ, ΑΓ ad ipsum sub ΒΓ, ΑΕ data. Ipsius autem sub ΒΑ, ΑΓ ad ipsum ex ΒΓ ratio est data; et ipsius sub ΒΓ, ΑΕ igitur ad ipsum ex ΒΓ ratio est data; ipsius ΒΓ igitur ad ΑΕ ratio est data. Exponatur positione et magnitudine data recta ΖΗ, et describatur super ΖΗ seg-

ait une raison donnée avec le quarré de ΒΓ ; je dis que le triangle ΑΒΓ est donné d'espèce.

Car des points Α, Β menons à ΒΓ, ΓΑ les perpendiculaires ΑΕ, ΒΔ (12. 1). Puisque l'angle ΒΑΔ est donné, et que l'angle ΑΔΒ est aussi donné, le triangle ΑΔΒ sera donné d'espèce (40); la raison de ΑΒ à ΒΔ est donc donnée (déf. 3); la raison du rectangle sous ΒΑ, ΑΓ au rectangle sous ΑΓ, ΒΔ est donc donnée (1. 6). Mais le rectangle sous ΒΓ, ΑΕ est égal au rectangle sous ΑΓ, ΒΔ, car chacun de ces rectangles est double du triangle ΑΒΓ (41. 1); la raison du rectangle sous ΒΑ, ΑΓ au rectangle sous ΒΓ, ΑΕ est donc donnée. Mais la raison du rectangle sous ΒΑ, ΑΓ au quarré de ΒΓ est donnée; la raison du rectangle sous ΒΓ, ΑΕ au quarré de ΒΓ est donc donnée (8); la raison de ΒΓ à ΑΕ est donc donnée (1. 6). Que la droite ΖΗ soit

ΖΘΗ, δεχόμενον[6] γωνίαν ἴσην τῇ ὑπὸ ΒΑΓ· δοθεῖσα δὲ ἡ ὑπὸ ΒΑΓ γωνία· δοθεῖσα ἄρα καὶ ἡ ἐν τῷ ΖΘΗ τμήματι γωνία· θέσει ἄρα ἐστὶ τὸ ΖΘΗ τμῆμα. Ηχθω ἀπὸ τοῦ Η τῇ ΖΗ πρὸς ὀρθὰς ἡ ΗΚ· θέσει ἄρα ἐστὶν ἡ ΗΚ. Καὶ πεποιήσθω ὡς ἡ

mentum circuli ΖΘΗ, capiens angulum æqualem ipsi ΒΑΓ; datus est autem ΒΑΓ angulus; datus igitur et in segmento ΖΘΗ angulus; positione igitur est ΖΘΗ segmentum. Ducatur a puncto Η ipsi ΖΗ ad rectos ipsa ΗΚ; positione igitur

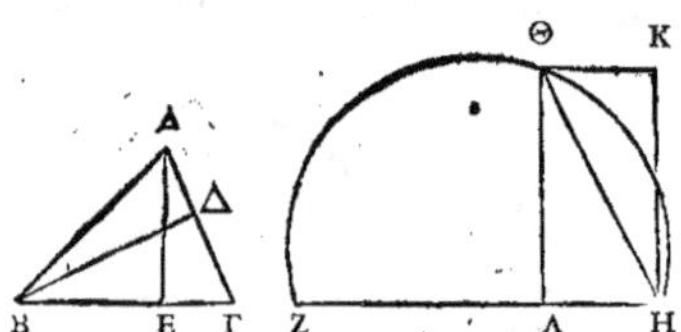

ΒΓ πρὸς τὴν ΑΕ οὕτως ἡ ΖΗ πρὸς τὴν ΗΚ. Λόγος δὲ τῆς ΒΓ πρὸς τὴν ΑΕ δοθείς· λόγος ἄρα καὶ τῆς ΖΗ πρὸς τὴν ΗΚ δοθείς. Δοθεῖσα δὲ ἡ ΖΗ· δοθεῖσα ἄρα καὶ ἡ ΗΚ. Αλλὰ καὶ τῇ θέσει, καὶ ἐστὶ δοθὲν[7] τὸ Η· δοθὲν ἄρα καὶ τὸ Κ. Ηχθω διὰ τοῦ Κ τῇ ΖΗ παράλληλος ἡ ΚΘ· θέσει ἄρα ἐστὶν ἡ ΚΘ. Θέσει δὲ καὶ τὸ ΖΘΗ τμῆμα· δοθὲν ἄρα ἐστὶ τὸ Θ σημεῖον. Επιζεύχθωσαν δὲ[8] αἱ ΖΘ, ΘΗ, καὶ ἤχθω κάθετος ἡ ΘΛ· θέσει ἄρα ἐστὶν ἡ ΘΛ. Εστι δὲ καὶ[9] τὸ Θ σημεῖον δοθὲν, καὶ ἑκά-

est ΗΚ. Et fiat ut ΒΓ ad ΑΕ ita ΖΗ ad ΗΚ. Ratio autem ipsius ΒΓ ad ΑΕ data; ratio igitur ipsius ΖΗ ad ΗΚ data. Data autem ΖΗ; data igitur et ΗΚ. Sed et positione, et est datum punctum Η; datum igitur punctum Κ. Ducatur per punctum Κ ipsi ΖΗ parallela ΚΘ; positione igitur est ΚΘ. Positione autem et ΖΘΗ segmentum; datum igitur Θ punctum. Jungantur autem ipsæ ΖΘ, ΘΗ, et ducatur perpendicularis ΘΛ; positione igitur est ΘΛ. Est autem et Θ punctum datum, et utrumque punctorum

donnée de position et de grandeur; sur ΖΗ décrivons un segment de cercle ΖΘΗ qui reçoive un angle égal à l'angle ΒΑΓ (33. 3). Mais l'angle ΒΑΓ est donné; l'angle dans le segment ΖΘΗ est donc donné; le segment ΖΘΗ est donc donné de position (déf. 8). Du point Η et sur ΖΗ menons la perpendiculaire ΗΚ (11. 1); la droite ΗΚ sera donnée de position (29). Faisons en sorte que ΒΓ soit à ΑΕ comme ΖΗ est à ΗΚ (12. 6). Puisque la raison de ΒΓ à ΑΕ est donnée, la raison de ΖΗ à ΗΚ est donnée. Mais ΖΗ est donné; la droite ΗΚ est donc donnée (2). Mais cette droite est donnée de position, et le point Η est donné; le point Κ est donc donné (27). Par le point Κ menons ΚΘ parallèle à ΖΗ (31. 1); la droite ΚΘ sera donnée de position. Mais le segment ΖΘΗ est donné de position (28); le point Θ est donc donné (25); Joignons ΖΘ, ΘΗ, et menons la perpendiculaire ΘΛ; la droite ΘΛ sera donnée de position (30). Mais le point Θ est donné, ainsi que

τερον τῶν Z, H· δέδοται ἄρα ἑκάστη τῶν ΘZ, ZH, ΘH τῇ θέσει καὶ τῷ μεγέθει· δέδοται ἄρα τὸ ZΘH τρίγωνον τῷ εἴδει. Καὶ ἐπεί ἐστιν ὡς ἡ BΓ πρὸς τὴν AE οὕτως ἡ ZH πρὸς τὴν HK, ἴση δὲ ἡ HK τῇ ΛΘ· ἔστιν ἄρα ὡς ἡ BΓ πρὸς τὴν AE οὕτως ἡ ZH πρὸς τὴν ΘΛ. Καὶ ἔστιν ἴση ἡ ὑπὸ BAΓ γωνία τῇ ὑπὸ ZΘH· ἰσογώνιον ἄρα ἐστὶ τὸ ABΓ τρίγωνον τῷ ΘZH τριγώνῳ. Δέδοται δὲ τὸ ZΘH τρίγωνον τῷ εἴδει· δέδοται ἄρα καὶ τὸ ABΓ τρίγωνον τῷ εἴδει.

Z, H; data est igitur unaquæque ipsarum ΘZ, ZH, ΘH positione et magnitudine; datum est igitur ZΘH triangulum specie. Et quoniam est ut BΓ ad AE ita ZH ad HK, æqualis autem HK ipsi ΛΘ; est igitur ut BΓ ad AE ita ZH ad ΘΛ. Et est æqualis BAΓ angulus ipsi ZΘH; æquiangulum igitur est ABΓ triangulum triangulo ΘZH. Datum est autem ZΘH triangulum specie; datum est igitur et ABΓ triangulum specie.

ΑΛΛΩΣ.

Εστω τρίγωνον τὸ ABΓ, δεδομένην ἔχον γωνίαν τὴν πρὸς τῷ A[1], λόγος δὲ ἔστω τοῦ ὑπὸ τῶν BA, AΓ πρὸς τὸ ἀπὸ τῆς ΓB[2] δοθείς· λέγω ὅτι δέδοται τὸ ABΓ τρίγωνον τῷ[3] εἴδει.

Επεὶ γὰρ δοθεῖσά ἐστιν ἡ ὑπὸ BAΓ γωνία· ᾧ ἄρα μεῖζόν ἐστι τὸ ἀπό συναμφοτέρου τῆς BAΓ τοῦ ἀπὸ τῆς[4] BΓ, ἐκεῖνο τὸ χωρίον πρὸς τὸ ABΓ τρίγωνον λόγον ἔχει δεδομένον. Ω δὴ ἐστι[5] μεῖζον τὸ ἀπὸ συναμφοτέρου τῆς BAΓ τοῦ ἀπὸ τῆς BΓ,

ALITER.

Sit triangulum ABΓ, datum habens angulum ad A, ratio autem sit ipsius sub BA, AΓ ad ipsum ex ΓB data; dico datum esse ABΓ triangulum specie.

Quoniam enim datus est BAΓ angulus; quo igitur majus est ipsum ex utrâque simul BAΓ quam ipsum ex BΓ, illud spatium ad ABΓ triangulum rationem habet datam. Quo autem est majus ipsum ex utrâque simul BAΓ quam ipsum

chacun des points Z, H; chacune des droites ΘZ, ZH, ΘH est donc donnée de position et de grandeur (26); le triangle ZΘH est donc donné d'espèce. Et puisque BΓ est à AE comme ZH est à HK, et que HK est égal à ΛΘ (34. 1); la droite BΓ est à AE comme ZH est à ΘΛ. Mais l'angle BAΓ est égal à l'angle ZΘH; le triangle ABΓ est donc équiangle avec le triangle ΘZH (79). Mais le triangle ZΘH est donné d'espèce; le triangle ABΓ est donc donné d'espèce.

AUTREMENT.

Soit le triangle ABΓ ayant l'angle A donné, que la raison du rectangle sous BAΓ au quarré de ΓB soit donnée; je dis que le triangle ABΓ est donné d'espèce.

Car puisque l'angle BAΓ est donné, l'espace dont le rectangle sous BA, AΓ surpasse le quarré de BΓ a une raison donnée avec le triangle ABΓ (67). Soit Δ l'espace dont le rectangle sous BA, AΓ surpasse le quarré de BΓ; la raison de l'espace

ἔστω τὸ Δ χωρίον· λόγος ἄρα ἐστὶ[6] τοῦ Δ χωρίου πρὸς τὸ ΑΒΓ τρίγωνον δοθείς. Τοῦ δὲ ΑΒΓ τριγώνου[7] πρὸς τὸ ὑπὸ τῶν ΒΑ, ΑΓ λόγος ἐστὶ δοθείς, διὰ τὸ δοθεῖσαν εἶναι τὴν ὑπὸ ΒΑΓ γωνίαν· καὶ τοῦ Δ ἄρα χωρίου πρὸς τὸ ὑπὸ τῶν ΒΑ, ΑΓ λόγος ἐστὶ δοθείς. Τοῦ δὲ ὑπὸ τῶν ΒΑ, ΑΓ πρὸς τὸ ἀπὸ τῆς ΒΓ λόγος ἐστὶ δοθείς· καὶ τοῦ Δ ἄρα πρὸς τὸ ἀπὸ τῆς ΒΓ λόγος ἐστὶ δοθείς· καὶ συνθέντι[8] ἄρα τοῦ Δ χωρίου μετὰ τοῦ ἀπὸ τῆς ΒΓ πρὸς τὸ ἀπὸ τῆς ΒΓ λόγος[9] ἐστὶ δοθείς. Αλλὰ τὸ Δ χωρίον μετὰ τοῦ ἀπὸ τῆς ΒΓ τὸ ἀπὸ συναμφοτέρου τῆς ΒΑΓ ἐστί· λόγος ἄρα τοῦ ἀπὸ συναμφοτέρου τῆς ΒΑΓ πρὸς τὸ ἀπὸ τῆς ΒΓ δοθείς· ὥστε καὶ συναμφοτέρου τῆς ΒΑΓ πρὸς τὴν ΒΓ λόγος ἐστὶ δοθείς. Καὶ ἔστι δοθεῖσα ἡ ὑπὸ ΒΑΓ γωνία· δέδοται ἄρα τὸ ΑΒΓ τρίγωνον τῷ εἴδει[10].

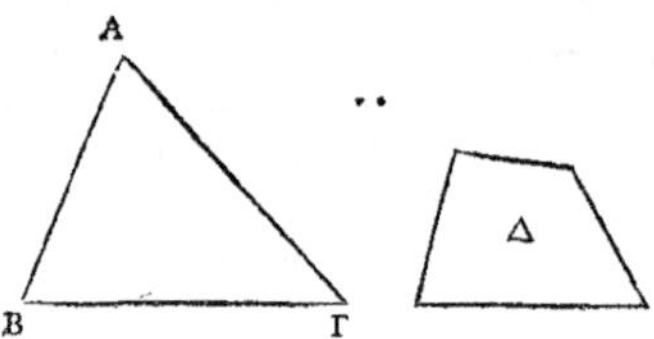

ex ΒΓ, sit Δ spatium; ratio igitur est spatii Δ ad ΑΒΓ triangulum data. Trianguli autem ΑΒΓ ad ipsum sub ΒΑ, ΑΓ ratio est data, quia datus est ΒΑΓ angulus; et igitur spatii Δ ad ipsum sub ΒΑ, ΑΓ ratio est data. Ipsius autem sub ΒΑ, ΑΓ ad ipsum ex ΒΓ ratio est data; et ipsius Δ igitur ad ipsum ex ΒΓ ratio est data; et componendo igitur spatii Δ cum ipso ex ΒΓ ad ipsum ex ΒΓ ratio est data. Sed spatium Δ cum ipso ex ΒΓ est ipsum ex utrâque simul ΒΑΓ; ratio igitur ipsius ex utrâque simul ΒΑΓ ad ipsum ex ΒΓ data; quare et utriusque simul ΒΑΓ ad ΒΓ ratio est data. Et est datus ΒΑΓ angulus; datum est igitur ΑΒΓ triangulum specie.

Δ au triangle ΑΒΓ sera donnée. Mais la raison du triangle ΑΒΓ au rectangle sous ΒΑ, ΑΓ est donnée, à cause que l'angle ΒΑΓ est donné (66); la raison de l'espace Δ au rectangle sous ΒΑ, ΑΓ est donc donnée (8). Mais la raison du rectangle sous ΒΑ, ΑΓ au quarré de ΒΓ est donnée; la raison de l'espace Δ au quarré de ΒΓ est donc donnée (8); donc, par addition, la raison de l'espace Δ avec le quarré de ΒΓ au quarré de ΒΓ est donnée (6). Mais l'espace Δ, avec le quarré de ΒΓ, est égal au quarré de la somme des droites ΒΑ, ΑΓ; la raison du quarré de la somme des droites ΒΑΓ au quarré de ΒΓ est donc donnée; la raison de la somme des droites ΒΑ, ΑΓ à ΒΓ est donc donnée (54). Mais l'angle ΒΑΓ est donné; le triangle ΑΒΓ est donc donné d'espèce (45).

ΠΡΟΤΑΣΙΣ πα'.

Εὰν τρεῖς εὐθεῖαι, ἀνάλογον οὖσαι τρισὶν εὐθείαις ἀνάλογον οὔσαις, τὰς ἄκρας ἐν δεδομένῳ λόγῳ ἔχωσιν· καὶ τὰς μέσας ἐν δεδομένῳ λόγῳ ἕξουσιν· καὶ ἐὰν ἡ ἄκρα πρὸς τὴν ἄκραν λόγον ἔχῃ δεδομένον, καὶ ἡ μέση πρὸς τὴν μέσην· καὶ ἡ λοιπὴ ἄκρα πρὸς τὴν[1] λοιπὴν ἄκραν λόγον ἕξει δεδομένον.

Τρεῖς γὰρ εὐθεῖαι ἀνάλογον οὖσαι αἱ Α, Β, Γ τρισὶν εὐθείαις ἀνάλογον οὔσαις ταῖς Δ, Ε, Ζ, τὰς ἄκρας ἐν δεδομένῳ λόγῳ ἐχέτωσαν, καὶ[2] τῆς μὲν Α πρὸς τὴν Δ λόγος ἔστω[3] δοθεὶς, τῆς δὲ Γ πρὸς τὴν Ζ λόγος δοθείς[4]· λέγω ὅτι καὶ τῆς Β πρὸς τὴν Ε λόγος ἐστὶ δοθείς.

PROPOSITIO LXXXI.

Si tres rectæ proportionales existentes tribus rectis proportionalibus existentibus, extremas in datâ ratione habeant; et medias in datâ ratione habebunt; et si extrema ad extremam rationem habeat datam, et media ad mediam; et reliqua extrema ad reliquam extremam rationem habebit datam.

Tres enim rectæ proportionales Α, Β, Γ existentes tribus rectis proportionalibus existentibus Δ, Ε, Ζ, extremas in ratione datâ habeant, et ipsius quidem Α ad Δ ratio sit data, ipsius autem Γ ad Ζ ratio data; dico et ipsius Β ad Ε rationem esse datam.

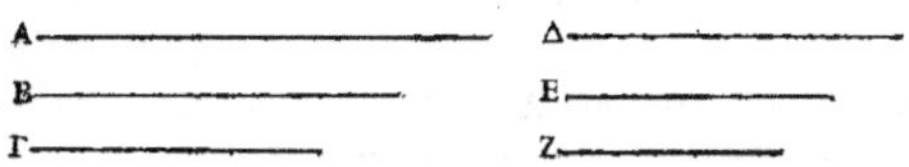

Α, Β, Γ, Δ, Ε, Ζ

Επεὶ γὰρ λόγος ἐστὶ[5] τῆς μὲν Α πρὸς τὴν Δ δοθεὶς[5], τῆς δὲ Γ πρὸς τὴν Ζ δοθείς[6]· λόγος ἄρα

Quoniam enim ratio est ipsius quidem Α ad Δ data, ipsius autem Γ ad Ζ data; ratio

PROPOSITION LXXXI.

Si trois droites étant proportionnelles, et trois autres droites encore proportionnelles, les extrêmes ont entre eux une raison donnée, les moyens auront aussi entre eux une raison donnée; et si un extrême a une raison donnée avec un extrême, et si le moyen a une raison donnée avec le moyen, l'extrême restant aura une raison donnée avec l'extrême restant.

Les trois droites Α, Β, Γ étant proportionnelles; et les trois droites Δ, Ε, Ζ étant aussi proportionnelles, que les extrêmes ayent entre elles une raison donnée, c'est-à-dire que la raison de Α à Δ soit donnée, ainsi que la raison de Γ à Ζ; je dis que la raison de Β à Ε est aussi donnée.

Car puisque la raison de Α à Δ est donnée, ainsi que la raison de Γ à Ζ, la raison

τοῦ ὑπὸ τῶν Α, Γ πρὸς τὸ ὑπὸ τῶν Δ, Ζ δοθείς. Αλλὰ τῷ μὲν ὑπὸ τῶν Α, Γ ἴσον ἐστὶ τὸ ἀπὸ τῆς Β, τῷ δὲ ὑπὸ τῶν Δ, Ζ ἴσον ἐστὶ τὸ ἀπὸ τῆς Ε· λόγος ἄρα ἐστὶ τοῦ ἀπὸ τῆς Β πρὸς τὸ ἀπὸ τῆς Ε δοθείς· ὥστε καὶ τῆς Β πρὸς τὴν Ε λόγος ἐστὶ δοθείς.

igitur ipsius sub A, Γ ad ipsum sub Δ, Z data. Sed ipsi quidem sub A, Γ æquale est ipsum ex B, ipsi autem sub Δ, Z æquale est ipsum ex E; ratio igitur est ipsius ex B ad ipsum ex E data; quare et ipsius B ad ipsam E ratio est data.

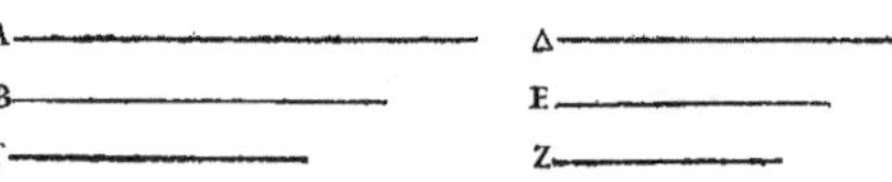

Εστω δὲ πάλιν τῆς μὲν Α πρὸς τὴν Δ λόγος δοθεὶς, τῆς δὲ Β πρὸς τὴν Ε λόγος[7] δοθείς· λέγω ὅτι καὶ τῆς Γ πρὸς τὴν Ζ λόγος ἐστὶ δοθείς.

Επεὶ γὰρ[8] τῆς μὲν Α πρὸς τὴν Δ, τῆς δὲ Β πρὸς τὴν Ε λόγος ἐστὶ[9] δοθείς· λόγος ἄρα ἐστὶ καὶ τοῦ ἀπὸ τῆς Β πρὸς τὸ ἀπὸ τῆς Ε δοθείς. Αλλὰ τῷ μὲν ἀπὸ τῆς Β ἴσον ἐστὶ τὸ ὑπὸ τῶν Α, Γ, τῷ δὲ ἀπὸ τῆς Ε ἴσον ἐστὶ τὸ ὑπὸ τῶν Δ, Ζ· λόγος ἄρα ἐστὶ[10] τοῦ ὑπὸ τῶν Α, Γ πρὸς τὸ ὑπὸ τῶν Δ, Ζ δοθείς. Καὶ μιᾶς πλευρᾶς τῆς Α πρὸς μίαν πλευρὰν τὴν Δ λόγος ἐστὶ δοθείς· καὶ λοιπῆς ἄρα τῆς Γ πρὸς λοιπὴν τὴν Ζ λόγος ἐστὶ δοθείς.

Sit autem rursus ipsius quidem A ad Δ ratio data, ipsius autem B ad E ratio data; dico et ipsius Γ ad Z rationem esse datam.

Quoniam enim ipsius quidem A ad Δ, ipsius autem B ad E ratio est data; ratio igitur est et ipsius ex B ad ipsum ex E data. Sed ipsi quidem ex B æquale est ipsum sub A, Γ, ipsi autem ex E æquale est ipsum sub Δ, Z; ratio igitur est ipsius sub A, Γ ad ipsum sub Δ, Z data. Et unius lateris A ad unum latus Δ ratio est data. Et reliqui igitur Γ ad reliquum Z ratio est data.

de l'espace sous A, Γ, à l'espace sous Δ, Z est donnée (70). Mais le quarré de B est est égal au rectangle sous A, Γ, et le quarré de E est égal au rectangle sous Δ, Z (17. 6), ; la raison du quarré de B au quarré de E est donc donnée; la raison de B à E est donc aussi donnée (54).

De plus, que la raison de A à Δ soit donnée, ainsi que la raison de B à E; je dis que la raison de Γ à Z est donnée.

Car puisque la raison de A à Δ est donnée, ainsi que la raison de B à E, la raison du quarré de B au quarré de E est donc aussi donnée (50). Mais le rectangle sous A, Γ est égal au quarré de B (17. 6); et le rectangle sous Δ, Z est égal au quarré de E; la raison du rectangle sous A, Γ au rectangle sous Δ, Z est donc donnée. Mais la raison d'un côté A à un côté Δ est donnée; la raison du côté restant Γ au côté restant Z est donc aussi donnée (68).

ΠΡΟΤΑΣΙΣ πβ'.

Ἐὰν τέσσαρες εὐθεῖαι ἀνάλογον ὦσιν· ἔσται ὡς ἡ πρώτη πρὸς ἣν ἡ δευτέρα λόγον ἔχει δεδομένον, οὕτως ἡ τρίτη πρὸς ἣν ἡ τετάρτη λόγον ἔχει δεδομένον.

Ἔστωσαν τέσσαρες εὐθεῖαι ἀνάλογον αἱ Α, Β, Γ, Δ, καὶ ἔστω[1] ὡς ἡ Α πρὸς τὴν Β οὕτως ἡ Γ πρὸς τὴν Δ· λέγω ὅτι ἐστὶν[2] ὡς ἡ Α πρὸς ἣν ἡ Β λόγον ἔχει δεδομένον οὕτως ἡ Γ πρὸς ἣν ἡ Δ λόγον ἔχει δεδομένον.

A

B

Γ

Δ

E

Z

Ἔστω γὰρ πρὸς ἣν ἡ Β λόγον ἔχει δεδομένον ἡ Ε, καὶ πεποιήσθω ὡς ἡ Β πρὸς τὴν Ε οὕτως ἡ Δ πρὸς τὴν Ζ. Λόγος δὲ τῆς Β πρὸς τὴν Ε δοθείς· λόγος ἄρα καὶ τῆς Δ πρὸς τὴν Ζ δοθείς. Καὶ ἐπεί ἐστιν ὡς ἡ Α πρὸς τὴν Β οὕτως ἡ Γ πρὸς τὴν Δ, ἔστι δὲ καὶ ὡς ἡ Β πρὸς τὴν Ε οὕτως ἡ Δ πρὸς τὴν Ζ· δι' ἴσου ἄρα ἐστὶν[3] ὡς ἡ Α πρὸς τὴν

PROPOSITIO LXXXII.

Si quatuor rectæ proportionales sint; erit ut prima ad quam secunda rationem habet datam, ita tertia ad quam quarta rationem habet datam.

Sint quatuor rectæ proportionales A, B, Γ, Δ, et sit ut A ad B ita Γ ad Δ; dico esse ut A ad quam B rationem habet datam, ita ipsam Γ ad quam Δ rationem habet datam.

Sit enim ad quam ipsa B rationem habet datam ipsa E, et fiat ut B ad E ita Δ ad Z. Ratio autem ipsius B ad E data; ratio igitur et ipsius Δ ad Z data. Et quoniam est ut A ad B ita Γ ad Δ, est autem et ut B ad E ita Δ ad Z; ex æquo igitur est ut A ad E

PROPOSITION LXXXII.

Si quatre droites sont proportionnelles, la première sera à celle avec laquelle la seconde a une raison donnée, comme la troisième est à celle avec laquelle la quatrième a la raison donnée.

Soient A, B, Γ, Δ quatre droites proportionnelles, c'est-à-dire, que A soit à B comme Γ est à Δ; je dis que A est à celle avec laquelle B a une raison donnée, comme Γ est à celle avec laquelle Δ a la raison donnée.

Car soit E la droite avec laquelle B a une raison donnée, et faisons en sorte que B soit à E comme Δ est à Z (16. 6). Mais la raison de B à E est donnée; la raison de Δ à Z est donc donnée. Mais A est à B comme Γ est à Δ, et B est à E comme Δ est à Z; donc, par égalité, la droite A est à la droite E comme Γ

Ε οὕτως ἡ Γ πρὸς τὴν Ζ. Καὶ ἔστιν ἡ μὲν Ε πρὸς ἣν ἡ Β λόγον ἔχει δεδομένον, ἡ δὲ Ζ πρὸς ἣν ἡ Δ[1]· ἔστιν ἄρα ὡς ἡ Α πρὸς ἣν ἡ Β λόγον ἔχει δεδομένον οὕτως ἡ Γ πρὸς ἣν ἡ Δ λόγον ἔχει δεδομένον.

ita Γ ad Ζ. Et est quidem ipsa Ε ad quam Β rationem habet datam, ipsa autem Ζ ad quam ipsa Δ; est igitur ut Α ad quam ipsa Β rationem habet datam ita ipsa Γ ad quam ipsa Δ rationem habet datam.

ΠΡΟΤΑΣΙΣ πγ'.

Ἐὰν τέσσαρες εὐθεῖαι οὕτως ἔχωσι πρὸς ἀλλήλας, ὥστε τριῶν ληφθεισῶν ἐξ αὐτῶν ὁποιωνοῦν, καὶ τετάρτης αὐταῖς προσληφθείσης ἀνάλογον[1] πρὸς ἣν ἡ λοιπὴ τῶν[2] ἐξ ἀρχῆς τεσσάρων εὐθειῶν λόγον ἔχῃ δεδομένον, ἀνάλογον γίγνεσθαι τὰς τέσσαρας εὐθείας· ἔσται ὡς ἡ τετάρτη πρὸς τὴν τρίτην οὕτως ἡ δευτέρα πρὸς ἣν ἡ πρώτη λόγον ἔχει δεδομένον.

Ἔστωσαν τέσσαρες εὐθεῖαι αἱ Α, Β, Γ, Δ οὕτως ἔχουσαι πρὸς ἀλλήλας ὥστε τριῶν ληφθεισῶν ἐξ αὐτῶν ὁποιωνοῦν τῶν[3] Α, Β, Γ, καὶ τετάρτης αὐταῖς προσληφθείσης[4] τῆς Ε, πρὸς ἣν ἡ Δ λόγον

PROPOSITIO LXXXIII.

Si quatuor rectæ ita se habeant inter se ut tribus sumptis ex iis quibuscumque, et quartâ ipsis sumptâ proportionali, ad quam reliqua ipsarum ex principio quatuor rectarum rationem habet datam, proportionales fiant quatuor rectæ; erit ut quarta ad tertiam ita secunda ad quam prima rationem habet datam.

Sint quatuor rectæ Α, Β, Γ, Δ ita se habentes inter se, ut tribus sumptis ex iis quibuscumque Α, Β, Γ, et quartâ ipsis acceptâ ipsâ Ε, ad quam ipsa Δ rationem ha-

est à Ζ (22. 5). Mais Ε est la droite avec laquelle Β a une raison donnée, et Ζ est la droite avec laquelle Δ a la raison donnée; la droite Α est donc à la droite avec laquelle Β a une raison donnée, comme Γ est à celle avec laquelle Δ a la raison donnée.

PROPOSITION LXXXIII.

Si quatre droites sont entre elles de manière qu'en ayant pris trois quelconques et une quatrième droite qui leur soit proportionnelle, et qui ait une raison donnée avec la droite restante des quatre premières, ces quatre dernières droites étant proportionnelles, la quatrième sera à la troisième comme la seconde est à celle avec laquelle la première a une raison donnée.

Soient quatre droites Α, Β, Γ, Δ qui soient entre elles de manière qu'en ayant pris trois quelconques Α, Β, Γ, et une quatrième Ε avec laquelle Δ ait une raison

ἔχει δεδομένον, ἀνάλογον εἶναι τὰς Α, Β, Γ, Ε εὐθείας· λέγω ὅτι ὡς ἡ Δ πρὸς τὴν Γ οὕτως ἡ Β πρὸς ἣν ἡ Α λόγον ἔχει δεδομένον.

bet datam; proportionales sint A, B, Γ, E rectæ; dico ut Δ ad Γ ita B ad quam A rationem habet datam.

A

B

Γ

Δ

E

Επεὶ γάρ ἐστιν ὡς ἡ Α πρὸς τὴν Β οὕτως ἡ Γ πρὸς τὴν Ε· τὸ ἄρα ὑπὸ τῶν Α, Ε ἴσον ἐστὶ τῷ ὑπὸ τῶν Β, Γ. Καὶ ἐπεὶ λόγος ἐστὶ τῆς Ε πρὸς τὴν Δ δοθείς· λόγος ἄρα ἐστὶ καὶ τοῦ ὑπὸ τῶν Α, Δ πρὸς τὸ ὑπὸ τῶν Α, Ε δοθείς. Τῷ[5] δὲ ὑπὸ τῶν Α, Ε ἐστὶν ἴσον τὸ[6] ὑπὸ τῶν Β, Γ· λόγος ἄρα[7] καὶ τοῦ ὑπὸ τῶν Α, Δ πρὸς τὸ ὑπὸ τῶν Β, Γ ἐστὶ[8] δοθείς· ἔστιν ἄρα ὡς ἡ Δ πρὸς τὴν Γ οὕτως ἡ Β πρὸς ἣν ἡ Α λόγον ἔχει δεδομένον.

Quoniam enim est ut A ad B ita Γ ad E; ipsum igitur sub A, E æquale est ipsi sub B, Γ. Et quoniam ratio est ipsius E ad Δ data; ratio est igitur et ipsius sub A, Δ ad ipsum sub A, E data. Ipsi autem sub A, E est æquale ipsum sub B, Γ; ratio igitur et ipsius sub A, Δ ad ipsum sub B, Γ est data; est igitur ut Δ ad Γ ita ipsa B ad quam ipsa A rationem habet datam.

donnée, les droites A, B, Γ, E étant proportionnelles; je dis que Δ est à Γ comme B est à la droite avec laquelle A a une raison donnée.

Car puisque A est à B comme Γ est à E, le rectangle sous A, E est égal au rectangle sous B, Γ (16. 6). Mais la raison de E à Δ est donnée; la raison du rectangle sous A, Δ au rectangle sous A, E est donc donnée. Mais le rectangle sous A, E est égal au rectangle sous B, Γ; la raison du rectangle sous A, Δ au rectangle sous B, Γ est donc donnée (1. 6); la droite Δ est donc à Γ comme B est à la droite avec laquelle A a une raison donnée (56).

ΠΡΟΤΑΣΙΣ πδ'.

Εὰν δύο εὐθεῖαι δοθὲν χωρίον περιέχωσιν ἐν δεδομένῃ γωνίᾳ, ἡ δὲ ἑτέρα τῆς ἑτέρας δοθείσῃ μείζων ᾖ· καὶ ἑκατέρα αὐτῶν ἔσται δοθεῖσα.

Δύο γὰρ εὐθεῖαι αἱ ΑΒ, ΒΓ δοθὲν χωρίον περιεχέτωσαν τὸ ΑΓ ἐν δεδομένῃ γωνίᾳ τῇ ὑπὸ ΑΒΓ, ἡ δὲ ΓΒ τῆς ΒΑ δοθείσῃ μείζων ἔστω· λέγω ὅτι δοθεῖσά ἐστιν ἑκατέρα τῶν ΑΒ, ΒΓ.

PROPOSITIO LXXXIV.

Si duæ rectæ datum spatium comprehendant in dato angulo, altera autem quam altera, datâ, major sit; et utraque ipsarum erit data.

Duæ enim rectæ ΑΒ, ΒΓ datum spatium comprehendant ΑΓ in dato angulo ΑΒΓ, ipsa autem ΓΒ ipsâ ΒΑ datâ major sit; dico datam esse utramque ipsarum ΑΒ, ΒΓ.

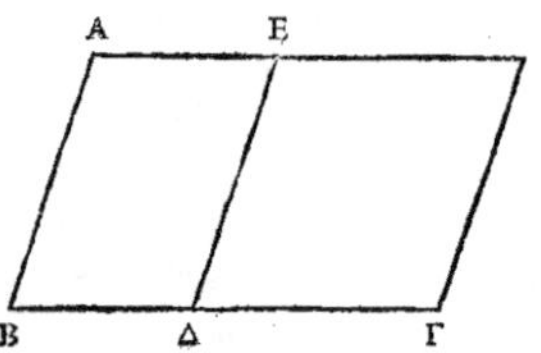

Επεὶ γὰρ ἡ ΓΒ τῆς ΒΑ δοθείσῃ μείζων ἐστὶ, δοθεῖσα ἔστω[1] ΔΓ· λοιπὴ ἄρα ἡ ΔΒ τῇ ΒΑ ἴση ἐστί. Καὶ[2] συμπεπληρώσθω τὸ ΑΔ παραλληλόγραμμον[3]. Καὶ ἐπεὶ ἴση ἐστὶν ἡ ΑΒ τῇ ΒΔ· λόγος ἄρα ἐστὶ τῆς ΑΒ πρὸς τὴν ΒΔ δοθείς. Δο-

Quoniam enim ΓΒ quam ΒΑ datâ major est, data sit ΔΓ; reliqua igitur ΔΒ ipsi ΒΑ æqualis est. Et compleatur ΑΔ parallelogrammum. Et quoniam æqualis est ΑΒ ipsi ΒΔ; ratio igitur est ipsius ΑΒ ad ΒΔ. Data autem et ΑΒΔ an-

PROPOSITION LXXXIV.

Si deux droites comprènent un espace donné dans un angle donné, et si l'une d'elles est plus grande que l'autre d'une droite donnée, chacune d'elles sera donnée.

Que les deux droites ΑΒ, ΒΓ comprènent un espace donné ΑΓ dans un angle donné ΑΒΓ, et que ΓΒ soit plus grand que ΒΑ d'une droite donnée; je dis que chacune des droites ΑΒ, ΒΓ est donnée.

Car puisque ΓΒ est plus grand que ΒΑ d'une droite donnée, que cette donnée soit ΔΓ, le reste ΔΒ sera égal à ΒΑ (déf. 2). Achevons le parallélogramme ΑΔ; puisque ΑΒ est égal à ΒΔ; la raison de ΑΒ à ΒΔ est donnée. Mais l'angle ΑΒΔ est

θεῖσα δὲ καὶ ἡ ὑπὸ ΑΒΔ γωνία· δέδοται ἄρα τὸ ΑΔ τῷ εἴδει. Επεὶ οὖν τὸ ΑΓ δοθὲν παρὰ δοθεῖσαν τὴν ΔΓ παραβέβληται ὑπερβάλλον εἴδει δεδομένῳ τῷ εἴδει[4] τῷ ΑΔ· δέδοται ἄρα[5] τὸ πλάτος τῆς ὑπερβολῆς· δοθεῖσα ἄρα ἐστὶν ἡ ΒΔ. Αλλὰ καὶ ἡ ΔΓ· καὶ ὅλη ἄρα ἡ ΒΓ δοθεῖσά ἐστιν. Εστι δὲ καὶ ἡ ΑΒ δοθεῖσα· ἑκατέρα ἄρα τῶν ΑΒ, ΒΓ δοθεῖσά ἐστι.

gulus ; datum est igitur ipsum ΑΔ specie. Quoniam igitur ipsum ΑΓ datum ad datam ΔΓ applicatum est excedens figurâ ΑΔ datâ specie ; data est igitur latitudo excessûs ; data igitur est ΒΔ. Sed et ipsa ΔΓ ; et tota igitur ΒΓ data est. Est autem et ΑΒ data. Utraque igitur ipsarum ΑΒ, ΒΓ data est,

ΠΡΟΤΑΣΙΣ πε΄.

Εὰν δύο εὐθεῖαι δοθὲν χωρίον περιέχωσιν ἐν δεδομένῃ γωνίᾳ, ἡ δὲ συναμφότερος δοθεῖσα· καὶ ἑκατέρα αὐτῶν ἔσται δοθεῖσα.

Δύο γὰρ εὐθεῖαι αἱ ΑΒ, ΒΓ δοθὲν χωρίον περιεχέτωσαν τὸ ΑΓ[1] ἐν δεδομένῃ γωνίᾳ τῇ ὑπὸ ΑΒΓ, καὶ ἔστω συναμφότερος ἡ ΑΒΓ δοθεῖσα· λέγω ὅτι καὶ ἑκατέρα τῶν ΑΒ, ΒΓ ἐστὶ δοθεῖσα[2].

PROPOSITIO LXXXV.

Si duæ rectæ datum spatium comprehendant in dato angulo, sit autem simul utraque data ; et utraque ipsarum erit data.

Duæ enim rectæ ΑΒ, ΒΓ datum spatium comprehendant ΑΓ in dato angulo ΑΒΓ, et sit utraque simul ΑΒΓ data; dico et utramque ipsarum ΑΒ, ΒΓ esse datam.

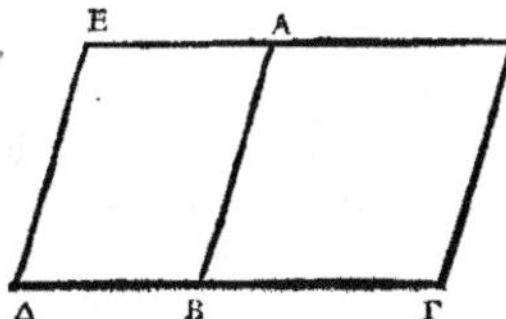

donné; ΑΔ est donc donné d'espèce. Et puisqu'à la droite donnée ΔΓ on a appliqué l'espace donné ΑΓ, excédant d'une figure donnée d'espèce, la largeur de l'excès est donnée (59) ; ΒΔ est donc donné. Mais ΔΓ est donné aussi; la droite entière ΒΓ est donc donnée. Mais ΑΒ est donné (3) ; chacune des droites ΑΒ, ΒΓ est donc donnée.

PROPOSITION LXXXV.

Si deux droites comprènent un espace donné, dans un angle donné, et si leur somme est donnée, chacune d'elles sera donnée.

Que les deux droites ΑΒ, ΒΓ comprènent un espace donné ΑΓ, dans un angle donné ΑΒΓ, et que la somme des droites ΑΒ, ΒΓ soit donnée ; je dis que chacune des droites ΑΒ, ΒΓ est donnée.

Διήχθω γὰρ ἡ ΓΒ ἐπὶ τὸ Δ, καὶ κείσθω τῇ ΑΒ ἴση ἡ ΒΔ, καὶ διὰ τοῦ Δ τῇ ΒΑ παράλληλος ἤχθω ἡ ΔΕ, καὶ συμπεπληρώσθω τὸ ΑΔ. Καὶ ἐπεὶ ἴση ἐστὶν ἡ ΔΒ τῇ ΒΑ, καὶ ἔστι δοθεῖσα ἡ ὑπὸ ΑΒΔ γωνία, ἐπεὶ καὶ ἡ ἐφεξῆς αὐτῇ δοθεῖσά ἐστι· δέδοται ἄρα τὸ ΕΒ τῷ εἴδει. Καὶ ἐπεὶ δοθεῖσά ἐστι συναμφότερος ἡ ΑΒΓ, ἴση δὲ[3] ἡ ΑΒ τῇ ΒΔ· δοθεῖσα ἄρα ἐστὶν[4] ἡ ΔΓ. Επεὶ οὖν δοθὲν τὸ ΑΓ παρὰ δοθεῖσαν την ΔΓ παραβέβληται ἐλλεῖπον εἴδει δεδομένῳ τῷ εἴδει[5] ΕΒ· δέδοται τὰ πλάτη τοῦ ἐλλείμματος· δοθεῖσαι ἄρα εἰσὶν αἱ ΑΒ, ΒΔ. Αλλὰ καὶ συναμφότερος ἡ ΑΒΓ δοθεῖσά ἐστι· καὶ λοιπὴ ἄρα ἡ ΒΓ δοθεῖσά ἐστι[6]· δοθεῖσα ἄρα ἐστὶν ἡ ἑκατέρα τῶν ΑΒ, ΒΓ.

Producatur enim ΓΒ ad punctum Δ, et ponatur ipsi ΑΒ æqualis ΒΔ, et per punctum Δ ipsi ΒΑ parallela ducatur ΔΕ, et compleatur ΑΔ. Et quoniam æqualis est ΔΒ ipsi ΒΑ, et est datus ΑΒΔ angulus, quia et qui est deinceps ipsi datus est; datum est igitur ipsum ΕΒ specie. Et quoniam data est simul utraque ΑΒΓ, æqualis autem ΑΒ ipsi ΒΔ; data igitur est ΔΓ. Quoniam igitur datum ΑΓ ad datum ΔΓ applicatum est, deficiens figurâ ΕΒ datâ specie; datæ sunt latitudines defectûs; datæ igitur sunt ΑΒ, ΒΔ. Sed et simul utraque ΑΒΓ data est; et reliqua igitur ipsa ΒΓ data est; data igitur est utraque ipsarum ΑΒ, ΒΓ.

ΠΡΟΤΑΣΙΣ πϛ'.

Εὰν δύο εὐθεῖαι δοθὲν χωρίον περιέχωσιν ἐν δεδομένῃ γωνίᾳ, τὸ δὲ ἀπὸ τῆς μείζονος τοῦ ἀπὸ τῆς ἐλάσσονος, δοθέντι, μεῖζον ᾖ· καὶ ἑκατέρα αὐτῶν ἔσται δοθεῖσα[1].

PROPOSITIO LXXXVI.

Si duæ rectæ datum spatium comprehendant in dato angulo, ipsum autem ex majori quam ipsum ex minori, dato, majus sit; et utraque ipsarum erit data.

Car prolongeons ΓΒ vers Δ, faisons ΒΔ égal à ΑΒ, par le point Δ menons ΔΕ parallèle à ΒΑ, et achevons le parallélogramme ΑΔ. Puisque ΔΒ est égal à ΒΑ, et que l'angle ΑΒΔ est donné, car son angle de suite est donné, le parallélogramme ΕΒ sera donné d'espèce. Mais la somme des droites ΑΒ, ΒΓ est donnée, et ΑΒ est égal à ΒΔ; la droite ΔΓ est donc donnée (3). Et puisque l'espace donné ΑΓ est appliqué à la droite donnée ΔΓ défaillant d'une figure ΕΒ donnée d'espèce, les largeurs du défaut sont données (58); les droites ΑΒ, ΒΔ sont donc données. Mais la somme des droites ΑΒ, ΒΓ est donnée; la droite ΒΓ est donc donnée; chacune des droites ΑΒ, ΒΓ est donc donnée (4).

PROPOSITION LXXXVI.

Si deux droites comprènent un espace donné, dans un angle donné, et si le quarré de la plus grande surpasse le quarré de la plus petite, d'une donnée, chacune d'elles sera donnée.

Δύο γὰρ εὐθεῖαι αἱ ΑΒ, ΒΓ δοθὲν περιεχέτωσαν χωρίον[2] τὸ ΑΓ ἐν δεδομένῃ γωνίᾳ τῇ ὑπὸ ΑΒΓ, τὸ δὲ ἀπὸ τῆς ΑΒ, δοθέντι, μεῖζον ἔστω τοῦ ἀπὸ τῆς ΒΓ[3]· λέγω ὅτι δοθεῖσά ἐστιν ἑκατέρα τῶν ΑΒ, ΒΓ.

Duæ enim rectæ ΑΒ, ΒΓ datum comprehendant spatium ΑΓ in dato angulo ΑΒΓ, quadratum autem ex ΑΒ, dato, majus sit quam quadratum ex ΒΓ; dico datam esse utramque ipsarum ΑΒ, ΒΓ.

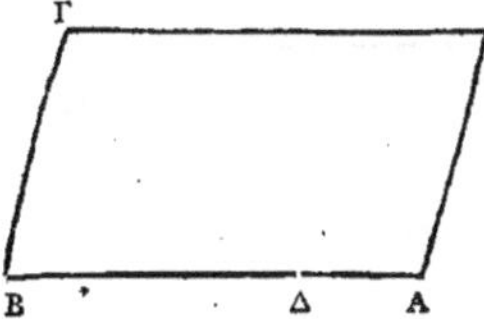

Ἐπεὶ γὰρ τὸ ἀπὸ τῆς ΑΒ τοῦ ἀπὸ τῆς ΒΓ, δοθέντι, μεῖζόν ἐστιν, ἀφῃρήσθω τὸ δοθὲν, καὶ ἔστω[4] τὸ ὑπὸ τῶν ΑΒ, ΒΔ· λοιπὸν ἄρα τὸ ὑπὸ τῶν ΒΑ, ΑΔ ἴσον ἐστὶ τῷ[5] ἀπὸ τῆς ΒΓ. Καὶ ἐπεὶ δοθέν ἐστι τὸ ὑπὸ τῶν ΑΒ, ΒΓ, ἐστὶ δὲ καὶ τὸ ὑπὸ τῶν ΑΒ, ΒΔ δοθέν· λόγος ἄρα τοῦ ὑπὸ τῶν ΑΒ, ΒΔ πρὸς τὸ ὑπὸ τῶν ΑΒ, ΒΓ δοθείς. Καὶ ἔστιν ὡς τὸ ὑπὸ τῶν ΑΒ, ΒΔ πρὸς τὸ ὑπὸ τῶν ΑΒ, ΒΓ οὕτως ἡ ΔΒ πρὸς τὴν[6] ΒΓ· λόγος ἄρα καὶ τῆς ΔΒ πρὸς τὴν[7] ΒΓ δοθείς· λόγος ἄρα καὶ τοῦ ἀπὸ τῆς ΔΒ πρὸς τὸ ἀπὸ τῆς ΒΓ[9] δοθείς. Τῷ δὲ

Quoniam enim ipsum ex ΑΒ quam ipsum ex ΒΓ, dato, majus est, auferatur datum, et sit ipsum sub ΑΒ, ΒΔ; reliquum igitur sub ΒΑ, ΑΔ æquale est ipsi ex ΒΓ. Et quoniam datum est ipsum sub ΑΒ, ΒΓ (*vide lemma*), est autem et ipsum sub ΑΒ, ΒΔ datum; ratio igitur ipsius sub ΑΒ, ΒΔ ad ipsum sub ΑΒ, ΒΓ data. Et est ut ipsum sub ΑΒ, ΒΔ ad ipsum sub ΑΒ, ΒΓ ita ΔΒ ad ΒΓ; ratio igitur et ipsius ΔΒ ad ΒΓ data; ratio igitur et ipsius ex ΔΒ ad ipsum ex ΒΓ data. Ipsi autem ex ΓΒ

Que deux droites ΑΒ, ΒΓ comprènent un espace donné ΑΓ, dans un angle donné ΑΒΓ, et que le quarré de ΑΒ soit plus grand que le quarré de ΒΓ d'un espace donné; je dis que chacune des droites ΑΒ, ΒΓ est donnée.

Car puisque le quarré de ΑΒ est plus grand que le quarré de ΒΓ d'un espace donné, retranchons l'espace donné, et que cet espace soit le rectangle sous ΑΒ, ΒΔ; le rectangle restant sous ΒΑ, ΑΔ sera égal au quarré de ΒΓ (2. 2). Et puisque le rectangle sous ΑΒ, ΒΓ est donné, et que le rectangle sous ΑΒ, ΒΔ est aussi donné, la raison du rectangle sous ΑΒ, ΒΔ au rectangle sous ΑΒ, ΒΓ sera donnée (1). Mais le rectangle sous ΑΒ, ΒΔ est au rectangle sous ΑΒ, ΒΓ comme ΔΒ est à ΒΓ; la raison de ΔΒ à ΒΓ est donc donnée; la raison du quarré de ΔΒ au quarré de ΒΓ est donc donnée (50). Mais le rectangle sous ΒΑ, ΑΔ est égal

ἀπὸ τῆς ΓΒ ἴσον τὸ[10] ὑπὸ τῶν ΒΑ, ΑΔ. λόγος ἄρα ἐστὶ[11] καὶ τοῦ ὑπὸ τῶν ΒΑ, ΑΔ πρὸς τὸ ἀπὸ τῆς ΔΒ δοθείς· καὶ τοῦ τετράκις ἄρα ὑπὸ τῶν ΒΑ, ΑΔ πρὸς τὸ ἀπὸ τῆς ΔΒ δοθείς· λόγος ἄρα τοῦ τετράκις ὑπὸ τῶν ΒΑ, ΑΔ[12] μετὰ τοῦ ἀπὸ τῆς ΔΒ πρὸς τὸ ἀπὸ τῆς ΒΔ[13] δοθείς. Ἀλλὰ τὸ

æquale est ipsum sub ΒΑ, ΑΔ; ratio igitur et ipsius sub ΒΑ, ΑΔ ad ipsum ex ΔΒ data; et ipsius quater igitur sub ΒΑ, ΑΔ ad ipsum ex ΔΒ data; ratio igitur ipsius quater sub ΒΑ, ΑΔ cum ipso ex ΔΒ ad ipsum ex ΒΔ data.

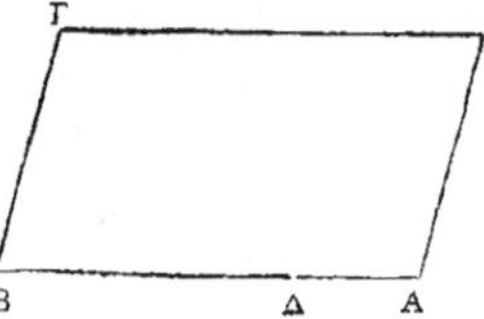

τετράκις ὑπὸ τῶν ΒΑ, ΑΔ μετὰ τοῦ ἀπὸ τῆς ΒΔ ἐστὶ τὸ ἀπὸ συναμφοτέρου τῆς ΒΑ, ΑΔ[13]· λόγος ἄρα καὶ τοῦ ἀπὸ συναμφοτέρου τῆς ΒΑ, ΑΔ πρὸς τὸ ἀπὸ τῆς ΔΒ δοθείς· λόγος ἄρα καὶ συναμφοτέρου τῆς ΒΑ, ΑΔ πρὸς τὴν[14] ΔΒ δοθείς. Καὶ συνθέντι συναμφοτέρου τῆς ΒΑ, ΑΔ μετὰ τῆς ΔΒ, τουτέστι δύο τῶν ΑΒ πρὸς τὴν[15] ΔΒ λόγος ἐστὶ δοθείς· καὶ μιᾶς ἄρα τῆς ΑΒ πρὸς τὴν ΒΔ λόγος ἐστὶ δοθείς. Τῆς δὲ ΔΒ πρὸς τὴν ΒΓ λόγος ἐστὶ δοθείς· καὶ[16] τῆς ΑΒ ἄρα πρὸς τὴν ΒΓ λόγος ἐστὶ δοθείς. Καὶ ἐπεὶ λόγος ἐστὶ τῆς ΑΒ πρὸς τὴν[17] ΒΔ δοθεὶς,

Sed ipsum quater sub ΒΑ, ΑΔ cum ipso ex ΒΔ est ipsum ex utrâque simul ΒΑ, ΑΔ; ratio igitur et ipsius ex utrâque simul ΒΑ, ΑΔ ad ipsum ex ΔΒ data; ratio igitur et utriusque simul ΒΑ, ΑΔ ad ΔΒ data. Et componendo simul utriusque ΒΑ, ΑΔ cum ΔΒ, hoc est duarum ΑΒ ad ΔΒ ratio est data; et unius igitur ipsius ΑΒ ad ΒΔ ratio est data. Ipsius autem ΔΒ ad ΒΓ ratio est data; ipsius autem ΔΒ ad ΒΓ ratio est data; et ipsius ΑΒ igitur ad ΒΓ ratio est data. Et quoniam ratio est ipsius

au quarré de ΓΒ (2. 2); la raison du rectangle sous ΒΑ, ΑΔ au quarré de ΔΒ est donc donnée; la raison de quatre fois le rectangle sous ΒΑ, ΑΔ au quarré de ΔΒ est donc donnée; la raison de quatre fois le rectangle sous ΒΑ, ΑΔ avec le quarré de ΔΒ au quarré de ΒΔ est donc donnée. Mais quatre fois le rectangle sous ΒΑ, ΑΔ avec le quarré de ΒΔ est égal au quarré de la somme des droites ΒΑ, ΑΔ (8. 2); la raison du quarré de la somme des droites ΒΑ, ΑΔ au quarré de ΔΒ est donc donnée; la raison de la somme des droites ΒΑ, ΑΔ à ΔΒ est donc donnée; donc, par addition, la raison de la somme des droites ΒΑ, ΑΔ avec ΔΒ, c'est-à-dire, de deux fois ΑΒ à ΒΔ est donnée (6); la raison d'une seule fois ΑΒ à ΒΔ est donc donnée Mais la raison de ΔΒ à ΒΓ est donnée; la raison de ΑΒ à ΒΓ est donc donnée (8). Mais la raison de

καὶ ἔστιν ὡς ἡ ΑΒ πρὸς τὴν[18] ΒΔ οὕτως τὸ ἀπὸ τῆς ΑΒ πρὸς τὸ ὑπὸ τῶν ΑΒ, ΒΔ· λόγος ἄρα καὶ τοῦ ἀπὸ τῆς ΑΒ πρὸς τὸ ὑπὸ τῶν ΑΒ, ΒΔ δοθείς. Δοθὲν δὲ τὸ ὑπὸ τῶν ΑΒ, ΒΔ, οὕτως γὰρ δοθὲν ἀφῄρηται· δοθὲν ἄρα καὶ τὸ ἀπὸ τῆς ΑΒ· δοθεῖσα ἄρα ἡ ΑΒ. Καὶ ἔστι λόγος τῆς ΑΒ πρὸς τὴν[19] ΒΓ δοθείς· δοθεῖσα ἄρα καὶ ἡ ΒΓ.

AB ad BΔ data, et est ut AB ad BΔ ita ipsum ex AB ad ipsum sub AB, BΔ; ratio igitur et ipsius ex AB ad ipsum sub AB, BΔ data. Datum autem ipsum sub AB, BΔ, sic enim datum ablatum fuit; datum igitur et ipsum ex AB; data igitur AB. Et est ratio ipsius AB ad BΓ data; data igitur et BΓ.

ΛΗΜΜΑ.

Πῶς δοθὲν ἐστὶ τὸ ὑπὸ τῶν ΑΒΓ ὀρθογώνιον, ἀμβλείας ὑποκειμένης τῆς ὑπὸ ΑΒΓ γωνίας;

Ηχθω ἀπὸ τοῦ Β σημείου κάθετος ἡ ΒΔ· καὶ ἐκβεβλήσθω ἡ ΓΔ ἐπὶ τὸ Θ, καὶ συμπεπληρώσθω τὸ ΒΔΘΑ ὀρθογώνιον· ἴσον ἄρα ἐστὶ τὸ ΑΔ τῷ ΑΓ. Καὶ ἐκβεβλήσθω ἡ ΔΒ ἐπὶ τὸ Ζ, καὶ κείσθω τῇ ΒΓ ἴση ἡ ΒΖ, καὶ συμπεπληρώσθω τὸ ΑΖ ὀρθογώνιον. Ἐπεὶ οὖν δοθεῖσά ἐστιν ἡ ὑπὸ ΑΒΓ γωνία, ὑπόκειται

LEMMA.

Quomodo datum est rectangulum sub ABΓ, obtuso supposito ABΓ angulo?

Agatur a puncto B perbendicularis BΔ; et producatur ΓΔ ad punctum Θ; et compleatur BΔΘA rectangulum; æquale igitur est ipsum AΔ ipsi AΓ. Et producatur ΔB ad punctum Z, et ponatur ipsi BΓ æqualis BZ, et compleatur AZ rectangulum. Quoniam igitur datus est ABΓ an-

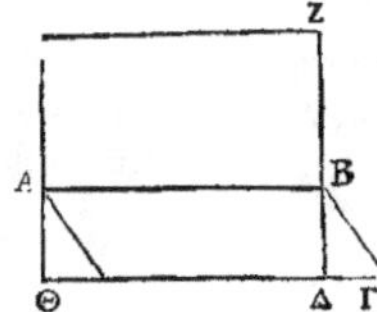

AB à BΔ est donnée, et AB est à BΔ comme le quarré de AB est au rectangle sous AB, BΔ (1. 6); la raison du quarré de AB au rectangle sous AB, BΔ est donc donnée. Mais le rectangle sous AB, BΔ est donné, car c'est ainsi qu'on a retranché l'espace donné (2); le quarré de AB est donc donné; la droite AB est donc donnée. Mais la raison de AB à BΓ est donnée; la droite BΓ est donc donné.

LEMME.

L'angle ABΓ étant supposé obtus, comment le rectangle sous AB, BΓ est-il donné?

Du point B menons la perpendiculaire BΔ, et prolongeons ΓΔ vers Θ; achevons le rectangle BΔΘA; le rectangle AΔ sera égal à AΓ. Prolongeons ΔB vers Z; faisons BZ égal à BΓ, et achevons le rectangle AZ. Puisque l'angle ABΓ est donné, par supposi-

γὰρ, δοθεῖσα δὲ καὶ ἡ ὑπο ΑΒΔ, ὀρθὴ γὰρ, λοιπὴ ἄρα ἡ ὑπο ΔΒΓ δοθεῖσά ἐστι. Καὶ ὀρθὴ ἡ Δ· λοιπὴ ἄρα ἡ Γ δοθεῖσά ἐστι. Δοθὲν ἄρα τὸ ΒΓΔ τρίγωνον τῷ εἴδει· λόγος ἄρα τὴς ΔΒ πρὸς ΒΓ δοθείς. Ιση δὲ ἡ ΒΓ τῇ ΒΖ· λόγος ἄρα καὶ τῆς ΔΒ πρὸς τὴν ΒΖ δοθείς· ὥστε καὶ τοῦ ΒΘ πρὸς τὴν ΖΑ λόγος δοθείς. Ισον δὲ τὸ ΒΘ τῷ ΑΓ· λόγος ἄρα τοῦ ΑΓ πρὸς τὸ ΑΖ δοθείς. Καὶ δοθὲν τὸ ΑΓ· δοθὲν ἄρα καὶ τὸ ΑΖ, τουτέστι τὸ ὑπο ΑΒ, ΒΖ, τουτέστι τὸ ὑπο ΑΒ, ΒΓ.

ΠΡΟΤΑΣΙΣ πζʹ[1].

Εὰν δύο εὐθεῖαι δοθὲν χωρίον περιέχωσιν ἐν δεδομένῃ γωνίᾳ, δύνηται δὲ ἡ ἑτέρα τῆς ἑτέρας, δοθέντι, μεῖζον ἢ ἐν λόγῳ· καὶ ἑκατέρα αὐτῶν ἔσται δοθεῖσα[2].

Δύο γὰρ εὐθεῖαι[3] ΑΒ, ΒΓ δοθὲν χωρίον περιεχέτωσαν τὸ ΑΓ ἐν δεδομένῃ γωνίᾳ τῇ ὑπὸ ΑΒΓ, τὸ δὲ ἀπὸ τῆς ΓΒ τοῦ ἀπὸ τῆς ΒΑ δοθέντι, μεῖ-

gulus, supponitur enim, datus autem et angulus ΑΒΔ, rectus enim; reliquus igitur ΔΒΓ datus est. Et rectus ipse Δ; reliquus igitur Γ datus est. Datum igitur ΒΓΔ triangulum specie; ratio igitur ipsius ΔΒ ad ΒΓ data. Æqualis autem ΒΓ ipsi ΒΖ; ratio igitur et ipsius ΔΒ ad ΒΖ data; quare et ipsius ΒΘ ad ΖΑ ratio data. Æquale autem ΒΘ ipsi ΑΓ; ratio igitur ipsius ΑΓ ad ΑΖ data. Et datum ΑΓ; datum igitur ΑΖ, hoc est ipsum sub ΑΒ, ΒΖ, hoc est ipsum sub ΑΒ, ΒΓ.

PROPOSITIO LXXXVII.

Si duæ rectæ datum spatium comprehendant in dato angulo, possit autem altera alterâ, dato, majus est quam in ratione; et utraque isparum erit data.

Duæ enim rectæ ΑΒ, ΒΓ datum spatium comprehendant ΑΓ in dato angulo ΑΒΓ, ipsum autem ex ΒΓ ipso ex ΒΑ, dato, majus sit quam

tion, que l'angle ΑΒΔ est aussi donné, car il est droit, l'angle restant ΔΒΓ sera donné. Mais l'angle Δ est droit; l'angle restant Γ est donc donné; le triangle ΒΓΔ est donc donné d'espèce; la raison de ΔΒ à ΒΓ est donc donnée (40). Mais ΒΓ est égal à ΒΖ; la raison de ΔΒ à ΒΖ est donc donnée, et par conséquent la raison de ΒΘ à ΖΑ. Mais ΒΘ est égal à ΑΓ; la raison de ΑΓ à ΑΖ est donc donnée. Mais ΑΓ est donné; ΑΖ est donc donné, c'est-à-dire, le rectangle sous ΑΒ, ΒΖ, c'est-à-dire, le rectangle sous ΑΒ, ΒΓ.

PROPOSITION LXXXVII.

Si deux droites comprènent un espace donné, dans un angle donné, et si le quarré de l'une est plus grand à l'égard du quarré de l'autre, d'une donnée, qu'en raison, chacune d'elles sera donnée.

Que les deux droites ΑΒ, ΒΓ comprènent un espace donné ΑΓ, dans un angle donné ΑΒΓ, et que le quarré de ΓΒ soit plus grand à l'égard du quarré de ΒΑ,

ζον ἔστω ἢ ἐν λόγῳ· λέγω ὅτι καὶ ἑκατέρα τῶν ΑΒ, ΒΓ ἐστὶ δοθεῖσα[4].

Επεὶ γὰρ τὸ ἀπὸ τῆς ΓΒ τοῦ[5] ἀπὸ τῆς ΒΑ, δοθέντι, μεῖζόν ἐστιν ἢ ἐν λόγῳ, ἀφῃρήσθω τὸ δοθὲν, καὶ ἔστω[6] τὸ ὑπὸ τῶν ΓΒ, ΒΔ· λοιποῦ ἄρα τοῦ ὑπὸ τῶν ΒΓ, ΓΔ πρὸς τὸ ἀπὸ τῆς ΑΒ λόγος ἐστὶ

in ratione; dico et utramque ipsarum AB, BΓ esse datam.

Quoniam enim ipsum ex ΓB ipso ex BA, dato, majus est quam in ratione, auferatur datum, et sit ipsum sub ΓB, BΔ; reliqui igitur sub BΓ, ΓΔ ad ipsum ex AB ratio est data.

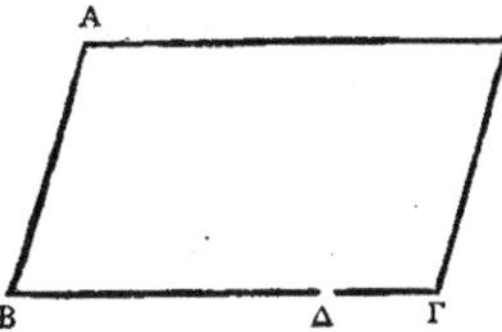

δοθείς. Καὶ ἐπεὶ δοθέν ἐστι τὸ ὑπὸ τῶν ΑΒ, ΒΓ, ἐστὶ δὲ καὶ τὸ ὑπὸ τῶν ΓΒ, ΒΔ δοθέν· λόγος ἄρα ἐστὶ τοῦ ὑπὸ τῶν ΑΒ, ΒΓ πρὸς τὸ ὑπὸ τῶν ΓΒ, ΒΔ[7] δοθείς. Ως δὲ τὸ ὑπὸ τῶν ΑΒ, ΒΓ πρὸς τὸ ὑπὸ τῶν ΓΒ, ΒΔ οὕτως ἡ ΑΒ πρὸς τὴν ΒΔ· ὥστε καὶ τῆς ΑΒ πρὸς τὴν ΒΔ λόγος ἐστὶ δοθείς· ὥστε καὶ τοῦ ἀπὸ τῆς ΑΒ πρὸς τὸ ἀπὸ τῆς ΒΔ λόγος ἐστὶ δοθείς. Τοῦ δὲ ἀπὸ τῆς ΑΒ πρὸς τὸ ὑπὸ τῶν ΒΓ, ΓΔ λόγος ἐστὶ δοθείς[8]· καὶ τοῦ ὑπὸ τῶν ΒΓ, ΓΔ ἄρα πρὸς τὸ ἀπὸ τῆς ΔΒ λόγος ἐστὶ δοθείς· ὥστε καὶ τοῦ τετράκις ὑπὸ τῶν ΒΓ, ΓΔ πρὸς τὸ

Et quoniam datum est ipsum sub AB, BΓ, est autem et ipsum sub ΓB, BΔ datum; ratio igitur est ipsius sub AB, BΓ ad ipsum sub ΓB, BΔ data. Ut autem ipsum sub AB, BΓ ad ipsum sub ΓB, BΔ ita AB ad BΔ; quare et ipsius AB ad BΔ ratio est data; quare et ipsius ex AB ad ipsum ex BΔ ratio est data. Ipsius autem ex AB ad ipsum sub BΓ, ΓΔ ratio est data; et ipsius sub BΓ, ΓΔ igitur ad ipsum ex ΔB ratio est data; quare et ipsius quater sub BΓ, ΓΔ ad ipsum

d'une donnée, qu'en raison; je dis que chacune des droites AB, BΓ est donnée.

Car puisque le quarré de ΓB est plus grand à l'égard du quarré de BA, d'une donnée, qu'en raison, retranchons la donnée, que cette donnée soit égale au rectangle sous ΓB, BΔ; la raison du rectangle restant sous BΓ, ΓΔ au quarré de AB sera donnée (déf. 11). Et puisque le rectangle sous AB, BΓ est donné, et que le rectangle sous ΓB, BΔ est aussi donné, la raison du rectangle sous AB, BΓ au rectangle sous ΓB, BΔ sera donnée (1). Mais le rectangle sous AB, BΓ est au rectangle sous ΓB, BΔ comme AB est à BΔ (1. 6); la raison de AB à BΔ est donc donnée; la raison du quarré de AB au quarré de BΔ est donc donnée (50). Mais la raison du quarré de AB au rectangle sous BΓ, ΓΔ est donnée; la raison du rectangle sous BΓ, ΓΔ au quarré de ΔB est donc donnée; la raison de quatre fois le rec-

ἀπὸ τῆς ΒΔ λόγος ἐστὶ δοθείς· τοῦ τετράκις ὑπὸ τῶν ΒΓ, ΓΔ ἄρα9 μετὰ τοῦ ἀπὸ τῆς ΔΒ πρὸς τὸ ἀπὸ τῆς ΒΔ λόγος ἐστὶ δοθείς. Αλλὰ τὸ τετράκις [ὑπὸ τῶν ΒΓ, ΓΔ μετὰ τοῦ ἀπὸ τῆς ΒΔ τὸ ἀπὸ συναμφοτέρου ἐστὶ τῆς ΒΓ, ΓΔ· λόγος ἄρα ἐστὶ καὶ τοῦ ἀπὸ συναμφοτέρου τῆς ΒΓ, ΓΔ πρὸς τὸ ἀπὸ τῆς ΒΔ δοθείς· ὥστε καὶ συναμφοτέρου τῆς ΒΓ, ΓΔ πρὸς τὴν ΒΔ λόγος ἐστὶ δοθείς· καὶ συνθέντι ἄρα τῶν ΒΓ, ΓΔ καὶ τῆς ΒΔ,

ex ΒΔ ratio est data; ipsius quater sub ΒΓ, ΓΔ igitur cum ipso ex ΒΔ ad ipsum ex ΒΔ ratio est data. Sed ipsum quater sub ΒΓ, ΓΔ cum ipso ex ΒΔ est ipsum ex utrâque simul ΒΓ, ΓΔ; ratio igitur est et ipsius ex utrâque simul ΒΓ, ΓΔ, ad ipsum ex ΒΔ data; quare et utriusque simul ΒΓ, ΓΔ ad ΒΔ ratio est data; et componendo igitur ipsarum ΒΓ, ΓΔ et ipsius ΒΔ,

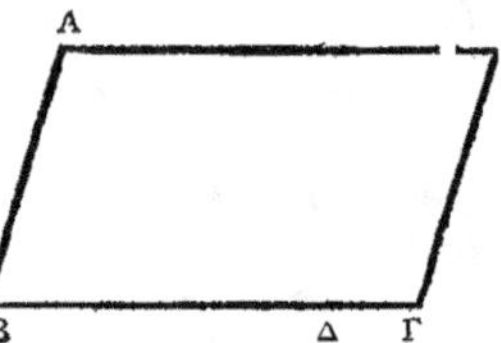

τουτέστι[10] δύο τῶν ΓΒ, πρὸς τὴν ΒΔ λόγος ἐστὶ δοθείς· ὥστε καὶ μιᾶς τῆς ΓΒ πρὸς τὴν ΒΔ λόγος ἐστὶ δοθείς. Ως δὲ ἡ ΓΒ πρὸς τὴν[11] ΒΔ οὕτως τὸ ὑπὸ τῶν ΓΒ, ΒΔ πρὸς τὸ ἀπὸ τῆς ΒΔ· καὶ τοῦ ὑπὸ τῶν ΓΒ, ΒΔ ἄρα πρὸς τὸ ἀπὸ τῆς ΒΔ λόγος ἐστὶ δοθείς. Δοθὲν δὲ τὸ ὑπὸ τῶν ΓΒ, ΒΔ· δοθὲν ἄρα καὶ τὸ ἀπὸ τῆς ΒΔ· δοθεῖσα ἄρα

hoc est duarum ΓΒ ad ΒΔ ratio est data; quare et unius ΓΒ ad ΒΔ ratio est data. Ut autem ΓΒ ad ΒΔ ita ipsum sub ΓΒ, ΒΔ ad ipsum ex ΒΔ; et ipsius sub ΓΒ, ΒΔ igitur ad ipsum ex ΒΔ ratio est data. Datum autem sub ΓΒ, ΒΔ; datum igitur et ipsum ex ΒΔ; data igitur

tangle sous ΒΓ, ΓΔ au quarré de ΒΔ est donnée (8); la raison de quatre fois le rectangle sous ΒΓ, ΓΔ avec le quarré de ΒΔ au quarré de ΒΔ est donc donnée (6). Mais quatre fois le rectangle sous ΒΓ, ΓΔ avec le quarré de ΒΔ est égal au quarré de la somme des droites ΒΓ, ΓΔ (8. 2); la raison du quarré de la somme des droites ΒΓ, ΓΔ au quarré de ΒΔ est donc donnée; la raison de la somme des droites ΒΓ, ΓΔ à ΒΔ est donc donnée (54); donc, par addition, la raison de la somme des droites ΒΓ, ΓΔ, ΒΔ, c'est-à-dire de deux fois ΓΒ à ΒΔ est donnée (6); la raison d'une fois ΓΒ à ΒΔ est donc donnée. Mais ΓΒ est à ΒΔ comme le rectangle sous ΓΒ, ΒΔ est au quarré de ΒΔ (1. 6); la raison du rectangle sous ΓΒ, ΒΔ au quarré de ΒΔ est donc donnée. Mais le rectangle sous ΓΒ, ΒΔ est donné;

ἐστὶν ἡ ΒΔ· ὥστε καὶ ἡ ΒΓ δοθεῖσά ἐστι, τῆς γὰρ ΒΓ πρὸς τὴν ΒΔ λόγος ἐστὶ δοθεὶς, καὶ δέδοται ἡ ΒΔ[12]. Καὶ ἔστι δοθὲν τὸ ΑΓ, καὶ δοθεῖσα ἡ ὑπὸ ΑΒΓ[13] γωνία· δοθεῖσα ἄρα ἐστὶ καὶ ἡ ΑΒ· ἑκατέρα ἄρα τῶν ΑΒ, ΒΓ δοθεῖσά ἐστι.

est ΒΔ ; quare et ΒΓ data est, ipsius enim ΒΓ ad ΒΔ ratio est data, et data est ΒΔ. Et est datum ΑΓ, et datus ΑΒΓ angulus ; data igitur est et ΑΒ ; utraque igitur ipsarum ΑΒ, ΒΓ data est.

ΠΡΟΤΑΣΙΣ πη'.

Ἐὰν εἰς κύκλον δεδομένον τῷ μεγέθει εὐθεῖα γραμμὴ ἀχθῇ, ἀπολαμβάνουσα τμῆμα δεχόμενον γωνίαν δοθεῖσαν· δέδοται ἡ ἀχθεῖσα τῷ μεγέθει.

Εἰς γὰρ κύκλον δεδομένον τῷ μεγέθει τὸν ΑΒΓ ἤχθω[1] ἡ ΑΓ, ἀπολαμβάνουσα τμῆμα τὸ ΑΕΓ δεχόμενον γωνίαν ΑΕΓ[2] δοθεῖσαν· λέγω ὅτι ἡ ΑΓ δέδοται τῷ μεγέθει.

PROPOSITIO LXXXVIII.

Si in circulum datum magnitudine recta linea ducta fuerit, auferens segmentum quod capiat angulum datum, data est ducta magnitudine.

In circulum enim datum magnitudine ΑΒΓ ducta fuerit ipsa ΑΓ auferens segmentum ΑΕΓ quod capiat angulum ΑΕΓ datum; dico ΑΓ datam esse magnitudine.

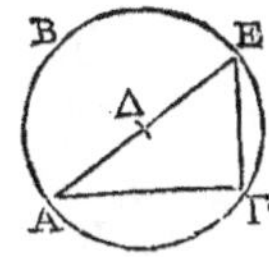

le quarré de ΒΔ est donc donné (2); la droite ΒΔ est donc donnée, et par conséquent la droite ΒΓ est donnée (2), car la raison de ΒΓ à ΒΔ est donnée; mais ΒΔ est donné; la droite ΑΓ est donc donnée, et l'angle ΑΒΓ est aussi donné; la droite ΑΒ est donc donnée; chacune des droites ΑΒ, ΒΓ est donc donnée (57).

PROPOSITON LXXXVIII.

Si dans un cercle donné de grandeur, on mène une ligne droite qui retranche un segment comprenant un angle donné, la droite menée sera donnée de grandeur.

Dans le cercle ΑΒΓ donné de grandeur, menons la droite ΑΓ qui retranche un segment ΑΕΓ comprenant un angle donné ΑΕΓ; je dis que la droite ΑΓ est donnée de grandeur.

Εἰλήφθω γὰρ τὸ κέντρον τοῦ κύκλου τὸ Δ, καὶ ἐπιζευχθεῖσα ἡ ΑΔ διήχθω ἐπὶ τὸ Ε, καὶ ἐπιζεύχθω ἡ ΓΕ. Δοθεῖσα ἄρα ἐστὶν ἡ ὑπὸ ΑΓΕ, ὀρθὴ γάρ ἐστιν[3]. Ἔστι δὲ καὶ ἡ ὑπὸ ΑΕΓ δοθεῖσα· καὶ λοιπὴ ἄρα ἡ ὑπὸ ΓΑΕ δοθεῖσά ἐστι· δέδοται ἄρα τὸ ΑΓΕ τρίγωνον τῷ εἴδει. λόγος ἄρα ἐστὶ τῆς ΕΑ πρὸς τὴν ΑΓ δοθείς. Δοθεῖσα δὲ ἡ ΕΑ τῷ μεγέθει, ἐπεὶ καὶ ὁ κύκλος δέδοται τῷ μεγέθει· δοθεῖσα ἄρα ἐστὶν ἡ ΑΓ τῷ μεγέθει.

Sumatur enim centrum Δ circuli, et juncta ΑΔ producatur ad Ε, et jungatur ΓΕ. Datus igitur est ΑΓΕ angulus, rectus enim. Est autem et ΑΕΓ angulus datus; reliquus igitur ipse ΓΑΕ datus est. Datum est igitur ΑΓΕ triangulum specie; ratio igitur est ipsius ΕΑ ad ΑΓ data. Data igitur ΕΑ magnitudine, quia circulus datus est magnitudine; data igitur est ipsa ΑΓ magnitudine.

ΠΡΟΤΑΣΙΣ πθ'.

Ἐὰν εἰς κύκλον δεδομένον τῷ μεγέθει εὐθεῖα γραμμὴ ἀχθῇ δεδομένη τῷ μεγέθει· ἀπολήψεται τμῆμα δεχόμενον γωνίαν δοθεῖσαν.

Εἰς γὰρ κύκλον δεδομένον τῷ μεγέθει τὸν ΑΒΓ εὐθεῖα γραμμὴ ἤχθω ἡ ΑΓ δεδομένη τῷ μεγέθει· λέγω ὅτι ἀπολήψεται τμῆμα δεχόμενον γωνίαν δοθεῖσαν.

Εἰλήφθω γὰρ τὸ κέντρον τοῦ κύκλου τὸ Δ,

PROPOSITIO LXXXIX.

Si in circulum datum magnitudine recta linea ducta fuerit data magnitudine; auferet segmentum quod capiet angulum datum.

In circulum enim datum magnitudine ΑΒΓ recta linea ducatur ΑΓ data magnitudtne; dico illam auferre segmentum capiens angulum datum.

Sumatur enim centrum Δ circuli, et juncta

Car prenons le centre du cercle (1. 3), qu'il soit Δ; joignons la droite ΑΔ, et prolongeons-la vers Ε, et joignons ΓΕ. L'angle ΑΓΕ sera donné, car il est droit (31. 3). Mais l'angle ΑΕΓ est donné (1); l'angle restant ΓΑΕ est donc donné (32. 1) (4); le triangle ΑΓΕ est donc donné d'espèce (40); la raison de ΕΑ à ΑΓ est donc donnée (déf. 3). Mais ΕΑ est donné de grandeur, parce que le cercle est donné de grandeur (déf. 5); la droite ΑΓ est donc donnée de grandeur (2).

PROPOSITION LXXXIX.

Si dans un cercle donné de grandeur, l'on mène une ligne droite donnée de grandeur, cette droite retranchera un segment qui comprendra un angle donné.

Dans le cercle ΑΒΓ donné de grandeur, menons une ligne droite ΑΓ donnée de grandeur; je dis qu'elle retranchera un segment qui comprendra un angle donné.

Car prenons le centre du cercle, qu'il soit Δ (1. 3); joignons la droite ΑΔ,

καὶ ἐπεζευχθεῖσα ἡ ΑΔ διήχθω ἐπὶ τὸ Δ, καὶ ἐπεζεύχθω ἡ ΓΕ. Καὶ[2] ἐπεὶ δοθεῖσά ἐστιν ἑκα-

ΑΔ producatur ad Δ, et jungatur ΓΕ. Et quoniam data est utraque ipsarum ΕΑ, ΑΓ, ratio

τέρα τῶν ΕΑ, ΑΓ· λόγος ἄρα ἐστὶ τῆς ΕΑ πρὸς τὴν ΑΓ δοθείς. Καὶ ἔστιν ὀρθὴ ἡ ὑπὸ ΑΓΕ γωνία· δέδοται ἄρα τὸ ΑΓΕ τρίγωνον τῷ εἴδει· δοθεῖσα ἄρα ἐστὶ καὶ ἡ ὑπο ΑΕΓ γωνία.

igitur est ipsius ΕΑ ad ΑΓ data. Et est rectus ΑΓΕ angulus, datum est igitur ΑΓΕ triangulum specie; datus igitur est et ΑΕΓ angulus.

ΠΡΟΤΑΣΙΣ ϛ'.

Ἐὰν κύκλου δεδομένου τῇ θέσει ἐπὶ τῆς περιφερείας δοθὲν σημεῖον ληφθῇ, ἀπὸ δὲ τούτου πρὸς τὴν τοῦ κύκλου περιφέρειαν κλασθῇ τις εὐθεῖα δεδομένην γωνίαν ποιοῦσα[1]· δέδοται τὸ ἕτερον πέρας τῆς κλασθείσης.

Κύκλου γὰρ τῇ θέσει δεδομένου τοῦ ΑΒΓ εἰλήφθω ἐπὶ τῆς περιφερείας δοθὲν σημεῖον τὸ Β,

PROPOSITIO XC.

Si in circuli dati positione circumferentiâ datum punctum sumptum fuerit, ab ipso autem ad circuli circumferentiam inflexa fuerit aliqua recta datum angulum faciens; data est altera extremitas inflexæ.

In circuli enim positione dati ΑΒΓ circumferentiâ sumatur datum punctum Β, a puncto

prolongeons-la vers Δ, et joignons ΓΕ. Puisque chacune des droites ΕΑ, ΑΓ est donnée, la raison de ΕΑ à ΑΓ est donnée (1). Mais l'angle ΑΓΕ est droit (31. 3); le triangle ΑΓΕ est donc donné d'espèce (44); l'angle ΑΕΓ est donc donné (déf. 3).

PROPOSITION XC.

Si dans la circonférence d'un cercle donné de position l'on prend un point donné, et si de ce point on mène une droite qui, étant brisée à la circonférence, fasse un angle donné, l'autre extrémité de la ligne brisée sera donnée.

Dans la circonférence du cercle ΑΒΓ donné de position, prenons un point

ἀπὸ δὲ τοῦ Β σημείου[2] κεκλάσθω εὐθεῖα ἡ ΒΑΓ δεδομένην ποιοῦσα γωνίαν τὴν ὑπὸ[3] ΒΑΓ. λέγω ὅτι δέδοται τὸ Γ σημεῖον.

Εἰλήφθω γὰρ τοῦ κύκλου τὸ[4] κέντρον τὸ Δ, καὶ ἐπεζεύχθωσαν αἱ ΒΔ, ΔΓ. Καὶ[5] ἐπεὶ δοθέν

autem Β inflectatur recta ΒΑΓ datum faciens angulum ΒΑΓ; dico datum esse punctum Γ.

Sumatur enim circuli centrum Δ, et jungantur ΒΔ, ΔΓ. Et quoniam datum est utrum-

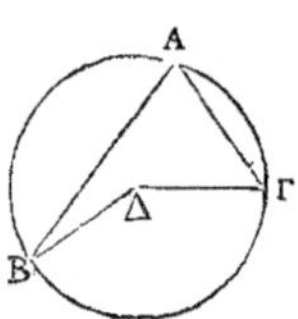

ἐστιν ἑκάτερον τῶν Β, Δ, θέσει ἄρα[6] ἐστὶν ἡ ΒΔ. Καὶ ἐπεὶ δοθεῖσά ἐστιν ἡ ὑπὸ ΒΑΓ γωνία· δοθεῖσα ἄρα ἐστὶ καὶ[7] ἡ ὑπὸ ΒΔΓ. Ἐπεὶ οὖν πρὸς θέσει δεδομένῃ εὐθείᾳ τῇ ΒΔ[8], καὶ τῷ πρὸς αὐτῇ σημείῳ τῷ Δ, εὐθεῖα γραμμὴ[9] ἦκται ἡ ΔΓ δεδομένην ποιοῦσα γωνίαν τὴν ὑπὸ ΒΔΓ· δοθεῖσα ἄρα ἐστὶν ἡ ΔΓ τῇ θέσει. Θέσει δὲ καὶ τῷ μεγέθει δοθεὶς καὶ ὁ ΑΒΓ κύκλος· θέσει ἄρα καὶ τῷ μεγέθει δοθεῖσά ἐστιν ἡ ΔΓ. Καὶ δοθὲν τὸ Δ[10]. δοθὲν ἄρα ἐστὶ τὸ Γ σημεῖον.

que punctorum Β, Δ, positione igitur est ipsa ΒΔ. Et quoniam datus est ΒΑΓ angulus; datus igitur est et ipse ΒΔΓ. Quoniam igitur ad datam positione rectam ΒΔ, et ad punctum in eâ Δ, recta ducta est ΔΓ datum faciens angulum ΒΔΓ; data igitur est ΔΓ positione. Positione autem et magnitudine datus et ΑΒΓ circulus; positione igitur et magnitudine data est ΔΓ. Et datum Δ punctum; datum igitur est punctum Γ.

donné Β, et du point Β menons une droite ΒΑΓ qui, étant brisée à la circonférence, fasse un angle donné ΒΑΓ; je dis que le point Γ est donné.

Car prenons le centre du cercle (1. 3), qu'il soit Δ, et joignons ΒΔ, ΔΓ. Et puisque chacun des points Β, Δ est donné, la droite ΒΔ est donnée de position (26). Et puisque l'angle ΒΑΓ est donné, l'angle ΒΔΓ sera donné (20. 3) (2). Mais à la droite ΒΔ donnée de position, et au point Δ de cette droite, on a mené la droite ΔΓ faisant un angle donné ΒΔΓ; la droite ΔΓ est donc donnée de position (29). Mais le cercle ΑΒΓ est donné de position et de grandeur; la droite ΔΓ est donc donnée de position et de grandeur (25 et 26). Mais le point Δ est donné; le point Γ est donc donné (27).

ΠΡΟΤΑΣΙΣ ϟα'.

Εὰν ὑπὸ δεδομένου σημείου, τοῦ[1] θέσει δεδομένου κύκλου ἐφαπτομένη εὐθεῖα ἀχθῇ· δέδοται ἡ ἀχθεῖσα τῇ θέσει καὶ τῷ μεγέθει.

Ἀπὸ γὰρ δεδομένου σημείου τοῦ Γ, θέσει δεδομένου κύκλου τοῦ ΑΒ ἐφαπτομένη εὐθεῖα ἤχθω ἡ ΓΑ· λέγω ὅτι ἡ ΓΑ εὐθεῖα δέδοται τῇ θέσει καὶ τῷ μεγέθει.

PROPOSITIO XCI.

Si a dato puncto, positione datum circulum contingens recta ducatur; data est ducta positione et magnitudine.

A dato enim puncto Γ, positione datum circulum AB contingens recta ΓA ducatur; dico ΓA rectam datam esse positione et magnitudine.

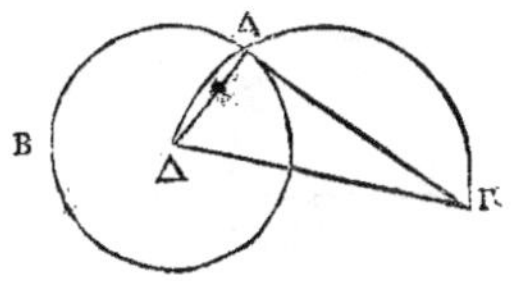

Εἰλήφθω γὰρ τὸ[2] κέντρον τοῦ κύκλου τὸ Δ, καὶ ἐπεζεύχθωσαν αἱ ΔΑ, ΔΓ. Καὶ[3] ἐπεὶ δοθέν ἐστιν ἑκάτερον τῶν Δ, Γ· δοθεῖσα ἄρα ἐστὶν ἡ ΔΓ. Καὶ ἔστιν ὀρθὴ ἡ ὑπὸ ΔΑΓ γωνία· τὸ ἄρα ἐπὶ τῆς ΔΓ γραφόμενον ἡμικύκλιον ἥξει διὰ τοῦ Α. Ἤχθω, καὶ ἔστω τὸ[5] ΔΑΓ· θέσει ἄρα ἐστὶ τὸ ΔΑΓ.

Sumatur enim centrum Δ circuli, et jungantur ipsæ ΔA, ΔΓ. Et quoniam datum est utrumque punctorum Δ, Γ; data igitur est ΔΓ. Et est rectus ΔAΓ angulus; ergo super ΔΓ descriptus semicirculus transibit per punctum A. Transeat et sit ipse ΔAΓ; positione igitur est ipse ΔAΓ. Positione autem et AB

PROPOSITION XCI.

Si, d'un point donné, on mène une droite qui touche un cercle donné de position, la droite menée est donnée de position et de grandeur.

Du point donné Γ, menons une droite ΓA qui touche le cercle AB donné de position; je dis que la droite ΓA est donnée de position et de grandeur.

Car prenons le centre Δ du cercle (1. 3), et joignons ΔA, ΔΓ. Puisque chacun des points Δ, Γ est donné, la droite ΔΓ est donnée (26). Mais l'angle ΔAΓ est droit (18. 3); le demi-cercle décrit sur ΔΓ passera donc par le point A (31. 3); qu'il y passe, et que ΔAΓ soit ce demi-cercle. Le demi-cercle ΔAΓ sera donné

Θέσει δὲ καὶ ὁ ΑΒ κύκλος δοθείς· δοθὲν ἐστιν ἄρα τὸ Α.[6]Αλλὰ καὶ τὸ Γ δοθέν ἐστι· δοθεῖσα ἄρα[7] ἐστὶν ἡ ΑΓ τῇ θέσει καὶ τῷ μεγέθει.

circulus datus; datum est igitur punctum Α. Sed et punctum Γ datum est; data igitur est ipsa ΑΓ positione et magnitudine.

ΠΡΟΤΑΣΙΣ ϟβ'.

Εὰν κύκλου δεδομένου τῇ θέσει ληφθῇ τι σημεῖον ἐκτὸς δοθὲν, ἀπὸ δὲ τοῦ σημείου εἰς τὸν κύκλον διαχθῇ τις[1] εὐθεῖα· τὸ ὑπὸ τῆς ἀχθείσης καὶ τῆς μεταξὺ τοῦ σημείου καὶ τῆς κυρτῆς περιφερείας περιεχόμενον ὀρθογώνιον δοθέν ἐστι.

Κύκλου γὰρ δεδομένου τῇ θέσει τοῦ ΑΒΓ, εἰλήφθω τι σημεῖον ἐκτὸς τὸ Δ, ἀπὸ δὲ τοῦ Δ σημείου διήχθω τις εὐθεῖα ἡ ΔΒ τέμνουσα τὸν κύκλον· λέγω ὅτι δοθέν ἐστι τὸ ὑπὸ τῶν ΒΔ, ΔΓ.

Ηχθω ἀπὸ τοῦ Δ σημείου τοῦ ΑΒΓ κύκλου ἐφαπτομένη εὐθεῖα ἡ ΔΑ· δοθεῖσα ἄρα[2] ἐστὶν ἡ

PROPOSITIO XCII.

Si, circulo dato positione, sumatur aliquod punctum extrinsecus datum, a puncto autem in circulum ducatur aliqua recta; sub ductâ et rectâ inter punctum et convexam circumferentiam comprehensum rectangulum datum est.

Circulo enim dato positione ΑΒΓ, sumatur aliquod punctum extrinsecus Δ, a puncto autem Δ ducatur aliqua recta ΔΒ secans circulum; dico datum esse ipsum sub ΒΔ, ΔΓ.

Ducatur a puncto Δ circulum ΑΒΓ tangens recta ΔΑ; data igitur est ΔΑ positione et mag-

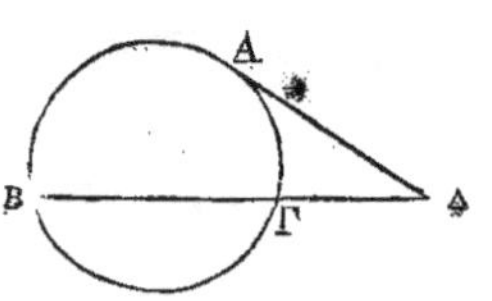

de position (déf. 6); Mais le cercle ΑΒ est donné de position; donc le point Α est donné (25). Mais le point Γ est donné; la droite ΑΓ est donc donnée de position et de grandeur (26).

PROPOSITION XCII.

Si hors d'un cercle donné de position, on prend un point donné, et si de ce point on mène à ce cercle une droite, le rectangle sous la droite menée, et la droite placée entre ce point et la circonférence convexe est donné.

Hors du cercle ΑΒΓ donné de position, prenons un point Δ, et du point Δ menons une droite ΔΒ qui coupe le cercle; je dis que le rectangle sous ΒΔ, ΔΓ est donné.

Car du point Δ menons une droite ΔΑ qui touche le cercle ΑΒΓ (17. 3); la droite ΔΑ sera donnée de position et de grandeur (91). Et puisque ΑΔ est donné,

ΔΑ τῇ θέσει καὶ τῷ μεγέθει. Ἐπεὶ οὖν δοθεῖσά ἐστιν ἡ ΑΔ· δοθὲν ἄρα ἐστὶ καὶ τὸ ἀπὸ τῆς ΑΔ. Καὶ ἔστιν ἴσον τῷ ὑπὸ τῶν ΒΔ, ΔΓ· δοθὲν ἄρα ἐστὶ καὶ τὸ ὑπὸ τῶν ΒΔ, ΔΓ.

nitudine. Quoniam igitur data est ΑΔ; datum igitur et ipsum ex ΑΔ. Et est æquale ipsi sub ΒΔ, ΔΓ; datum igitur est et ipsum sub ΒΔ, ΔΓ.

ΑΛΛΩΣ.

Εἰλήφθω τὸ κέντρον τοῦ κύκλου τὸ Ε, καὶ ἐπεζεύχθω ἡ ΔΕ, καὶ διήχθω ἐπὶ τὸ Α· καὶ ἐπεὶ δοθέν ἐστιν ἑκάτερον τῶν Ε, Δ· δοθεῖσα ἄρα ἐστὶν ἡ ΕΔ τῇ θέσει καὶ τῷ μεγέθει[1]. Δέδοται δὲ καὶ ὁ ΑΒΖ κύκλος· δοθὲν ἄρα ἐστὶν ἑκάτερον τῶν Α, Ζ. Ἔστι δὲ καὶ τὸ Δ δοθέν· δοθεῖσα ἄρα ἐστὶν ἑκατέρα τῶν ΑΔ, ΔΖ· δοθὲν ἄρα ἐστὶ τὸ ὑπὸ τῶν ΑΔ, ΔΖ. Καὶ ἔστιν ἴσον τὸ ὑπὸ τῶν ΑΔ, ΔΖ τῷ ὑπὸ τῶν ΒΔ, ΔΓ[2]· δοθὲν ἄρα ἐστὶ καὶ τὸ ὑπὸ τῶν ΒΔ, ΔΓ.

ALITER.

Sumatur centrum E circuli, et jungatur ΔΕ, et producatur ad punctum Α; et quoniam datum est utrumque punctorum Ε, Δ; data igitur est ΕΔ positione et magnitudine. Datus est autem et ΑΒΖ circulus; datum igitur utrumque punctorum Α, Ζ. Est autem et punctum Δ datum; data igitur est utraque ipsarum ΑΔ, ΔΖ; datum igitur est ipsum sub ΑΔ, ΔΖ. Et est æquale ipsum sub ΑΔ, ΔΖ ipsi sub ΒΔ, ΔΓ; datum igitur est, et ipsum sub ΒΔ, ΔΓ.

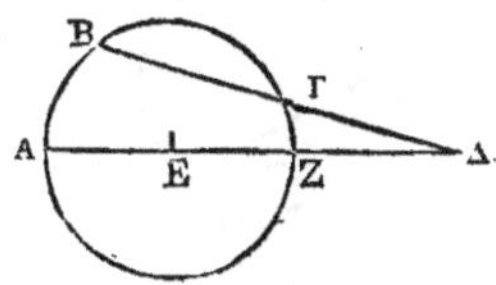

le quarré de ΑΔ est donné (52). Mais le quarré de ΑΔ est égal au rectangle sous ΒΔ, ΔΓ (36. 3); le rectangle sous ΒΔ, ΔΓ est donc donné.

AUTREMENT.

Prenons le centre E de ce cercle (1. 3), joignons la droite ΔΕ, et prolongeons cette droite vers Α. Puisque chacun des points Ε, Δ est donné, la droite ΕΔ est donnée de position et de grandeur (26). Mais le cercle ΑΒΖ est donné; chacun des points Α, Ζ est donc donné (2. 5). Mais le point Δ est donné; chacune des droites ΑΔ, ΔΖ est donc donnée (26); le rectangle sous ΑΔ, ΔΖ est donc donné. Mais le rectangle sous ΑΔ, ΔΖ est égal au rectangle sous ΒΔ, ΔΓ (36. 3); le rectangle sous ΒΔ, ΔΓ est donc donné.

ΠΡΟΤΑΣΙΣ ϟγ'.

Εὰν κύκλου δεδομένου τῇ θέσει ληφθῇ τι σημεῖον ἐντὸς δοθὲν, διὰ δὲ τοῦ σημείου διαχθῇ τις εὐθεῖα εἰς τὸν κύκλον, τὸ ὑπὸ τῶν τῆς ἀχθείσης τμημάτων περιεχόμενον ὀρθογώνιον δοθέν ἐστι.

Κύκλου γὰρ δεδομένου τῇ θέσει τοῦ ΒΓ, εἰλήφθω τι σημεῖον ἐντὸς τὸ Α δοθὲν, διὰ δὲ τοῦ Α διήχθω τις εὐθεῖα ἡ ΓΒ· λέγω ὅτι δεδομένον ἐστὶ τὸ ὑπὸ τῶν ΒΑ, ΑΓ.

PROPOSITIO XCIII.

Si, circulo dato positione, sumatur aliquod punctum intus datum, per punctum autem ducatur aliqua recta in circulum; ipsum sub ductæ segmentis comprehensum rectangulum datum est.

Circulo enim ΒΓ dato positione, sumatur aliquod punctum intus ipsum Α datum, per punctum autem Α ducatur aliqua recta ΓΒ; dico datum esse ipsum sub ΒΑ, ΑΓ.

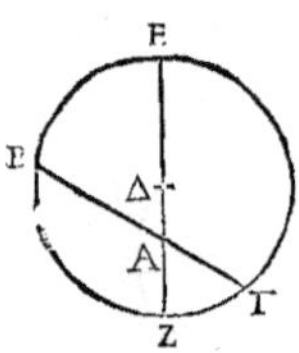

Εἰλήφθω γὰρ τὸ[1] κέντρον τοῦ κύκλου τὸ Δ, καὶ ἐπιζευχθεῖσα ἡ ΑΔ διήχθω ἐπὶ τὰ Ζ, Ε. Επεὶ οὖν δοθέν ἐστιν ἑκάτερον τῶν Δ, Α· θέσει ἄρα ἐστὶν[2] ἡ ΔΑ. Θέσει δὲ καὶ ὁ ΓΒΖ κύκλος· δοθὲν ἄρα ἐστὶν ἑκάτερον τῶν Ζ, Ε. Εστι δὲ καὶ τὸ Α δοθέν· δοθεῖσα ἄρα ἐστὶν ἑκατέρα τῶν ΖΑ,

Sumatur enim centrum Δ circuli, et juncta ΑΔ producatur ad puncta Ζ, Ε. Quoniam igitur datum est utrumque ipsorum Δ, Α; positione igitur est ipsa ΔΑ. Positione autem et ΓΒΖ circulus; datum igitur est utrumque punctorum Ζ, Ε. Est autem et punctum Α datum; data igitur

PROPOSITION XCIII.

Si dans un cercle donné de position, on prend un point donné, et si, par ce point, on mène une droite dans le cercle, le rectangle sous les segments de la droite menée est donné.

Dans le cercle ΒΓ donné de position, prenons un point donné Α, et par le point Α menons une droite ΓΒ; je dis que le rectangle sous ΒΑ, ΑΓ est donné.

Car prenons le centre Δ de ce cercle (1. 3), joignons ΔΑ, et prolongeons cette droite vers les points Ζ, Ε. Puisque chacun des points Δ, Α est donné, la droite ΔΑ est donnée de position (26). Mais le cercle ΓΒΖ est donné; chacun des points Ζ, Ε est donc donné (25). Mais le point Α est donné; chacune des

ΑΕ· δοθὲν ἄρα ἐστὶ τὸ ὑπὸ τῶν ΖΑ, ΑΕ. Καὶ ἔστιν ἴσον τῷ ὑπὸ τῶν[3] ΒΑ, ΑΓ· δοθὲν ἄρα ἐστὶ καὶ τὸ ὑπὸ τῶν ΒΑ, ΑΓ.

est utraque ipsarum ΖΑ, ΑΕ; datum igitur est ipsum sub ΖΑ, ΑΕ. Et est æquale ipsi sub ΒΑ, ΑΓ; datum igitur est et ipsum sub ΒΑ, ΑΓ.

ΠΡΟΤΑΣΙΣ ϙδʹ.

Ἐὰν εἰς κύκλον δεδομένον τῷ μεγέθει εὐθεῖα γραμμὴ ἀχθῇ, ἀπολαμβάνουσα τμῆμα δεχόμενον γωνίαν δοθεῖσαν, καὶ ἡ ἐν τῷ τμήματι γωνία δίχα τμηθῇ· συναμφότεροι αἱ τὴν δεδομένην γωνίαν περιέχουσαι πλευραὶ[1] πρὸς τὴν δίχα τέμνουσαν τὴν γωνίαν λόγον ἕξουσι δεδομένον, καὶ τὸ ὑπὸ συναμφοτέρου τῶν τὴν δεδομένην γωνίαν περιεχουσῶν εὐθειῶν καὶ τῆς κάτω ἀπολαμβανομένης ἀπὸ τῆς δίχα τεμνούσης τὴν γωνίαν πρὸς τῇ περιφερείᾳ[2] δοθὲν ἔσται.

Εἰς γὰρ κύκλον δεδομένον τῷ μεγέθει τὸν ΑΒΓ εὐθεῖα ἤχθω ἡ ΒΓ, ἀπολαμβάνουσα τμῆμα δεχόμενον γωνίαν δοθεῖσαν τὴν ὑπὸ ΒΑΓ, καὶ τετμήσθω ἡ ὑπὸ ΒΑΓ γωνία δίχα τῇ ΑΔ εὐθείᾳ·

PROPOSITIO XCIV.

Si in circulum datum magnitudine recta linea ducatur, auferens segmentum quod capiat angulum datum, et in segmento angulus bifariam secetur; simul utraque latera datum angulum comprehendentia ad ipsam quæ bifariam secat angulum rationem habebunt datam, et ipsum sub utrâque simul rectarum datum angulum comprehendentium, et sub abscissâ inferne ab ipsâ quæ bifariam secant angulum in circumferentiâ, datum erit.

In circulum enim datum magnitudine ΑΒΓ recta ducatur ΒΓ, auferens segmentum quod comprehendat angulum datum ΒΑΓ, et secetur ΒΑΓ angulus bifariam rectâ ΑΔ; dico rationem esse

droites ΖΑ, ΑΕ est donc donnée (26); le rectangle sous ΖΑ, ΑΕ est donc donné. Mais ce rectangle est égal au rectangle sous ΒΑ, ΑΓ (35. 3); le rectangle sous ΒΑ, ΑΓ est donc donné.

PROPOSITION XCIV.

Si, dans un cercle donné de grandeur, on mène une ligne droite qui retranche un segment comprenant un angle donné, et si l'angle dans le segment est partagé en deux parties égales, la somme des côtés qui comprènent l'angle donné, aura une raison donnée avec la droite qui partage l'angle en deux parties égales; et le rectangle sous la somme des droites qui comprènent l'angle donné, et sous le segment inférieur de la droite qui partage l'angle à la circonférence en deux parties égales, sera donné.

Car dans le cercle ΑΒΓ donné de grandeur, menons la droite ΒΓ qui retranche un segment comprenant un angle donné ΒΑΓ, et partageons l'angle ΒΑΓ en deux parties égales par la droite ΑΔ; je dis que la raison de la somme des droites

λέγω ὅτι λόγος ἐστὶ συναμφοτέρου τῆς ΒΑΓ πρὸς τὴν ΑΔ δοθεὶς, καὶ ὅτι δοθέν ἐστι τὸ ὑπὸ συναμφοτέρου τῆς ΒΑΓ καὶ τῆς ΕΔ.

Ἐπεζεύχθω ἡ ΒΔ. Καὶ ἐπεὶ εἰς κύκλον δεδομένον τῷ μεγέθει τὸν ΑΒΓ διῆκται εὐθεῖα ἡ ΒΓ, ἀπολαμβάνουσα τμῆμα τὸ ΒΑΓ δεχόμενον γωνίαν δοθεῖσαν τὴν ὑπὸ ΒΑΓ· δοθεῖσα ἄρα ἐστὶν ἡ ΒΓ τῷ μεγέθει. Διὰ τὰ αὐτὰ δὴ καὶ ἡ ΒΔ δοθεῖσά ἐστι τῷ μεγέθει· λόγος ἄρα ἐστὶ τῆς ΒΓ πρὸς τὴν ΒΔ δοθείς. Καὶ ἐπεὶ ἡ ὑπὸ ΒΑΓ γωνία δίχα τέτμηται τῇ ΑΔ εὐθείᾳ· ἔστιν ἄρα ὡς ἡ ΒΑ πρὸς τὴν ΑΓ οὕτως ἡ ΒΕ πρὸς τὴν[3] ΕΓ· ἐναλλὰξ ἄρα ὡς ἡ ΑΒ πρὸς τὴν ΒΕ οὕτως ἡ ΑΓ πρὸς τὴν ΓΕ· καὶ ὡς ἄρα συναμφότερος ἡ ΒΑΓ πρὸς τὴν ΒΓ οὕτως ἡ ΑΓ πρὸς τὴν ΓΕ. Καὶ ἐπεί ἐστιν ἴση ἡ ὑπὸ ΒΑΕ γωνία τῇ ὑπὸ ΕΑΓ, ἔστι δὲ καὶ ἡ ὑπὸ ΑΓΕ τῇ ὑπὸ ΒΔΕ ἴση·

utriusque simul ΒΑΓ ad ΑΔ datam, et datum esse ipsum sub utrâque simul ΒΑΓ et sub ipsâ ΕΔ.

Jungatur ΒΔ. Et quoniam in circulum datum magnitudine ΑΒΓ ducta est recta ΒΓ, auferens segmentum ΒΑΓ quod capit angulum datum ΒΑΓ; data igitur est ΒΓ magnitudine. Propter eadem utique et ΒΔ data est magnitudine; ratio igitur est ipsius ΒΓ ad ΒΔ data. Et quoniam ΒΑΓ angulus bifariam sectus est rectâ ΑΔ; est igitur ut ΒΑ ad ΑΓ ita ΒΕ ad ΕΓ; permutando igitur ut ΑΒ ad ΒΕ ita ΑΓ ad ΓΕ; et ut igitur utraque simul ΒΑΓ ad ΒΓ ita ΑΓ ad ΓΕ. Et quoniam est æqualis ΒΑΕ angulus ipsi ΕΑΓ; est autem et ipse ΑΓΕ ipsi ΒΔΕ

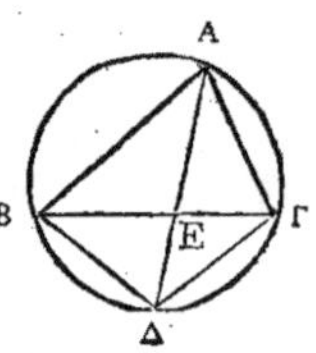

ΒΑ, ΑΓ à la droite ΑΔ est donnée, et que le rectangle sous la somme des droites ΒΑ, ΑΓ et sous ΕΔ, est aussi donné.

Joignons ΒΔ. Puisque dans le cercle ΑΒΓ donné de grandeur, on a mené la droite ΒΓ, retranchant le segment ΒΑΓ qui comprend un angle donné ΒΑΓ, la droite ΒΓ sera donnée de grandeur (88). Par la même raison ΒΔ est donné de grandeur; la raison de ΒΓ à ΒΔ est donc donnée (1). Et puisque l'angle ΒΑΓ est partagé en deux parties égales par la droite ΑΔ, la droite ΒΑ sera à ΑΓ comme ΒΕ est à ΕΓ (3. 6); donc, par permutation, ΑΒ est à ΒΕ comme ΑΓ est à ΓΕ (16. 5); la somme des droites ΒΑ, ΑΓ est donc à ΒΓ comme ΑΓ est à ΓΕ (12. 5). Et puisque l'angle ΒΑΕ est égal à l'angle ΕΑΓ, et que l'angle ΑΓΕ est égal à l'angle

λοιπὴ ἄρα ἡ ὑπὸ ΑΕΓ λοιπῇ τῇ ὑπὸ ΑΒΔ ἐστὶν ἴση[4]. ἰσογώνιον ἄρα ἐστὶ τὸ ΑΕΓ τρίγωνον τῷ ΑΒΔ τριγώνῳ· ἔστιν ἄρα ὡς ἡ ΑΓ πρὸς τὴν ΓΕ οὕτως ἡ ΑΔ πρὸς τὴν ΔΒ. Ἀλλ' ὡς ἡ ΑΓ πρὸς τὴν ΓΕ οὕτως συναμφότερος ἡ ΒΑΓ πρὸς τὴν ΒΓ· ἔστιν ἄρα ὡς συναμφότερος ἡ ΒΑΓ πρὸς τὴν ΒΓ οὕτως ἡ ΑΔ πρὸς τὴν ΔΒ· ἐναλλὰξ ἄρα[5] ὡς συναμφότερος ἡ ΒΑΓ πρὸς τὴν ΑΔ οὕτως ἡ ΒΓ πρὸς τὴν ΒΔ. Λόγος δὲ τῆς ΒΓ πρὸς τὴν ΒΔ δοθείς· λόγος ἄρα καὶ συναμφοτέρου τῆς ΒΑΓ πρὸς τὴν ΑΔ δοθείς.

Λέγω ὅτι καὶ τὸ ὑπὸ συναμφοτέρου τῆς ΒΑΓ καὶ τῆς ΕΔ δοθέν ἐστι.

Ἐπεὶ γὰρ ἰσογώνιόν ἐστι τὸ ΑΕΓ τρίγωνον τῷ ΔΕΒ τριγώνῳ· ἔστιν ἄρα ὡς ἡ ΒΔ πρὸς τὴν ΔΕ οὕτως ἡ ΑΓ πρὸς τὴν ΓΕ· ὡς δὲ ἡ ΑΓ πρὸς τὴν ΓΕ οὕτως ἐστὶ συναμφότερος ἡ ΒΑΓ πρὸς τὴν ΒΓ· καὶ ὡς συναμφότερος ἄρα[6] ἡ ΒΑΓ πρὸς τὴν ΓΒ οὕτως ἐστὶν[7] ἡ ΒΔ πρὸς τὴν ΔΕ· τὸ ἄρα ὑπὸ συναμφοτέρου τῆς ΒΑΓ καὶ τῆς ΕΔ ἐστὶν ἴσον[8] τῷ ὑπὸ τῶν ΓΒ, ΒΔ. Δοθὲν δὲ τὸ ὑπὸ τῶν ΓΒ, ΒΔ· δοθὲν ἄρα καὶ τὸ ὑπὸ συναμφοτέρου τῆς ΒΑΓ καὶ τῆς ΕΔ.

æqualis; reliquus igitur ΑΕΓ reliquo ΑΒΔ est æqualis; æquiangulum igitur est ΑΕΓ triangulum triangulo ΑΒΔ; est igitur ut ΑΓ ad ΓΕ ita ΑΔ ad ΔΒ. Sed ut ΑΓ ad ΓΕ ita utraque simul ΒΑΓ ad ΒΓ; est igitur ut utraque simul ΒΑΓ, ad ΒΓ ita ΑΔ ad ΔΒ; permutando igitur ut utraque simul ΒΑΓ ad ΑΔ ita ΒΓ ad ΒΔ. Ratio autem ipsius ΒΓ ad ΒΔ data; ratio igitur et utriusque simul ΒΑΓ ad ΑΔ data.

Dico et ipsum sub utrâque simul ΒΑΓ et sub ipsâ ΕΔ datum esse.

Quoniam enim æquiangulum est ΑΕΓ triangulum triangulo ΔΕΒ; est igitur ut ΒΔ ad ΔΕ ita ΑΓ ad ΓΕ; ut autem ΑΓ ad ΓΕ ita est utraque simul ΒΑΓ ad ΒΓ. Et ut utraque simul igitur ΒΑΓ ad ΓΒ ita est ΒΔ ad ΔΕ; ipsum igitur sub utrâque simul ΒΑΓ et sub ipsâ ΕΔ est æquale ipsi sub ΓΒ, ΒΔ. Datum autem ipsum sub ΓΒ, ΒΔ; datum igitur et ipsum sub utrâque simul ΒΑΓ et sub ipsâ ΕΔ.

ΒΔΕ (21. 3), l'angle restant ΑΕΓ sera égal à l'angle restant ΑΒΔ (32. 1); le triangle ΑΕΓ est donc équiangle avec le triangle ΑΒΔ; donc ΑΓ est à ΓΕ comme ΑΔ est à ΔΒ (4. 6). Mais ΑΓ est à ΓΕ comme la somme des droites ΒΑ, ΑΓ est à ΒΓ; la somme des droites ΒΑ, ΑΓ est donc à ΒΓ comme ΑΔ est à ΔΒ; donc, par permutation, la somme des droites ΒΑ, ΑΓ est à ΑΔ comme ΒΓ est à ΒΔ. Mais la raison de ΒΓ à ΒΔ est donnée; la raison de la somme des droites ΒΑ, ΑΓ à ΑΔ est donc donnée.

Je dis aussi que le rectangle sous la somme des droites ΒΑ, ΑΓ et sous ΕΔ est donné.

Car puisque le triangle ΑΕΓ est équiangle avec le triangle ΔΕΒ (15. 1) (21. 3), la droite ΒΔ sera à ΔΕ comme ΑΓ est à ΓΕ (4. 6); mais ΑΓ est à ΓΕ comme la somme des droites ΒΑ, ΑΓ est à ΒΓ; la somme des droites ΒΑ, ΑΓ est donc à ΓΒ comme ΒΔ est à ΔΕ (11. 5); le rectangle sous la somme des droites ΒΑ, ΑΓ et sous ΕΔ est donc égal au rectangle sous ΓΒ, ΒΔ (16. 6). Mais le rectangle sous ΓΒ, ΒΔ est donné; le rectangle sous la somme des droites ΒΑ, ΑΓ et sous ΕΔ est donc donné.

ΑΛΛΩΣ.

Διήχθω ἡ ΑΓ ἐπὶ τὸ Ε, κείσθω τῇ ΒΓ ἴση ἡ ΓΕ, καὶ ἐπεζεύχθωσαν αἱ ΕΒ, ΒΔ. Καὶ[1] ἐπεὶ διπλῆ ἐστιν ἡ ὑπὸ ΑΓΒ ἑκατέρας τῶν ὑπὸ ΑΓΔ, ΓΒΕ· ἴση ἄρα ἐστὶν ἡ ὑπὸ ΓΒΕ γωνία τῇ ὑπὸ ΑΓΔ, τουτέστι τῇ ὑπὸ ΑΒΔ. Κοινὴ προσκείσθω ἡ ὑπὸ ΑΒΓ· ὅλη ἄρα ἡ ὑπὸ ΔΒΓ ὅλῃ τῇ ὑπὸ ΖΒΕ ἐστιν ἴση. Εστι δὲ καὶ ἡ ὑπὸ ΓΑΒ τῇ ὑπὸ ΓΔΒ ἴση· λοιπὴ ἄρα ἡ ὑπὸ ΓΕΒ λοιπῇ τῇ ὑπὸ ΔΓΒ ἐστὶν ἴση· ἰσογώνιον ἄρα ἐστὶ τὸ ΕΑΒ τρίγωνον τῷ ΓΔΒ τριγώνῳ· ἔστιν ἄρα ὡς ἡ ΕΑ πρὸς τὴν ΑΒ οὕτως ἡ ΓΔ πρὸς τὴν ΔΒ. Η δὲ ΕΑ συναμφότερός ἐστιν ἡ ΑΓΒ· ὡς ἄρα[2] συναμφότερος ἡ ΑΓΒ πρὸς τὴν ΑΒ οὕτως ἡ ΓΔ πρὸς τὴν ΒΔ· καὶ ἐναλλὰξ ἄρα ὡς συναμφότερος ἡ ΑΓΒ πρὸς τὴν ΓΔ οὕτως[3] ἡ ΑΒ πρὸς τὴν ΒΔ. Λόγος δέ ἐστι

ALITER.

Producatur ΑΓ ad punctum Ε, et ponatur ipsi ΒΓ æqualis ΓΕ, et jungantur ipsæ ΕΒ, ΒΔ. Et quoniam duplus est ΑΓΒ angulus utriusque ipsorum ΑΓΔ, ΓΒΕ; æqualis igitur est ΓΒΕ angulus ipsi ΑΓΔ, hoc est ipsi ΑΒΔ. Communis adjiciatur ipse ΑΒΓ; totus igitur ΔΒΓ toti ΖΒΕ est æqualis. Est autem et ipse ΓΑΒ ipsi ΓΔΒ æqualis; reliquus igitur ΓΕΒ reliquo ΔΓΒ est æqualis; æquiangulum igitur est ΕΑΒ triangulum triangulo ΓΔΒ; est igitur ut ΕΑ ad ΑΒ ita ΓΔ ad ΔΒ. Ipsa autem ΕΑ utraque simul est ipsa ΑΓΒ; ut igitur utraque simul ΑΓΒ ad ΑΒ ita ΓΔ ad ΒΔ; et permutando igitur ut utraque simul ΑΓΒ ad ΓΔ ita ΑΒ ad ΒΔ. Ratio

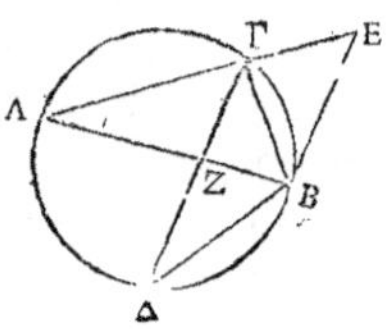

AUTREMENT.

Prolongeons ΑΓ vers Ε, faisons ΓΕ égal à ΒΓ, et joignons ΕΒ, ΒΔ. Puisque l'angle ΑΓΒ est double de chacun des angles ΑΓΔ, ΓΒΕ (5) (3. 1), l'angle ΓΒΕ sera égal à l'angle ΑΓΔ, c'est-à-dire à l'angle ΑΒΔ (21. 3). Ajoutons l'angle commun ΑΒΓ; l'angle entier ΔΒΓ sera égal à l'angle entier ΖΒΕ. Mais l'angle ΓΑΒ est égal à l'angle ΓΔΒ (21. 3); l'angle restant ΓΕΒ est donc égal à l'angle restant ΔΓΒ (32. 1); le triangle ΕΑΒ est donc équiangle avec le triangle ΓΔΒ; donc ΕΑ est à ΑΒ comme ΓΔ est à ΔΒ (4. 6). Mais la droite ΕΑ est égale à la somme des droites ΑΓ, ΓΒ; la somme des droites ΑΓ, ΓΒ est donc à ΑΒ comme ΓΔ est à ΒΔ; donc, par permutation, la somme des droites ΑΓ, ΓΒ est à ΓΔ comme ΑΒ est

τῆς AB πρὸς τὴν BΔ δοθεὶς, ἑκατέρα γὰρ αὐτῶν δοθεῖσά ἐστι[4]· λόγος ἄρα ἐστὶ καὶ συναμφοτέρου τῆς AΓB πρὸς τὴν ΓΔ δοθείς.

Καὶ ἐπεὶ ἰσογώνιόν ἐστι τὸ EAB τρίγωνον τῷ ZBΔ τριγώνῳ· ἔστιν ἄρα ὡς ἡ EA πρὸς τὴν AB οὕτως ἡ BΔ πρὸς τὴν ΔZ. Ἡ δὲ EA συναμφότερός ἐστιν ἡ AΓB· ὡς ἄρα συναμφότερος ἡ AΓB πρὸς τὴν AB οὕτως ἡ BΔ πρὸς τὴν ΔZ· τὸ ἄρα ὑπὸ συναμφοτέρου τῆς AΓB καὶ τῆς ZΔ ἴσον ἐστὶ τῷ ὑπὸ τῶν AB, BΔ. Δοθὲν δέ ἐστι τὸ ὑπὸ τῶν AB, BΔ· δοθεῖσα γὰρ ἑκατέρα αὐτῶν· δοθὲν ἄρα ἐστὶ καὶ τὸ ὑπὸ συναμφοτέρου τῆς AΓB καὶ τῆς ZΔ.

ΑΛΛΩΣ.

Διήχθω ἡ AΓ ἐπὶ τὸ Z, καὶ κείσθω τῇ BA ἴση ἡ ΓZ, καὶ ἐπεξεύχθωσαν αἱ BΔ, ΔΓ, ΔZ. Καὶ[1] ἐπεὶ ἴση ἐστὶν ἡ μὲν BA τῇ ΓZ, ἡ δὲ ΔB τῇ ΔΓ· δύο δὴ αἱ AB, BΔ δυσὶ ταῖς ZΓ, ΓΔ ἴσαι εἰσὶν ἑκατέρα ἑκατέρᾳ. Καὶ γωνία ἡ ὑπὸ ABΔ γωνίᾳ[2] τῇ ὑπὸ ΔΓZ ἐστὶν ἴση, ἐπειδήπερ ἐν κύ-

autem est ipsius AB ad BΔ data; utraque enim ipsarum data est; ratio igitur est utriusque simul AΓB ad ΓΔ data.

Et quoniam æquiangulum est EAB triangulum triangulo ZBΔ; est igitur ut EA ad AB ita BΔ ad ΔZ. Ipsa autem EA utraque simul est AΓB; ut igitur utraque simul AΓB ad AB ita BΔ ad ΔZ; ipsum igitur sub utrâque simul AΓB et sub ipsâ ZΔ æquale est ipsi sub AB, BΔ. Datum autem est ipsum sub AB, BΔ; data igitur utraque ipsarum; datum igitur est et ipsum sub utrâque simul AΓB et sub ipsâ ZΔ.

ALITER.

Producatur AΓ ad punctum Z, et ponatur ipsi BA æqualis ΓZ, et jungantur ipsæ BΔ, ΔΓ, ΔZ. Et quoniam æqualis est ipsa quidem BA ipsi ΓZ, ipsa autem ΔB ipsi ΔΓ; duæ utique AB, BΔ duabus ZΓ, ΓΔ æquales sunt utraque utrique. Et angulus ABΔ angulo ΔΓZ est æqua-

à BΔ. Mais la raison de AB à BΔ est donnée (1), car chacune d'elles est donnée (88); la raison de la somme des droites AΓ, ΓB à ΓΔ est donc donnée.

Puisque le triangle EAB est équiangle avec le triangle ZBΔ, la droite EA sera à AB comme BΔ est à ΔZ (4. 6). Mais EA est égal à la somme des droites AΓ, ΓB; la somme des droites AΓ, ΓB est donc à AB comme BΔ est à ΔZ; le rectangle sous la somme des droites AΓ, ΓB et sous ZΔ est donc égal au rectangle sous AB, BΔ (16. 6). Mais le rectangle sous AB, BΔ est donné; chacune de ces droites est donc donnée (88); le rectangle sous la somme des droites AΓ, ΓB et sous ZΔ est donc donné.

AUTREMENT.

Prolongeons AΓ vers Z, faisons ΓZ égal à BA, et joignons BΔ, ΔΓ, ΔZ. Puisque BA est égal à ΓZ, et ΔB égal à ΔΓ (26 et 29. 3), les deux droites AB, BΔ seront égales aux deux droites ZΓ, ΓΔ, chacune à chacune. Mais l'angle ABΔ est égal à l'angle

κλῳ ἐστὶ τὸ ΑΒΔΓ τετράπλευρον· βάσις ἄρα ἡ ΑΔ βάσει τῇ ΔΖ ἐστὶν ἴση, καὶ τὸ ΑΒΔ τρίγωνον τῷ ΓΔΖ τριγώνῳ ἐστὶν ἴσον, καὶ αἱ λοιπαὶ γωνίαι ταῖς λοιπαῖς γωνίαις[3] ἴσαι ἔσονται ὑφ' ἃς αἱ ἴσαι πλευραὶ ὑποτείνουσιν· ἴση ἄρα ἐστὶν ἡ ὑπὸ ΒΑΔ γωνία τῇ ὑπὸ ΔΖΓ. Δοθεῖσα δέ ἐστιν

lis, quia in circulo est ABΔΓ quadrilaterum; basis igitur AΔ basi ΔZ est æqualis, et ABΔ triangulum triangulo ΓΔZ est æquale, et reliqui anguli reliquis angulis æquales erunt quos æqualia latera subtendunt; æqualis igitur est BAΔ angulus ipsi ΔZΓ. Datus autem est BAΔ angu-

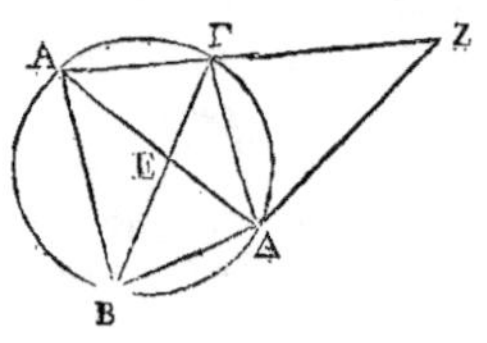

ἡ ὑπὸ ΒΑΔ γωνία· δοθεῖσα ἄρα ἐστὶ καὶ[4] ἡ ὑπὸ ΔΖΓ γωνία. Ἐστι δὲ καὶ ἡ ὑπὸ ΔΑΖ γωνία δοθεῖσα· δοθὲν ἄρα τὸ ΑΔΖ τρίγωνον τῷ εἴδει· λόγος ἄρα ἐστὶ τῆς ΖΑ πρὸς τὴν ΑΔ δοθείς. Ἡ δὲ ΑΖ συναμφότερός ἐστιν ἡ ΒΑΓ, διὰ τὸ ἴσην εἶναι τὴν ΓΖ τῇ ΒΑ· λόγος ἄρα ἐστὶ συναμφοτέρου τῆς ΒΑΓ πρὸς τὴν ΑΔ δοθείς.

Καὶ ὁμοίως τῷ πρότερον δείξομεν ὅτι τὸ ὑπὸ συναμφοτέρου τῆς ΒΑΓ καὶ τῆς ΕΔ δοθέν ἐστι.

lus; datus igitur est et angulus ΔZΓ. Est autem et ΔAZ angulus datus; datum est igitur AΔZ triangulum specie; ratio igitur est ipsius ZA ad AΔ data. Ipsa autem AZ utraque simul est BAΓ, quia æqualis est ΓZ ipsi BA; ratio igitur est utriusque simul BAΓ ad AΔ data.

Et congruenter antecedenti ostendemus ipsum sub utrâque simul BAΓ et sub ipsâ EΔ datum esse.

ΔΓZ (13. 1), parce que le quadrilatère ABΔΓ est dans un cercle (22. 3); la base AΔ est donc égale à la base ΔZ (4. 1), le triangle ABΔ égal au triangle ΓΔZ et les autres angles égaux aux autres angles, c'est-à-dire les angles sous les côtés égaux; l'angle BAΔ est donc égal à l'angle ΔZΓ. Mais l'angle BAΔ est donné; l'angle ΔZΓ est donc donné. Mais l'angle ΔAZ est donné; le triangle AΔZ est donc donné d'espèce (40); la raison de ZA à AΔ est donc donnée (déf. 3). Mais AZ est égal à la somme des droites BA, AΓ, parce que ΓZ est égal à BA; la raison de la somme des droites BA, AΓ à AΔ est donc donnée.

Nous démontrerons de la même manière que le rectangle sous la somme des droites BA, AΓ et sous EΔ est donné.

ΠΡΟΤΑΣΙΣ. ϟε'.

Εαν κύκλου δεδομένου τῇ θέσει ἐπὶ τῆς διαμέτρου δοθὲν σημεῖον ληφθῇ, ἀπὸ δὲ τοῦ σημείου πρὸς τὸν κύκλον προσϐληθῇ τις εὐθεῖα, καὶ ἀπὸ τῆς τομῆς τις[1] πρὸς ὀρθὰς ἀχθῇ τῇ διαχθείσῃ, διὰ δὲ τοῦ σημείου, καθ' ὃ συμϐάλλει ἡ πρὸς ὀρθὰς τῇ περιφερείᾳ τοῦ κύκλου[2], παράλληλος ἀχθῇ τῇ διαχθείσῃ· δοθέν ἐστι τὸ σημεῖον, καθ' ὃ συμϐάλλει ἡ παράλληλος τῇ διαμέτρῳ, καὶ τὸ ὑπὸ τῶν παραλλήλων περιεχόμενον ὀρθογώνιον δοθὲν ἔσται.

Κύκλου γὰρ τῇ θέσει δεδομένου τοῦ ΑΒΓ, ἐπὶ τῆς[3] διαμέτρου τῆς ΒΓ εἰλήφθω δοθὲν σημεῖον τὸ Δ, διὰ δὲ τοῦ Δ πρὸς τὸν κύκλον προσϐεϐλήσθω τις τυχοῦσα ἡ ΔΑ, ἀπὸ δὲ τοῦ Α τῇ ΔΑ πρὸς ὀρθὰς γωνίας εὐθεῖα[4] ἤχθω ἡ ΑΕ, διὰ δὲ τοῦ Ε τῇ ΑΔ παράλληλος ἤχθω ἡ ΕΖ· λέγω ὅτι δοθέν ἐστι τὸ Ζ, καὶ ὅτι τὸ ὑπὸ τῶν ΑΔ, ΕΖ χωρίον δοθέν ἐστι.

Διήχθω ἡ ΕΖ ἐπὶ τὸ Θ, καὶ ἐπεζεύχθω ἡ ΑΘ. Επεὶ ὀρθή ἐστιν ἡ ὑπὸ ΘΕΑ γωνία, ἡ ΘΑ διά-

PROPOSITIO XCV.

Si in circuli dati positione diametro datum punctum sumatur, a puncto autem ad circulum producatur quædam recta, et a sectione quædam ad rectos ducatur in productam, per punctum autem, in quo occurrit ipsa ad rectos circumferentiæ circuli, parallela ducatur productæ; datum est punctum in quo occurrit parallela diametro, et ipsum sub parallelis comprehensum rectangulum datum erit.

Circulo enim positione dato ΑΒΓ, in diametro ΒΓ sumatur datum punctum Δ, per punctum autem Δ ad circulum producatur recta quædam ΔΑ, et a puncto Α ipsi ΔΑ ad rectos angulos recta ducatur ΑΕ; per punctum autem Ε ipsi ΑΔ parallela ducatur ΕΖ; dico datum esse punctum Ζ, et sub ΑΔ, ΕΖ spatium datum esse.

Producatur ΕΖ ad punctum Θ, et jungatur ΑΘ. Quoniam rectus est ΘΕΑ angulus, ipsa

PROPOSITION XCV.

Si, dans le diamètre d'un cercle donné de position, on prend un point donné, si de ce point on mène une droite dans le cercle, si du point de section on mène une droite à angles droits sur la droite qui a été menée, si par le point où la droite à angles droits rencontre la circonférence du cercle, on mène une parallèle à la droite qui a été menée, le point où cette parallèle rencontrera le diamètre sera donné, et le rectangle sous les parallèles sera aussi donné.

Car dans le diamètre ΒΓ du cercle ΑΒΓ donné de position, prenons un point donné Δ, du point Δ, menons dans le cercle la droite ΔΑ, du point Α menons la droite ΑΕ à angles droits sur la droite ΔΑ, et par le point Ε menons la droite ΕΖ parallèle à ΑΔ; je dis que le point Ζ est donné, et que l'espace sous ΑΔ, ΕΖ est aussi donné.

Prolongeons ΕΖ vers Θ, et joignons ΑΘ. Puisque l'angle ΘΕΑ est droit, la

μετρός ἐστι τοῦ ΑΒΔ κύκλου. Εστι δὲ καὶ ἡ ΒΓ τοῦ ΑΒΓ κύκλου διάμετρος[5]· τὸ Η ἄρα κέντρον ἐστὶ τοῦ ΑΒΓ κύκλου· δοθὲν ἄρα ἐστὶ τὸ Η. Εστι δὲ καὶ τὸ[6] Δ δοθέν· δοθεῖσα ἄρα ἐστὶν ἡ ΔΗ τῷ μεγέθει. Καὶ ἐπεὶ παράλληλός ἐστιν

ΘΑ diameter est circuli ΑΒΔ. Est autem et ipsa ΒΓ circuli ΑΒΓ diameter; punctum Η igitur est centrum circuli ΑΒΓ; datum igitur est punctum Η. Est autem et punctum Δ datum; data igitur est ΔΗ magnitudine. Et quoniam paral-

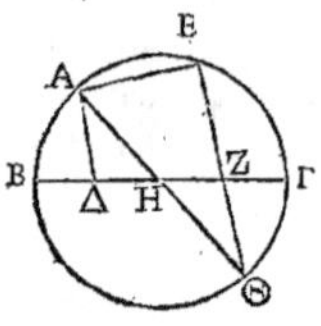

ἡ ΑΔ τῇ ΕΘ, καὶ ἔστιν ἴση ἡ ΘΗ τῇ ΗΑ· ἴση ἄρα ἐστὶ καὶ ἡ μὲν ΔΗ τῇ ΗΖ, ἡ δὲ ΑΔ τῇ ΖΘ. δοθεῖσα ἄρα καὶ ἡ ΗΖ. Αλλὰ καὶ τῇ θέσει· ἑκατέρα ἄρα[7] τῶν ΗΖ, ΗΔ δοθεῖσά ἐστι. Καὶ ἔστι δοθὲν τὸ Η· δοθὲν ἄρα ἐστὶ καὶ τὸ Ζ[8].

lela est ΑΔ ipsi ΕΘ, et æqualis est ΘΗ ipsi ΗΑ; æqualis igitur est et ipsa ΔΗ quidem ΔΗ ipsi ΗΖ, ipsa vero ΑΔ ipsi ΖΘ; data igitur et ipsa ΗΖ; Sed et positione; utraque igitur ipsarum ΗΖ, ΗΔ data est. Et est datum punctum Η, datum igitur est et punctum Ζ.

Καὶ ἐπεὶ ἐντὸς[9] κύκλου δεδομένου τῇ θέσει τοῦ ΑΒΓ εἴληπται σημεῖον τὸ Ζ δοθὲν, καὶ διῆκται ἡ ΕΖΘ· δοθὲν ἄρα ἐστὶ τὸ ὑπὸ τῶν ΕΖ, ΖΘ. Ιση δὲ ἡ ΘΖ τῇ ΔΑ· δοθὲν ἄρα ἐστὶ τὸ ὑπὸ τῶν ΑΔ, ΕΖ. Οπερ ἔδει δεῖξαι[10].

Et quoniam intra circulum datum positione ΑΒΓ sumptum est punctum Ζ datum, et ducta est ipsa ΕΖΘ; datum igitur est ipsum sub ΕΖ, ΖΘ. Æqualis autem ipsa ΘΖ ipsi ΔΑ; datum igitur est ipsum sub ΑΔ, ΕΖ. Quod oportebat ostendere.

droite ΘΑ sera un diamètre du cercle ΑΒΔ (31. 3). Mais ΒΓ est aussi un diamètre du cercle ΑΒΓ; le point Η est donc le centre du cercle ΑΒΓ; le point Η est donc donné. Mais le point Δ est aussi donné; la droite ΔΗ est donc donnée de grandeur (26). Mais ΑΔ est parallèle à ΕΘ, et ΘΗ est égal à ΗΑ; donc ΔΗ est égal à ΗΖ, et ΑΔ égal à ΖΘ (29. 1) (4. 6); donc ΗΖ est donné. Mais ces droites sont données de position; chacune des droites ΗΖ, ΗΔ est donc donnée. Mais le point Η est donné; le point Ζ est donc aussi donné (27).

Puisque dans un cercle ΑΒΓ donné de position, on a pris un point donné Ζ, et qu'on a mené une droite ΕΖΘ, le rectangle sous ΕΖ, ΖΘ sera donné (93). Mais ΘΖ est égal à ΔΑ; le rectangle sous ΑΔ, ΕΖ est donc donné : ce qu'il fallait démontrer.

FIN DES ŒUVRES D'EUCLIDE.

HYPSICLIS
DE QUINQUE CORPORIBUS
LIBER PRIMUS.

ΒΑΣΙΛΙΔΗΣ ὁ Τύριος, ὦ Πρώταρχε, παραγενηθεὶς εἰς Ἀλεξάνδρειαν, καὶ συσταθεὶς τῷ πατρὶ ἡμῶν διὰ τὴν ἀπὸ τοῦ μαθήματος συγγένειαν, συνδιέτριψεν αὐτῷ τὸν πλεῖστον τῆς ἐπιδημίας χρόνον. Καί ποτε διελουντες τὸ ὑπὸ[1] Ἀπολλωνίου γραφὲν περὶ τῆς συγκρίσεως τοῦ δωδεκαέδρου καὶ τοῦ εἰκοσαέδρου τῶν εἰς τὴν αὐτὴν σφαῖραν ἐγγραφομένων, τίνα λόγον ἔχει ταῦτα πρὸς ἄλληλα· ἔδοξαν ταῦτα μὴ ὀρθῶς γεγραφέναι τὸν Ἀπολλώνιον. Αὐτοὶ δὲ ταῦτα διακαθάραντες ἔγραψαν ὡς ἦν ἀκούειν

Basilides Tyrius, Protarche, cum venisset Alexandriam, et commendatus fuisset patri nostro ob mathematicæ familiaritatem, versatus est cum eo multum peregrinationis tempore. Et aliquando expendentes id quod ab Apollonio scriptum est de comparatione dodecaedri et icosaedri in eâdem sphærâ descriptorum, scilicet quam rationem habeant illa inter se, existimaverunt ea non recte descripta fuisse ab Apollonio. Illi autem hæc purgantes scripserunt, ut audiveram

LE PREMIER LIVRE
DES CINQ CORPS D'HYPSICLE.

Lorsque Basilide de Tyr, cher Protarque, vint à Alexandrie, il fut recommandé à mon père, à cause qu'ils étaient l'un et l'autre très-versés dans les sciences mathématiques; il eut beaucoup de conversations avec lui pendant tout le temps de son voyage. Ayant disserté plusieurs fois ensemble sur ce qu'Apollonius avait écrit sur la comparaison du dodécaèdre et de l'icosaèdre, décrits dans une même sphère, c'est-à-dire sur la raison que ces solides ont entre eux, ils furent d'avis qu'Apollonius était en cela tombé dans l'erreur; ils rectifièrent, ainsi que je l'ai appris de mon père, ce que Apollonius avait écrit sur ce sujet. Mais dans

τοῦ πατρός. Εγὼ δὲ ὕστερον περιέπεσον ἑτέρῳ βιβλίῳ ὑπὸ Απολλωνίου ἐκδεδομένῳ, καὶ περιέχοντι ἀπόδειξιν ὑγιῶς περὶ τοῦ ὑποκειμένου· καὶ μεγάλως ἐψυχαγωγήθην ἐπὶ τῇ προβλήματος ζητήσει. Τὸ μὲν ὑπὸ Απολλωνίου ἐκδοθὲν ἔοικε κοινῇ σκοπεῖν, καὶ γὰρ περιφέρεται· τὸ δ' ὑφ' ἡμῶν δοκοῦν ὕστερον γεγραφέναι φιλοπόνως ὅσα δοκεῖν ὑπομνηματισάμενος, ἔκρινα προσφωνῆσαί σοι, διὰ τὴν ἐν ἅπασι μαθήμασι, μάλιστα δ' ἐν γεωμετρίᾳ προκοπὴν, ἐμπείρως κρίνοντι τὰ ῥηθησόμενα· διὰ δὲ τὴν προς τὸν Πατέρα συνήθειαν, καὶ τὴν πρὸς ἡμᾶς εὔνοιαν, εὐμενῶς ἀκουσμένῳ τῆς πραγματείας. Καιρὸς δ' ἂν εἴη προοιμίου μὲν πεπαῦσθαι, τῆς δὲ συντάξεως ἄρχεσθαι.

ex Patre. Ego autem postea incidi in alium librum ab Apollonio editum, et continentem demonstrationem accuratam rei propositiæ; et valde oblectatus sum ob problematis indagationem. Quod quidem ab Apollonio editum est, licet omnibus illud considerare, etenim circumfertur. Quod autem a nobis visum est postea scribere studiose, quantum videri licet, id dedicabo tibi, propter tuos in omnibus mathematicis, maxime autem in geometriâ progressus, perite judicaturo quæ dixero; propter quoque tuam cum Patre consuetudinem, et tuam erga nos benevolentiam, benigne audituro hanc tractationem. Sed jam tempus est proœmium finiendi, opus vero aggrediendi.

la suite, je tombai sur un autre livre qu'Apollonius a mis au jour, et qui renferme une démonstration exacte de ce qui était proposé; ce qui me fit beaucoup de plaisir. Chacun peut examiner le livre publié par Apollonius, puisqu'il est entre les mains de tout le monde. Je te dédie ce que j'ai jugé à propos d'écrire dans la suite sur ce sujet; ce que j'ai fait avec soin, comme on peut le voir. Je te fais cette dédicace, parce qu'à cause des progrès que tu as faits dans les sciences mathématiques, et principalement dans la géométrie, tu jugeras sainement mon écrit; et encore parce que l'amitié qui te liait avec mon père, et ta bienveillance pour moi, feront que tu me liras avec bénignité. Mais il est temps de finir, et de commencer mon ouvrage.

ΠΡΟΤΑΣΙΣ α'.

Η ἀπὸ τοῦ κέντρου κύκλου τινὸς ἐπὶ τὴν τοῦ πενταγώνου πλευρὰν, τοῦ εἰς τὸν αὐτὸν κύκλον ἐγγραφομένου, κάθετος ἀγομένη, ἡμίσειά ἐστι συναμφοτέρου τῆς τε ἐκ τοῦ κέντρου καὶ τῆς τοῦ δεκαγώνου τῶν εἰς τὸν αὐτὸν κύκλον ἐγγραφομένων·

Εστω κύκλος ὁ ΑΒΓ, καὶ ἐν τῷ ΑΒΓ κύκλῳ πενταγώνου ἰσοπλεύρου πλευρὰ ἡ ΒΓ, καὶ εἰλήφθω τὸ κέντρον τοῦ κύκλου τὸ Δ, καὶ ἐπὶ τὴν ΒΕ[1] κάθετος ἤχθω ἡ ΔΕ, καὶ ἐκϐεϐλήσθω ἐπ' εὐθείας τῆς ΔΕ εὐθεῖα ἡ ΑΕΖ· λέγω ὅτι ἡ ΔΕ ἡμίσειά ἐστι τῆς τοῦ ἑξαγώνου καὶ τοῦ δεκαγώνου πλευρᾶς τῶν εἰς τὸν αὐτὸν κύκλον ἐγγραφομένων.

Επεζεύχθωσαν γὰρ αἱ ΔΓ, ΓΖ, καὶ κείσθω τῇ ΕΖ ἴση ἡ ΗΕ, καὶ ἀπὸ τοῦ Η ἐπὶ τὸ Γ ἐπεζεύχθω ἡ ΗΓ. Επεὶ πενταπλασία ἐστὶν ὅλου τοῦ κύκλου ἡ περιφέρεια τῆς ΒΖΓ περιφερείας, καὶ ἔστι τῆς μὲν ὅλου τοῦ κύκλου περιφερείας

PROPOSITIO I.

Quæ a centro circuli alicujus ad latus pentagoni in eodem circulo descripti, perpendicularis ducitur, dimidia est utriusque simul et ipsius ex centro circuli et lateris decagoni in eodem circulo descriptorum.

Sit circulus ΑΒΓ, et in ΑΒΓ circulo pentagoni æquilateri latus ΒΓ, et sumatur centrum Δ circuli, et ad ΒΕ perpendicularis ducatur ΔΕ, et producatur in directum ipsi ΔΕ recta ΑΕΖ; dico ΔΕ dimidiam esse lateris hexagoni et lateris decagoni, in eodem circulo descriptorum.

Jungantur enim ipsæ ΔΓ, ΓΖ, et ponatur ipsi ΕΖ æqualis ipsa ΗΕ, et a puncto Η ad Γ ducatur ΗΓ. Quoniam quintupla est totius circuli circumferentia circumferentiæ ΒΖΓ, et est quidem totius circuli circumferentiæ dimidia ipsa ΑΓΖ, ipsius

PROPOSITION I.

La perpendiculaire menée du centre d'un cercle au côté du pentagone décrit dans ce même cercle, est égale à la moitié de la somme du rayon et du côté du décagone, ce rayon et ce côté étant décrits dans la circonférence du même cercle.

Soit le cercle ΑΒΓ; dans le cercle ΑΒΓ décrivons le côté ΒΓ du pentagone équilatéral; prenons le centre Δ du cercle; menons ΔΕ perpendiculaire à ΒΕ, et menons la droite ΑΕΖ dans la direction de ΔΕ; je dis que ΔΕ est la moitié de la somme du côté de l'hexagone et du côté du décagone, ces deux polygones étant décrits dans le même cercle.

Car joignons ΔΓ, ΓΖ, faisons ΗΕ égal à ΕΖ, et du point Η menons au point Γ la droite ΗΓ. Puisque la circonférence du cercle entier est quintuple de l'arc ΒΖΓ, que l'arc ΑΓΖ est la moitié de la circonférence du cercle entier, et que

ἡμίσεια ἡ ΑΓΖ, τῆς δὲ ΒΖΓ ἡμίσεια ἡ ΖΓ· καὶ ΑΓΖ ἄρα περιφέρεια πενταπλασία ἐστὶ τῆς ΖΓ περιφερείας· τετραπλῆ ἄρα ἐστὶν ἡ ΑΓ τῆς ΖΓ. Ως δὲ ἡ ΑΓ πρὸς τὴν ΓΖ οὕτως ἡ ὑπὸ ΑΔΓ πρὸς τὴν ὑπὸ ΓΔΖ γωνίαν· τετραπλῆ ἄρα ἐστὶν ἡ ὑπὸ ΑΔΓ τῆς ὑπὸ ΓΔΖ. Διπλῆ δὲ ἡ ὑπὸ ΑΔΓ τῆς ὑπὸ ΓΖΕ· διπλῆ ἄρα καὶ ἡπὸ ΕΖΓ τῆς ΓΔΗ.

autem AZΓ dimidia ipsa ZΓ; et AΓZ igitur circumferentia quintupla est circumferentiæ ZΓ; quadrupla igitur est AΓ ipsius ZΓ. Ut autem circumferentia AΓ ad circumferentiam ΓZ ita angulus AΔΓ ad angulum ΓΔZ; quadruplus igitur est angulus AΔΓ anguli ΓΔZ. Duplus autem angulus AΔΓ anguli ΓZE; duplus igitur et EZΓ ipsius ΓΔH.

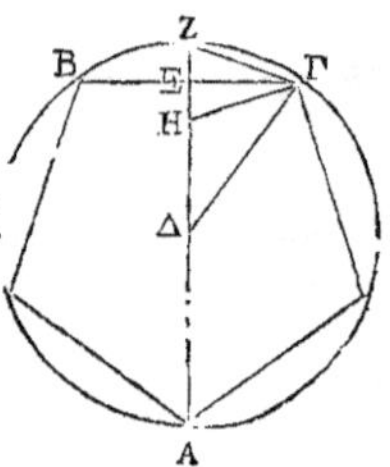

Εστι δὲ ἡ ὑπὸ ΕΖΓ ἴση τῇ ὑπὸ ΓΗΕ· διπλῆ ἄρα ἡ ὑπὸ ΕΗΓ τῆς ὑπὸ ΓΔΗ· ἴση ἄρα ἡ ΔΗ τῇ ΗΓ. Αλλὰ ἡ ΗΓ τῇ ΓΖ ἐστὶν ἴση· ἴση ἄρα καὶ ἡ ΔΗ τῇ ΖΓ. Εστι δὲ καὶ ΗΕ τῇ ΕΖ ἴση· ἴση ἄρα καὶ ἡ ΔΕ συναμφοτέρῳ τῇ ΕΖ, ΖΓ. Κοινὴ προσκείσθω ἡ ΔΕ· συναμφότερος ἄρα ἐστὶν ἡ ΔΖ, ΖΓ διπλῆ τῆς ΔΕ. Καὶ ἔστιν ἡ μὲν ΔΖ ἴση τῇ τοῦ ἑξαγώνου, ἡ δὲ ΖΓ ἴση τῇ τοῦ δεκαγώνου·

Est autem EZΓ angulus æqualis angulo ΓHE; duplus igitur EHΓ ipsius ΓΔH; æqualis igitur ΔH ipsi HΓ. Sed HΓ ipsi ΓZ est æqualis; æqualis igitur et ΔH ipsi ZΓ. Est autem et HE ipsi EZ æqualis; æqualis igitur et ΔE utrique simul EZ, ZΓ. Communis addatur ΔE; utraque simul igitur est ΔZ, ZΓ dupla ipsius ΔE. Et est quidem ΔZ æqualis lateri hexagoni, et ZΓ æqualis la-

l'arc ZΓ est la moitié de l'arc AZΓ, l'arc AΓZ sera quintuple de l'arc ZΓ; l'arc AΓ est donc quadruple de l'arc ZΓ. Mais l'arc AΓ est à l'arc ΓZ comme l'angle AΔΓ est à l'angle ΓΔZ (33. 6); l'angle AΔΓ est donc quadruple de l'arc ΓΔZ. Mais l'angle AΔΓ est double de l'angle ΓZE (23. 3); l'angle EZΓ est donc double de l'angle ΓΔH. Mais l'angle EZΓ est égal à l'angle ΓHE; l'angle EHΓ est donc double de l'angle ΓΔH; la droite ΔH est donc égale à HΓ. Mais HΓ est égal à ΓZ; la droite ΔH est donc égale à ZΓ. Mais HE est égal à EZ; la droite ΔE est donc égale à la somme des droites EZ, ZΓ. Ajoutons la droite commune ΔE; la somme des droites ΔZ, ZΓ sera double de la droite ΔE. Mais ΔZ est égal au côté de l'hexagone, et ZΓ au côté du décagone;

ἡ ΔΕ ἄρα ἡμίσειά ἐστι τῆς τε του ἑξαγώνου καὶ τοῦ δεκαγώνου τῶν εἰς τὸν αὐτὸν κύκλον ἐγγραφομένων. Οπερ ἔδει δεῖξαι.

teri decagoni; ipsa ΔΕ igitur dimidia est et lateris hexagoni et lateris decagoni, in eodem circulo descriptorum. Quod oportebat ostendere.

ΠΟΡΙΣΜΑ.

Φανερὸν δὴ ἐκ τῶν ἐν τῷ τρισκαιδεκάτῳ βιβλίῳ θεωρημάτων, ὅτι ἡ ἀπὸ τοῦ κέντρου τοῦ κύκλου ἐπὶ τὴν πλευρὰν τοῦ τριγώνου τοῦ ἰσοπλεύρου κάθετος ἀγομένη ἡμίσειά ἐστι τῆς ἐκ τοῦ κέντρου τοῦ κύκλου.

COROLLARIUM.

Evidens utique ex decimi tertii libri theorematibus rectam quæ ex centro circuli ad latus trianguli æquilateri perpendicularis ducitur, dimidiam esse ipsius ex centro circuli.

ΠΡΟΤΑΣΙΣ β'.

Ο αὐτὸς κύκλος περιλαμβάνει τό τε τοῦ δωδεκαέδρου πεντάγωνον καὶ τὸ τοῦ εἰκοσαέδρου τρίγωνον τῶν εἰς τὴν αὐτὴν σφαῖραν ἐγγραφομένων.

Τοῦτο δὲ γράφεται ὑπὸ μὲν Αρισταίου ἐν τῷ ἐπιγραφομένῳ πέντε σχημάτων σύγκρισις· ὑπὸ δὲ Απολλωνίου ἐν τῇ δευτέρᾳ ἐκδόσει τῆς συγ-

PROPOSITIO II.

Idem circulus comprehendit et dodecaedri pentagonum et icosaedri triangulum in eâdem sphærâ descriptorum.

Hoc autem conscribitur quidem ab Aristæo in inscripto de quinque figurarum comparatione; ab Apollonio autem in secundâ editione com-

la droite ΔΕ est donc égale à la moitié de la somme du côté de l'hexagone et du côté du décagone, ces polygones étant décrits dans un même cercle, ce qu'il fallait démontrer.

COROLLAIRE.

Il est évident, d'après les théorèmes du livre XIII (12. 13) que la perpendiculaire menée du centre du cercle au côté du triangle équilatéral, est la moitié du rayon du cercle.

PROPOSITION II.

Le même cercle comprend le pentagone du dodécaèdre et le triangle de l'icosaèdre, ces solides étant décrits dans la même sphère.

Cela est écrit par Aristée, dans le livre de la comparaison des cinq corps, et par Apollonius, dans la seconde édition de la comparaison du dodécaèdre

κρίσεως τοῦ δωδεκαέδρου πρὸς τὸ εἰκοσάεδρον· ὅτι ἐστὶν ὡς ἡ τοῦ δωδεκαέδρου ἐπιφάνεια πρὸς τὴν τοῦ εἰκοσαέδρου ἐπιφάνειαν οὕτως καὶ αὐτὸ τὸ δωδεκάεδρον πρὸς τὸ εἰκοσάεδρον· διὰ δὲ τὴν αὐτὴν εἶναι κάθετον ἀπὸ τοῦ κέντρου τῆς σφαίρας ἐπὶ τὸ τοῦ δωδεκαέδρου πεντάγωνον καὶ τὸ τοῦ εἰκοσαέδρου τρίγωνον. Γραπτέον δὲ καὶ ἡμῖν αὐτοῖς, ὅτι ὁ αὐτὸς κύκλος περιλαμβάνει τό τε τοῦ δωδεκαίδρου πεντάγωνον καὶ τὸ τοῦ εἰκοσαέδρου τρίγωνον τῶν εἰς τὴν αὐτὴν σφαῖραν ἐγγραφομένων, προγραφέντος τοῦδε.

Εὰν εἰς κύκλον πεντάγωνον ἰσόπλευρον ἐγγραφῇ, τὸ ἀπὸ τῆς πλευρᾶς τοῦ πενταγώνου, καὶ τὸ ἀπὸ τῆς ἀπὸ δύο πλευρῶν τοῦ πενταγώνου ὑποτεινούσης εὐθείας, πενταπλάσιον ἔσται τοῦ ἀπὸ τῆς ἐκ τοῦ κέντρου κύκλου.

Εστω κύκλος ὁ ΑΒΓ, καὶ ἐν τῷ ΑΒΓ κύκλῳ πενταγώνου πλευρὰ ἔστω ἡ ΑΓ, καὶ εἰλήφθω τὸ κέντρον τοῦ κύκλου τὸ Δ, καὶ ἐπὶ τὴν ΑΓ κάθετος ἡ ΔΖ, καὶ ἐκβεβλήσθω ἐπὶ τὰ Β, Ε, καὶ ἐπεζεύχθω ἡ ΑΒ· λέγω ὅτι τὰ ἀπὸ τῶν ΒΑ, ΑΓ τετράγωνα πενταπλάσιά ἐστι τοῦ ἀπὸ τῆς ΔΕ τετραγώνου.

parationis dodecaedri cum icosaedro; quod est ut dodecaedri superficies ad icosaedri superficiem ita et ipsum dodecaedrum ad icosaedrum; quia eadem est perpendicularis a centro sphæræ ad dodecaedri pentagonum et ad iscosaedri triangulum. Ostendendum est autem et a nobis metipsis eumdem circulum comprehendere et dodecaedri pentagonum et icosaedri triangulum, in eâdem sphærâ descriptorum, hoc præmisso.

Si in circulo pentagonum æquilaterum describatur, quadratum ex latere pentagoni, et quadratum ex rectâ duo latera pentagoni subtendente quintupla erunt quadrati ex ipsâ quæ est ex circuli centro.

Sit circulus ΑΒΓ, et in ΑΒΓ circulo pentagoni latus sit ΑΓ, et sumatur centrum Δ circuli, et ad ΑΓ perpendicularis ΔΖ, et producatur ad puncta Β, Ε, et jungatur ΑΒ; dico quadrata ex ΒΑ, ΑΓ quintupla esse quadrati ex ΔΕ.

avec l'icosaèdre, où il fait voir que la surface du dodécaèdre est à la surface de l'icosaèdre comme le dodécaèdre est à l'icosaèdre, parce que la perpendiculaire menée du centre de la sphère au pentagone du dodécaèdre, est la même que la perpendiculaire menée au triangle de l'icosaèdre. Nous démontrerons que le même cercle comprend le pentagone du dodécaèdre, et le triangle de l'icosaèdre, ces solides étant décrits dans la même sphère, après avoir exposé ce qui suit:

Si dans un cercle on décrit un pentagone équilatéral, la somme des quarrés du côté du pentagone, et de la droite qui soutend deux côtés du pentagone, est quintuple du quarré du rayon de ce cercle.

Soit le cercle ΑΒΓ, que ΑΓ soit le côté du pentagone décrit dans le cercle ΑΒΓ, prenons le centre Δ de ce cercle, menons ΔΖ perpendiculaire à ΑΓ, prolongeons ΔΖ vers les points Β, Ε, et joignons ΑΒ; je dis que la somme des quarrés des droites ΒΑ, ΑΓ est quintuple du quarré de ΔΕ.

Επεζεύχθω ἡ ΑΕ· δωδεκαγώνου ἄρα ἡ ΑΕ. Καὶ ἐπεὶ διπλῆ ἐστιν ἡ ΒΕ τῆς ΕΔ, τετραπλάσιον ἄρα τὸ ἀπὸ τῆς ΒΕ τοῦ ἀπὸ τῶν ΕΔ. Τῷ δὲ ἀπὸ τῆς ΒΕ ἴσα ἐστὶ τὰ ἀπὸ τῶν ΒΑ,

Jungatur AE; dodecagoni igitur latus ipsa AE. Et quoniam dupla est BE ipsius EΔ, quadruplum igitur ipsum ex BE ipsius ex EΔ. Ipsi autem ex BE æqualia sunt ipsa ex BA, AE;

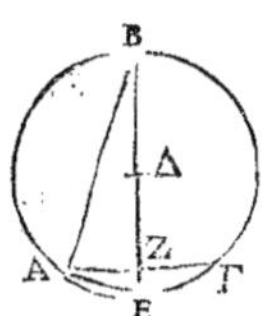

ΑΕ· τετραπλάσια ἄρα τὰ ἀπὸ ΒΑ, ΑΕ τοῦ ἀπὸ ΕΔ· πενταπλάσια ἄρα τὰ ἀπὸ ΑΒ, ΑΕ καὶ ΕΔ τοῦ ἀπὸ ΕΔ. Τὰ δὲ ἀπὸ τῶν ΔΕ, ΕΑ ἴσα τῷ ἀπὸ ΑΓ· πενταπλάσια ἄρα ἐστὶ τὰ ἀπὸ ΒΑ, ΑΓ τοῦ ἀπὸ ΕΔ.

Τούτου δεδειγμένου, δεικτέον ὅτι ὁ αὐτὸς κύκλος λαμβάνει τό τε τοῦ δωδεκαέδρου πεντάγωνον καὶ τὸ τοῦ εἰκοσαέδρου τρίγωνον τῶν εἰς τὴν αὐτὴν σφαῖραν ἐγγραφομένων.

Εκκείσθω ἡ τῆς σφαίρας διάμετρος ἡ ΑΒ, καὶ ἐγγεγράφθω εἰς τὴν αὐτὴν σφαῖραν δωδεκάεδρόν τε καὶ εἰκοσάεδρον, καὶ ἔστω ἓν μὲν τὸ

quadrupla igitur ipsa ex BA, AE ipsius ex EΔ; quintupla igitur ipsa ex AB, AE et EΔ ipsius ex EΔ. Ipsa autem ex ΔE, EA æqualia ipsi AΓ; quintupla igitur sunt ipsa ex BA, AΓ ipsius ex EΔ.

Hoc ostenso, ostendendum est eumdem circulum comprehendere et dodecaedri pentagonum et icosaedri triangulum, in eâdem sphærâ descriptorum.

Exponatur sphæræ diameter AB, et describatur in eâdem sphærâ et dodecaedrum et icosaedrum, et sit unum quidem dodecaedri

Car joignons AE; la droite AE sera le côté du dodécagone. Et puisque BE est double de EΔ, le quarré de BE sera quadruple du quarré de EΔ (20. 6). Mais la somme des quarrés des droites BA, AE est égale au quarré de BE; la somme des quarrés des droites BA, AE est donc quadruple du quarré de EΔ; la somme des quarrés des droites AB, AE et EΔ est donc quintuple du quarré de EΔ. Mais la somme des quarrés des droites ΔE, EA est égale au quarré de AΓ (10. 13); la somme des quarrés des droites BA, AΓ est donc quintuple du quarré de EΔ.

Cela étant démontré, il faut démontrer que le même cercle comprend le pentagone du dodécaèdre et le triangle de l'icosaèdre, ces solides étant décrits dans la même sphère.

Soit AB le diamètre d'une sphère, décrivons dans cette sphère un dodé-

τοῦ δωδεκαέδρου πεντάγωνον τὸ ΓΔΕΖΗ, εἰκοσαέδρου δὲ τρίγωνον τὸ ΚΛΘ· λέγω ὅτι αἱ ἐκ τῶν κέντρων τῶν περὶ αὐτὰ κύκλων ἴσαι εἰσὶν, τουτέστιν[1] ὅτι ὁ αὐτὸς κύκλος περιλαμβάνει τό, τε ΓΔΕΖΗ πενταγώνον καὶ τὸ ΚΛΘ τρίγωνον.

Επεζεύχθω ἡ ΔΗ· κύβου ἄρα πλευρὰ ἡ ΔΗ. Εκκείσθω δέ τις εὐθεῖα ἡ ΜΝ, ὥστε πενταπλάσιον εἶναι τὸ ἀπὸ ΑΒ τοῦ ἀπὸ ΜΝ. Εστι δὲ καὶ ἡ τῆς σφαί-

pentagonum ΓΔΕΖΗ, icosaedri vero triangulum ΚΛΘ; dico rectas ex centris circulorum circa ipsa esse æquales, hoc est eumdem circulum comprehendere et ΓΔΕΖΗ pentagonum et ΚΛΘ triangulum.

Jungatur ΔΗ; cubi igitur latus ipsa ΔΗ. Exponatur autem aliqua recta ΜΝ, ita ut quintuplum sit ipsum ΑΒ ipsius ex ΜΝ. Est au-

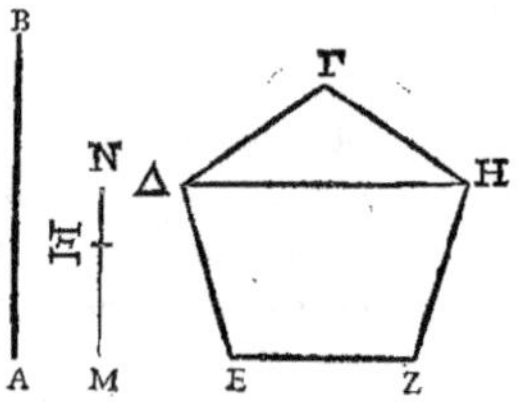

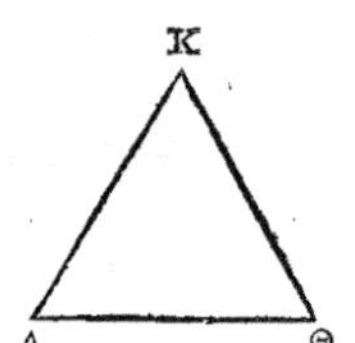

ρας διάμετρος δυνάμει πενταπλασία τῆς ἐκ τοῦ κέντρου τοῦ κύκλου ἀφ' οὗ τὸ εἰκοσάεδρον ἀναγέγραπται· ἡ ΜΝ ἄρα ἐστὶν ἡ ἐκ τοῦ κύκλου τοῦ ἀφ' οὗ τὸ εἰκοσάεδρον ἀναγέγραπται[2]. Τετμήσθω τοῦ ἡ ΜΝ ἄκρον καὶ μέσον λόγον κατὰ τὸ Ξ, καὶ ἔστω τὸ μεῖζον τμῆμα ἡ ΜΞ· δεκαγώνου ἄρα ἡ ΜΞ. Καὶ ἐπεὶ πενταπλάσιον τὸ ἀπὸ ΑΒ τοῦ ἀπὸ ΜΝ,

tem et sphæræ diameter potentiâ quintupla ipsius ex centro circuli a quo icosaedrum describitur; ergo ΜΝ est ipsa ex centro circuli a quo icosaedrum describitur. Secetur ΜΝ extremâ et mediâ ratione in Ξ, et sit major portio ipsa ΜΞ; decagoni igitur latus ipsa ΜΞ. Et quoniam quintuplum est ipsum ex ΑΒ ipsius

caèdre et un icosaèdre, que ΓΔΕΖΗ soit un pentagone du dodécaèdre, et ΚΛΘ un triangle de l'icosaèdre; je dis que les rayons des cercles décrits autour de ces polygones sont égaux, c'est-à-dire que le même cercle comprend le pentagone ΓΔΕΖΗ et le triangle ΚΛΘ.

Joignons ΔΗ; la droite ΔΗ sera le côté du cube (8 et 17. 13). Soit une droite ΜΝ, de manière que le quarré de ΑΒ soit quintuple du quarré de ΜΝ. Mais le diamètre de la sphère est quintuple en puissance du rayon du cercle d'après lequel l'icosaèdre est décrit (16. 13); la droite ΜΝ est donc le rayon du cercle d'après lequel l'icosaèdre est décrit. Coupons ΜΝ en extrême et moyenne raison au point Ξ (30. 6), et que ΜΞ soit le plus grand segment; la droite ΜΞ est donc le côté du décagone. Et puisque le quarré de ΑΒ est quintuple du quarré de ΜΝ, et

τριπλάσιον δὲ τὸ ἀπὸ ΑΒ τοῦ ἀπὸ ΔΗ· τρία ἄρα τὰ ἀπὸ ΔΗ ἴσα πέντε τοῖς ἀπὸ ΜΝ. Ὡς δὲ τρία τὰ ἀπὸ ΔΗ πρὸς πέντε τὰ ἀπὸ ΜΝ οὕτως ἐστὶ τρία τὰ ἀπὸ ΓΗ πρὸς πέντε τὰ ἀπὸ ΜΞ[3]· τρία οὖν τὰ ἀπὸ ΓΗ τοῖς πέντε τοῖς ἀπὸ ΜΞ ἐστὶν ἴσα. Πέντε δὲ τὰ ἀπὸ ΚΛ τοῖς πέντε τοῖς ἀπὸ ΜΝ καὶ πέντε τοῖς ἀπὸ ΜΞ ἐστὶν ἴσα· πέντε ἄρα τὰ ἀπὸ ΚΛ ἴσα ἐστὶ τρισὶ τοῖς ἀπὸ ΔΗ καὶ τρισὶ τοῖς ἀπὸ ΓΗ[4]. Τρία δὲ τὰ ἀπὸ ΔΗ καὶ τρία τὰ ἀπὸ ΓΗ ἴσα ἐστὶ δέκα καὶ πέντε τοῖς ἀπὸ τῆς ἐκ τοῦ κέντρου τοῦ περιγραφομένου κύκλου περὶ τὸ ΓΔΕΖΗ, προεδείχθη γὰρ τὰ ἀπὸ ΔΗ μετὰ τοῦ ἀπὸ ΓΗ πεντεπλάσια τοῦ ἀπὸ τῆς ἐκ τοῦ κέντρου περιγραφομένου περὶ τὸ πεντάγωνον τὸ ΓΔΕΖΗ κύκλου. Ἀλλὰ πέντε μὲν τὰ ἀπὸ ΚΛ, ἴσα ἐστὶ δέκα καὶ πέντε τοῖς ἀπὸ τῶν ἐκ τοῦ κέντρου τοῦ περιγραφομένου περὶ τὸ ΚΛΘ τρίγωνον κύκλου, ἐδείχθη δὲ τὸ ἀπὸ ΚΛ τριπλάσιον τοῦ ἀπὸ τῆς ἐκ τοῦ κέντρου τοῦ περιγραφομένου περὶ τὸ ΚΛΘ τριγώνου κύκλου[5]· δεκαπέντε ἄρα τὰ ἀπὸ τῆς ἐκ τοῦ κέντρου ἴσα ἐστὶ τοῖς

ex ΜΝ, triplum autem ipsum ex ΑΒ ipsius ex ΔΗ; tria igitur ipsa ex ΔΗ æqualia quinque ipsis ex ΜΝ. Ut autem tria ipsa ex ΔΗ ad quinque ipsa ex ΜΝ ita tria ipsa ex ΓΗ ad quinque ipsa ex ΜΞ; tria igitur ipsa ex ΓΗ quinque ipsis ex ΜΞ sunt æqualia. Quinque autem ipsa ex ΚΛ quinque ipsis ex ΜΝ et quinque ipsis ex ΜΞ sunt æqualia; quinque igitur ipsa ex ΚΛ æqualia sunt tribus ipsis ex ΔΗ et tribus ipsis ex ΓΗ. Tria autem ipsa ex ΔΗ et tria ipsa ex ΓΗ æqualia sunt quindecim ipsis ex rectâ ex centro circuli descripti circa ΓΔΕΖΗ, ostensum est enim ipsum ex ΔΗ cum ipso ex ΓΗ quintuplum esse ipsius ex rectâ ex centro circuli descripti circa pentagonum ΓΔΕΖΗ. Sed quinque quidem ipsa ex ΚΛ æqualia sunt quindecim ipsis ex rectâ ex centro circuli descripti circa ΚΛΘ triangulum, ostensum est autem ipsum ex ΚΛ triplum esse ipsius ex rectâ ex centro circuli descripti circa ΚΛΘ triangulum; quindecim igitur ipsa ex rectâ ex centro circuli

que le quarré de AB est triple du quarré de AH, le triple du quarré de ΔH sera quintuple du quarré de MN. Mais le triple du quarré de ΔH est au quintuple du quarré de MN comme le triple du quarré de ΓH est au quintuple du quarré de MΞ (o. 13 et 7 14); le triple du quarré de ΓH est donc égal au quintuple du quarré de MΞ. Mais le quintuple du quarré de KΛ est égal à la somme du quintuple du quarré de MN et du quintuple quarré de MΞ (8. 9 et 10. 13); le quintuple du quarré de KΛ est donc égal à la somme du triple quarré de ΔH et du triple quarré de ΓH. Mais la somme du triple quarré de ΔH et du triple quarré de ΓH est égale à quinze fois le quarré du rayon du cercle décrit autour du pentagone ΓΔEZH, car on a démontré que la somme des quarrés des droites ΔH, ΓH est quintuple du quarré du rayon du cercle décrit autour du pentagone ΓΔEZH. Mais le quintuple du quarré de KΛ est égal à quinze fois le quarré du rayon du cercle décrit autour du triangle KΛΘ, et l'on a démontré que le quarré de KΛ est triple du quarré du rayon du cercle décrit autour du triangle KΛΘ (12. 13); quinze fois le quarré du rayon du premier cercle est donc égal à

δεκαπέντε τοῖς ἀπὸ τῆς ἐκ τοῦ κέντρου[6]· ἡ ἄρα διάμετρος ἴση ἐστὶ τῇ διαμέτρῳ.

Ὁ αὐτὸς ἄρα κύκλος περιλαμβάνει τό τε τοῦ δωδεκαέδρου πεντάγωνον καὶ τὸ τοῦ εἰκοσαέδρου τρίγωνον τῶν εἰς τὴν αὐτὴν σφαῖραν ἐγγραφομένων.

æqualia sunt quindecim ipsis ex rectâ ex centro circuli; ergo diameter æqualis est diametro.

Idem igitur circulus comprehendit et dodecaedri pentagonum et icosaedri triangulum in eâdem sphærâ descriptorum.

ΠΡΟΤΑΣΙΣ γ'.

Ἐὰν ᾖ πεντάγωνον ἰσόπλευρόν τε καὶ ἰσογώνιον, καὶ περὶ τοῦτο κύκλος, καὶ ἀπὸ τοῦ κέντρου κάθετος ἐπὶ μίαν πλευρὰν ἀχθῇ· τὸ τριακοντάκις ὑπὸ μιᾶς τῶν πλευρῶν καὶ τῆς καθέτου ἴσον ἐστὶ τῇ τοῦ δωδεκαέδρου ἐπιφανείᾳ.

Ἔστω πεντάγωνον ἰσόπλευρόν τε καὶ ἰσογώνιον τὸ ΑΒΓΔΕ, καὶ περὶ τὸ πεντάγωνον κύκλος, καὶ εἰλήφθω τὸ κέντρον τὸ Ζ, καὶ ἀπὸ τοῦ Ζ ἐπὶ τὴν ΓΔ κάθετος ἤχθω ἡ ΖΗ· λέγω ὅτι τριακοντάκις ὑπὸ ΓΔ, ΖΗ ἴσον δώδεκα πενταγώνοις τοῖς ΑΒΓΔΕ.

Ἐπεζεύχθωσαν αἱ ΓΖ, ΖΔ. Καὶ ἐπεὶ τὸ ὑπὸ

PROPOSITIO III.

Si sit pentagonum et æquilaterum et æquiangulum, et circa ipsum circulus, et a centro perpendicularis ad unum latus ducatur; ipsum tricies sub uno laterum et perpendiculari æquale est dodecaedri superficiei.

Sit pentagonum æquilaterum et æquiangulum ΑΒΓΔΕ, et circa pentagonum circulus, et sumatur centrum Z, et a puncto Z ad ΓΔ perpendicularis ducatur ZH; dico ipsum tricies sub ΓΔ, ZH æquale esse duodecim pentagonis ΑΒΓΔΕ.

Jungantur ipsæ ΓΖ, ΖΔ. Et quoniam ipsum

quinze fois le quarré du rayon du second cercle; les diamètres sont donc égaux.

Le même cercle comprend donc le pentagone du dodécaèdre, et le triangle de l'icosaèdre, ces polygones étant décrits dans un même cercle.

PROPOSITION III.

Si l'on a un pentagone équilatéral et équiangle, si on lui circonscrit un cercle, et si du centre du cercle on mène une perpendiculaire à un des côtés, trente fois le rectangle sous un des côtés et la perpendiculaire sera égal à la surface du dodécaèdre.

Soit ΑΒΓΔΕ un pentagone équilatéral et équiangle, circonscrivons lui un cercle, prenons le centre Z, et du point Z menons la perpendiculaire ZH; je dis que trente fois la rectangle sous ΓΔ, ZH est égal à douze fois le pentagone ΑΒΓΔΕ.

Joignons ΓZ, ZΔ. Puisque le rectangle sous ΓΔ, ZH est double du triangle ΓΔZ

ΓΔ, ΖΗ διπλάσιόν ἐστι τοῦ ΓΔΖ τριγώνου, τῷ ἄρα πεντάκις ὑπὸ ΓΔ, ΖΗ δέκα τρίγωνα ἐστὶν ἴσα[1]. Τὰ δὲ δέκα τρίγωνα δύο ἐστὶ πεντάγωνα,

sub ΓΔ, ΖΗ duplum est trianguli ΓΔΖ, ipsi igitur quinquies sub ΓΔ, ΖΗ decem triangula æqualia sunt. Sed decem triangula duo sunt pen-

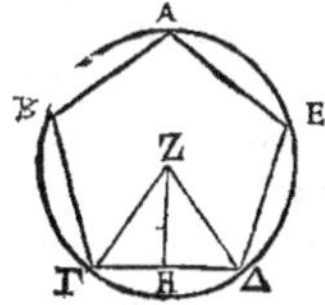

καὶ πάντα ἑξάκις· τὸ ἄρα τριακοντάκις ὑπὸ ΓΔ, ΖΗ ἴσον ἐστὶ δώδεκα πενταγώνοις. Δώδεκα δὲ πεντάγωνα ἡ τοῦ δωδεκαέδρου ἐστὶν ἐπιφάνεια· τὸ ἄρα τριακοντάκις ὑπὸ ΓΔ, ΖΗ ἴσον ἐστὶ τῇ τοῦ δωδεκαέδρου ἐπιφανείᾳ.

Ὁμοίως δὴ δείξομεν ὅτι καὶ ἐὰν ᾖ τρίγωνον ἰσόπλευρον ὡς τὸ ΑΒΓ, καὶ περὶ αὐτὸ κύκλος,

tagona, et tota sexties; ipsum igitur tricies sub ΓΔ, ΖΗ æquale est duodecim pentagonis. Duodecim autem pentagona dodecaedri est superficies; ipsum igitur tricies sub ΓΔ, ΖΗ æquale est dodecaedri superficiei.

Similiter utique ostendemus et si sit triangulum æquilaterum ut ΑΒΓ, et circa ipsum circulus,

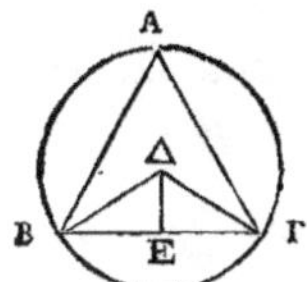

καὶ τὸ κέντρον τοῦ κύκλου τὸ Δ, καὶ κάθετος ἡ ΔΕ, τὸ τριακοντάκις ὑπὸ ΒΓ, ΔΕ ἴσον ἐστὶ τῇ τοῦ εἰκοσαέδρου ἐπιφανείᾳ.

et centrum circuli Δ, et perpendicularis ΔΕ, ipsum tricies sub ΒΓ, ΔΕ æquale esse icosaedri superficiei.

(40. 1), dix angles seront égaux au quintuple du rectangle sous ΓΔ, ΖΗ. Mais dix triangles sont égaux à deux pentagones, ainsi que six fois les touts; trente fois le rectangle sous ΓΔ, ΖΗ est donc égal à douze pentagones. Mais douze pentagones forment la surface du dodécaèdre; trente fois le rectangle sous ΓΔ, ΖΗ est donc égal à la surface du dodécaèdre.

Nous démontrerons semblablement que si l'on a un triangle équilatéral comme ΑΒΓ, que si on lui circonscrit un cercle dont le centre soit Δ, et que si l'on mène une perpendicurelaire ΔΕ, trente fois le rectangle sous ΒΓ, ΔΕ sera égal à la surface de l'icosaèdre.

Ἐπεὶ γὰρ πάλιν τὸ ὑπὸ ΒΓ, ΔΕ διπλάσιόν ἐστι τοῦ ΑΒΓ, δύο ἄρα τρίγωνα ἴσα ἐστὶ τῷ ὑπὸ ΒΓ, ΔΕ, καὶ πάντα τρίς· ἓξ ἄρα τρίγωνα τὰ ΑΒΓ ἴσα ἐστὶ τρισὶ τοῖς ὑπὸ ΒΓ, ΔΕ. Ἓξ δὲ τρίγωνα ὡς τὰ ΑΒΓ, ἴσα ἐστὶ δύο τοῖς ΑΒΓ, καὶ πάντα δεκάκις· τὸ ἄρα τριακοντάκις ὑπὸ ΒΓ, ΔΕ ἴσον ἐστὶν εἴκοσι τοῖς ΑΒΓ τριγώνοις, τουτέστι τῇ τοῦ εἰκοσαέδρου ἐπιφανείᾳ· ὥστε ἔσται ὡς ἡ τοῦ δωδεκαέδρου ἐπιφάνεια πρὸς τὴν τοῦ εἰκοσαέδρου ἐπιφάνειαν οὕτως τὸ ὑπὸ ΓΔ, ΖΗ πρὸς τὸ ὑπὸ ΒΓ, ΔΕ.

Quoniam enim rursus ipsum sub ΒΓ, ΔΕ duplum est ipsius ΑΒΓ; duo igitur triangula æqualia sunt ipsi sub ΒΓ, ΔΕ, et omnia ter; sex igitur triangula ΑΒΓ æqualia sunt tribus sub ΒΓ, ΔΕ; sex autem triangula ut ΑΒΓ æqualia sunt duobus ΑΒΓ, et omnia decies; ipsum igitur tricies sub ΒΓ, ΔΕ æquale est viginti ΑΒΓ triangulis, hoc est icosaedri superficiei; quare erit ut dodecaedri superficies ad icosaedri superficiem ita ipsum sub ΓΔ, ΖΗ ad ipsum sub ΒΓ, ΔΕ.

ΠΟΡΙΣΜΑ.

Ἐκ δὴ τούτου φανερὸν, ὅτι ὡς ἡ τοῦ δωδεκαέδρου ἐπιφάνεια πρὸς τὴν τοῦ εἰκοσαέδρου ἐπιφάνειαν, οὕτως τὸ ὑπὸ τῆς πλευρᾶς τοῦ πενταγώνου καὶ τῆς ἐκ τοῦ κέντρου τοῦ περὶ τὸ πεντάγωνον κύκλου ἐπ᾽ αὐτὴν καθέτου ἀγομένης, πρὸς τὸ ὑπὸ τῆς πλευρᾶς τοῦ εἰκοσαέδρου καὶ τῆς ἀπὸ τοῦ κέντρου τοῦ περὶ τὸ

COROLLARIUM.

Ex hoc utique evidens est ut dodecaedri superficies ad icosaedri superficiem ita ipsum sub latere pentagoni et perpendiculari ex centro circuli circa pentagonum ad latus ductâ ad ipsum sub latere icosaedri et perpendiculari a centro circuli circa triangulum ad latus ductâ,

Car puisque le rectangle sous ΒΓ, ΔΕ est double du triangle ΑΒΓ (41. 1), deux triangles seront égaux au rectangle sous ΒΓ, ΔΕ, ainsi que trois fois les touts; les six triangles ΑΒΓ sont donc égaux aux trois rectangles sous ΒΓ, ΔΕ. Mais six triangles comme ΑΒΓ sont égaux a deux triangles ΑΒΓ, ainsi que dix fois les touts; trente fois le rectangle sous ΒΓ, ΔΕ est donc égal à vingt fois le triangle ΑΒΓ, c'est-à-dire à la surface de l'icosaèdre; la surface du dodécaèdre est donc à la surface de l'icosaèdre comme le rectangle sous ΓΔ, ΖΗ est au rectangle sous ΒΓ, ΔΕ.

COROLLAIRE.

D'après cela il est évident que la surface du dodécaèdre est à la surface de l'icosaèdre comme le rectangle sous le côté du pentagone et la perpendiculaire menée à ce côté du centre du cercle circonscrit au pentagone, est au rectangle sous le côté de l'icosaèdre et la perpendiculaire menée à ce côté du centre du

τρίγωνον κύκλου ἐπ' αὐτὴν καθέτου ἀγομένης, τῶν εἰς τὴν αὐτὴν σφαῖραν ἐγγραφομένων εἰκοσαέδρου καὶ δωδεκαέδρου.

in eâdem sphærâ descriptis icosaedro et dodecaedro.

ΠΡΟΤΑΣΙΣ δ'.

Τούτου δήλου ὄντος, δεικτέον, ὅτι ἔσται ὡς ἡ τοῦ δωδεκαέδρου ἐπιφάνεια πρὸς τὴν τοῦ εἰκοσαέδρου οὕτως ἡ τοῦ κύβου πλευρὰ πρὸς τὴν τοῦ εἰκοσαέδρου πλευράν.

Ἐκκείσθω κύκλος περιλαμβάνων τό τε τοῦ δωδεκαέδρου πεντάγωνον καὶ τὸ τοῦ εἰκοσαέδρου τρίγωνον τῶν εἰς τὴν αὐτὴν σφαῖραν ἐγγραφομένων, ὁ ΑΒΓ, καὶ ἐγγεγράφθω εἰς τὸν ΑΒΓ κύκλον τριγώνου μὲν ἰσοπλεύρου πλευρὰ ἡ ΓΔ, πενταγώνου δὲ ἡ ΑΓ, καὶ εἰλήφθω τὸ κέντρον τοῦ κύκλου τὸ Ε, καὶ ἀπὸ τοῦ Ε ἐπὶ τὰς ΔΓ, ΓΑ κάθετοι ἤχθωσαν αἱ ΕΖ, ΕΗ, καὶ ἐκβεβλήσθω ἐπ' εὐθείας τῆς ΕΗ εὐθεῖα ἡ ΗΒ, καὶ ἐπεζεύχθω ἡ ΒΓ, καὶ ἐκκείσθω κύβου πλευρὰ ἡ Θ· λέγω ὅτι ἐστὶν ὡς ἡ τοῦ δωδεκαέδρου ἐπιφάνεια πρὸς τὴν τοῦ εἰκοσαέδρου οὕτως ἡ Θ πρὸς τὴν ΓΔ.

PROPOSITIO IV.

Hoc manifesto existente, ostendendum est fore ut dodecaedri superficies ad superficiem icosaedri ita cubi latus ad icosaedri latus.

Exponatur circulus ΑΒΓ comprehendens et dodecaedri pentagonum et icosaedri triangulum in eâdem sphærâ descriptorum, et describatur in ΑΒΓ circulo trianguli quidem æquilateri latus ΓΔ, pentagoni autem latus ΑΓ, et sumatur centrum Ε circuli, et a puncto Ε ad ΔΓ, ΓΑ ducantur perpendiculares ΕΖ, ΕΗ, et producatur in directum ipsi ΕΗ recta ΗΒ, et jungatur ΒΓ, et exponatur cubi latus Θ; dico esse ut dodecaedri superficies ad icosaedri superficiem ita Θ ad ΓΔ.

cercle circonscrit au triangle, le dodécaèdre et l'icosaèdre étant décrits dans la même sphère.

PROPOSITION IV.

Cela étant évident, il faut démontrer que la surface du dodécaèdre est à la surface de l'icosaèdre comme le côté du cube est au côté de l'icosaèdre.

Soit exposé un cercle ΑΒΓ qui comprène le pentagone du dodécaèdre et le triangle de l'icosaèdre, ces solides étant décrits dans la même sphère (2. 14), décrivons dans le cercle ΑΒΓ le côté ΓΔ d'un triangle équilatéral, et le côté ΑΓ du pentagone, prenons le centre Ε du cercle; du point Ε menons aux droites ΔΓ, ΓΑ les perpendiculaires ΕΖ, ΕΗ, prolongeons ΗΒ dans la direction de ΕΗ, joignons ΒΓ, et soit exposé le côté Θ du cube; je dis que la surface du dodécaèdre est à la surface de l'icosaèdre, comme Θ est à ΓΔ.

Ἐπεὶ γὰρ συναμφοτέρου τῆς ΕΒΓ ἄκρον καὶ μέσον λόγον τετμημένης τὸ μεῖζον τμῆμά ἐστιν ἡ ΒΕ, καὶ ἔστι συναμφοτέρου μὲν τῆς ΕΒΓ ἡμίσεια ἡ ΕΗ, τῆς δὲ ΒΕ ἡμίσεια ἡ ΕΖ· καὶ τῆς ΕΗ ἄρα ἄκρον καὶ μέσον λόγον τεμνομένης τὸ μεῖζον τμῆμά ἐστιν ἡ ΕΖ. Ἔστι δὲ καὶ τῆς Θ ἄκρον καὶ μέσον λόγον τετμημένης τὸ μεῖζον τμῆμα ἡ ΓΑ, ὡς ἐν τῷ δωδεκαέδρῳ ἐδείχθη· ὡς ἄρα ἡ Θ πρὸς τὴν ΓΑ οὕτως ἡ ΕΗ πρὸς τὴν ΕΖ· ἴσον ἄρα τὸ ὑπὸ Θ, ΖΕ τῷ ὑπὸ ΓΑ, ΕΗ. Καὶ ἐπεί ἐστιν ὡς ἡ Θ πρὸς τὴν ΓΔ οὕτως τὸ ὑπὸ Θ, ΕΖ πρὸς τὸ ὑπὸ ΓΔ, ΕΖ, τῷ δὲ ὑπὸ Θ, ΕΖ ἴσον ἐστὶ τὸ ὑπὸ ΓΑ, ΕΗ· ὡς ἄρα ἡ Θ πρὸς τὴν ΓΔ οὕτως τὸ ὑπὸ ΓΑ, ΗΕ πρὸς τὸ ὑπὸ ΓΔ, ΕΖ, τουτέστιν ὡς ἡ τοῦ δωδεκαέδρου ἐπιφάνεια πρὸς τὴν τοῦ

Quoniam enim utriusque simul ΕΒΓ extremâ et mediâ ratione sectæ major portio est ΒΕ, et est utriusque simul ΕΒΓ dimidia ΕΗ et ipsius ΒΕ dimidia ΕΖ; et ipsius ΕΗ igitur extremâ et mediâ ratione sectæ major portio est ΕΖ. Est autem et ipsius Θ extremâ et mediâ ratione sectæ major portio ΓΑ, ut in dodecaedro ostensum fuit; ut igitur Θ ad ΓΑ ita ΕΗ ad ΕΖ; æquale igitur ipsum sub Θ, ΖΕ ipsi sub ΓΑ, ΕΗ. Et quoniam est ut Θ ad ΓΔ ita ipsum sub Θ, ΕΖ ad ipsum sub ΓΔ, ΕΖ, ipsi autem sub Θ, ΕΖ æquale est ipsum sub ΓΑ, ΕΗ; ut igitur Θ ad ΓΔ ita ipsum sub ΓΑ, ΗΕ ad ipsum sub ΓΔ, ΕΖ, hoc est ut dodecaedri

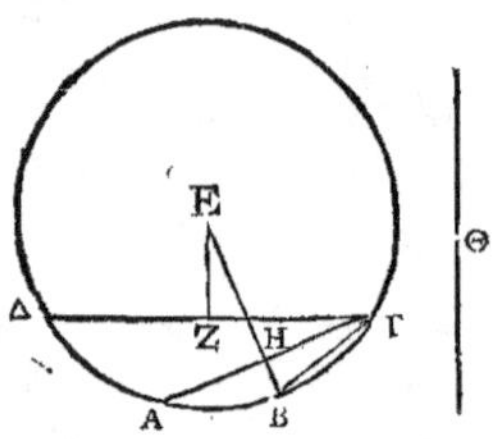

Car puisque BE est le plus grand segment de la somme des droites EB, BΓ coupées en extrême et moyenne raison (9. 13) que EH est la moitié de la somme des droites EB, BΓ (1. 14), et EZ la moitié de BE (cor. 1. 14), la droite EZ sera le plus grand segment de la droite EH coupée en extrême et moyenne raison. Mais ΓA est le plus grand segment de la droite Θ coupée en extrême et moyenne raison, comme on l'a démontré dans le dodécaèdre (cor. 17. 13); la droite Θ est donc à ΓA comme EH est à EZ (7. 15); le rectangle sous Θ, ZE est donc égal au rectangle sous ΓA, EH. Et puisque Θ est à ΓΔ comme le rectangle sous Θ, EZ est à un rectangle sous ΓΔ, EZ, et que le rectangle sous ΓA, EH est égal au rectangle sous Θ, EZ, la droite Θ sera à ΓΔ comme le rectangle sous ΓA, HE

εἰκοσαέδρου ἐπιφάνειαν οὕτως ἡ Θ πρὸς τὴν ΓΔ. Ὅπερ ἔδει δεῖξαι.

superficies ad icosaedri superficiem ita Θ ad ΓΔ. Quod oportebat osteudere.

ΑΛΛΩΣ.

Δεῖξαι ὅτι ἐστὶν ὡς ἡ τοῦ δωδεκαέδρου ἐπιφάνεια πρὸς τὴν τοῦ εἰκοσαέδρου ἐπιφάνειαν, οὕτως ἡ του κύβου πλευρὰ πρὸς τὴν τοῦ εἰκοσαέδρου πλευράν· προγραφέντος τοῦδε.

Ἔστω κύκλος ὁ ΑΒΓ, καὶ ἐγγεγράφθω εἰς τὸν ΑΒΓ κύκλον πενταγώνου ἰσοπλεύρου πλευραὶ αἱ ΑΒ, ΑΓ, καὶ ἐπεζεύχθω ἡ ΒΓ, καὶ εἰλήφθω τὸ κέντρον τοῦ κύκλου τὸ Δ, καὶ ἀπὸ τοῦ Α ἐπὶ τὸ Δ ἐπεζεύχθω εὐθεῖα ἡ ΑΔ, καὶ ἐκβεβλήσθω ἐπ' εὐθείας τῆς ΑΔ εὐθεῖα ἡ ΔΕ, καὶ κείσθω τῆς μὲν ΑΔ εὐθείας ἡμίσεια ἡ ΔΖ, ἡ δὲ ΗΓ τῆς ΓΘ τριπλῆ ἔστω· λέγω ὅτι τὸ ὑπὸ ΑΖ, ΒΘ ἴσον ἐστὶ τῷ πενταγώνῳ.

Ἀπὸ γὰρ τοῦ Β ἐπὶ τὸ Δ ἐπεζεύχθω ἡ ΒΔ. Καὶ ἐπεὶ διπλῆ ἐστιν ἡ ΑΔ τῆς ΔΖ, ἡμιολία ἄρα ἐστὶ τῆς ΑΔ ἡ ΑΖ. Πάλιν, ἐπεὶ τριπλῆ

ALITER.

Ostendere ut dodecaedri superficies ad icosaedri superficiem ita cubi latus ad icosaedri latus; hoc autem præmisso.

Sit circulus ΑΒΓ, et describantur in ΑΒΓ circulo pentagoni æquilateri latera ΑΒ, ΑΓ, et jungatur ΒΓ, et sumatur centrum Δ circuli, et a puncto Α ad Δ ducatur recta ΑΔ, et producatur in directum ipsi ΑΔ recta ΔΕ, et ponatur rectæ ΑΔ dimidia ΔΖ, ipsa autem ΗΓ ipsius ΓΘ tripla sit; dico ipsum sub ΑΖ, ΒΘ æquale esse pentagono.

Etenim a puncto Β ad Δ ducatur ΒΔ. Et quoniam dupla est ΑΔ ipsius ΔΖ, sesquialtera igitur est ipsius ΑΔ ipsa ΑΖ. Rursus, quoniam

est au rectangle sous ΓΔ, ΕΖ (16. 6), c'est-à-dire que la surface du dodécaèdre est à la surface de l'icosaèdre comme Θ est a ΓΔ (3. 14): ce qu'il fallait démontrer.

AUTREMENT.

Démontrer que la surface du dodécaèdre est à la surface de l'icosaèdre comme le côté du cube est au côté de l'icosaèdre, après avoir exposé ce qui suit:

Soit le cercle ΑΒΓ, dans le cercle ΑΒΓ, décrivons les côtés ΑΒ, ΑΓ d'un pentagone équilatéral, joignons ΒΓ, prenons le centre Δ du cercle, du point Α au point Δ menons la droite ΑΔ, prolongeons la droite ΔΕ dans la direction de ΑΔ, faisons ΔΖ égal à la moitié de ΑΔ, et que ΗΓ soit triple de ΓΘ, je dis que le rectangle sous ΑΖ, ΒΘ est égal au pentagone.

Car du point Β, menons au point Δ la droite ΒΔ. Puisque ΑΔ est double de ΔΖ, la droite ΑΖ sera égale aux trois moitiés de ΑΔ. De plus, puisque ΗΓ est triple de

ἐστιν ἡ ΗΓ τῆς ΓΘ, διπλῆ δὲ ἡ ΗΘ τῆς ΘΓ, ἡμιολία ἄρα ἐστὶν ἡ ΗΓ τῆς ΘΗ· ὡς ἄρα ἡ ΖΑ πρὸς τὴν ΑΔ οὕτως ἡ ΓΗ πρὸς τὴν ΗΘ· ἴσον ἄρα ἐστὶ τὸ ὑπὸ ΑΖ, ΘΗ τῷ ὑπὸ ΔΑ, ΓΗ. Η δὲ ΓΗ τῇ ΒΗ ἴση ἐστί· τὸ ἄρα ὑπὸ ΑΔ, ΒΗ ἴσον ἐστὶ τῷ ὑπὸ ΑΖ, ΘΗ. Τὸ δὲ ὑπὸ ΑΔ, ΒΗ δύο ἐστὶ τρίγωνα ὡς τὰ ΑΒΔ· καὶ τὸ ὑπὸ ΑΖ, ΗΘ ἄρα δύο ἐστὶ ΑΒΔ· πέντε ἄρα τὰ ὑπὸ

tripla est ΗΓ ipsius ΓΘ, dupla autem ΗΘ ipsius ΘΓ, sesquialtera igitur est ΗΓ ipsius ΘΗ; ut igitur ΖΑ ad ΑΔ ita ΓΗ ad ΗΘ; æquale igitur est ipsum sub ΑΖ, ΘΗ ipsi sub ΔΑ, ΓΗ. Ipsa autem ΓΗ ipsi ΒΗ æqualis est; ipsum igitur sub ΑΔ, ΒΗ æquale est ipsi sub ΑΖ, ΘΗ. Ipsum autem sub ΑΔ, ΒΗ duo sunt triangula ut ΑΒΔ; et ipsum sub ΑΖ, ΗΘ igitur duo sunt

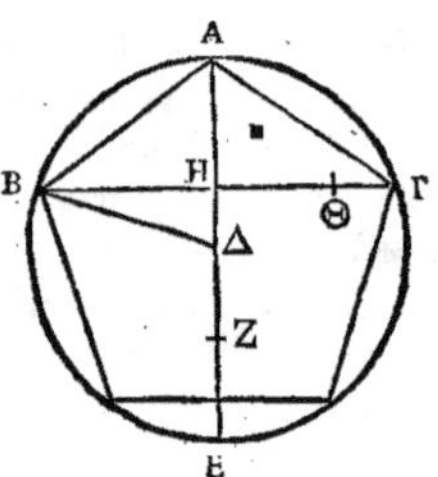

ΑΖ, ΗΘ δέκα τρίγωνά ἐστι. Δέκα δὲ τρίγωνα δύο ἐστὶ πεντάγωνα· πέντε ἄρα τὰ ὑπὸ ΑΖ, ΗΘ δύο πενταγώνοις ἴσα ἐστί. Καὶ ἐπεὶ διπλῆ ἐστιν ἡ ΗΘ τῆς ΘΓ, τὸ ὑπὸ ΑΖ, ΗΘ διπλοῦν ἐστι τοῦ ὑπὸ ΑΖ, ΘΓ· δύο ἄρα τὰ ὑπὸ ΑΖ, ΘΓ ἴσα ἐστὶν

ipsa ΑΒΔ. Quinque igitur ipsa sub ΑΖ, ΗΘ decem triangula sunt. Decem autem triangula duo sunt pentagona; quinque igitur ipsa sub ΑΖ, ΗΘ duobus pentagonis æqualia sunt. Et quoniam dupla est ΗΘ ipsius ΘΓ, ipsum sub ΑΖ, ΗΘ duplum est ipsius sub ΑΖ, ΘΓ; duo igitur ipsa sub ΑΖ, ΘΓ æqualia sunt uni sub ΑΖ,

ΓΘ, et que ΗΘ est double de ΘΓ, la droite ΗΓ sera les trois moitiés de ΘΗ; la droite ΖΑ sera donc à ΑΔ comme ΓΗ est à ΗΘ; le rectangle sous ΑΖ, ΘΗ est donc égal au rectangle sous ΔΑ, ΓΗ. Mais ΓΗ est égal à ΒΗ; le rectangle sous ΑΔ, ΒΗ est donc égal au rectangle sous ΑΖ, ΘΗ. Mais le rectangle sous ΑΔ, ΒΗ est égal à deux triangles comme ΑΒΔ (41. 1); le rectangle sous ΑΖ, ΗΘ est donc égal à deux fois le triangle ΑΒΔ; cinq fois le rectangle sous ΑΖ, ΗΘ est donc égal à dix fois le triangle. Mais dix triangles forment deux pentagones; cinq fois le rectangle sous ΑΖ, ΗΘ est donc égal à deux fois le pentagone. Et puisque ΗΘ est double de ΘΓ, le rectangle sous ΑΖ, ΗΘ sera double du rectangle sous ΑΖ, ΘΓ; le double rectangle sous ΑΖ, ΘΓ est donc égal à une fois le rectangle sous ΑΖ, ΗΘ,

ἑνὶ τῷ ὑπὸ ΑΖ, ΗΘ, καὶ δέκα τὰ ὑπὸ ΑΖ, ΘΓ ἴσα ἐστὶ πέντε τοῖς ὑπὸ ΑΖ, ΗΘ, τουτέστι δύο πενταγώνοις· ὥστε πέντε τὰ ὑπὸ ΑΖ, ΘΓ ἴσα ἐστὶν ἑνὶ πενταγώνῳ. Πεντάκις δὲ τὸ ὑπὸ ΑΖ, ΘΓ ἴσα ἐστὶ τῷ ὑπὸ ΑΖ, ΘΒ, ἐπειδὴ πενταπλῆ ἐστιν ἡ ΘΒ τῆς ΘΓ, καὶ κοινὸν ὕψος ἐστὶν ἡ ΑΖ. Τὸ ἄρα ὑπὸ ΑΖ, ΘΒ ἴσον ἐστὶν ἑνὶ πενταγώνῳ.

Τούτου δήλου ὄντος, νῦν ἐκκείσθω κύκλος ὁ περιλαμβάνων τό τε τοῦ δωδεκαέδρου πεντάγωνον καὶ τὸ τοῦ εἰκοσαέδρου τρίγωνον, τῶν εἰς τὴν αὐτὴν σφαῖραν ἐγγραφομένων, καὶ ἐγγεγράφθωσαν εἰς τὸν ΑΒΓ κύκλον πενταγώνου ἰσοπλεύρου πλευραὶ αἱ ΒΑ, ΑΓ, καὶ ἐπεζεύχθω ἡ ΒΓ, καὶ εἰλήφθω τὸ κέντρον τοῦ κύκλου τὸ Ε, καὶ ἀπὸ τοῦ Α ἐπὶ τὸ Ε ἐπεζεύχθω ἡ ΑΕ, καὶ ἐκβεβλήσθω ἡ ΑΕ ἐπὶ τὸ Ζ, καὶ ἔστω ἡ ΑΕ τῆς ΕΘ διπλῆ, τριπλῆ δὲ ἡ ΚΓ τῆς ΓΘ, καὶ ἀπὸ τοῦ Η τῇ ΑΖ πρὸς ὀρθὰς ἡ ΔΜ· τριγώνου ἄρα ἐστὶν ἰσοπλεύρου ἡ ΔΜ· ἰσόπλευρον ἄρα ἐστὶ τὸ ΑΔΜ τρίγωνον. Καὶ ἐπεὶ τὸ μὲν ὑπὸ ΑΗ, ΘΒ ἴσον ἐστὶ τῷ πενταγώνῳ, τὸ δὲ ὑπὸ ΑΗ, ΗΔ τῷ ΑΔΜ τριγώνῳ· ἔστιν ἄρα ὡς

ΗΘ, et decem ipsa sub ΑΖ, ΘΓ æqualia sunt quinque ipsis sub ΑΖ, ΗΘ, hoc est duo pentagona; quare quinque ipsa sub ΑΖ, ΘΓ æqualia sunt uni pentagono. Quinque autem ipsa sub ΑΖ, ΘΓ æqualia sunt ipsi sub ΑΖ, ΘΒ, quia quintupla quidem est ΘΒ ipsius ΘΓ, et communis altitudo est ipsa ΑΖ. Ipsum igitur sub ΑΖ, ΘΒ æquale est uni pentagono.

Hoc manifesto existente, nunc exponatur circulus comprehendens et dodecaedri pentagonum, et icosaedri triangulum, in eâdem sphærâ descriptorum, et describantur in ΑΒΓ circulo pentagoni æquilateri latera ΒΑ, ΑΓ, et jungatur ΒΓ, et sumatur centrum Ε circuli, et a puncto Α ad Ε ducatur ΑΕ, et producatur ΑΕ ad Ζ, et sit ΑΕ ipsius ΕΘ dupla, tripla autem ΚΓ ipsius ΓΘ, et a puncto Η ipsi ΑΖ ad rectos ipsa ΔΜ; trianguli igitur est æquilateri latus ipsa ΔΜ; æquilaterum igitur est ΑΔΜ triangulum. Et quoniam ipsum quidem sub ΑΗ, ΘΒ æquale est pentagono, ipsum autem sub ΑΗ, ΗΔ triangulo ΑΔΜ; est igi-

et dix fois le rectangle sous ΑΖ, ΘΓ égal à cinq fois le rectangle sous ΑΖ ΗΘ, c'est-à-dire, à deux pentagones; cinq fois le rectangle sous ΑΖ, ΘΓ est donc égal à un pentagone. Mais cinq fois le rectangle sous ΑΖ, ΘΓ est égal au rectangle sous ΑΖ, ΘΒ, parce que ΘΒ est quintuple de ΘΓ, et que ΑΖ est la hauteur commune. Le rectangle sous ΑΖ, ΘΒ est donc égal à un pentagone.

Cela étant démontré, soit exposé un cercle qui comprène le pentagone du dodécaèdre et le triangle de l'icosaèdre, ces solides étant décrits dans la même sphère; décrivons dans le cercle ΑΒΓ les côtés, ΒΑ, ΑΓ d'un pentagone équilatéral, joignons ΒΓ, prenons le centre Ε du cercle, du point Α menons au point Ε la droite ΑΕ, prolongeons ΑΕ vers le point Ζ, que ΑΕ soit double de ΕΘ, et ΚΓ triple de ΓΘ, et du point Η menons ΔΜ perpendiculaire à ΑΖ; la droite ΔΜ sera le côté d'un triangle équilatéral (cor. 1. 14). Le triangle ΑΔΜ est donc équilatéral. Et puisque le rectangle sous ΑΗ, ΘΒ est égal au pentagone, et que le rectangle sous ΑΗ, ΗΔ est égal au triangle ΑΔΜ, le rectangle sous ΑΗ, ΘΒ

τὸ ὑπὸ ΑΗ, ΘΒ πρὸς τὸ ὑπὸ ΑΗ, ΗΔ οὕτως τὸ πεντάγωνον πρὸς τὸ τρίγωνον. Ὡς δὲ τὸ ὑπὸ ΑΗ, ΒΘ πρὸς τὸ ὑπὸ ΑΗ, ΗΔ οὕτως ἡ ΒΘ πρὸς τὴν ΔΗ· καὶ ὡς ἄρα δώδεκα αἱ ΘΒ πρὸς εἴκοσι ΔΗ οὕτως δώδεκα πεντάγωνα πρὸς εἴκοσι τρίγωνα, τουτέστιν ἡ τοῦ δωδεκαέδρου ἐπιφάνεια πρὸς τὴν τοῦ εἰκοσαέδρου. Καὶ ἔστι δώδεκα μὲν αἱ ΒΘ δέκα αἱ ΒΓ, ἡ μὲν γὰρ ΒΘ τῆς ΘΓ

tur ut ipsum sub ΑΗ, ΘΒ ad ipsum sub ΑΗ, ΗΔ ita pentagonum ad triangulum. Ut autem ipsum sub ΑΗ, ΒΘ ad ipsum sub ΑΗ, ΗΔ ita ΒΘ ad ΔΗ; et ut igitur duodecim ΘΒ ad viginti ΔΗ ita duodecim pentagona ad viginti triangula, hoc est dodecaedri superficies ad icosaedri superficiem. Et sunt duodecim ΒΘ quidem decem ΒΓ, et ipsa enim quidem ΒΘ ipsius ΘΓ est quintu-

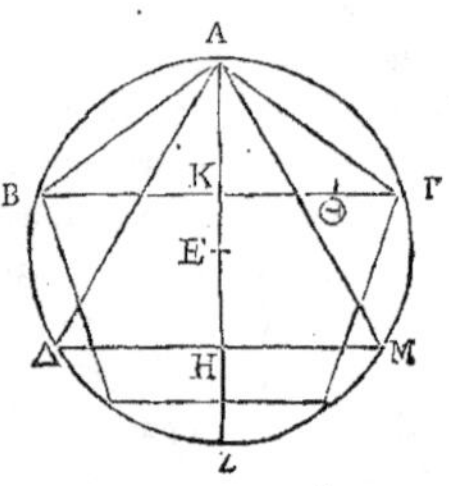

ἐστὶ πενταπλῆ, ἡ δὲ ΒΓ τῆς ΘΓ ἑξαπλῆ· δώδεκα ἄρα αἱ ΒΘ ἴσαι εἰσὶ δέκα ταῖς ΒΓ. Εἴκοσι δὲ ἡ ΗΔ δέκα εἰσὶν αἱ ΔΜ, διπλῆ γὰρ ἡ ΜΔ τῆς ΔΗ· ὡς ἄρα δέκα αἱ ΒΓ πρὸς δέκα τὰς ΔΜ, τουτέστιν ὡς ἡ ΒΓ πρὸς τὴν ΔΜ, οὕτως ἡ τοῦ δωδεκαέδρου ἐπιφάνεια πρὸς τὴν τοῦ εἰκοσαέδρου ἐπιφάνειαν. Καὶ ἔστιν ἡ μὲν ΒΓ ἡ τοῦ κύβου πλευρὰ, ἡ δὲ ΔΜ ἡ τοῦ εἰκοσαέδρου πλευρά· καὶ ὡς ἄρα ἡ τοῦ δωδεκαέδρου ἐπιφάνεια πρὸς

pla, ipsa autem ΒΓ ipsius ΘΓ sextupla; duodecim igitur ΒΘ æquales sunt ipsis decem ΒΓ. Viginti autem ΗΔ decem sunt ΔΜ, dupla enim ΜΔ ipsius ΔΗ; ut igitur decem ΒΓ ad decem ΔΜ, hoc est ut ΒΓ ad ΔΜ, ita dodecaedri superficies ad icosaedri superficiem. Et est ΒΓ quidem cubi latus, ΔΜ autem icosaedri latus; et ut igitur dodecaedri superficies ad icosaedri superficiem ita

sera au rectangle sous ΑΗ, ΗΔ comme le pentagone est au triangle. Mais le rectangle sous ΑΗ, ΒΘ est au rectangle sous ΑΗ, ΗΔ comme ΒΘ est à ΔΗ; douze fois ΘΒ est donc à vingt fois ΔΗ comme dix pentagones sont à vingt triangles, c'est-à-dire comme la surface du dodécaèdre est à la surface de l'icosaèdre. Mais douze fois ΒΘ est égal à dix fois ΒΓ, car ΒΘ est quintuple de ΘΓ, et ΒΓ est sextuple de ΘΓ; douze fois ΒΘ est donc égal à dix fois ΒΓ. Mais vingt fois ΗΔ est égal à dix fois ΔΜ, car ΜΔ est double de ΔΗ; dix fois ΒΓ est donc à dix fois ΔΜ, c'est-à-dire ΒΓ à ΔΜ, comme la surface du dodécaèdre est à la surface de l'icosaèdre. Mais ΒΓ est le côté du cube, et ΔΜ le côté de l'icosaèdre (8 et 17. 13); la surface du dodé-

τὴν τοῦ εἰκοσαέδρου ἐπιφάνειαν οὕτως ἡ ΒΓ πρὸς τὴν ΔΜ, τουτέστιν ἡ τοῦ κύβου πλευρὰ πρὸς τὴν τοῦ εἰκοσαέδρου πλευράν.

ΠΡΟΤΑΣΙΣ ε΄.

Δεικτέον δὴ, ὅτι καὶ εὐθείας ἧσδηποτοῦν τμηθείσης ἄκρον καὶ μέσον λόγον, ὃν λόγον ἔχει ἡ δυναμένη τὸ ἀπὸ τῆς ὅλης καὶ τὸ ἀπὸ τοῦ μείζονος τμήματος πρὸς τὴν δυναμένην τὸ ἀπὸ τῆς ὅλης καὶ τὸ ἀπὸ τοῦ ἐλάσσονος τμήματος, τοῦτον ἔχει τὸν λόγον ἡ τοῦ κύβου πλευρὰ πρὸς τὴν τοῦ εἰκοσαέδου πλευράν.

Εστω κύκλος ὁ ΑΒ περιλαμβάνων τό τε τοῦ δωδεκαέδρου πεντάγωνον καὶ τὸ τοῦ εἰκοσαέδρου τρίγωνον, τῶν εἰς τὴν αὐτὴν σφαῖραν ἐγγραφομένων, καὶ εἰλήφθω τὸ κέντρον τοῦ κύκλου τὸ Γ, καὶ προσεκβεβλήσθω τὶς ἀπὸ τοῦ Γ ὡς ἔτυχεν εὐθεῖα ἡ ΓΒ, καὶ τετμήσθω ἄκρον καὶ μέσον λόγον κατὰ τὸ Δ, καὶ τὸ μεῖζον τμῆμα ἔστω ἡ ΓΔ· δεκαγώνου ἄρα ἐστὶ πλευρὰ ἡ ΓΔ

ΒΓ ad ΔΜ, hoc est cubi latus ad icosaedri latus.

PROPOSITIO V.

Ostendendum est igitur et rectâ quâlibet sectâ extremâ et mediâ ratione, quam rationem habet potens quadratum ex totâ et quadratum ex majore portione ad potentem quadratum ex totâ et quadratum ex minore portione eamdem habere rationem cubi latus ad icosaedri latus.

Sit circulus ΑΒ comprehendens et dodecaedri pentagonum et icosaedri triangulum, in eâdem sphærâ dsscriptorum, et sumatur centrum Γ circuli, et producatur aliqua a puncto Γ ut libet recta ΓΒ, et secetur extremâ et mediâ ratione in Δ, et major portio sit ΓΔ; decagoni igitur latus est ipsa ΓΔ in eodem circulo descripti.

caèdre est donc à la surface de l'icosaèdre comme ΒΓ est à ΔΜ; c'est-à-dire comme le côté du cube est au côté de l'icosaèdre.

PROPOSITION V.

Une droite étant coupée en extrême et moyenne raison, il faut démontrer aussi que le côté du cube est au côté de l'icosaèdre comme le quarré d'une droite égal à la somme des quarrés de la droite entière et du plus grand segment est au quarré d'une droite égal à la somme des quarrés de la droite entière et du plus petit segment.

Soit un cercle ΑΒ qui comprène et le pentagone du dodécaèdre et le triangle de l'icosaèdre, ces solides étant décrits dans la même sphère; prenons le centre Γ du cercle; du point Γ menons une droite quelconque ΓΒ; coupons cette droite en extrême et moyenne raison au point Δ, et que ΓΔ soit le plus grand segment; la droite ΓΔ sera le côté du dodécagone décrit dans le même cercle (5 et 9, 13).

εἰς τὸν αὐτὸν κύκλον ἐγγραφομένου. Ἐκκείσθω δὴ εἰκοσαέδρου πλευρὰ ἡ Ε, δωδεκαέδρου δὲ ἡ Ζ, κύβου δὲ ἡ Η· ἡ μὲν ἄρα Ε τριγώνου ἰσοπλεύρου ἐστὶ πλευρὰ, ἡ δὲ Ζ πενταγώνου τοῦ εἰς τὸν αὐτὸν κύκλον ἐγγραφομένου, ἡ δὲ Ζ τῆς Η μεῖζόν ἐστι τμῆμα. Καὶ ἐπεὶ ἡ Ε ἴση ἐστὶ τῇ τοῦ ἰσοπλεύρου τριγώνου πλευρᾷ, ἡ δὲ τοῦ τριγώνου τοῦ ἰσοπλεύρου πλευρὰ δυνάμει τριπλασία ἐστὶ τῆς ΒΓ· τριπλάσιον ἄρα ἐστὶ τὸ ἀπὸ τῆς Ε τοῦ ἀπὸ τῆς ΒΓ. Ἔστι δὲ καὶ τὰ ἀπὸ τῆς ΓΒ,

Exponatur itaque icosaedri latus E, dodecaedri autem Z, cubi vero H; ergo E quidem trianguli æquilateri est latus, Z vero pentagoni in eodem circulo descripti, Z autem ipsius H major est portio. Et quoniam E æqualis est lateri trianguli æquilateri, latus autem trianguli æquilateri potentiâ triplum est ipsius BΓ, triplum igitur est ipsum ex E ipsius ex BΓ. Sunt autem et ipsa ex

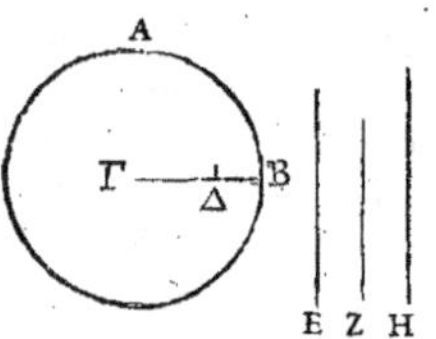

ΒΔ τριπλάσια τοῦ ἀπὸ ΓΔ· καὶ ἐναλλὰξ ὡς ἄρα τὸ ἀπὸ Ε πρὸς τὰ ἀπὸ ΓΒ, ΒΔ οὕτως τὸ ἀπὸ ΓΒ πρὸς τὸ ἀπὸ ΓΔ. Ὡς δὲ τὸ ἀπὸ ΒΓ πρὸς τὸ ἀπὸ ΓΔ οὕτως ἐστὶ τὸ ἀπὸ Η πρὸς τὸ ἀπὸ Ζ· μεῖζον γάρ ἐστι τμῆμα ἡ Ζ τῆς Η· καὶ ὡς ἄρα τὸ ἀπὸ Ε πρὸς τὰ ἀπὸ ΓΒ, ΒΔ οὕτως τὸ ἀπὸ Η πρὸς τὸ ἀπὸ

ΓB, BΔ tripla ipsius ex ΓΔ; et permutando, ut igitur ipsum ex E ad ipsa ex ΓB, BΔ ita ipsum ex ΓB ad ipsum ex ΓΔ. Ut autem ipsum ex BΓ ad ipsum ex ΓΔ ita est ipsum ex H ad ipsum ex Z; major enim est portio Z quam H; et ut igitur ipsum ex E ad ipsa ex ΓB, BΔ ita ipsum

Que la droite E soit le côté de l'icosaèdre (18. 13), la droite Z le côté du dodécaèdre, et la droite H le côté du cube; la droite E sera le côté d'un triangle équilatéral, et la droite Z le côté du pentagone décrit dans le même cercle, cette droite étant le plus grand segment de H (17. 13). Puisque E est égal au côté du triangle équilatéral, et que le côté du triangle équilatéral est triple de BΓ en puissance (12. 13), le quarré de E sera triple du carré de BΓ. Mais la somme des quarrés des droites ΓB, BΔ est triple du quarré de ΓΔ (4. 13); donc, par permutation, le quarré de E est à la somme des quarrés des droites ΓB, BΔ comme le quarré de ΓB est au quarré de ΓΔ. Mais le quarré de BΓ est au quarré de ΓΔ comme le quarré de H est au quarré de Z (7. 14), car le segment de Z est plus grand que H (17. 13); le quarré de E est donc à la somme des quarrés des droites ΓB,

Ζ, καὶ ἐναλλὰξ καὶ ἀνάπαλιν· ὡς ἄρα τὸ ἀπὸ Η πρὸς τὸ ἀπὸ Ε οὕτως τὸ ἀπὸ Ζ πρὸς τὰ ἀπὸ ΓΒ ΒΔ. Τῷ δὲ ἀπὸ Ζ ἴσα εἰσὶ τὰ ἀπὸ ΒΓ, ΔΓ, ἡ γὰρ τοῦ πενταγώνου πλευρὰ δύναται τήν τε τοῦ ἑξαγώνου πλευρὰν, καὶ τὴν τοῦ δεκαγώνου· ὡς ἄρα τὸ ἀπὸ Η πρὸς τὸ ἀπὸ Ε οὕτως τὰ ἀπὸ ἀπὸ ΒΓ, ΓΔ πρὸς τὰ ἀπὸ ΓΒ, ΒΔ. Ως δὲ τὰ ἀπὸ ΒΓ, ΓΔ πρὸς τὰ ἀπὸ ΓΒ, ΒΔ οὕτως, εὐθείας ἡσδηποτοῦν ἄκρον καὶ μέσον λόγον τεμνομένης, τὸ ἀπὸ τῆς ὅλης καὶ τὸ ἀπὸ τοῦ μείζονος τμήματος πρὸς τὸ ἀπὸ τῆς ὅλης καὶ τὸ ἀπὸ τοῦ ἐλάσσονος τμήματος· καὶ ὡς ἄρα τῆς ἀπὸ τῆς Η πρὸς τὸ ἀπὸ τῆς Ε, οὕτως, εὐθείας ἡσδηποτοῦν ἄκρον καὶ μέσον λόγον τεμνομένης, ἡ δυναμένη τὸ ἀπὸ τῆς ὅλης καὶ τὸ ἀπὸ τοῦ μείζονος τμήματος πρὸς τὴν δυναμένην τὸ ἀπὸ τῆς ὅλης καὶ τὸ ἀπὸ τοῦ ἐλάσσονος τμήματος. Καὶ ἔστιν ἡ μὲν Η κύβου πλευρὰ, ἡ δὲ Ε εἰκοσαέδρου· ἐὰν ἄρα εὐθεῖα ἄκρον καὶ μέσον λόγον τμηθῇ,

ex H ad ipsum ex Z, et permutando et invertendo; ut igitur ipsum ex H ad ipsum ex E ita ipsum ex Z ad ipsa ex ΓB, BΔ. Ipsi autem ex Z æqualia sunt ipsa ex BΓ, ΔΓ, etenim pentagoni latus potest et latus hexagoni, et latus decagoni; ut igitur ipsum ex H ad ipsum ex E ita ipsa ex BΓ ΓΔ ad ipsa ex ΓB, BΔ. Ut autem ipsa ex BΓ, ΓΔ ad ipsa ex ΓB, BΔ ita, rectâ quâlibet extremâ et mediâ ratione sectâ, ipsum ex totâ et ipsum ex majore portione ad ipsum ex totâ et ipsum ex minore portione; et ut igitur ipsum ex H ad ipsum ex E ita, rectâ quâlibet extremâ et mediâ ratione sectâ, potens ipsum ex totâ et ipsum ex majore portione ad potentem ipsum ex totâ et ipsum ex minore portione. Et est H quidem cubi latus, E vero icosaedri; si igitur recta extremâ et mediâ ratione secetur, erit ut potens totam

BΔ comme le quarré de H est au quarré de Z, et par permutation et par inversion; le quarré de H est donc au quarré de E comme le quarré de Z est à la somme des quarrés des droites ΓB, BΔ. Mais la somme des quarrés des droites BΓ, ΔΓ est égale au quarré de Z, car le quarré du côté du pentagone est égal à la somme des quarrés du côté de l'exagone et du côté du décagone (10. 13); le carré de H est donc au quarré de E comme la somme des quarrés des droites BΓ, ΓΔ est à la somme des quarrés des droites ΓB, BΔ (7. 14). Mais si une droite est coupée en extrême et moyenne raison, la somme des quarrés des droites BΓ, ΓΔ est à la somme des quarrés des droites ΓB, BΔ comme la somme des quarrés d'une droite entière et du plus grand segment est à la somme des quarrés de la droite entière et du plus petit segment; si donc une droite est coupée en extrême et moyenne raison, le quarré de H est au quarré de E comme le quarré d'une droite égale à la somme des quarrés de la droite entière et du plus grand segment est au quarré d'une droite égal à la somme des quarrés de la droite entière et du plus petit segment. Mais H est le côté du cube, et E le côté de l'icosaèdre; si donc une droite est coupée en extrême

ἔσται ὡς ἡ δυναμένη τὴν ὅλην καὶ τὸ μεῖζον τμῆμα πρὸς τὴν δυναμένην τὴν ὅλην καὶ τὸ ἔλλασσον τμῆμα, οὕτως ἡ τοῦ κύβου πλευρὰ πρὸς τὴν τοῦ εἰκοσαέδρου τῶν εἰς τὴν αὐτὴν σφαῖραν ἐγγραφομένων. Οπερ ἔδει δεῖξαι.

et majorem sectionem ad potentem totam et minorem portionem, ita cubi latus ad latus icosaedri in eâdem sphærâ descriptorum; quod oportebat ostendere.

ΠΡΟΤΑΣΙΣ θ'.

Δεικτέον δὴ νῦν, ὅτι ὡς ἡ τοῦ κύβου πλευρὰ πρὸς τὴν τοῦ εἰκοσαέδρου οὕτως τὸ στερεὸν τοῦ δωδεκαέδρου πρὸς τὸ στερεὸν τοῦ εἰκοσαέδρου.

Επεὶ γὰρ ἴσοι κύκλοι περιλαμβάνουσι τό τε τοῦ δωδεκαέδρου πεντάγωνον καὶ τὸ τοῦ εἰκοσαέδρου τρίγωνον, τῶν εἰς τὴν αὐτὴν σφαῖραν ἐγγραφομένων· ἐν δὲ ταῖς σφαίραις οἱ ἴσοι κύκλοι ἴσον ἀπέχουσιν ἀπὸ τοῦ κέντρου, αἱ γὰρ ἀπὸ τοῦ κέντρου τῆς σφαίρας ἐπὶ τὰ τῶν κύκλων ἐπίπεδα κάθετοι ἀγόμεναι ἴσαι τε εἰσὶ καὶ ἐπὶ τὰ κέντρα τῶν κύκλων πίπτουσιν· ὥστε αἱ ἀπὸ τοῦ κέντρου τῆς σφαίρας ἐπὶ τὸ κέντρον τοῦ κύ-

PROPOSITIO VI.

Ostendendum autem nunc est ut cubi latus ad latus sicosaedri ita solidum dodecaedri ad solidum icosaedri.

Quoniam enim æquales circuli comprehendunt et dodecaedri pentagonum et icosaedri triangulum, in eâdem sphærâ descriptorum; in sphæris autem æquales circuli æqualiter distant a centro, rectæ enim a centro sphæræ ad circulorum plana perpendiculares ductæ et æquales sunt et in centra circulorum cadunt; quare rectæ a centro sphæræ ad centrum

et moyenne raison, le quarré d'une droite égal à la somme des quarrés de la droite entière, et du plus grand segment est au quarré d'une droite égal à la somme des quarrés de la droite entière et du plus petit segment, comme le côté du cube est au côté de l'icosaèdre, ces solides étant décrits dans la même sphère. Ce qu'il fallait démontrer.

PROPOSITION VI.

Il faut démontrer maintenant que le côté du cube est au côté de l'icosaèdre comme le solide du dodécaèdre est au solide de l'icosaèdre.

Car puisque des cercles égaux comprènent et le pentagone du dodécaèdre, et le triangle de l'icosaèdre, ces solides étant décrits dans une même sphère (2. 14), et que dans les sphères les cercles égaux sont également éloignés du centre, car les perpendiculaires menées du centre de la sphère aux plans de ces cercles sont égales et tombent aux centres des cercles, les droites menées du centre

κλου τοῦ περιλαμβάνοντος τό τε τοῦ εἰκοσαέδρου τρίγωνον καὶ τὸ τοῦ δωδεκαέδρου πεντάγωνον ἴσαι εἰσὶ, τουτέστιν αἱ κάθετοι· ἰσοϋψεῖς ἄρα εἰσιν αἱ πυραμίδες, αἱ βάσεις ἔχουσαι τὰ τοῦ δωδεκαέδρου πεντάγωνα καὶ αἱ βάσεις ἔχουσαι τὰ τοῦ εἰκοσαέδρου τρίγωνα. Αἱ δὲ ἰσοϋψεῖς πυραμίδες πρὸς ἀλλήλας εἰσὶν ὡς αἱ βάσεις· ὡς ἄρα τὸ πεντάγωνον πρὸς τὸ τρίγωνον οὕτως ἡ πυραμὶς, ἧς βάσις μὲν ἐστι τὸ τοῦ δωδεκαέδρου πεντάγωνον, κορυφὴ δέ τὸ κέντρον τῆς σφαίρας, πρὸς τὴν πυραμίδα, ἧς βάσις μὲν ἐστι τὸ τοῦ εἰκοσαέδρου τρίγωνον, κορυφὴ δὲ τὸ κέντρον τῆς σφαίρας· καὶ ὡς ἄρα δώδεκα πεντάγωνα πρὸς εἴκοσι τρίγωνα οὕτως δώδεκα πυραμίδες πενταγώνους βάσεις ἔχουσαι πρὸς εἴκοσι πυραμίδας τριγώνους βάσεις ἐχούσας. Καὶ δώδεκα πεντάγωνα ἡ τοῦ δωδεκαέδρου ἐπιφάνειά ἐστιν, εἴκοσι δὲ τρίγωνα ἡ τοῦ εἰκοσαέδρου ἐπιφανειά ἐστιν· ἔστιν ἄρα ὡς ἡ τοῦ δωδεκαέδρου ἐπιφάνεια πρὸς τὴν τοῦ εἰκοσαέδρου ἐπιφάνειαν οὕτως δώδεκα πυραμίδες πενταγώνους βάσεις ἔχουσαι πρὸς εἴκοσι πυραμίδας τριγώ-

circuli comprehendentis et icosaedri triangulum et dodecaedri pentagonum æquales sunt, hoc est, perpendiculares; æquealtæ igitur sunt pyramides bases habentes dodecaedri pentagona et bases habentes icosaedri triangula; æquealtæ autem pyramides inter se sunt ut bases; ut igitur pentagonum ad triangulum ita pyramis cujus basis quidem est dodecaedri pentagonum, vertex autem centrum sphæræ, ad pyramidem cujus basis quidem est icosaedri triangulum, vertex autem centrum sphæræ; et ut igitur duodecim pentagona ad viginti triangula, ita duodecim pyramides pentagonales bases habentes ad viginti pyramides triangulares bases habentes. Et duodecim pentagona dodecædri superficies sunt, viginti autem triangula icosaedri superficies sunt; est igitur ut dodecaedri superficies ad icosaedri superficiem ita duodecim pyramides pentagonales bases habentes ad viginti pyramides triangulares bases ha-

de la sphère au centre du cercle décrit autour du pentagone du dodécaèdre et du triangle de l'icosaèdre, seront égales, c'est-à-dire perpendiculaires; les pyramides qui ont pour bases les pentagones de l'icosaèdre et les triangles de l'icosaèdre, sont donc de même hauteur. Mais les pyramides de même hauteur sont entre elles comme leurs bases (5 et 6, 12); le pentagone est donc au triangle comme la pyramide qui a pour base le pentagone du dodécaèdre et pour sommet le centre de la sphère, est à la pyramide qui a pour base le triangle de l'icosaèdre et pour sommet le centre de la sphère; les douze pentagones du dodécaèdre sont donc aux vingt triangles de l'icosaèdre comme les douze pyramides qui ont des bases pentagonales sont aux vingt pyramides qui ont des bases triangulaires. Mais les douze pentagones sont la surface du dodécaèdre, et les vingt triangles sont la surface de l'icosaèdre; la surface du dodécaèdre est donc à la surface de l'icosaèdre comme les douze pyramides qui ont des bases pantagonales sont aux vingt pyramides

νους βάσεις ἐχούσας. Καὶ εἰσὶ δώδεκα μὲν πυραμίδες πενταγώνους βάσεις ἔχουσαι τὸ στερεὸν τοῦ δωδεκαέδρου, εἴκοσι δὲ πυραμίδες τριγώνους βάσεις ἔχουσαι τὸ στερεὸν τοῦ εἰκοσαέδρου· καὶ ὡς ἄρα ἡ τοῦ δωδεκαέδρου ἐπιφάνεια πρὸς τὴν τοῦ εἰκοσαέδρου οὕτως τὸ στερεὸν τοῦ δωδεκαέδρου πρὸς τὸ στερεὸν τοῦ εἰκοσαέδρου. Ως δὲ ἐπιφάνεια τοῦ δωδεκαέδρου πρὸς τὴν ἐπιφάνειαν τοῦ εἰκοσαέδρου οὕτως ἐδείχθη ἡ τοῦ κύβου πλευρὰ πρὸς τὴν τοῦ εἰκοσαέδρου πλευράν· καὶ ὡς ἄρα ἡ τοῦ κύβου πλευρὰ πρὸς τὴν τοῦ εἰκοσαέδρου πλευρὰν οὕτως τὸ στερεὸν τοῦ δωδεκαέδρου πρὸς τὸ στερεὸν τοῦ εἰκοσαέδρου.

bentes. Et sunt duodecim quidem pyramides pentagonales bases habentes solidum dodecaedri, viginti autem pyramides triangulares bases habentes solidum icosaedri, et ut igitur dodecaedri superficies ad icosaedri superficiem ita solidum dodecaedri ad solidum icosaedri. Ut autem superficies dodecaedri ad superficiem icosaedri ita ostensum est esse cubi latus ad icosaedri latus; et ut igitur cubi latus ad icosaedri latus ita solidum dodecaedri ad solidum icosaedri.

ΠΡΟΤΑΣΙΣ η'.

Οτι δὲ ἐὰν δύο εὐθεῖαι ἄκρον καὶ μέσον λόγον τμηθῶσιν, ἐν ἀναλογίᾳ εἰσὶ τῇ ὑποκειμένῃ, δείξομεν οὕτως.

Τετμήσθω γὰρ ἡ μὲν AB εὐθεῖα ἄκρον καὶ μέσον λόγον κατὰ τὸ Γ τὸ δὲ μεῖζον τμῆμα

PROPOSITIO VII.

Si autem duæ rectæ extremâ et mediâ ratione secentur, eas in proportione esse subjectâ, sic ostendemus.

Secetur enim recta quidem AB extremâ et mediâ ratione in Γ, major autem portio ipsius

qui ont des bases triangulaires. Mais les douze pyramides qui ont des bases pentagonales sont la solidité du dodécaèdre, et les vingt pyramides qui ont des bases triangulaires sont la solidité de l'icosaèdre; la surface du dodécaèdre est donc à la surface de l'icosaèdre, comme la solidité du dodécaèdre est à la solidité de l'icosaèdre. Mais on a démontré que la surface du dodécaèdre est à la surface de l'icosaèdre comme le côté du cube est au côté de l'icosaèdre (4. 14); le côté du cube est donc au côté de l'icosaèdre comme la solidité du dodécaèdre est à la solidité de l'icosaèdre.

PROPOSITION VII.

Ensuite, si deux droites sont coupées en extrême et moyenne raison, nous démontrerons ainsi qu'elles sont dans la proportion suivante :

Car que la droite AB soit coupée en extrême et moyenne raison au point Γ,

αὐτῆς ἔστω ἡ ΑΓ· ὁμοίως δὲ καὶ ἡ ΔΕ ἄκρον καὶ μέσον λόγον τετμήσθω κατὰ τὸ Ζ, καὶ τὸ μεῖζον τμῆμα αὐτῆς ἔστω ἡ ΔΖ· λέγω ὅτι ἐστὶν ὡς ἡ ὅλη ἡ ΑΒ πρὸς τὸ μεῖζον τμῆμα τὴν ΑΓ οὕτως ἡ ὅλη ἡ ΔΕ πρὸς τὸ μεῖζον τμῆμα τὴν ΔΖ.

sit ΑΓ; similiter autem et ΔΕ extremâ et mediâ ratione secetur in Ζ, et major portio ipsius sit ΔΖ; dico esse ut tota ΑΒ ad majorem portionem ΑΓ, ita totam ΔΕ ad majorem portionem ΔΖ.

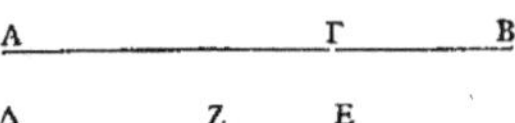

Ἐπεὶ γὰρ τὸ μὲν ὑπὸ ΑΒ, ΒΓ ἴσον ἐστὶ τῷ ἀπὸ ΑΓ, τὸ δὲ ὑπὸ ΔΕ, ΕΖ ἴσον ἐστὶ τῷ ἀπὸ ΔΖ· ἔστιν ἄρα ὡς τὸ ὑπὸ ΑΒ, ΒΓ πρὸς τὸ ἀπὸ ΑΓ οὕτως τὸ ὑπὸ ΔΕ, ΕΖ πρὸς τὸ ἀπὸ ΔΖ· καὶ ὡς τὸ τετράκις ἄρα ὑπὸ ΑΒ, ΒΓ πρὸς τὸ ἀπὸ τῆς ΑΓ ἐστὶν οὕτως τὸ τετράκις ὑπὸ ΔΕ, ΕΖ πρὸς τὸ ἀπὸ ΔΖ· καὶ συνθέντι ἐστὶν ὡς τὸ τετράκις ὑπὸ ΑΒ, ΒΓ μετὰ τοῦ ἀπὸ ΑΓ πρὸς τὸ ἀπὸ ΑΓ οὕτως τὸ τετράκις ὑπὸ ΔΕ, ΕΖ μετὰ τοῦ ἀπὸ ΔΖ πρὸς τὸ ἀπὸ ΔΖ· ὥστε καὶ ὡς τὸ ἀπὸ συναμφοτέρου ΑΒ, ΒΓ πρὸς τὸ ἀπὸ ΑΓ οὕτως τὸ ἀπὸ συναμφοτέρου ΔΕ, ΕΖ πρὸς τὸ

Quoniam enim ipsum sub ΑΒ, ΒΓ æquale est ipsi ex ΑΓ, ipsum autem sub ΔΕ, ΕΖ æquale est ipsi ex ΔΖ; est igitur ut ipsum sub ΑΒ, ΒΓ ad ipsum ex ΑΓ, ita ipsum sub ΔΕ, ΕΖ ad ipsum ex ΔΖ; et ut ipsum quater igitur sub ΑΒ, ΒΓ ad ipsum ex ΑΓ est ita ipsum quater sub ΔΕ, ΕΖ ad ipsum ex ΔΖ; et componendo est ut ipsum quater sub ΑΒ, ΒΓ cum ipso ex ΑΓ ad ipsum ex ΑΓ ita ipsum quater sub ΔΕ, ΕΖ cum ipso ex ΔΖ ad ipsum ex ΔΖ; quare et ipsum ex utrâque simul ΑΒ, ΒΓ ad ipsum ex ΑΓ ita ipsum ex

et que ΑΓ soit son plus grand segment; que la droite ΔΕ soit aussi semblablement coupée en extrême et moyenne raison au point Ζ, et que son plus grand segment soit ΔΖ; je dis que la droite entière ΑΒ est à son plus grand segment ΑΓ comme la droite entière ΔΕ est à son plus grand segment ΔΖ.

Car puisque le rectangle sous ΑΒ, ΒΓ est égal au quarré de ΑΓ, et que le rectangle sous ΔΕ, ΕΖ est égal au quarré de ΔΖ (17. 6); le rectangle sous ΑΒ, ΒΓ sera au quarré de ΑΓ comme le rectangle sous ΔΕ, ΕΖ est au quarré de ΔΖ; quatre fois le rectangle sous ΑΒ, ΒΓ est donc au quarré de ΑΓ comme quatre fois le rectangle sous ΔΕ, ΕΖ est au quarré de ΔΖ (15. 5); donc, par addition, quatre fois le rectangle sous ΑΒ, ΒΓ conjointement avec le quarré de ΑΓ est au quarré de ΑΓ, comme quatre fois le rectangle sous ΔΕ, ΕΖ conjointement avec le quarré de ΔΖ est au quarré de ΔΖ; le quarré de la somme des droites ΑΒ, ΒΓ est donc au quarré de ΑΓ comme le quarré de la somme des droites ΔΕ, ΕΖ est au quarré de ΔΖ;

ἀπὸ ΔΖ· καὶ μήκει, ὡς συναμφότερος ἡ ΑΒ, ΒΓ πρὸς τὴν ΑΓ οὕτως συναμφότερος ἡ ΔΕ, ΕΖ πρὸς ΔΕ· συνθέντι ἄρα ὡς συναμφότερος αἱ ΑΒ, ΒΓ μετὰ τῆς ΑΓ πρὸς τὴν ΑΓ, τουτέστι δύο αἱ ΑΒ πρὸ ΑΓ, οὕτως συναμφότερος ἡ ΔΕ, ΕΖ μετὰ τῆς ΔΖ πρὸς τὴν ΔΖ, τουτέστι δύο αἱ ΔΕ πρὸς ΔΖ· καὶ τῶν ἡγουμένων τὰ ἡμίση, τουτέστι ὡς ἡ ΑΒ πρὸς τὴν ΑΓ οὕτως ἡ ΔΕ πρὸς τὴν ΔΖ. Οπερ ἔδει δεῖξαι.

utrâque simul ΔΕ, ΕΖ ad ipsum ex ΔΖ; et longitudine, ut utraque simul ΑΒ, ΒΓ ad ΑΓ ita utraque simul ΔΕ, ΕΖ; ad ΔΕ componendo igitur, ut utraque simul ΑΒ, ΒΓ cum ΑΓ ad ΑΓ, hoc est duæ ΑΒ ad ΑΓ ita utraque simul ΔΕ, ΕΖ cum ΔΖ ad ΔΖ, hoc est duæ ΔΕ ad ΔΖ; et antecedentium dimidia, hoc est ut ΑΒ ad ΑΓ ita ΔΕ ad ΔΖ. Quod oportebat ostendere.

ΠΟΡΙΣΜΑ.

Δεδειγμένου δὴ τοῦδε, ὅτι, εὐθείας ἡσδηποτοῦν ἄκρον καὶ μέσον λόγον τμηθείσης, ὃν λόγον ἔχει ἡ δυναμένη τὸ ἀπὸ τῆς ὅλης καὶ τὸ ἀπὸ τοῦ μείζονος τμήματος πρὸς τὴν δυναμένην τὸ ἀπὸ τῆς ὅλης καὶ τὸ ἀπὸ ἐλάσσονος τμήματος, τοῦτον ἔχει ἡ τοῦ κύβου πλευρὰ πρὸς τὴν τοῦ εἰκοσαέδρου πλευράν. Δεδειγμένου δὴ καὶ τοῦδε, ὅτι ὡς ἡ τοῦ κύβου πλευρὰ πρὸς τὴν τοῦ εἰκοσαέδρου πλευρὰν οὕτως ἡ τοῦ δωδεκαέδρου επιφάνεια πρὸς τὴν τοῦ εἰκοσαέδρου ἐπιφάνειαν τῶν εἰς τὴν αὐτὴν σφαῖραν ἐγγραφο-

COROLLARIUM.

Hoc utique ostenso, rectâ quâlibet extremâ et mediâ ratione sectâ, quam rationem habet potens ipsum ex totâ et ipsum ex majere portione ad potentem ipsum ex totâ et ipsum ex minore portione, illam habere cubi latus ad icosaedri latus. Hoc et utique ostenso, ut cubi latus ad icosaedri latus ita esse dodecaedri superficiem ad icosaedri superficiem, in eâdem

(8. 2); la somme des droites ΑΒ, ΒΓ est donc à ΑΓ comme la somme des droites ΔΕ, ΕΖ, est à ΔΕ; donc par addition, la somme des droites ΑΒ, ΒΓ, ΑΓ est à ΑΓ, c'est-à-dire deux fois ΑΒ, est à ΑΓ comme la somme des droites ΔΕ, ΕΖ, ΔΖ est à ΔΖ (22. 6), c'est-à-dire comme deux fois ΔΕ est à ΔΖ; et prenant les moitiés des antécédents, ΑΒ sera à ΑΓ comme ΔΕ est à ΔΖ. Ce qu'il fallait démontrer.

COROLLAIRE.

Ayant donc démontré que si une droite est coupée en extrême et moyenne raison, le quarré d'une droite égal à la somme des quarrés de la droite entière et du plus grand segment, est au quarré d'une droite égal à la somme des quarrés de la droite entière et du plus petit segment comme le côté du cube est au côté de l'icosaèdre (5. 14). Ayant démontré aussi que le côté du cube est au côté de l'icosaèdre comme la surface du dodécaèdre est à la surface de

μένων· προσενηνεγμένου δὲ καὶ τοῦδε, ὅτι ὡς ἡ τοῦ δωδεκαέδρου ἐπιφάνεια πρὸς τὴν τοῦ εἰκοσαέδρου ἐπιφάνειαν οὕτως καὶ αὐτὸ τὸ δωδεκάεδρον πρὸς τὸ εἰκοσάεδρον, διὰ τὸ ὑπὸ τοῦ αὐτοῦ κύκλου περιλαμβάνεσθαι τό τε τοῦ δωδεκαέδρου πεντάγωνον καὶ τὸ τοῦ εἰκοσαέδρου τρίγωνον· δῆλον ὅτι ἐὰν εἰς τὴν αὐτὴν σφαῖραν ἐγγραφῇ δωδεκάεδρόν τε καὶ εἰκοσάεδρον, λόγον ἕξουσιν εὐθείας οἷα σδηποτοῦν ἄκρον καὶ μέσον λόγον τμηθείσης, ἡ δυναμένη τὸ ἀπὸ τῆς ὅλης καὶ τὸ ἀπὸ τοῦ μείζονος τμήματος πρὸς τὴν δυναμένην τὸ ἀπὸ τῆς ὅλης καὶ τὸ ἀπὸ τοῦ ἐλάσσονος τμήματος.

sphærâ descriptorum; hoc autem et cognito, ut dodecaedri superficies ad icosaedri superficiem ita et ipsum dodecaedrum ad icosaedrum, propterea quod ab eodem circulo comprehenduntur et dodecaedri pentagonum et isocaedri triangulum; evidens est si in eâdem sphærâ describantur et dodecaedrum et icosaedrum, rationem illa habitura esse quam, rectâ quâlibet extremâ et mediâ ratione sectâ, potens ipsum ex totâ et ipsum ex majore portione ad potentem ipsum ex totâ et ipsum ex minore portione.

l'icosaèdre, ces solides étant décrits dans une même sphère; et sachant outre cela que la surface du dodécaèdre est à la surface de l'icosaèdre comme le dodécaèdre est à l'icosaèdre (6. 14), parceque le même cercle comprend le pentagone du dédocaèdre et le triangle de l'icosaèdre, il est évident que si dans la même sphère l'on décrit un dodécaèdre et un icosaèdre, et que si l'on coupe une droite en extrême et moyenne raison, le dodécaèdre aura avec l'icosaèdre la même raison que le quarré d'une droite égal à la somme des quarrés de la droite entière et du plus grand segment a avec le quarré d'une droite égal à la somme des quarrés de la droite entière et du plus petit segment.

HYPSICLIS
DE QUINQUE CORPORIBUS
LIBER SECUNDUS.

ΠΡΟΤΑΣΙΣ α′.

Εἰς τὸν δοθέντα κύϐον πυραμίδα ἐγγράψαι.

Εστω ὁ δοθεὶς κύϐος ὁ ΑΒΓΔΕΖΗΘ, εἰς ὃν δεῖ πυραμίδα ἐγγράψαι. Επεζεύχθωσαν αἱ ΑΓ, ΑΕ, ΓΕ, ΑΘ, ΕΘ, ΘΓ. Φανερὸν δὴ ὅτι τὰ

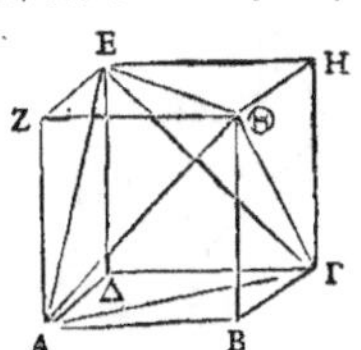

ΑΕΓ, ΑΘΕ, ΑΘΓ, ΓΘΕ τρίγωνα ἰσόπλευρά ἐστι, τετραγώνων γάρ εἰσι διάμετροι αἱ πλευραί· πυραμὶς ἄρα ἐστὶν ἡ ΑΕΓΘ, καὶ ἐγγέγραπται εἰς τὸν δοθέντα κύϐον. Οπερ ἔδει ποιῆσαι.

PROPOSITIO I.

In dato cubo pyramidem describere.

Sit datus cubus ΑΒΓΔΕΖΗΘ, in quo oportet pyramidem describere. Jungantur ipsæ ΑΓ, ΑΕ, ΓΕ, ΑΘ, ΕΘ, ΘΓ. Evidens est utique triangula ΑΕΓ, ΑΘΕ, ΑΘΓ, ΓΘΕ æquilatera esse, quadratorum enim sunt diametri eorum latera; pyramis igitur est ΑΕΓΘ, et descripta est in dato cubo. Quod oportebat facere.

LE SECOND LIVRE
DES CINQ CORPS D'HYPSICLE.

PROPOSITION I.

Inscrire une pyramide dans un cube donné.

Soit ΑΒΓΔΕΖΗΘ un cube donné, dans lequel il faut décrire une pyramide. Joignons ΑΓ, ΓΕ, ΑΘ, ΕΘ, ΘΓ. Il est évident que les triangles ΑΕΓ, ΑΘΕ, ΑΘΓ, ΓΘΕ sont équilatéraux, car leurs côtes sont les diagonales des quarrés; le solide ΑΕΓΘ est donc une pyramide, et elle est décrite dans le cube (déf. 26. 11). Ce qu'il fallait faire.

ΠΡΟΤΑΣΙΣ β′.

Εἰς τὴν πυραμίδα ἰσόπλευραν ὀκτάεδρον ἐγγράψαι.

Εστω ἡ πυραμὶς ἰσόπλευρα ἡ ΑΒΓΔ, ἧς κορυφὴ τὸ Δ σημεῖον, εἰς ἣν δεῖ ὀκτάεδρον ἐγγράψαι. Τεμήσθωσαν αἱ ΑΒ, ΑΓ, ΑΔ, ΒΓ, ΒΔ, ΓΔ δίχα κατὰ τοῖς Ε, Ζ, Κ, Η, Θ, Λ σημείοις, καὶ ἐπεζεύχθωσαν αἱ ΘΚ, ΘΛ, ΖΗ, ΖΕ, καὶ αἱ λοιπαί.

PROPOSITIO II.

In pyramide æquilaterâ octaedrum describere.

Sit pyramis æquilatera ΑΒΓΔ, cujus vertex punctum Δ, in quâ oportet octaedrum describere. Secentur ipsæ ΑΒ, ΑΓ, ΑΔ, ΒΓ, ΒΔ, ΓΔ bifariam in punctis Ε, Ζ, Κ, Η, Θ, Λ, et jungantur ipsæ ΘΚ, ΘΛ, ΖΗ, ΖΕ, et reliquæ.

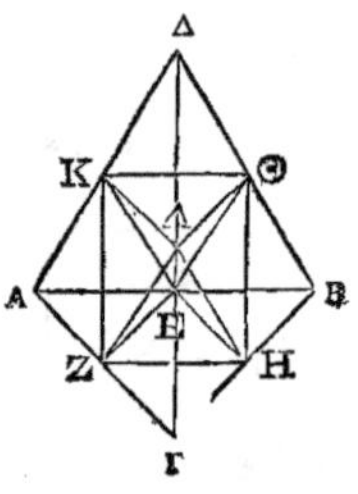

[Ἐπεὶ γὰρ ἡ ΑΒ διπλῆ ἐστιν ἑκατέρας τῶν ΘΚ, ΗΖ, καὶ αὐταῖς παράλληλος, ἴση ἄρα ἐστὶν ἡ ΘΚ τῇ ΗΖ καὶ παράλληλος. Πάλιν, ἐπεὶ ἡ ΔΓ διπλῆ ἐστιν ἑκατέρας τῶν ΘΗ, ΚΖ, καὶ αὐταῖς παράλληλος, ἴση ἄρα ἐστὶν ἡ ΘΗ τῇ ΚΖ, καὶ παράλληλος. Ἴση δέ ἐστιν ἡ ΔΓ τῇ

[Quoniam enim ipsa ΑΒ dupla est utriusque ipsarum ΘΚ, ΗΖ, et ipsis parallela, æqualis igitur est ΘΚ ipsi ΗΖ, et parallela. Rursus, quoniam ΔΓ dupla est utriusque ipsarum ΘΗ, ΚΖ, et ipsis parallela, æqualis igitur est ΘΗ ipsi ΚΖ, et parallela; æqualis autem est ΔΓ ipsi ΑΒ; æquales

PROPOSITION II.

Décrire un octaèdre dans une pyramide équilatérale.

Soit ΑΒΓΔ une pyramide équilatérale, ayant pour le sommet le point Δ; il faut décrire un octaèdre dans cette pyramide. Coupons en deux parties les droites ΑΒ, ΑΓ, ΑΔ, ΒΓ, ΒΔ, ΓΔ aux points Ε, Ζ, Κ, Η, Θ, Λ, et joignons ΘΚ, ΘΛ, ΖΗ, ΖΕ, etc.

[Puisque la droite ΑΒ est double de chacune des droites ΘΚ, ΗΖ, et qu'elle leur est parallèle, la droite ΘΚ sera égale et parallèle à ΗΖ. De plus, puisque ΔΓ est double de chacune des droites ΘΗ, ΚΖ, et qu'elle leur est parallèle, la droite ΘΗ

ΑΒ· ἴσαι ἄρα εἰσὶν ἀλλήλαις αἱ ΘΚ, ΚΖ, ΖΗ, ΗΘ. Διὰ τὰ αὐτὰ δὴ καὶ αἱ ΚΛ, ΕΗ, ΛΘ, ΖΕ, ΚΕ, ΛΗ, ΛΖ, ΘΕ ἴσαι ἀλλήλαις εἰσίν. Η δὲ ΚΘ τῇ ΚΛ ἐστὶν ἴση· ὥστε καὶ αἱ ΘΚ, ΚΖ, ΖΗ, ΗΘ, ΚΛ, ΕΗ, καὶ αἱ λοιπαὶ ἴσαι ἀλλήλαις εἰσίν· ἰσόπλευρα ἄρα ἐστὶ τὰ ΛΘΚ, ΛΚΖ, ΛΖΗ, ΛΗΘ, ΕΘΚ, ΕΚΖ, ΕΖΗ, ΕΗΘ τρίγωνα. Οκταέδρον ἄρα ἐστὶ τὸ ΛΘΚΖΗΕ, καὶ ἐγγέγραπται εἰς τὴν δοθεῖσαν ἰσόπλευραν. Οπερ ἔδει ποιῆσαι *.]

igitur sunt inter se ipsæ ΘΚ, ΚΖ, ΖΗ, ΗΘ. Propter eadem utique et ipsæ ΚΛ, ΕΗ, ΛΘ, ΖΕ, ΚΕ, ΛΗ, ΛΖ, ΘΕ æquales inter se sunt. Ipsa autem ΚΘ ipsi ΚΛ est æqualis; quare et ipsæ ΘΚ, ΚΖ, ΖΗ, ΗΘ, ΚΛ, ΕΗ, et reliquæ æquales inter se sunt; æquilatera igitur sunt ipsa ΛΘΚ, ΛΚΖ, ΛΖΗ, ΛΗΘ, ΕΘΚ, ΕΚΖ, ΕΖΗ, ΕΗΘ triangula. Octaedrum igitur est ΛΘΚΖΗΕ, et descriptum est in pyramide æquilaterâ. Quod oportebat facere*.]

ΠΡΟΤΑΣΙΣ γ'.

Εἰς τὸν δοθέντα κύβον ὀκτάεδρον ἐγγράψαι.

Εστω ὁ δοθεὶς κύβος ὁ ΑΒΓΔΕΖΗΘ, καὶ εἰλήφθω τὰ κέντρα ἐφεστώτων τετραγώνων τὰ Κ, Λ, Μ, Ν, καὶ ἐπεζεύχθωσαν αἱ ΚΛ, ΛΜ, ΜΝ, ΝΚ· λέγω ὅτι τὸ ΚΛΜΝ τετράγωνόν ἐστιν. Ηχθωσαν γὰρ διὰ τῶν Κ, Λ, Μ, Ν σημείων ταῖς ΔΑ, ΑΒ, ΒΓ, ΓΔ παράλληλοι αἱ ΠΟ, ΟΞ, ΞΤ, ΤΠ. Επεὶ οὖν διπλῆ ἐστιν ἡ ΠΟ τῆς

PROPOSITIO III.

In dato cubo octaedrum describere.

Sit datus cubus ΑΒΓΔΕΖΗΘ, et sumantur centra insistentium quadratorum Κ, Λ, Μ, Ν, et jungantur ΚΛ, ΛΜ, ΜΝ, ΝΚ; dico ipsum ΚΛΜΝ quadratum esse. Ducantur enim per puncta Κ, Λ, Μ, Ν ipsis ΔΑ, ΑΒ, ΒΓ, ΓΔ parallelæ ΗΟ, ΟΞ, ΞΤ, ΤΠ. Quoniam igitur

sera égal et parallèle à ΚΖ. Mais ΔΓ est égal à ΑΒ; les droites ΘΚ, ΚΖ, ΖΗ, ΗΘ sont donc égales entre elles. Par la même raison, les droites ΚΛ, ΕΗ, ΛΘ, ΖΕ, ΚΕ, ΛΗ, ΛΖ, ΘΕ sont égales entre elles. Mais ΚΘ est égal à ΚΛ; les droites ΘΚ, ΚΖ, ΖΗ, ΗΘ, ΚΛ, ΕΗ, etc. sont donc égales entre elles; les triangles ΛΘΚ, ΛΚΖ, ΛΖΗ, ΛΗΘ, ΕΘΚ, ΕΚΖ, ΕΖΗ, ΕΗΘ sont donc équilatéraux; le solide ΛΘΚΖΗΕ est donc un octaèdre, et il est décrit dans une pyramide équilatérale. Ce qu'il fallait faire *.]

PROPOSITION III.

Dans un cube donné décrire un octaèdre.

Soit ΑΒΓΔΕΖΗΘ le cube donné, prenons les centres Κ, Λ, Μ, Ν des quarrés latéraux, et joignons ΚΛ, ΛΜ, ΜΝ, ΝΚ; je dis que ΚΛΜΝ est un quarré. Car par les points Κ, Λ, Μ, Ν, menons les droites ΠΟ, ΟΞ, ΞΤ, ΤΠ parallèles aux droites ΔΑ,

* Demonstratio hujus propositionis quæ eadem est in omnibus manuscriptis et in editionibus Basiliæ et Oxoniæ, ex toto est corruptissima, et propositum nullo modo attingit. Hanc demonstrationem ex integro restitui.

ΟΚ, ἡ δὲ ΞΟ τῆς ΟΛ, ἴση ἡ ΠΟ τῇ ΞΟ· διὰ τὰ αὐτὰ δὴ καὶ ἡ ΟΚ τῇ ΟΛ· τὸ ἄρα ἀπὸ ΚΛ διπλάσιόν ἐστι τοῦ ἀπὸ ΟΛ. Διὰ τὰ αὐτὰ δὴ

dupla est ΠΟ ipsius ΟΚ, ipsa autem ΞΟ ipsius ΟΛ, æqualis vero ΠΟ ipsi ΞΟ; propter hæc utique ΟΚ ipsi ΟΛ; ipsum igitur ex ΚΛ duplum est ipsius ex ΟΛ. Propter eadem utique et ipsum ex ΜΛ

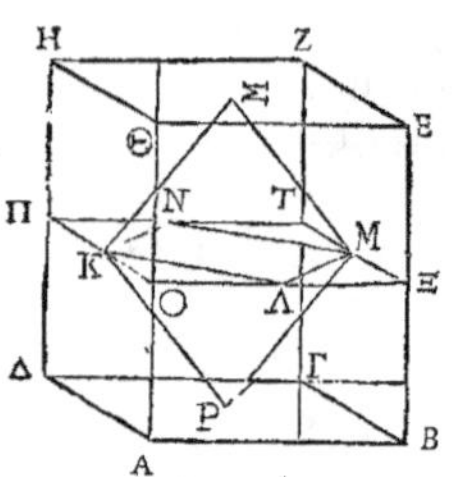

καὶ τὸ ἀπὸ ΜΛ διπλάσιόν ἐστι τοῦ ἀπὸ ΛΞ· ἴσον ἄρα τὸ ἀπὸ ΚΛ τῷ ἀπὸ ΛΜ, καὶ ἡ ΚΛ τῇ ΜΛ· ἰσόπλευρον ἄρα ἐστὶ τὸ ΚΛΜΝ· καὶ φανερὸν ὅτι καὶ ὀρθογώνιον. Εἰλήφθω τῶν ΒΔ, ΕΗ δύο τετραγώνων τὰ κέντρα τὰ Ρ, Σ, καὶ ἐπεζεύχθωσαν αἱ ΡΚ, ΡΛ, ΡΜ, ΡΝ, ΣΚ, ΣΛ, ΣΜ, ΣΝ. Καὶ φανερὸν ὅτι ἰσόπλευρά ἐστι τὰ ποιοῦντα τὸ ὀκτάεδρον τρίγωνα· τῷ γὰρ αὐτῷ λόγῳ ἀποδείξομεν. Ὅπερ ἔδει ποιῆσαι.

duplum est ipsius ex ΛΞ; æquale igitur ipsum ex ΚΛ ipsi ex ΛΜ, et ΚΛ ipsi ΜΛ; æquilaterum igitur est ΚΛΜΝ; et evidens est et esse rectangulum. Sumantur duorum quadratorum ΒΔ, ΕΗ centra Ρ, Σ, et jungantur ipsæ ΡΚ, ΡΛ, ΡΜ, ΡΝ, ΣΚ, ΣΛ, ΣΜ, ΣΝ. Et evidens est æquilatera esse efficientia octaedrum triangula; eâdem enim ratione hæc demonstrabimus. Quod oportebat facere.

ΑΒ, ΒΓ, ΓΔ. Puisque ΠΟ est double de ΟΚ, que ΞΟ est double de ΟΛ, et que ΠΟ est égal à ΞΟ, la droite ΟΚ sera égale à ΟΛ; le quarré de ΚΛ est donc double du quarré de ΟΛ (47. 1). Le quarré de ΜΛ sera double du quarré de ΛΞ, par la même raison; le quarré de ΚΛ est donc égal au quarré de ΛΜ, et ΚΛ égal à ΜΛ; le quadrilatère ΚΛΜΝ est donc équilatéral; et il est évident qu'il est rectangulaire. Prenons les centres Ρ, Σ des deux quarrés ΒΔ, ΕΗ, et joignons ΡΚ, ΡΛ, ΡΜ, ΡΝ, ΣΚ, ΣΛ, ΣΜ, ΣΝ. Il est évident que les triangles qui forment l'octaèdre sont équilatéraux, car nous démontrerions cela par la même raison. Ce qu'il fallait faire.

ΠΡΟΤΑΣΙΣ δ'.

Εἰς τὸ δοθὲν ὀκτάεδρον κύβον ἐγγράψαι.

Εἰλήφθω τῶν περὶ τὰ ΑΒΓ, ΑΓΔ, ΑΔΕ ΑΕΒ, τρίγωνα κύκλων τὰ κέντρα τὰ Θ, Λ, Κ, Η, καὶ ἐπεζεύχθωσαν αἱ ΛΘ, ΛΚ, ΚΗ, ΗΘ· λέγω ὅτι τὸ ΘΛΚΗ τετράγωνόν ἐστιν. Ηχθωσαν διὰ τῶν Θ, Λ, Κ, Η, ταῖς ΒΓ, ΓΔ, ΔΕ, ΕΒ παράλληλοι αἱ ΜΝ, ΝΞ, ΞΟ, ΟΜ. Επεὶ οὖν ἰσόπλευρόν ἐστι τὸ ΑΒΓ τρίγωνον, ἡ ἀπὸ τοῦ Α ἐπὶ τὸ Θ κέντρον τοῦ περὶ τὸ ΑΒΓ τρίγωνον κύκλου δίχα τέμνει τὴν πρὸς τῷ Α τῷ τοῦ ΑΒΓ τριγώνου· ἴση ἄρα ἡ ΝΘ τῇ ΘΜ. Διὰ τὰ αὐτὰ δὴ ἴση ἐστὶ καὶ ἡ ΜΗ τῇ ΗΟ. Επειδὴ δὲ ἡ ΜΝ τῇ ΜΟ, καὶ ἡ ΜΟ τῇ ΟΞ ἐστὶν ἴση· ἴση ἄρα καὶ ἡ ΝΘ τῇ ΜΗ, καὶ ἡ ΘΜ τῇ ΗΟ καὶ ἡ ΜΗ τῇ ΟΚ. Αἱ δὲ ὑπὸ ΘΜΗ, καὶ ΗΟΚ ὀρθαί· ἐξ οὗ φανερὸν ὅτι ἡ ΘΗ ἴση ἐστὶ τῇ ΗΚ. Διὰ τὰ αὐτὰ δὴ καὶ αἱ λοιπαί. Επεὶ οὖν παραλληλόγραμμόν ἐστι τὸ ΘΛΚΗ, ἐν ἑνί ἐστιν

PROPOSITIO IV.

In dato octaedro cubum describere.

Sumantur circulorum circa ΑΒΓ, ΑΓΔ, ΑΔΕ, ΑΕΒ triangula centra Θ, Λ, Κ, Η, et jungantur ipsæ ΛΘ, ΛΚ, ΚΗ, ΗΘ; dico ΘΛΚΗ quadratum esse. Ducantur per puncta Θ, Λ, Κ, Η ipsis ΒΓ, ΓΔ, ΔΕ, ΕΒ parallelæ ΜΝ, ΝΞ, ΞΟ, ΟΜ. Quoniam igitur æquilaterum est ΑΒΓ triangulum, recta a puncto Α ad centrum Θ circuli circa ΑΒΓ triangulum bifariam secat angulum ad Α trianguli ΑΒΓ; æqualis igitur ΝΘ ipsi ΘΜ. Propter eadem utique æqualis est et ΜΗ ipsi ΗΟ. Quoniam autem ΜΝ ipsi ΜΟ, et ΜΟ ipsi ΟΞ est æqualis; æqualis igitur et ΝΘ ipsi ΜΗ, et ΘΜ ipsi ΗΟ, et ΜΗ ipsi ΟΚ. Anguli autem ΘΜΗ et ΗΟΚ recti; ex quo evidens est ΘΗ æqualem esse ipsi ΗΚ. Propter eadem utique et reliquæ. Quoniam igitur parallelogramum est ΘΛΚΗ, in uno est plano. Et quoniam dimi-

PROPOSITION IV.

Décrire un cube dans un octaèdre donné.

Prenons les centres Θ, Λ, Κ Η, des cercles décrits autour des triangles ΑΒΓ, ΑΓΔ, ΑΔΕ, ΑΕΒ, et joignons ΛΘ, ΛΚ, ΚΗ, ΗΘ; je dis que le quadrilatère ΘΛΚΗ est un quarré. Par les points Θ, Λ, Κ, Η, menons les droites ΜΝ, ΝΞ, ΞΟ, ΟΜ parallèles aux droites ΒΓ, ΓΔ, ΔΕ, ΕΒ. Puisque le triangle ΑΒΓ est équilatéral, la droite menée du point Α au centre Θ du cercle décrit autour du triangle ΑΒΓ coupera en deux parties égales l'angle en Α du triangle ΑΒΓ; la droite ΝΘ est donc égale à ΘΜ (4. 1). La droite ΜΗ sera égale à ΗΟ, par la même raison. Et puisque ΜΝ est égal à ΜΟ, et que ΜΟ est égal à ΟΞ, la droite ΝΘ sera égale à ΜΗ, la droite ΘΜ égale à ΗΟ, et la droite ΜΗ égale à ΟΚ. Mais les angles ΘΜΗ, ΗΟΚ sont droits; il est donc évident que la droite ΘΗ est égale à ΗΚ. Les droites restantes seront égales par la même raison. Mais le quadrilatère ΘΛΚΗ est un parallélogramme; ce qua-

ἐπιπέδῳ. Καὶ ἐπεὶ ἡμισύ ἐστιν ἑκατέρα τῶν ὑπὸ ΜΗΘ, ΟΗΚ ὀρθῆς, λοιπὴ ἄρα ἡ ὑπὸ ΘΗΚ ὀρθή ἐστιν. Ομοίως καὶ αἱ λοιπαί· τετράγωνον ἄρα ἐστὶ τὸ ΘΛΚΗ. Δυνατὸν δὲ τὰ ἐξ ἀρχῆς

dium recti est uterque ipsorum ΜΗΘ, ΟΗΚ, reliquus igitur ΘΗΚ rectus est. Similiter et reliqui; quadratum igitur est ΘΛΚΗ. Possibile

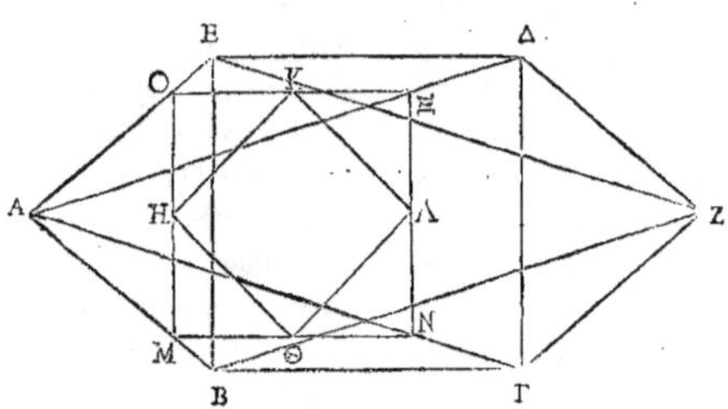

λαμβάνοντα τὰ Θ, Λ, Κ, Η κέντρα, καὶ παραλλήλους ἀγαγόντα τὰς ΜΝ, ΝΞ, ΞΟ, ΟΜ ἐπιζεῦξαι τὰς ΘΛ, ΛΚ, ΚΗ, ΗΘ, καὶ εἰπεῖν τὸ ΘΛΚΗ τετράγωνον. Εὰν δὴ λάβωμεν καὶ τῶν λοιπῶν τριγώνων τὰ κέντρα καὶ ἐπιζεύξωμεν καὶ τὰ αὐτὰ, δείξομεν τὰ λοιπὰ τετράγωνα, καὶ ἕξομεν εἰς τὸ δοθὲν ὀκτάεδρον κύβον ἐγγεγραμμένον. Οπερ ἔδει ποιῆσαι.

autem est a principio, si sumantur centra Θ, Λ, Κ, Η, et parallelæ ducantur ΜΝ, ΝΞ, ΞΟ, ΟΜ, jungere ΘΛ, ΛΚ, ΚΗ, ΗΘ, et dicere ΘΛΚΗ quadratum esse. Si igitur sumamus et reliquorum triangulorum centra, et jungamus et ipsa, ostendemus reliqua quadrata esse, et habebimus in dato octaedro cubum descriptum. Quod opportebat facere.

drilatère est donc dans un seul plan (7. 11). Mais chacun des triangles ΜΗΘ, ΟΗΚ est la moitié d'un droit; l'angle restant ΘΗΚ est donc droit; il en sera de même des angles restants; le quadrilatère ΘΛΚΗ est donc un quarré. Mais si l'on prend d'abord les centres Θ, Λ, Κ, Η, si l'on mène les parallèles ΜΝ, ΝΞ, ΞΟ, ΟΜ, si l'on joint ΘΛ, ΛΚ, ΚΗ, ΗΘ, il est possible de dire que le quadrilatère ΘΛΚΗ est un quarré. Si nous prenons aussi les centres des triangles restants, et si nous les joignons par des droites, nous démontrerons que les quadrilatères restants sont aussi des quarrés, et nous aurons décrit un cube dans l'octaèdre donné. Ce qu'il fallait faire.

ΠΡΟΤΑΣΙΣ. ε΄.

Εἰς τὸ δοθὲν εἰκοσάεδρον δωδεκάεδρον ἐγγράψαι.

Εκκείσθω πεντάγωνον τοῦ εἰκοσαέδρου τὸ ΑΒΓΔΕ, καὶ τὰ κέντρα τῶν κύκλων τῶν περὶ τὰ ΑΖΕ, ΑΖΒ, ΒΖΓ, ΓΖΔ, ΔΖΕ τρίγωνα, τὰ Η, Θ, Κ, Λ, Μ, καὶ ἐπεζεύχθωσαν αἱ ΗΘ, ΘΚ, ΚΛ, ΛΜ, ΜΗ· καὶ πάλιν ἐπιζευχθεῖσαι αἱ ΖΗ, ΖΘ, ΖΚ ἐκβεβλήσθωσαν ἐπὶ τὰ Ξ, Ν, Ο· δίχα δὴ τμηθήσονται αἱ ΕΑ, ΑΒ, ΒΓ, τοῖς Ξ, Ν, Ο σημείοις, καὶ ὡς ἡ ΝΞ πρὸς ΝΟ οὕτως ἡ ΗΘ πρὸς ΘΚ· ἴση ἄρα καὶ ἡ ΗΘ τῇ ΘΚ.

PROPOSITIO V.

In dato icosaedro dodecaedrum describere.

Exponatur pentagonum icosaedri ΑΒΓΔΕ, et Η, Θ, Κ, Λ, Μ centra circulorum circa ΑΖΕ, ΑΖΒ, ΒΖΓ, ΓΖΔ, ΔΖΕ triangula, et jungantur ΗΘ, ΘΚ, ΚΛ, ΛΜ, ΜΗ; et rursus junctæ ΖΗ, ΖΘ, ΖΚ producantur ad Ξ, Ν, Ο puncta; bifariam utique secabuntur ipsæ ΕΑ, ΑΒ, ΒΓ in punctis Ξ, Ν, Ο, et ut ΝΞ ad ΝΟ ita ΗΘ ad ΘΚ; æqualis igitur et ΗΘ ipsi ΘΚ. Similiter autem et reliqua

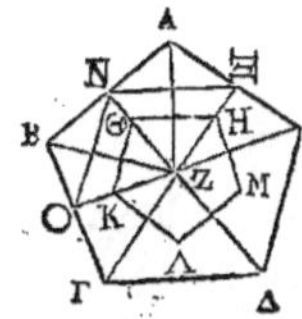

Ομοίως δὲ καὶ αἱ λοιπαὶ τοῦ ΗΘΚΛΜ πενταγώνου πλευραὶ ἴσαι δειχθήσονται. Λέγω ὅτι καὶ ἰσογώνιον. Επεὶ γὰρ δύο αἱ ΝΞ, ΝΟ παρὰ

pentagoni ΗΘΚΛΜ latera æqualia ostendentur. Dico et æquiangulum. Quoniam enim duæ ΝΞ, ΝΟ parallelæ duabus ΗΘ, ΘΚ æqua-

PROPOSITION V.

Décrire un dodécaèdre dans un icosaèdre donné.

Soit ΑΒΓΔΕ le pentagone de l'icosaèdre, que les points Η, Θ, Κ, Λ, Μ soient les centres des cercles autour des triangles ΑΖΕ, ΑΖΒ, ΒΖΓ, ΓΖΔ, ΔΖΕ, et joignons ΗΘ, ΘΚ, ΚΛ, ΛΜ, ΜΗ; et de plus ayant joint ΖΗ, ΖΘ, ΖΚ, prolongeons ces droites vers les points Ξ, Ν, Ο; les droites ΕΑ, ΑΒ, ΒΓ seront coupées en deux parties égales aux points Ξ, Ν, Ο, et ΝΞ sera à ΝΟ comme ΗΘ est à ΘΚ (4, 7); la droite ΗΘ est donc égale à ΘΚ. Nous demontrerons semblablement que les côtés restants du pentagone ΗΘΚΛΜ sont égaux entre eux; je dis aussi que ce pentagone est équiangle. Car puisque les deux droites ΝΞ, ΝΟ parallèles aux deux droites ΗΘ, ΘΚ com-

δύο τὰς ΗΘ, ΘΚ ἴσας γωνίας περιέχουσι, καὶ τὰ λοιπὰ φανερά. Νενοήσθω ἀπὸ τοῦ Ζ ἐπὶ τὸ τοῦ ΑΒΓΔΕΖ πενταγώνου ἐπίπεδον κάθετος ἠγμένη, ἥτις πεσεῖται ἐπὶ τὸ κέντρον τοῦ περὶ τὸ πεντάγωνον κύκλου. Ἐὰν δὴ ἀπὸ τοῦ Ν ἐπὶ τὸ σημεῖον, καθ' ὃ συμβάλλει ἡ ἀπὸ τοῦ Ζ κάθετος, ἐπιζεύξωμεν, καὶ διὰ τοῦ Θ παράλληλον αὐτῇ ἀγάγωμεν, φανερὸν ὅτι συμβάλλει τῇ ἀπὸ τοῦ Ζ καθέτῳ, καὶ ἡ ἀπὸ τοῦ Θ παράλληλος ὀρθὴν γωνίαν περιέξει μετὰ τῆς ἀπὸ τοῦ Ζ καθέτου. Πάλιν, ἐὰν ἐπιζεύξωμεν ἀπὸ τῶν Ξ, Ο ἐπὶ τὸ κέντρον τοῦ περὶ τὸ ΑΒΓΔΕ πεντάγωνον κύκλου, καὶ ἀπὸ τοῦ σημείου, καθ' ὃ συμβάλλει ἡ ἀπὸ τοῦ Θ τῇ ἀπὸ τοῦ Ζ πρὸς τὰ Η, Κ, φανερὸν ὅτι αἱ ἐπιζευγνυμέναι ὀρθὰς περιέξουσι μετὰ τῆς αὐτῆς¹. Ἐξ οὗ φανερὸν ὅτι ἐν ἑνὶ ἐπιπέδῳ ἐστὶ τὸ ΗΘΚΛΜ πεντάγωνον.

les angulos comprehendunt, et reliqua manifesta. Intelligatur a puncto Z ad ΑΒΓΔΕΖ pentagoni planum perpendicularis ducta, quæ cadet in centrum circuli circa pentagonum. Si igitur rectam a puncto N ad punctum in quod cadit perpendicularis a puncto Z, jungamus, et per punctum Θ parallelam ipsi ducamus, evidens est illam occurrere perpendiculari a puncto Z, et parallelam a puncto Θ rectum angulum comprehensuram esse cum perpendiculari a puncto Z. Rursus, si rectas ducamus a punctis Ξ, O ad centrum circuli circa ΑΒΓΔΕ pentagonum, et a puncto, in quo occurrit recta a puncto Θ ipsi a puncto Z ad H, K, manifestum est junctas rectos comprehensuras esse cum ipsâ. Ex hoc manifestum est in uno plano esse ΗΘΚΛΜ pentagonum.

prènent des angles égaux, le reste sera évident. Concevons une perpendiculaire menée du point Z au plan du pentagone ΑΒΓΔΕΖ ; cette perpendiculaire tombera au centre du cercle décrit autour du pentagone. Si du point N nous menons une droite au point où tombe la perpendiculaire menée du point Z, et si par le point Θ nous lui menons une parallèle, il est évident que cette parallèle rencontrera la perpendiculaire menée par le point Z, et que la perpendiculaire menée par le point Θ comprendra un angle droit avec la perpendiculaire menée par le point Z. De plus, si des points Ξ, O, nous menons des droites au centre du cercle décrit autour du pentagone ΑΒΓΔΕ, et si du point où la droite menée par le point Θ, rencontre la droite menée par le point Z, nous menons des droites aux points H, K, il est évident, que ces droites comprendront des angles droits avec la perpendiculaire menée par le point Z. D'après cela il est évident que le pentagone ΗΘΚΛΜ est dans un seul plan.

ΠΡΟΤΑΣΙΣ ϛ'.

Τῶν πέντε σωμάτων τὰς πλευρὰς καὶ γωνίας ἐξευρεῖν.

Δει εἰδέναι ἡμᾶς, ὅτι ἐάν τις ἐρεῖ ἡμῖν πόσας πλευρὰς ἔχῃ τὸ εἰκοσαέδρον, φήσομεν οὕτως. Φανερὸν ὅτι ὑπὸ εἴκοσι τριγώνων περιέχεται τὸ εἰκοσαέδρον, καὶ ὅτι ἕκαστον τρίγωνον ὑπὸ τριῶν εὐθειῶν περιέχεται· δεῖ οὖν ἡμᾶς πολλαπλασιάσαι τὰ εἴκοσι τρίγωνα ἐπὶ τὰς πλευρὰς τοῦ τριγώνου, γίνεται δὲ ἑξήκοντα, ὧν ἥμισυ γίνεται τριάκοντα. Ομοίως δὲ καὶ ἐπὶ δωδεκαέδρου. Επεὶ δὴ δώδεκα πεντάγωνα περιέχουσι τὸ δωδεκαέδρον, πάλιν δὲ ἕκαστον πεντάγωνον ἔχει πέντε εὐθείας, ποιοῦμεν δωδεκάκις πέντε, καὶ γίνονται ἑξήκοντα· πάλιν τὸ ἥμισυ γίνεται τριάκοντα. Διὰ τόδε ἥμισυ ποιοῦμεν, ἐπειδὴ ἑκάστη πλευρὰ, κἄν τε ᾖ τρίγωνον, ἢ πεντάγωνον ἢ τετράγωνον, ὡς ἐπὶ κύβου, ἐκ δευτέρου λαμβάνεται. Ομοίως δὲ τῇ αὐτῇ μεθόδῳ καὶ ἐπὶ κύβου καὶ ἐπὶ τῆς πυραμίδος καὶ τοῦ ὀκταέδρου τὰ αὐτὰ ποιήσας εὑρήσεις τὰς πλευράς.

PROPOSITIO VI.

Quinque corporum latera et angulos invenire.

Oportet nos scire si quis interroget nos, quot latera habeat icosaedrum, nos sic responsuros. Evidens est sub viginti triangulis contineri icosaedrum, et utrumque triangulorum sub tribus rectis contineri. Oportet igitur nos multiplicare viginti triangula per latera trianguli, fiunt autem sexaginta, quorum dimidium fit triginta. Similiter autem et in dodecaedro. Quoniam igitur duodecim pentagona comprehendunt dodecaedrum, rursus autem utrumque pentagonum habet quinque rectas, conficiemus duodecies quinque, et fiunt sexaginta; rursus dimidium fit triginta. Propter hoc dimidium facimus, quia utrumque latus, sive sit triangulum, vel pentagonum, vel quadratum, ut in cubo bis sumitur. Similiter autem eadem methodo et in cubo, et in pyramide, et in octaedro faciens invenies latera.

PROPOSITION VI.

Trouver les côtés et les angles des cinq corps.

Si quelqu'un nous demande quel est le nombre des côtés de l'icosaèdre? nous répondrons ainsi. Puisque l'icosaèdre est compris par vingt triangles, et que chaque triangle est compris par trois droites, il est évident qu'il faut multiplier vingt triangles par les côtés d'un triangle; le produit sera soixante, et la moitié trente. Nous ferons la même chose pour le dodécaèdre. Car puisque douze pentagones comprènent le dodécaèdre, et que chaque pentagone a cinq droites, nous multiplierons douze par cinq, le produit sera soixante, et la moitié trente. Nous prenons la moitié, parce que chaque côté est pris deux fois, soit pour le triangle, ou pour le pentagone, ou pour le quarré, comme dans le cube. Par la même méthode, on trouvera semblablement les côtés de l'octaèdre, de la pyramide, et du cube.

Εἰ δὲ βουληθείης πάλιν ἑκάστου τῶν πέντε σχημάτων εὑρεῖν τὰς γωνίας, πάλιν τὰ αὐτὰ ποιήσας, μέριζε παρὰ τὰ ἐπίπεδα τὰ περιέχοντα μίαν γωνίαν τοῦ στερεοῦ· οἷον, ἐπειδὴ τὴν τοῦ εἰκοσαέδρου γωνίαν περιέχουσι ε΄ τρίγωνα, μέριζε παρὰ τὰς ε΄ καὶ γίνονται δώδεκα γωνίαι τοῦ εἰκοσαέδρου. Ἐπεὶ δὲ τοῦ δωδεκαέδρου τρία πεντάγωνα περιέχουσι τὴν γωνίαν, μέριζε παρὰ τὰ τρία, καὶ ἕξεις κ΄ γωνίας οὔσας τοῦ δωδεκαέδρου. Ὁμοίως δὲ καὶ ἐπὶ τῶν λοιπῶν εὑρήσεις τὰς γωνίας.

Si autem velis rursus singularum quinque figurarum invenire angulos, rursus eadem faciens, divide per plana comprehendentia unum angulum solidi; ut, quoniam icosaedri angulum comprehendunt quinque triangula, divide per quinque, fient duodecim anguli icosaedri. Quoniam autem dodecaedri tria pentagona comprehendunt angulum, divide per tria, et habebis viginti angulos existentes dodecaedri. Similiter autem et in reliquis invenies angulos.

ΠΡΟΤΑΣΙΣ ζ΄.

Τῶν ἐπιπέδων τῶν πέντε στερεῶν ἕκαστον περιεχόντων κλίσιν ἐξευρεῖν.

Εζητήθη πῶς ἐφ᾽ ἑκάστου τῶν πέντε στερεῶν σχημάτων, ἑνὸς ἐπιπέδου τῶν περιεχόντων ὁποιουοῦν δοθέντος, εὑρίσκεται καὶ ἡ κλίσις, ἐν ᾗ κέκλιται πρὸς ἄλληλα τὰ περιέχοντα ἐπίπεδα ἕκαστον τῶν σχημάτων. Η δὲ εὕρεσις, ὡς Ισίδωρος ὁ ἡμέτερος ὑφηγήσατο μέγας δι-

PROPOSITIO VII.

Planorum quæ quinque solidorum unumquodque continent inclinationem invenire.

Quæsitum est quomodo in unâquâque quinque solidarum figurarum, uno plano comprehendentium dato, inveniatur et inclinatio, in quam inclinantur inter se comprehendentia plana unamquamque figurarum. Inventio autem, ut Isidorus

Si l'on veut trouver les angles de chacune des cinq figures, on fera la même chose; on divisera par le nombre des plans qui comprènent un angle du solide; ainsi l'angle de l'icosaèdre étant compris par cinq triangles, on divisera par cinq, et l'on aura douze angles pour l'icosaèdre. Et puisque trois pentagones comprènent l'angle du dodécaèdre, on divisera par trois, et l'on aura vingt angles pour le dodécaèdre. On trouvera semblablement les angles des autres figures.

PROPOSITION VII.

Trouver les inclinaisons des plans qui comprènent les cinq solides.

On demande comment dans chacune des cinq figures solides, un des plans qui la comprènent étant donné, on peut trouver l'inclinaison qu'ont entre eux les plans qui comprènent chacune de ces cinq figures. Notre célèbre maître Isidore m'avait enseigné que cette inclinaison se trouvait ainsi. Pour le cube, il est

δάσκαλος, ἔχει τὸν τρόπον τοῦτον. Οτι μὲν ἐπὶ τοῦ κύβου κατ' ὀρθὴν γωνίαν τέμνουσι τὰ περιέχοντα αὐτὸν ἐπίπεδα ἄλληλα, φανερόν. Επὶ δὲ τῆς πυραμίδος, ἐκτεθέντος ἑνὸς τριγώνου, κέντροις τοῖς πέρασι τῆς μιᾶς πλευρᾶς, διαστήματι δὲ τῇ ἀπὸ τῆς κορυφῆς ἐπὶ τὴν βάσιν ἀγομένῃ καθέτῳ, περιφέρειαι γραφεῖσαι τεμνέτωσαν ἀλλήλας· καὶ αἱ ἀπὸ τῆς τομῆς ἐπὶ τὰ κέντρα ἐπιζευγνύμεναι εὐθεῖαι περιέξουσι τὴν κλίσιν τῶν περιεχόντων τὴν πυραμίδα ἐπιπέδων. Επὶ δὲ τοῦ ὀκταέδρου ἀπὸ τῆς πλευρᾶς τοῦ τριγώνου ἀναγραφέντος τετραγώνου, κέντροις τοῖς πέρασι τῆς διαγωνίου, διαστήματι δὲ ὁμοίως τῇ τοῦ τριγώνου καθέτῳ, γεγράφθωσαν περιφέρειαι, καὶ πάλιν αἱ ἀπὸ τῆς κοινῆς τομῆς ἐπὶ τὰ κέντρα ἐπιζευγνύμεναι εὐθεῖαι περιέξουσι τὴν λείπουσαν εἰς τὰς δύο ὀρθὰς τῆς ἐπιζητουμένης κλίσεως. Επι δὲ τοῦ εἰκοσαέδρου ἀπὸ τῆς πλευρᾶς τοῦ τριγώνου ἀναγραφέντος πενταγώνου, ἐπεζεύχθω ἡ ὑπὸ δύο πλευρὰς ὑποτείνουσα εὐθεῖα, καὶ κέντροις τοῖς πέρασιν αὐτῆς, διαστήματι δὲ τῇ τοῦ τριγώνου καθέτῳ γραφεισῶν περιφερειῶν, αἱ ἀπὸ τῆς κοινῆς τομῆς

noster docuit magnus magister, habet hunc modum. In cubo quidem ad rectum angulum sese secare comprehendentia ipsum plana manifestum est. In pyramide vero, exposito uno triangulo, centris terminis unius lateris, intervallo autem rectâ a vertice ad basim ductâ perpendiculari, circumferentiæ descriptæ sese mutuo secent; et a sectione ad centra junctæ rectæ comprehendent inclinationem comprehendentium pyramidem planorum. In octaedro autem ex latere trianguli descripto quadrato, centris terminis diametri, intervallo autem similiter trianguli perpendiculari describantur circumferentiæ, et rursus rectæ a sectione communi ad centra junctæ comprehendent reliquum ex duobus rectis inquisitæ inclinationis. In icosaedro autem a latere trianguli descripto pentagono, jungatur recta duobus lateribus subtensa, et centris terminis ipsius, intervallo autem trianguli perpendiculari descriptis cir-

évident que les plans qui le comprènent se coupent à angles droits. Pour la pyramide, un triangle étant exposé, des extrémités d'un côté comme centres, et d'un intervalle égal à la perpendiculaire menée du sommet à la base, décrivez des arcs de cercle; ces arcs se couperont; et les droites menées du point de section aux centres, comprendront l'inclinaison des plans qui contiènent la pyramide. Dans l'octaèdre, ayant décrit un quarré avec le côté du triangle, des extrémités de la diagonale comme centres, et d'un intervalle semblablement égal à la perpendiculaire du triangle, décrivez des arcs de cercle; les droites menées du point de la commune section aux centres comprendront un angle dont le supplément à deux droits sera l'inclinaison cherchée. Dans l'icosaèdre, décrivez un pentagone avec un des côtés du triangle, et menez une diagonale, de deux des extrémités de cette diagonale comme centres, et d'un intervalle égal à la perpendiculaire du triangle, décrivez des arcs de cercles; les droites menées du

ἐπὶ τὰ κέντρα ἐπιζευγνύμεναι περιέξουσι τὴν λείπουσαν, ὁμοίως εἰς τὰς δύο ὀρθὰς τῆς κλίσεως τῶν τοῦ εἰκοσαέδρου ἐπιπέδων. Ἐπὶ δὲ τοῦ δωδεκαέδρου, ἐκτεθέντος ἑνὸς πενταγώνου, ἐπιζευχθείσης ὁμοίως τῆς ὑπὸ δύο πλευρὰς ὑποτεινούσης εὐθείας, κέντροις τοῖς πέρασιν αὐτῆς, διαστήματι δὲ τῇ ἀγομένῃ καθέτῳ ἀπὸ τῆς διχοτομίας αὐτῆς ἐπὶ τὴν παράλληλον αὐτῇ πλευρὰν τοῦ πενταγώνου γεγράφθωσαν περιφέρειαι, καὶ αἱ ἀπὸ τοῦ σημείου καθ' ὃ συμβάλλουσιν ἀλλήλαις ἐπὶ τὰ κέντρα ἐπιζευγνύμεναι ὁμοίως περιέξουσι τὴν λείπουσαν εἰς τὰς δύο ὀρθὰς τῆς κλίσεως τῶν ἐπιπέδων τοῦ δωδεκαέδρου.

Οὕτως μὲν οὖν ὁ εἰρημένος εὐκλεέστατος ἀνὴρ τὸν περὶ τῶν εἰρημένων ἀποδέδωκε λόγον, σαφῶς ἐφ' ἑκάστου φαινομένης αὐτῷ τῆς ἀποδείξεως· ἐπὶ δὲ τὸ πρόδηλον γενέσθαι τὴν ἐν αὐτοῖς ἀποδεικτικὴν θεωρίαν, τὸν λόγον ἐφ' ἑκάστου σαφηνίσω· καὶ πρότερον ἐπὶ τῆς πυραμίδος.

Νενοήσθω πυραμὶς ὑπὸ τεσσάρων ἰσοπλεύρων

cumferentiis, rectæ a communi sectione ad centra junctæ comprehendent reliquum, similiter ex duobus rectis inclinationis icosaedri planorum. In dodecaedro vero, exposito uno pentagono, junctâ similiter rectâ duo latera subtendente, centris terminis ejus, intervallo autem ductâ perpendiculari a bipartitâ sectione ipsius ad parallelum ipsi latus pentagoni describantur circumferentiæ, et rectæ a puncto in quo conveniunt inter se ad centra junctæ similiter comprehendent reliquum ex duobus rectis inclinationis planorum dodecaedri.

Ita quidem dictus clarrissimus vir de dictis habuit sermonem, manifestâ uniuscujusque visâ sibi demonstratione; ut autem perspicue fiat in eis demonstrativa theoria sermonem in unoquoque explicabo; et primum in pyramide.

Intelligatur pyramis ΑΒΓΔ quatuor æquila-

point de la commune section aux centres, comprendront un angle dont le supplément à deux droits sera l'inclinaison des plans de l'icosaèdre. Dans le dodécaèdre, un pentagone étant exposé, menez semblablement une droite qui soit soutendante de deux côtés, des extrémités de cette droite comme centres et d'un intervalle égal à la perpendiculaire menée du milieu de la soutendante au côté parallèle, décrivez deux arcs de cercle, les droites menées du point où les arcs se coupent aux centres, comprendront semblablement un angle dont le supplément à deux droits, sera l'inclinaison des plans du dodécaèdre.

Tel est le discours que cet homme illustre tenait sur cet objet, car la démonstration de tout cela lui paraissait évidente. Mais comme la chose deviendra plus claire à l'aide de démonstrations, je vais expliquer le discours d'Isidore dans toutes ses parties; et je commence par la pyramide.

Concevons une pyramide ΑΒΓΔ comprise par quatre triangles équilatéraux;

τριγώνων περιεχομένη ἡ ΑΒΓΔ, τοῦ ΑΒΓ βάσεως νοουμένου, κορυφῆς δὲ τοῦ Δ· καὶ τμηθείσης τῆς ΑΔ πλευρᾶς δίχα κατὰ τὸ Ε, ἐπεζεύχθωσαν αἱ ΒΕ, ΕΓ. Καὶ ἐπεὶ ἰσόπλευρά ἐστι τὰ ΑΔΒ, ΑΔΓ τρίγωνα, καὶ δίχα τέτμηται ἡ ΑΔ· αἱ ΒΕ, ΕΓ ἄρα κάθετοί εἰσιν ἐπὶ τὴν ΑΔ. Λέγω ὅτι ἡ ὑπὸ ΒΕΓ γωνία ὀξεῖά ἐστιν. Ἐπεὶ γὰρ διπλῆ ἐστιν ἡ ΑΓ τῆς ΑΕ, τετραπλάσιόν ἐστι τὸ ἀπὸ τῆς ΑΓ τοῦ ἀπὸ τῆς ΑΕ. Ἀλλὰ τὸ ἀπὸ τῆς ΑΓ ἴσον ἐστὶ τοῖς ἀπὸ τῶν ΑΕ, ΕΓ, ὧν τὸ ἀπὸ ΑΓ πρὸς τὸ ἀπὸ ΓΕ λόγον ἔχει ὃν δ′ πρὸς γ′, καὶ ἔστιν ἴση ἡ ΓΕ τῇ ΕΒ· τὸ ἄρα ἀπὸ ΒΓ ἔλαττόν ἐστι τῶν ἀπὸ

teris triangulis contenta, basi ΑΒΓ intellectâ, vertice vero Δ; et secto ΑΔ latere bifariam in Ε, jungantur ipsæ ΒΕ, ΕΓ. Et quoniam æquilatera sunt ΑΔΒ, ΑΔΓ triangula, et bifariam secatur ΑΔ; ipsæ ΒΕ, ΕΓ igitur perpendiculares sunt ad ΑΔ. Dico ΒΕΓ angulum acutum esse. Quoniam enim dupla est ΑΓ ipsius ΑΕ, quadruplum est ipsum ex ΑΓ ipsius ex ΑΕ. Sed ipsum ex ΑΓ æquale est ipsis ΑΕ, ΕΓ, quorum ipsum ex ΑΓ ad ipsum ex ΓΕ rationem habet quam 4 ad 3, et est æqualis ΓΕ ipsi ΕΒ; ipsum igitur ex ΒΓ minus est

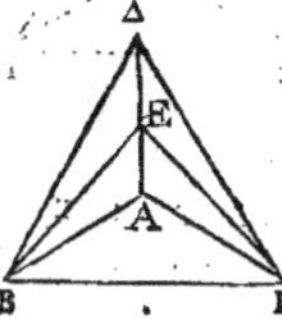

ΒΕ, ΕΓ· ὀξεῖα ἄρα ἐστὶν ἡ ὑπὸ ΒΕΓ. Ἐπεὶ οὖν δύο ἐπιπέδων τῶν ΑΒΔ, ΑΔΓ κοινὴ τομή ἐστιν ἡ ΑΔ, καὶ τῇ κοινῇ τομῇ πρὸς ὀρθὰς ἐν ἑκατέρῳ τῶν ἐπιπέδων ἠγμέναι εἰσὶν αἱ ΒΕ, ΕΓ, καὶ ὀξεῖαν γωνίαν περιέχουσιν· ἡ ὑπὸ ΒΕΓ ἄρα γω-

ipsis ex ΒΕ, ΕΓ; acutus igitur est angulus ΒΕΓ. Quoniam igitur duorum planorum ΑΒΔ, ΑΔΓ communis sectio est ΑΔ, et communi sectioni ad rectos in utroque planorum ductæ sunt rectæ ΒΕ, ΕΓ, et acutum angulum comprehen-

que cette pyramidè ait pour base ΑΒΓ, et pour sommet le point Δ; coupons le côté ΑΔ en deux parties égales au point Ε, et joignons ΒΕ, ΕΓ. Puisque les triangles ΑΔΒ, ΑΔΓ sont équilatéraux, et que ΑΔ est coupé en deux parties égales, les droites ΒΕ, ΕΓ seront perpendiculaires à ΑΔ (8. 1). Je dis que l'angle ΒΕΓ est aigu. Car puisque ΑΓ est double de ΑΕ, le quarré de ΑΓ sera quadruple du quarré de ΑΕ. Mais le quarré de ΑΓ est égal à la somme des quarrés des droites ΑΕ, ΕΓ, et le quarré de ΑΓ a avec le quarré de ΓΕ, la raison de quatre à trois, et ΓΕ est égal à ΕΒ; le quarré de ΒΓ est donc plus petit que la somme des quarrés des droites ΒΕ, ΕΓ; l'angle ΒΕΓ est donc aigu (13. 2). Et puisque la droite ΑΔ est la commune section des plans ΑΒΔ, ΑΔΓ, que les droites ΒΕ, ΕΓ sont menées perpendiculairement à la commune section dans l'un et l'autre plan, et qu'elles

νία ἡ κλίσις ἔσται τῶν ἐπιπέδων· καὶ ἔστι δεδομένη, δέδοται γὰρ ἡ ΒΓ πλευρὰ οὖσα τοῦ τριγώνου, καὶ ἑκατέρα τῶν ΗΒ, ΕΓ κάθετος οὖσα τοῦ ἰσοπλεύρου τριγώνου· κέντροις τοίνυν τοῖς Β, Γ, τουτέστι τοῖς πέρασι τῆς μιᾶς πλευρᾶς, διαστήματι δὲ τῇ τοῦ τριγώνου καθέτῳ, γραφόμεναι περιφέρειαι τέμνουσιν ἀλλήλας ὡς κατὰ

dunt; ipse ΒΕΓ igitur angulus inclinatio erit planorum; et est ipsa data, data est enim ipsa ΒΓ latus existens trianguli, et utraque ipsarum ΗΒ, ΕΓ, perpendicularis existens æquilateri trianguli; centris igitur Β, Γ, hoc est terminis unius lateris, intervallo autem trianguli perpendiculari, circumferentiæ descriptæ se secant ut in punc-

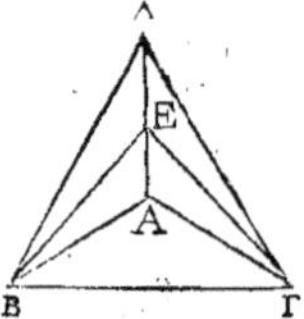

τὸ Ε σημεῖον, καὶ αἱ ἀπ' αὐτοῦ ἐπὶ τὰ Β, Γ ἐπιζευγνύμεναι εὐθεῖαι περιέξουσι τὴν κλίσιν τῶν ἐπιπέδων. Τοῦτο δὲ ἦν τὸ εἰρημένον. Καὶ ὅτι μὲν κέντροις τοῖς Β, Γ, διαστήματι δὲ τῇ τοῦ τριγώνου καθέτῳ, γραφόμενοι κύκλοι τέμνουσιν ἀλλήλους, φανερόν· ἑκατέρα γὰρ τῶν ΒΕ, ΕΓ μείζων ἐστὶ τῆς ἡμισείας τῆς ΒΓ· οἱ δὲ κέντροις τοῖς Β, Γ, διαστήματι δὲ τῇ ἡμισείᾳ τῆς ΒΓ, γραφόμενοι κύκλοι ἐφάπτονται ἀλλήλων·

to Ε, et ab eo ad puncta Β, Γ junctæ rectæ comprehendent inclinationem planorum. Hoc autem erat dictum. Et centris quidem Β, Γ, intervallo autem trianguli perpendiculari, descriptos circulos sese secare, manifestum est; utraque enim ΒΕ, ΕΓ major est quam dimidia ipsius ΒΓ; et centris Β, Γ, intervallo autem dimidiâ ipsius ΒΓ, descripti circuli sese tangunt; si autem minor

comprènent un angle aigu, l'angle ΒΕΓ sera l'inclinaison des plans (déf. 6. 11). Mais cette inclinaison est donnée, car la droite ΒΓ, côté du triangle, est donnée, ainsi que chacune des droites ΗΒ, ΕΓ, qui sont les perpendiculaires d'un triangle équilatéral; les arcs décrits des centres Β, Γ, c'est-à-dire des extrémités d'un côté, et d'un intervalle égal à la perpendiculaire du triangle, se couperont donc en un point Ε, et les droites menées du point Ε aux points Β, Γ, comprendront par conséquent l'inclinaison des plans; et c'est là ce qu'on disait. Or il est évident que les arcs décrits des points Β, Γ, et d'un intervalle égal à la perpendiculaire du triangle se couperont, car chacune des droites ΒΕ, ΕΓ est plus grande que la moitié de ΒΓ; et en effet, si les arcs de cercle étaient décrits des points Β, Γ, d'un intervalle

εἰ δὲ ἐλάττων ἦ, οὐδὲ ἐφάπτονται, οὐδὲ τέμνουσιν· εἰ δὲ μείζων, πάντως τέμνουσι· καὶ οὕτως ὁ περὶ τῆς πυραμίδος σαφής τε καὶ ἀκόλουθος ταῖς ἀποδείξεσι φαίνεται λόγος.

ΠΡΟΤΑΣΙΣ η'.

Νενοήσθω πάλιν ἐπὶ τετραγώνου τοῦ ΑΒΓΔ πυραμὶς κορυφὴν ἔχουσα τὸ Ε, καὶ τὰ περιέχοντα αὐτὴν δίχα τῆς βάσεως τρίγωνα ἰσόπλευρα· ἔσται δὴ ἡ ΑΒΓΔΕ πυραμὶς ἥμισυ ὀκταέδρου. Τετμήσθω μία πλευρὰ ἑνὸς τριγώνου ἡ ΑΕ δίχα κατὰ τὸ Ζ, καὶ ἐπεζεύχθωσαν αἱ ΒΖ, ΔΖ· ἴσαι ἄρα εἰσὶν αἱ ΒΖ, ΔΖ καὶ κάθετοι

sit, neque sese tangunt, nec secant; si vero major omnino secant; et ita de pyramide et manifestus et congruens demonstrationibus apparet sermo.

PROPOSITIO VIII.

Intelligatur rursus super quadratum ΑΒΓΔ pyramis verticem habens Ε, et comprehendentia ipsam præter basim triangula æquilatera; erit igitur ΑΒΓΔΕ pyramis dimidium octaedri. Secetur unum latus ΑΕ unius trianguli bifariam in Ζ, et jungantur ΒΖ, ΔΖ; æquales igitur sunt ipsæ ΒΖ,

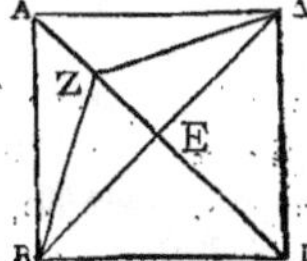

ἐπὶ τὴν ΑΕ. Λέγω ὅτι ἡ ὑπὸ ΒΖΔ γωνία ἀμβλεῖά ἐστιν. Ἐπεζεύχθω γὰρ ἡ ΒΔ. Καὶ ἐπεὶ τετράγωνόν ἐστι τὸ ΑΓ, διαμέτρος δὲ ἡ ΒΔ, τὸ ἀπὸ

ΔΖ et perpendiculares ad ΑΕ. Dico ΒΖΔ angulum obtusum esse. Jungatur enim ΒΔ. Et quoniam quadratum est ΑΓ, diameter autem ΒΔ, ipsum ex

égal à la moitié de ΒΓ, ces arcs se toucheraient l'un l'autre; ils ne se toucheraient, ni ne se couperaient, si l'intervalle était plus petit, et ils se couperaient, s'il était plus grand. Ainsi ce que l'on disait touchant la pyramide, est évident, et conforme à la démonstration.

PROPOSITION VIII.

Concevons sur le quarré ΑΒΓΔ une pyramide ayant pour sommet le point Ε, cette pyramide, la base exceptée, étant comprise par des triangles équilatéraux; la pyramide ΑΒΓΔΕ sera la moitié d'un octaèdre. Coupons un côté ΑΕ d'un triangle en deux parties égales au point Ζ, et joignons ΒΖ, ΔΖ; les droites ΒΖ, ΔΖ seront égales et perpendiculaires à ΑΕ. Je dis que l'angle ΒΖΔ est obtus. Joignons ΒΔ. Puisque ΑΓ est un quarré, et que ΒΔ est sa diagonale,

ΒΔ διπλάσιόν ἐστι τοῦ ἀπὸ τῆς ΔΑ, τὸ δὲ ἀπὸ τῆς ΔΑ πρὸς τὸ ἀπὸ τῆς ΔΖ λόγον ἔχει, ὡς ἐν τῷ πρὸ τούτου εἴρηται, ὃν δ' πρὸς γ'· καὶ τὸ ἀπὸ τῆς ΒΔ ἄρα πρὸς τὸ ἀπὸ τῆς ΔΖ λόγον ἔχει ὃν ὀκτὼ πρὸς τρία. Ἴση δὲ ἡ ΔΖ τῇ ΖΒ· τὸ ἄρα ἀπὸ τῆς ΒΔ τῶν ἀπὸ τῶν ΒΖ, ΖΔ μεῖζόν ἐστιν· καὶ ἀμβλεῖα ἄρα ἐστὶν ἡ ὑπὸ ΒΖΔ γωνία.

ΒΔ duplum est ipsius ex ΔΑ, ipsum autem ex ΔΑ ad ipsum ex ΔΖ rationem habet, ut antea dictum est, quam 4 ad 3; et ipsum ex ΒΔ igitur ad ipsum ex ΔΖ rationem habet quam 8 ad 3. Æqualis autem ΔΖ ipsi ΖΒ; ipsum igitur ex ΒΔ ipsis ex ΒΖ, ΖΔ majus est; et obtusus igitur est ΒΖΔ angulus.

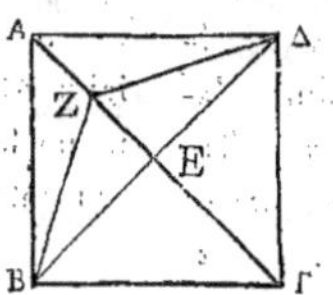

Καὶ ἐπεὶ δύο ἐπιπέδων τῶν ΑΒΕ, ΑΔΕ τεμνόντων ἄλληλα κοινὴ τομή ἐστιν ἡ ΑΕ, αἱ δὲ πρὸς ὀρθὰς αὐτῇ ἐν ἑκατέρῳ τῶν ἐπιπέδων ἠγμέναι εἰσὶν αἱ ΒΖ, ΖΔ περιέχουσαι ἀμβλεῖαν· ἡ ὑπὸ ΒΖΔ ἄρα γωνία λείπουσά ἐστιν εἰς τὰς δύο ὀρθὰς τῆς κλίσεως τῶν ΑΒΕ, ΑΔΕ ἐπιπέδων· ἐὰν ἄρα δοθῇ ἡ ὑπὸ ΒΖΔ, δέδοται καὶ ἡ εἰρημένη κλίσις. Ἐπεὶ οὖν δέδοται τὸ τρίγωνον τοῦ ὀκταέδρου, καὶ μία πλευρά ἐστι τοῦ ὀκταέδρου, ἡ ΑΔ, καὶ ἀπ' αὐτῆς τετράγωνον ἀνα-

Et quoniam duorum planorum ΑΒΕ, ΑΔΕ sese secantium communis sectio est ΑΕ, ad rectos autem ipsi in utroque planorum ductæ sunt ΒΖ, ΖΔ comprehendentes angulum obtusum; angulus igitur ΒΖΔ reliquus est ex duobus rectis inclinationis planorum ΑΒΕ, ΑΔΕ; si igitur datus sit angulus ΒΖΔ, data est et dicta inclinatio. Quoniam igitur datum est triangulum octaedri, et unum latus octaedri est ΑΔ, et ex ipso quadratum ΑΓ descriptum est; data est et

le quarré de ΒΔ sera double du quarré de ΔΑ, et le quarré de ΔΑ aura avec le quarré de ΔΖ, la raison que quatre a avec trois, comme on l'a démontré plus haut; le quarré de ΒΔ aura donc avec le quarré de ΔΖ, la raison que huit à avec trois. Mais ΔΖ est égal à ΖΒ; le quarré de ΒΔ est donc plus grand que la somme des quarrés des droites ΒΖ, ΖΔ; l'angle ΒΖΔ est donc obtus (12. 2). Et puisque les plans ΑΒΕ, ΑΔΕ se coupent, que ΑΕ est leur section commune, et que les droites ΒΖ, ΖΔ, menées perpendiculairement à ΑΕ, dans l'un et l'autre plan, comprènent un angle obtus, le supplément de l'angle ΒΖΔ a deux droits, sera l'inclinaison des plans ΑΒΕ, ΑΔΕ (déf. 6. 11). Si donc l'angle ΒΖΔ est donné, l'inclinaison sera donnée. Et puisque le triangle de l'octaèdre est donné, que ΑΔ est un côté de l'octaèdre, que sur ce côté on a construit le quarré ΑΓ, que

γέγραπται τὸ ΑΓ, δέδοται καὶ ἡ ΒΔ διάμετρος οὖσα τοῦ τετραγώνου. Ἀλλὰ μὴν καὶ αἱ ΒΖ, ΖΔ κάθετοι τοῦ τριγώνου· ὥστε καὶ ἡ ὑπὸ ΒΖΔ γωνία δέδοται· ἀναγραφέντος ἄρα τοῦ τετραγώνου ἀπὸ τῆς πλευρᾶς τοῦ τριγώνου ὡς τοῦ ΑΓ, καὶ ἐπιζευχθείσης τῆς διαμέτρου ὡς τῆς ΒΔ, ἐὰν κέντροις τοῖς Β, Δ, διαστήματι δὲ τῇ τοῦ τριγώνου καθέτῳ κύκλους ἐγγράψωμεν, τέμνουσιν ἀλλήλους κατὰ τὸ Ζ, καὶ αἱ ἀπὸ τοῦ Ζ ἐπὶ τὰ κέντρα ἐπιζευγνύμεναι εὐθεῖαι περιέξουσι τὴν ὑπὸ ΒΖΔ, ἥτις ἐστὶν ἡ λείπουσα, ὡς εἴρηται, εἰς τὰς δύο ὀρθὰς τῆς τῶν ἐπιπέδων κλίσεως. Καὶ ἐνταῦθα δὲ σαφὲς μὲν ὡς ἑκατέρα τῶν ΒΖ, ΖΔ μείζων ἐστὶ τῆς ἡμισείας τῆς ΒΔ· καὶ διὰ τοῦτο ἐπὶ τῆς ὀργανικῆς κατασκευῆς ἀνάγκη τέμνειν τοὺς κύκλους ἀλλήλους. Καὶ ἐκ τῆς ἀποδείξεως δὲ δῆλον γέγονεν ὡς ἡ ΒΔ πρὸς μὲν τὴν ΔΖ δυνάμει λόγον ἔχει ὃν ὀκτὼ πρὸς τρία, τῆς δὲ ἡμισείας τῆς ΒΔ δυνάμει ἐστὶ τετραπλασία· ὥστε διὰ τοῦτο μείζονα γίνεσθαι ἑκατέραν τῶν ΒΖ, ΖΔ τῆς ἡμισείας τῆς ΒΔ. Καὶ ταῦτα μὲν ἐπὶ τοῦ ὀκταέδρου.

ΒΔ diameter existens quadrati. At vero et ΒΖ, ΖΔ perpendiculares trianguli; quare et ΒΖΔ angulus datus est; descripto igitur quadrato a latere trianguli ut ΑΓ, et junctâ diametro ut ΒΔ, si centris Β, Δ, intervallo autem trianguli perpendiculari circulos describamus, sese secant in Ζ, et a puncto Ζ ad centra junctæ rectæ comprehendent angulum ΒΖΔ, qui est reliquus, ut dictum est, ex duobus rectis planorum inclinationis. At vero hoc loco patet utramque ipsarum ΒΖ, ΖΔ majorem esse quam dimidiam ipsius ΒΔ; et ideo in organicâ constructione necesse est sese secare circulos. Sed et ex demonstratione evidens fit ipsam ΒΔ ad ΔΖ quidem potentiâ rationem habere quam 8 ad 3, dimidiæ autem ipsius ΒΔ potentiâ est quadrupla; quare ob id major fit utraque ipsarum ΒΖ, ΖΔ quam dimidia ipsius ΒΔ. Et hæc quidem de octaedro.

la diagonale ΒΔ du quarré est donnée, et que les droites ΒΖ ΖΔ sont les perpendiculaires du triangle, l'angle ΒΖΔ sera donné; ayant donc décrit sur un côté du triangle le quarré ΑΓ, et ayant mené la diagonale ΒΔ, si des centres Β, Δ, et d'un intervalle égal à la perpendiculaire du triangle, nous décrivons des arcs de cercles, ces arcs se couperont en un point Ζ, et les droites menées du point Ζ aux centres comprendront un angle ΒΖΔ, dont le supplément à deux droits sera l'inclinaison des plans. Or il est évident que chacune des droites ΒΖ, ΖΔ est plus grande que la moitié de ΒΔ; c'est pourquoi, dans la construction organique, les cercles doivent se couper mutuellement. Car, d'après la démonstration, il est évident que le quarré de ΒΔ a avec le quarré de ΔΖ, la raison que huit a avec trois, et que le quarré de la droite ΒΔ est quadruple du quarré de sa moitié (20. 6); chacune des droites ΒΖ, ΖΔ est donc plus grande que la moitié de ΒΔ; et voilà ce qui regarde l'octaèdre.

ΠΡΟΤΑΣΙΣ θ'.

Ἐπὶ δὲ τοῦ εἰκοσαέδρου νενοήσθω πεντάγωνον ἰσόπλευρόν τε καὶ ἰσογώνιον τὸ ΑΒΓΔΕ, ἐπὶ δὲ τούτου πυραμὶς κορυφὴν ἔχουσα τὸ Ζ, ὥστε περιέχοντα αὐτὴν τρίγωνα ἰσόπλευρα εἶναι· ἔσται δὴ ἡ ΑΒΓΔΕ πυραμὶς μέρος εἰκοσαέδρου σχήματος. Τετμήσθω μία πλευρὰ ἑνὸς τριγώνου ἡ ΖΓ δίχα κατὰ τὸ Η, καὶ ἐπεζεύχθωσαν αἱ ΒΗ, ΗΔ ἴσαι τε οὖσαι, καὶ κάθετοι γινόμεναι ἐπὶ τὴν ΖΓ· λέγω ὅτι ἡ ὑπὸ ΒΗΔ γωνία ἀμβλεῖά ἐστι· καὶ

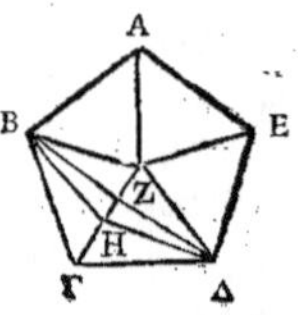

ἔστιν αὐτόθεν φανερόν. Ἐπιζευχθεῖσα γὰρ ἡ ΒΔ ἀμβλεῖαν μὲν ὑποτείνει τὴν ὑπὸ ΒΓΔ τοῦ πενταγώνου γωνίαν. Ταύτης δὲ μείζων ἡ ὑπὸ ΒΗΔ· ἐλάττονες γὰρ αἱ ΒΗ, ΗΔ τῶν ΒΓ, ΓΔ. Ὁμοίως δὴ τοῖς πρὸ τούτου ὅτι ἡ ὑπὸ ΒΗΔ γωνία ἡ λείπουσά ἐστιν εἰς τὰς δύο ὀρθὰς τῆς κλίσεως τῶν

PROPOSITIO IX.

In icosaedro autem intelligatur pentagonum et æquilaterum et æquiangulum ΑΒΓΔΕ, super hoc autem pyramis verticem habens punctum Z, ita ut comprehendentia ipsam triangula æquilatera sint; erit igitur ΑΒΓΔΕ pyramis pars icosaedri figuræ. Secetur unum latus ΖΓ unius trianguli bifariam in H, et jungantur ductæ ΒΗ, ΗΔ et æquales existentes et perpendiculares factæ ad ΖΓ; dico ΒΗΔ angulum obtusum esse; et est hic evidens. Juncta enim ΒΔ obtusum quidem subtendit ΒΓΔ angulum pentagoni. Hoc autem major est angulus ΒΗΔ; minores enim ipsæ ΒΗ, ΗΔ ipsis ΒΓ, ΓΔ. Congruenter utique præcedentibus angulus ΒΗΔ reliquus est ex

PROPOSITION IX.

Concevons dans l'isocaèdre le pentagone équilatéral et équiangle ΑΒΓΔΕ, et sur ce pentagone concevons une pyramide ayant son sommet en Z, de manière que les triangles qui la comprènent soient équilatéraux; la pyramide ΑΒΓΔΕ sera une partie de l'icosaèdre. Coupons un côté ΖΓ d'un triangle en deux parties égales au point H, et joignons ΒΗ, ΗΔ; ces droites seront égales et perpendiculaires à ΖΓ; je dis que l'angle ΒΗΔ est obtus; ce qui est ici évident. En effet, joignons ΒΔ, cette droite soutendra l'angle obtus ΒΓΔ du pentagone; et l'angle ΒΗΔ est plus grand que celui-ci (21. 1), car les droites ΒΗ, ΗΔ sont plus petites que les droites ΒΓ, ΓΔ. Conformément à ce qui précède, le supplément

ΒΖΓ, ΓΖΔ τριγώνων. Ταύτης δοθείσης, δεδομένη ἔσται καὶ ἡ κλίσις τῶν τοῦ εἰκοσαέδρου ἐπιπέδων· ἀπὸ γὰρ τῆς πλευρᾶς τοῦ τριγώνου τοῦ εἰκοσαέδρου ἀναγραφέντος πενταγώνου, ἐπιζευχθείσης τῆς ὑπὸ δύο πλευρὰς ὑποτεινούσης τοῦ πενταγώνου, ὡς ἐπὶ τῆς καταγραφῆς, τῆς ΒΔ δεδομένης, ὁμοίως δὲ καὶ τῶν ΒΗ, ΗΔ καθέτων τῶν τριγώνων, δέδοται καὶ ἡ ὑπὸ ΒΗΔ. Εἰ γὰρ κέντροις τοῖς πέρασι τῆς ὑπὸ δύο πλευρὰς ὑποτεινούσης τοῦ πενταγώνου ὡς τῆς ΒΔ, διαστήματι δὲ τῇ τοῦ τριγώνου καθέτῳ κύκλοι γραφῶσι, τέμνουσιν ἀλλήλους ὡς κατὰ τὸ Η, καὶ αἱ ἀπὸ τοῦ Η ἐπὶ τὰ Β, Δ ἐπιζευγνύμεναι εὐθεῖαι περιέξουσι τὴν λείπουσαν εἰς τὰς δύο ὀρθὰς τῆς τῶν ἐπιπέδων κλίσεως. Καὶ ἐνταῦθα δὲ ἐκ μὲν τῆς καταγαφῆς δῆλόν ἐστιν ὅτι ἑκατέρα τῶν ΒΗ, ΗΔ μείζων ἐστὶ τῆς ἡμισείας τῆς ΒΔ· εἶναι δὲ καὶ ἐπὶ τῆς ὀργανικῆς κατασκευῆς ἀποδειχθῆναι.

Νενοήσθω χωρὶς ἰσόπλευρον μὲν τρίγωνον τὸ ΘΚΛ, ἀπὸ δὲ τῆς ΚΛ πεντάγωνον ἀναγεγράφθω τὸ ΚΜΝΞΛ, καὶ ἐπεζεύχθω ἡ ΜΑ, καὶ ἤχθω

duobus rectis inclinationis triangulorum ΒΖΓ, ΓΖΔ. Hoc dato, data erit et inclinatio icosaedri planorum; a latere enim trianguli icosaedri descripto pentagono, junctâ duo latera pentagoni subtendente, ut in figurâ, ipsâ ΒΔ datâ, similiter autem et perpendicularibus ΒΗ, ΗΔ triangulorum, datus est et angulus ΒΗΔ. Si enim centris terminis ipsius duo latera pentagoni subtendentis, ut ΒΔ, intervallo autem trianguli perpendiculari circuli describantur, sese secant, ut in puncto Η, et a puncto Η ad puncta Β, Δ junctæ rectæ comprehendent reliquum ex duobus rectis planorum inclinationis. Et hoc loco ex figurâ quidem manifestum est utramque ipsarum ΒΗ, ΗΔ majorem esse dimidiâ ipsius ΒΔ; hoc autem potest ex organicâ constructione demonstrari.

Intelligatur scorsim æquilaterum quidem triangulum ΘΚΛ, et ab ipsâ ΚΛ pentagonum describatur ΚΜΝΞΛ, et jungatur ΜΑ, et ducatur

de l'angle ΒΗΔ à deux droits, sera l'inclinaison des triangles ΒΖΓ, ΓΖΔ. Cet angle étant donné, l'inclinaison des plans de l'icosaèdre sera donnée; car ayant décrit un pentagone sur un côté d'un triangle de l'icosaèdre, et étant donnée la droite ΒΔ, qui soutend deux côtés du pentagone, comme dans la figure, ainsi que les perpendiculaires ΒΗ, ΗΔ des triangles, l'angle ΒΗΔ sera donné. Car si des extrémités de la droite ΒΔ qui soutend deux côtés du pentagone, comme centres, et d'un intervalle égal à la perpendiculaire d'un triangle, on décrit des arcs de cercle qui se coupent en un point Η, les droites menées du point Η aux points Β, Δ, comprendront un angle dont le supplément à deux droits sera l'inclinaison des plans. Il est évident ici, d'après la figure, que chacune des droites ΒΗ, ΗΔ, est plus grande que la moitié de ΒΔ; ce qui peut aussi se démontrer par la construction organique.

Car concevons séparément le triangle équilatéral ΘΚΛ; sur ΚΛ décrivons le pentagone ΚΜΝΞΛ; joignons ΜΑ, et menons la perpendiculaire ΘΟ du triangle

κάθετος τοῦ ΘΚΛ τριγώνου ἡ ΘΟ· λέγω ὅτι ἡ ΘΟ μείζων ἐστὶ τῆς ἡμισείας τῆς ΜΛ τῆς ὑποτεινούσης τὴν κλίσιν τῶν ἐπιπέδων. Ἀχθείσης ἀπὸ τοῦ Κ ἐπὶ τὴν ΜΛ καθέτου τῆς ΚΠ, ἐπεὶ ἡ ὑπὸ ΚΛΠ μείζων ἐστὶ τρίτου ὀρθῆς, τουτέστι τῆς ὑπὸ ΚΘΟ, συνεστάτω τῇ ὑπὸ ΚΘΟ ἴση ἡ ὑπὸ ΠΛΡ· ἡ ἄρα ΠΛ κάθετός ἐστιν ἰσοπλεύρου τριγώνου, οὗ πλευρὰ ἡ ΡΛ· ὥστε τὸ ἀπὸ ΡΛ πρὸς τὸ ἀπὸ ΛΠ λόγον ἔχει ὃν ὁ δ′ πρὸς τὸν γ′. Μείζων δὲ ἡ ΚΛ τῆς ΛΡ· τὸ ἄρα ἀπὸ ΚΛ πρὸς τὸ ἀπὸ ΛΠ μείζονα λόγον ἔχει ἢ ὁ δ′ πρὸς τὸν γ′. Ἔχει δὲ καὶ πρὸς τὸ ἀπὸ ΘΟ ὃν ὁ δ′ πρὸς τὸν γ′· ἡ ἄρα ΚΛ πρὸς τὴν ΛΠ μείζονα λόγον ἔχει ἤπερ πρὸς τὴν ΘΟ· μείζων ἄρα ἡ ΘΟ τῆς ΛΠ.

perpendicularis ΘΟ trianguli ΘΚΛ; dico ΘΟ majorem esse dimidiâ ipsius ΜΛ subtendentis inclinationem planorum. Ductâ a puncto Κ ad ΜΛ perpendiculari ΚΠ, quoniam angulus ΚΛΠ major est tertiâ parte recti, hoc est angulo ΚΘΟ, constituatur angulo ΚΘΟ æqualis angulus ΠΛΡ; ipsa igitur ΠΛ perpendicularis est æquilateri trianguli, cujus latus ΡΛ. Quare ipsum ex ΡΛ ad ipsum ΛΠ rationem habet quam 4 ad 3. Major autem ΚΛ ipsâ ΛΡ; ipsum igitur ex ΚΛ ad ipsum ex ΛΠ majorem rationem habet quam 4 ad 3. Habet autem et ad ipsum ex ΘΟ quam 4 ad 3; ipsa igitur ΚΛ ad ΛΠ majorem rationem habet quam ad ΘΟ; major igitur ΘΟ quam ΛΠ.

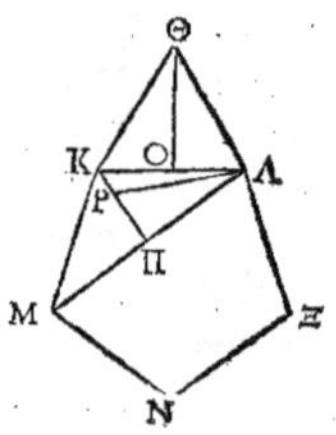

ΘΚΛ; je dis que ΘΟ est plus grand que la moitié de ΜΛ qui soutend l'inclinaison des plans. Du point Κ menons ΚΠ perpendiculaire à ΜΛ. Puisque l'angle ΚΛΠ est plus grand que la troisième partie du droit, c'est-à-dire que l'angle ΚΘΟ, faisons l'angle ΠΛΡ égal à l'angle ΚΘΟ; la droite ΠΛ sera la perpendiculaire du triangle équilatéral, dont ΡΛ est le côté; le quarré de ΡΛ a donc avec le quarré de ΛΠ, la raison que quatre a avec trois. Mais ΚΛ est plus grand que ΛΡ (21. 1); le quarré de ΚΛ a donc avec ΛΠ une raison plus grande que celle de quatre à trois. Mais le quarré de ΚΛ a avec le quarré de ΘΟ, la raison que quatre a avec trois, la droite ΚΛ a donc avec ΛΠ une raison plus grande qu'avec ΘΟ; la droite ΘΟ est donc plus grande que ΛΠ (10. 5).

ΠΡΟΤΑΣΙΣ ι'.

Επὶ δὲ τοῦ δωδεκαέδρου οὕτως. Νενοήσθω ἓν τετράγωνον τοῦ κύβου, ἀφ' οὗ τὸ δωδεκάεδρον ἀναγράφεται τὸ ΑΒΓΔ, καὶ δύο ἐπίπεδα τοῦ δωδεκαέδρου τὰ ΑΕΒΖΗ, ΗΔΘΓΖ· λέγω δὴ καὶ ἐνταῦθα δεδομένην εἶναι τὴν κλίσιν τῶν δύο πενταγώνων. Τετμήσθω ἡ ΖΗ δίχα κατὰ τὸ Κ, καὶ ἀπὸ τοῦ Κ τῇ ΖΗ πρὸς ὀρθὰς ἤχθωσαν ἐν ἑκατέρῳ τῶν ἐπιπέδων αἱ ΚΛ, ΚΜ, καὶ ἐπε-

PROPOSITIO X.

In dodecaedro autem hoc modo. Intelligatur unum quadratum ΑΒΓΔ cubi, a quo dodecaedrum describitur, et duo plana dodecaedri ΑΕΒΖΗ, ΗΔΘΓΖ; dico igitur et sic datam esse inclinationem duorum pentagonorum. Secetur ΖΗ bifariam in Κ, et a puncto Κ ipsi ΖΗ ad rectos ducantur in utroque planorum ipsæ ΚΛ, ΚΜ, et jungatur ΜΛ. Dico igitur primum ΜΚΛ

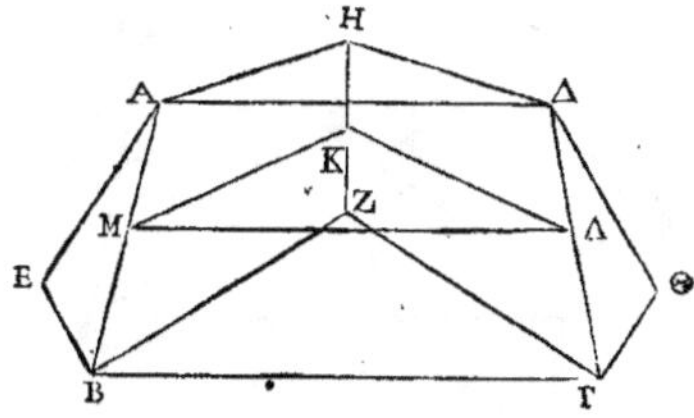

ζεύχθω ἡ ΜΛ. λέγω δὴ πρῶτον ὅτι ἡ ὑπὸ ΜΚΛ γωνία ἀμβλεῖά ἐστι. Δέδεικται γὰρ ἐν τῷ ιγ'. βιβλίῳ τῶν στοιχείων ἤτοι τῆς στάσεως τοῦ δωδεκαέδρου, ὅτι ἡ ἀπὸ τοῦ Κ κάθετος ἀγομένη 'πὶ τὸ ΑΒΓΔ τετράγωνον ἡμίσειά ἐστι τῆς πλευ-

angulum obtusum esse. Ostensum est enim in decimo tertio libro elementorum, scilicet in constructione dodecaedri, ipsam a puncto Κ perpendicularem ductam ad ΑΒΓΔ quadratum di-

PROPOSITION X.

Quant au dodécaèdre, nous procéderons ainsi. Concevons que ΑΒΓΔ soit un des quarrés du cube d'après lequel on a construit le dodécaèdre (17. 13); que ΑΕΒΖΗ, ΗΔΘΓΖ soient deux plans du dodécaèdre; je dis que l'inclinaison de deux pentagones est donnée ainsi. Coupons ΖΗ en deux parties égales au point Κ; du point Κ menons dans l'un et l'autre plan les droites ΚΛ, ΚΜ perpendiculaires à ΖΗ, et joignons ΜΛ. Je dis premièrement que l'angle ΜΚΛ est obtus. Car dans le treizième livre des Éléments, dans la construction du dodécaèdre, on a démontré

ρᾶς τοῦ πενταγώνου· ὥστε ἐλάττων ἐστὶ τῆς ἡμισείας τῆς ΜΛ· καὶ διὰ τοῦτο ἡ ὑπὸ ΜΚΛ γωνία ἀμβλεῖά ἐστι. Συναποδέδεικται δὲ ἐν τῷ αὐτῷ θεωρήματι, ὅτι καὶ τὸ μὲν ἀπὸ ΚΛ ἴσον ἐστὶ τῷ ἀπὸ τῆς ἡμισείας τῆς πλευρᾶς τοῦ κύβου, καὶ τῷ ἀπὸ τῆς ἡμισείας τῆς πλευρᾶς τοῦ πενταγώνου, ὥστε τὴν αὐτὴν τὴν ΚΛ καὶ τὴν ΚΜ, ἴσας οὔσας, μείζονας εἶναι τῆς ἡμισείας τῆς ΜΛ· τῆς ἄρα ὑπὸ ΜΚΛ γωνίας δοθείσης, ἡ λείπουσα εἰς τὰς δύο ὀρθὰς ἡ κλίσις ἔσται τῶν ἐπιπέδων

midiam esse lateris pentagoni; quare minor est dimidiâ ipsius ΜΛ; et ob id angulus ΜΚΛ obtusus est. Demonstratum est autem in eodem theoremate, et ipsum quidem ex ΚΛ æquale esse ipsi ex dimidio lateris cubi, et ipsi ex dimidio lateris pentagoni, ita ut eadem ΚΛ et ipsa ΚΜ æquales existentes, majores sint dimidiâ ipsius ΜΛ; ergò ΜΚΛ angulo dato, reliquus ex duobus rectis inclinatio erit planorum data. Quoniam igitur

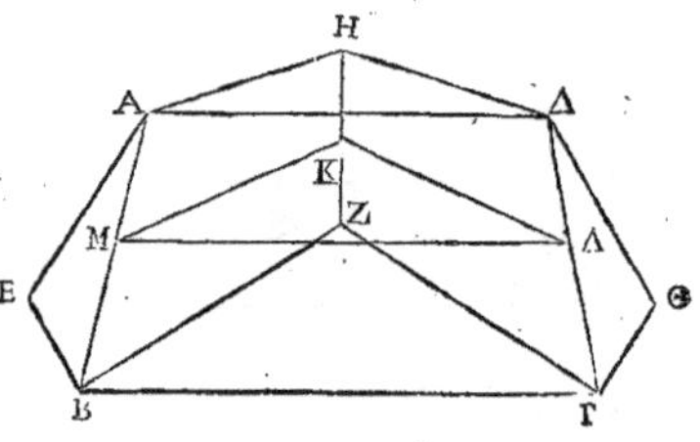

δηλονότι δεδομένη. Ἐπεὶ οὖν ἡ πλευρὰ τοῦ ΑΒΓΔ τετραγώνου ἡ ὑποτείνουσά ἐστι τὰς δύο πλευρὰς τοῦ πενταγώνου, δοδέται δὲ τὸ πεντάγωνον· δέδοται ἄρα ἡ ΜΛ. Δοδέται δὲ καὶ ἑκατέρα τῶν ΜΚ, ΚΛ, κάθετοι γάρ εἰσιν ἀπὸ

latus quadrati ΑΒΓΔ subtendit duo latera pentagoni, datum est autem pentagonum; data igitur est ΜΛ. Data est autem et utraque ipsarum ΜΚ, ΚΔ, perpendiculares enim sunt a bipar-

que la perpendiculaire menée du point K au quarré ΑΒΓΔ est la moitié du côté du pentagone; cette perpendiculaire est donc plus petite que la moitié de ΜΛ; l'angle ΜΚΛ est donc obtus. Mais on a démontré aussi dans ce même théorème que le quarré de ΚΛ est égal au quarré de la moitié du côté du cube, et au quarré de la moitié du côté du pentagone; les droites ΚΛ, ΚΜ égales entre elles, sont donc plus grandes que la moitié de ΜΛ; l'angle ΜΚΛ étant donné, le supplément de cet angle a deux droits, qui est l'inclinaison des plans, est donc donné. Et puisque le côté du quarré ΑΒΓΔ soutend deux côtés du pentagone, et que le pentagone est donné, la droite ΜΛ sera donnée. Mais chacune des droites

τῆς διχοτομίας τῆς[1] ὑπὸ δύο πλευρὰς ὑποτεινούσης ἐπὶ τὴν παράλληλον αὐτῇ πλευρὰν τοῦ πενταγώνου, ὡς τὴν ΖΗ· δέδοται ἄρα καὶ ἡ ὑπὸ ΛΚΜ ἡ λείπουσα, ὡς εἴρηται, εἰς τὰς δύο ὀρθὰς τῆς ἐπιζητουμένης κλίσεως. Καλῶς ἄρα ἐπὶ τῆς ὀργανικῆς κατασκευῆς εἶπεν, ὡς χρὴ δοθέντος τοῦ πενταγώνου ἐπιζεῦξαι τὴν ὑποτείνουσαν ὑπὸ δύο πλευρὰς, ἥτις ἴση γίνεται τῇ πλευρᾷ τοῦ κύβου· καὶ κέντροις τοῖς πέρασιν αὐτῆς, διαστήματι δὲ τῇ ἀπὸ τῆς διχοτομίας ἀγομένῃ καθέτῳ ἐπὶ τὴν παράλληλον αὐτῇ τοῦ πενταγώνου πλευρὰν ὡς ἐπὶ τῆς καταγραφῆς ἡ ΚΛ τῇ ΚΜ γραφεῖσαι περιφέρειαι, καὶ ἀπὸ τοῦ τῆς συμβολῆς τῶν περιφερειῶν σημείου ἐπὶ τὰ κέντρα ἐπιζεῦξαι εὐθείας περιεχούσας τὴν λείπουσαν εἰς τὰς δύο ὀρθὰς τῆς κλίσεως τῶν ἐπιπέδων. Ὅτι γὰρ ἡ ΚΛ κάθετος μείζων ἐστὶ τῆς ἡμισείας τῆς ΜΛ, εἴρηται, ὡς ἐν τοῖς στοιχείοις συναποδέδεικται τοῦτο.

tità duo latera subtendente ad parallelum ipsi latus pentagoni, ut ZH; datus est igitur et ΛΚΜ angulus reliquus, ut dictum est, ex duobus rectis inquisitæ inclinationis. Pulchre igitur in organicâ constructione dixit oportere in dato pentagono jugere subtendentem duo latera, quæ æqualis fit lateri cubi; et centris terminis ipsius, intervallo autem perpendiculari a biparitâ ductâ ad parallelum ipsi pentagoni latus, ut in figurâ sunt ΚΛ, ΚΜ, describere circumferentias, et a puncto concursûs circumferentiarum ad centra jungere rectas comprehendentes reliquum ex duobus rectis inclinationis planorum. Ipsam autem ΚΛ perpendicularem majorem esse dimidiâ ipsius ΜΛ dictum est, ut in elementis hoc demonstratum est.

ΜΚ, ΚΛ est donnée, car ces droites sont menées des milieux des droites ΑΒ, ΔΓ, qui soutendent deux côtés du pentagone, perpendiculairement au coté ΖΗ qui est parallèle aux droites ΑΒ, ΔΓ; l'angle ΛΚΜ dont le supplément a deux droits est, ainsi qu'on l'a dit, l'inclinaison cherchée, est donc donné. C'est donc avec raison qu'Isidore dit que, dans la construction organique, il faut, dans le pentagone donné, mener une droite qui soutende deux côtés, laquelle est égale au côté du cube; décrire des arcs de cercle des extrémités du cette droite, comme centres, et d'un intervalle égal à la perpendiculaire menée du milieu de cette droite au côté du pentagone qui lui est parallèle (telles sont, dans la figure, les droites ΚΛ, ΚΜ), et du point de rencontre des deux arcs mener à leurs centres des droites qui comprendront un angle dont le supplément a deux droits, sera l'inclinaison des plans. Car on a déja dit que la perpendiculaire ΚΛ est plus grande que la moitié de ΜΛ, et cela est démontré dans les Éléments.

FIN DES DEUX LIVRES D'HYPSICLE.

COLLATIO
CODICIS 190 BIBLIOTHECÆ REGIÆ,
CUM EDITIONE OXONIÆ,
CUI ADJUNGUNTUR

LECTIONES VARIANTES ALIORUM CODICUM EJUSDEM BIBLIOTHECÆ, QUÆCUMQUE NON PARVI SUNT MOMENTI.

Litterâ *a* antecedente designatur codex 190; litterâ *b*, editio Oxoniæ; litterâ *c*, codex 1038; litterâ *d*, codex 2466; litterâ *e*, codex 2344; litterâ *f*, codex 2345; litterâ *g*, codex 2342; litterâ *h*, codex 2346; litterâ *k*, codex 2481; litterâ *l*, codex 2531; litterâ *m*, codex 2347; litterâ *n*, codex 2343; litterâ *o*, codex 2448; litterâ *p*, codex 2352; littera *q*, codex 2363; litterâ *r*, codex 2349; litterâ *s*, codex 2350; litterâ *t*, codex 1981; litterâ *v*, codex 2467; litterâ *x*, codex 2472; litterâ *y*, codex 2366; litterâ *z*, codex 2348.

EUCLIDIS ELEMENTORUM LIBER UNDECIMUS.

DEFINITIONES.

EDITIO PARISIENSIS.	CODEX 190.	EDITIO OXONIÆ.
1. ὑποκειμένῳ, ...	*Id.*	αὐτῷ ὑποκειμένῳ
2. ἐπὶ τὸ ἐν τῷ ἐπιπέδῳ πέρας .	*Id.*	καὶ ἀπὸ τοῦ ἐν τῷ ἐπιπέδῳ πέρατος
3. ἐπιζευχθῇ, ...	*Id.*	ἀποζευχθῇ
4. ὀξεῖα	deest.	concordat cum edit. Paris.
5. ὑπὸ	*Id.*	περὶ
6. ἡ	*Id.*	deest.
7. γωνιῶν ἐπιπέδων	*Id.*	ἐπιπέδων γωνιῶν
8. καὶ	*Id.*	deest.
9. ὁ	*Jd.*	deest.
10. εὐθεῖα	*Id.*	deest.

EDITIO PARISIENSIS.	CODEX 190.	EDITIO OXONIÆ.
11. ἐστιν, ...	*Id.*	δὲ
12. γωνίαν, ...	*Id.*	deest.
13. Τετράεδρόν ἐστι σχῆμα στερεὸν τεττάρων τριγώνων ἴσων καὶ ἰσοπλεύρων περιεχόμενον.	Hæc definitio deest in omnibus manuscriptis. Definitio 28 subsequitur definitionem 29 in *a*, *h*.	concordat cum edit. Paris.

PROPOSITIO I.

EDITIO PARISIENSIS.	CODEX 190.	EDITIO OXONIÆ.
1. μετεωροτέρῳ.	*Id.*	τῷ μετεώρῳ
2. μετεωροτέρῳ.	*Id.*	μετεώρῳ
3. δὴ δοθεισῶν	ἄρα, ...	concordat cum edit. Paris.
4. εὐθεῖα γὰρ εὐθείᾳ οὐ συμβάλλει κατὰ πλείονα σημεῖα ἢ καθ' ἕν· εἰ δὲ μὴ, ἐφαρμόσουσιν ἀλλήλαις αἱ εὐθεῖαι. . . .	ἐπειδήπερ ἐὰν κέντρῳ τῷ B, καὶ διαστήματι τῷ AB κύκλον γράψωμεν, αἱ διάμετροι ἀνίσους ἀποληψονται τοῦ κύκλου περιφερείας. . . . . . etenim si centro B, et intervallo AB circulum describamus, diametri inæquales assument circuli circumferentias. car si du centre B et de l'intervalle AB, nous décrivions un cercle, les diamètres soutiendraient des arcs inégaux. MM. *a*, *g*, *h*. . . .	concordat cum edit. Paris. MM. *d*, *e*, *f*, *l*, *m*, *n*.

PROPOSITIO II.

EDITIO PARISIENSIS.	CODEX 190.	EDITIO OXONIÆ.
1. ἐπιπέδω, ...	deest	concordat cum edit. Paris.
2. ᾗ	*Id*.	εἴη

PROPOSITIO III.

1. τεμνέτω	*Id*.	τεμνέτωσαν
2. δὴ	δὲ	concordat cum edit. Paris.

PROPOSITIO IV.

1. τριγώνῳ	*Id*.	deest.
2. ἐστίν.	deest	concordat cum edit. Paris.
3. ταῖς	deest	concordat cum edit. Paris.
4. ἐστὶν ἴση·	*Id*.	ἴση ἐστί·
5. ἐπεὶ	*Id*.	deest.
6. ἴση ἐδείχθη	*Id*.	ἐδείχθη ἴση
7. διὰ	*Id*.	ὑπὸ

PROPOSITIO V.

1. μετεωροτέρῳ, ...	*Id*.	μετέωρῳ,
2. δὴ τομὴν	*Id*.	τομὴν δὴ
3. ἑκάτεραν	*Id*.	ἑκάτερον
4. αὐτῆς ἡ BZ	*Id*.	ἡ BZ αὐτῆς
5. ἐστὶν	*Id*.	deest.
6. μετεωροτέρῳ	*Id*.	μετέωρῳ

PROPOSITIO VI.

1. αὐτῷ	*Id*.	deest.
2. ἄρα	deest	concordat cum edit. Paris.
5. ἐστὶν	*Id*.	deest.
4. ἐστὶν ἴση.	*Id*.	ἴση ἐστίν.
5. ὑπὸ	ὑπὸ τῶν	concordat cum edit. Paris.
6. εὐθεῖαι	*Id*.	deest.

PROPOSITIO VII.

EDITIO PARISIENSIS.	CODEX 190.	EDITIO OXONIÆ.
1. μετεωρωτέρῳ	*Id*.	μετέωρῳ
2. μετεωροτέρῳ	*Id*.	μετέωρῳ
3. ἐπὶ τὸ Z	*Id*.	deest.

PROPOSITIO VIII.

EDITIO PARISIENSIS.	CODEX 190.	EDITIO OXONIÆ.
1. AB, ΓΔ, BΔ ἄρα	*Id*.	ἄρα AB, ΓΔ, BΔ
2. πρὸς ὀρθάς	*Id*.	ὀρθὴ
3. ἐστὶν	deest	concordat cum edit. Paris.
4. εὐθεῖα	*Id*.	εὐθείας
5. ἐστὶν	deest	concordat cum edit. Paris.

PROPOSITIO IX.

EDITIO PARISIENSIS.	CODEX 190.	EDITIO OXONIÆ.
1. τῇ EZ παράλληλος, . . .	*Id*.	παράλληλος τῇ EZ,
2. ἄρα	deest	concordat cum edit. Paris.

PROPOSITIO X.

EDITIO PARISIENSIS.	CODEX 190.	EDITIO OXONIÆ.
1. αἱ AB, BΓ ἁπτόμεναι ἀλλήλων	*Id*.	ἁπτόμεναι ἀλλήλων αἱ AB, BΓ
3. καὶ μὴ οὖσαι αὐτῇ ἐν τῷ αὐτῷ ἐπιπέδῳ, ...	*Id*.	deest.
4. ABΓ	*Id*.	ABΓ τῇ

PROPOSITIO XI.

EDITIO PARISIENSIS.	CODEX 190.	EDITIO OXONIÆ.
1. δοθὲν	*Id*.	deest.
2. κάθετον	*Id*.	κάθητον
3. ὑποκείμενον	*Id*.	συγκείμενον
4. ὑποκείμενον	*Id*.	συγκείμενον
5. ἄρα	*Id*.	deest.
6. τεμνούσαις ἀλληλας ἐπὶ τῆς	*Id*.	ἁπτομέναις ἀλλήλων ἐπὶ
7. ἄρα δοθέντος	*Id*.	δοθέντος ἄρα

PROPOSITIO XII.

EDITIO PARISIENSIS.	CODEX 190.	EDITIO OXONIÆ.
2. μετέωρόν τι σημεῖον τὸ Β, .	*Id*.	τὸ σημεῖον μετέωρον τὸ Β,
3. σημείου τοῦ Α πρὸς ὀρθὰς ἀνέσταται ἡ ΑΔ.	*Id*.	δοθέντος σημείου πρὸς ὀρθὰς εὐθεῖα γραμμὴ ἀνέσταται.

PROPOSITIO XIII.

EDITIO PARISIENSIS.	CODEX 190.	EDITIO OXONIÆ.
1. Απὸ τοῦ αὐτοῦ σημείου τῷ αὐτῷ ἐπιπέδῳ, ...	*Id*.	τῷ δοθέντι ἐπιπέδῳ ἀπὸ τοῦ πρὸς αὐτῷ σημείου,
3. ἀπὸ τοῦ αὐτοῦ σημείου τοῦ Α τῷ ὑποκειμένῳ ἐπιπέδῳ δύο εὐθεῖαι αἱ ΑΒ, ΑΓ πρὸς ὀρθὰς ἀνεστάτωσαν , ...	*Id*.	τῷ δοθέντι ἐπιπέδῳ ἀπὸ τοῦ πρὸς αὐτῷ σημείου τοῦ Α δύο εὐθεῖαι αἱ ΑΒ, ΑΓ πρὸς ὀρθὰς ἀνεστάσθωσαν
4. τῷ	deest	concordat cum edit. Paris.
5. ἀπὸ τοῦ αὐτοῦ σημείου τῷ αὐτῷ ἐπιπέδῳ	deest	τῷ δοθέντι ἐπιπέδῳ, ἀπὸ τοῦ πρὸς αὐτὸ σημείου

PROPOSITIO XIV.

EDITIO PARISIENSIS.	CODEX 190.	EDITIO OXONIÆ.
6. ἔσται	*Id*.	ἐστι
2. ἐκβλητέντι	*Id*.	ἐκβεβλη'θεντ
3. δὴ	*Id*.	δὲ
4. εἰσὶν ἴσαι, ...	*Id*.	ἴσαι εἰσὶν

PROPOSITIO XV.

EDITIO PARISIENSIS.	CODEX 190.	EDITIO OXONIÆ.
1. ἀλλήλων	*Id*.	ἀλλήλων παράλληλοι
2. τῷ διὰ	deest	concordat cum edit. Paris.
3. ἐστι	deest	concordat cum edit. Paris.

PROPOSITIO XVI.

EDITIO PARISIENSIS.	CODEX 190.	EDITIO OXONIÆ.
1 et 2. ἐκβαλλόμεναι αἱ ΕΖ, ΗΘ, ἤτοι ἐπὶ τὰ Ζ, Θ μέρη, ἢ ἐπὶ τὰ Ε, Η συμπεσοῦνται. Εκβε-	*Id*.	ἐκβαλλόμεναι συμπεσοῦνται αἱ ΕΖ, ΗΘ, ἤτοι ἐπὶ τὰ Ζ, Θ μέρη, ἢ ἐπὶ τὸ ΕΗ. Εκβεβλήσθω πρό-

EDITIO PARISIENSIS.	CODEX 190.	EDITIO OXONIÆ.
βλήσθωσαν ὡς ἐπὶ τὰ Z, Θ μέρη, καὶ συμπιπτέτωσαν πρότερον		τερον ὡς ἐπὶ τὰ Z, Θ μέρη, καὶ συμπιπτέτωσαν
3. ἐστὶν ἐπιπέδῳ.	Id.	ἐπιπέδῳ ἐστίν.
4. ἐπὶ τὰ Z, Θ μέρη συμπεσοῦνται.	Id.	συμπεσοῦνται ἐπὶ τὰ Z, Θ μέρη.
5. τὰ	Id.	deest.

PROPOSITIO XVII.

1. τοῦ	deest	concordat cum edit. Paris.
2. ἐστὶν	Id.	deest.
3. τὴν	deest	concordat cum edit. Paris.
4. τὴν	deest	concordat cum edit. Paris.
5. ἐστὶν	Id.	ἄρα
6. τὴν	deest	concordat cum edit. Paris.
7. τὴν	deest	concordat cum edit. Paris.
8. τὴν	deest	concordat cum edit. Paris.
9. τὴν	deest	concordat cum edit. Paris.
10. τὴν	deest	concordat cum edit. Paris.
11. τὴν	deest	concordat cum edit. Paris.

PROPOSITIO XVIII.

1. ἐστιν.	Id.	ἔσται.
2. ἐστὶν	Id.	deest.
3. ἐν ἑνὶ τῶν ἐπιπέδων τῷ ΔE .	Id.	deest.
4. ἐπίπεδον.	deest	concordat cum edit. Paris.

PROPOSITIO XIX.

1. δὲ	deest	concordat cum edit. Paris.
2. ἀνασταθήσεται πρὸς ὀρθὰς, .	Id.	πρὸς ὀρθὰς ἀνασταθήσεται,

PROPOSITIO XX.

1. εἰσιν.	Id.	εἰσιν πάντῃ μεταλαμβανόμεναι.
3. δύο δὴ ΔA, AB δυσὶν AE, AB ἴσαι, ...	δύο δυσὶν ἴσαι, ...	concordat cum edit. Paris.

PROPOSITIO XXI.

EDITIO PARISIENSIS.	CODEX 190.	EDITIO OXONIÆ.
1. ἡ	deest	concordat cum edit. Paris.
2. Αἱ δὲ	*Id.*	Καὶ ἔτι αἱ
3. ἄρα ἐξ	*Id.*	ἐξ ἄρα
4. εἰσὶ μείζονες·	*Id.*	μείζονές εἰσι·
5. γωνίαι	deest	concordat cum edit. Paris.

PROPOSITIO XXII.

EDITIO PARISIENSIS.	CODEX 190.	EDITIO OXONIÆ.
1. αὐτὰς	*Id.*	αὐτὰ
2. εἰσιν	*Id.*	ἔστωσαν.
3. εἰσιν.	*Id.*	εἰσι πάντῃ μεταλαμβανόμεναι.
4. ταῖς	*Id.*	deest.
5. ἐστὶν	deest	concordat cum edit. Paris.
6. δυσὶ	δύο	concordat cum edit. Paris.
7. ὑπὸ ΔΕΖ	*Id.*	πρὸς τῷ Ε
8. δὴ	*Id.*	δὲ
9. καὶ ἔτι αἱ ΔΖ, ΗΚ τῆς ΑΓ μείζονές εἰσι·	*Id.*	αἱ δὲ ΗΚ, ΔΖ τῆς ΑΓ·
10. Ὅπερ ἔδει δεῖξαι.	*Id.*	deest.

ALITER.

EDITIO PARISIENSIS.	CODEX 190.	EDITIO OXONIÆ.
1. ἴσαι ἔσονται καὶ αἱ ΑΓ, ΔΖ, ΗΚ, ...	*Id.*	ἔσονται καὶ αἱ ΑΓ, ΔΖ, ΗΚ ἴσαι,
Lin. 13. Εἰ δὲ οὐ, ...	*Id.*	Οὐ δὲ οὐ
2. ἔσται	*Id.*	ἐστὶ
3. μείζων ἐστί.	μείζονές εἰσι	concordat cum edit. Paris.
5. ἴση ἐστι	*Id.*	ἐστὶν ἴση.
6. ἐστί.	deest	concordat cum edit. Paris.
6. ἐστίν.	deest	concordat cum edit. Paris.
7. τῆς ΑΓ μείζονές εἰσι· . . .	*Id.*	μείζονές εἰσι τῆς ΑΓ·
8. ἐστὶν	*Id.*	deest.

PROPOSITIO XXIII.

EDITIO PARISIENSIS.	CODEX 190.	EDITIO OXONIÆ.
1. ἔσται δὴ ἤτοι ἐντὸς τοῦ ΑΜΝ τριγώνου, ἢ ἐπὶ μιᾶς τῶν πλευρῶν αὐτοῦ, ἢ ἐκτός. Εστω πρότερον ἐντός, . .	deest	concordat cum edit. Paris.
2. ἡ ΛΞ ἄρα τῇ ΒΓ ἐστὶν ἴση. .	deest	concordat cum edit. Paris.
Ultima lin. δυσὶ	δύο	concordat cum edit. Paris.
4. ΑΒΓ	ΑΒΓ γωνίᾳ	concordat cum edit. Paris.
5. εἰσὶν ἴσαι.	Id.	ἴσαι εἰσίν.
6. εἰσὶν ἴσαι·	Id.	ἴσαι εἰσίν·
7. ἄρα αἱ	αἱ ἄρα	concordat cum edit. Paris.
9. ἴση ἐστί. Λέγω δὴ	Id.	ἐστὶν ἴση· λέγω
10. λοιπῇ	deest	concordat cum edit. Paris.
11. τὴν	deest	concordat cum edit. Paris.
12. ἄρα	deest	concordat cum edit. Paris.
14. τὴν	deest	concordat cum edit. Paris.
15. εὐθεῖαι.	deest	concordat cum edit. Paris.
16. εἰσιν ἐλάσσονες.	Id.	ἐλάσσονές εἰσιν.
17. ἐστὶν	Id.	deest.
18. ἴσον ἔστω	Id.	ἔστω ἴσον
19. ἐστὶν ἴση·	Id.	ἴση ἐστίν·
20. γωνία	deest	concordat cum edit. Paris.
21. Οπερ ἔδει δεῖξαι.	Id.	deest.
22. τὸ	deest	concordat cum edit. Paris.
23. ἐστὶν	Id.	κεῖται
24. ἐστὶν	Id.	deest.
25. ἐστὶ	Id.	deest.
26. δὴ	Id.	δὲ
27. ΝΞ·	deest	concordat cum edit. Paris.
28. δυσὶ	δύο	concordat cum edit. Paris.
29. ἐστὶν	deest	concordat cum edit. Paris.
30. δυσὶ ταῖς ὑπὸ	δύο ταῖς	concordat cum edit. Paris.
31. αλλ αἱ	Id.	ἀλλὰ καὶ αἱ
32. δυο	δύο	δύο

EDITIO PARISIENSIS.	CODEX 190.	EDITIO OXONIÆ.
33. ἐστὶν	*Id.*	deest.
34. τὴν	*Id.*	τὸ
35. πρόβλημα.	πρόβλημα. ὅπερ ἔδει δεῖξαι.	concordat cum edit. Paris.
36. οὕτως	deest	concordat cum edit. Paris.
37. δυσὶ	deest	concordat cum edit. Paris.
38. καὶ	*Id.*	deest.
39. τὴν ΛΞ εὐθεῖαν	*Id.*	τῇ ΛΞ εὐθείᾳ
40. δυσὶ	δύο	concordat cum edit. Paris.
41. ἴση ἐστίν.	*Id.*	ἐστὶν ἴση.
42. δυσὶ	δύο	concordat cum edit. Paris.
43. δυσὶ	δύο	concordat cum edit. Paris.

LEMMA.

1. μὴ μείζονι οὔσῃ τῆς ΑΒ διαμέτρου ἴση εὐθεῖα ἡ ΑΓ,	*Id.*	εὐθεῖα ἴση ἡ ΑΓ,
2. τοῖς ἀπὸ τῶν ΑΓ, ΓΒ·	*Id.*	τῷ τε ἀπὸ τῆς ΑΓ καὶ τῷ ἀπὸ τῆς ΓΒ·
3. μεῖζόν ἐστι	ὑπερέχει	concordat cum edit. Paris.
4. ὥστε τὸ ἀπὸ τῆς ΑΒ τοῦ ἀπὸ τῆς ΛΞ μεῖζόν ἐστι	ὥστε τὸ ἀπὸ τῆς ΑΒ μεῖζόν ἐστι τοῦ ἀπὸ τῆς ΛΞ	τὸ ἄρα ἀπὸ τῆς ΑΒ τοῦ ἀπὸ τῆς ΛΞ μεῖζόν ἐστι
5. τοῦ ἀπὸ τῆς ΞΛ μεῖζον	μεῖζον τοῦ ἀπὸ τῆς ΞΛ	concordat cum edit. Paris.
6. προέκειτο	*Id.*	προύκειται

PROPOSITIO XXIV.

1. ἐστὶν	*Id.*	deest.
2. παρὰ	*Id.*	πρὸς
3. εἴσιν,	*Id.*	παράλληλοί εἰσιν,
4. περιέξουσιν·	*Id.*	μεριέχουσιν·
5. ἐστὶν ἴση·	*Id.*	ἴση·
6. ἐστὶν ἴση,	*Id.*	ἴση ἐστὶν,

PROPOSITIO XXV.

1. ὁσαιδηποτοῦν	*Id.*	deest.
2. συμπεπληρώσθω	*Id.*	συμπεπληρώσθωσαν

EDITIO PARISIENSIS.	CODEX 190.	EDITIO OXONIÆ.
Lin. 9. μὲν	*Id.*	deest.
3. ἐστὶν	εἴσιν	concordat cum edit. Paris.
4. ἐστὶν	εἰσὶν	concordat cum edit. Paris.
5. ἐστὶν·	εἰσὶν·	concordat cum edit. Paris.
6. ἐστὶν·	*Id.*	deest.
7. ἐστὶ	*Id.*	deest.
8. στερεοῦ·	*Id.*	deest.
9. ἴση, ...	ἴσον	concordat cum edit. Paris.

PROPOSITIO XXVI.

1. δοθεῖσα	δοθεῖσα εὐθεῖα	concordat cum edit. Paris.
2. αὐτῇ δοθὲν	*Id.*	αὐτῇ
3. τῶν	deest	concordat cum edit. Paris.
4. τῷ	τῇ	concordat cum edit. Paris.
5. τῷ	deest	concordat cum edit. Paris.
6. περιεχομένη	*Id.*	deest.
7. ἐστὶν	*Id.*	deest.
9. δυσὶ	δύο	concordat cum edit. Paris.
10. ἐστὶν ἴση·	*Id.*	ἴση ἐστίν·
11. δυσὶ	δύο	concordat cum edit. Paris.
12. εἰσὶ ἴσαι, ...	*Id.*	ἴσαι εἰσὶ,
13. τῇ AB	*Id.*	deest.
14. τῷ A	*Id.*	deest.
15. δοθείσῃ στερεᾷ γωνίᾳ τῇ πρὸς τῷ Δ ἴση	*Id.*	τῇ δοθείσῃ στερεᾷ γωνίᾳ ἴσην στερὰν γωνίαν

PROPOSITIO XXVII.

1. τὴν δὲ	*Id.*	καὶ ἔτι τὴν
2. καὶ	*Id.*	deest.
3. ἐστὶ	*Id.*	deest.
4. ἐστὶ καὶ ὅμοια, τὰ δὲ τρία τρισὶ τοῖς ἀπεναντίον ἴσα . .	*Id.*	deest.
5. δοθείσης ἀρὰ	*Id.*	ἀρὰ δοθείσης
Lin. 12. ἀναγέγραπται τὸ AΛ.	*Id.*	στερεὸν παραλληλέπιπεδον ἀναγέγραπται.

PROPOSITIO XXVIII.

EDITIO PARISIENSIS.	CODEX 190.	EDITIO OXONIÆ.
1. διαγωνίους	*Id.*	διαγωνίας
2. καὶ τὸ	καὶ αὐτὸ	concordat cum edit. Paris.
3. τε	*Id.*	deest.

PROPOSITIO XXIX.

EDITIO PARISIENSIS.	CODEX 190.	EDITIO OXONIÆ.
1. ὄντα,	deest	concordat cum edit. Paris.
2. μὲν	*Id.*	deest.

PROPOSITIO XXX.

EDITIO PARISIENSIS.	CODEX 190.	EDITIO OXONIÆ.
1. γὰρ	deest	concordat cum edit. Paris.
2. καὶ	deest	concordat cum edit. Paris.
3. ἐφεστῶσαι	*Id.*	αἱ ὑφεστῶσαι
4. ΔΘ,	*Id.*	ΘΔ, καὶ ἔτι αἱ ΗΕ, ΖΜ,
5 et 6. τὸ Ρ, καὶ ἔτι ἐκβεβλήσθωσαν αἱ ΖΜ, ΗΕ ἐπὶ τὰ Ο, Π, καὶ	*Id.*	τὰ Ο, Ρ, Π, Ξ, σημεῖα, καὶ
7. αἱ	*Id.*	deest.
8. ὧν αἱ ἐφεστῶσαι	*Id.*	καὶ αὐτῶν αἱ ὑφεστῶσαι
9. ἐστι	*Id.*	deest.
10. μὲν	deest	concordat cum edit. Paris.
11. πάλιν	*Id*	deest.
12. ὧν αἱ ἐφεστῶσαι αἱ	*Id.*	καὶ αὐτῶν αἱ ὑφεστῶσαι
13. τῶν	deest	concordat cum edit. Paris.

PROPOSITIO XXXI.

EDITIO PARISIENSIS.	CODEX 190.	EDITIO OXONIÆ.
1. καὶ	deest	concordat cum edit. Paris.
2. βάσεσιν,	*Id.*	βάσεσιν, ἡ δὲ ὑπὸ ΑΛΒ τῇ ὑπὸ ΓΡΔ ἄνισος,
3. ΡΥ,	*Id.*	ΡΥ, καὶ πρὸς τῷ Υ σημείῳ τῇ ΡΤ παράλληλος ἀνεστάτω ἡ ΥΧ
4. ἐστὶν ἡ μὲν	μὲν ἡ	concordat cum edit. Paris.
5. τὲ	*Id.*	deest.

EDITIO PARISIENSIS.	CODEX 190.	EDITIO OXONIÆ.
6. τὰ δὲ τρία τρισὶ τοῖν ἀπεναντίον·	*Id.*	deest.
7. ἡ ΤΥ, καὶ ἐκβεβλήσθωσαν ἡ ΤΥ καὶ ἡ ΘΔ καὶ συνεζεύχθωσαν	ἡ ΑΤΥ καὶ ἐκβεβλήσθω	concordat cum edit. Paris.
8. μέν	*Id.*	deest.
9. ὧν αἱ ἐφεστῶσαι,	*Id.*	καὶ αὐτῶν αἱ ἐφεστῶσαι
10. ἐστὶν ἴσον·	*Id.*	ἴσον ἐστίν·
11. ἐστὶν ἴσον.	*Id.*	ἴσον ἐστίν.
12. στερεόν.	deest	concordat cum edit. Paris.
13. βάσις	*Id.*	deest.
14. στερεόν·	deest	concordat cum edit. Paris.
15. ἐστι	*Id.*	deest.
16. Ὅπερ ἔδει δεῖξαι.	*Id.*	deest.
17. ἐστὶ	deest	concordat cum edit. Paris.
18. γὰρ	*Id.*	deest.
19. ἐπίπεδον	*Id.*	deest.
20. ἐστὶν ἴσον,	*Id.*	ἴσον ἐστὶν,

PROPOSITIO XXXII.

1. Ἔστω	*Id.*	ἔστωσαν
2. ὅτι ἐστὶν	*Id.*	deest.
3. δὲ	*Id.*	deest.

PROPOSITIO XXXIII.

1. εὐθείας	*Id.*	εὐθείαις
2. παραλληλογράμμῳ,	deest	concordat cum edit. Paris.
3. ἐστὶν	εἰσὶν	concordat cum edit. Paris.
4. ἐστὶ καὶ ὅμοια·	εἰσὶν καὶ ὅμοια·	concordat cum edit. Paris.
5. τὰ δὲ τρία τρισὶ τοῖς ἀπεναντίον ἴσα ἐστὶ καὶ ὅμοια·	*Id.*	deest.
6. ἥπερ	*Id.*	ἢ
7. καὶ	deest	concordat cum edit. Paris.
8. μὲν	deest	concordat cum edit. Paris.
9. μὲν	deest	concordat cum edit. Paris.
10. Τὰ ἄρα ὅμοια, καὶ τὰ ἑξῆς	*Id.*	deest.

COROLLARIUM.

EDITIO PARISIENSIS.	CODEX 190.	EDITIO OXONIÆ.
1. ἐπειδήπερ	ἐπείπερ	concordat cum edit. Paris.

PROPOSITIO XXXIV.

1. τὰ γὰρ ὑπὸ τὸ αὐτὸ ὕψος στερεὰ παραλληλεπίπεδα πρὸς ἄλληλά ἐστιν ὡς αἱ βάσεις·	*Id.*	deest.
2. ἐστι	*Id.*	deest.
3. ἐστὶ	*Id.*	deest.
4. ἔσται·	ἔσονται	concordat cum edit. Paris.
5. ἄλλο δέ τι τὸ ΓΦ,	ἔξωθεν δὲ τὸ ΓΦ,	concordat cum edit. Paris.
6. ἔστιν ἄρα ὡς	*Id.*	ὡς ἄρα
7. γὰρ	deest.	concordat cum edit. Paris.
8. ἴσων	*Id.*	ἴσον
9. ἐστὶ	*Id.*	καὶ
10. ἀλλ'	*Id.*	καὶ
11. ἐστὶ	*Id.*	deest.
12. τοῦ	τούτου	concordat cum edit. Paris.
13. οὖν	deest	concordat cum edit. Paris.
14. βάσις	deest	concordat cum edit. Paris.
15. ΓΦ·	ΓΦ ἐστί·	concordat cum edit. Paris.
16. στερεὸν	*Id.*	deest.
17. ἐστὶ	*Id.*	deest.
18. βάσεων ἐπίπεδα	ἐπίπεδα	βάσεων ἐπίπεδοι
19. σημεῖα,	deest	concordat cum edit. Paris.
20. γὰρ	deest	concordat cum edit. Paris.
21. ἐστὶν	*Id.*	deest.
22. στερεοῦ	*Id.*	deest.
23. ἄρα στερεῶν	*Id.*	στερεῶν ἄρα
25. ἐστὶ	*Id.*	deest.
24. τὸ μὲν ΒΓ τῷ ΑΒ	*Id.*	τῷ μὲν ΒΓ τὸ ΑΒ

PROPOSITIO XXXV.

EDITIO PARISIENSIS.	CODEX 190.	EDITIO OXONIÆ.
1. ὑπὸ τῶν καθέτων,	deest	concordat cum edit. Paris.
2. γωνίας περιέχουσαι	*Id.*	περιέχουσαι γωνίας
3. εἰλήφθω	*Id.*	εἰλήφθωσαν
4. τὰ	*Id.*	deest.
5. Καὶ	deest	concordat cum edit. Paris.
6. ἐστὶ	*Id.*	deest.
7. ἐστὶν	*Id.*	deest.
8. ἐστὶν	*Id.*	deest.
9. τὰς	deest	concordat cum edit. Paris.
10. ἐστὶν	*Id.*	deest.
11. ἴση ἐστὶν.	ἐστὶν ἴση οὕτως.	concordat cum edit. Paris.
12. τοῖς ἀπὸ τῶν	τὸ ἀπὸ τῶν	τοῖς ἀπὸ τῆς.
13. τῆς	deest	concordat cum edit. Paris.
14. ἐστὶ	*Id.*	deest.
15. ἐστὶν	*Id.*	deest.
16. τῇ ὑπὸ ΕΔΜ ἴση·	*Id.*	ἴση τῇ ὑπὸ ΕΔΜ·
17. ὑπόκεινται	*Id.*	ὑπόκειται
18. δυσὶ	δύο	concordat cum edit. Paris.
19. ἴση ἐστί.	*Id.*	ἐστὶν ἴση.
20. τῇ ὑπὸ ΖΕΝ ἐστὶν ἴση.	*Id.*	γωνία τῇ ὑπὸ ΖΕΝ ἴση ἐστίν.
21. ταῖς	deest	concordat cum edit. Paris.
22. ἐστὶν	*Id.*	deest.
23. τῆς	deest	concordat cum edit. Paris.
24.		deest conclusio.

COROLLARIUM.

EDITIO PARISIENSIS.	CODEX 190.	EDITIO OXONIÆ.
1. ἐπίπεδοι	*Id.*	εὐθύγραμμοι
2. αὐτῶν	αὐτὰς	concordat cum edit. Paris.
3. εἰσίν.	εἰσίν. Ὅπερ ἔδει δεῖξαι	concordat cum edit. Paris.

PROPOSITIO XXXVI.

EDITIO PARISIENSIS.	CODEX 190.	EDITIO OXONIÆ.
1. τριῶν γωνιῶν ἐπιπέδων τῶν ὑπὸ	τῶν	concordat cum edit. Paris.
2. κείσθω	deest	concordat cum edit. Paris.
3. ἡ	*Id*.	deest.
4. ἑκατέρα τῶν ΛΞ, ΕΔ, . .	*Id*.	ἑκάστη τῶν ΛΞ, ΕΖ, ΕΗ, ΕΔ,
5. ἐστὶ	*Id*.	deest.
6. ἐφεστήκασιν	ἐφέστασιν	concordat cum edit. Paris.
7. ἐστὶ	*Id*.	deest.
8. στερεὸν	στερεὸν παραλληλεπίπεδον	concordat cum edit. Paris.

PROPOSITIO XXXVII.

1. στερεὰ	*Id*.	deest.
2. στερεὰ	*Id*.	deest.
3. ὅμοιόν	*Id*.	deest.
4. ΛΓ, ...	*Id*.	ΛΓ ὅμοιον,
5. καὶ	*Id*.	deest.

PROPOSITIO XXXVIII.

1. ἤχθω	ἔστω	concordat cum edit. Paris.
2. ἐστὶν	*Id*.	deest.
3. δὴ	deest	concordat cum edit. Paris.
4. δυσὶν	deest	concordat cum edit. Paris.
4. ἀδύνατον·	*Id*.	ἄτοπον·

PROPOSITIO XXXIX.

In codicibus *a*, *h* hîc agitur de cubo, in cœteris autem de parallelepipedo.

1. στερεοῦ παραλληλεπιπέδου .	κύβου	concordat cum edit. Paris.
2. στερεοῦ παραλληλεπιπέδου .	κύβου	concordat cum edit. Paris.
3. Στερεοῦ γὰρ παραλληλεπιπέδου	κύβου γὰρ	concordat cum edit. Paris.
4. ἐκβεβλήσθω	*Id*	ἐκβεβλήσθωσαν

EDITIO PARISIENSIS.	CODEX 190.	EDITIO OXONIÆ.
5. τομὴ τῶν ἐπιπέδων ἔστω ἡ ΥΣ, τοῦ δὲ ΑΖ στερεοῦ παραλληλεπιπέδου	τομὴ τῶν ἐπιπέδων ἔστω ἡ ΥΣ, τοῦ δὲ ΑΖ κύβου .	τῶν ἐπιπέδων τομὴ ἔστω ἡ ΥΣ, τῶν δὲ στερεοῦ παραλληλεπιπέδου
6. ἴση ἐστὶν ἡ μὲν ΥΤ τῇ ΤΣ, .	*Id*.	αἱ ΥΣ, ΔΗ δίχα τέμνουσιν ἀλλήλας, τουτέστιν ὅτι ἡ μὲν ΥΤ τῇ ΤΣ ἴση ἐστὶν,
7. ἄρα	*Id*.	deest.
8. τῇ ΥΕ ἐστὶν ἴση, καὶ τὸ ΔΞΥ τρίγωνον τῷ ΟΥΕ τριγώνῳ ἐστὶν ἴσον, ...	*Id*.	βάσει τῇ ΥΕ ἴση ἐστὶ, τὸ δὲ ΔΞΥ τρίγωνον τῷ ΥΟΕ τριγώνῳ ἴσον ἐστὶ,
9. γωνίαις ἴσαι·	*Id*.	γωνίας·
10. γωνίᾳ·	*Id*.	deest.
11. ἐστὶν	*Id*.	deest.
12. Καὶ εἰλήφθω ἐφ' ἑκατέρας αὐτῶν τυχόντα σημεῖα τὰ Δ, Υ, Η, Ζ, καὶ ἐπεζεύχθωσαν αἱ ΔΗ, ΥΣ· ἐν ἑνὶ ἄρα εἰσὶν ἐπιπέδῳ αἱ ΔΗ, ΥΣ. Καὶ ἐπεὶ παράλληλός ἐστιν ἡ ΔΕ τῇ ΒΗ, ἴση ἄρα ἡ μὲν	ἴση ἄρα ἡ μὲν	concordat cum edit. Paris, solo deficiente vocabulo μὲν.
13. Η δὲ	*Id*.	ἔστι δὲ καὶ ἡ
14. ἴση·	deest	concordat cum edit. Paris.
15. ἄρα	deest	concordat cum edit. Paris.
16. πλευραῖς	*Id*.	deest.
17. στερεοῦ, καὶ τὰ ἑξῆς. . .	κύβου, καὶ τὰ ἑξῆς. . .	concordat cum edit. Paris.

PROPOSITIO XL.

1. Καὶ	deest	concordat cum edit. Paris.

LIBER DUODECIMUS.

PROPOSITIO I.

EDITIO PARISIENSIS.	CODEX 190.	EDITIO OXONIÆ.
1. ἐστι	deest.	concordat cum edit. Paris.
2. γωνίᾳ	deest	concordat cum edit. Paris.
3. ἐστὶν ἴση, ...	*Id.*	ἴση ἐστὶν,
4. ἐστὶν ἴση.	*Id.*	ἴση ἐστὶν.
5. ἐστὶ	*Id.*	deest.
6. τῆς	*Id.*	deest.
7. τετράγωνον	*Id.*	deest.

PROPOSITIO II.

1. τὸ ἀπὸ τῆς ΒΔ τετράγωνον πρὸς τὸ ἀπὸ τῆς ΖΘ οὕτως ὁ ΑΒΓΔ κύκλος πρὸς τὸν ΕΖΗΘ κύκλον.	ὁ ΑΒΓΔ κύκλος πρὸς τὸν ΕΖΗΘ κύκλον οὕτως τὸ ἀπὸ τῆς ΒΔ τετράγωνον πρὸς τὸ ἀπὸ τῆς ΖΘ .	concordat cum edit. Paris.
2. τὸ ἀπὸ τῆς ΒΔ τετράγωνον πρὸς τὸ ἀπὸ τῆς ΖΘ οὕτως ὁ ΑΒΓΔ κύκλος πρὸς τὸν ΕΖΗΘ κύκλον, ...	ὁ ΑΒΓΔ κύκλος πρὸς τὸν ΕΖΗΘ οὕτως τὸ ἀπὸ τῆς ΒΔ τετραγωνον πρὸς τὸ ἀπὸ τῆς ΖΘ	concordat cum edit. Paris.
3. τετράγωνον	deest	concordat cum edit. Paris.
4. εὐθείας τοῦ κύκλου ἀγάγωμεν, τοῦ περιγραφομένου περὶ . .	*Id.*	τοῦ κύκλου διαγάγωμεν, τοῦ περιγραφομένου ὑπὸ
5. ἀπὸ	ἐπὶ	concordat cum edit. Paris.
6. παραλληλόγραμμα, ...	*Id.*	παραλλήλων,
7. τμήματα	ἀποτμήματα	concordat cum edit. Paris.
8. βιβλίου, ...	*Id.*	deest.
9. καὶ τοῦ καταλειπομένου μεῖζον ἢ τὸ ἥμισυ, ...	deest	concordat cum edit. Paris.
10. ἐστὶν	*Id.*	deest.
11. 'στὶν	*Id.*	deest.
12. τῆς	deest	concordat cum edit. Paris.

EDITIO PARISIENSIS.	CODEX 190.	EDITIO OXONIÆ.
13. τῆς	deest	concordat cum edit. Paris.
14. ἐστὶν	deest	concordat cum edit. Paris.
15. κύκλος	*Id.*	deest.
16. ΖΘ	*Id.*	ΖΘ τετράγωνον
17. ἀδύνατον ἐδείχθη·	*Id.*	ἐδείχθη ἀδύνατον·
18. ἐστὶν	*Id.*	deest.
19. τετράγωνον	deest	concordat cum edit. Paris.

LEMMA.

1. ὁ	*Id.*	deest.
2. ἄρα	deest	concordat cum edit. Paris.
3. χωρίον	*Id.*	deest.
4. ἐστὶν	*Id.*	deest.
5. Οπερ ἔδει δεῖξαι.	*Id.*	deest.

PROPOSITIO III.

1. ἀλλήλαις τριγώνους βάσεις ἐχούσας καὶ ὁμοίας τῇ ὅλῃ·	ἀλλήλας καὶ τῇ ὅλῃ τριγώνους ἐξούσας βάσεις·	concordat cum edit. Paris.
2. τε καὶ ὁμοίας	deest	concordat cum edit. Paris.
3. Καὶ	deest	concordat cum edit. Paris.
4. ἐστὶ	*Id.*	deest.
5. δὲ	*Id.*	δὴ
6. τέ	deest	concordat cum edit. Paris.
7. περιέξουσιν·	*Id.*	περιέχουσιν·
8. ἐστὶν	*Id.*	deest.
9. ἐστὶν	deest	concordat cum edit. Paris.
10. τέ ἐστι καὶ ὅμοιον·	*Id.*	καὶ ὅμοιόν ἐστιν·
11. ἐστι	*Id.*	deest.
12. ἐστι	*Id.*	deest.
13. ἐστι	*Id.*	deest.
14. ΔΛΘ.	*Id.*	ΔΘΛ τριγώνῳ.
15. οὖσαι,	deest	concordat cum edit. Paris.
16. περιέξουσιν·	*Id.*	πενιέχουσιν
17. ἐστὶν	*Id.*	deest.

EDITIO PARISIENSIS.	CODEX 190.	EDITIO OXONIÆ.
18. ἐστὶ	*Id.*	deest.
19. ὁμοία ἐδείχθη	*Id.*	ἐδείχθη ὁμοία
20. ὥστε καὶ πυραμὶς, ἧς βάσις μέν ἐστι τὸ ΑΒΓ τρίγωνον, κορυφὴ δὲ τὸ Δ σημεῖον, ὁμοία ἐστὶ πυραμίδι, ἧς βάσις μέν ἐστι τὸ ΑΕΗ τρίγωνον, κορυφὴ δὲ τὸ Θ σημεῖον·	deest	concordat cum edit. Paris.
21. ἢ δύο πρίσματα ἰσοϋψῆ, .	*Id.*	δύο, πρίσματα ἰσοϋψῆ ὦσι,
22. ἐστὶ	*Id.*	εἰσὶν
23. ἐστὶ	*Id.*	deest.
24. βάσις, ...	*Id.*	βάσεις,
24. βάσεις	*Id.*	βάσις
25. καὶ	*Id.*	deest.
26. μὲν	deest	concordat cum edit. Paris.
27. μὲν	deest	concordat cum edit. Paris.
28. μὲν	deest	concordat cum edit. Paris.
29. μὲν	deest	concordat cum edit. Paris.
30. μὲν	deest	concordat cum edit. Paris.
31. τε δύο πυραμίδας, ἴσας τε καὶ ὁμοίας ἀλλήλαις καὶ ὁμοίας τῇ ὅλῃ, ...	τε δύο πυραμίδας, ἴσας ἀλλήλαις	δύο πυραμίδας, reliqua concordat cum edit. Paris.

PROPOSITIO IV.

1. καὶ τῶν γενομένων πυραμίδων ἑκατέρα τὸν αὐτὸν τρόπον, καὶ τοῦτο ἀεὶ γίνηται·	deest	concordat cum edit. Paris.
2. καὶ	*Id.*	deest.
3. καὶ τῶν γενομένων πυραμίδων ἑκατέρα τὸν αὐτὸν τρόπον νενοήσθω διῃρημένη, καὶ τοῦτο ἀεὶ γιγνέσθω·	deest	concordat cum edit. Paris.
4. πάντα	deest	concordat cum edit. Paris.
5. τῷ ΡΦΖ τριγώνῳ ὅμοιόν ἐστι.	*Id.*	ὅμοιόν ἐστι τῷ ΡΦΖ τριγώνῳ.

	EDITIO PARISIENSIS.	CODEX 190.	EDITIO OXONIÆ,
6.	τῆς ΓΞ, ἡ δὲ ΕΖ τῆς ΖΦ· . .	*Id.*	τῇ ΓΞ, ἡ δὲ ΕΖ τῇ ΖΦ·
7.	εὐθύγραμμα	deest	concordat cum edit. Paris.
8.	τρίγωνον οὕτως τὸ ΛΞΓ τρίγωνον	οὕτως τὸ ΛΞΓ	concordat cum edit. Paris.
9.	ἐστι	deest.	concordat cum edit. Paris.

10. A vocabulo καὶ duodecimæ lineæ paginæ 134 ad calcem propositionis, hæc legere sunt in codicibus *a*, *h*; alii vero codices concordant cum editione Oxoniæ. Sed in codice *g*, glossema marginale concordat cum editione Oxoniæ.

Ως δὲ τὰ εἰρήμενα πρίσματα πρὸς ἄλληλα οὕτως τὸ πρίσμα, οὗ βάσις μὲν τὸ ΚΒΞΛ παραλληλόγραμμον, ἀπεναντίον δὲ ἡ ΟΜ εὐθεῖα, πρὸς τὸ πρίσμα οὗ βάσις μὲν τὸ ΠΕΦΡ παραλληλόγραμμον, ἀπεναντίον δὲ ἡ ΣΤ εὐθεῖα,

Ut autem dicta prismata inter se sunt ita prisma cujus basis quidem ΚΒΞΛ parallelogrammum, opposita autem ΟΜ recta, ad prisma cujus basis quidem ΠΕΦΡ parallelogrammum, opposita autem recta ΣΤ, et duo igitur prismata

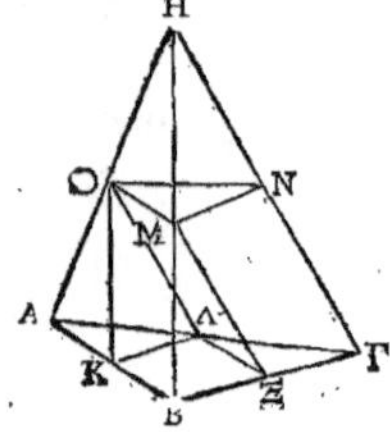

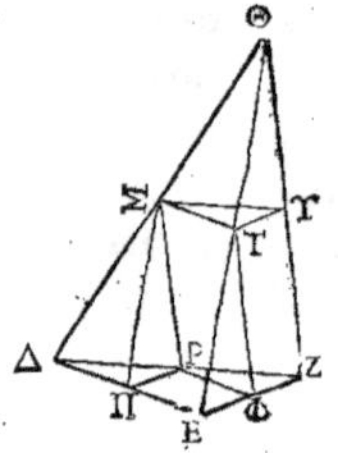

καὶ τὰ δύο ἄρα πρίσματα οὗ τε βάσις μὲν τὸ ΚΒΞΛ παραλληλόγραμμον, ἀπεναντιον δὲ ἡ ΟΜ, καὶ οὗ βάσις μὲν τὸ ΛΞΓ τρίγωνον, ἀπεναντίον δὲ τὸ ΟΜΝ πρὸς τὰ πρίσματα οὗτε βάσις μὲν τὸ

et cujus basis quidem ΚΒΞΛ parallelogrammum, opposita autem ipsa ΟΜ, et cujus basis quidem ΛΞΓ triangulum, oppositum autem ipsum ΟΜΝ, ad prismata et cujus basis quidem ipsum ΠΕΘΡ,

Mais les prismes dont nous venons de parler sont entre eux comme le prisme dont la base est le parallélogramme ΚΒΞΛ opposé à la droite ΟΜ est au prisme dont la base est le parallélogramme ΠΕΘΡ opposé à la droite ΣΤ, et comme les deux prismes qui ont pour bases le parallélogramme ΚΒΞΛ opposé à la droite ΟΜ, et le triangle ΛΞΓ opposé à ΟΜΝ, sont aux prismes qui ont pour bases

ΠΕΦΡ, ἀπεναντίον δὲ ἡ ΣΤ εὐθεῖα, καὶ οὗ βάσις μὲν τὸ ΡΦΖ τρίγωνον, ἀπεναντίον δὲ τὸ ΣΤΥ· καὶ ὡς ἄρα ἡ ΑΒΓ βάσις πρὸς τὴν ΔΕΖ βάσιν οὕτως τὰ εἰρημένα δύο πρίσματα πρὸς τὰ εἰρημένα δύο πρίσματα. Καὶ ὁμοίως ἐὰν διαιρεθῶσιν αἱ ΟΜΝΗ, ΣΤΥΘ πυραμίδες εἴς τε δύο πρίσματα καὶ δύο πυραμίδας, ἔσται καὶ ὡς ἡ ΟΜΝ βάσις πρὸς τὴν ΣΤΥ βάσιν οὕτως τὰ ἐν τῇ ΟΜΝΗ πυραμίδι δύο πρίσματα πρὸς τὰ ἐν τῇ ΣΤΥΘ πυραμίδι δύο πρίσματα. Ἀλλ' ὡς ἡ ΟΜΝ βάσις πρὸς τὴν ΣΤΥ βάσιν οὕτως ἡ ΑΒΓ βάσις πρὸς τὴν ΔΕΖ βάσιν, ἴσον γὰρ ἑκάτερον τῶν ΟΜΝ, ΣΤΥ τριγώνων ἑκατέρῳ τῶν ΛΞΓ, ΡΦΖ· καὶ ὡς ἄρα ἡ ΑΒΓ βάσις πρὸς τὴν ΔΕΖ βάσιν οὕτως τὰ τέσσαρα πρίσματα πρὸς τὰ τέσσαρα πρίσματα. Ὁμοίως δὲ κἂν τὰς ὑπολειπομένας πυραμίδας διέλωμεν εἴς τε δύο πυραμίδας καὶ εἰς δύο πρίσματα, ἔσται ὡς ἡ ΑΒΓ βάσις πρὸς τὴν ΔΕΖ βάσιν οὕτως τὰ ἐν τῇ ΑΒΓΗ πυραμίδι πρίσματα πάντα πρὸς τὰ ἐν τῇ ΔΕΖΘ πυραμίδι πρίσματα πάντα ἰσοπληθῆ. Ὅπερ ἔδει δεῖξαι.

opposita autem ΣΤ recta, et cujus basis quidem ΡΦΖ triangulum, oppositum vero ipsum ΣΤΥ; et ut igitur ΑΒΓ basis ad ΔΕΖ basim ita dicta duo prismata ad dicta duo prismata. Et similiter, si dividantur ΟΜΝΗ, ΣΤΥΘ pyramides et in duo prismata et in duas pyramides, erit ut ΟΜΝ basis ad ΣΤΥ basim ita ipsa in ΟΜΝΗ pyramide duo prismata ad ipsa in ΣΤΥΘ pyramide duo prismata. Sed ut ΟΜΝ basis ad ΣΤΥ basim ita ΑΒΓ basis ad ΔΕΖ basim, æquale enim utrumque ipsorum ΟΜΝ, ΣΤΥ triangulorum utrique ipsorum ΛΞΓ, ΡΦΖ; et ut igitur ΑΒΓ basis ad ΔΕΖ basim ita quatuor prismata ad quatuor prismata. Similiter autem et si reliquas pyramides dividamus et in duas pyramides et in duo prismata, erit ut ΑΒΓ basis ad ΔΕΖ basim ita ipsa in ΑΒΓΗ pyramide prismata omnia ad ipsa in ΔΕΖΘ pyramide prismata omnia multitudine æqualia. Quod oportebat ostendere.

le parallélogramme ΠΕΦΡ opposé à la droite ΣΤ, et le triangle ΡΦΖ opposé à ΣΤΥ; la base ΑΒΓ est donc à la base ΔΕΖ comme les deux prismes dont nous avons parlé sont aux deux prismes dont nous avons parlé. Semblablement, si nous partageons les pyramides ΟΜΝΗ, ΣΤΥΘ en deux prismes et en deux pyramides, la base ΟΜΝ sera à la base ΣΤΥ comme les deux prismes contenus dans la pyramide ΟΜΝΗ sont aux deux prismes contenus dans la pyramide ΣΤΥΘ. Mais la base ΟΜΝ est à la base ΣΤΥ comme la base ΑΒΓ est à la base ΔΕΖ, car chacun des triangles ΟΜΝ, ΣΤΥ est égal à chacun des triangles ΛΞΓ, ΡΦΖ; la base ΑΒΓ est donc à la base ΔΕΖ comme quatre prismes sont à quatre prismes. Semblablement, si nous partageons les pyramides restantes en deux pyramides et en deux prismes, la base ΑΒΓ sera à la base ΔΕΖ comme la somme des prismes contenus dans la pyramide ΑΒΓΗ est à la somme des prismes contenus, en même nombre, dans la pyramide ΔΕΖΘ. Ce qu'il fallait démontrer.

EDITIO PARISIENSIS.	CODEX 190.	EDITIO OXONIÆ.
11. ἴσον γὰρ ἑκάτερον τῶν ΟΜΝ, ΣΤΥ τριγώνων ἑκατέρῳ τῶν ΛΞΓ, ΡΦΖ·	*Id.*	deest.

LEMMA.

1. τὸ ΡΦΖ	ΖΡΦ	concordat cum edit. Paris.
2. τρίγωνον, ...	deest	concordat cum edit. Paris.
3. τρίγωνα	deest	concordat cum edit. Paris.
4. αἱ	deest	concordat cum edit. Paris.
5. ἐστὶ	deest	concordat cum edit. Paris.
6. τυγχάνοντα πρὸς	καὶ πρὸς	concordat cum edit. Paris.
7. ᾿στιν, ...	deest	concordat cum edit. Paris.
8. ἐστὶν	*Id.*	ἔσται,

PROPOSITIO V.

1. βάσιν	*Id.*	deest.
2. πυραμίδες ὁμοίως διῃρήσθωσαν, ...	*Id.*	διῃρήσθωσαν πυραμίδες ὁμοίως,
3. ἐλάττονες	*Id.*	ἐλάσσους
4. ἕνεκα	ἕνεκεν	concordat cum edit. Paris.
5. Ἀλλὰ καὶ	*Id.*	ἀλλ'
6. ἐστὶν	*Id.*	deest.
7. ἐστὶν	*Id.*	deest.
7. ἐστὶν	*Id.*	deest.

PROPOSITIO VI.

1. ὧν αἱ βάσεις μὲν τὰ ΑΒΓΔΕ, ΖΗΘΚΔ πολύγωνα, κορυφαὶ δὲ τὰ Μ, Ν σημεῖα·	*Id.*	πολυγώνους ἔχουσαι βάσεις τὰς ΑΒΓΔΕ, ΖΗΘΚΛ, κορυφὰς δὲ τὰ Μ, Ν σημεῖα·

3. Sic se habent omnes codices et editiones Basiliæ Oxoniæque, codicibus *a*, *h* tantum exceptis, qui concordant cum editione Parisiensi.

Διῃρήσθω γὰρ ἡ μὲν ΑΒΓΔΕ βάσις εἰς τὰ ΑΒΓ, ΑΓΔ, ΑΔΕ τρίγωνα· ἡ δὲ ΖΗΘΚΛ εἰς τὰ ΖΗΘ, ΖΘΚ, ΖΚΛ τρίγωνα, καὶ νενοήσθωσαν ἐφ' ἑκάστου τριγώνου πυραμίδες ἰσοϋψεῖς ταῖς ἐξ ἀρχῆς πυραμίσι. Καὶ ἐπεί ἐστιν ὡς τὸ ΑΒΓ τρίγωνον πρὸς τὸ ΑΓΔ τρίγωνον οὕτως ἡ ΑΒΓΜ πυραμὶς πρὸς τὴν ΑΓΔΜ πυραμίδα, καὶ συνθέντι ὡς τὸ ΑΒΓΔ τραπέζιον πρὸς τὸ ΑΓΔ τρίγωνον οὕτως ἡ ΑΒΓΔΜ πυραμὶς πρὸς τὴν ΑΓΔΜ πυραμίδα. Ἀλλὰ καὶ ὡς τὸ ΑΓΔ τρίγωνον πρὸς τὸ ΑΔΕ τρίγωνον οὕτως ἡ ΑΓΔΜ πυραμὶς πρὸς τὴν ΑΔΕΜ πυραμίδα.

Dividatur enim basis quidem ΑΒΓΔΕ in ΑΒΓ, ΑΓΔ, ΑΔΕ triangula; basis autem ΖΗΘΚΛ in ΖΗΘ, ΖΘΚ, ΖΚΛ triangula, et intelligantur super unoquoque triangulo pyramides æquealtæ cum sex ex principio pyramidibus. Et quoniam est ut ΑΒΓ triangulum ad ΑΓΔ triangulum ita ΑΒΓΜ pyramis ad ΑΓΔΜ pyramidem, et componendo ut ΑΒΓΔ trapezium ad ΑΓΔ triangulum ita ΑΒΓΔΜ pyramis ad ΑΓΔΜ pyramidem. Sed et ut ΑΓΔ triangulum ad ΑΔΕ triangulum ita ΑΓΔΜ pyramis ad ΑΔΕΜ pyramidem;

Car partageons la base ΑΒΓΔΕ en triangles ΑΒΓ, ΑΓΔ, ΑΔΕ, et la base ΖΗΘΚΛ en triangles ΖΗΘ, ΖΘΚ, ΖΚΛ, et imaginons sur chaque triangle des pyramides de même hauteur que les six premières pyramides. Puisque le triangle ΑΒΓ est au triangle ΑΓΔ comme la pyramide ΑΒΓΜ est à la pyramide ΑΓΔΜ (5. 12), par addition, le trapèse ΑΒΓΔ sera au triangle ΑΓΔ comme la pyramide ΑΒΓΔΜ est à la pyramide ΑΓΔΜ. Mais le triangle ΑΓΔ est au triangle ΑΔΕ comme la pyramide ΑΓΔΜ est à la pyramide ΑΔΕΜ;

EDITIO PARISIENSIS.	CODEX 190.	EDITIO OXONIÆ.
4. Ομοίως δὲ δειχθήσεται ὅτι .	*Id*.	διὰ τὰ αὐτὰ δὴ
5. τρίγωνα	τριγώνους	concordat cum edit. Paris.
6. ὕψος ἴσον·	*Id*.	ὑπὸ τὸ αὐτὸ ὕψος·
Lin. 11, pag. 145. Επεὶ οὖν ὡς ἡ ΑΒΓΔΕ βάσις πρὸς τὴν ΑΔΕ βάσιν οὕτως ἡ ΑΒΓΔΕΜ πυραμὶς πρὸς τὴν ΑΔΕΜ πυραμιδα, ὡς δὲ ἡ ΑΔΕ βάσις πρὸς τὴν ΖΚΛ βάσιν οὕτως ἡ ΑΔΕΜ πυραμὶς πρὸς τὴν ΖΚΛΝ πυραμίδα· .	Αλλ' ὡς ἡ ΑΔΕ βάσις πρὸς τὴν ΑΒΓΔΕ βάσιν οὕτως ἦν ἡ ΑΔΕΜ πυραμὶς πρὸς τὴν ΑΒΓΔΕΜ πυραμίδα· καὶ	concordat cum edit. Paris.
8. πάλιν	deest	concordat cum edit. Paris.

PROPOSITIO VII.

1. ἐχούσας βάσεις.	*Id*.	βάσεις ἐχούσας.
2. Καὶ	deest	concordat cum edit. Paris.

EDITIO PARISIENSIS.	CODEX 190.	EDITIO OXONIÆ.
3. ἐστὶν	*Id.*	deest.
4. ἐστὶ	*Id.*	deest.
5. ἐστι	*Id.*	deest.
6. ἐστι	*Id.*	deest.
7. ἐστιν	*Id.*	deest.
8. ἐστι	deest	concordat cum edit. Paris.
9. ἐχούσας βάσεις	*Id.*	βάσεις ἐχούσας.
10. μὲν	deest	concordat cum edit. Paris.
11. μὲν	deest	concordat cum edit. Paris.
12. Ὅπερ ἔδει δεῖξαι	deest	concordat cum edit. Paris.

COROLLARIUM.

1. τὴν αὐτὴν βάσιν	*Id.*	τὴν βάσιν τὴν αὐτὴν
2. τὸ	deest	concordat cum edit. Paris.
3. καὶ τὸ αὐτὸ	τὸ αὐτὸ καὶ	concordat cum edit. Paris.
4. διαιρεῖται εἰς πρίσματα τριγώνους ἔχοντα βάσεις καὶ τὰς ἀπεναντίον	καὶ διαιρεῖται εἰς πρίσματα τρίγωνα ἔχοντα τὰς βάσεις καὶ τὰ ἀπεναντίον καὶ ὡς ἡ ὅλη βάσις πρὸς ἕκαστον. Ὅπερ ἔδει δεῖξαι.	concordat cum edit. Paris.

PROPOSITIO VIII.

1. ἐστὶν	*Id.*	deest.
2. γωνίᾳ, ἡ δὲ ὑπὸ ΗΒΓ γωνία .	γωνίᾳ, ἡ δὲ ὑπὸ ΗΒΓ . . .	ἡ δὲ ὑπὸ ΗΒΓ γωνία
3. ἐστὶ	*Id.*	deest.
4. παραλληλόγραμμα	deest	concordat cum edit. Paris.
4. τε καὶ ὅμοιά ἐστι, . . .	deest	τέ ἐστι καὶ ὅμοια,
5. τε καὶ ὅμοιά ἐστι·	*Id.*	τέ ἐστι καὶ ὅμοια·
6. περιέχεται·	*Id.*	περιέχονται·
7. ἐστὶ	*Id.*	deest.
8. ἄρα	*Id.*	deest.

COROLLARIUM.

1. Hoc corollarium in codice 190 exaratum est in infimâ paginâ.

EDITIO PARISIENSIS.	CODEX 190.	EDITIO OXONIÆ.
2. καὶ	*Id.*	καὶ εἰς
3. ἔχουσαν βάσιν	*Id.*	βάσιν ἔχουσαν
4. πυραμίδα, ...	*Id.*	deest.
5. ὁμόλογος πλευρὰ πρὸς τὴν ὁμόλογον πλευράν.	πλευρὰ πρὸς τὴν πλευράν.	concordat cum edit. Paris.

PROPOSITIO IX.

1. ἴσαι πυραμίδες, τριγώνους βάσεις ἔχουσαι	*Id.*	πυραμίδες ἴσαι, τριγώνους ἔχουσαι βάσεις
2. βάσιν	deest	concordat cum edit. Paris.
3. ἄρα ΑΒΓΗ, ΔΕΖΘ. . . .	ΑΒΓΗ, ΔΕΖΘ ἄρα . . .	concordat cum edit. Paris.
4. παραλληλόγραμμον	*Id.*	deest.
5. μὲν	deest	concordat cum edit. Paris.
6. βάσις	*Id.*	deest.
7. παραλληλεπιπέδου ὕψος. .	*Id.*	deest.
8. ἐστὶ.	*Id.*	deest.
9. στερεοῦ	deest	concordat cum edit. Paris.
10. ἴση ἄρα ἡ ΑΒΓΗ πυραμὶς τῇ ΔΕΖΘ πυραμίδι.	*Id.*	ἡ ἄρα ΑΒΓΗ πυραμὶς τῇ ΔΕΖΘ πυραμίδι ἴση ἐστί.

PROPOSITIO X.

1. ἐστίν.	*Id.*	ἔσται.
2. μὴ γὰρ	*Id.*	γὰρ μὴ
3. στερεὰ παραλληλεπίπεδα πρίσματα ἰσοϋψῆ· τὰ δὲ ὑπὸ τὸ αὐτὸ ὕψος ὄντα στερεὰ παραλληλεπίπεδα πρὸς ἄλληλά . . .	*Id.*	ἰσοϋψῆ στερεὰ παραλληλεπίπεδα πρίσματα· τὰ ἄρα πρίσματά
4. τετραγώνου	*Id.*	κύκλου
5. ἡμίση ἐστὶ.	ἡμίσοι ἐστὶ	ἡμίσεά ἐστι
6. ἐστὶ.	*Id.*	deest.
Lin. 20. μὲν	*Id.*	μέν ἐστι

EDITIO PARISIENSIS.	CODEX 190.	EDITIO OXONIÆ.
7. ἐστι	*Id.*	deest.
8. ἐστὶν	*Id.*	ἔσται
9. τριπλάσιος.	*Id.*	τριπλασίων
10. ἐστὶν ἢ τριπλάσιος . . .	*Id.*	ἢ τρίπλάσιός ἐστιν
11. κύκλον τετράγωνον περιγράψωμεν, ...	*Id.*	κύλινδρον περιγράφωμεν τετράγωνον,
12. τετραγώνου·	*Id.*	deest.
13. τὸ	deest	concordat cum edit. Paris.
Lin. 3, pag. 163, ἑαυτὸ . .	*Id.*	ἑαυτὴν
15. τμήματα	ὑποτμήματα	concordat cum edit. Paris.
16. ἐστὶ μέρος	*Id.*	μέρος
17. ἐστὶν	*Id.*	deest.

PROPOSITIO XI.

1. εἰσιν	deest	concordat cum edit. Paris.
2. κῶνον.	*Id.*	deest.
3. ἔσται	*Id.*	ἔστω
4. ἤτοι	*Id.*	ἢ
5. ἡ ἄρα πυραμὶς, ἧς βάσις τὸ ΕΖΗΘ τετράγωνον, κορυφὴ δὲ ἡ αὐτὴ τῷ κώνῳ, μείζων ἐστὶν ἢ τὸ ἥμισυ τοῦ κώνου. . . .	deest	concordat cum edit. Paris.
6. μείζων ἐστὶν ἢ τὸ ἥμισυ μέρος τοῦ καθ' ἑαυτὸ	μείζων ἐστὶν ἢ τὸ ἥμισυ τοῦ καθ' ἑαυτὸ	μεῖζόν ἐστιν ἢ τὸ ἥμισυ μέρος τοῦ καθ' ἑαυτὴν
7. τέμνοντες	*Id.*	τέμνοντας
8. ἀεὶ τοῦτο	*Id.*	τοῦτο ἀεὶ
9. ἔσται	ἐστιν	concordat cum edit. Paris.
10. οὐδέ ἐστιν	*Id.*	οὐδ'
11. ἀδύνατον ἐδείχθη· . . .	*Id.*	ἐδείχθη ἀδύνατον·
12. κύκλον	*Id.*	deest.
13. οὕτως	deest	concordat cum edit. Paris.

PROPOSITIO XII.

EDITIO PARISIENSIS.	CODEX 190.	EDITIO OXONIÆ.
1. καὶ	*Id.*	ἢ
2. ἐστιν	*Id.*	deest.
3. ἐστιν ὁ ΕΖΗΘ κύκλος, κορυφὴ δὲ	*Id.*	ὁ ΕΖΗΘ κύκλος, κορυφὴ δὴ
4. ἔχει	ἔχῃ	concordat cum edit. Paris.
5. πρότερον πρὸς ἔλαττον . .	*Id.*	πρὸς ἔλαττον πρότερον
6. τὴν αὐτὴν κορυφὴν ἔχουσα .	*Id.*	ἰσοϋψής
7. μέρος	*Id.*	deest.
8. ἐπὶ τοῦ ΑΤΒΥΓΦΔΧ πολυγώνου	*Id.*	ἀπ' αὐτοῦ
9. καὶ γωνίαι αἱ ὑπὸ ΒΚΛ, ΖΜΝ ἴσαι, ὀρθὴ γὰρ ἑκατέρα, . .	deest	concordat cum edit. Paris.
10. ἐστὶ	*Id.*	deest.
11. ἐστὶ	*Id.*	deest.
12. ἐστὶ	*Id.*	deest.
13. ἐπεὶ	*Id.*	ἐπειδὴ
Lin. 12. ἐπεὶ	deest	concordat cum edit. Paris.
15. ἐπὶ τὸ Κ εὐθείας, ...	*Id.*	εὐθείας ἐπὶ τὸ Κ,
16. ἐφ' ἑκάστου	*Id.*	ἐπὶ
17. τὰς αὐτὰς κορυφὰς . . .	τὴν αὐτὴν κορυφὴν . . .	concordat cum edit. Paris.
18. Αλλ'	Καὶ	concordat cum edit. Paris.
19. τὸ	*Id.*	deest.
20. πολύγωνον, κορυφὴ δὲ τὸ Λ σημεῖον	κορυφὴ δὲ τὸ Λ	concordat cum edit. Paris.
21. μὲν	deest	concordat cum edit. Paris.
22. καὶ	*Id.*	deest.
23. μὲν	deest	concordat cum edit. Paris.
24. ἐστιν	*Id.*	deest.
25. σημεῖον, ...	deest	concordat cum edit. Paris.
26. πολύγωνον, ...	deest	concordat cum edit. Paris.
27. ἐστιν	deest	concordat cum edit. Paris.
28. σημεῖον, ...	deest	concordat cum edit. Paris.
29. ἐστὶν	*Id.*	deest.

EDITIO PARISIENSIS.	CODEX 190.	EDITIO OXONIÆ.
30. μέν ἐστιν	deest	concordat cum edit. Paris.
31. σημεῖον, ...	deest	concordat cum edit. Paris.
32. ἐστιν	deest	concordat cum edit. Paris.
33. ἄρα κῶνος	*Id.*	κῶνος ἄρα
34. οὕτως	deest	concordat cum edit. Paris.
35. ἐδείχθη γὰρ πᾶς κῶνος κυλίνδρου τρίτον μέρος τοῦ τὴν αὐτὴν βάσιν ἔχοντος αὐτῷ καὶ ὕψος ἴσον·	deest	concordat cum edit. Paris.

PROPOSITIO XIII.

1. ἄξονι τὸ ΗΘ ἐπίπεδον . .	*Id.*	ΕΖ ἄξονι
2. ἐστὶν	*Id.*	deest.
3. μὲν	deest	concordat cum edit. Paris.
Lin. 4. καὶ νοείσθω ὁ ἐπὶ τοῦ ΛΜ ἄξονος κύλινδρος ὁ ΟΧ οὗ βάσις οἱ ΟΠ, ΦΧ κύκλοι. καὶ ἐκβεβλήσθω διὰ τῶν Ν, Ζ σημείων ἐπίπεδα παράλληλα τοῖς ΑΒ, ΓΔ, καὶ ταῖς βάσεσι τοῦ ΘΧ κυλίνδρου· καὶ ποιείτωσαν τοὺς ΡΣ, ΤΘ κύκλους περὶ τὰ Ν, Ξ κέντρα.	*Id.*	καὶ διήχθωσαν διὰ τῶν Λ; Ν, Ξ, Μ σημείων ἐπίπεδα παράλληλα τοῖς ΑΒ, ΓΔ, καὶ γενοήσθωσαν ἐν τοῖς διὰ τῶν Λ, Ν, Ξ, Μ ἐπιπέδοις περὶ κέντρα τὰ Λ, Ν, Ξ, Μ κύκλοι οἱ ΟΠ, ΡΣ, ΤΥ, ΦΧ ἴσοι τοῖς ΑΒ, ΓΔ, καὶ γενοήσθωσαν κύλινδροι οἱ ΠΡ, ΡΒ, ΔΤ, ΤΧ.
4. οἱ ἄρα	καὶ οἱ	concordat cum edit. Paris.
5. ἀλλήλοις.	*Id.*	deest.
6. καὶ οἱ	*Id.*	οἱ
7. εἰσὶν	*Id.*	καὶ
8. τῶν ΛΝ, ΝΕ, ΕΚ τῷ πλήθει τῶν ΠΡ, ΡΒ, ΒΗ·	τῷ πλήθει·	concordat cum edit. Paris.
9. ἔσται.	*Id.*	ἐστὶ
10. ὁ ἄξων τοῦ ἄξονος, μείζων καὶ ὁ κύλινδρος τοῦ κυλίνδρου,	*Id.*	ΚΛ ἄξων τοῦ ΚΜ ἄξονος, μείζων καὶ ὁ ΠΗ κύλινδρος τοῦ ΗΧ κυλίνδρου,
11. μεγεθῶν ὄντων, ...	*Id.*	ὄντων μεγεθῶν
12. κύλινδρος.	*Id.*	deest.

PROPOSITIO XIV.

EDITIO PARISIENSIS.	CODEX 190.	EDITIO OXONIÆ.
1. κύκλων οἱ ΕΒ, ΖΔ· λέγω ὅτι ἐστὶν	Id.	κύλινδροι οἱ ΕΒ, ΖΔ· λέγω ὅτι
2. νενοήσθω . . . . ,	ἐννοήσθω	concordat cum edit. Paris.
3. ἀλλήλοις·	deest	concordat cum edit. Paris.
4. κῶνον·	Id.	κῶνον· τριπλάσιον γὰρ οἱ κύλινδροι τῶν κώνων·

PROPOSITIO XV.

EDITIO PARISIENSIS.	CODEX 190.	EDITIO OXONIÆ.
1. τῶν	Id.	deest.
2. καὶ ἔστιν	Id.	τουτέστιν
3. ἀντιπεπονθὲν, ...	Id.	ἀντιπεπόνθασιν,
4. μεῖζον τὸ ΜΝ, ...	Id.	τὸ ΜΝ μεῖζον,
5. τοῖς τῶν ΕΖΗΘ, ΡΟ κύκλων ἐπιπέδοις, ...	Id.	ὄντι τοῖς ἀπεναντίον ἐπιπέδοις τῶν ΕΖΗΘ, ΠΟ κύκλων,
6. ἄλλος δέ τις ὁ ΕΣ κύλινδρος·	deest	concordat cum edit. Paris.
7. κύλινδρον	Id.	deest.
8. βάσιν, ...	deest	concordat cum edit. Paris.
Lin. 2, pag. 186. τῷ ΤΥΣ .	deest	concordat cum edit. Paris.
9. καὶ	Id.	deest.
10. ὕψος.	Id.	deest.
11. ὕψος	deest	concordat cum edit. Paris.
12. κύλινδρον·	deest	concordat cum edit. Paris.

PROPOSITIO XVI.

EDITIO PARISIENSIS.	CODEX 190.	EDITIO OXONIÆ.
1. τε καὶ ἀρτιόπλευρον . . .	Id.	deest.
2. εὐθείᾳ	Id.	deest.
3. ἐστὶν	Id.	deest.
4. δὴ	Id.	δὲ
5. ἐγγραφήσεται	ἐγγραφήσηται	concordat cum edit. Paris.
6. τε	deest	concordat cum edit. Paris.

PROPOSITIO XVII.

EDITIO PARISIENSIS.	CODEX 190.	EDITIO OXONIÆ.
1. ἐπιφάνειαν.	περιφέρειαν	concordat cum edit. Paris.
2. ἐγίγνετο	*Id.*	ἐγένετο
3. καὶ	*Id.*	deest.
4. εὐθειῶν.	deest	concordat cum edit. Paris.
5. τε	deest	concordat cum edit. Paris.
6. ἐπεζευχθεῖσα,	ἐπιζευχθεῖσα	concordat cum edit. Paris.
7. ἔστω	*Id.*	ἔστωσαν
8. ἐστιν ὀρθὰ	*Id.*	ὀρθά ἐστιν
9. καὶ	*Id.*	deest.
10. ἑκάτερον	*Id.*	ἑκάτερα
11. καὶ	*Id.*	deest.
12. καὶ ἐπὶ τοῦ λοιποῦ ἡμισφαιρίου	deest	concordat cum edit. Paris.
13. ἐγγεγραμένον	συγγεγραμένον	concordat cum edit. Paris.
14. ἐκ πυραμίδων συγκείμενον ὧν βάσεις μὲν	πυραμίσι περιεχόμενον, ὧν βάσεις μὲν	̓κ πυραμίδων συγκείμενον ὧν βάσεις
15. ἐφάψεται	*Id.*	ἐφάπτεται
16. ἡ ΑΨ,	deest	concordat cum edit. Paris.
17. ἑκατέραν	*Id.*	ἑκατέρας
18. ἐστὶ	*Id.*	ἄρα
19. ἀπὸ τῆς	*Id.*	deest.
20. Καὶ ἤχθω ἀπὸ τοῦ Ο σημείου	Ηχθω ἀπὸ τοῦ ΚΟ	concordat cum edit. Paris.
21. δὴ	deest	concordat cum edit. Paris.
22. τῶν	deest	concordat cum edit. Paris.
23. ἔτι	ἔστι	concordat cum edit. Paris.
24. ψαύσει	ψαύει	concordat cum edit. Paris.

ALITER.

1. ἐστὶν	*Id.*	deest.
2. ἐστὶν	*Id.*	deest.
3. ἐστὶ	*Id.*	deest.
4. τῆς	deest	concordat cum edit. Paris.

EDITIO PARISIENSIS.	CODEX 190.	EDITIO OXONIÆ.
5. ἄρα	deest	concordat cum edit. Paris.
6. τῆς ΗΩ· λοιπὸν ἄρα τὸ ἀπὸ τῆς ΨΑ μεῖζόν ἐστι τοῦ ἀπὸ τῆς ΑΗ·	ΗΩ λοιπὸν· ἄρα τὸ ἀπὸ ΨΑ μεῖζόν ἐστι τοῦ ἀπὸ ΑΗ·	concordat cum edit. Paris.

COROLLARIUM.

1. σφαίρας	*Id.*	deest.
2. πυραμὶς ἄρα, ...	*Id.*	ἄρα πυραμὶς,
3. τὸ	deest	concordat cum edit. Paris.
4. δὲ	deest	concordat cum edit. Paris.
5. τὸ	deest	codcordat cum edit. Paris.
6. ἑτέρας	deest	concordat cum edit. Paris.
Lin. 6. καὶ ὅλον τὸ ἐν τῇ περὶ τὸ κέντρον τὸ Α σφαίρᾳ . .	καὶ ὅλον τὸ ἐν τῇ περὶ κέντρον τὸ Α σφαίρᾳ . .	ὅλον τὸ ἐν τῇ περὶ τὸ κέντρον τὸ Α
Lin. 8. σφαίρᾳ	deest.	concordat cum edit. Paris.
7. ἕξει	*Id.*	ἔχει

PROPOSITIO XVIII.

1. Νενοήσθωσαν	Εννοήσθωσαν	concordat cum edit. Paris.
2. Εἰ γὰρ μὴ ἡ ΑΒΓ σφαῖρα πρὸς τὴν ΔΕΖ σφαῖραν τριπλασίονα λόγον ἔχει ἤπερ ἡ ΒΓ πρὸς τὴν ΕΖ, ...	*Id.*	Ει γαρ μὴ,
3. ἢ πρὸς μείζονα τριπλασίονα λόγον	τριπλατίονα λόγον ἢ πρὸς μείζονα	concordat cum edit. Paris.
4. νενοήσθω ἡ ΔΕΖ σφαῖρα . . .	ἐννοήσθω ἡ ΔΕΖ	concordat cum edit. Paris.
5. καὶ	*Id.*	deest.
6. λόγον	λόγον ἔχει	concordat cum edit. Paris.
7. ἄρα	deest	concordat cum edit. Paris.
8. ὅπερ ἀδύνατον·	deest	concordat cum edit. Paris.
9. ἐπειδήπερ μείζων ἐστὶν ἡ ΑΜΝ τῆς ΔΕΖ, ὡς ἔμπροσθεν ἐδείχθη·	*Id.*	ὡς ἔμπροσθεν ἐδείχθη, ἐπειδήπερ μείζων ἐστὶν ἡ ΑΜΝ τῆς ΔΕΖ·
10. τινα	*Id.*	deest.

LIBER DECIMUS-TERTIUS.

PROPOSITIO I.

EDITIO PARISIENSIS.	CODEX 190.	EDITIO OXONIÆ.
1. τῆς ὅλης.	τετραγώνου.	concordat cum edit. Paris.
2. τῇ ΑΓ	τῆς ΑΓ	concordat cum edit. Paris.
3. τῆς	*Id.*	τῇ
4. Ἀναγεγράφθω γὰρ ἀπὸ τῶν ΑΒ, ΔΓ τετράγωνα	*Id.*	Ἀναγράφθωσαν γὰρ ἀπὸ τῶν ΑΒ, ΔΓ τετράγωνων
5. τῆς ΑΘ.	*Id.*	τῇ ΑΘ.
6. τοῦ ΓΘ	*Id.*	deest.
7. τοῦ ΓΘ διπλάσια·	*Id.*	διπλάσια τοῦ ΓΘ·
8. ἴσον· ὅλον ἄρα	ἴσον· ἄρα	concordat cum edit. Paris.
9. ἄρα	deest	concordat cum edit. Paris.

PROPOSITIO II.

EDITIO PARISIENSIS.	CODEX 190.	EDITIO OXONIÆ.
Lin. 11. ἀφ'	*Id.*	ἀπὸ
2. ἐν τῷ ΑΖ τὸ σχῆμα,	τὸ ἐν τῷ ΑΖ σχῆμα,	concordat cum edit. Paris.
3. ΖΒ ἐπὶ τὸ Ε.	ΒΕ.	concordat cum edit. Paris.
5. πενταπλάσιόν ἐστι τὸ ΑΖ τοῦ ΑΘ, τετραπλάσιος	*Id.*	τουτέστι τὸ ΑΖ τοῦ ΑΘ, τετραπλάσιος
6. τὸ ἀπὸ τῆς ΔΓ τοῦ ἀπὸ τῆς ΓΑ,	ἐστι τὸ ἀπὸ ΔΓ τοῦ ἀπὸ ΓΑ,	concordat cum edit. Paris.
7. τοῦ ΘΒ διπλάσια·	*Id.*	διπλάσια τοῦ ΘΒ·

LEMMA.

EDITIO PARISIENSIS.	CODEX 190.	EDITIO OXONIÆ.
1. διπλῆ τῆς ΓΑ·	*Id.*	τῆς ΓΑ διπλῆ·
2. πενταπλάσια ἄρα τὰ ἀπὸ τῶν ΒΓ, ΓΑ τοῦ ἀπὸ τῆς ΓΑ.	*Id.*	πεντάπλασιον ἄρα ἑκάτερον τῶν ἀπὸ τῶν ἀπὸ τῶν ΒΓ, ΓΑ τοῦ ἀπὸ τῆς ΓΑ.
3. διπλασίων ἐστὶ	*Id.*	διπλασία
4. διπλασίων	*Id.*	διπλάσιόν
5. μεῖζον	deest	concordat cum edit. Paris.

PROPOSITIO III.

EDITIO PARISIENSIS.	CODEX 190.	EDITIO OXONIÆ.
1. ἡ	τὸ	concordat cum edit. Paris.
2. διπλοῦν	Id.	deest.
3. Καὶ	deest	concordat cum edit. Paris.
4. ἄρα	Id.	ἐστι
5. μὲν	deest	concordat cum edit. Paris.
6. τὸ δὲ ἀπὸ τῆς ΑΓ τὸ ΡΣ· .	deest	concordat cum edit. Paris.
7. Αλλὰ τὸ ΜΖ, ΓΗ ἐστὶν ἴσον·	deest	concordat cum edit. Paris.
8. ἄρα	deest	concordat cum edit. Paris.
9. τετραγώνου· ὁ ΞΟΠ ἄρα γνώμων καὶ τὸ ΖΗ τετράγωνον πενταπλάσιόν ἐστι τοῦ ΖΗ. Αλλ᾽ ὁ ΞΟΠ γνώμων καὶ τὸ ΖΗ τετράγωνόν ἐστι τὸ ΔΝ·	Id.	τὸ ἄρα ΔΝ πενταπλάσιόν ἐστι τοῦ ΗΖ τετραγώνου·

PROPOSITIO IV.

EDITIO PARISIENSIS.	CODEX 190.	EDITIO OXONIÆ.
1. τὸ ΓΚ τετράγωνον διπλάσιά ἐστι τοῦ ΘΗ· ὥστε καὶ . . .	τὰ ΓΚ, ΘΗ τετράγωνα τριπλάσιά ἐστι τοῦ ΘΚ τετραγώνου· καὶ ἔστιν . .	concordat cum edit. Paris.

PROPOSITIO V.

EDITIO PARISIENSIS.	CODEX 190.	EDITIO OXONIÆ.
1. αὐτῇ	Id.	deest.
2. ἡ ὅλη	Id.	ὅλη ἡ
3. σημεῖον, ...	Id.	deest.
4. κείσθω	deest	concordat cum edit. Paris.
5. οὖν	deest	concordat cum edit. Paris.
6. τῆς	deest	concordat cum edit. Paris.
7. τῶν	deest	concordat cum edit. Paris.
8. τῷ μὲν ΓΕ ἴσον ἐστὶ τὸ ΕΘ, τῷ δὲ ΘΓ ἴσον τὸ ΔΘ· . .	Id.	τὸ μὲν ΓΕ ἴσον ἐστὶ τῷ ΘΕ, τὸ δὲ ΓΘ ἴσον τῷ ΔΘ·
9. ὅλῳ τῷ ΑΕ ἐστὶν ἴσον. . . .	Id.	ἴσον ἐστὶν ὅλῳ τῷ ΑΕ.

ALITER.

Hoc *aliter* adest in *a*, *c*, *e*, *g*, *h*, *m*; deest autem in *b*, *d*, *f*, *l*, *n*; in *c*, *e* vero deest quintum theorema, cujus *aliter* locum tenet.

ANALYSIS ET SYNTHESIS.

In codicibus *h*, *m*, *n*, analyses et syntheses quinque priorum theorematum conjunctim subsequuntur quintum theorema, et in codicibus *a*, *e* (per errorem) sextum theorema; in codicibus vero *d*, *f*, *g*, *l*, et in editionibus Basiliæ Oxoniæque analyses et syntheses separatim subsequuntur theoremata ad quæ spectant.

EDITIO PARISIENSIS.	CODEX 190.	EDITIO OXONIÆ.
2. Τί ἐστιν ἀνάλυσις καὶ τί ἐστι σύνθεσις;	*Id*.	deest.
3. μὲν οὖν	*Id*.	deest.
4. δὲ	*Id*.	ἐστι
5. τὴν τοῦ ζητουμένου κατάληξιν ἢ κατάληψιν.	τι ἀληθὲς ὁμολογούμενον.	concordat cum edit. Paris.

PRIMI THEOREMATIS ANALYSIS SINE FIGURA.

1. ΤΟΥ ΠΡΩΤΟΥ ΘΕΟΡΗΜΑΤΟΣ Η ΑΝΑΛΥΣΙΣ ΑΝΕΥ ΚΑΤΑΓΡΑΦΗΣ.	*Id*.	ΤΟΥ ΕΙΡΗΜΕΝΟΥ ΘΕΩΡΕΜΑΤΟΣ Η ΑΝΑΛΥΣΙΣ ΑΝΕΥ ΑΝΑΓΡΑΦΗΣ.
2. τῆς ΑΔ·	ΑΔ.	concordat cum edit. Paris.
3. τῆς	*Id*.	τοῦ
4. τῆς ΑΔ.	ΑΔ.	concordat cum edit. Paris.
5. ἐστι τοῦ ἀπὸ τῆς ΑΔ. . . .	ἐστι τοῦ ἀπὸ ΑΔ. . . .	τοῦ ἀπὸ τῆς ΑΔ.

SYNTHESIS.

1. ΣΥΝΘΕΣΙΣ.	*Id*.	ΣΥΝΘΕΣΙΣ ΤΟΥ ΑΥΤΟΥ.
2. τῆς	deest	concordat cum edit. Paris.
Lin. 13. τῶν	deest	concordat cum edit. Paris.
4. τῆς ΑΔ	ΑΔ	concordat cum edit. Paris.

SECUNDI THEOREMATIS ANALYSIS SINE FIGURA.

EDITIO PARISIENSIS.	CODEX 190.	EDITIO OXONIÆ.
1. ΤΟΥ ΔΕΥΤΕΡΟΥ ΘΕΟΡΗΜΑΤΟΥ Η ΑΝΑΛΥΣΙΣ ΑΝΕΥ ΚΑΤΑΓΡΑΦΗΣ.	*Id*.	ΤΟΥ ΕΙΡΗΜΕΝΟΥ ΘΕΩΡΗΜΑΤΟΣ Η ΑΝΑΛΥΣΙΣ.
2. γὰρ	deest	concordat cum edit. Paris.
3. δὶς	*Id*.	deest.
4. τῦς ΑΓ τοῦ ἀπὸ τῆς ΑΔ· ὥστε καὶ	ΑΓ τοῦ ἀπο ΑΔ· ὥστε καὶ	τῆς ΑΓ τοῦ ἀπὸ τῆς ΑΔ· ὥστε
5. πενταπλάσιά ἐστι τοῦ ἀπὸ τῆς ΔΑ. Εστι δὲ.	πενταπλάσιόν ἐστι τοῦ ἀπὸ ΑΔ. Ἐστι δὲ. . . .	πενταπλάσιά ἐστι τοῦ ἀπὸ τῆς ΔΑ. Εστε δὲ διὰ τὴν ὑπόθεσιν.

SYNTHESIS.

1. τετραπλάσιόν	*Id*.	τετραπλάσιά
2. τῆς	deest	concordat cum edit. Paris.
3. τὸ ὑπὸ τῶν ΑΒ, ΒΓ ἐστὶ . .	*Id*.	ἐστὶ τὸ ὑπὸ τῶν ΑΒ, ΒΓ

TERTII THEOREMATIS ANALYSIS.

1. ἡ	*Id*.	τὸ
2. τό.	*Id*.	τοῦ
3. ἄρα τὸ	τὸ ἄρα	concordat cum edit. Paris.

SYNTHESIS.

1. ἄρα τὸ	τὸ ἄρα	concordat cum edit. Paris.
2. ἀπὸ τῆς	deest	concordat cum edit. Paris.

QUARTI THEOREMATIS ANALYSIS.

1. ἄρα τὸ	τὸ ἄρα	concordat cum edit. Paris.
2. ἅπαξ	deest	concordat cum edit. Paris.

SYNTHESIS.

1. ἄρα τὸ	τὸ ἄρα	concordat cum edit. Paris.
2. τριπλάσιόν	*Id*.	τριπλασίονά
3. τετράγωνα	deest	concordat cum edit. Paris.

QUINTI THEOREMATIS SYNTHESIS.

EDITIO PARISIENSIS. — CODEX 190. — EDITIO OXONIÆ.

1. οὖν . . . . deest . . . . concordat cum edit. Paris.
2. ἄρα . . . . deest . . . . concordat cum edit. Paris.
3. τε . . . . deest . . . . concordat cum edit. Paris.

PROPOSITIO VI.

Hoc theorema deest in codice *e*.

1. ἐπὶ τὸ Δ, ... deest . . . . concordat cum edit. Paris.
2. ῥητὴ γάρ ἐστιν . . . . . ῥητὴ γάρ . . . . ῥητὸν γάρ ἐστιν
4. ἴσον ἐστὶ τῷ ἀπὸ τῆς ΑΓ· . τῷ ἀπὸ τῆς ΑΓ ἴσον ἐστί· concordat cum edit. Paris.

PROPOSITIO VII.

1. δύο . . . . αἱ δύο . . . . concordat cum edit. Paris.
2. καὶ ἡ ὑπὸ ΒΓΑ γωνία . . . καὶ ἡ ὑπὸ ΒΓΑ . . . . . ἡ ὑπὸ ΒΓΑ γώνια
3. καὶ . . . . *Id*. . . . . deest.
4. ἐστὶν . . . . deest . . . . concordat cum edit. Paris.
5. γωνίαις· . . . . *Id*. . . . . deest.
Lin. 12. ἴση· . . . . *Id*. . . . . ἴση ἐστί·
Lin. 14. ἐστὶ . . . . *Id*. . . . . deest.
8. ἡ ὑπὸ ΑΕΒ γωνία τῇ ὑπὸ ΓΔΒ. ἐστὶν ἡ ὑπὸ ΑΒΓ. . . . concordat cum edit. Paris.
9. πλευρὰ ἡ ΒΕ πλευρᾷ τῇ ΒΔ ἐστὶν ἴση· . . . . καὶ πλευρὰ ἡ ΒΕ πλευρᾷ τῇ ΒΔ ἐστὶν ἴση· καὶ concordat cum edit. Paris.
10. ἐστὶ . . . . *Id*. . . . . deest.

PROPOSITIO VIII.

1. σημεῖον, ... *Id*. . . . . deest.
2. ἐστὶν . . . . *Id*. . . . . deest.
3. γωνίας ἐκτὸς γάρ ἐστι τοῦ ΑΒΘ τριγώνου. . . . . . deest. . . . . concordat cum edit. Paris.
4. ἐπειδήπερ . . . . *Id*. . . . . ἐπειδὴ
5. ἄρα γωνία . . . . deest . . . . concordat cum edit. Paris.
6. ἐστὶ . . . . *Id*. . . . . deest.

PROPOSITIO IX.

EDITIO PARISIENSIS.	CODEX 190.	EDITIO OXONIÆ.
1. τὸν αὐτὸν κύκλον	*Id.*	αὐτὸν
2. κατὰ τὸ Γ,	deest	concordat cum edit. Paris.
3. καὶ ἔστω	deest	concordat cum edit. Paris.
4. ἐγγραφομένου,	deest	concordat cum edit. Paris.
5. ἡ ὑπὸ ΓΕΔ γωνία τῇ ὑπὸ ΓΔΕ γωνίᾳ·	*Id.*	γωνία ἡ ὑπὸ ΓΕΔ γωνίᾳ τῇ ὑπὸ ΓΔΕ·
6. γωνία	*Id.*	deest.
7. λοιπῇ	deest	concordat cum edit. Paris.
8. ἐστὶ	*Id.*	deest.
9. ἄρα	deest	concordat cum edit. Paris.
10. εὐθεῖα ἄκρον καὶ μέσον λόγον τέτμηται κατὰ τὸ Γ, καὶ τὸ μεῖζον αὐτῆς τμῆμά	εὐθεῖα ἄκρον καὶ μέσον λόγον τέτμηται, καὶ τὸ μεῖζον αὐτῆς τμῆμά	ἄκρον καὶ μέσον λόγον τέτμηται κατὰ τὸ Γ, καὶ τὸ μεῖζον τμῆμα αὐτῆς

PROPOSITIO X.

EDITIO PARISIENSIS.	CODEX 190.	EDITIO OXONIÆ.
1. ΑΒΓΔΕ κύκλον	*Id.*	αὐτὸν
2. ἰσόπλευρον ἐγγεγράφθω	*Id.*	ἐγγεγράφθω ἰσόπλευρον
2. σημεῖον,	*Id.*	deest.
3. Καὶ	*Id.*	deest.
4. δὲ	*Id.*	γὰρ
6. τῆς	*Id*	τῇ
7. τῇ ΒΚ περιφερείᾳ.	*Id.*	τῆς ΒΚ περιφερείας.
8. μὲν καὶ	*Id.*	deest.
9. περιφερείᾳ·	deest	concordat cum edit. Paris.
10. τῆς	*Id.*	τῇ
11. ἐστὶ	deest	concordat cum edit. Paris.
12. καὶ	deest	concordat cum edit. Paris.
13. τῆς	deest	concordat cum edit. Paris.
14. καὶ	*Id.*	deest.
15. τοῦ τε ΑΚΒ καὶ τοῦ ΑΚΝ, ἡ ὑπὸ ΝΑΚ·	τοῦ ΑΚΒ καὶ τοῦ ΑΚΝ ἡ πρὸς τῷ Α·	concordat cum edit. Paris.
16. ΚΑ	*Id.*	ΚΑ εὐθεῖα

PROPOSITIO XI.

EDITIO PARISIENSIS.	CODEX 190.	EDITIO OXONIÆ.
1. πλευρὰ	*Id.*	πλευρὰ ἡ ΑΒΓΔΕ.
2. τῆς	*Id.*	τῇ
3. ἐστὶ·	*Id.*	deest.
4. ἐπιζεύξωμεν	*Id.*	ἐπεζεύξομεν
5. τῆς	*Id.*	τῇ
6. δὴ	*Id.*	deest.
7. ἄρα	deest	concordat cum edit. Paris.
8. ἐστὶ	*Id.*	deest.
9. τὴν	deest	concordat cum edit. Paris.
10. τὴν	deest	concordat cum edit. Paris.
11. Ὡς δὲ	*Id.*	Ἀλλ' ὡς
Lin. 13. τὴν	deest	concordat cum edit. Paris.
12. τῆς ΓΜ οὕτως τὸ ἀπὸ τῆς ΜΚ πρὸς τὸ ἀπὸ τῆς ΚΖ	ΓΜ οὕτως τὸ ἀπὸ ΜΚ πρὸς τὸ ἀπὸ ΚΖ.	concordat cum edit. Paris.
13. τετμημένης,	τεμνομένης,	concordat cum edit. Paris.
14. τῇ	*Id.*	τῷ.
16. ἐστὶ	*Id.*	deest.
17. λόγον γὰρ ἔχει ὃν ἀριθμὸς πρὸς ἀριθμὸν τὸ ἀπὸ τῆς ΜΚ πρὸς τὸ ἀπὸ τῆς ΚΣ.	δυνάμει μόνον	concordat cum edit. Paris.
19. τὸ ἀπὸ τῆς ΒΚ τοῦ ἀπὸ τῆς ΚΖ.	ἡ ΚΒ τῆς ΚΖ	concordat cum edit. Paris.
20. τῆς	deest	concordat cum edit. Paris.
21. ἡ ΒΚ	ἐστὶν ἡ ΚΒ	concordat cum edit. Paris.
23. δὴ	*Id.*	γὰρ
24. μήκει·	deest	concordat cum edit. Paris.
26. μήκει	deest	concordat cum edit. Paris.
27. μήκει	deest	concordat cum edit. Paris.
28. γίγνεσθαι	γίνεσθαι,	concordat cum edit. Paris.
29. τριγώνῳ·	*Id.*	deest.
30. ἐστιν	deest	concordat cum edit. Paris.

PROPOSITIO XII.

EDITIO PARISIENSIS.	CODEX 190.	EDITIO OXONIÆ.
1. ἡ	*Id.*	deest.
2. ἐστὶ μέρος	*Id.*	μέρος ἐστὶ
3. πλευρὰ	deest	concordat cum edit. Paris.
4. ἄρα	ἐστι	concordat cum edit. Paris.
Lin. 9. τῆς BE	BE	concordat cum edit. Paris.

PROPOSITIO XIII.

1. ἐκ τεσσάρων τριγώνων ἰσοπλεύρων, ...	*Id.*	deest.
2. καταγεγράφθω	*Id.*	γεγράφθω
3. τοῦ	*Id.*	deest.
4. ἀφῃρήσθω	ἀφαιρέσθω	concordat cum edit. Paris.
5. τῆς ΔΓ, ...	τῆς ΑΔ, ἐπεὶ γάρ ἐστιν ὡς ἡ ΑΒ πρὸς ΑΓ οὕτως τὸ ἀπὸ ΔΑ πρὸς τὸ ἀπὸ ΑΓ· ἀναστρέψαντι ὡς ἡ ΑΒ πρὸς ΒΓ οὕτως τὸ ἀπὸ ΑΔ πρὸς τὸ ἀπὸ ΔΓ, ...	concordat cum edit. Paris.
6. τριγώνων	*Id.*	τριγώνων ἴσων καὶ
7. δυνάμει	deest	concordat cum edit. Paris.
8. ἐστὶ	ἐστὶ δυνάμει	concordat cum edit. Paris.
11. γίγνεσθαι	γίνεσθαι	concordat cum edit. Paris.
12. ἔσται	ἔστιν	concordat cum edit. Paris.
13. ἄρα ἡμιολία	ἡμιολία ἄρα	concordat cum edit. Paris.
14. δυνάμει	deest	concordat cum edit. Paris.
16. ἐστιν	deest	concordat cum edit. Paris.

PROPOSITIO XIV.

1. τὴν πυραμίδα·	τὰ πρότερα·	concordat cum edit. Paris.
2. τῆς	deest	concordat cum edit. Paris.
3. ἐστὶν	*Id.*	deest.
4. κορυφαὶ	κορυφὴ ·	concordat cum edit. Paris.
5. συνίσταται	συνέσταται	concordat cum edit. Paris.

EDITIO PARISIENSIS.	CODEX 190.	EDITIO OXONIÆ.
6. ὀρθὰς	*Id.*	ἴσας
7. ἐστὶν	*Id.*	deest.

PROPOSITIO XV.

1. συστήσασθαι, ...	συνεστήσασθαι, ...	concordat cum edit. Paris.
2. τὰ πρότερα·	τὴν πυραμίδα	concordat cum edit. Paris.
3. τριπλασίων	*Id.*	τριπλῆ
4. τὴν	*Id.*	ἑκάστην
5. περιεχόμενος.	*Id.*	περιεχόμενον
6. τριπλασίων	*Id.*	τριπλασία
7. καὶ ἐὰν	*Id.*	κἂν
8. ἥξει	*Id.*	ἧξαι
9. Ὁμοίως	*Id.*	Ὁμοίως δὲ
10. πάλιν	deest	concordat cum edit. Paris.
11. ἡ ΚΕ τῇ ΕΔ·	*Id.*	τῇ ΕΔ ἡ ΚΕ
12. δοθείσῃ	deest.	concordat cum edit. Paris.

PROPOSITIO XVI.

Lin. 17. pag. 270. ΕΛ, ΛΖ, ΖΜ, ΜΗ, ΗΝ, ΝΘ, ΘΞ, ΞΚ, ΚΟ, ΟΕ, καὶ ὁμοίως . . .	deest	concordat cum edit. Paris.
3. ἐπιζευγνύουσαι ἐπὶ τὰ αὐτὰ μέρη	*Id.*	ἐπὶ τὰ αὐτὰ μέρη ἐπιζευγνύουσαι
4. καὶ παράλληλός ἐστιν. . .	*Id.*	ἐστιν καὶ παράλληλός.
6. ἐστὶ	*Id.*	καὶ
7. πενταγώνου·	*Id.*	πεντάγωνος
8. τριγώνων	deest	concordat cum edit. Paris.
9. ΕΖΗΘΚ κύκλου	*Id.*	κύκλου τοῦ ΕΖΗΘΚ
10. ἐστὶ	*Id.*	deest.
11. ἐστὶ	*Id.*	deest.
12. δὴ	*Id.*	deest.
13. αὐτὸ	*Id.*	αὐτὸν
14. Ἐπεὶ	*Id.*	Ἐπειδὴ
15. μὲν	ἐστὶν	concordat cum edit. Paris.

EDITIO PARISIENSIS.	CODEX 190.	EDITIO OXONIÆ.
16. τὸ ἄρα ἐπὶ τῆς ΨΩ γραφόμενον ἡμικύκλιον ἥξει καὶ διὰ τοῦ Λ.	deest	concordat cum edit. Paris.
17. τετραπλασίων	τετραπλῆ	concordat cum edit. Paris.
18. πενταπλασίων ἄρα ἐστὶν ἡ ΑΒ τῆς ΒΓ.	πενταπλῆ ἄρα ἐστὶν ἡ ΑΒ τῆς ΒΓ.	πενταπλασίων ἄρα ἡ ΑΒ τῆς ΒΓ ἐστίν.
19. ἴση ἡ ΔΒ	*Id.*	ἡ ΔΒ ἴση
20. τοῦ ΕΖΗΘΚ κύκλου· . . .	*Id.*	τοῦ κύκλου τοῦ ΕΖΗΘΚ·
21. Ὅπερ ἔδει δεῖξαι.	deest	concordat cum edit. Paris.

COROLLARIUM.

EDITIO PARISIENSIS.	CODEX 190.	EDITIO OXONIÆ.
1. τῆς τοῦ	*Id.*	τῆς
2. δύο τῶν	*Id.*	τῶν δύο
3. ἐγγραφομένων.	ἐγγραφομένων. Ὅπερ ἔδει δεῖξαι	concordat cum edit. Paris.

PROPOSITIO XVII.

EDITIO PARISIENSIS.	CODEX 190.	EDITIO OXONIÆ.
1. σημεῖα·	deest.	concordat cum edit. Paris.
2. τετμήσθω ἑκάστη τῶν ΝΟ, ΟΞ, ΘΠ	*Id.*	τετμήσθωσαν αἱ ΝΟ, ΟΞ, ΘΠ εὐθεῖαι
3. ἐκκείσθωσαν	*Id.*	κείσθωσαν
4. αὐτῆς	deest	concordat cum edit. Paris.
5. ἐστὶν	*Id.*	deest.
6. ἴση ἐστίν·	*Id.*	ἐστὶν ἴση·
7. τοῦ κύβου μέρη	*Id.*	μέρη τοῦ κύβου
7. πλευραῖς	deest	concordat cum edit. Paris.
9. καὶ	deest	concordat cum edit. Paris.
10. τῶν	*Id.*	τῆς
11. ἐστὶν	*Id.*	deest.
12. ἐστὶν	*Id.*	deest.
13. ἔσται	*Id.*	ἐστι
14. τέ	*Id.*	deest.
15. τε	deest	concordat cum edit. Paris.
16. ὃ καλεῖται δωδεκάεδρον. . .	*Id.*	deest.
18. τῆς πλευρᾶς	*Id.*	πλευρὰ

EDITIO PARISIENSIS.	CODEX 190.	EDITIO OXONIÆ.
19. ἐστὶ	*Id*.	deest.
20. δυνάμει	deest	concordat cum edit. Paris.
21. πλευρᾶς τοῦ κύβου. . . .	*Id*.	τοῦ κύβου πλευρᾶς.
22. τῆς δὲ ΟΞ ἄκρον καὶ μέσον λόγον τεμνομένης τὸ μεῖζον τμῆμά ἐστιν ἡ ΟΣ, . . .	*Id*.	deest.
23. ἐστὶν	*Id*.	deest.
24. οὕτως	deest	concordat cum edit. Paris.
25. ἰσάκις	*Id*.	ὡσαύτως
26. τὴν	*Id*.	τῶν
27. τῆς	*Id*.	τῶν

27. In infimâ paginâ codicis 190, et in textu codicum *g*, *m*, hæc legere sunt:

ῥητὴ γὰρ ἡ ΑΒ ἄκρον καὶ μέσον λόγον τετμήσθω κατὰ τὸ Γ, καὶ ἔστω μεῖζον τὸ ΑΓ· προσκείσθω δὲ ἡ ΑΔ ἡμίσεια τῆς ΑΒ. Ῥητὴ ἄρα καὶ ἡ ΑΔ. Καὶ ἐπεὶ πενταπλάσιον τὸ ἀπὸ τῆς ΓΔ τοῦ ἀπὸ τῆς ΔΑ· αἱ ΓΔ, ΔΑ ἄρα ῥηταί εἰσιν δυνάμει μόνον σύμμετροι· ἀποτομὴ ἄρα ἡ ΑΓ. Ῥητὴ δὲ ἡ ΑΒ, τὸ

rationalis enim ΑΒ extremâ et mediâ ratione secetur in Γ, et sit ΑΓ major portio; ponatur autem ΑΔ dimidia ipsius ΑΒ; rationalis igitur et ΑΔ. Et quoniam quintuplum ipsum ex ΓΔ ipsius ex ΔΑ; ipsæ ΓΔ, ΔΑ igitur rationales sunt potentiâ solum commensurabiles; apotome igitur ipsa ΑΓ. Rationalis autem ipsa ΑΒ,

Α ———— Γ —— Β

δὲ ἀπὸ ἀποτομῆς παρὰ ῥητὴν παραβαλόμενον πλάτος ποιεῖ ἀποτομήν· ἀποτομὴ ἄρα ἐστὶν ἡ ΒΓ· ἑκατέρος ἄρα τῶν ΑΓ, ΓΒ ἀποτομή ἐστὶ προσαρμόζουσα δὲ τῆς μὲν ΑΓ ἡ ΑΔ, τῆς δὲ ΓΒ ἡ ΓΔ·

ipsum vero ex apotomê ad rationalem applicatum latitudinem facit apotomen; apotome igitur est ΒΓ; utraque igitur ΑΓ, ΓΒ apotome est; at vero congruens ipsi ΑΓ ipsa ΑΔ, ipsi autem ΓΒ ipsa ΓΔ;

car que ΑΒ soit coupé en extrême et moyenne raison au point Γ; que ΑΓ soit le plus grand segment, et que ΑΔ soit la moitié de ΑΒ; la droite ΑΔ sera rationelle. Et puisque le quarré de ΓΔ est quintuple du quarré de ΔΑ, les droites ΓΔ, ΔΑ seront des rationelles commensurables en puissance seulement; la droite ΑΓ est donc un apotome. Mais ΑΒ est une rationelle, et le quarré d'un apotome appliqué à une rationelle fait une largeur qui est un apotome; la droite ΒΓ est donc un apotome; chacune des droites ΑΓ, ΓΒ est donc un apotome; or la droite ΑΔ est la congruente de ΑΓ, et la droite ΓΔ la congruente de ΓΒ:

EDITIO PARISIENSIS.	CODEX 190.	EDITIO OXONIÆ.
28. ἡ καλουμένη	deest.	concordat cum edit. Paris.
29. ἡ καλουμένη	deest	concordat cum edit. Paris.
30. Οπερ ἔδει δεῖξαι. . . .	deest	concordat cum edit. Paris.

COROLLARIUM.

1. πλευρά.	πλευρά. Οπερ ἔδει δεῖξαι.	concordat cum edit. Paris.

PROPOSITIO XVIII.

1. μὲν	deest	concordat cum edit. Paris.
2. αἱ	*Id*.	ἁ
3. τῆς	*Id*.	deest.
4. τριπλασίων.	*Id*.	τριπλῆ
5. κύβου	κύκλου	concordat cum edit. Paris.
6. ἐστὶ	*Id*.	deest.
7. ἴση τῇ AB, ...	*Id*.	τῇ AB ἴση,
8. ἐστὶ	deest	concordat cum edit. Paris.
9. ἐστὶν	*Id*.	deest.
10. ἡ ΚΛ ἄρα ἐκ τοῦ κέντρου ἐστὶ τοῦ κύκλου ἀφ' οὗ τὸ εἰκοσάεδρον ἀναγέγραπται· . .	*Id*.	deest.
11. ἡ τῆς σφαίρας	*Id*.	τῆς σφαίρας ἡ
12. τοῦ	*Id*.	deest.
13. τῆς	*Id*.	deest.
14. διπλασίων, ...	*Id*.	τριπλασίων
15. ἡ	deest	concordat cum edit. Paris.
16. ἡ	ἡ μέν	concordat cum edit. Paris.
17. ἤτε	ἡ	concordat cum edit. Paris.
18. δὲ	deest	concordat cum edit. Paris.
19. τῆς ZB·	deest	concordat cum edit. Paris.
20. τῇ	*Id*.	τῆς
21. ἐστὶν	*Id*.	deest.

ALITER.

EDITIO PARISIENSIS.	CODEX 190.	EDITIO OXONIÆ.
1. Ἐπεὶ	Ὅτι μείζων ἐστὶ ἡ MB τῆς NB. Ἐπεὶ	Ἄλλως ὅτι μείζων ἡ MB τῆς NB. Ἐπεὶ
2. καὶ πέντε ἄρα τὰ ἀπὸ τῆς KΛ ἐξ τῶν ἀπὸ τῆς NB μεῖζόν ἐστιν·	*Id*.	deest.

LEMMA.

EDITIO PARISIENSIS.	CODEX 190.	EDITIO OXONIÆ.
1. ὑπὸ	*Id*.	ἀπὸ
2. ἄκρον γὰρ καὶ μέσον λόγον τέτμηται ἡ BZ κατὰ τὸ N, καὶ τὸ ὑπὸ τῶν ἄκρων ἴσον τῷ ἀπὸ τῆς μέσης·	deest	concordat cum edit. Paris.
3. τοῦ ἀπὸ τῆς BN μεῖζον ἐστὶν ἢ διπλάσιον·	*Id*.	μεῖζόν ἐστι διπλάσιον τοῦ ἀπὸ τῆς BN·
4. τῆς	deest	concordat cum edit. Paris.
5. τῆς	deest	concordat cum edit. Paris.

SCHOLIUM.

EDITIO PARISIENSIS.	CODEX 190.	EDITIO OXONIÆ.
1. οὐ συσταθήσεται.	συνίσταται	concordat cum edit. Paris.
2. τέσσαρσιν	τέτρασιν	concordat cum edit. Paris.
3. ἢ	deest	concordat cum edit. Paris.
4. πενταγώνου ἰσοπλεύρου . .	*Id*.	ἰσοπλεύρου πενταγώνου
5. αὐτὸ	*Id*.	deest.
6. σχῆμα	*Id*.	deest.

LEMMA.

EDITIO PARISIENSIS.	CODEX 190.	EDITIO OXONIÆ.
1. τε	deest	concordat cum edit. Paris.
2. τε	deest	concordat cum edit. Paris.
3. τὸ Z, ...	*Id*.	καὶ ἔστω τὸ Z
4. τοῦ	*Id*.	deest.
5. τέσσαρσιν	*Id*.	τέτρασιν
6. πέμπτου.	*Id*.	πέμπτης
7. ἐστι ὀρθῆς καὶ πέμπτου. . .	*Id*.	ὀρθῆς ἐστι καὶ πέμπτης

EUCLIDIS DATA.

DEFINITIONES.

EDITIO PARISIENSIS.	CODEX 190.	EDITIO OXONIÆ.
1. ἀλλήλας	ἀλλήλους	deest.
2. λέγονται, ...	*Id.*	λέγεται
3. καὶ γωνίαι, ἃ τὸν ἀυτὸν ἀεὶ τόπον ἐπέχει.	*Id.*	καὶ χωρία, καὶ γωνίαι ἃ τὸν ἀεὶ τόπον ἔχει.
4. ἡ δὲ	*Id.*	καὶ ἡ
5. κύκλων	*Id.*	κύκλου
6. τε	deest	concordat cum edit. Paris.
7. τῷ	deest	concordat cum edit. Paris.
8. εὐθείᾳ	*Id.*	εὐθεῖαν
9. δεδομένη	deest	concordat cum edit. Paris.

PROPOSITIO I.

EDITIO PARISIENSIS.	CODEX 190.	EDITIO OXONIÆ.
2. ἄρα	deest	concordat cum edit. Paris.
3. Ὅπερ ἔδει δεῖξαι.	deest	concordat cum edit. Paris.

PROPOSITIO II.

EDITIO PARISIENSIS.	CODEX 190.	EDITIO OXONIÆ.
1. δέδοται	*Id.*	δέδοται καὶ
2. τὸ	*Id.*	deest.
3. ἴσον	αὐτὸν	concordat cum edit. Paris.
4. καὶ	*Id.*	deest.

PROPOSITIO IV.

EDITIO PARISIENSIS.	CODEX 190.	EDITIO OXONIÆ.
1. ὅτι	*Id.*	ὅτι καὶ
2. ἐστὶν ἴσον·	*Id.*	ἴσον ἐστὶν·

PROPOSITIO V.

EDITIO PARISIENSIS.	CODEX 190.	EDITIO OXONIÆ.
1. λόγον	*Id.*	deest.
2. πεποιήσθω	πεπορίσθω	concordat cum edit. Paris.

EDITIO PARISIENSIS.	CODEX 190.	EDITIO OXONIÆ.
3. ἐστι	deest	concordat cum edit. Paris.
4. ἐστιν,	deest	concordat cum edit. Paris.
5. τὸ ΒΓ δοθείς ἐστιν.	τὸ ΒΓ δοθείς	ΒΓ δοθείς ἐστιν.

PROPOSITIO VI.

EDITIO PARISIENSIS.	CODEX 190.	EDITIO OXONIÆ.
1. ἑκάτερον αὐτῶν	*Id.*	αὐτῶν ἑκάτερον
2. τὰ	*Id.*	deest.
3. τὸ	deest	concordat cum edit. Paris.
4. δοθὲν δὲ τὸ ΔΕ· δοθὲν ἄρα καὶ τὸ ΕΖ· καὶ ὅλον ἄρα τὸ ΔΖ δοθὲν ἐστίν· ἔστιν δὲ ἑκατέρων τῶν ΔΕ, ΕΖ δοθέν·	*Id.*	ἔστιν οὖν ἑκατέρου τῶν ΔΕ, ΕΖ δοθέν·
5. τὸ ΔΕ πρὸς τὸ ΕΖ·	ΔΕ πρὸς ΕΖ·	concordat cum edit. Paris.
6. τὸ ΖΕ·	ΖΕ·	concordat cum edit. Paris.
7. τὸ ΔΕ.	ΔΕ.	concordat cum edit. Paris.

PROPOSITIO VII.

EDITIO PARISIENSIS.	CODEX 190.	EDITIO OXONIÆ.
Lin. 12. καὶ	*Id.*	deest.

PROPOSITIO VIII.

EDITIO PARISIENSIS.	CODEX 190.	EDITIO OXONIÆ.
1. τὸ	*Id.*	deest.
2. τὸ.	*Id.*	deest.
3. δοθείς.	*Id.*	deest.
4. ὁ	*Id.*	deest.

PROPOSITIO IX.

EDITIO PARISIENSIS.	CODEX 190.	EDITIO OXONIÆ.
1. Δ ἄρα	*Id.*	ἄρα Δ.

PROPOSITIO X.

EDITIO PARISIENSIS.	CODEX 190.	EDITIO OXONIÆ.
1. τὸ	*Id.*	deest.
2. δὴ	*Id.*	δὲ
3. τοῦ.	deest	concordat cum edit. Paris.
4. γάρ.	ἄρα	concordat cum edit. Paris.

PROPOSITIO XI.

EDITIO PARISIENSIS.	CODEX 190.	EDITIO OXONIÆ.
1. τὸ ΑΔ·	*Id.*	καὶ ἴστο τὸ ΑΔ.
2. Ανάπαλιν	*Id.*	Ανάπαλιν δὴ
3. καὶ	*Id.*	deest.
4. τὸ	deest	concordat cum edit. Paris.
5. τοῦ	*Id.*	deest.
6. ἔσται	*Id.*	ἐστιν
7. Επεὶ γὰρ τὸ ΑΒ τοῦ ΑΓ, δοθέντι, μεῖζόν ἐστιν ἢ ἐν λόγῳ,	*Id.*	deest.
8. τὸ ΔΕ·	ΔΕ.	concordat cum edit. Paris.
9. τὸ ΔΕ	ΔΕ	concordat cum edit. Paris.
10. τὸ ΑΕ λόγος ἐστὶ	ΑΕ λόγος	τὸ ΑΕ λόγος ἐστὶ
11. ὧν τοῦ ΒΔ πρὸς τὸ ΔΕ	*Id.*	ὡς καὶ τοῦ ΑΔ πρὸς ΕΔ
12. δὴ	deest	concordat cum edit. Paris.

PROPOSITIO XII.

1. τοῦ	*Id.*	deest.
2. ἄρα	deest	concordat cum edit. Paris.

PROPOSITIO XIII.

1. δοθεὶς τοῦ ΑΒ πρὸς τὸ ΓΔ,	*Id.*	τοῦ ΑΒ πρὸς τὸ ΓΔ δοθεὶς,
2. καὶ	*Id.*	deest.
3. ἄρα	deest	concordat cum edit. Paris.

PROPOSITIO XIV.

1. ἔσται	ἐστιν	concordat cum edit. Paris.
2. τὰ	*Id.*	deest.
3. τὸ ΓΔ οὕτως τὸ ΗΑ πρὸς τὸ ΓΖ·	ΓΔ οὕτως τὸ ΗΑ πρὸς ΓΖ.	deest.
4. τὸ ΖΔ δοθείς. Καὶ ἔστι τὸ	ΖΔ δοθείς. Καὶ ἔστι τὸ	τὸ ΖΔ δοθείς. Καὶ ἔστι

PROPOSITIO XV.

1. ἔσται	*Id.*	ἐστιν
2. ἀφ'	*Id.*	ἀπὸ

EDITIO PARISIENSIS.	CODEX 190.	EDITIO OXONIÆ.
3. ἔσται	ἐστιν	concordat cum edit. Paris.
3. τὸ ΓΖ	ΓΖ	concordat cum edit. Paris.
4. τὸ	deest	concordat cum edit. Paris.
5. τὸ	deest	concordat cum edit. Paris.
6. ἐστι.	*Id.*	deest.

PROPOSITIO XVI.

1. μὲν τοῦ	*Id.*	τοῦ μὲν
2. τὸ ΖΑ· λέγω ὅτι ὅλον τὸ ΖΒ τοῦ	ΖΑ· λέγω ὅτι ὅλον τὸ ΖΒ τοῦ	τὸ ΖΑ· λέγω ὅτι ὅλον τὸ ΖΒ
3. τὸ	deest	concordat cum edit. Paris.
5. ἐστὶ	καὶ	concordat cum edit. Paris.
6. τὸ ΓΕ· καὶ λοιποῦ ἄρα . .	ΓΕ· καὶ λοιποῦ	τὸ ΓΕ· λοιποῦ ἄρα

PROPOSITIO XVII.

1. Διὰ τὰ αὐτὰ δὴ καὶ τοῦ ΖΒ πρὸς τὸ Γ λόγος ἐστὶ δοθείς· καὶ τοῦ ΖΒ ἄρα πρὸς τὸ ΗΕ λόγος ἐστὶ δοθείς.	*Id.*	Πάλιν, ἐπεὶ τὸ ΔΕ τοῦ Γ, δοθέντι, μεῖζόν ἐστιν ἢ ἐν λόγῳ, ἀφῃρήσθω τὸ δοθὲν μέγεθος τὸ ΔΗ· λοιποῦ ἄρα τοῦ ΗΕ πρὸς τὸ Γ λόγος ἐστὶ δοθείς. Τοῦ δὲ ΖΒ πρὸς τὸ Γ λόγος ἐστὶ δοθείς· καὶ λόγος ἄρα τοῦ ΖΒ πρὸς τὸ ΗΕ ἐστὶ δοθείς.
2. ἤτοι πρὸς ἄλληλα	πρὸς ἄλληλα ἤτοι . . .	concordat cum edit. Paris.

PROPOSITIO XVIII.

1. ἔσται	ἐστιν	concordat cum edit. Paris.
2. τοῦ	deest	concordat cum edit. Paris.
3. ἄρα	deest	concordat cum edit. Paris.
4. τὸ	deest	concordat cum edit. Paris.
5. τὸ	deest	concordat cum edit. Paris.
Lin. 18. τὸ	deest	concordat cum edit. Paris.

PROPOSITIO XIX.

EDITIO PARISIENSIS.	CODEX 190.	EDITIO OXONIÆ.
1. ἐστιν ὡς τὸ HB πρὸς τὸ ΓΔ οὕτως καὶ	ὡς τὸ HB πρὸς τὸ ΓΔ οὕτως	concordat cum edit. Paris.

ALITER.

1. Εστω	Δυνατὸν δὲ ἐστιν καὶ οὕτως. Εστω	concordat cum edit. Paris.
2. ἔστω	ἐστιν	concordat cum edit. Paris.
3. καὶ	*Id.*	deest.
4. τὸ	*Id.*	deest.

PROPOSITIO XX.

1. ἔσται	ἐστιν	concordat cum edit. Paris.
2. τὸ	deest	concordat cum edit. Paris.
3. τῷ AE πρὸς τὸ	τῷ AE πρὸς	τοῦ AE πρὸς

PROPOSITIO XXI.

1. ἔσται	ἐστιν	concordat cum edit. Paris.
2. τὸ	deest	concordat cum edit. Paris.

PROPOSITIO XXII.

1. τὸ	*Id.*	deest.
2. συναμφότερον	συμφότερον	concordat cum edit. Paris.
3. τὸ	deest	concordat cum edit. Paris.

PROPOSITIO XXIII.

1. τὸ	deest	concordat cum edit. Paris.
Lin. 13. τὸ	deest	concordat cum edit. Paris.
2. τὸ ΓΗ ἐστὶ	ΓΗ	concordat cum edit. Paris.
3. δὲ καὶ τοῦ λοιποῦ τοῦ	καὶ λοιποῦ τοῦ	δὲ καὶ τοῦ λοιποῦ
4. καὶ ἀναστρέψαντι	*Id.*	ἀναστρέψαντι ἄρα καὶ

EDITIO PARISIENSIS.	CODEX 190.	EDITIO OXONIÆ.
5. δοθείς·	deest	concordat cum edit. Paris.
6. καὶ τοῦ ΓΔ πρὸς τὸ . . .	καὶ τοῦ ΓΔ πρὸς	ἄρα καὶ τοῦ ΓΔ πρὸς τὸ
Lin. 7, 8 et 9. τὸ	deest	concordat cum edit. Paris.

PROPOSITIO XXIV.

1. τὴν	deest	concordat cum edit. Paris.
2. καὶ ἔστω	deest	concordat cum edit. Paris.
3. τὴν	τὸ	concordat cum edit. Paris.
4. ἐστὶ	deest	concordat cum edit. Paris.
5. καὶ	*Id.*	ἐστὶν
6. τῆς Ε·	Ε·	concordat cum edit. Paris.
7. τῷ μὲν ὑπὸ τῶν, Α, Γ ἴσον ἐστὶ τὸ	deest	τὸ μὲν ὑπὸ τῶν Α, Γ ἴσον ἐστὶ τῷ

ALITER.

1. ἐστὶ	*Id.*	deest.
Lin. 12. ἴσας	*Id.*	ἴσην

PROPOSITIO XXV.

1. τῇ θέσει.	*Id.*	deest.
2. ὃ	*Id.*	deest.

PROPOSITIO XXVI.

1. τῆς ΑΒ	deest	concordat cum edit. Paris.
2. σημείου, ...	deest	concordat cum edit. Paris.

PROPOSITIO XXVII.

1. τὸ Α δοθὲν ἔστω.	*Id.*	δοθὲν ἔστω τὸ Α;

ALITER.

1. περιφέρεια	deest	concordat cum edit. Paris.

PROPOSITIO XXVIII.

EDITIO PARISIENSIS.	CODEX 190.	EDITIO OXONIÆ.
1. ἡ	*Id*.	deest.

PROPOSITIO XXIX.

1. ΑΓΔ γωνίας τὸ	τῶν ΑΓΔ γωνίας τὸ . . .	ΑΓΔ γωνίας
2. ἡ	*Id*.	deest.
3. ΔΓΑ γωνία τῇ ὑπὸ ΕΓΑ, . .	τῶν ΔΓΑ γωνία τῇ ὑπο τῶν ΕΓΑ, ...	concordat cum edit. Paris.

PROPOSITIO XXX.

2. γωνίᾳ, ...	deest	concordat cum edit. Paris.
3. ἐστὶν ἀδύνατον·	*Id*.	ἀδύνατόν ἐστιν·

ALITER.

1. εὐθεία παράλληλος	*Id*.	παράλληλος εὐθεία
2. Καὶ ἐπεὶ παράλληλός ἐστιν ἡ ΕΑΖ τῇ ΒΑΓ·	*Id*.	Καὶ ἐπεί εἰσι παράλληλοι αἱ ΒΓΔ, ΕΔΖ,
3. γωνίᾳ	*Id*.	deest.

ALITER.

1. Καὶ	deest	concordat cum edit. Paris.
2. αὐτὰς	*Id*.	αὐτοὺς
4. ὑπὸ ΑΔΓ·	ὑπὸ τῶν ΑΔΓ·	ΑΔΓ γωνία·
5. ὑπὸ ΖΕΓ	ὑπὸ τῶν ΖΕΓ.	ΖΕΓ

ALITER.

1. καὶ ἐπεὶ δοθέν ἐστιν ἑκάτερον τῶν Α, Ε σημείων·	ἐπεὶ δοθέν ἐστιν τὸ Α σημείων·	concordat cum edit. Paris.
2. ἔστι δὲ καὶ ἡ ὑπὸ ΑΔΕ γωνία δοθεῖσα·	*Id*.	δοθεῖσα δὲ ἡ ὑπὸ ΑΔΕ·
4. δεδομένῳ	*Id*.	deest.

PROPOSITIO XXXI.

EDITIO PARISIENSIS.	CODEX 190.	EDITIO OXONIÆ.
1. ἡ ΑΔ, ...	deest	concordat cum edit. Paris.

PROPOSITIO XXXII.

1. Καὶ	deest	concordat cum edit. Paris.
3. ἡ	*Id.*	deest.
4. ἐστιν.	*Id.*	deest.

PROPOSITIO XXXIII.

1. τῷ	deest	concordat cum edit. Paris.
2. τῷ μεγέθει.	deest	concordat cum edit. Paris.
3. καὶ ἡ	*Id.*	deest.
Lin. 9. καὶ ἡ ὑπὸ ΕΖΔ· καὶ .	*Id.*	ἐστὶν ἡ ὑπὸ ΕΖΔ· ἡ

ALITER.

1. καὶ	deest	concordat cum edit. Paris.
2. ἐστὶν	*Id.*	deest.
3. τοῦ	*Id.*	deest.
5. οὖν	deest	concordat cum edit. Paris.
7. λοιπὴ ἡ ὑπὸ ΖΕΒ	*Id.*	ἡ ὑπὸ ΖΕΒ ἄρα

PROPOSITIO XXXIV.

1. τὴν	τὸ	concordat cum edit. Paris.
2. Καὶ	deest	concordat cum edit. Paris.
3. τὴν	τὸ	concordat cum edit. Paris.

ALITER.

1. Καὶ	deest.	concordat cum edit. Paris.
2. εὐθεῖα γραμμὴ	*Id.*	deest.
3. δοθὲν ἄρα ἐστὶν ἑκάτερον τῶν Κ, Θ σημείων. Ἐστι δὲ . . .	*Id.*	ἑκάτερον ἄρα τῶν Κ, Θ σημείων δοθέν ἐστιν. Ἐστι δὲ

EDITIO PARISIENSIS.	CODEX 190.	EDITIO OXONIÆ.
4. ἐστὶν	*Id*.	deest.
5. τὴν	deest	concordat cum edit. Paris.
6. τὴν	deest	concordat cum edit. Paris.
7. τὴν	deest	concordat cum edit. Paris.

PROPOSITIO XXXV.

1. τῆς	*Id*.	deest.
2. Καὶ	deest	concordat cum edit. Paris.
3. τὴν	deest	concordat cum edit. Paris.
4. ἐστὶ	*Id*.	deest.
5. καὶ ἐπεί ἐστιν ὡς ἡ ΑΕ πρὸς τὴν ΕΔ οὕτως ἡ ΑΚ πρὸς τὴν ΚΘ, καὶ ἔστι λόγος τῆς ΑΕ πρὸς τὴν ΕΔ δοθείς· λόγος ἄρα τῆς ΑΚ πρὸς τὴν ΚΘ δοθείς· .	καὶ ἐπεί ἐστι λόγος τῆς ΔΕ πρὸς τὴν ΕΑ δοθεὶς, ὡς δὲ ἡ ΔΕ πρὸς τὴν ΕΑ οὕτως ἡ ΘΚ πρὸς τὴν ΚΑ, δοθεὶς δὲ ὁ τῆς ΔΕ πρὸς τὴν ΕΑ λόγος· λόγος ἄρα καὶ ὁ τῆς ΘΚ πρὸς τὴν ΚΑ δοθείς· . .	concordat cum edit. Paris.
6. ἐστὶ τῆς ΑΘ πρὸς τὴν ΑΚ δοθείς·	ἐστὶ τῆς ΑΘ πρὸς ΑΚ δοθείς·	τῆς ΑΘ πρὸς τὴν ΑΚ δοθείς·
7. τῷ μεγέθει· δοθεῖσα ἄρα καὶ ἡ ΑΚ τῷ μεγέθει.	δοθεῖσα ἄρα καὶ ΑΚ. . . .	concordat cum edit. Paris.
8. τὸ Α δοθὲν	*Id*.	δοθὲν τὸ Α

PROPOSITIO XXXVI.

1. τὴν θέσει δεδομένην εὐθεῖαν. .	τῇ θέσει δεδομένην . . .	concordat cum edit. Paris.
2. ἐπὶ	*Id*.	ἀπὸ
3. Καὶ	deest	concordat cum edit. Paris.
4. Καὶ ἐπεὶ λόγος ἐστὶ τῆς ΔΑ πρὸς τὴν ΑΕ δοθεὶς, ὡς δὲ ἡ ΔΑ πρὸς τὴν ΑΕ οὕτως ἡ ΘΑ πρὸς τὴν ΑΗ· λόγος ἄρα καὶ τῆς ΘΑ πρὸς τὴν ΑΗ δοθείς.	*Id*.	Καὶ ἐπεὶ λόγος ἐστὶ τῆς ΑΕ πρὸς τὴν ΑΔ δοθεὶς, ὡς δὲ ἡ ΑΗ πρὸς τὴν ΑΘ οὕτως ἡ ΕΑ πρὸς τὴν ΔΑ· λόγος ἄρα καὶ τῆς ΑΗ πρὸς τὴν ΑΘ δοθείς.

PROPOSITIO XXXVII.

EDITIO PARISIENSIS.	CODEX 190.	EDITIO OXONIÆ.
1. τὰς	*Id.*	τὰς ἐν
2. γραμμὴ	*Id.*	deest.
3. οὖν	deest	concordat cum edit. Paris.
4. ὑπὸ	ὑπὸ τῶν	ὑπὸ τοῦ
5. τὴν	*Id.*	τὸ
6. τὴν ΑΜ ἐστὶ δοθεὶς λόγος . .	*Id.*	τὸ ΑΜ λόγος ἐστὶ δοθείς.

PROPOSITIO XXXVIII.

1. τῆς προστεθείσης παρὰ τὰς τῇ θέσει δεδομένας παραλλήλους	παρὰ τὰς τῇ θέσει δεδομένας παράλληλος. . . .	τῆς προστεθείσης παρὰ τὰς θέσει δεδομένας παραλλήλους
2. παράλληλος	deest.	concordat cum edit. Paris.
3. οὖν ἀπὸ δεδομένου σημείου .	ἀπὸ δεδομένου σημείου . .	οὖν ἀπὸ δεδομένου

PROPOSITIO XXXIX.

1 ἡ εὐθεῖα τῇ θέσει θεδομένη ἡ ΔΗ,	εὐθεῖα τῇ θέσει ἡ ΔΗ, . .	concordat cum edit. Paris.
2. καὶ	*Id.*	deest.
3. κείσθω	deest	concordat cum edit. Paris.
4. Πάλιν, κείσθω τῇ	τῇ δὲ	concordat cum edit. Paris.
5. ἐστι δοθέν	*Id.*	δοθέν ἐστι
6. κύκλος γεγράφθω	*Id.*	γεγράφθω κύκλος
7. Πάλιν, κέντρῳ μὲν τῷ Ζ, διαστήματι δὲ τῷ ΖΗ κύκλος γεγράφθω ὁ ΗΚΛ· θέσει ἄρα ἐστὶν ὁ ΗΚΛ. Θέσει δὲ καὶ ὁ ΔΚΘ κύκλος· δοθὲν ἄρα ἐστὶ καὶ	*Id.*	κύκλος. Πάλιν, τῷ μὲν κέντρῳ Ζ, διαστήματι δὲ τῷ ΖΗ, γεγράφθω ΗΚΛ κύκλος· θέσει ἄρα ἐστὶν ὁ ΗΚΛ κύκλος· δοθὲν ἄρα ἐστὶ

PROPOSITIO XL.

1. τοῦ	*Id.*	deest.
2. δίδοται τὸ ΑΒΓ τρίγωνον . .	*Id.*	τὸ τρίγωνον ΑΒΓ δίδοται

EDITIO PARISIENSIS.	CODEX 190.	EDITIO OXONIÆ.
3. τῇ ὑπὸ ΔΖΕ ἴση ἐστί.	ἐστι ἴση τῇ ὑπὸ ΔΖΕ	concordat cum edit. Paris.
4. σημείοις γωνιῶν·	deest	concordat cum edit. Paris.
5. καὶ	*Id.*	deest.

PROPOSITIO XLI.

1. αἱ	*Id.*	δύο
2. γωνίαν	*Id.*	γωνιῶν
3. τὸ	*Id.*	deest.
4. καὶ	*Id.*	deest.
5. τρίγωνον	deest	concordat cum edit. Paris.

PROPOSITIO XLII.

1. ἔχωσι	*Id.*	ἐχέτωσαν
2. τὴν	deest	concordat cum edit. Paris.
3. τὴν	deest	concordat cum edit. Paris.
4. μὲν	*Id.*	deest.
5. ἐστὶν	*Id.*	deest.
6. πρὸς τὴν ΗΚ·	*Id.*	πρὸς τὴν ΗΚ· ἔστι δὲ καὶ ὡς ἡ ΑΓ πρὸς τὴν ΒΓ οὕτως ἡ ΗΚ πρὸς τὴν ΚΘ·

PROPOSITIO XLIII.

1. καὶ	deest	concordat cum edit. Paris.
2. τῇ	*Id.*	τῷ
3. τρίγωνον τῷ ΔΕΗ τριγώνῳ. Δίδοται δὲ τὸ ΔΕΗ τρίγωνον	*Id.*	τῷ ΔΕΗ. Δίδοται δὲ τὸ ΔΕΗ

PROPOSITIO XLIV.

1. γωνία	*Id.*	deest.
2. Καὶ	deest	concordat cum edit. Paris.
3. καὶ	*Id.*	deest.
4. καὶ	deest	concordat cum edit. Paris.
5. γωνία·	deest	concordat cum edit. Paris.
6. καὶ	*Id.*	deest.

EDITIO PARISIENSIS.	CODEX 190.	EDITIO OXONIÆ.
7. δὴ	*Id*.	deest.
8. καὶ	deest.	concordat cum edit. Paris.
9. ἄρα	*Id*.	ἄρα καὶ

PROPOSITIO XLV.

EDITIO PARISIENSIS.	CODEX 190.	EDITIO OXONIÆ.
1. ἐχέτω	*Id*.	ἐχέτωσαν
2. ἄρα	deest	concordat cum edit. Paris.

ALITER.

EDITIO PARISIENSIS.	CODEX 190.	EDITIO OXONIÆ.
Lin. 2. καὶ	deest	concordat cum edit. Paris.
2. ΒΑΓ	*Id*.	ΒΑΓ γωνία

PROPOSITIO XLVI.

EDITIO PARISIENSIS.	CODEX 190.	EDITIO OXONIÆ.
1. αἱ πλευραὶ συναμφότεραι, ὡς μία, τουτέστιν ἡ ΒΑΓ, πρὸς τὴν ΒΓ λόγον ἐχέτωσαν . .	αἱ πλευραὶ τουτέστιν συναμφότερος ἡ ΒΑΓ πρὸς τὴν ΒΓ λόγον ἐχέτω . .	concordat cum edit. Paris. vocabulo *αἱ* tantum deficiente.
Lin. 14. οὕτως	deest	concordat cum edit. Paris.
2. γωνία.	deest	concordat cum edit. Paris.

ALITER.

EDITIO PARISIENSIS.	CODEX 190.	EDITIO OXONIÆ.
1. Ἐκβεβλήσθω ἡ ΒΑ, καὶ . . .	deest	concordat cum edit. Paris.
2. καὶ	deest	concordat cum edit. Paris.
3. καὶ.	*Id*.	deest.
4. καὶ λοιπὴ ἄρα ἡ ὑπὸ ΑΓΒ δοθεῖσά ἐστι·	deest	concordat cum edit. Paris.

PROPOSITIO XLVII.

EDITIO PARISIENSIS.	CODEX 190.	EDITIO OXONIÆ.
1. τῷ εἴδει τρίγωνα διαιρεῖται.	τρίγωνα διαιρεῖται τῷ εἴδει.	τρίγωνα τῷ εἴδει διαιρεῖται.
2. τῷ εἴδει τρίγωνα διαιρεῖται.	τρίγωνα διαιρεῖται τῷ εἴδει	concordat cum edit. Paris.
3. Καὶ	deest	concordat cum edit. Paris.

EDITIO PARISIENSIS.	CODEX 190.	EDITIO OXONIÆ.
5. ΕΒ ἄρα πρὸς τὴν ΒΓ	*Id.*	ΒΓ ἄρα πρὸς τὴν ΒΕ
4. τῷ εἴδει τρίγωνα διαιρεῖται.	τρίγωνα διαιρεῖται τῷ εἴδει.	concordat cum edit. Paris.

PROPOSITIO XLVIII.

EDITIO PARISIENSIS.	CODEX 190.	EDITIO OXONIÆ.
1. ἀναγραφῇ τρίγωνα	τρίγωνα ἀναγραφῇ	concordat cum edit. Paris.
2. Ηχθωσαν	*Id.*	Ηχθω
3. Καὶ	deest	concordat cum edit. Paris.
4. καὶ	*Id.*	deest.
5. ἐστὶ δοθεῖσα. Εστι δὲ καὶ ἡ ὑπὸ ΛΕΓ γωνία	*Id.*	δοθεῖσά ἐστιν. Εστι δὲ καὶ ἡ ὑπὸ ΛΕΓ.
6. τὸ	*Id.*	deest.

PROPOSITIO XLIX.

EDITIO PARISIENSIS.	CODEX 190.	EDITIO OXONIÆ.
1. τοῦ	*Id.*	τῆς
1. τὸ	deest	concordat cum edit. Paris.
2. δεδομένα τῷ εἴδει τρίγωνα τὰ ΖΕΒ, ΕΒΑ· τοῦ ΓΕΒΖ ἄρα	καὶ τοῦ ΓΕΒΖ ἄρα	concordat cum edit. Paris.
3. συναμφοτέρου	deest	concordat cum edit. Paris.

PROPOSITIO L.

EDITIO PARISIENSIS.	CODEX 190.	EDITIO OXONIÆ.
1. τε	deest	concordat cum edit. Paris.
2. τε	deest	concordat cum edit. Paris.
3. πρὸς ἄλληλα αὐτῶν λόγος ἔσται	*Id.*	αὐτῶν πρὸς ἄλληλα λόγος ἐστὶ
4. οὕτως ἡ ΓΔ πρὸς τὴν	ἡ ΓΔ πρὸς	concordat cum edit. Paris.
5. ΓΔ δοθείς· λέγος ἄρα καὶ ὁ	*Id.*	τὴν ΓΔ δοθείς. λόγος ἄρα καὶ

PROPOSITIO LI.

EDITIO PARISIENSIS.	CODEX 190.	EDITIO OXONIÆ.
1. ἃ	*Id.*	ὡς
2. αἱ	*Id.*	deest.
3. ἃ ἔτυχε	ἃ ἔτυχε	ὡς ἔτυχεν

EDITIO PARISIENSIS.	CODEX 190.	EDITIO OXONIÆ.
4. τὸ ΑΗΒ. Δέδοται δὲ τὸ Ζ τῷ εἴδει· δέδοται ἄρα καὶ τὸ ΑΗΒ τῷ εἴδει· ἀλλὰ μὴν καὶ τὸ Ε δέδοται τῷ εἴδει, καὶ ἀναγέγραπται ἀπὸ τῆς αὐτῆς εὐθείας τῆς ΑΒ·	*Id.*	εὐθύγραμμον τὸ ΑΗ. Επεὶ οὖν τὸ Ε δέδοται τῷ εἴδει, καὶ ἀναγέγραπται ἀπὸ τῆς αὐτῆς εὐθείας τὸ εὐθύγραμμον ΑΗ δεδομένον τῷ εἴδει·
5. λόγος	deest	concordat cum edit. Paris.

PROPOSITIO LII.

1. τὰ	*Id.*	deest.
Lin. 13. Δοθὲν δὲ τὸ ΑΖ τῷ μεγέθει.	deest.	concordat cum edit. Paris.

PROPOSITIO LIII.

1. εἴδη τῷ	*Id.*	deest.
2. καὶ	*Id.*	deest.
3. τὴν	deest	concordat cum edit. Paris.

PROPOSITIO LIV.

1. τοῦ δὲ Β πρὸς τὸ Α λόγος ἐστὶ δοθείς·	*Id.*	deest.
2. ἐστι	*Id.*	deest.
3. τὰς	*Id.*	τὰ

ALITER.

1. δὴ	*Id.*	δὲ
2. τὸ	deest	concordat cum edit. Paris.
3. καὶ	deest	concordat cum edit. Paris.
4. ἐστὶν	*Id.*	καὶ
5. ἐστιν ὅμοιον	*Id.*	ὅμοιόν ἐστι
6. ἄρα πλευραὶ	*Id.*	πλευραὶ ἄρα
7. τὸ λοιπὸν δεικνύσεται. . .	τοῦ πρώτου δείκνυται. . .	concordat cum edit. Paris.

PROPOSITIO LV.

1. ἔσονται	ἔσονται τῷ εἴδει	concordat cum edit. Paris.
2. καὶ αἱ πλευραὶ αὐτοῦ δεδομέναι εἰσὶ τῷ μεγέθει.	Id.	αἱ πλευραὶ αὐτοῦ δεδομέναι εἰσίν.
3. τε	Id.	deest.
4. δὴ	Id.	ἄρα
4. τῷ μεγέθει εὐθείας τῆς ΒΓ δεδομένον τῷ εἴδει	εὐθείας τῆς ΒΓ τῷ μεγέθει δεδομένον	concordat cum edit. Paris.
6. ἔστιν ὅμοιον	Id.	ὅμοιόν ἐστι
7. Δοθεῖσα δὲ ἡ ΒΓ·	deest	concordat cum edit. Paris.
8. πλευρῶν	deest	concordat cum edit. Paris.

ALITER.

1. καὶ	Id.	deest.

PROPOSITIO LVI.

1. ἔσται	Id.	ἔστιν
2. πλευρά	deest	concordat cum edit. Paris.
3. ἔχει πρὸς τὸ	πρὸς τὸ.	ἔχει πρὸς
4. εὐθεῖα	Id.	deest.
5. καὶ	deest	concordat cum edit. Paris.
6. χωρίον.	Id.	τουτέστι τῆς ΘΓ πρὸς ΓΚ.

PROPOSITIO LVII.

1. χωρίον παρὰ δοθεῖσαν εὐθεῖαν	παρὰ δοθεῖσαν	concordat cum edit. Paris.
2. γὰρ	Id.	deest.
3. Ισον δὲ τὸ ΗΑ τῷ ΑΘ· λόγος ἄρα καὶ τοῦ ΕΒ πρὸς τὸ ΑΘ δοθείς.	Id.	Τῷ δὲ ΑΗ ἴσον ἐστὶ τὸ ΑΘ· καὶ τοῦ ΕΒ ἄρα πρὸς τὸ ΑΘ λόγος ἐστὶ δοθείς.
4. ἐστὶ ἄρα καὶ τῆς ΒΑ πρὸς τὴν	ἄρα καὶ τῆς ΒΑ πρὸς . . .	concordat cum edit. Paris.
5. γωνία, ὧν	ὧν	γωνία, ὡς καὶ
6. ἐστὶ δοθεῖσα.	Id.	δοθεῖσά ἐστι.
7. Καὶ ἐστὶ τὸ πλάτος τοῦ παραβλήματος.	Id.	deest.

PROPOSITIO LVIII.

EDITIO PARISIENSIS.	CODEX 190.	EDITIO OXONIÆ.
1. χωρίον παρὰ δοθεῖσαν εὐθεῖαν	Παρὰ δοθεῖσαν	concordat cum edit. Paris.
2. τῷ μεγέθει.	deest	concordat cum edit. Paris.
3. σχῆμα· δέδοται ἄρα καὶ . .	ΕΖ· δέδοται ἄρα καὶ . . .	σχῆμα· δέδοται ἄρα
4. καὶ	*Id.*	deest.
5. ἐστὶ·	*Id.*	deest.
6. καὶ	*Id.*	deest.

PROPOSITIO LIX.

1. χωρίον παρὰ δοθεῖσαν εὐθεῖαν παραβληθῇ, ὑπερβάλλον τῷ εἴδει δεδομένῳ εἴδει· . . .	παρὰ δοθεῖσαν παραβληθῇ, ὑπρεβάλλον εἴδει δεδομένῳ·	concordat cum edit. Paris.
2. εἴδει	deest	concordat cum edit. Paris.
3. περὶ τὴν αὐτὴν ἄρα διάμετρόν ἐστι τὸ ΖΗ τῷ ΓΒ· ἤχθω αὐτῶν διάμετρος ἡ ΘΕΜ, ...	*Id.*	deest.
4. τῷ ΖΗ·	τῷ ΖΗ·	τῷ ΖΗ· περὶ τῆς αὐτῆς διαμέτρου ἄρα ἐστὶ τὸ ΖΗ τῷ ΓΒ·
5. Καὶ ἐστὶν ἴσα τῷ ΚΛ· δοθὲν ἄρα ἐστὶ τὸ ΚΛ τῷ μεγέθει. .	*Id.*	Τοῖς δὲ ΑΒ, ΖΗ ἴσον ἐστὶ τὸ ΚΛ· δέδοται ἄρα τὸ ΚΛ τῷ μεγέθει.
6. τῷ μεγέθει·	deest	concordat cum edit. Paris.
3. Καὶ	Οὖν	concordat cum edit. Paris.
8. ἐστὶ δοθεῖσα, ...	*Id.*	δοθεῖσά ἐστι,
Lin. 1. τὴν	*Id.*	τὸ
9. ἄρα	*Id.*	ἄρα ἐστὶ

PROPOSITIO LX.

1. τὸ	*Id.*	deest.
2. ἐστὶ δοθεῖσα.	*Id.*	δοθεῖσά ἐστι·
3. ὅμοιον γάρ ἐστι τῷ ΗΑ· . .	deest	concordat cum edit. Paris.
4. αἱ	*Id.*	deest.

PROPOSITIO LXI.

EDITIO PARISIENSIS.	CODEX 190.	EDITIO OXONIÆ.
1. παραλληλόγραμμον . . .	*Id.*	deest.
2. οὖν	deest	concordat cum edit. Paris.
3. ἐστὶ	deest	concordat cum edit. Paris.
4. παραλληλόγραμμον δεδομένον τῷ εἴδει τὸ ZB·	deest	concordat cum edit. Paris.
5. ἐπειδὴ ὑπόκειται, ...	ἐπειδὴ καὶ τοῦ ΑΓ πρὸς τὸ ΓΔ ὑπόκειται, . . .	concordat cum edit. Paris.
6. ἐστὶ	*Id.*	deest.
7. ἐστὶ δοθεῖσα.	*Id.*	δοθεῖσά ἐστιν.
7. γωνία	deest.	concordat cum edit. Paris.
8. δοθεῖσά ἐστιν.	*Id.*	ἐστὶ δοθεῖσα.
9. ἐστι	deest	concordat cum edit. Paris.
10. ἡ ὑπὸ	*Id.*	deest.

PROPOSITIO LXII.

EDITIO PARISIENSIS.	CODEX 190.	EDITIO OXONIÆ.
1. τῆς	*Id.*	deest.
2. παραλληλόγραμμον . . .	*Id.*	εὐθύγραμμον
3. τῆς ΑΒ πρὸς τὴν ΓΔ δοθείς ἐστι, ...	ἐστὶ τῆς ΑΒ πρὸς τὴν ΓΔ δοθεὶς, ...	concordat cum edit. Paris.

PROPOSITIO LXIII.

EDITIO PARISIENSIS.	CODEX 190.	EDITIO OXONIÆ.
1. τετράγωνον	deest	concordat cum edit. Paris.

PROPOSITIO LXIV.

EDITIO PARISIENSIS.	CODEX 190.	EDITIO OXONIÆ.
1. ἔχον γωνίαν	γωνίαν ἔχον	concordat cum edit. Paris.
2. τῶν	*Id.*	τοῦ
3. γωνία, ...	deest	concordat cum edit. Paris.
4. καὶ	*Id.*	deest.
5. ἐστι.	*Id.*	deest.
6. ὥστε καὶ τοῦ ὑπὸ τῶν ΑΔ, ΒΓ πρὸς τὸ ὑπὸ τῶν ΔΒ, ΒΓ λόγος ἐστὶ δεθείς· καὶ τοῦ δὶς ἄρα ὑπὸ τῶν ΔΒ, ΒΓ πρὸς τὸ ὑπὸ τῶν ΑΔ, ΒΓ λόγος ἐστὶ	*Id.*	λόγος ἄρα καὶ τοῦ ἀπὸ τῶν ΑΔ, ΒΓ πρὸς τὸ ὑπὸ τῶν ΔΒ, ΒΓ δεθείς· καὶ τοῦ δὶς ἄρα ὑπὸ τῶν ΔΒ, ΒΓ πρὸς τὸ ὑπὸ τῶν ΑΔ, ΒΓ
7. ἄρα ὑπὸ τῶν ΔΒ, ΒΓ . . .	ὑπὸ τῶν ΔΒ, ΒΓ ἄρα . . .	concordat cum edit. Paris.

PROPOSITIO LXV.

EDITIO PARISIENSIS.	CODEX 190.	EDITIO OXONIÆ.
1. τὸ	*Id.*	deest.
2. ἡ	*Id.*	deest.
3. καὶ λοιπὴ ἄρα ἡ ὑπὸ . . .	*Id.*	λοιπὴ ἄρα παρὰ
Lin. 4. p. 410. πρὸς τὸ ὑπὸ τῶν ΓΒ, ΑΔ λόγος ἐστὶ δοθείς..	deest	concordat cum edit. Paris.
4. Ἀλλά.	*Id.*	Ἀλλὰ καὶ
5. τρίγωνον	deest	concordat cum edit. Paris.
6. δὶς	δὶς ὃ	concordat cum edit. Paris.
7. ἔχει	*Id.*	ἕξει

PROPOSITIO LXVI.

EDITIO PARISIENSIS.	CODEX 190.	EDITIO OXONIÆ.
1. ἔχει	*Id.*	ἕξει
2. δέδοται·	*Id.*	δοθεῖσά ἐστι·
5. τὴν	deest	concordat cum edit. Paris.
4. ὥστε καὶ τοῦ ὑπὸ τῶν ΒΑ, ΑΓ	*Id.*	καὶ τοῦ ὑπὸ τῶν ΒΑ, ΑΓ ἄρα

PROPOSITIO LXVII.

EDITIO PARISIENSIS.	CODEX 190.	EDITIO OXONIÆ.
1. ἔχει	*Id.*	ἕξει
2. ἡ ΒΕ.	deest	concordat cum edit. Paris.
5. τις	*Id.*	deest.
5. ἀπὸ	*Id.*	ὑπὸ
5. τουτέστι τὸ ἀπὸ τῆς ΒΔ . .	deest	concordat cum edit. Paris.
6. ἐστι	*Id.*	εἶναι
7. τῶν	*Id.*	τῆς
8. καὶ	*Id.*	deest.
9. ἑκατέρα γὰρ αὐτῶν ἡμίσειά ἐστι τῆς ὑπὸ ΒΑΓ δεδομένης οὔσης·	ἡμίσεια γάρ ἐστι τῆς ὑπὸ τῶν ΒΑΓ· δέδοται γὰρ ἡ ὑπὸ ΒΑΓ·	concordat cum edit. Paris.
10. ἐστιν	deest.	concordat cum edit. Paris.
Lin. 4. *b.* τῶν	deest	concordat cum edit. Paris.
12. τῆς	deest	concordat cum edit. Paris.
13. ἄρα	*Id.*	ἄρα καὶ

EDITIO PARISIENSIS.	CODEX 190.	EDITIO OXONIÆ.
14. γωνίαν·	deest	concordat cum edit. Paris.
15. τρίγωνον	deest	concordat cum edit. Paris.
16. τῆς	Id.	deest.

ALITER.

EDITIO PARISIENSIS.	CODEX 190.	EDITIO OXONIÆ.
1. γὰρ	Id.	deest.
2. ἐστι τῆς ΑΓ	Id.	τῆς ΑΓ εἰσὶ
3. ᾧ	καὶ	concordat cum edit. Paris.
3. ΒΑ, ΑΓ	ΒΑΓ	concordat cum edit. Paris.

ALITER.

EDITIO PARISIENSIS.	CODEX 190.	EDITIO OXONIÆ.
1. πρὸς τῷ Α	Α	concordat cum edit. Paris.
Lin. 16. Εστι δὲ τοῦ ὑπὸ τῶν ΒΑ, ΑΓ πρὸς τὸ ΑΒΓ τρίγωνον λόγος δοθεὶς, δὶα τὸ δοθεῖσαν εἶναι τὴν ΒΑΓ γωνίαν· τοῦ δὶς ἄρα ὑπὸ τῶν ΒΑ, ΑΓ πρὸς τὸ ΑΒΓ τρίγωνον λόγος ἐστὶ δοθείς.	Καὶ ἔστι τοῦ δὶς ὑπὸ τῶν ΒΑΓ πρὸς τὸ ΑΒΓ τρίγωνον λόγος δοθεὶς,	concordat cum edit. Paris.
3. Καὶ	deest	concordat cum edit. Paris.
4. συναμφοτέρου	Id.	deest.
5. ἐστι	Id.	εἶναι
6. γωνία δοθεῖσα· καὶ	Id.	δοθεῖσα·
7. ὑπὸ τῶν ΑΓΔ ἐστὶ δοθεῖσα·	Id.	πρὸς ΑΓΔ δοθεῖσά ἐστιν·
8. ὑπὸ	Id.	ἀπὸ
9. ἄρα	deest	concordat cum edit. Paris.
10. τὸ	Id.	deest.
11. ἄρα ὑπὸ συναμφοτέρου τῆς ΔΑΓ καὶ τῆς ΑΒ	ὑπὸ συναμφοτέρου τῆς ΔΑΓ καὶ τῆς ΑΒ ἄρα	concordat cum edit. Paris.
12. ἐκβεβληθείσης τῆς ΒΑ ἐπὶ τὸ Ε,	ἐκβληθείσης τῆς ΒΑ,	concordat cum edit. Paris.
13. ἀπὸ τοῦ Γ	deest	concordat cum edit. Paris.
14. ἀπὸ	Id.	deest.
15. τὶ,	τὰ	concordat cum edit. Paris.

EDITIO PARISIENSIS.	CODEX 190.	EDITIO OXONIÆ.
Lin. 14. ἐστι·	deest.	concordat cum edit. Paris.
16. τῷ εἴδει·	Id.	τὸ εἴδει·
17. καὶ	deest	concordat cum edit. Paris.
18. τοῦ ὑπὸ	καὶ τοῦ ὑπὸ	τοῦ ἀπὸ
19. Τοῦ δὲ ὑπὸ τῶν ΑΓ, ΑΒ πρὸς τὸ ὑπὸ τῶν ΕΓ, ΑΒ λόγος ἐστὶ δοθείς· καὶ τοῦ ἄρα ὑπὸ τῶν ΑΓ, ΑΒ πρὸς τὸ ὑπὸ τῶν ΓΖ, ΑΒ λόγος ἐστὶ δοθείς·	deest	concordat cum edit. Paris.

ALITER.

EDITIO PARISIENSIS.	CODEX 190.	EDITIO OXONIÆ.
1. ἐπὶ	Id.	πρὸς
2. ὑπὸ	Id.	ὑπὸ τοῦ
3. τῇ ΑΔΓ	αὐτῇ	concordat cum edit. Paris.
4. ἐστιν ἴση·	Id.	ἴση ἐστίν·
3. ἐστὶ τὸ	τὸ	ἐστὶ
6. τὴν	deest	concordat cum edit. Paris.
7. τὴν	deest	concordat cum edit. Paris.
8. τῆς	deest	concordat cum edit. Paris.
9. ἴσον ἐστὶ τῷ ἀπὸ συναμφοτέρου τῆς ΒΑΓ· τὸ ἄρα ἀπὸ συναμφοτέρου τῆς ΒΑΓ,	Id.	τουτέστι τὸ ἀπὸ τῆς συναμφοτέρου τῆς ΒΑΓ.
10. ὧν	Id.	ὡς
11. ἐστὶν	deest	concordat cum edit. Paris.
12. τὴν	deest	concordat cum edit. Paris.
13. καὶ	Id.	deest.
14. τοῦ	τὸ	concordat cum edit. Paris.
15. ἄρα	deest	concordat cum edit. Paris.
16. ΑΒΓ	deest	concordat cum edit. Paris.

PROPOSITIO LXVIII.

EDITIO PARISIENSIS.	CODEX 190.	EDITIO OXONIÆ.
1. πρὸς ἄλληλα	Id.	deest.
2. ἢ	Id.	deest.
3. παραλληλόγραμμον,	Id.	deest.
4. καὶ	Id.	deest.

EDITIO PARISIENSIS.	CODEX 190.	EDITIO OXONIÆ.
5. ἔστι δὲ καὶ ἰσογώνιον· τῶν ΕΗ, ΓΔ ἄρα ἀντιπεπόνθασιν αἱ πλευραὶ περὶ τὰς ἴσας γωνίας·	*Id.*	deest.

ALITER.

1. ὁ	deest	concordat cum edit. Paris.
2. ὁ	deest	concordat cum edit. Paris.
3. καὶ	*Id.*	deest.
4. Α ἄρα	*Id.*	ἄρα Α
5. ἔκ τε τοῦ λόγου ὃν ἔχει ἡ ΓΔ πρὸς τὴν ΕΖ, ...	ἐξ οὗ ὃν ἔχει λόγον ἡ ΓΔ πρὸς τὴν ΕΖ, ...	concordat cum edit. Paris.
6. τε τοῦ λόγου ὃν ἔχει ἡ Κ πρὸς τὴν Μ καὶ ἐκ τοῦ ὃν ἔχει .	τοῦ ὃν ἔχει ἡ Κ πρὸς τὴν Μ, καὶ	concordat cum edit. Paris.
7. τε τοῦ λόγου	τοῦ	concordat cum edit. Paris.
8. ἐκ τοῦ	ἐξ οὗ	concordat cum edit. Paris.
9. ὁ	ὃς ὁ	concordat cum edit. Paris.
10. ἐστὶ	deest	concordat cum edit. Paris.
Lin. 12. καὶ	καὶ ὁ	concordat cum edit. Paris.

PROPOSITIO XLIX.

1. ἔχῃ	*Id.*	deest.
2. δέδοται.	*Id.*	ἐστὶ δοθείς.
3. παραλληλόγραμμον τῷ ΕΗ παραλληλογράμμῳ	*Id.*	τῷ ΕΗ,
4. Καὶ ἔστιν ἰσογώνιον τὸ ΔΛ τῷ ΖΘ, ...	*Id.*	Ἐπειδήπερ ἰσογώνιόν ἐστι τὸ ΔΛ τῷ ΖΘ
5. λόγος δοθεὶς, ...	deest	concordat cum edit. Paris.

PROPOSITIO LXX.

1. δύο	*Id.*	δυοῖν
2. Δύο	*Id.*	δυοῖν
3. τὴν ΖΗ·	*Id.*	τὴν ΖΗ λόγος ἔστω δοθείς·
4. τὸ ΓΔ τῷ ΖΘ.	*Id.*	τῷ ΖΘ τὸ ΓΔ.

EDITIO PARISIENSIS.	CODEX 190.	EDITIO OXONIÆ.
5. τῷ ΖΘ παραλληλογράμμῳ .	*Id.*	παραλληλογράμμῳ ΖΘ
6. καὶ ἡ ΔΒ ἄρα ἐπ' εὐθείας ἐστὶ τῇ ΒΜ. Επεὶ οὖν	καὶ ἡ ΔΒ ἄρα τῇ ΒΜ ἐστὶν ἐπ' εὐθείας. Καὶ . . .	concordat cum edit. Paris.
7. καὶ	*Id.*	deest.
8. γωνίᾳ	*Id.*	deest.
9. τὸ	*Id.*	deest.
10. γωνία· ἴστὶ δὲ καὶ ἡ ὑπὸ ΚΓΒ δοθεῖσα·	deest	concordat cum edit. Paris.
Lin. 18. ἐστὶ δοθεῖσα. . . .	*Id.*	δοθεῖσά ἐστι.
11. ἐστὶ δοθεῖσα·	*Id.*	δοθεῖσά ἐστι·
11. τὸ	*Id.*	τὴν
Lin. 9. Ισον δὲ τὸ ΓΛ τῷ ΓΔ· λόγος ἄρα ἐστὶν τοῦ ΓΔ πρὸς τὸ ΖΘ δοθείς..	*Id.*	deest.

PROPOSITIO LXXI.

1. δύο	*Id.*	δυοῖν
2. ἔχει	*Id.*	ἕξει
3. Δύο	*Id.*	δυοῖν
4. λόγος ἐστὶ δοθεὶς πρὸς τὸ ΕΔΘ.	*Id.*	πρὸς τὸ ΔΕΘ τρίγωνον λόγος ἐστὶ δοθείς.
5. τὰ	*Id.*	deest.
6. τὰς ἴσας γωνίας τὰς πρὸς τοῖς Α, Δ σημείοις, ...	τὰς ἴσας γωνίας, ...	ἴσας γωνίας τὰς πρὸς τοῖς Α, Δ σημείοις,
7. δὲ	δὲ τοῖς Α, Δ	concordat cum edit. Paris.
8. καὶ τὰ παραλληλόγραμμα λόγον ἕξει δεδομένον πρὸς ἀλλήλα·	*Id.*	deest.
9. τριγώνου	deest	concordat cum edit. Paris.

PROPOSITIO LXXII.

1. δύο	*Id.*	δυοῖν
2. ἤτοι	*Id.*	ἢ

EDITIO PARISIENSIS.	CODEX 190.	EDITIO OXONIÆ.
3. λόγον ἔχωσι πρὸς ἀλλήλας δεδομένον	deest	concordat cum edit. Paris.
4. Εστω.	Id.	Εστωσαν
5. τὴν ΔΘ	Id.	τὴν ΔΘ λόγος ἔστω
4. καὶ	Id.	ἐστὶ
5. καὶ	Id.	καὶ ἐπεὶ
6. ἴσαι εἰσὶν, ...	Id.	εἰσὶν ἴσαι,

PROPOSITIO LXXIII.

1. δύο	Id.	δυοῖν
2. Δύο	Id.	δυοῖν
3. τοῖς Γ, Ζ	Id.	τοῖς Γ, Ζ σημείοις
4. καὶ παραβεβλήσθω παρὰ τὴν ΒΓ εὐθεῖαν τῷ ΕΗ παραλληλογράμμῳ ἴσον παραλληλόγραμμον τὸ ΓΘ· καὶ κείσθω ὥστε ἐπ' εὐθείας εἶναι τὴν ΑΓ τῇ ΚΓ· ἐπ' εὐθείας ἄρα ἐστὶ καὶ ἡ ΔΒ τῇ ΘΒ. Καὶ ἐπεὶ ἴσον ἐστὶ τὸ ΓΘ τῷ ΕΗ.	Id.	καὶ κείσθω ὥστε ἐπ' εὐθείας εἶναι τὴν ΑΓ τῇ ΓΚ, καὶ συμπεπληρώσθω τὸ ΑΘ παραλληλόγραμμον. Καὶ ἐπεί ἐστιν ὡς ΓΒ πρὸς τὴν ΖΗ οὕτως ἡ ΕΖ πρὸς τὴν ΓΚ· ἐναλλὰξ ἄρα ὡς ἡ ΓΒ πρὸς τὴν ΕΖ οὕτως ἡ ΖΗ πρὸς τὴν ΓΚ· τὸ ἄρα ὑπὸ τῶν ΒΓ, ΓΚ ἴσον ἐστὶ τῷ ὑπὸ τῶν ΕΖ, ΖΗ· τὸ ΓΘ ἄρα ἴσον ἐστὶ τῷ ΕΗ.
5. καὶ	Id.	deest.
6. τὸ ΑΒ τῷ ΕΗ·	deest.	concordat cum edit. Paris.
7. παραλληλόγραμμον· Καὶ . .	παραλληλόγραμμον· . . .	Καὶ
8. καὶ λοιπὴ ἄρα ἡ ὑπὸ ΓΛΑ δίδοται· ὥστε δίδοται τὸ ΑΓΔ τρίγωνον τῷ εἴδει, ...	Id.	δίδοται ἄρα τὸ ΑΓΛ τρίγωνον τῷ εἴδει·
9. ἐστὶ	Id.	deest.
10. ἣν ἡ ΑΓ λόγον ἔχει δεδομένον.	τὴν ΓΛ.	concordat cum edit. Paris.
11. παραλληλογράμμου . . .	Id.	deest.
12. παραλληλόγραμμον . . .	Id.	deest.

PROPOSITIO LXXIV.

EDITIO PARISIENSIS.	CODEX 190.	EDITIO OXONIÆ.
1. πλευρὰ	deest	concordat cum edit. Paris.
2. λόγος ἄρα ἐστὶ τοῦ AB πρὸς τὸ ΓΘ δοθείς·	*Id.*	τοῦ AB ἄρα πρὸς τὸ ΓΘ λόγος ἐστὶ δοθείς·
3. ἡ	*Id.*	ὁ
4. τὸ AB τῷ EH.	deest	concordat cum edit. Paris.
5. τὸ ΓΜ παραλληλόγραμμον.	*Id.*	παραλληλόγραμμον ΓΜ.
6. γωνία	*Id.*	deest.
7. ἰσογώνιον ἄρα ἐστὶ τὸ ΓΜ τῷ EH·	deest	concordat cum edit. Paris.
8. ἡ.	*Id.*	ὁ

PROPOSITIO LXXV.

2. πλευρὰ	deest	concordat cum edit. Paris.
3. ἢ	*Id.*	ἤτοι
4. τριγώνου	*Id.*	deest.
5. πρὸς ἄλληλα λόγον ἔχει	*Id.*	εἰσι πρὸς ἄλληλα λόγον ἔχοντα
6. δοθέντα.	*Id.*	δεδομένον

PROPOSITIO LXXVI.

1. ἔχει	*Id.*	ἕξει
2. καὶ	*Id.*	deest.
3. ἐστὶ δοθεῖσα·	*Id.*	δοθεῖσά ἐστι·
4. τῆς δὲ	*Id.*	ἐστὶ δὲ καὶ τῆς

PROPOSITIO LXXVII.

1. τῷ εἴδει.	deest	concordat cum edit. Paris.
2. ἔχει	*Id.*	ἕξει
3. Καὶ	deest	concordat cum edit. Paris.
4. πάλιν	*Id.*	deest.
5. λόγος ἐστὶ τοῦ ABΓ πρὸς τὸ ΔEZ	*Id.*	τοῦ ABΓ πρὸς τὸ ΔEZ λόγος ἐστὶ

PROPOSITIO LXXVIII.

EDITIO PARISIENSIS.	CODEX 190.	EDITIO OXONIÆ.
1. ὥστε	*Id.*	ἄστ'
2. ὥστε καὶ τῆς ΓΕ πρὸς τὴν ΕΘ λόγος ἐστὶ δοθείς.	*Id.*	deest.
3. γὰρ	δὲ	concordat cum edit. Paris.
4. ἐστι·	deest.	concordat cum edit. Paris.
5. τὴν	deest	concordat cum edit. Paris.
6. δοθείς·	δοθείς· σύγκειται γάρ· καὶ	concordat cum edit. Paris.

PROPOSITIO LXXIX.

1. τὸ ΑΒΓ τρίγωνον	*Id.*	τρίγωνον ΑΒΓ
2. τὸ ΖΘΗ,	*Id.*	ΘΖΗ
3. Καὶ ἐπεὶ ἴση ἐστὶν ἡ ὑπὸ ΗΖΘ γωνία τῇ ὑπὸ ΘΛΗ, ἐν γὰρ τῷ αὐτῷ εἰσι τμήματι τοῦ κύκλου, ἔστι δὲ ἡ ὑπὸ ΗΖΘ τῇ ὑπὸ ΓΒΑ ἴση· ἴση ἄρα ἐστὶ καὶ ἡ ὑπὸ ΗΛΘ τῇ ὑπὸ ΓΒΑ. Εστι δὲ καὶ ἡ ὑπὸ ΛΘΗ τῇ ὑπὸ ΒΑΓ ἴση· καὶ λοιπὴ ἄρα ἡ ὑπὸ ΛΗΘ τῇ ὑπὸ ΒΓΑ ἐστὶν ἴση·	Επεὶ ἴση ἐστὶν ἡ ὑπὸ τῶν ΒΑΔ γωνία τῇ ὑπὸ τῶν ΛΘΗ· ἔστι δὲ καὶ ἡ ὑπὸ τῶν ΘΛΗ τῇ ὑπὸ ΑΒΓ ἴση· καὶ λοιπὴ ἄρα ἡ ὑπὸ τῶν ΒΓΑ λοιπῇ τῇ ὑπὸ τῶν ΘΗΛ ἐστὶν ἴση·	concordat cum edit. Paris.
4. ἡ ΖΚ τῇ ΛΜ παράλληλος· καὶ	παράλληλος· καὶ	ἡ ΖΚ τῃ ΛΜ παράλληλος·
5. ὑπὸ	ὑπὸ τῶν	deest.
6. ΖΛΘ	*Id.*	ΖΛΘ γωνία
7. δὲ	δὲ καὶ	concordat cum edit. Paris.
8. ἴση·	*Id.*	ἴση· καὶ

PROPOSITIO LXXX.

1. τῶν	*Id.*	deest
2. πλευρῶν ὀρθογώνιου	εὐθειῶν	concordat cum edit. Paris.
3. ὑπὸ τῶν ΒΓ, ΑΕ ἄρα	*Id.*	ἄρα ὑπὸ τῶν ΒΓ, ΑΕ
Lin. 15. τῆς ἄρα ΒΓ πρὸς τὴν ΑΕ	καὶ τῆς ΒΓ πρὸς ΑΕ	concordat cum edit. Paris.

EDITIO PARISIENSIS.	CODEX 190.	EDITIO OXONIÆ.
4. δὴ	deest	concordat cum edit. Paris.
5. κύκλου	deest	concordat cum edit. Paris.
6. δεχόμενον	δεδομένην ἔχον	concordat cum edit. Paris.
7. ἐστὶ δοθὲν	Id.	δοθέν ἐστι
8. δὲ	deest	concordat cum edit. Paris.
9. καὶ	Id.	deest.

ALITER.

1. τῷ Α, ...	Id.	τὸ Α,
2. τῆς ΓΒ	Id.	τοῦ ΒΓ
3. τῷ	Id.	τὸ
4. τῆς	deest.	concordat cum edit. Paris.
5. ἐστι	ἐστιν ἄρα	concordat cum edit. Paris.
6. ἐστὶ	deest	concordat cum edit. Paris.
7. τριγώνου	deest	concordat cum edit. Paris.
8. συνθέντι	Id.	συνθέντι λόγος
9. λόγος	Id.	deest.
10. τῷ εἴδει.	deest	concordat cum edit. Paris.

PROPOSITIO LXXXI.

1. τὴν	Id.	deest.
2. καὶ	καὶ ἔστω λόγος	concordat cum edit. Paris.
3. λόγος ἔστω	deest	concordat cum edit. Paris.
4. λόγος δοθείς·	Id.	deest.
5. λόγος ἐστὶ.	Id.	deest.
5. δοθεὶς, ...	Id.	deest.
6. δοθείς	Id.	λόγος ἐστὶ δοθείς·
7. λόγος	Id.	λόγος ἔστω
8. γὰρ	λόγος ἐστὶ	concordat cum edit. Paris.
9. λόγος ἐστὶ	deest	concordat cum edit. Paris.
10. ἐστὶ	Id.	deest.

PROPOSITIO LXXXII.

EDITIO PARISIENSIS.	CODEX 190.	EDITIO OXONIÆ.
1. καὶ ἔστω	deest	concordat cum edit. Paris.
2. ἐστὶν	*Id*.	deest.
3. ἐστὶν	*Id*.	ἔσται
4. ἡ Δ·	*Id*.	ἡ Δ λόγον ἔχει δεδομένον·

PROPOSITIO LXXXIII.

EDITIO PARISIENSIS.	CODEX 190.	EDITIO OXONIÆ.
1. προσληφθείσης ἀνάλογον . .	*Id*.	ληφθείσης ὡς ἔτυχεν
2. τῶν , ...	*Id*.	deest.
3. ληφθεισῶν ἐξ αὐτῶν ὁποιωνοῦν τῶν	*Id*.	ὁποιωνοῦν ληφθεισῶν ἐξ αὐτῶν
4. προσληφθείσης	*Id*.	προσληφθείσης ὡς ἔτυχε
5. Τῷ	*Id*.	τὸ
6. ἐστὶν ἴσον τὸ	*Id*.	ἴσον ἐστὶ τῷ
7. ἄρα	*Id*.	ἄρα ἐστὶ
8. ἐστὶ	*Id*.	deest.

PROPOSITIO LXXXIV.

EDITIO PARISIENSIS.	CODEX 190.	EDITIO OXONIÆ.
1. δοθεῖσα ἔστω ἡ ΔΓ· . . .	ἔστω ἡ δοθεῖσα ἡ ΔΓ· . . .	concordat cum edit. Paris.
2. Καὶ	*Id*.	deest.
3. παραλληλόγραμμον. . . .	deest	concordat cum edit. Paris.
4. τῷ εἴδει	deest	concordat cum edit. Paris.
5. ἄρα	*Id*.	deest.

PROPOSITIO LXXXV.

EDITIO PARISIENSIS.	CODEX 190.	EDITIO OXONIÆ.
1. περιεχέτωσαν τὸ ΑΓ . . .	*Id*.	ΑΓ περιεχέτωσαν
2. ἐστὶ δοθεῖσα.	*Id*.	δοθεῖσά ἐστι.
3. δὲ	*Id*.	δὲ καὶ
4. ἐστὶν	*Id*.	deest.
5. εἴδει	deest	concordat cum edit. Paris.
5. καὶ λοιπὴ ἄρα ἡ ΒΓ δοθεῖσά ἐστι·	*Id*.	deest.

PROPOSITIO LXXXVI.

Hoc theorema adest ad calcem Datorum in codice *a*; in margine codicis *g*; in textu codicum *s*, *v*, *z*, et deest in omnibus aliis codicibus.

EDITIO PARISIENSIS.	CODEX 190.	EDITIO OXONIÆ.
1. ἔσται δοθεῖσα.	*Id.*	δοθεῖσα ἔσται.
2. δοθὲν περιεχέτωσαν χωρίον .	*Id.*	δοθὲν χωρίον περιεχέτωσαν
3. τοῦ ἀπὸ τῆς ΒΓ·	deest	concordat cum edit. Paris.
4. καὶ ἔστω	deest.	concordat cum edit. Paris.
5. τῷ	*Id.*	τὸ
6. τὴν	deest	concordat cum edit. Paris.
7. τὴν	deest	concordat cum edit. Paris.
9. λόγος ἄρα καὶ τοῦ ἀπὸ τῆς ΔΒ πρὸς τὸ ἀπὸ τῆς ΒΓ . .	*Id.*	τοῦ ἄρα ἀπὸ τῆς ΔΒ πρὸς τὸ ἀπὸ τῆς ΒΓ λόγος ἐστὶ
10. Τῷ δὲ ἀπὸ τῆς ΓΒ ἴσον τὸ .	τὸ δὲ ἀπὸ τῆς ΓΒ ἴσον τῷ.	concordat cum edit. Paris.
11. ἐστὶ	deest	concordat cum edit. Paris.
12. πρὸς τὸ ἀπὸ τῆς δοθείς· λόγος ἄρα τοῦ τετράκις ὑπὸ τῶν ΒΑ, ΑΔ	deest.	concordat cum edit. Paris.
13. ΒΔ	ΒΔ λόγος	concordat cum edit. Paris.
13. ἐστὶ τὸ ἀπὸ συναμφοτέρου τῆς ΒΑ, ΑΔ·	τὸ ἀπὸ συναμφοτέρου τῆς ΒΑ, ΑΔ ἐστί·	concordat cum edit. Paris.
14. τὴν	deest	concordat cum edit. Paris.
15. τὴν	deest	concordat cum edit. Paris.
16. μιᾶς ἄρα τῆς ΑΒ πρὸς τὴν ΒΔ λόγος ἐστὶ δοθείς. Τῆς δὲ ΔΒ πρὸς τὴν ΒΓ λόγος ἐστὶ δοθείς· καὶ	τῆς ΑΒ ἄρα πρὸς ΒΓ λόγος δοθείς· καὶ	concordat cum edit. Paris.
17. ἐστὶ τῆς ΑΒ πρὸς τὴν . .	τῆς ΑΒ πρὸς	concordat cum edit. Paris.
18. τὴν.	deest	concordat cum edit. Paris.
19. τὴν	deest	concordat cum edit. Paris.

LEMMA.

Hoc lemma deest in editionibus Oxoniæ et Claudii Hardy, nec non in versione Zamberti; adest ad calcem Datorum in codicibus *a*, *z*; adest in margine codicis *g*, et deest in omnibus aliis codicibus.

PROPOSITIO LXXXVII.

EDITIO PARISIENSIS.	CODEX 190.	EDITIO OXONIÆ.
Hæc desunt in omnibus codicibus.		Εὰν δύο εὐθεῖαι δοθὲν χωρίον περιέχωσιν ἐν δεδομένῃ γωνίᾳ, τὸ δὲ ἀπὸ τῆς μιᾶς τοῦ ἀπὸ τῆς ἑτέρας, δοθέντι, μεῖζον ἢ ἢ ἐν λόγῳ· καὶ ἑκατέρα αὐτῶν ἔσται δοθεῖσα.
2. ἔσται δοθεῖσα.	*Id*.	δοθεῖσα ἔσται.
3. εὐθεῖαι	*Id*.	εὐθεῖαι αἱ
4. ἐστὶ δοθεῖσα.	*Id*.	δοθεῖσά ἐστι.
5. τοῦ	*Id*.	τῷ
6. καὶ ἔστω	deest	concordat cum edit. Paris.
7. λόγος ἄρα ἐστὶ τοῦ ὑπὸ τῶν ΑΒ, ΒΓ πρὸς τὸ ὑπὸ τῶν ΓΒ, ΒΔ	*Id*.	τοῦ ἄρα ὑπὸ τῶν ΑΒ, ΒΓ πρὸς τὸ ὑπὸ τῶν ΓΒ, ΒΔ λόγος ἐστὶ,
8. Τοῦ δὲ ἀπὸ τῆς ΑΒ πρὸς τὸ ὑπὸ τῶν ΒΓ, ΓΔ λόγος ἐστὶ δοθείς·	*Id*.	Τοῦ δὲ ὑπὸ τῶν ΒΓ, ΓΔ πρὸς τὸ ἀπὸ τῆς ΑΒ λόγος ἐστὶ δοθείς·
9. τοῦ τετράκις ὑπὸ τῶν ΒΓ, ΓΔ ἄρα	*Id*.	καὶ τοῦ τετράκις ἄρα ὑπὸ τῶν ΒΓ, ΓΔ
10. τῶν ΒΓ, ΓΔ καὶ τῆς ΒΔ, τουτέστι	deest	concordat cum edit. Paris.
11. τὴν	deest	concordat cum edit. Paris.
12. ἡ ΒΔ.	ἡ ΒΔ. Δέδοται ἄρα καὶ ΒΓ·	concordat cum edit. Paris.
13. ἡ ὑπὸ ΑΒΓ	ἡ	concordat cum edit. Paris.

PROPOSITIO LXXXVIII.

1. ἤχθω.	διήχθω	concordat cum edit. Paris.
2. ΑΒΓ	deest	concordat cum edit. Paris.
3. ἐστιν.	deest	concordat cum edit. Paris.

PROPOSITIO LXXXIX.

EDITIO PARISIENSIS.	CODEX 190.	EDITIO OXONIÆ.
Lin. 16. p. 466. ἀπολήψεται	λήψεται	concordat cum edit. Paris.
2. Καὶ	deest	concordat cum edit. Paris.

PROPOSITIO XC.

1. γωνίαν ποιοῦσα·	Id.	ποιοῦσα γωνίαν·
2. σημείου	deest	concordat cum edit. Paris.
3. ὑπὸ	ἀπὸ τῶν	περὶ
4. τοῦ κύκλου τὸ	deest	concordat cum edit. Paris.
5. Καὶ	deest	concordat cum edit. Paris.
6. ἄρα	Id.	deest.
7. καὶ	deest	concordat cum edit. Paris.
8. δεδομένη εὐθείᾳ τῇ ΒΔ, . .	εὐθείᾳ, ...	concordat cum edit. Paris.
9. γραμμὴ	deest	concordat cum edit. Paris.
10. Θέσει δὲ καὶ τῷ μεγέθει δοθεὶς καὶ ὁ ΑΒΓ κύκλος· θέσει ἄρα καὶ τῷ μεγέθει δοθεῖσά ἐστιν ἡ ΔΓ. Καὶ δοθὲν τὸ Δ· . .	Θέσει δὲ δοθεὶς καὶ ὁ ΑΒΓ κύκλος.	concordat cum edit. Paris.

PROPOSITIO XCI.

1. τοῦ	deest	concordat cum edit. Paris.
2. τὸ	Id.	deest.
3. Καὶ	deest	concordat cum edit. Paris.
4. ἐπὶ	Id.	ἀπὸ
5. τὸ	Id.	ὁ
6. δοθείς· δοθέν ἐστιν ἄρα τὸ Α .	δοθέν ἐστιν ἄρα τὸ Α . . .	δοθείς· ἔστιν ἄρα τὸ Α δοθέν.
7. ἄρα	deest	concordat cum edit. Paris.

PROPOSITIO XCII.

EDITIO PARISIENSIS.	CODEX 190.	EDITIO OXONIÆ.
1. τις	*Id.*	deest.
Lin. 4. p. 471. ἐστὶ . . .	*Id.*	deest.

ALITER.

EDITIO PARISIENSIS.	CODEX 190.	EDITIO OXONIÆ.
1. τῇ θέσει καὶ τῷ μεγέθει. . .	θέσει	concordat cum edit. Paris.
2. τὸ ὑπὸ τῶν ΑΔ, ΔΖ τῷ ὑπὸ τῶν ΒΔ, ΔΓ·	τῷ ὑπὸ τῶν ΒΔ, ΔΓ· . . .	concordat cum edit. Paris.

PROPOSITIO XCIII.

EDITIO PARISIENSIS.	CODEX 190.	EDITIO OXONIÆ.
1. τὸ	*Id.*	deest.
2. ἐστὶν	*Id.*	καὶ
3. τῶν	deest.	concordat cum edit. Paris.

PROPOSITIO XCIV.

EDITIO PARISIENSIS.	CODEX 190.	EDITIO OXONIÆ.
1. πλευραὶ	deest	concordat cum edit. Paris.
2. περιφερείᾳ	περιφερείᾳ ὑπὸ τῆς διαχθείσης	concordat cum edit. Paris.
3. ἡ ΒΕ πρὸς τὴν	ΒΕ πρὸς	concordat cum edit. Paris.
4. ἐστὶν ἴση·	*Id.*	ἴση ἐστίν·
5. ἄρα	deest	concordat cum edit. Paris.
6. καὶ ὡς συναμφότερος ἄρα . .	*Id.*	ὡς ἄρα συναμφότερος
7. ἐστὶν.	*Id.*	deest.
8. ἐστὶν ἴσον	*Id.*	ἴσον ἐστὶν

ALITER.

EDITIO PARISIENSIS.	CODEX 190.	EDITIO OXONIÆ.
1. Καὶ	deest	concordat cum edit. Paris.
2. ὡς ἄρα	*Id.*	καὶ ὡς ἄρα
3. ἡ ΑΓΒ πρὸς τὴν ΓΔ οὕτως .	ἐστιν ἡ ΑΓΒ πρὸς τὴν ΓΔ οὕτως ἐστὶν	concordat cum edit. Paris.
4. ἐστι·	deest	concordat cum edit. Paris.

ALITER.

EDITIO PARISIENSIS.	CODEX 190.	EDITIO OXONIÆ.
1. Καὶ	deest	concordat cum edit. Paris.
2. γωνίᾳ	*Id.*	deest.
3. γωνίαις	*Id.*	deest.
4. καὶ	*Id.*	deest.

PROPOSITIO XCV.

1. τις	deest	concordat cum edit. Paris.
2. τοῦ κύκλου, ...	deest	concordat cum edit. Paris.
3. τῆς	deest	concordat cum edit. Paris.
4. γωνίας εὐθεῖα	*Id.*	deest.
5. τοῦ ΑΒΓ κύκλου διάμετρος·	deest.	concordat cum edit. Paris.
6. τὸ	deest	concordat cum edit. Paris.
7. ἄρα	deest	concordat cum edit. Paris.
8. ἐστὶ καὶ τὸ Ζ.	καὶ τὸ Ζ ἐστίν.	concordat cum edit. Paris.
10. Ὅπερ ἔδει δεῖξαι.	*Id.*	deest.

Nota. In Datis codicis 190 semper legere est γωνία ὑπὸ τῶν ΑΒΓ pro γωνία ὑπὸ ΑΒΓ.

HYPSICLIS

LIBER PRIMUS.

EDITIO PARISIENSIS.	EDITIO OXONIÆ.
Lin. 9. p. 481. ὑπὸ	παρὰ

PROPOSITIO II.

Lin. 2. p. 488. λέγω ὅτι αἱ ἐκ τῶν κέντρων τῶν περὶ αὐτὰ κύκλων ἶσαι εἰσὶν, τουτέστιν.	λέγω
Lin. 12. ἡ MN ἄρα ἐστὶν ἡ ἐκ τοῦ κύκλου τοῦ ἀφ' οὗ τὸ εἰκοσάεδρον ἀναγέγραπται. . . .	deest.
Lin. 4. pag. 489. ἐστὶ	deest.
Lin. 14. κέντρου	deest.

PROPOSITIO III.

Lin. 1. pag. 491. τῷ	τὸ
Lin. 3. pag. 492. ὑπὸ	ἀπὸ

PROPOSITIO IV.

Lin. 1. pag. 494. τῆς	τῶν
Lin. 3. τῆς	τῶν
Lin. 2. pag. 495. ὅπερ ἔδει δεῖξαι	deest.

ALITER.

Lin. 4. p. 497. τὸ	τα
Lin. 17. ἔστω	ἔσται

PROPOSITIO V.

EDITIO PARISIENSIS.	EDITIO OXONIÆ.
Lin. 7. pag. 499. τοῦ	τῆς
Lin. 7. pag. 500. τριγώνου	deest.
Lin. 10. τῶν	τῆς
Lin. 11. ὡς ἄρα	ἄρα ὡς
Lin. 16. τὰ	τὸ

PROPOSITIO VI.

Lin. 2. pag. 503. τὸ	deest.
Lin. 15. πενταγώνους	πενταγώνων

PROPOSITIO VII.

Lin. 16. pag. 504. ὅτι	καὶ ἑξῆς ὅτι
Lin. 1. *b*. τὸ δὲ μεῖζον	μεῖζον δὲ
Lin. 4. pag. 505. ἡ ὅλη ἡ AB πρὸς τὸ μεῖζον τμῆμα τὴν AΓ οὕτως ἡ ὅλη ἡ ΔE πρὸς τὸ μεῖζον τμῆμα τὴν AZ	ὅλη ἡ AB πρὸς τὸ μεῖζον τμῆμα τῆς AΓ οὕτως ὅλη ἡ ΔE πρὸς τὸ μεῖζον τμῆμα τῆς ΔZ.
Lin. 9. ἔστιν	ἔστι δὲ
Lin. 11. ὑπὸ	deest.
Lin. 16. ἀπὸ	deest.
Lin. 3. pag. 506. συναμφότερος ἡ . . .	συναμφότερος αἱ
Lin. 4. τουτέστι δύο αἱ AB πρὸς AΓ . . . . . Hæc lectio mea est.	deest.
Lin. 5. συναμφότερος ἡ	συναμφότεραι αἱ

COROLLARIUM.

Lin. 10. δὴ	deest.
Lin. 12. ἔχει	deest.
Lin. 14. τὸ ἀπὸ	τοῦ
Lin. 4 *b*. καὶ	deest.

Ad calcem primi libri subsequentia adjecta sunt in omnibus codicibus, et in editionibus Basiliæ Oxoniæ que, nec non in Zamberti et Commandini versionibus; illa tanquam redundantem ac verbosam præcedentium repetitionem ex textu meo rejeci.

Τούτων δὴ πάντων γνωρίμων ἡμῖν γενομένων, δῆλον ὅτι ἐὰν εἰς τὴν αὐτὴν σφαῖραν ἐγγραφῇ δωδεκάεδρον καὶ εἰκοσάεδρον, τὸ δωδεκάεδρον πρὸς τὸ εἰκοσάεδρον λόγον ἕξει ὃν εὐθείας οἵας δηποτοῦν ἄκρον καὶ μέσον λόγον τετμημένης, ἡ δυναμένη τὴν ὅλην, καὶ τὸ μεῖζον τμῆμα πρὸς τὴν δυναμένην ὅλην καὶ ἔλαττον τμῆμα. Επεὶ γὰρ ἐστὶ ὡς τὸ δωδεκαέδρον πρὸς τὸ εἰκοσάεδρον οὕτως ἡ τοῦ δωδεκαέδρου ἐπιφάνεια πρὸς τὴν τοῦ εἰκοσαέδρου, τουτέστιν ὡς ἡ τοῦ κύβου πλευρὰ πρὸς τὴν τοῦ εἰκοσαέδρου πλευράν· ὡς δὲ ἡ τοῦ κύβου πλευρὰ πρὸς τὴν τοῦ εἰκοσαέδρου οὕτως ἐστὶν, εὐθείας ἧς δηποτοῦν ἄκρον καὶ μέσον λόγον τετμημένης, ἡ δυναμένη τὴν ὅλην, καὶ τὸ μεῖζον τμῆμα πρὸς τὴν δυναμένην τὴν ὅλην καὶ τὸ ἔλαττον τμῆμα· ὡς ἄρα τὸ δωδε-

His utique omnibus notis nobis factis, manifestum est, si in eâdem sphærâ describantur dodecaedrum et icosaedrum, dodecaedrum ad icosaedrum rationem habiturum esse quam, rectâ quâlibet extremâ et mediâ ratione sectâ, potens totam et majorem portionem ad potentem totam et minorem portionem. Quoniam enim est ut dodecaedrum ad icosaedrum ita dodecaedri superficies ad ipsam icosaedri, hoc est cubi latus ad icosaedri latus; ut autem cubi latus ad ipsum icosaedri ita est, rectâ quâlibet extremâ et mediâ ratione sectâ, potens totam et majorem portionem ad potentem totam et minorem portionem; ut igitur dodecaedrum ad

Toutes ces choses nous étant connues, si l'on décrit dans la même sphère un dodécaèdre et un icosaèdre, et si l'on coupe une droite quelconque en extrême et moyenne raison, il est évident que le dodécaèdre aura avec l'icosaèdre, la même raison que le quarré d'une droite, égal à la somme des quarrés de la droite entière et du plus grand segment, a avec le quarré d'une droite, égal aux quarrés de la droite entière et du plus grand segment. Car, puisque le dodécaèdre est à l'icosaèdre comme la surface du dodécaèdre est à la surface de l'icosaèdre, c'est-à-dire comme le côté du cube est au côté de l'icosaèdre, et que si une droite quelconque est coupée en extrême et moyenne raison, le côté du cube est au côté de l'icosaèdre, comme le quarré d'une droite, égal à la somme des quarrés de la droite entière et du plus grand segment, est au quarré d'une droite, égal à la somme des quarrés de la droite entière et du plus petit segment; si donc un dodécaèdre et un icosaèdre sont décrits dans une même sphère, et si une droite quelconque est coupée en extrême et moyenne raison, le dodécaèdre

κάεδρον πρὸς τὸ εἰκοσάεδρον, τῶν εἰς τὴν αὐτὴν σφαῖραν ἐγγραφομένων, οὕτως εὐθείας ἧς δηποτοῦν ἄκρον καὶ μέσον λόγον τετμημένης, ἡ δυναμένη τὴν ὅλην καὶ τὸ μεῖζον τμῆμα πρὸς τὴν δυναμένην τὴν ὅλην καὶ τὸ ἔλαττον τμῆμα.

icosaedrum; illis in eâdem sphærâ descriptis, ita, rectâ quâlibet extremâ et mediâ ratione sectâ, potens totam et majorem portionem ad potentem totam et minorem portionem.

sera à l'icosaèdre comme le quarré d'une droite, égal à la somme des quarrés de la droite entière et du plus grand segment, est au quarré d'une droite, égal à la somme des quarrés de la droite entière et du plus grand segment.

LIBER SECUNDUS.

PROPOSITIO II.

Hæc erat secundi libri demonstratio quam in textu ex integro restitui.

EDITIO PARISIENSIS.

Εἰς τὴν δοθεῖσαν πυραμίδα ὀκτάεδρον ἐγγράψαι.

Εστω ἡ δοθεῖσα πυραμὶς ἡ ΑΒΓΔ, καὶ τετμήσθω δίχα τοῖς Ε,Ζ,Η,Θ,Κ,Λ σημείοις, καὶ ἐπεζεύχθωσαν αἱ ΘΚ, ΘΛ, ΕΖ, ΖΗ, καὶ αἱ λοιπαί.

Καὶ ἐπεὶ ἡ ΑΒ διπλῆ ἐστιν ἑκατέρας τῶν ΘΚ, ΗΖ, ἴση ἄρα ἐστὶν ἡ ΘΚ τῇ ΗΖ, καὶ παράλληλος. Ομοίως καὶ ἡ ΘΗ τῇ ΖΚ ἴση τέ ἐστι καὶ παράλληλος· ἰσόπλευρον ἄρα ἐστὶ τὸ ΘΚΖΗ·

EDITIO OXONIÆ.

In datâ pyramide octaedrum describere.

Sit data pyramis ΑΒΓΔ, et secentur in Ε, Ζ, Η, Θ, Κ, Λ punctis, et jungantur ipsæ ΘΚ, ΘΛ, ΕΖ, ΖΗ, et reliquæ.

Et quoniam ΑΒ dupla est utriusque ipsarum ΘΚ, ΗΖ, æqualis igitur est ipsa ΘΚ ipsi ΗΖ, et parallela. Similiter et ipsa ΘΗ ipsi ΖΚ et æqualis est et parallela; æquilaterum igitur est

Décrire un octaèdre dans une pyramide donnée.

Soit donnée la pyramide ΑΒΓΔ; coupons les côtés ΑΒ, ΑΓ, ΑΔ, ΒΔ, ΒΓ, aux points Ε, Ζ, Θ, Κ, Λ, et joignons ΘΚ, ΘΛ, ΕΖ, ΖΗ, etc.

Puisque la droite ΑΒ est double de chacune des droites ΘΚ, ΗΖ, et qu'elle leur est parallèle, la droite ΘΚ sera égale et parallèle à ΗΖ. La droite ΘΗ est semblablement égale et parallèle à ΖΚ; le quadrilatère ΘΚΖΗ est donc équilatéral; je dis

λέγω ὅτι καὶ ὀρθογώνιον. Ἐὰν γὰρ ἀπὸ τῆς ΚΛ κάθετοι ἀχθῶσιν ἐπὶ τὰ ἐπίπεδα τὰ ΕΖΒΗ, ΖΓΕΗ, ΕΖΘΗ, ΘΓΖΗ, ὁμοίως δείξομεν τὰ ἐπὶ τοῦ ΘΚΖΗ τετραγώνου ἰσόπλευρα. Ὅπερ ἔδει ποιῆσαι.

ipsum ΘΚΖΗ; dico et rectangulum. Si enim ab ipsâ ΚΛ perpendiculares ducantur ad plana ΕΖΒΗ, ΖΓΕΗ, ΕΖΘΗ, ΘΚΖΗ, similiter ostendemus ipsa in ΘΚΖΗ quadrato æquilatera esse. Quod oportebat facere.

aussi qu'il est rectangle. Car si de la droite ΚΛ, nous menons des perpendiculaires aux plans ΕΖΒΗ, ΖΓΕΗ, ΕΖΘΗ, ΘΚΖΗ, nous démontrerons semblablement que les quadrilatères compris dans le quarré ΘΚΖΗ, sont équilatéraux. Ce qu'il fallait faire.

PROPOSITIO III.

EDITIO PARISIENSIS.	EDITIO OXONIÆ.
Lin. 14. p. 511. καὶ ἐπεζεύχθωσαν αἱ ΚΛ, ΛΜ, ΜΝ, ΝΚ.	deest.
Lin. 16. τῶν	τῆς

PROPOSITIO IV.

Lin. 5. p. 615. καὶ ἐπεζεύχθωσαν αἱ ΛΘ, ΛΚ, ΚΗ, ΗΘ, ...	deest.

PROPOSITIO V.

Lin. 13. p. 516. καὶ ἀπὸ τοῦ σημείου, καθ' ὃ συμβάλλει ἡ ὑπὸ τοῦ Θ τῇ ἀπὸ τοῦ Ζ πρὸς τὰ Η, Κ, φανερὸν ὅτι αἱ ἐπιζευγνύμεναι ὀρθὰς περιέξουσι μετὰ τῆς αὐτῆς . . . .

Sic se habet Oxoniæ editio.

Καὶ ἐπὶ τὸ σημεῖον καθ' ὃ συμβάλλει ἡ ἀπὸ τοῦ Θ τῇ ἀπὸ τοῦ Ζ πρὸς τὰ Η, Κ, φανερὸν ὅτι ἡ ἐπιζευγνυμένη ὀρθὰς περιέξει μετὰ τῆς αὐτῆς.

In omnibus autem manuscriptis, et in editionibus Basiliæ Oxoniæque hæc legere sunt.

Καὶ ἐπὶ τὸ σημεῖον καθ' ὃ συμβάλλει ἡ ἀπὸ τοῦ Θ τῇ ἀπὸ τοῦ Ζ ἐπιζευγνυμένη ὀρθὴ ὧ περιέξει μετὰ τῆς αὐτῆς.

PROPOSITIO VI.

EDITIO PARISIENSIS.	EDITIO OXONIÆ.
Lin. 5. p. 517. ἔχῃ	ἔχει.
Lin. 11. δὴ	δὲ
Lin. 6. p. 518. καὶ	deest.

PROPOSITIO VII.

Lin. 2. p. 519. γωνίαν τέμνουσι	τέμνουσι γωνίαν
Lin. 7. ἀγομένη καθέτῳ, ...	καθέτῳ ἀγομένη
Lin. 15. p. 521. ὀρθὰς	ὀρθὰς εἰσὶν εὐθεῖαι
Lin. 16. εἰσὶν	deest.
Lin. 1. p. 522. ἔσται	ἐστὶ.
Lin. 7. ὡς	deest.

PROPOSITIO VIII.

Lin. 6. p. 523. νενοήσθω	Συννοείσθω
Lin. 9. δὴ	δὲ
Lin. 7. p. 524. καὶ ἀμβλεῖα ἄρα ἐστὶν ἡ ὑπὸ BZΔ γωνία.	ἀμβλεῖα ἄρα ἐστὶν ἡ ὑπὸ BZΔ.
Lin. 10. p. 525. περιέξουσι	περιέχουσι
Lin. 14. μείζων ἐστὶ τῦς ἡμισείας τῆς BΔ·	ἐστὶ τῆς ἡμισείας τῆς BΔ μείζων·

PROPOSITIO IX.

Lin. 3. p. 526. τε καὶ ἰσογώνιον	deest.
Lin. 16. ὀρθὰς	deest.

PROPOSITIO X.

Lin. 5. p. 529. καὶ	deest.
Lin. 1. p. 531. τῆς	τῆς AB
Lin. 3. καὶ	deest.
Lin. 12. ἡ KΛ τῇ KM	αἱ KΛ, KM

FIN.

ERRATA TOMI SECUNDI.

Pagina	linea	
58,	7, *b.*	multiplant, *lege* multipliant.
60,	6, *b.*	*Idem.*
74,	10,	ἄλλου, lege ἄλλου πρώτου.
—	—	numero, *lege* numero primo.
75,	6,	γὰρ, lege γάρ ἐστι.
171 et 172.		deleatur in figurâ littera Δ, quæ non est in lineâ ZE.
181,	10,	Οπερ ἔδει δεῖξαι, lege ῥητὸν περιέχουσαι. Οπερ ἔδει ποιῆσαι.
—	—	commensurabiles, *lege* commensurabiles, rationale continentes.
—	6,	commensurable en puissance seulement, *lege* commensurables en puissance seulement, qui contiènent une surface rationelle.
223,	9,	μόνον διαιρεῖται, lege ἄρα διαρεῖται μόνον.
247,		In figurâ hujus propositionis et in aliis figuris similibus quæ subsequuntur, jungatur recta ΘΚ.
264,	1, *b.*	ΗΞ, *lege* ΗΖ in tribus linguis.
270,	4, *b.*	τὴν ῥητὴν ΔΕ, lege τὴν ΔΕ ῥητήν.
322,	2, *b.*	un premier apotome, *lege* le premier apotome ; *on lira de même,* le second, le troisième etc. apotome.
365,	5,	ἀσύμμετρος, lege σύμμετρος.
—	6,	incommensurabilis, *lege* commensurabilis.
—	4,	incommensurable, *lege* commensurable.
414,	8,	commensurable, *lege* la même.
459,	2, *b.*	ἔστω, lege ἐστί.
479,	1, *b.*	rationelle, *lege* médiale.

TOMI TERTII.

Pagina	linea	
66,	9,	τὰ, lege τὰ μὲν.
—	10,	εἰσὶν, lege ἐστὶν.
68,	6,	αὐτῇ, lege αὐτῇ δοθὲν.
71,	5,	δοθείσῃ, lege τῇ δοθείσῃ.
84,	7,	ἐστὶν ὅτι, lege ὅτι ἐστὶν.
100,	13,	ἀπὸ τῆς, lege ἀπὸ τῶν.
129,	13,	ὧσι, deleatur.
137,	1,	corollarium, *leg.* lemma.
138,	9,	τυγχάνον, lege τυγχάνοντα.

ERRATA

Pagina	linea	
144,	6,	πυραμίδα, lege πυραμίδα^3.
161,	4,	ἡ ἐστὶν ἡ, lege ἐστὶν ἡ.
180,	4,	ποίσθω, lege ποιείσθω.
188,	12,	εὐθεῖα, lege εὐθείᾳ.
189,	7,	ἐγγράφησονται, lege ἐγγραφήσεται.
254,	9,	γίνεσθαι, lege γίγνεσθαι.
260,	6,	γίνεσθαι, lege γίγνεσθαι.
271,	9,	ἐπιζευχθένται, lege ἐπιζευγνύονται.
279,	2, *b*.	τοῦ, lege τῆς.
309,	14,	οὖν, lege δή.
343,	3, *b*.	ΔΓΑ, lege ΕΓΑ in tribus linguis.
357,	10,	τῇ, lege τὴν.
372,	2,	προγωνῷ, lege τριγώνῳ.
435,	4, *b*.	δὴ, deleatur.
488,	4, *b*.	τοῦ, deleatur.
499,	1, *b*.	dodecagone, *lege* decagone.
500,	10,	τῆς, lege τῶν.
506,	3,	αἱ, lege ἡ.
537,	6, *b*.	deest, *lege* τῷ.
540,	1, *b*.	δύο, lege δυσί.
544,	3,	ἐκβεβλήσθω, lege ἐκβεβλήσθω ἡ ΟΔ.
545,	2, *b*.	23, *lege* lin. 3.
548,	11,	10, *lege* lin. 11.
552,	2,	6, *lege* pag. 133, lin. 9.
555,	11,	lin. 11 *b*, *lege* lin. 1.
570,	3, *b*.	γίνεσθαι, lege γίγνεσθαι.
579,	2,	ἔστο, lege ἔστω.
—	5, *b*.	deest, *lege* concordat.

www.ingramcontent.com/pod-product-compliance
Lightning Source LLC
LaVergne TN
LVHW011243110826
845149LV00001B/36

9782014510249